ULLSTEIN

Das Buch

Die behütet aufgewachsene, gebildete Fürstentochter Elisabeth begeistert sich für die aufkeimenden Gedanken von der Gleichheit von Mann und Frau. Um keinen Preis will sie sich von ihrem Vater verheiraten lassen. Doch dieser möchte von ihrem Eigensinn nichts wissen. Und durch einen leichtfertigen väterlichen Schwur landet Elisabeth als Ehefrau des verwegen aussehenden Spielmanns Jakob auf den staubigen Landstraßen. Die unbekannte Welt der Gaukler und fahrenden Gesellen, der Bauern und Küchenmägde tut sich vor der verwöhnten jungen Frau auf und entfernt sie immer weiter vom väterlichen Schloss ...

Die Autorin

Ingrid Ganß, geboren 1959, lebt und arbeitet im Vogelsberg. Die *Braut des Spielmanns* ist ihr erster Roman.

Ingrid Ganß

Die Braut des Spielmanns

Roman

Ullstein

Ullstein Taschenbuchverlag
Der Ullstein Taschenbuchverlag ist ein Unternehmen
der Econ Ullstein List Verlag GmbH & Co. KG, München
Originalausgabe
1. Auflage 2002

Lektorat: Lothar Strüh
Umschlaggestaltung: Cordula Schmidt, Hamburg
Titelabbildung: AKG, Berlin
Gesetzt aus der Sabon
Satz: Buch-Werkstatt GmbH, Bad Aibling
Druck und Bindearbeiten: Elsnerdruck, Berlin
Printed in Germany
ISBN 3-548-25402-0

I.

»Ein König hatte eine Tochter, die war über alle Maßen schön, aber dabei so stolz und übermütig, dass ihr kein Freier gut genug war. Sie wies einen nach dem andern ab und trieb …«

»Was soll das jetzt?« Jakob zog ungeduldig die Stirn kraus. »Willst du mir Märchen erzählen oder von deinem Auftrag berichten?«

»Eine von den alten Geschichten, die deine Großmutter so oft erzählt hat, weißt du«, erwiderte Andreas gedankenverloren. Die Flammen des großen Kaminfeuers flackerten hoch und tauchten seine Gestalt in rötliches Licht.

»Meine Großmutter?«, fragte Jakob. Für einen Augenblick ließ die Anspannung in seinem Gesicht nach und die Ungeduld wich aus seiner Stimme.

»Vielleicht erinnerst du dich nicht mal mehr daran. An den Winter, weißt du, wenn's abends so dunkel geworden ist, dass wir den Rückweg kaum noch gefunden haben. Und die Sachen, die wir anhatten, waren so nass vom Schnee …«

Jakob seufzte. Er nahm einen Schluck Wein aus dem üppig verzierten Becher.

»Dann hat sie uns aus den nassen Sachen geholfen und uns die Füße ins kalte Wasser gesteckt. Und dann haben wir um den warmen Herd gesessen und sie hat Geschichten erzählt. Da war's mir gar nicht immer geheuer.« Andreas lachte leise. »Jetzt darf ich's ja zugeben. Manchmal, wenn die Geschichten gar zu unheimlich waren, hab ich hinterher Angst gehabt, im Dunkeln allein nach Hause zu gehen. Und oft kam sie selbst mir so vor wie eine von den weisen Frauen aus ihren Märchen.«

Das Feuer warf einen Halbkreis aus Licht, der manchmal weit über die Freunde hinauszuckte, um dann wieder klein zusammenzukriechen, so eng, dass Jakobs ohnehin schon dunkles Gesicht im Dunkel des Saales gänzlich verschwand.

»Das ist vorbei.« Jakob wischte die Erinnerung mit einer

unwirschen Handbewegung beiseite. »Jetzt erzähl endlich von Messelstein. Was ist mit Prinzessin Elisabeth? Oder hast du sie nicht gesehen?«

»Langsam, langsam!« Andreas' helle Augen blitzten auf. »*Ich* bin nicht einer deiner Bediensteten, mein Freund! Außerdem war's ja gerade die Prinzessin von Messelstein, die mich an diese alte Geschichte erinnert hat. Die stolze Königstochter, die jeden Freier abweist ...«

Da lachte Jakob. »So fing doch die Hälfte von Großmutters Märchen an. Ein König hatte eine schöne Tochter ... Gibt sie auch Rätsel auf? Muss ich mein Leben wagen? Meinen Kopf verlieren?«

»Na ja, den Kopf kannst du vielleicht verlieren, schön genug ist sie ja.«

Jakob streckte seine Hände nach dem Feuer aus. »Hundekalt sind diese Steinsäle. Du hättest mich nicht an unseren Herd erinnern sollen, jetzt friert es mich noch mehr.«

»Soll ich noch Holz auflegen?« Andreas erhob sich besorgt.

»Bleib.« Jakob hielt den Freund an der Schulter fest. »Mir scheint, die Kälte kommt mehr von innen heraus. Berichte endlich. Sie ist also wirklich so schön, wie man sagt? Sobald der Vater Titel und Vermögen hat, werden der Tochter Loblieder gesungen, auch wenn sie eine so lange Nase hat wie die Wetten-Braunsteinerin.«

»Nein«, lachte Andreas und zog die Karaffe zu sich herüber, »der von Wetten-Braunstein gleicht sie nicht im Entferntesten! Sie hat eine ganz gerade Nase, das kann ich dir versichern. Sie ist überhaupt sehr gerade, alles an ihr. Und schöner als auf dem Bild, das du mir gezeigt hast. Es kommt noch ihre Art, sich zu bewegen, dazu, wie sie den Kopf hebt, wie sie geht. Alles passt zusammen. Das Gesicht so ebenmäßig wie die Figur. Nun ja, soviel ich bei diesen pompösen Gewändern von der Figur erkennen konnte. Da wird so viel gepresst, verborgen, an einer Stelle wieder gehoben, ausgestopft, was weiß ich.« Er warf einen kurzen

Seitenblick auf Jakob, über dessen Gesicht ein leichtes Grinsen lief. »Du musst es ja besser wissen. Von dieser Art hab ich noch keine ausgezogen.«

»Lenk nicht ab«, unterbrach Jakob. »Erzähl weiter.«

»Dumm sieht sie nicht aus. Und ganz dunkelblaue Augen hat sie. Aber ich fand sie recht blass; für meinen Geschmack zu wenig an der Sonne gewesen. Na, das gefällt denen ja an den Höfen. Braunes Haar hat sie. Ein ganz kräftiges Braun. Sie trägt's halt leider immer hochgesteckt, aber es ist bestimmt sehr lang und weich und recht angenehm zu spüren in so mancher Lage, die ...«

»Langsam«, bremste Jakob. »Du nicht.«

»Keine Angst.« Andreas hob den Becher. »Mag sie auch recht ansehnlich sein, ich überlass sie dir gern.«

Das Feuer duckte sich, der Halbkreis wurde kleiner, sie rückten unwillkürlich näher heran. Jakob goss sich neuen Wein in den geleerten Becher und stellte die Karaffe zurück auf den Boden. »Was soll das heißen?«, fragte er.

»Es ist keine Frau für einen wie uns.« Andreas schüttelte energisch den Kopf. Sein blondes Haar fiel nach vorn, der Feuerschein färbte es kupferrot. »Sie wirkt so kühl, so als könnte man sie nicht mal anfassen. Sie trägt die Nase wohl sehr hoch. Und dann kam sie mir, ich weiß nicht warum, wieder wie ein Kind vor. Sie ist nicht wie die Frauen, die wir kennen, Jakob. Sie ist nicht das, was du brauchen würdest, obwohl ...« Er kniff die Augen leicht zusammen. »Bei dir weiß ich nie so genau, wie du mit den Frauen stehst.«

Jakob ging nicht darauf ein.

»Was fragst du auch mich?«, stieß Andreas verärgert hervor. »Du weißt, was ich von den Weibern an den Höfen halte! Modepuppen, die bei der geringsten Belastung zerbrechen. Kalt, mit guten Manieren, die dir dein Bett nicht wärmen können. Oder herrschsüchtig, dass sie einen Hampelmann aus dir machen. Und dann gibt's noch die frommen, gehorsamen, faden. Aber diese Elisabeth ist weder eine

Frau für dein Bett noch eine die dir fünf Erben gebären und ohne aufzumucken an deiner Seite sitzen würde. Sie widerspricht ihrem Vater bei Tisch in aller Öffentlichkeit. Sie setzt sich beim Bankett zu dem englischen Gesandten und unterhält sich mit ihm in seiner Sprache, so wie Männer sich unterhalten, dann dreht sie sich zu einer der Hofdamen und redet über irgendein Buch. Soll ich dir was sagen? Wenn ich eine von denen nehmen müsste, würde ich irgendeine nehmen. Die Wetten-Braunstein mit der langen Nase. Die hat Geld. Der Fürst von Messelstein hat keins. Die mit den günstigsten Verbindungen würd ich nehmen, mit dem Besitz, der am nächsten zu meinem liegt. Einerlei. Was hätt ich schon mit ihr zu schaffen? Ab und zu in ihr Bett steigen, um einen Erben zu zeugen? Das würd ich ja wohl noch über mich bringen, oder? Aber für mich selbst, zu meinem Vergnügen, da könnt ich doch jede nehmen. Es gibt so viele schöne, großherzige Mädchen. Heute noch könnt ich dir eine beschaffen, du musst nur ein Wort sagen …«

»Du verstehst mich nicht«, unterbrach Jakob schroff.

»Weiß Gott, ich versteh dich manchmal wirklich nicht, dabei kenne ich dich, so lange ich denken kann. Was für eine Frau willst du? Die Richtige? Die Einzige? Eine für alles? Das gibt es nicht!« Andreas hatte seine Stimme nur wenig erhoben, aber in dem dunklen, leeren Saal hallte sie wider.

»Unsinn«, knurrte Jakob, »ich weiß, dass sie alle nicht viel taugen. Ich erwarte nichts.«

»Hoho, ›alle‹ sagst du? Das stimmt nun nicht! Einige taugen ausgezeichnet für dies, andere für jenes!«

»Hat sie einen Geliebten?«

Die plötzliche Frage überraschte Andreas. Er überlegte. »Es war nicht herauszubekommen. Sie scheint keine von denen zu sein, die mit ihrer Zofe zusammenhocken und über Männer schwatzen.«

»Das wäre zumindest eine Eigenschaft, die man ihr zugute halten könnte.«

»Da war wohl etwas vor einigen Jahren mit diesem Taugenichts, diesem von Münzfeld. Aber ob das nur Gerede ist … Wird nicht viel dran sein, denn die Jungfern werden streng gehalten auf den Schlössern.«

»Da schickt man nun dich.« Jakob stand ungehalten auf und stieß dabei den Becher um. Der Wein ergoss sich rot auf das gewachste Parkett. »Dich, den Einzigen, den ich mit einer solchen Aufgabe betrauen kann, und du gibst mir Ratschläge, die könnten vom Scheffelsberg stammen, und erzählst mir was von ›stolz‹ und ›schön‹ wie die Waschweiber unten am Fluss. Sag mir, mit wem sie ihr Bett teilt, sag mir, was hinter den abgewiesenen Bewerbern steckt, ob der Alte den Preis damit höher treiben will, oder …«

»So nicht!«, erhob Andreas gereizt die Stimme. »So kannst du mit mir nicht reden! Für deine schlechte Laune kann ich nicht. Was soll ich tun? Soll ich unter ihre Decke kriechen und danach ein Urteil abgeben? Sag ich dann ja und sie taugt nichts, dann ist es am Ende noch meine Schuld? Ach, mach, was du willst! Geh hin und sieh sie dir selber an! Lass dir einen Korb geben. Du wärst ja nicht der Erste, den sie abweist. Oder«, überkam ihn plötzlich die Erkenntnis, »ist es das? Ist dir vor einer Abfuhr angst?« Er erhob sich ebenfalls. Sie standen einander gegenüber. Die Flammen erhellten und verdunkelten ihre Gesichter. »Natürlich. Ich kenn dich doch. Du kannst es nicht ertragen, abgewiesen zu werden. Ist es das?«

»Komm.« Jakob legte beschwichtigend seine Hand auf Andreas' Schulter. Er wirkte erschöpft und müde. »Nicht so laut, nicht so ärgerlich. Gewiss horchen wieder einige auf. Vor der Tür. Unter uns. Über uns. Nie ist man hier allein. Ich schau sie mir an, die Prinzessin. Beruhigt dich das? Bin ich so furchtbar, dass du so laut werden musst?«

»Ja.« Andreas' Gesicht wurde ernst. »Es ist nicht mehr zu ertragen mit dir. Du bist nicht mehr der, der du immer warst. Du brauchst wohl wirklich eine Frau.«

»Hör auf damit. Allein diese Brautschau ist mir so zuwider …«

»Das meine ich nicht. Ich meine eine wirkliche. Eine für heute Nacht. Auch wenn die Nacht schon fast vorbei ist. Ich finde eine. Du musst nur sagen …«

»Wie ging es in dem Märchen weiter?«, fragte Jakob.

»Was?« Andreas blickte ihn verblüfft an.

»Das Märchen von vorhin, das mit der Königstochter, die alle Freier abwies …«

»Ach das. Ich weiß nicht mehr genau. Sie trieb wohl ihren Spaß mit den Kerlen. Ihrem Vater ist es zu arg geworden und er hat sie dem erstbesten Bettelmann gegeben, der hat sie mit in seine Hütte genommen.«

»Ein harter König«, bemerkte Jakob.

Andreas zuckte mit den Schultern. Dann huschte ein anzügliches Grinsen über sein Gesicht. Er stieß den Freund in die Seite. »Wäre das nichts? Eine solche Frau für mich oder dich allein in einer einsamen Hütte? So eine, die noch nie ihren Fuß auf eine richtige Straße gesetzt hat, mit all ihrem Puder und all ihren Polstern auf einem Strohsack auf dem blanken Boden? Da würd ich gern mal sehen, was die macht, wenn ich …«

»Andreas«, seufzte Jakob, »gibt es in deinem Kopf noch Platz für andere Gedanken?«

»Selten!« Andreas lachte. »Aber in deinem scheint's zu wenig Platz dafür zu geben. Was ist nur mit dir? Wäre das nicht eine Situation, die dich reizen könnte?« Er war vorausgegangen und öffnete die schwere Saaltür.

Jakobs Mundwinkel zuckten. »Nun, vielleicht. Ein schönes Gedankenspiel vor dem Einschlafen.« Quietschend schloss sich die Tür hinter ihnen.

»Siehst du«, sagte Andreas, »das ist der Unterschied zwischen uns. Ein schönes Gedankenspiel vor dem Einschlafen. Weißt du, welche Spiele ich wirklich vor dem Einschlafen spiele?«

»Wer ist es denn heute Nacht?« Jakobs braune Augen funkelten belustigt.

»Barbara.«

»Immer noch? Und du meinst, sie hat die ganze Zeit in deinem Bett auf dich gewartet?«

Ihre Schritte hallten durch den Flur.

»Aber natürlich …«

Die Stimmen wurden leiser, ihre Gestalten verschwanden im Dunkel des langen Ganges.

2.

Elisabeth saß auf der breiten Bank des hohen, tief in die Wand eingelassenen Fensters, die Knie bis an das Kinn gezogen, und schaute in den dämmrigen Morgen hinaus. Sie presste die Stirn gegen das kühle Fensterglas. Dunst verhüllte eine blasse, verwaschene Sonnenscheibe, deren unwirkliches Licht die Welt verwandelte und begrenzte, als wäre sie unter einer Glaskugel gefangen. Sogar die Geräusche des längst erwachten Treibens auf dem Schlosshofe unter ihr wurden gedämpft durch die dicht fallenden Flocken. Elisabeth hob das Gesicht zu dem schweren, grauen Himmel, und je länger sie aufsah, umso mehr verlor sie sich in dem in abertausenden winzigen Teilchen auf sie zuströmenden Schnee.

Schritte auf der Treppe holten sie zurück auf die Fensterbank, ließen sie aufseufzen und den Gang hinunterblicken. Gab es denn niemals eine Minute, die sie für sich alleine hatte? War das nun bereits ihre Zofe, die ahnte, dass Elisabeth früher als üblich erwacht war? Und die ihr diesen Augenblick der Muße vor Anbruch des geschäftigen Hoflebens nicht gönnte?

Eine zierliche Gestalt in einem hellen, weiten Mantel schwebte den Gang entlang auf sie zu. Elisabeth zog den Kopf zurück und hoffte, unentdeckt zu bleiben. Die Schritte waren leicht und näherten sich beharrlich. Wer kannte ihre heimliche Nische? Marie hatte doch einen festeren Schritt, es klang so sehr nach …

»Eleonore!«, rief sie freudig, schlüpfte von der Fensterbank und rannte ihrer Cousine entgegen. »Oh, Eleonore, als Ihr gestern Abend nicht eingetroffen seid ... Ich befürchtete bereits ...«

»Elise, ma petite!«

Eleonore umarmte Elisabeth leicht und drückte ihr einen zarten Kuss auf die Wange. Für einen Moment hielten sie sich an den Händen und blickten einander lange an, als wollten sie feststellen, ob sich die andere in all den Monaten verändert hatte. »Wie könnte ich Euren großen Ball versäumen«, lächelte Eleonore. »Nur wäre es zu der späten Stunde, zu der ich hier eintraf, kaum convenable gewesen, Euch zu wecken. Alors, so komme ich in der Frühe.«

Eleonore war einer der wenigen Menschen, deren Umarmung und Berührung Elisabeth als angenehm empfand; nach der langen Zeit ohne sie wurde ihr das nun ganz deutlich bewusst. Sie zog die Langvermisste noch einmal in ihre Arme und presste die kalt gewordene Wange an Eleonores weiche Haut.

»Ach, ma petite«, seufzte Eleonore, »ich dachte schon, Ihr hättet mich vergessen über dem wilden Leben in Paris.«

»Mon Dieu, wildes Leben! Wie wild kann es sein, wenn Großtante Henriette mich auf Schritt und Tritt begleitet hat! Wie eine spanische Duena, vraiment.«

»Pauvre vous.« Eleonore streichelte Elisabeths Haar. »Und all die schönen französischen Kavaliere hat sie nicht in Eure Nähe gelassen?«

»Selten waren sie wirklich schön«, lachte Elisabeth. »Kommt mit in meine Chambres, mir wird kalt. Dort können wir einander alles berichten.«

Noch war es morgenstill in den oberen Gemächern, von unten jedoch drangen entferntes Scheppern von Töpfen und Kannen, Schritte und Rufe an ihre Ohren.

Elisabeth öffnete die Tür und ließ die Freundin eintreten. »Wie winzig mir meine Gemächer semblierten nach den Monaten in Paris! Einen kleinen Vorraum hatten die Damen dort, eigens für die Zofe, ein gewaltiges Ankleidezimmer, einen kleinen Salon, ein riesiges Schlafgemach ... Aber ich bin doch recht content mit meinen Kammern, sie sind so behaglich, und wie oft haben wir hier gesessen und geplaudert – kommt, setzt Euch zu mir auf das Bett und erzählt!«

Eleonore nahm Platz auf dem Prunkstück des mittelgroßen Raumes, dem Paradebett mit dem hohen Himmel aus schwerem, moosgrünem Samt, der auf vier schlanken, gedrehten Holzsäulen ruhte. »Was bleibt mir zu erzählen?«, fragte Eleonore. »Ihr wart schließlich in Paris, und ich regrettiere sehr, dass ich bei Eurer Rückkehr nicht hier sein konnte, aber Maman ging es wirklich sehr schlecht.«

»Aber es geht ihr nun besser, n'est-ce pas?«

»Oh, sie fühlt sich merveilleux und war recht ärgerlich, dass wir das Ganze so ernst genommen hatten.«

»Erzählt.« Elisabeth streckte sich behaglich auf den weichen Kissen aus. Diffuses Morgenlicht drang spärlich durch die Fensterscheiben, die beiden Freundinnen auf dem Bett erreichte es nicht. »Erzählt von Eurer Maman, von Cousin Ulrich und den anderen Cousins, von Eurem schönen Landschlösschen, von den Tieren. Ach, diese langen Sommer bei Euch gehören zu meinen liebsten Erinnerungen.«

»Es ist alles wie immer. Mein lieber Bruder Ulrich beschäftigt sich beinahe ausschließlich mit seinen Pferden – oh, es ist wieder ein sehr schönes dabei, Ihr müsstet es sehen. Es ist rabenschwarz und wild wie der Teufel!«

»Es würde mich certainement erschrecken. Und wie geht es seiner jungen Gemahlin?«

»Sie erwartet ein Kind.«

»Encore!«, rief Elisabeth entsetzt. »Aber das Erste zählt kaum ein Jahr, und sie ist jünger, als ich es bin! Nun, ginge es nach meinem Vater, wäre ich wohl in der gleichen Lage, aber dieses Thema hat er, Dieu soit loué, seit meiner Rückkehr nicht mehr berührt.« Eleonore warf Elisabeth einen seltsamen Blick aus ihren wasserhellen Augen zu, doch diese achtete nicht darauf und redete weiter: »Von Paris soll ich berichten? Ah, Paris! Wie eng kam es mir hier vor bei meiner Heimkehr, wie still, wie simple, obwohl ich sehr froh war, wieder zu Hause zu sein. Ihr wisst, ich kann nicht lange leben ohne all das hier.« Ihr Arm beschrieb einen weiten Bogen.

»Habt Ihr den König gesehen?«

»Oh, oft. – Nun, nicht gar so oft. Einmal, während eines Balles, schien es, als lächelte er mir zu. Ein andermal sah ich ihn im Theater. Er ist ein wirklich interessanter Mann, klug, charmant, erfahren. Würde mir Papa doch solche Männer vorführen und nicht diese hässlichen, langweiligen oder, ärger noch, dummen Kerle!«

»Und das habt Ihr bereits beim zweimaligen Hinsehen bemerkt, dass der französische König ein derart interessanter Mann ist?«, spöttelte Eleonore. Elisabeth überhörte es und schloss die Augen, um sich die lebhafte Stadt und das gesellige Leben wieder in Erinnerung zu rufen. Es war aufregend gewesen, fremd, eindrucksvoll, aber ein wenig einsam. Sie hatte Bekanntschaften geschlossen, doch sie blieben von flüchtiger Natur; galante Komplimente, ein Tanz, ein auf das Haar gehauchter Kuss, ein Gedicht für ihr Album, sogar eine gut gelungene Zeichnung ihrer selbst von einem wirklich reizenden jungen Mann, leider nicht von bestem Adel. Gespräche über Mode, Puder, Parfums und die neuesten Tänze mit den Damen in den Salons oder, wenn Großtante Henriette ihren guten Tag hatte, an Tischen im Freien, die letzten warmen Tage genießend.

Aber ach, die Damen! Selten eine, die die Literatur liebte – ein Interesse für Wissenschaft und Philosophie hatte sie ohnehin nicht erwartet. War wirklich eine des Lesens mächtig, so befasste sie sich im besten Falle ab und an mit einem galanten Roman, jedoch nie mit einem Werk von Rang.

Es war wohl angenehm gewesen zu plaudern, sich zu amüsieren, zu tanzen, aber wie sehr hatte sie nach einiger

Zeit eine vertraute Seele vermisst. Dabei hatte sie bei Antritt der Reise keinen Gedanken daran verschwendet, dass Eleonore ihr fehlen könnte, so selbstverständlich war ihr deren tägliche Gegenwart gewesen.

Da saß sie wieder neben ihr, sehr aufrecht, ein wenig kleiner und zierlicher, als Elisabeth selbst es war, blond und hellhäutig. Sie entsprach nicht dem Geschmack der Mehrzahl der Kavaliere, die ihre Blicke den wohl gerundeten, reifen Brünetten nachsandten. Hätten sie nur noch einmal genauer hingesehen, wie viel Ruhe, Klugheit und Sicherheit hätten sie aus dem schmalen Gesicht lesen können. Doch so lange schauten die Herren nie und Eleonore legte darauf auch nicht den geringsten Wert.

Gab es niemanden außer ihrem Vater und Eleonore? Nur diese beiden Menschen, die ihr wirklich nahe standen? Anna vielleicht? Elisabeth fröstelte. »Es ist so kühl, und niemand kommt, das Feuer im Kamin zu schüren. Mon Dieu! Soll ich mich am Ende selbst nach dem Mädchen umsehen!«

»Gewiss wird sogleich jemand erscheinen«, beruhigte Eleonore sie. »Durch all die Vorbereitungen für das Fest heute Abend ist wohl vieles ein wenig in Unordnung geraten.«

»Ich bin certainement zu aufgeregt. Wenn Ihr wüsstet, wie sehr ich dem Abend entgegenfiebre. Es wird der erste Maskenball hier am Hofe sein seit ... Ich glaube beinahe seit Claudias Tod. Vater schätzt all diese Festlichkeiten nicht sehr, aber mir zuliebe hat er nicht nur ein Auge zugedrückt, nein, er schenkte mir den Ball sozusagen. Ich durfte mich um überhaupt nichts kümmern. Es soll eine Überraschung sein. Ich finde es so rührend, wie er alles arrangiert, obwohl er rein gar nichts von diesen Dingen versteht. Hätte er mich nur ein wenig helfen lassen, ich hätte mit Plaisir ein Fest im Stil der Maskentreiben in Venedig gegeben und alle hätten sich entsprechend kleiden müssen – selbst Großtante Henriette ...« Eleonore lachte.

»So befürchte ich«, seufzte Elisabeth, »sie werden sich

kleiden wie zu jedem anderen Ball, nur eben mit einer Maske vor den Augen.«

»Was lest Ihr gerade?« Eleonores Blick fiel unvermittelt auf ein Buch, das auf dem gepolsterten Schemelchen neben dem Bett lag.

»Ich habe mir eine solche Menge Bücher gekauft in Paris.« Elisabeth deutete mit ihren Händen einen hohen Stapel an. »Stellt Euch die Galerie du Palais vor auf der Ile de la Cité! Ein Laden neben dem anderen, und all diese schönen kleinen Dinge, von denen es mir schien, ich hätte schon immer danach gesucht! Da war ein Fächer, einer dieser ganz neuen Faltfächer, von einem derart entzückenden Blau, ich musste ihn einfach haben! Ihr werdet ihn heute Abend sehen, das Blau passt vorzüglich zu meinem Kleid. Und Handschuhe – gähnt Ihr meinetwegen? Ich weiß, die Mode ennuiert Euch. Aber die Königliche Buchhandlung! Die müssen wir einmal gemeinsam besuchen! Corneille, Racine, griechische Dramen, die neuesten Romane, philosophische Werke, natürlich nichts von Monsieur Descartes, den liebt der König nicht. Aber seine Schriften habe ich mir bereits anderweitig besorgen lassen. Und ich kämpfe noch immer damit, er ist nicht leicht zu verstehen.«

»Descartes also. Aber war es nicht vor kurzer Zeit Galilei und das Weltensystem? Und darf ich Euch an Eure Leidenschaft für Berichte über fremde Länder erinnern?«

»Oh, ich weiß. Aber mir steht im Moment nicht der Sinn nach Galilei oder Kepler, obwohl ich dies gewiss ein andermal durcharbeiten werde. Auch meine Übungen im Übersetzen haben in den letzten Wochen gelitten ...«

»Elise, Ihr zerstreut Eure Gedanken zu sehr«, mahnte Eleonore. »Ich habe es Euch schon oft gesagt, ich muss es repetieren. Ihr bringt keinen Gedanken zu Ende. Ihr wisst viel über dies, ein wenig über jenes. Ergibt das alles ein Bild? Ein Ziel? Und wenn Ihr Euch bald festlegen müsstet? Euch bald darüber im Klaren sein, was Ihr wirklich wollt?«

Elisabeth seufzte tief und lehnte die Stirn an ihre Knie

»›Ich wanke wie das Gras so von den kühlen Winden um Vesperzeit bald hin geneigt wird, bald her: Ich weiß nicht, was ich will, ich will nicht, was ich weiß: Im Sommer ist mir kalt, im Winter ist mir heiß.‹«

»Petrarca«, lächelte Eleonore. »Zumindest versteht Ihr, im richtigen Moment das Richtige zu zitieren. Und was ist das hier auf dem Schemel?« Mit einer leichten Handbewegung ergriff sie das Buch und schlug wahllos eine Seite auf. »Lasst sehen: ›Oh Herzallerliebste, so uns das Glück nach langen Qualen doch gefunden …‹«

»Gebt.« Elisabeth zog das Buch aus Eleonores Händen.

»Sind das die Wissenschaften, die Philosophie?«, lachte Eleonore, und das Lachen machte ihr etwas farbloses Gesicht lebendig und hübsch.

»Das ist für den Abend, ma chère«, erklärte Elisabeth. »Die Wissenschaft für den Morgen, wenn mein Kopf klar und frisch ist. Abends im Bett bei Kerzenlicht benötige ich etwas für schöne Träume.«

»Vom goldenen Ritter?«

»Schweigt!«, rief Elisabeth. »Den gibt es lange nicht mehr! War ich im zwölften Jahr damals oder im dreizehnten?«

»Und doch hofft Ihr insgeheim, er käme noch. Oder warum seid Ihr in aller Munde als die stolze Prinzessin, der kein Freier gut genug ist?«

Die Frage absichtlich überhörend, lehnte sich Elisabeth zurück gegen das Kopfende ihres Bettes und überlegte. »Ihr habt gewisslich Recht, wenn Ihr meine Art, Studien zu betreiben, kritisiert. Es fehlt mir an Anleitung, an Gespräch, an einer klaren Linie, an Stetigkeit. Es ist mir wohl bewusst. Oh, Eleonore, oft beneide ich die jungen Herren, die von ihren Vätern auf die Universitäten geschickt werden. Sie hätten all die Gelegenheit, sich ihren Studien in dem Ausmaße zu widmen, wie ich es mir oft erträume. Und sie wissen es nicht einmal zu schätzen, sondern vertun ihre Zeit mit Fechtübungen und Trinkgelagen. Würde mein Vater sich von mir beraten lassen und eine Universität gründen, hier, in der unbedeutenden Residenzstadt eines der unbedeutendsten der deutschen Lande! Wir könnten ein wenig Anteil nehmen an dem geistigen Leben. Stellt Euch vor, wenn ich Fürstin sein sollte – davon will Papa natürlich nichts hören.« Sie rückte an Eleonore heran und legte ihr den Arm um die Schulter. »Stellt Euch vor, Eleonore, ich werde die Fürstin von Messelstein sein und Ihr meine liebste und oberste Hofdame, wer weiß, meine erste Geheime Hofrätin! Wir werden eine Universität errichten und Gelehrte aus aller Welt um uns versammeln. Wir werden ein Theater bauen, Künstler an den Hof holen und große Gartenfeste veranstalten, die drei Tage dauern ...«

»Ihr träumt, ma petite«, sagte Eleonore sanft.

»Nennt mich nicht fortwährend ›ma petite‹, nur der wenigen Jahre wegen, die Ihr mir voraus habt«, brauste Elisabeth auf, und ihre sonst so warmen, dunkelblauen Augen sprühten Funken. »Und auch all meine anderen ehemaligen Damen, die ich für heute hier erwarte, mit denen wir einst zusammengesessen und geträumt und gelacht hatten ... Wie sie sich so alt und erfahren mir gegenüber vorkommen werden! Ganz deutlich werden sie es mir nicht sagen, denn ich bin die Prinzessin von Messelstein. Aber ihren Gesichtern werde ich entnehmen, dass sie mich für ein unerfahrenes Gänschen halten. Kaum zu lesen und zu schreiben vermögen sie, und nur, weil sie nun ihr Bett mit irgendeinem dieser Tölpel teilen – oh Pardon!«

Schnell legte sie ihre Hand auf den Mund. Eleonore schüttelte tadelnd den Kopf. Unmerklich war es Tag geworden, der Schnee vor dem Fenster tanzte nicht mehr, längst summte, dröhnte, klang und rasselte das ganze Gebäude vor Arbeit, Eile und Leben. Und noch immer saßen sie auf dem breiten Bett und holten alle versäumten Gespräche nach. Lang und zerzaust vom Schlaf fiel Elisabeths Haar über ihre Schultern.

Ein Klopfen an der Tür ließ sie aufblicken. Ein junges Mädchen in einem einfachen Leinenkleid blieb schüchtern neben der geöffneten Tür stehen. Elisabeth zog erstaunt die Brauen hoch. »Alors?«

»Bertha schickt mich. Sie selbst kann nicht kommen, es ist … wegen dem Feuer …«

»Wegen des Feuers?« Elisabeth starrte auf die reglose Gestalt. Was war das nur für ein Morgen, an dem das Feuer nicht wie üblich schnell und ohne viel Aufhebens geschürt wurde? Das Mädchen, welches diese Aufgabe sonst erledigte, tat dies so lautlos und geschickt, dass Elisabeth es meist nicht einmal bemerkte.

Das junge Ding stand noch immer in der Tür. »Nun hurtig, hurtig.« Eleonore winkte mit der Hand. »Der Kamin ist nebenan.«

Sie bedachte das Mädchen mit einem vorwurfsvollen Blick. »Es ist allerhöchste Zeit! Uns friert seit langem!«

»Es war so viel zu tun in der Küche, Mademoiselle«, stammelte das Mädchen, »wegen dem Ball, und da sagte Bertha …«

»Es muss doch möglich sein«, wandte Elisabeth sich verwundert an Eleonore, »ein Fest vorzubereiten und dabei die täglichen Pflichten nicht zu vergessen?« Sie schüttelte den Kopf. Dann sprang sie plötzlich vom Bett und fasste ihre Cousine bei der Hand. »Ihr habt mein Kostüm noch nicht gesehen!« Sie zog sie mit sich zu dem großen, ungeteilten Schrank, der die ganze Wand einnahm. »Eigentlich wollte ich es zuvor niemandem zeigen, aber Euch … Ach, ich muss es einmal vorführen! Die Grundidee stammt aus Paris, aber ich habe sie noch modifiziert. Vielleicht ist es eine Spur zu gewagt. Oh, Ihr wisst, mein Schneider ist ein wahrer Künstler, er hat es gezaubert, glaubt mir, eben so, wie ich es mir vorgestellt habe.«

»Ihr freut Euch sehr auf den Ball?«, fragte Eleonore vorsichtig.

»Es war schon ein wenig öde hier in diesem verschneiten Winter. Außer Anne sind zwar noch meine neuen Hoffräulein da, doch sie sind derart jung und mir noch so fremd, und eigentlich vermisse ich unsere Schwesternschaft, so wie sie noch vor zwei Jahren bestand, ehe eine nach der anderen sich hat verheiraten lassen. Aber heute werden wir alle beisammen sein, darauf freue ich mich am meisten.«

»Mademoiselle?« Das Mädchen stand in der Tür des Kaminzimmers. Elisabeth wandte den Kopf: »Rufe mir Marie. Ich verstehe überhaupt nicht, wo sie bleibt.«

»Es wird noch einen Augenblick dauern, wollt ich sagen, Mademoiselle«, sagte das Mädchen.

»Comment? Dauern?«

»Das … das Feuer, Mademoiselle. Es ist längst verloschen.«

»Mais ce n'est pas possible!« Elisabeth stampfte mit dem Fuß auf. »Dann zünde es auf der Stelle an! So schwer kann das doch nicht sein!« Sie blickte Eleonore Hilfe suchend an. »Eleonore, s'il vous plaît … Wie soll ich mich waschen und umkleiden bei dieser eisigen Kälte?«

Eleonore nahm das Mädchen beiseite und gab ihr leise und bestimmte Anweisungen, während Elisabeth die Tür des großen Schrankes öffnete. »Seht, Eleonore, es ist …«

»Un moment, Elise«, unterbrach Eleonore. »Marie kann nicht kommen. Sie sei krank, ließ sie durch diese Kleine ausrichten, aber …«

Elisabeth wurde blass. »Oh, mais non! Oh, Eleonore, was ist das für ein Tag! Ohne Marie nehme ich an dem Ball nicht teil! Nur sie hat derart geschickte Hände, nur sie ist in der Lage, mich so zu frisieren, wie ich es mir vorgestellt habe.« Sie sah Eleonore verzweifelt an. »Geht und holt sie. So krank kann sie doch nicht sein. Gestern war ihr noch ganz wohl!«

»Schhh« machte Eleonore und legte ihrer Cousine beschwichtigend die Hand auf den Arm. »Marie fiebert. Ich habe nach der alten Anna geschickt, sie wird für heute Morgen genügen. Und nach Marie werde ich selbst sehen und sie für den Abend zu Euch schicken, wie auch immer sie sich fühlen mag. Und nun«, Eleonores Stimme wurde ernst, »habe ich mit Euch zu reden.« Sie zog Elisabeth zurück auf ihr Bett. »Hattet Ihr die Gästeliste schon in Händen?«

Elisabeth schüttelte den Kopf. »Ich erklärte Euch bereits, ich durfte mich um nichts kümmern. Er tat sehr geheimnisvoll, der Herr Vater. Ich fand ihn äußerst reizend dabei. Ich möchte ihm den Spaß nicht verderben, zumal ich mir ohnehin denken kann, wer geladen ist. Mit den engsten Verwandten soupierte ich bereits gestern. Und Euch und meine Damen sehe ich heute Nachmittag hier bei mir zur Schokolade.«

»Es gibt Schokolade!«, rief Eleonore entzückt. »Wer in aller Welt hat sie Euch besorgt?«

»Mein lieber alter Hofrat besorgt mir einfach alles! Auch wenn es nicht seine Aufgabe ist. Nur darf Papa nicht immer davon erfahren. Er klagt ansonsten darüber, dass er verarmen wird an derartigen Ausgaben.«

»Ihr habt die Gästeliste also nicht gesehen?«

»Mais non. Wozu auch? Wäre es nicht langweilig, auf einem Maskenballe einen jeden Gast vorab zu kennen? Wo bliebe da der Zauber?«

»Erkundigt Euch bei ihm danach. Gleich beim Morgenmahl.«

»Gleich?« Elisabeths Blick fiel erschrocken auf die zierliche goldene Tischuhr, die in einem schmalen Glasschrank zwischen kostbaren venezianischen Gläsern, Bronzefiguren und sonstigen Kleinodien fast verborgen stand. »Oh, mon Dieu, er hasst es, wenn er warten muss! Und hier ist es noch immer zu kalt, sich umzukleiden, und die alte Anna ist noch nicht da und alleine komme ich nicht zurecht!« Elisabeths Wangen färbten sich rot.

»Beruhigt Euch, ma chère.« Eleonore geleitete Elisabeth zum Frisiertisch. »Der Onkel wird schon nicht allzu ungehalten sein.« Sie drehte sich zu dem Mädchen um, das mittlerweile ein Gefäß mit Glut vom Küchenherd geholt hatte und sich eifrig am Kamin zu schaffen machte. »Besorge eine Schüssel mit warmem Wasser.«

»Verzeiht.« Elisabeth atmete tief durch. »Ich bin extrèmement aufgeregt.« Sie zupfte das seidene Nachtgewand gerade. Plötzlich blickte sie Eleonore beunruhigt an. »Wie meintet Ihr das mit der Gästeliste? Ist Graf Eberhard aufgeführt?«

»Naturellement, was habt Ihr erwartet? Er ist schließlich ein Freund Eures Vaters und der Souverän Eures Nachbarlandes.«

»Und ein Bewerber um meine Hand.« Elisabeth verzog das Gesicht. »Ich werde ihn zu meiden wissen.«

»Ich dachte auch nicht nur an den Grafen, das wäre das kleinste Übel. Nein: Der Fürst von Messelstein lässt ein großes Fest anstellen und hat dazu aus der Nähe und Ferne alle heiratslustigen Männer geladen.«

Elisabeth wurde bleich. »Alle?«

»Alle, welche nur im Entferntesten in Frage kommen.«

»Sagt, dass Ihr scherzt!«, flehte Elisabeth.

Eleonore schüttelte traurig den Kopf. »Es entspricht der Wahrheit. Ich glaube, es ist ihm sehr ernst.«

Nun also ist es so weit, dachte Elisabeth. »Ah, quelle bêtise!« Unwillig schüttelte sie den Kopf. »Wartet, bis ich ihn gesprochen habe. Es ist mir immer gelungen, diese Pläne aufzuschieben. Ach, Eleonore, es wird uns schon etwas einfallen, die Tölpel derart zu brüskieren, dass es ihnen niemals wieder einfällt, die Nähe dieses Schlosses zu suchen, oder?« Ihre Augen funkelten tückisch.

»Vorsicht, Elise«, warnte Eleonore. »Euer Vater ist kein Mann, der mit sich spaßen lässt.«

»Mais non, er ist der liebste Papa, der sich denken lässt.«

»Elise, er mag sich Euch gegenüber äußerst liebevoll und nachsichtig verhalten, aber ich kenne ihn, er tut dies meist nur Euch gegenüber, und das vielleicht auch nur, solange Ihr Euch ihm nicht widersetzt.«

»Habe ich mich nicht all die Jahre widersetzt?«

»Einen schönen guten Morgen wünsche ich den Mademoisellchen.« Anna, die Zofe der Großtante, betrat den

Raum. Sie stellte vorsichtig eine Schüssel mit warmem Wasser an der Seite des Bettes ab. »Der Herr Vater wird warten«, bemerkte die alte Frau lächelnd. »Aber ich werde mein Bestes tun. Zeigt mir nur das Kleid, ich kenne den Schrank vom Mademoisellchen nicht so gut.«

Eleonore deutete einen Knicks an. »A l'après-midi!«

»Eleonore, bleibt noch«, flehte Elisabeth. Eine Beklemmung hatte sie ergriffen, die sich nicht beiseite schieben ließ.

»Es wird Zeit für mich, Toilette zu machen. Schaut mich an, unfrisiert, im Nachtgewand! Wenn mich jemand in dieser Façon auf den Gängen sieht! Die Nichte des Fürsten!« Sie strich Elisabeth über die zerzausten Haarwellen. »Reizt ihn nicht allzu sehr, ma petite. Letztendlich seid Ihr gezwungen, das zu tun, was er befiehlt.«

»Solche Worte von Euch? Die Ihr nie eine Ehe einzugehen gedenkt?«

»Für mich ist es einfacher, Elise. Mich drängt niemand so sehr.« Eleonore küsste Elisabeth auf die Stirn. »A bientôt, viel Glück.«

»Oh Gott, die schönen Kleider!« Die alte Zofe stand entzückt vor dem großen Schrank. »Es ist wirklich ein Vergnügen, einmal eine junge Dame zu umsorgen.«

»Ein ganz schlichtes für den Morgen, Anna«, entschied Elisabeth. Sie benetzte Hände und Gesicht mit Wasser, zog ihr Nachtgewand über den Kopf und fasste nach der bereitgelegten seidenen Unterwäsche.

»Ist dies hier recht, Mademoiselle?« Anna hielt ein schilfgrünes Kleid aus glänzendem, ungemustertem Atlas hoch.

Elisabeth nickte. Sie tauchte die Füße in die Schüssel und setzte sich nach dem kurzen Fußbad an den Frisiertisch.

Mit Beendigung der an diesem Morgen nicht gar so ausgiebig ausgefallenen Toilette warf Elisabeth einen Blick in den Spiegel. Ja, so konnte sie gehen: etwas eilig, aber dennoch manierlich zurechtgemacht. Das straff aus der Stirn nach hinten gekämmte Haar betonte die ebenmäßige Form ihres Gesichtes und ließ es nicht ganz so jung und weich erscheinen wie die zerzausten Locken in der Frühe. Die Zofe hatte ihr das Haar am Hinterkopf zu einem Chinon gesteckt, nur zwei weiche, gedrehte Locken fielen an ihrer linken und rechten Schläfe auf die bloßen Schultern.

Elisabeth wippte ungeduldig auf und ab, als Anna noch die Schnüre am Rücken festzog.

»Dieser weite Ausschnitt«, tadelte die alte Frau.

Elisabeth lachte. »Es kommt ein Kragen darüber. Nimm einen von dort oben.«

»Das Halsband!«, rief ihr Anna nach, ehe Elisabeth durch die Tür verschwinden konnte. Also kehrte sie noch einmal um und ließ sich mit wachsender Ungeduld die Perlen um den Hals schließen.

3.

So gerne sie für gewöhnlich ihres Vaters Gemächer zum gemeinsamen Frühstück aufsuchte, so befangen ging sie an diesem Morgen. Trotz aller Zuversicht, die sie Eleonore gegenüber gezeigt hatte, verließ die Unruhe sie nicht.

Was bedeutete die Geheimniskrämerei? Sonst hatte er die Freier vorher angekündigt, das Für und Wider lachend mit ihr abgewogen, sie tausendmal getadelt, weil sie an einem jeden etwas auszusetzen hatte. Ah, aber damals, als sie noch sechzehn und siebzehn gewesen war und ihm gesagt hatte, die Herren seien ja längst nicht so schön und klug wie er, da hatte er sich noch geschmeichelt gefühlt und die unangenehme Angelegenheit gerne verschoben, zumal er in dieser Frage aus ihr nicht ganz ersichtlichen Gründen selbst noch unentschlossen war.

Zuletzt aber war er ungeduldiger mit ihr gewesen als früher, hatte sogar schon angemerkt, wenn ihr ohnehin keiner zusage, wie wäre es dann mit dem Grafen Eberhard, der sei keine gar so schlechte Partie, politisch und wirtschaftlich gesehen.

Politisch und wirtschaftlich gesehen! Elisabeth rümpfte die Nase. Sie sah da etwas ganz anderes. Sie sah immer wieder seine schrecklichen Hände auf ihrer Haut, sein alterndes Gesicht dicht vor dem ihren. Und mochte er auch schon recht alt sein, etwas älter gar als ihr Vater, so bestand dennoch die Gefahr, dass er achtzig wurde, und das wären noch mehr als dreißig Jahre an seiner Seite.

Keine einzige Stunde wollte sie mit ihm alleine verbringen! In Gesellschaft mochte er ein geistreicher, vielseitig gebildeter Unterhalter sein; als Freund ihres Vaters hatte sie ihn durchaus geschätzt. Von Reisen, Kunstwerken und Menschen hatte er ihr erzählt. Jedoch, es schien, die Männer zeigten erst jetzt, da Elisabeth im heiratsfähigen Alter war, ihre wahre Natur. Und wenn es sich dabei wirklich um ihre wahre Natur handelte, verzichtete sie gerne. Sie musste nur an den Ball bei Herzog August denken, als Eberhard mit ihr getanzt, sie danach beiseite gezogen und seine Hand so anzüglich auf ihren Arm gelegt hatte. Und die Hand dann ein wenig höher schob, bis unter den Ärmel ihres Kleides. Es schauderte sie noch jetzt bei der Erinnerung an diese Berührung.

Sie eilte den Gang entlang und warf einen kurzen Blick durch die hohen Fenster auf den mit Schnee bedeckten Hof. Eine Magd zog ein brüllendes Kind zurück in die Behausung, ein Wagen fuhr vor. Elisabeth blieb einen Moment stehen, um herauszufinden, wer da vorgefahren sein mochte, besann sich eines Besseren und eilte weiter, um den Vater nach allem, was sie gehört hatte, nicht unnötig in schlechte Stimmung zu versetzen.

Gottfried, der junge Kammerherr des Fürsten, stand in der geöffneten Tür. »Ich werde es ausrichten, Durchlaucht«, sagte er. Am Klang seiner Stimme erriet sie, dass er diesen Satz sicherlich bereits zum vierten Male wiederholte.

»Und vergiss nicht, dass er nicht vor übermorgen kommen darf. Es nimmt sonst alles überhand in diesen drei Tagen. Also, nicht vorher«, tönte eine selbstbewusste, tiefe Stimme aus dem Gemach.

»Wie könnte ich das vergessen, Durchlaucht.« Der Kammerherr verneigte sich leicht, trat einen Schritt zurück und stieß mit Elisabeth zusammen. »Oh Pardon, Mademoiselle la Princesse«, entschuldigte er sich mit seiner geschmeidigen, weichen Stimme. Elisabeth errötete. Wenn Ihr wüsstet, mon cher Gottfried, dachte sie, aber er wusste von nichts, lächelte nur ein wenig, öffnete die Türe weit für sie und verschwand dann in der entgegengesetzten Richtung des Ganges.

Elisabeth raffte das Kleid zusammen und rauschte über die Schwelle des großen Zimmers. Ihr Vater saß wie immer fertig angekleidet an dem kleinen, reichlich gedeckten Frühstückstisch am Fenster und rief fröhlich: »Guten Morgen, meine kleine Prinzessin!«

Erleichtert trat sie näher, offenbar war er bei bester Laune.

Die Morgensonne schien hell auf den Tisch und gab dem sonst eher zu dunklen Raum ein freundliches Aussehen.

»Guten Morgen, Herr Vater.« Elisabeth beugte sich vor, um dem Fürsten einen Kuss auf die Wange zu hauchen.

Der alte Kammerdiener Benedikt rückte ihren Stuhl für sie zurecht. Sie schnupperte. Etwas roch ungewöhnlich. War es der Tee? »Für mich?« Sie tippte auf die warme Kanne. »Wie reizend von Euch.«

»Nur für meine Prinzessin. Du wirst doch nicht annehmen, dass ich je solch exotisches Zeug zu mir nehme. Schenk mir frische Milch ein, Benedikt.«

»Verzeiht meine Verspätung«, entschuldigte sie sich und nahm Weißbrot und Honig, »aber Marie ist erkrankt und Eleonore suchte mich bereits früh auf ...«

Der Fürst winkte ab. »Heute ist dein Tag, mein Kind, du musst dich nicht entschuldigen.«

»Ihr habt noch nicht begonnen, Vater?«, fragte sie mit einem Blick auf die noch unberührten Speisen. »Habt Ihr auf mich gewartet?«

Er räusperte sich verlegen. »Auch ich habe mich heute ein wenig verspätet.« Er sah sie nicht an, sondern tauchte seinen Löffel in die Morgensuppe.

Etwas in seiner Stimme ließ sie aufhorchen. Warum wurde er deswegen verlegen? Nur weil es eine Seltenheit war, dass der Fürst von Messelstein am frühen Morgen noch nicht seinen Geschäften nachging? Plötzlich wurde ihr bewusst, welcher Geruch an diesem Morgen im Schlafgemach ihres Vaters hing, über den schweren Eichenmöbeln und den moosgrünen Vorhängen. Es war nicht der Tee. Es war der feine Duft eines Parfums. Und ihr Vater gehörte nicht zu den Herren, die Parfum benutzten. Sie wagte einen Blick aus den Augenwinkeln auf das breite, noch ungemachte, zerwühlte Bett. Der Gedanke an ihren Vater und eine Frau in diesem Bett irritierte sie so sehr, dass sie eine Weile stumm in die Tasse blickte, um sich wieder zu sammeln.

Gewiss wussten es alle am Hofe. Alle, außer ihr. Ging sie wirklich mit geschlossenen Augen durch das Leben, wie Eleonore manchmal behauptete, oder lag es daran, dass niemand es wagte, in ihrer Gegenwart über das Liebesleben ihres Vaters zu tuscheln? Liebesleben – welch absurdes Wort im Zusammenhang mit dem Fürsten! Nie war ihr der Gedanke gekommen, dass auch ihr Vater nur ein Mann war. Vorsichtig musterte sie ihn, fast fürchtete sie, er könne ihre Gedanken lesen. Zweiundvierzig Jahre schienen Elisabeth ein zu hohes Alter für derartige Affären, und dennoch, waren nicht selbst einige Bewerber um ihre Hand ebenso alt und dabei längst nicht so kräftig und schlank wie der Fürst? Eigentlich sah er nicht übel aus. Er hatte das feste, geradlinige Gesicht eines Mannes, der es gewohnt war, in allen Dingen Maß zu halten. Sein Blick war selbstbewusst, überlegen, meist abschätzend und vorsichtig, wurde aber weich, wenn er seine Tochter ansah. Für Elisabeths Geschmack kleidete und frisierte er sich zu steif, zu unmodern, doch wirkte er sehr schlicht und würdevoll in seinem einfachen dunklen Rock mit dem glatten, weißen, spitzenlosen

Kragen und den schwarzen Hosen, die bis knapp unter die Knie reichten. Das Haar trug er schulterlang, selten, dass er es in Locken legen ließ, auch hatte er noch einen dieser furchtbar veralteten Oberlippenbärte und einen kleinen, spitzen Kinnbart.

Seit dem Tod ihrer lebhaften, jungen Stiefmutter Claudia waren bereits neun Jahre vergangen. War es seine erste Geliebte seit jener Zeit oder bereits die vierte? War es eine unter vielen?

»Woran denkst du so schwer?«, drang seine Stimme durch ihre Gedanken. »Freust du dich nicht auf deinen Ball?«

»Sehr, mon cher Papa, ich freue mich terriblement – aber meint Ihr, alle Gäste werden kommen bei diesem Schnee?«

»Wenn das deine einzige Sorge ist.« Er lachte. »Die meisten sind ohnehin schon da, und gestern noch habe ich die Bauern mit Schaufeln hinausgeschickt, die Straßen freizuhalten. Sie sind die ganze Nacht draußen geblieben. Nun zufrieden?«

Es klopfte. Der Fürst bedeutete Benedikt zu öffnen. Gottfried trat wieder ein. Jung-Gottfried, dachte Elisabeth bei sich.

»Der Herr von Rentlin, Durchlaucht, wegen der Sache vor dem Reichskammergericht …«

»Stör mich nicht beim Essen, Gottfried«, sagte der Fürst knapp. »Das Reichskammergericht hat es selten eilig.«

»Er wollte lediglich in Erfahrung bringen, zu welchem Zeitpunkt er diesbezüglich vorsprechen darf.«

»Ein andermal. Nach den Festlichkeiten. Jetzt ist gewiss keine Vorsprechzeit, das müsste er doch langsam begriffen haben.«

»Und wann …«

»Scher dich hinaus. Ein andermal eben.«

Gottfried verbeugte sich leicht in Elisabeths Richtung. »Mademoiselle la Princesse.« Elisabeth neigte den Kopf.

»Der Himmel weiß es«, sagte der Fürst, als Gottfried die

Tür hinter sich geschlossen hatte, »manchmal dachte ich, ich würde dir sogar den Gottfried erlauben, nur damit du endlich unter die Haube kommst. Willst du den Gottfried?«

»Papa?«, rief sie erstaunt aus.

»Du hast Recht, er ist nur ein einfacher Edelmann. Aber ihr macht doch immer Stielaugen, ihr Frauen, wenn er vorbeigeht, oder? Mir wäre er zu weibisch. Nun ja, der heutige Abend …« Er führte den Satz nicht zu Ende, nahm sich stattdessen ein Stück Brot und tauchte es in den Suppenrest. Elisabeth schien es, dass er außergewöhnlich viel Konzentration auf diesen Vorgang verwandte. Ihre Finger schlossen sich fest um die warme Teetasse.

»Vater, Ihr … Ihr habt eine äußerst große Anzahl an Herren geladen für den Abend …«

Der Fürst blickte an ihr vorbei. »Ich wollte mit dir noch darüber sprechen …« Er räusperte sich erneut. »Es ist nur ein Ball«, betonte er, »nicht mehr als das; es ist noch keine Zusage gemacht.«

Elisabeth saß reglos. Nur ein Ball …

»Du weißt, wie lange ich versucht habe, dich zu einer vorteilhaften Verbindung zu bewegen, und ich habe mit deinen Eigenheiten viel Geduld bewiesen …«

»Ihr habt mir versprochen …« Elisabeth lauschte erstaunt dem heiseren Klang ihrer Stimme nach. »Ihr gabt mir Euer Wort …«

»Mein Kind, es ist an der Zeit, eine Entscheidung zu treffen. Ich habe die entsprechenden Herren ein letztes Mal geladen. Du siehst sie dir in Ruhe an, nach dem Ball beraten wir uns.«

»Mais, Papa …«

»Schweig jetzt.« Er rückte den leeren Teller beiseite. »Benedikt, räum mein Geschirr ab.«

»Vater, ist es vonnöten, dass ich Euch an Euer Versprechen gemahne, demgemäß Ihr meine Entscheidung bei der Wahl meines Gemahls nicht übergehen werdet? Ihr rühmt Euch, nie Euer Wort gebrochen zu haben …«

»Das ich in einer unbedachten Stunde gab«, seufzte der Fürst. »Sei unbesorgt, ich sagte bereits: Wir besprechen uns. Auch wenn es beileibe nicht üblich ist, ich werde dich über deine Wahl befragen. Die Entscheidung über den Zeitpunkt deiner Vermählung jedoch habe ich *mir* vorbehalten. Sie wird noch in diesem Jahre stattfinden.«

Sie versuchte ein Lächeln. »Ihr scherzt, Vater.«

»Ich scherze mit diesen Dingen nicht länger.« Die Stimme des Vaters wurde fest. Die Stimme des Fürsten, der über eine wichtige Angelegenheit zu entscheiden hatte. »Das Fest wird drei Tage dauern. Heute Abend findet das Maskentreiben statt, am morgigen Tag das große Festessen. Am dritten Tag wird der Großteil der Gäste abreisen, denn dieser Tag ist einem kleineren Kreise vorbehalten, dem wir dann den Zeitpunkt deiner Verlobung bekannt geben. Und die Verlobung wird genau heute in einem Monat stattfinden. Die Hochzeitsfeierlichkeiten hatte ich für den Sommer vorgesehen.«

Elisabeth spürte ein wütendes Zittern in ihrem Körper aufsteigen, obwohl sie sich so sehr bemühte, ruhig zu bleiben. »Ich nehme an, es wird sich bei den geladenen Herren um ebenjene handeln, die sich bereits vor Zeiten bewarben. Ich habe über keinen meine Meinung geändert.« Sie zuckte verächtlich mit den Schultern.

»Du kennst doch keinen der Herren wirklich«, grollte der Fürst.

»Ihr sagt es, Vater«, bemerkte sie spitz. »Und warum denkt Ihr, dass ich überhaupt eine Ehe eingehen will? Ihr wisst, dass ich mir mein Leben anders denke. Anders zumindest, als Ihr es Euch für mich erdenken mögt.«

»Elisabeth Charlotte«, schnitt der Fürst ihr das Wort ab, »ich bemerke zusehends, welche Fehler ich in deiner Erziehung gemacht habe. Ich ließ dich zu oft in die Bücher schauen, gewährte dir zu viele Freiheiten ...«

Gewährte!, dachte sie bitter.

»... machte dich ungenügend auf deine Pflichten als Trägerin unseres Namens aufmerksam. Wäre deine Mutter nicht so früh gestorben, hättest du einen Bruder gehabt ...« Er seufzte schwer.

Jetzt versucht er es mit Mitleid, dachte sie aufgebracht, und wenn das nicht hilft, wird seine zurückgehaltene Wut ausbrechen. »Wozu braucht Ihr einen Schwiegersohn?«, fragte sie sanft. »Ihr besitzt doch eine Erbin für Euren Thron. Ich benötige keinen Mann an meiner Seite. Denkt nur an Elisabeth von England, denkt an Landgräfin Amalie, die ihr Land alleine durch den Krieg führte ...«

»Schweig! Was versteht eine Frau schon vom Regieren? Das waren Ausnahmen, der Not gehorchend. Was würdest du tun, wärest du an meiner Stelle? Eine neue Gartenanlage in Planung geben? Das Schloss ausbauen? Die so genannte Kultur in unser Land führen? Und mit welchen Mitteln? Das vermagst du mir nicht zu sagen. Kannst du dir überhaupt eine Vorstellung machen von den Sorgen eines Herrn über all das Land?«

Oh nein, dachte sie, jetzt kommt das ewige Kriegsgerede.

»Die Steuern kann ich nicht erhöhen. Es ist nichts mehr da, das Land ist ausgeblutet in all den Jahren. Weißt du, wie lange der Krieg hier gewütet hat? Weißt du, wie lange es dauern wird, bis alles wieder so ist wie zuvor? Du warst noch nicht geboren, du weißt nichts davon.«

Was hat all dies mit meiner Vermählung zu tun?, überlegte sie.

»Was verstehst du von den Finanzen? Von der Politik? Ich schaffe dir deine Roben herbei, deine ausgesuchten Speisen, deine Bücher – es ist an der Zeit, dass auch du etwas für mich tust.«

Dass sich das auszahlt, was du in mich angelegt hast? Ist es das, was du damit sagen willst, Vater?, dachte sie. Doch sie schwieg.

»... und wenn mir der Herr, so er will, doch noch einen Erben schenken sollte, mein Kind, dann ist es mir wichtig, dich gut versorgt zu wissen ...«

Oh, Attention, sie horchte auf. Das sind neue Töne. Wer war die Frau heute Nacht?

»... du solltest einen Gatten wählen, der dir das bieten kann, was du benötigst. Ich kenne dich doch, mein Kind. Du liebst das angenehme Leben, die Bälle, die Kunst, die Poesie. Du musst sorgfältig wählen und ich werde dir dabei zur Seite stehen.«

Wie kannst du wissen, was ich brauche, Vater?, dachte sie verzweifelt.

»Alle deine Damen sind längst eine Ehe eingegangen oder stehen zumindest kurz davor ...«

»Eleonore ...«

»Still mit diesem Weib! Meiner Schwester hätte ich zugetraut, ihre Tochter besser zu erziehen! Sie hat einen schlechten Einfluss auf dich, mein Kind. Vielleicht werden dich deine Damen eines Besseren belehren, wenn ihr heute beisammensitzt und plaudert.«

Hat er sogar meine Freundinnen nur eingeladen, damit sie mich vom Glück der Ehe überzeugen?, fragte sie sich entsetzt. Hat er mein Leben immer derart gelenkt, ohne dass ich es bemerkte?

»Noch, meine Prinzessin, gibt es zahlreiche Männer, die sich um dich bewerben, auch wenn wir beileibe kein reiches Land sind. Aber du wirst älter werden ...«

»Ihr seid ebenfalls nicht mehr der Jüngste«, entgegnete sie spöttisch, »und tragt Euch mit Gedanken an einen männlichen Erben.«

»Ich verbitte mir, dass du auf diese Weise mit mir sprichst! Du hast mich längst zum Gespött gemacht mit deiner aufsässigen Art!«

Ah, dachte sie böse, nun kommen endlich die wahren Gründe zum Vorschein.

»Wovon reden die Menschen, wenn das Gespräch auf unser Land kommt? Von der stolzen Prinzessin, die alle Bewerber abweist und ihrem Vater auf der Nase herumtanzt. Meine Geduld ist zu Ende.« Er holte einen Augenblick

Atem, strich sich über den Kinnbart, dann wurde seine Stimme weicher. »Und dennoch lasse ich dir noch dieses Mal die Wahl. Du siehst sie dir in Ruhe an, mein Kind, nicht wahr, und morgen früh besprechen wir uns.«

»Wir besprechen uns? Also trefft Ihr die letzte Entscheidung? Dann könnt Ihr mir doch gleich den Grafen vor die Nase setzen, das habt Ihr doch im Sinn, n'est-ce pas? Wozu die ganze Komödie?«

»Was hast du einzuwenden gegen den Landgrafen Eberhard? Die Damen verehren ihn …«

»Das mag zwanzig Jahre her sein!«

Der Fürst ließ sich nicht beirren. »Er ist ein reifer, erfahrener Mann, nicht so ungestüm und grün hinter den Ohren wie die jungen Laffen. Er weiß, wie man eine Frau behandelt …«

Oh non, graute es ihr, will er mir deutlich machen, dass Graf Eberhard weiß, wie man eine Jungfrau in der Hochzeitsnacht zart anfasst? Allein der Gedanke ließ sie heftig erschaudern.

»Er hätte auch Verständnis für deine eigenwilligen Interessen. Er ist selbst ein gebildeter Mann, er würde dich weiterhin lesen lassen …«

»Welche Gnade.«

»Falle mir nicht unentwegt ins Wort!« Er erhob seine Stimme. »Ich bin nicht nur dein Vater, ich bin auch dein Fürst. Ich bin der Fürst und Vater dieses Landes, ich muss es regieren mit Umsicht und Vernunft zum Wohle aller, die hier leben …« Elisabeth hatte diese Worte befürchtet und blickte ergeben in die Tasse mit dem kalt gewordenen Tee. »… dafür verlange ich, dass meine Untertanen mir gehorchen, so wie auch die Kinder ihrem Vater gehorchen. Ohne zu murren. Aber wie kann ich das verlangen, wenn alle Welt sieht, dass meine eigene Tochter sich mir widersetzt? Wenn ich nicht Ordnung halten kann in meinem eigenen Hause? Als dein Fürst befehle ich dir …«

»Lasst es genug sein, Vater, ehe Ihr mir auch noch mit

den Pflichten kommt, die ich Eurer Meinung nach habe. Sagt mir freiheraus, welchen Nutzen Ihr Euch von meiner Eheschließung erwartet.«

Ihre ungewohnte Schärfe ließ ihn stutzen. »Nutzen?« Er räusperte sich. »Ich denke in der Angelegenheit viel weniger an den Nutzen für unser Land, als du vielleicht ahnen magst. Dächte ich ausschließlich an die Finanzen, wäre es nicht der Graf, zu dem ich dir raten würde. Er ist alles in allem nur um weniges vermögender, als wir es sind. Nun ja, es ließe sich, da er unser Nachbar ist, über die Zollschranken reden, aber du kannst sicherlich nicht ermessen, was das für uns bedeutet ... An dein Wohl denke ich dabei vor allem, mein Kind. Ich bin es, der für dich in die Zukunft sehen muss. Das Leben gleicht keiner deiner Geschichten und Romane, du kannst es noch nicht richtig überblicken, du bist noch zu gefühlsbetont, du denkst ...«

»Eure Ehe mit Mama wurde ebenfalls auf diese Weise geschlossen«, bemerkte sie.

Er stutzte erneut und fand den Faden seiner Rede nicht wieder. »Wir achteten einander sehr, deine Mutter und ich«, begann er vorsichtig.

»Warum war sie niemals glücklich hier?«, rief Elisabeth.

»Was unterstehst du dich, so zu reden? Du warst erst sieben Jahre alt, als sie starb.«

»Auch ein Kind hat Augen und Ohren!«

»Schweig«, sagte er erschöpft. »Du sprichst von Dingen, die du noch nicht begreifen kannst. Meine Zuneigung zu deiner Mutter mag anders gewesen sein, als du es in deinen poetischen Werken vorfindest, aber ...«

»Aber Claudia habt Ihr selbst gewählt, und Claudia ...« Sie brach ab. Sie sah die Veränderung in seinem Gesicht. Es schmerzte ihn noch immer, über Claudia zu sprechen.

Er seufzte tief. »Es ist gut«, winkte er ab. »Geh nun nicht im Zorn, Elisabeth. Freue dich auf deinen Ball, amüsiere dich, und morgen früh reden wir in Ruhe über deine Verlobung.«

Sie erhob sich und deutete einen Knicks an. »Ich sehe Euch bei Tisch, mein Vater.«

Er lächelte versöhnlich. Benedikt öffnete ihr die Tür.

Sie wandte sich noch einmal um. »Und zieht Euch nicht so altfränkisch an heute Abend. Lasst Euch von Gottfried beraten.«

4.

Kaum hatte sich die Tür hinter ihr geschlossen, sank Elisabeth an die Wand des langen Ganges. Gottlob war niemand zu sehen. Sie presste die Stirn gegen den kalten Stein, so fest und so lange, bis sie glaubte, die ungeheure Erregung, die sich ihrer während des Gespräches bemächtigt hatte, überwunden zu haben. Sie starrte aus dem Fenster, ohne etwas zu sehen. Wie ernst er geklungen hatte. Wie entschieden. Sollte Eleonore Recht behalten? Sollte es ihr dieses Mal nicht gelingen, seine Heiratspläne aufzuschieben? Musste sie sich fügen? Auf dem Weg in ihre Gemächer schwirrten die Gedanken ungeordnet durch ihren Kopf.

»Mademoiselle la Princesse!«, rief jemand hinter ihr.

Schon wieder Gottfried. Sie blieb fragend stehen.

»Das Halsband, Mademoiselle.« Er war ein wenig außer Atem. War er hinter ihr her gerannt? Sie hatte ihn nicht gehört. Er hielt ihr Perlenhalsband in der Hand. Sie hatte nicht einmal bemerkt, wie es ihr entglitten war.

»Ich werde es wieder schließen, ma chère.«

Seine Stimme war immer eine Spur zu sanft. Was erlaubte er sich, sie so vertraulich anzureden? Ehe sie etwas erwidern konnte, fühlte sie seine Hände auf ihrem Nacken. Geschickt schloss er das Band und verneigte sich.

»Ich danke Euch«, murmelte sie, ohne ihn dabei richtig anzusehen. Sie schlüpfte eilig in ihr Gemach und lehnte sich erleichtert mit geschlossenen Augen gegen die Tür. Gottfrieds Hände brannten auf ihrem Hals.

Wie konnte ein solcher Mensch derartige Gefühle in ihr wachrufen, nach allem, was sie mittlerweile von ihm wusste?

»Jung-Gottfried« hatten sie ihn immer genannt, Anna, Eleonore, sie selbst und die anderen. Nur einen Mann, der Jung-Gottfried glich, wollten sie je erhören. Jung-Gottfried mit seinen blonden Locken, seinen feinen Gesichtszügen, seinen schlanken Händen und seinen höflichen Umgangsformen. Er verstand es, ganz reizend auf dem Cembalo zu spielen, und war einer der besten Tänzer, die sie kannte. Einmal hatten sie in ihrem Zimmer vor Verliebtheit geweint, nachdem er mit seiner geschmeidigen Stimme Gedichte vorgetragen hatte.

Mit den Jahren bemerkte Elisabeth wohl, dass sich seine Talente darin erschöpften, und dennoch schien er ihr noch immer eine der angenehmsten Erscheinungen bei Hofe zu sein. Doch auch dieses Bild war vor nicht allzu langer Zeit drastisch zerstört worden. An einem der dämmrigen Winternachmittage war sie in dem großen Lehnstuhl der Bibliothek über einem Buch eingeschlafen. Dunkelheit hatte sie umgeben, als sie erwachte; sie hatte sich nicht sofort zurechtgefunden. Geräusche hatten sie geweckt, die verhaltenen Stimmen eines Mannes und einer Frau. Wie aufregend, hatte sie noch gedacht, heimliches Liebesgeflüster, ein geraubter Kuss. Die Stimme des Mannes war eindeutig Gottfrieds Stimme gewesen, schmeichelnd, werbend, so intensiv, dass auch Elisabeth ein wohliger Schauer über den Rücken rann. Die Frau schien keine der Damen von Stand zu sein, es musste sich um eines der Mädchen handeln, die die Zimmer sauber hielten. Wie kann es sein, dass ein so gewöhnliches Ding seine Liebste ist?, hatte sie sich gewundert. Sie hörte das Mädchen wiederholt »nein« und »bitte nicht« flüstern. Doch anders, als Elisabeth gedacht hatte, verließen die beiden das Zimmer nicht nach einigen Küssen. Und als sie die Röcke des Mädchens rascheln hörte, ein Stolpern vernahm und endlich die Situation erfasst hatte, begriffen, worum es dem Manne ging, wünschte sie, sie hätte sich sofort bemerkbar gemacht, doch nun war es zu spät. Die Stimme des Mädchens war gänzlich verstummt, Elisabeth fühlte sich alleine im Dunkel mit Gottfrieds beschleunigtem Atem, seinem Stöhnen und, nach peinigenden Minuten, einem erneuten Kleiderrascheln. Elisabeth grub ihr Gesicht in den groben Stoff des Stuhles. Es kann nicht sein, dachte sie wieder und wieder. Nicht so, nicht hier, nicht so abstoßend. Dann wieder Gottfrieds Stimme, diesmal nicht mehr schmeichelnd, eher kühl. Er gehe vor, sie solle eine Weile warten, ehe sie die Bibliothek verlasse, damit niemand sie zusammen sehe. Für eine kurze Zeit blieb Elisabeth alleine mit dem Mädchen in der Dunkelheit. Das Mädchen schluchzte leise, und Elisabeth überkam die plötzliche Regung, sich bemerkbar zu machen und es zu trösten. Sie unterdrückte das eigenartige Gefühl und begriff es auch nicht. War das Mädchen nicht aus freien Stücken in diese Lage geraten? Weder hatte es geschrien noch sich gewehrt.

Seither errötete Elisabeth jedes Mal, wenn sie Gottfried begegnete. Noch immer lehnte sie an der Zimmertür und fühlte seine Hände auf ihrem Nacken. Sie hatte unentwegt an das Geschehnis in der Bibliothek denken müssen, meist mit Abscheu, doch oft auch, sie wagte kaum, es sich einzugestehen, mit einem seltsam erregenden Prickeln.

Sie schlug die Hände vor ihr Gesicht. Würde es ihr in nur kurzer Zeit ebenso ergehen? Würde einer der Männer, mit denen sie an diesem Abend tanzte, höflich plauderte, sich auf diese Weise auf sie stürzen? So lieblos? Hechelnd wie ein Hund? Und das mit der Zustimmung ihres Vaters?

Elisabeth schüttelte die Gedanken ab und sah sich in ihrem Schlafgemach um. In der Zwischenzeit hatte man den Raum auf das Feinste für den Nachmittag vorbereitet. Der Frisiertisch stand zur Seite gerückt, gepolsterte Stühle und kleine, zierliche Tische waren aufgestellt worden. Dennoch war Elisabeths Vorfreude getrübt. Wie hatte ihr Vater sie so schändlich hintergehen können? Ihr Vergnügen an dem

Fest und ihr Vertrauen in ihn so heimtückisch für seine Zwecke nutzen?

In dem kleinen Schreibzimmer nebenan knisterte das Feuer im Kamin. Sie setzte sich an ihren Schreibschrank und öffnete ein Buch, doch ihre Gedanken glitten zurück zu Gottfried, zu ihrem Vater, zu dem bevorstehenden Ball. Gottfried und das Mädchen. Ihr Vater und eine heimliche Geliebte. Was alles ging vor in diesem Schloss in den Nächten, in dunklen Zimmern? Was alles, von dem sie nie gewusst, das sie allerhöchstens erahnt hatte? Was alles hielten sie von ihr fern? Was alles hatte sie nie gesehen, weil ihre Gedanken mit anderem beschäftigt waren?

Sie schob die Bücher unwillig beiseite und blickte aus dem Fenster in den verschneiten Schlossgarten. Dort stand die hohe Kastanie, in deren Schatten sie oft gesessen hatten an schwülen, warmen Sommertagen, Eleonore, Anna, Marie-Henriette, Therese, Franziska, Amalie und sie selbst in weißen, leichten Kleidern. Und einmal hatte sich Marie-Henriette erhoben und ausgerufen: »Wir entsagen jeglichem Thron, der auf uns warten mag! Wir entsagen jeglichem König, Herzog, Grafen oder Freiherrn, der beabsichtigt, uns unsere Freiheit zu rauben! Wir werden es Königin Christine nachtun, wir werden Künstler, Diplomaten und Philosophen um uns scharen. Wir werden reisen und wir werden einen Salon führen wie die Marquise de Rambouillet oder Ninon de Lenclos! Maler werden uns verewigen, Musiker werden uns ihre Werke widmen, Poeten werden uns besingen!«

Sie waren in ihrem fünfzehnten oder sechzehnten Jahr gewesen und hatten alle gelacht nach dieser Rede. Ein halbes Jahr später war Marie-Henriette eine Gräfin von Tetnitz geworden, verheiratet mit einem zwar jungen, doch recht langweiligen Mann, dessen Hauptinteresse der Kriegsführung galt. Wie konnte sie so leben, die wilde Marie-Henriette?

Und so verbrachte Elisabeth die Zeit bis zum Mittagsmahl gedankenverloren an ihrem Fenster. Das Essen mit dem Vater und der Großtante verlief schweigsam. Grießsuppe, durchgestrichene Erbsen mit gebackenen Bratwürsten im Teig, ein leichter Salat. Der Fürst trank Bier dazu, Elisabeth und die Tante einen herben Rheinwein. Hinterher, alleine in ihren Gemächern, wurde sie wieder von Unruhe erfüllt.

Wie bereits am frühen Morgen zog es sie zu dem Fenster im Gang, dieses Mal jedoch nicht, um in der Stille zu träumen, sondern um ein wenig Anteil zu haben an dem betriebsamen Leben auf dem Schlosshof unter ihr.

Zwei der Knechte schaufelten Schnee, ein rostbraunes Pferd wurde quer über den Hof zu den Stallungen geführt, eine Frau hastete mit Geflügel für das morgige Festessen zur Schlossküche, ein schwerer, einfacher Wagen fuhr vor. Sie konnte die Ankömmlinge in ihren Pelzen, Hüten und Tüchern nicht erkennen. Dort, wo die Kutschen hielten, war der Schnee grau und zertreten.

Kurz darauf fuhr eine weitere Kalesche vor, elegant, ähnlich den französischen. Ein Mann und eine Frau stiegen aus, die Frau im Zobelmantel. Sie sah hoch zum Fenster, als wüsste sie um Elisabeths geheimen Ort. Konnte es Marie-Henriette sein? Elisabeths Herz klopfte schneller. Beinahe wünschte sie, die Begegnung aufzuschieben. Würden sie die Monate und Jahre mit allen Veränderungen überbrücken können? Würden sie sich nahe sein wie zuvor oder die Stille mit unnützem Geschwätz übertönen?

Es beruhigte sie, Eleonore und Anna dabei zu wissen, die beiden Einzigen, die sie noch nicht verlassen hatten. Ihnen fiel es leichter als ihr selbst, auf andere Menschen zuzugehen, ein unbefangenes Wort zu sprechen. Therese und Franziska schienen ihr noch nicht gar so fern. Therese hatte ihre Vermählung kurz vor Elisabeths Reise nach Paris gefeiert und auch Franziska war erst vor einem knappen Jahr mit ihrem Gatten auf sein Landschlösschen gezogen. Aber Amalie und Marie-Henriette, die sie seit Jahren nicht gesehen hatte?

Elisabeth ertrug die grüblerische Einsamkeit nicht länger, sie floh über die kleine Treppe zu Eleonore.

Eleonore war nicht allein. Sie saß mit Anna über eine Handarbeit gebeugt und hob den Kopf, als Elisabeth eintrat: »Schaut Euch Annes Kunstwerk an!« Anna war dabei, ein Paar Handschuhe mit feinen Seidenfäden und Perlen zu verzieren. Sie war eine Künstlerin auf diesem Gebiet; selbst die erlesenen, bestickten Handschuhe in den Pariser Läden hatten Elisabeth nicht besser gefallen als Annas Werke.

»Wie wunderschön, Anne!«, rief Elisabeth entzückt. »Diesmal habt Ihr Euch selbst übertroffen!«

Blumenornamente aus Silber- und Goldfäden schmückten den kostbaren Stoff. Während Elisabeth ihr über die Schulter schaute, passte Anna zierliche Perlen in die kunstvollen Verschlingungen. Mit vor Eifer gerötetem Gesicht blickte sie auf. »Sie sind für meine Hochzeit bestimmt.«

Elisabeth zog eine Grimasse. »Ihr scheint Euch zu freuen«, sagte sie leichthin.

»Sehr«, erwiderte Anna mit ihrer angenehmen, ruhigen Stimme.

Wie konnte ein Mensch nur fortwährend so nett, hübsch und freundlich sein? Elisabeth hatte Anna noch niemals wirklich zornig erlebt.

»Ihr freut Euch nicht?«, fragte Anna bang. »Aber ich bleibe doch bei Euch, Elise. Heinrich ist schon so lange hier am Hofe. Euer Vater sagte, er könne auf einen solchen Mann in seiner Verwaltung nicht verzichten.« Stolz schwang in ihrer Stimme mit. »Wie schön wird es werden.«

»Ist er Euch nicht ein wenig zu alt?«, fragte Elisabeth.

»Oh, pfui, Elise!«, sagte Anna traurig. »Er ist gerade in seinem dreißigsten Jahr. Ihr sollt mir nicht immer die Freude verderben, nur weil Ihr …«

»Weil ich was?«, fragte Elisabeth aufmerksam.

»Rien.« Anna schüttelte den Kopf. »Weil Ihr über die Ehe eine andere Opinion habt.«

»Kommt«, beschwichtigte Eleonore, »zerstreitet Euch

nicht, ehe die anderen eintreffen. Elisabeth freut sich natürlich für Euch. Nur weil wir beide gedenken, alte Jungfern zu werden«, sie lächelte Elisabeth an, »werden wir Euch doch Euren Heinrich gönnen. Zumal Ihr offenbar sehr von ihm angetan seid.« Anna errötete leicht.

»Ihr seid außerordentlich früh«, wandte Eleonore sich an Elisabeth, »ist nicht noch Zeit bis zu unserem Treffen? Ich glaubte, Ihr stündet vor Eurem Schrank und könntet Euch nicht entscheiden, mit welchem Eurer neuen Pariser Modelle Ihr Eure alten ›Schwestern‹ zu beeindrucken gedenkt.«

»Mir ist so bang«, gestand Elisabeth, »möchtet Ihr nicht schon jetzt mit mir herüberkommen?«

Da erhob sich Eleonore. »Ach, Elise«, sie zog sie an sich, »das kann ich gut verstehen. Kommt Ihr, Anne?« Anna nickte versöhnlich und legte ihre Stickerei beiseite.

An der kleinen Treppe hielt Anna inne und stieß einen entzückten Schrei aus. Über den Gang, der zu dem Flügel des Schlosses führte, in welchem die Festgäste untergebracht waren, näherte sich eine junge Frau in einem einfachen, hellen, nach der vergangenen Mode geschnittenen Kleid.

»Françoise?«, rief Anna und trat einen Schritt vor. »Oh, Françoise, ma chère!« Sie rannte die Stufen hinunter, die Freundin in die Arme zu schließen.

»Anne, meine Allerliebste«, sagte Franziska glücklich, dann schob sie sie sachte von sich. »Attention, Anne, zerdrückt ihn nicht.« Anna sah sie fragend an, dann fiel ihr Blick auf Franziskas gerundeten Körper, und nun erkannten sie alle drei, dass die Taille von Franziskas Kleid nicht aus mangelndem Modebewusstsein so hoch angesetzt war.

Eleonore lächelte. »Die beiden Unzertrennlichen! Dürfen wir Euch ebenfalls begrüßen, Françoise?«

Und endlich lagen alle vier einander in den Armen und Franziska seufzte: »Es ist schön, wieder bei Euch zu sein, ich habe Euch sehr vermisst. Ihr müsst versprechen, mich zu besuchen, sobald mein Sohn geboren ist.«

»Woher wisst Ihr, dass es ein Sohn sein wird?«, fragte Elisabeth.

»Ich fühle es«, lächelte Franziska. »Ich bin so glücklich.«

Eine weitere Glückliche, dachte Elisabeth gereizt. »Und wann ...« Eleonore sah Franziska fragend an.

»Im Mai.« Wieder ein Lächeln. Franziska schien andauernd zu lächeln. Überhaupt sah sie verändert aus. Die früher eher unscheinbare, dünne Franziska mit den glatten, mittelblonden Haaren war aufgeblüht. Nicht nur ihr Leib, auch das Gesicht, die Arme, alles an ihr hatte sich gerundet, ihre Wangen schimmerten rosig, ihre Haare glänzten.

»Ich kam wohl etwas zeitig«, bemerkte Franziska, als sie gemeinsam weitergingen. Die weiten Röcke drückten sich in dem schmalen Gang raschelnd aneinander. »Aber Ihr werdet es mir verzeihen, wenn Ihr erfahrt, wie aufgeregt ich war, Euch wiederzusehen. Mein Gemahl ertrug es nicht mehr, wie ich im Zimmer auf und ab spazierte, und schickte mich zu den anderen ›aufgescheuchten Hühnern‹.« So redet er über uns, dachte Elisabeth, und sie findet nichts dabei.

Als sich nach einer guten Weile auch Amalie und Marie-Henriette in Elisabeths Gemach einstellten, ging die Begrüßung weniger unbefangen vonstatten als das Wiedersehen mit Franziska. Eine zurückhaltende Umarmung, ein leichter Kuss auf die Wange, einige belanglose Worte, dann ein zaghaftes Lächeln. Sogar Therese, die als Letzte zu ihnen trat, schien verändert, obwohl Elisabeth sie doch noch vor einem halben Jahr täglich um sich gehabt hatte. So wie die Ehe Franziska hatte aufblühen lassen, hatte sie die fröhliche, kleine, mollige Therese, ihre »Jüngste«, wie sie sie immer genannt hatten, dünn und still gemacht.

Schließlich saßen sie allesamt in einem lockeren Kreis, das Mädchen schenkte heiße Schokolade in feine chinesische Porzellantassen, hin und wieder streckte eine der jungen Frauen die Hand nach einem Stück Konfekt aus. Mit vorsichtigen Worten tasteten sie sich aneinander heran, verstohlen musterte die eine die andere.

War Amalie nicht eher hagerer geworden, obwohl sie erwartet hatten, die schmale Amalie würde nach zwei Kindern in die Breite gehen? Hatten sich nicht Linien um ihren schon immer ernsten Mund gegraben? Wie konnte Marie-Henriette es sich leisten, so elegant gekleidet zu erscheinen, wo doch ein jeder wusste, dass ihr Gatte über kein allzu großes Vermögen verfügte? Aber dass sie an einem großen Hofe lebte, sah man ihr sofort an. Die Kleidung, die Frisur ganz »à la mode Française«; ebenso das Gehabe, die anmutigen Gebärden, die gelangweilte Zurückhaltung im Gespräch. Franziska wirkte dagegen äußerst ländlich und rückständig.

Warum aber saß Therese so zart und verschüchtert unter ihnen? Keine lustige Bemerkung, kein lautes Lachen? War Eleonore die Einzige, die sich nicht verändert hatte? Hatte sie als Kind bereits einen so ausgeglichenen Eindruck gemacht? Und Anna? War sie nicht ein wenig abwesend und verträumt? Lag das an der bevorstehenden Vermählung?

»Euer Ameublement, ma chère, hat sich seit damals sehr gewandelt, n'est-ce pas?«, wandte sich Amalie an Elisabeth. »Selbst das Parkett ist neu, auch die Decke und der Stoffbehang der Wand.«

Elisabeth schaute zu der weiß gegipsten Decke hoch. Trotz aller Neuerungen blieb der Raum eine niedrige Kemenate in einem alten, mehr als hundert Jahre zählenden Gemäuer, das von außen einer grauen Burg glich und keinem der neuen, lang gestreckten, hellen Gebäude, die sie in Frankreich bewundert hatte. »Es wirkt heller so, nicht wahr?«, nickte sie. »Und nicht mehr so veraltet. Ich habe mich längst daran habituiert, da seit der Renovierung meiner Gemächer bereits zwei Jahre vergangen sind.«

»So lange haben wir uns nicht gesehen?«, seufzte Amalie.

Zu Elisabeths Rechten saßen Anna und Franziska, vertieft in ein Gespräch über Brautzeit und Hochzeitsfeierlichkeiten. Elisabeth suchte Eleonores Blick, doch Eleonore unterhielt sich mit Therese über die Qualität der Schokolade. Zu Elisabeths Linken saß Marie-Henriette, nippte an ihrem Getränk und blickte gleichgültig in die Runde. Sie war als Einzige so frisiert, wie Elisabeth es in Paris des Öfteren gesehen hatte. Die seitlich breit ausladende Frisur bestand aus einer Unzahl kleiner, gedrehter Löckchen, die links und rechts des Kopfes zusammengefasst waren. Die Löckchen waren so kurz, dass sie die Schultern nicht ganz erreichten.

»Ihr besuchtet Paris, Henrie?«, fragte Elisabeth, nur um irgendetwas zu sagen.

»Leider bot sich mir die Gelegenheit noch nicht«, bedauerte Marie-Henriette. »Aber ich esperiere sehr, das bald nachzuholen.«

»Ich kehrte vor zwei Monaten zurück«, erwähnte Elisabeth.

»Vraiment?« Ein Funken von Interesse hellte Marie-Henriettes kühles Gesicht auf. »Erzählt, Elise!«

Und während draußen der Schnee wieder leise zu fallen begann, erzählte Elisabeth vom Herbst und vom beginnenden Winter in Paris, vom königlichen Palast, umgeben von den Palais und Gärten des Adels, von dem wilden, lauten Leben in den Straßen, von den Schwierigkeiten, sich mit der Sänfte einen Weg durch all diese Menschen zu bahnen. Und natürlich von den gewaltigen, farbenfrohen Opern- und Theateraufführungen, wobei sie sich der geschickten Beleuchtung und der beweglichen, pompösen Kulissen wegen in eine andere Welt versetzt glaubte. Und von der Musik. Und von neuen Tänzen.

»Das alles vermisse ich doch ein wenig auf dem Lande«, bedauerte Franziska. »Das heißt nicht, dass ich mein jetziges Leben eintauschen möchte gegen den Glanz an einem Hofe. Es mag zwar sein, dass ich mich nicht nach der neuesten Mode zurechtmachen kann, denn bis Kunde von der neuen Kollektion in unsere abgelegene Gegend dringt, ist sie längst veraltet – doch bin ich dort die Herrin über unseren ganzen Besitz, nicht eine kleine, unbedeutende Baronin an einem bedeutenden Fürstenhof. Aber die Musik – ach, die Musik vermisse ich.«

Sie hatten alle wie gebannt Elisabeths Schilderungen gelauscht, träumten alle ein wenig von Paris in diesem Augenblick. Die Distanz verlor sich in dem warmen Zimmer. Feiner Dampf kräuselte sich über den Tassen, der zarte Duft der Parfums erfüllte den Raum, die kostbaren Stoffe ihrer Kleider knisterten bei den leichten Bewegungen der Damen.

Schließlich schlug Elisabeth vor, sie sollten berichten, wie es einer jeden ergangen war, seit sie sich zuletzt gesehen hatten.

»Mais oui«, freute sich Anna, »jede von uns erzählt reihum, so wie wir es früher oft taten. – Therese, Ihr spracht so gut wie kein Wort bisher – wie ist es Euch seit Eurer Eheschließung im Sommer ergangen?«

Therese zuckte mit den Schultern und wurde verlegen, als sich alle Blicke auf sie richteten. »Alors, Ihr wisst, dass ich auf dem Familiensitz meines Gemahls lebe. Seine Eltern sind sehr höflich, besonders sein Vater verhält sich äußerst aufmerksam mir gegenüber. Um Dienerschaft und Haushaltung muss ich mich nicht bekümmern. Auch hat er mir bisher noch kein Kleid abgeschlagen. Es ist nicht weit bis zur Residenz, gerade eine halbe Pferdestunde, sodass ich auf Gesellschaften nicht verzichten muss.«

»Und Euer Gemahl?«, erkundigte sich Eleonore. »Erzählt von ihm, wir sahen ihn nur dieses eine Mal. Und auch Ihr kanntet ihn ja vorher kaum.«

Therese blickte zu Boden. »Oh, er führt mich des Öfteren aus und sorgt für ein angenehmes Leben. Was mehr könnte ich mir wünschen? Er hat gute Manieren und trinkt nicht übermäßig, auch weiß er, sich vorteilhaft zu kleiden.«

»Und … und ein Kind?«, fragte Franziska interessiert. Therese schüttelte stumm den Kopf.

»Ach, das kommt schon noch«, tröstete Franziska. »Ich wurde ebenfalls nicht sofort schwanger, es hat einige Monate gedauert – aber, wie Ihr seht …«

Elisabeth senkte peinlich berührt den Kopf. Wie offen Franziska derartige Worte in den Mund nahm. War es das Landleben, das sie so veränderte?

Zu ihrer Erleichterung, noch ehe Amalie ihre Ansichten zu diesem Sujet ausführlich darlegen konnte, kam die Reihe an Marie-Henriette, die wenig von ihrem kleinen Sohn und ihrem Gatten berichtete, dafür aber umso mehr von dem glanzvollen Hofe, an dem sie lebten. Von ausländischen Gesandtschaften, von üppigen Banketten, von Festen und Jagden. Sie wusste offensichtlich bestens Bescheid über sämtliche Intrigen, heimlichen Machenschaften, Affären und gesellschaftlichen Ereignisse an allen deutschen Höfen. Sie sprach davon mit einem spöttischen Lächeln um die Lippen und erweckte den Anschein, weit über all diesen Dingen zu stehen.

Amalie erläuterte die Bedeutung der von ihr eigens überwachten Erziehung ihrer wohlgeratenen Kinder, wobei ihr treu sorgender Gemahl sie jederzeit unterstützte. Anna konnte von nichts anderem als von ihrer bevorstehenden Vermählung reden. Franziska schilderte in kleinen, lustigen Anekdoten ihre anfänglichen Schwierigkeiten mit der Leitung einer ganzen Hauswirtschaft. Therese befragte Eleonore nach dem Befinden ihrer Mutter und ihrer vier Brüder, dann verebbte das Gespräch. Schokolade wurde nachgeschenkt, das Konfekt ging zur Neige. Elisabeth schickte das Mädchen, neues zu holen.

Vor dem Fenster lag die weiße, glänzende Winterlandschaft unter dem rötlichen Schein der sinkenden Nachmittagssonne, und Anna schlug vor, sie könnten doch tags darauf eine gemeinsame Schlittenfahrt unternehmen. Alle stimmten einmütig zu. »Lasst uns aber den Weg nehmen, der vom Fluss fortführt«, sagte Therese, »nicht dass wir am Ende dieses hässliche Dorf passieren. Ich abhorriere es, wenn diese Menschen in unsere Schlitten starren. Wie sehr liebe ich die unberührte weiße Natur auf der gegenüberliegenden Seite. Aber Euer Vater, Elise, sollte das Dorf wirklich etwas herrichten lassen, damit man einen lieblicheren Anblick bei den Ausfahrten hat.«

»Soll ich die Kerzen anzünden lassen?«, fragte Elisabeth.

»Nein, ma chère, es ist so behaglich, wenn es zu dämmern beginnt«, fand Franziska. »Aber Ihr, mon Elise, Ihr habt überhaupt noch nicht von Euch erzählt!«

»Was sollte es zu erzählen geben?«, wehrte Elisabeth ab. »Von Paris habe ich zur Genüge berichtet, und das Leben hier hat sich wenig verändert, außer dass es ein wenig einsamer geworden ist ohne Euch. Aber wir werden das ändern, versprecht es mir. Im Sommer wollen wir im Park ein großes Gartenfest feiern und Ihr seid alle eingeladen. Eh bien, der Park ist noch immer ein wenig sich selbst überlassen, ich hoffe aber doch, dass mein Vater sich endlich nach einem Architekten umsieht und den Garten verschönern lässt. Oh, Ihr hättet den Garten in Versailles sehen sollen, diese Symmetrie, diese Pracht! All die Springbrunnen, die kleinen Wasserläufe und Inseln. Das Schloss selbst ist zwar noch längst nicht fertig gestellt, aber Feste hat der König schon abgehalten in seinem Park. Etwas Ähnliches schwebt auch mir vor. Unter welches Motto sollten wir es stellen? Sollten wir die vier Jahreszeiten wählen? Oder ein Thema aus der griechischen Mythologie? Ah, mit Beleuchtung im Garten und einem Feuerwerk ...«

»Aber was ist mit Eurer Verlobung?«, fragte Amalie. »Ich erfuhr erst am heutigen Tage, ma chère, dass Ihr Euch in einem Monat verloben werdet. Ich war dermaßen überrascht. Erzählt doch! Wer ist Euer zukünftiger Gemahl?«

Elisabeth wurde bleich. Plötzlich war es ganz still im Zimmer. Alle blickten auf Elisabeth. Ihre Lippen zitterten.

»Elise, was ist Euch?«, fragte Franziska besorgt und legte ihre Hand auf Elisabeths Arm. »Wir dachten alle, Euer Vater würde bereits heute auf dem Ball etwas Derartiges verkünden. Ist am Ende etwas dazwischengekommen?«

Elisabeth stöhnte leise und verbarg ihr Gesicht mit den aufsteigenden Tränen in ihren Händen.

»Sollen wir uns zurückziehen?«, fragte Marie-Henriette weicher, als es sonst ihre Art war.

Elisabeth wischte sich eine Träne von der Wange und atmete tief durch. Sie schüttelte den Kopf. »Verzeiht, ich habe für einen Moment ...«

»Hat Euer Vater etwas für Euch arrangiert? Mit einem Manne, der Euch zuwider ist?«, vermeinte Marie-Henriette zu begreifen.

»Lasst sie«, wehrte Eleonore ab. »Sie hat erst heute davon erfahren. Er hat sie mit der bevorstehenden Verlobung sozusagen ›überrascht‹.«

Die Freundinnen rückten näher. Näher zueinander, näher an Elisabeth heran. Das neue Konfekt blieb unberührt.

»Aber wer ist es denn?«, fragte Amalie noch einmal.

Elisabeth lachte böse. »Das soll ich heute Abend nach dem Ball entscheiden. Ich soll mir einen der Herren ›erwählen‹.«

»Er lässt Euch nach all der Zeit noch immer choissieren?«, rief Amalie erstaunt aus. »Oh, Elise, wie ich Euch um Euren Vater beneide! Immer hat er Euch so viele Freiheiten gelassen. Ich wage kaum, mir zu imaginieren, was geschehen wäre, hätte ich die Wahl meiner Eltern auch nur angezweifelt.«

»Und ihr glaubt, es sei recht so, wie es ist?«, brauste Elisabeth auf. »Ihr alle befindet es für gut, nicht wahr? Dabei hatte keine von uns die Absicht, sich zu vermählen. Immer wollten wir zusammenbleiben. Außer wenn wir selbst die Möglichkeit hätten ... Alors, habt Ihr das vergessen?«

»Träume«, sagte Marie-Henriette.

»Vielleicht hättet Ihr die Entscheidung Eures Vaters anzweifeln sollen!« Elisabeth sah Amalie an. »Versuchtet Ihr es je? Bestimmte er damit nicht Euer ganzes Leben? Ihr hättet zumindest einen anderen Gemahl haben können! Oder sagt Euch der Eure zu? Ihr kanntet ihn doch nicht einmal, oder?«

»Elise!«, rief Amalie entsetzt. »Wie vermöchte ich je,

solch sündige Gedanken zu hegen! Wir gaben uns vor Gott das Wort, er und ich. Es ist meine Pflicht, ihm eine gute Frau zu sein, ihm Kinder zu schenken. Wie könnte ich an einen anderen Mann auch nur denken!«

Marie-Henriette lächelte spöttisch. »Euer Gemahl scheint da weniger Gewissensbisse zu haben, mon Amalie.«

Amalie erbleichte und schwieg.

»Mais Elise, Ihr redet, als sei es ein Unglück, verheiratet zu sein«, stellte Anna verwundert fest. »Einmal werdet Ihr Euch ohnehin vermählen müssen. Schaut, unsere törichten Träume wären nie wahr geworden. Nur unanständige Frauen leben allein. Ich freue mich auf meine Ehe. Dann erst werde ich eine Frau sein, die man ernst nimmt, nicht mehr ein junges, dummes Mädchen, das man belächelt.«

»Eleonore«, flehte Elisabeth, »steht Ihr mir bei, sie verstehen mich nicht.«

»Oh«, Marie-Henriette stellte mit einer eleganten Bewegung ihre Porzellantasse ab, »ich verstehe Euch schon. Ich hätte es avec plaisir vorgezogen, meinen Gatten selbst zu wählen. Es hätte vieles erleichtert. Aber mich ließ man nicht einmal zwischen einer kleinen Anzahl an Herren wählen, so wie Euch.«

»Was für eine Wahl ist das?«, fragte Elisabeth. »Bien. Sucht mir einen Gatten aus! Eleonore, Ihr habt die Gästeliste gesehen! Nennt einige Namen, wir wollen sehen, ob eine passende Partie dabei ist.«

»Oh ja«, kicherte Therese, »lasst uns gemeinsam einen Ehemann für Elise finden.«

»Graf von Rotenfels«, sagte Eleonore.

»Mais non!«, rief Anna entsetzt. »Davon abgesehen, dass er bereits über vierzig Jahre zählt, hat er furchtbare Manieren. Er trinkt ganz unmäßig, und das tagelang. Dann fängt er mit jedem Händel an. Er soll schon Möbel zerschlagen haben. Und seine erste Frau hat er bei Tisch geohrfeigt, weil sie ihm ins Wort fiel.«

Elisabeth schaute triumphierend in die Runde.

»Heinrich von Selm.«

Franziska nickte. »Ein netter Junge, ich kenne ihn. Er ist nur wenige Monate jünger als Ihr …«

»Also zu jung.«

»Mais non. Er ist zwar nicht übermäßig hübsch, aber …«

»Soll ich einen einfachen Edelmann zum Gatten nehmen und auf dem Lande versauern?«, fragte Elisabeth. »Soll ich mich als Tochter des Fürsten von Messelstein gar so tief unter meinem Stande vermählen?«

»Friedrich von Bartin.«

»Ach, Friedrich«, Elisabeth lächelte. »Er ist wahrhaftig der Einzige, mit dem ein angenehmes Gespräch zu führen ist. Dafür ist er ein schlechter Tänzer. Aber ich mag ihn gern. Doch soll man einen jeden Mann heiraten, den man gerne mag? Dass er so schrecklich dick ist, dafür kann er nicht, aber wenn ich allein an seine Mutter denke …«

»Nehmt ihn, wenn er Euch nicht zuwider ist«, riet Marie-Henriette. »Wenn Ihr wüsstet, wie viel es wert ist, einen Mann zu mögen! Was wollt Ihr mehr? Oder träumt Ihr gar«, sie lächelte belustigt, »von der Liebe?«

»Was wäre daran verkehrt?«

»Die Liebe, mon enfant, hat mit der Ehe wenig zu schaffen. Die müsst Ihr anderswo suchen.«

»Das wäre unaufrichtig«, beharrte Elisabeth.

»Ach, Elise, liebt Ihr noch immer die Wahrheit über alles? Dann wäre ein großer, glanzvoller Hof nicht das Rechte für Euch.«

»Wäre der Kaiser noch frei«, schwärmte Amalie, »das wäre ein Gemahl für Euch. Er ist nicht mehr so sehr jung, ein Mann in seinen besten Jahren. Aber er ist so fromm, so bescheiden, dabei so gebildet …«

»Er ist hässlich«, wandte Therese ein.

»Und er hat bereits eine Kaiserin«, sagte Elisabeth knapp. »Davon abgesehen begreift Ihr nicht. Es geht mir nicht darum, den ›rechten‹ Mann zu finden, mir ist darum zu tun …«

»Wie wäre es mit einem König, wenn der Kaiser nicht mehr frei ist?«, fragte Anna. »Der junge König Philipp von Reupen ist ebenfalls geladen.«

»Mon Dieu!«, entfuhr es Therese. »Der Bastard des alten Philipp!«

»Er ist ein Bauer«, entsetzte sich Amalie. »Wie konnte Euer Vater zulassen, dass er sich um Eure Hand bewirbt?«

»Er war wohl gezwungen, ihn zu laden«, vermutete Elisabeth. »Reupen ist ein großes, bedeutendes Land. Aber auf ihn wird Papa sicherlich nicht bestehen, er hielt schon von dem alten König nicht allzu viel.«

»Aber imaginiert Euch, Ihr müsstet mit ihm tanzen«, entsetzte sich Therese. »Mit dem Sohn einer Bäuerin! Außerdem tanzt er furchtbar, habe ich sagen hören.«

»Ihr übertreibt«, lachte Elisabeth. »Wäre er wirklich ein Bastard, wäre seine Mutter wirklich eine Bäuerin, wie könnte er nun König sein? Alors, ich habe die Ereignisse in Reupen im letzten Jahre nur am Rande verfolgt. Die Hochzeiten, meine Reise nach Paris ...«

»Seine Mutter war die verwitwete Gräfin von Weißenburg«, erläuterte Marie-Henriette. »Aber niemand weiß genau zu sagen, was sie war, bevor der Graf von Weißenburg sie zu seiner Gräfin machte. Eine Alterstorheit des Grafen, nehme ich an. Der erste König Philipp hat sie ganz rechtmäßig zur Gemahlin genommen, noch ehe das Kind, der jetzige König, zur Welt kam. Doch wer weiß, ob es wahrhaftig sein Kind war? Ist sie dem König nicht nach einigen Jahren mit einem Bauern durchgebrannt?«

»Ich hörte, der alte König habe sie verstoßen, weil er sie mit seinem Pferdeknecht ... Ich meine ...« Amalie errötete.

»Habt Ihr ihn schon einmal gesehen, Henrie?«, fragte Therese begierig. »Er soll ein furchtbares Benehmen an den Tag legen. Man sagt«, ihre Stimme senkte sich zu einem Flüstern, »man sagt, er sei unbekleidet im Fluss geschwommen.«

Amalies Gesicht färbte sich über und über rot. »Darüber spricht man nicht.«

»Ach, Amalie«, Marie-Henriette brach in ein lautes Lachen aus, »wie seid Ihr nur zu Euren Kindern gekommen? Es stimmt, ich habe ihn gesehen. Ein schöner Bursche für einen Bauern. Er würde gewiss einen passablen Leibdiener abgeben. Aber er spricht nicht ein Wort Französisch, hat keinerlei Manieren. Ich vermag nicht einmal zu sagen, ob er es versteht, sich verständlich auszudrücken. Kaum zwei Worte hat er mit mir gewechselt.«

»Ich habe gehört, seine Brüder seien sehr charmant gewesen«, sagte Anna. »Die Söhne der ersten Königin. Lebten sie noch, was für eine Partie hätten sie für Euch abgegeben, Elise.«

»Ihr hört sehr viel und glaubt alles«, wandte Eleonore ein. »Wenn kein König, wie wäre es dann mit einem Prinzen?«

»Ihr denkt doch nicht an den Prinzen Albrecht?«, lachte Marie-Henriette. »Muss er sich eine Gemahlin suchen, damit das Gerede über ihn endlich aufhört?«

»Aber das ist doch nicht possible«, kicherte selbst die strenge Amalie. »Es würde Euch schwer fallen, ihn an Euch zu fesseln. Man munkelt, er liebe seine Pagen mehr als jede Frau ... Oh, Pardon!«

»Warum entschuldigt Ihr Euch?«, fragte Marie-Henriette. »Es ist doch nur die Wahrheit. Mir ist eine Dame bekannt, welche ihr Glück bei ihm versuchte, jedoch ohne Sukzess.« Sie beugte sich zu Elisabeth. »Für Euch wäre er doch ein passender Gemahl. Zumindest hättet Ihr im Bett nichts vor ihm zu befürchten. Davor graut Euch doch am meisten, n'est-ce pas? Ich kenne Euch, ma chère, so sehr werdet Ihr Euch in den letzten Jahren nicht geändert haben.« Elisabeths Gesicht erglühte. Oh, Marie-Henriettes spöttisches, kühles Lächeln und der wissende Ausdruck auf ihrem Gesicht. »Ah, ich dachte mir, dass ich die wahren Gründe erriet! Unsere zarte Jungfrau fürchtet die Hochzeitsnacht! Dabei ist es doch gewisslich zu ertragen. Haben wir es nicht alle hinter uns gebracht?« Ihre Augen blitzten auf. »Lasst uns doch davon reihum erzählen. Bereiten wir Elise auf das Leben vor! Françoise, Ihr beginnt.«

»Nichts werde ich berichten«, entgegnete Franziska sanft, während die anderen diskret zur Seite blickten. »Wie könnte ich hinter dem Rücken meines Gatten etwas erzählen, das nur ihn und mich angeht? Beginnt doch selbst, wenn es Euch Freude bereitet.« Amalie schnappte nach Luft. Elisabeth sah, wie Annas Augen sich neugierig weiteten. Trug sich die stille Anna etwa insgeheim mit ähnlichen Ängsten?

»Meine Hochzeitsnacht?« Marie-Henriette lachte. »Gottlob war es nicht meine wirkliche Hochzeitsnacht, sonst würde ich wohl anders darüber urteilen!«

»Wie meint Ihr das?«, fragte Therese atemlos.

»Wie soll ich das schon meinen, mein Schäfchen? Mein Gatte war nicht mein erster Liebhaber. Und ich danke dem Himmel dafür, denn er führte sich in unserer ersten Nacht wie ein Tölpel auf und er tut es noch immer. Es ist ganz einfach, Elise, Ihr müsst nur die Augen schließen und denken: In wenigen Minuten ist es vorüber.«

Elisabeth strich nervös eine Falte in ihrem Rock gerade.

»Ihr dürft es nicht so streng nehmen mit der Ehe, mon enfant«, fuhr Marie-Henriette fort, »sonst werdet Ihr nie erfahren, dass es auch anders sein kann ...«

»Schweigt!«, rief Amalie. »Wie könnt Ihr Elise zur Sünde raten, zum Ehebruch! Fi donc!«

»Warum nicht? Ihr verschließt Eure Augen, Amalie. Was Eurem Gatten recht ist, warum sollte es Euch nicht billig sein? Fragt ihn doch, was er treibt in den Nächten, die er nicht mit Euch verbringt! Ein jeder weiß es doch! Und Ihr wisst es ebenfalls. Oder seid Ihr gar froh um jede Nacht, in welcher er Euch nicht belästigt? Wenn Ihr ihm seine Küchenmädchen und Zofen gönnt ...«

»Haltet ein, Henrie«, bat Eleonore.

»Lasst sie nur reden!«, rief Amalie aufgebracht. »Denkt nicht, dass mich das Geschwätz einer solchen Frau beleidigen kann. Ihr müsst nicht glauben, es sei ein Geheimnis, Henrie, woher Ihr Eure kostbaren Roben bezieht und den erlesenen Schmuck! Es ist allgemein bekannt, dass der Herzog selbst ...«

Eleonore hob die Hand. »Haltet auch Ihr ein, Amalie.«

Marie-Henriette zuckte mit ihren weißen Schultern. »Es derangiert mich nicht. Es ist vraiment kein Geheimnis, Amalie hat Recht. Selbst mein Gatte weiß davon. Und schweigt. Finalement fällt auch für ihn etwas ab dabei.« Sie nahm ein Stück Konfekt und schob es genüsslich zwischen ihre Lippen. »Was starrt Ihr mich an?« Sie blickte herausfordernd in die Runde. »Meine Schuld ist es nicht, dass ich mit einem tölpelhaften Grafen ohne Vermögen vermählt wurde.«

Elisabeth räusperte sich. »Henrie...«

»Mais non, ma petite«, Marie-Henriette strich Elisabeth sanft über die lange, gedrehte Locke an ihrer Schläfe, »es liegt nicht in meiner Absicht, Euch Euren Ball und Eure bevorstehende Verlobung zu verderben. Hört nicht auf mich, fragt lieber unsere kleine Therese. Sie ist ja beinahe noch eine junge Braut, sie hat gewiss hübschere Dinge über das Eheleben zu berichten, die Euch sicherlich überzeugen werden. Alors, Therese ...«

Therese wurde bleich. Die Tasse zitterte in ihrer Hand, ein Tropfen Schokolade fiel auf die blassgelbe Seide ihres Gewandes. »Pardon«, sagte sie leise und wischte mit einer fahrigen Bewegung über den Stoff.

»Mais, Therese«, neckte Marie-Henriette, »es muss Euch nicht peinlich berühren: der junge, hübsche Gatte, der des Nachts an Eure Tür pocht, der Euch den Hof macht, der ...«

»Oh, schweigt!«, schrie Therese gequält auf. »Wie Ihr daherredet! Wenn Ihr wüsstet ...« Ihre Worte gingen so unvermittelt in ein Schluchzen über, dass alle betroffen schwiegen. Sie schluchzte immer weiter und weiter und ließ sich selbst dann nicht beruhigen, als Eleonore besorgt den Arm um sie legte.

»Oh, mon Dieu«, stieß sie unter Tränen hervor, »wenn Ihr wüsstet ...« Sie fasste nach dem Taschentuch, das Franziska ihr reichte, und wischte sich ungeschickt die Augen. »Oh, Elise«, begann sie endlich leise, »oh, wie außerordentlich gut ich Eure Bedenken verstehe. Ich wünschte ...« Sie ließ das Tuch fallen und wischte sich mit dem Handrücken die Tränen von den Wangen. »Oh, wie sehr ich wünschte, ich wäre noch immer hier bei Euch und müsste niemals, niemals ...« Eine fleckige Röte breitete sich über ihre weißen Wangen. Sie hob den Kopf und atmete tief durch. »Aber hatte ich mir je den geringsten Gedanken darüber gemacht, was auf mich zukommen würde? Ich hatte mich darauf gefreut, eine Braut zu sein, kein Kind mehr fortan. Mit dem neuen, prachtvollen Kleid und den Festlichkeiten jedoch ist es nicht getan, ist es längst nicht getan ...« Nervös rieb sie ihre Hände aneinander und presste die Finger an den Mund. »Wenn Ihr ahntet, wie hässlich es ist. Ich wusste doch so wenig über das, was Männer mit Frauen tun. Wir lasen in unseren schönen Büchern und sprachen nur andeutungsweise darüber, mit poetischen Worten, aber ... Ich war so aufgeregt, als sie uns in das Brautgemach geleiteten, und doch recht froh darüber, als sie uns alleine ließen, denn all diese Menschen, und ihn kannte ich doch kaum ... Ich fürchtete, er würde mich küssen, denn ich hatte noch niemanden geküsst, und es gab so vieles, was ich hätte sagen wollen, aber er sagte kaum ein Wort, er ... er hat ...« Sie zitterte und brach ab.

»Aber Liebes«, beschwichtigte Eleonore, »Ihr müsst doch von derartigen Dingen nicht sprechen.«

»Ich vermag es auch nicht.« Therese senkte den Kopf. »Es ist so beschämend. Es schnürt mir die Kehle zu, und dennoch ... Niemanden habe ich auf der Welt, mit dem ich reden kann. Von Euch abgesehen. Ich bin gänzlich allein in diesem fremden Schloss und jede Nacht kommt er und es ist so abscheulich und schmerzhaft und entwürdigend. Einmal wagte ich anzumerken, ich sei äußerst müde, aber ...

Oh, wie grob er wurde und …« Sie schüttelte den Kopf. »Und noch immer erwarte ich kein Kind. Und solange sich dies nicht ändert, wird er weiterhin zu mir kommen, jede Nacht. Jede Nacht. Ich kann mich nicht daran gewöhnen. Mir ekelt davor.«

»So verlasst Ihn doch!«, rief Elisabeth erregt.

»Wohin sollte ich gehen?«, fragte Therese leise. »Soll ich in Schimpf und Schande bei meinen Eltern leben, die diese Verbindung in die Wege geleitet hatten? Sie würden mich nicht aufnehmen, selbst wenn er mich täglich schlüge. Aber das tut er ja nicht. Und er versorgt mich doch sehr gut und lässt es an nichts fehlen. Und finalement ist es meine Pflicht …«

Mit einem lauten Geräusch, das die Aufmerksamkeit der Damen von Therese ablenkte, schob Anna ihren Stuhl zurück. Ihr Gesicht war merkwürdig starr. »Excusez-moi, Elise«, sagte sie gefasst, »aber Ihr wisst, wie lange die Toilette für den Ball dauert. Wir haben uns sehr verplaudert, darum denke ich, es wird für mich Zeit, Euch zu verlassen. Ich könnte es mir nicht verzeihen, zu spät zu Eurem Fest zu erscheinen.«

Eilig zog sie hinter sich die Tür ins Schloss.

Nun erhob sich auch Franziska. »Ich werde nach ihr sehen.« Ihr vorwurfsvoller Blick traf Marie-Henriette. »Ihr hättet aber auch daran denken müssen, dass sie kurz vor ihrer Vermählung steht.«

»Oh, Françoise«, Thereses leise Stimme klang verzweifelt, »es lag keineswegs in meiner Absicht, Anne zu beunruhigen. Es tut mir unendlich Leid …«

Franziska schüttelte den Kopf. »Niemand macht Euch den geringsten Vorwurf, Therese. Nicht Euch.« Sie raffte ihren Rock zusammen und schritt zur Tür. Auch Amalie murmelte nun, es sei sehr spät geworden.

Mit einem Mal schoben sich alle Stühle nach hinten, wogten die weiten Kleider in dem kleinen Raum.

»Mais, Amalie …«, begann Elisabeth, als Amalie sie auf die Wange küsste, doch diese wandte sich bereits zur Tür.

Als Letzte beugte sich Marie-Henriette zu ihr. »Meine Kleine, ich wünsche Euch viel Glück für den heutigen Abend. Und nehmt Euch nicht alles so sehr zu Herzen.«

Elisabeth hielt Marie-Henriettes Hand fest. »Henrie...«

»Ja?« Sie standen alleine zwischen den verlassenen Stühlen.

»Ist es ... ist es also wahr? Ihr liebt den Herzog?« Sie versuchte sich an Herzog Albrecht zu erinnern, den sie nur einmal in ihrem Leben gesehen hatte. Ein großer, kräftiger Mann, jünger noch als ihr Vater ...

»Oh, Elise«, Marie-Henriette lächelte, »mein Schäfchen, Ihr werdet es heute noch nicht begreifen, aber der Herzog ist ein angenehmer Mensch und bei weitem nicht so langweilig wie mein Gemahl. Zudem ist er vermögend und äußerst einflussreich. Nur durch ihn gelange auch ich zu ein wenig Influenz.«

»Und dafür ertragt Ihr all diese Abscheulichkeiten?«

»Es ist keineswegs abscheulich, ma petite.« Marie-Henriette zog belustigt die Augenbrauen hoch. »Es mag bedauernswerte Geschöpfe wie Therese geben, die nie etwas anderes erfahren werden, als ihre Nächte mit einem Rüpel zu verbringen, aber so muss es nicht sein. Es kommt eben ganz darauf an ...«

Elisabeth errötete. »Worauf?«

Marie-Henriette lachte.

»Ratet mir, Henrie.«

»Raten«, Marie-Henriette zögerte, »jetzt, in diesem Augenblick? Zwischen der ›grand toilette‹ und dem Ball?«

»Morgen ist es bereits zu spät.«

»Wäret Ihr eine Bürgerin, Elise, die ihren Gatten tage- und nächtelang ertragen muss, vielleicht würde ich Euch raten: Blickt in seine Augen, blickt auf seine Hände, seht, ob er von leidlicher Natur ist. Aber Ihr werdet an einem Hofe leben, ma chère, Ihr werdet Euer eigenes Leben führen. Mein Gatte, par exemple, lebt in seinen Privatgemächern und ich in den meinen. Wir sehen uns selten, und des

Nachts muss ich ihn nur so oft einlassen, dass er noch glauben kann, der Vater meines Kindes zu sein, falls ich einmal Pech haben sollte.«

»Und wovon sollte ich meine Entscheidung abhängig machen?«, fragte Elisabeth gereizt.

»Ah, seid nicht so überaus empfindlich, Elise! Die Stellung einer Frau richtet sich nach der Stellung des Mannes, dem sie angehört. Ihr habt derzeit eine sehr hohe Stellung inne, und wenn Ihr weiterhin eine entsprechende Stellung wünscht, müsst Ihr demgemäß entscheiden.«

Elisabeth schwieg.

»Ich sehe, es ist ein wenig zu viel für Euch, ma petite«, sie küsste Elisabeth auf die Stirn. »Ich muss auch eilen. Lasst Euch hübsch zurechtmachen und denkt über meine Worte nach.«

Elisabeth sank müde auf einen der leeren Stühle und nahm sich ein letztes Stück Konfekt. Ihr Kopf war so voll und ihre Glieder so schwer. Sie sah noch immer Marie-Henriettes spöttisches Lächeln vor sich und hörte die Tasse in Thereses zitternder Hand auf die Untertasse klirren.

»Mademoiselle?«

Elisabeth wandte den Kopf zur Tür. »Ah, Marie«, seufzte sie, »du kommst schon? Ist es bereits so spät?«

Elisabeths Zofe knickste und trat ein. »Wenn Mademoiselle daran gelegen ist, rechtzeitig zu erscheinen«, bestimmte sie, »müssen wir nun mit dem Haar beginnen.«

»Einen Augenblick noch, Marie.« Elisabeth lehnte sich zurück. »Ich muss mich ein wenig sammeln vor der ›grand toilette‹.«

Marie trat zum Frisiertischchen. »So lege ich derweil alles bereit. Aber lange darf Mademoiselle nicht warten mit dem Haar.«

»Ich werde ohnehin nicht als Erste erscheinen«, wandte Elisabeth ein. »Wie sähe es aus, wäre die Gastgeberin bei einem Maskentreiben die Erste? Würde nicht ein jeder erraten, dass sie sich hinter der Maske verbirgt? Mein lieber Herr Vater hingegen wird gewiss von Anfang an im Saale stehen und jeden Gast begrüßen. – Dennoch, du hast Recht, fangen wir an.«

Vielleicht ist es besser so, überlegte sie, während Marie die Schnürung ihres Kleides löste und ihr nach und nach aus allen Kleidungsstücken half. Vielleicht ist es besser, wenn ich nicht zum Nachdenken komme. Die Ereignisse und Eindrücke hatten sich gehäuft an diesem Tag, schneller, als sie sie durchdenken konnte. Ihr war, als hätte sich ein Vorhang gelüftet, hinter den sie zuvor nie zu blicken gewagt hatte. Eleonore war so ruhig und beherrscht wie immer gewesen. Was mochte sie von all dem halten, was die Freundinnen preisgegeben hatten?

Marie ging unterdessen eifrig auf und ab, legte verschiedene Utensilien auf das Tischchen und erzählte dabei, wie weit die Vorbereitungen unten in Festsaal und Küche gediehen waren. »...und wenn Mademoiselle auf den Gang hinausginge, könnte sie schon die Musiker beim Stimmen der Instrumente hören.«

Ah, die einzelnen Töne der Lauten, Cembali und Flöten vor einem Ball! Wie oft hatten sie, wenn sie zu einem Fest geladen waren, oben gestanden und auf die so wirren Klänge gelauscht, die sich am Ende doch immer wieder zu einer Melodie formten. Wie sehr verband sie diese Töne mit der Vorfreude auf Geselligkeit, Musik und Tanz.

Mit einem Mal fand sie wieder Gefallen an dem bevorstehenden Abend. Maries Geplauder, ihre rührige Geschäftigkeit, das Kostüm, das nun auf dem Bett bereitlag, all das versetzte sie in eine aufgeräumte Stimmung. Sie durfte sich von ihrem Vater die Freude an ihrem Maskenfest nicht nehmen lassen. Wenn er sich nicht einsichtig zeigte – war es ihr dann am Ende nicht möglich, die Herren dermaßen bloßzustellen, dass ihnen ein jegliches Interesse an einer Bindung mit ihr verging? Und wenn es keine Freier mehr gab, was blieb ihrem Vater dann noch zu tun?

Marie strich fettende Creme auf Elisabeths Gesicht, Hals und Dekolleté, dann löste sie ihr die Haare und begann, sie langsam und sorgfältig zu bürsten. Elisabeth gab sich genüsslich Maries Händen hin. Ein wohliges Frösteln breitete sich von ihrer Kopfhaut über den Rücken in den ganzen Körper aus und versetzte sie in einen Zustand der Entrückung, in dem ihre Gedanken ins Nichts zu schweben schienen. Erst als Marie mit dem schweren Brenneisen das Haar in weiche Locken legte, ebbte das Gefühl ab und machte einem neuen Gedanken Platz. Wenn Marie-Henriette vor ihrer Eheschließung einen Liebhaber gehabt hatte, dann musste es doch hier am Hofe geschehen sein, unter ihrer aller Augen? Während Elisabeth mit glühenden Wangen Liebesgedichte las, hatte Marie-Henriette die Liebe selbst gekostet und es mit keinem Wort verlauten lassen. Hätten sie es ihr nicht anmerken müssen, wenn sie die Nacht mit einem Manne verbracht hatte? Und wer war wohl der Mann gewesen?

Elisabeth seufzte. Nach allem, was sie nun erfahren hatte, mochte es ein jeder gewesen sein. Einer der Edlen, die hier dienten, einer der ehrwürdigen Räte, ja, sogar der Fürst selbst, dachte sie grimmig in Erinnerung an den Duft in ihres Vaters Gemach am frühen Morgen.

Ihr war überhaupt nicht wohl bei diesen Gedanken. Das ganze Schloss, von Kindheit an vertraut, schien ihr ein fremder Ort in diesem neuen Licht.

Marie hatte das Brenneisen beiseite gelegt und zupfte nun Elisabeths Augenbrauen zu feinen Bögen.

»Wie heiß deine Hände sind«, bemerkte Elisabeth.

»Mir ist nicht allzu wohl heute«, sagte Marie.

»Oh, ich vergaß.« Elisabeth wandte sich um. »Plagt dich am Ende noch das Fieber?«

»Mademoiselle muss sich keine Sorgen machen. Ich weiß, wie wichtig dieser Abend für Mademoiselle ist, da werde ich ihre Haare doch keiner anderen überlassen. Etwa der alten Anna.« Marie schnaubte verächtlich.

Ein wichtiger Abend. Wusste es denn ein jeder? Vom Fürsten über die Gäste bis zum geringsten Knecht? Wie konnte ihr Vater sie so sehr in die Enge treiben, ihr jede Möglichkeit der Flucht nehmen? Hatten sie es damals mit dem französischen König nicht ähnlich gemacht? Seine Verlobung offiziell bekannt gegeben, sodass es kein Zurück mehr gab? Ihr wurde nun doch wieder bang.

Geschickt überpuderte Marie die vorher gefettete Haut, verteilte einen Hauch roter Schminke auf Elisabeths Wangen und hielt, als sich Elisabeth erhob, den steifen Unterrock bereit. »Ach, fast hätte ich die Strümpfe vergessen«, fiel es ihr noch rechtzeitig ein. »Wie konnte ich? Das muss das Fieber sein. Mademoiselle möge mir verzeihen!«

Elisabeth zog sich vorsichtig einen goldfarbenen Seidenstrumpf über den Fuß. Goldfarben wie das Überkleid ihres Kostüms. Sie schlüpfte in das weiße Spitzenhemd und wurde dann in das neue Mieder gepresst, das die Brust nicht flach drückte wie die üblichen Corsagen, sondern die Taille noch schlanker machte, als sie es ohnehin schon war, und dabei die Brust nach oben hob.

»Noch nicht in den Spiegel sehen«, verbot Marie ganz zuletzt, als endlich alle Kleidungsstücke angelegt und alle Knöpfe und Schnürungen geschlossen waren, »die Blümchen fehlen noch.« Gehorsam setzte sich Elisabeth für die letzten Feinheiten an den Frisiertisch zurück. Marie steckte da noch eine Haarsträhne fest, holte für eine widerspenstige Locke noch einmal das Brenneisen hervor und schmückte zum Abschluss das Haar mit blauen Seidenblümchen. Sie reichte ihr das Parfum und endlich die Dose mit den Schönheitspflästerchen. Elisabeth beugte sich dicht vor den kleinen Frisierspiegel und klebte ein halbmondförmiges Pflästerchen in die Nähe des Mundwinkels.

»Oder sollte ich jenes in Sternenform nehmen?« Sie eilte durch die schmale Tür in ihr Studierzimmer und versuchte, sich im großen Spiegel über dem Kamin ganz zu erkennen. »Marie! Noch ein paar Kerzen, sonst sehe ich nichts!«

War sie es selbst? Die schöne Dame mit dem kühlen Gesicht? Das braune Haar nur locker zusammengeheftet in langen Locken über die Schultern fallend? Gewiss war sie die Einzige, die es so trug. Der weite Ausschnitt des tiefblauen mit Goldborten umfassten Oberteiles gab ihre Schultern und den Brustansatz frei. Die weiten Ärmel umschmeichelten ihre Arme bis zu den Ellbogen, darunter sahen die weißen Spitzen des Hemdes hervor. Unter dem eng anliegenden, in der Taille spitz zulaufenden Oberteil floss der Rock aus goldenem Satin weich zu Boden. Seitlich leicht gerafft zeigte er das steife Unterkleid, vom gleichen schimmernden Blau wie das Oberteil und ebenso über und über mit Gold bestickt. Das Kleid lief hinten in einer kleinen Schleppe aus, die Elisabeth bei den Drehungen noch einige Schwierigkeiten bereitete.

»Den Fächer und die Maske!«, rief sie.

»Wie eine Fee sieht Mademoiselle aus«, stellte Marie bewundernd fest, während Elisabeth probeweise den Fächer auf- und zuklappte und ihr Gesicht dahinter verbarg. »Welch entzückendes Kleid, so schimmernd, so fließend. Mademoiselle wird nur so durch den Saal schweben.«

»Ob man mich nicht zu früh erkennt?« Die blaue Maske glich in der Form einem Nachtfalter und verbarg nicht genug von ihrem Gesicht, um sie unkenntlich zu machen. »Ob ich nun gehen darf? Sieh nach, Marie. Schau, wie viele Gäste bereits anwesend sind.«

Unterdessen drehte sie sich noch ein wenig vor dem Spiegel, trat näher, überprüfte ihre ganze Erscheinung, zupfte die Spitzen des Hemdes am Ausschnitt etwas höher, denn nun schien ihr das Dekolleté doch zu gewagt, und kam endlich zu dem Schluss, dass es an ihrer Aufmachung nichts mehr auszusetzen gab. Sie kannte die musternden Blicke zur Genüge, denen sie bei Auftritten in der Öffentlichkeit ausgesetzt war. Und erst das Wissen, dass Gesicht, Haar und Kleidung ohne Tadel waren, gab ihr die Sicherheit, sich zwischen all diesen Menschen gelassen und erhobenen

Hauptes zu bewegen. Wie es wohl sein mochte, alleine und unbekannt auf einem fremden Balle zu tanzen, wie es zur Zeit der Maskentreiben nicht unüblich war? Das jedoch würde ihr Vater ihr niemals erlauben.

»Mademoiselle kann gehen.« Marie stand in der geöffneten Tür. »Der Großteil der Gäste befindet sich im Festsaal. Einige verspätete kamen eben noch dazu.«

»Bien, Marie, begib dich zu Bett. Auskleiden kann mich auch die alte Anna. Aber schicke jemanden, das Zimmer aufzuräumen.«

»Vielen Dank, Mademoiselle.«

5.

Langsam schritt Elisabeth den Gang entlang zur Treppe und kostete noch einige letzte Minuten die Illusion aus, eine rätselhafte Schöne zu sein, die wie ein glänzender Falter durch die Gänge eines von Masken bevölkerten venezianischen Palazzos huschte. Musste bei einem Maskentreiben nicht das ganze Schloss in einem geheimnisvollen Halbdunkel liegen, während sie sich Masken lautlos durch die Gänge bewegten? Musste nicht aus der Fensternische der schöne Unbekannte treten, sie bei der Hand nehmen und …

Und dann? Sie zum Tanze führen, gemeinsam mit ihr wie im Traume dahinschweben? Oder würde er sie glühend küssen, wie es Ferdinand damals getan hatte, so verwegen und romantisch, dass die sechzehnjährige Elisabeth beinahe dahingeschmolzen wäre? Gottlob nur beinahe. Es war arg genug, dass sie an diesen Lügner und Schurken überhaupt einen Gedanken verschwendet hatte.

Oder würde der schöne Unbekannte sie nur bei der Hand nehmen und sie einfach entführen, weit weg von allen Vätern, Ehemännern und Freiern?

»Träume«, hatte Marie-Henriette vorhin gesagt.

Ehe sie die Treppe betrat, warf sie einen Blick aus dem

Fenster über den Hof hinweg zu den Fenstern des Festsaales.

Mais non, wie hell und verschwenderisch das Licht aus den hohen Fenstern in den Innenhof fiel. Offensichtlich hatte es der Fürst nicht verstanden, die verzauberte Atmosphäre eines Maskenfestes zu schaffen. Ihre Befürchtung bestätigte sich, als sie den Saal betrat. Anstelle des geheimnisvollen Halbdunkels Licht von Hunderten von Kerzen; anstelle des schönen Unbekannten nur vertraut wirkende Gesichter, dürftig unter Halbmasken verborgen; anstelle einer lebhaften Gigue oder einer heiteren Gavotte eine ernste, ruhige Sarabande, zu der sich die Paare gemessenen Schrittes durch den Saal bewegten.

Da der Großteil der Anwesenden auf die tanzenden Paare schaute, gelang es ihr, sich von nur wenigen neugierigen Blicken behelligt einen Weg durch die Grüppchen plaudernder Menschen zu bahnen, sich einen ruhigen Ort zu suchen, ein wenig versteckt hinter einer Säule, von welchem aus sie die Atmosphäre des Balles auf sich wirken lassen, die Menschen beobachten und vertraute Gesichter unter den Masken erahnen konnte.

Mochte die Stimmung, die sie sich gewünscht hatte, auch fehlen, sie musste ihrem Vater doch ein Kompliment machen für die Art und Weise, wie er dem plumpen Raum, der eher einem Ritter- als einem Ballsaal glich, zu einem strahlenden, glänzenden, beinahe heiteren Aussehen verholfen hatte. Alle Leuchter des Schlosses erhellten den Saal, die dunklen Wandbehänge waren durch neue, farbenfrohe ersetzt worden. Auf dem langen, mit einem tiefroten Tuch bedeckten Tisch am Ende des Saales häuften sich Tablette mit süßem Konfekt und den verschiedensten Früchten neben einer Unzahl von Weinflaschen und Gläsern.

Am gleichen Ende hatten die Musiker ihre Instrumente aufgebaut. Die beiden Flötenspieler setzten gerade ihre Flöten an die Lippen, um mit einer alten italienischen Weise die Wartezeit bis zum nächsten Tanz zu füllen. Elisabeth wiegte ihren Kopf zu der leichten Melodie, die eine Ahnung von Frühling in sich barg, und ließ ihren Blick ziellos schweifen. Die Herren und die jüngeren Damen standen in lockeren, kleinen Gruppen beisammen über den ganzen Saal verteilt, zwanglos miteinander über Belanglosigkeiten redend.

Aufgereiht wie Krähen auf einem Zaun hockten die älteren Herrschaften auf den Stühlen, die den großen Raum säumten, die Köpfe dicht zusammengesteckt, tuschelnd. Zumeist waren es die Damen in ihren schwerfälligen, spanisch anmutenden Gewändern, die dunklen Röcke in steifen Falten, die dort die neuesten Gerüchte austauschten. Ihren scharfen Blicken entging weder ein Fehltritt beim Tanz noch ein Paar, das sich einander länger als üblich zuwandte.

Ein Diener drängte sich an Elisabeth vorbei, in den Händen ein mit Ananas, Äpfeln und Apfelsinen beladenes Tablett. Der nächste Tanz begann. Es war ihr eine Lust, zuzusehen, wie sich die Paare zueinander und voneinander bewegten, wie die bunten Stoffe der prächtigen Kleider wogten.

Da der junge Mann ganz in feuerfarbene Seide gekleidet! Dort die schöne Dame im hellen Atlaskleid, daneben der eitle Geck, der zu den üblichen Schleifen, die alle Herrenhemden und -hosen zierten, noch zweimal so viele Bänder an Hose, Hemd, Jacke und Schuhen trug! Ganz nah tanzte Jung-Gottfried vorüber in weiten Kniehosen, die taubenblauen Strümpfe im Farbton genau auf seine Kleidung abgestimmt. Auch mit Maske war er leicht zu erkennen, nie hätte er seine wallenden blonden Locken unter einer Perücke verborgen.

»Darf ich um den nächsten Tanz bitten?«, fragte eine tiefe, männliche Stimme hinter ihr. Ein wenig erschrocken darüber, so plötzlich aus ihren Betrachtungen gerissen zu werden, wandte Elisabeth sich um.

Ein schlanker Mann mittleren Alters, die schulterlangen Haare in Wellen gelegt, eine einfache, schwarze Maske über Augen und Nase, verbeugte sich leicht vor ihr. Seine Kleidung war, obgleich der Mode entsprechend, äußerst schlicht gehalten.

»Ach, Vater«, rief Elisabeth erleichtert, »Ihr habt mich ein wenig erschreckt!«

»Schlägst du mir den Tanz nun ab, nur weil ich es bin?«

»Naturellement pas.« Sie bot ihm ihren Arm. »Mais, Papa«, sie musterte die an ihm so ungewohnten, kurz über den Knien endenden, rockartigen Rheingrafenhosen, »habt Ihr Euch doch von Gottfried beraten lassen bei der Selektion Eures Gewandes? Ich fürchtete, Ihr würdet in Eurer schwarzen Alltagstracht erscheinen.« Sie sah ihn von der Seite an und bemerkte wie so oft den Stolz in seinem Gesicht, der sich immer zeigte, wenn er seine schöne Tochter vor aller Augen zum Tanz führte.

»Ihr habt mich schnell erkannt«, bemerkte sie enttäuscht.

»Das hat wohl ein jeder hier im Saal«, nahm er ihr die Illusion. »Du bist die Schönste von allen und trägst das ausgefallenste Gewand, wer sollte dich mit einer anderen verwechseln? Aber«, er runzelte die Stirn, »ist das Dekolleté nicht zu gewagt?«

Sie stellten sich zum Tanze auf, die Musik setzte ein. Auch wenn dem Vater die Leichtfüßigkeit eines exzellenten Tänzers fehlte, tanzte sie gerne mit ihm. »Nicht so verbissen tanzen, Herr Vater«, flüsterte sie ihm bei der Drehung zu. »Denkt an nichts, lasst Euch von der Musik leiten.«

»Schweig still«, wies er sie zurecht und konnte doch ein Lächeln nicht verbergen.

Eine angedeutete Verbeugung, ein Schritt, eine fremde Hand in der ihren, eine Drehung. Wie anmutig und beherrscht sich die Tänzerin im bestickten Goldkleid bewegte. Auch sie hatte wie Elisabeth die Schultern nicht bedeckt. Sie gewahrte Elisabeths Blick und lächelte. Ah, Marie-Henriette, wer sonst konnte so blühend schön sein, so erlesen gekleidet! Ihr Kleid war über und über mit Bandschluppen besetzt, sie saßen zwischen den Puffen und Rüschen der weißen Hemdärmel und zierten selbst das schwere, dunkle Haar.

Verbeugung, Schritt, Partnerwechsel. Eine besitzergreifende, feste Hand in der ihren. »Ma chère amie.« Graf Eberhard neigte sich vor ihr. »Wie inutile von Eurem Vater, all diese Kerzen zu entzünden! Eure Schönheit verleiht dem Fest so viel Glanz, dass meine Augen geblendet sind.« Sie neigte höflich ihren Kopf und versuchte dabei, ihr kühlstes Gesicht aufzusetzen. Er verstand es, manierlich zu tanzen und seine Worte gut zu setzen, trotzdem war sie froh, beim Wechsel die weiche Hand des Prinzen Albrecht in der ihren zu fühlen. So kam die nächste Drehung, der nächste Wechsel, bis sie sich am Ende wieder an der Seite des Fürsten fand.

»Wie wäre es mit einem Glas Wein, meine Tochter?« Ehe sie nicken konnte, hob er grüßend die Hand: »Ah, Eberhard, Ihr kommt zur rechten Zeit. Meine Tochter wünscht sich ein Glas Wein, könntet Ihr Euch nicht ihrer annehmen? Ich bin gezwungen, mich für einen Moment zu entfernen.«

»Avec plaisir.« Der Graf bot Elisabeth den Arm. Sie übersah die Geste absichtlich. »Wir sahen uns eine gute Weile nicht, ma chère. Die Occasions, mir von Eurer Reise nach Frankreich zu erzählen, waren gering. Wir sollten dies à toute force nachholen.«

»Aber nicht heute Abend, Monsieur.«

»Mais non, ich erwarte Euch auf einen Besuch, Euch und Euren Vater. Wird Euch die Zeit nicht lang in dieser Abgeschiedenheit? Oder beschäftigt Ihr Euch noch immer mit Euren Sprachstudien?«

»Naturellement.«

»Ah, das habt Ihr doch bei weitem nicht nötig, ma chère«, er verzog seinen Mund zu einem schmeichlerischen Lächeln. »Eure Kenntnisse der französischen Sprache sind exzellent und die der englischen weitaus besser als die meinen.«

Euer Englisch, mein Herr, dachte sie bei sich, besteht nur aus drei Sätzen. Das war ein schlechtes Kompliment. »Es ist die lateinische und die griechische Sprache, Monsieur, womit ich mich noch sehr intensiv befassen muss, bis ...«

»Wozu benötigt Ihr Latein?« Der Graf lächelte nachsichtig. »Welch unsinnige Spielerei. Das Französische hingegen wird Euch sehr zu nütze sein, zieret Ihr einst als höchste Dame im Lande den Salon Eures Gemahles und macht Konversation mit den Gästen und Gesandten.« Inzwischen hatte er nun doch unaufgefordert seine Hand auf ihren Arm gelegt. Gottlob auf den Stoff des Kleides, zwei Fingerbreit unter ihre bloße Schulter, gerade so, dass es noch annähernd schicklich war. Elisabeth wurde unwohl bei dem Gedanken, seine Finger könnten aus Versehen ein wenig höher rutschen und ihre Haut berühren. Wie aufgeschwemmt seine Hand war! Aufgeschwemmt wie der ganze Graf. Sie musterte ihn. Zwar war er nicht so übermäßig beleibt wie viele der Herren hier im Saal, doch ließ seine ausgeprägte Vorliebe für erlesene Speisen und eine gute Flasche Wein, überhaupt für alle Genüsse, die das Leben bot, sein Gesicht und seine Figur dick und schlaff werden. Er wusste sich vorteilhaft und ›à la mode‹ zu kleiden, gleichwohl waren die Polster um seine Hüften kaum noch zu verbergen.

»Ma chère Elise – es wird mir doch vergönnt sein, Euch so zu nennen –, wie wäre ... Ach, vergebt mir, erwähnte Euer Herr Vater nicht ein Glas Wein? Wie unverzeihlich, wie konnte ich das oublieren?« Er blickte sich suchend um. »Benötigt man diese Dienerschaft«, schimpfte er, »ist sie nicht aufzutreiben! Ansonsten rennen sie einen mit ihren Tabletts beinahe über den Haufen! – Wäre es Euch lieb, wenn ich Euch ein Glas holte, auch wenn Ihr Euch einen Moment gedulden müsstet?«

Elisabeth zauberte ein strahlendes Lächeln auf ihr Gesicht. »Das wäre überaus charmant von Euch.«

Sobald er ihrem Blick entschwunden war, zwängte sie sich zwischen einigen jungen Herren hindurch, überhörte Bemerkungen wie »Bleibt bei uns, schöne Maske!«, entzog sich einem ungeschickten Umarmungsversuch und hielt nach Eleonore Ausschau. Sie brauchte einen festen Punkt in dem Gewoge, ihr war es nicht gegeben, so leichtfüßig und gewandt durch den Saal zu flattern, sich einen Herrn zum Tanze zu bitten, ihn stehen zu lassen für den nächsten, so wie Marie-Henriette es immer schon getan hatte. Neben wem stand übrigens Marie-Henriette soeben? Es musste ein Herr sein, der ihr außerordentlich gefiel, sonst hätte ihr kühles Gesicht niemals derart interessiert und lebhaft gewirkt. Der Mann wandte sich ein wenig zur Seite, sodass sie sein Profil erkennen konnte.

Elisabeth hob erschrocken die Hand an den Mund und biss sich auf den Nagel des kleinen Fingers. Ihn erkannte sie selbst mit Maske und Lockenperücke. Wie sehr hatte sie diese leichte Bewegung des Kopfes geliebt, damals.

Ferdinand von Münzfeld.

Und obwohl es ihr zur Genüge bekannt war, dass er ein Schuft war, ein Lügner, ein Mitgiftjäger, fühlte sie bei seinem Anblick trotz allem auch nach drei Jahren noch dieses eigentümliche Ziehen in der Magengegend. Was hatte Marie-Henriette mit ihm zu lachen? Aus welchem Grund besuchte er überhaupt ihren Ball? Und wo hatte er seine Gemahlin gelassen?

»Elise?« Eleonore war so plötzlich neben sie getreten – oder hatte sie die Freundin Ferdinands wegen nicht bemerkt? –, dass Elisabeth zusammenzuckte. »Ihr müsst Euch nicht erschrecken«, lachte Eleonore. »Ich bin nicht Graf Eberhard. Ich habe gesehen, wie Ihr ihm echappiert seid. Er wird Euch gewiss wieder finden und Euch verzeihen.«

»Es fällt mir leicht, darauf zu verzichten«, brummte Elisabeth. Mit einer leichten Handbewegung hielt Eleonore einen der Bediensteten an und nahm ein Glas Wein vom Tablett. Sie reichte es Elisabeth und nahm zwei weitere Gläser. »Für Therese und mich«, erläuterte sie. »Kommt, gesellt Euch zu uns. Mit Anne brauchen wir heute nicht mehr zu rechnen, schaut sie Euch an!« Sie zeigte quer durch den Saal, wo Anna saß und aufsah zu einem Mann, der offensichtlich bereits eine gute Weile redete. »Heinrich?«, fragte Elisabeth.

»Wer sonst?«, antwortete Eleonore. »Ich will doch hoffen«, fuhr sie fort und nahm einen kräftigen Schluck Wein, »dass ich mich nie so sehr verlieben werde, dass ich einem Herren eine geschlagene halbe Stunde zuhöre, dazu mit solch andachtsvollem Gesicht, und nichts, aber auch gar nichts dazu zu erwidern habe.«

Elisabeth lachte bei der Vorstellung einer andächtig einem Manne lauschenden Eleonore. »Ihr und Euch verlieben! Gewiss ist hier im ganzen Saal kein Herr, der Euch auch nur un peu zusagen würde.«

Therese trat hinzu. »Worüber amüsiert ihr euch?«, fragte sie.

»Ich soll Elise einen Herrn zeigen, der mir auch nur ein wenig gefallen könnte. Zeigt Ihr mir einen, der Euch gefällt, Therese, dann werde auch ich mir einen suchen. Aber Ihr müsst es ebenfalls tun, Elise.«

»Solche Spiele spielten wir, als wir junge Mädchen waren«, entrüstete sich Therese.

»Ma chère«, entsetzte sich Eleonore, »macht einen die Ehe so alt?« Thereses Lippen zitterten, so, wie sie vorhin in Elisabeths Gemach gezittert hatten. Wie unglücklich sie ist, dachte Elisabeth erschrocken. Gleich morgen müssen wir uns ihrer annehmen.

»Kommt«, Eleonore fasste Therese am Arm, »zeigt ihn uns. Euer Gatte sieht es doch nicht.« Therese blickte sich zögernd um. Nach einer Weile deutete sie kaum merklich mit der Hand auf einen der Herren: »Er.«

»Oh, mon Dieu«, stöhnte Elisabeth. Es war Jung-Gottfried, auf den Therese gezeigt hatte.

Eleonore brach in ein Gelächter aus.

»Nichts werde ich Euch mehr zeigen«, schmollte Therese. »Rien.«

»Nun Ihr, Elise!«, befahl Eleonore. Elisabeth errötete. »Keine Ausflüchte, Elise. Und ehrlich müsst Ihr sein!«

Elisabeth sah zu Ferdinand hinüber, ihr Mund öffnete sich ein wenig, dann presste sie ihn fest zusammen. Eleonore folgte ihrem Blick. »Ach, Elise«, seufzte sie leise, »ihr seid beide unbelehrbar.« Sie hob die Hand. »Da, schaut, wie er unsere Henrie umschmeichelt, aber die ist ihm gewachsen.«

»Die Reihe ist an Euch«, lenkte Elisabeth von dem unliebsamen Thema ab. »Löst Euer Versprechen ein und zeigt uns einen Herrn.«

Eleonore blickte sich lange um. »Ich glaube, Ihr habt Recht, Elise. Mir gefallen die Männer einfach nicht.«

»Aber wenn es einer sein *müsste*.«

»Da, schaut«, Eleonore zeigte zur äußeren Steinsäule hinüber, »der dort lehnt, der könnte mir gefallen. Aber wohl nur, weil ich ihn nie zuvor sah und ihm der Reiz des Fremden anhaftet.«

Thereses und Elisabeths Blicke folgten Eleonores ausgestrecktem Finger. »Was vermögt Ihr von ihm schon zu erkennen«, Elisabeth zuckte mit den Schultern, »die Maske bedeckt sein Gesicht, die Perücke sein wirkliches Haar.«

»Aber die Haltung! Regardez, wie desinteressiert er an der Säule lehnt! Sicherlich mag er Bälle nicht. Mir ergeht es oft ebenso. Von schönem Wuchs ist er außerdem. Und er trägt diese weiten Hosen nicht, die die Herren derzeit so sehr entstellen.«

»Er ist kurios gekleidet«, kritisierte Therese. »Das Blond der Perücke steht ihm nicht. Und niemals sah ich derart anliegende, enge Hosen! Und die lange Jacke gleicht einer Bauernjacke!«

»Ihr irrt, Therese.« Elisabeth begann sich für den Fremden zu interessieren. »Es ist beileibe nicht altfränkisch, was er da trägt. Auch der französische König trägt den Justaucorps und die Culotte. In einigen Jahren wird es hier ein jeder tragen. Ob er aus Paris kommt?« Elisabeth blickte noch einmal zu dem schlanken Mann hinüber. Etwas an seiner lässigen Eleganz reizte sie, nur wusste sie nicht, ob zum Widerspruch oder zum Gefallen.

»Aber keine einzige Verzierung«, mäkelte Therese.

»Was ihn um so schlanker erscheinen lässt«, bewunderte Eleonore. »Schaut Euch dagegen Friedrich von Bartin an! Wie sein dicker Bauch über die Rhingrave hängt. Wie unvorteilhaft für seine Figur noch dazu all die Schleifen sind! Gewiss hat ihn seine Mutter derart ausstaffiert!«

»Lacht nicht über Friedrich.« Elisabeth unterdrückte ein Lächeln. »Er ist äußerst gebildet und charmant.«

»Er muss fühlen, wie sehr Ihr Euch für ihn einsetzt«, neckte Eleonore. »Er macht sich bereits auf den Weg zu Euch!«

Elisabeth schlug mit dem Fächer nach Eleonore, doch diese behielt Recht, Friedrich von Bartin kam tatsächlich auf sie zu.

»Gestattet, dass ich Euch Elisabeth entführe zum nächsten Tanz, Mesdemoiselles.« Er verbeugte sich vor den drei jungen Frauen. »Ihr seid doch unbezweifelbar Elisabeth, schöne Maske? Oder war es mir nicht erlaubt, Euer Inkognito zu lüften?«

»Frédéric, mon cher«, lächelte Elisabeth. »Wie schön, Euch wiederzusehen.« Seinen Arm schlug sie nicht aus. Er geleitete sie in die Mitte des Saales. Elisabeth spürte, wie sich alle Blicke auf sie richteten. Die alten Damen werden gewiss tuscheln, dachte sie, und überlegen, ob ich mich mit Friedrich verlobe.

Er sah leider wirklich lächerlich aus mit all den Schleifen, Bändern und Spitzen. Sie warf einen verstohlenen Blick zu Ferdinand von Münzfeld hinüber, der ähnlich gekleidet war, dem diese Spielart der Mode jedoch vortrefflich stand. Ferdinand hatte ihren Blick aufgefangen und erwiderte ihn mit einem wissenden Lächeln.

Ich hätte nicht übel Lust, ihm in sein arrogantes Gesicht zu schlagen für dieses Lächeln, dachte Elisabeth und wandte sich wieder Friedrich von Bartin zu. Friedrich tanzte unbeholfen wie immer, aber sie sah darüber hinweg, sein angenehmes Wesen glich es wieder aus. An diesem Abend aber schien ihr selbst Friedrich nicht ganz so angenehm. Selbst er sandte ihr während des Tanzes Blicke zu, in die er ein bewunderndes Glühen zu legen versuchte, was ihm jedoch keineswegs gelang. Unter einem Vorwand ließ sie ihn nach dem Tanz stehen und eilte zu Eleonore und Therese zurück. Marie-Henriette hatte sich in der Zwischenzeit bei ihnen eingefunden, hob Elisabeth ihr Glas entgegen und rief: »Lasst uns anstoßen auf unsere Réunion!«

Vier Weingläser stießen mit hellem Klang zusammen. Elisabeth leerte ihr Glas schneller, als sie es sonst zu tun pflegte.

»Bei den Herren wird es mir zu öde«, erklärte Marie-Henriette. »Der junge Selm erzählt die ganze Zeit von seiner ›grand tour‹ durch England und Holland, aber mir scheint, die Herren erzählen nie, um anderen etwas mitzuteilen, sondern nur, um ihr eigenes Wissen und ihre Grandeur in das rechte Licht zu rücken. Dann fällt ihm ein anderer in das Wort, um ihn zu überbieten. Aber über das bereiste Land selbst erfährt man dabei wenig.«

Elisabeth hätte gerne nach Ferdinand gefragt, ganz nebenbei und unverbindlich, aber sie schwieg, weil sie wusste, ein Zittern in der Stimme, eine Röte im Gesicht hätte ihre besondere Anteilnahme verraten.

»Wo eigentlich hält Amalie sich auf?«, wollte Therese wissen.

»Sie sitzt bei den alten Damen und spinnt Intrigen oder bildet die Liaisons der Zukunft – was alte Damen eben so treiben«, spottete Marie-Henriette. »Und Françoise lässt sich von ihrem Gemahl jeden Wunsch von den Augen ablesen. Seht, da läuft er wieder, ihr süße Früchte zu holen!«

Der Wein beschwingte Elisabeth, beinahe hätte sie die Anwesenheit der Freundinnen genossen, die Musik, das lockere Geplauder, die mit Zucker überzogenen Früchte, und darüber den eigentlichen Anlass des Balles vergessen. Ein beiläufiges Wort ihres Vaters, dem sie sich nach einem Tanz mit dem feuerfarben gekleideten Prinzen Albrecht zugesellte, erinnerte sie wieder daran.

»Nun, mein Kind«, meinte der Fürst zuversichtlich, »du amüsierst dich doch, wie ich sehe. Ich wusste, dass ich darin Recht behalten würde. Hast du bereits …? Aber nein, das ist nicht der rechte Augenblick. Wir sprechen morgen darüber.«

Er wandte sich seiner Begleiterin zu. Es war die verwitwete Baronin Kammerberg, einst eine Vertraute Claudias, die sich seit einigen Monaten als Gast am Hofe aufhielt, um »alte Erinnerungen aufzufrischen«, wie sie es nannte.

»Wie wäre es mit einer Südfrucht, liebste Charlotte?«

»Gerne, Monsieur«, sie neigte den Kopf. »Elisabeth, mon enfant, Ihr ebenfalls? Schließt Euch uns ein wenig an.«

Elisabeth schüttelte den Kopf. »Ich werde erwartet.«

»Ah, la jeunesse«, lächelte die Baronin. »Die Jugend sucht die Jugend.«

Im Gehen lächelte Elisabeth spöttisch vor sich hin. Ah, la jeunesse, imitierte sie die Baronin in Gedanken. Dabei ist sie keine zehn Jahre älter, als ich es bin. Und was fällt ihr ein, mich »ihr Kind« zu nennen? Ein Gedanke streifte Elisabeth, aber sie vergaß ihn im gleichen Moment, es galt, dem Grafen auszuweichen. Und nicht nur ihm. Alle Herren schienen auf dem Sprung zu stehen, alle schienen auf den nächsten Tanz mit ihr zu hoffen.

Großtante Henriette zog sie in ein kurzes Gespräch. Da ihr Gehör stark nachgelassen hatte, musste Elisabeth auf dem Stuhl an ihrer Seite Platz nehmen, sich zu ihrem Ohr neigen und ihr laut erklären, wer nun der Gemahl Thereses war, in welchem Monat Franziskas Kind zur Welt kommen würde und mit wem sich Anna da gerade unterhielt. »Und warum steht Ihr bei den jungen Damen, mein Kind? Ihr müsst Euch um Euren Verlobten kümmern, ja.«

»Ich habe keinen Verlobten, ma tante«, sagte Elisabeth, leider nicht laut genug.

»Ihr müsst mit ihm tanzen, ja. Aber es gibt ja keinen Anstand mehr, nein. Wo ist er denn, Euer Verlobter?«

»Ich habe keinen Verlobten!«, rief Elisabeth ihr laut ins Ohr. Die Damen links und rechts von ihnen hoben interessiert ihr Haupt. Elisabeth blickte zornig auf die Damen. Werde auch ich so sitzen in einem Jahr, so selbstzufrieden mit verkniffenem Mund? Oder werde ich einen Geliebten haben wie Marie-Henriette und, ohne meinen Gemahl auch nur im Geringsten zu beachten, durch den Saal schwirren?

Das eine schien ihr so wenig erstrebenswert wie das andere. Wut über ihren Vater und über alle unverheirateten Kavaliere stieg in ihr auf. Es wurde Zeit, dem ein Ende zu bereiten.

Erging es allen anwesenden Damen so wie Therese? Den selbstbewussten, eleganten, die dort so lebhaft plaudernd beisammenstanden? Den selbstgefälligen, gesetzten, die auf ihren Stühlen den Saal säumten? Mussten sie heute Nacht nach dem Fest die Plumpheit und die Gelüste ihrer Gatten über sich ergehen lassen? Zumal die Männer dem Wein bereits erheblich zugesprochen hatten? Und die Herren, so geschmackvoll gekleidet, so höflich in ihren Umgangsformen – wurde ein jeder von ihnen im Bett zu einem ungeschlachten Tier? Selbst Ferdinand? Sie sah zu ihm hinüber, er stand nur wenige Schritte von ihr entfernt. Behandelte er seine Gemahlin mit Gleichgültigkeit, während er seine jeweilige Geliebte umschmeichelte und verwöhnte?

Mon Dieu, sie hielt inne, niemand im ganzen Saal hat so schreckliche Gedanken wie ich.

Ferdinand hielt ihren Blick fest. Hitze wallte über ihr Gesicht. Sie schlug die Augen nieder und erhob sich rasch, als sie sah, dass er Anstalten machte, sich ihr zu nähern. Doch noch ehe sie sich einen Weg zurück zu ihren Damen hatte bahnen können, hatte er ihr diesen Weg auch schon abgeschnitten und stand neben ihr, dort, wo das Gedränge so dicht war, dass er unbemerkt ihre Hand berühren konnte.

»Elisabeth.«

Ah, der Zauber wirkte noch, aber sie durfte es ihn nicht merken lassen.

»Lasst meine Hand los!«, befahl sie kühl. Er hat mich nicht vergessen, frohlockte ihr Herz.

»Versprecht mir den nächsten Tanz.«

»Meine Tänze sind bereits vergeben.« Sie versuchte, ihm ihre Hand zu entziehen, aber er hielt sie sehr fest. »Man schaut am Ende zu uns her. Lasst mich gehen.«

Ein Lächeln spielte um seine schönen, überheblichen Lippen, seinen anmaßenden Blick konnte sie durch die Maske nur erahnen. »Versprecht mir den nächsten Tanz und ich lasse Euch gehen.«

Sie zerrte ihre Hand so heftig und hastig aus der seinen, dass sie die Neugierde der Umstehenden weckte. Eilig schob sie sich durch die Menschen und verfluchte sich dafür, dass es ihr nicht gelungen war, souverän mit einer einfallsreichen Bemerkung auf den Lippen zu entschwinden.

Sie fand Eleonore und Marie-Henriette tuschelnd und lachend vor. »Noch ein Glas Wein, Elise?«, fragte Marie-Henriette.

»Damit ich so betrunken werde wie ihr?«

»Oh, wir sind keineswegs betrunken«, lachte Eleonore, »wir regardieren lediglich etwas ausnehmend Lustiges.«

»Was?«, wollte Elisabeth wissen.

»Eure Freier«, kicherte Marie-Henriette. »Schaut nur den Grafen Ulrich! Benötigt ein Herr nicht zweihundert Ellen Seidenband für seine Schleifen, wenn ihm daran liegt, ›à la mode‹ zu sein? Alors, Graf Ulrich hat sein Soll längst überschritten.«

»Er könnte recht hübsch sein«, befand Elisabeth mit einem kurzen Blick auf den mit modischem Zierrat überhäuften jungen Grafen, »hielte er den Mund nicht immer so halb offen. Dadurch sieht er so töricht aus, wie er es tatsächlich ist.«

»Sie sind alle ein wenig eintönig, Eure Freier«, schloss Marie-Henriette die Betrachtungen. »Die interessantesten Männer sind bereits vergeben. Ihr hättet Euch beeilen sollen, mein Liebes.«

»So wie Ihr?«, fragte Elisabeth spitz.

»Gut pariert«, lachte Marie-Henriette, um gleich darauf

hinter vorgehaltener Hand zu gähnen. »Vorhin langweilte mich einer der Herren mit einem langen Vortrag über Oliver Cromwell. Sicherlich, ich sollte mich geschmeichelt fühlen, dass er mich für würdig befand – mich, eine Frau! –, seinen Ausführungen folgen zu dürfen. Aber, par Dieu, Mr Cromwell ist tot, was gibt es da zu reden? Ist es nicht après tout gut ausgegangen in England? Haben sie nicht wieder einen interessanten, unterhaltsamen König? Entweder langweilen einen die Herren mit ihrer Bildung oder mit ihrer Dummheit!«

»Ferdinand von Münzfeld schien Euch eher zu amüsieren«, bemerkte Elisabeth wie beiläufig. »Was hat er Euch erzählt?«

»Ah, Ferdinand«, seufzte Marie-Henriette. »Er rief die Erinnerung an vergangene Zeiten wach.« Der seltene Ausdruck von Zärtlichkeit in Marie-Henriettes beherrschtem Gesicht ließ Elisabeth erblassen. »Mais, Elise«, Marie-Henriette betrachtete sie aufmerksam, »welches Interesse ...«

Mit einem »c'est rien« schnitt Elisabeth ihr den Satz so knapp und scharf ab, dass selbst Marie-Henriette nur die schönen Schultern hob und schwieg.

Eine lange Zeit stand Elisabeth stumm, brütend, achtete nicht auf das Geplauder der Freundinnen, achtete nicht auf Therese, die erhitzt vom Tanz zurückkam. »Reicht mir noch ein Glas Wein!«, forderte sie mit einem Mal so laut, dass die Umstehenden verwundert ihre Köpfe hoben.

Eleonore reichte ihr ein weiteres Glas. »Was ist Euch, Elise?«

»Muss ich es hinnehmen?«, fragte Elisabeth erregt. »Muss ich es hinnehmen, dass ein jeder Mann hier im Saale sich so benimmt, als gehörte ich bereits ihm? Es ist an der Zeit, sich an den Männern zu rächen!«

»Wofür?«, fragte Marie-Henriette belustigt.

»Für ihre Unverfrorenheit, um meine Hand anzuhalten.«

»Ihr seid betrunken, Elise!«

»Einem jeden werde ich sagen, was ich von ihm halte! Von jetzt an!« Sie hob ihr Glas.

»Ah«, befand Marie-Henriette, »das sagt mir zu! Stoßen wir die Herren vor den Kopf!«

»Ich weiß nicht …« Eleonore krauste die weiße Stirn, doch Elisabeth winkte ihr zu schweigen, weil sich ein junger Mann der kleinen Gruppe näherte. Er verneigte sich vor Elisabeth. »Ist es erlaubt, um den nächsten Tanz zu bitten?«, fragte er schüchtern.

Elisabeth maß ihn kühl von oben bis unten. »Wir tanzen nicht mit Jünglingen«, sagte sie.

Er sah sie verwirrt an. »Die Damen mögen verzeihen«, stammelte er.

»Das war der Falsche, Elise«, flüsterte Marie-Henriette. »Der hat noch keiner Frau etwas zuleide getan.«

»Aber er wird es vielleicht einmal tun«, entgegnete Elisabeth. »Dennoch, es war ein Fehler, ihn abzulehnen. Sie stellen sich zur Courante auf und die tanze ich so gerne.«

»Das müsst Ihr nicht regrettieren«, bemerkte Marie-Henriette, »da nähert sich ein weiterer Tänzer für Euch.«

»Oh, mon Dieu.« Elisabeth legte die Hand auf den Mund. »Lieber tanze ich mein ganzes Leben nicht mehr.«

Heinrich von Rotenfels taumelte bereits vom Weingenuss. Er war ein großer, stämmiger Mann mit schlechten Manieren. Die Liebe zum Alkohol hatte sein Gesicht stark gerötet und aufgeschwemmt. »Ah, die kleine Prinzessin«, begrüßte er Elisabeth, die unter dieser ungebührlichen Anrede zusammenzuckte. »Wir hatten noch keine Gelegenheit zum Tanz am heutigen Abend.«

Er hat seine Zunge den Umständen entsprechend noch gut in der Gewalt, stellte Elisabeth fest, nur seine Augen nicht. Sie fühlte sich nackt unter seinem Blick, der unentwegt auf ihrem Dekolleté ruhte. »Monsieur«, erwiderte sie sanft, »man berichtete mir, Ihr hättet Eure erste Gemahlin bei Tisch im Beisein von Gästen auf den Mund geschlagen. Ich bin nicht gewillt, diese Nachfolge anzutreten.« Sie nickte liebenswürdig. »Amüsiert Euch noch, tanzt, trinkt, probiert die Früchte, aber entschuldigt mich.« Mit einer eleganten Drehung wandte sie ihm den Rücken zu. Marie-Henriette kicherte.

»Elise«, warnte Eleonore, »seid vorsichtig. Lasst es Euren Vater nicht hören, wie Ihr mit seinen Gästen sprecht. Er ist sehr eigen auf diesem Gebiet.«

»Er ist überhaupt sehr eigen.« Elisabeth zuckte mit den Schultern. Sie hob ihr Glas und leerte es mit einem Zug. »Mir geht es blendend.«

»Noch immer keine Courante?« Marie-Henriette klappte ihren Fächer auf und blickte zu den Musikern hinüber. »Sie haben wohl Diffikültés mit ihren Instrumenten?«

Eleonore verbarg ein herzhaftes Gähnen hinter ihrer vorgehaltenen Hand. Therese spielte mit den Perlen ihres Halsbandes. »Alors, Henrie«, bat Therese, »seid finalement so gut und zeigt uns, welcher der Herren König Philipp von Reupen ist. Ihr erwähntet vorhin, seine Bekanntschaft bereits gemacht zu haben.«

Marie-Henriette ließ ihre Augen durch den Saal schweifen, über die Damen, deren Puder auf den Wangen bereits verwischte, über die Herren, deren weiße Spitzenkragen nicht mehr alle gerade saßen.

Elisabeth nahm sich ein neues Glas. »Zeigt es auch mir, Henrie«, befahl sie. »Welcher der Herren ist der Bastard König Philipps? Es ist an Euch, mich zu warnen, ma chère. Am Ende«, fuhr sie fort, »käme selbst er noch, mich um einen Tanz zu bitten. Ist es vonnöten, dass ich nach all diesen Tölpeln auch noch mit einem Bauerntölpel tanze?«

Marie-Henriettes Augen weiteten sich. Warnend legte sie den Finger auf die Lippen.

»Nun sagt«, forderte Elisabeth des ungeachtet, »welcher ist der Bauer?«

»Er steht hinter Euch, Mademoiselle.« Die unbekannte, männliche Stimme ließ sie erschrocken herumfahren. Sie blickte in ein scheinbar augenloses Gesicht, in eine schwarze Maske.

Es war der Fremde, auf den Eleonore zu Beginn des

Abends gezeigt hatte, der elegante Mann in Justaucorps und Culotte mit der blonden Lockenperücke »à la lion«. Elisabeths Wangen färbten sich über und über rot.

Er verneigte sich leicht. »Dann erübrigt es sich sicher, dass ich Euch um einen Tanz bitte – oder würde es Euch amüsieren zu sehen, wie ein Bauer eine Courante tanzt?«

Sie öffnete den Mund und suchte nach einer Antwort. Er wartete sie nicht ab, drehte sich um und bahnte sich mit einer nachlässigen Geschmeidigkeit seinen Weg durch die Menschen.

Elisabeth stand reglos und starrte hinter ihm her.

Marie-Henriette räusperte sich.

»War das nicht königlich!«, rief Eleonore begeistert aus. »Pardon, Elise, aber Ihr müsst zugeben, dass er Euch überlegen war.«

Elisabeth atmete tief ein und wieder aus. »Einer weniger, der sich um meine Hand bewirbt. Aber es sind leider noch so viele andere da.«

Die Luft war warm geworden und stickig in dem dicht gefüllten Saal. Die Damen fächelten sich Kühle zu, Marie-Henriette wurde zum Tanz gebeten, die Musikanten spielten endlich heitere Stücke. Elisabeth jedoch fühlte eine Schwere im Kopf, ob vom Wein oder von der bedrückenden Luft, konnte sie nicht sagen.

»Entschuldigt mich.« Langsam schritt sie durch den prächtigen Saal, durch die prächtig gewandeten Menschen, vorbei an den prächtigen Speisen. Sie war des Festes überdrüssig, sie war der Herren überdrüssig, sogar der Freundinnen, wie sie dort standen und lachten.

Wie sehr die engen Sehschlitze ihren Blick begrenzten, wie sehr ihr Gesicht unter der Maske schwitzte. Sie nahm sie ab, sobald sie durch die Tür des Saales getreten war.

6.

Hoffentlich folgte ihr keiner der Tölpel. Der spärlich beleuchtete Gang war angenehm kühl, sie fühlte den Druck im Kopfe bereits weichen. Schritte klangen von oben, zwei Männer kamen die Treppe herunter. Elisabeth presste sich an die Wand des kleinen Seitengangs. Wie unwürdig, die Prinzessin von Messelstein verbirgt sich im Dunkeln und lauscht wie eine Dienstmagd. Aber es waren die Stimmen des Grafen und ihres Vaters, die sie vernahm.

»Ihr wähltet den rechten Zeitpunkt. Länger hättet Ihr certainement nicht warten dürfen.« Das war die Stimme des Grafen Eberhard. »Noch ist sie jung und formbar. Ihr habt eher zu lange gewartet.«

»Ihr müsst verstehen«, antwortete der Fürst, »hätte ich einen Sohn gehabt, wäre es nie so weit gekommen. Mir wären alle diese kleinen Fehler nicht unterlaufen. Aber das Lernen fiel ihr so leicht, es war eine Freude. Wenn nur diese Aufsässigkeit …«

Die beiden Männer näherten sich.

»Eine gänzlich ungebildete Frau ist auf die Dauer äußerst ennuyierend.« Der Graf stieß den Vater in die Seite. »Ich weiß, dass Ihr das ebenfalls nicht schätzt. Aber es war äußerst unklug, ihr die Wahl zu lassen …«

»Ich kann meine Zusage nicht brechen, Eberhard«, hörte sie den Vater noch sagen, ehe sich die Stimmen der beiden Männer mit dem Gesumme und Gemurmel aus dem Festsaal vermengten.

Elisabeth hörte neue Schritte auf dem Gang. Sie schlüpfte eilig durch die kleine Tür, die zum Innenhof führte.

Sie fröstelte, als die Winterkälte sie so plötzlich traf. Nur gut, dass das Dach des kleinen Säulenganges den Schnee abhielt, sonst wären ihre Füße in den schmalen Schuhen darin versunken. Sie blieb im Lichtkreis der erleuchteten Fenster und lehnte sich an die schmale Säule. Millionen und Abermillionen Sterne funkelten an dem kalten, klaren Himmel. Die eisige Luft ernüchterte. Wenn sie so stand in der Dunkelheit unter den Sternen, war ihr, als könne es nur diesen Augenblick geben und keinen morgigen Tag, keine Entscheidungen. Der Abend neigte sich seinem Ende zu, bald würde es zwölf schlagen, bald war es an der Zeit, die Masken zu lüften.

Die kleine Tür quietschte in ihren Angeln, sie wandte den Kopf. »Wer ist da?«, fragte sie fest.

»Ist die Nacht nicht zu kalt, meine Schöne?«

»Ferdinand?«

»Habt Ihr einen anderen erwartet, ma Princesse?«

»Ich erwartete niemanden«, entgegnete sie abweisend.

Er legte seine Hand auf ihren Unterarm. »Wie kalt Ihr seid, Princesse. Erlaubt mir zumindest, Eure schönen Schultern zu wärmen, wenn schon nicht Euer Herz.« Mit einer eleganten Geste nahm er den Mantel von seinen Schultern und legte ihn um die ihren. »Wir stehen nicht zum ersten Mal hier an dieser Stelle, n'est-ce pas?«

»Es gereicht Euch nicht zur Ehre, mich daran zu erinnern. Es war nicht sehr rühmlich, wie Ihr Euch damals verhieltet.«

»Ich küsste Euch. Es mag nicht rühmlich gewesen sein, aber es war sehr schön.« Sein Gesicht war so dicht vor dem ihren, so dicht wie damals. Sie wandte ihr Gesicht zur Seite.

»Wie geht es Eurer Gemahlin?«, fragte sie. »Warum seid Ihr ohne sie gekommen?«

»Oh, kommt mir nicht mit der Moral, ma chère! Meine Gemahlin ist in anderen Umständen und äußerst unförmig, ihr war nicht nach einer Reise. Außerdem war mir daran gelegen, Euch noch einmal alleine zu sehen, ehe Ihr eine gestrenge, sittsame Ehefrau werdet.«

Wie wenig lobenswert seine Worte waren, wie verlockend hingegen seine Gegenwart und die Erinnerung an seine Küsse. Könnte sie nur einmal noch einen Menschen so küssen wie damals ihn. Wie verliebt sie in ihn gewesen war vor drei Jahren, nur einiger Wochen voller Versprechungen,

Beteuerungen und Zärtlichkeiten wegen. Aber nach seiner Abreise hatte sie erfahren, dass er kurz vor seinem Besuch auf Messelstein eine äußerst vorteilhafte Verlobung eingegangen war und offensichtlich zu keiner Zeit daran gedacht hatte, diese Verbindung rückgängig zu machen.

»Elisabeth«, raunte seine Stimme an ihrem Ohr, sein Atem kitzelte in ihrer Ohrmuschel. »Elisabeth, stellt Euch nicht derart tugendsam. Ich weiß, wie sehr Euch mein Kuss gefiel. Ich musste oft an Euch denken seither. Elisabeth, Ihr seid längst nicht mehr so jung und töricht wie damals. Ehe Ihr einen dieser Laffen im Saal drüben erhört, lasst Euch ein letztes Mal von einem richtigen Manne küssen.«

Sie holte aus, ohne zu überlegen. Ihre Hand klatschte laut in sein Gesicht.

Er zuckte nicht einmal. Er zog nur die Augenbrauen hoch, trat einen Schritt zurück und verbeugte sich. »Dann eben nicht, Mademoiselle. Aber vielleicht, wenn wir uns ein andermal begegnen, werdet Ihr Eure Meinung geändert haben.«

Sie antwortete nicht, sie wartete, bis die Tür endlich hinter ihm ins Schloss fiel.

»Ein guter Schlag«, sagte anerkennend eine Männerstimme aus dem Dunkel des Hofes heraus, noch ehe sie sich erleichtert an die Säule zurücklehnen konnte.

Verfolgten sie sie überallhin? Gab es keinen Ort ohne Männer auf dieser Welt?

Eine Gestalt löste sich aus dem Halbdunkel und trat in das Licht. Zu ihrem Entsetzen erkannte sie den jungen König von Reupen. Hastig versuchte sie, die Maske wieder über die Augen zu schieben.

»Aber nein«, sagte er ruhig und hielt ihre Hand fest, »jetzt habe ich Euch doch sowieso schon gesehen.«

Verwirrt ließ sie die Hand mit der Maske sinken. Er konnte ihr doch nichts antun so nahe an den Fenstern?

»Welche Probe müssen die Kavaliere hier bestehen? Bittet Ihr jeden einzeln vor die Tür? Ist die Reihe jetzt an mir?«

»Was erlaubt Ihr Euch? Denkt Ihr, es sei convenant, fremde Gespräche zu belauschen, Sire?«

»Ich habe nicht gelauscht. Ich war nur zufällig im Hof. Die Luft ist hier frischer und die Sterne gefallen mir besser als der künstliche Glanz im Saal. Seht nur!« Er hob den Arm. Unwillkürlich folgten ihre Augen der Bewegung und sie blickte noch einmal auf, in den hoch über ihr gewölbten, sternenklaren Himmel hinein. Er stand so dicht neben ihr, dass sie einen Schritt zurücktreten musste. Was für ein seltsamer Mensch, dachte sie. Sie konnte seine Nähe körperlich spüren, obwohl er sie nicht berührte.

»Ihr irrt Euch in dem Münzfelder«, sagte er leichthin. »Er ist kein Mann für Euch, er hat schon eine Frau. Davon abgesehen taugt er nichts.«

»Ihr lasst es an guten Manieren mangeln, Monsieur«, erwiderte sie spitz. »Es muss an Eurer Herkunft liegen.«

»Ihr habt es vorhin im Saal auch an guten Manieren mangeln lassen, mein Fräulein. Woran lag das?«

Sie fühlte Wut in sich aufsteigen und legte alle Ablehnung in ihren Blick.

»Ist er am Ende Euer Geliebter?«, fragte Philipp. »Ihr tragt noch seinen Mantel.«

Er fasste danach, aber sie wich ihm hastig aus. Dabei glitt der Mantel zu Boden, sodass seine Hand auf ihrer bloßen Schulter zum Liegen kam. Sie trat einen weiteren Schritt zurück, um sie abzuschütteln. Hinter sich spürte sie die Wand, sie fühlte sich in die Enge getrieben.

»Wenn Ihr meine Frau werdet«, sagte Philipp, »dann hat das sowieso ein Ende. Ich gehöre nicht zu den Männern, die die Augen verschließen vor dem, was ihre Frauen treiben.«

»Euch werde ich gewiss nicht wählen.«

Sie biss sich auf die Lippen. Sie ärgerte sich, dass sie seine Worte überhaupt einer Erwiderung für würdig befunden hatte.

»Ihr irrt Euch«, sagte er kühl. »Ich bin nicht gekommen, um erwählt zu werden, ich bin gekommen, um zu wählen.

Ich denke, ich werde Euch nehmen, auch wenn Eure Manieren etwas zu wünschen übrig lassen.«

Sie starrte auf die dunkle Maske, auf den geraden, wohlgeformten Mund und das glattrasierte Kinn. »Es liegt nicht in Eurer Macht, darüber zu entscheiden«, entgegnete sie hochmütig.

»Etwa in der Euren?«, spottete er.

»Der Fürst überlässt die Entscheidung mir.«

»Das glaubt Ihr doch nicht wirklich.«

»Einem Menschen wie Euch würde er meine Hand gewiss nicht gewähren.«

»Das käme auf einen Versuch an. Euer Vater ist ein kluger Mann, der wohl zu rechnen versteht. Er wird die Angebote sehr gut gegeneinander abwägen und meins ist sicher nicht das schlechteste.«

Elisabeths Atem ging schnell vor Zorn. »Ihr mögt der Sohn einer Bäuerin sein«, erwiderte sie scharf, »aber deswegen müsst Ihr mich nicht mit einem Eurer Schankmädchen verwechseln, die mit demjenigen geht, der am meisten bietet.«

»Warum nicht?« Er verzog leicht seinen Mund. »Der einzige Unterschied, den ich dabei erkennen kann, ist, dass der Preis für Euch beträchtlich höher liegt. – Nicht doch«, sagte er sanft und hielt ihre zum Schlag erhobene Hand fest. »Ich lasse mich nicht ungestraft schlagen wie der Münzfelder, weder von einem Mann noch von einer Frau.«

Er ließ ihren Arm los, bückte sich zu dem Mantel, hob ihn auf und legte ihn zurück um ihre Schultern. Seine Behutsamkeit dabei stand in einem solchen Gegensatz zu seinen hässlichen Worten, dass sie ihn überrascht ansah. Für einen Augenblick, ehe er sich zum Gehen wandte, verharrte er so, die Hände auf ihrem Mantel, die dunkle Halbmaske vor ihrem Gesicht, für einen Augenblick, in dem sie dachte …

Sie sah ihm verwirrt hinterher. Was hatte sie gedacht?

Sie hob ihr Kleid an und eilte, so schnell es ihr mit der kleinen Schleppe möglich war, zurück, getrieben von der

Angst, ein Mann nach dem anderen könnte aus dem Dunkel treten.

Erleichtert tauchte sie in das helle Licht des Saales. Ihre Maske hatte sie wieder aufgesetzt, Ferdinands Mantel ließ sie achtlos über einen Stuhl fallen.

Der helle Saal, die warme Luft, die tändelnde Musik, das Stimmengewirr, alles schien unverändert. Doch die Beschwingtheit war aus Elisabeths Kopf gewichen und auf ihrer Haut brannten noch immer die Hände König Philipps.

Wie demütigend sein Verhalten ihr gegenüber gewesen war. Wie sehr sie ihn dafür verabscheute. Wie sehr sie sie alle verabscheute. Auch ihren Vater und den Grafen, die sich erdreisteten, über sie zu reden wie über ein Kind. Sie wollte nicht aus den Händen des einen Vaters in die Hände des nächsten übergeben werden. Sie wollte nicht geformt und gedemütigt werden. Sie wollte sich wehren, ein letztes Mal noch. Solange es ihr möglich war.

Die Musik klang aus, der Tanz war zu Ende. Der Cembalospieler schlug einzelne Tasten an. Elisabeth lauschte auf die perlenden Töne, auf das Tirilieren unter den schnellen Fingern des Musikers.

»Ah, Elise.« Eleonore trat zu ihr, noch vom Tanz beschwingt. »Da seid Ihr wieder. Ist etwas geschehen?«

Elisabeth nahm sich ein bis an den Rand gefülltes Glas Champagner und trank es hastig in zwei Zügen leer. Es stieg ihr schnell zu Kopf, sie nahm sich ein weiteres. »Nichts ist geschehen«, antwortete sie und hob das Glas, »es geht mir gut. Bald wird es mir noch besser gehen.«

»Elise, haltet ein!«, rief Eleonore. »Euch wird morgen früh nicht wohl sein, wenn Ihr so unmäßig trinkt. Elise, Ihr verabscheut doch das Zuviel an Wein, was ist Euch nur?«

»Es ist necessaire«, befand Elisabeth entschieden. »Haltet euch bereit, es ist nun an der Zeit, die Männer zu narren, sie haben es an diesem Abend zur Genüge verdient!« Sie wandte sich an einen Herrn, der hinter ihr stand. »Seid Ihr zufällig im Besitz einer Taschenuhr?«

Er schüttelte den Kopf. »Ich bedaure zutiefst. Aber mein Freund wird eine haben.«

»Es ist nicht lange bis Mitternacht«, sagte der Freund. »Schaut«, er reichte ihr die Uhr hinüber. »Dürfen wir dann Euer Gesicht sehen, schöne Maske?« Elisabeth befand ihn einer Antwort nicht für würdig, sie wandte sich an Marie-Henriette: »Seht Ihr Papa irgendwo?« Aber der Fürst war bereits eine ganze Weile nicht mehr gesehen worden. »Ein Tête-à-Tête mit der reizenden Baronin?«, überlegte Marie-Henriette.

»Eher ein politisches Gespräch mit einem der Herren in seinen Gemächern«, vermutete Elisabeth. »Nun, um so besser. Dann beginnen wir, ehe die Zeit gekommen ist, die Masken zu lüften.«

»Was habt Ihr vor?«, fragte Eleonore beunruhigt.

Therese trat an Annas Arm zu ihnen. »Wie Verschwörerinnen steckt ihr eure Köpfe zusammen.«

»Es ist eine Verschwörung«, bekräftigte Elisabeth. »Keine Angst«, wandte sie sich beruhigend an Eleonore, »was kann schon geschehen? Dass sich niemand mehr mit mir verloben möchte, wenn ich mich impossibel benehme?«

»Euer Vater ...«

»Ja, ja«, winkte Elisabeth ab, leerte ihr Glas und hatte Mühe, ein leichtes Schwanken beim Gehen zu unterdrücken, als sie durch die Mitte des Saales hinüber zu den Musikern schritt. Alle Blicke folgten ihr. Sie hob die Hand, die Musik brach ab. Nach und nach wurde es still im Saal, selbst das verwunderte Raunen verstummte.

»Hochverehrte Gäste«, begann sie laut. In ihrem Kopf drehte sich alles. »Hochverehrte Gäste ...« Sie hielt inne. »Gewährt mir zuvor noch einen Schluck Wein.« Hier und dort brach Gelächter aus. Auch die Gäste waren nicht mehr allzu nüchtern.

»Alors«, begann Elisabeth von neuem, »wie es Euch allen bekannt sein dürfte – wie es mein Herr Papa offenbar allen mitgeteilt hat –, werde ich mich in einem Monat verloben. Und zwar mit einem Herrn meiner Wahl. Doch um zu wählen – Ihr werdet es begreifen – benötige ich einen Überblick. Es sind so viele entzückende Herren erschienen ... Habe ich alle gesprochen? Mit einem jeden getanzt? Ich kann es nicht sagen. Euch allen ist das Urteil des Paris geläufig, der der schönsten der drei Göttinnen den Apfel überreichen sollte. Heute werde ich Paris sein.« Sie hob ihr Glas. »Alle Herren, die sich um meine Hand bewerben, werden sich in einer langen Reihe aufstellen. Die Edlen zuunterst, dann die Freiherren, die Grafen und so fort, nach Rang und Stand geordnet. Ich werde vor einen jeden hintreten und dann mein Urteil fällen.« Sie hob wieder die Hand. »Spielt weiter, ihr Musikanten!«

Gelächter und Rufe erschollen überall. Tatsächlich begannen einige der jungen Edelleute – ob wirklich Freier oder nur an einem Spaß interessiert, war nicht auszumachen – sich am Ende des Saales aufzureihen. Ein Drängen und Schieben entstand, bis selbst der eine und andere der angeheiterten Gäste an dem vermeintlichen Spiel teilnahm und beim Ordnen half. Zu guter Letzt mussten sich auch die ernsthaften und noch leidlich nüchternen Herren fügen und der Reihe beitreten.

»Verderbt uns nicht den Spaß, Graf Kaupen«, schmeichelte Therese.

»Prinz, Ihr gehört viel weiter nach oben hinauf«, bestimmte Marie-Henriette, als sie die lange Reihe begutachtete. »Ah, und Ihr, Monsieur, Ihr solltet Euch nicht unter die Grafen mengen, wenn Ihr keiner seid.«

Elisabeth klatschte in die Hände. »Ist ein jeder an seinem Platz?« Ah, sie fühlte sich leicht und frei und gut. Sie ließ sich ihr Glas noch einmal füllen, dann trat sie vor die ordentlich nebeneinander stehenden Männer. »Alors«, sie lächelte tückisch, »Ihr sollt naturellement sehen, was Euch als Lohn erwartet.« Langsam nahm sie die Maske ab und zeigte ihr Gesicht. Die jüngeren Herren applaudierten. Therese kicherte nervös.

Da standen sie alle. Aufgereiht, brav, folgsam und erwarteten ihr Urteil. Traten da nicht Schweißperlen auf das rote Gesicht des Heinrich von Rotenfels? Fühlte sich der Herr von Kappel nicht sichtlich unwohl? Das amüsierte, überlegene Lächeln des Grafen Eberhard hingegen gefiel Elisabeth nicht. Sollte sie ihm sagen, er gliche demnächst einem unansehnlichen Fettwanst, wenn er nicht begänne, Maß zu halten?

Da standen sie ordentlich in einer Reihe. Grafen, Prinzen, Freiherren. Älter und jünger, mehr und weniger betrunken, belustigt und beunruhigt, hübsch und unansehnlich, aber alle gehorsam auf ihre Worte lauschend.

Die Musik spielte so leise, dass Elisabeths Worte im ganzen Saale zu hören waren. Der Vorderste der Edlen strich sich mit der Hand über den Kinnbart, sein Nebenmann gähnte gar. Nahmen sie sie am Ende nicht ernst? Sie warf den Kopf zurück. Sei es drum! Sie blickte in das Gesicht eines hoch aufgeschossenen Jünglings. »Wie pflegten wir als Kinder zu reimen, Eleonore? Lang und schwank hat keinen Gang?« Der junge Edelmann errötete und trat zurück.

»Ah, schaut, Therese«, sie tippte dem Nächsten auf die Brust. »Ist er nicht ein wenig alt? – Die wievielte Frau sucht Ihr in Eurem Alter, Monsieur? Die dritte?« Eine ältere Dame, deren Haar mit purpurgefärbten Federn geschmückt war, hüstelte hinter der vorgehaltenen Hand.

Elisabeth schritt langsam die Reihe entlang. Eleonore folgte ihr mit Besorgnis, Therese mit stetem Kichern und Marie-Henriette mit äußerster Belustigung. Sie lachte über Heinrich von Rotenfels, über den Grafen Eberhard, selbst über Friedrich von Bartin. Manche Herren zuckten zusammen, andere nahmen ihre Worte mit einem nachsichtigen Lächeln hin.

»Der König muss aber ganz nach oben«, bemängelte Therese. »Er darf nicht abseits stehen, das ist falsch.«

»Welcher König?« Elisabeth blickte sich mit gespieltem Erstaunen um und sah absichtlich an König Philipp vorbei, der außerhalb der Reihe an einer Säule lehnte.

Lehnt er da, dachte sie sekundenlang, um einen festen Punkt zu haben in all dem Gewoge? Verbirgt er sein Gesicht hinter einer Maske, so wie ich es hinter Puder und roter Schminke verberge? Sie streifte den Gedanken ab und zeigte in seine Richtung.

»Ihr meint jenen dort, Therese?« Die Damen kicherten. Sie trat näher an ihn heran und musterte ihn von oben bis unten. »Par Dieu«, befand Elisabeth und zog hochmütig die Brauen nach oben, »stellte ich ihn in diese Reihe, könnte ich ebenso gut einen meiner Stallknechte dazustellen.«

Die Herren, die der Spott bereits getroffen hatte, brachen in ein erleichtertes, zum Teil schadenfrohes Gelächter aus. Der ganze Saal stimmte ein. Alle blickten auf König Philipp.

Er stand regungslos und scheinbar unbeeindruckt. Doch Elisabeth sah, dass er seine Lippen fest zusammenpresste. Ihr war nicht mehr wohl mit einem Mal.

»Ihr werdet noch von mir hören«, sagte er leise. »Ich werde es nicht auf sich beruhen lassen, das schwöre ich.«

Seine Worte beunruhigten sie.

»Elisabeth!!«, donnerte die tiefe Stimme des Fürsten durch den Saal. Erschrocken drehte sie sich um.

Schlagartig verstummte alles Gemurmel, Gelächter und dann selbst die Musik. Niemand konnte im Nachhinein sagen, ob der Fürst erst in diesem Augenblick den Saal betreten oder dem Schauspiel schon eine Weile zugeschaut hatte. Sein Gesicht war rot vor Zorn. »Es ist genug!«, rief er. »In meinem Hause wird kein Gast beleidigt, auch nicht von meiner Tochter. Gerade nicht von meiner Tochter! Meine Geduld ist am Ende!«

Elisabeth zitterte leicht. Gewalt und laute Worte ließen sie immer erzittern, aber sie stand ruhig und aufrecht und verzog keine Miene.

»Denke nicht, dass sich etwas geändert hat«, wandte er sich direkt an Elisabeth. »In einem Monat vom heutigen Tage an soll dich zur Frau haben, wer auch immer sich nach dieser Ungebührlichkeit noch um dich bewerben mag. Ohne

Verlobungszeit, ohne Aufschub! Und wenn es ein Bettler wäre! Der Erste, der vor der Türe steht! Das ist mein letztes Wort! Das schwöre ich vor allen Anwesenden. Und nun begib dich sofort auf deine Gemächer.« Noch ein Schwur, dachte Elisabeth. Ihre Hände wurden eisig und klamm.

Der Fürst richtete seinen Blick auf die Gäste, die den dramatischen Auftritt gebührend genossen. »Meine Gäste mögen mir verzeihen. Ein derartiges Schauspiel wird es in meinem Hause nicht mehr geben. Ihr werdet begreifen, dass ich das Fest beschließen muss. Ich wünsche eine gute Nacht.«

Vor dem Schloss stieg mit Zischen das Feuerwerk in die Luft. Tausend farbige Sterne explodierten am Himmel, leuchteten durch die hohen Fenster. Weiter und weiter zischte und knallte es, Flackern und Dunkelheit wechselten sich ab, aber niemand trat vor die Tür oder an die Fenster, um zuzusehen.

Die Musik setzte leise wieder ein, die Damen und Herren nahmen die Masken vom Gesicht und verließen nach und nach den Saal. Elisabeth blieb wie erstarrt zurück. Eleonore legte den Arm um sie. »Er sprach im Zorne, Elise«, redete sie beruhigend auf sie ein. »Niemand wird ernst nehmen, was er gesagt hat.«

Elisabeth schüttelte den Kopf. »Alle, aber auch alle haben seinen Schwur vernommen. Auch wenn er es in diesem Augenblick nicht bedacht haben mag, er wird sich daran halten müssen. Ihr wisst, er hat noch niemals sein Wort gebrochen. Er kann nicht mehr zurück.«

»Sie werden es vergessen«, beschwichtigte Eleonore. »Es wird sich eine passable Lösung finden.«

Der Fürst trat zu ihnen. Er überragte die Mädchen um Haupteslänge. »Sagte ich nicht, du solltest dich zu Bett begeben?« Er bedachte Elisabeth mit einem strengen Blick.

»Oheim«, bat Eleonore, »sie hat es nicht so gemeint. Sie hat zu viel getrunken und Ihr wisst wohl …«

»Ich habe es so gemeint«, sagte Elisabeth und starrte ihrem Vater trotzig ins Gesicht.

»Ihr werdet morgen früh packen und Euch zu Eurer Mutter begeben, Nichte«, herrschte der Fürst Eleonore an. »Euer unheilvoller Einfluss auf mein Kind ist in diesem Monat der Besinnung nicht erwünscht. Schweigt, ich dulde keine Widerrede. Es wird keine Aufsässigkeiten mehr geben in diesem Hause. Zur Hochzeit mögt Ihr wiederkommen.« Er hob die Hand. »Geht jetzt.« Eleonore knickste und zog sich zurück. Elisabeth sah den Vater schweigend an, dann verließ sie hoch erhobenen Hauptes den Saal.

Von oben hörte sie die Stimmen und Schritte der Gäste, draußen wieherte ein Pferd. Trotz Schnee und Dunkelheit schienen einige der Damen und Herren das Schloss bereits zu verlassen. Je näher sie ihren Gemächern kam, desto stiller und dunkler wurde es um sie her. Sie wünschte sich nur noch, in ihr Bett zu fallen, nichts mehr denken zu müssen und in tiefen Schlaf zu versinken. In der offenen Tür hielt sie inne. Die Kerzen des kleinen Leuchters waren entzündet.

»Marie!«, rief sie erstaunt. »Aber Marie, was tust du hier? Warum bist du nicht längst zu Bett gegangen?« Die Zofe nahm ungeachtet ihrer Worte das Nachtgewand aus dem Schrank. Elisabeth sank erschöpft auf den Schemel des Frisiertisches. Marie trat schweigend hinter sie und pflückte nach und nach die Seidenblümchen aus ihrem Haar.

»Begib dich zur Ruhe, Marie«, sagte Elisabeth müde, »du bist krank. Ich komme zurecht.«

»Zuerst werde ich Mademoiselle zu Bett bringen«, beharrte Marie. »Mademoiselle sollte jetzt nicht alleine sein.«

»Du weißt bereits?«, staunte Elisabeth.

»Luise hat mich sofort geweckt und mir alles erzählt.« Marie bürstete mit langen Strichen Elisabeths gelöstes Haar.

Eine gute Weile waren die beiden jungen Frauen schweigend mit der aufwendigen Tätigkeit des Auskleidens beschäftigt. Die Schnürungen, die Knopfreihen. »Es ist so kalt, Marie.« Elisabeth fröstelte und schob das seidene Nachtgewand beiseite. »Hole das wollene.«

»Kann ich noch etwas für Mademoiselle tun?«

»Es ist so kalt.« Elisabeth fröstelte. »Schau nach dem Feuer.« Marie begab sich in das Kaminzimmer. Elisabeth setzte sich auf die Kante des weichen Bettes. Einsamkeit und Kälte drangen aus den dunklen Ecken des Raumes auf sie ein. »Marie?« Elisabeths Stimme klang beinahe zaghaft.

»Mademoiselle?«

Die Zofe trat an das Bett. Elisabeth blickte in das volle, hübsche Gesicht des Mädchens. »Du erinnerst dich sicher ... damals ... wir spielten einst auf dem Hof, n'est-ce pas? Wenn meine Mamselle es nicht bemerkte ...«

»Ja, Mademoiselle.«

»Wir sind im gleichen Jahr geboren, nicht wahr?«

»Aber ja.« Marie zeigte ein vorsichtiges Lächeln.

»Und es gibt niemanden, der dir befiehlt, eine Ehe einzugehen?«

Marie sah sie erstaunt an. »Eine Ehe, Mademoiselle?«

Elisabeth schluckte. »Marie ...«

Das Mädchen richtete einige Gegenstände auf dem Frisiertisch gerade. »Mademoiselle?«

»Ich ... ich wünsche dir eine gute Nacht.«

»Die wünsche ich Mademoiselle ebenfalls.«

Es wurde keine gute Nacht. Elisabeth schlief unruhig. Ferdinand zog sie im Traum in die dunkle Bibliothek. Er drängte sie an die Wand und versuchte, ihre Röcke nach oben zu schieben. Seine Stimme schmeichelte sich in ihr Ohr, bis sie sich willig küssen ließ und er ihr die Kleider mit leichter Hand vom Körper streifte. Plötzlich flammte Licht von Hunderten von Kerzen auf, und alle Herren, die sich um ihre Hand beworben hatten, standen im Halbkreis um sie herum und ließen ihre Blicke ausgiebig über ihren unbedeckten Körper gleiten.

»Nun bin ich an der Reihe«, ein junger Edelmann drängte Ferdinand beiseite. »Nein, ich«, bestimmte Graf Eberhard.

Und alle Herren streckten ihre Hände nach ihr aus. Fette, aufgeschwemmte Hände, dünne, knochige Hände, junge, kräftige Hände. Sie drängten sich immer näher, immer näher an sie heran. Und im Hintergrund lehnte König Philipp lässig an dem großen Sessel, die schwarze Maske vor seinem Gesicht, schlank, aufrecht, mit einem seltsamen Lächeln um die Lippen.

»Ich werde es nicht auf sich beruhen lassen«, sagte er.

7.

»Wenn es dir nur darum geht, den Hofschranzen zu zeigen, wie es wirklich zugeht im Leben«, wandte Andreas ein, »sie es am eigenen Leib spüren zu lassen, wie es ist – wie hast du gesagt? –, sich seines Wertes als Mensch nicht sicher zu sein, dann könntest du dir doch auch den alten eingebildeten Merkenheimer auf die Straße holen oder die fette Baronin und sie sich in einer kleinen Hütte zurechtfinden lassen. Was geht dich die schnippische Prinzessin von Messelstein an?«

Jakob saß mit offenem Hemd auf dem großen Bett, den Rücken gegen das Kopfende gelehnt, das eine Bein leicht angewinkelt. Die schweren, dunkelroten Vorhänge waren bereits vorgezogen, drei Kerzen in einem einfachen Leuchter neben dem Bett verströmten weiches Licht.

»Ich hasse diese Weiber«, sagte Jakob, »kannst du's nicht verstehen? Sie sind eitel, käuflich und führen ein nutzloses Leben. Sie denken an ihre Unterhaltung, an ihren Putz, während draußen in den Dörfern und Städten, nicht zu reden von der Straße, Tausende von Frauen zugrunde gehen.«

»Warum, verdammt noch mal«, erwiderte Andreas heftig, »gehst du dann mit ihnen ins Bett? Ich tue es nicht. Wie könnt ich meinen Spaß mit jemand haben, der mich im Grunde verachtet?«

»Ich tue es längst nicht mehr«, sagte Jakob müde.

Andreas sah den Freund nachdenklich an, wie er auf dem Bett saß mit bloßem Oberkörper, die lässige, elegante Haltung, das schmale, nicht ganz gleichmäßige Gesicht, die schwermütigen dunklen Augen, die langen Wimpern, die wirren schwarzen Locken. Warum macht er sich's so schwer mit den Weibern, überlegte Andreas, er könnte es so leicht haben. An Gelegenheit hat es ihm, besonders in den letzten Jahren, sicher nicht gefehlt.

»Was soll das also mit der Prinzessin?«, wiederholte Andreas. »Hat's da nicht ganz andere Damen gegeben, die dich verlacht haben? Bei weniger öffentlichen Anlässen, von denen du mir ja kaum erzählst?« Jakob schwieg. »Was hat sie denn schon getan? Sie war ein wenig betrunken und hat sich über all die Kerle lustig gemacht. Über jeden. Mir hätte das Spaß gemacht, dabei gewesen zu sein.«

»Wenn die Herren es mit sich machen lassen, ist das nicht meine Sache. Außerdem, was schadet es ihrem Ansehen?«, fragte Jakob bitter. »Es berührt sie nicht. Ihre Stellung kann niemand antasten ...«

»Was schert's dich? Hat ihr Vater nicht längst für eine Bestrafung gesorgt? Wird ihr kühler Blick nicht verschwinden, wenn der alte Graf in einem Monat unter ihre Decke kriecht und ihren schönen Körper berührt mit seinen gichtigen Händen ...«

»Hör auf!«, unterbrach Jakob scharf.

»Mehr wollte ich nicht hören«, sagte Andreas zufrieden. »Ich wusste es doch. Du belügst dich selbst, mein Freund. Gib zu, dass du sie einfach haben willst.«

»Sie soll wissen, wie man sich fühlt, wenn man vor einer ganzen Hofgesellschaft bloßgestellt wird.«

Andreas winkte ab. »Gib doch zu, dass du den Gedanken nicht erträgst, dass der Graf demnächst das mit ihr tun wird, was du gern mit ihr tun würdest.«

»Hör endlich auf damit«, sagte Jakob gequält.

»Jakob«, beschwichtigte Andreas und rutschte vom Fußende des Bettes, wo er locker auf der Kante gesessen hatte, näher an den Freund heran. »Es wird sich sicher einmal eine Gelegenheit ergeben, auch wenn sie dann die Frau des Grafen ist. Du weißt, wie wenig genau das in diesen Kreisen genommen wird. Jetzt kommst du doch nicht an sie heran, da müsstest du sie schon zur Frau nehmen. Aber das ... Komm«, er klopfte Jakob auf die Schulter, »vergiss sie. Nimm eine andere, lenke dich ab.«

Jakob versuchte ein Lächeln. »Wer sagt dir, dass ich das nicht schon versucht habe?«

»Oho«, staunte Andreas, »davon weiß ich überhaupt nichts! Wer war sie?«

»Du musst nicht alles wissen.«

»Und?«

»Was ›und‹?«

»Hat es genützt?«

»Ich konnte es nicht.«

»Nein?«, fragte Andreas interessiert.

»Nicht wie du denkst«, sagte Jakob unwirsch. »Es geht so nicht. Es wäre Betrug an der Frau und an mir selbst.«

»Ach herrje«, stöhnte Andreas. »Wenn ich vorher so viel denken würd ...«

»Ach, geh weg! Gewiss wirst du bereits erwartet. Geh schon! Mach dich zum Spielzeug deiner Weiber! Aber lass mich jetzt schlafen.«

»Es wartet keine«, sagte Andreas.

»Oh, es wartet keine? Da liegt ja noch eine Menge Arbeit vor dir. Die Suche, das Gutzureden, das Verführen. Oder wirst du die Nacht am Ende in einem leeren, kalten Bett verbringen?«

»So wie du?«, fragte Andreas.

Jakob gab ihm einen festen Stoß vor die Brust, sodass Andreas von der Matratze rutschte und nur mit Mühe die Balance behielt. »Komm«, er hielt Jakob seine Fäuste vor das Gesicht. »Komm, tragen wir das aus!«

»Du gewinnst doch sowieso«, sagte Jakob. »Du hast beinahe immer gewonnen.«

»Soll ich dir noch eine Weile Gesellschaft leisten?« Andreas setzte sich wieder auf die Bettkante. »Ich pflege meine Nächte zwar nicht mit Männern zu verbringen ... Wer weiß«, lachte er auf, »welchen Verdächtigungen wir uns aussetzten, wenn ich noch länger bleibe.« Er verbeugte sich gespielt. »Ich lasse dich also allein und wünsche dir zumindest schöne Träume.«

Als er alleine war, blies Jakob die Kerzen aus und legte sich bäuchlings auf die feste Matratze.

Natürlich hatte Andreas Recht, mehr, als es Jakob lieb war. Er hatte Andreas nicht alles gesagt. Er hatte ihm nicht ihr Gesicht beschrieben, so, wie es täglich vor ihm aufstieg. Schön, ebenmäßig, arrogant, abweisend. Ah, vor allem abweisend! Dabei hatte sie Gefühle in ihm ausgelöst, von denen er gehofft hatte, sie für den Rest seines Lebens beherrschen zu können. Der verheißungsvolle Ansatz ihrer vollen Brüste, den das Kleid so offen gezeigt hatte; die weiche Haut ihrer Schultern, die in seinen Händen brannte Tag und Nacht.

Wüsste sie davon, sie würde über ihn lachen, so wie sie bisher alle gelacht hatten.

Ja, er wollte sich rächen. Er wollte sich rächen mit seinem ganzen Körper. Er wollte sie unter sich spüren, seine Ohnmacht in sie hineinpressen. Er wollte ihr kühles Gesicht lebendig sehen, stöhnend, er wollte hinter ihre Maske blicken.

Er presste seinen Körper fest in Kissen und Decke und spürte, dass die Erregung, die sich seiner bemächtigte, nicht mehr auszulöschen war. Es blieb ihm nichts anderes übrig, als ihr nachzugeben und sie auszukosten.

8.

Elisabeth wandte den Blick vom Fenster ab. Es schien ihr, als hätte sie den ganzen Monat hier an diesem Schreibschrank verbracht, den Blick abwechselnd in ihre Bücher versenkt oder, wie soeben, aus dem Fenster schweifend.

Über dem Wald hinter dem Schlosspark sank die Sonne. Mittlerweile glichen die Tage den Nächten an Länge, vier lange Wochen einer freiwilligen Gefangenschaft waren vergangen. Freiwillig insofern, dass sie ihren Vater nie darum gebeten hatte, das Schloss verlassen zu dürfen. Die Zeit der Maskentreiben war ohne sie vorübergegangen. Vielleicht hätte der Vater keine Einwände gehabt, wenn sie außerhalb an einem Musikabend teilgenommen oder eine Kutschfahrt durch die Stadt unternommen hätte. Sie ließ es jedoch nicht auf einen Versuch ankommen, um sich zumindest die Illusion der Freiheit zu erhalten. Einer erneuten Demütigung durch ein Verbot des Vaters wollte sie sich nicht aussetzen.

Es wurden ohnehin selten Worte zwischen ihnen gewechselt. Sie war an dem Morgen nach dem Fest wie üblich in den Gemächern des Fürsten erschienen, wortlos, mit regungslosem Gesicht. Es war ihr anfangs eine Qual gewesen, dem Vater, mit dem sie sich des Morgens für gewöhnlich so lebhaft unterhielt, derart stumm gegenübersitzen zu müssen. Sie fragte sich, ob es dem Vater ebenso erging oder ob ihn ihre Sorgen keineswegs berührten. Nach und nach hatten sie wieder vorsichtige, belanglose Worte gewechselt, die ihr die morgendlichen Treffen leichter machten. Das vertraute Verhältnis zu ihrem Vater, um das sie ihre Freundinnen immer beneidet hatten, wollte sich jedoch bis zu diesem Tage nicht mehr einstellen.

Wie endlos war ihr damals der bevorstehende Monat vorgekommen, aber sehr schnell hatte sie bemerkt, dass ihr die Zeit zwischen den Fingern zerrann. Es schien ihr, als wäre es der letzte Monat ihres Lebens, als müsse sie Abschied nehmen von der vertrauten Umgebung, von der Kindheit, von einem Leben ohne Sorgen und als müsse sie alles, was sie sich noch erarbeiten, erlesen und erdenken wollte, in diesen wenigen Wochen tun. Sie verbrachte lange, gedankenverlorene Mußestunden am Fenster, sah dem sich wochenlang hinziehenden, schweren Kampf des Winters um seine Vorherrschaft zu, den wiederholten Schneefällen, dem darauf folgenden Regen, den stürmischen Winden und erneuten Schneefällen, so, als ob der Frühling an einem entfernten Ort, gleich ihr, gefangen gehalten würde. Sie sah den Kastanienbaum kahl und von nasser Schwärze glänzend und überlegte, ob sie ihn je wieder in Blüte sehen würde, ihn, den standhaftesten und dauerhaftesten Freund ihrer Kindheit und Jugend. Dann wieder lachte sie über solch törichte Gedanken. Warum sollte sie dies alles nicht mehr wiedersehen? Auch an der Seite eines Gatten konnte sie hierher zu einem Besuch kommen, würde alles wiedersehen, auch den Baum.

Ihre Ahnung aber sagte ihr, dass es nie wieder so sein würde wie zuvor. Warum musste es überhaupt zu Ende gehen? War ihr Leben nicht gerade recht so, wie es eben war? Konnte es nicht ein wenig länger andauern? Zumindest noch einen Tag länger und dann noch einen? Noch einen Tag länger in der Bibliothek sitzen, am Fenster lehnen, die vertrauten Menschen um sich haben, durch den Garten wandeln im Frühjahr, auf einem Gartenfest tanzen im Sommer, sich angenehmen Vorstellungen hingeben? Nein, sie wusste im Grunde genommen, dass nichts recht so war, wie es eben war. Sie wusste, dass ihr Leben nicht länger so ruhig und gleichförmig verlaufen konnte. Nur noch so lange, bis sie wusste, wohin ihre Unruhe sie trieb. Die Unruhe in den Nächten, die verworrenen Träume, nach denen sie des Morgens mit glühendem Körper erwachte; die Unruhe während ihrer Studien, wenn sie spürte, dass sie auf der Stelle trat, wenn es sie nach Anleitung oder Gedankenaustausch verlangte.

Auch war ihr nach dem Maskenball bewusst geworden, was sie sich vorher nie so ganz hatte eingestehen wollen, dass das alte Leben mit ihren »Herzensschwestern« nicht wiederkehren konnte, dass die alten Pläne und Träume nicht länger gültig waren. Es würde diese gemeinsame Zukunft, dieses neue Leben, so weit entfernt von den Zwängen und der Verlogenheit der ganzen Hofgesellschaft, wie es nur eben erlaubt war, nicht geben.

Es schien ihr, als wäre ihre Zukunft nun leer und unsicher geworden. Und in diese Leere stellte der Vater seine Vorstellungen, denen sie nichts entgegenzusetzen hatte. Seine Vorstellung von einer passenden Verbindung mit einem passenden Mann, so wie es alle Väter für ihre Töchter planten.

Warum sträubte sie sich dagegen? Wofür wollte sie auf die Bequemlichkeiten, die eine standesgemäße Ehe ihr bot, verzichten? Eine vage Vorstellung keimte in ihr auf von Geselligkeit mit Gleichgesinnten, seien es Männer oder Frauen, von langen Tagen des Studiums in einem stillen Zimmer, wieder abgewechselt von einem Ball, einem geselligen Abend, einem Gespräch über das, was sie zuvor gelesen hatte, mit Menschen, die sich mit Ähnlichem auseinander setzten. Von Musik, von Reisen, von Oper- und Theaterbesuchen. Aber war ihr nicht all das, in einem gewissen Rahmen, gerade in der Stellung einer verheirateten Frau möglich? Vorausgesetzt ihr Gatte hatte das nötige Vermögen und eine adäquate Position? Selbst als Gemahlin des Grafen Eberhard? Wie Marie-Henriette bereits ausgeführt hatte: Was hätte sie mit ihrem Gatten zu schaffen, abgesehen von gelegentlichen gesellschaftlichen Verpflichtungen und einigen gemeinsamen Nächten?

Hin und wieder hatte sie in den letzten Tagen ihre Gemächer verlassen und war scheinbar ziellos durch alle Gänge des Schlosses gestreift. Sie fand dabei hier und dort Bruchstücke vergangener Bilder, Gerüche, Stimmen. Orte, an denen sie sich mit den Kindern der Köchin versteckt hatte, atemlos, damit die alte Kinderfrau sie nicht entdeckte und zurück zur Mutter brachte, die dann seufzte: »Das Kind verwildert uns noch vollständig.«

Sie setzte sich an den Tisch, an dem ihr der Vater die ersten lateinischen Vokabeln aufgeschrieben hatte, öffnete die Tür zu dem Zimmer, in dem die junge Claudia, ihre Stiefmutter, ihr die ersten Tanzschritte gezeigt hatte. Sie spähte in die Schlossküche und sah dort noch immer die Köchin stehen, die ihr einst, in ihrer mutterlosen Zeit, beinahe eine Mutter gewesen war, doch die Kluft zwischen ihr und der älteren Frau war so groß geworden, dass Elisabeth es kaum wagte, sie mit einem Lächeln zu überspringen. Sie zog sich zurück in den großen Lehnstuhl der Bibliothek und ließ ihre Tränen ungehindert über das Gesicht laufen, weil sie sich tief in ein Drama versenkt hatte, welches mit dem tragischen Tod der beiden Liebenden endete, und mehr noch als über deren Tod weinte sie darüber, dass ihr all dies versagt bliebe. Die glühenden Liebesschwüre, das fiebrige Gefühl der Verliebtheit, das beiderseitige Einvernehmen, die gemeinsame Nacht. Lohnte es sich nicht, dafür zu sterben?

Nun, damals, als Ferdinand ...

Pah, Ferdinand, der Schurke, fegte sie ihn beiseite. Sicherlich hatte er Marie-Henriette ebenso den Hof gemacht wie ihr. Inzwischen war sie sich dessen beinahe sicher.

Konnte es nicht einen Mann geben, der sowohl ein angenehmes Äußeres besaß als auch gute Manieren, der belesen und gebildet war, ihre Liebe zu Musik, Gedanken und Büchern teilte? Der sich ernsthaft mit ihr unterhielt, so, wie er es mit einem anderen Manne tun würde, und sie nicht belächelte?

Denn sie belächelten sie alle, die Männer. Sie hatten bereits damals gelächelt, als ihr Vater stolz die Tochter vorführte, die die ersten französischen Sätze dahersagen konnte. Und dieses amüsierte Lächeln über ein Kind, das reizend plapperte, hatten sie beibehalten, wann auch immer sie es gewagt hatte, einige Worte zu einem ernsthaften Gespräch über Wissenschaft oder Philosophie beizusteuern. Bestenfalls lächelten sie amüsiert, sicherlich fanden sich genügend Herren in einem solchen Kreise, die überdies dachten, eine Frau mit Lateinkenntnissen gehöre auf den Scheiterhaufen. Mit diesem nachsichtigen und belustigten Lächeln hatten sie auch beim Maskenfest in der Reihe gestanden. Jetzt erst erkannte Elisabeth die ganze Sinnlosigkeit ihres Planes.

Keiner der Herren hatte sich übermäßig betroffen gezeigt, denn sie war lediglich eine Frau, ein Wesen, das nach Ansicht der Herren weder über Geist noch über Verstand verfügte. Ein solches Wesen konnte einen Mann nicht wirklich beleidigen. Noch immer bestand die Gefahr, dass ein jeder von ihnen an dem bewussten Tag vor der Türe stehen und um ihre Hand anhalten würde.

König Philipp von Reupen zumindest, erinnerte sie sich nur zu gut, hatte heftig reagiert. Schloss dieser Umstand nun König Philipp aus der Reihe ihrer Bewerber aus? Das war nur recht so, denn wenn ihre Zukunft schon anders aussehen sollte, als sie sie sich erträumte, dann durfte der Mann, mit dem sie sie teilte, nicht ein solch unberechenbarer, beunruhigender Fremder sein, sondern ein Mann wie vielleicht Friedrich von Bartin, mit dem sie unverbindlich, wie mit einem netten Bekannten, verkehren konnte. Hätte sie Friedrich wählen sollen? Oder war letztendlich doch der Graf eine gar nicht so üble Partie? Konnte er ihr nicht ein sorgenfreies Leben, Luxus und Geselligkeit bieten? Sollte sie ihren Vater anflehen, ihr noch einmal die Wahl zu lassen? War es nicht besser, sorgsam eine gute Stellung zu wählen, als im schlimmsten Falle die Frau eines kleinen, unbedeutenden Freiherren zu werden, irgendwo am Ende der Welt? Öde, einsam, lebendig begraben? Oder war es gerade das, was ihr Vater mit seiner Drohung beabsichtigt hatte? Hatte er ihr Angst einflößen wollen mit seinem Schwur, damit sie freiwillig zu ihm kam und darum bettelte, wählen zu dürfen? Wie sehr hätte es sein Gewissen erleichtert: eine Tochter, die einsichtig zu ihm kam, alles noch einmal mit ihm zu bereden.

Da war sie wieder, die ungebärdige Wut, die in ihr aufstieg. Eine Wut, wie sie einer Frau doch überhaupt nicht anstand. Nein, so einfach sollte er es nicht haben. Sie würde versuchen, den geraden Weg zu gehen. Sie wollte es ihm schwer machen.

»Nun«, sie klopfte mit dem Finger auf einen Buchrücken.

»Nun, Ihr gelehrten Herren! Hat der Mensch einen freien Willen, so, wie Ihr es behauptet? Soll ich es erproben?«

Nur noch eine Nacht – und die Sonne versank bereits. Wie hatte der Vater nur so grausam sein und ihr Eleonore nehmen können, derer sie so sehr bedurfte, besonders in den letzten Tagen?

Sie wandte sich wieder dem Buch zu, das offen vor ihr lag. »Monsieur Descartes«, sagte sie, »vielleicht sehen wir uns heute zum letzten Mal. Vielleicht werde ich am morgigen Tag mit einem Manne vermählt, der mir den Zugang zu jeglicher Lektüre verwehrt. Ich muss gestehen, Monsieur, ich las Euer Werk nur zum Zeitvertreib, das war Eurer nicht würdig. Am Ende las ich Euer aller Werke nur zum Zeitvertreib, gelehrte Herren, vielleicht um zu renommieren mit meinem Wissen. Seid Ihr mir gram, dass ich mich mit Euch nur beschäftigte, da Euch die Aura des Verbotenen umgab? Ah, Monsieur, Ihr habt mich sehr beschäftigt in den letzten Wochen, Ihr habt es mir nicht leicht gemacht, Euch zu verstehen. Stimmt es also, dass eine Frau keinen Verstand besitzt und ich Euren Gedanken leichter hätte folgen können, wäre ich ein Mann? Oh, mittlerweile fesseln mich Eure Überlegungen. Sie verwirren mich. Habe ich richtig verstanden, dass Ihr zuerst an allem, aber auch an allem zweifeln müsst, um die wirkliche, die absolut sichere Wahrheit zu finden? Haben Euch diese Überlegungen nicht furchtbar beunruhigt, Monsieur? Mich beunruhigt bereits viel weniger als das.«

Sie versuchte, an der Stelle weiterzulesen, an der sie zuvor stecken geblieben war. Sie wusste, sie musste an diesem Tag so viel davon lesen, wie es ihr nur möglich war. Denn Graf Eberhard, beispielsweise, würde ihr die Schrift ganz sicherlich aus der Hand nehmen mit einem väterlichen Lächeln. Es fehlte ihr jedoch jegliche Konzentration. Die Tatsache, dass die Frist abgelaufen war und ihr am folgenden Tag ein schwerer Kampf oder ein entwürdigendes Sichfügen bevorstehen mochte, ließ keinen Raum für andere

Gedanken. »Eine leichte Komödie«, sagte sie vor sich hin und durchforschte die Buchrücken. »Eine leichte Komödie, um mich abzulenken.«

Sie redete oft mit sich selbst in den letzten Tagen. Oder auch mit Marie. Außer Marie hatte sie niemanden zum Reden. Sie zog einen der schmalen Bände hervor, die ihr englischer Vetter ihr im vergangenen Winter zugesandt hatte. Das Werk eines Dramatikers seiner Heimat, das in deutschen Landen noch keine Beachtung gefunden hatte. Er schrieb eigentümliche Geschichten, manchmal sehr zart und vornehm in wohlgesetzten Worten, dann wieder war es gar ordinär, was sie da las, und passte wohl zu dem Umstand, dass er nur ein einfacher Gaukler gewesen sein sollte. Aber wie konnte ein Gaukler wiederum derart außergewöhnliche Einfälle und Gedankengänge haben?

Sie erhob sich und setzte sich in den üppig gepolsterten Stuhl am Kamin. Sie schlüpfte aus den engen Schuhen und streckte die Füße behaglich dem warmen Feuer entgegen.

Das Personenregister nahm sich viel versprechend aus. Ein Herzog, zwei junge Männer, zwei junge Mädchen, eine davon in den Herzog verliebt. Aber warum standen die Frauen, es fiel ihr erst am heutigen Tage auf, immer am Ende des Registers und jeder noch so geringe Diener ging selbst einer Frau von Stande in der Aufzählung voran?

Erster Akt, erste Szene. Im Geiste hob sich vor Elisabeths Augen der Vorhang. Sie wusste, sie würde lesen bis in die tiefe Nacht und vergessen, dass es je einen neuen Tag geben sollte. Zu ihrem Vater in den Saal mochte sie sich nicht gesellen. Er saß dort mit der Baronin Kammerberg. Diese traute Zweisamkeit wollte sie nicht stören. Längst verdächtigte sie die Baronin, die nächtliche Besucherin des Vaters zu sein. Elisabeth konnte es noch immer kaum fassen. Der Vater, der keinen Gottesdienst versäumte, der so sehr auf die Sitte und die Moral aller Bewohner des Schlosses achtete! Ob sie sich irrte? Aber viele kleine Anzeichen sprachen dafür. Ob ihn die Baronin beeinflusst hatte bezüglich der baldigen Eheschließung Elisabeths? Hatte sie ihn in der Nacht umgarnt und ihm zugeflüstert: »Das Kind wächst Euch über den Kopf«? Gewiss hatte sie »das Kind« gesagt.

Ein Geräusch an der Tür ließ Elisabeth den Kopf heben. »Marie?«, rief sie.

Leichte Schritte näherten sich durch das Schlafgemach dem Studierzimmer. »Ich muss Euch enttäuschen, mon Elise, ich bin es nur.« Üppig gebauschter Stoff raschelte in der Türöffnung.

Elisabeth seufzte erleichtert auf. »Eleonore«, stellte sie lächelnd fest.

Eleonore beugte sich zu ihr und küsste sie auf die Stirn. »Sonst habt Ihr mir nichts zu sagen?«, fragte sie. »Ist Eure Lektüre sehr passionant? Habe ich Euch etwa derangiert?«

Elisabeth erhob sich und umarmte die Freundin. »Ach, Eleonore, wie könnt Ihr etwas Derartiges behaupten? Ich habe Euch in diesen wenigen Wochen mehr vermisst als in den langen Wintermonaten.«

»Helft mir, den schweren Stuhl an den Euren zu schieben, mon amie, damit ich mich zu Euch an den Kamin setzen kann. Und Ihr erzählt mir, wie es Euch ergangen ist. Womit befasst Ihr Euch? Was lest Ihr? Ich traf Anne vor wenigen Minuten. Sie sagte, es sei hier alles beim Alten, nichtsdestoweniger ...«

»Anne«, schnaubte Elisabeth geringschätzig.

»Mais qu'est-ce qu'il y a?«, fragte Eleonore erstaunt. »Habt ihr euch disputiert?«

Elisabeth schüttelte den Kopf. »Wie kann man sich mit Anne streiten?« Sie überlegte. »Vielleicht doch. Un peu. Ich kann mit ihr nicht mehr reden. Ach, lassen wir das.«

»Ah, non«, befahl Eleonore, »erzählt mir alles! Es interessiert mich außerordentlich.«

»Sie hat mir Vorwürfe gemacht. Es war nicht sehr agreabel. Ach, Eleonore, wir kamen auf die Ehe zu sprechen, auf meinen Vater, auf all diese Dinge ... Ihr wisst ... Sie sagte, es sei alles meine Schuld, sie sagte, meine törichten, anmaßenden Ideen hätten uns alle unglücklich und unzufrieden gemacht. Sie sagte, sie sei froh, dass es ihr und Françoise noch gelungen sei, sich von derartigen Untugenden zu befreien. Und hätte Therese nicht so falsche Vorstellungen vom Leben gehabt, wie ich sie ihr durch all diese einer Frau unangemessenen Schriften und Gedichte vermittelt hätte, dann wäre sie jetzt nicht so unglücklich mit ihrem Gatten.« Elisabeth zitterte in Erinnerung an Annas Worte. »Sie war viel heftiger als sonst. Sie hat sich verändert. Ist es zutreffend, was sie sagte? Wir sind alle nicht sehr glücklich geworden, mon Eleonore, n'est-ce pas?«

»Ob man es Glück nennen sollte, blind und unwissend durch das Leben zu gehen?«, sinnierte Eleonore.

Eine Weile blieb es still, eine jede hing ihren eigenen Gedanken nach, bis Elisabeth plötzlich Eleonores Hand in die ihre nahm. »Eleonore? Ihr kommt zu meiner Marriage, ist es nicht so?« Eleonore bedachte sie mit einem mitleidigen Blick. »Ihr antwortet nicht?«, fragte Elisabeth bitter. »Weiß es also ein jeder? Oder seid Ihr die Einzige, die die Tage genau abgezählt hat? Und kommt deshalb exactement am heutigen Abend? Nur Ihr – und alle anderen haben es vergessen?«

»Euer Vater übersandte meiner Mutter ein Schreiben, in welchem er mir ausrichten ließ, dass ich mich am heutigen Tage bei Euch einfinden sollte.«

»Also hat er es nicht vergessen.«

»Naturellement pas«, erwiderte Eleonore. »Das hattet Ihr doch nicht wirklich angenommen? Ja, hat er Euch nichts gesagt? Nicht mehr darüber gesprochen?« Eleonore sah sie fest an. »Elise! Kann es sein, dass ihr überhaupt nicht mehr miteinander parliert habt? Störrisch, wie ihr beide seid?«

»Oh, wir haben geplaudert, bei Gelegenheit«, sagte Elisabeth. »Aber von meinem bevorstehenden ›Hochzeitstag‹ kein weiteres Wort. Das hat mich zuweilen hoffen lassen, er hätte es vergessen. – Aber die Freier, mon amie! Es wird sich doch nicht ein jeder so exakt an die Worte meines Vaters halten! Wie kann er annehmen, dass pünktlich am ersten Tage ein Herr daherkommt? Und was geschieht, wenn zwei oder drei zur gleichen Zeit durch die Tür treten?« Sie kicherte zum ersten Mal wieder. »Müssen sie dann um die Wette laufen? – Eleonore«, verzweifelt drückte sie deren Hand, »er kann es doch nicht ernst meinen? Wäre das nicht ridikül? Was hätte er davon? Wenn der erste Bewerber ein Herr wäre, der ihm nicht gefällt?«

»Ach Elise«, begann Eleonore behutsam, »wisst Ihr es nicht? Habt Ihr es nicht zumindest geahnt?«

»Was sollte ich wissen?«

»Graf Eberhard, ma petite, ist für morgen zum Mittagsmahl geladen. Ich nehme an, aus ebenjenem Grunde. Wie ich ihn kenne, erscheint er bereits zum Frühstück, nur um ganz sicherzugehen. Er wird der erste Mann sein, der sich um Eure Hand bewirbt, vous comprenez? Es ist ganz simple, nicht wahr? Die anderen Herren werden wohl auf die eine oder andere Art darüber unterrichtet sein und als wahre Kavaliere keinen derartigen Versuch unternehmen. Gewiss wird Euer Vater auch kein weiteres männliches Wesen einlassen am morgigen Tag.« Eleonore lächelte. »Er hat sogar Jung-Gottfried auf eine äußerst wichtige Mission gesandt, dabei hätte es dieser Feigling ohnehin nicht gewagt, die Chance zu ergreifen.«

Elisabeth lehnte sich in dem Stuhl zurück, legte den Kopf in den Nacken und sah zu der hellen Gipsdecke auf. »Ihr habt wie immer Recht, Eleonore, ich hätte es ahnen müssen.«

Eleonore blickte schweigend in das offene Kaminfeuer.

»Eleonore? Was werdet Ihr tun, wenn ich nicht mehr hier bin?«

Eleonore blickte betroffen auf.

»Ja, was werdet Ihr tun? Bleibt Ihr am Hofe? Gewiss benötigt die Baronin eine geistreiche Gesellschafterin. Sie scheint sich auf längere Zeit hier einzurichten.«

»Elise!«

»Pardon«, entschuldigte sich Elisabeth. »Ich wollte Euch nicht kränken. Aber was werdet Ihr tun? Könntet Ihr nicht mit mir kommen?«

»Ich glaube nicht, dass Graf Eberhard mich sehr in sein Herz geschlossen hat.« Eleonore verzog das Gesicht. »Das wäre wohl keine approbate Lösung. Keine Angst, ma petite, ich werde Euch nicht untreu werden. Ich werde mich nicht verheiraten lassen, nur um irgendwo unterzukommen. Wahrscheinlich werde ich mich auf unser kleines Schlösschen retirieren. Ulrich hat schon immer gesagt, dass für mich Platz sein wird, falls ich partout eine alte Jungfer werden will. Ihr kennt doch das kleine Palais in unserem Park? Alors, ich werde es mir als Erbteil ausbedingen. Vielleicht kann ich mich ein wenig der Erziehung meiner Neffen und Nichten annehmen, wie es alte Tanten zu tun pflegen. Vielleicht kann ich einen petit salon bilden, weitere Damen um mich sammeln, die ebenso denken wie Ihr und ich, ma chère. Vielleicht werde ich Blumen züchten und mich mit Literatur befassen. Korrespondieren. Ihr werdet mich dann besuchen, wenn Ihr eine Landgräfin geworden seid, und mich milde belächeln in meiner Solitude. Ihr werdet eine große, elegante Dame werden, ma petite. Ich wusste, dass Ihr am Ende doch das tun würdet, was Euer Vater von Euch verlangt.«

»Tue ich es aus freien Stücken? Wie würdet Ihr Euch verhalten, wenn man Euch zwänge, eine Ehe einzugehen?«

»Zwingen?« Eleonore zog die Augenbrauen hoch.

»Alors, zwingt er mich nicht? Können unsere Väter uns nicht finalement alles vorschreiben, was ihnen beliebt? Ernähren sie uns nicht? Wie könnte ich alleine meinen Lebensunterhalt bestreiten?«

»Man hat mich noch nie in diesem Maße gedrängt«, wich Eleonore aus. »Sie sind mit meinen vier Brüdern dermaßen beschäftigt ... Nun gut.« Sie zuckte mit den Schultern. »Was könnte mir auch geschehen, wenn ich mich weigerte? Etwa die Verbannung vom Hofe auf das Land?

Gerade das, was ich ohnehin anstrebe? Wir sind hier nicht in den katholischen Landen, wo sie die unbequemen Frauen in die Klöster sperren. Und was wäre dabei? Ist ein Kloster nicht ein vorzüglicher Ort, sich ungestört und unabhängig mit geistigen Dingen zu befassen?«

Elisabeth schwieg.

»Mon Dieu, Elise!«, rief Eleonore. »Das ist certainement nicht das, was ich an Eurer Stelle tun würde, keine Angst! Ich weiß, ein solches Leben wäre für Euch nicht das rechte. So abgeschieden, so fern von jeder Möglichkeit, Euren erlesenen Geschmack vorzuführen! Außerdem sind Euch die Männer längst nicht so einerlei, wie Ihr es vorgebt. Ach, Elise«, Eleonore legte ihre weiße, schmale Hand auf Elisabeths Hand, »ich rate Euch: Gebt den Wünschen Eures Vaters nach und versucht Euer Möglichstes, Euer Leben so zu führen, wie es Euch beliebt. Wie viele Damen leben neben ihren Gatten her und scheren sich nicht im Geringsten ...«

»Und wenn ein Mann käme, der mir gefiele? Und ich wäre längst die Gemahlin des Grafen?«

»Diesbezüglich solltet Ihr Marie-Henriette um Rat fragen und nicht mich. Sie kennt sich auf diesem Gebiet weit besser aus.«

»Wäre es nicht aufrichtiger, unter diesen Umständen unvermählt zu bleiben?«

»Mais oui, deshalb werde ich keine Ehe eingehen, ma petite. Wobei ich gestehen muss, dass es eben glückliche Umstände sind, die mir eine solche Entscheidung erlauben, ohne mich gesellschaftlich gänzlich unmöglich zu machen. Wie naiv Ihr seid, Elise! Natürlich ist alles aufrichtiger und besser, so, wie Ihr es sagt. Aber die Welt ist nicht so, wie Ihr sie gerne hättet. Und aufrichtig ist sie selten. Ihr müsst Euch in die Welt fügen, wie sie nun einmal ist. Und das Beste daraus machen.«

»Etwas Ähnliches erzählte mir bereits Henrie. Wie klug und vernünftig Ihr seid! Aber gibt es nicht einen Punkt, ab dem man sich selbst verliert, wenn man alles mit sich geschehen lässt? Warum kann man nicht tun, was man wirklich tun möchte? Wozu hat man Gedanken, Ideale, Vorsätze, wenn man sie ohnehin nicht umsetzen darf? Wäre es nicht besser, überhaupt nicht zu denken? Ist der Mensch nicht frei? Habe ich die gelehrten Herren falsch verstanden?«

»Gelehrte *Herren!*«, bemerkte Eleonore bitter. »Ihr sagt es. Sie haben offensichtlich nur von ihrer eigenen Freiheit gesprochen, ist Euch das nie aufgefallen?«

Elisabeth schwieg, ihre Gedanken rasten.

»Ihr dürft mich nicht falsch verstehen, Elise«, erklärte Eleonore. »Ihr wisst, dass ich keineswegs der Opinion bin, dass man die Geringschätzung aller weiblichen Wesen simplement hinnehmen sollte. Au contraire. Aber heute und morgen wird sich nicht sehr viel ändern. Deshalb denke ich, Ihr solltet eben das tun, was für Euch am besten ist …«

»Wie könnt ihr euch immerzu anmaßen zu wissen, was für mich das Beste ist?«, brauste Elisabeth auf. »Ihr wisst es, Marie-Henriette weiß es, von meinem Vater überhaupt nicht zu reden! Woher wollt ihr wissen, für welche Art Leben ich geeignet bin?«

»Wisst Ihr es denn selbst?«

Elisabeth seufzte. »Non, ich weiß es eben nicht. Aber ist das ein Grund, mir jede Möglichkeit zu nehmen, es herauszufinden?«

Eleonore stützte ihre Arme auf die Lehne des Sessels. »Ich sollte Euch nun verlassen, ich habe noch vieles auszupacken und muss mich außerdem umziehen zum Diner. Ich sehe Euch unten.«

Elisabeth schüttelte den Kopf. »Ich diniere nicht im Speisesaal. Ich mag das Gesicht der Kammerberg nicht mehr sehen.«

Eleonore hob erstaunt die Brauen. »Alors, dann … Wäre es Euch lieb, wenn ich noch für einen Moment bei Euch vorbeischaute nach dem Diner?«

Elisabeth schüttelte den Kopf. »Das ist nicht necessaire. Ich werde mich heute sehr früh zur Ruhe begeben. Die Reise hat Euch sicherlich sehr ermüdet und Ihr möchtet das Gleiche tun. Wir sehen uns zum Frühstück.«

Elisabeth saß noch lange im Sessel am Kamin, doch sie vermochte den Faden ihrer Lektüre nicht mehr aufzunehmen. Sie blickte in die ruhigen Flammen, auf die glühenden Holzscheite und ließ ihre Gedanken schweifen.

Marie kam, sie auszukleiden. Elisabeth ließ es schweigend geschehen, wünschte dem Mädchen eine gute Nacht und streckte sich auf ihrem Bett aus.

Obgleich sie sich äußerst erschöpft gefühlt hatte, fand sie keinen Schlaf. In ihrem abgelegenen Gemach herrschte eine außerordentliche Stille und das schwache letzte Tageslicht schuf zusammen mit der einzelnen Kerze auf dem Tisch neben ihrem Bett eine eigentümliche Atmosphäre. Die Schatten fielen anders als sonst. Elisabeth fühlte sich mit einem Mal losgelöst von allem, was ihr sicher war. Ihr schien, das sonderbare Gefüge von Licht und Schatten wandle nicht nur ihr Gemach in einen fremden Raum, ihr schien ihr ganzes Leben fremd, sie konnte ihr eigenes Selbst nicht mehr spüren.

Schnell erhob sie sich, um der seltsamen Stimmung zu entfliehen. Sie hüllte sich in einen leichten Mantel und trat auf den Gang. Es war dumm von ihr gewesen, sich vor dem Zubettgehen nicht noch für eine Weile mit Eleonore zusammenzusetzen.

Es war dunkel auf dem Gang, die Kerzen waren längst gelöscht. Nur vom Treppenaufgang her schimmerte mattes Licht. Vor ihrer Fensternische blieb sie sinnend stehen. Unzählige Male hatte sie von hier das Leben auf dem Hof beobachtet.

Der Schlosshof wurde durch das Licht aus den Fenstern und durch einige Fackeln an den Gebäudewänden erhellt. Elisabeth reckte sich und griff nach der Verrieglung. Ganz offensichtlich war das Fenster vor sehr langer Zeit zum letzten Mal geöffnet worden, denn der große Flügel klemmte und sie musste sich lange damit mühen.

Die kalte Luft des beginnenden Frühlings schlug ihr entgegen. Sie schauderte, zog den Mantel fester um sich und beugte sich über die breite Fensterbank. Wie samtweich der Himmel war, wie klar ohne die störenden Glasscheiben.

Stimmen erschallten von unten, wurden wieder leiser, dann war es still. So still, dass sie von den Stallungen herüber das Schnauben der Pferde hören konnte. Aus einem der dunklen Winkel erklang Musik. Versuchte sich einer der Knechte auf der Laute? Sie beugte sich weiter nach vorne, um die Töne zu erhaschen. Nein, es musste ein Musikant sein, niemand am ganzen Hofe wäre in der Lage, eine Melodie so leicht und anmutig vorzutragen. Wusste bereits das fahrende Volk, dass in den nächsten Tagen ein Fest und damit eine Verdienstmöglichkeit bevorstand? Oder war der Mann nur zufällig vorbeigekommen, auf der Suche nach einem Lager für die Nacht? Er ließ die Finger wohl nur zum Zeitvertreib über die Saiten gleiten, dies jedoch vortrefflich sicher und flink. Was er spielte, ergab keine Melodie, er ließ Akkorde ertönen, helle, perlende Klänge, dann wieder tiefe, weiche Töne. Er schien recht versunken in sein Spiel, begann eine neue Weise, probierte Tonfolgen. Sie hörte das leise Summen einer wohlklingenden Männerstimme. Die Stimme schmiegte sich in die beginnende Nacht und in Elisabeths verworrene Gedanken.

Wie kam es, dass ein dahergelaufener Straßensänger so vortrefflich die Laute schlug? Ihres Vaters Hofmusiker vermochten es nicht besser. Vielleicht war es ein alter, erfahrener Musikant, der all seine Lebensweisheit in sein Spiel legte?

Klare, einzelne Töne unterbrachen ihre Phantasien. Klänge sprangen die Tonleiter hinauf, eine Melodie hob sich in den violettblauen Himmel, senkte sich wieder, hob sich.

Der Geruch von feuchter Luft und feuchter Erde stieg zu ihr auf. Am Himmel zeigte sich der erste Stern. Gleich darauf der nächste. Je länger sie nach oben blickte, desto mehr Sterne tauchten nach und nach aus dem dunklen Blau. Ein frischer Wind umwehte sie.

Plötzlich sehnte sie sich danach, draußen im Wind zu stehen. Sie sehnte sich nach ... Sie vermochte es nicht zu sagen. Die Klänge der Laute umfingen die Nacht mit einer allumfassenden Harmonie, die Elisabeths unbestimmte Sehnsüchte ebenso enthielt wie das ferne Hundegebell aus der Stadt.

Für einen winzigen Augenblick klärten sich Elisabeths Gedanken. Sie hatte das Gefühl, in dieser Melodie einen Funken Wahrheit zu erkennnen, einen Funken der absoluten, einzigen Wahrheit. Doch ehe sie ihn festhalten und in Worte fassen konnte, entglitt er ihr. Die Töne der Laute jedoch vermochten es auszudrücken, das, was sie nur im tiefsten Inneren fühlte. Das, was man nie genügend in Worte fassen konnte. Sie lauschte lange, verlor sich in der Musik und wunderte sich, wie der Mann es vermochte, mit jeder neuen Weise ihrer Stimmung so getreulich zu entsprechen, obwohl er nicht einmal wusste, dass sie hier oben stand.

Elisabeth schrak aus ihrer Versunkenheit auf. Eine barsche Stimme übertönte die schönen Klänge. Sie erkannte die Gestalt eines gedrungenen Mannes in der Mitte des Hofes. Etwas von »vor das Tor scheren« und von »kein Gesindel auf dem Hof in der Nacht« vernahm sie. Sie beugte sich ein wenig aus dem Fenster, um die Antwort des Musikanten zu verstehen, doch der redete bei weitem nicht so laut wie der musikunverständige Matthias. Sie hörte einen heftigen Wortwechsel, sah eine zweite Gestalt in der Mitte des Hofes. Ihr Herz klopfte schneller. Sie hatte selten ein Wort an einen der Stallknechte gerichtet, sie kannte sie kaum, sie wagte es nicht. Plötzlich hörte sie ihre eigene Stimme, die sie beinahe ein wenig erschreckte.

»Matthias?«

Die barsche Stimme unterbrach ihr Geschimpfe und nahm einen ergebenen Klang an. »Mademoiselle?«

»Gib dem Musikanten ein Nachtlager. Kann er nicht in den Ställen schlafen?«

»Wenn Mademoiselle es wünscht«, kam die Antwort zögernd.

»Ich befehle es.« Sie hörte Matthias gedämpft in mürrischem Tonfall mit dem Fremden sprechen, dann ging er mit schwerfälligen Schritten über den Hof davon.

»Meinen ergebensten Dank, mein Fräulein!«, rief der Musikant zu ihr hinauf. »Soll ich Euch mit meiner Musik in den Schlaf geleiten dafür?«

Seine Stimme war keineswegs die eines alten Mannes. Sie klang jung und kräftig.

Elisabeth antwortete nicht.

Sie trat einen Schritt zurück und hörte, wie er ein Lied anstimmte. Sie kannte es nicht. Er sang von einer Liebsten, von Rosen und dem Tod. Leise schloss sie die großen Fensterflügel.

9.

Jakob atmete den strengen Geruch nach Pferden ein, den trockenen nach Stroh. Die Wärme der Tiere war angenehm, das Murmeln der Knechte verlor sich. Er schüttelte eine der groben Decken aus und breitete sie über die harten, stechenden Strohhalme. Er streckte sich darauf aus und schob sich sein Bündel als Kissen unter den Nacken.

Er seufzte erleichtert auf.

So ist es richtig, dachte er.

10.

Der Himmel war grau verhangen, aber ein Funken Sonne stahl sich durch die dichten Wolken und gab zumindest Hoffnung auf einen schönen Tag. Vor Elisabeths Fenster jedoch hing das Gewand und verwehrte dem zaghaften Licht jeglichen Einlass.

Elisabeth hatte sich frisch und munter gefühlt, als sie sich in ihrem Bett aufrichtete, doch dann waren Marie und ein zweites Mädchen eingetreten, in ihren Händen jenes gewaltige Kleid. Sie hatte Marie sofort vor die Tür geschickt und ihr aufgetragen, das Zimmer erst nach einigen Minuten wieder zu betreten. Nun saß sie auf dem Bett und starrte das Wunderwerk aus schwerem Silberbrokat an. Es war über und über mit Perlen bestickt. Auf dem Frisiertisch lag das mit wertvollen Diamanten besetzte Diadem ihrer Großmutter.

Wann hat er das Gewand anfertigen lassen?, fragte sie sich, ohne mir gegenüber das Geringste verlauten zu lassen? Er muss sich seiner Sache sehr sicher sein. Oder will er mich damit beschwichtigen?

Marie huschte ein zweites Mal in das Schlafgemach. »Ist Mademoiselle nun bereit für die Morgentoilette?«

»Ich werde das Bett simplement nicht verlassen«, murmelte Elisabeth. »Was geschähe dann?«

»Pardon?«, fragte Marie.

»Mais oui.« Elisabeth schlug ergeben die Decke zurück. »Ich bin bereit.« Noch war ein wenig von der Ruhe und Klarheit des vergangenen Abends in ihr. Sie würde den Augenblick entscheiden lassen. Sie wollte sich zum Frühstück begeben wie an jedem Tag und die Geschehnisse auf sich zukommen lassen.

Marie hob die Diamantkrone vorsichtig vom Frisiertisch und bedachte das Kleid mit einem ehrfurchtsvollen Blick.

»Gefällt es dir?«, fragte Elisabeth.

»Oh, Mademoiselle, was für eine Frage! Es ist das schönste Gewand, das ich je gesehen habe!«

»Du kannst es ruhig anfassen.« Vorsichtig strich Marie mit der Hand über den Silberstoff.

»Was für eine Last diese Krone und dieser schwere Stoff sein werden«, seufzte Elisabeth. »Damit mir bereits am Tag der Vermählung bewusst wird, dass auch das Gewicht der Ehe so schwer zu tragen ist wie dieses Kleid.«

»Aber Mademoiselle«, wandte Marie bestürzt ein, »mir wäre es einerlei, wie schwer das Kleid ist, wenn ich …«

»Wenn du dafür den Grafen Eberhard zum Manne bekämst?«, lachte Elisabeth. Marie errötete.

»Nicht den Grafen?« Elisabeth drehte sich interessiert zu ihr um. »Wen dann?« Marie schwieg und begann, Elisabeths Haar zu bürsten. »Dis-moi!«, forderte Elisabeth. »Wen hast du im Sinn?«

»Niemanden, der sich ein derartiges Gewand leisten könnte, Mademoiselle.«

»Soll ich es dir schenken?« Marie sah sie verblüfft an. »Ja.« Elisabeth zuckte mit den Schultern. »Ich könnte es dir schenken. Ich mag es nicht sehen. Und ich mag es vor allem nicht benutzen.«

»Damit scherzt man nicht, Mademoiselle.«

Elisabeth drehte sich wieder zu ihr um. »Es würde dir gewiss gut zu Gesichte stehen, Marie. Du bist so hübsch. Ich bin ohnehin zu blass für eine derart helle Robe. Würdest du gerne heiraten, Marie?« Marie errötete erneut. »Ah, du würdest! Du hast einen Bien-Aimé, einen Liebsten, n'est-ce pas?« Marie schwieg. »Und warum nimmst du ihn nicht zum Manne?«

»Wie könnte ich?«, fragte Marie erstaunt. »Ich bin Mademoiselles Kammerjungfer. Monsieur würde es mir niemals gestatten.« Ihre Stimme zitterte ein wenig.

Elisabeth blickte in den kleinen Spiegel, in Maries Gesicht im Hintergrund. Sie überlegte eine Weile. Bestimmte der Fürst, wer an seinem Hofe die Ehe einging und wer nicht? Auch darüber hatte sie sich nie Gedanken gemacht. »Oh Marie, wie absurd das ist! Du willst dich vermählen und darfst es nicht, ich will es nicht und muss es dennoch tun!«

Marie antwortete nicht. Sie begann vorsichtig mit der Arbeit an Elisabeths Gesicht. »Hat mein Vater Gäste geladen für heute?«, wechselte sie das Thema.

»Nur wenige, Mademoiselle. Die meisten werden morgen erwartet.«

Morgen. Elisabeth stützte ihr Kinn auf die Hand. »Und wo wird das Frühstück eingenommen? Hält sich mein Vater in seinen Gemächern auf?«

»Heute ist im Speisesaal gedeckt worden.« Ein offizielles Essen also. Gewiss hatte er Angst, ihr alleine gegenüberzusitzen an diesem Morgen.

»Welches Kleid, Mademoiselle?«

»Ein sehr schlichtes, Marie.«

»Das schilfgrüne?« Elisabeth nickte.

Beim Ankleiden erinnerte sie sich, dass sie ebenjenes Kleid auch am Tag ihres Maskenfestes getragen hatte. War das nun ein gutes oder ein schlechtes Omen?

Ein leichtes Klopfen, im nächsten Moment trat Eleonore ein. »Guten Morgen, Elise.« Sie beugte sich vor und begrüßte die Freundin mit einem Kuss.

»Eleonore?« Elisabeth neigte verwundert den Kopf. »Kommt Ihr, mich zu begleiten?«

»Ich dachte, es fiele Euch dann leichter.« Sie ließ Elisabeth den Vortritt. »Ich konnte kaum erwarten, Euch zu sehen, ma petite«, erklärte sie. »Mir war so merkwürdig zumute am gestrigen Abend. Mit einem Mal hatte ich das Gefühl, Ihr bedürftet meiner. War es falsch von mir, dass ich meiner Regung nicht nachgab?«

»Es war eine kuriose Nacht.« Elisabeth blieb vor dem Fenster stehen, aus dem sie am Abend zuvor geblickt hatte. »Nein, macht Euch keine Vorwürfe. Es war nicht falsch von Euch.« Ihr Blick schweifte über den Hof. Ob der Musikant noch in den Ställen schlief? Gut, dass Eleonore nichts wusste von dieser nächtlichen Begegnung, sie hätte sie gewiss ausgelacht. Ob er irgendwo saß und eine Magd mit seinen hübschen Liedern und seiner angenehmen Stimme betörte? Oder hatte er das Schloss längst verlassen?

Als sie die breite Treppe nach unten schritten, fasste Elisabeth plötzlich nach Eleonores Arm. »Versprecht mir, dass wir einander immer lieben werden, mon Eleonore.«

Eleonore sah sie erstaunt an. »Welch törichte Gedanken, Elise. Ihr wisst, ich werde immer für Euch da sein, wenn Ihr mich braucht. Vergesst das nie!«

Der Diener vor der Tür des Speisesaals öffnete diese weit und ließ sie eintreten. »Mon Dieu«, flüsterte Elisabeth, »sie sind vraiment alle versammelt.«

Großtante Henriette gleich zu linker Hand neben dem Fürsten, der Stuhl zu seiner Rechten freigehalten für Elisabeth. Die Baronin Kammerberg, die jungen Hoffräulein, Anna an Heinrichs Seite, der Geheime Rat, der Kammerrat, ein entfernter Verwandter von Elisabeths Mutter, der derzeit zu Gast war. Elisabeth und Eleonore waren die Letzten.

»Guten Morgen, Herr Vater.« Elisabeth ignorierte die neugierigen Blicke, die ihr Gesicht auszuforschen versuchten, und nahm neben dem Fürsten Platz.

»Guten Morgen, Oheim.« Eleonore sank in einen tiefen Knicks. »Verzeiht, dass wir uns verspäteten, aber …«

Der Fürst räusperte sich. »Ihr seid nicht zu spät, Nichte.« Er senkte seine Stimme. »Wir waren wohl alle ein wenig früh.«

Elisabeth lächelte böse bei diesen Worten. Also hat die Neugierde sie alle so überaus früh nach unten getrieben, nur um zu sehen, wie ich den Saal betrete. Haben sie gehofft, Spuren einer durchweinten Nacht in meinem Gesicht zu finden?

Sie reckte sich, um noch aufrechter zu erscheinen, und setzte eine gelassene Miene auf. Diener trugen auf einen Wink des Fürsten hin die Speisen auf.

Der Fürst räusperte sich erneut, neigte sich zu Elisabeth und sagte leise: »Graf Eberhard hat sich nach dem Frühstück auf einen Besuch angesagt. Hattest du ihm nicht auf dem Ball versprochen, ausführlich von deinem Aufenthalt in Paris zu erzählen? Nun, er würde sich freuen, wenn er dich beim Mittagsmahl zu Tisch geleiten dürfte. Was sagst du?«

Elisabeth warf ihm einen kühlen Blick zu. »Was würdet Ihr sagen, wenn ich ablehne, Herr Vater?«

Die Augen des Fürsten wurden schmal. »Du wirst nicht ablehnen.«

»Warum fragt Ihr dann?«

Sie presste die Lippen zusammen und beugte sich über ihren Teller. Sie schaute selten auf, hörte die Geräusche von Essgeschirr, die Schritte der Bediensteten und das Schmatzen von Großtante Henriette. Hin und wieder warf Elisabeth Eleonore einen Blick zu oder schaute zu Anna hinüber, die sich von ihrem Verlobten dies und jenes reichen ließ. Die Turteltäubchen, dachte sie böse.

Helles Sonnenlicht fiel durch die hohen, schmalen Fenster. Wie reizend und freundlich die Frühstücksgesellschaft in dem lichten Raum doch wirkte. Also wurde Graf Eberhard schon nach dem Frühstück erwartet. Er hatte es, weiß Gott, sehr eilig.

Elisabeth schmeckte an diesem Morgen das Essen nicht sonderlich. Sie hob ihren Blick und ließ ihn über die Anwesenden schweifen, die so eifrig mit den Köstlichkeiten der Tafel beschäftigt waren. Der Geheime Rat wie üblich etwas zu würdig und gediegen gekleidet, die Baronin Kammerberg in einem hellen, seidenen Kleid, Perlen in dem am Hinterkopf aufgesteckten Haar, die vollen Lippen ein wenig aufgeworfen. Ihr Vater in Rheingrafenhosen, sein blendend weißes Hemd mit Schleifen verziert. Er kleidete sich in den letzten Tagen des Öfteren nach der Mode.

Plötzlich wurden Stimmen und Schritte vor der Türe laut. Elisabeth schrak auf und blickte beunruhigt hinüber.

Kommt Graf Eberhard bereits so früh?

Der Fürst winkte Heinrich, nach der Ursache der Unruhe zu sehen, doch ehe Heinrich die Tür erreicht hatte, wurde diese heftig von außen aufgestoßen. Mit einem Ruck hoben sich alle Köpfe. Der Bedienstete, der Elisabeth und Eleonore vor der Mahlzeit die Tür geöffnet hatte, stolperte ganz ungebührlich herein, verneigte sich tief, stammelte eine Entschuldigung, suchte nach Worten.

»Was geht hier vor?«, fragte der Fürst ungehalten.

»Ein Gaukler«, stammelte der Mann. »Ein Musikant. Er wünscht Monsieur zu sprechen. Er lässt sich nicht abweisen. Ich habe die Wache gerufen, aber ...«

Wie sie alle die Hälse recken!, dachte Elisabeth amüsiert. Damit ihnen nur ja nichts entgeht.

Der Fürst sah den Diener ungläubig an. »Wie? Was redest du von einem Gaukler? Was geht das mich an? Du weißt, dass ich es nicht schätze, wenn man mich beim Essen stört!«

»Aber Monsieur, er stand auf einmal vor der Tür, ich konnte ihn kaum hindern ...«

»Höre ich recht?«, herrschte der Fürst den Mann an. »Ein Unbefugter vor meinem Speisesaal? Wie ist es möglich, dass hier ein jeder eindringen kann, wie es ihm beliebt? Heinrich ...«

»Vater.« Elisabeth legte beschwichtigend ihre Hand auf seinen Arm.

»Stör mich jetzt nicht.« Er schüttelte ihre Hand ab. »Heinrich, kümmert Euch darum, dass der Kerl verschwindet und wir hier in Ruhe unsere Mahlzeit beenden können.«

»Einen Augenblick«, sagte eine unbekannte Stimme von der Tür her. »Zuerst hört Ihr mich an.«

Ein Raunen ging durch die Tischgesellschaft, denn ein wahrhaft abenteuerlich aussehender Mensch betrat den Saal. Der herbeigerufene Wachsoldat blieb unschlüssig in der Tür stehen, vielleicht verwirrte ihn die ungewöhnliche Situation, vielleicht hielt ihn auch der zwingende Ton in der Stimme des Fremden zurück. »Keine Angst, Herr Fürst«, sagte der Mann. »Ihr könnt gleich weiteressen, ich mach's kurz.«

»Herr Fürst«. Elisabeth zuckte bei dieser seltsamen Anrede zusammen. Niemand aß weiter. Alle starrten auf die wunderliche Erscheinung, die in dem hellen Speisesaal so deplatziert wirkte. Er trug einen breitkrempigen Hut, welcher einen Teil seines Gesichtes verdeckte. Sein Rock war dunkel, zerschlissen, schmutzig und zerlöchert, die Hose eng und braun, in keine Moderichtung einzuordnen, dazu noch Stulpenstiefel, ähnlich den Soldatenstiefeln des vergangenen Krieges. Ein Band quer über seiner Brust hielt die Laute auf seinem Rücken.

Oh, mon Dieu, erschrak Elisabeth, es muss der Musikant vom gestrigen Abend sein. Gewiss hat er sich vor dem Pferdestall besser ausgenommen als im Speisesaal unter all den gut gekleideten Damen und Herren.

Noch ehe der Fürst etwas erwidern konnte, sprach der Fremde weiter. »Es geht um Eure Tochter, Herr Fürst. Ich will sie zur Frau nehmen.«

»A Dieu ne plaise!«, hörte Elisabeth eine entsetzte Frauenstimme. Sie sah ihren Vater nach Atem ringen. »Wie kannst du es wagen ...«, begann er, besann sich jedoch und hielt inne.

»Bin ich etwa nicht der erste Bewerber um ihre Hand?« Der Mann besah sich die Herren in dem Saal, aber außer Heinrich sah keiner wie ein möglicher Freier aus. »Ich hab gehört«, sprach der Musikant beharrlich weiter, »dass der erste Mann, der sich nach Ablauf des Monats um Eure Tochter bewirbt, mit ihr verheiratet wird. Der Monat ist um, ich habe mich hiermit beworben. Löst Ihr nun Euer Wort ein, mein Herr.«

Der Fürst blickte nervös zur Tür, als erwarte er von dort Hilfe. Elisabeth schaute vom Vater zu dem Spielmann. Niemand im ganzen Saal sprach auch nur ein Wort. Welche Komödie führen sie hier auf?, fragte sich Elisabeth.

Der Mann nahm seinen Hut vom Kopf, als wäre ihm erst jetzt bewusst geworden, dass er vor einem Höhergestellten nicht mit bedecktem Kopfe erscheinen durfte.

Er hatte ein schmales, dunkles Gesicht, umgeben von wirren, schwarzen Locken, die nicht einmal bis zur Schulter reichten. Eine Haarsträhne war erheblich länger als das übrige Haupthaar und zierte als dünn geflochtener Zopf die rechte Schläfe des Mannes. Sein Kinn hatte offensichtlich schon seit Tagen kein Rasiermesser gespürt.

»Nun?«, fragte er.

Wie konnte er sich erdreisten, derart mit ihrem Vater zu reden? Oder war der Ärger des Vaters am Ende nur gespielt? War es in Wahrheit nur ein Spiel? Würde sogleich Graf Eberhard erscheinen? Wollte ihr Vater der Angelegenheit Nachdruck verleihen, indem er sie vor die Wahl »Spielmann« oder »Graf« stellte? Hatte er im letzten Augenblick noch Schwierigkeiten von ihrer Seite erwartet?

Und wirklich, der ungewöhnlichen Situation wegen von den meisten der Anwesenden unbemerkt, trat Graf Eberhard durch die Tür, überblickte den Speisesaal, sah den Fremden und hielt inne. Erleichterung glitt über das Gesicht des Fürsten. Der Kammerrat erhob sich von seinem Platz, trat zu dem Grafen und sprach leise mit ihm.

Der Fürst neigte sich zu seiner Tochter. »Elisabeth«, flüsterte er. »Sieh, Elisabeth, wir haben Glück gehabt. Hier ist ein weiterer Bewerber um deine Hand. Jeder wird begreifen, dass die beiden, ehm, Herren doch beinahe gleichzeitig erschienen sind. Alle warten nun darauf, dass ich eine Zusage mache. Ich breche doch mein Wort nicht, wenn ich nun dem Grafen deine Hand gewähre.«

Elisabeth schwieg. Sie starrte auf den Grafen, der selbstsicher in der Tür stand. Sie sei letztendlich ebenso käuflich wie ein Schankmädchen, hatte König Philipp behauptet.

Sie holte tief Atem. Sie wollte es ihnen ein wenig schwer machen, zumindest das, selbst wenn sie schließlich doch die Frau des Grafen werden musste.

Das angespannte Gesicht des Vaters, das atemlose Schweigen all derer, die in ihrer beschaulichen Frühstücksstimmung gestört worden waren, das überhebliche Lächeln des Grafen an der Tür. Über den Tisch hinweg traf sich ihr Blick mit dem Blick des Fremden.

Noch nie in ihrem Leben hatte sie einem Bettelmann in die Augen gesehen. Seine Augen waren braun wie die eines Hundes, aber bei weitem nicht ebenso demütig und ergeben, was einem Manne seines Standes doch gut angestanden hätte. Stattdessen erwiderte er ihren Blick trotzig und herausfordernd.

Elisabeth erhob sich langsam. Alle Augen richteten sich auf sie. »Ich beuge mich dem Willen meines Vaters«, klang ihre klare Stimme durch den Raum. »Ihr seid nach Ablauf der Frist der erste Bewerber um meine Hand, Herr Musikant. Ich gewähre sie Euch.« Sie setzte sich wieder.

Ein Wispern, Tuscheln und Murmeln erhob sich um sie her. Selbst im Gesicht des Fremden las sie eine Spur von Überraschung. Mit Genugtuung sah sie den Grafen stocksteif an der Tür stehen, sein Gesicht schien zerborsten unter der Beleidigung und Ungeheurlichkeit ihrer Worte. Ihr Vater war puterrot im Gesicht. Elisabeth erwartete einen heftigen Zornesausbruch, einen Abbruch des Frühstücks, einen Abbruch der ganzen, unseligen Geschichte, doch seine Selbstbeherrschung gewann Oberhand, er räusperte sich lediglich und erhob sich wie zuvor seine Tochter. »So soll nach meinem Willen die Vermählung stattfinden, und das sogleich.« Er sagte es so ruhig und souverän, als wäre es eben das, was er von Anfang an vorgesehen hatte. »Nach Aufhebung der Tafel begeben wir uns in die Kapelle.«

Daraufhin setzte er sich wieder und aß schweigend weiter. Nur Elisabeths geübtes Auge sah die angeschwollene Ader an seiner Schläfe.

Eine gewisse Ruhe kehrte ein, hier und da wurde noch ein Glas geleert, aber offenbar hatte kaum noch jemand Appetit. Sehr viel schneller als üblich wurde die Tafel aufgehoben. Nervosität packte Elisabeth. Wie weit wollte er dieses Spiel noch treiben? Zog er es wahrhaftig vor, bis zur Kapelle zu gehen, statt über seinen eigenen Schatten zu springen und ihr zuliebe ein einmal gegebenes Wort in aller Öffentlichkeit zu brechen?

Die Gäste erhoben sich eilig, Stühle wurden gerückt, Kleider gerafft, Schritte und Stimmen klangen durch den kleinen Saal. Nur der Fremde lehnte gänzlich unbeteiligt an einem der Fenster. Er schob den Riemen seines Instrumentes gerade und besah sich scheinbar ohne großes Interesse die Menschen, die nach und nach den Raum verließen. Der Vater verharrte auf seinem Platz. »Sagt dem Gebhardt Bescheid, er soll sofort herkommen. Es ist nicht nötig, dass er eine lange Predigt abfasst. Und holt den Biberach, er soll etwas aufsetzen.«

Was hat er vor?, fragte sich Elisabeth und musterte beunruhigt die vier anwesenden Männer. Ein fünfter trat eben ein, mit Feder und Tinte, mit Papier unter dem Arm. Der Vater diktierte. Ein einzelner Sonnenstrahl berührte den Tisch. Gefesselt blickte Elisabeth auf das Spiel des Lichts.

»Kannst du deinen Namen schreiben?«, fragte der Fürst den Musikanten. Der Musikant nickte. Der Fürst zeigte auf eine Stelle in dem Papier, das sie soeben vorbereitet hatten. »Du begreifst doch, dass sie nichts mitnimmt außer dem, was sie gerade am Leibe trägt«, fasste der Fürst den Inhalt des Papieres zusammen. »Und dass du mit deiner Unterschrift auf jeden Anspruch verzichtest, der sich aus dieser Verbindung ergeben mag.«

Attention, merkte Elisabeth auf. Er ist dabei, sein spärliches Vermögen zu schützen. Wie weit will er gehen?

Ohne eine Miene zu verziehen, griff der Spielmann nach der Feder.

»Der Herr Gebhardt«, meldete der Türsteher. Der Hofprediger trat ein. Der Fürst erhob sich. Heinrich nahm die Feder und unterzeichnete ebenfalls das Schriftstück, der Geheime Rat tat es ihm nach.

»Wir gehen!«, befahl der Fürst. Er blickte Elisabeth in die Augen. Gib nach, sagte sein Blick. Es ist ein Kräftemessen, erkannte sie erstaunt, und seine Haltung erinnerte sie an ein

Spiel, das sie oft mit Marie-Henriette gespielt hatte. Sie hatten einander angesehen und darauf gewartet, wer zuerst die Augen niederschlug. Zumeist hatte Henrie gewonnen. Elisabeth erhob sich.

Diesmal werde ich gewinnen!

Und dennoch fühlte sie sich ganz benommen, als sie an der Seite des Vaters dem Hofprediger in die schlichte Kapelle folgte. Sie schritt aufrecht zwischen den Bankreihen hindurch und blickte über die wenigen Menschen, die dort saßen, hinweg. Nur Eleonores bleiches Gesicht heftete sich in ihre Erinnerung.

Es war äußerst still bis auf ein Räuspern und ein leises Hüsteln. Der Klang der kleinen Orgel fehlte und es wurde an diesem Morgen nicht richtig hell in der Kapelle. Elisabeth sah nicht auf den Mann an ihrer Seite und hörte nicht auf die rhythmischen Worte des Hofpredigers. Sie starrte auf das einfache, hölzerne Kreuz. Sie starrte, bis es vor ihren Augen verschwamm.

»Macht es kurz.« Die Stimme des Fürsten war scharf. »Kein Gesinge, keine langen Worte.«

Der Herr Gebhardt zuckte leicht zusammen, seine Hände blätterten fahrig in der Bibel. Ein Summen in den Ohren nahm Elisabeth das Gehör. Sie presste die Hand auf ihre Schläfe. Ist es so, wenn man die Besinnung verliert?, überlegte sie. Sie schloss die Augen.

»Ja«, sagte der Spielmann.

Beinahe hatte sie vergessen, dass er neben ihr stand. Für einen Moment wandte sie den Kopf und blickte auf den Mann. Der dünne Zopf berührte seine abgewetzte Jacke. Er war mit einem schmutzigen Faden zusammengebunden.

»... begehrst du den Jakob Meger zu deinem ehelichen Gemahl?«

Sie starrte auf das blasse Gesicht des Herrn Gebhardt. Sie hörte Eleonores sonst so ruhige Stimme hastig auf den Fürsten einreden, der sie jedoch mit einem knappen Wort zum Verstummen brachte. Irritiert blickte Elisabeth zu ihrem Vater hinüber. So weit durfte er doch nicht gehen, das war längst kein Spiel mehr.

Das Gesicht des Fürsten war ausdruckslos. Er will sich keine Blöße geben, dachte sie, aber er wird …

»Elisabeth Charlotte, Prinzessin zu Messelstein«, wiederholte der Hofprediger, »begehrst du den Jakob Meger zu deinem ehelichen Gemahl?«

Begehren, dachte Elisabeth, was bedeutet das?

Sie straffte sich. Soll er doch sehen, wohin das alles führt. »Ja«, antwortete sie.

Der Herr Gebhardt legte ihre Hand auf die Hand des Fremden.

Ihre Hand erstarrte. Jetzt, dachte sie. Jetzt, Papa, jetzt springe auf und schreie ›nein‹.

Stattdessen erhoben sich alle und sprachen ein Gebet. Der Prediger sprach einen Segen, und schneller, als sie darüber nachdenken konnte, fand Elisabeth sich im Hof wieder, in der kühlen Märzluft, und noch immer stand der Spielmann an ihrer Seite.

Die Gäste waren auf Geheiß des Fürsten am Portal zurückgeblieben. Sie standen dort und tuschelten, unter ihnen der Graf mit beunruhigter Miene.

»Da du nun die Frau eines Bettelmannes bist …« Die Stimme des Fürsten hob sich laut und deutlich über den Hof.

»Ich bin kein Bettler, mein Herr.« Der Musikant hatte leise gesprochen, aber die Schärfe seines Tonfalls schnitt die Rede des Fürsten entzwei. »Ich habe noch nie in meinem Leben um etwas gebeten.« Geringschätzung lag in seiner Stimme.

Oben, ganz da oben war Elisabeths Fenster, ihre Nische. Sie schloss die Augen und stellte sich vor, sie säße dort und sähe die ganze Gesellschaft im Hofe stehen, weit unten, weit weg von ihr.

So fest sie es sich jedoch vorstellte, sie stand noch immer in der Mitte des Hofes, der Fremde an ihrer Seite, der Fürst vor ihnen, im Hintergrund die neugierigen Gesichter. Wo ist Eleonore?, dachte sie. Ich kann Eleonore nicht sehen. Hat er sie in ihr Gemach verwiesen?

»Da du nun die Frau eines Fahrenden bist …« Elisabeth horchte auf. Mais, qu'est-ce qu'il y a? Der Vater korrigiert seine Worte? »… kannst du auch nicht länger am Hofe leben. Folge also deinem Gemahl.«

Wie kühl und fest er spricht. Nun, mein Vater, hast du aller Welt bewiesen, dass du es bist, der hier befiehlt, dass du gerecht und unbeugsam bist, dass du selbst die eigene Tochter nicht aussparst, nun ist es genug. Sie suchte seinen Blick, aber der Fürst wandte sich schon zum Gehen.

»Einen Augenblick noch«, sagte der Musikant. »Meine Frau braucht einen Mantel und festes Schuhwerk. So kann sie nicht gehen.«

Der Fürst hielt inne und maß den Mann mit einem langen Blick. »Sie geht so, wie sie ist«, erwiderte er. »So war es vereinbart.«

»Es ist kalt vor dem Tor«, beharrte der Musikant. »Entsprechende Bekleidung steht ihr zu.«

Elisabeth erkannte, dass der Vater abzuwägen begann. Ihr wurde angst bei den Blicken, die die beiden Männer austauschten. Etwas war nicht so, wie es sein sollte.

»Ich würde von Euch ohnehin nichts annehmen, Euer Durchlaucht«, hörte sich Elisabeth sagen. Sie hatte so lange nicht gesprochen, dass ihr die eigene Stimme fremd klang. Die Art und Weise, wie der Vater sich umdrehte und zum Portal schritt, schien ihr ein wenig überhastet und passte nicht zu der Überlegenheit, die er in diesen Stunden zur Schau gestellt hatte.

»Das war dumm«, sagte der Spielmann. Es war das erste Mal, dass er sie direkt ansprach. Sie schaute verwirrt in sein von dem breitrandigen Hut wieder halb verdecktes Gesicht. »Du musst noch viel lernen, Mädchen. Es wird nicht leicht sein ohne Mantel und festes Schuhwerk, und der Alte war nah dran nachzugeben. Stolz ist eine feine Sache, aber er wärmt nicht im kalten Wind.«

Graue Wolken schoben sich vor die Sonne, und Elisabeth begann tatsächlich zu frösteln in ihrem schulterfreien Kleid. War es wirklich noch kälter vor dem Tor? Und bis vor das Tor würde der Vater sie sicher noch gehen lassen, ehe er sie zurückholen ließ. Am Ende selbst bis zum Ausgang der Stadt.

Die letzten Zuschauer hatten sich zurückgezogen. Sie stand mit dem Manne alleine im Hof.

»Nun komm.« Er machte eine Kopfbewegung Richtung Tor. Sie zuckte zusammen bei der vertraulichen Art, die er sich ihr gegenüber herausnahm, jedoch blieb ihr für das Erste nichts, als ihm zögernd zu folgen. In der Dunkelheit des langen Torbogens fühlte sie sich beinahe geschützt.

»Lisbethchen.« Erstaunt wandte Elisabeth den Kopf. »Lisbethchen«, keuchte die Frau hinter ihnen, »so wartet doch!«

»Wer ist das?«, fragte der Mann misstrauisch und blieb stehen.

»Unsere Köchin«, antwortete Elisabeth erstaunt.

»Gott, ach Gott.« Die Frau rang nach Atem. Ihr Gewicht und ihr Alter hatten es ihr schwer gemacht, so eilig den Hof zu überqueren. In ihren Händen hielt sie einen einfachen, dunklen Mantel. »Wie konnte er Euch ohne Mantel gehen lassen, der Unmensch«, schimpfte sie. »Schlimm genug, dass er Euch mit so einem …« Sie biss sich auf die Zunge, ein kurzer Blick glitt über die fremde Gestalt. »Hier … Ich hatte so schnell keinen feineren gefunden, Kind. Der gehört meiner Tochter und die hat doch Eure Statur.« Sie legte Elisabeth den Mantel um die Schultern und schloss umständlich den obersten Knopf. Sie wischte sich mit der Hand über die Augen. »Ich werde ihm die Mittagssuppe versalzen dafür.«

Elisabeth wurde unsicher. Was um alles in der Welt hatte dies zu bedeuten?

»Sorgt Euch nicht, mein Kind«, fügte die Frau mit rauer Stimme hinzu. »Gott wird Euch beschützen.«

»Ach Kathrin«, brachte Elisabeth endlich hervor, »ich danke dir so sehr.« Sie machte einen Schritt auf die Frau zu, doch diese wies sie mit einer unwirschen Handbewegung zurück und ging schwerfällig davon.

Der Mann hatte zwei Schritte hinter ihr gewartet. Er räusperte sich. »Können wir jetzt weiter?«

II.

Elisabeth hielt den Kopf sehr gerade, als sie aus dem Tor traten, schon allein, um die beiden Wachsoldaten nicht anblicken zu müssen. Ob sie hämisch grinsten oder mitleidig schauten?

Der Märzwind wehte äußerst stark vor dem Tor. Sie zog die Kapuze des Mantels über den Kopf, um ihre Frisur zu schützen.

Die breite, gepflasterte Ausfallstraße zog sich in einer leichten Windung zu den ersten Häusern der Stadt hinunter. Welch eigentümliches Gefühl, auf den eigenen Füßen diesen Weg zu gehen, den sie in der Kutsche so oft gefahren war. Sie versuchte, die Füße behutsam aufzusetzen, denn sie fürchtete, die Absätze ihrer Schuhe könnten sich in den Spalten zwischen den Steinen verfangen.

Plötzlich, ohne eine Vorwarnung, zog der Mann sie von der Straße weg in das Gesträuch am Wegrand.

»Aber was …«

»Keinen Laut!«, herrschte er sie an und schob sie zur Rückwand eines kleinen Bretterverschlages, der sich zwei Schritte von der Ausfallstraße hinter den Büschen duckte. Ihre Hand hielt er so fest umklammert, dass sie schmerzte.

Mit einem Ruck entzog sie sie ihm. Ihr Herz raste. »Was erlaubt Ihr Euch!«

»Sei still.« Anspannung schwang in seiner Stimme. Er horchte aufmerksam zur Straße hinüber. Sie standen eng an die morsche Holzwand des Schuppens gepresst. Elisabeths

Füße in den schmalen, eleganten Schuhen wurden feucht von dem nassen, kurzen Gras.

»Wir warten, bis sie vorbei sind«, erklärte der Mann leise. »Schau nicht so unverständig! Denkst du, die Herren werden mir die schöne Frau so mir nichts, dir nichts überlassen? Denkst du, ich will mich mit durchschnittener Kehle hinter irgendeiner Hecke wiederfinden nur wegen dir? Da wären sie schön aus dem Schneider. Der Fürst hat sein Wort gehalten, die Prinzessin ist wieder daheim, ehe die Ehe mit dem Vagabunden vollzogen und damit gültig ist, und der feiste Herr Graf kommt endlich zum Zuge.« Er lachte grimmig. »So leicht mach ich's ihnen nicht. Sollen sie erst mal denken, wir sind durch die Stadt.«

Sie starrte auf seinen schmutzigen Kragen und auf seinen Hals. Durchschnittene Kehle? Es ist ridikül, was er da redet, dachte sie. Sie war es leid, so zu stehen, nur wenige Schritte entfernt von allem, was ihr vertraut war, an eine schäbige Bretterwand gelehnt. Sie war es leid, sich Angst einjagen zu lassen von diesem Menschen. Er dachte doch nicht im Ernst, die Männer ihres Vaters würden ihnen heimlich folgen und ihm in einem unbeobachteten Moment das Leben nehmen, um sie unbeschadet ins Schloss zurückzubringen. Das alles war überaus lächerlich.

»Schhh!« Seine Hand umfasste ihren Arm.

»Es sind zwei«, flüsterte er. Er stand so nahe, dass sie den Geruch seines schmutzigen Rockes einatmen musste und die Schweißperlen erkannte, die auf seine Stirn traten. Die Schritte verklangen Richtung Stadt.

Der Mann löste sich von der Wand und blickte sich prüfend um, doch sogleich hielt er wieder inne. Sie hörte Hufe auf dem Pflaster aufschlagen, ein Reiter kam vom Schloss her. »Komm!« Er zog sie so heftig mit sich, dass sie taumelte. Sie konnte nicht einmal denken, so eilig zerrte er sie hinter sich her, gebückt, von einem Baum zum nächsten Strauch, weiter und weiter weg von der Straße, weiter und weiter weg von der Stadt, in einem Bogen wieder zum

Schlosse hin. Er fasste sie bei der Hand und duckte sie hinter einen großen Steinhaufen. Seine Hand war feucht, sein Atem ging schnell. Angst packte sie, als sie erkannte, dass seine Eile und seine Erregung nicht gespielt waren. Irgendetwas war nicht richtig, aber der Umstand, dass sie sich nun an den Grenzen des großen, verwilderten Schlossparkes befanden, beruhigte sie wieder. Sie hielten sich eine ganze Weile nahe an den Sträuchern des Parkes, so nahe, dass sie einmal vermeinte, Stimmen zu hören. Geduld, dachte sie, bringt er mich am Ende zu einem verabredeten Treffpunkt? An welchem ein Vertrauter des Vaters mich entgegennimmt oder gar der Vater selbst, in Erwartung einer zerknirschten, heiratswilligen Tochter? Ihr wurde elend bei dem Gedanken, dem Vater auf diese Weise entgegenzutreten. Sie wollte ihm am heutigen Tage überhaupt nicht mehr entgegentreten.

Ihre Füße begannen zu ermüden, als sie den Park endlich umgangen hatten und sich in dem dichten Strauchwerk befanden, das bis zum Wald hinauf den ganzen Hügel bedeckte. Sie blickte zu dem eingezäunten Stück magerer Wiese hinüber, auf dem die Pferde der Wachsoldaten grasten, dann zurück auf die schiefergrauen Dächer des Schlosses.

»Nicht stehen bleiben«, drängte der Mann. »Jetzt noch nicht.«

Er hieß sie, ihm weiter zu folgen, immer weiter den Hügel hinauf, bis er im Schutz eines Strauches mit spitzen, langen Dornen seinerseits stehen blieb. Er nahm seine Laute und seinen Beutel von der Schulter und reichte ihr beides.

»Pass drauf auf und rühr dich nicht.« Er zog ein Pferdehalfter unter seinem Rock hervor. »Warte hier.«

Was um alles in der Welt geschieht nun? Sie verharrte verwirrt und reglos hinter dem Strauch. Worauf habe ich mich eingelassen? Wie kann er sich erdreisten, mir Befehle zu erteilen? Wie kann er sich erdreisten, mich so lange warten zu lassen? Wird er wiederkommen oder kommt an seiner Stelle ein anderer, mich zu holen?

»A Dieu ne plaise!«, entfuhr es ihr, als der Mann wieder auftauchte. Er führte ein braunes Pferd am Halfter.

Zum ersten Mal sah sie ihn lächeln. Ein stolzes, ein dreistes Diebeslächeln. Sie trat einen Schritt zurück.

»Ich bin doch schon aus der Übung. Es ist halt nicht ganz so einfach, am hellichten Tag einen Gaul von einer Weide zu holen. Selbst wenn sie nur mäßig bewacht wird.« Er nickte zufrieden. »Aber ich hab's geschafft.«

»Ganz ruhig.« Er klopfte den Hals des Tieres. »Ganz ruhig jetzt, meine Schöne, sonst hören die da unten was. Und dann kommen wir in Teufels Küche. Das schöne Mädchen hier muss zurück ins Bett von dem Herrn Grafen und ich an den Galgen, und das willst du doch nicht, oder?« Das Pferd schien es tatsächlich nicht zu wollen, denn es gehorchte dem Mann willig und ließ sich geduldig weiter den Hügel hinaufführen.

Er ist ein Dieb, dachte sie, nichts als ein ehrloser Dieb. Wie konnte der Vater mich einem solchen Menschen anvertrauen?

»So.« Er blieb stehen. »Hier sieht man uns von unten nicht mehr, steig jetzt auf.« Sie starrte ihn an. »Ja«, wiederholte er. »Steig auf. Denkst du, ich hab den Gaul geholt, damit er hinter uns hertrabt?« Er bedachte ihr weites Kleid mit einem kritischen Blick. »Kommst du überhaupt allein da rauf? Wahrscheinlich nicht«, seufzte er. »Komm.« Er verschränkte seine Hände und ging in die Knie. »Setz deinen Fuß drauf.«

Sie rührte sich nicht. Sie starrte von dem Mann auf den hohen Pferderücken.

»Verdammt noch mal«, herrschte er sie an und erhob sich, »steig auf den Gaul jetzt! So viel Zeit haben wir nicht.«

Er packte sie um die Taille und hob sie hoch. Er hob sie auf den Rücken des Tieres, schob sie, sie klammerte sich an der Mähne fest, an dem Hals, der Mann schob weiter, bis sie endlich zum Sitzen kam.

Ihr Gesicht glühte. Auf eine derart unwürdige Weise hatte sie noch nie ein Pferd bestiegen. Hätte sie eine Reitgerte in Händen gehabt, sie hätte sie ihn spüren lassen, aber so musste sie bedacht sein, nicht zu fallen, denn ohne Sattel hatte sie ebenfalls noch nie auf einem Pferd gesessen. Ehe sie sich lange besinnen konnte, hatte er sich hinter sie geschwungen, schob seine Arme als Halt um ihren Körper und nahm die Zügel auf. Er lenkte das Tier vorsichtig auf einen ausgetretenen Pfad, der hinter dichten Büschen am Wald entlangführte. Ein Bauernpfad möglicherweise, ein Holzfällerpfad, was wusste sie von derartigen Dingen?

Der feste Körper des Mannes umgab sie beinahe ganz. Sie spürte jede seiner Bewegungen an ihrem Rücken. Zuerst machte sie sich steif und versuchte, den nötigen Abstand zu wahren, aber je schneller er das Pferd laufen ließ, desto weniger kam sie umhin, sich zu lockern, nachzugeben und sich den Bewegungen des Tieres und damit auch den Bewegungen des Mannes anzupassen.

Sie ritten lange. Eine halbe Ewigkeit. Sie hatte nicht geahnt, dass der Wald so groß war. Zweige streiften sie, einmal hakte sich zu ihrem Entsetzen ein dorniger Zweig am Saum ihres Kleides fest. Das Pferd setzte mit einem leichten Sprung über einen umgestürzten Baumstamm. Die Kapuze glitt von Elisabeths Kopf, der Wind spielte mit den beiden Locken, die ihr Gesicht umrahmten, und löste Strähnen des am Hinterkopf festgesteckten Haares.

Es musste längst um die Mittagszeit sein. Sie verspürte ein klägliches Hungergefühl und, ärger noch, einen unangenehmen Druck auf der Blase. Würden sie immer so weiterreiten? Sie konnte doch den Mann unmöglich bitten anzuhalten, damit sie hinter die Büsche gehen konnte wie eine gewöhnliche Magd.

Endlich hatten sie den Wald durchquert. Behutsam lenkte der Mann das Pferd eine sanft abfallende, mit Gesträuch und Bäumen bestandene Wiese hinunter. Unten angekommen, legte er den Kopf in den Nacken. »Ja!«, schrie er und versetzte dem Pferd einen leichten Schlag, sodass es in wildem Galopp den Weg entlangjagte. Elisabeth klammerte sich fest aus Angst, sie könnte sich den Hals brechen. Der Mann jedoch genoss offensichtlich die Geschwindigkeit und den kalten Wind im Gesicht. Dann endlich zog er die Zügel an und ließ das Pferd langsam austraben. Geschmeidig glitt er vom Rücken des Tieres, streckte Elisabeth seine Hände entgegen und hob sie herunter. Wieder musste sie zulassen, dass er sie berührte. Es ist so, beruhigte sie sich und biss die Zähne zusammen, als wäre unser Kutscher mir beim Aussteigen behilflich.

Der Mann kramte in seinem Bündel aus grobem Sackleinen, holte einen runzligen Apfel hervor und reichte ihn dem Pferd auf der flachen Hand.

»Ich muss dich zurückschicken, meine Schöne«, er streichelte das warme Fell, »sonst findest du den Weg nicht mehr. Dabei hätten wir dich schon noch ein Stückchen brauchen können.« Er presste sein Gesicht an den Hals des Tieres, dann gab er ihm einen Schlag auf das Hinterteil.

»Lauf zu!« Das Pferd schnaubte, drehte sich, blieb stehen und sah ihn verwundert an. »Nun geh.« Er scheuchte es, bis es sich langsam in Bewegung setzte, zurück zum Wald.

Warum tut er das?, überlegte Elisabeth. Warum stiehlt er ein Pferd und schickt es wieder zurück?

Der Mann nahm die Laute von seinem Rücken, bettete sie behutsam ins Gras, zog seinen dunklen Rock aus und breitete ihn zwischen dem Gesträuch am Rande der Wiese aus. »Wir machen eine kurze Rast.«

Sie blickte auf den ausgebreiteten Rock. Er erwartete doch nicht, dass sie sich zu ihm setzte? Zögernd ließ sie sich auf einem großen, flachen Stein nieder. Er kramte einen Kanten Brot und ein Stück Käse aus seinem Bündel und reichte es ihr. Sie befühlte das Brot. Es war völlig hart und ungenießbar. Er jedoch biss von seinem Brotkanten ab, als handele es sich um eine gewöhnliche Mahlzeit.

Er blickte auf. »Warum isst du nichts? Ist's dir nicht fein genug?« Sie schwieg.

»Du wirst sobald nichts anderes kriegen.«

Sie räusperte sich. »Gebt mir etwas zu trinken!«, befahl sie.

»Hier.« Er zog einen Lederbeutel aus seinem Bündel. »Es ist Branntwein. Ich weiß nicht, ob das das Rechte für dich ist.«

Sie hielt es für überflüssig, ihm zu antworten. Als sie keine Anstalten machte, den Beutel zu nehmen, zuckte er mit den Schultern und steckte ihn wortlos zurück.

Der Druck ihrer Blase wurde stärker. Sie blickte zu dem Mann hinüber, dann auf das dichte Gesträuch. Wenn er sich doch nur in Luft auflösen mochte. Bereits in Frankreich in manch vornehmer Gesellschaft hatte Elisabeth es für äußerst abstoßend befunden, wenn sich einige der Damen und Herren nicht genierten, ihre dringenden Geschäfte nach üppiger Völlerei auf den Gängen des Hauses zu verrichten. Und nun saß sie hier, sie selbst, Elisabeth Charlotte von Messelstein, auf freiem Feld ... Sie erhob sich. »Entschuldigt mich.« Er sah kurz auf, sein Mundwinkel zuckte leicht, als sie tief errötete unter seinem Blick, dann widmete er sich wieder seinem Brot und seinem Käse.

Sie suchte sich einen weit entfernten Strauch und verfluchte die menschlichen Bedürfnisse, die selbst ein starker Geist nicht zu unterdrücken vermochte. Sie hätte beinahe aufgeschluchzt vor Wut, so viel Mühe hatte sie mit all ihren Röcken und Unterkleidern. Einer »einfachen Magd« fielen derartige Verrichtungen im Freien sicherlich um vieles leichter. Zum ersten Mal im Leben wünschte sie sich ernsthaft, ein Mann zu sein. Männer verrichteten ihre Notdurft stehend am Straßenrand. Abstoßend genug. Aber immerhin unbedarft und aufrecht, nicht so unwürdig am Boden kauernd wie sie selbst in diesem Moment. War das der Grund, weswegen Männer öfter in der Welt umherzogen als die Frauen?

Als sie zu ihm zurückging, war sie entschlossen aufzugeben. Sie fühlte sich entsetzlich gedemütigt und müde. Sie würde den Mann auffordern, sie zurückzubringen. Sie wollte die Tür ihres Gemaches hinter sich schließen, sie wollte Eleonore umarmen, sie wollte den Grafen als Ehemann ertragen und ein zartes Rebhuhn essen.

Er saß an den Stein gelehnt und zupfte die Saiten seiner Laute. »Was willst du hören?«, fragte er. »Ein Frühlingslied?«

Sie antwortete nicht. Sie versuchte, die gelösten Haarsträhnen wieder am Hinterkopf festzustecken.

»Ich helfe dir.« Er sprang auf, war sofort neben ihr und wickelte eine ihrer braunen Strähnen um seinen Finger.

»Was fällt Euch ein!«, verwies sie ihn scharf und trat einen Schritt zurück.

»Oho«, sagte er, seine Augen wurden dunkel. »Hast du schon jetzt Angst, wenn ich nur dein Haar berühre?«

Ein Schauder rann ihren Rücken hinunter. Wie meinte er das?

Er wandte sich jedoch gleichgültig ab, zog seinen Rock über das helle Leinenhemd, hing sich den Beutel und zuletzt die Laute um und nahm seinen Hut. »Wir gehn weiter.«

Ihre Lippen zitterten. Sie atmete tief durch. »Bringt mich zurück!«, befahl sie.

»Was?«

»Ihr sollt mich zurückbringen.« Sie versuchte, ihrer Stimme einen festen Klang zu geben. »Es ist genug.«

»Wohin zurück?«

»Nach Hause, naturellement. Zum Schloss.«

»Aber Mädchen«, sagte er und sah sie beinahe ein wenig mitleidig an, »sie wollen dich dort nicht mehr. Haben sie das nicht deutlich genug gezeigt? Du gehörst jetzt zu mir.«

Sie zog ihren Mantel fester um sich. »Was hat er Euch gezahlt?«, fragte sie kühl.

»Wer?«

»Mein Vater.«

»Ich versteh nicht ganz, was du meinst. Eine Mitgift hat's ja leider nicht gegeben.« Er grinste. »Mit einer Bauerntochter wäre ich wohl besser gefahren, oder? Aber den Bauern will ich sehn, der mir seine Tochter geben würd.«

Sie wurde bleich bei seinen unverschämten Worten. »Wäre es nicht an der Zeit, das Spiel zu beenden?«, fragte sie und bemerkte, dass ihre Stimme schrill wurde. Ich darf jetzt nicht die Beherrschung verlieren, mahnte sie sich. »Wenn es Euch um einen Verdienst geht«, sagte sie, »dann bringt mich zum Schloss zurück und ich werde Euch zu Eurer Zufriedenheit entlohnen.«

»Womit?«, fragte er und wandte sich hügelabwärts. »Du hast doch nichts. Nur das, was du auf dem Leib trägst, oder?«

War er ein derart guter Komödiant oder meinte er das, was er sagte, ernst? Musste sie ihm also folgen, immer weiter und weiter, bis sich alles löste?

12.

Das erste Dorf, auf welches sie stießen, umschritten sie in einem weiten Bogen, so, wie der Mann auch das folgende Dorf und die breite Straße mied, sich jedoch immer in deren Nähe hielt, wohl um den Weg nicht zu verlieren. Sie folgte ihm schweigend über Wiesen, bedeckt von altem, schmutzig braunem Wintergras, über von Gestrüpp überwucherte Feldwege, vorbei an dunklen, ungepflügten Äckern. Ein leichter Schauer zog über sie hinweg. Der Regen wischte den Puder von ihren Wangen, der darauf folgende Wind war kalt und beißend. Sie zog die Kapuze tiefer über ihr Gesicht, aber die Kälte durchdrang selbst den Stoff, fraß sich bis in die Haut und lähmte selbst ihre Gedanken.

Wie weit noch?, dachte sie. Wie lange? Wozu? Ihre Schuhe durchweichten völlig, aber ihre Füße schmerzten ohnehin so sehr, dass sie die Nässe kaum noch spürte. Ihr Absatz sank in den weichen Boden des Ackerrandes, sie schwankte und verlor um ein Haar den Halt. Zum ersten Mal seit einer ewig scheinenden Spanne von Zeit blieb der Mann stehen. Er blickte sich nach ihr um. »Es ist nicht mehr weit«, sagte er, dann schritt er weiter voran. Sie presste die Lippen fest aufeinander. Nicht mehr weit. Noch ein kleines Stück, und dann …

Hinter einem Wäldchen stieg Rauch auf. Lebten dort Menschen? Seit Stunden hatte sie keinen einzigen Menschen mehr gesehen. Sie blieb stehen. Es war ihr nicht mehr möglich, auch nur einen Fuß vor den anderen zu setzen, ihre Beine waren steif von dem langen Weg und der Kälte. Sie fror. Sie wusste nicht, wohin dieser Mensch sie brachte. Er trat zu ihr, fasste nach ihrem Arm und zog sie an den Rand eines steil abfallenden Hügels. »Da ist der Fluss.«

Der Fluss? Welcher Fluss? Sie hob die Augen von dem steinigen Boden. Dort, weit unter ihr, schoss in einem schmalen Tal ein Fluss dahin. Ein kleiner Kahn tanzte schwankend auf den durch das Tauwetter schnell gewordenen braunen Fluten.

»Wenn wir Glück haben«, sagte der Mann, »wird die Reise jetzt ein wenig bequemer.« Er atmete tief durch. »Oder aber sie wird hier enden.« Sie blickte ihn von der Seite an. Enden? Wartete doch noch eine Kutsche an einem verabredeten Ort? »Komm.« Er führte sie auf einem Seitenpfad den Hügel hinunter zu einer Anhäufung steinerner Häuser mit schiefergrauen Dächern.

Am Ufer des Flusses lagen drei Lastkähne vertäut. Und wirklich, da waren Menschen, da fuhr ein mit Säcken beladener Wagen von den Häusern her zum Flussufer hinunter, da luden Männer Säcke auf den größten der drei Kähne. Aber es war weder eine Kutsche zu sehen noch irgendein Zeichen von der Anwesenheit ihres Vaters oder seiner Bediensteten.

Der Musikant nahm die Laute von seinem Rücken und reichte sie ihr. »Da, nimm sie unter deinen Mantel.« Er schien unruhig. »Ruh dich dort solang aus.« Er zeigte auf eine Kiste, die vergessen vor einem lang gestreckten Schuppen aus grauem Stein stand.

Vorsichtig legte sie die Hand auf das feuchte Holz der Kiste und sank dann müde darauf nieder. Ah, ihr ganzer Körper seufzte erleichtert auf. Sie schloss die Augen, ihre Hand ließ den Hals der Laute fahren. Sie zog den linken Schuh vom Fuß und rieb den Fuß sacht mit ihren kalt gewordenen Händen. Sie konnte nicht mehr denken. Ihr Fuß blieb kalt. Wohin war der Spielmann gegangen? Sie hob den Kopf. Er stand im Gespräch mit einem der Männer, die den Wagen entluden. Sie mochte den Fuß nicht mehr in den nassen, garstigen Schuh stecken. Sie fror. Der Spielmann war zu einem Jungen getreten, der unter einem verkrüppelten Bäumchen hockte und ein gedrungenes, kräftiges Pferd an einer langen Leine hielt. Was für eine triste Gegend war das? Ihr Mund war trocken vor Durst. Ihr Magen knurrte leise. Warum ließ der Fürst so lange auf sich warten?

Sie straffte sich, als der Mann wieder zu ihr trat. »Besorgt mir etwas zu essen.«

»Zu essen?«, fragte er amüsiert. »Wie das?«

»Ersteht etwas.«

»Und womit soll ich zahlen?« Er zog eine Münze aus der Tasche. »Mehr hab ich nicht. Und die brauch ich für den Schiffer, falls er uns mitnimmt.«

Schiffer? Wovon sprach er? Sie saß hier im Mantel ihrer eigenen Suppenköchin, ihre Füße schmerzten, sie war hungrig und durstig. Alles um sie her war ihr fremd. Die Menschen, die trüben, braunen Fluten, die grauen Häuser, der graue Himmel. Beklemmung befiel sie und sie sehnte sich wie nie zuvor nach ihrem weichen, rot bespannten Sessel vor dem Kamin.

»Jetzt komm.« Er packte sie an der Schulter und zog sie hoch. Sie schüttelte seine Hand ab und folgte ihm zu dem Kahn, der am weitesten entfernt lag, einem alten, reparaturbedürftigen Gefährt, von dem sie annahm, es würde seine nächste Fahrt nicht überstehen. Ein Mann schickte sich an, das Boot über ein schmales Brett zu betreten.

»Ihr seid der Herr Frans?«, rief der Musikant ihn an. Der Mann blieb stehen und blickte abweisend auf das vermeintliche Gauklerpärchen. »Euer Sohn sagte mir, dass Ihr in wenigen Minuten flussaufwärts fahrt, und da …«

Der Mann schnitt dem Musikanten das Wort ab. Er sprach eine fremde Sprache, die Elisabeth zwar nicht verstand, es mochte Holländisch sein, doch aus der knappen, mürrischen Antwort des Schiffers war leicht zu schließen, dass er Fremde auf seinem Schiff nicht duldete.

»Verflucht«, knurrte der Musikant, »die anderen fahren flussabwärts zum Rhein hinunter, was sollen wir da? Und wenn er uns nicht mitnimmt …« Er trat näher an den Schiffer heran. »Minheer«, begann er und wechselte zu Elisabeths größtem Erstaunen scheinbar mühelos in die Sprache des Schiffers über. Er redete mit einer Bestimmtheit und Leichtigkeit, die sie verblüfft aufhorchen ließ. Und auch der Schiffer schien erstaunt, die Ablehnung wich aus seinem Gesicht, er hörte dem Spielmann zu und kratzte sich den frühzeitig ergrauten Kopf.

Sie verstand nicht, was er mit dem Schiffer verhandelte, und sie wusste nicht, was er vorher mit dem Jungen gesprochen hatte, der das Pferd nun anschirrte mit kräftigen Stricken und Riemen, die ihrerseits an dem Kahn befestigt waren, aber dass der grauhaarige Holländer ihnen bedeutete, ihm auf den Kahn zu folgen, das begriff sie endlich. Sie setzte ihren Fuß auf das schmale Brett. Es schwankte. Sie blieb stehen. Sie blickte auf den grauhaarigen Mann auf dem Kahn, neben ihm ein hoch aufgeschossener zweiter Junge in abgewetzter Kleidung. Angst packte sie. Was tue ich da? Das Brett schwankte wieder. »Nein«, sagte sie.

»Du fällst schon nicht, Prinzessin.« Der Spielmann stand dicht hinter ihr. Sie wandte sich um und blickte in sein Gesicht. Ein schmales, verschlossenes Gesicht. Dunkel und schmutzig, das Kinn von dem schwarzen Bart bedeckt, und dennoch wirkte es weder abstoßend noch gefährlich. Seine Stimme war beinahe freundlich, als er sagte: »Zwei Schritte noch, dann brauchst du eine ganze Weile nicht mehr laufen.«

Er schob sie auf den Kahn, ehe sie einen klaren Gedanken fassen konnte. Auch der Kahn schwankte. Der Mann rief dem Jungen am Ufer etwas zu, das Pferd zog an, der Kahn schwankte heftiger, ruckte. Schließlich zog der Schiffer das Brett auf die Planken.

»Nein«, flüsterte sie. Unbehagen packte sie. Sie trat einen Schritt nach vorne. Eine Hand zupfte an ihrem Mantel. Verwirrt drehte sie sich um. Eine Frau stand hinter ihr, klein, mit Fältchen um die grauen Augen. War es die Frau des Schiffers?

»Vermoeid?«, fragte die Frau.

Elisabeth öffnete den Mund.

Der Spielmann antwortete an ihrer Stelle, die Frau zeigte auf einen Bretterverschlag in der Mitte des Kahns, auf eine Tür, die drohte, aus den Angeln zu fallen, und dann wieder auf Elisabeth. Der Spielmann lächelte und nickte.

»Du kannst dich hinlegen und ausruhen«, übersetzte er. Die Frau öffnete die Tür und schob Elisabeth hindurch. Sie war zu erschöpft, um Einwände anzubringen. Sie stolperte über Stufen. Muffige Luft schlug ihr entgegen, unbekannte Gerüche. Sie hielt den Atem an. Es war so wenig Licht im Inneren des Kahns, dass sie das Lager, zu dem die Frau sie führte, kaum erkennen konnte. Sie fühlte nur grobes Tuch, eine feste Matratze.

Die Tür schlug zu. Nein, dachte sie erschrocken, ich darf hier nicht bleiben. Sie sperren mich ein, sie bringen mich fort. Unsinn, schalt sie sich, was kann mir schon geschehen. Ich bin Elisabeth von Messelstein.

Der Kahn bewegte sich, Stimmen klangen von draußen. Sie schloss die Augen. In einem der Winkel raschelte etwas. Gibt es hier Ratten?, überlegte sie. Mäuse? Käfer? Sie hatte nicht einmal geahnt, dass derart schmutzige Örtlichkeiten überhaupt existierten. Ihre Beine schmerzten. Nur einmal, auch wenn das Lager schmutzig sein mochte, einmal nur wollte sie ihre Beine darauf ausstrecken, ihren müden Körper ruhen lassen, einen kleinen Augenblick nur. Das Schiff schaukelte leicht, einer Wiege gleich. Wonach mochte es hier riechen? Ihre Augen wurden schwer.

Im Nachhinein konnte sie nicht sagen, wie lange sie so gelegen hatte. Sie fror, als sie die Augen wieder aufschlug, und tastete nach ihrer Federdecke, doch sie war nicht da.

»Marie?«, murmelte sie und richtete sich auf.

Sie lag auf groben Säcken im Innern eines brüchigen Kahns. Von draußen hörte sie die Klänge der Laute, das leise Singen des Musikanten und das Lachen der kleinen Frau. Das Schiff schwankte noch immer, aber anders als zuvor. Fuhr es nicht? Hatte sie sich geirrt, hatten sie noch längst nicht abgelegt? Ich darf hier nicht bleiben, dachte sie und setzte sich eilig auf.

Die Laute verstummte, eine Männerstimme rief, eine Jungenstimme antwortete. Licht drang bis zu Elisabeths Lager, jemand hatte die Tür aufgestoßen. Eine fremde Stimme, leise, zögernd. »Bist du wach?« Es war der Spielmann. »Elisabeth?« Sie zuckte zusammen, als sie ihren Namen aus seinem Munde vernahm. »Steh auf und komm«, sagte er, laut jetzt und fest, »die Fahrt ist zu Ende.«

Sie tastete nach ihren Schuhen, voller Angst, ihre Hand könne einen ihr widerlichen Gegenstand berühren, Unrat, Käfer, Feuchtigkeit. Mit spitzen Fingern zog sie die durchweichten Schuhe heran. Sie würde sie wegwerfen müssen nach Ende dieser abenteuerlichen Unternehmung.

»Komm endlich«, drängte der Mann.

Sie erhob sich, dabei stieß sie gegen eine Kiste. Sie fühlte sich noch gänzlich erschlagen, der Schlaf hatte sie nicht erfrischt. Taumelnd folgte sie ihm. Wo befanden sie sich nun? Wie lange hatte sie geschlafen? Sie blinzelte in das Licht des grauen Tages. Da waren wieder die fremden Laute der holländischen Sprache um sie her, der grauhaarige Schiffer und seine Söhne, die sich mühten, den Kahn so nahe als irgend möglich an die dürftige Anlegestelle einer winzigen Ortschaft zu bringen.

Die Schiffersfrau sprach sie freundlich an und reichte ihr einen hölzernen Becher. Elisabeth schüttelte benommen den Kopf. Wie konnte sie wissen, wer vorher daraus getrunken hatte.

Mein Kleid ist sicherlich ruiniert. Sie dachte bekümmert an all die Falten, die sie beim Aufstehen in dem kostbaren Stoff gefühlt hatte. Ihr war es leid darum, sie hatte es immer gerne getragen.

Etwas ist nicht richtig, überlegte sie. Es sah alles so verändert aus um sie her. Der Fluss schien ihr schmaler, sein Tal hingegen breiter, die ihn umgebenden Hügel flacher. Die Häuser des Dorfes waren klein, aus Holz und Lehm gebaut, die Dächer mit Stroh gedeckt. Kinder sammelten sich am Ufer und starrten auf den Kahn. Wie lange nur waren sie gefahren, dass die Umgebung sich derart verändert hatte? Und warum hielten die Leute hier, wo keine richtige Anlegestelle war, kein bedeutender Ort? Hielten sie nur, um ihre Mitreisenden vom Schiff zu lassen?

Die Frau stand vor dem Spielmann, lachte, steckte ihm einen Kanten Brot und kleine, runzlige Äpfel zu. Er schwang die Laute auf den Rücken, antwortete und lächelte ebenfalls.

»So«, sagte der Mann zufrieden, als sie endlich nebeneinander auf festem Boden standen. Das Pferd schüttelte die dichte Mähne, bevor es wieder anzog. Der Junge winkte. Und der Spielmann winkte zurück.

Elisabeth blickte sich um. Die großen Augen der schmutzigen Bauernkinder, die niedrigen Hütten, die veränderte Landschaft. Die Wärme des Schlafes wich, sie fröstelte.

»Dort entlang.« Der Spielmann zeigte auf einen schmalen Pfad, der von den Häusern fortführte.

Sie holte tief Atem und öffnete den Mund. Wie um alles in der Welt sollte sie diesen Menschen nur ansprechen? Weder war er ihr gleichgestellt, noch befand er sich in ihrem

Dienst. Zumindest war es ratsam, höflich zu sein, denn sie wusste keineswegs, wo sie sich befanden, und war für den Augenblick auf seine Hilfe angewiesen.

»Monsieur …«

Er blieb stehen. »Ja?«

»Wo sind wir hier?« Angst vor seiner Antwort beschlich sie. Messelstein war ein äußerst kleines Fürstentum …

Er lächelte, soweit ein solcher Mensch lächeln konnte. »In Messelstein sind wir nicht mehr.«

Nicht mehr in meines Vaters Land! Sie zitterte. Kälte stieg von ihren feuchten Füßen in ihren ganzen Körper. Wie um alles in der Welt sollen sie mich hier finden? Tränen stiegen in ihre Augen. Sie blickte zu dem trüben Himmel auf. Es musste später Nachmittag sein. Noch am Morgen des gleichen Tages war sie an Eleonores Seite die breite Treppe hinuntergestiegen, der Türsteher hatte ihnen die Tür zum Speisesaal weit geöffnet.

Ein Schauder rann ihr den Rücken hinunter. Hatte dieser Mensch sie verschleppt? Wusste ihr Vater am Ende nicht, wo sie sich aufhielt? Das war lächerlich. Niemals hatte sie davon gehört, dass eine Dame von Stand aus den sicheren Mauern ihres Wohnsitzes heraus … es sei denn von einem verliebten Kavalier, der …

»Komm weiter.«

Sie sah ihn an. »Nein …«

»Jetzt komm.« Er fasste sie am Arm und zog sie mit sich. »Du willst doch unter einem Dach sein, ehe es dunkel wird, oder?« Unter einem Dach. Natürlich, es wurde Abend. Und vor dem Abend musste dieses Abenteuer ausgestanden sein, es war nicht möglich, dass sie sie bis in die Nacht hinein in der Kälte irgendwo ganz alleine ließen. Ihr Vater mochte zuweilen hart sein, aber er würde sicherlich alles daransetzen, sie vor Anbruch der Nacht an einem sicheren Ort zu wissen.

»Da«, sagte der Mann und reichte ihr einen Apfel. Er brach das Brot in zwei Teile. »Du hast bestimmt Hunger.«

Dieses Mal nahm sie sein Brot an, sie war nur allzu hungrig, und der Saft des runzligen Apfels befeuchtete wohltuend ihren trocknen Mund. Es blieb ihr für den Moment ohnehin nichts, als dem Manne zu folgen. Wohin hätte sie sich wenden sollen in dieser Einöde?

Sie aß, während sie weitergingen. Der Schlaf musste sie am Ende doch erfrischt haben, denn das Gehen fiel ihr nun ein wenig leichter. Sie durfte nicht an die steinige, unebene Straße denken, nicht an die kahlen Bäume und struppigen Hecken an deren Seite. Sie versuchte sich vorzustellen, dass sie bereits morgen mit Eleonore und Anna bei Konfekt und Tee sitzen und von den eigenartigen Begebenheiten erzählen würde, die sich auf diesen verschlungenen Pfaden zugetragen hatten.

Ein Geräusch schreckte sie aus ihren Gedanken. Ein Gefährt holperte von hinten immer näher. Ein knarrender Wagen, von einem gedrungenen Klepper gezogen. Der Bauer auf dem Brett zog die Zügel an, als er mit ihnen auf gleicher Höhe war.

»Wollt ihr aufsteigen für ein Stück?«

Elisabeth blickte entsetzt auf den schmutzigen Wagen, auf das zottige Pferd und das runde, rote Gesicht des Bauern. »Mon Dieu«, sagte sie. »Natürlich nicht.«

Der gutmütige Ausdruck auf dem Gesicht des Bauern verlosch. »Bettelpack«, sagte er verächtlich. »Dann eben nicht.«

»Guter Mann«, beeilte sich der Musikant zu sagen, »hör nicht auf meine Frau. Du weißt, wie vorlaut die Weiber reden. Sie hat es nicht so gemeint ...« Er fasste nach dem Seitenbrett des Wagens.

»Ich habe es so gemeint«, widersprach Elisabeth entschieden.

»Macht's unter euch aus«, brummte der Mann vom Kutschbrett herunter. »Ich muss weiter.« Langsam zockelte das Pferd davon.

»Du bist wohl nicht gescheit!«, fuhr der Spielmann sie

zornig an. »Das nächste Mal hältst du dein vorschnelles Maul! Falls sich überhaupt noch jemand findet, der fahrendes Volk wie uns auf seinen Wagen lässt. Worauf wartest du? Auf eine goldene Kutsche?«

»Mäßigt Euch«, erwiderte sie kühl. »Es steht Euch nicht an, in dieser Manier mit mir zu reden.«

Da begann er zu lachen. Ein schallendes, verletzendes Lachen. Er schien damit überhaupt nicht mehr aufhören zu wollen. »Na ja.« Er zuckte mit den Schultern. »Du hast dich selbst bestraft, Prinzessin. Mir macht's nichts aus, noch ein paar Stunden zu gehen.« Und es machte ihm offensichtlich wirklich nichts aus. Er marschierte voran ohne jegliche Spur von Müdigkeit, mit ruhigem, stetigem Schritt.

Schon als sie die nächste Ansammlung von Hütten erreichten, schmerzten ihre Füße wieder. Sie fühlte, dass sich dort, wo der feste Stoff ihrer Schuhe sich an den Zehen rieb, eine Blase bildete. Sie hätte die Häuser gerne umgangen, aber er führte sie mitten hindurch, eine ausgetretene, nasse Straße entlang, einem Viehpfad gleich. Sie zog die Kapuze tief ins Gesicht, denn sie mochte die misstrauischen Blicke der Menschen nicht, die vor ihren Häusern arbeiteten und aufsahen, als das Gauklerpaar vorüberschritt. Die Hunde zerrten an ihren Stricken und bellten wütend, als sie den Geruch der Fremden witterten. Elisabeth fürchtete, einer könne sich losreißen und ihr an die Kehle springen.

Einmal, als das Rad ihrer Kutsche zerbrochen war, hatte sie auf einer solchen Dorfstraße gestanden. Sie hatten alle aussteigen müssen und Elisabeth hatte sich auf gleicher Höhe mit all den Bauern befunden in ihrem weit ausladenden, prächtigen Kleid, mit dem perlenverzierten Haar und dem Sonnenschirm. Und die Menschen hatten sie angestarrt mit ihren groben Gesichtern. Wäre sie allein gewesen damals, sie wäre gestorben vor Angst. Sie zog den Mantel fest um sich und ging immer weiter, umging eine große Wasserlache und hielt den Atem an, so sehr roch es nach Dung in diesem Dorf.

Aber schon lag es hinter ihnen und viele Dörfer lagen nicht auf ihrem Weg. Sie begegneten auch nicht allzu vielen Menschen. Hie und da eine alte Frau vor einer lehmverschmierten Hütte, Kinder auf der schlammigen Straße. Ein Reiter galoppierte an ihnen vorüber, eine zweispännige Kutsche drängte sie um ein Haar in den Graben. Vor einer Ortschaft überholten sie eine alte Frau mit einer Kiepe auf dem Rücken. Sonst blieb die Welt still und grau. Leer und öde die Felder an den Seiten. Ungepflügt, unkrautüberwuchert, verlassen. Der Mann neben Elisabeth stumm, verschlossen, immer im gleichen Schritt, dem sie kaum noch zu folgen vermochte.

Als nach einer halben Ewigkeit wieder ein Bauernwagen neben ihnen anhielt, lehnte sie das Anerbieten des Mannes, sie mitzunehmen, nicht mehr ab. Sie war mittlerweile derart müde, dass sie gleichgültig wurde gegen alles, was von außen an sie herandrang. Sie konnte kaum noch einen klaren Gedanken fassen und hoffte nur noch dumpf auf den anbrechenden Abend, auf ein Nachtlager, ein Essen, auf Ruhe.

Nachdem sie eine gute Stunde auf dem holpernden Wagen dahingerollt waren, bat der Spielmann den Bauern, mitten auf offener Straße anzuhalten. Er hob Elisabeth herunter, wartete, bis das Gefährt außer Sicht war, und führte sie dann zu einem kleinen Seitenweg. Der Weg zog sich einen Hügel hinauf und lief, oben angelangt, flach durch Felder und Wiesen weiter. Hohe, dornige Sträucher schirmten ihn von der übrigen Welt ab. Der Pfad schien ins Nirgendwo zu führen und seit langer Zeit nicht mehr regelmäßig befahren zu sein, denn das dornige Gesträuch hatte bereits auf ihn übergegriffen und versperrte ihnen des Öfteren den Weg.

Sie fragte den Mann nicht, wohin sie jetzt noch gingen, jetzt, da der Tag sich neigte. Sie war zu erschöpft, um zu fragen.

Der graue Himmel hatte sich aufgeklart und zeigte zum

ersten Mal an diesem Tag wieder die Sonne, nur um sie sogleich als roten Streifen am Horizont verlöschen zu lassen. Im Dämmerlicht erkannte Elisabeth, dass selbst am Ende dieses verkommenen, unbefahrenen Pfades eine Anzahl Hütten lag. Wie jedoch verließen die Menschen dort ihre Behausungen, wenn der Weg dermaßen überwuchert war? Elisabeth schauderte. Etwas an diesen Hütten war so anders als in den Ansiedlungen, die sie zuvor passiert hatten. Erst als sie die vorderste Hütte erreichten, wurde ihr bewusst, dass es die Stille war, die dieses Dorf von den anderen unterschied. Kein Hund bellte, keine menschlichen Stimmen erklangen, kein Vieh brüllte. Und da erst erkannte sie auch, dass nur drei der Hütten noch ein Dach trugen, die anderen waren teilweise, wieder andere bis zum Boden niedergebrannt.

In der Mitte der Ortschaft stand das kahle, schwarze Skelett eines ehemals stattlichen Baumes.

Auch die noch stehenden Hütten erwiesen sich bei genauem Hinsehen als verfallen, zerborsten, angesengt. Dort hing noch ein loser Fensterladen, sonst starrten sie nur schwarze Tür- und Fensterlöcher an. Eine unheimliche Stille entstieg ihnen, beklemmender und schrecklicher noch als all die neugierigen, misstrauischen Blicke der Menschen zuvor. Schweigend wanderten sie in der beginnenden Abenddämmerung durch den gespenstischen Ort.

»Wir sind da«, unterbrach die Stimme des Mannes das Schweigen. »Da?«, echote sie angstvoll und dachte sekundenlang, sie müsste an diesem öden Ort bleiben für immer und alle Zeiten.

»Wir kommen heute nicht sehr viel weiter, da dachte ich, hier wär doch ein ruhiges Plätzchen, die Nacht zu verbringen.«

Bei Gott, ein ruhiges Plätzchen, fröstelte Elisabeth. »Wo ... wo sind wir hier?«, fragte sie.

»Es ist zerstört worden.« Er zog seinen Branntweinbeutel hervor und nahm einen langen Schluck. Er bot auch ihr den Beutel an, doch sie sah geflissentlich darüber hinweg. »Aber ...« Sie blickte entsetzt auf das schwarz verkohlte Holz. »Eine räuberische Horde ist doch nicht in der Lage ...« Angestrengt spähte sie zu dem gegenüberliegenden Wald hinüber. Der Gedanke an Mordbrenner in ihrer Nähe bei einsetzender Dämmerung ließ sie aufs Neue schaudern.

»Räuber!« Er lachte hart auf. »Der Krieg, Prinzessin. In dieser Gegend hat er eine Ewigkeit gewütet. Das ist eins von den Dörfern, die so zerstört worden sind, dass keiner mehr was hingebaut hat nachher. Wer auch? Es ist ja keiner mehr am Leben. Keiner mehr, der die Felder pflügt, keiner mehr ...« Er brach ab. Warum blickte er sie so vorwurfsvoll an, als sei es ihre Schuld, dass ein langer Krieg gewütet hatte irgendwann, vor Jahren? Was hatte sie damit zu schaffen?

»Lassen wir das.« Er setzte den Branntweinbeutel ein zweites Mal an die Lippen. »Suchen wir uns ein behagliches Lager für die Hochzeitsnacht, meine Schöne.« Er machte eine weit ausholende Geste mit dem Arm. »Das ganze Dorf gehört uns.«

Bei dem Wort »Hochzeitsnacht« beschlich sie ein ungutes Gefühl, auch wenn er es gewiss nur spöttisch gemeint haben konnte. Doch allein der Gedanke an eine gemeinsame Nacht mit diesem Menschen unter einem Dach brachte ihren Magen zum Flattern. Dabei war er nur ein gewöhnlicher Spielmann, ein Gaukler, ein Nichts. Ein Werkzeug des Fürsten. Kein Mann. Es war ein Spiel, eine Komödie, eine Bestrafung.

Sie schloss die Augen. Sie war Elisabeth Charlotte von Messelstein. Wenn der Gesandte des Reichsgrafen Ludwig in den Saal ihres Vaters trat, verneigte er sich vor ihr. Wenn sie durch den Park wandelte, pflückte der Gärtner ihr einen Apfel. Das war die Wirklichkeit. Marie, die ihr vor der Nacht die Laken ihres Bettes richtete. Der Musikant war ein stummer, verschlossener Begleiter gewesen. Nun war es an der Zeit für ihn zu gehen. Es war an der Zeit, dass jemand sie von hier fortholte.

Als sie die Augen öffnete, stand er noch immer vor ihr. Lebendig, jung, mit halblangen, schwarzen, zerzausten Locken und dem geflochtenen Zopf an der rechten Schläfe. Mit einer geraden Stirn, in die einige wirre Haare hingen, mit dichten Brauen und tiefbraunen Augen. In seinem linken Ohrläppchen erkannte sie einen feinen, goldenen Ring. Er stand so nahe, dass sie die Lebendigkeit seines Körpers spürte.

»Komm.« Er nahm ihre Hand. »Wir nehmen den Schober am Bach.«

Seine Hand war warm, schlank und kräftig. Sie hatte es zu spät erkannt. Nicht räuberische Horden waren die Gefahr an diesem Ort weitab von jeglichen Menschen. Ihre Hand wurde starr in der seinen.

Ein Stück von den Hütten entfernt an einem kleinen Bach, dessen gluckerndes Wasser so seltsam munter klang in der Totenstille ringsumher, stand ein unbeschädigter Schober.

Sie durfte ihm ihre Angst nicht zeigen, sie musste ihm zeigen, wer sie war. Er konnte sie doch nicht behandeln wie eine beliebige Frau, mit der er hier alleine war. Noch am selben Morgen hätte sie durch ihre eigene Entscheidung Herrin über ein ganzes Land werden können. Es wäre ihr ein Leichtes gewesen, über Leben und Schicksal eines solchen Gauklers zu bestimmen. Was konnte er ihr schon anhaben?

Die morsche Tür des Schobers fiel fast aus den Angeln, als er sie öffnete. Durch zahlreiche Ritze und Löcher drang das letzte Tageslicht. »So«, sagte der Mann, zog die Tür hinter sich zu und sah Elisabeth an.

»Nein«, flüsterte sie und wich einen Schritt zurück.

Hinter ihr häufte sich muffiges, uraltes Stroh und Heu; verkommene Gerätschaften lehnten von Spinnweben überzogen an der Wand.

Der Mann nahm scheinbar gelassen seinen Hut vom Kopf, bettete vorsichtig seine Laute ins Heu, dann das Bündel und die dunkle Jacke. Er zog den ärmellosen Wams aus, den er über dem hellen Leinenhemd trug, dann trat er zu ihr und öffnete den Verschluss ihres Mantels.

Sie war zu verblüfft, um sich auch nur zu regen, als er den Mantel von ihren Schultern nahm und auf dem Heu ausbreitete.

Sie sah an ihrem Kleid herunter. Schilfgrüner, glänzender Atlas in einem von Spinnen und Mäusen bewohnten Schober.

Sie bemerkte, dass sein Blick auf ihren bloßen Schultern und dem großzügigen Dekolleté ruhte. Warum auch hatte sie an diesem Morgen kein hochgeschlossenes Kleid im spanischen Stil ausgewählt?

»Zieh es aus«, sagte er.

Sie starrte ihn an.

»Zieh das Kleid aus.«

»Ihr erdreistet Euch …« Ihre Stimme schwankte. Sie befeuchtete ihre Lippen. Contenance, dachte sie. Haltung bewahren.

»Trink doch einen Schluck, Mädchen.« Er bot ihr die lederne Flasche an. »Das nimmt die Nervosität. Oder ist man in deinen Kreisen längst nicht mehr nervös in der Hochzeitsnacht?« Er nahm selbst einen tiefen Schluck.

Er scherzt, dachte sie und wich einen weiteren Schritt zurück. Er scherzt. Mein Vater wird ihm den Kopf abschlagen.

Er ließ den Branntweinbeutel fallen. »Komm«, sagte er und streckte seine Hand nach ihr aus. »Wir sind beide müde. Du kannst nicht die ganze Nacht so stehn. Lass es uns hinter uns bringen, sonst war der ganze Umstand in der Kirche heute Morgen für die Katz. Du weißt genauso gut wie ich, dass der Pfaffe für die Gültigkeit einer Ehe nicht genügt.«

Sie starrte auf seine ausgestreckte Hand. Eine Männerhand mit kurzen, schmutzigen Fingernägeln. Sie wusste, sie musste ihm ganz ruhig und fest befehlen, die Scheune zu verlassen, aber ihr Hals war gänzlich zugeschnürt.

Er hob seine Hand und strich ihr eine Haarsträhne aus dem Gesicht. Sie zuckte zusammen. »Wie schön du bist«, sagte er leise, legte seinen Arm um ihre Taille und zog sie zu sich heran. Sein Atem roch nach Branntwein.

»Nimm deine schmutzigen Hände von mir!«, schrie sie auf. Ihre Stimme war kurz davor überzukippen.

Seine Gesicht wurde hart, seine Augen dunkel. »Meine Hände«, sagte er und packte Elisabeth am Handgelenk, damit sie ihm nicht entweichen konnte, »meine Hände sind nicht schmutziger als die Hände deiner feinen Edelleute, die sich jeden Tag beschmutzen am Elend und an der Not der Menschen!« Sein Griff war fest und schmerzte. »Du ziehst jetzt dein Kleid aus und legst dich zu mir. Nun?«

»Niemals«, rief sie und spuckte ihm ins Gesicht mit dem letzten Mut, den sie aufbringen konnte, denn der Schmerz in ihrem Handgelenk und die Angst vor dem, was geschehen würde, raubten ihr beinahe den Verstand.

»Warum nicht?« Der Unterton seiner Stimme klang gefährlich. »Warum nicht ich? Sag es mir! Warum lässt du die geschniegelten Höflinge in dein Bett oder den alten Grafen? Unter seine Decke wärst du doch gekrochen heute Nacht. Ist dir das Stroh zu schlecht? Müssen es seidene Laken sein?«

Was hatte sie ihm getan, dass seine Stimme so verletzt klang?

»Antworte!«, herrschte er sie an. »Antworte mir, verdammt! Sag, dass ich dir zu dreckig bin, zu verlaust, zu niedrig! Sag, dass ich es nicht wert bin, dich auch nur anzusehen! Sag es!«

Sie spürte nur noch das Brennen in ihrem Handgelenk.

Das geschieht nicht mir, dachte sie, das geschieht nicht mir. »Man wird Euch dafür hängen«, sagte sie.

»Hängen?«, lachte er auf. »Wofür? Das Recht, Prinzessin, ist ausnahmsweise auf meiner Seite. Du bist meine Frau. Du gehörst mir.«

Sie schluckte. Sie blickte in sein fremdes Gesicht.

»Hast du das endlich begriffen? Mir. Ich kann mit dir tun, was mir beliebt, wie es mir beliebt und wann es mir beliebt.«

Sie zitterte. Sie hatte es begriffen. Sie war erschöpft und müde.

»Und jetzt zieh das Kleid aus.« Er ließ ihr Handgelenk los.

»Ich kann es nicht«, flüsterte sie.

»Was soll das heißen?«

»Ich kann die Schnürung am Rücken nicht öffnen.«

Er biss sich auf die Lippen. Für einen Moment schien er zu zögern. »Dreh dich um«, sagte er dann. Seine Stimme klang heiser.

Sie hatte Angst, ihm den Rücken zuzuwenden, es vertiefte das Gefühl des Ausgeliefertseins. Aber sie war zu müde, sich zu wehren, ihr war es mit einem Mal einerlei, was er mit ihr tat.

Vorsichtig begann er, die Verschnürung ihres Kleides zu lösen. Die Behutsamkeit seiner Hände erstaunte sie so sehr, dass sie für einen Augenblick die Angst vergaß. Sie presste das Kleid fest an ihre Brust, damit es nicht zu Boden fiel. Tränen liefen über ihre Wangen. Nach der Schnürung des Kleides löste er die Schnur des Seidenhemdes. Seine Hände zitterten dabei.

Sie fühlte die Wärme seines Atems in ihrem Nacken. Seine Finger auf ihrem nackten Rücken. Die Spinnweben an der Wand vor ihr. Die hereinbrechende Dunkelheit. Die Stille.

»Dreh dich wieder um«, sagte er.

Langsam drehte sie sich zu ihm um.

»Nimm die Hände weg«, sagte er leise.

Sie konnte sich nicht rühren. Sie konnte die Angst in ihren Augen nicht verbergen.

Er sah sie an.

Sie öffnete die Lippen. Ihre Lippen zitterten.

»Oh mein Gott«, sagte er und schloss die Augen.

Sie stand und rührte sich nicht. Sie sah, wie er seine Stirn an einen Balken lehnte und lange so verharrte. Dann atmete er tief ein, hob seinen Wams vom Boden, die Jacke, das Bündel, die Laute, den Hut und verließ den Schober.

Sie stand lange da, unfähig sich zu regen, ihr Kleid an die Brust gepresst, und starrte auf die geschlossene Tür. Endlich ließ sie ihr Kleid zu Boden gleiten und versuchte ungeschickt, die Schnur des Hemdes notdürftig zu schließen. Sie kauerte sich in das staubige Heu und horchte ins Dunkel. Ihr Herz schlug heftig. Alles blieb still. Er kam nicht wieder. Sie zog ihr Kleid wie eine Decke um die bloßen Schultern und legte ihre Stirn auf die angezogenen Knie. Tränen quollen aus ihren Augen. Ihr Gesicht wurde nass, ihr Hals, ihre Beine. Irgendwann streckte sie sich aus und wickelte sich fest in den Mantel ein. Ihr Kopf fühlte sich leer und benommen an.

Die Stille lag schwer über dem verlassenen Ort. Noch nie hatte Elisabeth eine derartige Stille erlebt, noch nie war sie eingeschlafen ohne die Stimmen der Menschen um sie her. Je länger sie jedoch so lag, desto mehr Geräusche drangen an ihr Ohr. Fremde Geräusche. Nachtgeräusche. Knacken in dem alten Holz, das Rascheln eines Tieres im Stroh, der Wind um den Schober.

Dunkelheit und Kälte krochen durch die Ritze und Spalten, in ihrem Gefolge eine grenzenlose Einsamkeit, die dunkel über ihr zusammenschlug. »Papa«, wimmerte sie, »Eleonore.«

Stunde um Stunde drehte sie sich unruhig auf dem ungewohnten Lager. Sie konnte weder wach bleiben noch gänzlich einschlafen. Immer wieder sank sie in einen Schlummer und wachte fröstelnd wieder auf, bis sie endlich gegen Morgen in einen tiefen, traumlosen Schlaf fiel, aus dem sie erst das Knarren der Tür weckte.

13.

Ein Streifen hellen Lichtes zog sich über den strohbedeckten Boden. Sie richtete sich auf und zog hastig den Mantel um ihre Schultern, um ihre dürftige Bekleidung zu verbergen.

Er war nicht in der Nacht verschwunden. Er stand in der Tür und sah sie an.

Wäre es ihr nur möglich gewesen, ihn bereits fertig angekleidet und frisiert zu empfangen. Kühl, beherrscht und unnahbar. Vor allem unnahbar. Stattdessen saß sie im Hemd, zerzaust und barfuß im Stroh. Jetzt wäre es ihm ein Leichtes gewesen, sein Recht geltend zu machen. Denn dass es wirklich sein Recht war und sie sich wahrhaftig als seine Gemahlin betrachten musste, dass ihr Vater sie lieber einem Spielmann anvertraut hatte, als sich vor aller Augen eine Blöße zu geben, das war in der vergangenen Nacht nur allzu deutlich geworden.

Ich hätte fliehen müssen, dachte sie, als sie sah, wie er näher kam. Er hatte sich nicht einmal die Mühe gemacht, das Hemd ordentlich zuzuknöpfen und in die Hose zu stecken, so als hätte er sich nur hastig die Jacke übergeworfen und wäre direkt von seinem Nachtlager zu ihr gekommen. Ich werde schreien, wenn er mich berührt, dachte sie. Ich werde schreien, auch wenn mich niemand hört.

»Wie hat es sich geschlafen auf Heu und Stroh, Prinzessin?«, fragte er. Nichts von den Geschehnissen des Vorabends lag in seiner Stimme.

»Den Umständen entsprechend«, erwiderte sie kühl.

»Können wir also weiterziehn?«, fragte er. »Wir haben noch ein gutes Stück Weg vor uns.«

Ein gutes Stück Weg. Sie versuchte, ihre Gedanken zu ordnen. Was bedeutete es nun für sie, dass ihr Vater keine Anstalten gemacht hatte, sie vor einer Nacht mit diesem Menschen zu bewahren? Oder hatte er sie wirklich suchen lassen und es war dem Musikanten gelungen …

»Zieh dich an«, sagte der Mann und hob ihr Kleid und ihr Unterkleid aus dem Heu.

»Wenn Ihr ...« Sie räusperte sich. »Wenn Ihr die Güte hättet, diesen Ort für einen Moment zu verlassen, damit ich ...«

Er kniete sich zu ihr. »Ich helfe dir.«

Oh mein Gott!, schrie es in ihr auf. Ich bin die Frau eines Spielmannes. Ich gehöre ihm, wie ich zuvor meinem Vater gehört habe. Und ich kann nichts dagegen tun. Und er weiß es. Diesmal wagte sie nicht, ihn zurückzuweisen, aus Angst, sie könnte damit eine ähnliche Situation wie die gestrige heraufbeschwören. Geschickt schob er ihr Hemd auf eben die Höhe ihrer Oberarme, auf die es gehörte, und band die Schnur. Sie fühlte jede einzelne Bewegung seiner Finger auf ihrer Haut.

»Gut so?«, fragte er.

Sie nickte stumm.

Der untere Rock war gänzlich zerknittert. Sie wandte dem Mann den Rücken zu, während er ihr das Kleid überzog. Ihr Gesicht glühte. Er fasste nach den Schnüren und zog sie fest.

Sie schloss die Augen und versuchte sich vorzustellen, er wäre nur ein Bediensteter, dem es befohlen war, ihr beim Ankleiden zu helfen, so, wie Marie es zu tun pflegte. Und wirklich, seine Hände waren ebenso behände wie die Hände Maries. Wo hatte er gelernt, derart geübt mit den Kleidungsstücken einer Dame umzugehen?

Seine Hände glitten auf ihre Schultern, verweilten, streichelten sanft die Biegung ihres Nackens. Ein Schauder rann über ihre Haut. Sie fühlte den festen Stoff seines Hemdes auf ihrem bloßen Arm. Wie demütigend war es zu wissen, dass er sie jederzeit berühren konnte, wie immer es ihm beliebte. Der Mann hingegen schien sich nichts dabei zu denken, ganz unbefangen sammelte er die Strohhalme aus ihrem Haar.

»Jetzt komm.« Er reichte ihr Mantel und Schuhe. »Du

hast bestimmt Hunger, und ich weiß, wo's was zu essen gibt.«

Sie schüttelte das Heu von ihrem Mantel und hüllte sich hinein, folgte ihm aber nicht. »Monsieur.«

»Ja?« Erstaunt sah er sie an.

»Schwört mir, dass es keine Abmachung gab zwischen Euch und meinem Vater. Schwört bei allem, was Euch heilig ist, dann will ich es glauben.«

Er lachte auf. »Mir ist nichts heilig, meine Schöne.«

Ah, sie hätte es wissen müssen. Stand er nicht da in der dämmrigen Nische nahe der Tür wie der Leibhaftige selbst, so, wie die Mägde in der Küche ihn oft flüsternd beschrieben hatten? Schwarz und wild, die obersten Knöpfe des Hemdes offen, sodass einige dunkle Haare auf der Brust zu erkennen waren, die geraden, weißen Zähne, die Lippen leicht zu einem ironischen Lächeln geöffnet.

»Ich werde Euch verlassen, sobald sich eine angemessene Möglichkeit bietet«, sagte sie kühl.

»Das wird nicht so einfach sein«, entgegnete er ruhig. Er öffnete die Tür weit und ließ ihr den Vortritt.

Sie trat ins Freie.

Der Wind war noch immer beißend kalt, doch der Himmel spannte sich blendend blau über die Hügel und das Wäldchen auf der anderen Seite des Baches. Die Wiese war nass und von großen Wasserlachen bedeckt, das Gras noch struppig und ockergelb, schwarze Maulwurfshügel ragten da und dort hervor. Durch die Wiese gurgelte hochgefüllt der Bach.

Sie sog die frische Morgenluft ein.

Sie hatte wider Erwarten den weiten Weg bis hierher überstanden.

Sie hatte die Nacht überstanden.

Sie war nicht im Bett des Grafen Eberhard erwacht.

Der Mann trat hinter sie. »Da.« Er hob den Arm. »Da, schau!«

Sie folgte seinem Blick und sah hinauf in den Himmel.

Ein Raubvogel spannte seine Schwingen, schlug noch einmal mit den mächtigen Flügeln, um an Höhe zu gewinnen, höher, noch höher, bis er leicht und majestätisch über der Welt tief unter ihm schwebte. Sie sah den Mann von der Seite an. Sein Blick folgte dem Vogel mit einem Ausdruck von Bewunderung und brennender Sehnsucht, der sie erstaunte.

Wie konnte ein Mann, der sich noch vor Stunden derart roh benommen hatte, mit einem solchen Gesichtsausdruck den Flug eines Vogels beobachten? »Ist es ein Falke?«, fragte sie.

Sein Gesicht verschloss sich, als hätte sie ihn bei etwas Ungehörigem ertappt. »Nur ein Habicht, mein Fräulein.«

Hinter ihr lag das zerstörte Dorf. Gras wuchs in den Türöffnungen. Was war mit den Menschen geschehen? Hatten sie fliehen können? Waren sie verbrannt, gequält, verschleppt worden?

Unter dem blauen Himmel hatten die Hütten nichts Geisterhaftes mehr. Verbrannte Balken, unkrautüberwucherte Steine, sonst nichts. Das Wasser in der Wiese rieselte in kleinen Rinnsalen zum Bach hinunter. Weiden und struppige Gräser säumten seinen Lauf.

Der Mann setzte mit einen Sprung darüber. »Gib mir deine Hand.« Sie reichte ihm die Hand und sprang. Er fing sie auf, dabei fiel sein Blick auf ihr gerötetes Handgelenk. Er sah sie an und sie las die Erinnerung an die Nacht in seinen Augen. Für einen Moment schien es, als wollte er etwas sagen, aber dann presste er die Lippen fest aufeinander und wandte sich dem Wäldchen zu.

Über ihren Köpfen schrie der Habicht.

Der Mann ging mit gleichmäßigem Schritt hügelan. Sie konnte ihm so schnell nicht folgen, da die schmalen Schuhe an den Blasen rieben. Ein Absatz versank in der weichen Erde, sie knickte um und schrie leise auf.

Der Mann blieb stehen.

»Ich werde nicht mehr weitergehen«, verkündete sie.

»Du wirst es müssen.«

»Zuerst erklärt Ihr mir, wohin Ihr mich zu führen gedenkt.«

»Was nützt's dir, wenn du's weißt?«

»Ich weigere mich, Euch zu folgen, wenn Ihr mich dermaßen behandelt.«

»Dann bleib hier.«

Sollte sie sich so weit erniedrigen und zugeben, dass sie nicht alleine, ohne ihn, in dieser menschenleeren Gegend bleiben konnte? Sie zog die Schuhe von den Füßen und folgte ihm durch das nasse, kalte Gras. Oben werde ich zusammenbrechen, dachte sie, als sie ihren Schritt beschleunigte, um ihn einzuholen. Aber die Anstrengung war es wert, nur allein, um den überraschten Ausdruck auf seinem Gesicht zu sehen, als sie barfuß mit den Schuhen in der Hand neben ihm herging.

»Es ist nicht mehr weit«, lenkte er ein. »Hinter dem kleinen Wald haben Zigeuner ihr Lager aufgeschlagen. Ich hab heut Nacht dort geschlafen und ...«

»Zigeuner?«, rief sie entsetzt.

»Ja«, nickte er. »Warum nicht?«

»Aber ...« Sie blickte ihn ungläubig an. »Ihr werdet doch nicht annehmen, dass ich ein Zigeunerlager betrete?«

»Warum solltest du es nicht tun? Sie haben eine köstliche Suppe über dem Feuer. Ich hab ihnen schon gesagt, dass ich dich holen geh. Sie hatten nichts dagegen.«

»Sie hatten nichts dagegen«, klang es in ihren Ohren wider. Ist es bereits so weit mit mir gekommen?

»Was hat man dir von ihnen erzählt, Prinzessin, in deinem Schloss?« Sie schwieg. Man hatte, naturellement, höchst selten von derartigen Menschen gesprochen, und wenn man es tat, dann nannte man sie in einem Atemzug mit Räubern, Wegelagerern und fahrendem Gesindel.

Fahrendes Gesindel. Sie schluckte. Der goldene Ring schimmerte durch sein dunkles Haar. War er am Ende selbst ...

Elisabeth schlüpfte hastig in ihre Schuhe. Sie klebten unangenehm an ihren feuchten Füßen, aber sie fühlte sich sicherer so. Sie hielt den Mantel vorne fest zusammen. Es war nicht auszudenken, was geschah, wenn diese Leute den kostbaren Stoff ihres Kleides zu Gesicht bekamen. Nur gut, dass sie keine Perlen im Haar trug. Sie tastete über ihre ungeschickt zusammengesteckte Frisur. Von der anderen Seite des Wäldchens her hörte sie das Geschrei von Kindern und den trällernden Gesang einer Frau, gleichzeitig kroch der Geruch von Essen durch ihre Nase bis in ihren Magen. Ihr war elend vor Hunger. Seit den Äpfeln der Schiffersfrau hatte sie keinen Bissen zu sich genommen. Frauen und Kinder, versuchte sie die aufsteigende Angst zu beschwichtigen. Und dem Musikanten waren die Zigeuner offenbar wohl gesonnen, dieser Umstand mochte ihr einen gewissen Schutz bieten.

Am Ende des Waldstücks blieb Elisabeth wie angewurzelt stehen.

Sie hatten sich über die ganze Wiese ausgebreitet. Vom Waldrand bis zu einem mit Unkraut überwucherten Feld. Eine Anhäufung der wunderlichsten Menschen, die sie je erblickt hatte. Dunkle, fremdländische Männer, Frauen und Kinder, zerlumpt und bunt gekleidet, ungeordnet zwischen windschiefen Zelten und klapprigen Wagen lagernd. Kleine, gedrungene Pferde grasten unter den Bäumen, Morgenruhe lag noch über dem Platz, dort ein leises Lachen, da ein halblauter Wortwechsel, nur die Kinder und die struppigen Hunde lärmten zwischen den rastenden Männern und Frauen umher. Den Mittelpunkt des Lagers bildete eine Feuerstelle, über der an einem Holzgestell ein riesiger Topf hing. Und ebendiesem Topf entströmten die verlockenden Düfte. Eine alte Frau mit weißem, strähnigem Haar rührte in der Suppe. Argwöhnisch spähte sie zu den beiden Ankömmlingen hinüber. Eine Horde Kinder stob an ihnen vorbei und riss Elisabeth beinahe zu Boden. Alle zerzaust, schwarzhaarig, barfuß, dürftig gekleidet trotz der kühlen Morgenluft und dem nassen Gras.

Der Musikant schob sie weiter. Einer der Männer, die nahe der Feuerstelle lässig auf einer Decke ruhten, wandte den Kopf, lächelte und erhob sich.

»Deine Romni? Dein Weib?«, fragte er den Spielmann. Er war nicht allzu groß, schmal und für einen Mann äußerst feingliedrig. Seine Haare waren kraus, sein Gesicht braun, aber es hatte nichts Angsteinflößendes.

Er musterte Elisabeth ausgiebig. »Dein Weib?«, fragte er noch einmal, und diesmal nickte der Musikant.

Er lachte. »Und da sitzt du bei uns ganze Nacht bis Morgen?«

Der Musikant zuckte mit den Achseln. »Wir hatten …« Er grinste. »Wir hatten uns gestritten.«

Der Zigeuner lachte wieder und blickte in Elisabeths Gesicht. »Seh ich noch«, stellte er fest. »Geht aber vorbei. Vor der nächsten Nacht immer. Ist bei mir auch so.«

Elisabeth blickte zu Boden. Mon Dieu, dachte sie, was muss ich noch alles über mich ergehen lassen. Er denkt doch am Ende nicht, für längere Zeit unter diesen Menschen zu bleiben?

»Dann kommt.« Der Zigeuner schlug dem Musikanten auf die Schulter. »Esst, trinkt, ruht euch aus.« Ein Hund umschnüffelte sie, einige Zigeuner sahen neugierig zu ihnen herüber, aber nur für einen Moment, dann wandten sie sich wieder ihrem Gegenüber oder ihren jeweiligen Beschäftigungen zu. Der Musikant kraulte dem Hund den Nacken.

Der Zigeuner richtete einige kurze Worte in einer ganz eigentümlichen Sprache an die anderen Männer. Daraufhin rückten sie zusammen und luden Elisabeth mit lebhaften Handbewegungen ein, sich zu ihnen zu setzen.

Elisabeth erstarrte. Nein, dachte sie, niemals werde ich mich an der Seite dieser wilden, übel riechenden Männer niederlassen, soll der Spielmann sich zuerst setzen.

»Bitte«, sagte er jedoch und ließ ihr höflich den Vortritt. Sie misstraute der vermeintlichen Höflichkeit. Seine Augen funkelten dabei. Sicherlich hatte er es mit Absicht getan, um sie zu quälen. Sie ließ sich umständlich nieder, richtete ihre Röcke. Wie mühsam war es jedes Mal, sich mit ihrem steifen, aufwendigen Gewand auf dem Boden niederzulassen. Der glänzende Stoff lugte unter dem Mantelsaum hervor, hastig verbarg sie ihn.

»Suppe hol ich.« Der Zigeuner nickte ihnen zu und reichte der weißhaarigen Alten eine hölzerne Schüssel. Die Alte tauchte einen Schöpflöffel in den Topf. Sie beugte sich so tief darüber, dass ihr strähniges Haar die Suppe berührte. Elisabeth wurde elend bei dem Anblick, und doch konnte sie die Augen nicht von der Frau wenden, nicht von dem bunten Tuch um deren gebeugten Rücken, dem runzligen Mund, dem weißen, dünnen Haar. Endlich war die Schüssel gefüllt. Der Zigeuner ließ sich damit langsam neben Elisabeth nieder und pustete auf die heiße Brühe.

»Heiß«, lachte er. Er schlürfte vorsichtig. »Es geht«, stellte er dann fest und reichte die Schüssel an Elisabeth weiter. Elisabeth starrte auf die Brühe. Fett glänzte ihr entgegen, Fleischbrocken schwammen darin. Sie duftete kräftig, warm und gut. Aber eben an dieser Stelle hatte der Zigeuner seine Lippen angesetzt. Elisabeth schluckte. Sollte sie am Ende mit diesen Menschen aus einer Schüssel trinken? Von der Suppe, in welcher die weißen Haare der hässlichen Alten schwammen? Sie musste nicht überlegen, was Eleonore an ihrer Stelle getan hätte. Eleonore hätte die Schüssel zurückgewiesen mit einer eleganten Bewegung ihrer hellen, zarten Hand und wäre ehrenvoll vor Entkräftung gestorben.

Unschlüssig hielt Elisabeth das Holzgefäß in den Händen. Sie sah zu dem großen Topf hinüber, wo ein junger, hungriger Bursche der Alten gerade den Schöpflöffel aus der Hand nahm, ihn eintauchte und die Suppe direkt aus dem Topf trank.

Sie war so hungrig, dass sie hätte weinen mögen. Sie schluckte noch einmal.

»Lass es nicht kalt werden.« Der Spielmann nahm ihr

das Gefäß aus den Händen. Er trank in kleinen Schlucken, dann reichte er es an Elisabeth zurück. »Trink«, sagte er leise. »Trink und denk dir nichts dabei.«

Ihre Lippen berührten den fettigen, hölzernen Rand. Kleine Fleischbrocken glitten in ihren Mund. Hühnerfleisch. Niemals hatte ihr eine Mahlzeit an der Tafel des Fürsten so vortrefflich gemundet wie die Hühnerbrühe in diesem Lager am Waldrand. Sie trank hastig und voller Gier.

»Langsam.« Der Musikant legte seine Hände um die ihren und zog die Schüssel behutsam von ihren Lippen. Seine Hände waren beinahe ebenso feingliedrig wie die des Zigeuners. »Dir wird übel sonst und es kommt alles wieder hoch. Dein Magen ist zu lange leer gewesen. Ich weiß, wovon ich rede.«

Er benahm sich anders an diesem Morgen, gelöster, offener, so, als fühle er sich heimisch an diesem Ort.

»Ihr kennt diese Menschen schon lange«, entschlüpfte es ihr.

»Seit heut Nacht erst«, erwiderte er. »Warum?«

»Alors.« Sie blickte in die leere Schüssel. »Ich dachte ...«

»Weil sie uns zu essen geben? Soll man nicht geben, solang man hat? Wenn sie nichts mehr haben, holen sie sich's wieder. Es ist ganz einfach.«

»Holen sie sich's wieder«, dachte Elisabeth bestürzt. Woher stammte das Huhn in der Suppe? Sie sah sich um. Da waren nur die Pferde und die Hunde. Sie führten auf ihren Wagen kein Federvieh mit sich.

»Som Michael«, suchte der Zigeuner das Gespräch mit ihr. »Michael.« Er legte die Hand auf seine Brust. »Du?«

»Elisabeth«, antwortete sie widerstrebend. Warum sah er sie derart lange und ungeniert an? Er hielt sie doch für die Frau des Spielmannes. Oder zählte das bei solchen Menschen nicht? Waren sie so zügellos, so sittenlos, wie behauptet wurde?

»Hat er erzählt dir, dass er gezogen ist vor Jahren für lange Zeit mit einer Sippe vom selben Stamm wie unsere Mahliya?«

Sie schüttelte den Kopf. Heimlich sah sie den Spielmann von der Seite an. Mit Zigeunern war er also gezogen. Das wunderte sie wenig.

»Und wie wir herausgefunden haben gestern in der Nacht, da am Feuer, dass der Freund, mit dem er damals zusammen gewesen, dass der nun hat eine Frau und dass die Mutter der Frau von meines Bruders ...« Mais non, sie verschloss die Ohren vor seinen Worten. Was scherten sie die verworrenen Verwandtschaftsverhältnisse dieser Leute? Dennoch, unansehnlich waren sie nicht. Die junge Frau, die Elisabeth gegenübersaß, einen Säugling auf dem Arm, war wahrhaftig schön zu nennen. Die Gestalt ebenmäßig, das Haar unter dem brennend roten Tuch schwarz und glänzend. Ihre Haut war von einem sanften, hellen Braun. Auch sonst, stellte Elisabeth staunend fest, gab es keine wirklich unansehnlichen Menschen in diesem Lager. Alle, selbst die Alte am Topf, waren auf eine Weise schön, die Elisabeth fremd war, der sie sich jedoch nicht zu entziehen vermochte.

Die junge Frau löste mit einer geschickten Bewegung ein bunt gemustertes, über der Achsel befestigtes Tuch, schob ihr zerschlissenes Hemd nach oben und ließ eine volle, samtbraune Brust sichtbar werden. Das winzige Kind saugte sich gierig daran fest. Elisabeth blickte peinlich berührt zur Seite und bemerkte, dass, wider ihrem Erwarten, die Männer dieser Verrichtung keinerlei Beachtung schenkten. Alle Frauen schienen mit ihren Kindern beschäftigt. Dort bei dem Wagen wiegte eine zweite Frau einen Säugling auf den Armen und sang mit verhaltener Stimme ein Lied, eine weitere zeterte mit einem kleinen Jungen und übertönte mit ihrer schrillen Stimme eine gute Weile die Morgenruhe. Sie hatten Kinder an der Hand, an der Brust oder auf dem Rücken. Und keines, aber auch kein einziges lag geschnürt und still in einer Wiege.

Der Zigeuner war zu dem Spielmann herübergerückt. »Nein«, hörte sie ihn gerade sagen. »Nein, dahin gehen wir nicht. Da haben sie einen Erlass jetzt. Da hängen sie uns Männer, wenn sie uns aufgreifen. Und brennen den Frauen ein Zeichen auf die Stirn. Und am schlimmsten, nehmen uns die Kinder weg. Da können wir nicht hin.«

Entsetzt sah Elisabeth die beiden Männer an. Wovon sprachen sie? Sie blickte auf die Frau gegenüber, auf das saugende Kind. Ein Zeichen auf ihrer schönen Stirn?

»Aber Siebenbürgen ...« Der Spielmann schüttelte den Kopf. »Was wollt ihr ausgerechnet in diesem vermaledeiten Siebenbürgen?«

»Gut ist das, Siebenbürgen.« Der Zigeuner nickte bekräftigend. »In Ruhe lassen sie uns da.«

»Weil ihr gute Schmiede seid, verdammt noch mal, deshalb werdet ihr geduldet, nicht aus Menschenliebe.« In der Stimme des Musikanten lag der gleiche verletzte Zorn wie schon in der Nacht im Schober. »Und ihr schmiedet im Auftrag der Herren die Folterzangen für die armen Schweine, denen 's doch genauso schlecht geht wie euch.«

Der Zigeuner zuckte die Schultern. »Weiße quälen andere Weiße, was schert das mich? Scheren sie sich um uns Ägypter? Und leben müssen wir.«

Der Spielmann seufzte tief und schwieg.

Worüber reden sie, dachte Elisabeth verwirrt. Über Dinge, die zu dem so klaren, hellen Morgen beileibe nicht passen mochten. Der Galgen? Wofür der Galgen? Nicht dass sie sich selbst gerade gerne zu diesen Menschen gesellte, aber wenn man jeden mit dem Galgen strafen wollte, der einem nicht gefiel ... Neben ihr ruhten die Männer, plauderten. Ein kleines Mädchen schmiegte sein Gesicht in das Fell eines zottigen Hundes, eine ältere Frau kam mit einem Krug Wasser vom fernen Bach. Fünf junge Burschen spielten ein Spiel, das anscheinend darin bestand, dass sie ein Stück Holz in die Luft schnellten und es zu fangen versuchten. Sie lachten und schrien dabei. Dort, wo die Pferde grasten, hatte ein junger Mann ganz ungeniert seinen Kopf in den Schoß seiner Liebsten gebettet.

»Jakob«, sagte eine sanfte Mädchenstimme. Zwei schlanke, braune Hände legten sich auf die Schultern des Musikanten. Er hatte sie nicht kommen hören, so behutsam war sie zu den Männern getreten. Erstaunt wandte er den Kopf, um sogleich zu lächeln, als er die zierliche Gestalt erkannte. Jakob, wiederholte Elisabeth in Gedanken. Hieß er also so? Sie hatte es vergessen. Das braune Mädchen reichte ihm seine Laute. Hatte sie sie für ihn aufbewahrt? »Jakob«, sagte sie noch einmal und eine Unzahl weiterer Worte in dieser eigentümlichen Sprache, die Elisabeth nicht verstand. Sie lachte hell auf dabei und zeigte eine Reihe kleiner, weißer Zähne.

Nein, Elisabeth hatte es nicht vergessen. »Elisabeth Charlotte«, hatte der Herr Gebhardt gestern erst gesagt, »begehrst du den Jakob Meger zu deinem ehelichen Gemahl?«

Begehren. Elisabeth biss sich auf den kleinen Finger. Und sie hatte auf die Frage mit Ja geantwortet. Sie hätte wissen müssen, dass es Dinge gab, mit denen man nicht scherzte.

Der Spielmann antwortete dem Mädchen in dessen Sprache, langsamer und unbeholfener jedoch, als er dem holländischen Schiffer geantwortet hatte. Die Zigeunerin schien ihn um etwas zu bitten, schmeichelte und behielt fortwährend ihre Hand entweder auf seinem Arm oder seiner Schulter. Sie trug nichts als ein langes, verblichenes Hemd, unter dem sich die Linien ihres festen, jungen Körpers abzeichneten. Ihr Gesicht war wie von Tusche gezeichnet, tropfenförmige Ohrgehänge zierten ihre kleinen Ohrläppchen. Das Haar trug sie lang und offen, kein Tuch bedeckte es, keine Spange hielt die dunklen Locken. Sie hat also seine Laute verwahrt, überlegte Elisabeth, und sie kennt seinen Namen. Hatte er, nach Verlassen des Schobers am Abend, seine Gelüste bei diesem Mädchen gestillt?

»Einmal noch«, bat nun auch Michael. »Einmal, ehe ihr weiterzieht.« Und als der Musikant ergeben nickte, erhob sich Michael flink, verschwand in einem der Zelte und kam mit einer Geige zurück. Überrascht besah sich Elisabeth das Instrument. Es schien wohl gepflegt und gut behütet, sicherlich der kostbarste Besitz, den diese Menschen mit sich trugen.

Der Spielmann strich vorsichtig mit der Hand über das Holz. Er setzte die Geige probeweise an sein Kinn, zupfte die Saiten und begann, sie behutsam zu stimmen. Konnte er also auch Geige spielen? Nun, warum nicht? Sie sah zu ihm auf, als er sich erhob. Warum sollte er es nicht können, da er doch ein fahrender Spielmann war?

Er strich sanft mit dem Bogen über die Saiten, horchte. Er lockerte eine Saite um ein Geringes. Dann hob er den Bogen erneut und ließ eine Melodie erklingen, sanft wie der Morgenwind in den Ästen der Bäume.

Die spielenden Burschen legten ihre Holzstücke auf den Boden und ließen sich ohne Rücksicht auf die Feuchtigkeit ins Gras fallen. Eine Greisin, die dösend unter den Bäumen hockte, hob lauschend den Kopf. Das Geplauder der Männer verebbte. Die Frauen unterbrachen nach und nach ihre begonnenen Morgenverrichtungen und sammelten sich in einem Halbkreis um den Spielmann.

Die Musik umfing die Menschen, den ganzen Lagerplatz und schwebte weiter über die Felder. Sie stieg und zerfloss wie der letzte Dunst über den Wiesen. Sie wurde wehmütig, traurig, tief. Elisabeth war es, als bestünde ihr Herz aus Saiten, die sich schmerzlich zusammenzogen oder sehnsuchtsvoll dehnten, wie auch immer es dem Mann beliebte. Zum ersten Mal sah sie sein Gesicht beim Spiel. Ernst und konzentriert in die Musik vertieft. Welches war nun sein wirkliches Gesicht, das finstere der letzten Nacht oder das hingebungsvolle an diesem Morgen?

Der frische, helle Tag nahm der wehmütigen Weise ein wenig von ihrer Traurigkeit. Gottlob, sonst wären ihr am Ende Tränen in die Augen gestiegen inmitten dieser fremden Menschen. Sie hob den Kopf und besah sich die Mienen der Frauen und Männer und fand darin die gleiche Bewegtheit, die sie selbst verspürte.

Doch ganz unerwartet gab die Geige einen hohen, quietschenden Ton von sich, der Bogen tanzte schneller, lebhaft, heiter. Die Traurigkeit wich im selben Augenblick, die Menschen im Kreis klatschten in die Hände, eine Frau sprang auf und bewegte ihre Füße im Takt. Das Gesicht des Musikanten erhellte sich mit der Musik. Er ließ den Bogen über die Saiten springen, als gelte es sein Leben. Dann aber nahm er die Geige vom Kinn, legte sie Michael behutsam in die Hände und setzte sich wieder.

Sie bestürmten ihn von allen Seiten, noch einmal, ein letztes Mal zu spielen.

Er aber schüttelte erschöpft den Kopf, als hätte er alle seine Gefühle mit den Tönen in den Himmel geschickt und wäre nun leer und ausgehöhlt.

»Willst du weiterziehn, schon jetzt?«, fragte das Mädchen und warf einen scheuen Seitenblick auf Elisabeth. Der Musikant nickte. »Wie ist es mit dem Pferd, Michael?«

»Du kannst ihn haben. Aber gib gut auf ihn Acht, und …«

»Es ist ja nur bis zu den Toren der Stadt.«

»Und vergiss nicht, wie das Haus, wo du ihn abstellen musst, ist markiert.«

»Ich kenn das Haus«, erwiderte der Musikant. »Aber du musst mir das Pferd nicht geben, wenn du es brauchst …«

»Komm mit«, forderte der Zigeuner ihn auf, »ich zeig ihn dir.«

Das Mädchen sprang behände auf und folgte den beiden Männern zu den Pferden. Nur gut, dachte Elisabeth, dass wir wieder aufbrechen. Geht die Reise also zu Pferde weiter? Und von welcher Stadt sprachen sie?

In ihrem üppigen Kleid konnte sie nicht so leichtfüßig über die Wiese laufen wie das Mädchen. Sie blieb auf der Decke sitzen in sicherem Abstand zu den anderen Männern und beobachtete, wie Michael neben einem dürren Klepper stehen blieb. Hatte sie richtig verstanden, vertraute der Zigeuner einem ihm fremden Menschen sein Pferd als Leihgabe an? Auf welche Sicherheiten hin?

Langsam kamen die beiden Männer zurück, der Musikant suchte seine Habseligkeiten zusammen und wandte sich endlich Elisabeth zu. »Worauf wartest du?«, fragte er schroff von oben herab.

Elisabeth hob aufbegehrend den Kopf, besann sich aber und schwieg. Sie blieb abseits, als der Musikant das Mädchen auf die Stirn küsste und die beiden Männer sich kurz und fest umarmten.

»Seid vorsichtig«, sagte der Musikant.

»Auch du«, erwiderte der Zigeuner.

»Und wenn du Thomas irgendwo treffen solltest«, fuhr der Musikant fort, »irgendwann, dann ... sag ihm, ich hab ihn nie vergessen und ... Falls du ihn jemals treffen solltest.«

Der Zigeuner nickte. Er lächelte Elisabeth zum Abschied zu.

Als der Spielmann ihr beim Aufsteigen half, ging es besser vonstatten als am Tag zuvor.

»Wie haben dir die Zigeuner gefallen?«, fragte er, als er die Arme um ihren Körper schob, um die Zügel zu ergreifen. »Sie müssen dir doch gefallen haben, sie sind deinesgleichen ähnlich, oder? Sie bestehlen die Bauern, haben lockere Sitten, feiern Trinkgelage und arbeiten selten.« Sie bedachte ihn mit einem zornigen Blick.

Er lenkte das Pferd von der Wiese hinunter auf einen schmalen Feldweg. Sie sah sich noch einmal um, zu den Wagen, zu den Pferden, zu dem Mann, der sich wieder auf der Decke ausstreckte.

»Stimmt es etwa nicht?«, fragte er mit gespieltem Erstaunen. »Nein, du hast Recht, es stimmt nicht ganz. Deinesgleichen hungert und friert im Winter nicht und geht nicht in Lumpen. Oder irre ich mich?«

Sie schwieg, so wie sie die meiste Zeit schwieg, die sie mit ihm auf dem Rücken des Tieres verbrachte. Und es war eine lange Zeit.

14.

Sie fanden auf schmalen Pfaden den Weg auf eine breite Straße, die sie aus der Hügellandschaft in eine weite Ebene führte. Der Mann ließ das Pferd galoppieren. Der scharfe Wind der letzten Märztage rötete Elisabeths Wangen und schnitt sich in ihre Haut. Meine Haut wird rau davon werden und unansehnlich, ängstigte sie sich. Und ich habe keine Creme zur Hand, sie zu fetten.

»Welche Stadt?«, fragte sie ihn nach dem Wohin, als sie ein einziges Mal für eine kurze Zeit anhielten, sich die Beine vertraten und die Glieder reckten.

»Welche Stadt?«, wiederholte er ihre Frage. »Die große Stadt. Die Stadt der reichen Bürger und der gerissenen Geldwechsler. Die Stadt, an der sich alle Wege kreuzen. Die Wege der Kaufleute, der Händler, der wandernden Gesellen, der Zigeuner, der Musikanten, der Gaukler, der Landfahrer, der Zauberer, der Bettler und auch der Gauner, Prinzessin.«

»Der Name wäre suffisant gewesen«, bemerkte sie spitz und hob den Fuß, damit er ihr zurück auf den Pferderücken half. Sie überdachte die zurückgelegte Wegstrecke. Sie hatten sich offensichtlich Richtung Osten gehalten, dann ein Stück den Fluss hinauf und setzten nun den Weg nach Osten fort. Mehr als einen Tag waren sie schon unterwegs. Sie vermeinte zu wissen, von welcher Stadt er sprach. Ihr war wohler, nun, da sie ungefähr sagen konnte, wo sie sich befand.

Die Beschaffenheit der Straße änderte sich zusehends. Mittlerweile war sie so breit geworden, dass zwei Fuhrwerke mühelos aneinander vorbeifahren konnten. An den Seiten hatte man gar Gräben ausgehoben, in die das Wasser bei heftigen Regenfällen abfloss und so die Straße weder aufweichte noch unpassierbar machte. Das Interesse der Leute in den Dörfern an fremden Reisenden schwand von Ort zu Ort, nur die Kinder rannten mit unverminderter Neugierde hinter dem Paar auf dem Zigeunerpferde her.

Vor ihrer kurzen Rast hatte Elisabeth nur hie und da einen Bauern auf dem Wege in die Felder gesehen, eine kleine Schar Kinder, die Steine von einem Acker las, einen einsamen Wanderer. Einmal hatten sie einen schwerfälligen Reisewagen überholt. Doch nun mehrten sich die Menschen und Gefährte, die auf der Straße ihres Weges zogen. Zerlumpte Gestalten, von denen sie nicht zu sagen vermochte, ob es sich um Männer oder um Frauen handelte; Reisende in einer leichten Kalesche; ein mit Fässern beladenes Fuhrwerk; ein ärmlich gekleidetes Paar, das auf einer Karre all seine Habseligkeiten und dazu drei Kinder verstaut hatte; Handwerksburschen, die recht kräftig ausschritten; zwei zerzaust aussehende Frauen, deren schrilles Lachen Elisabeth beim Vorüberreiten in die Ohren drang.

Die Stadt, dachte Elisabeth zuversichtlich. Sie wusste, dort gab es keinen Hof, keinen ihr bekannten Adelssitz, aber dennoch, es war eine Stadt. Sie dachte an Paris. Eine Stadt war ihr beileibe nicht so fremd wie diese schmalen, struppigen Felder, die halb leeren Dörfer, die zerlumpten Zigeuner. Dort war es ihr sicherlich leichter, sich zurechtzufinden, dort war sie auf den Mann nicht länger angewiesen. Es würden dort Menschen leben, kultivierte, vertraute Menschen, die ihre Sprache sprachen, an die sie sich wenden konnte, wenn sie ihrer bedurfte.

Nun, da sie sich des Zieles nahe wusste, war sie guten Mutes. Sie musste nur das Beste aus ihrer misslichen Lage machen und sich begierig alles ansehen, was die belebte Straße ihr bot.

Naturellement, sie reiste nicht zum ersten Male. Allein die lange Strecke nach Paris und wieder zurück, dann ein

Besuch an einem entfernten Hofe, eine Fahrt zu einem Ball. Aber da hatten sie in der geschlossenen Kutsche gesessen, die Vorhänge zugezogen zum Schutz vor gaffenden Blicken, wie es sich für junge Damen gebührte.

Ein Briefbote preschte an ihnen vorüber, so dicht, so schnell, dass Michaels Pferd unruhig aufwieherte. Ein gutes Stück weiter lag ein Handelswagen im Straßengraben. Das Tuch, das die Waren bedecken sollte, hatte sich gelöst und gab den Blick auf große Stoffballen frei. Ein auf das teuerste gekleideter Herr, Pelzbesatz an dem schweren Wams, mit einfältigem Gesicht und großspurigen Gebärden rannte aufgeregt um den Wagen herum und gab seinen Leuten Anweisungen, wie sie das Gefährt wieder auf die Straße zu schaffen hatten. Die Männer beachteten ihn kaum und luden schweigend die Ballen ab. Zwei bewaffnete Begleiter hockten gelangweilt am Straßengraben, machten keine Anstalten, sich an der Arbeit zu beteiligen, sondern sahen zu, wie die anderen sich mühten. Der eine blickte hoch zu Elisabeth auf dem Pferd und rief etwas, das sie nicht verstand. Und schon lag der umgestürzte Wagen hinter ihnen und ein großer Fluss tauchte vor ihnen auf.

Dann endlich sah sie die Stadt. Eine Unzahl von Dächern drängte sich in einer sanften Mulde der ebenen Landschaft. Hier und da ragte ein Turm hervor, in der Mitte streckten sich die spitzen Türme eines Domes in den Himmel. Als sie bereits so nahe waren, dass Elisabeth die Stadtmauer, die Tore und die Wehrtürmchen erkennen konnte, bog das Pferd in einen unscheinbaren Seitenweg ein, der vor einem verwahrlosten Gebäude endete. Es mochte sich um eine Schenke handeln, Fässer standen über den Hof verteilt, ein Mann führte sein Pferd in einen ebenso verwahrlosten Stall, ein zweiter Mann mit einer fleckigen Schürze um den Leib stand vor der Tür.

Der Spielmann hob Elisabeth vom Pferd, ließ sie alleine auf dem Hof stehen und kehrte nach einem kurzen Wortwechsel mit dem beschürzten Mann zum Pferd zurück. Elisabeth bedauerte es nicht, das Tier im Stall verschwinden zu sehen. Ihr Hintern schmerzte ganz ungebührlich nach dem langen Ritt auf dem sattellosen Pferderücken. Sie hatte Mühe, sich eine gut gepolsterte Kutsche auch nur vorzustellen. Wortlos folgte sie dem Spielmann zurück auf die Straße. Sie gingen dicht an der mit kurzem, trockenem Gras bewachsenen Böschung entlang, da, wo alle gingen, die zu Fuß unterwegs waren, denn in der Mitte der Straße, zumal so dicht vor den Stadttoren, liefen sie Gefahr, von einem unachtsamen Reiter überrannt oder von schweren Wagenrädern überrollt zu werden.

Auf der Brücke, die über den Wassergraben zum Tor führte, nahm der Mann schweigend ihre Hand und tauchte mit ihr in die bunte Menge von Menschen, Fuhrwerken, Sänften und Kutschen ein, die sich durch den engen Eingang in die Stadt zwängten. Bettler, Edelleute, Soldaten, Kaufleute, Bäuerinnen. Ein Mann rempelte Elisabeth unsanft im Getümmel an, sagte »hoppla« und bedachte sie mit einem anzüglichen Blick.

Hinter dem Tor verteilte sich der Strom ein wenig, doch der Spielmann führte sie eben dorthin, wohin der Großteil der Menschen strebte, in eine von Läden gesäumte, leidlich gepflasterte Straße. Tische waren vor einigen Läden aufgestellt, hier und da blieb einer davor stehen. Ladentüren öffneten und schlossen sich. Schilder baumelten über ihrem Kopf. Eisenkrämer, Kurzwaren- und Schnittwarenhändler. Elisabeth wurde von den Trägern einer Sänfte zur Seite gedrängt. Sie verschafften sich Platz mit festen, unnachgiebigen Ellbogen. Elisabeth erinnerte sich daran, wie ungeduldig sie selbst in Paris geworden war, wenn die Träger ihrer Sänfte hatten warten oder langsamer gehen müssen, um Menschen oder Pferden auszuweichen. Nun stand sie mit ihren einstmals kostbaren Schuhen im Unrat, im Pferdekot, beiseite gedrängt, unbeachtet.

Die folgende Seitenstraße war angenehmer, mit Backsteinen belegt. Vor mancher Eingangstür hatte offensichtlich eine fleißige Magd ordentlich gefegt. Aus den hohen Sprossenfenstern der stattlichen Fachwerkhäuser zog der Duft von Gekochtem und Gebratenem. Eine Magd kam mit Einkäufen vom Markt, eine Wäscherin trug einen hochgefüllten Korb auf dem Kopf, ein dunkel und würdig gekleideter Herr eilte sich, rechtzeitig zum Essen zu erscheinen, ein Schreiber verließ seine Amtsstube.

Und schon wieder Gedränge, Geschrei, Tumult. Sie näherten sich dem Marktplatz. Elisabeth kam kaum zur Besinnung. Es waren zu viele Gesichter, zu viele Geräusche. Sie spürte nur noch ihre schmerzenden Glieder, ließ die Hand des Mannes los, weil sie so schnell nicht mehr folgen konnte. Sie blieb stehen, holte tief Atem, drehte sich nach ihm um und fand ihn nicht mehr. Unschlüssig wandte sie sich in Richtung Marktplatz, stieß gegen einen großen Korb, wurde weitergeschoben und fand nur mit Mühe zurück zu der Stelle, an der sie ihn verloren hatte.

Eine Hand legte sich auf ihre Schulter. »Fast hätt ich dich verloren, Mädchen. Du musst besser aufpassen.« Sie atmete erleichtert auf. Wie war es ihm nur möglich, so zielstrebig auszuschreiten in diesem Wirrwarr von Straßen, Menschen und Häusern? Die Gasse, die sie nun betraten, roch so übel, dass Elisabeth ihre Hand vor die Nase hielt. Ein Hund hob sein Bein an einer Hausecke, aber was sich da in den Rinnsteinen sammelte, war mehr als nur die Ausscheidungen der räudigen Straßenhunde. Die Häuser standen dicht an dicht, da blieb kein Raum mehr für ein Gärtchen oder ein Tor zum Hinterhof. Sie neigten sich über die ungepflasterte Straße und verdeckten den Himmel. In einem Winkel leerten rotgesichtige Männer eine Flasche Branntwein. »Wohin gehen wir bloß?«, fragte sie. »Kennt Ihr Euch aus in dieser Stadt?«

»Ob ich mich auskenne?« Er lachte auf. »Ich kenne diese Stadt wie keine andere.«

Wie alt und baufällig die Häuser waren. Die stickige Luft nahm Elisabeth den Atem. Zwei bärtige Männer, flache, schwarze Barette auf dem Kopf, eifrig in ein Gespräch vertieft, kamen ihnen entgegen. Eine Frau in dunklem Mantel überholte sie hastig. Der Spielmann führte sie durch ein hohes, weit geöffnetes Tor in eine abgelegene, lichtlose Gasse. Hier waren die Häuser noch schmaler als zuvor, drängten sich noch enger aneinander, beinahe so, als wollten sie einander stützen. Jeder Zoll war genutzt, kein Fuß Boden verschenkt. Gottlob war sie um einiges sauberer als die Straße zuvor. Ein junger Mann trat versehentlich auf Elisabeths Mantel und sagte höflich: »Verzeiht.«

Mit geweiteten Augen blickte sie auf das Zeichen auf seinem schwarzen Überwurf, dann quer über die Gasse auf eine ältere Frau, die gerade die Türe ihres Hauses hinter sich ins Schloss zog. Und was ihr zuvor als Zufall erschienen war, wurde ihr jetzt Gewissheit. All diese Menschen trugen auf ihren Überkleidern einen aufgenähten, gelben Kreis. »Es sind Juden«, flüsterte sie.

»Natürlich sind es Juden«, sagte er leichthin. »Dies hier ist die Judengasse.«

»Müssen wir da hindurch?«, fragte sie bestürzt.

»Hindurch?« Er zog die Augenbrauen in die Höhe. »Wir müssen hinein.«

»A Dieu ne plaise!«, entfuhr es ihr. »Ihr mögt alleine gehen und verrichten, was Ihr zu verrichten habt.«

»Du musst schon mit mir gehen«, sagte er, »denn wir werden dein Kleid verkaufen.«

»Nein.« Sie wich zurück. Mit beiden Händen hielt sie ihren Mantel fest zusammen, wie um ihr Gewand vor seinem Zugriff zu schützen. »Nein, das werdet Ihr nicht tun. Es ist mein Eigentum.«

»Dein Eigentum? Du vergisst, dass ich dein Mann bin und jederzeit über unser Eigentum verfügen kann, wie auch immer ich's für richtig halte. Also!«

Sie stützte sich mit dem Rücken an die Tormauer. »Oh mein Gott!« Sie presste die Hand gegen den Mund und grub ihre Zähne in den Zeigefinger, um ein Schluchzen zu unterdrücken. »Oh mein Gott, ich kann nicht mehr weiter.« In ihrem Kopf drehte sich alles. Die Nacht im Stroh, das Zigeunerlager, der lange Ritt, die fremde Stadt. Und nun auch noch die Judengasse.

»Alle meine Glieder schmerzen«, sagte sie leise.

»Modepuppen«, erwiderte der Mann mit einem Schulterzucken, »die bei der geringsten Belastung zerbrechen. Andreas hatte Recht.«

Sie starrte in sein Gesicht, dann löste sie sich mit einem Ruck von der Mauer, ging wortlos an ihm vorbei durch das Tor zurück auf die Straße. Ihr war es einerlei, wohin sie ging. Irgendeine Treppe, irgendein Brunnenrand, auf dem sie einen Moment ausruhen und zur Besinnung kommen konnte.

»Elisabeth!«

Sollte er rufen, sollte er ihr folgen, sie würde immer weitergehen. Er packte sie am Arm und zwang sie stehen zu bleiben. Sie schüttelte seine Hand ab.

»Es gibt nichts, wohin du gehen kannst ohne mich«, sagte er.

Schweigend wandte sie ihm ihr erschöpftes Gesicht zu.

»Mein Gott«, sagte er und wich ihrem Blick dabei aus, »es wird dich nicht um dein Seelenheil bringen, einmal die Judengasse zu betreten. Und das Kleid müssen wir verkaufen, sieh es doch ein. Du brauchst was anderes zum Anziehn. Und richtige Schuhe. Und wir brauchen das Geld.« Er führte sie zurück zum Tor der schmalen Gasse.

»Und dann?«, fragte sie leise.

Er seufzte. »Lass uns zuerst nachschauen, ob Baruch noch lebt. Dann sehen wir weiter.«

Aus einem geöffneten Fenster hoch über ihrem Kopf hörte sie eine tiefe Männerstimme lachen. Verwirrt blickte sie nach oben. »Hörst du?«, raunte der Mann neben ihr. »Sie können sogar lachen.« Der Spott in seiner Stimme war unüberhörbar. »Hast du überhaupt schon einmal einen wirklichen Juden gesehen, Prinzessin?«

»Naturellement«, erwiderte sie kühl und dachte an die beiden auf das gediegenste gekleideten Herren, die ihr Vater einst irgendwelcher Geldgeschäfte wegen empfangen hatte.

Vor einem grauen, schattengleichen Gebäude mit trüben Fenstern blieb er stehen. Über der niedrigen Tür war ein Ladenschild angebracht, dessen verwitterte Buchstaben unleserlich geworden waren.

»Da«, sagte der Spielmann, »da ist es.« Erregung schwang in seiner Stimme mit. Er drückte auf die Klinke. Wie schon zuvor auf dieser langen Reise musste Elisabeth sich vergewissern, dass sie selbst es war, die hier an diesem ungewöhnlichen Orte stand. Sie hatte das Gefühl, bei einer Theatervorstellung mitzuwirken. Die Häuser vor ihr waren nur auf festes Papier aufgemalt; sobald der Mann die Tür öffnete, würde sie dahinter lediglich den Raum hinter der Bühne sehen. Aber die Tür öffnete sich nicht. Er versuchte es noch einmal. Einen Moment stand er unschlüssig, dann sah er den Glockenstrang. Er zog daran. Er wartete. Dann endlich klopfte er. Er klopfte laut und heftig.

Elisabeth vermeinte, Schritte und ein gedämpftes Murmeln zu vernehmen. Ein Schlüssel drehte sich im Schloss. »Nit alleso hastig, nit alleso hastig, die Herrschaften«, sagte ein uralter, zierlicher Mann, während er ihnen die Tür weit öffnete. »Bin ich mir grad vom Mittagstisch gekommen.«

Der Spielmann bückte sich ein wenig, um sich den Kopf nicht am Türbalken anzustoßen. Elisabeth blieb nahe des Einganges stehen und versuchte, ihre Augen an das Halbdunkel des niedrigen Raumes zu gewöhnen. Der Laden war angefüllt mit einem Wirrwarr an Dingen, der ihr in einer anderen Situation sicherlich malerisch und reizvoll erschienen wäre. Kleidungsstücke an langen Stangen aufgereiht, Ständer mit Hüten aller Moderichtungen, Schuhe und Bücher auf wackligen Regalen, Kisten und Körbe, die überquollen. Als der alte Mann näher an das einzige Fenster trat, erkannte Elisabeth, dass er längst nicht so uralt war, wie er ihr anfänglich erschienen war. Es mochte an dem weißen Haar und an dem dichten weißen Bart gelegen haben. Aber die Augen hinter den kleinen Brillengläsern, wenn auch von feinen Fältchen umgeben, blickten lebhaft und jung.

»Mögen die Herrschaften sich alles ansehen«, sagte er. »Bleib ich derweil hinter meinem Tischl, oder wollen …«

»Baruch«, sagte der Spielmann und trat zu ihm ans Fenster, »kennst du mich nicht mehr?« Er nahm den breitkrempigen Hut vom Kopf und lächelte.

Der alte Mann hob die Hände. Sie zitterten. »Gott im Himmel!«, stieß er hervor. Und mit einem Mal leuchtete sein Gesicht auf, die Falten um seine Augen wurden dichter. »Jekuf«, sagte er nur. »Jekuf, Jakobele, bist es denn wirklich?«

»Hab ich mich so sehr verändert, dass du's nicht glaubst?«

Der Alte zog einen Stuhl heran. »Muss ich mich erst emal setzen auf die Überraschung. Gott sei gepriesen! Hab ich immer emal an dich gedacht. Hab ich Angst gehabt, du wärst tot.« Der alte Mann hielt die Hände des jungen fest in den seinen und drückte sie ein um das andere Mal.

»Tot?«, lachte der Spielmann. »Ich doch nicht, Baruch. Und hier«, er sah sich um, »hier sieht alles so aus, als wäre ich gerade erst weggegangen. Auch du.«

»Jingele, Jingele.« Der alte Mann schüttelte den Kopf. »Wo bist du bloß gewesen? Zwei Jahrn ist es gewesen, seit du nit da warst. Hast dich verändert. Bist älter geworden. Bist blass geworden. Siehst müd aus. Bist lang gewandert?«

»Länger, als du denkst, Baruch«, seufzte der Spielmann.

Der Jude erhob sich. »Schließ ich mir die Tür wieder zu …« Er brach ab und blickte auf Elisabeth, die noch immer im Halbdunkel neben Röcken und Mänteln nahe der Tür stand. »Jekuf«, fragte er erstaunt, »hast dir a Maidl mitgebracht?«

»Das«, der Spielmann nahm Elisabeth bei der Hand und führte sie zu dem Alten, »das ist Elisabeth, meine Frau.«

»Dass ich das noch erleben darf!« Der Mann schlug die Hände zusammen. »A Waibl! A schön's Waibl hast, Jekuf. Hab ich mir immer gesagt, der Jakob brauch a Weib. Aber hab ich nie geglaubt ...« Er besann sich, holte den Schlüssel aus seiner großen Rocktasche und schloss die Ladentür wieder ab. »Was red ich und red ich? Kommt herein in die Stub'n. Müd werd' ihr sein. Hunger werd' ihr haben. Is' noch was übrig vom Essen. Mein Rachele mag's wärmen.«

Er ging vor ihnen her zu einer Tür im hinteren Teil des Ladenraumes. Elisabeth zögerte. »Was ist?«, fragte der Spielmann schroff.

Tiefer in das graue Haus hinein mit dem alten Mann, dessen Redeweise sie kaum zu folgen vermochte, so fremdartig sprach er ... Unwillen trat auf ihr Gesicht. Der Spielmann packte sie hart an der Schulter. »Du gehst jetzt mit«, flüsterte er, »und benimmst dich, während wir essen. Oder ist das am Ende eine Sünde, mit Juden am gleichen Tisch zu sitzen? Ist es das, was du befürchtest?« Seine Augen wurden schmal. »Hast du Angst, er hat Kinderblut unter die Speisen gemengt?« Sie blickte auf den alten, kleinen Mann, der an der Tür auf sie wartete.

»No, habt ihr kein' Hunger nit?«, fragte er.

Und ob sie Hunger hatte! Sie folgte den beiden Männern eine schmale, ächzende Stiege hinauf bis zu einem kleinen Wohnraum, in welchem der Geruch der gerade beendeten Mahlzeit noch in der Luft hing.

»Rachele!«, rief der Mann. »Rachele, komm, guck, wer sich da gekommen ist!« Eine schmale, aber sehr kräftig wirkende Frau, die ihren Mann um eine halbe Spanne überragte, trat aus dem Nebenzimmer und bedachte die Ankömmlinge mit einem kurzen Blick. »No, Rachele, schau doch! 's Jaköble!«

»Hab's gesehen«, erwiderte die Frau unwirsch. »Hat wohl Hunger und nischt a Stückl Geld.«

Der Spielmann lachte auf. »Was hast du erwartet, Baruch? Dass sie mir vor Freude um den Hals fällt?«

»Mach den Rest vom Essen für sie warm«, bat der Alte seine Frau.

»An unsern Tisch?«, brummte die Frau. »Alldieweil soll so einer an unsern Tisch, der so gottlose Reden führt?«

»Mach das Essen warm, Rachele«, sagte Baruch streng. »Weißt nit, dass geschrieben steht: Verurteile keinen Menschen und halte kein Ding für unmöglich, denn es gibt keinen Menschen, der nicht seine Zukunft hätte, und es gibt kein Ding, das nicht seine Stunde bekäme?«

»Du un' deine Sprüch'!«, sagte die Frau. Sie bedachte Elisabeth mit einem langen Blick. »Un' wer is' das?«

»No, sein Weibl«, antwortete Baruch.

Überraschung trat in das zuvor unbewegte Gesicht der Frau. »Der hat sich genommen a Frau?« Sie starrte Elisabeth ungläubig an.

»Das ist Elisabeth, Rachel«, lächelte der Spielmann. »Erbarme dich wenigstens ihrer. Sie kann nichts dafür, dass ich ein so schlechter Mensch bin.«

Die Frau stellte einen Topf und zwei Holzteller auf den Tisch. »Is' noch warm.« Sie blickte auf Elisabeths Schuhe und in ihr Gesicht. »Is' sie's aber nit gewohnt, das Rumzigeunern?«

»Nein«, sagte der Spielmann und ließ sich das Essen auf den Teller füllen. Er tauchte den Löffel ein, da legte ihm die Frau ihre Hand auf den Arm. »Nit alleso. Auch a Goi isst an unserm Tischl nit, ohne Gott dafür zu danken.«

»Rachele«, bat Baruch.

»Mein Vater hält es ebenso wie Ihr.« Elisabeth sah die alte Frau an. »An seinem Tisch darf auch nur essen, wer zuvor dem Herrn dafür gedankt hat.«

»Da siehst.« Das Gesicht der Frau erhellte sich.

Der Spielmann zuckte mit den Achseln. »Dann dank ich eben Gott oder wer auch immer mir das Essen beschert hat, denn dankbar dafür bin ich schon.« Die Frau murrte. Elisabeth sah ihn entsetzt an. Als er ihren Blick auffing, zuckte sein Mundwinkel amüsiert.

Elisabeth tauchte vorsichtig den Löffel in den Teller. Es waren Rüben, sie erkannte es mit Erleichterung. Sie wusste selbst nicht, welch fremdländische Speise sie hier erwartet hatte. Das erste auf einem Herd gekochte Essen seit langem, am Tisch zweier alter Leute, die ihr durchaus redlich schienen.

Baruch erhob sich. »Hol ich a Flaschl Wein. Ist aufgehob'n für so besondere Tage.«

»Und dein Laden?«, schimpfte die Frau. »Wenn wer herein will?« Dann seufzte sie und machte sich selbst auf, unten nach dem Rechten zu sehen. Hinter ihr ging der alte Mann, den Wein zu holen.

»Nun?«, fragte der Spielmann, als sie sich allein in der kleinen Stube fanden. »Enttäuscht dich das Gemüse? Was hast du erwartet? Doch ein zerstückeltes Kind?«

»Fi donc!«, fuhr sie ihn wütend an. »Eure Unverschämtheit ist derart geschmacklos ...«

Aber da kam der alte Mann schon mit der Flasche zurück. »Is' er sich nicht sonderlich süß und fein, sind sich die Trauben nur hier in der Umgegend gewachsen«, entschuldigte er sich, wischte den Staub von der Flasche und entkorkte sie umständlich.

»Du tust grad so, als hätte ich jeden Tag vom Feinsten«, lachte der Spielmann, »dabei leb ich grad von Wasser und Branntwein.«

Der Alte kramte irdene Becher aus seinem Schrank und stellte sie auf den Tisch. »Jetzet erzähl, Jakob!«, forderte er den Spielmann auf. »Wo warst du gewesen all die Zeit? 's ging dir gar nit so gut, als du zuletzt bei mir warst vor zwei Jahrn. War nit ein Verwandter gestorben?«

Elisabeth horchte neugierig auf.

»Ein andermal, Baruch.« Der Mann warf einen unsicheren Blick in Elisabeths Richtung. »Ich verspreche dir, ich komme bald wieder und erzähl dir alles. Aber jetzt ... Wir haben gestern erst geheiratet und ...«

»No, gestern!«, rief der alte Mann. »Gut, dass ich geholt

hab den Wein! Dann erzähl, wo du gefunden hast dein Weibl! Erzähl, wohin ihr wollt gehn!«

»In einem Schloss hab ich sie gefunden, sie ist eine Prinzessin.«

»Jo, jo«, lachte Baruch. »Natürlich is' a Prinzessin. Was andres is' sich ja gar nischt gut genug für dich. Deshalb hast auch alleso lang gewartet. – No, Maidl, kennst ihn schon lang, den Jakob?«

Elisabeth sah zögernd von Baruch zu Jakob. »Nein«, sagte sie. »Noch nicht sehr lange.«

»No, da wirst's noch schwer hab'n mit ihm. Aber is' er sich a guter Mensch.« Er forschte Elisabeths Gesicht aus. »Willst dich nit a bissele hinlegen, Maidl?«

Elisabeth schüttelte den Kopf. »Das ist nicht nötig.«

»No, dann setz dich wenigstens in den Lehnstuhl zum Ruhn.« Sie räkelte sich in den alten, abgewetzten Stuhl und lehnte ihre Schläfe an das Rückenteil. Der Druck im Kopf ließ nach, sie schloss die Augen.

»Erzähl lieber von dir, Baruch«, hörte sie den Spielmann sagen. »Ist es euch gut ergangen?«

»Was soll ich sag'n? Wie soll's gehn? 's Geschäft geht leidlich. Aber das Schutzgeld und die Abgaben haben's erhöht, wir wissen kaum noch, woher wir's nehmen sollen, dabei sind die Zeiten gar nit gut. Ich les mir viel Bücher in den letzten Tagen. Geh ich mir auch nit viel naus aus der Gass'n.«

»Du gehst nicht mehr raus?«, fragte Jakob. »Red nicht so, als wärst du schon so alt.«

»Bin ich's nit?«, sagte der Mann ruhig. »Bleib ich mir hier, muss ich mir auch keine Anpöbeleien nit gefallen lassen.«

»Wer hat dich angepöbelt?«, fragte Jakob zornig.

»Ach, Jingele, weißt doch, wie's ist. Ein alter Jud, der außerhalb seiner Gasse angetroffen wird. Die meisten Leut lassen mich in Ruh, aber es gibt auch andere …«

Die Stimmen der Männer wurden zum Gemurmel im Hintergrund. Elisabeths Kopf und Glieder begannen sich zu entspannen. Sie fühlte sich satt, trocken und sicher. Sie hörte die Frau die Stube betreten und wieder gehen. Die Stimmen glitten in die Ferne. Plötzlich spürte sie eine Hand auf ihrer Schulter und schrak auf. »Aufwachen, Lise.« Der Spielmann beugte sich über sie. »Wir müssen weiter.«

»Wo ist der alte Mann?« Sie blickte sich verwirrt um.

»Unten im Laden. Er kommt gleich wieder.«

Auf dem Tisch stand noch die Weinflasche. Sie war leer. Elisabeth blickte in das von Bartstoppeln bedeckte Gesicht des Mannes, der für sie ein Fremder war und neben dem sie nun schon länger als einen Tag herging.

»Bin ich schon wieder da«, sagte Baruch von der Tür her. »Wollt ihr nit noch a bissele bleiben?«

Der Spielmann schüttelte den Kopf. »Ich muss mir noch einiges anschauen in der Stadt. Wer weiß, wie viel sich verändert hat in all der Zeit.«

»Und wo schlaft ihr haint Nacht?«

»In der Färbergasse«, antwortete der Spielmann.

»Da willst doch nit hin, Jaköbele«, entsetzte sich der Alte. »Unter die Gauner un's Gesindel? Da kannst doch das Maidl nit mitnehmen!«

Elisabeth wurde angst. Was war das für ein Ort, vor dem selbst einem alten Juden graute? Der doch selbst an einem dunklen, hässlichen Ort lebte?

»Du vergisst, dass auch ich nichts anderes bin als ein Gaukler, als Gesindel, Baruch«, wandte der Spielmann ein. »Und man wird uns nirgendwo für etwas anderes ansehen.«

»Nein, Jekuf, nein!« Der Alte schüttelte bedächtig den Kopf. »Da gehörst nit hin. Wenn du's auch gern so hättst. Biste halt a anständiger Mensch.«

»Wohin denn sonst, Baruch?«, fragte Jakob bitter. »Kannst du es mir sagen?«

Baruch hob die Hände. »Weiß ich's nit, Jekuf! Biste halt a Musikant. Weiter nischt. Oder vielleicht sollste auch zurück gehn zu deine Leit.«

»Ich bin doch aber auch kein Bauer, Baruch.«

Bauer, wunderte sich Elisabeth. Warum spricht er von Bauern?

»No«, nickte Baruch, »eher vielleicht als a Gauner. Als a Landstreicher. Bist doch a kluger Mann, Jekuf. Kannst du dich doch nit immer auf der Straße un' in den Schenken rumtreiben dein Lebtag. Mit den unzüchtigen, gottlosen Menschen.«

»Auch wenn du's nicht glaubst, mein Freund«, lächelte der Spielmann, »auch in der Färbergasse gibt's anständige Menschen. Genau so viele, wie's unter deinen Leuten schlechte gibt. Aber lass uns jetzt zum Geschäft kommen.«

»Jo«, sagte Baruch. »Hast vorhin schon mal gesagt, willst mir was verkaufen. Hast doch nischt. Doch nit deine Laute?«

»Niemals«, sagte Jakob. »Lise, zeig dein Kleid.«

Elisabeth presste die Lippen aufeinander. Was blieb ihr übrig. Sie öffnete ihren Mantel, zog ihn aus und legte ihn über den Stuhl.

»Gott, Maidl!«, erschrak Baruch. »Biste wirklich a Prinzessin? Dafür kann ich euch aber nit alleso viel geben, wie's wirklich wert is'! Tu doch so ein Geschäft mit einem andern machen, Jekuf!«

»Mit wem denn?«, fragte Jakob. »Dir kann ich trauen, ein anderer würde uns vielleicht übers Ohr hauen.«

»Geb ich dir nit mehr un' nit weniger als einem jeden anderen. Geschäft und Freundschaft muss man trennen.«

»Ich könnt es nicht«, sagte der Spielmann.

»Wärst auch a schlechter Geschäftsmann, Jingele.« Baruch betastete vorsichtig den Stoff des Kleides. Elisabeth hatte es immer für einfach und schlicht gehalten, doch in dieser ärmlichen Umgebung wirkte es mit einem Mal reich und üppig. »Ich rat dir, verkauf's woanders. Bei einem, der dir mehr zahlen kann. Kann ich dir nit mehr dafür geben, als ich denk, dass ich's dafür weiterverkaufen kann. 's kaufen bei mir nit gar so reiche Leit.«

»Jeder andere würde aber denken, wir hätten's gestohlen«, wandte der Spielmann ein. »Wir können's nur dir verkaufen.« Baruch sah ihn forschend an. »Nein, Baruch«, lachte der Spielmann. »Wir haben's nicht gestohlen. Ich erkläre dir's ein andermal. Aber lass uns dieses furchtbare Kleid endlich eintauschen gegen etwas Anständiges zum Anziehen für meine Frau.«

Sie zuckte zusammen. Es traf sie jedes Mal aufs Neue, wenn er sie so nannte. »Was man halt so braucht«, fuhr der Spielmann fort. »Zwei Hemden, Röcke, vor allem Schuhe. Frag am besten deine Rachel. Aber nichts Überflüssiges. Den Rest gibst du mir in Münzen.«

»Und du, Jekuf, brauchst an anständigen Rock.« Baruch musterte die dunkle, verschlissene Jacke des Spielmannes. »So a Gelegenheit kriegst nit sobald awieder.«

Jakob sah an sich herunter. »Vielleicht hast du Recht.«

»Hab ich einen da, der würd dir grad passen. Warm und gut. Is' halt schon getragen, aber gute Arbeit. Hält was aus. Geb ich ihn dir für das, was ich selber hab dafür gezahlt.«

»Ich denke, Geschäft und Freundschaft soll man trennen?«

»Still«, erwiderte Baruch, »sonst tu ich mir's anders überlegen.«

Sie folgten ihm die steile, schmale Stiege hinunter in den Laden. »Rachele«, rief Baruch, »kümmer dich um das Maidl! Hilf ihr, das Kleid ausziehn und anprobiern, was braucht. Zwei Hemden, zwei Röck, das Nötigste halt.«

Die alte Frau schob einen Kleiderständer vor eine dunkle Ecke und hieß Elisabeth dahinter treten. »So ein fein's Stöffel«, seufzte sie, während sie Elisabeth aus ihrem Kleid half. »Warst wohl bei recht feinen Herrschaften, dass sie dir haben gelassen so a fein's Kleid? – No, die werfen's weg, weil sie wieder wollen was Neues.« Sie sah Elisabeth mitleidig an. »Wie kommt nur a Maidl wie du an so einen Nichtsnutz?« Elisabeth schwieg. Die Frau hing das schilffarbene Kleid sorgsam auf einen Bügel. »No, ich weiß«, wandte Rachel ein, »is' er sich halt a schön's Mannsbild, der Jakob. Da gucken sie drauf, die jungen Frauen. Is' aber nit alles, die Schönheit. – Ach, will ich dich nit erschrecken, hast'n jetzet halt. Gibt Ärgere als ihn.« Sie öffnete die Schnürung des Mieders.

»Die Korsage ebenfalls?«, fragte Elisabeth erschrocken.

»No, alles«, sagte die Frau. »So seidene Unterwäsch is' sich halt nur was für ganz feine Damen. Hab auch noch niemals welche gesehn bis heut. Unsereins hat doch nit so was. Halt nur a Hemdl.«

Elisabeth blickte die Frau entgeistert an. Keine Unterwäsche? Keine Korsage? Nur ein Leinenhemd und einen Rock auf dem nackten Körper? Das konnte doch nicht ihr Ernst sein.

»Ich werde meine Unterbekleidung behalten«, sagte sie fest.

»No?«, stutzte Rachel. »Hat nit dein Mann gesagt ›nur das Nötigste‹? Soll ich ihn fragen noch einmal?«

»Nein, nein«, wehrte Elisabeth hastig ab. Sie würde vor Scham im Boden versinken, wenn sie den Spielmann um ihre eigene Unterkleidung bitten müsste. Und seine Antwort vermeinte sie ohnehin zu kennen.

»Ich möchte mich alleine auskleiden«, sagte Elisabeth. Die Frau stand einen Moment unschlüssig, schüttelte verwundert den Kopf und ging dann, um in den Regalen nach Kleidungsstücken zu kramen. Zitternd streifte Elisabeth ihr Seidenhemd ab. Vor dieser alten Jüdin hätte sie sich nicht ausziehen können. Nur Marie durfte sie so sehen. Unbekleidet und schutzlos stand sie in der dunklen Ecke. Sie hörte, wie die Frau mit Stoffen raschelte und wie sich die Männer im vorderen Ladenteil unterhielten. Endlich reichte ihr die Frau ein Leinenhemd, einen wollenen Rock und wollene Strümpfe. Eilig streifte Elisabeth alles über. Die Schuhe drückten sie, ein zweites Paar war zu groß, das dritte war sehr einfach und gewöhnlich, aber es passte.

Elisabeth betastete die ungewohnte Kleidung. Sie fühlte

sich zwar leicht und angenehm an, aber dennoch ... Keine Magd an ihres Vaters Hof war derart gering gekleidet. Sie fühlte sich äußerst unsicher, als wäre sie am Ende nicht mehr sie selbst. Ohne die Korsage bewegten sich vor allem ihre Brüste so eigenartig lose und ungeschützt vor den Blicken anderer unter dem Leinenhemd. Sie konnte doch so diesem Manne nicht gegenübertreten. Aber schon reichte ihr Rachel ein ärmelloses Wams, das über das Hemd zu ziehen war und ihre Brust vor neugierigen Blicken verbarg.

Der Spielmann packte noch ein zweites Paar Strümpfe, ein zweites Hemd und einen dünnen Leinenrock von einem dunklen Blau in sein Bündel. Seine eigene, zerschlissene Jacke hatte er gegen eine bessere getauscht. Der alte Mann rechnete lange alles auf das Genaueste zusammen, dann verschwand er für eine Weile hinter der Tür, um mit einem Beutel Münzen zurückzukommen. Er zählte Geldstücke auf den kleinen Tisch. »Is' recht so, Jaköbele?«

Den Großteil der Münzen packte Jakob in einen unauffälligen ledernen Beutel, den er unter seinem Hemd verbarg, den Rest verteilte er auf sein Bündel und die Rocktaschen.

»Rachele!«, rief Baruch. »Rachele, komm, sie gehen wieder.«

Die Frau hob für einen Moment den Kopf. »No, dann gehn se.«

»In einem Monat oder in zweien, Baruch, komm ich zu dir«, versprach der Spielmann.

»Wirst schon wieder vergessen, dass an alter Jid auf dich wart'n tut.«

»Gewiss nicht.«

»Gott behüt euch.«

»Wird Er einen solchen behüten?«, zweifelte die Frau. »Der Ihn so wenig achtet?«

Baruch schüttelte unwirsch den Kopf. »Hör halt nit auf sie.«

Der Spielmann beugte sich vor und küsste die Frau auf

die runzlige Wange. »Ich weiß schon, dass du mich gern hast, Rachel.«

»Acht lieber auf das Maidl«, brummte die Frau.

Baruch begleitete sie bis vor die Tür. »No«, er blickte sich um, »da wer'n sie wieder schaun, die Nachbarn und die Köpfe schütteln über den Umgang vom alten Baruch.«

»Es sollt' viele solche geben wie dich«, sagte Jakob. »Gib gut auf dich Acht.«

»Ach was«, wehrte der alte Mann ab. »Gib du besser Acht, dass du das, was du denkst, nicht wieder sagst vor den falschen Leuten.« Er drückte Jakobs Hand und zog die Ladentür hinter sich ins Schloss.

Einen Moment verharrte der Spielmann vor der geschlossenen Tür, dann zog er das Band seiner Laute gerade und schritt langsam aus, auf das Tor zu.

Elisabeth folgte ihm zögernd. Es ging sich so ganz anders in der ungewohnten Kleidung. Im Gegensatz zu dem festen Druck des Mieders und dem Gewicht der Unterkleider und des glänzenden Stoffes hing nun alles sehr lose um sie herum, fast so, als trüge sie nichts auf der Haut, als ginge sie im Nachtgewand auf die Straße. Nur gut, dass sie noch den dichten Mantel besaß.

Die Schuhe aber, ah, die Schuhe waren eine Wohltat, und das war von äußerster Wichtigkeit, denn der Mann gönnte ihr nun keine Rast mehr.

15.

Schweigend durchschritten sie Gasse um Gasse, scheinbar ziellos, so, als hätte er vergessen, dass Elisabeth neben ihm herging. An manchen Stellen blieb er stehen, besah sich ein Haus oder ein Schild ganz genau, schüttelte den Kopf oder lächelte, an anderen Plätzen wiederum ging er achtlos vorüber. Endlich, wenige Schritte vor den Mauern der Stadt, dort, wo der Fluss träge vorüberglitt, an der Anlegestelle der großen Lastkähne, ließen sie sich auf den Treppenstufen eines der zahlreichen Lagerhäuser nieder.

Der Spielmann saß schweigend und seine Augen schienen die unüberschaubare Betriebsamkeit des Hafens in sich aufzusaugen.

Kahn um Kahn lag am Ufer vertäut. Elisabeth besah sich die Kähne nun sorgfältiger als am Vortag. Die großen, schwer beladenen der reichen Handelshäuser, die kleinen, schäbigen, ähnlich demjenigen, mit welchem sie am Tag zuvor gefahren waren. Die schmalen Maste, die aufgerollten kleinen Segel, die Leinen, den Schriftzug an der Vorderseite, die Holzüberdachung am hinteren Ende. Eine Schiffersfrau holte Wäschestücke von einer quer über das Boot gespannten Leine. Ein großer, weißer Vogel tauchte aus der Luft herab, berührte beinahe die Schiffsplanken und glitt nahe an der Frau vorbei. Zwischen den Booten lagen Enten auf dem Wasser, sie ließen sich scheinbar willenlos von den Fluten heben und senken. Elisabeth warf einen kurzen Blick auf den Mann an ihrer Seite. Er saß noch immer reglos, offenbar gefesselt von dem Geschehen um ihn her. Und wahrhaftig, sie vermochte selbst kaum, sich dem Treiben zu entziehen.

Bei dem Lagerhaus, das dem Ufer am nächsten lag, zogen Männer mit Hilfe einer gewaltigen Seilwinde eine riesengroße, schwere Kiste hoch unter das Dach. Die Befehle des Mannes, der die Arbeit überwachte, drangen laut und knapp nach oben, wo weitere Männer warteten, die Kiste zu übernehmen. Zwei Gassenjungen beendeten ihre Schlägerei und starrten ebenfalls auf die gefährlich dicht über den Köpfen der Männer schwebende Last. Hunde schnüffelten zwischen den unzähligen Ballen, Kisten und Fässern herum. Eine magere Katze streckte sich neben Elisabeth auf der Treppenstufe aus. Fuhrwerke drängten aneinander vorbei. Aus der Steuerstube gegenüber traten Herren, in schwarze, schmucklose Röcke gekleidet, dunkle schmalkrempige Hüte auf den Köpfen, mit wichtiger Miene einander zunickend. Da und dort sah Elisabeth auch wieder den gelben Judenring auf einer Brust. Zwei Schritte von ihrer Treppe standen zwei Kaufleute in ein ausführliches Gespräch über Preise und Geldwert vertieft. Kräftiges Hämmern von rechts übertönte das Gespräch, denn dort schloss ein Mann mit festen Schlägen ein großes Fass. Da, wo das Tor zurück in die Stadt führte, wurden die Türen einer Herberge weit geöffnet. Der Geruch nach Gebratenem zog über den Hafenplatz und vermengte sich mit dem Geruch von Flusswasser und Unrat. Die vielen Bettler, die an den Hauswänden saßen, streifte Elisabeth nur mit einem kurzen Blick, denn sie waren bei weitem zu abstoßend, als dass sie hätte genauer hinschauen mögen.

Ein stämmiger Mann rannte an ihnen vorbei die Treppe hinauf. Er rempelte dabei gegen Elisabeths Schulter. Anstelle der von ihr erwarteten Entschuldigung fuhr er sie an: »Schert euch von der Treppe, Gesindel! Wir brauchen den Platz jetzt!« Er entriegelte die schwere Holztüre und würdigte sie keines weiteren Blickes. Sie sah zu ihm hin, ein Wort der Empörung lag auf ihren Lippen, dann aber blickte sie an sich hinunter. War sie nicht wahrhaftig gekleidet wie »Gesindel«? Saß sie nicht an der Seite eines Gauklers?

»Es wird sowieso Zeit zu gehen.« Der Musikant erhob sich, ohne sich an den harten Worten des Mannes zu stören. Vom Turm herüber kündeten die Bläser den Beginn der neuen Stunde. Eine niedrige Abendsonne spiegelte sich im Fluss.

Hinter dem Tor drängten sich vierstöckige Häuser dicht an dicht. Ein Schwarm Vögel zog über die Dächer. Der Spielmann bog in eine schmale Seitengasse ein. Wohin führt er mich nun?, fragte sich Elisabeth, und die Stille, die zwischen ihnen herrschte, begann sie zu bedrücken. Ich muss mit dem Manne reden, dachte sie, sonst komme ich aus dieser misslichen Lage niemals mehr heraus. Doch wenn sie auf seinen schwarzen Rücken blickte, auf den tief in sein Gesicht gezogenen Hut, erstarben die Worte auf ihren Lippen.

Am eisernen Brunnen eines kleinen Platzes scharten sich

Neugierige um einen Mann. Elisabeth hielt inne und erschrak. Der Mann war übel zugerichtet. Mit Entsetzen erkannte sie, dass seine Augen von einer blutigen Binde bedeckt waren.

Er war Kaufmann, schloss sie aus seinen klagenden Worten, den Wegelagerer überfallen, beraubt und geblendet hatten. Der Spielmann blieb stehen, verschränkte seine Arme über der Brust und hörte scheinbar genüsslich zu, wie der arme Mensch am Brunnen mit weit ausholenden Gesten und lebhaften Worten seine Erlebnisse schilderte. Er schilderte sie derart detailliert, dass sich Elisabeth der Magen umdrehen wollte, zumal sie daran dachte, dass sie sich selbst noch vor Stunden auf der offenen Landstraße befunden hatte. Er bat nur um ein paar Münzen, damit er seiner Familie einen Boten schicken konnte.

»Gehn wir weiter«, sagte der Spielmann.

»Aber ... aber wir besitzen eine Unzahl von Münzen ...«

Der Spielmann zog die Brauen hoch. »Du willst ihm doch nichts geben?« Sie zog hilflos die Schultern hoch. »Er wird's in der nächsten Schenke versaufen oder verspielen.«

»Wie vermögt Ihr, derart herzlos zu reden?«

Der Spielmann lachte. »Das ist kein überfallener Kaufmann, Prinzessin. Er tut nur so. Er wandelt mit dem Bruch, wie man so schön sagt. Der Kerl ist schon seit Jahren blind, wahrscheinlich seit seiner Geburt. Dem hat kein Räuber die Augen ausgestochen.«

»Par Dieu!« Elisabeth schämte sich ihrer Leichtgläubigkeit. »Wie kann er das Mitgefühl seiner Mitmenschen derart ausnutzen? Wie niederträchtig das ist!«

»Wieso? Er muss schließlich irgendwie leben. Und blind ist er wirklich, oder? Meinst du, das wäre ein Vergnügen?«

»Dann soll er ehrlich heraus sagen, er sei blind und bittet um Almosen«, empörte sie sich.

»Das bringt viel weniger ein.«

»Dann sollte er lieber stehlen!«, entfuhr es ihr. »Nichts ist hässlicher, als andere zu belügen und zu täuschen!«

»Sieh es wie eine Theatervorstellung«, befand der Spielmann. »Dafür würdest du doch auch zahlen. Und etwas anderes ist es nicht, was er den Menschen bietet. Ein wenig Grauen, ein Schaudern nachher am gut gedeckten Tisch, wenn sie die Geschichte beim Abendessen weitererzählen.«

Sie schluckte. Ein gut gedeckter Tisch, Abendessen, vertraute Gesichter. Was hätte sie in diesem Augenblick dafür gegeben. Ein warmes, hübsches Zimmer anstelle der Hässlichkeit um sie her. Vertraute Gesichter anstelle der trübäugigen Bettler, die in jeder Toreinfahrt hockten. Gestalten, in Stofffetzen gehüllt, die einem Kleidungsstück kaum noch glichen. Auf den Treppenstufen lagerten sie, eine Schüssel in der Hand, die sie den Vorübergehenden entgegenstreckten. Die Geste begleitet von einem abstoßenden, weinerlichen Singsang. Bündel und Lederbeutel auf dem Rücken, einen Stab griffbereit. Die Gesichter hager, schmutzig und von einer Härte, die Elisabeth Angst einjagte. Fehlende Gliedmaßen, dürftige Krücken als unzureichender Ersatz. Ein Mann mit einem über und über vernarbten Gesicht, ein anderer, dem die eine Gesichtshälfte gänzlich zerschlagen war. Eine Frau mit einem dürren Kind auf dem Schoß. Was für eine Stadt ist das?, schauderte Elisabeth. Die Häuser so dicht an dicht, die Menschen so dicht an dicht, kaum ein Baum, so viel Unrat, so ganz anders als die kleine Stadt zu Füßen des väterlichen Schlosses.

Die Gasse schloss sich enger um sie, die zerlumpten Gestalten mehrten sich. Sie gingen tiefer und tiefer hinein in den Gestank und das Elend.

»Aus dem Weg!« Der warnende Ruf kam aus einem der Fenster über ihr. Hastig zog der Spielmann sie beiseite. Der übel riechende Inhalt eines Nachtgeschirrs verfehlte sie um Haaresbreite und klatschte auf die festgetretene Erde.

»Bringt mich hier heraus!«, schrie sie auf und packte ihn am Ärmel seines neu erstandenen Rockes. »Führt mich fort von hier, ich kann es nicht länger ertragen!«

Er hielt sie fest. »Du bleibst!«, befahl er unbarmherzig.

»Die hier müssen's auch ertragen. Da, sieh dort hinüber.« Er zeigte über die Straße auf drei Kinder, die in einem Haufen von Küchenabfällen nach etwas Essbarem wühlten. Elisabeth senkte schnell den Kopf. Ekel würgte in ihrer Kehle. Sie hatte nicht gewusst, dass es ein derart abstoßendes, elendes Leben gab.

»Was hast du, Prinzessin?«, fragte ihr Begleiter kalt. »Die Kinder sehen doch noch recht gesund aus. Anderen in diesem Alter fehlen Füße oder Finger, weil ihre Eltern sie dem Frost ausgesetzt haben. Mit Absicht, wohlgemerkt, weil sie so beim Betteln mehr Mitleid erregen und die Alten dann mehr an ihnen verdienen. Das ist auch eine Art Betrug, nicht wahr? Denkst du nicht, man sollte diesem Unwesen ein Ende bereiten? Die Bettler aus der Stadt vertreiben? Sie brandmarken, aufhängen? Oder sollte man mitleidig sein und ihnen ein geregeltes Leben in einem der Arbeitshäuser verschaffen, wo sie schuften müssen vom frühen Morgen bis in die Nacht, Tag für Tag, bis sie endlich verrecken? Nun, Prinzessin, welche Meinung wurde in deinem Schloss vertreten?«

Sie blickte ihn verunsichert an. »Ich ... ich weiß von alledem nichts.«

»Oh, hat man darüber bei Hofe nicht gesprochen? War es ein zu unappetitliches Thema bei Pastete und Elsässer Wein? Du hast also nie etwas gehört von den Männern, denen sie im Krieg Arme oder Beine abgeschlagen haben und die sich nun nicht mehr nähren können? Oder von den Menschen, die es sonst wohin getrieben hat in all den Wirren der letzten Kriegsjahre und die von ihren Leuten und ihrer Habe nur noch Asche vorgefunden haben, als sie schließlich nach Hause zurückfanden? Du hast nie einen Gedanken verschwendet an Männer, Frauen, Kinder, die ihre Dörfer, ihre Hütten aus Not verlassen mussten und nun bettelnd durch die Lande ziehen? Natürlich, hier an den Hausecken, da stehen auch viele, die hat nicht die Not hierher verschlagen, die waren schon immer hier. Und sie wollen wahrscheinlich auch nie etwas anderes tun, als hier zu stehen, nicht mit denen tauschen, die sich tagein, tagaus auf den Feldern plagen und sich dabei zugrunde richten und dennoch hungern und frieren. – Aber was rede ich. Wie sollt ihr das auch wissen, ihr reizenden Damen in eurer eigenartigen Welt, die ihr euch Tag für Tag aufs Neue schafft?«

Sie wusste nicht, was sie erwidern sollte auf all diese zornigen, anklagenden Worte, die sie kaum zu begreifen imstande war. »Mein Vater gibt Monat für Monat eine feste Summe für die Armen der Stadt ...«, begann sie.

»Wie nobel«, höhnte der Spielmann. »Ich hoffe doch sehr, dass ihr nie dafür darben musstet.«

»Fort, fort, fort!« Ein betrunkener Mann torkelte brüllend und mit beiden Armen um sich schlagend über die Straße. Elisabeth wich angstvoll zurück. Unbeschadet!, dachte sie. Wenn ich nur unbeschadet wieder hier herausfinde. Und sie hielt sich nahe an dem Spielmann, denn in dieser eigenartigen Gegend hätte sie alleine keinen Schritt gewagt. Durch welche Hölle führt er mich?, dachte sie zitternd. Und aus welchem Grunde?

Es wurde zunehmend dunkler über der Stadt, aber in dieser Gasse gab es keine Laternen, die schmutzigen Wege bei einbrechender Nacht zu erhellen. Die Schatten fielen bedrohlich in die schwarzen Winkel, in denen sich alles Denkbare und Undenkbare verbergen mochte. Nur in diesem und jenem Kellerloch schimmerte Licht und hin und wieder auch aus einer geöffneten Schenkentür. Gelächter, Geschrei und Musik tönte aus den Türen. Eine Frau taumelte heraus und fiel ihnen direkt vor die Füße. Elisabeth schrak zusammen, der Spielmann trat nur einen Schritt zur Seite. Elisabeth schloss für einen Moment die Augen. Dies alles hier ist zu elend, um wirklich zu sein, dachte sie. Er führt mich hier hindurch, um mir Furcht einzujagen, und es gelingt ihm.

An einer Hauswand lehnte eine Frau, nachlässig und spärlich bekleidet, den Rock bis zu dem Knie hochgeschürzt, sodass ein jeder ihre hübschen Beine sehen konnte. Elisabeth schluckte. Wenn man bei Hofe von »Konkubinen« flüsterte, dann meinte man reich geschmückte, kokette junge Lebedamen, aber das Gesicht der Frau an der Wand dort war mager und stumpf, ihr Haar zerzaust und unfrisiert.

Wieder eine Schenke, wieder Gejohle, wieder Licht aus einem winzigen Fenster. Wieder eine junge Frau vor der Tür, das Gesicht grell geschminkt, von zarter Gestalt, die ihren Disput mit einem älteren Mann mit aufreizenden Gesten und eigenartig abgehacktem Gelächter begleitete. Als die Frau ihren Kopf zum Licht des Fensters wandte, erkannte Elisabeth, dass die Schminke nur das Gesicht eines Kindes verdeckte. Der Spielmann fing ihren entsetzten Blick auf.

»Es ist eine Hure wie all die anderen.« Er zuckte mit den Schultern. »Aber das ist kein Grund, dich zu entsetzen oder dich irgendwie erhaben zu fühlen. Die meisten Frauen sind Huren. Aber diese hier haben kaum eine Wahl, denn sie tun es, um zu überleben. Die an deinen Höfen, Prinzessin, tun es wegen belangloserer Dinge.«

Elisabeth warf den Kopf in den Nacken und blickte wütend in sein unbewegtes Gesicht. »Alle Männer, Monsieur«, sagte sie, »sind Tiere. Denn ohne ihre tierischen Gelüste wäre etwas Derartiges überhaupt nicht möglich.«

Er öffnete verblüfft den Mund. Hastig senkte sie den Kopf. Wie hatte sie das nur sagen können? Zu ihm? Sie dachte an die vergangene Nacht und an die Nacht, die ihr noch bevorstand. Eine Nacht in dieser verkommenen Gegend, in einem der gedrungenen, dunklen Häuser. »Wo sind wir hier?«, fragte sie leise.

»In der Färbergasse. In der Gasse, in der die Spelunken und Diebeskneipen liegen. Da, wo es Gesang und Würfelspiel gibt. Wo sich die Weibsbilder und die Schauspieler, die Bettler und die Gauner ein Stelldichein geben. Da, wo uns niemand misstrauisch beäugt, denn hier, Mädchen, gehören wir her.«

Vor der Tür der nächsten Schenke blieb er stehen und trat einen Schritt zurück. Er besah sie sich eine gute Weile, dann nickte er zufrieden. »Sie steht also noch, die alte Kochemerpenne.«

Er bückte sich in der niedrigen Tür und ging drei abgetretene Stufen hinunter. Elisabeth zögerte. »Komm«, forderte er sie mit einer einladenden Kopfbewegung auf, »hier werden wir die Nacht verbringen.«

Sie sah nur Halbdunkel, flackernde Kerzen und nach und nach die verlotterten Gestalten an den Tischen. Es roch beißend nach dem Rauch eines schlecht ziehenden Kamines und nach verschüttetem Bier. Als sie ihm nicht folgte, ließ er sie einfach in der offenen Türe stehen und bahnte sich einen Weg durch die schweren Holztische und die vielen Menschen zum Ausschank hinüber. Dort zapfte eine kräftige Frau ein Bier nach dem anderen.

Elisabeths Angst davor, alleine und schutzlos auf der dunklen Straße zu stehen, war größer als die Angst vor dieser hässlichen Spelunke, also trat sie ein.

Sie kam gerade dazu, als die Frau hinter ihrem Schanktisch hervoreilte und sich dem Spielmann an den Hals warf. »Jakob!«, rief sie so laut, dass es ein jeder hören musste. »Jakob, mein Liebster, mein Feinster! Dass es dich noch gibt!« Sie zog dem Spielmann den Hut vom Kopf und warf ihn schwungvoll auf den Schanktisch, dann grub sie ihre Finger in seine Locken und zauste sie. »Wo hast du dich rumgetrieben? Keiner hat hier mehr so schön gespielt wie du! Du hast kein Herz im Leib, mich so lange warten zu lassen! Jede Nacht hab ich geträumt von dir!«

»Ha, wie du lügst, du liederliches Weibsstück!«, rief der Mann und versuchte, sie hochzustemmen, doch sie war um einiges zu schwer. Sie war nicht mehr gar so jung, mochte am Ende Elisabeths Vater im Alter nahe kommen. Im Gegensatz zu den Frauen auf der Straße war sie beinahe sauber gekleidet. Unter einem weißen Kopftuch schauten gekräuselte, dunkle Haare hervor. »Ach, mein Jakob.« Die

Frau schmiegte sich an den Spielmann. »Dafür, dass du so lange weg warst, darfst du die ganze Nacht in mein Bett zum Preis von einer Stunde! Na, wie wär das?«

Der Spielmann lachte auf. »Soll ich mir die Franzosenkrankheit holen, Sibilla? Wär auch ein schlechtes Geschäft, denn wenn du hier fertig bist, hat die Nacht kaum noch eine Stunde!« Sibilla stemmte wütend die Arme in die Hüften. »War nur ein Scherz«, beschwichtigte der Spielmann sie schnell. »Aber weißt du, ich hab mir meine eigene Frau mitgebracht.«

Die Schankwirtin blickte auf Elisabeth. »Frau?«, dröhnte sie und schlug sich auf die Schenkel. »Ja, wo hast du denn das zaghafte Hühnchen gefunden!« Sie lachte über Elisabeths betroffenen Blick und knuffte sie in die Seite. »Nimm's mir nicht übel! Setzt euch hin! Habt ihr Hunger? Wollt ihr ein Bier?«

»Wein, Sibilla«, sagte der Spielmann. »Und was Kräftiges zu essen. Und nicht zu wenig, ich kann's zahlen.« Er schob Elisabeth vor sich her auf eine leere Bank in einer dunklen Ecke zu. Sie mühte sich vergeblich, den Knien und Schuhen der Schenkenbesucher auszuweichen.

Noch ehe sie die Bank erreichten, hielt der Spielmann inne. An einem Tisch saß ein Mann über ein Blatt Papier gebeugt.

»Bernhard?« Der Mann war so vertieft, dass er sich nicht einmal regte. »Bernhard!«, rief der Spielmann und schlug ihm auf die Schulter. Der Mann zuckte zusammen und sah wütend auf. »Verflucht!«, schimpfte er. »Schau dir das Bild jetzt an, du Idiot!«

»Mal's halt noch mal«, sagte der Spielmann. »Begrüßt man so einen Chawer?«

»Noch mal?«, brauste der Mann auf, dann kniff er die Augen zusammen und sah den Spielmann an. »Jakob?«, fragte er. Jakob lächelte. »Jakob! Wahrhaftig, Jakob, der Spielmann!« Er schob das Blatt zur Seite. »Wo kommst du denn her! Setz dich! Spielst du uns was?«

»Erst muss ich was essen. Gut, dich zu sehen, Bernhard. Hatte schon Angst, nur fremde Gesichter vorzufinden nach all der Zeit. Stiehlst du dir noch immer dein Papier zusammen?«

Der Mann grinste leicht. »Warste in Holland?«, fragte er.

Elisabeth blickte neugierig auf das Blatt. Alles hätte sie hier erwartet, aber keinen Mann, der Zeichnungen verfertigte. Er hatte mit wenigen Strichen die Szene am Nebentisch festgehalten. Es war ein abstoßendes und zugleich faszinierendes Bild. Ein verwegen aussehender Mann mit einer schwarzen Augenklappe umhalste mit dem einen Arm eine rundliche, blonde Frau und fasste ihr mit der freien Hand an den üppigen Busen.

Der Maler, den der Spielmann Bernhard genannt hatte, ähnelte in seiner Erscheinung eher einem grobschlächtigen Metzgerburschen als einem Künstler. Sein Strich jedoch war leicht und treffend. Als sie die leere Bank erreicht hatten, sah Elisabeth noch einmal zu dem Maler zurück. Er saß wieder tief über sein Blatt gebeugt.

Die Schankwirtin setzte einen Topf mit warmer Suppe vor ihnen ab. »Der Wein kommt sofort«, sagte sie. Und zu Elisabeth gebeugt flüsterte sie vertraulich: »War nur Spaß gewesen vorhin, Mädelchen, in meinem Bett hat er leider noch nie gelegen.«

Elisabeth tat, als hätte sie es nicht gehört. Wenn sich die Zigeunerinnen und die Konkubinen geradezu um ihn rissen, was wollte der Mann dann von ihr?

Schweigend löffelte sie die Suppe aus dem gemeinsamen Topf. Den Becher Wein leerte sie viel zu hastig, er machte sie benommen.

»Pass auf, dass du nicht beschochert wirst«, warnte der Spielmann.

Sie blickte an ihm vorbei zum Nachbartisch, wo Männer ins Würfelspiel vertieft waren. Die Würfel rasselten in dem Becher und rollten über die Platte. Der Raum war niedrig und drückte die schlechte Luft dicht zusammen. In der gegenüberliegenden Ecke kreischte eine Frau auf, ein Betrunkener stürzte von seinem Schemel. Dabei verursachte er einen derartigen Lärm, dass er sogar das Gemurmel und Gelächter in der Schenke für einen Moment übertönte.

Ihre Augen blieben an einer Frau hängen, die für sich saß, einen Becher Wein vor sich stehen hatte und mit herablassendem, spöttischem Blick in die Runde schaute. Den einen Fuß hatte sie auf die Bank gestellt, ihre Hand lag lässig auf dem Knie. Sie trug eine abgewetzte, lederne Männerjacke, enge Hosen und staubige Stulpenstiefel. In der Hand hielt sie einen breitkrempigen, grünen Hut, den eine buschige Feder schmückte. Aber das Ungewöhnlichste an ihr war in Elisabeths Augen nicht ihre ganz und gar männliche Kleidung, sondern der Umstand, dass die Frau ihr rötliches Haar so kurz geschnitten trug, wie Elisabeth es noch bei keinem Menschen gesehen hatte.

Der Maler winkte. »Komm doch rüber, Jakob! Schau dir mein Bild an. Erzähl ein wenig!« Der Spielmann nahm seinen Becher und setzte sich an den Tisch des Malers. »Schenk uns nach, Sibilla!«, rief er zum Ausschank hinüber. Die beiden Männer lachten über die Zeichnung und hatten sich offensichtlich noch eine Menge zu erzählen, denn der Spielmann kam nicht mehr zu Elisabeth zurück. Sie blieb allein, den Rücken gegen die rußgeschwärzte, kalte Wand gelehnt, und zog den Mantel fest zusammen, obwohl es in der Schankstube eher warm und stickig war.

Unter der Oberfläche des Gelächters und Gegröles vermeinte sie, eine verborgene, unberechenbare Gewalt zu verspüren, die jederzeit über sie hereinbrechen konnte. Es waren nicht nur die Messer, die diese Männer bei sich trugen. Auch der Spielmann trug ein Messer, sie hatte es schon gesehen. Nein, es war der harte, ihr gänzlich fremde Ausdruck in den Gesichtern einiger Männer und Frauen, der ihr Angst einflößte. Nun begriff sie auch, was der alte Mann gemeint hatte, als er sagte, Jakob gehöre nicht dazu. Es war dieser Ausdruck, der ihm fehlte. Im Speisesaal des

Schlosses mochte er wild und zerlumpt gewirkt haben, in dieser Umgebung aber wirkte er geradezu manierlich. Wie ein Beobachter sah er aus, der kurz eintauchte in dieses Getümmel, für den es aber jederzeit noch einen anderen Weg zu geben schien.

Da stand er wieder vor ihr. »Gib mir die Laute«, forderte er. Sie reichte sie ihm über den Tisch. Er setzte sich zurück zu dem Maler und begann, das Instrument zu stimmen. Er zupfte einzelne Töne, spannte die Saiten, horchte, probierte eine Melodie. Die Würfler am Nebentisch hielten inne, der Mann, der gerade den Becher schüttelte, setzte ihn ab und sah zu dem Spielmann hinüber. Die Saufbrüder auf der langen Bank nahe der Eingangstür jedoch grölten lauthals weiter.

Plötzlich schlug der Spielmann laut die Saiten an und hob die Stimme zum ersten Lied. Es war schnell und mitreißend und den Zuhörern offenbar nicht fremd, denn da und dort fiel einer ein, bis die ganze Schenke mitsang, mehr oder weniger schön. Elisabeth verstand die Worte des Liedes nicht, sie schienen der merkwürdigen Gaunersprache zu entstammen, die immer wieder in die Redeweise dieser Menschen einfloss.

»Jetzt aber eins«, rief der Musikant, »das ich selber noch nicht lang kenn! Wer kann, soll mitsingen. Immer dann, wenn ich wiederhole.« Er spielte eine äußerst angenehme Weise vor, dann begann er zu singen. »Es ging ein Mönch ins Oberland, mit einer Nonn' ward er bekannt.« Er blickte auf. »Jetzt ihr: ›Mit einer Nonn' ward er bekannt‹. – Sie gingen beid' hernach spaziern …«

»Hernach?«, rief einer dazwischen. »Wonach?«

»Nicht was du denkst, du Schwein«, rügte der Musikant. »… er wollt sie weit herümber führn, er wollt sie weit herümber führn. – Der Mönch, der stieg den Baum hinauf, die Nonn', die sah von unten auf.«

»Die Nonn', die sah von unten auf!«, wiederholten vereinzelte Stimmen.

»Ach Herr, was ist das lange Ding, das unter Eurer Kutte hing?« Nun hatten es alle begriffen.

»Das unter Eurer Kutte hing!«, grölte der ganze Schankraum.

»Ach Nonn', es ist mein Messerlein, die Scheide habe ich daheim.«

»Die Scheide habe ich daheim!«

Das gefiel auch den Trunkenbolden, sie schlugen sich auf die Schenkel vor Vergnügen.

»Ach Mönch, ach willtu schweigen mir, die Scheide will ich leihen dir.«

Eine heiße Röte schoss Elisabeth ins Gesicht. Sie vermeinte, die Doppeldeutigkeit dieses schamlosen Liedes verstanden zu haben.

»Er führt sie vor die Kirchentür, er schob ihr einen Riegel für.«

Sie wollte die Ohren schließen und nicht länger auf die Worte hören, denn ihr ekelte davor. Ihr ekelte auch vor der Hand des Mannes am Nebentisch, die sich mühte, unter das Hemd des Mädchens zu gleiten, welches eben einen gefüllten Becher vor ihm abstellte. Ihr ekelte vor dem Mann und der Frau, die mit einem ordinären Gelächter hinter einer Tür nahe des Schanktisches verschwanden. Ihr ekelte vor dem Musikanten selbst, der das hässliche Lied voller Vergnügen vortrug. Ihr ekelte vor der ganzen Schenke.

»Er führt sie für den Glockenstrang, da beutelt er fünf Stunden lang.«

»Da beutelt er fünf Stunden lang«, sang selbst der begabte Maler laut mit.

Sie schloss die Augen und versuchte, ihre Gedanken aus diesem Sumpf zu ziehen, der rohen Umgebung für eine kurze Zeit zu entfliehen. »Falls die Musik die Nahrung der Liebe …«, versuchte sie, sich die ersten Worte der Lektüre in Erinnerung zu rufen, die sie doch am vorgestrigen Abend erst auf dem Polster ihres Lehnstuhles hatte liegen lassen. Doch gerade eben erst und schon so weit in der Ferne …

»Falls die Musik der Liebe Nahrung ist«, konzentrierte sie sich fest auf die schönen Worte, »spielt weiter.«

Ein Arm schob sich um ihre Taille. Zu Tode erschrocken öffnete sie die Augen und blickte in das Gesicht eines grinsenden Mannes. »Was macht 'n so 'n schönes Maidlein ganz traurig und allein in der dunklen Eck?«, schmeichelte sich seine blecherne Stimme in ihr Ohr. Struppig sah er aus, faltig, einige Zähne fehlten in seinem Mund. Um seine wulstigen Lippen wucherte ein dunkler Bart. Sie war zu verblüfft, um etwas zu erwidern, was der Mann als Einladung ansah und näher rückte. »Solln sie dir deinen Becher noch mal füllen, was? Ich bezahl's dir.«

»Nehmt Eure Hände von mir!«, empörte sie sich.

»Na, wie redst 'n so fein? Hab dich doch net so! Magst den lahmen Balthasar net leiden?« Sie hatte Angst, ihm zu sagen, dass sie ihn abstoßend fand. Sie hätte gerne geschrien, aber sie hatte auch Angst zu schreien.

»Ich … ich bin nicht alleine hier«, sagte sie schnell. »Ich bin mit dem Spielmann gekommen.« Sie sah zu dem Spielmann hinüber, doch der schien sie längst vergessen zu haben. Er hatte bereits das nächste Lied angestimmt. Es stand dem vorausgegangenen an Liederlichkeit in nichts nach.

»Ist doch gleich, mit wem du gekommen bist, Täubchen.« Der Mann neigte sein verschwitztes Gesicht näher an das ihre. Er roch nach Branntwein oder Bier oder nach beidem zugleich. »Es kommt drauf an, mit wem du gehst. Gehste halt mit mir. Das wird hier net so genau genommen.« Sie versuchte, von ihm abzurücken. Der Mann hielt eines der Schankmädchen am Arm fest. »Füll meinem Schatz den Becher auf! – Brauchst doch vor dem lahmen Balthasar keine Angst net haben«, beruhigte er Elisabeth. »Der lahme Balthasar tut den Frauen nur Gutes.«

Sie machte sich steif, blickte Hilfe suchend zu dem Spielmann hinüber, aber der saß tief über seine Laute gebeugt.

»Na«, tuschelte der Struppige in ihr Ohr und presste seinen Arm fester um ihre Taille, »jetzt sag mir, wie du heißt.«

»Elisabeth.«

»Ah, ein Lisbethchen, ein Lieschen.« Seine Hand suchte die Öffnung ihres Mantels. »Und wo tust du herkommen? Da drin hab ich dich noch nie gesehn.«

Sie richtete sich auf und bedachte ihn mit einem hochmütigen Blick. »Ich bin die Tochter des Fürsten von Messelstein«, antwortete sie kühl. »Und wenn es mir beliebt, lässt mein Vater an einem Tage zehn solche wie Euch hängen.«

Der Mann sah sie sprachlos an und zog im ersten Moment der Verblüffung sogar seine Hand zurück. Dann brach er in ein lautes, blechernes Lachen aus. »Du gefällst mir, Täubchen. Die Weiber, die einen Spaß machen können, die haben mir immer am besten gefallen.« Er tätschelte ihre Wange. »Wo schläfst du in der Nacht, mein Schatz? Ich werde dir Gesellschaft leisten.«

»Das werde ich Euch sicherlich nicht auf die Nase binden.«

»Ich werd's herausfinden.« Sie sah das Glitzern in seinen Augen und erkannte entsetzt, dass es dem Mann damit ernst war. Und ahnte nun, dass es noch immer Ärgeres geben konnte als die vergangene Nacht mit dem Spielmann im Schober. »Täubchen«, flüsterte der Mann in ihr Ohr, und sein warmer Atem schlug ihr ins Gesicht.

»Zieh ab, Balthasar, mach mir Platz.« Der Maler stand hoch aufgerichtet vor ihrem Tisch. Er war sehr groß und sehr kräftig, und seine Hände sahen so aus, als könnten sie mehr als einen Stift halten. Das schien auch der struppige Mann zu denken, er glitt bei weitem schneller von der Bank, als er gekommen war.

Elisabeth atmete auf. Sie neigte leicht den Kopf. »Ich bin Euch zu äußerstem Dank verpflichtet, mein Herr.«

Der Maler zog einen Schemel an den Tisch und legte Papier und Stift ab. Er musterte sie nachdenklich. »Warum hast du ihm keine übergezogen oder gerufen?« Elisabeth zuckte hilflos mit den Schultern. Er sah sie sehr lange an, dann blickte er zu dem Spielmann hinüber. Er schüttelte den Kopf.

»So«, sagte er endlich und legte Papier und Stift zurecht, »und jetzt vergiss, dass ich hier sitze. Hör der Musik zu oder sieh dir die Leute an, dann geht's am besten.«

Sie lugte unsicher auf das leere Blatt. Beabsichtigte er, eine Zeichnung von ihr anzufertigen?

»Trink einen Schluck und vergiss mich.«

Sie nahm einen Schluck Wein. Ihre Wangen wurden warm davon. Der Spielmann strich mit der Hand über die Saiten. Sie rauschten leise. Seine Lieder wandelten sich allmählich. Nicht mehr von untreuen Ehefrauen und unzüchtigen Jungfrauen handelten sie, sondern von unerfüllter Liebe, von dunklen Wolken, vom Tod, von schönen Mädchen und sehnsuchtsvollen Nächten. Kein Gejohle mehr, kein Geschrei, kein Klatschen. Alle horchten versunken oder summten leise mit.

Die Frau, die sich noch vorhin mit einem der Gäste auf eine völlig schamlose Weise in der Ecke vergnügt hatte, saß still auf der Bank mit Tränen in den Augen. Die wie ein Mann gekleidete Rothaarige lächelte leicht.

»Mir ist ein fein's braun's Maidelein gefall'n in meinen Sinn«, sang der Mann, »wollt Gott, ich sollt heint bei ihr sein, mein Trauern führ dahin!« Seine Stimme klang warm und traurig. Elisabeth wurde ein wenig weh ums Herz, und sie blickte auf sein Gesicht, das nun ganz ruhig war und nicht die geringste Spur von Spott oder Zorn zeigte. »Kein Tag und Nacht hab ich kein' Ruh, das schafft ihr schön Gestalt, ich weiß nit, was ich fürder tu, mein Feinslieb macht mich alt …« So hatte er gesungen, als sie oben am Fenster gestanden hatte. Es hatte nach feuchter Erde gerochen … Sie umklammerte den irdenen Becher mit ihrer rechten Hand.

Es dauerte lange, bis er endlich die Laute beiseite legte.

»Nein!«, ertönte eine Stimme. »Noch einmal das vom Gugelfranz!«, rief einer der Trunkenbolde.

»Ja«, forderte sein Kumpan, »noch mal vom Mönch und der Nonne.« Sie hoffte, er würde ablehnen, doch er nahm sein Instrument wieder auf und sang das hässliche Lied ein zweites Mal.

Drüben am Schanktisch stand der struppige Mann und zwinkerte Elisabeth zu. Sie wandte ihr Gesicht zur Seite.

»Malst du sie?«, fragte der Spielmann, legte seine Laute auf den Tisch und sah dem Maler über die Schulter. Wut stieg in Elisabeth auf. Jetzt kam er, jetzt, da sie seiner Hilfe nicht mehr bedurfte. Wenn er sie schon unentwegt als seine Gemahlin ausgab, hätte er es dann nicht als seine Pflicht ansehen müssen, ihr beizustehen?

»Da.« Der Maler schob das Blatt zu ihr hin. Sie besah die schwarzen Linien. Es war das schöne, von wirren langen Haaren umgebene Gesicht eines verschreckten, bleichen, jungen Mädchens. Mon Dieu, dachte sie erschrocken und fuhr sich mit den Fingern durch das Haar, sehe ich so aus? Sie erinnerte sich an die Skizze, die der junge Mann in Paris von ihr angefertigt hatte. Es war das Bild einer strahlenden, auf das vollkommenste hergerichteten Prinzessin gewesen.

Der Maler beobachtete sie mit klaren, aufmerksamen Augen. »Du bist zum ersten Mal in so einer Schenke, nicht wahr?«

Sie nickte stumm.

Er musterte den Spielmann, doch der wich seinem Blick aus und fasste nach dem Instrument. »Jakob«, räusperte der Maler sich. »Jakob, ich glaub …«

»Es ist Zeit, an die Nachtruhe zu denken«, schnitt der Spielmann ihm das Wort ab. »Wir haben morgen noch ein gutes Stück zu gehen.«

Elisabeth blickte von dem einen Mann zum anderen. »Komm, lass uns einen Platz zum Schlafen finden«, drängte der Spielmann. Sie erhob sich, hielt einen Moment inne und sah den Maler an. »Ich wünsche Euch eine gute Nacht.«

Der Maler verneigte sich mit einem Lächeln. »Seid bedankt, mein Fräulein.«

Sie folgte dem Spielmann zum Schanktisch hinüber. »Ist er ein verarmter Edelmann?«, fragte sie.

»Bernhard?«, lachte der Spielmann. »Er ist in einem der Häuser hier geboren, Prinzessin.«

Er wandte sich an die Frau hinter dem Tisch. »Ist das Hinterzimmer frei für die Nacht, Sibilla?«

Sibilla drehte den Zapfhahn zu. »Willst du's für eine Stunde, Jakob?«

»Für die ganze Nacht.«

»Das ist ja wohl zu teuer«, staunte sie. »Ich geb's euch für eine Stunde, und zum Schlafen geht ihr dann in den Schuppen, da findet sich immer ein Plätzchen.«

Elisabeth stützte müde ihre Arme auf den Tisch. Er war klebrig von den verschütteten Getränken. »Es gibt draußen einen Schuppen«, zögerte der Spielmann und sah sie nun ebenso aufmerksam an, wie der Maler es zuvor getan hatte. »Dort schläft ein jeder, der sonst nichts findet, aber …« Er zog seufzend zwei Geldstücke aus der Tasche. »Das Hinterzimmer für die ganze Nacht, Sibilla, und das gleich. Jag raus, wer immer drinliegen mag.«

Sibilla wischte sich die Hände an der Schürze ab und ergriff das Geld. »Na, dafür … Ist keiner drin grad. Geh nur, den Weg kennst du ja.«

Elisabeth musterte ihn von der Seite. Er kannte den Weg zu dem Zimmer, in welches sie hatte Männer und Frauen verschwinden und nach einer Weile wieder hervorkommen sehen? Er verzog keine Miene und nahm sich eine brennende Kerze vom nächsten Tisch. Sie folgte ihm durch einen schmalen, dunklen Flur zu einer kleinen Brettertüre. »Wart!« Er schob die Tür auf. »Mal sehn, ob sich nicht doch welche eingeschlichen haben.« Er leuchtete in einen winzigen, schäbigen Raum, in dem lediglich Platz für ein aus groben Bohlen zusammengehauenes Bettgestell war. »Keiner drin«, stellte er fest.

Aus dem Strohsack quollen durch zahlreiche Löcher bereits die Halme. Eine Decke, wie Elisabeth sie nur aus den

Pferdeställen ihres Vaters kannte, lag darüber. »Mais non!« Sie wich zurück. »Das ist doch kein Bett!«

»Du wirst so bald kein besseres sehen, Prinzessin.« Er stellte die Kerze auf den Boden. »Die Laute lass ich hier. Ich werd dich recht früh wecken kommen morgen.«

»Ihr ... Ihr verbringt die Nacht nicht hier?«

»Ich schlaf im Schuppen.«

Dem Himmel sei gedankt, dachte sie erleichtert. Doch kaum hatte er die Türe hinter sich geschlossen, erinnerte sie sich an den neiderfüllten Blick des struppigen Mannes. Er hatte ihr nachgestarrt, als sie mit dem Spielmann hinter der Tür verschwand. Er würde auch bemerken, dass der Spielmann ohne sie zurückkam. Sie stand ganz alleine in dem muffigen Raum. Wer noch hatte darauf geachtet, dass sie alleine hier war? Wie gut bewachte die stämmige Frau die Tür? Was geschah, wenn sie einmal nicht hinsah? Sie schloss die Augen. In ihrem Kopf drehte sich das Gejohle und das Gelächter mit den Worten der anzüglichen Lieder, die stickige Wärme des Schankraums mit den gierigen Händen der betrunkenen Männer.

Sie presste die Hand vor den Mund. Wie lächerlich schien ihr nun ihre Angst vor der ersten Nacht mit einem der edlen Herren in einem fürstlichen Schlafgemach angesichts der Entscheidung, die sie nun zu treffen hatte. Der Gedanke an das, was ihr geschehen würde, wenn der Spielmann bliebe, ließ ihr Herz bis zum Halse schlagen. Aber die Furcht vor dem, was geschehen könnte, wenn er nicht bliebe, und es gelänge dem zahnlosen, struppigen Burschen ... Der Gedanke war so entsetzlich, dass sie hastig die Tür öffnete.

War er noch im Flur? Sie blickte in das Dunkel. »Monsieur?«, flüsterte sie. Sie tastete sich die Wand entlang. Sie hörte ein Knarren. Er war gerade im Begriff, die Tür zum Schankraum zu öffnen. »Monsieur«, sagte sie laut.

Er drehte sich um. »Ja?«, fragte er erstaunt. Er war nur ein Schatten, der auf sie zutrat.

»Ich werde ebenfalls in dem Schuppen übernachten.«

Er atmete tief durch. »Nein«, sagte er endlich, »nein, das wäre nicht gut. Es sind … es ist nicht sehr angenehm dort mit all den betrunkenen Kerlen, die ihren Rausch ausschlafen …«

»Und die betrunkenen Männer hier vor der Tür in der Schenke?«, fragte sie mit Panik in der Stimme. »Könnt Ihr mir dafür bürgen, dass keiner an der Frau vorbei, dass … dass kein einziger …« Sie brach ab. Eine Weile war es still. »Könntet Ihr … könntet Ihr nicht …«

»Bleiben?«

Sie antwortete nicht. Er trat an ihr vorbei ins Zimmer. Er warf den Hut auf die Laute und legte sein Bündel auf den Boden.

Zumindest ist er nicht betrunken, dachte sie, und nicht gar so abstoßend wie die Männer in der Schenke. Mit bebenden Fingern öffnete sie den Verschluss ihres Mantels. Ihre Finger waren kalt vor Angst. Der Mann zog seinen Rock aus, faltete ihn zusammen und legte ihn auf das Bündel. Sie schlüpfte aus den Schuhen und setzte sich auf das ungefüge Brettergestell, das er Bett genannt hatte. Eine bleierne Müdigkeit beschwerte ihre Glieder und kroch in ihren Kopf. Der Weg war so unendlich weit gewesen. Einmal, hatte Therese gesagt, habe sie angemerkt, sie sei außerordentlich müde, aber ihr Gatte hatte es nicht gelten lassen.

»Monsieur … wenn ich nur einen Augenblick … un seul, petit moment …« Sie war sich ihrer Worte kaum noch bewusst. Sie hörte, wie seine Finger über die Saiten der Laute fuhren. »Nur einen Augenblick ruhen, dann …«, murmelte sie. Sie streckte sich auf dem übel riechenden Strohsack aus. »Monsieur …«

»Ja?«, fragte er leise, aber sie war so müde, dass seine Stimme in einem tiefen Dunkel verschwamm.

16.

Als sie erwachte, war alles still. Kein Lärm aus dem Schankraum, keine Musik. Durch das Loch über ihr in der Wand drangen ein dünner Lichtstrahl und die Kühle des anbrechenden Morgens. Sie richtete sich auf und blickte sich um. Ein schwarzer Käfer krabbelte über die harte Decke. Angewidert stieß sie sie von sich. Sie knöpfte ihr Wams zu und setzte sich auf die Bettkante.

Der Mann lag in ihren Mantel gehüllt auf dem Boden und schlief. Ihre Augen gewöhnten sich an das Dämmerlicht. Sie besah sich den Mann lange, wie er da zu ihren Füßen lag. Er hatte den Mantel fest um die Schultern bis an das Gesicht gezogen. Im Schlaf war sein Gesicht völlig entspannt, es sah sehr jung aus und ganz und gar ungefährlich. Wie alt er wohl sein mochte? Mehr als vier oder fünf Jahre älter als sie selbst konnte er nicht sein. Sie erhob sich, zog die Schuhe an und verließ die schäbige Kammer.

Im Schankraum stellte Sibilla eben die gesäuberten Becher zurück in ein Regal hinter dem Ausschank. Eines der Mädchen vom Abend zuvor schrubbte auf Knien rutschend den steinernen Boden. Das Mädchen richtete sich auf, als Elisabeth eintrat, warf einen Blick auf sie, stützte den Rücken mit der Hand und gähnte herzlich. Sibilla bedachte Elisabeth mit einem langen Blick. »So früh schon aus dem Bett?«

Elisabeth errötete. Was um alles in der Welt mochte die Frau über ihre Nacht mit dem Spielmann in dem hässlichen Raum denken? »Ich wünsche Euch einen guten Morgen«, erwiderte sie. »Ihr seid ebenfalls äußerst früh auf.«

»Schon auf?« Sibilla lachte schallend. »Noch kein Aug' hab ich zugetan! Vor einer Stunde hab ich den letzten von diesen Schweinekerlen vor die Tür gesetzt!«

Elisabeth blickte auf Sibillas kräftige Arme. Es war ein Leichtes, sich vorzustellen, wie sie damit einen Mann am Kragen packte.

»Setz dich derweil, Lise.« Elisabeth zuckte zusammen.

Derart verstümmelt klang ihr Name gewöhnlich wie derjenige einer Bauernmagd. »Du heißt doch Lise? Ich hab eine gute Gerstensupp' auf dem Herd stehen, die dürft' gleich so weit sein.«

Das Mädchen hatte den Fußboden fertig gescheuert, rieb sich die Hände an der Schürze trocken, trug den Eimer mit Wasser vor die Tür und leerte ihn auf die Straße. Die Tür ließ sie offen, das Morgenlicht erhellte den Raum.

Ohne die flackernden Kerzenstummel, ohne die wüsten Gestalten, mit sauber abgeräumten Tischen, gescheuertem Fußboden und dem Geruch nach Suppe hatte der Schankraum so gar nichts Furchteinflößendes mehr. Das Schankmädchen setzte sich Elisabeth gegenüber. Es sah übernächtigt aus und ähnelte weit mehr einer gewöhnlichen Küchenmagd als dem, was Elisabeth sich unter einem liederlichen Weibsbild vorgestellt hatte. Sibilla setzte den Topf auf den Tisch und legte einen halben Laib Brot dazu. Elisabeth atmete den Duft der Suppe ein. In einer guten Stunde würde ihr Vater ebenfalls bei einer solchen Mahlzeit an seinem Frühstückstisch sitzen.

»Hol den Jakob«, sagte Sibilla. »Er isst meine Suppe gern.« Elisabeth blickte unschlüssig auf. »Na was?« Sibilla rückte neben sie auf die Bank. »Willst'n net holen? Habt ihr euch verzankt in der Nacht? In der Nacht versöhnt mer sich und verzankt sich net.« Elisabeth antwortete nicht. Par Dieu, dachte sie, wie lange muss ich das vertrauliche Getue dieser Frau ertragen?

»Da bist du.« Er stand in der Tür. Sie vermeinte, Erleichterung in seiner Stimme zu hören. Hatte er gedacht, sie sei ihm auf und davon gelaufen? Wohin wohl? Hinaus in das laute, schmutzige Labyrinth der Stadt?

Er fuhr sich mit den Fingern durch die zerzausten Haare und gähnte. Als er die drei Frauen so einträchtig um den Tisch sitzen sah, deutete er eine Verbeugung an. »Einen guten Morgen wünsche ich den Damen.« Das Mädchen kicherte.

Elisabeth rückte ein wenig zur Seite, um dem Mann Platz zu machen. »Und?«, fragte er leise. »Gut geschlafen?« Sie antwortete nicht. Er schnitt mit seinem Messer dicke Brotscheiben vom Laib und verteilte sie. Elisabeth tunkte ihre Scheibe in die Suppe und hörte zu, wie Sibilla dem Spielmann alle Neuigkeiten der letzten Jahre zutrug.

»Hast du für uns noch was zu essen, Sibilla, für unterwegs?«, fragte der Spielmann. »Ich zahl's dir auch.«

»Geb dir gleich was.«

Ein junger Bursche steckte seinen Kopf zur Tür hinein. »Wie ist's jetzt mit dem Bier, Sibilla? Brauchst du's heut Abend oder erst morgen?« Sibilla besprach sich eine Weile mit ihm, dann kam sie an den Tisch zurück.

Der Spielmann rutschte aus der Bank. »Ich hol nur meine Sachen.«

»Wo geht's denn hin, Jakob?«

»Nach Reupen.« Elisabeth öffnete den Mund und starrte den Mann an. Ehe sie ihn jedoch befragen konnte, war er hinter der Tür verschwunden, um gleich darauf mit Rock, Mantel, Bündel und Laute zurückzukommen.

»So, nach Reupen.« Sibilla nickte. »Gibt's da gut zu verdienen?«

Er zuckte mit den Schultern. »Ich hab da eine kleine Hütte gefunden, worin sich's eine Weile leben lässt.«

»Meinste, ihr kommt noch vor der Nacht an? Welchen Weg nehmt ihr?«

»Ein Stück die alte Handelsstraße rauf, dann weiter nach Osten, da ist's ja dann nicht mehr weit ...«

»Die alte Handelsstraße ...«, überlegte die Frau. »Aber ... Wart mal, die Barbel hat grad ihr Pferd vorgespannt, als ich in der Tür stand. Die wollt auch in die Richtung. Wenn die euch mitnehmen tät ...«

»Barbel? Wer ist das?«, fragte der Spielmann.

»'ne Hökerin. Handelt mit allem möglichen Krimskrams. Sie müsste dir doch aufgefallen sein, war gestern Nacht auch hier. Die Rote in den Männersachen.«

»Eine Hökerin mit Pferd und Wagen?«

Sibilla zuckte mit den Achseln. »Hat die schon immer. Lass mich schnell rennen, sonst ist die fort.« Keuchend stand sie gleich darauf wieder in der offenen Tür und winkte ihnen, ihr zu folgen. »Die will erst sehn, mit wem sie's zu tun hat.«

Der üble Geruch der engen Gasse schlug Elisabeth entgegen.

Neben einem windschiefen Schuppen stand ein kleiner Planwagen. Die Frau mit dem rötlichen Haar war gerade dabei, ein schönes, falbfarbenes Pferd mit blonder Mähne vorzuspannen. Mit dem federgeschmückten Hut auf dem Kopf, dem Überrock aus grobem Tuch, den Hosen, den derben Stulpenstiefeln an den Füßen konnte man sie von weitem gut und gerne für einen schlanken, jungen Mann halten.

Es waren keine Menschen zu sehen in der Gasse so früh am Tag. Elisabeth vermutete, dass sie alle ihren Rausch ausschliefen. Nur an der Hauswand gegenüber hockte eine zusammengesunkene Gestalt, umschnüffelt von einem schwarzen Straßenköter.

Die Rothaarige sah von ihrer Beschäftigung auf. »Euch soll ich mitnehmen?«

»Nicht umsonst«, sagte der Spielmann.

»Darum geht's nicht«, erklärte die Frau. »Ich nehm keine Kerle mit. Die soll'n sehn, wie sie weiterkommen. Die Frau nehm ich mit. Die sieht eh so aus, als käm sie sonst nicht weit.« Sie lachte, als sie Elisabeths gekränkten Blick gewahr wurde. »Ach, Schätzchen, ich hab's doch nicht bös gemeint.« Sie reichte ihr versöhnlich die Hand. »Ich bin die Barbel, und du?«

»Elisabeth.«

Der Spielmann trat zu dem Pferd. »Pfoten weg von dem Gaul!«, fuhr ihn die Frau barsch an. »Er mag keine Fremden, sieh dich vor.« Elisabeth sah zu, wie er sich dem Tier ruhig näherte, leise mit ihm sprach und sich von seinem weichen Maul berühren ließ. Die Frau äugte misstrauisch zu ihm hinüber. »Du verstehst dich mit Pferden, was?«

»Besser als mit Menschen«, sagte der Spielmann.

»Na«, die Frau wandte sich wieder Elisabeth zu, »worauf wartst? Steig hinten auf. Brauchst mir nichts zahlen. Dann sind wir wenigstens zu zweit, wenn wir unter die Straßenräuber fallen.« Sie lachte laut auf.

»Aber ...« Elisabeth blickte zögernd auf den Spielmann.

»Sie geht mit mir«, sagte der.

»Kann sie nicht für sich allein reden?«, fragte Barbel.

»Mais certainement«, fiel Elisabeth ein. »Warum sollte ich nicht für mich alleine sprechen?« Sie blickte den Mann herausfordernd an. »Wenn es mir beliebt, mit dem Wagen zu fahren ...«

»Und wohin fährst du dann?«, fragte er und hielt ihrem Blick stand.

Barbel sah vom einen zum anderen. »Ich hab nicht viel Zeit, wisst ihr«, drängte sie ungeduldig. »Dann steigt eben beide auf, in drei Teufels Namen! Und du spielst uns was vor die Fahrt über, damit sich's wenigstens ein bisschen lohnt, dass ich einen Kerl mitgenommen hab!«

»Ich spiele nicht auf Befehl«, sagte Jakob und machte keine Anstalten aufzusteigen.

»Dich haben sie wohl vergessen aufzuhängen, was?«, fragte Barbel spöttisch.

»So, wie sie vergessen haben, dich zu verbrennen«, meinte der Spielmann.

»Kann noch kommen«, sagte Barbel leichthin und schwang sich auf den Kutschbock. »Jetzt steigt endlich hinten auf, ich muss weiter.«

Jakob half Elisabeth auf das Gefährt, dann zog er sich hoch und suchte sich einen Platz zwischen der Unzahl von Körben und Kisten. »Mit was allem hausierst du denn?«, fragte er und begutachtete das Durcheinander.

»Sperr deine Augen halt auf«, sagte Barbel, ohne den Kopf zu drehen. Sie schnalzte mit der Zunge und ließ das

Pferd anziehen. Über Elisabeths Kopf schepperten daraufhin die Pfannen, Messer und geschnitzten Löffel, die oben an der Decke befestigt waren, wild aneinander. Sie rückte ein wenig zur Seite aus Angst, etwas davon könnte ihr auf den Kopf fallen. Um sie her lagen in den Körben Gürtel und Schnüre, Scheren, Nadeln, Faden, Knöpfe, Kerzen und Fingerhüte und derlei Dinge mehr. In einem Holzkistchen lugten unter einem Tuch Glasflaschen gefüllt mit seltsam gefärbten Flüssigkeiten hervor. Jakob zog eine heraus. »Handelst du auch mit Arzeneien wie ein fahrender Bader?«

»Nimm die Pfoten von meinen Sachen!«, fuhr ihn die Frau an. »Das sind Liebestränke und andere Zaubermittel. Brauchst was davon?«

Jakob lachte auf. »Glaubst du an solchen Unsinn?«

»Bewahre«, sagte Barbel. »Ich verkauf's nur. Aber was meinst, wie viele sich darum reißen? Noch ein Sprüchlein dazu, dann bringt's ganz gut was ein.«

»Sag mal.« Jakob wurde ernst und rückte näher nach vorne zu der Frau. »Ist das nicht zu gefährlich? Fürs Feuer reicht es schon, dass du rote Haare hast und Männerkleidung trägst ...«

»Siehst du«, entgegnete Barbel ungerührt, »da machen die Zaubermittelchen den Bock auch nicht mehr fett. Und meinst, es nützt was, wenn ich mich so anzieh wie deine Krönerin da? Wenn die eine verbrennen wollen, da verbrennen die sogar die Mutter vom Pfaffen, die den ganzen Tag auf den Knien vorm Altar rumrutscht.«

Elisabeth spähte durch den Spalt der Plane auf die grauen, schmalen Häuser, in denen die Menschen nun erwachten. Hier hörte sie eine Stimme, dort wieherte ein Pferd, da klapperte ein Fensterladen. Neben dem Planwagen wurden Schritte laut, doch das Rasseln der eisenbeschlagenen Räder auf der schlecht gepflasterten Straße übertönte sie wieder. Elisabeth war es, als stiege früh am Morgen all der Gestank aus den Ecken und Winkeln in den Himmel hinauf und zöge gerade an ihrer Nase vorbei. Von weit her erklang kaum hörbar ein kirchliches Lied von mehreren Stimmen getragen und ein Türmer blies zur frühen Stunde.

»Kannst kutschieren?«, fragte Barbel plötzlich den Spielmann.

»Ja«, antwortete der. »Warum?«

»Dann komm vor zu mir. Kannst mich mal ablösen.« Sie machte ihm Platz an ihrer Seite und reichte ihm die Zügel. Elisabeth hörte mit halbem Ohr, wie sie ein Gespräch über Pferde begannen, ein offenbar unerschöpfliches Gebiet, denn sie erreichten darüber die Grenzen der Stadt.

Gleich hinter der Stadt versperrte eine Zollschranke den Weg. Vor ihnen wartete ein Handelszug mit mehreren Wagen und bewaffneter Eskorte. Glücklicherweise gab es bei der Abfertigung des Kaufmannszuges Schwierigkeiten und der Wagen der Hökerin wurde vorgezogen. Der Balken hob sich endlich und der Wagen schwankte weiter über die holprige Straße.

Barbel hatte sich wohl genügend von des Spielmannes Fähigkeiten im Wagenlenken überzeugt, denn sie überließ ihm, trotz anfänglichen Misstrauens, die Zügel und kletterte zu Elisabeth nach hinten. Sie öffnete die hinteren Planen, schlug sie nach außen und befestigte sie an den Seiten, setzte sich auf den Wagenrand und ließ die Beine baumeln. Elisabeth hatte einen Korb beiseite geschoben und sich so einen einigermaßen behaglichen Platz verschafft. Sie lehnte mit dem Rücken an dem Seitenbrett und musterte die Frau. Sie hatte ihren Hut abgelegt, die dicken, roten Haare reichten nicht einmal bis zum Nacken. Ihr Gesicht war hell und sommersprossig und sah durch die etwas schräg geschnittenen Augen und die hoch stehenden Wangenknochen sehr reizvoll aus.

»Setz dich her, Elisabeth«, forderte sie. »Ist es nicht prächtig, wenn alles an dir vorüberzieht? Um nichts in der Welt möcht ich das missen. Aber von hier hinten hab ich mir die Straße selten beschaut. Vielleicht sollt ich doch öfters einen Kerl mitnehmen, der kutschieren kann. Muss aber einer sein, an dem ich Gefallen finden könnt, denn die Pfoten lassen die Kerle ja nie von einem, was?«

Elisabeth schob vorsichtig ihre Beine über den Wagenrand und strich den Rock darüber glatt. »Ihr ... Ihr mögt die Männer nicht?«

»Die meisten nicht«, stellte Barbel klar.

»Ich verabscheue sie alle«, sagte Elisabeth.

»Du hast doch einen bei dir«, erstaunte sich Barbel.

»Es hat sich so ergeben.«

»Hast Angst allein als Frau auf der Straße, wie?« Barbel bedachte sie mit einem Seitenblick. »Lässt dich lieber von einem Einzigen flachlegen als von einem jeden, der daherkommt? Ich hab 'n Messer und 'ne Büchse dabei. Meistens geht's gut.« Sie besah sich Elisabeth ausgiebig. »Nein, wär für dich auch nichts mit der Büchse, kannst bestimmt nicht mal damit umgehn. Er geht auch an, dein Kröner. Sag, war er nicht immer Spielmann? So wie er sich auf Pferde versteht. Und kräftige Hände hat er auch. Hat er mal was anderes gemacht?«

»Ich kenne ihn noch nicht sehr lange«, erwiderte Elisabeth.

Sie entfernten sich immer weiter von der Stadt, folgten dem Lauf eines kleinen Flusses und befanden sich wohl bereits auf der Straße, die der Spielmann die »alte Handelsstraße« genannt hatte. Das »alt« schien für »einstmalig« zu stehen, denn sie war wenig befahren, keineswegs so belebt wie die Straße, die sie am Tag zuvor in die Stadt geführt hatte. Die Luft war wieder klar und frisch, die Frühlingssonne schien warm auf den Wagen.

Barbel seufzte. »Jetzt hätt ich auch gern so 'n Rock wie du, da könnt ich ihn hochschieben und mir die Beine bescheinen lassen. Warum machst du's nicht?«

Ihre bloßen Beine zeigen? Allein der Gedanke war ungehörig. »Warum tragt Ihr diese Männerkleidung?«, lenkte sie ab.

»Ist meistens bequemer. Man sieht auch nicht immer gleich, dass ich 'n Weib bin.«

»Und die Haare?«

»Hab ich abgeschnitten. Na, is' vielleicht ein bisschen misslungen. Aber da werden sie nicht so zottig wie deins.«

»Das meine?« Elisabeth fasste erschrocken in ihr Haar. Ihre schönen, langen, glänzenden Haare?

»Soll ich dir's auch abschneiden?«, fragte die Hökerin. »Scheren hab ich genug.«

»A Dieu ne plaise!«, rief Elisabeth entsetzt.

»Kannst Französisch?«, fragte Barbel interessiert. »Ich kann 'n bisschen Schwedisch. Wo man halt rumkommt. – Soll ich sie dir kämmen?« Sie kramte in einer Kiste nach einem grobzinkigen Kamm. Sie hockte sich hinter Elisabeth und begann vorsichtig, die langen Haare zu entwirren.

»Au!«, schrie Elisabeth auf.

»Hab dich nicht so.« Barbel mühte sich weiter.

Der Spielmann blickte über die Schulter nach hinten. »Was macht ihr da?«

»Nichts für Kerle«, antwortete Barbel. »Jetzt wird's ihm bestimmt unbehaglich«, flüsterte sie Elisabeth ins Ohr. »Männern wird's immer unbehaglich, wenn die Frauen in der Überzahl sind, deshalb verbrennen sie sie alle.« Ungewollt entfuhr Elisabeth ein helles Lachen. »Jetzt denkt er, wir reden über ihn«, erklärte Barbel und steckte Elisabeth notdürftig die Haare auf. »Die Kerle denken immer, es ginge nur um sie.«

Sie kletterte wieder nach vorne und nahm dem Mann die Zügel aus der Hand. Offensichtlich gehörte er nicht zu den Männern, gegen die sie eine große Abneigung verspürte, denn sie duldete ihn neben sich und begann ein neues Gespräch. Dabei lenkte sie den Wagen sehr sicher über die Straße. Sie vermied die Löcher und nur äußerst selten rumpelten sie über einen Stein.

Elisabeth lehnte sich gegen das Seitenbrett und ließ sich schaukeln. Minuten und Stunden verstrichen. So, wie der

Wagen hin und her schwankte, so schwankten auch ihre Gedanken. Zum ersten Mal hatte sie Gelegenheit, ihre Lage zu überdenken. Es waren nur zwei Tage verstrichen, und dennoch fiel es ihr schwer, sich Messelstein überhaupt vorzustellen. Den Salon mit Anna, Heinrich, der Großtante. Was taten sie in diesem Moment? Hatte der Fürst seine vorschnelle Heftigkeit und Strenge längst bereut? Ließ er sie suchen landauf, landab? Und Eleonore? Hatte er sie wütend vom Hofe verbannt, zu ihren Eltern zurückgeschickt? Hatte Graf Eberhard dem Fürsten auf das Höchste beleidigt die Freundschaft aufgekündigt, oder saßen die beiden Herren in der Bibliothek bei einer Flasche Wein zusammen und schwiegen Elisabeth tot, so, als hätte sie nie existiert?

Nur zwei Tage. Wäre dieser unselige Mensch an dem bewussten Morgen nicht im Speisesaal aufgetaucht, wäre heute der dritte Tag der Hochzeitsfeierlichkeiten angebrochen. Marie hätte sie längst angekleidet und frisiert. Sie hätte das tiefrote Samtkleid oder ... Nein, sie hätte ein ganz neues Kleid getragen zur Feier des Tages. Aus heller Seide vielleicht? Der wohlwollende Blick des Vaters am Frühstückstisch, das spöttische Lächeln Eleonores, die höflichen Aufmerksamkeiten des Grafen. Die erste Nacht mit ihm hätte sie längst hinter sich. Noch immer packte sie ein Gefühl von Abscheu bei dem Gedanken. Wäre es aber nicht einfacher gewesen, sich dem Grafen hinzugeben, als in dieser steten Ungewissheit zu leben? Einfacher als alles, was ihr noch bevorstehen mochte unter diesen rohen Menschen?

Einfacher gewiss, jedoch ...

Ferdinand. Warum kam ihr Ferdinand in den Sinn? Fast hatte sie ihn ein wenig vergessen durch die sich überstürzenden Ereignisse. Ferdinands hübsches, arrogantes Gesicht so nahe an dem ihren im Innenhof am Abend des Balles. Plötzlich wünschte sie sich brennend, dass er sie doch geküsst hätte. Ein einziges letztes Mal. Und sie stellte sich vor, er hätte erfahren, was ihr zugestoßen war, und er hätte mit einem Mal erkannt, dass sie ihm wichtiger war als sein Stand und sein Vermögen, und hätte sich aufgemacht, sie zu suchen, und käme nun gerade eben in diesem Augenblick zu Pferde vorbei und …

»Wir müssen bald absteigen«, unterbrach der Spielmann ihre Gedanken. Er hatte sich einen Weg durch Barbels Waren gebahnt und setzte sich zu ihr. Sie warf ihm einen unwilligen Blick zu, diesem Menschen aus dieser grässlichen Welt, in der sie nichts und niemanden einzuordnen vermochte, weil sie die Regeln nicht kannte, falls es überhaupt Regeln gab. Der sich anmaßte zu bestimmen, ob sie wandern oder fahren sollte, was sie aß, wo sie schlief, wohin sie zu gehen hatte.

»Wir gehen also nach Reupen?«, fragte sie.

»Ja.«

»Hättet Ihr es mir beizeiten mitgeteilt, wäre Euch der lange Weg erspart geblieben, denn dieses Land werde ich nicht betreten.«

»Warum nicht Reupen?«, fragte er. »Etwa wegen dem König? Weil du ihn abgewiesen und beleidigt hast? Da gäbe es wohl kaum ein Land, in das wir gehen könnten, denn wie ich gehört habe, hast du beinah aus jedem Land einen edlen Herrn abgewiesen.« Er saß schräg vor ihr am hinteren Wagenrand, das eine Bein angewinkelt, ein spöttisches Grinsen um die Lippen.

Sie straffte die Schultern. »Bedenkt, dass ich als Königin in Reupen eingezogen wäre, hätte es mir beliebt.«

Er lachte schallend. »Hätte es dir beliebt!«

»Hätte ich geahnt, was mir bevorsteht, hätte ich ebenso gut den König von Reupen erwählen können, er steht Euch zumindest an Unverschämtheit in nichts nach. Ob Bauer oder Bettler ist wohl einerlei.«

»Das war sehr deutlich.« Er schwieg und blickte auf die Straße, die hinter dem Wagen immer enger zu werden schien. »Warum aber«, begann er wieder, ohne sie dabei anzusehen, »hast du mir dann selbst deine Hand geboten?

Mir kam's so vor, als wollte dein Vater dir den Weg zu dem alten Grafen offen halten, oder?«

»Ein bedauerliches Missverständnis, Monsieur«, erwiderte sie herablassend. »Warum beenden wir es nicht? Es ist Euch nicht gelungen, Vorteile und Barschaften aus dieser Verbindung zu schlagen, auf Euren Wanderungen bin ich Euch ohnehin eine Last und an meinem Elend habt Ihr Euch lange genug ergötzt.«

»Du irrst dich, Prinzessin.« Er rückte näher an sie heran und senkte seine Stimme. »Ich habe mich noch nicht genug an dir ›ergötzt‹. Noch lange nicht.«

Sie rückte ein wenig von ihm ab, um seiner irritierenden Nähe zu entweichen.

»Was ... was wollt Ihr von mir?«, flüsterte sie.

»Du hast doch gewiss bestimmte Erwartungen an das Verhalten eines Mannes aus den untersten Schichten, nicht wahr? Was also, meinst du, könnte ich von dir wollen?« Ehe sie sie ihm entziehen konnte, hatte er ihre Hand an seinen Mund gezogen, jedoch nicht, um einen Kuss darauf zu hauchen, wie ein »galant homme« es getan hätte, sondern um seine Lippen in ihre Handfläche zu graben. Sekundenlang spürte sie die Feuchtigkeit seines Mundes und, da sie sich gegen diese plötzliche Berührung nicht gewappnet hatte, ein eigenartiges Gefühl von Lust über ihren Arm durch den ganzen Körper rieseln. Heftig zog sie die Hand zurück. »Ich werde Euch ein Messer zwischen die Rippen stoßen, wenn Ihr es wagt, mich noch einmal zu berühren.« Ihre Lippen zitterten.

»Du hast kein Messer.«

Der Wagen ruckte und stand. »Wir sind da!«, rief Barbel von vorne. Die feste Frauenstimme gab Elisabeth ein Gefühl von Sicherheit. Der Spielmann sprang ab und streckte Elisabeth seine Hand entgegen. Sie übersah sie und sprang ohne seine Hilfe.

»Meinetwegen könnt ihr weiter mitfahren«, bot Barbel an. »Überlegt's euch.«

Jakob schüttelte den Kopf. »Geht nicht, wir müssen da weiter.« Er zeigte auf den Weg, der rechts von der Straße abzweigte.

»Wolltst mir nicht was abkaufen?«, fragte Barbel.

»Hätt ich beinah vergessen.«

»Also«, sie stieg vom Kutschbrett und schlug die Plane hoch. »Was brauchst?« Er fragte nach Nadel und Faden, einer Schere, einer Kerze, einem Holzlöffel, einem Kamm und Seife. Die Hökerin langte trotz der vermeintlichen Unordnung sicher in die richtigen Kisten und zog auf Anhieb die gewünschten Gegenstände heraus.

»Leb wohl, Elisabeth.« Sie streckte ihr die Hand entgegen. »Wär gern noch ein bisschen mit dir gefahren.« Barbel hatte einen äußerst festen Händedruck. Elisabeth sah sie an, dann lächelte sie. »Leb du auch wohl, Barbel.«

Die Hökerin schwang sich auf das Kutschbrett, nahm die Zügel wieder auf und schnalzte mit der Zunge. Der Wagen rollte an.

Elisabeth blickte eine gute Weile hinterher.

»Komm weiter«, forderte der Mann sie auf. Elisabeth überhörte seine Worte und heftete ihren Blick weiter auf die schmutzig weiße Plane.

»Komm«, sagte er und berührte ihren Arm. »Es hilft nicht hinterherzuschauen.«

Die Straße fühlte sich ungewohnt fest an unter ihren Füßen nach dem fortwährenden Schwanken des Planwagens. Sie folgte dem Spielmann zögernd, drehte sich noch einmal um, aber Barbels Gefährt war hinter einer Biegung verschwunden. Sie war wieder alleine mit dem Mann. Noch immer brannten seine Lippen wie eine stete Demütigung in der Innenfläche ihrer Hand. Der Mann jedoch ging wortlos vor ihr her, so wie all die Zeit zuvor, so, als hätte das Gespräch auf dem Wagen nie stattgefunden.

Lehmbraunes Wasser floss über den Weg. Der Geruch nach frisch gepflügter Erde lag in der Luft. Die ersten zartgrünen Halme sprossen zwischen dem harten, welken Wintergras hervor, über ihnen zogen mit kräftigen Flügelschlägen zwei Krähen.

Aus der Ebene um Stadt und Fluss waren sie wieder in eine hügelige Landschaft gelangt, karg und steinig. Gestrüpp säumte die Straße; dunkle, feuchte Wälder bedeckten die Hügel. In dem Dorf, das sie nach einer halben Stunde Weg passierten, hatten die Menschen die Türen und Fenster weit geöffnet. Männer besserten vor den Häusern Gerätschaften aus, Frauen hängten Wäsche auf die Leine. Vor den Türen spielten schmutzige Kinder. Hühner pickten nach Körnern und ein Schwein wühlte mit seiner Schnauze in einer schlammigen Pfütze. Ein kleines Mädchen saß neben dem Tier, die Arme und die runden, nackten Beine braun vom Schlamm, die Hände tief darin vergraben. Sie formte Kugeln aus der weichen Erde und war gänzlich in dieses Spiel versunken. Elisabeth blieb stehen, gefesselt von dem Anblick. Der Mann war weitergegangen, sie hatte Mühe, ihn wieder einzuholen.

Gleich hinter dem Dorf hockte unter den tief herunterhängenden Ästen eines Apfelbaumes ein junger Mann, seine Mahlzeit verzehrend. Als sie sich ihm näherten, sah er auf. »Wohin des Wegs?«, fragte er mit vollem Mund. »Ach«, er blickte auf die Laute, »ein Musikant. Setzt euch zu mir. Ich hab nichts gegen Spielleute. Sind doch Menschen, die ihrem Handwerk nachgehen wie auch ich.«

Elisabeth entdeckte ein spöttisches Zucken um die Mundwinkel des Spielmannes. Er blieb stehen. »In Gesellschaft isst sich's besser«, stimmte er zu und nahm Laute und Bündel von der Schulter. »Ich bin Jakob und das ist Lise, meine Frau.«

»Und ich bin der Christoff.« Der Mann kaute weiter. »Ein wandernder Zirkelschmied aus Nürnberg.« Elisabeth löste ihren Mantel und breitete ihn auf dem feuchten Gras am Straßenrand aus. Sie fühlte den Blick des Handwerksburschen ihren Körper entlanggleiten. Sie wich seinen Augen aus und nahm das Brot entgegen, das Jakob ihr reichte.

»Was hast du dabei?« Der Zirkelschmied spähte neugierig in den Beutel des Musikanten. »Vielleicht können wir ein wenig tauschen, damit's nicht so eintönig bleibt.«

Elisabeth nahm sich Käse zu ihrem Brot, lehnte sich gegen die raue Rinde des Baumes und sah durch seine kahlen Zweige den hellen Frühlingshimmel und die weißen Wolken. Auf dem Feld gegenüber zog eine Kuh einen Pflug durch die harte Erde. Der Bauer hinter dem Pflug blieb stehen, schaute zu den Rastenden hinüber und ging dann weiter, Schritt für Schritt. Sie hörte, wie sich die Männer über ihre Erlebnisse auf der Straße und die neuesten Geschehnisse im Lande unterhielten. Der Spielmann reichte dem Handwerksburschen den Beutel mit Branntwein, der nahm einen Schluck und gab den Beutel zurück. An den Zweigen dicht vor Elisabeths Gesicht saßen kleine, braune Knospen.

»Willst du?« Die Stimme des Fremden riss sie aus ihren Betrachtungen. Er hielt getrocknete Pflaumen in seiner Hand. Sie nahm sich eine und schob sie in den Mund. Süß schmeckte sie. »Na, nimm noch mehr«, bot der Mann an. Sie blickte in sein unauffälliges, glatt rasiertes Gesicht mit dem zu schmalen Mund. Als sie ihre Hand nach der zweiten Pflaume ausstreckte, berührte seine Hand die ihre länger als nötig.

Sie hielt sich ein Stück abseits der Männer, als sie nach beendeter Mahlzeit gemeinsam weitergingen.

»Du bist früh unterwegs, Christoff«, stellte der Spielmann fest. »Oder irre ich mich? Bei dem kalten Wind sitzt sich's doch noch eine Weile gemütlich am Ofen vom Meister.«

»Je früher raus, desto besser«, sagte Christoff. »Ich bin auch nicht ganz freiwillig gegangen.«

»Erzähl«, forderte der Spielmann.

»Der Meister hat mich im Bett seiner Alten erwischt. War halt Dummheit, sich erwischen zu lassen. Den ganzen Winter ist's gut gegangen.«

»War sie hübsch?«

»Ha, hübsch!« Christoff lachte ein unangenehmes Lachen. »Die alte, fette Hexe. Ich musst mich schon jedes Mal zusammenreißen, wenn ich in ihr Bett gestiegen bin.«

»Warum bist du's dann?«

»Na, du hast 'ne Ahnung. Bist du noch nie in ein warmes Bett gekrochen, wenn's im Winter kalt wurd auf der Straße? Egal wem's gehört hat?« Elisabeth sah den Spielmann neugierig an, aber der antwortete nicht. »Was denkst du, wie wohl's mir dadurch ging? Immer ein bisschen mehr zu essen, ein Kleidungsstück aus der Reih und ein Paar Schuh obendrauf. Und das im Winter, wo's den meisten von uns nicht grad zum Besten geht. Egal. Der Winter ist vorbei, da zieht's einen eh auf die Straße. Was hatt ich denn da unten zu erwarten? Hätt die Tochter oder die Witwe eines Meisters heiraten können im besten Fall, aber wenn du die sehen würdst, die's da zur Auswahl gibt – lieber erst mal woanders schaun. – Sag«, er deutete auf das Instrument, »wofür hast du eigentlich die Laute da, wenn du nichts spielst? Spiel uns eins, da wandert sich's besser!«

»Kannst du singen?«, fragte der Spielmann und nahm die Laute vom Rücken.

»Und ob ich singen kann«, brüstete sich der Zirkelschmied. Er schmetterte mit kräftiger, beinahe zorniger Stimme ein aufmüpfig-mitreißendes Lied in den hellen Tag. Widerwillig gestand sich Elisabeth ein, dass er die Melodie gut hielt, wenn seiner Stimme auch Jakobs Ausdruckskraft fehlen mochte.

»Was ist das für ein Lied?« Jakob horchte auf. »Ich kenn's nicht. Sing's noch mal.«

»Jetzo kommt für unsereinen doch die allerschönste Zeit; denn das Frühjahr tut erscheinen, da geht's lustig in die Weit ...«

»Wart«, unterbrach Jakob und versuchte sich an den passenden Griffen. »Und jetzt nur die Melodie.«

Sie probierten eine Weile zusammen. »So schnell kannst du dir ein ganzes Lied merken?«, staunte Christoff. »Die

Melodie leicht«, sagte Jakob, »mit den Worten ist's schwieriger. Kommt drauf an, wie gut's mir gefällt.«

Die ersten Töne schwangen sich hoch in das klare Blau und erfüllten die Felder um sie her bis zu dem dichten Wald hinter der sumpfigen Wiese mit einer lebendigen Kraft. »Jetzo kommt für unsereinen doch die allerschönste Zeit ...«

Elisabeth gelang es nicht, sich der Kraft des Liedes zu entziehen, gegen ihren Willen passte sie ihren Schritt dem Schwung der Musik an und bemerkte, dass sie zu dritt ganz gleichmäßig wie beim Tanz die Straße entlangzogen.

»War das nicht ein großer Jammer in der langen Winterzeit,
sitzen in der Arbeitskammer, ohne eine Herzensfreud!
Die dummen Meister nur brummeln zu hören,
die einem noch wollen was Neues lehren,
obschon lang ihr Hirn verrost' –
und dazu hundsföttisch Kost!«

Der Spielmann behauptete, er kenne eine Abkürzung, und führte sie querfeldein über unbequeme Pfade und durch wirres Gesträuch zur nächsten großen Landstraße. Die beiden Männer gaben nach und nach alle Frühlings- und Wanderlieder zum Besten, die sie kannten. Und manchmal sang der Spielmann auch das eine oder andere Spottlied, bei dem sich Elisabeth nicht sicher war, ob man etwas derart Respektloses überhaupt singen durfte, und ob er es sang, um sie zu kränken.

»Ich brauch zu Hof schmarotzen nicht, weil mir daselbst an nichts gebricht, brauch nicht fuchsschwänzeln um das Brot, arbeite lieber mich zu Tod', traltiralla! Ich werd nicht belogen, auch nicht mit Heuchelworten betrogen.«

Zwischen einem jeden Lied rückte Christoff in langen Ausführungen seine Fertigkeiten ins rechte Licht. Er erzählte von den Geräten, die er herstellte, von Instrumenten für Chirurgen und Wundärzte, von Zahnzangen, von Quadranten, Proportionalzirkeln und Maßstäben für Mathematiker, von Schrauben für Druckerpressen und so vielen weiteren feinen Werkzeugen, dass schließlich der Eindruck entstand, die Welt würde ohne ihn aufhören, sich zu drehen.

»Und eine so sorgfältige Arbeit«, setzte er zufrieden hinzu, »können sie niemals in ihren neuen Manufakturen machen mit ihren billigen, dahergelaufenen Leuten.«

»Habt Ihr ... habt Ihr so ein Instrument dabei?«, fragte Elisabeth begierig.

»Nur meine Werkzeuge«, sagte Christoff. »Ist allemal nichts von Interesse für eine Frau.« Sie senkte den Kopf, um die Zornesröte in ihrem Gesicht zu verbergen. Sie liebte die fein gearbeiteten mathematischen und astrologischen Geräte, aber sie hätte ihm wohl schlecht sagen können, dass sie zu Hause einen Quadranten besaß mit zierlich eingravierten Zahlen und Buchstaben.

Ihre Wege trennten sich, als sie eine größere Kreuzung erreichten. Nach dem kurzen Abschied ließ Elisabeth sich erschöpft am Straßenrand nieder und sah die Gestalt des Zirkelschmiedes Richtung Norden immer kleiner werden. Ihr war es nicht leid darum, sie hatte seine Anwesenheit nur insofern geschätzt, dass sie, solange er mit ihnen gewandert war, nicht mit dem Spielmann hatte allein sein müssen. Sie sah zu ihm auf. »Wie weit ist es noch bis Reupen?«

»Wir sind längst in Reupen.«

»Aber ...« Vor ihr begrenzten Bäume die Sicht, als sie jedoch den Kopf wandte, konnte sie das Land überblicken bis zu den sanften, bewaldeten Bergen am Horizont, die sich im Blau des Himmels verloren. Hinter ihr lief eine kleine Straße schräg bergab, schlängelte sich in vielen Windungen durch von dichten Hecken begrenzte Wiesen und Äcker bis zu einem winzigen Dorf in der Ferne.

»Was gibt es da zu lachen, Monsieur?« Sie zog die Augenbrauen hoch. »Wie vermag ich zu erkennen, dass wir bereits in Reupen sind, wenn ich dieses Land nie zuvor gesehen habe? Auch haben wir keine Zollschranke passiert ...«

»Haben wir umgangen. Aber jetzt steh auf, Mädchen, sonst ...«

»Ich verbitte mir für die Zukunft diese vertrauliche Anrede«, wies sie ihn kühl zurecht.

»Verzeiht, Madame.« Er verneigte sich. »Ich vergaß, dass Ehegatten in Euren Kreisen einander höflicher begegnen.«

Sie blickte ihn verwirrt an. Er machte sich offensichtlich lustig über sie, aber etwas an seiner Geste ...

»Steh trotzdem auf«, fügte er hinzu, »sonst sind wir nicht mal in der Stadt, eh's dunkel wird.«

»In welcher Stadt?« Ihre Frage schien ihr ein Echo auf die gleiche Frage, die sie am Tag zuvor gestellt hatte. Würden sie von Stadt zu Stadt gehen, bis sie vor Erschöpfung zusammenbrach und er sie dafür verhöhnte? »In des Königs Prunkstädtchen«, antwortete er knapp.

Sie erhob sich und erwiderte scharf: »Mit einer derartigen Auskunft ist mir nicht gedient, Monsieur. Würdet Ihr die Freundlichkeit besitzen, mir finalement zu erläutern, wie viel an Weg wir noch zurückzulegen haben und welcher Art unser Ziel sein wird?« Er darf mich nicht bezwingen, dachte sie, er darf meine Angst nicht spüren. Das ist es, was er anstrebt. Meinen Willen zu brechen, mich am Straßenrand liegen zu lassen. Aber aus welchem Grunde?

»Ehe es dunkel wird, sind wir da. Dann musst du nicht mehr gehen und kannst deine zarten Füße schonen. Das ist es doch, was du wissen willst, oder?« Was blieb ihr zu tun, wenn er nie richtig antwortete? Lag es in seiner Absicht, sie um eine Antwort betteln zu hören?

Er betrat den Weg, der schräg bergab lief. Sie folgte ihm. Sie ging neben ihm her mit Blasen an den Füßen bis zum Rande der Erschöpfung, Stunde um Stunde. An einem Bach kühlte Elisabeth ihre Füße im eisigen Wasser. Sie mussten nun des Öfteren Pausen einlegen, sonst wäre es ihr unmöglich gewesen, den Weg fortzusetzen. Am frühen Abend endlich erreichten sie eine kleine Stadt. Sie lag vor ihnen in einer Senke und sah im letzten Licht des Tages freundlich und einladend aus. Vor den Mauern dehnten sich Wiesen; nahe am Tor, noch außerhalb der Mauern, drängten sich einzelne, kleine Häuser, umgeben von ebenso kleinen Gärten. Die Stadt wirkte wie ein hübsch zurechtgemachtes Dorf.

»Wem gehört all dies?«, fragte sie.

»König Philipp II. von Reupen«, antwortete Jakob. »Es könnte deine Stadt sein, hättest du seinen Antrag angenommen. Aber er hat deinen Ansprüchen nicht genügt, Prinzessin.« Sein Blick fragte. Welche Antwort erwartete er? Bedauern? »War keiner dabei unter all den Herren, der genug Land, Vermögen und Ansehen hatte? War dir keiner gut genug? Wie hoch hinaus wolltest du?«

»Es ging mir keineswegs ...« Sie brach ab. Wie hätte sie einem solchen Menschen sprechen können von der reinen Liebe, frei von Gewinnsucht, frei von zweckgebundenen Überlegungen. Diese Menschen entbehrten jeglicher Moral und höheren Idealen. Sie sah ihn von der Seite an. Rundweg dumm sah er nicht aus, besonders dann nicht, wenn er auf der Laute spielte. Dazu vermochte er, wenn auch nicht mit wohl gesetzten Worten, aber er vermochte sich recht manierlich auszudrücken. Für seine Verhältnisse mochte er sogar eine gewisse Intelligenz besitzen, gab es doch genug Beispiele an Männern aus dem einfachen Volke, die auf gewissen, begrenzten Gebieten geistige und künstlerische Fähigkeiten entfalteten. Aber dennoch ...

»Soll ich dir die Stadt noch zeigen oder reicht deine Kraft nicht mehr aus?«, fragte er, als sie durch das Haupttor schritten. Sie antwortete nicht. Tatsächlich war sie dem Zusammenbruch näher, als sie es ihm gegenüber hätte zugeben mögen. Sie spürte kaum noch etwas anderes als die Blasen an ihren Füßen und erhaschte von der kleinen Stadt nur einen kurzen Eindruck. Fachwerkhäuser um den Marktplatz, Gassen, die bei weitem nicht so abstoßend rochen wie die dunkle Gasse am Morgen dieses verstreichenden Tages.

An einer Stelle war die Stadtmauer durchbrochen. Steinhaufen lehnten an den Mauerresten. Es schien, als wäre die Mauer mit Absicht zerstört worden, um die letzten Häuser und die schmale Gasse anzupassen an die weite, schnurgerade Allee, die aus dem Städtchen hinausführte. Der völlig unerwartete Anblick des Schlosses am Ende dieser Allee ließ Elisabeth für einen Moment jegliche Ermattung vergessen. Sie waren unter einem Baum stehen geblieben, in sicherer Entfernung von den Wachsoldaten, aber nahe genug, um das Schlösschen genau besehen zu können.

»Mais, c'est charmant!«, rief sie aus. Es war so ganz anders als alle Gebäude, die sie kannte. Da gab es keinen Graben, keine hohen, dunklen Mauern. Ein schmiedeeisernes Gitter lief auf einem niedrigen Mäuerchen um die ganze Anlage, das Tor war weit geöffnet und gab den Blick auf das lang gestreckte Gebäude mit den klaren, geraden Linien frei. Der linke Seitenflügel war noch nicht ganz fertig gestellt, aber man konnte bereits erkennen, wie harmonisch er sich zum Ganzen fügen würde. Es war so gänzlich »à la mode«, es musste das erste und einzige Gebäude dieser Art in den deutschen Landen sein. Ein wenig erinnerte es sie an Versailles. Es war jedoch kleiner als das französische Vorbild, zierlicher, vielleicht sogar etwas heiterer und gefälliger. Ob sich dahinter ebenfalls ein prachtvoller Park befand?

»Es gefällt dir?«, fragte Jakob.

»Es ist wundervoll. Wem gehört es? Wozu dient es?«

»König Philipps Lustschloss«, erwiderte er leichthin, als handle es sich um einen Pferdestall.

»Ihr meint, dass König Philipp dieses ... dass König Philipp ...«, begann sie zutiefst erstaunt.

»Aber nein, er hat es nicht bauen lassen«, sagte Jakob. »Wie könnte er? Wo er doch nicht mehr ist als einer eurer Stallknechte. Das hast du ihm doch ins Gesicht gesagt, oder? Wen wolltest du damit beleidigen, den König oder die Knechte?«

Sie errötete. »Woher wisst Ihr davon?«

»Man redet in ganz Reupen von nichts anderem. Du hast nur das ausgesprochen, was viele sowieso schon denken. – Das Schloss also hat sein Vater, der alte Philipp, ausbauen lassen. Für den Sommer, für Bälle, für ein heimliches Treffen mit einer Frau. Aber er ist vor einem guten Jahr gestorben, wie du sicher gehört hast, und erlebt die Fertigstellung nun nicht mehr. Feste haben sie darin schon gefeiert und Hofschranzen sitzen auch in jedem Zimmer.«

Schräg hinter dem Schloss ging die Sonne unter. Die Scheiben der langen Fensterfront erglühten gelb und rot. »Und der junge König? Weilt er des Öfteren hier?«

»Nein. Jetzt tut es dir Leid, oder?«

»Was sollte mir Leid tun?«

»Dass du ihn abgewiesen hast. Das Schlösschen hättest du schon genommen.«

»Was wünscht Ihr zu hören?«, fragte sie spitz. »Dass ich mich freue, stattdessen mit Euch ...«

»Pass auf!« Er zog sie von der Straße weg in die Wiese hinein, denn ein mit einer Unzahl an Kisten schwer und hoch beladener Wagen rumpelte an ihnen vorüber.

»So viele Kisten«, wunderte sie sich und stellte sich darin Geschirr oder edle Stoffe oder sonstigen Zierrat vor. »Was mag darin sein?«

»Nichts weiter. Nur Bücher.«

»Bücher?«, horchte Elisabeth auf. »Wie könnt Ihr das wissen?«

Er zuckte mit den Schultern. »Ich weiß es auch nicht, ich dachte es nur. Als ich vor einer guten Woche hier war, da waren's Bücher. Da hatten sie angefangen, alle Bücher in die große Bibliothek der Residenz zu schaffen. Und die Kisten sahen genauso aus.«

»Eine große Bibliothek?«, fragte sie eifrig. »Ich hätte nie

gedacht, dass der König von Reupen ein Interesse an Büchern besitzt.«

Der Spielmann lehnte an dem schlanken Alleebaum und blickte zu dem eisernen Zaun hinüber. »Hat er auch nicht. Es ist die Bibliothek des alten Philipp. Ich glaub, der König will den Plunder nur aus dem Weg haben.« Empört starrte sie ihn seiner abfälligen Bemerkung wegen an.

»Man munkelt sogar«, fügte er mit einem Grinsen hinzu, »dass er nicht mal lesen kann.«

»Das würde mich keineswegs überraschen.«

»Aber wenn ich lesen könnt, das würde dich überraschen.«

»Allerdings.«

Ein Lächeln spielte um seine Lippen. Sie musterte ihn verwirrt, wie er da lässig an den Baumstamm lehnte gegenüber dieses reizenden Schlösschens. Konnte er am Ende wirklich lesen?

»Gehn wir weiter, es wird immer dunkler.« Er führte sie quer über die Wiese, fort von Schloss und Stadt auf einen befestigten Weg. Links des Weges dehnte sich ein riesiger Wald ins Unendliche. Nachdem sie ein gutes Stück gegangen waren, schoben sich auch von der anderen Seite die Bäume immer näher und näher heran. Seinen Worten nach musste dies doch der kürzeste und letzte Teil der schier endlosen Wanderung sein und doch war es für Elisabeth die beschwerlichste Strecke an diesem Tag.

Es wurde zunehmend dämmriger, der Weg verschwamm im Zwielicht vor ihren Augen. Die Abendkälte kroch durch ihren Mantel, der Wald wurde dichter und umgab sie nun von beiden Seiten. Sie wusste kaum noch, wie sie ihre Füße aufsetzen sollte, so sehr schmerzten die Blasen. Sie hatte auf das Ziel gehofft, auf den Ruhepunkt, auf das Ende dieser unendlichen Reise. Auf eine Lösung, eine Entwirrung, auf eine Ordnung all der Geschehnisse. Doch sie folgten nur immer diesem Weg durch den Wald.

Mit einem Mal verlangsamte der Mann seinen Schritt,

verließ den Weg und suchte im Dickicht nach einem Durchgang. Er hielt mit seinem Arm das Gestrüpp zur Seite und ließ sie eintreten.

Erstaunt ging sie hinter ihm her auf weichem Boden, zwischen schlanken Bäumen hindurch, hakte ihren Mantel von einem Strauch, ging weiter. Kein Laut war zu hören, keine Stimme, nicht einmal Vogelgezwitscher, nur das Rascheln der verwitterten Blätter unter ihren Füßen. Gewiss hegt er einen tiefen Hass gegen mich, dachte sie, dass er mich durch dieses dunkle Gehölz führt. Und Phantasien von Räuberhöhlen bedrängten sie, von düsteren Gestalten, von sich selbst, in den Dornen verblutend.

Er schob Zweige aus dem Weg, ein Ast schnellte zurück und schlug gegen ihre Stirn. Sie schrie leise auf und fasste an die schmerzende Stelle. Er drehte sich zu ihr um, ein dunkles Gesicht unter dem breiten Hutrand. »Elisabeth?« Er wischte den Tropfen Blut von ihrer Stirn. Einen Moment hatte sie das Gefühl, er wolle etwas sagen, aber er wandte sich nur stumm ab und ging weiter voran. Nach nur wenigen Schritten jedoch blieb er unvermittelt stehen. »Da ist es.«

Mais non, dachte sie verzweifelt, noch immer kein Ende. Nur ein weiterer zerfallener Schober für die Nacht.

»Ich hab sie vor einiger Zeit gefunden.« Er zeigte auf eine winzige Hütte zwischen den kahlen Bäumen. »Ich hab eine ganze Weile gebraucht, bis ich sie so weit zurechtgemacht hatte, dass sich's gut darin leben lässt.«

Zurechtgemacht!, wunderte sie sich. Es war doch nur ein Haufen Bretter, lehmverschmierte Steine mit etwas Stroh darüber. »Was ... was stellt dieses Gebilde dar?«

»Das ist dein und mein Haus«, antwortete er. »Hier werden wir zusammen wohnen.«

Sie musste sich bücken, damit sie zu der niedrigen Tür hineinkam. Ihre Augen gewöhnten sich schwer an das Halbdunkel im Inneren. »Nun, wie gefällt es dir?«, fragte er. »Es ist fast alles da, was wir brauchen. Ein paar Dinge muss ich in den nächsten Tagen noch besorgen.«

»Ich vermag kaum etwas zu erkennen«, sagte sie. »Zündet den Leuchter an.«

»Den Leuchter?« Er lachte auf. »Wie es Euch beliebt, mein Fräulein.« Er zog die Kerze, die er bei Barbel erstanden hatte, aus dem Beutel und kramte nach seinem Feuerzeug. Er schlug den Stein, bis die Funken flogen, und zündete die Kerze an. Dann tropfte er Wachs auf einen wackligen Tisch und drückte die Kerze darauf fest.

»Das ist doch … kein Haus«, entfuhr es ihr in grenzenloser Enttäuschung. »Dieser … dieser Raum erreicht mit Mühe die Größe meines Schreibzimmers …«

Sie hatte sich ein Ende aller Ungewissheit erhofft, eine Belohnung nach den Qualen des langen, ungewohnten Weges. Die Wirklichkeit in Gestalt dieser elenden Hütte vermochte sie nicht zu fassen.

»Nicht so groß wie eines deiner vielen Zimmer, wie?« Seine Stimme nahm wieder den gefährlichen Tonfall an, der ihr Angst bereitete. »Sei froh, dass du ein Dach über dem Kopf hast, Prinzessin. Weißt du, wie viele Menschen nicht mehr als eine solche Hütte haben? Und darin nicht zu zweit leben, sondern zu fünft, zu sechst, zu siebt? Weißt du, wie viele froh wären, wenn sie überhaupt ein Dach über dem Kopf hätten?«

»Ich weiß es nicht«, entgegnete sie müde und lehnte sich mit dem Rücken an die Wand. »Woher sollte ich es wissen?«

»Zu viele«, beantwortete er seine Frage selbst und ließ sich auf einem der beiden Schemel am Tisch nieder.

Sie zog den Mantel fest um sich. »Mir ist kalt.«

»Dann mach Feuer. Und auch gleich was zu essen. Ich hab Hunger und bin müde.«

Sie blickte ihn entgeistert an. »Ich?«

»Wer sonst? Du bist meine Frau, oder?« Er sagte es dermaßen gelassen, dass es offenbar nicht als Scherz gemeint sein konnte.

»Ich bin nicht Eure Dienerin, Monsieur. Ich denke nicht daran, etwas Derartiges zu tun.«

Er zuckte mit den Schultern. »Dann friere.«

Sie sahen sich schweigend an. Selbst von draußen drang kein Laut in das Innere der Hütte. Gewiss waren sie weit und breit die einzigen lebenden Menschen. Die einzigen! Ihr wurde klamm. Nur der Mann und sie alleine in der Hütte.

Er erhob sich seufzend. »Nun gut. Dies eine Mal. Aber sieh genau zu, damit du es lernst.« Er kniete vor der Feuerstelle. Sie sah seinen Rücken, sah ihn mit Holz und Feuerzeug hantieren. Einige Zeit verstrich, bis sie das erste Knacken hörte und die erste Flamme aufflackerte. »Elisabeth?« Sie blinzelte. Es fiel ihr schwer, die Augen offen zu halten.

Seine Hand legte sich leicht auf ihre Schulter. »Warum setzt du dich nicht? Willst du nichts essen?«

»Bemüht Euch nicht«, murmelte sie.

»Auch keinen Apfel?« Sie schüttelte den Kopf. Eine tiefe Gleichgültigkeit hatte sie erfasst. »Geh zu Bett.« Er schob einen Arm um ihre Taille und zog sie vorsichtig von der Wand fort in die Mitte des Raumes.

Bett? Die Müdigkeit wich schlagartig. Jetzt, dachte sie.

Ich fürchtete, er würde mich küssen, hatte Therese gesagt. Aber das hatte ihr bleichgesichtiger Gatte nicht getan. Er hatte sich wortlos auf sie gestürzt. Sie konnte kein Bett sehen. Ihr Fuß stieß gegen einen festen Strohsack.

Er öffnete den Verschluss ihres Mantels. »Lasst.« Ihre Stimme war spröde. »Ich kann es selbst.«

Sie tastete sich in die dunkle, hintere Ecke zu ihrem »Nachtlager«. Sie zog Schuhe und Rock aus; das bis unter die Knie reichende Hemd behielt sie an. Es war gewiss müßig, ihn nach einem Nachtgewand zu fragen.

Sie kroch unter die grobe, feste Decke. Sie fror, aber sie schwieg darüber. Gewiss hätte er noch dreist behauptet, die wenigsten Menschen seien im Besitz von Federbetten.

Der Strohsack war hart und sicherlich nicht viel bequemer als der Boden, auf dem er lag. Die Kälte der bloßen Erde drang hindurch. Sie würde sich den Tod holen, das war sicher. Aber vielleicht war der Tod besser als die Entehrung.

Der Mann blies die Kerze aus. Jetzt, dachte sie. Sie zog die Decke fest um sich herum, dicht, undurchdringbar. Es ist abscheulich, hatte Therese gesagt, schmerzhaft, entwürdigend. Um wie vieles entwürdigender musste es sein, einem Manne von derart geringem Stand zu Willen zu sein? Um wie viel ... Er erhob sich nicht. Sie hörte, wie er einen weiteren Apfel aufschnitt. Sie hörte den Apfel leise krachen, als er hineinbiss.

Das eigentümliche Dunkel, nur vom verglimmenden Feuerschein spärlich erhellt, nährte beunruhigende Phantasien von all dem, was er zu tun imstande war, sobald er seine Mahlzeit beendet hatte. Verzweiflung würgte in ihrem Hals. Wenn sie sich nur in eine warme, weiche Decke hätte wickeln dürfen, tief und fest hinein und für eine kleine Weile ausruhen von all dem Elend.

Sie schloss die Augen und grub ihr Gesicht in das harte Leinen. Sie glitt in einen unruhigen Schlaf. Sie träumte. Plötzlich schrak sie auf. Um sie her bedrückendes Dunkel. An ihrer Seite der gleichmäßige Atem des Mannes. Beruhigend und zugleich beängstigend. Ihr Rücken schmerzte. Sie schlief wieder ein. König Philipp stand neben ihr im Innenhof von Messelstein und grub seine Lippen in die Innenfläche ihrer Hand. Sein Mund glitt ihren Arm entlang. Eine süße, traumhaft leichte Nachgiebigkeit erfüllte sie. Sie öffnete ihre Lippen zum Kuss. Da lachte er spöttisch auf. Verletzt trat sie einen Schritt zurück, aber er war nicht wirklich König Philipp. Jakob stand ihr gegenüber. Oder war es Ferdinand? »Keine Angst, Mädchen«, sagte der Mann sanft, »ich bin doch bei dir.«

Sie öffnete die Augen weit, um zu erkennen, wer der Mann war, doch sie hatte die Augen zu weit geöffnet. Sie sah nur die Dunkelheit der Hütte. Ihr Nacken schmerzte. Ohne ein weiches, dichtes Kissen konnte sie nicht schlafen.

Jakob drehte sich neben ihr unruhig auf die Seite. Einen Atemzug lang fürchtete sie, er wäre wach, aber er schlief.

Die Müdigkeit, die ihre Augen wieder schloss, war bleiern.

17.

»Lise.« Eine männliche Stimme drang durch die Schwere ihres Körpers. Sie konnte ihre Glieder nicht regen, den Kopf nicht heben, die Lider nicht öffnen. Ihr Nacken schmerzte noch stärker als in der Nacht. Eine Hand lag auf ihrer Schulter und rüttelte sie.

»Lass mich.« Ihre Lippen bewegten sich schwerfällig.

»Steh endlich auf!«, herrschte die ungehaltene Stimme. »Du wirst dich dran gewöhnen müssen.«

Sie blinzelte und sah den Mann fertig angekleidet auf seinem Strohsack knien. Er erhob sich und ging zur Tür. Die Tür war in zwei Hälften unterteilt. Er schob den Riegel der oberen Hälfte zurück und stieß sie auf. Das erste Tageslicht und Morgenkühle breiteten sich in der Hütte aus. Elisabeth wickelte sich fester in das unansehnliche Tuch.

»Es ist aus mit dem Hofleben, Prinzessin.« Sie zog die Decke über den Kopf. »Es kommt keine Magd, das Feuer zu schüren; keine Köchin, die dir dein Essen bereitet; keine Zofe, die dich anzieht. Du musst schon beizeiten aufstehn, um alles selbst zu tun.«

»Ich kann nicht«, jammerte sie so leise, dass er es nicht hören konnte. Sicherlich benötigte sie eine ganze Woche, um sich von den zurückliegenden Strapazen zu erholen, nicht zu reden von der vergangenen Nacht auf dem harten Lager.

»Steh auf«, sagte er und fasste nach ihrer Decke. Erschrocken richtete Elisabeth sich auf. Einen Augenblick saß sie benommen, dann griff sie nach den Wollstrümpfen, wartete, bis er mit dem großen Topf über der Feuerstelle dermaßen beschäftigt war, dass er nicht zu ihr herübersah, zog sie an und schlüpfte endlich in Rock, Weste und Schuhe. Zögernd setzte sie sich an den Tisch. Das Feuer brannte bereits, seine Wärme breitete sich allmählich aus. Vor ihr auf dem Tisch stand ein hölzerner Becher gefüllt mit einer heißen Flüssigkeit.

Jakob füllte Brei aus dem Topf in eine Schüssel und setzte sich damit zu ihr. »Na, trink doch«, forderte er sie auf.

»Was ist das?«, fragte sie misstrauisch.

»Ein Aufguss von getrockneten Kräutern.«

»Ich bin nicht krank«, sagte sie erstaunt.

»Es wärmt, wenn's morgens kalt ist.« Sie trank in kleinen Schlucken. Sie musste ihm Recht geben, der Tee wärmte wohltuend von innen.

Er tauchte seinen Löffel in die Holzschüssel und begann zu essen. Nach einer Weile sah er auf. »Du nicht?« Sie drehte unschlüssig den Löffel in der Hand. »Es ist eine Grütze aus Buchweizen«, erklärte er ungeduldig. »Truthahnpastete und gedörrte Ochsenzunge kann ich dir nicht bieten.«

»Wann werdet Ihr eine zweite Schüssel besorgen?«, fragte sie.

Seine Augen wurden schmal. »Ich bin nicht aussätzig, Prinzessin. Du kannst ruhig aus der gleichen Schüssel mit mir essen. Zumal du's unterwegs schon getan hast.«

Unterwegs. Ja, unterwegs, da hatte sie noch gedacht, auf der Reise bliebe ihr nichts anderes zu tun, hätten sie jedoch erst das Ziel erreicht ... Sie beugte sich über die Schüssel und aß. Er beugte sich ebenfalls wieder über den Brei, eine seiner dunklen Locken berührte ihre Stirn. Sie rückte ein wenig ab.

»Nun, wie schmeckt das gewöhnliche Essen?«

»Auch wenn ich damit nun Eure Meinung über das Leben bei Hofe zerstöre«, antwortete sie hoheitsvoll, »aber diese ›edlen‹ Speisen, die Ihr mir immer wieder aufzählt, werden bei uns nur zu besonderen Anlässen gereicht. Der Tisch meines Vaters ließe sich ohne die tägliche Hafersuppe kaum denken.«

Er erwiderte nichts und löffelte seine Grütze zu Ende, dann suchte er Beutel und Geld zusammen. »Ich seh, ob ich was zu essen find«, sagte er. »Das war das Letzte, was wir hatten. Jetzt pass auf, hier im Eimer ist noch Wasser …«

Und er erklärte ruhig, wie sie eine Suppe für den Mittag zuzubereiten, das Feuer in Gang zu halten und mit einem Reisigbesen die Hütte zu fegen hatte. Sie lauschte dem Klang seiner Stimme. In welch angenehmen Tonfall er sprach. Sicherlich gehörte es zu dem Wesen eines Gauklers, dem Ohr gefällig zu sein.

»Hast du alles begriffen?« Wer gab ihm das Recht, sie anzusehen, wie es ihre alte Erzieherin zu tun pflegte? Sie antwortete mit einem gelangweilten Blick. »Wir werden sehen«, sagte er, als er sich zum Gehen wandte. »Gegen Mittag bin ich zurück.«

Kaum hatte er die Tür hinter sich geschlossen, erhob Elisabeth sich von ihrem Schemel und ließ sich auf den Strohsack fallen. Zuerst schluchzte sie nur, dann schrie sie. Sie schrie schmerzvoll und unter Tränen. Sie schrie verzweifelt und voller Wut.

Es war, als hätte sie nicht den allerkürzesten Augenblick länger warten können, ihren Körper und ihre Seele zu befreien von den Qualen, den Enttäuschungen, der Unsicherheit und der Müdigkeit, der Demütigung, der Hoffnungslosigkeit. Endlich war sie allein und musste ihre Tränen nicht länger vor seinem zynischen Grinsen verbergen. Irgendwann wurde sie ruhiger, grub ihr nasses Gesicht in den festen Stoff und schluchzte nur noch leise und zitternd vor sich hin.

Sie weinte sich in einen erschöpften Schlaf, aus dem sie erst eine gute Stunde später erwachte. Sie fühlte sich matt. Das dämmrige Innere der Hütte senkte sich bedrückend auf sie. Sie atmete tief durch, rieb die Stirn und erhob sich. Mühsam öffnete sie den Riegel der oberen Türhälfte. Helles Tageslicht ergoss sich in die Hütte. Doch mit dem Licht wehte auch der kühle Wind herein.

Würde es nun immer so sein? Würde sie von nun an wählen müssen zwischen Kälte oder Licht?

Sie verspürte Hunger. Nach dem Feuer sehen, kochen und fegen, hatte er gesagt. Was erdreistete er sich, etwas Derartiges von ihr zu verlangen? Hielt er sie für eine gewöhnliche Magd? Er hatte sie hierher gebracht, also sollte er gefälligst für sie sorgen.

Das Feuer war erloschen, das Säckchen mit den Körnern lag im Regal, der Reisigbesen stand in der Ecke neben der Feuerstelle. Sie besah sich die Behausung bei Tageslicht. Es gab keine Dielen unter ihren Füßen, nur die festgestampfte Erde. Über ihr trugen spinnwebbedeckte Balken das muffige, graue Stroh des Daches. Es gab keinen Herd, nur den schweren Topf, den eine Eisenkette über der offenen Feuerstelle hielt. Auch keinen Abzug für den Rauch. Ruß hatte sich an den lehmverschmierten Wänden festgesetzt. Von einem Balken hingen getrocknete, gebündelte Kräuter.

Nahe der Tür standen Tisch und Schemel, in der Wand schräg darüber öffnete sich ein winziges Fenster. Es war nicht einmal verglast, lediglich mit ölgetränktem Papier bespannt. Neben den Strohsäcken stand ein grob gezimmertes Regal. Einige helle Tücher und kleine Leinensäckchen lagen darauf. Nichts sonst. An einem Nagel hing die Laute. Elisabeth strich mit dem Finger über die Saiten. Der volle Klang erinnerte sie an den Abend am geöffneten Fenster, an das Spiel des Musikanten unten im Hof. Und wieder stiegen ihr Tränen in die Augen. Da hörte sie Schritte vor der Tür, blinzelte, kniff die Augen zusammen und holte tief Luft, um sich ein unverfängliches Aussehen zu geben.

Der Spielmann trat ein, den Rücken voll bepackt. Er setzte das schwere Bündel neben der Tür ab. Seine Augen wanderten von Elisabeth zu dem Aschenhaufen unter dem leeren Topf. »Kein Mittagessen?« Sie antwortete mit einem trotzigen Blick.

»Hat es der Dame nicht beliebt?« Sie schwieg.

»Dann sieh zu, wo du bleibst.« Die Tür schlug fest hinter ihm zu. Einen Moment stand sie überrascht, dann versetzte sie seinem Bündel einen heftigen Tritt. Sie verkroch sich in die hinterste Ecke und zog die Knie an. War dies nun die Strafe? Dieses elende Leben, dieser elende Mensch? Strafe wofür? Dafür, dass sie den ehrlichen Weg hatte gehen wollen? Für die Verletzung der gottgegebenen Gesetze etwa, die besagten, dass die Frau sich dem Manne unterzuordnen hatte? Waren sie wirklich gottgegeben? Im Nachhinein verwunderte sie sich darüber, dass es ihr nie eingefallen war, die Bibel daraufhin zu überprüfen. Nun war es zu spät, denn dieser ungebildete Mensch besaß nicht einmal eine Bibel. War es die Strafe dafür, dass sie leichthin gesagt hatte, ein einfacher Edelmann wäre ein zu eintöniger Gatte für sie? Die Strafe für die Sorglosigkeit, mit der sie in den Tag hinein gelebt hatte? Die Strafe für die Beleidigung der Gäste und damit ihres Vaters Ehre? Die Strafe dafür, dass sie die Langmut und Fürsorge ihres Vaters nie zu schätzen gewusst hatte?

Eine elende Hütte im Wald. Zumal in König Philipps Wald, der der Sohn einer Bäuerin war. Nun war sie selbst weniger als das. Die Frau eines Spielmannes. Der Hunger nagte an ihr, doch sie rührte sich nicht aus ihrem Winkel, den Kopf fest auf die angezogenen Knie gepresst.

Gegen Abend erst kam der Mann zurück. Er warf seinen Hut auf den Tisch, beachtete Elisabeth nicht weiter und kümmerte sich um das Feuer. Als es nach einer Weile hell aufflammte, drehte er sich zu ihr um. »Komm und geh mir mit dem Brei zur Hand.« Sie rührte sich nicht. »Komm jetzt.« Seine Stimme klang bedrohlich. Sie hob den Kopf. Er stand hoch aufgerichtet vor ihr.

Widerstrebend folgte sie ihm zum Tisch, wo er das große Bündel öffnete und ein Säckchen herausholte. »Da.« Er hielt ihr seine mit winzigen, gelblich weißen Körnern gefüllte Hand hin, »das wirst du ja kennen?«

Sie zuckte mit den Schultern. Was fiel ihm ein, sie hier Rede und Antwort stehen zu lassen?

»Du hast die Hirse wohl immer nur fertig zubereitet auf dem Teller gesehen, Prinzessin?« Er öffnete ein zweites Säckchen. »Und dies«, er hielt ihr die schmalen, blassgelben Körner vor das Gesicht, »was ist das?« Sie schwieg. »Merk dir, es ist keine Schande, etwas nicht zu wissen und das ehrlich zuzugeben. Aber eure Überheblichkeit gegenüber den einfachsten und notwendigsten Dingen, das ist eine Schande.« Er seufzte. »Es ist Hafer.«

»Das heißt, Ihr habt nicht mehr erstanden als diese ... diese Körner?«

»Drei Rüben hab ich noch, aber von denen allein werden wir nicht satt. Am Getreide dagegen können wir lang essen für nicht allzu viel Geld.«

»Ihr missversteht mich«, unterbrach sie ungeduldig. »Ich dachte an etwas zu essen. Ich kann doch diese Körner nicht aufpicken wie ein Huhn. Etwas Brot vielleicht und Käse und Wurst, wenn ich davon auch zur Genüge hatte in den letzten Tagen.«

»Käse und Wurst.« Er schüttelte den Kopf. Dann hob er den Wassereimer in die Höhe und zeigte ihr, wie viel Wasser sie in den Topf geben und welche Menge an Hirse sie dazuschütten musste, sobald das Wasser kochte. Er zeigte ihr, wann sie den Topf über das Feuer und wann sie ihn beiseite schieben sollte, wie lange die Hirse zu köcheln und wie lange sie zu quellen hatte. Er gab von den getrockneten Kräutern dazu und die Hälfte einer Mohrrübe, um den Geschmack zu verbessern.

Seine ewigen Erläuterungen, Erklärungen, seine ganze Bevormundung reizten sie und machten sie nervös.

»Nun?«, fragte er. »Kannst du's morgen selbst oder soll ich's dir noch mal zeigen?«

»Bemüht Euch nicht«, erwiderte sie hochmütig.

Er lachte spöttisch auf. »Wenn du meinst.«

18.

Am nächsten Morgen weckte er sie ebenso unsanft wie am Tag zuvor. Dass er sich anschickte, gleich darauf zu gehen, bemerkte sie erst, als er sich an der Tür noch einmal umdrehte und sagte: »Frisches Wasser hab ich schon geholt.«

Sie saß aufrecht im Bett, die Decke vor die Brust gepresst, erstaunt darüber, wie plötzlich er gegangen war. Zumindest hatte sein schneller Aufbruch ihr die bangen Minuten erspart, in denen sie sich gemüht hätte, möglichst unbemerkt von seinen Blicken in ihre Kleider zu schlüpfen. Ihn während des An- und Auskleidens vor die Tür zu schicken, wagte sie nicht. Und er, der gewöhnlichsten Schicklichkeitsregeln unkundig, besaß keineswegs den Anstand, die Hütte von sich aus für eine Weile zu verlassen. Am Abend zuvor hatte er es nicht getan. Er hatte sich ganz ungeniert und ohne sie zu beachten bis auf sein Hemd entkleidet und zu Bett begeben. Er hatte sie weder angerührt noch den Vollzug dieser unseligen Verbindung mit einem Wort erwähnt. Sie wusste nicht, warum er sich so verhielt. Es war, als hätte er sie nur in diese Hütte gebracht, um ihr das Kochen und das Feuermachen beizubringen. An die Nacht im Schober schien er sich nicht mehr zu erinnern.

Sie zog die grob gestrickten Wollstrümpfe bis über die Knie. Wie plump und ungefällig ihre Beine damit aussahen. Gewiss sah alles an ihr derart ungefällig aus. Der grobe Rock ebenso wie die braune Weste über dem einfachen Hemd.

Einen Augenblick saß Elisabeth müßig am Rande der Strohmatratze und starrte ins Nichts, dann erhob sie sich und trat zum Tisch. Die hölzerne Schüssel war leer, sein Löffel lag darin, kalte Breireste klebten am Rand.

Offensichtlich hatte er von dem Brei gegessen, der vom gestrigen Abend übrig geblieben war, und war danach gegangen, ohne die geringste Fürsorge für Elisabeths Morgenmahlzeit zu treffen. Sie starrte auf den leeren Tisch. Der

Hunger überkam sie mit einer erschreckenden Heftigkeit. Sie blickte in den schwarzen Topf über dem erloschenen Feuer und auf den Rest von kaltem, klebrigem Hirsebrei auf seinem Boden. Ihr ekelte davor. Niemals hätte sie Speisen angerührt, die nicht geradewegs, vor kurzem zubereitet aus der Küche gekommen waren. Ihr Vater war in dieser Hinsicht nachlässiger; er aß auch aufgewärmte Speisen. »Du hättest die Kriegszeiten erleben sollen«, pflegte er bei diesen Gelegenheiten zu sagen. Sie goss sich Wasser aus dem Eimer in den Becher. Sie trank es gierig. Sie suchte in dem Regal und fand die Mohrrüben. Sie klopfte notdürftig die Erde ab und aß sie beide ganz. Hinterher war ihr nicht unbedingt wohler.

Sie saß lange am Tisch, den Kopf in die Hände vergraben. Sie fühlte sich müde und hungrig. Ihr Rücken schmerzte, der Magen rumorte. Ihr war so elend, dass sie sich nicht zu regen vermochte. War es denn möglich, dass ihr Vater sie so gänzlich aufgegeben hatte? Dass es ihm einerlei war, ob sie in einer einsamen Waldhütte verhungerte? Endlich erhob sie sich und goss sich noch ein wenig Wasser ein. Die wollenen Strümpfe rutschten. Wie um alles in der Welt befestigten diese Menschen ihre Strümpfe? Es war kalt in der Hütte, sie zog ihren Mantel über. Sie öffnete die Säckchen mit den Körnern. Harte, feste Körner. Sie schob ein Korn zwischen die Zähne und spie es wieder aus. Sie öffnete die Schnur eines der weichen Säckchen auf dem Regal. Sie fand getrocknete Kräuter darin. Nichts als getrocknete Kräuter. Und die Rüben hatte sie bereits gegessen. Hatte der Mann nun keine Münzen mehr, um neue Rüben oder Brot und Käse zu erstehen? Hatte er alles für diese unseligen Körner ausgegeben?

Noch vor dem Mittag kratzte sie mit dem Löffel den Brei aus dem großen Topf. Er war kalt und zäh, sie würgte ihn hinunter, aber er füllte zumindest für eine Weile ihren Magen. So weit ist es mit mir gekommen, stöhnte sie, dass ich sogar die Reste aus einem schmutzigen Topf kratze.

In diesem Moment trat der Spielmann in die Hütte. »So.« Er setzte sein Bündel ab. »Jetzt hab ich das meiste beisammen. Schau.«

Er legte eine Axt auf den Tisch und ein zweites Messer, Kienspäne und ein kleines Endchen Wurst. Er zog den mit Münzen prall gefüllten Beutel aus der Tasche und legte ihn dazu. »Was gibt's zu essen?«

Sie schwieg. Er trat zur Feuerstelle und blickte in den leeren Topf. Er musterte sie und schwieg ebenfalls.

Sie besah die Axt und das Messer und den Beutel mit Münzen. Und sie hatte schon Sorge getragen, es wäre kein Geld mehr da für ausreichende Nahrung. Sie überlegte. »Wovon zahlt Ihr das alles und habt noch immer im Überfluss?«

Ihre Hemden, ihre Röcke, ihre Schuhe, der Rock, den der Mann jetzt trug, das Essen in der Schenke, die Waren von Barbels Wagen, die Verpflegung für den Weg nach Reupen, all das Getreide und nun diese Gerätschaften …

»Das weißt du doch.«

Sie runzelte die Stirn. »Ihr wollt mir doch nicht glauben machen, das sei noch immer von dem Erlös für meine Robe?«

Er schüttelte verwundert den Kopf. »Du willst mir doch nicht erzählen, Prinzessin, dass du den Wert deines Prunkgewandes nicht kennst? Dass du nicht weißt, wie lange ein ganzes Haus von dem leben könnte, was dein Vater dafür bezahlt hat? Wir haben von Baruch nur einen Bruchteil seines eigentlichen Wertes bekommen.«

»Wie … wie meint Ihr das?« Gegen ihren Willen stieg Röte in ihr Gesicht, und sie war nur froh, dass er nicht wusste, dass jenes Kleid eines ihrer schlichtesten gewesen war.

»Wie soll ich's schon meinen.« Seine Stimme wurde scharf. »Dass es Menschen gibt, die in Lumpen gehn und hungern, während ihr in unvorstellbarem Überfluss lebt. Dass ihr das Geld mit beiden Händen aus dem Fenster werft, für das andere ein ganzes Leben arbeiten müssen. Das meine ich damit.«

Etwas in seiner Stimme reizte sie. »Wem wäre damit gedient, ließen wir unser Vermögen in der Truhe ruhen?«, erwiderte sie kühl. »Kein Händler hat sich je beklagt, hatte er die Gelegenheit, seine Ware zu verkaufen. Kein Handwerker hätte gejammert über einen Auftrag. Wovon sonst sollten all diese Menschen leben?«

»Oho«, höhnte er, »die kleine Prinzessin hat gelauscht, als einer der Minister ihres Vaters eine Rede gehalten hat. Solche Dummheiten verbreiten sie alle Tage. Erst zieht ihr dem Volk das Geld aus der Tasche, dann streut ihr's gnädig wieder unter die Leut – nur nicht im selben Verhältnis, wie ihr's nehmt.«

»Ihr redet daher, als hätte mein Vater sich sein Vermögen unrechtmäßig angeeignet – hütet Eure Zunge, dass man sie Euch nicht aus dem Munde schneidet!«

»Ah, hier kommt die wahre Prinzessin zum Vorschein! Du willst mir die Zunge herausschneiden lassen und bist nicht mal in der Lage, für dein Essen zu sorgen! Pah, *sein* Vermögen«, sagte er verächtlich. »Woher hat er's wohl? Wie kommt er zu seinem Geld? Kann es sein, dass er Abgaben verlangt von einem jeden, der in eurem Fürstentum lebt, und davon deine Gewänder, deinen Schmuck, eure Festbankette zahlt? Die Menschen arbeiten Tag für Tag für ihren mageren Verdienst und müssen ihn wieder hergeben. Und ihr rührt keine Hand und habt alles!«

»Auch mein Vater arbeitet den ganzen Tag!« Ihre Augen sprühten. »Er steht früh am Morgen auf und sitzt bis spät in die Nacht an seinem Tische. Er macht sich Sorgen, Gedanken und gewisslich sehr viel Mühe …«

»Das tun andere auch«, schnitt er ihr das Wort ab, »und leben dabei nicht so gut. Sag nicht, dass es bei dem Wohlstand danach ginge, ob einer viel oder wenig arbeitet. Wenn es danach ginge, müssten die meisten Adligen vor Hunger verrecken.«

»Ihr macht es Euch sehr einfach, ein so schwerwiegendes Problem wie die Armut zu erklären, Monsieur.«

»Es ist so einfach«, erklärte er fest. »Die Menschen arbeiten schwer, ihr nehmt ihnen einen Großteil ihres Verdienstes und ihrer Arbeitskraft und lebt davon in Saus und Braus.«

»Solche Menschen, wie Ihr es seid«, entgegnete sie wutbebend, »sind schuld an all den schrecklichen Ausschreitungen, die der Bauernpöbel je begangen hat.«

»Solche Menschen wie du«, erwiderte er kalt, »sind schuld am Leid der Menschen seit Tausenden von Jahren.«

Sie ballte ihre Hände zu Fäusten, anstatt sie auszustrecken und ihre wohlgeformten Fingernägel in sein Fleisch zu bohren, wozu sie nicht übel Lust gehabt hätte. Zumindest hätte sie lieber die Tür heftig hinter sich ins Schloss geworfen, als derart ohnmächtig vor ihm zu stehen.

Plötzlich zuckte sein Mundwinkel und er brach in ein lautes Lachen aus. Sein Lachen kränkte sie mehr als alle Worte. »Es ist nicht vonnöten, dass Ihr noch über mich lacht, Monsieur.«

Er schüttelte den Kopf. »Ich lach nicht über dich. Ich lache über uns beide.«

Sie war es am folgenden Morgen leid, die gleiche Ungemach ein weiteres Mal zu erdulden. Sie war den Hunger leid und die unangebrachte Überheblichkeit des Mannes. Wie am Tag zuvor war er sehr früh aufgebrochen und hatte sie mit leerem Magen in der Hütte zurückgelassen. Sie blickte auf das Wasser im Eimer und auf die winzigen, gelben Körner im Sack. Sie musste lediglich das Wasser zum Kochen bringen und dann die Körner hineinwerfen, das hatte sie schon begriffen. Doch als sie zur Feuerstelle hinüberblickte, beschlich sie Unbehagen. Ganz sicherlich verstand sie nicht viel von der Zubereitung von Speisen, aber dass man dazu eines flackernden Feuers bedurfte, wusste selbst sie.

Da war kein Feuer. Dieser sonderliche Mensch hatte sie alleine gelassen, ohne die Glut anzufachen.

Elisabeth kniete sich vor die Feuerstelle, stocherte mit einem Zweig in der Asche und fand noch einige glühende Holzstücke. Wie kalt der Boden unter ihren Knien war. Was hatte der Mann getan, das Feuer in Gang zu bringen? Er hatte gepustet und Holz aufgelegt. In der Ecke lagen klein gebrochene Äste, aber keine Holzscheite, wie sie sie vom heimischen Kaminfeuer kannte. Sie suchte ein schweres Aststück heraus, das einem Holzscheit am meisten glich, und warf es in die Glut. Die Glut zerbarst unter dem Gewicht in kleine Funken. Hastig zog Elisabeth das schwere Holzstück wieder heraus, aber es war zu spät, die glühenden Teile verloren sich in der Asche. Sie pustete heftig, Asche stob auf und bedeckte sowohl ihre Kleidung als auch den Boden ringsum. Sie pustete wieder, doch die Funken verloschen dadurch noch schneller. Sie fuhr sich mit der schmutzigen Hand über die Stirn und sah sich nach dem Feuerzeug um. Sie suchte in allen Ecken und auf dem Regal und stieß dabei Verwünschungen aus, von denen sie nur froh war, dass niemand sie hören konnte. Erschöpft ließ Elisabeth sich auf den Schemel fallen und erblickte das Feuerzeug mitten auf dem Tisch, eben da, wo es die ganze Zeit über gelegen hatte. Es nützte ihr jedoch wenig, denn auch nach etlichen Versuchen gelang es ihr nicht, Funken aus dem Stein zu schlagen. Vater im Himmel, betete sie, lass die Flammen doch endlich aufflackern!

Sie kniete sich erneut vor die Asche und blies, bis ihr schwindlig wurde und ihre Knie schmerzten. Sie verging vor Hunger und fürchtete, der Mann würde die Türe wieder hinter sich zuwerfen und gehen, ohne ihr etwas zu essen zu bereiten, sobald er sähe, dass sie wieder nicht gekocht hatte.

Und so empfing sie ihn gegen Mittag mit den verzweifelten Worten: »Ich habe es certainement die ganze Zeit versucht!«

»Man sieht's.« Er blickte belustigt auf die Asche und den Ruß in ihrem Gesicht. »Vielleicht solltest du dich waschen, ehe wir weitermachen. Komm, ich wollte dir sowieso die Quelle zeigen.«

Sie klopfte sich die Asche aus den Kleidern und folgte ihm nach draußen. Der Himmel war grau wie Elisabeths Gedanken, und feiner Regen befeuchtete ihr Haar. Wenige Schritte von der Hütte verdichteten sich Bäume und Gesträuch und schirmten eine Stelle ab, auf der sich große, mit Moos bedeckte Steine aneinander drängten. Aus dem leicht abfallenden Boden sprudelte Wasser hervor, sammelte sich in einer Mulde und floss als kleines Rinnsal weiter.

Der Spielmann tauchte beide Hände ein und schlürfte gierig das frische Wasser. »Was kann man sich Besseres wünschen als ein Dach über dem Kopf, was zu essen im Magen und eine Quelle genau vor der Tür.« Sie starrte ihn an. Er schien diese Worte offensichtlich ernst zu meinen. »Man sollte es immer aus der Quelle trinken«, sagte er zufrieden und trocknete sich am Ärmel seiner Jacke den Mund.

Elisabeth tauchte vorsichtig die Fingerspitzen in das kalte Wasser und säuberte sich notdürftig das Gesicht.

»Komm mit«, forderte er sie auf, »jetzt zeig ich dir auch noch die Wiese.«

Sie hätte nicht gedacht, dass sich so dicht hinter der Hütte die Bäume bereits lichteten und den Blick freigaben auf eine Wiese mitten im Walde. Sie streckte sich ein gutes Stück bis zu den gegenüberliegenden Bäumen. Der unerwartete Anblick entlockte ihr einen Ausruf des Erstaunens. Der Mann nickte. »Schön, nicht wahr?« Er zeigte auf die Bäume gegenüber. »Dort hört der Wald schon auf. Nicht mal eine halbe Stunde Weg von hier liegt ein Dorf.« Sie hatte sich den Wald tief und endlos vorgestellt und erstaunte darüber, wie nahe sie anderen Menschen war.

Zurück in der Hütte, entzündete der Mann das Feuer mit einer Leichtigkeit, die sie als Kränkung empfand. Sie sah ihm eine Weile zu, dann hob sie entschlossen den Wassereimer über den Topf. »Wie viel Wasser benötige ich nun?«

»Ich hatte es dir gezeigt.« Er zuckte mit den Schultern. »Versuch's halt. Am besten lernt man aus seinen Fehlern.«

Einerseits empfand sie es als erniedrigend, ihn noch einmal zu bitten, es ihr zu erklären, andererseits empfand sie es als unerträglich, wenn er neben ihr stand und zuschaute, wie sie einen Fehler an den anderen reihte. »Zeigt es mir ein letztes Mal«, bat sie und hasste sich selbst für ihre Worte.

Er lehnte sich an die Wand und beobachtete schweigend, wie sie zaghaft ein wenig Wasser in den Kessel gab. »Zu wenig«, befand er mit einem kurzen Blick und schüttete das Wasser selbst hinein.

»Aber wie kann ich es beim nächsten Mal wissen?«, fragte sie. »Ihr gebt simplement nach Gutdünken Wasser in den Topf. Wie könnt Ihr sicher sein, dass diese Menge, ohne sie abgemessen zu haben, die rechte ist?«

»Erfahrung.«

»Aber mir fehlt diese Erfahrung vollständig«, beharrte sie. »Soll ich nun Tag für Tag die Mahlzeit verderben?« Er schwieg. »Aus welchem Grunde behelligt Ihr mich überhaupt mit diesen Dingen? Aus welchem Grunde fordert Ihr, dass ich koche und Feuer mache, wenn Ihr selbst darin derartige Fertigkeiten besitzt?«

»Eben deshalb«, sagte er. »Ich kann es schon. Du musst es lernen.«

»Weil ich eine Frau bin?«, fragte sie scharf. »Weil die Männer sich anmaßen zu bestimmen, welche Bereiche im Leben dem Manne und welche der Frau vorbehalten sind? Und den Frauen teilen sie die banalsten Dinge zu …«

Er neigte verständnislos den Kopf. »Damit hat's nichts zu tun, Mädchen. Jeder Mensch sollte in der Lage sein, sich selbst zu versorgen, einerlei was er ist. – ›Banal‹.« Er wog das ihm offensichtlich kaum geläufige Wort auf der Zunge. »Das ist nicht der richtige Ausdruck für die dringendsten Notwendigkeiten des Lebens, denk ich. Wie willst du zurechtkommen, wenn ich nicht da bin? Wenn ich wieder die Straße entlangzieh, um uns durch die Musik ein wenig Geld zu verdienen? Willst du so lange hungern? – Ihr verwöhnten Hofdamen seid euer Lebtag abhängig vom Geld irgendwelcher Kerle, die euch verköstigen, seien's die Väter oder die Gatten«, sagte er verächtlich. »Und von der Arbeit derjenigen, auf die ihr so stolz hinabschaut.«

Sie horchte erstaunt auf seine Worte. Und das sagte er ihr, die sie in diese unwürdige Situation geraten war, weil sie nicht abhängig hatte sein wollen? Hatte er Recht, führte die Unabhängigkeit über das Kochen und Feuermachen?

»Ihr könntet mir das Wasser in Bechern abmessen«, überlegte sie. »Ich vermag mir sehr gut zu merken, ob ich zwei, drei oder vier dieser Holzgefäße mit Wasser füllen muss.«

Er zog mit einer Spur von Anerkennung die Augenbrauen hoch. »Kein schlechter Gedanke.«

»Und mit der Hirse machen wir es ebenso«, fügte sie eifrig hinzu, rief sich aber sogleich zur Ordnung. Nein, so weit durfte es nicht kommen, dass sie um die Anerkennung und das Lob eines Gauklers buhlte.

Das Wasser wollte nicht kochen, bis er ihr endlich zeigte, dass sie es versäumt hatte, den Topf in die Mitte der Feuerstelle zu schieben. Sein belustigtes Gesicht verärgerte sie, doch sie folgte notgedrungen seinen Anweisungen.

»Wie kommt es«, fragte sie, während sie den Topf an die richtige Stelle schob, »dass Ihr um solche Dinge Bescheid wisst, obwohl Ihr ein Mann seid?«

»Weil meine Großmutter ebenfalls der Meinung war, jeder Mensch solle in der Lage sein, sich selbst zu versorgen. Sogar ein Mann.«

Sogar ein Mann? Dies war ein gänzlich neuer Gedanke, der ihr wohl gefiel. Waren folglich nach allem, was er eben erläutert hatte, die Männer die Menschen, die auf andere angewiesen waren?

»Eure Großmutter?«, fragte sie. »Nicht Eure Mutter?«

Das Lächeln auf seinem Gesicht erlosch. »Mit meiner Mutter hab ich nichts zu schaffen«, antwortete er schroff.

»Ist sie – ist sie nicht mehr am Leben?«, fragte sie behutsam.

»Was weiß ich?«, sagte er in einem Tonfall, der zwar ihre Neugierde erregte, ihr aber gleichzeitig jede weitere Frage verbot.

Er gab die Hirse in das kochende Wasser und zeigte ihr, wie sie den Topf nun wieder zur Seite schieben musste, damit die Hirse ruhig vor sich hin kócheln konnte.

»Hätten wir eine Uhr …«, begann Elisabeth.

»Wenn wir eine Uhr hätten«, unterbrach Jakob, »dann würden wir sie sicherlich gegen Nahrungsmittel tauschen.«

»Aber woher weiß ich …«

»Du probierst einfach aus, ob's schon gut ist. Du nimmst einen Löffel und probierst.«

»Und dann muss ich nichts weiter tun?«, fragte sie etwas ermüdet.

»Da.« Er reichte ihr ein kleines, kaum halb gefülltes Säckchen. »Gib ein bisschen Salz dazu.« Er wandte sich zum Regal. »Ein paar Kräuter haben wir auch noch.«

»Halt.« Er packte ihre Hand. »Bist du verrückt! Geh sparsam damit um.«

Sie runzelte die Stirn »Mit dem Salz?«

»Es schmeckt furchtbar, wenn du zu viel hineingibst, und außerdem ist's zu kostbar um's zu vergeuden.«

»Salz?«, wiederholte sie ungläubig. Sie wusste, Kakao war äußerst kostbar, und indischer Tee. »Aber Salz ist derart gewöhnlich …«

»Gewöhnlich? Weder Mensch noch Tier kann darauf verzichten, das weißt du hoffentlich.«

»Naturellement«, erwiderte sie. »Eben deswegen wird der Preis so niedrig sein, dass ein jeder es ohne Mühe erstehen kann.«

»Hör mal.« Er musterte sie. »Du willst mir doch nicht erzählen, dass du noch nie von Salzsteuern gehört hast?«

Sie zuckte unsicher mit den Schultern. »Du meinst, die Dinge, die ein jeder dringend zum Leben braucht, müssten auch für jeden zu haben sein?«

»Ja.«

Er sah sie aufmerksam an. »Meinst du das wirklich?«

Sein Blick verwirrte sie. Diesmal lag kein Spott darin.

»Ja«, wiederholte sie.

»Aber es wäre doch für bestimmte Personen sehr einträglich, wenn sie sich das Recht einräumten, das Salz als Einzige zu vertreiben und den Preis so hoch zu schrauben, dass sie sehr gut daran verdienen. Oder wie wäre es, gerade das Salz, das ein jeder unter allen Umständen kaufen *muss*, mit einer Steuer zu belegen?«

»Dieses Vorgehen wäre nicht redlich. Wer tut etwas Derartiges?«

»Ihr.«

Ah, da war es wieder, dieses allumfassende ›ihr‹. »*Ich*«, betonte sie, »habe noch niemals irgendetwas mit Steuern belegt. Was bezweckt Ihr mit Euren fortwährenden Anschuldigungen?«

»Aber du hast sehr gut davon gelebt.«

Sie schwieg. Hielt es ihr Vater ebenso? Sie wusste zu wenig darüber. Hatten dafür, dass sie sich ein neues Ballkleid hatte anmessen lassen, Tausende von Menschen auf Salz verzichten müssen? Sie hatte niemals einen einzigen Gedanken daran verschwendet.

In den folgenden Tagen streiften sie derartige Gedanken immer wieder, doch sie schob sie von sich, und sie versickerten in der Mühe, die sie mit den ihr so gänzlich ungewohnten täglichen Verrichtungen hatte. Ihr erster Hirsebrei misslang, obwohl sie das Wasser und die Hirse richtig abgemessen hatte. Sie war weder mit dem Feuer noch mit der Quellzeit zurechtgekommen; das Würzen hatte sie überhaupt vergessen.

»Es ist gewiss eine Kunst, einen einfachen Hirsebrei zu verderben«, behauptete Jakob und ließ sie mit dem abstoßenden Gericht alleine. Sie würgte den Brei hinunter, um ihren Hunger zu stillen, während er sicherlich in einer Schenke saß und von dem Geld für *ihr* Kleid ein wohlschmeckendes Mahl bestellte.

Morgen für Morgen blieb er neben ihr stehen, an die Wand gelehnt mit überheblichem Blick, und sah zu, wie sie versuchte, die Glut zu einem Feuer zu schüren. Erst wenn alles misslang, griff er ein. Sie mühte sich, die Kunst des Feuermachens möglichst schnell zu erlernen, denn die Erniedrigung und die Scham, die sie empfand, wenn sie vor ihm auf den Knien in der Asche lag, waren ihr unerträglich und verursachten eine geradezu körperliche Übelkeit.

Sie jubelte innerlich, als sich eines Tages nach einem sachten Pusten kleine Flämmchen zeigten. Sie legte ruhig dünne Zweige darüber und die Flammen sprangen wahrhaftig darauf über. Sie fühlte sich wie die Priesterin einer heiligen Flamme, gar wie der Gott des Feuers selbst. Doch als sie sich stolz aufrichtete, brachte sein knappes »na endlich« das Strahlen auf ihrem Gesicht zum Erlöschen. So mühte sie sich von einem Tag zum nächsten, ein jeder angefüllt mit den niedrigsten Verrichtungen, die sie wohl oder übel ausführen musste, wollte sie weiterleben. Sie verlor an Gewicht durch die schmale, eintönige Kost; ihr Magen begehrte auf, gewöhnte sich jedoch nach einiger Zeit an die derbe Speise, so wie sich ihr Rücken an den harten Strohsack gewöhnte. Sie erwachte beim ersten Morgengrauen und fiel des Abends erschöpft auf ihr Strohlager, gleichgültig dagegen, ob Jakob es mit ihr teilte oder nicht. Er verhielt sich ihr gegenüber ohnehin meist schroff und unzugänglich.

19.

Um sie her im Wald hatte sich eine allmähliche Veränderung vollzogen. Die beißende Kälte des Märzwindes war einem feuchten, unbestimmten Aprilwetter gewichen. Hagel stob über den Wald, abgewechselt von Regenschauern, und noch immer kam es vor, dass der Boden über Nacht gefroren war. Elisabeth hatte Mühe, genug Holz aufzusammeln, um die ärgste Kälte aus der Hütte zu vertreiben. Doch trotz aller Kälte zeigten die Buchen zartgrüne Blattspitzen und die ersten Blumen standen mit geschlossenen Knospen zitternd im Wind.

Und eines Morgens zeigte Jakob ihr eine Hand voll Münzen und behauptete, es seien die letzten.

Entsetzen packte Elisabeth. »Aber ... aber wie kann das Geld zu Ende sein? Es war eine wertvolle Robe! Hättet Ihr sie nicht dem alten Manne überlassen zu diesem geringen Preis! Wie lange hätten wir leben können von dem wahren Wert ...« Sie verstummte unter seinem eigentümlichen Blick und bemerkte, dass sie sinngemäß ebendas wiederholte, was er ihr vor Tagen vorgeworfen hatte.

»Was werden wir nun anfangen? Wovon werden wir leben?«

»Du solltest fragen, was *du* anfangen wirst«, entgegnete er gelassen. »Ich kann mich mit meiner Musik sehr gut erhalten. Du musst nun sehen, wie du für deinen Lebensunterhalt sorgst.«

»Ich?« Kalte Angst stieg in ihr hoch. Wollte er ihr die Verantwortung darüber übertragen, ob sie zu essen bekam oder nicht? Sollte es in ihren Händen liegen ... »Aber ... aber wie sollte ich das bewerkstelligen?« Ihre Stimme wurde schrill. »Ihr ... Ihr seid verpflichtet, für meinen Lebensunterhalt zu sorgen ... Ihr ... Ihr seid mein Gatte.«

»Wenn du mich an meine ehelichen Pflichten gemahnst«, seine Augen funkelten, »wie wäre es, wenn ich dich an deine gemahnte?« Er lehnte sich zurück und beobachtete genüsslich die Wirkung seiner Worte.

Sie schlug die Augen nieder. Es kann nicht sein, es darf nicht sein. Ich dachte, er hätte es vergessen. Wird er mich in seine Arme zwingen auf diese Art und Weise? Wird er mich wählen lassen zwischen Hungertod und Entehrung? Er hat nichts vergessen. Diese Drohung schwebt über mir wie das Schwert des Damokles.

»Hör zu, Lise«, begann er, als hätte er das andere nie gesagt. »Ich kenne einen Bauern, der mich für ein paar Heller Weiden schneiden lässt. Du wirst lernen, Körbe zu flechten. So wie jetzt geht's nicht weiter.«

»Körbe flechten?« Sie brauchte eine Weile, um die Tragweite seiner Worte zu erfassen. Sie hatten doch noch ein wenig Getreide. Und für die restlichen Münzen konnte er sicher noch etwas mehr davon erstehen. »Wie meint Ihr das, Ihr müsst dafür zahlen, wenn Ihr ein paar Äste schneidet? Wir benötigen das Geld für wichtigere Dinge ...«

»Soll ich sie stehlen?«

»Das ist doch ridikül.« Sie krauste die Stirn. »Es ist doch kein Diebstahl, wenn man sich einige Äste nimmt.«

»Für euresgleichen vielleicht nicht. Euresgleichen nimmt sich das Holz, das Wild, das Korn, die Hühner, einfach alles, ohne zu zahlen. Und wenn es einen der feinen Herren nach einer hübschen Bauerntochter gelüstet, nimmt er sogar die.«

Sie ging auf seine Worte nicht ein. »Überall an jedem Bache wachsen Weiden. Wenn es Diebstahl wäre, sie zu schneiden, dann wäre es ebenfalls Diebstahl, wenn ich Wasser aus der Quelle hole oder das Holz von dem Waldboden aufsammle!«

»Gut, dass du's endlich merkst, Mädchen. Hast du dir noch nie überlegt, dass du den König Tag für Tag bestiehlst, nur indem du hier in seinem Wald in seiner Hütte wohnst, ohne dafür zu zahlen?«

»Aber –« Sie blickte ihn beunruhigt an. »Aber sie würde doch ohnehin unnütz leer stehen, wohnten wir nicht darin.«

Er lachte laut auf. »Wenn's danach ginge, ob was unnütz leer steht! Könnte dann nicht die Familie eines Tagelöhners in einem der ungenützten Seitenflügel eines Schlosses wohnen? Oder wie wäre es mit deinen Gemächern, Prinzessin? Ein einziges Zimmer sollte dir doch wohl genug sein.«

»Es wird doch niemand bemerken, dass wir hier leben?«, fragte sie mit geweiteten Augen.

»Ist ein Diebstahl, der nicht bemerkt wird, kein Unrecht mehr?«, fragte er zynisch. »Wo bleibt dein Anstand, Prinzessin, dein Gewissen?« Er beugte sich näher zu ihr. »Vielleicht kommst du in den Kerker dafür?«

»Das ... das kann nicht sein«, stieß sie gänzlich verunsichert hervor. »Ihr scherzt! Es muss doch einen Ort geben, an dem wir leben können. Es muss doch ...«

»Keine Angst«, beruhigte er sie. »Die werden's nicht merken. Die Herrschaften im Schloss drüben haben ihre Gedanken ganz woanders.«

Als er gegangen war, zerstieß sie die Körner für die Mittagssuppe. Sie kochte nun immer die doppelte Menge, damit sie nicht zu jeder Mahlzeit all die Arbeit von vorne beginnen musste, sondern die Reste der vorhergehenden aufwärmen konnte.

Ihr fiel es an diesem Vormittag schwer, die Hände zu rühren. Sie war das ganze unbequeme Leben leid. Sie hätte Holz sammeln müssen, doch an diesem trüben, kalten Morgen war ihr nicht danach. Nur zu gerne hätte sie an einem warmen Kaminfeuer gesessen und ein gutes Buch gelesen, an nichts gedacht, sich ganz der Melancholie und der Schwerfälligkeit, die sie überkommen hatte, hingegeben.

Es war kalt und unwirtlich vor der Tür, aber es war niemand da, ihr den Weg zur Quelle abzunehmen. Ihre Hände waren klamm, als sie mit dem gefüllten Eimer zurückkam. Sie legte eines der letzten Holzstücke auf das Feuer und kauerte sich nahe an die Wärme heran. Sie wusste, sie hätte die Rüben schaben und klein schneiden müssen, doch die Rüben färbten ihre zarten, weißen Hände braun und ließen sie rau werden.

Warum sollte sie kochen? Wäre es nicht besser, gleich zu sterben, als dieses bedrückende, schwere Leben auf Jahre hinaus weiterzuführen? Nichts würde es geben, worauf sie sich freuen konnte. Keine Zukunft, kein Vergnügen, keine

Bälle, keine Gespräche, keine Menschen, keine Studien, keine Bücher. Nichts. Nur diesen täglichen Kampf um das Weiterleben von einem Tag auf den nächsten. Aber wozu?

Sie gab sich einen Ruck und erhob sich. Sie schüttete Wasser in den Topf und schob ihn in die Mitte der Feuerstelle, dann setzte sie sich an den Tisch und schabte die Rüben. Ich werde mich nachher ein wenig ausruhen, überlegte sie. Ich benötige eine ruhige Minute zum Nachdenken, ich muss zur Besinnung kommen. So geht es nicht weiter.

Doch gerade als sie alle Zutaten in das kochende Wasser gegeben hatte, öffnete der Mann die Tür. »Komm raus und sieh dir deine neue Arbeit an.«

»Die Suppe ist gerade über dem Feuer!«, rief sie gequält. »Wie sollte ich nun noch …« Sie unterbrach sich und trat stumm in die Tür, wie er es verlangt hatte, denn sie verspürte nicht die geringste Lust, sich eine seiner Reden anzuhören, die gewiss damit begänne, ob sie wohl wüsste, wie viele Frauen zu dieser und jener Arbeit gezwungen waren und nebenbei noch mit Leichtigkeit Körbe flochten.

Als sie hinter ihm aus der Hütte trat, ihren Schemel in der Hand, hatte der Himmel sich aufgeklart und zeigte sich in einem unbestimmten Blau. Ein hoher Tragekorb, dicht gefüllt mit dünnen Weidenruten, stand vor der Tür. Jakob ließ sich auf dem Holzklotz nieder, auf dem er sonst die Äste spaltete, und zog einige Weidenruten aus dem Korb. »Das sind Korbweiden«, erklärte er ihr, »die hat der Bauer eigens angepflanzt, damit er gute Ruten zum Flechten hat. Die Salweiden, die an jedem Bach wachsen, die kann man wirklich schneiden, ohne dafür zu zahlen, um die schert sich keiner. Aber sie sind auch schlechter. Und wir brauchen doch ansehnliche Körbe, wir wollen sie ja gut verkaufen.« Sie zuckte mit den Schultern. Davon verstand sie nichts. »Ich müsst' sie eigentlich erst schälen.« Er begann, die Ruten ineinander zu fügen. »Aber das macht jetzt nichts. Dann wird das hier eben nur ein einfacher Korb, einer, in dem man die Rüben vom Acker in den Stall holt. Die andern Ruten, die leg ich dann ins heiße Wasser über Nacht, und morgen zeig ich dir, wie man sie schält.«

Sie blickte auf seine geschickten Hände, die mit der gleichen Behändigkeit, mit der sie sonst über die Saiten der Laute glitten, nun die Weiden zu einem Kreis fügten.

»Das wird der Boden«, sagte er nach einer Weile. »Ich glaub, es hätt dir noch nichts genützt, wenn ich dir jetzt gezeigt hätt, wie man den Boden anfängt.«

Schließlich wählte er stärkere Ruten, schob sie senkrecht in den Korbboden hinein und flocht dünnere um dieses schwankende Gerüst herum.

Als er ihr den Korb übergab, biss sie sich betreten auf die Lippen. Sie hatte weniger darauf geachtet, wie das Flechten selbst vonstatten ging, als auf die Bewegung seiner schlanken, gewandten Finger.

»Wie kommt es, dass Ihr derart geschickt seid im Anfertigen von Körben?«, wunderte sie sich. Es war doch nicht möglich, dass er alles zuwege brachte, was sich nur denken ließ?

»Geschickt?«, lachte er. »Plump sieht's aus, wenn ich einen Korb flecht, und das Ergebnis ist auch kein großes Kunstwerk. Du hättest meinen Großvater sehen sollen! Neben dem hätt ich ewig sitzen können und zuschaun. Wahrscheinlich hab ich zu oft nur zugesehn und zu wenig selbst geflochten, deshalb reicht's bei mir auch nur zu einfachen Körben. Mein Großvater, der konnt Körbchen machen aus Flechtschienen ...« Seine Hände beschrieben eine ovale, zierliche Form. Und er erzählte ausführlich von der nicht immer einfachen Beschaffung der verschiedensten Materialien und von den Körben, die sein Großvater daraus gefertigt hatte, von Körben mit Deckeln, Körben mit Henkeln, Körben für diesen und jenen Zweck. Elisabeth verstand davon nichts und merkte sich keines seiner Worte. Stattdessen verlor sie sich in der Melodie seiner Stimme. Wie gesprächig er heute ist, dachte sie verwundert. »War Euer Großvater ein wandernder Korbflechter?«, fragte sie schließlich.

»Mein Großvater? Ein Fahrender?« Er lachte leise bei dem bloßen Gedanken. »Johannes Meger war immer ein Bauer. Und das sogar mit Freuden, soweit's die kümmerlichen Verhältnisse zugelassen haben. Die Körbe hat er geflochten, um uns ein Zubrot zu verdienen. Er ein Fahrender! Der sesshafteste Mensch, den man sich denken kann! Er ist in unserem Dorf geboren und hat es so gut wie nie verlassen. Und das ist selten in diesen unruhigen Zeiten, in denen kaum einer sein Leben da beendet, wo er es begonnen hat.«

»Ein Bauer?« Grenzenlose Verwunderung lag in ihrer Stimme, hatte sie Jakob in ihrer Vorstellung doch als Spross einer musizierenden Vagantenfamilie gesehen, die von Markt zu Markt, von Land zu Land zog.

»Schau nicht so entsetzt. Du irrst dich, wenn du meinst, ein Bauer sei das Niedrigste, was es auf Erden gibt! Auch wenn sein Stand geringer geachtet wird denn je, stehen wir, das unehrliche Gesindel, noch weit unter ihm.«

»Aber Ihr … Wenn Ihr doch auf der Straße lebt … War es der Vater Eures Vaters?« Ja, so mochte es passen. Jakob, der Sohn eines Bauernburschen, der sich in eine fremdländische Schönheit, das Mitglied einer wandernden Gauklergruppe, verliebt hatte.

»Der Vater meines Vaters«, höhnte er. »Wer weiß schon mit Sicherheit, wer sein Vater ist? Weißt du es? Weißt du es wirklich? Das weiß nur deine Mutter. Und auch die Mütter wissen's nicht immer ganz genau.«

»Achtet auf Eure Worte!«, stieß sie empört hervor. »Meine Mutter vermögt Ihr nicht zu beleidigen, Monsieur! Dass Ihr Eure eigene Mutter nicht zur Genüge ehrt …«

»Meine Mutter war eine Hure«, sagte er scheinbar gleichgültig. Sein Gesicht verschloss sich.

Elisabeth verstummte schockiert.

Wie vermochte er so ruhig neben ihr zu sitzen und etwas Derartiges zu behaupten? Was für ein Mensch musste er sein, dass er seine eigenen Eltern nicht achtete? Hatte er dieses hässliche Wort als bloße Schmähung benutzt, oder ging seine Mutter am Ende wahrhaftig diesem Gewerbe nach, welches ... Par Dieu, war er, Jakob, der Spross einer bezahlten Stunde mit einem beliebigen Mann, den er als Vater nie kennen gelernt hatte? Sie musterte ihn von der Seite, als könne sie in seinem Gesicht Spuren der Sünde entdecken. In ihrem Kopf wirbelten die Fragen und Ungereimtheiten. Er hatte an der Seite seines Großvaters gesessen, der ein Bauer war und nebenher Körbe flocht. War er also ebenfalls ein Bauer? Hatte nicht bereits der alte Mann in der Stadt etwas Derartiges erwähnt? Sie blickte auf den schlichten, goldenen Ring in seinem Ohrläppchen und auf die geflochtene Haarsträhne. So sahen Bauern nicht aus. War er nicht ein fahrender Musikant, der mit den Zigeunern zog und in anrüchigen Stadtvierteln heimisch war?

Ich sollte keineswegs so viele Überlegungen über einen dahergelaufenen Spielmann anstellen, selbst wenn er im Augenblick der einzige Mensch ist, den ich zu Gesicht bekomme.

»Jetzt versuch's wenigstens!« Seine ungehaltene Stimme riss sie aus ihren Gedanken. Seufzend nahm sie den Korb wieder auf. Sie empfand Unwillen darüber, dass er ihr eine neue Arbeit aufbürdete, gerade jetzt, da sie begann, mit den anderen leidlich zurechtzukommen. Entsprechend unwillig versuchte sie sich am Körbeflechten. Noch einmal musste er ihr zeigen, wie sie die dünnen Ruten um die kräftigen, senkrecht stehenden zu legen hatte. Sie erwiesen sich in ihren Händen als bedeutend widerspenstiger und um vieles weniger geschmeidig, als es unter seinen Händen den Anschein gehabt hatte. Sie wurde nervös unter seinem Blick, der sich fortwährend auf ihre Finger heftete. Ständig rutschten ihr die Gerten aus den Händen.

»Schau, es ist doch ganz einfach.« Er rückte näher an sie heran und wand die Rute um das Gerüst. Seine schmalen, kräftigen Hände streiften die ihren dabei und erzeugten ein eigenartiges Prickeln auf ihrer Kopfhaut.

Ehe er sie mit der Arbeit alleine ließ, bereitete er einen zweiten Korbboden vor und schnitt eine Kerbe in das weiche Holz. Er trug ihr auf, bis an diese markierte Stelle zu flechten, den Rand würde er anschließen.

»Das ist für heute bei weitem genug«, befand er. »Das Wichtigste ist, dass sich deine Finger daran gewöhnen.«

Sie sah seine schlanke Gestalt zwischen den Bäumen verschwinden. Sie wusste nicht, wohin er ging und wann er zurückkommen würde. Er kam und ging immer, wie es ihm beliebte. Nie so, wie es ihr gefallen hätte. Er kam, wenn sie müde und den Tränen nahe war, wenn es sie danach verlangte, ungestört zu sein. Doch er war nie in der Nähe, wenn das Feuer zu erlöschen drohte oder die Angst vor der Dunkelheit und der Stille sie packte.

Sie schob die störrische Weidenrute nach vorne. Wenn sie nur halb so gefügig wären wie unter seinen Händen, vielleicht hätte sie ein wenig Gefallen finden können an dieser Arbeit.

Welch unsinnige Gedanken, ermahnte sie sich, dies ist eine Betätigung für Bauern und Besenbinder. Warum sollte ich mich mühen? Es wird ihm schon etwas einfallen, wie wir zu Geld und Nahrung kommen. Sie kämpfte noch eine Weile mit den Weidenruten, besah sich dann ihre schmerzenden Hände und den ungefügen Korb, ließ ihn auf den Boden fallen und gab ihm einen undamenhaften Tritt.

»Aus Mademoiselle wird nie eine vorbildliche Dame werden«, erinnerte Elisabeth sich an die Prophezeiungen der ewig nörgelnden Hausjungfer, die in ihrer mutterlosen Zeit ein Auge auf sie gehabt hatte. Auf welch sonderliche Weise sie nun Recht behalten sollte. Elisabeth stützte das Kinn auf ihre geballten Fäuste. Sollten alle diejenigen Recht behalten, die sie fortwährend getadelt hatten für ihre unangemessenen Anschauungen, ihre Bücher, ihr vorlautes Benehmen? Hatte sie sich nicht letztendlich selbst in diese furchtbare Lage hineingewünscht? Hatte sie nicht an dem Abend am Fenster gewünscht, den Musikanten von Angesicht zu sehen, die Mauern des Schlosses hinter sich zu lassen, den Wind im Gesicht zu spüren? Es hat sich alles erfüllt, dachte sie ironisch. Ich sollte meine Wünsche künftig besser bedenken.

Sie beschloss, Holz sammeln zu gehen. Dann konnte er ihr wenigstens nicht vorwerfen, sie hätte die Zeit mit Nichtstun verbracht. Holz zu sammeln an einem solch freundlichen Tag bedeutete, im Wald umherstreifen zu dürfen. Und es streifte sich angenehm im Wald umher in der leichten Kleidung; so leicht und unbeschwert, wie sie es, allein der unbequemen Roben wegen, seit ihrer Kindheit nicht mehr vermocht hatte. Sie schob ihre Arme durch die Lederriemen der neu erworbenen Kiepe und befand, dass zumindest dies kein schlechter Kauf gewesen war. Sie eignete sich sicherlich vorzüglich zum Holztragen. Dort, wo der Wind dürre Äste von den Bäumen gebrochen hatte, setzte sie den Korb wieder ab. Sie warf einige Holzstücke hinein, dann sah sie nach oben.

Über ihr, durch die zarten Verästelungen der oberen Zweige hindurch, trat das Licht in den Wald. Die aufbrechenden Blattspitzen wandelten das Dach aus Zweigen in einen grünen Schleier, der sich vor den blauen Himmel schob. Elisabeth berührte die schlanken, graugrünen Stämme der Buchen und atmete tief die frische Luft ein. Ihre Schuhe sanken in die weiche Schicht aus einer Unzahl zerfallender Blätter, aus den Blättern des Vorjahres, aus den Blättern vieler Jahre. Zwischen dem welken Laub drängten die grün gefiederten Anemonen hervor. Elisabeth kniete sich zu ihnen auf den weichen Boden und berührte eine sich zögernd öffnende, weiße Blüte. In deren Mitte …

Hastig richtete sie sich wieder auf. Sie durfte das Holz nicht vergessen, so wie sie bereits hin und wieder den Topf über dem Feuer vergessen hatte, weil sie zu lange auf dem Waldboden gehockt hatte, versunken in Betrachtungen. Sie sammelte halbherzig auf, was vor ihren Füßen lag. Allzu viel war es nicht. Einen großen, unhandlichen Ast ließ sie für Jakob zurück. Mochte er ihn holen und mit der Axt zerkleinern. Einen ganzen Baum bräuchte ich, dachte sie seufzend. Dabei kamen ihr Jakobs Worte wieder in den Sinn. Die Bäume gehörten dem König. Wäre es also rechtmäßiger zu erfrieren, als einen Baum zu fällen?, überlegte sie. Wie handhabte ihr Vater derartige Angelegenheiten? Konnte es sein, dass der Diebstahl eines Baumes schwerer wog als ein Menschenleben?

Der Korb drückte auf ihren Schultern. Sie kam ins Wanken, als sie ihn in der Hütte vom Rücken nahm. Sie schichtete die Äste in der Ecke auf, zerbrach einen davon und legte ihn auf das Feuer. Es knackte laut. Der Ast war zu feucht gewesen, dabei hatte ihr der Mann doch aufgetragen, nur trockene Äste in die Flammen zu legen. Müde sank sie auf den Schemel. »Müde von dem bisschen Holzauflesen«, hätte er gewiss gesagt. All diese Arbeiten machten sie müde, aber an diesem Tag schien es ärger als üblich. Ihre Glieder waren schwer. Sie wärmte sich gegen Abend die Suppe vom Mittag auf und ging früher als gewöhnlich zu Bett.

Sie schloss die Augen und träumte sich zurück an den Fürstenhof von Messelstein, in den kleinen Speisesaal zu einem leichten Souper in angenehmer Gesellschaft. Das Feuer im Kamin würde hell aufflackern, das Holz knisterte und der große Leuchter tauchte die Menschen am Tisch in ein behagliches Licht. Niemand sagte, eine Kerze sei »zu teuer, um sie unnütz aufzubrauchen«. Gottfried spielte Cembalo, eine gefällige Melodie. Seine hübschen Locken, seine feinen Gesichtszüge, seine wohlgesetzten Worte. Am Tage des Balles hatten seine zarten, weißen Hände die Perlenkette in ihrem Nacken geschlossen.

Das Mädchen in der Bibliothek drängte sich über das angenehme Bild. Gottfried, der seine Gelüste an den Dienstboten ausließ. Das waren nicht die rechten Gedanken vor dem Einschlafen. Der hässliche Mann in der Schenke. Der anzügliche Blick des Handwerksburschen. Es konnte doch niemand die Hütte finden in der Dunkelheit? Der Nachtwind schlug einen Ast gegen die Wand, sonst blieb alles still. Die Mauern des Schlosses waren sehr fest gewesen, und unten im Hof immerzu Menschen, und die Wache an der Treppe …

Als sie bei Morgengrauen erwachte, fühlte sie Blasen an den Händen. Sie besah und betastete sie. Furcht befiel sie. Die täglichen Verrichtungen in dieser Einöde würden doch ihren Händen nicht schaden? Ihren zarten, wohlgeformten Händen, um die sie eine jede beneidet hatte?

Sie fühlte sich unausgeschlafen und entkräftet, obwohl sie doch all die Tage erstaunlich gut mit dem frühen Aufstehen zurechtgekommen war, sicherlich deshalb, weil sie die Morgenfrühe schon immer geliebt hatte. Ich werde doch nicht erkranken in dieser elenden Hütte, kam ihr der entsetzliche Gedanke, weitab von jeder ärztlichen Hilfe?

An die Morgenkälte würde sie sich niemals gewöhnen. Sie hüllte sich in ihren Mantel und legte ihn erst ab, als das Feuer richtig brannte. Mittlerweile gelang es ihr recht gut, das Feuer in Gang zu halten. Sie besah sich das Regal. Keine Äpfel mehr, keine Rüben, kein Brot. Und kein Geld, um neue Nahrungsmittel zu erstehen. Soll er seine Laute verkaufen, dachte sie böse. Es ist ein gutes Instrument, gewiss könnten wir von dem Erlös eine Weile leben.

Seufzend machte sich sich daran, die Gerstenkörner zu zerstoßen. Ergeht es so den meisten Frauen im Land, den Bauersfrauen und den weniger bemittelten Bürgersfrauen? Immerzu mit den Gedanken bei der nächsten Mahlzeit, kaum dass die vorhergehende beendet ist? Und dazu noch all die anderen Arbeiten? Und wenn sie einmal der Muße nachgehen, ist niemand da, der die Arbeit an ihrer Stelle erledigt?

Die Weidenruten vor der Tür übersah sie geflissentlich und nahm sich an diesem Morgen viel Zeit beim Wasserholen. Auf einem der bemoosten Steine sitzend, träumte sie mit geschlossenen Augen vor sich hin, lauschte dem Gluckern des Wassers und sog den Duft des Waldes ein.

Jakob, der gegen Mittag von seinem Streifzug zurückkam, registrierte die unerledigte Arbeit mit einem vorwurfsvollen Blick. Elisabeth beobachtete sein Gesicht, während er schweigend seinen Brei löffelte, und stellte erleichtert fest, dass er keine Miene verzog. Also hatte sie dieses Mal nichts daran verdorben.

Der Tag war kühl und verhangen. Der Mann holte seinen Schemel vor die Tür und drückte Elisabeth den angefangenen Korb in die Hand. »Und warum hast du einfach aufgehört?«

»Ich kann es nicht.«

»Du kannst es nicht? Natürlich nicht! Wie solltest du auch nach nur einem Tag? Deine Finger fühlen sich steif an und die Weiden hart, nicht wahr? Aber ohne Übung wird es nicht besser. Du machst dich jetzt daran und heute Abend reden wir noch mal drüber.« Die Ruten lagen zwischen ihnen auf der braunen, festgetretenen Erde. Er bückte sich und band zwei davon zu einem Kreuz. Aus dem Kreuz fügte er einen weiteren Boden. Sie hatte gehofft, er würde es bei dem Boden belassen und wieder gehen, aber er blieb an ihrer Seite sitzen und flocht seinen Korb zügig und scheinbar mühelos zu Ende. Sie saßen schweigend, flochten und bückten sich hin und wieder, um eine neue Rute aufzunehmen. Ihr blieb nichts übrig, als sich weiter an ihrem angefangenen Korb zu versuchen. Selbst als er dann doch noch ging und sie mit der Arbeit alleine ließ, flocht sie verbissen weiter. Ihre Hände wurden wund und schmerzten. Sie hob sie hoch und besah sie lange.

Wenn ihre Hände grob und unansehnlich wurden, wie konnte sie sie dann beim Tanz ihrem Gegenüber reichen? Wenn sie noch weitere Wochen in diesem Wald bleiben musste, war sie dann womöglich dazu verdammt, zeit ihres Lebens Handschuhe zu tragen? Sie schluchzte bei dem Gedanken. Sie zog die Rute nach vorne, wie er es ihr gezeigt hatte. Eine ihrer Blasen scheuerte auf, Blut rann über ihre Finger.

»Ich werde es nie mehr wieder tun«, sagte sie erschöpft, als Jakob am Abend zurückkam.

Er nahm ihre weichen, blutenden Hände in die seinen und besah sie sich. »Ich seh, das geht nicht«, seufzte er und ließ ihre Hände wieder los. »Wir müssen dir was anderes suchen.«

Der Abend war kalt. Elisabeth hüllte sich in ihren Mantel und rückte den Schemel nahe ans Feuer. Im Dämmerlicht löffelte sie den aufgewärmten Brei vom Morgen.

»Mein Hemd kannst du wenigstens flicken.« Er warf es auf den Tisch. »Heut mag's zu dunkel sein dazu, aber spätestens morgen, denn wenn das hier noch zerreißt«, er zeigte auf das Hemd, das er am Leibe trug, »hab ich kein anderes mehr.« Er setzte sich an den Tisch und lehnte sich mit dem Rücken an die Wand. Elisabeth zog ihren Schemel an den Tisch, besah sich das Hemd und schob Jakob die halb leere Schüssel zu.

»Nähen kannst du doch, oder?«, fragte er. »Zumindest lernen die feinen Hoffräulein mit Nadel und Faden umzugehen, wenn auch zu solch unnützen Zwecken, wie irgendwelchen Plunder damit zu besticken.«

Wie leid sie seine ewigen Sticheleien war! »Woher wollt Ihr immer so genau wissen, wie eine Frau bei Hofe lebt?«, fragte sie gereizt. »Habt Ihr das alles vom Schlosshofe aus beobachtet, wenn Ihr in den Winkeln Laute spieltet? Oder von den Pferdeställen her, in welchen man Euch ein Nachtlager gewährte?«

»Wer sagt, dass ich die Nächte auf den Schlössern nur im Pferdestall verbracht hab?« Er lächelte ein gefährliches Lächeln. »Wenn ein junger Musikant gut singt und spielt und dazu ein leidliches Aussehen hat, kommt er weiter hinauf als nur in den Schlosshof, Prinzessin.«

»Was wollt Ihr damit sagen?«

Er schob die Schüssel beiseite und beugte sich näher zu ihr über den Tisch, so nahe, dass sein Atem sie streifte. »Du weißt es doch genau, oder?«

»Was … was soll ich wissen?«, fragte sie unsicher, aber im gleichen Augenblick stieg eine Ahnung in ihr auf und Röte überflutete heiß ihr Gesicht.

»Welche Verwendung die edlen Damen für einen jungen Musikanten haben, wenn die Nächte kalt und lang werden im Winter.« Elisabeth schlug die Augen nieder vor seinem Blick. Sie hätte vor Scham im Boden versinken mögen.

»Du antwortest nicht?«

Sie wandte ihr Gesicht dem Feuer zu. Nichts will er damit sagen, dachte sie, er will mich lediglich beschämen mit seinen Andeutungen. Auf ihr beharrliches Schweigen hin schwieg auch er.

Sie schaute auf das rot glühende Holz unter dem schwarzen Topf und hörte, wie er den Schemel nach hinten rückte und sich erhob. Er lauert hinter mir wie ein Raubtier, ehe es zum Sprung ansetzt, dachte sie. Wenn er nur endlich springen würde, damit diese Ungewissheit ein Ende hat.

»Du gehst nicht zu Bett, Lise?«

Sie schüttelte stumm den Kopf. Wie konnte er in so harmlosem Tonfalle fragen, nachdem er um ein Haar ein ausnehmend unrühmliches Kapitel aus seinem Leben preisgegeben hätte? Eines, von welchem sie nichts, aber auch gar nichts wissen wollte. Sie mochte sich jedoch irren. Am Ende hatte nur sie solch unzüchtige Gedanken. Am Ende hatte er lediglich berichten wollen, dass er des Abends in den kleinen Salon gerufen worden war und dort den Damen vorzuspielen und vorzusingen hatte. Was sonst sollte er gemeint haben?

Sie starrte in die Glut und hörte, wie er sich hinter ihr entkleidete.

Wo hatte er gelernt, ein Mieder so geschickt zu schließen?

Sie saß lange so und legte sich erst zu ihm, als sie sicher war, dass er fest schlief. Sie wickelte die Decke fest um sich herum und mühte sich, nah an der äußersten Kante des Strohsackes zu bleiben, so weit ab von ihm wie nur irgend möglich. Und obwohl ihr Körper schwer war von Müdigkeit, konnte sie nicht einschlafen. Ihre aufgescheuerten Finger schmerzten noch immer. In ihrem Kopf drehten sich irritierende Bilder. Seine Laute lehnte an einem prächtigen Paradebett, er saß auf dessen Kante in seinen schmutzigen Hosen, die ausgetretenen Stiefel an den Füßen, und schob mit einer sehr langsamen Bewegung das seidene Kleid von Marie-Henriettes weißen Schultern. Er öffnete die Schnürung ihres Mieders.

Henrie lachte leise. Draußen war es Winter und der Wind fegte Schnee an dem Fenster vorbei.

Sie drehte sich unruhig von einer Seite auf die andere. In dieser Nacht lag er neben ihr, in der nächsten mochte er irgendwo außerhalb schlafen. Er sagte niemals wo. Was wusste sie schon von seinen Nächten? Sie rollte sich fester in die Decke. Welch eigenartige Vorstellung – dieser spöttische und unwirsche Mann in den Armen einer Frau. Blieb er dann so gelassen und überlegen? Oder benahm er sich plump und lüstern wie Thereses Gemahl? Oder aber …

»Elisabeth?« Ihr Name war ein kaum hörbares Flüstern im Dunkel.

Erschrocken hielt sie den Atem an.

»Lise?«, fragte er leise. »Kannst du nicht schlafen?«

Sie versuchte, ruhig ein- und wieder auszuatmen, damit er glaubte, sie schliefe fest. Wenn er mich berührt, dachte sie angstvoll, was werde ich dann tun? Aber er berührte sie nicht. Er lauschte eine Weile auf ihre ruhigen Atemzüge, dann seufzte er tief und drehte sich wieder zur Seite.

20.

Als sie am Morgen erwachte, floss Blut auf das Laken. Sie war im Begriff gewesen, sich aufzurichten, doch als sie das unangenehme Ziehen im Unterleib verspürte, blieb sie entsetzt liegen und presste die Beine zusammen, um ihr Lager nicht noch mehr zu beschmutzen.

Was tue ich, damit er es nicht bemerkt? Sie sah zur Seite, aber der Mann lag nicht mehr neben ihr. Er musste schon lange vor ihr aufgewacht und gegangen sein. Herr im Himmel, dachte sie, habe ich über alledem vergessen, dass ich eine Frau bin? Wie soll ich Monat für Monat mit diesen Blutungen zu Rande kommen in meiner jämmerlichen Lage? Niemand, der mein Laken wechselt, kein Nachtgeschirr, kein frisches Hemd. Es war ihr in diesem Zustand nicht möglich aufzustehen, dabei musste sie doch das Feuer schüren und die Morgensuppe bereiten. Aber Hunger verspürte sie ohnehin nicht, nur ein immer stärker werdendes Ziehen im Unterleib. Ein krampfartiger Schmerz fuhr durch ihren Körper. Sie presste die Zähne aufeinander und versuchte, gleichmäßig zu atmen. Ihre Beine und ihr Rücken schmerzten.

Ich will in dieser elenden Hütte nicht zugrunde gehen, dachte sie, obwohl sie wusste, dass sie daran nicht zugrunde gehen würde, mochte es in diesem Augenblick auch durchaus so scheinen. Die Krämpfe würden nach wenigen Stunden nachlassen und nur die »rote Blume« bliebe, würde schwächer werden und nach einer Woche längst versiegt sein. Sie zog die Beine an den Bauch und wartete, bis die nächste Schmerzwelle verebbte. Der Krampf löschte ihre Gedanken für einige Minuten. Sie wollte liegen bleiben, gleichgültig ob der Mann kam oder nicht. Sie wollte liegen bleiben, bis Hemd und Laken gänzlich vom Blut durchtränkt waren, denn nun waren sie ohnehin bereits voller Flecken. Sie sah zu den Leinentüchern im Regal hinüber. Morgen, dachte sie, morgen werde ich mir eines davon um den Leib schlingen, zur Quelle gehen und das Laken auswaschen. Morgen, wenn die stärksten Blutungen etwas nachlassen.

Der Mann kam weder am Tag noch in der Nacht zurück. Das Feuer verlosch, es wurde kalt in der Hütte. Elisabeth fror am folgenden Morgen, Hunger peinigte sie. Sie verließ ihr Lager, zog das Laken ab, tauchte einen sauberen Zipfel in den Wassereimer und säuberte notdürftig ihren Körper. Sie wechselte ihr Hemd, wickelte das Laken und das alte Hemd zusammen und warf das Bündel in die Ecke. Sie deckte eines der kleineren Tücher über den Strohsack und streckte sich erschöpft wieder darauf aus. Ihr Magen knurrte heftig und noch immer verspürte sie ein Ziehen im Rücken und in den Beinen.

»Ich will hier nicht verkommen«, sagte sie laut. »Ich werde nicht verkommen und verhungern.«

In diesem Moment betrat Jakob die Hütte. Er warf einen vorwurfsvollen Blick auf das verloschene Feuer, den leeren Kessel und Elisabeth im Bett. »Willst du nicht aufstehn?«, fragte er von oben herunter.

Sie dachte an die Schmerzen des vergangenen Tages, an ihren Hunger, an das ganze elende Hüttenleben und war seine ewigen Vorhaltungen, Befehle und Mahnungen leid.

»Nein«, erwiderte sie fest.

Ihre Antwort verblüffte ihn offensichtlich. »Nein? Und was ist mit den Körben? Und mit dem Feuer? Und dem Essen? Ich hab Hunger und ich ...«

»Mach es selbst«, sagte sie. »Mir ist nicht wohl.«

Er stutzte. Dann besah er sie sich, wie sie blass und übermüdet unter der Decke lag. Sie musste doch elend aussehen, denn er schien ihr zu glauben.

»Ein Kind erwartest du nicht, oder?«

Die direkte Frage, zumal aus dem Munde eines Mannes, schockierte sie und trieb ihr eine flammende Röte ins Gesicht. Einen winzigen Augenblick wunderte sie sich, wie ein Mann über derartige Dinge Bescheid wissen konnte, doch dann nahm die Empörung über seine Unterstellung überhand. »Monsieur«, sagte sie mit leidlich beherrschter Stimme, »wie vermögt Ihr Euch zu erdreisten ... Seid Ihr Euch bewusst, was Ihr damit ausdrücken ...« Sie schloss die Augen. Du Schwein, dachte sie.

»Also nicht?«, fragte er gelassen. »Würd mir auch nicht gefallen, den Balg eines deiner Hofschranzen großzuziehen.«

Zitternd vor Wut suchte sie nach Worten der Rechtfertigung, doch dann schwieg sie, denn es wäre unwürdig gewesen, ihm auch nur ein Wort zu gönnen. Was ging es ihn an? Sollte er doch denken, sie habe am Hofe einen oder mehrere Liebhaber zurückgelassen. Sollte er doch denken, es ginge an einem christlichen Hofe ebenso unzüchtig zu wie unter seinesgleichen. Sollte er doch denken, was er wollte.

»Lasst mich zufrieden und schert Euch aus der Hütte«, sagte sie nur und zog die Decke über sich, ohne ihn weiter zu beachten.

Er hockte sich neben sie. »Bist du krank, Lise?«, fragte er sanft. »Kann ich dir irgendwie helfen? Ich könnte dir ...«

»Ein Mann wäre der Letzte, der mir im Moment helfen könnte«, zischte sie. »Scher dich weg.« Er öffnete überrascht den Mund, erwiderte jedoch nichts. Er musterte sie nur, blickte auf das zerknäulte Bündel in der Ecke, erhob sich und verließ die Hütte.

Mit einem leichten Gefühl der Genugtuung legte sie sich zurück. Ahnte er, was ihr fehlte? Derartige Dinge verunsicherten die Männer, das wusste sie. Sicher blieb er ihr nun eine gute Weile fern, vielleicht sogar mehrere Tage.

Desto mehr verwunderte sie sich, als er am späten Nachmittag wieder zurückkam. Er legte Brot und Käse auf den Tisch, nahm wortlos den Eimer und holte frisches Wasser. »Geht's dir besser?«, fragte er und schnitt zwei Scheiben Brot von dem kleinen Laib. Er hatte das Hemd bis zu den Ellbogen aufgerollt, wie er es immer tat, wenn er etwas verrichtete. Sie blickte auf seine festen Unterarme, die glatte Haut und die Sehnen, die sich bei seinen Bewegungen darunter abzeichneten. Die Arme eines Mannes waren so gänzlich verschieden von den Armen einer Frau. Sie saß ihm gegenüber auf dem Schemel und nickte als Antwort auf seine Frage.

»Brot?«, wunderte sie sich.

»Fürs Musizieren in der Dorfschenke gestern«, erklärte er.

Eine Dorfschenke also. Ob es auch in den Dorfschenken Hinterzimmer gab? Es ging ihr wirklich besser. Die Schmerzen waren verflogen, noch drei weitere Tage und alles würde ausgestanden sein. Sie hatte das Laken und das Hemd an der Quelle ausgewaschen und vor der Türe zum Trocknen aufgehängt. Sie hatte es dieses Mal überstanden und würde es in jedem Monat überstehen. Gierig aß sie von Brot und Käse, noch gieriger trank sie das kühle Wasser.

»Kann ich heute Nacht hier bleiben?«, fragte er.

Sie sah ihn erstaunt an. Er hatte nie zuvor gefragt. »Warum solltet Ihr nicht?« Sie zog die Augenbrauen hoch. »Ich bin nicht aussätzig, Monsieur. Ich bin eine Frau, das ist alles.« Sie lauschte ihren eigenen Worten nach. Noch vor einem Monat wäre sie vor Scham im Boden versunken, hätte ein Mann ihren Zustand auch nur bemerkt. Aber in dieser Enge waren solche Regungen nicht mehr möglich.

»Ich weiß«, erwiderte er ruhig. »So hatte ich das nicht gemeint. Ich dachte, ich würd dich vielleicht stören.« Sie senkte ihren Blick auf die rissigen, abgeschabten Bretter der Tischplatte. Sie suchte verlegen nach Worten. »Hast du Schmerzen gehabt?«

Sie starrte ihn verblüfft an. Was wusste er davon? Hatte sie ihn falsch eingeschätzt? Wussten die Männer des untersten Standes mehr über derartige Dinge, weil sie keine Möglichkeiten hatten, ihnen auszuweichen?

»Starke Schmerzen?« Sie errötete. »Ich hab Schafgarbe dort im Regal«, sagte er zögernd. »Ich kann dir einen Tee machen beim nächsten Mal. Er hilft.«

Sie zuckte unsicher mit den Schultern. Geradewegs mit ihm über ihren Zustand reden mochte sie beileibe nicht. Sie sah zu dem Regal hinüber, wo seine Kräuter fein säuberlich in Säckchen aufgereiht standen. Pflanzen mit heilender Wirkung, dachte sie, Pflanzen mit zerstörerischer Wirkung, Kräuter bei Mondschein gepflückt …

»Woher habt Ihr nur all diese Kräuter?«

»Ich hab sie gesammelt und getrocknet.«

Alles an ihm ist dunkel, dachte sie, sein Bart, seine Augen, sein Haar. Es schien ihr seltsam, ihm so gegenüberzusitzen, auf sein Haar zu blicken und dabei zu überlegen, ob es Frauen gab, die es berührt hatten und wussten, ob es fest war oder eher weich.

Er saß ihr gegenüber und sah sie an.

Wenn er Kräuter sammelte und um deren Wirkung wusste und … War es ihm dann vielleicht auch möglich, Gedanken zu lesen? Sie erschauerte leicht. »Elise«, vermeinte sie Eleonores amüsierte, klare Stimme zu hören, »da befasst Ihr Euch mit derart großen Gedanken über die Vernunft und das Wissen und glaubt doch immer wieder an solche Ammenmärchen!«

»Ist es nicht extraordinär, Monsieur, dass Ihr …« Sie suchte nach Worten. »Alors, dass Ihr Euch so sehr auf Kräuter versteht? Ihr seid ein Mann, und obwohl ich auf diesem Gebiet nicht sonderlich bewandert bin, so weiß ich doch, dass es nicht Männer sind, sondern … nun, dass es gewissen Frauen vorbehalten, ich meine …«

Er lächelte. Wenn er lächelte, meist war es nur für die Dauer eines Wimpernschlages, sah sein Gesicht nicht mehr so dunkel und abweisend aus. »›Hexen‹, wolltest du sagen.«

Wie dämmrig die Hütte wurde, wie still es im Walde war.

Elisabeth öffnete den Mund. Er beugte sich über den Tisch, seine Augen blitzten. »Vielleicht, Prinzessin, bin ich ebendas.«

»Mais non«, stammelte Elisabeth. »Männer … Männer können keine Hexen sein.«

Etwas kratzte und schabte am Hüttendach. Sie zuckte zusammen.

»Nein? Können sie das nicht?« Er lächelte wieder. Im gleichen Augenblick wurde ihr bewusst, wie töricht ihre Worte klangen, glaubte sie doch seit Jahren nicht mehr an solche Irrlehren. Wieder raschelte es. Der Vogel, der sich Strohhalme für sein Nest aus dem Hüttendach gezogen hatte, flog davon.

Sie räusperte sich. »Davon abgesehen, Monsieur«, erwiderte sie kühl, »glaube ich nicht an die Existenz von Hexen, Zauberern und jedwedem Spuk.« Sie presste die Lippen aufeinander. Hatte sie bereits zu viel gesagt? Sie wurde unruhig unter seinem Blick. Derartige Worte, am falschen Ort, bei den falschen Menschen gesagt, führten geradewegs in die Folterkammern.

»Das denkst du wirklich?« Sie vermeinte ein plötzlich gewecktes Interesse aus seiner Stimme zu hören.

»Nun …« Sie rieb ihre Hände aneinander, doch dann richtete sie sich auf und blickte in sein Gesicht. »Ja, das denke ich wirklich«, sagte sie fest. »Ich glaube nicht an das Wirken von dämonischen Kräften. Es ist ein verheerender Irrglaube, der viele unschuldige Menschen das Leben kostet.«

»Mit dieser Ansicht stehst du recht alleine da.«

»Nicht so alleine, wie Ihr vielleicht denken mögt, Monsieur. Das Volk mag noch in finsteren Aberglauben und unsinnige Ängste verstrickt sein, jedoch in gebildeten Kreisen …« Sie hielt inne. Es ist nicht wahr, was ich sage, erkannte sie, es ist nicht nur das Volk. Wie oft hatte sie bei Menschen, von denen sie sicher gewesen war, sie müssten es besser wissen, wirre, unvernünftige Gedanken vorgefunden. »Alors«, begann sie von neuem, »Ihr müsst wissen, dass es immer wieder Menschen gab und es auch noch immer welche gibt, die sich gegen diese Auswüchse wenden. Unlängst erst berichtete mein Vater von einem Bischof, der versucht, die unseligen Prozesse gegen Hexen und Zauberer in seinem Einflussgebiet einzudämmen. Und außerdem ist eine Schrift erschienen, sie ist mir leider noch nicht zugänglich geworden, welche die Verfahrensweise solcher Prozesse kritisiert …«

»Lise!« In seinen Augen glaubte sie Besorgnis zu lesen, aber bei dem Dämmerlicht konnte sie es so genau nicht erkennen. »Es mag sein, dass du als Tochter des Fürsten solche Reden ungestraft führen durftest, aber ich rat dir, tu's nicht mehr.«

»Sollte man die Wahrheit nicht aussprechen dürfen?«, begehrte sie auf. »Ihr mögt solch heidnischen Gedanken anhängen, aber ...«

»Nein«, sagte er ruhig, »ich glaub ganz sicher nicht an so was. Aber die Wahrheit, Mädchen, darf man, weiß Gott, nicht überall sagen. Wer wüsste das besser als ich?«

Gänsehaut überzog ihre Arme. Ob davon, dass durch ihre Worte der Scheiterhaufen so nahe rückte, oder davon, dass sie mit diesem Manne an einem Tische saß und über Dinge sprach, die sie zutiefst bewegten, wusste sie nicht.

»Wie kommt es, Prinzessin, dass du dich mit solchen Sachen befasst?«, wollte er wissen. »Es hat dich doch nie betroffen. Du kennst das doch alles nur vom Hörensagen. Du selbst musstest nie Angst haben.«

»Nie Angst?«, wiederholte sie nachdenklich. Sie war die Tochter des Fürsten. Und in der Stadt ihres Vaters war seit einigen Jahren keine Zauberin mehr hingerichtet worden. »Nie Angst.« Sie stützte ihr Kinn auf die Hand. »Ich bin eine Frau, und nicht immer machen die Gerichte Halt vor Frauen, deren Gatten oder Väter über Einfluss verfügen. Der Scheiterhaufen scheint mir wie eine permanente Drohung, eine Strafe für all diejenigen, die von dem für sie vorgeschriebenen Wege abweichen. Es fällt mir ... es fällt mir schwer, es Euch zu erklären. Alors, als ich zum ersten Male davon hörte, dass eine Frau verurteilt wurde, nur weil sie die lateinische Sprache beherrschte – und eine Frau, die dessen fähig ist, muss doch mit dem Bösen im Bunde stehen, n'est-ce pas? –, und wenn ich dann an die eigenartigen Blicke dachte, mit denen ich oft gemustert wurde, weil auch ich über derartige Kenntnisse verfüge ... Begreift Ihr, was ich meine?«

Jakob sah sie nachdenklich an. War es möglich, dass er ihr zugehört hatte, ohne über sie zu spotten? »Wie kommt es«, fragte sie, »dass Ihr daran nicht glaubt?«

»Ach herrje, Mädchen, es gibt vieles, was ich nicht glaube. Manches davon würde dich bestimmt erschrecken. Aber wer weiß, vielleicht glaub ich doch dran.«

»Aber«, sie sah ihn verwirrt an. »Aber Ihr sagtet doch …«

»Ich glaub nicht an verhexte Milch und schwarze Katzen. Aber ich denk schon, dass es Menschen gibt, die ihre Kraft aus was anderem schöpfen als aus dem Glauben an deine heilige Dreifaltigkeit. Und warum auch soll es so verdammenswürdig sein, wenn man sich wünscht, auf einem Besen durch die Luft zu fliegen?«

»Monsieur!«, rief sie erschrocken aus. »Wisst Ihr, was Ihr da sagt?«

Er beugte sich sehr nahe zu ihr und sein Gesicht schien ihr dunkler als je zuvor. »Jetzt bist du dir nicht sicher, nicht wahr, trotz allem, was du da bekannt hast, ob ich nicht doch mit dem Teufel im Bunde bin.«

Sie schwieg. Es war um so vieles leichter, nicht an zauberische Mächte zu glauben, wenn man sich an einem belebten, übersichtlichen Hofe befand, um so vieles leichter als hier in der dunklen Einsamkeit.

»Keine Angst, Mädchen, der Teufel ist nie mit mir in den Wald gegangen und hat mir die Namen von Kräutern ins Ohr geflüstert und mir erklärt, gegen welches Leiden sie gewachsen sind. Das hat meine Großmutter getan. Vielleicht war sie deswegen eine Hexe, vielleicht auch einfach eine Frau, die viel gewusst hat.«

»Und sie zog Euch groß?«

»Ja.«

»Ihr seid folglich in einem Bauerndorf geboren und aufgewachsen?«

»Aufgewachsen ja, geboren …« Er brach ab, beinahe erschrocken, so als hätte er etwas Falsches gesagt.

Sie spürte seine Unsicherheit, und aus Angst, er würde das Gespräch gänzlich beenden, fragte sie eilig: »Und sie unterwies Euch in der Heilkunst?«

»Sie musste mich halt mitnehmen, wenn sie in den Wald gegangen ist. Irgendwo musste sie ja hin mit mir. Und ich hab zugeschaut. Irgendwann hat sie angefangen, mir alles ganz ausführlich zu erklären. ›Warum solltest du's nicht lernen, Jakob‹, hat sie gesagt. ›Für so dumm halt ich keinen Mann, dass er so was nicht begreift.‹ Und jetzt«, er zuckte mit den Schultern, »jetzt bedauer ich's, dass ich nicht immer genau aufgepasst hab, aber meine Gedanken waren damals zu oft bei der Musik.«

»Hattet Ihr bereits als Kind Eure Laute?«

Er schüttelte heftig den Kopf. »Weißt du, wie kostbar so ein Instrument ist? Aber eine Weidenflöte hatte ich und einmal eine Tonflöte. Und der alte Kerl, der beim Tanz immer die Fiedel gespielt hat, der hat mich hin und wieder drauf üben lassen. Und im Nachbardorf, da hat einer gewohnt, der konnte den Dudelsack blasen. Da hab ich manchmal den ganzen Tag zugebracht, statt zu Hause zu helfen. Da hat dann mittlerweile jeder im Dorf gewusst, dass aus mir nichts Gescheites werden kann.«

»Und aus diesem Grunde habt Ihr das Dorf verlassen?«, fragte sie. »Denn verlassen habt Ihr es ja offensichtlich, sonst ...«

Er sah zur Seite. »Ich hatte meine Gründe«, antwortete er knapp, erhob sich und nahm die Laute vom Nagel. »Geh zu Bett. Ich werd noch ein wenig spielen.«

Er ging hinaus in den frühen Abend, und kurz darauf hörte sie, wie er die Saiten anschlug.

Er blieb äußerst schweigsam in den folgenden Tagen, so, als hätte er an jenem Abend bereits zu viel von sich preisgegeben. Er befasste sich stundenlang mit den Weidenruten, legte sie in Wasser, schälte sie ab und setzte sich Tag für Tag vor die Hütte und flocht einen Korb nach dem anderen. »Denn wir können ja wohl nicht warten, bis du einen anständigen Korb zustande bringst«, sagte er. »Wir brauchen das Geld sofort.« Sie hasste ihn für seine überheblichen Worte, wenngleich sie froh war, dass sie die unangenehme Arbeit nicht selbst ausführen musste. Dennoch gab es für sie keinen Grund, sich nun erleichtert zu fühlen, denn der

Mann schien sich, wie sie aus einer Andeutung schloss, Gedanken bezüglich einer neuen Verdienstmöglichkeit für sie zu machen.

Eine neue Arbeit. Nun, da sie mit ihrem Tagesablauf ein wenig besser zurecht kam als bisher, verfiel sie auch des Öfteren ins Grübeln. Eine neue Arbeit bedeutete, dass der Mann beabsichtigte, sich auf längere Zeit mit ihr in der Hütte einzurichten.

Längere Zeit. Wie auch immer sie es drehte und wendete, der Mann schien sie wahrhaftig als seine rechtmäßige Gemahlin anzusehen, so, als wäre sie ein Bettelweib wie seinesgleichen. Dabei konnte sein Eindringen in ihr Schloss doch unmöglich mehr gewesen sein als ein dreister Vagantenstreich. Sie wurde nicht klug aus diesem Mann, weder aus seinem Verhalten noch aus seinen Worten.

Sie sah ihm dabei zu, wie er über den Korb gebeugt saß und mit sicherer Hand eine Weidenrute um das Gerüst des letzten Korbes zog. Sie saß auf dem Hackklotz an seiner Seite, während der Brei im Topf quoll, denn sie war das ewige Dämmerlicht in der Hütte leid. Der Wind trieb Glockenklänge von der Stadt herüber. Elisabeth hob den Kopf und lauschte.

Kirchenglocken, dachte sie, es wäre sogar möglich, dass sie zum sonntäglichen Gottesdienst läuten. Sie hatte jegliches Zeitgefühl verloren. Sie überlegte. Einen Monat nach dem Ball war sie mit dem Manne aufgebrochen, sie waren drei ganze Tage unterwegs gewesen, danach ... »Was für ein Wochentag ist heute?«, fragte sie.

»Es ist Sonntag«, sagte Jakob, ohne dabei von seiner Arbeit aufzusehen.

»Am Ende ist es der Ostersonntag!«, erschrak sie.

»Ostern ist schon vorbei.«

»Oh, mon Dieu!«, entfuhr es ihr. Sie legte die Stirn auf die angezogenen Knie.

»Was ist dabei?« Er nahm eine neue Rute auf.

»Was dabei ist?« Sie starrte ihn an. Aber wie konnte er

das auch begreifen, ein Mensch, der nicht einmal eine Bibel besaß; ein Mensch, den sie noch nie hatte beten sehen. Jäh fiel ihr ein, dass auch sie selbst es in all den Wochen versäumt hatte. Zwischen den Baumkronen war der Himmel blau. Das Wetter war an diesem Tag so schön, so klar, wie sie es sich für einen Ostersonntag gewünscht hätte. Und sie hatte diesen Festtag so ganz und gar versäumt.

Heftiges Heimweh überkam sie. Heimweh nach den Stunden in der kleinen Schlosskapelle, Heimweh nach den Menschen, nach der feierlichen Stimmung, dem geläuterten Gefühl nach dem Gottesdienst, nach dem prachtvoll hergerichteten Speisesaal und den Köstlichkeiten auf den Tischen. Alle bei Hofe waren herausgeputzt, vom Fürsten bis zum geringsten Knecht. Sie war mit den Freundinnen durch den Garten gewandelt, sich an jeder Knospe und an jeder neu aufgeblühten Blume erfreuend.

»Und Ihr arbeitet? Am heiligen Sonntag?«

Jakob zuckte ungerührt mit den Schultern und flocht die nächste Rute ein. Gewiss, des Öfteren hatte sie ungeduldig auf den harten Kirchenbänken gesessen und hätte die Zeit gerne anderweitig verbracht, aber dadurch, dass sie in diesem Jahr selbst am Ostermorgen jeglichem Gotteshaus ferngeblieben war, kam sie sich wie eine Ausgestoßene vor, so, als wäre sie vom rechten Glauben abgefallen.

»Und Ihr«, fragte sie vorsichtig. »Ihr geht niemals zur Kirche?« Da fiel ihr ein, mit welch eigenartiger Betonung er vor Tagen »deine Heilige Dreifaltigkeit« gesagt hatte. »Ein ... ein Päpstlicher seid Ihr nicht?« Er lachte auf. »Dann seid Ihr ein Anhänger Luthers?«, fragte sie erleichtert und wunderte sich, dass sie ihn nie danach gefragt hatte.

»Nein«, sagte er verächtlich.

Sie starrte ihn entsetzt an. »Ihr seid doch kein Calvinist oder ... oder doch ein Päpstlicher?«

»Du siehst mich an, als wär ein Päpstlicher schlimmer als ein Spielmann. – Nein, mit euren Glaubensstreitigkeiten hab ich nichts zu schaffen.«

»Aber Ihr müsst doch einer Glaubensrichtung angehören!«

»Muss ich das?«

Sie schwieg verblüfft. Musste man das nicht? Sie überlegte. »Versucht Ihr, die Wahrheit zu finden, indem Ihr alles in Frage stellt wie Monsieur Descartes? Aber selbst er hat ...«

»Wie wer?«

Sie seufzte. Wie konnte sie auch einen Vaganten nach Descartes befragen.

»Soll ich dir was Heiliges singen?«, fragte er und stellte den Korb ab. »Wenn's dir so wichtig ist mit dem Sonntag?«

Er trat in die Hütte und kam mit der Laute zurück. Er zupfte, er lauschte, er stimmte die Saiten und schlug dann die ersten Töne einer Melodie an, die sie schon einmal gehört hatte. Es war ein neues Karfreitagslied in einfacher, bildreicher Sprache von der Art, die ihr Vater liebte und zu gegebenem Anlass bereits hatte singen lassen. Eine getragene, traurige Melodie, die Jakob jedoch ganz anders vortrug, als Elisabeth sie aus der Schlosskapelle kannte. Er sang leise und ein wenig schmerzlich, so, wie er die Liebeslieder in der Schenke gesungen hatte. Er sang von einem Mann, der beschimpft, gedemütigt und bespuckt wurde. Sein gequältes Gesicht trat durch Jakobs Vortrag so deutlich vor Elisabeths Augen, dass sie heftiges Mitleid mit diesem hilflosen Menschen verspürte, bis ihr mit einem Mal bewusst wurde, dass es der Heiland selbst war, für den sie so empfand. Waren das nun bereits ketzerische Gedanken?

»Warum tragt Ihr ein Karfreitagslied vor, jetzt, zur Unzeit?«

»Weil der Karfreitag mir gefällt.«

»Gefällt? Ein derart schrecklicher Tag? Aber aus welchem Grunde?« Jetzt bist du dir nicht sicher, ob ich doch mit dem Teufel im Bunde stehe, hatte er unlängst gesagt. Wie dunkel doch seine Augenbrauen waren.

Er legte die Laute beiseite. »Das kann ich dir sagen. Weil da ein Mensch seine Todesangst überwunden hat, und das ist sehr beachtlich, nicht wahr? Es ist gewiss mehr, als ich selbst könnte. Er hat sein Leben konsequent geführt und konsequent beendet, ohne seiner Idee untreu zu werden. Er ist nicht vor ihnen in die Knie gegangen und hat nicht um Gnade gewinselt und seine Würde geopfert. Das war ein mutiger Mensch. Der Ostersonntag hat damit nichts zu schaffen.« Sie zuckte zusammen. Wie konnte er so reden? »Obwohl es eigentlich dumm ist, für irgendeine Idee zu sterben«, fügte er hinzu.

»Wie könnt Ihr das sagen? Wofür sonst lohnte es sich zu sterben, wenn nicht für die Wahrheit?« Ihre Augen funkelten.

»Ach Mädchen«, seufzte Jakob. »Es lohnt sich für nichts auf der Welt.«

Sie sammelte ihre Gedanken. »Wenn es so wäre, wie Ihr sagtet«, sie schauderte, »dann, alors, dann wäre Eurer Meinung nach der Herr einfach gestorben. Hätten dann nicht diejenigen gesiegt, die danach trachteten, ihn zu verderben? Dadurch, dass er am Ostersonntag auferstanden ist, dadurch ist der Tod erst überwunden. Es bedeutet, dass wir alle ein ewiges Leben erhalten, dass der Herr bei uns ist für alle Zeit, dass er zur Rechten des Vaters sitzt ...«

»Auf einem goldenen Schemel, was?«, spottete Jakob.

»Ihr seid ein Ketzer, Monsieur«, sagte Elisabeth. »Wenn nicht noch Ärgeres als das. Ihr seid Euch darüber im Klaren, dass Menschen von Eurem Schlage verbrannt werden?«

»Und du findest, man sollte mich verbrennen?«

Für dein zynisches Lächeln sollte man dich verbrennen, dachte sie.

Er beugte sich zu ihr. »Hör zu, begreifst du nicht, dass ihr die Größe von dem Mann schmälert, indem ihr einen Gott aus ihm macht? Ein Mensch, der so was durchzustehen vermag, verdient Bewunderung. Aber ein Gott, der sowieso weiß, dass er nur zu sterben braucht und dann neben einem noch größeren Gott über den Wolken sitzt, was ist dabei?«

»A Dieu me plaise«, flüsterte sie. »Habt Ihr etwas Derartiges schon vor anderen Menschen gesagt?«

»Selten«, sagte er und schnaubte leise. »Jemand wie ich, weißt du, der sich nicht ganz sicher ist mit dem Leben nach dem Tode, riskiert sein Leben im Diesseits nicht so gern.«

»Ich glaube, Ihr habt da etwas nicht richtig verstanden«, begann Elisabeth. »Wenn Ihr meint, der Herr sei als Gott über diese Erde gewandelt wie die Götter der Antike …« Da fiel ihr ein, dass er mit der antiken Götterwelt sicherlich wenig anzufangen wusste. Es war derweil schwierig, mit jemandem zu reden, dem ein gewisser Hintergrund an Bildung fehlte.

»Erklär's mir.«

Sie sah ihn misstrauisch an. Spottete er wieder? »Der Herr ist als Mensch geboren worden, nicht als Gott. Er hat als Mensch gelebt und empfunden, er …« Plötzlich fiel ihr etwas ein. »Er hatte sogar Angst vor dem Sterben. Noch in der Nacht vor seinem Tode hatte er Gott gebeten, ihn zu verschonen.«

»Warum wollte er nicht sterben, wenn er doch wusste, dass ihn das Paradies erwartete und das ewige Leben?«

Sie senkte den Kopf und überlegte. Sie hatte Verse repetiert und das Glaubensbekenntnis in den Unterrichtsstunden, aber über derartige Dinge hatten sie nie gesprochen. »Es war sein irdischer Körper. Er wusste, es war der rechte Weg, doch sein irdischer Körper war schwach.«

»Also war er ein Mensch.«

»Naturellement«, sagte sie heftig, »ebendas wollte ich Euch gerade erläutern!«

»Ich dacht', du wolltest erklären, dass er ein Gott war.«

»Das war er nach seinem Tode«, sagte sie, doch dann hielt sie inne. Das klang eigenartig. So war es natürlich nicht. Oder irrte sie sich? Sie war schon gänzlich verwirrt.

»Worauf wollt Ihr hinaus?«, fragte sie verärgert.

»Auf nichts.« Er nahm seine Laute wieder auf und spielte mit den Fingern an den Saiten.

»Dann lasst uns dieses ketzerische Gespräch beenden.«

Sie wollte ihren Blick zornig in den seinen bohren, doch seine Augen waren so braun und irritierend, dass sie sich abwandte und murmelte: »Ich muss nach dem Brei sehen. Er wird schon gut sein.«

Sie wich einem erneuten Disput aus. Hier in der Einsamkeit, wo es nichts gab, das sie mit ihrem vorhergehenden Leben verband, durfte er ihr nicht auch noch ihre Gedanken derart verwirren, dass sie am Ende nicht mehr wusste, was sie für richtig und falsch halten sollte. Mehr noch als seine Worte verunsicherte sie jedoch seine bloße Nähe, sein Blick, die Art, wie er die Locken aus der Stirn schüttelte oder wie er die Ärmel seines Hemdes über die Ellbogen schob. Er ging die Körbe verkaufen und kam erst nach zwei Tagen mit dem Tragekorb voller Flachs zurück. Dass er wieder kein Getreide gekauft hatte, entsetzte sie, denn die Gerste bedeckte mittlerweile nur noch den Boden des Sackes.

»Es liegt an dir«, sagte er dazu nur. »Für den Erlös von dem Garn, das du aus dem Flachs spinnen wirst, können wir wieder Getreide kaufen.«

»Ich werde was tun?«

»Flachs spinnen.«

»Ohne Rad?«

Als er ihr sagte, ein Spinnrad würde er irgendwo leihen, fühlte sie sich erleichtert. Wer würde einem Fahrenden ein Spinnrad zur Verfügung stellen? Und zum Kauf eines derartigen Gerätes, das wusste sie nun, fehlte ihnen das Geld. Es schien, dass sie der Mühe, das Spinnen zu erlernen, noch einmal entronnen war. Der Flachs blieb unberührt im Regal und Jakob unterwies sie in der Zubereitung eines Gemüses aus den ersten, zarten Blättern des jungen Löwenzahns. Es schmeckte herb, aber es stillte den ärgsten Hunger und schonte den kleinen Getreidevorrat.

So kniete sie sich Tag für Tag auf die Wiese und pflückte

Unmengen der kleinen Blätter. Sie ging ungern auf die Wiese in diesen Tagen, denn obwohl das Wetter sonnig und trocken geblieben war, wehte ein frostiger Wind, der den Aufenthalt im Freien unangenehm machte. Jakob zeigte ihr weitere Pflanzen, die zum Verzehr geeignet waren, doch es fiel ihr schwer, sich all die Namen zu merken, geschweige denn ihr Aussehen. Also blieb sie bei Löwenzahn und ertrug die Eintönigkeit des täglichen Speisezettels.

21.

An dem Tag, an dem er mit dem Spinnrad kam, war sie hungrig und gereizt. Sie hatte am Morgen eine äußerst wässrige Suppe zu sich genommen, denn sie war dazu gezwungen, den Mangel an Gerste mit Wasser auszugleichen. Danach hatte sie mit mäßigem Erfolg versucht, sein Hemd an der Quelle zu waschen. Und gerade als sie neues Wildgemüse sammeln gehen wollte, setzte ein heftiger Regen ein.

Und dazu nun auch noch Jakob, der stolz ein altes, wackliges Spinnrad auf den Boden stellte. Zumal er sie nie gefragt hatte, ob sie damit einverstanden war, sich im Spinnen zu versuchen. »Da ist es«, sagte er mit einer Spur Genugtuung in der Stimme, als hätte er gewusst, dass sie darauf gehofft hatte, er würde kein Rad auftreiben. »Es ist nicht mehr besonders ansehnlich, aber ein andres hätt' wohl kaum einer aus den Händen gegeben.«

»Woher habt Ihr das Gerät?«, fragte sie in einem Tonfall, der besagte: Wer um alles in der Welt gibt einem wie Euch mir nichts, dir nichts ein solches Gerät in die Hand?

»Eine Frau aus dem Dorf hat's mir gegeben. Entweder bring ich's zurück nach einiger Zeit oder ich bezahl's ihr nach und nach. Sie braucht's eigentlich nicht, sie hat's von einer Schwester oder Base, die gestorben ist …« Auf ihren misstrauischen Blick hin hielt er inne. »Glaubst du's nicht? Denkst du, ich hätt's gestohlen?«

»Nun«, merkte sie zögernd an, »es ist ungewöhnlich, dass es jemanden geben sollte, der einem fahrenden Gaukler ein Spinnrad anvertraut und hofft, er bringt es wieder zurück.«

Er grinste. »Es wird daran liegen, dass ich so Vertrauen erweckend ausseh. – Nein«, er schüttelte den Kopf, »es ist so, dass ich ihren Mann kenn von der Schenke her, und als ihre Kuh krank war, hab ich ein wenig geholfen.«

Elisabeth war zu erstaunt, um etwas darauf zu erwidern. Er ging also umher, kannte Menschen in dieser Gegend, unterhielt sich mit ihnen in der Schenke und heilte krankes Vieh, während sie all die Wochen geglaubt hatte, in einer Einöde zu leben. »Das Dorf hinter der Waldwiese?«, fragte sie.

»Nein, ein anderes. Gleich das nächste an dem Weg, den wir gekommen sind. Wir wären darauf gestoßen, wenn wir den Weg zu Ende gegangen wären.« Er rührte mit dem Löffel in der wässrigen Suppe im Kessel. »Was gibt's heut zu essen? Was soll das sein?«

»Es ist die Gerstensuppe vom Morgen.«

»Hast wohl die Gerste vergessen.« Er schob den Topf in die Mitte des Feuers und legte Holz auf.

»Es ist nicht mehr viel Getreide da«, erwiderte sie gekränkt.

»Da siehst du selbst, wie nötig es ist, dass du endlich was arbeitest.«

Endlich arbeitest? Arbeitete sie nicht Tag für Tag? »Amüsement« war nicht unbedingt die rechte Bezeichnung für diese elende Plackerei.

Sie setzten sich an den Tisch und löffelten die aufgewärmte Suppe. Sie hielten es mittlerweile so, dass sie einander die Schüssel zuschoben. Es ersparte Elisabeth, dicht an dicht mit ihm über die einzige Schüssel gebeugt zu sitzen. War es nicht genug, dass sie ihren Löffel in die gleiche Speise tauchen musste, in die auch er den seinen tauchte?

Jakob erhob sich und öffnete den oberen Teil der Tür. Es

wurde heller in der Hütte. »Willst du's gleich mal versuchen?«, fragte er, während er den Flachs aus dem Regal holte.

»Wie freundlich von Euch, mich überhaupt zu fragen«, bemerkte sie spitz. »Ist es Euch nie in den Sinn gekommen, dass ich meinen Lebensunterhalt nicht auf diese Art und Weise verdienen möchte?«

Er hatte sich neben das Spinnrad gekniet und hantierte daran herum. Bei ihren Worten sah er erstaunt auf. »Ich hatte nicht gewusst, dass du dir was andres überlegt hast. Lass hören! Vielleicht lässt sich's machen.« Sie biss sich verlegen auf die Lippen. Etwas anderes hatte sie sich nun gerade nicht überlegt.

»Was ist so verkehrt am Spinnen?«, fragte er auf ihr Schweigen hin. »Ich dacht', es fällt dir leichter als das Körbeflechten, denn ein wenig spinnen können doch alle Frauen.« Sie schwieg. »Oder kannst du's nicht mit Flachs?«, deutete er ihr beharrliches Schweigen. »Nur mit weicher Wolle?«

»Ich kann es überhaupt nicht«, gab sie unwillig zu.

Er seufzte tief. Nun bringe endlich deine abfällige Bemerkung vor, dachte sie, damit ich es hinter mir habe. Aber Jakob schwieg und beugte sich wieder über das Rad. Ich verabscheue ihn dafür, dachte sie, dass er mir fortwährend das Gefühl gibt, völlig unfähig zur Verrichtung gleich welcher Tätigkeit zu sein.

»Jetzt komm endlich her und bring den Schemel mit. Meinen auch.« Sie gehorchte, setzte sich neben ihn und sah zu, wie er mit den Fingern aus dem Flachs einen dünnen Faden drehte.

»Aber du weißt doch zumindest, wie es vor sich geht? Du hast doch schon jemanden spinnen sehen, oder?«

»Naturellement.«

Überall sah man doch Frauen spinnen. Nicht nur die Frauen unter dem Gesinde, selbst so manche Edelfrau vertrieb sich die langen Winterabende damit.

Jakob setzte mit dem Fuß das Rad in Bewegung. Es surrte, die Spindel drehte sich, aber der Faden wollte sich nicht richtig aufwickeln und löste sich wieder von der Spindel. »Es ist schon recht lange her«, sagte er mehr zu sich selbst. Er knüpfte den Faden wieder fest und überprüfte noch einmal das Rad. Er sah Elisabeth an. »Eigentlich kann ich's gar nicht so gut. Vielleicht bin ich nicht der richtige Lehrmeister, aber versuchen wir's.« Er begann von neuem und schien sich nun in die Arbeit hineinzufinden, denn nach einer Weile schnurrte das Rad gleichmäßig und der Faden rann aus seiner Hand auf die Spule.

Das Surren versetzte sie zurück an den großen Herd in der Schlossküche, an das knisternde Feuer, zurück zu den langen Winterabenden und zu den Stimmen der Frauen. Gekichert hatten die Frauen und von Dingen geredet, die sie damals als Kind noch nicht recht verstanden hatte. Laut gelacht hatten sie und dann wieder die Stimmen gesenkt und von grauslichen Begebenheiten geflüstert, die Elisabeth einen Schauer den Rücken hinuntergejagt hatten. Noch schauerlicher war es aber, wenn Mamsell Charlott' ihren Kopf durch die Tür steckte, auf der Suche nach ihrem Schützling, und sie in der Ecke fand. Dann wurde sie herausgezerrt, gerügt, nach oben geschickt. Doch meist hatte Elisabeth Glück und wurde nicht entdeckt, denn Mamsell Charlott' schaute nur flüchtig hinein, da sie es als Zumutung empfand, auf der Suche nach der Prinzessin die Küche oder gar die Unterkünfte des Gesindes zu betreten.

»Hast du jetzt gesehn, wie's geht?«

Elisabeth zuckte zusammen. »Pardon?«

»Setz dich her.«

Sie tauschten die Plätze. Aber obwohl sie schon einige Spinnräder gesehen hatte, wusste sie beileibe nicht, was sie damit beginnen sollte. »Ich ... ich habe nie begriffen, wie dieses Gerät aus Wolle einen Faden herstellt«, sagte sie ungehalten.

Er lachte. »Das Rad macht überhaupt nichts. Du selbst

musst den Flachs mit den Fingern drehn. Das Rad spannt den Faden nur, schau. Und wickelt ihn da auf. Aber auch nur, wenn du gleichmäßig trittst.«

Er legte ihr den Flachs in den Schoß. Sie befühlte die Fasern, sie waren hart und fest.

»Versuch erst mal das Treten«, sagte er und wickelte den Faden ab. Vorsichtig berührte sie das Pedal, das Rad bewegte sich und mit ihm die leere Spule. Erst als sie zu einem leidlichen Rhythmus gefunden hatte, wickelte er den Faden wieder auf und ließ sie es alleine versuchen.

Sie seufzte, drehte unbeholfen die harten Fasern zusammen, richtete ihre ganze Aufmerksamkeit darauf, vernachlässigte das Pedal, sodass der Faden sich überhaupt nicht spannte. Sie blickte zu Jakob hinüber, der am Tisch Kräuter zu kleinen Sträußen band, um sie dann später zum Trocknen aufzuhängen. Ich kann es nicht, dachte sie verzweifelt. Ich habe es gleich gewusst. Es ist eine durchaus törichte Beschäftigung. Aber ich werde ihn nicht um Hilfe bitten.

Nichts von dem, was ihre Finger zu Stande brachten, wollte einem Leinfaden gleichen. Und das Rad gleichmäßig zu bewegen, gelang ihr ebenfalls nicht. Unlust und eine ungeduldige Wut stiegen in ihr auf. Sie ließ das Rad schneller laufen, schneller, als ihre Finger arbeiteten, bis schließlich der Faden riss.

Sie saß stumm und schaute den zerrissenen Faden an, bis Jakob es bemerkte, schweigend zu ihr trat und den Faden zusammenknüpfte. Dass er dies so ruhig und ganz nebenbei getan hatte, kränkte sie noch mehr als eines seiner missbilligenden Worte.

Draußen ging ein erneuter Regenschauer nieder, Tropfen sprühten durch die halb offene Tür. Jakob schloss den oberen Laden, es wurde dämmrig wie zuvor. Die Zeit verstrich, Elisabeth saß verkrampft über dem wackligen Spinnrad, ihr Rücken begann zu schmerzen. Sie wusste, dass es müßig war, sich weiter am Spinnen zu versuchen, doch sie wollte sich zumindest den Anschein geben. Was sonst hätte sie tun sollen, solange der Mann dort am Tisch saß und seine Kräuter ordnete?

Lag es daran, dass sie den Faden ungeschickt hielt oder an der Härte der Fasern, aber der Faden schien sich geradezu in die Haut zu schneiden. Wäre Jakob nicht im gleichen Raum gewesen, sie hätte laut aufgeschluchzt. So trat sie lustlos das Pedal, Minute um Minute, eine halbe Ewigkeit, sah nur auf den Flachs, auf ihre wunden Fingerkuppen und den ungefügen Strang dazwischen. »Ich bin es leid!«, rief sie plötzlich und erhob sich so heftig, dass der Schemel polternd umfiel.

»Was soll das werden?« Jakob runzelte die Stirn.

»Ich kann es nicht!«, sagte sie wütend. »Ich bin es satt! Es würde Euch so passen, mich so lange spinnen zu lassen, bis sich der Faden derart in meine Finger schneidet, dass das Blut herunterläuft!«

»Du übertreibst«, erwiderte er gelassen.

»Da!« Sie streckte ihm als Antwort ihre Hände entgegen.

Als er ihre schmerzenden Fingerkuppen betastete, zuckte sie zusammen. »Ach herrje, ich glaub, du hast Recht«, gab er zu. »Mit so weichen Händchen taugst du wirklich zu keiner Arbeit. Wie würde deinesgleichen sagen? Mit dir hab ich wahrhaftig keine gute ›Partie‹ gemacht.«

Sie wurde blass. »Contenance wahren«, pflegte Großtante Henriette in solchen Situationen zu sagen. »An der Contenance erkennt man eine Prinzessin.« »Es mag zutreffen«, sagte sie kühl, »dass ich zu einer derart niederen Verrichtung nicht ›tauge‹, Monsieur. Es ist eine Arbeit für Mägde und Bäuerinnen, die zu einer solch geistlosen Tätigkeit geboren sind. Leider fehlt Euch die Fähigkeit, höhere Gaben zu erkennen und zu bewerten.«

Sie biss sich auf die Lippen und wünschte, sie hätte es nicht gesagt, denn seine Augen wurden so dunkel wie damals im Schober, als er ihr Handgelenk gepackt hatte. Diesmal packte er es nicht. Er rührte sich nicht einmal und dennoch wich sie einen Schritt zurück.

»Was, verflucht noch mal, bildest du dir eigentlich ein?«, stieß er hervor. »Was für ein verdammter Unterschied besteht denn zwischen dir und einer Bäuerin? Erklär's mir!« Seine Heftigkeit machte ihr Angst. Sie fühlte die Tischkante hinter sich und hielt sich daran fest. »Los, mach dein Maul auf! Was soll das sein, ›niedere Arbeit‹, ›höhere Arbeit‹?«

Wut, dachte sie, scheint das einzige Gefühl zu sein, dessen er fähig ist. »Nun gut«, sie atmete tief durch, »wenn Ihr es so wünscht: Es gibt Tätigkeiten, die zu verrichten es gewisser Körperkräfte und Ausdauer bedarf, aber zu deren Ausführung man weder den Verstand noch schöpferische Gaben einsetzen muss. Ein gewisses Geschick mag vonnöten sein, aber ansonsten kann diese Arbeiten ein jeder leicht mit seinen Händen ...«

»Ein jeder? Leicht?« Spott blitzte durch seine zornigen Augen.

Sie errötete. »Solche ... solche Verrichtungen«, begann sie und versuchte damit seinen Einwand zu übergehen, »sind für die Knechte, die Fuhrleute, die Bauern. Zu anderen Arbeiten, deren es mehr bedarf als bloße Körperkraft, bei denen es notwendig ist, sich seines Verstandes zu bedienen, seines Geistes, zu diesen Arbeiten sind nur wenige befähigt. Es gibt Menschen, die Kunstwerke schaffen für die Ewigkeit. Es gibt Menschen, die weit blickend denken und handeln müssen, nicht nur für ihren eigenen täglichen Bedarf, für die Bedürfnisse ihres eigenen Leibes, nein, für ein ganzes Volk gar. Menschen, die Verantwortung übernehmen, die moralisches Verständnis besitzen ...«

»Und eine solche bürdenreiche Last liegt auf euren Schultern, nicht wahr? Auf den Schultern der Edlen im Land. So ist es doch? Dass ihr daran nicht zerbrecht!«

»Es ist nicht necessaire, dass Ihr Euch darüber mokiert, Monsieur. So ist es eben.«

»Nicht ganz gerecht verteilt diese Gaben, findest du nicht auch?«

»Es kann nicht jeder ein Edler sein. Die Menschen sind eben verschieden, das könnt Ihr nicht bestreiten. Manche besitzen diese Fähigkeiten, andere jene.«

»Ich bestreit's nicht«, sagte er. »Aber ist es nicht seltsam, wie diese ›Fähigkeiten‹ so genau auf die Stände verteilt sind? Warum bist du dir so sicher, dass gerade du nicht für die Feldarbeit bestimmt bist? Du bist doch jung und kräftig, Mädchen, auch wenn deine Hände noch weich sind vom Müßiggang. Aber so was ändert sich schnell. Auch Bäuerinnen waren einmal kleine Mädchen mit zarten Händen.«

»Worauf wollt Ihr hinaus? Es kann nicht jeder ein Fürst sein. Wer sollte die Felder bestellen, für Nahrung und Kleidung sorgen? Die Häuser bauen? Es muss ein jeder das Seine tun, sonst vermag keiner zu existieren.«

»Eben.«

»Wie … wie meint Ihr das?«

»Wenn jede Arbeit wichtig ist zum Wohlergehen aller, wie kommt es dann, dass die Entlohnung und das Ansehen so gänzlich verschieden sind? Ich will nicht, dass jeder ein Fürst ist, bewahre! Aber dass gerade die Arbeit, die lebensnotwendig ist, so schlecht entlohnt und so verächtlich angesehen wird, das ist ein furchtbares Unrecht. Ein Fürst kann ohne einen Bauern nicht leben, aber ein Bauer kommt recht gut ohne einen Fürsten aus. – Ja, wahrscheinlich wissen sie das und drücken die Menschen deshalb so sehr«, überlegte er laut. »Sie haben Angst, jemand merkt, dass es auch ohne sie geht.« Er trat näher und stützte die Hand auf den Tisch. »Und, kannst du mir sagen, warum ein Mensch sein ganzes Leben lang nur eine Arbeit ausführen soll, und dazu noch eine, die so beschwerlich ist, dass sie die Knochen krumm macht, und alle anderen Fähigkeiten, die er hat, nie unter Beweis stellen darf? Wer sagt dir denn, dass nicht auch ein Bauer ein begabter Maler wäre, dass nicht seine Tochter wunderbar auf dem Cembalo spielen könnte, hätte sie eins? Und warum solltest du dein Leben lang zwischen den grauen Mauern deines Schlosses sitzen, eingefangen in dem Panzer deines Mieders und dem schweren Stoff deines Kleides, statt über die Felder zu gehen oder Kinder zu säugen oder mit den Händen in der Erde zu wühlen?«

Ihr Gesicht wurde heiß bei seinen letzten Worten und sie überging sie geflissentlich. »Es ist völlig absurd, was Ihr da redet. Wer hätte je einen Bauern gesehen, der ein Gemälde anfertigt oder gar ein Sonett dichtet? Es ist ein anderer Menschenschlag. Nicht dass ich mich denen anschließe, die behaupten, Bauern wären kaum Menschen zu nennen – aber ein anderer Schlag sind sie sehr wohl. Ihr könnt nicht leugnen, dass sie sich roh und ungebärdig benehmen, beinahe wie die Tiere. Und ebenso artikulieren sie sich auch. Sie sind nun einmal nur zu der Arbeit befähigt, die sie verrichten. Sie könnten ihre verkommenen Hütten, um nur ein Beispiel zu nennen, doch beileibe instand setzen, aber sie tun es nicht, es scheint sie nicht zu stören. Und selbst wenn man ihnen einen Schulmeister in ihr Dorf schickt, erlernen sie das Lesen und Schreiben nicht.«

»Oh mein Gott«, sagte er und schloss einen Moment die Augen. »Du lieber Himmel, Mädchen, glaubst du das alles wirklich?«

»Ich weiß es nicht«, sagte sie leichthin. »Aber das ist es doch, was Ihr von mir zu hören wünscht, n'est-ce pas? Und das ist es, was ein jeder sagt. Ich selbst habe mir die Bauern noch nie sehr genau besehen, aber das, was ich sah, widerlegte nichts von dem, was ich gerade ausführte.«

Jakob sah sie forschend an, dann bückte er sich, hob den umgefallenen Schemel auf und stellte ihn an den Tisch. »Setz dich her!«, forderte er sie auf. Zögernd ließ sie sich nieder. Er setzte sich zu ihr und lehnte den Rücken an die Wand. Abwartend. Worauf wartete er?

»Es ist doch eine Tatsache, dass kein Bauer lesen und schreiben kann, oder?«, wiederholte sie trotzig.

»Und nicht dichtet und nicht malt. Wann, Mädchen, wann sollten sie Zeit haben für solchen Firlefanz, wenn sie sich zu Tode schuften, nur um zu überleben? Weiter drüben, weiter im Osten, da habe ich Männer gesehen, die pflügen am Tag das Feld ihrer Herrschaft und in der Nacht ihr eigenes! Und denkst du, irgendjemand will, dass die Leute Zeit haben, um lesen zu lernen oder sich Gedanken zu machen? Dann merken sie am Ende, dass sie betrogen werden, und überlegen, wie sich's ändern lässt.«

»Ändern?«

»Die abschütteln, die ihnen das Joch auflegen, Prinzessin.«

»Mon Dieu«, stieß sie atemlos hervor, »Ihr seid ein Aufrührer, Monsieur.«

»Ein Aufrührer?« Er zog die Brauen hoch. »Wen rühr ich denn schon auf?«

Sie senkte den Kopf. Mich, dachte sie. Sie fuhr mit dem Finger die Tischkante entlang. »Alors, wenn Ihr derartige Gedanken unter das Volk streut ...«

»Ach nein, Mädchen«, seufzte er, »denk bloß nicht, dass ich mich auf den Marktplatz stelle und solche Reden schwinge. Es würde mich den Kopf kosten, aber zuhören würd niemand. Nichts würde sich dadurch ändern. Ich dachte es einmal, aber es ist keine Zeit für Aufstände. Es sind so wenige Menschen übrig nach den jahrzehntelangen Kämpfen, den Verwüstungen, den Seuchen. Und die, die's überlebt haben, sind das ewige Blutvergießen leid. Nein, keine Angst, die Bauern erheben sich nicht mehr, auch für ein besseres Leben nicht. Ihr könnt getrost eure Schlösser bauen, eure Feste feiern, eure Macht ausdehnen. Es ist die rechte Zeit dafür. Aber denk dran, ewig wird's nicht gut gehn.«

Sie versuchte seine Worte zu fassen. »Aber ... aber wenn die Zeit günstig wäre für Aufstände – dann würdet Ihr etwas Derartiges ... gutheißen?«

»Ja.«

»Mais ...« Sie blickte entsetzt in sein entschlossenes Gesicht. »Wisst Ihr, wovon Ihr redet? Ihr müsst wissen, solche Dinge, von denen Ihr da sprecht, sind tatsächlich geschehen. Wenn auch vor hundert Jahren. Da hat eben der Pöbel, den Ihr jetzt so sehr in Schutz nehmt, sein wahres Gesicht gezeigt und ist wie eine Bestie durch die Lande gezogen. Sie haben ganze Landsitze und Schlösser verwüstet, ganze Familien ermordet auf grausamste Art und Weise, nicht Halt gemacht vor Frauen und Kindern …«

»Haben die Herren Halt gemacht vor den Frauen und Kindern der ›Niederen‹? Weißt du, wie viel Qual und Unterdrückung dazugehört, Menschen so weit zu bringen, dass sie alles stehen und liegen lassen und einen so ungleichen Kampf beginnen? Die Bauern nennst du Bestien, weil sie sich gewehrt haben? Und mich einen Aufrührer, weil ich sag, wie's ist? Sind am Ende diejenigen schuld am Unglück, die's erkennen, und nicht die, die's angerichtet haben? Was ist mit denen …«

»Das heißt«, sagte sie leise, »Ihr würdet es gutheißen, wenn eine wilde Horde in das Schloss meines Vaters stürmte und mich erschlüge …«

Er sah sie verblüfft an. Es war still. Der Regen tropfte auf das Dach. »Nein«, sagte er langsam, »nein, das wollt' ich damit nicht sagen. Ich … Nein, so sollt' ein Aufstand nicht sein, dass die einen genauso metzeln, wie die andern es ihnen vorgemacht haben. Aber dass ich versteh, woher so viel Wut kommt, das wollt' ich sagen. Und dass an all diesem Wüten doch diejenigen die Schuld trifft, die die Leute dazu getrieben haben.«

»Wie … wie meint Ihr das?«

»Wie soll ich's schon meinen? Je ärger einer zurückschlägt, desto ärger muss man ihn zuvor gequält haben.«

»Cela suffit!« Elisabeth warf ungehalten den Kopf zurück. »Ihr ergeht Euch vom ersten Tage an in Schmähreden über jegliche Obrigkeit, in Schuldzuweisungen, in … Alors, Ihr erläutert nie, auf welche Gegebenheiten Ihr Bezug nehmt. Was sollen all diese leeren Worte?«

»Es sind keine leeren Worte!«

»Dann setzt mich diesbezüglich finalement au fait!«

»Ich soll was? Lass das welsche Gerede, wenn ich dich verstehn soll.«

Da war es wieder. Man konnte mit ihm nie frei heraus sprechen, jedes Mal musste man abwägen, ob er die einfachsten Redewendungen überhaupt verstand. »Ich wollte Euch darum bitten, mich darüber zu belehren. Belegt mir Eure Behauptungen.«

»Was willst du hören? Dass es den meisten Menschen schlechter geht als dir in deinem Schloss? Das hast du doch, wenn du's vorher nicht gesehen hast, zumindest in den drei Tagen gemerkt, in denen wir hierher unterwegs waren. Und du selbst empfindest das Leben hier im Wald, das weiß Gott noch angenehm ist, als elend.«

»Aber Ihr redet von quälen und sich wehren. Wogegen? Ihr redet von bösen Absichten und Schuld. Wer sollte schuldig sein? Wer kann für Krankheit und Missernten? Manche Menschen haben nun einmal ein günstigeres Schicksal als andere. Ihr könnt doch nicht alles Unglück in der Welt denjenigen zuschreiben, die es besser getroffen haben im Leben.«

Er legte den Arm auf den Tisch und beugte sich vor. »Jetzt sag bloß noch, Gott hat es so gewollt, dass es Arme und Reiche gibt, sonst hätten die Reichen schließlich niemanden, dem gegenüber sie mildtätig sein könnten.«

»Es gibt nichts, das Ihr ernst nehmt, n'est-ce pas?«

»Ich nehme das sehr ernst, Prinzessin.«

»Aber über mich mokiert Ihr Euch, weil ich über so manche Angelegenheit zu wenig Bescheid weiß, um Euch etwas entgegenzusetzen.«

Zum ersten Mal zeigte sein Mund die Spur eines Lächelns. »Ich kann versuchen, es dir zu erklären mit ganz einfachen Worten, obwohl es ganz so einfach nun auch wieder nicht ist. Schau«, sein Arm fuhr über die Tischplatte, »wenn dieser Tisch ein Stück Land ist, dann gehört all dies«, seine Hand umfuhr den größten Teil der Platte, »einem edlen Herrn mit Frau und Kindern. Es genügt für ein

Schlösschen, für Kutschen, Pferde, Bedienstete, üppiges Essen, üppige Kleidung und so fort. Und dieses Stück«, die Fläche, die er bezeichnete, war kaum größer als seine Hand, »das gehört hundert Bauern. Begreifst du jetzt, was ich meine? Es reicht für nichts. Es reicht nicht mal zum Sterben. Was denkst du denn? Dass die Bauern in der Schenke sitzen und das Wenige, das sie haben, versaufen? Statt ihr Feld ordentlich zu bestellen oder ihre Hütte zu richten? Manche saufen wirklich, weil sie's aufgegeben haben, weil sie eh auf keinen grünen Zweig kommen. Sie müssen dem Grundherrn zahlen für das Land, auf dem sie arbeiten. Und oft auch noch für das Dach über ihrem Kopf. Die Herren nehmen sich schon das, was sie brauchen. Was sag ich, mehr als das! Sie nehmen Abgaben und Steuern und lassen dazu die Leute noch für sich arbeiten. Die jungen Burschen werden vom Feld geholt, um in Kriegen zu kämpfen, in denen sie nichts gewinnen. Sie müssen Strafen hinnehmen, die unmäßig sind im Vergleich zu dem Vergehen. Und wenn einer den Ort verlassen will, an dem's ihm schlecht geht, dann muss er den Herrn erst um Erlaubnis bitten. Und wehe ihm, wenn er heimlich geht!«

Elisabeth versuchte angestrengt, seinen Worten zu folgen, aber sie war müde, und alles, wovon er sprach, klang ihr so fremd. «Aber wenn einem Menschen das Land nicht gehört, auf welchem er lebt, ist es dann nicht recht und billig, dass er dafür Abgaben leisten muss?«

»Wenn du das findest, warum gehst du nicht ins Schloss rüber und sagst Bescheid, dass du hier in der Hütte lebst und den Wald für dich nutzt? Dann lassen sie dich gewiss dafür zahlen.«

»Aber ... aber wir sind nicht dazu in der Lage!«, erwiderte sie empört. »Wovon sollten wir etwas abgeben? Es reicht uns selbst doch kaum zum Leben!« Er antwortete nicht. Stattdessen lehnte er sich zufrieden zurück.

»Mais non«, wehrte sie sich. »Legt mir nichts in den Mund! So kann es nicht sein. Jeder Herr hat dafür zu sorgen, dass Dienste und Abgaben angemessen sind. Mein Vater sagt selbst …«

»Mag sein, dass er dafür zu sorgen hat, aber wer will ihn dazu zwingen, wenn er es nicht tut?«

»Ich weiß von meinem Vater, dass er keine hohen Steuern erhebt. Er sagte selbst, er kann die Steuern nicht erhöhen in diesen schlechten Zeiten nach dem Krieg.« Und die Springbrunnen im Park nicht bauen, erinnerte sie sich errötend, die ich mir so sehr wünschte.

»Aber später dann, oder? Wenn's wieder was zu holen gibt. Denn wo's nichts zu holen gibt, da ist auch für euresgleichen wenig zu machen. Aus Menschenliebe wird er nicht nachsichtig sein. Wart ab, wenn das Land sich erholt hat, wie schnell sie alles wieder ausplündern. Sieh dir allein Reupen an. Hier war der Krieg in seinen letzten Jahren nicht so verheerend und sofort hat der alte Philipp die Steuern angehoben. Was denkst du denn, wonach sie die Abgaben bemessen? Etwa danach, was die Leute entbehren können? Das wär sehr wenig, das würd nicht reichen für eine glanzvolle Hofhaltung. Es wird noch schlimmer kommen in den nächsten Jahren, denn sie schauen schon neidisch nach Frankreich rüber und wollen's dem König dort nachmachen. Zwei, drei Feste im Jahr genügen dann nicht mehr. Und auch die alten, grauen Schlösser gefallen nicht länger. Ein kleines Versailles im Grünen wäre besser. Da wird noch was zukommen aufs Volk.«

Sie hatte schweigend zugehört. Ihre Gedanken rasten. »Assumieren wir, es wäre so, wie Ihr behauptet«, begann sie, »und nehmen wir an, die Bauern dürften das, was sie für gewöhnlich abgeben müssen, für sich behalten. Was wäre damit gewonnen? Wären sie dann nicht einfach nur ein bisschen weniger arm? Was schwebt Euch vor? Dass am Ende ein jeder arm ist? Alle zu gleichen Teilen?«

»Es wär sehr viel damit gewonnen. Lassen wir dahingestellt sein, ob dann wirklich alle arm wären. Besser arm als elend. Schwer arbeiten und karg leben, das ist nicht das

Schlimmste, Mädchen. Aber die Willkür bei allem. Das Unrecht. Dass den Menschen jede Selbstachtung und Würde genommen wird.«

»Wie meint Ihr das?«

»Wie soll ich dir's erklären, wenn du's am eigenen Leib noch nicht gespürt hast? Das Gefühl, dass ein anderer über dich bestimmen kann und nicht du selbst, so, als gehörtest du ihm.«

»Wie die Frauen den Männern gehören?«

»Die Frauen den Männern?«, fragte er verblüfft.

»Ja«, brachte sie zögernd hervor. »Können nicht die Männer über ihre Frauen bestimmen, ohne dass die Frauen ein Recht besitzen, sich dagegen zu wehren ...«

»Das ist was anderes«, tat er ihren Einwand ab. »Es geht darum, dass einige wenige, einerlei ob Frauen oder Männer, aufgrund ihres Besitzes über genügend Macht verfügen, Gewalt auszuüben über diejenigen ...« Sie achtete nicht länger auf seine Worte. Was interessierten sie Besitz und Einfluss? Sie war ohnehin eine Frau und damit rechtlos, ob arm, ob reich. Er hielt inne. »Glaubst du mir nicht?«

»Gewalt.« Sie zuckte mit den Schultern. »Hohe Abgaben mögen drücken, das sehe ich ein. Aber Ihr tut so, als würden Menschen unrechtmäßig gequält. Mir persönlich ist niemand bekannt, der Gefallen daran finden würde ...«

»Nein?«

»Nein.«

»Vielleicht kennst du den Fürsten von Haltern-Wittenfels?« Elisabeth nickte. Ein behäbiger, dicker Mann. Sie hatte ihn einmal gesehen, vor Jahren. »In seinem Land dürfen die Bauern nicht mal Hecken um ihre Felder pflanzen oder Zäune drumziehen, um sie vor dem Wild zu schützen. Und weißt du warum? Damit das Wild gedeiht, damit die Herren und Damen ihren Spaß haben bei der nächsten Jagd. Die Hasen fressen den Bauern den Kohl vom Feld, aber die Bauern dürfen dafür nicht wenigstens die Hasen fangen, damit sie was in den Magen kriegen, denn das ist ihnen bei Strafe verboten. Ich hab dort mal zwei Tage in einem Dorf verbracht, weil ein Fest war und es was zu verdienen gab. Und gerade damals haben sie zwei junge Kerle beim heimlichen Jagen erwischt. Ich weiß nicht, ob sie dort jedes Mal so harte Strafen verhängen oder ob sie in diesem Fall zur Abschreckung härter als sonst verfuhren, aber sie haben jedem von den beiden ein Ohr abgeschnitten.«

Übelkeit stieg in ihr auf und würgte in ihrem Hals. »Ihr lügt!«, erwiderte sie heftig. »Ihr müsst lügen. So werden Verbrecher bestraft und nicht …«

»Natürlich, so werden Verbrecher bestraft. Denn es war nach dem Gesetz ein Verbrechen. Nur – wer legt fest, was ein Verbrechen ist und was keins?«

»Hört endlich auf damit!« Sie presste die Hände auf die Ohren. »Ihr erzählt mir diese hässlichen Dinge, um mich ins Unrecht zu setzen. Ihr könnt mir viel erzählen. Wenn es wirklich so wäre, dann wundert es mich, dass die Menschen überhaupt arbeiten und an einem Ort verharren und nicht ein solches Leben führen, wie Ihr es tut.«

»Wie ich?«

»Naturellement. Wenn Bauern und Gesinde so sehr gequält würden, wie Ihr sagt, wenn sie ihr Leben als derart erdrückend empfänden, gäbe es dann nicht ein ganzes Land voller Gaukler? Was hielte sie? Führt Ihr nicht ein angenehmes Leben? Ihr zieht mit Eurer Laute durch die Lande, rastet am Lagerfeuer der Zigeuner, kehrt in Schenken ein, übernachtet in Schobern, singt, musiziert. Ihr arbeitet nur, wenn es nötig ist. Wer würde ein solch abenteuerliches Leben nicht vorziehen, wenn er nicht etwas Besseres zur Wahl hätte? Ihr könnt gehen, wohin es Euch beliebt, unbehelligt von …«

»Unbehelligt?« Seine Augen wurden schmal.

»Ja, unbehelligt«, trotzte sie. »Und kommt mir nicht damit, dass Euch hier oder da jemand vor die Tür jagte. Und denkt Euch keine weitere Eurer grausamen Geschichten aus, da ich …«

Sie brach verwirrt ab, denn Jakob hatte sich plötzlich erhoben und stand einen Moment unschlüssig. Was tut er?, dachte sie.

Er holte tief Atem, dann zog er langsam seine Jacke aus und öffnete Knopf für Knopf sein Hemd.

»Monsieur ...«, brachte sie mühsam hervor.

»Ich werd dir was zeigen«, sagte er. Er zog das Hemd aus seiner Hose und streifte es ab.

Sie wandte hastig den Kopf zur Seite. Wann hätte je ein Mann mit entblößtem Oberkörper vor ihr gestanden? Die Knechte im Schlosshof, im Sommer, zogen manchmal am Brunnen ihre Hemden aus. Aber das war weit, weit unten, von ihrem Fenster kaum deutlich zu erkennen. Ihr Blick flatterte über den Boden und zurück zu Jakob. Auf seinen schlanken, geschmeidigen Körper, auf die Muskeln seiner Arme und Schultern. Sie blickte auf die hintere Wand, die in der Dämmerung grau wurde, dann wieder auf Jakobs nackte Brust, bedeckt von dunklen, gekräuselten Haaren, auf die rötlich braunen Brustwarzen, auf seinen glatten, festen Bauch. Ihr Mund wurde trocken, sie schloss die Augen und schluckte.

Noch ehe sie etwas sagen konnte, hatte er sich umgedreht, wandte ihr den Rücken zu und ging vor ihr in die Knie, so dass sie trotz des abnehmenden Lichtes das Zeichen auf seiner linken Schulter ganz deutlich erkennen konnte.

Nie zuvor hatte sie ein eingebranntes Mal gesehen, und doch wusste sie augenblicklich, um was es sich handelte. Es glich einer hässlichen Narbe, einem undeutlich ausgeführten Buchstaben.

Sie hatte ihre Hand ausgestreckt, ehe sie überlegen konnte, was sie tat. Ihre Finger zitterten auf seiner warmen Haut, als sie das Zeichen berührte. Es schockierte sie mehr als alles, was er ihr erzählt hatte, denn es war wirklich und direkt vor ihren Augen. Sie vermeinte auf ihrer eigenen Schulter das glühende Eisen zu verspüren und hatte das Gefühl, sich übergeben zu müssen, denn nichts verursachte ihr größere Übelkeit als der bloße Gedanke an körperlichen Schmerz. Um das Brandmal herum war seine Haut weich. Weich wie ihre eigene, erstaunte sie, hatte sie doch immer geglaubt, die Haut eines Mannes sei rauer als die einer Frau.

»Fass es ruhig an«, sagte Jakob. »Es tut nicht mehr weh.«

»Wie habt Ihr das ertragen?«, flüsterte sie.

»Ich hab's nicht ertragen.« Er blickte zu Boden. »Ich hab geschrien wie ein Schwein und dann bin ich ohnmächtig geworden. Und alle drum herum haben gegafft …« Er brach ab und schwieg. Oh Gott!, dachte sie und schloss die Augen. Sie haben das in aller Öffentlichkeit getan, wie verträgt sich das mit seinem Stolz?

Er wandte den Kopf und sah sie an. Ihr wurde bewusst, dass ihre Hand noch auf seiner Schulter lag. Sie zog sie hastig zurück, gerade als er danach fassen wollte.

Sie blickte zu Boden. »Bedeckt Euch«, sagte sie leise.

Er hob sein Hemd vom Boden auf, zog es lose über und richtete sich auf. Noch immer waren die dunklen Haare seiner Brust sichtbar.

»Tun sie das auch mit Frauen?« Sie fröstelte von innen heraus.

»Mit Frauen?« Er stützte die Hände auf den Tisch und sah auf sie herab. »Nur um deinen sicherlich sehr schönen Körper zu sehen, würden die Kerle alles tun.« Seine Augen schienen zu verschwimmen, es musste an dem diffusen Licht liegen.

»Was … was habt Ihr getan? Wofür …«

»Nichts«, sagte er. »Und sie können's nicht ertragen, wenn einer nichts tut. Sie haben dort ein Gesetz gegen Landstreicher und Vagabunden. Wer aufgegriffen wird, bekommt ein Zeichen in die linke Schulter gebrannt. Na ja, vielleicht hätten sie mich nicht aufgegriffen, wenn ich nicht ein paar Lieder gesungen hätte, die ihnen nicht gefielen …«

»Ist das sehr lange her?«

»Etwas über zwei Jahre. Sie haben damals gedroht, sie hängen mich auf, wenn ich ihr verfluchtes Herzogtum noch mal betrete.«

»Und ... und seid Ihr ...«

Er schüttelte den Kopf. »Nein. Nein, denn ich bin ein feiges Schwein. Ich hab Angst gehabt. Dabei hätten's gerade dort die Menschen nötig, dass ihnen jemand Mut macht, wenn's auch nur mit ein paar Liedern ist.« Er knöpfte sein Hemd wieder zu.

»Hör auf zu zittern, Mädchen«, sagte er schroff. »Es ist doch nichts gegen das, was sie sonst so machen. Nicht mal eingesperrt haben sie mich. Und wenn ich mein Maul gehalten hätt und nicht so vorlaut ... Mein Gott, sag nicht, du hast noch nie von so was gehört. Dabei foltern, brennen und hängen sie doch überall, Tag für Tag.«

Sie presste die Arme vor die Brust und saß regungslos da, während er sich mit dem Feuer beschäftigte und den letzten Rest der wässrigen Suppe aufrührte.

22.

In der Nacht weckte sie Jakobs Schrei.

Sie erschrak bis ins Mark, denn verfangen in den Ängsten ihrer Träume und umgeben von undurchdringlicher Dunkelheit, deutete sie den Schrei als Zeichen für Gefahr und begriff erst, als die Benommenheit wich, dass er nicht wach war, sondern schwer träumte. Ihr Herz klopfte schnell und brauchte eine gute Weile, bis es wieder gleichmäßig schlug.

»Nein!« Jakob warf sich auf die Seite. »Nein, ich kann nicht!« Sie krampfte ihre Hände um die Decke und hoffte, er würde sich wieder beruhigen, denn es war nicht das erste Mal, dass er sich im Schlaf von einer Seite auf die andere warf. Nur hatte er nie zuvor dabei geschrien und solch heftige, unverständliche Worte ausgestoßen. »Lasst mich!«, schrie er gequält, und seine Faust kam durch das Dunkel und streifte ihre Schulter.

»Jakob.« Sie richtete sich auf. Er wird mich doch nicht aus Versehen erschlagen im Schlaf? Zögernd streckte sie die Hand aus und tastete nach ihm.

»Jakob«, flüsterte sie. »Was ist dir?« Er stöhnte leise. Sie rückte näher und fühlte den festen Stoff seines Hemdes. Sie rüttelte ihn leicht an der Schulter. »Jakob. Du träumst doch nur.«

Er bäumte sich wütend auf gegen ihre Berührung.

»Jakob …« Sie schob ihren Arm um seine Schulter. Er presste sein Gesicht an ihre Brust und seufzte tief. Ihre freie Hand schwebte hilflos über seinem Kopf. Was sollte sie nur tun? Sein Haar kitzelte an ihrem Hals, sein Atem drang durch den Stoff ihres Hemdes auf ihre Haut.

»Ich kann nicht«, murmelte er im Schlaf.

»Es ist alles gut«, flüsterte sie und streichelte sein Haar. Wie weich es war. Es erinnerte sie an etwas. Vorsichtig tauchte sie ihr Gesicht in seine wirren Locken. Ah, sie wusste es nun. Es fühlte sich an wie die kurzen, weichen Locken des neugeborenen Kalbes in den Stallungen von Eleonores Eltern.

Er atmete ruhiger. Sein Körper lag warm und lebendig in ihren Armen. Sehen konnte sie ihn nicht, nur fühlen.

Mein Gott, was tue ich da? Behutsam entzog sie sich ihm, rückte auf ihre Seite des Lagers und zog die Decke fest um sich. Noch lag die Wärme seines Gesichtes auf ihrer Brust. Und Jakob lag neben ihr und atmete friedlich wie ein Kind.

Ihre Befürchtungen, dass er sich an die Geschehnisse der Nacht in irgendeiner Art und Weise erinnern würde, erwiesen sich am folgenden Morgen als gänzlich unbegründet. Er war vor ihr aufgestanden und kam bereits mit dem gefüllten Wassereimer zurück. Er war unfreundlich wie immer.

Prüfend besah sie sein verschlossenes Gesicht. Es konnte unmöglich nur wenige Stunden zuvor so warm an ihrer Brust gelegen haben, gewiss hatte sie nur geträumt.

»Du schläfst so fest wie ein Siebenschläfer«, sagte er vorwurfsvoll. »Am Ende muss ich den Brei noch selbst kochen.«

Würde dir auch nicht schaden, dachte sie und schlüpfte wortlos in ihren Rock. Sie beachtete ihn nicht, erst als er die letzten Körner aus dem Sack in den Mörser schüttete, rief sie: »Es sind die letzten! Was tust ... tut Ihr da?«

»Irgendwas müssen wir ja essen.« Er sah auf das Spinnrad. Sie nahm ihm den Mörser aus der Hand und begann selbst, die Körner zu zerstoßen. »Auch wenn der Flachs weniger hart wäre«, sagte sie scharf, »könnte ich nicht so schnell spinnen lernen, dass es uns möglich wäre, von dem Garn die nächste Mahlzeit zu bezahlen.«

»Ich werd schon was zu essen auftreiben«, erwiderte er knapp.

»Und was wird damit?« Sie zeigte auf den Flachs.

»Vielleicht kann ich ihn gegen Wolle tauschen. Die wird dir deine feinen Hände schon nicht zerschneiden.«

Sie stampfte fest mit dem schweren Stößer auf die Körner ein. Gab es keine einfachere Art, diese Körner zu zerkleinern? Sie achtete nicht weiter auf Jakob, sie beschäftigte sich mit der Zubereitung des Breis. Der Rauch zog an diesem Tage schlecht ab, es musste am Wetter liegen. Qualm durchzog die Hütte.

Als sie den warmen Brei in die Schüssel füllte, setzte er sich schweigend an den Tisch und tauchte den Löffel ein. »Du hast das Salz vergessen«, beschwerte er sich.

»Habt Ihr nicht selbst gesagt, ich solle damit äußerst sparsam umgehen?«, fragte sie spitz.

»Aber vergessen sollst du's nicht«, murrte er. Sie starrte auf seine dunklen, zerzausten Haare. Sie bräuchte nur ihre Hand ausstrecken ... Ob sein Haar nur in der Nacht so weich war, am Tag hingegen struppig und fest?

»Was starrst du so?«, fragte er, irritiert von ihrem langen Blick.

Sie lächelte ein wissendes Lächeln und aß weiter.

»Du hast heute Nacht im Schlaf gesprochen«, sagte sie betont sanft.

Er sah sie erschrocken an. Wie schnell die Überheblichkeit aus seinen Augen wich. »Ich?«

»Ja.«

Er legte den Löffel auf den Tisch. »Was hab ich gesagt?«, fragte er mit unterdrückter Erregung.

Sie zuckte mit den Schultern. »Nichts von Belang. Eure Worte waren ohnehin kaum verständlich zu nennen.«

Seine Augen wurden schmal. »Wirklich?« Alles an ihm schien angespannt. Mon Dieu, dachte sie, worüber erregt er sich derart? Befürchtet er, ich horche ihn des Nachts aus? Was gäbe es da auszuhorchen? »Wirklich«, bestätigte sie.

Er entspannte sich wieder. »Es tut mir Leid, wenn ich deinen Schlaf gestört habe.«

Gibt es etwas, wovor er Angst hat?, überlegte sie.

Er verlor kein weiteres Wort mehr darüber, aber die Nacht verbrachte er nicht in der Hütte. Auch die folgende nicht, in der sie von dem Tag träumte, an dem ihrer Kutsche in einem Dorf das Rad gebrochen war. Doch im Traum kam nicht wie damals nach wenigen Minuten ein sich untertänigst verbeugender Schmied zur Hilfe, der ihrem Kutscher dabei half, den Schaden eiligst wieder zu richten. Im Traum standen die Menschen nicht befangen, mit offenem Munde abseits. Im Traum war Elisabeth plötzlich allein, ohne ihre Damen, ohne ihren Kutscher. Alleine in ihren silberbestickten Schuhen auf der schlammigen Dorfstraße, und von allen Seiten drängten sich zerlumpte, schmutzige Gestalten heran, Männer, Frauen, Kinder, die eher den Gestalten in der Schenke der großen Stadt glichen als den Bauern aus den Dörfern um Schloss Messelstein. Sie schienen regungslos, und doch kamen sie immer näher, die Augen zornig, hasserfüllt. Zuerst betasteten die Frauen den

Stoff ihres Brokatkleides, dann zerrten sie daran, rissen ihr den Sonnenschirm aus der Hand, die Kette vom Hals, zogen an ihren Haaren, pflückten dic Perlen heraus. Ein Gesicht mit eingefallenem, zahnlosem Mund näherte sich dem ihren. »Es gehört alles uns«, sagte der Mund, »gib es uns zurück.« Eine dürre Hand streckte sich nach ihr aus.

»Jakob!«, schrie sie. »Jakob!« Aber Jakob lag nicht neben ihr. Es war dunkel um sie her und still. Der Wind rauschte in den Buchen. Sie lag alleine auf einem Strohsack in einer dünnwandigen Hütte im Wald. Sie zitterte, legte Jakobs Decke noch über die ihre und zog beide Decken beinahe ganz über den Kopf.

Sicherlich dachte sie zu oft über seine Worte nach und träumte deshalb solch unheimliche Dinge. Entsprachen seine Behauptungen der Wahrheit? Mussten die Menschen darben, weil sie selbst immer im Überfluss gelebt hatte? War das nicht lediglich Jakobs Sicht der Situation im Lande? Wenn ich mir nur selbst eine Impression machen könnte, dachte sie und suchte sich zu erinnern an das, was sie vom niederen Volk wusste. Aber sie kannte nur die Bediensteten auf dem Schloss, die Stallknechte, die Küchenmägde, die Kammermädchen, die Leibdiener und so fort. Und diese waren immer gut gekleidet und mussten niemals hungern. Und dass sie sich nicht verehelichen durften ohne die Zustimmung des Fürsten – worin lag da der Unterschied? Elisabeth selbst durfte es ebenfalls nicht.

Und die Dörfer rundum? Die Menschen und ihre Behausungen sahen wirklich elend aus. Das war der Krieg, hatte Elisabeth gedacht, wenn sie in der Kutsche vorüberfuhr. Mein Vater wird es richten. Und das Gesehene wieder beiseite geschoben.

Sie versuchte, sich an ein diesbezügliches Gespräch der Herren untereinander zu erinnern, aber es kam ihr keines in den Sinn. Die Herren sprachen vom Kaiser und der Türkengefahr, von Zoll und Handel. Zumeist sprachen sie ohnehin vom Essen und vom Wein, von Pferden und der Jagd. Gelegentlich von einem pikanten Abenteuer, aber Letzteres war nur durch Zufall zu erlauschen.

Wurden die Menschen wahrhaftig derart grausam bestraft, wenn sie sich ungebührlich verhielten? Und was war »ungebührlich« zu nennen? Hatte sie selbst sich bereits ungebührlich verhalten, als sie zweifelte, ob es wirklich ein gottgegebenes Gesetz war, das den Mann über die Frau stellte? Und wenn sie dieses Gesetz lediglich für eine Anmaßung der Männer hielt – war es dann auch möglich, dass jedwede Ordnung, jedwede Lehre, jedwede Regel, deren Gültigkeit sie nie zuvor hinterfragt hatte, ebenso anfechtbar sein konnte?

In dieser Einsamkeit schien ihr alles möglich. Nichts mehr war verlässlich, und niemand war bei ihr, der ihr half, ihre Gedanken gerade zu rücken, wie Eleonore es oft getan hatte. Kein Buch, in welchem sie hätte nachschlagen, kein Papier, auf welchem sie ihre Überlegungen hätte ordnen können. Als sie Jakob einmal nach Papier und Feder fragte, lachte er dermaßen, dass sie sich schwor, ihn niemals wieder nach etwas zu fragen, geschweige denn, ihn um etwas zu bitten. Hätte sie nur ein Buch besessen. Nur einen Fetzen Papier. Nur irgendeinen Gegenstand, den sie ihr Eigen hätte nennen können, damit sie das Gefühl hatte, sie selbst existiere noch. Besonders in den Nächten hatte sie das Gefühl, nicht zu existieren. Sie sagte dann laut irgendeinen Satz, nur um sich an der eigenen Stimme zu erkennen, doch selbst diese klang zaghaft und fremd in der Dunkelheit. In solchen Nächten hätte sie es sogar als angenehm empfunden, noch einmal Jakobs Haar zu berühren und die Wärme seines Körpers zu fühlen, denn durch die Berührung eines anderen Menschen hätte sie doch zumindest den eigenen Körper spüren müssen.

Doch Jakob mied jede Berührung auf das Sorgfältigste. Er verbrachte keine Nacht mehr in der Hütte und ging Elisabeth am Tage möglichst aus dem Wege. Nur als er den Flachs gegen Wolle tauschte, blieb er länger, aß mit ihr und zeigte ihr von neuem, wie sie mit dem Spinnrad umzugehen hatte.

Zuweilen versuchte sie sich wirklich am Spinnen, nur um die Zeit auszufüllen. Während sie mit dem Fuß das Rad und die Spule in Bewegung setzte, drehten ihre Finger die dichte Wolle zu einem Faden. Der Faden mochte ungefüg und dick bleiben, aber sie fand sich nach und nach in den Rhythmus des Tretens und Drehens hinein und das Spinnen erschien ihr nicht mehr gar so unerlernbar. Sie dachte an die Göttin Athene, die Göttin der Weisheit, die diese Kunst auf das Feinste beherrscht hatte, und an die Sage von dem unglücklichen Mädchen, das sich mit der Göttin in dieser Kunst hatte messen wollen und dafür zur Strafe in eine Spinne verwandelt worden war.

Immer wieder musste sie an Eleonore denken und überlegte, ob die Freundin noch auf Messelstein weilte oder längst nach Hause zurückgekehrt war. Wie nur konnte sie erfahren, wie es Eleonore nun erging? Und wie nur konnte sie Eleonore mitteilen, dass sie selbst am Leben und bei guter Gesundheit war, wenn auch in den erschreckendsten Verhältnissen? Und der Fürst? Wartete er am Ende ebenfalls auf eine Nachricht seiner Tochter? Selbst wenn er sie verstoßen haben sollte, selbst dann würde er doch wissen wollen, was aus ihr geworden war.

Aber wie sollte sie ihm eine Nachricht zukommen lassen? Wie ließ man einem weit entfernten Menschen eine Nachricht zukommen, wenn einem kein berittener Bote zur Verfügung stand, der jeden Befehl ausführte?

Mochten um sie her die Knospen anschwellen, der Wald sich mehr und mehr begrünen und die Stare flöten und schnarren, Elisabeth beachtete es nicht, saß reglos in der Hütte, im Kreis ihrer Gedanken verfangen. Werde ich mein ganzes Leben in dieser elenden Hütte zubringen müssen?, dachte sie bitter, und ein Heißhunger auf Konfekt überkam sie, auf Rahmtorte und Mandeltorte, auf Feigen und Rosinen, auf Ananas und Orangen. Das Essen würde Marie ihr an ihr Bett bringen, während sie sich auf der weichen Matratze in ihrem Schlafgemach ausstreckte und an nichts mehr dachte. An nichts. Nur essen würde sie und lesen. Ein amüsantes Buch. Vielleicht aus dem Fenster blicken und ihre Gedanken ziehen lassen. Vielleicht auch das. Wie leid sie diese ewigen Wildgemüse war mit ihrem herben Geschmack. Wie leid die ewigen Sauerampfersuppen und die harten Brotkanten.

In der Nacht schwang sie sich auf der Schaukel im frühlingsgrünen Schlossgarten in die Höhe. Hoch, immer höher. Höher, als sie es je zuvor gewagt hatte. Licht umflutete sie, helles, goldenes Sonnenlicht. Um sie her die überschwängliche Pracht der weißen Kirschblüten, sanfte Düfte, Vogelgezwitscher. Und sie flog leicht und sorglos, immer weiter empor.

Als sie erwachte, umgab sie das übliche Zwielicht der engen Hütte, die übliche Kühle des frühen Morgens.

Sie richtete sich auf.

Und sie wunderte sich, warum sie sich zuvor nie aufgemacht hatte, den Wald zu verlassen. Sie zog den wollenen Rock über, Strümpfe, Schuhe. Zuletzt den dunklen Mantel. Sie achtete nicht auf das Feuer, den Wassereimer ließ sie in der Ecke stehen.

Am gegenüberliegenden Rand der Wiese sei der Wald bereits zu Ende, hatte Jakob gesagt. Sie schlüpfte durch die Haselsträucher, ging über die feuchte Wiese und sah Tausende und Abertausende Tauperlen im nassen Gras funkeln. Ihr Herz klopfte so laut, dass sie seinen Schlag fühlen konnte, ohne die Hand auf die Brust zu legen. Die Bäume standen an der besagten Stelle wirklich dünn; nur wenige Schritte und das offene Feld schimmerte zwischen den Stämmen hindurch.

Sie blieb befangen stehen. Was erwartete sie auf der anderen Seite? Sie fühlte sich wie einst die Seefahrer, die sich nicht sicher waren, ob die Erde nun doch eine Scheibe sei, und fürchteten, ein Abgrund tue sich vor ihnen auf. Sie zuckte zusammen. Sie hatte eine Stimme gehört. Eine Männerstimme von außerhalb des Waldes. Ein zweiter Mann rief laut eine Antwort. Ihr Mut fiel in sich zusammen und eine drückende Beklemmung legte sich auf ihr Gemüt, als ihr bewusst wurde, dass sie nicht gehen würde.

Sie musste sich nicht eigens Jakobs Berichte von Räuberbanden und umherstreifenden Gaunern in Erinnerung rufen. Allein der Gedanke, aus dem Wald zu treten, schutzlos in einer Welt zu stehen, von der sie sich in diesem Moment nicht einmal sicher war, ob sie überhaupt existierte; allein der Gedanke, dass vor dem Wald zwei Männer arbeiteten, in deren Augen sie eine Fremde war, ein Bettelweib, eine Hure ...

Die Welt stand einer Frau nicht offen.

Langsam ging sie zurück.

Ich hatte keine andere Möglichkeit, sagte sie sich immer und immer wieder. Ich kenne den Weg nach Messelstein nicht. Ich habe kein Geld, mir eine Equipage zu mieten. Was erwartet mich überhaupt in Messelstein? Die Hoffnung, dass Graf Eberhard mich trotz allem zur Gemahlin nehmen wird, wenn ich beweisen kann, dass meine Ehe mit dem Spielmann nicht vollzogen ist? Ihr wurde übel bei dem Gedanken.

Langsam schob sie die Tür hinter sich zu. Das Feuer war erloschen. Der Eimer stand leer in der Ecke. Sie lehnte sich mit dem Rücken gegen das raue Holz der Tür.

Das Regal, die Strohsäcke, der grobe Tisch. Die rußgeschwärzten Wände. Die Kräuterbüschel an der Decke. Das Essgeschirr. Das Messer. Nichts, das ihr gehörte. Nichts, das sie bereits besessen hätte, ehe sie dieses Leben begann. Nichts, das ihr hätte beweisen können, dass sie Elisabeth war.

Sie sah an sich herunter, an den schmutzigen, muffigen Kleidungsstücken. Einen Spiegel! Was gäbe sie für einen Spiegel, nur um die Vertrautheit des eigenen Gesichtes zu erkennen. Sie betastete ihr Gesicht und erhaschte eine

Strähne ihres fettigen, zerzausten Haares. Wie um alles in der Welt mochte sie aussehen! Panik ergriff sie. »Ich bin«, begann sie zaghaft, »ich bin Elisabeth ... Elisabeth Charlotte von ... von ...« Zitternd brach sie ab.

Sie hob ihre Hände und blickte auf die geöffneten Handflächen. Es waren nicht ihre weißen, zarten Hände mit den wohlgeformten Fingernägeln. Braun waren sie vom Rübenschaben, rau, die Nägel eingerissen. Keine Hand, die sie beim Menuett ihrem Partner hätte reichen können. »Nein!«, wimmerte sie. Die Wände um sie her verschwammen vor ihren Augen. Sie warf sich auf das Lager und vergrub das Gesicht in der Decke, biss ihre Zähne in den groben Stoff, aber es nützte nichts. Die Tränen flossen weiter. Die Schritte vor der Hütte überhörte sie.

Beim Knarren der Tür setzte sie sich erschrocken auf und trocknete mit dem Handrücken notdürftig ihr Gesicht. Sie biss sich fest auf die Lippen und versuchte ruhig zu atmen.

Jakob legte den Hut, die Laute und sein Bündel auf den Tisch. »Ich hab was zu essen mitgebracht, es ... Lise?«

Sie schüttelte nur stumm den Kopf.

Er zögerte. »Ist alles ... es ist doch nichts geschehen?« Wie unsicher seine Stimme klang.

»Es ist ...« Ich krächze wie eine Krähe, dachte sie und räusperte sich. »Ich möchte einen Augenblick alleine sein. Geht wieder. Ihr mögt später wiederkommen.«

Sie verspürte Erleichterung darüber, dass es ihr gelungen war, ihre Worte so ruhig vorzutragen, und wandte sich ab. Sie hörte, wie er sich an seinem Bündel zu schaffen machte. Gut so, dachte sie, nimm dein Bündel und geh. Sie kauerte sich in den hinteren Winkel ihrer Bettstatt und presste die Stirn auf die angezogenen Knie.

Sie hatte gedacht, sie wäre längst allein in der Hütte, daher zuckte sie heftig zusammen, als seine Hand ihr Haar berührte.

»Lise?«

»Geht!«, schrie sie auf und schüttelte seine Hand ab.

»Geht weg. Lasst mich alleine. Ich habe ein Recht darauf ... auch ich ... ich brauche weder deine verächtlichen Bemerkungen noch deinen Spott noch ...« Sie schluchzte und hielt eine Hand vor das Gesicht, dann fühlte sie nur noch Tränen heiß auf ihren Wangen, seine Hand, mit der er ihren Kopf an seine Schulter presste, die Schreie, die unaufhörlich aus ihrem Inneren stiegen, ihr Gesicht, aufgelöst in der Feuchtigkeit der eigenen Tränen, die sein Hemd durchnässten, in der Wärme der Haut seiner Halsbeuge, sein Haar an ihrer Stirn.

Ihre Fäuste an seiner Brust öffneten sich langsam. Er schwieg. Er hielt sie nur fest. Sie weinte laut und hemmungslos, bis die Spannung nachließ und in kleinen, kurzen Schluchzern erstarb. Die Gleichmäßigkeit, mit der sich seine Brust hob und senkte, beruhigte sie.

»Besser?«, fragte er.

Sie nickte, das Gesicht noch immer an seiner Brust vergraben. Er neigte seinen Kopf und schob seine Hand um ihre nasse Wange. »Sieh mich doch an.« Sie schüttelte heftig den Kopf. Wie konnte sie diesen peinlichen Augenblick überbrücken, wie konnte sie ihm je wieder in die Augen sehen, nachdem sie sich hatte dermaßen gehen lassen?

»Es ... es tut mir Leid«, murmelte sie. Sie versuchte, sich seinen Armen zu entziehen, aber er hielt sie fest.

»Langsam«, sagte er, »erst will ich wissen, was passiert ist.«

»Nichts«, flüsterte sie. »Nichts ist geschehen.«

»Weinst du oft allein in der Hütte, Mädchen?«

»Nein, niemals.« Sie rückte von ihm ab und zog die Knie bis ans Kinn. Sie starrte geradeaus, dorthin, wo das Licht durch das winzige Fenster auf den Tisch tanzte.

»Du willst in dein Schloss zurück, nicht wahr?«, fragte er leise.

Sie antwortete nicht. Er saß neben ihr und wartete.

»Ich ... oh mein Gott.« Sie fühlte neue Tränen in die Augen steigen. »Es ist das Licht. Ich ... ich glaube, ich verliere den Verstand in dem ewigen Dämmerlicht ... ich denke, die Sonne und die Menschen existieren nur in meiner Vorstellung ... es ist, als läge ein graues Tuch über mir, und sosehr ich mich bemühe, ich vermag es nicht abzuschütteln ...« Ihre Stimme geriet ins Wanken. Sie wischte die Tränen von den Wangen und wappnete sich vor seiner unumgänglichen Bemerkung, ob sie wohl wisse, wie viele Frauen in dämmrigen Hütten leben müssten. Aber er sagte nichts dergleichen. Er senkte den Kopf. Der Ring in seinem Ohr glänzte matt. »Ich sterbe ohne andere Menschen«, sagte sie tonlos, weniger zu dem Mann, der neben ihr auf der Matratze saß, als zu sich selbst. »Es ist nicht die ... die Arbeit, das karge Essen, die Kälte ... ich hatte zwar anfänglich gedacht, ich könnte es nie ertragen, aber ... aber es wäre zu ertragen, wenn nur diese Einsamkeit, wenn ... Es waren doch immerzu Menschen um mich her, und wenn ich dachte, ich liebte vor allem die Stille meiner Gemächer, so war es doch eine freiwillige Einsamkeit ...« Sie atmete tief durch. »Aber das alleine ist es auch nicht. Das Ärgste, es mag Euch sonderbar klingen, aber ... ich kann mich selbst nicht mehr fühlen. Mir ist, als hätte das Leben jeden Sinn verloren ohne all die Dinge und Verrichtungen, die ihm einen Sinn gegeben hatten. Als wäre ich leer, ohne Zukunft, ohne Ziel. Mein Buch lag noch aufgeschlagen auf dem Schreibschrank ... mein Gesicht zurückgelassen in dem Spiegel über dem Kamin ... meine Gedanken, selbst meine Gedanken sind nicht mehr die gleichen. Ihr habt mir meine Kleidung genommen, meine Umgebung, selbst meinen Namen. Bin ich nicht mehr Elisabeth von Messelstein, nur weil ich die Kleidung tauschen musste? Ist das alles? Ist der Mensch nur eine leere Hülle, beliebig zu füllen? War ich nur ein Name? Ein hübsches Kleid? Bin ich nun niemand?«

Sein Gesicht war ernst geworden, während sie sprach. »Das ist es?«, fragte er verwundert.

»Was dachtet Ihr?«, fuhr sie ihn an, verletzt, mit funkelnden Augen. »Wofür haltet Ihr mich? Dachtet Ihr ...

dachtet Ihr, mir fehlte die neueste Mode aus Paris? Die Salben, die Puder, die Parfums? Der Klatsch der Hofdamen?« Doch, gestand sie sich insgeheim ein, auch das ein wenig. »Ihr mögt es vielleicht nicht begreifen. Ihr seid so sicher in allem, was Ihr sagt und tut. Aber stellt Euch vor, man nähme Euch Eure Laute, steckte Euch in ein höfisches, enges Gewand, gäbe Euch einen anderen Namen ...«

Er schluckte. »Halt ein.« Er legte seine Hand auf ihren Arm. »Halt ein. Es tut mir Leid. Wir werden's ändern von jetzt ab.«

»Ändern?«, wiederholte sie bitter. »Ändern? Was wäre da zu ändern? Ich wollte ... ich wollte ein Leben führen ... Was ist das für ein Leben, das mir zu führen bleibt?«, rief sie schmerzlich. »Ihr habt mir nur allzu deutlich gemacht, dass das Leben aus nichts als Qual und Leid besteht, aus Ungerechtigkeit, aus der täglichen Sorge um ...«

»Ach Mädchen, das hab ich getan? Das hab ich so nicht gewollt.« Er erhob sich und reichte ihr die Hand. Sie erfasste sie zögernd und fühlte ihren festen Druck. Mit einem Ruck zog er sie auf die Beine. »Das Leben kann sehr schön sein, Mädchen.« Er wickelte eine Strähne ihres Haares um seinen Finger. »Zumal es das einzige ist, das wir haben.« Er ließ ihr Haar aus seinen Fingern gleiten. »Zuerst mach ich uns was zu essen.«

»Das Feuer ist erloschen.« Sie senkte den Kopf. »Ich habe es verlöschen lassen.« Sie dachte an ihren Gang über die Wiese. »Ich bin nicht fähig, diese Art Leben zu führen. Ich bin nicht imstande ...«

»Jetzt lass gut sein. Ich krieg das Feuer schon in Gang. Und du wirst das auch bald können. Du hast in der kurzen Zeit schon so viel gelernt. Schneller und mehr als ...« Er lächelte leicht. »Und mehr, als ich's dir zugetraut hätte.«

Sie horchte erstaunt seinen Worten nach. Er hockte vor der Feuerstelle, stocherte und fand Glut, wo sie nur Asche vermutet hatte.

»Ich hab mir ein paar Heller erspielt«, erklärte er, »und ein wenig Buchweizen gekauft. Und es sind noch ein paar Zwiebeln im Beutel. Sie sind schon weich, aber es wird noch angehen. Also mach ich uns zuerst was zu essen und du legst dich hin und ruhst dich aus. Und morgen nehme ich dich mit in die Stadt, dann kannst du so viele Menschen sehen, dass du am Ende froh bist, wieder hier im Wald zu sein.«

»In die Stadt?«, fragte sie atemlos.

Er sah auf. »Warum nicht in die Stadt? Es sind Gaukler auf dem Marktplatz, seit gestern schon. Und morgen werden sie auch noch da sein. Wie grau deine Gedanken gewesen sein mögen, der Jahrmarkt wird sie dir vertreiben, das verspreche ich dir.«

Elisabeth schloss die Augen. Bilder tanzten durch ihren Kopf. Die lange Wanderung, die schlanken Zigeunerfrauen, der überfüllte Marktplatz in der großen Handelsstadt, die feuchte Straße, Barbels Wagen. Der kurze Eindruck der kleinen Stadt am Rande des Waldes, ehe die Dämmerung hereinbrach. Eine Ewigkeit schien das her zu sein.

»Ihr meint es nicht ernst, oder?«

»Warum sollte ich es nicht ernst meinen?«, wunderte er sich. »Die Stadt ist doch nicht weit. Jeden Tag kannst du hin- und zurückgehn, wenn dir nach dem Anblick von Menschen ist.« Das Feuer war aufgeflackert unter seinen Händen und erwärmte das Wasser im Kessel.

»Ich werde nicht gehen«, sagte sie.

»Du wirst nicht gehen? Was soll das heißen?«

Wie sollte sie ihm das Unbehagen erklären, schutzlos in der Menge zu stehen, umgeben von fremden Gesichtern? »Ich vermag so nicht zu gehen«, klagte sie. »Ich bin derart mager geworden, derart unansehnlich. Meine Haare, meine Kleidung … Ich werde mich so nicht vor anderen Menschen zeigen. Ich abhorriere mich selbst.«

»Na ja«, er musterte sie von Kopf bis Fuß. »Vorher waschen solltest du dich schon.«

Röte schoss in ihre Wangen. Was fiel diesem Vagabunden ein!

»Waschen?« Sie blickte zweifelnd auf den kleinen, hölzernen Eimer.

»Ja. Ich weiß, das kennst du nicht, es ist bei Hofe nicht üblich. Da überdeckt ihr den Gestank mit Parfum, die Pickel mit schwarzen Pflästerchen. Aber so was gibt's hier nicht. Du wirst dich also waschen müssen.«

Er ist abscheulich, dachte sie gekränkt, wie hatte ich auch nur für einen Moment glauben können, es würde sich wahrhaftig etwas ändern? »Im Gegensatz zu dem Hofe meines Vaters gibt es in dieser Hütte weder ein geeignetes Kabinett noch eine Schüssel noch Seife ...«

»Wenn wir einen Zuber hätten«, seine Augen blitzten auf, »das wär eine vergnügliche Sache! Ich könnt' dir Wasser warm machen und du setzt dich hinein und ich würd dich abseifen, aber ...« Nun flammte die Röte über ihr ganzes Gesicht. Sie durfte bei diesem Manne nicht bleiben. Niemals würden seine Worte und seine Blicke unverfänglich sein. Nichts würde sich ändern. »... leider haben wir keinen und du musst mit der Quelle vorlieb nehmen. Nimm dir Tücher zum Abtrocknen mit, und was die Seife betrifft«, er kramte in seiner Jackentasche, »hier hab ich sogar ein Stück. Das hatte ich bei der Hökerin gekauft damals ...«

Die Quelle? Ihr schauderte. Das Wasser musste eisig sein. Doch sie wagte nicht, ihre Bedenken laut zu äußern, sie wusste, darauf wartete er nur.

»Und das andere Hemd solltest du danach anziehn und den anderen Rock«, fuhr er fort. »Das, was du anhast, braucht die Wäsche noch nötiger als du selbst.«

Es ist beschämend, dachte sie, während sie mit ihrem Bündel unter dem Arm zwischen den hohen Buchen auf die versteckte Quelle zuging. Ob sich in der Stadt eine Möglichkeit bietet, diesen Menschen zu verlassen? Ein leichter Wind kam auf und bewegte die zarten Äste und die hellen Blätter über ihr. In der Ferne grollte der Donner. Sie sah ängstlich auf, doch zwischen den Baumkronen schimmerte der Himmel blau und klar. Sie legte ihr Bündel auf einem der großen Steine ab, schlüpfte aus den Schuhen und ließ den wollenen Rock zu Boden fallen. Sie betastete das kalte Wasser mit ihrem Zeh und fröstelte. Noch immer das entfernte Donnergrollen. Regen fiel warm auf ihr Gesicht. Die Blätter der Buchen zitterten unter dem Aufprall der Tropfen. Schnell wickelte sie den auf dem Boden liegenden Rock schützend um ihre trockenen Kleidungsstücke. Ihr Herz klopfte, als sie ihr Hemd über den Kopf streifte. Niemals, nie zuvor hatte sie sich außerhalb eines geschlossenen Raumes gänzlich entkleidet. Sie blickte sich ängstlich um. Die Bäume und Sträucher standen dicht wie ein Vorhang. Die Kälte hielten sie jedoch nicht ab. Elisabeth schüttelte sich, aber sie presste die Zähne zusammen, tauchte eines der Tücher in das kühle Wasser und säuberte sich tapfer so lange und so ausgiebig, bis sie das Gefühl hatte, jeden einzelnen Tag ihres neuen, mühevollen Daseins von sich gewaschen zu haben.

Der Schauer zog vorüber, nur hie und da rollte noch ein Tropfen von einem Blatt. Elisabeth trocknete ihren nassen Körper und schlüpfte hastig in das leichte, dünne Sommerhemd. Es wärmte nicht allzu sehr, aber es trug sich angenehm. Es ähnelte den Hemden der Zigeunerinnen mit seinen weiten, am Handgelenk von einem schmalen Bund abgeschlossenen Ärmeln. Der Rock war aus einem ähnlich leichten Leinenstoff von kräftig blauer Farbe gefertig. Leider reichte er kaum bis an die Knöchel. Lange und sorgfältig wusch sie die Kleidungsstücke aus, die sie so lange Zeit am Leib getragen hatte. Endlich erhob sie sich und schritt ganz erfrischt zur Hütte zurück.

Rauch quoll durch das Strohdach. Im Inneren war es angenehm warm. Auf dem Tisch standen die beiden Becher gefüllt mit einem Kräuteraufguss. Der Topf über dem Feuer dampfte. »Setz dich«, forderte Jakob sie auf. Sie gehorchte, er füllte gedünstete Zwiebeln und Möhren in die Schüssel und ließ sich ihr gegenüber nieder. Jakob blies sachte auf seinen Löffel, ehe er ihn an die Lippen führte.

»Wir sollten's einander nicht unnötig schwer machen«, sagte er. Er sprach mit vollem Munde wie so oft. Sie bemerkte es mit einem leisen Seufzen. Sie konnte ihm nicht einmal vorwerfen, es sei eine schlechte Gewohnheit des niederen Volkes, zu viele Herren und Damen von Stand zeigten bei Tisch ebenfalls die übelsten Manieren.

»Mir wäre nicht bewusst, wie ich Euch das Leben erschwerte«, erwiderte sie.

»Zumindest dein Brot solltest du dir verdienen. Wenn's halt mit dem Spinnen nicht geht ... Soll ich versuchen, dich im Schloss in der Küche unterzubringen? Ich kenn da jemand und ...« Er kennt jemanden im Schlosse, horchte sie auf. Sicherlich eine Küchenmagd. »... im Sommer, wenn die feinen Herrschaften aus der Residenz rüberkommen, da brauchen sie immer mal jemanden, der aushilft ...«

»Niemals!«

»Schon gut«, lächelte Jakob. »Es war nur ein Gedanke. Aber das Rad können wir jederzeit zurückbringen ...«

»Lasst es ein Weilchen hier«, bat sie.

»Das Spinnrad?«, fragte er verwundert.

»Ich versuchte mich ein wenig daran, aber ... Nein! Seht es Euch nicht an! Der Faden ist derart ungefüg ...«

Jakob kniete sich zu dem Rad. »Es ist ein guter Anfang«, befand er. »Verkaufen lässt sich's so noch nicht, aber wenn du dich noch etwas darin versuchen willst ... Lass uns zuerst auf den Jahrmarkt gehen. Alles andere findet sich.« Der Jahrmarkt. Die Stadt. Ihr Herz klopfte bei dem bloßen Gedanken heftiger. »Und dein Haar müssen wir waschen«, fügte er hinzu.

»Mein Haar?« Sie fasste nach den Strähnen, die sie zuvor so sehr erschreckt hatten. »Gewiss kann man es nur noch abschneiden.«

Er lachte. »Unsinn. Ich mach Wasser warm und dann wäschst du dir's und kämmst's und schon sieht's wieder so schön aus wie ...«, er grinste, »... wie an unserem Hochzeitstag.«

Sie senkte den Kopf. Wenn er nur davon schweigen wollte!

Er nahm den Eimer und ging zur Quelle. Elisabeth lehnte ihren Rücken an die Wand und drehte den leeren Becher in ihren Händen. Sie fühlte sich leichter. Zuerst die Haare, dann der Markt, dann würde er weitersehen. Sie musste nichts entscheiden, sie konnte die beklemmenden Gedanken vorerst beiseite schieben.

Jakob säuberte den Kessel und wärmte das Wasser darin an. Elisabeth wartete vor der Hütte auf ihn, wo die Nachmittagssonne mittlerweile kräftig genug schien, um den Wald zu erwärmen und zu erhellen. Sie saß auf ihrem Schemel und beugte den Kopf weit nach hinten, damit Jakob ihr langes Haar tief in den gefüllten Eimer tauchen konnte. Er half ihr auch dabei, das Haar kräftig einzuseifen. »Du hast niemals in deinem Leben die Haare selbst gewaschen, oder, Prinzessin?«

»Man hatte mir nie die Gelegenheit gegeben.«

»Pass auf«, warnte er und hob den Eimer. Wasser ergoss sich über ihr Haar, spülte die Seife aus, durchnässte den Stoff auf ihrem Rücken, rann über ihr Gesicht, den Hals entlang. Plötzlich musste sie lachen. Sie konnte nicht sagen, aus welchem Grunde.

»Noch einmal?«, fragte er.

»Noch einmal«, nickte sie. Und er lachte ebenfalls. Sie hatte ihn noch nie so offen lachen sehen, ohne Ironie, ohne Spott.

»Verflixt!« Sie rieb sich das Auge.

»Was ist denn?«

»Die Seife. Sie brennt.«

»Lass sehen.« Er kniete sich nieder und tupfte mit einem trockenen Tuch die Seife aus ihrem Auge. Er neigte sich vor und küsste sie auf den Mund. Sein Bart kitzelte. Sie fuhr zurück.

»Tut das nie mehr wieder.« Sie hatte das Gefühl, ihr Blut pulsiere schneller durch ihren Körper als je zuvor.

Er entschuldigte sich nicht. Er sah sie an, so herausfordernd wie an dem Tag, an dem sich ihre Blicke zum ersten Mal über der Frühstückstafel des Fürsten gekreuzt hatten.

Er erhob sich und warf ihr das Tuch in den Schoß. »Reib dein Haar trocken.«

Später, als Luft und Sonne ihr Haar getrocknet hatten, kämmte er es ihr aus. Es war zerzaust, aber er entwirrte es ganz behutsam, begann mit den Spitzen und arbeitete sich, ohne ihr dabei wehzutun, bis zu ihrem Scheitel hoch. Geschickter hätte es selbst Marie nicht vermocht, dachte sie, und ihr fiel ein, dass sie etwas Ähnliches schon einmal gedacht hatte, damals, im Schober des verlassenen Dorfes, als er ihr Mieder schloss.

Ihre Kopfhaut prickelte, als er den Kamm langsam durch ihre Haare zog. Sie kämpfte gegen den Schwebezustand an, in den seine Hände sie versetzten, waren es doch die Hände eines Mannes, die Gefühle erzeugten, wie sie sie nur unter Frauen vermutet hatte. Marie-Henriettes Kopf in ihrem Schoß unter dem Kastanienbaum, der sanfte Druck von Eleonores Wange an der ihren, Marie, die ihr die Haare bürstete.

»Was tut Ihr?«, fragte sie erstaunt, als er ihr Haar am Hinterkopf scheitelte.

»Ich flecht dir Zöpfe, sonst ist's morgen wieder genauso wirr wie jetzt.«

»Ihr … Ihr versteht Euch auf das Flechten von Haaren?«, wunderte sie sich.

»Ich hab's meiner Großmutter oft geflochten.«

»Ihr führtet das Leben einer Frau«, stellte sie fest. Und doch ist er ganz anders als das, was ein jeder sich unter einem weibischen Manne denkt, dachte sie bei sich.

»Nicht nur«, sagte er und teilte die Hälfte des Haares in drei Strähnen. »Ich musste auch pflügen, mähen, den Wagen führen.«

»Wird es derart gehandhabt auf den Dörfern?«, fragte

sie interessiert. »Dass auch die Knaben kochen und Haare flechten?«

»Weiß Gott nicht.« Er schnaubte leise. »Gerade die Jungen haben mich oft genug gehänselt und verlacht, wenn sie mich mit meiner Großmutter sahen oder wenn ich bei den Mädchen saß und Flöte spielte. Zumal ich recht schmächtig war als kleiner Junge. – Da, halt mal den Zopf unten zusammen.« Er zog ein Stück Bindfaden aus der Hosentasche.

»Und das hat Euch nicht derangiert?« Sie musste an seinen muskulösen Rücken mit dem eingebrannten Mal denken und versuchte, sich ihn als kleines, dünnes, dunkles Kind vorzustellen.

»Es hat in mir gebrodelt vor Wut«, lachte er. »Meine Großmutter hat immer gesagt: ›Wer sich über die Dummheit der Menschen ärgert, vergällt sich das ganze Leben.‹ Aber das hab ich in meinem achten Jahr wohl noch nicht eingesehen.«

Seine plötzliche Offenheit überraschte sie. »Und so ging es immer weiter?«

»Nein.« Er teilte auch das verbliebene Haar in drei Strähnen. »Eines Tages habe ich einen von denen verprügelt. Es muss meine Wut gewesen sein oder die Überraschung der anderen über den Angriff, aber ich hab gewonnen. Von da ab hab ich mich immer ganz gut gehalten, bis ich mich dann wohl überschätzte ...«

»Überschätzte?«

...Jungen, die sich auf dem Schlosshof prügelten. Madame Charlott' rümpfte die Nase, Pöbel ...

»Ich hab mich mit dem Sohn des Müllers angelegt. Er war fast zwei Jahre älter als ich und größer und kräftiger. Außerdem hatte er vier ältere Brüder und war daher sehr kampfeserfahren. Niemand hat sich an ihn rangewagt. Alle liebten und fürchteten ihn.«

»Et alors? Wie endete es?«

Er grinste. »Es war die kürzeste Prügelei meines Lebens.«

»Wurde er Euer Feind?«

Jakob lachte. »Von dem Tag an waren wir unzertrennlich. Ich hatte nie einen besseren Freund. Mein ›Mut‹ muss ihn beeindruckt haben.«

»Was ist aus ihm geworden?«

»Da!« Er warf die beiden langen, braunen Zöpfe über die Schultern auf ihre Brust. »Fertig.«

Auch als der Tag sich neigte, machte er keine Anstalten zu gehen. Für eine Weile verschwand er auf der Wiese und kam mit einem dicken Bund Kräuter zurück. Die Suppe, die er daraus bereitete, duftete köstlicher als jede Suppe, die sie an ihres Vaters Tafel gekostet hatte.

Sie schnupperte. »Aux fines herbes.«

»Was heißt das?« Er krauste die Stirn wie immer, wenn sie französisch sprach.

»Mit frischen Kräutern zubereitet«, lächelte sie. »Aus welchem Grunde mögt Ihr das Französische nicht?«

»Hab ich je gesagt, dass ich's nicht mag? In Frankreich mag's am rechten Platz sein.«

»Sollte man nicht auch die Sprachen anderer Gebiete beherrschen, um sich mit den Menschen besser zu verständigen?«

Er schmeckte die Suppe mit einem Hauch Salz ab. »Das bestreit ich auch nicht«, sagte er. »Aber muss man deshalb die eigene Sprache zu einer schnöden Nachahmung des Französischen verkommen lassen? Und sich noch was drauf einbilden, wenn man kaum noch einen deutschen Satz hervorbringen kann? Und sich über die erhaben fühlen, die sich auf das Welsche nicht verstehn?«

»Ihr sprecht nun beinahe wie mein Herr Vater«, lachte sie auf. »Aus ähnlichen Gründen pflegt er sich mit den Herren seiner Sprachgesellschaft zu treffen.«

»Sprachgesellschaft?«

»Zur Erhaltung der deutschen Sprache, sie zu säubern von all den Verwilderungen, denen sie durch die langen Kriegsjahre und all das fremde Volk anheim gefallen ist«, rezitierte sie.

»Vorsicht!« Er stellte die Suppe auf den Tisch. »Sie ist noch heiß.«

»Ihr beherrscht das Holländische, nicht wahr?«

Jakob entzündete die Kerze an der Glut, ließ heißes Wachs auf den Tisch tropfen und drückte die Kerze fest. Sie beobachtete diese ungewohnte Verschwendungssucht mit Verwunderung. »Ja«, beantwortete er ihre Frage. Er nahm die Laute vom Nagel und setzte sich damit an den Tisch. »Wie wär's mit ein wenig Tafelmusik? Dann kannst du dich fühlen wie bei Hofe.«

Er schlug die ersten Töne einer Weise an, die ihr vertraut klang. Die strenge, klare Melodie eines alten Meisters erfüllte die Hütte.

... der Speisesaal, die Leuchter, der Vater, die Bediensteten, die Flecken auf dem Tischtuch neben Großtante Henriettes Glas ...

»Habt Ihr die Sprache in Holland selbst erlernt?«

Er nickte. »Keine Sprache, mit der man an euren Höfen Staat machen kann, oder?« Er beugte sich über das Instrument.

»Es klang äußerst flüssig, als Ihr Euch mit den Schiffern unterhieltet. Dazu müsst Ihr längere Zeit im Lande verbracht haben.«

»Beinahe drei Jahre.« Er nahm die Finger von den Saiten. »Aber das ist schon fast zehn Jahre her. Ich war ein halbes Kind, als ich in Leyden ankam ...«

Sie sah an seinen Augen, dass seine Gedanken in die Vergangenheit glitten. »Leyden?«, fragte sie erregt. Und sie bemerkte, dass es Dinge gab, die ihr Herz zumindest ebenso schnell schlagen ließen wie der leichte Druck seiner Lippen auf ihrem Mund. »Jakob, Ihr wollt behaupten, Ihr wart in Leyden gewesen?«

»Ich war da und dort.« Er legte die Laute beiseite. »Aber die meiste Zeit, ja, die meiste Zeit hab ich in Leyden gelebt. Was ist dabei?«

»Was dabei ... aber ... Ihr mögt Euch dessen nicht bewusst sein, doch in der Stadt Leyden befindet sich eine der besten, wenn nicht die beste Universität des Abendlandes!«

»Was interessierst du dich für die Universität, Mädchen?«, fragte er belustigt. »Ein Haufen Steine mit einem Dach darüber. Ein Haufen junger Burschen, die sich irgendwelche hohlen Worte einpauken, mit den Gedanken aber ganz woanders sind. Die des Abends viel lieber in den Schenken saßen und sich meine Musik anhörten – die damals noch recht kläglich klang, zugegeben.«

»Ihr habt die Universität gesehen? Mit den Studenten gesprochen?«

»Meistens war ich auf dem Fischmarkt«, sagte er gelassen. »Oder in der ...«

»Erzählt mir davon!« Ihr Augen glänzten.

»Lass deine Suppe nicht kalt werden.« Er schob ihr die Schüssel zu. »Wovon soll ich erzählen? Vom Fischmarkt etwa?«

»Es ist mir einerlei. Meinetwegen vom Fischmarkt.«

»Der wurde am Kanal abgehalten, da, wo die Brücken waren und die kleinen Boote. Und drum herum die schmalen Backsteinhäuser.« Er schloss die Augen. »Mit mehreren Stockwerken. Und rechteckigen Fenstern zur Straße hin. Die Häuser dort sind so ... so einfach und zweckmäßig. Und doch würdig. So, wie die Herren, die mit ihrer dunklen Kleidung über den Markt schreiten. An dem einen Haus hat sich Efeu hochgerankt. Da hab ich immer gestanden und mir den ganzen Trubel angeschaut. Du musst dir vorstellen, die Wege zwischen dem Kanal und den Häusern sind ganz schmal. Die Menschen haben sich gedrängt darauf. Und die Fische überall. Auf den Ständen – die musst du dir wie einfache, große Holztische vorstellen – und auf dem Pflaster. Überall auf dem Pflaster waren die Fische ausgebreitet. Heringe, platte Flundern. Ganze Körbe voll. Die Fischer haben sich Sachen zugerufen«, er grinste, »da wärst du sicher rot geworden, Prinzessin. Und die alten Fischweiber erst, die haben manch einem schon mal einen schweren

Fisch um die Ohren geschlagen, wenn er's verdient hat. Die Mägde, die da jeden Tag zum Einkauf gingen, die waren immer ganz sauber gekleidet und furchtbar schnippisch und kurz angebunden, besonders solchen jungen, unreifen Burschen wie uns gegenüber ...«

Und so erzählte er, während sie die köstliche Kräutersuppe löffelten, von den jungen Mädchen, die ihre Körbe wie Königinnen auf dem Kopf durch die Menge balancierten. Von Krämern mit Bauchläden, von tatterigen alten Männern, von zwielichtigen Gestalten, von den Gassenjungen und den Hunden, die die Fische beschnüffelten. Von dem Geruch nach Fisch, von dem Geruch nach Wasser vom Kanal her.

Und völlig unaufgefordert berichtete er weiter vom wohlhabenden, republikanischen Holland, von reichen Kaufleuten, die Fürsten glichen, von angesehenen Bürgern in sauberen, schlichten Häusern entlang der gepflasterten Straße, von Tulpengärten und Grachten und steinernen Stufen zum Wasser hin. Von schmutzigen Schenken und behäbigen Gasthäusern, von bequemer Kleidung, von Künstlern, von derben Belustigungen, von den abendlichen Vergnügungen und Spielen der begüterteren jungen Leute, vom Schlittschuhlaufen auf zugefrorenen Flüssen.

Und Elisabeth versenkte sich in seine Worte und den Klang seiner Stimme und hatte das Gefühl, alles mit eigenen Augen zu sehen.

Er erzählte von breiten, flachen Flusslandschaften, von kleinen Segel- und Ruderbooten, von Anglern auf Brücken, von Kühen am Ufer, von Fähren, die Mensch und Vieh übersetzten, von unzähligen Windmühlen, von Frauen mit Hüten, die umgestülpten Schüsseln glichen, vom hohen Himmel, der höher war als der Himmel über Reupen, von Vögeln über der Wasseroberfläche, vom ruhigen Abendlicht auf dem Fluss. Aber auch davon, dass das Land auf ihn bedrohlich gewirkt hatte an Tagen, an denen dunkle Wolken aufzogen. »Es schien mir so überaus flach, so leer, so ganz ohne Schutz. Und ich bekam Heimweh nach den Hügeln, den Sträuchern am Straßenrand; nach einer Landschaft, in der man nicht weiter sehen kann als bis zur nächsten Wegbiegung, zum nächsten Wäldchen, zum nächsten Feld.«

»Wenn es dort so anders zugeht«, unterbrach Elisabeth seine Ausführungen, »offener für neue Gedanken, offener ... nun ... Wie leben dort die Frauen?«

»Die Frauen?« Er stutzte.

»Nun ja, die Frauen. Ihr erzähltet von den Herren. Wie leben ihre Töchter, ihre Gemahlinnen? Anders als hier zu Lande? Habt Ihr von einem Fräulein Schurmann gehört?« Er runzelte die Stirn. »Ich weiß sicherlich nicht allzu viel über dieses Land«, gab Elisabeth zu. »Es erschien mir immer ein wenig eintönig und ohne Glanz. Doch dass in Utrecht ein Fräulein Schurmann lebt ...« Eleonore hatte ihr davon erzählt. Eleonore wusste sehr viel über Damen, die gänzlich anders lebten, als es von ihnen erwartet wurde. »... welches die spanische Sprache ebenso gut beherrscht wie die deutsche, die französische, griechische und andere mehr. Sie korrespondierte mit führenden Staatsmännern in deren jeweiligen Sprachen, sogar der französische Kardinal war darunter. Sie ... sie müsste nun eine alte Dame sein. Einen äußerst beliebten Salon führte sie, in welchem sich ...«

»Salon«, wiederholte Jakob verächtlich. »Nein, von solchem Unsinn weiß ich nichts. Wenn ich einen Unterschied bemerkt hab, dann höchstens den, dass auch die ›besseren‹ Damen nicht müßig und unnütz herumsaßen und dummes Geschwätz hielten oder herumspielten. Sie hatten ein ganzes Haus zu führen, Kinder zu erziehen. Aufgaben, die bestimmt genug Achtung verdienen.«

»Und das ist Eurer Meinung nach alles, was einer Frau zusteht?«

»Was meinst du mit ›zusteht‹? Was sollte eine Frau deiner Meinung nach tun?«, fragte er spöttisch. »Ist es nicht eine ehrenwerte Arbeit? Kochen, spinnen, weben, das Vieh versorgen, die Kinder kleiden, nähren? Besser, als von Ball zu Ball zu tanzen? Sich einen halben Tag die Frisur richten zu lassen? Vor dem Ankleideschrank auf und ab zu gehen?«

»Davon spreche ich nicht, Monsieur!«, ereiferte sie sich. »Ich spreche vom gleichen Zugang zur Bildung! Ich spreche davon, dass die Männer aufhören müssen zu glauben, Frauen hätten von Natur aus weniger Verstand. Warum sollten sich Frauen nicht den Studien widmen? Nicht schreiben, malen, philosophieren? Warum sich nicht mit der Jurisprudenz befassen, mit Astronomie? Es ist an der Zeit, dass sich etwas ändert. Und ich dachte, dass vielleicht gerade in Holland ...«

»Ach, du lieber Himmel, Mädchen! Das alles sind Beschäftigungen für adlige Müßiggänger. Mach die Augen auf! Der gleiche Zugang zur Bildung! Astronomie! Lass erst mal alle Menschen, Männer wie Frauen, im Lande lesen und schreiben können! Frauen, Salons, Latein«, sagte er geringschätzig. »Es bedarf anderer Dinge! Wenn's mal so weit ist, dass alle genug zu essen haben, dass sie im Winter nicht erfrieren und nach einer Missernte nicht verhungern, dass ein jeder ohne Angst und frei von Unterdrückung leben kann, dass nicht mehr gefoltert und gemordet wird, dann kannst du dir Gedanken machen über solchen Firlefanz.«

Sie schwieg. Was hätte sie erwidern können? Sie hatte das Gefühl, sie redeten aneinander vorbei, es gelang ihr jedoch nicht, den Grund dafür ausfindig zu machen.

Jakob barg das Gesicht in seinen Händen. »Lass uns ein andermal weiterreden«, sagte er erschöpft. »Ich bin furchtbar müde. Die letzte Nacht«, er versuchte ein Lächeln, »ist sehr lang gewesen. Es stört dich wohl nicht, wenn ich mich einen Augenblick aufs Stroh lege? Ich gehe sofort wieder, aber ich muss mich etwas ausruhen.«

»Es ist Eure Hütte.« Sie durchforschte sein Gesicht. War sie so sehr in ihrem eigenen Unglück verfangen gewesen, dass sie nicht bemerkt hatte, wie müde er tatsächlich aussah?

Er zog die ausgetretenen Stulpenstiefel von den Füßen und streckte sich auf dem einfachen Lager aus. Nach einer guten Weile hörte sie seinen gleichmäßigen Atem. Er ist eingeschlafen, dachte sie, brach die Kerze vom Tisch, setzte sich auf den Strohsack und beleuchtete sein Gesicht. Wie lang seine dunklen Wimpern waren. Wie jung er aussah, wenn er schlief. Wie viele Frauen hatten ihn so gesehen? Wie verbrachte er die Nächte, die ihn so sehr ermüdeten? Was quälte ihn derart, dass er sich hatte in ihre Arme flüchten müssen? Und obwohl seitdem schon einige Tage vergangen waren, konnte sie noch immer den Druck seines Kopfes an ihrer Brust spüren.

Sie blies die Kerze aus und breitete die Decke über ihn. Sollte er schlafen, sie würde ihn nicht wecken.

23.

Er stützte sich auf den Ellbogen. Der Strohsack knisterte unter seinen Bewegungen. »Ich bin eingeschlafen am Abend«, bemerkte er mit verlegenem Lächeln.

Sie nickte. Er schlug die Decke zurück und sprang auf mit einer Behändigkeit, die Elisabeth für bewunderungswürdig ansah, wenn sie bedachte, dass er eben erst erwacht war.

»Beeile dich«, sagte er, »wärm die Suppe von gestern. Je eher wir gehen, desto besser. Ich hol Wasser.« Er stieß die Türe auf und ein Schwall lauten Vogelgezwitschers ergoss sich in die Hütte. Er hat es also nicht vergessen, dachte sie. Dabei hatte sie gefürchtet, ihn am Morgen mürrisch und wortkarg zu finden, wie es nicht ungewöhnlich war, wenn er tags zuvor zu viel von sich selbst erzählt hatte.

Als er mit dem gefüllten Eimer zurückkam, wärmten die Flammen die Suppe im Topf, und Elisabeth saß in dem blauen Leinenrock und der leichten Bluse am Tisch, mit von unruhiger Erwartung gefärbten Wangen. Sie warf die langen Zöpfe über die Schulter. »Und wenn es regnet?«

»Es regnet nicht«, versicherte er. »Die Sonne wird den ganzen Tag scheinen. Ich verspreche es dir.«

»Vermögt Ihr, Wetter zu machen? Oder es zumindest vorherzusagen?«, lachte sie.

»Wer weiß ...«, lächelte auch er, doch dann wurde er ernst. »Wir sollten darüber nicht lachen. Für solch unbedachte Worte schnallen sie Menschen auf die Folterbank.«

»Es ... es entschlüpfte mir lediglich ...«

»Denk nicht mehr dran. Lass uns heute an solche Dinge überhaupt nicht denken.«

Sie aßen schneller als üblich, Elisabeth brachte vor Aufregung ohnehin kaum einen Bissen herunter. Jakob löschte das Feuer und hing die Laute über die Schulter. Vor der Tür reckte er sich und sog die frische Morgenluft tief ein.

»Ihr mögt geschlossene Räume nicht«, stellte Elisabeth fest.

»Sagen wir, ich ziehe den freien Himmel vor«, erwiderte er und schritt voran über den weichen, dicht begrünten Waldboden, zwischen den hellen Buchen hindurch, und sie konnte es kaum fassen, dass sie ihm wirklich folgte, heraus aus dem Wald. Ein Eichelhäher stieß seinen Warnschrei aus. Sie bahnten sich einen Weg durch das Gestrüpp und betraten den ausgetretenen Fahrweg, der durch den Wald zur Stadt führte. Den gleichen Weg, den sie vor Wochen in der Abenddämmerung gekommen waren. Wagenspuren hatten sich eingegraben. Der Weg war trocken, Grasbüschel wuchsen am Rande. Sie waren vom Tau benetzt.

Nach kurzer Zeit schon wichen die Bäume zur Rechten und machten einer ausgedehnten Wiese Platz, die sich im Morgennebel verlor. Wie lange noch und sie würde wahrhaftig die Häuser der Stadt sehen? Wie lange noch und sie würde die Stimmen anderer Menschen vernehmen? Vor ihren Füßen wucherte Huflattich, die gelben Blüten noch geschlossen, stämmig, kräftig, widerstandsfähig.

Jakob legte den Kopf in den Nacken und schmetterte ein Lied in den frühen Morgen.

»Ich bin ein freier Bauernknecht!
Obgleich mein Stand ist eben schlecht,
so acht ich mich doch ebenso gut,
als einer, der am Hofe tut.
Traltiralla!
Ich bin noch mein Eigen,
darf mich vor keinem bücken noch neigen.«

Er singt das, um mich zu verspotten, dachte sie misstrauisch, doch aus seiner Stimme hörte sie nur die aufrichtige Freude am beginnenden Tag und an der Möglichkeit zu gehen, wohin auch immer es ihm beliebte. Und sie bemerkte, dass die kühle Luft die letzte Müdigkeit aus ihrem Kopf vertrieben hatte und sich ihr Schritt dem seinen mit Leichtigkeit anpasste.

»Trag ich auch keinen Biberhut,
so ist ein rauer Filz mir gut;
darauf ein grüner Busch gelegt,
so wohl als teuere Federn steht,
traltiralla!
Ich tu es nicht achten,
obschon die Hofleut spöttisch drauf lachen.«

Als der Weg sich zur Stadt hin senkte, war der Dunst bereits aus den Wiesen aufgestiegen. Nur entfernt zwischen Wäldern und Niederungen quoll es noch weiß zu einem Himmel auf, der sich in kräftigem, hellem Blau über ihnen spannte. Auf einem braunen, gepflügten Acker lag vergessen ein Nebelstreifen.

Vor ihnen ragten die rot geziegelten Dächer über die niedrige Stadtmauer, da und dort auch eine Baumkrone und, höher noch als die Häuser, der Kirchturm. Elisabeth hatte die Stadt anders in Erinnerung gehabt, größer, dunkler. Doch sie war kleiner noch als die Stadt zu Füßen ihres Schlosses in Messelstein. Und obwohl sie sich nun hell zeigte, umgeben vom Gelb und Grün der Frühlingsblumen und der Wiesen, war Elisabeth bang. Sie wagte es kaum weiterzugehen, so nah klangen die Stimmen von Menschen und

Tieren bereits. Aber sich vor Jakob eine Blöße geben und angstvoll kehrtmachen, mochte sie ebenfalls nicht.

Diesmal schlugen sie nicht den Weg quer über die ausgedehnte Wiese zum Schlösschen ein, sondern folgten der Straße bis zum Haupttor. Kühe grasten vor der Mauer. Der Krieg hatte ihr offensichtlich nichts angehabt, sie wies keine Lücken und zerschossenen Stellen auf wie die Stadtmauer in Messelstein. Der Sandstein war grob und schlecht behauen, an manchen Stellen von einem bleichen Rostrot, dann wieder grau verwittert, moosbewachsen, Gestrüpp rankte sich daran empor. Die Kirschbäume davor blühten üppig, verschwenderisch, blendend weiß. Ein leichter Windstoß ließ die Blüten durch die Luft tänzeln wie Schneeflocken.

Vor dem großen Tor drängten sich Menschen und Fuhrwerke, stießen und schoben einander durch die Öffnung in die Stadt hinein. Ein Mann beruhigte sein nervös wieherndes Pferd; die vor einen schweren Karren gespannten Ochsen standen ruhig und gelassen. Bäuerinnen mit Tragekörben auf dem Rücken hielten den ersten Schwatz. Ein Bettler hockte an der Mauer, seine Füße in Lumpen gewickelt. Sie mussten warten, bis der Ochsenkarren das Tor passiert hatte, und Elisabeths Blick haftete sich währenddessen auf die lumpenumwickelten Füße des fremden Mannes an der Mauer. Was geschieht, wenn meine Schuhe zerschlissen sind?, dachte sie, doch dann vergaß sie es wieder, denn sie zwängte sich mit Jakob durch die Ansammlung von Planwagen, Karren, Händlern, Handwerkern und allerhand fremdem Volk.

Erwartung lag in der Luft. Freudige Erwartung auf das erhoffte Geschäft, auf eine Abwechslung von der täglichen Mühe. Eine schwer beladene Frau stieß Elisabeth in den Rücken und schob sie nach vorne, neben ihr ging ein Mann, der Elisabeth im Vorübergehen anlächelte mit einem breiten Mund, in welchem fast alle Zähne fehlten. Seine Nase war flach und seine scheinbar wimperlosen Augen versanken im roten Fleisch seines Gesichtes. Sie wandte den Kopf und besah sich Jakobs schmale Wangen, umgeben von dem kurz geschnittenen Bart, die gerade Nase, die Locken in seiner Stirn, das einzige Gesicht, das sie in all den Tagen gesehen hatte. Und nun war sie von so verwirrend vielen Gesichtern umgeben. Sie hätte sich gerne hinter Jakobs Rücken verborgen vor all den Blicken, die sie aus unbekannten Augen streiften. Beklommen folgte sie ihm durch das Tor, eine schmale, ansteigende Gasse hinauf, Richtung Marktplatz.

Niemand hier weiß, dass ich Elisabeth von Messelstein bin, sagte sie sich, niemand starrt mich deswegen an. Ich bin eine von so vielen Frauen, die hier gehen, niemand beachtet mich. Der Gedanke beruhigte sie und sie spähte neugierig in die Hofeinfahrten der Häuser. Sie sah kleine Obstbäume in den Höfen, grasbewachsene Flächen, Misthaufen, ein abgeblühtes Tulpenbeet und die offene Türe eines Schweinestalles. Schiebekarren, Schaufeln, Eimer und Harken, einen stolz zwischen seinen Hennen einherschreitenden Hahn, Menschen bei ihren morgendlichen Verrichtungen.

Die Gasse wurde enger und die geduckten Fachwerkhäuser drängten sich dichter, so dicht, dass die größeren Fuhrwerke kein Durchkommen fanden und in eine Seitengasse abbogen. Wie niedrig die Stockwerke der Häuser waren, sicherlich stieß man sich den Kopf, wenn man sie betrat. Wie sie sich nach vorne beugten, so als könnten sie mit ihren winzigen, kurzsichtigen Fenstern das Treiben auf der Gasse sonst nicht genau genug besehen. Hier und dort erhob sich zwischen den schmalen, alten Häusern ein stattliches Bürgerhaus, die Balken mit Schnitzerei verziert, in Blei gefasste Glasscheiben, feste Fensterläden, durch die im Winter gewiss kein Lüftchen zog, Treppengeländer aus kunstvoll geschmiedetem Eisen, Sandsteinstufen zur Eingangstür hinauf, welche von einem schlichten, doch eindrucksvollen Holzbogen umrahmt wurde.

Eine dieser Türen öffnete sich und eine Magd scheuchte mit ihrem Besen ein zerlumptes Mädchen von den Stufen. Elisabeth sah, wie sich Jakobs dunkle Augen auf die Tür hefteten, doch er schwieg dazu.

Sie näherten sich dem Marktplatz, Jakob zog seinen Hut tiefer ins Gesicht. Der Fluss der Menschen wurde noch vor dem Platze gehemmt, denn die Stände, die auf dem Marktplatz selbst keinen Raum gefunden hatten, reihten sich die Gasse entlang und engten sie ein. Auch Jakob verlangsamte seinen Schritt, blieb für einen Moment vor einem Scherenschleifer stehen, einem älteren Mann mit eingefallenen Wangen und schütterem Haar, und sah zu, wie er den Stein drehte, wie das Wasser unter dem Stein aufspritzte. Drei Frauen warteten mit ihren stumpfen Messern und Scheren, bis die Reihe an ihnen war. Von Gestalt glich keine der anderen, doch in der Kleidung ähnelten sie einander. Eine jede trug eine saubere Schürze über einer Unzahl von Röcken, weite, weiße Ärmel bauschten sich unter farbigen Miedern aus einfachem, festem Stoff, darüber lag ein flacher, weißer Kragen. Eine weiße Haube am Hinterkopf verbarg das aufgesteckte Haar.

Verunsichert fasste Elisabeth nach ihren langen Zöpfen. Keine der Frauen um sie her ging barhäuptig, keine trug das Haar zu Zöpfen geflochten. Sie sah an sich herunter, dann wieder auf all die Frauen, die dem Gedränge auf dem Platz zustrebten. Bäuerinnen mit geschnürten Miedern über weißen Leinenhemden, mit Schürzen über wadenlangen Röcken, einfache Holzschuhe an den Füßen. Bürgersfrauen, schlicht und dunkel gekleidet. Die in schwere, steife Falten gelegten Röcke streiften den Boden. Hie und da sah sie eine jener kurzen Halskrausen, von denen sie immer geglaubt hatte, sie gehörten längst der Vergangenheit an. Da eine elegante junge Frau in einem Kleid aus teurem Stoff am Arm eines ebenso elegant gekleideten Herrn, dort eine Bettlerin, die einen zerschlissenen Hut auf dem Kopfe trug.

»Komm weiter.« Jakob fasste sie am Arm. »Was hast du denn?«

»Es ist mir nicht möglich, den Platz so zu betreten«, flüsterte sie. »Alle werden mich anstarren. Niemand geht hier ohne Kopfbedeckung, niemand trägt nichts als einen Rock und ein Hemd am Leibe.« Nur gut, dass der ärmellose, kurze Wams ihre ungeschnürte Brust bedeckte.

Jakob lachte. »Was schert's uns? Du bist eine Unehrliche, die Frau eines Musikanten, Mädchen, sie werden dich sowieso anstarren! Haben sie dich nicht noch mehr angestarrt, als du als Prinzessin durch die Stadt gegangen bist?«

»Eine Prinzessin geht nicht durch die Stadt«, erwiderte sie leise.

»Na, dann wird's Zeit!« Er nahm sie bei der Hand und führte sie auf den gepflasterten, von Fachwerkhäusern umstandenen Marktplatz. Sie tauchten ein in die lebendige, bunte Vielfalt, und nach wenigen Schritten vergaß Elisabeth, sich hinter Jakob zu verbergen, denn hier gab es so unzählige außergewöhnliche Dinge, so viele absonderliche Menschen zu beschauen, dass wohl ohnehin niemand mehr als einen Blick auf die unscheinbare Frau eines Musikanten verschwendete.

Sie gingen von Stand zu Stand. Die einen waren mit Holz oder Stroh überdacht, die anderen von einer festen Stoffplane überspannt, dazwischen immer wieder Männer und Frauen, die ihre Ware lediglich auf einem Tuch auf dem Boden vor sich ausgebreitet hatten. Die Bäuerinnen boten Eier, Käse und Butter direkt aus ihren Körben an. Dort flatterten Tauben und junge Hähne in rundum geschlossenen Taubenkörben, da bahnte sich ein Mann mit einem Kramladen vor dem Bauch einen Weg durch die Menschen. Bänder, Schnüre und billiger Tand quollen daraus hervor, Knöpfe rollten auf das Pflaster. Ehe sich der Mann danach bücken konnte, hatten zwei Gassenjungen sie erhascht und verschwanden damit im Gedränge.

Ein Bettler auf Krücken versperrte einem gut gekleideten

Herrn den Weg. Der zog unwillig eine Münze hervor und legte sie eilig in die ausgestreckte Hand, einem Wegzoll gleich.

»Wie werden sie sich nach diesem Tag wieder über das Bettlerunwesen ereifern«, bemerkte Jakob. Elisabeth schwieg dazu. Die Bettler hatten sie nie geschert, es war Sache der Bediensteten, diese aufdringlichen Menschen von der Kutsche wegzudrängen.

»Schau.« Jakob lenkte ihren Blick zum Brunnen, wo ein dickes Seil sich über die Köpfe der Schaulustigen spannte. Ein schmächtiger, junger Mann klammerte sich mit beiden Händen an das Seil, schaukelte, zappelte mit den Beinen, so, als wäre er gerade heruntergefallen und hätte Mühe, sich festzuhalten. Mit einem Schwung war er wieder oben, taumelte über den festen Strick, schwankte, breitete die Arme aus. Eine Frau unterdrückte mit ihrem Handrücken einen Aufschrei, der Mann neben ihr stieß sie in die Seite und sagte: »Der tut doch nur so.« Und doch seufzte die Frau erleichtert auf, als der Seiltänzer die rettende Plattform erreicht hatte. Der Mann hatte mit seiner Äußerung offensichtlich Recht gehabt, denn nun tänzelte der Gaukler ganz leichtfüßig bis zur Mitte seiner schwankenden Bühne und kniete sich sogar darauf nieder.

Wie wird er nun wieder zum Stehen kommen?, fragte sich Elisabeth gespannt und beobachtete genau, wie er ein um das andere Mal Schwung holte und am Ende wieder gerade stand. Diesmal war der Balanceakt nicht gespielt, denn das weiß gepuderte Gesicht des jungen Mannes verriet Konzentration. Die dunkel nachgezogenen Augenbrauen gaben ihm ein fremdländisches Aussehen, seine Haare waren ungewöhnlich kurz geschnitten, sie endeten bereits im Nacken.

Unter dem Seil saß ein alter Mann und ließ eine Drehleier ertönen. Ihre knarrenden Klänge dehnten sich über den ganzen Markt, vermengten sich mit dem Geschrei der Händler, dem Jammern der Bettler, dem Gurren der Tauben, den Rufen der Kinder, dem Summen der unzähligen, zwischen den Menschen hin und her fliegenden Worte. Ein winziges Kind tapste an die Stange heran, an der das Seil befestigt war, und versuchte, die kleine Leiter zu erklimmen. Die feste Hand der Mutter zog es zurück in die Menge. Halbwüchsige Knaben stocherten mit Stangen in die Luft, versuchten, den Akrobaten zu Fall zu bringen, schlugen auf das Seil und grölten vor Freude über den eigenen Mut. Der Gaukler aber wich den Stöcken behände aus, tänzelte darüber hinweg, bewegte sich mit dem in Schwingung gebrachten Seil und nahm das Ganze gelassen als eine weitere Attraktion seiner Aufführung.

Und schon schlenderten Jakob und Elisabeth weiter zum nächsten Stand und zum übernächsten. Elisabeth besah sich geschnitzte Löffel und Knöpfe, die schweren Würste eines Metzgers, das müde Gesicht einer alten Hökerin. Sie betastete unbemerkt feines Tuch aus Flandern – oder hatte der hagere Tuchhändler mit der Adlernase es doch bemerkt? Für einen Moment bildete sie sich ein, seinen Blick auf sich zu spüren, doch als sie zu ihm hinsah, lauschte er scheinbar aufmerksam den Worten eines Kunden.

Aus grobem Leinen gefertigte Kittel, gefärbte Wolle, Töpferware, kunstvoll geblasene Gläser, für die sich nur ein geckenhaft gekleideter Herr mit federgeschmücktem Hut interessierte. Eine Katze, die mit ihrer Pfote nach einer Forelle angelte. Ein Korbflechter, der zwischen Weidenruten und Körben saß, ganz versunken in seine Arbeit. Männer, die eifrig dem Bier zusprachen. Junge Burschen, die mit in den Hosentaschen vergrabenen Händen in der Ecke standen und den Mägden hinterherschauten. Der Geruch nach frischem Brot von der Bäckerei her. Ein Reisigbesenmacher. Das leise Klingen der Schellen an der Kleidung eines Gauklerjungen. Der aromatische, fremdländische Duft nach Gewürzen. Ein weißes Tuch über den roten Locken einer jungen Frau mit freundlichem Gesicht.

Wo mag Barbel, die Hökerin, jetzt sein?, kam es Elisabeth in den Sinn. Verkaufte sie in diesem Augenblick ebenfalls ihre Waren auf irgendeinem Markt in irgendeiner Stadt unter der warmen Vormittagssonne?

»Was heißt hier schlechtes Geld, schlechtes Geld? Da war kein Stückchen Kupfer darunter! Es war ein reiner Silbertaler, und wenn Ihr mir nicht herausgebt, wie es sich gebührt, hole ich den Aufseher!«

Nach der Stille des Waldes, nach dem täglich gleichen Anblick der Hütte und der Bäume, nachdem sie wochenlang keinen anderen Menschen als Jakob gesehen hatte, schlug die Unmenge von Gesichtern, Gegenständen, Gerüchen, Geräuschen und Gesprächsfetzen wie eine Welle über ihr zusammen.

»Lise?« Seine Hand umfasste ihren Arm. »Lise, was ist dir? Hast du mir nicht zugehört?«

»Pardon?«

»Ob du Durst hast. Was ist denn? Ist dir nicht gut?«

Sie presste die Hand an ihre Schläfe. »Ich ... ich habe das Gefühl, der Platz mit allem, was darauf ist, verschwimmt vor meinen Augen.«

Er führte sie zu dem Brunnen hinüber, wo der Seiltänzer gerade mit einem umgedrehten Hut die Zuschauerreihen ablief und um ein paar Münzen bat. So dicht gedrängt die Menschen zuerst gestanden hatten, solange er seine Kunststücke vorführte, so wenige waren nun übrig, als es um die Entlohnung ging.

»Hoffentlich sind sie hier nicht immer so knausrig«, sagte Jakob und warf eine Münze in den Hut.

»Monsieur!«, entfuhr es Elisabeth entsetzt beim Anblick des entschwundenen Geldstückes.

»War eh unser letztes.« Er zuckte mit den Schultern, zwängte sich zwischen den Mägden durch, die am Brunnen plauderten, und tauchte seine Hand in das Wasser. Er benetzte sein Gesicht, dann trank er. »Du auch«, forderte er Elisabeth auf. »Heute gönnen sie uns das Wasser, heute vergessen sie, dass man mit unsereinem nicht in Berührung kommen darf, also trink.«

Sie trank aus ihrer hohlen Hand, das Wasser lief ihr über das Kinn. Als Jakob sie einlud, sich zu ihm auf die Stufe vor dem Brunnen zu setzen, war sie zu erschöpft, um abzuwägen, ob es nun schicklich war oder nicht, sich einfach wie ein Bettelweib auf dem Boden niederzulassen, und nahm neben ihm Platz. Sie lehnte den Rücken an die Brunnenmauer und schloss die Augen. Die Stimmen und Geräusche surrten um sie her, aber bald hörten ihre überanstrengten Augen auf zu brennen und die vielfältigen Bilder in ihrem Kopf wichen einer farblosen Ruhe. Wie wohl es tat, die Beine auszustrecken, die Augen wieder zu öffnen und das Gewoge auf dem Platz mit Muße zu betrachten. Sie zog die Knie an und zupfte den Rock zurecht. Jakob hatte seinen Hut abgenommen, lehnte sich ebenfalls an die Brunnenwand und fuhr sich mit der Hand durch das dunkle Haar. Nur ein Gauklerpärchen, das zu Füßen der Menschen am Brunnen hockt, dachte Elisabeth. Niemand wird mich rügen, wenn ich meine Schuhe ausziehe, denn von einer Fahrenden erwarten sie nichts anderes. Sie streifte die Schuhe ab und betastete mit den nackten Zehen das von der Sonne erwärmte Pflaster.

Die Sonne brannte mittlerweile geradezu auf den Platz herunter. Elisabeth streckte ihr das Gesicht entgegen und genoss die warmen Strahlen. Dem beleibten Herrn in schwarzem Rock und Kniehosen aus festem Tuch behagte die Wärme offensichtlich weniger. Er wischte sich ein um das andere Mal die Schweißperlen von der Stirn und öffnete endlich die obersten Knöpfe seines Rockes, um sie auf den strengen Blick seiner Gemahlin hin sofort wieder zu schließen. Sie musste doch in dem schweren Kleid mit den steifen Falten nicht minder unter der Hitze leiden als ihr Gemahl, aber sie verbarg ihre Qual hinter einem selbstzufriedenen Blick, der Elisabeth und Jakob zu ihren Füßen streifte, wie er einen Hund gestreift hätte, der an einer Ecke ein Bein hob.

Die beiden Herren, die als Nächste vorüberspazierten,

hatten die Hüte abgenommen und betupften ihre kahlen Köpfe mit ihren Tüchern.

»Was lachst du?« Jakob sah Elisabeth erstaunt von der Seite an.

Sie presste das Kinn auf die angezogenen Knie und neigte den Kopf. »Es entfuhr mir«, sagte sie leichthin, »als ich sah, wie erbärmlich sie alle schwitzen müssen in ihren Röcken und Unterkleidern, unter ihren Hauben und Hüten, mit ihren festgeschnürten Miedern und engen Schuhen – hingegen ich selbst ...« Sie streckte die Arme aus, die Ärmel des Hemdes rutschten bis zu den Ellbogen und entblößten ihre hellen Unterarme.

Sie erkannte die Verblüffung in seinen Augen und dachte verärgert, er hat mir wieder nicht zugetraut, dass ich etwas Derartiges sage, doch dann lachte er laut auf und sie fiel in sein Lachen ein.

Der helle Ton einer entfernten Flöte begleitete die Menschen, die vor ihnen auf und ab wandelten. Mit leichtem Schritt und beschwingt die einen, langsam, müde, behäbig die anderen. Elisabeth sah vor allem das Schuhwerk und die Beine, so tief unten saß sie. Barfüßige, schmutzige Kinderfüße, mit Lumpen umwickelte Füße, Holzpantoffeln, einfache Lederschuhe über wollenen Strümpfen, abgetretene Stulpenstiefel, gediegene Schnallenschuhe mit Absatz, einmal gar einen Halbschuh, verziert mit einer Rosette.

»Ist es hier immer so belebt?«, fragte sie.

»Nur am Jahrmarkt«, antwortete er. »Weil der nur einmal in einem jeden Jahr abgehalten wird. Dann kommen Musikanten und Akrobaten, Fernhändler mit Gewürzen und teuren Tuchen. Und das Gedränge ist, wie du siehst, groß. Ansonsten ist hier in jeder Woche einmal Markttag. Den Sommer über sogar zweimal, weil da einige Herrschaften aus der Residenz das Schlösschen besuchen, und die lieben die Markttage, um sich die Zeit zu vertreiben. Aber auf dem Wochenmarkt geht's viel ruhiger zu als heute. Ein paar Bauern, ein paar Handwerker, nur ab und zu ein fremder

Händler und ein paar Gaukler. Und mit dem Mittagsläuten endet er. Das ist heute anders. Heute endet der Marktbetrieb mit dem Abendläuten, aber der Trubel geht dann immer noch weiter. Wenn nicht auf dem Platz, dann bei Musik und Sauferei in den Wirtshäusern.«

Sie lauschte auf den Klang seiner Stimme, spürte die Sonne auf ihrem Körper und folgte mit ihrem Blick einem Mädchen, das eine schwere Holzbütte auf dem Rücken quer über den Platz schleppte. »Es dampft«, wunderte Elisabeth sich. »Was trägt sie da?«

Jakob richtete sich ein wenig auf. »Das wird die Bierträgerin vom Wirtshaus da drüben sein.« Er zeigte auf das Gebäude, welches dem Rathaus genau gegenüberlag. Seine Gefache waren frisch getüncht. »Sie trägt das Bier vom Brauhaus in den Wirtskeller.«

»Bier?«, wiederholte Elisabeth ungläubig. »Bier dampft doch nicht.«

»Frisches Bier schon«, erklärte er. »Es muss noch eine Weile im Keller gären.« Zwei junge Burschen strichen um das Mädchen herum, ließen sie nicht weitergehen, klopften an das Gefäß auf ihrem Rücken. Sie versuchte eine ganze Weile, sie nicht zu beachten und sich an ihnen vorbeizudrängen, doch plötzlich holte sie kräftig aus und klatschte dem einen ihre Hand ins Gesicht. Bier schwappte über den Rand ihrer Bütte.

»Ein guter Schlag«, bemerkte Jakob anerkennend.

Wen habe ich das schon einmal sagen hören, überlegte Elisabeth, die gleichen Worte, aber … Sie zuckte zusammen. Ein zottiger Hund strich um ihre Beine und sie vergaß Jakobs Worte. Der Hund beschnupperte Jakobs Rock nach etwas Essbarem und trottete weiter, als er nichts fand. »Er merkt wohl, dass es auf die Mittagszeit zugeht«, sagte Jakob. »Schau, die dort, die trägt gewiss den Braten nach Hause.« Er zeigte auf eine Magd mit mürrischem Gesicht, die schwerfällig einen großen Korb schleppte. Wenn er nur nicht vom Essen reden wollte. Der köstliche Duft nach Gebäck und Gewürzen um sie her quälte sie umso mehr. Ebenso die Erinnerung an die eben gesehenen gezuckerten Mandeln, die goldbraunen Brezeln, den gut bestückten Stand des Fleischers; selbst beim Anblick der letzten runzligen Äpfel vom Vorjahr im Korb eines Bauern hätte sie …

»Wie wär's mit einer warmen Linsensuppe, einem Stück frischem Brot, einem Glas Wein?«

»Es ist nicht vonnöten, dass Ihr Euch über mich mokiert.«

»Du hast wohl keinen Hunger?«

Sie sah ihn böse an. Natürlich hatte sie Hunger. Ihr war ganz elend vor Hunger. Es rächte sich, dass sie am Morgen so wenig zu sich genommen hatte. »Unseren letzten Groschen musstet Ihr ja dem Seiltänzer zuwerfen«, sagte sie vorwurfsvoll.

»Ach Lise.« Er setzte seinen Hut wieder auf und griff nach der Laute. »Wenn das alles ist, was dich bedrückt …«

Wenn das alles ist, dachte sie verärgert.

»Komm.« Er erhob sich. »Ich beschaff uns Geld.«

»Aber wie … Was habt Ihr …«

»Komm.«

Wenn man den Marktplatz von der Torstraße her betrat, standen die Häuser zu linker Hand in dichtem Halbkreis um den Platz. Das Rathaus war darunter. Hinter dem Rathaus erhob sich die steinerne Kirche. Die Häuser zogen sich bis zu der schmalen Gasse, die direkten Weges durch die Stadt zum Schlösschen führte. Rechts der Gasse wichen die Häuser, eine niedrige Mauer umfasste ein Gärtchen, davor breitete ein mächtiger Baum seine Äste weit aus. Und zu ebenjenem Mäuerchen führte Jakob sie.

Im Schatten des Baumes hatten Gaukler ein schmutzig weißes Zelt aufgeschlagen. Aus dem Zelt ertönten heftige Stimmen, die eines Mannes und die einer Frau. Manch einer, der vorüberging, verlangsamte seinen Schritt und versuchte, Worte des Streites zu erhaschen, doch die Sprache war ihnen fremd. Ein grauhaariger Mann saß vor dem Zelt und besserte ein Kostüm aus. Auf einer kurzen Leine trockneten bunte Kleidungsstücke. Elisabeth schaute voller Neugierde hinüber. Jakob ließ sich derweil auf der kleinen Mauer nieder.

Schon als er die Laute nur stimmte, horchten die Vorübergehenden auf und wandten die Köpfe den ersten Tönen zu. Und als er eine leichte Melodie erklingen ließ, diese dann wieder in eine höfische Tanzweise umwandelte, blieben die ersten Menschen stehen.

Elisabeth saß an seiner Seite und beobachtete fasziniert die Wandlung in seinem Gesicht, den gelösten und gleichzeitig konzentrierten Ausdruck, sobald er die Saiten nur berührte. Sie wusste, beinahe alle Menschen, die sie kannte, schworen Stein und Bein darauf, dass eine niedrige Herkunft einherging mit einem niedrigen Geist. Doch wenn sie Jakob ansah, wurde sie dessen unsicher. Und was war mit den Menschen, die nun vor ihnen stehen blieben? Die Hand voll zerlumpter Kinder, die sich zu Jakobs Füßen niederließen, das junge Paar, das neugierig verweilte, die alte Hökerin, der Mann mit dem einfältigen Gesicht, der Junge, der seinen Korb abstellte? War es das Verdienst der Musik, dass sich selbst die Gesichter der niedersten Gemüter derart belebten, dass der Gang der Menschen, die sie erreichte, so leicht wurde?

»He, du, Musikant! Kannst du auch singen, was? Oder klimperst du nur?«

Jakob hob den Kopf und maß den Mann mit einem belustigten Blick, dann erhob er sich und sang. Vom Frühling sang er, und nach den ersten Worten leuchteten die Augen der Zuhörer auf, sie kannten das Lied wohl, ihre Lippen bewegten sich mit denen des Musikanten.

»Nun will der Lenz uns grüßen, von Mittag weht es lau …«

Unter der Musik des Volkes hatte Elisabeth sich Gegröle und Gestampfe vorgestellt, nicht eine solch anmutige Weise, die die Menschen, wie auch den ganzen Platz, veränderte. Die den Duft der Blüten verstärkte, das Grün der Blätter, die Strahlen der Sonne.

»... aus allen Ecken sprießen – die Blumen rot und blau ...«

Er sang ein um das andere Lied vom Mai und von sehnsüchtig Liebenden, sie schienen ohne Zahl zu sein. Und aus der Antwort der Menschen, aus ihren Mienen und ihren Bewegungen lernte Elisabeth erkennen, welches der Lieder ihnen fremd und welches ihnen vertraut war. Mehr und mehr Zuhörer scharten sich um den Spielmann. War es möglich, dass sie alle diese unbestimmte Sehnsucht kannten, die das Herz zusammenpresste? Selbst der so verschlossen wirkende Ratsherr dort und die unförmige Frau mit den wulstigen Lippen?

»Bei ihr da wär ich gerne, bei ihr, da wär mir's wohl; sie ist mein Morgensterne, strahlt mir ins Herz so voll. Sie hat ein' roten Mund, sollt ich sie darauf küssen, mein Herz würd mir gesund.«

Die Frau da vorne, bemerkte Elisabeth, starrt ihn an, als wäre sie jederzeit bereit, ihm ihren roten Mund anzubieten. Wie viele schamlose Frauenzimmer starren ihn derart an, wenn er spielt? Sieht er diese Blicke aus der Menge? Beantwortet er sie, wie er die Zurufe beantwortet? Der grauhaarige Gaukler hockte aufmerksam lauschend vor seinem Zelt, einer seiner Gefährten hatte sich zu ihm gesellt und lauschte ebenfalls.

»Einen ganzen Silbertaler«, rief ein stämmiger Mann, »wenn du das Lied kennst vom Mäher, der mähen wollt auf grüner Heid!«

»Muss ich's nur kennen für den Taler oder muss ich's auch spielen?«, rief Jakob zurück.

»Spielen natürlich«, brummte der Mann, und es war ihm unangenehm, dass die Umstehenden lachten.

»Dann her mit dem Taler«, rief Jakob, »ich sing's dir!« Er nahm seinen Hut vom Kopf und reichte ihn Elisabeth. »Sammel Geld ein.«

»Wie … wie meint Ihr das?« Sie sah ihn verwirrt an.

»Du holst dir von diesem Kerl den Silbertaler«, sagte er leise, »und gehst gleich ein wenig vor den Leuten auf und ab mit dem Hut, damit sie was reinwerfen. Wenn einer was reinwirft, tun's die anderen nach. Und jetzt, solange sie wollen, dass ich weiterspiel, geben sie eher was als am Ende, denn dann rennen alle davon.«

Sie verbarg die Hände hinter ihrem Rücken und rührte den Hut nicht an. »Das kann ich nicht.«

»Was soll das heißen: Du kannst nicht?«, fragte er verärgert. »Zier dich nicht so, Prinzessin, sonst gibt's nichts zu essen.«

Elisabeth wurde bleich. Jakob richtete sich wieder auf und stimmte das gewünschte Lied an. Ein anzügliches Lied, geradezu abstoßend. Offensichtlich gefiel es den Leuten gerade deswegen so gut. Pöbel, dachte sie abfällig und krampfte ihre Hände um den Hutrand, unfähig, sich zu rühren.

»Willst du dir den Taler nicht holen, Mädchen?« Der Stämmige drängte sich an sie heran. »Na«, sagte er gönnerhaft und warf das Silberstück in den Hut, »ich bring ihn dir sogar.« Er neigte sich zu ihrem Ohr. Er roch nach Fisch. »Kannst einen ganzen Gulden kriegen, wenn du mit mir kommst für ein Stündchen.« Sie rutschte hastig von der Mauer und ging mit zitternden Knien die Zuschauerreihe entlang, ohne sich noch einmal nach dem Ekel erregenden Menschen umzusehen. Nur immer weitergehen, nur weit weg von diesem feisten Gesicht. Ihr ekelte vor sich selbst, die sie wie eine Bettlerin die Groschen der Menschen einsammelte. Sie fühlte sich beschmutzt von dem Angebot des Mannes. Die Geldstücke klingelten in ihren Ohren, die Gesichter der Menschen verschwammen. Und Jakob sang ein weiteres dieser abstoßenden Lieder, die Zuschauer klatschten freudig in die Hände dazu. Ein unflätiges Lachen drang an ihr Ohr. Sie kauerte sich auf die Mauer, schüttete die Münzen in Jakobs Beutel und senkte den Kopf.

Seine Lieder wandelten sich allmählich, wurden weniger

anzüglich, dafür anmaßender, spöttischer und zuletzt gefährlich deutlich.

»Was bildet sich der Hofmann ein,
dass er als ich will besser sein?
Da Adam ackert und Eva spann,
wer war damals ein Edelmann?
Traltiralla!
Ich leb alle Morgen,
sicher und frei von allen Sorgen.«

Und auch das gefiel den Menschen. Elisabeth sah das Blitzen in den Augen eines Handwerksburschen, das zustimmende Lächeln um die Lippen einer schönen jungen Frau, die trotz ihrer ärmlichen Kleidung hoch aufgerichtet stand wie eine Königin. Aber sie gewahrte auch misstrauische Blicke, besorgtes Kopfschütteln. Der grauhaarige Gaukler war an Jakob herangetreten und hieß ihn, sich zu ihm zu beugen. Er wird um ein Lied bitten, vermutete Elisabeth. Sie sah Jakob lachen, sah seine geraden, weißen Zähne. Als sie jedoch das Wort »Büttel« vernahm, horchte sie beunruhigt auf. »... bin keiner, der vor dem Büttel den Schwanz einzieht«, sagte der Grauhaarige, »aber man muss ihnen doch nicht ins offene Messer laufen, Bruder.«

›Ich hab etwas gesungen, das ihnen nicht gefiel‹, hatte er gesagt, als er ihr das eingebrannte Mal auf seiner Schulter gezeigt hatte. Angst packte sie.

»... zufällig gehört«, flüsterte der Grauhaarige, »weil er gerade neben mir stand. Dass man den Büttel holen müsst ...«

Jakobs Augen glitten unauffällig über die Menge, dann erhob er sich wieder. Der Grauhaarige trat einen Schritt zurück und plötzlich war er ganz verschwunden.

»Lise.« Jakob neigte sich kaum merklich zu ihr. »Nimm noch einmal den Hut und sammel ein wenig Geld ein.« Sie sah ihn mit unsicheren Augen an. »Frag jetzt nicht und zier dich nicht«, sagte er eindringlich, »pack das Geld dann ein und spazier über den Markt. Ich werd dich wiederfinden.«

Sie hatte erwartet, dass er sie an der Hand nehmen, dass sie in wilder Flucht in einem der Gässchen verschwinden würden, doch er sprang nur von der Mauer mitten unter die Zuhörer und schlug die ersten Töne eines fröhlichen Tanzliedes an.

Beklommen trat auch sie unter die Leute und streckte die Hand mit dem Hut aus. Was meinte er mit »ich werd dich wiederfinden«? Sie spähte über den Platz. Wie sah ein Büttel aus? Was würde geschehen, falls sie Jakob ergriffen? Neben dem Fischstand sah sie den Aufseher stehen an der Seite eines Mannes, der über seinem Rock den breiten Gurt eines Degengehänges trug.

»Ich hab nicht einen Heller, schönes Kind«, bedauerte ein zerlumpter Mann, »sonst würd ich'n dir geben.«

Der Aufseher und der Degenträger kamen geradewegs auf die kleine Gruppe von Menschen zu. Elisabeth wandte sich angstvoll nach Jakob um, aber unter all den Menschen konnte sie ihn nicht mehr sehen. Auch seine Laute klang nicht mehr. Sosehr sie Ausschau hielt, er blieb verschwunden. Mich werden sie ergreifen, erkannte sie erschrocken und hielt sich dicht an eine Bäuerin mit weiten Röcken, die zum Fischhändler hinüberging. Der Hut! Sie presste Jakobs Hut an ihre Brust. Sie werden den Hut erkennen und mich ergreifen! Sie verbarg sich hinter dem Fischstand und las mit zitternden Fingern das Geld in ihren Beutel.

Drüben bei der Mauer zerstreuten sich die Zuhörer. Der Mann mit dem Degen hielt den Handwerksburschen an, der eben noch mit funkelnden Augen Jakobs respektlosem Lied gelauscht hatte. Der junge Mann zuckte mit den Schultern und zeigte vage auf die Gasse, die zum Schloss führte.

»Dann nimm die drei Fisch' und zahl für zwei«, bot der Fischhändler der Bäuerin mit den weiten Röcken an. Elisabeth trat einen Schritt von dem hölzernen Stande weg, stieß mit einer dicken Frau zusammen, murmelte eine Entschuldigung und sah sich ängstlich um. Hatte sich Jakob in eine dieser Gassen geschlagen? Oder war er mit einem Sprung über die niedrige Mauer gesetzt? »Spazier über den Markt«, hatte er gesagt.

Als der Fremde ihren Arm berührte, hätte sie beinahe aufgeschrien vor Schreck. »Madam.« Er verneigte sich mit einer zierlichen Armbewegung. »Die Frau des Troubadours, nehme ich an?« Sie blickte erstaunt in das Gesicht eines sehr jungen Mannes, in ein helles, unausgereiftes Gesicht ohne feste Konturen unter rötlichem Haar. Wie ein Häscher wirkte er nicht, eher harmlos, schmächtig, unscheinbar. Nur seine Kleidung war außergewöhnlich. Eng anliegende Hosen aus gelbem Trikotstoff, wie man sie im letzten Jahrhundert getragen hatte, dazu einen engen Wams mit geschlitzten Ärmeln. »Tat ich Euch erschrecken?« Der Klang seiner Stimme war fremdländisch, doch schien er ihr gleichwohl vertraut. »Was nicht in meiner Absicht lag. Ich lade Euch in unser Zelt. Ihr werdet dort erwartet.«

»Jakob?«

»Ein Spielmann«, entgegnete der junge Mann. »Nun folgt mir.«

Von dem hellen Marktplatz in das gedämpfte Licht des schmutzig weißen Gauklerzeltes zu treten, glich dem Eintauchen in eine andere Welt. Auf engem Raum, in dem Wirrwarr aus Kisten und Kleidungsstücken, wirkten die anwesenden Menschen wie weitere Kuriositäten. Elisabeth stieß mit der Wange an einen Gegenstand und schrie leise auf. Die verzerrte Fratze eines Teufels starrte sie an. Bei näherem Hinsehen wurde daraus nur eine Maske aus rotem Stoff, die von der Zeltstange herunterbaumelte.

»Lise?« Jakobs Stimme kam aus der hinteren Ecke des Zeltes. Sie hörte sie mit Erleichterung. »Setz dich zu uns.«

Sie trat einen Schritt nach vorne, und wieder setzte ihr Herzschlag beinahe aus, so schrill war das plötzlich ertönende Aufkreischen. Sie war versehentlich einem kleinen Affen auf den Schwanz getreten. »Come over here, Horatio«, lockte eine junge Frau, die, fast versteckt von herabhängenden Kleidungsstücken, auf einer Kiste saß, das Äffchen auf ihren Arm. Mit dem freien Arm fütterte sie ein kleines Kind mit Brei.

Jakob saß, ebenfalls auf einer Kiste, neben dem grauhaarigen Mann von vorhin. Ein dritter Mann ruhte auf einem Haufen leerer Säcke. Er war von mittlerem Alter und musterte Elisabeth mit interessiertem Blick. Sie tastete sich vorsichtig durch das Zelt und nahm an Jakobs Seite Platz.

»Wie sieht es draußen aus?«, fragte Jakob den Rothaarigen. Der Rothaarige streckte sich ebenfalls auf den Säcken aus. »Da ist niemand. Thomas war wie immer zu voreilig mit seiner Warnung.«

»Dann tut es mir Leid, wenn ich dich um deine Einnahmen gebracht habe«, bedauerte der Grauhaarige.

»Unsinn«, sagte Jakob. »Es gibt keine zu voreiligen Warnungen. Höchstens welche, die zu spät kommen.«

»Ich sah den Aufseher mit einem zweiten Manne, welcher mit einem Degen bewaffnet war, Eure Zuhörer befragen«, begann Elisabeth zaghaft. »Ich weiß nicht, ob es von Bedeutung …«

Jakob und der alte Gaukler sahen sich viel sagend an.

»Dies hier ist Thomas, der Leiter dieser Wanderbühne«, stellte Jakob vor. »Er hat mir Unterschlupf in seinem Zelt gewährt.« Der Grauhaarige neigte seinen Kopf. Elisabeths Augen versuchten, sich in dem Durcheinander zurechtzufinden. Hätten draußen nicht laut die Mittagsglocken geläutet, sie hätte kaum geglaubt, dass sie sich noch auf dem Marktplatz der kleinen Stadt befand.

Die Frau in der Ecke wischte ihrem Kind den Mund ab, redete ihm ruhig zu und verfolgte dabei aufmerksam das Geschehen im Zelt. Sie glich dem jungen Mann, war ebenso hellhäutig und farblos. Komödianten hatte Elisabeth sich ganz anders vorgestellt. Feurig, schön, mit weit ausholenden Gesten. Nur der Mann, der an der Seite des rothaarigen Jungen ruhte, kam diesem Bild annähernd gleich. Er musste sein dreißigstes Jahr längst überschritten haben und hatte sich sicherlich an diesem Tage noch nicht rasiert. Seine Züge waren unregelmäßig, die Stirn zu niedrig, die Nase ein wenig schief, nichts wollte recht zusammenpassen, und gerade das gab ihm ein abenteuerliches Aussehen. Er blickte unverwandt zu ihr herüber.

»Ah, wie ich dich beneide dafür, dass du singen kannst, was dir gefällt«, sagte Thomas gerade zu Jakob, »denn dir ist es ein Leichtes, einfach zu verschwinden. Es hat mir recht gut gefallen, das Lied von dem freien Mann, der sich vor niemandem beugen muss. Ja, wir müssen uns wohl beugen, wir mit all unseren Kulissen, den Aufbauten, den Wagen. Wir können nicht mir nichts, dir nichts fliehen. Wir brauchen das Wohlwollen der Obrigkeit für unsere Aufführungen und dürfen das, was wir wirklich sagen wollen, immer nur versteckt anbringen. Hier ein Stich, da ein Seitenhieb, immer getarnt durch ein Lachen.«

Elisabeth hörte dem alten Thomas nur am Rande zu, umso mehr mühte sie sich, der Unterhaltung der beiden jüngeren Männer zu folgen, denn sie bedienten sich dabei ganz eindeutig der englischen Sprache. Ihre Ausdrucksweise aber glich dabei keineswegs derjenigen des englischen Gesandten oder der Verwandten ihrer Mutter, daher fand Elisabeth sich erst nach einer guten Weile in die Unterhaltung hinein. Sie errötete zutiefst, denn die beiden Männer ließen sich ganz ungeniert über die Vorzüge ihrer, Elisabeths, Gestalt aus. Sie waren sich so sicher, dass Elisabeth ihre Worte nicht verstehen konnte, dass sie sie bei ihren Ausführungen unentwegt anblickten, leise lachten und ihre Stimmen nicht einmal allzu sehr senkten.

Elisabeths Augen blitzten auf. »Ehe Ihr Eure Unterhaltung fortführt, Gentlemen«, sagte sie in ihrem besten Englisch und neigte dabei sanft den Kopf, »nehme ich an, dass es eine Frage des guten Tones ist, Euch über meine Kenntnis der englischen Sprache zu unterrichten.« Der Unrasierte sah so verblüfft drein, dass der Rothaarige in ein kaum enden wollendes Gelächter ausbrach. Doch dann fasste er sich schnell, richtete sich auf, legte die Hand auf die Brust, neigte den Kopf und antwortete in seiner eigenen Sprache: »Richard Wright zu Euren Diensten, Madam. Es lag nicht in meiner Absicht, Euch zu kränken. Im Gegenteil. Ich pries nur ... Eure Schönheit. Doch mehr noch überrascht mich Eure überragende Kenntnis meiner geliebten, viel zu selten gehörten Muttersprache.« Jakob blickte irritiert zu Elisabeth und den beiden Männern hinüber und kniff die Augen zusammen.

»Ich sehe mich gezwungen, das Kompliment zurückzugeben, Sir«, entgegnete Elisabeth amüsiert. »Wie kommt es, dass Ihr allesamt die deutsche Sprache derart vortrefflich beherrscht?« Ah, wie tat es wohl, nach so langer Zeit diese Sprache wieder zu sprechen und sich selbst davon zu überzeugen, dass sie nichts davon verlernt hatte.

»Wir leben davon, Madam«, lächelte der Komödiant. »Außerdem ziehen wir bereits so lange durch die deutschen Lande, dass ich mich an unsere schöne Insel kaum noch erinnern kann. Mein Freund George hier«, er zeigte auf den Rothaarigen, »wurde in einem Eurer unzähligen Fürstentümer geboren.«

Und auf ihr Erstaunen hin erklärte er ihr, dass die Zeiten für Schauspieler in England unter der Regierung Oliver Cromwells nicht die besten gewesen waren. »Sie waren so fromm, die Puritaner, dass sie alle Theater schlossen. Alles, was nicht in der Bibel steht, halten sie für verderblich und nicht für wert, es unter die Menschen zu bringen.«

»Aber jetzt herrscht König Charles«, wandte George ein, »wir könnten also längst zurückkehren. Das Theater in England blüht. Mein Vater ist jedoch der Meinung«, er blickte zu dem grauhaarigen Thomas hinüber, »dass wir ...«

»Lise«, unterbrach Jakob, »wir sollten jetzt gehen.« Sie wandte sich unwillig um. Warum so plötzlich, gerade als es ihr zu gefallen begann? Warum schaute er so sonderbar?

Sie winkte ab. »Un moment.«

»Versäumt unsere Aufführung am späten Nachmittag nicht, Madam«, warb Richard Wright. »Wie wäre es mit einer Flasche Wein nach der Vorstellung?«

»Nun komm«, drängte Jakob und erhob sich, sein Blick streifte den Schauspieler, »warst du nicht hungrig gewesen?«

»Meinst du, es sei ratsam, wenn du dich so bald wieder auf dem Platz sehen lässt?«, fragte Thomas besorgt.

»Bei so vielen Gauklern, wer hat sich da mein Gesicht gemerkt?« Jakob zuckte unbekümmert mit den Schultern.

Wer würde sich dein Gesicht nicht merken, dachte Elisabeth. »Es macht mir nichts aus, noch eine Weile zu bleiben«, erklärte sie laut.

»Wir gehen«, bestimmte Jakob.

»Leave me your name, before you go«, flüsterte Richard.

»Elisabeth«, antwortete sie.

»Dann lass zumindest dein Instrument hier«, bot Thomas an. »Auf diese Art erkennt man dich nicht sogleich als den Musikanten vom Mittag.« Jakob zögerte. Eher lässt er mich im Zelt zurück als seine Laute, vermutete Elisabeth.

»Du kannst mir schon trauen, Bruder.« Kleine Fältchen bildeten sich um die Augen des Mannes. »Ich achte die Musik zu sehr, als dass ich dein Instrument nicht hüten würde wie meinen Augapfel. Nach der Vorstellung holst du es wieder ab – unter der Bedingung, dass du dann für uns spielst.«

Elisabeth sah das Misstrauen aus Jakobs Augen weichen. Er nahm die Laute von der Schulter und reichte sie dem Mann.

Der junge George öffnete ihnen die Zeltplane. »Ihr müsst die Flasche Wein nicht unbedingt mit Richard trinken, Miss Beth«, raunte er ihr ins Ohr.

»Was hat er gesagt?«, fragte Jakob, als sie unter den weiten Ästen des Baumes standen.

»Nichts von Belang«, lächelte Elisabeth.

»So wie er dich angestiert hat dabei?«

»Pardon?«

Jakob antwortete nicht. Er stieß mit dem Fuß einen Stein zur Seite. »Du verstehst dich also auf die englische Sprache«, stellte er in einem Tonfall fest, der eine Spur zu gleichgültig klang.

»Stört es Euch?«, fragte sie spitz.

»Es ist ungewöhnlich.«

»Meine Mutter ist in England aufgewachsen, sie unterhielt sich mit mir von klein auf in ihrer Sprache. Außer ihrer alten Kinderfrau und mir hatte sie niemanden an dem fremden Hofe, mit dem sie so hätte reden können«, erklärte sie. »Davon abgesehen ist die englische nicht die einzige Sprache, welche ich in Wort und Schrift beherrsche.«

Wie leer der Platz nun war, auf dem sich am Morgen die Menschen gedrängt hatten. Einige Händler dösten bei ihren Waren. Ein verspäteter Besucher schlenderte vorüber. Vor der Apotheke jonglierte der kleine Gaukler in dem bunten, glockenbesetzten Kostüm mit Bällen, ganz ohne Zuschauer, nur so für sich. Der Geruch nach Gebratenem zog von den Häusern zu ihnen herüber.

»Hattet Ihr mir nicht eine Linsensuppe versprochen?«

»Eine Linsensuppe?« Er musterte sie nachdenklich. »Die sollst du haben. Und die Stadt dabei besser kennen lernen.«

Der Ausdruck in seinem Gesicht gefiel ihr nicht. »Wohin gehen wir?«, fragte sie, als sie sich weiter und weiter vom Marktplatz entfernten, als die Gassen enger und schäbiger wurden.

»Auch die dunklen Gassen gehören dazu«, sagte er.

Die dunklen Gassen? Die Gegend erinnerte sie nur allzu sehr an das düstere Viertel der großen Stadt, nur wirkte diese Umgebung weniger bedrohlich auf sie, eher traurig. Die Häuser duckten sich an die Stadtmauer, die Löcher im Lehm ihrer Wände waren notdürftig mit Stroh zugestopft.

»Des Königs Prunkstädtchen«, höhnte Jakob. »Hast du gesehen, wie gut die Straße vom Tor bis hinaus zum Schlösschen instand gesetzt ist? Ebenso das Rathaus, der Marktplatz, die Kirche? Der alte König hat die Stadt herrichten lassen, damit die Herrschaften einen gefälligen Anblick haben. Kaum eine Stadt sonst in Reupen ist so gut instand gesetzt, von den Dörfern gar nicht zu reden. Es gibt sogar einen Erlass, der bestimmt, dass die Torstraße hinauf jeden Morgen der Unrat vom Pflaster gekehrt werden muss. Was ja nicht verkehrt ist, wahrhaftig nicht. Aber hier?« Er breitete den Arm aus. »Wie's hier ist, das schert keinen. Denn da setzt keiner der Hofschranzen seinen Fuß hinein. Siehst du«, er zeigte auf ein niedriges Gebäude mit eingedrücktem Dach, aus dem johlender Gesang begleitet von einer quietschenden Fiedel zu hören war, »auch hier wird Jahrmarkt gefeiert.«

»In dieser verkommenen Schenke wird es nur Branntwein geben, keine Suppe«, bemerkte Elisabeth.

»Wir fragen.« Jakob schob sie zur Tür. Sie sträubte sich. »Hast du Angst, Prinzessin?«

»Nein«, log sie und folgte ihm durch den dunklen Eingang. Der Geruch nach Branntwein, Bier und Schweiß und noch weit unangenehmeren menschlichen Ausdünstungen schlug ihr entgegen. Der Fiedler setzte gerade seine Geige neu an. Jakob zuckte zusammen bei dem schiefen, schrillen Ton.

»Warte hier.« Er ließ Elisabeth an der Tür zurück.

Er verschwand in dem dichten Haufen ungehobelter, lauter Menschen. Sie presste sich an die Wand und blickte entsetzt auf den hässlichen Raum, die kahlen, rissigen Wände, den schmutzigen, erdbraunen Boden, auf die Menschen, die sich auf den aus rohen Bohlen gezimmerten Bänken drängten. Eine runzlige Bettlerin packte in einer Ecke mit zitternden Fingern ihr Bündel auf. Männer saßen Karten spielend am Tisch nahe der Tür. Dem einen hing das Hemd aus der Hose, ein zweiter warf mit einem wiehernden Lachen seinen Kopf zurück, dabei fiel sein zerlöcherter Filzhut zu Boden. Ein Betrunkener tastete sich an der Wand entlang, betastete Elisabeth, ohne wahrzunehmen, dass sie ein menschliches Wesen war, tastete sich weiter zum Ausgang, erreichte ihn nicht mehr rechtzeitig und übergab sich an Ort und Stelle.

Der scharfe Geruch nach Erbrochenem stieg Elisabeth in die Nase. Sie hielt die Hand vor den Mund und stürzte vor die Tür. Dort war die Luft nur um weniges besser als in der Schenke, dennoch holte sie tief Atem und schloss die Augen. Wie um alles in der Welt können Menschen es ertragen, hier zu leben?, fragte sie sich. Der Mann, der sich gerade übergeben hatte, taumelte an ihr vorbei, schwankte über die Straße und verschwand in einem schmalen Gang zwischen zwei Häusern.

»Warum hast du nicht auf mich gewartet?«, fragte Jakob hinter ihr. Er musterte ihr bleiches Gesicht. »Ist dir nicht gut?«

»Warum habt Ihr das getan?«, fragte sie mit bebender Stimme.

»Getan?«

»Ihr führtet mich hierher, um mich zu verletzen«, fuhr sie ihn an. »Es gefiel Euch nicht, dass Ihr vorhin nicht in der Lage wart, den Worten der Komödianten zu folgen. Wie konntet Ihr annehmen, ich würde an diesem infernalischen Ort Speisen zu mir nehmen? Nein, sagt jetzt nichts. Behaltet Euren Spott für Euch. Ich werde hier nicht essen, eher verhungre ich.«

»Aber es gibt noch eine andere Schenke hier«, begann er vorsichtig. »Nur ein paar Schritte weiter. Es geht dort etwas gesitteter zu. Vielleicht ...«

»Nein.« Sie schnitt ihm das Wort ab und trat auf die Gasse. Er folgte ihr. »Wohin gehst du?«

»Zurück zum Marktplatz.« Sie warf ihre Zöpfe mit einem Schwung über die Schultern. »Und von dort aus zurück in den Wald.«

Er lächelte sein überlegenes Lächeln. »Dieser Weg führt nicht zum Marktplatz.« Sie übersah es. »Dann zeigt mir den Weg.«

Er nahm ihre Hand, aber sie entzog sie ihm.

»Hattet Ihr mir nicht zeigen wollen, dass das Leben auch schön sein kann?«, fragte sie boshaft.

»Diese Gassen haben ihre eigene Schönheit«, sagte Jakob ruhig.

»Certainement eine, die ich nicht zu fassen vermag«, erwiderte sie kühl.

Erleichterung überkam sie beim Anblick des hellen Marktplatzes und der hübschen, schmalen Häuser. Erleichterung darüber, dem Elend entkommen zu sein.

»Du willst wirklich zurückgehen?«, fragte er.

Sie blickte zu dem Zelt der Komödianten hinüber, zu den Ständen, die sie sich am Morgen noch nicht genau genug besehen hatte, und zögerte.

»Bleib noch.« Seine Stimme wurde sanft. »Sieh«, er zeigte auf den mit Münzen gefüllten Beutel, »wir sind reich heute. Wir werden über den Markt gehen und alles kaufen, was dir gefällt, bis wir keinen Heller mehr haben. Wie wäre das?«

Sie sah ihn erstaunt an. Das sagte ein Mann, der es nicht gerne sah, wenn sie des Abends eine Kerze anzünden wollte?

»Ich besorg jetzt Brot und Käse«, sagte er. »Und Wein. Zuerst essen wir und danach kannst du dir's noch mal überlegen.«

Als sie dann mit ihm auf dem Brunnenrand saß, ein Stück von dem frischen Brot abbrach und er ihr die Flasche mit dem Wein reichte, war sie froh, noch ein Weilchen geblieben zu sein. Konnte es Menschen geben, die derartige Freuden des Öfteren genossen? Die am Brunnen in der Sonne saßen und ein Stück würzigen Käse im Munde zergehen ließen?

»Was für ein Wein ist das?« Sie betastete die rote Flüssigkeit mit der Zunge.

»Nur ein französischer Tafelwein zu vier Hellern die Flasche. Nicht das, was du gewohnt bist, Prinzessin. Welchen Wein hast du vorgezogen in deinem Schloss?«

»Einen hellen, leichten Rheinwein bei Tisch«, betonte sie herausfordernd, obwohl sie selten Wein getrunken hatte, »bei festlichen Anlässen natürlich Champagner. Aber am besten schmeckte mir der ungarische Wein.«

»Nicht schlecht. Ungarischer. Würzig, süß, und man bekommt keine Kopfschmerzen davon. Eine Flasche kostet so viel wie ein Paar Schuhe. Eine Magd muss dafür einen Monat arbeiten. Mehr als einen Monat.«

Eine Flasche Wein als Lohn für die Zeit, die sie bis zu diesem Tage in der Hütte verbracht hatte. Eine Festtafel bedeckt mit unzähligen Schuhpaaren. Diener, die Lederschuhe auf ihren Tabletts anboten. Sie nahm einen weiteren Schluck. Ah, der Wein machte ihren Kopf benommen und schwer, doch ihre Gedanken leicht, ihr Wohlergehen unantastbar. Sie mischte Brot, Wein und Käse in ihrem Mund und kostete den Geschmack lange aus, ehe sie es hinunterschluckte. Ewig würde sie sich an diese Stunde des späten Mittags erinnern und sie ewig vermissen. Irgendwann, wenn sie wieder in den steinernen Gemächern eines Schlosses saß oder als runzlige Bettlerin mit zitternden Fingern in einer verkommenen Schenke. Aber war das nicht einerlei in diesem Augenblick?

Selbst Jakob würde sie dann vermissen, wie er in das Wasser des Brunnens blickte, das den blauen Himmel widerspiegelte, seine Hand hineintauchte und das Wasser darüber rinnen ließ. Unter den Locken, die in seine Stirn fielen, zeichneten sich feine Linien ab, steile Falten deuteten sich zwischen seinen Brauen an. Sie hätte gerne die Hand ausgestreckt und die Andeutung von Falten fortgewischt.

»War dies eine der Schenken, in welchen Ihr zu musizieren pflegt?«, fragte sie stattdessen, nahm sein Messer und schnitt sich noch ein Stück von dem Käse ab.

Er schüttelte den Kopf. »Selten. Ich ziehe die Dorfschenken vor. Ein Bauer bleibt eben ein Bauer, weißt du, auch wenn er seinem Dorf den Rücken gekehrt hat und als Spielmann durch die Lande zieht.«

Das Treiben um sie her lebte allmählich wieder auf. Dort löste ein Händler einen jungen Burschen ab, den er über Mittag als Wächter über seine Habseligkeiten bezahlt hatte, da blieben zwei Frauen vor den reichen Stoffen des hageren Tuchhändlers stehen. Der Marktaufseher gähnte genüsslich. Von den Bäuerinnen waren nur noch wenige zu sehen, die meisten hatten ihre Ware bereits am Morgen verkauft und den Gang in ihre Dörfer wieder angetreten. »Erzählt ein wenig«, bat sie. »Erzählt von den Schenken, in denen Ihr musiziert, von den Jahrmärkten, auf denen Ihr gesungen habt.«

»Warum?«

»Ich höre Euch gerne zu.«

»Der Gaukler unterhält die Prinzessin, oder?«, spottete er.

Sie wandte den Kopf ab. Er wird nie aufhören, mir meinen Stand vorzuwerfen, dachte sie verletzt.

Unter den Marktbesuchern erkannte sie jene junge Frau wieder, die ihr vorhin in der Menge der Zuhörer ihrer Schönheit wegen aufgefallen war. Und sie sah, dass Jakob der Frau mit seinem Blick folgte. Ah, das war gewiss die Art Frau, die ihm gefiel. Kräftig, mit wohlgeformten, schwingenden Hüften, die dunkelbraunen Haare aufgesteckt und unter der üblichen Haube größtenteils verborgen. Sie schritt über den Platz mit einer Sicherheit, um die Elisabeth sie beneidete. Gewiss verrichtete sie all die Arbeiten, die Elisabeth so mühsam hatte erlernen müssen, bereits von Kindesbeinen an mit leichter Hand. Auf der Hüfte trug sie ein kleines Kind, das wohl ihr eigenes sein musste, denn für eine Kindermagd war sie zu ärmlich gekleidet. Sie trug das Kind wie eine Auszeichnung, es schwang bei ihren Schritten mit, als wäre es ein Teil ihres Körpers.

Elisabeth setzte die Flasche noch einmal an ihre Lippen.

»Langsam, langsam, Mädchen.« Jakob nahm ihr sanft die Flasche aus der Hand und korkte sie zu. »Du verträgst es nicht.«

»Woher willst du das wissen?«, murmelte sie und merkte doch an der Wärme, die ihr in die Wangen stieg, dass er Recht hatte.

»Lise …«

»Ja?«

»Ach, nichts. Lass uns noch ein wenig über den Markt gehen.«

An dem blassen Nachmittagshimmel schien die Sonne längst nicht mehr mit all ihrer Kraft. Das Marktgeschrei und die Unruhe hatten sich gelegt, nur die Kinder und die Hunde tollten mit unverminderter Ausdauer zwischen den Ständen umher. Aus dem Wirtshaus klang noch immer eine Drehleier, vom entgegengesetzten Ende des Platzes her eine Flöte. Elisabeth ging voran, besah sich begehrlich ein besticktes Hemd, Hauben, bunte Tücher, schön gearbeitete Gürtel und nahm zum ersten Mal seit langer Zeit einen kleinen Spiegel in die Hand.

»Tand«, lachte Jakob. »Sieh dir die Alte dort an, die verkauft dir Schutz bringende Amulette und obendrein die Zukunft!« Neben der alten Zigeunerin bot ein studierter Arzt hochwirksame Arzneien an, insbesondere schwarzes Ambra als Schutz gegen Seuchen und zur Stärkung der Liebeskraft.

»Studiert?«, flüsterte Jakob. »Mehr als ein Jahr hat der nicht an einer Universität verbracht, wenn überhaupt.« Elisabeth dachte über die Art und Weise nach, in der er von Universitäten zu sprechen pflegte. Sie hatte davon gehört, dass es Studenten gab, die ihre Studien nie abschlossen, sondern sich zu dem Heer der Landstreicher und Vaganten gesellten. Ob Jakob …

»Ein Aderlassmännchen«, erklärte Jakob, weil ihr Blick sich so lange auf das Blatt geheftet hatte, welches an der Wagenplane des fahrenden Arztes hing. Sternbilder umgaben darauf die Gestalt eines nackten Mannes. »Schau, die Sterne dort zeigen an, zu welcher Zeit es am günstigsten ist, diesen oder jenen Teil des Körpers zur Ader zu lassen.«

»Woher wisst Ihr das?«

»Jeder weiß das.« Er zuckte mit den Schultern. »Ich halt nicht viel von dem ewigen Zur-Ader-Lassen.«

»Wie könnt Ihr etwas Derartiges behaupten? Selbst die Ärzte des französischen Königs, und es handelt sich bei ihnen sicher um die gelehrtesten ...« Sie horchte auf. »Jemand spielt auf der Laute.«

Jakob lauschte. »Klingt nicht schlecht. Wir werden uns den Spielmann nachher ansehen, aber lass uns noch ein wenig herumgehen. Es dauert nicht mehr lange, dann ist der Markt zu Ende.«

Vor dem Gewürzstand erschnupperte Elisabeth Lavendel, ließ sich von Jakob schwarze Pfefferkörner zeigen, Augentrostkraut, Korianderkörner und Safran, Kräuter aus Südfrankreich, vogeleigroße Muskatnüsse, Jasminblüten aus China, Süßholz und Anis, braunen Zimt und Nelken. Alles in Säckchen und Kisten auf das Sorgfältigste geordnet. Knoblauchzwiebeln hingen von der Decke. Ebenso fremdländisch wie der Duft mancher Gewürze mutete auch das Aussehen der Frau an, die dem Händler beim Abwiegen und Einpacken zur Hand ging. Ihre Haut war von einem sanften Braun, die Brauen über den glänzend schwarzen Augen zart geschwungen, die Kleidung morgenländisch, karmesinrot, goldbestickt.

Wie leicht fiel es doch, die Fremden von den Einheimischen zu unterscheiden. Die bäurisch-schlichten Gesichter der Stadtbewohner, die altfränkische Kleidung, das bürgerliche Gehabe im Gegensatz zu der zigeunerhaft gekleideten Wahrsagerin, zu dem schellengeschmückten kleinen Jongleur, zu dem Tuchhändler mit dem hageren Gesicht und der Adlernase, an dessen Blick man bereits erkannte, dass er von der Welt schon viel gesehen hatte. Jakob würde solche Gedanken rügen, dachte sie. Er behauptete stets, die Menschen seien alle gleich. Wie aber war es möglich, dass sie alle gleich waren, wenn sie sich auf diesem kleinen Platz bereits derart unterschieden?

Ein Mann, gekleidet in gutes, flandrisches Tuch, ließ den

Gewürzhändler von diesem und jenem abwiegen, schüttelte da mit dem Kopf, ließ dort eine Unze hinzugeben, wählte oft ohne Zögern vom Feinsten, jedoch immer mit Bedacht, und zahlte am Ende mit einem ganzen Goldgulden. Jakob hatte dem Manne den Rücken zugekehrt und Elisabeth von dem Gewürzstand fortgezogen. »Der Küchenmeister persönlich«, flüsterte er ihr zu, »welche Ehre.«

»Vom Schloss?«

Jakob nickte.

Elisabeth wandte sich um und musterte den Mann, wie er weiterschritt zum Stand des Fleischers. Er wurde behandelt wie ein hoher Herr und wäre doch in Elisabeths Augen noch vor kurzer Zeit nicht mehr gewesen als einer von vielen Bediensteten.

Der Goldschmied, dessen breiter Tisch dem Gewürzhändler gegenüberstand, hatte die schönste Ware ausliegen. »Er ist ein Künstler«, flüsterte Elisabeth, als sie sich über die fein gearbeiteten Armbänder, Schmuckspangen und schmalen Ringe beugte. In diesem Augenblick konnte sie es kaum ertragen, dass sie nicht mehr besaß als einen Silbertaler und wenige Groschen. Sie strich mit dem Finger über eine mit winzigen Edelsteinen besetzte Agraffe, und es schmerzte sie tief, dass es ihr nicht möglich war, sie zu erstehen, um sie an ihr Kleid zu stecken. Zu dem roten hätte sie gut gepasst, dachte sie. Was mag aus meinen Roben geworden sein?

»Nimm die Finger weg, Weibsbild!«

Erschrocken blickte Elisabeth in die zornigen Augen des Goldschmiedes. »Dass mir am Ende noch was fehlt! Packt euch, Bettelvolk, macht den Herrschaften Platz!« Herrschaften? Sie trat zurück, verwirrt, beschämt, verletzt. Sie hatte nicht übel Lust, den goldenen Plunder mit einer Armbewegung vom Tisch zu fegen.

Und dann sah sie auch, wen der Mann als »Herrschaften« bezeichnet hatte. Über die Auslagen beugte sich nun ein in Seide und Brokat gekleidetes Paar, gefolgt von zwei

Damen und einem Pagen. Der weite Rock der Frau streifte den Boden, Staub setzte sich an seinem Saum fest. Ein hauchdünnes Tuch bedeckte das tiefe Dekolleté, auf dem Kopfe trug sie einen federgeschmückten Hut, wie ihn manche Damen zur Jagd aufsetzten. Der Mann an ihrer Seite zog seinen Handschuh aus, um ein Ohrgehänge besser befühlen zu können. Er hielt es lachend an ihr Ohrläppchen, legte es zurück, wählte ein neues aus. Eine der jungen Begleiterinnen hielt ihr einen Spiegel vor. Niemand wagte es, sich dem Stand zu nähern, solange die Dame und der Herr die goldene Pracht des Handwerkers besahen, der eilfertig und eifrig ein Stück nach dem anderen anpries. Die Dame verwarf sie am Ende alle mit einem hellen Lachen und einer gekünstelten Handbewegung.

Elisabeth beobachtete, wie die Menschen zu dem Paar hinüberspähten; neugierige, bewundernde, ehrfürchtige, eingeschüchterte, aber auch zornige Blicke. Die Götter sind vom Olymp gestiegen, dachte Elisabeth.

Drüben an der Straße hielt eine elegante Equipage. Der Kutscher lehnte gelangweilt am Wagen und wartete, bis die Herrschaften von ihrem Ausflug zurückkehrten. So hatte es sich Elisabeth früher vorgestellt, mit Ferdinand durch die Geschäftsstraßen von Paris zu wandeln. Leicht und sorglos, hier und da einen hübschen Gegenstand erstehen, Konfekt naschen, über so manches plaudern, wofür Jakob höchstens ein verächtliches Lachen übrig hätte. Ferdinand hätte ihr vielleicht eine Rose gekauft und ihre Hand an seine Lippen gedrückt.

Aber wohin war Jakob überhaupt verschwunden? Sie sah sich um und fand ihn ein gutes Stück entfernt an die Wand der Seilerbude gelehnt. »Deinesgleichen«, begrüßte er sie und machte mit dem Kopf eine Bewegung zu der entschwindenden Gesellschaft hin. »Jetzt wärst du gern an ihrer Stelle, oder? Man sieht's dir an. Mit solch einem Gecken über den Markt spazieren, ein paar Damen, die dir die Einkäufe hinterhertrügen ...«

»An ihrer Stelle?« Elisabeths Augen blitzten auf. »An der Stelle eines beliebigen Hoffräuleins, das sich vor mir verneigen würde, wüsste es, wer ich wirklich bin? Und dieser Tölpel dort«, sie zeigte auf den Goldschmied, »kriecht vor dieser Mätress beinahe in den Staub, mir hingegen bedeutet er, ich solle die Finger von seinen Schmuckstücken nehmen? Dabei vermag ich den Wert seiner Arbeit um vieles besser zu beurteilen als diese Dame dort! Sein Geschick übertrifft seine Menschenkenntnis bei weitem!«

»Du tust ihm Unrecht«, sagte Jakob. »Er beurteilt den Rang, den Stand, so wie es alle tun. Was hat er davon, wenn du den Wert seiner Arbeit schätzt, sie aber nicht kaufen kannst?«

Sie sah ihn an mit flackerndem Blick, dann lehnte sie sich erschöpft neben ihn an die hölzerne Wand und presste die Finger an ihre Schläfen. »Ich wünschte, ich wäre mir so sicher in dem, was ich bin, wie Ihr es seid.«

»Wie ich?« Seine braunen Augen wurden beinahe schwarz. »Ach, Lise, ausgerechnet ich ...«

»Wie kurios alles doch ist.« Sie lachte verzweifelt. »Sie sieht er an für eine edle Dame und vielleicht ist sie nichts als eine avancierte Mätresse, mich aber sieht er an für eine Vagantin, nur der Kleidung wegen, die ich trage, und ich bin es doch nicht ...«

»Vielleicht doch.«

Sie sah ihn verständnislos an. »Wie meint Ihr das?«

»Vielleicht steckt mehr in dir als nur eine Prinzessin, Mädchen.« Er schob seine Hand in ihren Nacken und spielte mit ihrem Haar. Ein Schauer rieselte über ihren Rücken, doch Jakob schien sich der Wirkung seiner Geste nicht bewusst und sprach weiter. »Ich trau's dir beinah zu. Vielleicht solltest du dich darüber freuen, dass du die Möglichkeit hast, es herauszufinden. Schau sie dir doch an.« Seine freie Hand schweifte über die Menschen um sie her. »Sie dürfen ihr Leben lang nur das spielen, was sie zu sein scheinen. Und wehe ihnen, wenn sie alles andere, was sie außerdem sind, zum Vorschein bringen. Vielleicht kettet man sie dort an dafür.« Er zeigte hinüber zum Pranger an der Rathauswand. »Keine Angst.« Er schüttelte beruhigend den Kopf. »Uns stellt keiner an den Pranger. Einem Ehrlosen kann man die Ehre nicht nehmen.«

»Seid Ihr Euch dessen sicher?«

»Nein.«

Sie versuchte ein Lächeln. »Wir wollten heute an derartige Dinge nicht denken, n'est-ce pas?«

»Nein.« Er nahm seine Hand von ihrem Nacken. »Komm, ich kauf dir eine Brezel.« Sie verzehrten das weiche Gebäck vor der niedrigen Mauer unter dem großen Baum, wo sich nun ein anderer Musikant die Gunst seiner Zuhörer erspielte. Es war ein Mann mittleren Alters, dessen blassbraunes Haar sich an der Stirn bereits lichtete. Eine junge Frau mit flachsblonden, langen Zöpfen begleitete sein Lautenspiel auf einer Flöte. Sie wirkte wie ein zartes Burgfräulein aus längst vergangenen Zeiten in ihrem verwaschenen, blauen Gewand. Für das nächste Lied legte sie die Flöte beiseite, wählte aus den Instrumenten, die zu ihren Füßen auf einem Tuch lagen, eine Handtrommel aus und begleitete das Spiel der Laute mit ihrer hohen, klaren Stimme. Elisabeth stand unter den sich leicht im Wind bewegenden Blättern des Baumes und genoss die Musik. Eine Schwalbe tauchte an ihr vorüber, nahm mit dem Schnabel einen Halm vom Boden auf und schoss schnell wie ein Pfeil davon.

Der Markttag neigte sich seinem Ende entgegen, die Händler packten ihre Waren zusammen, doch die Zahl der Menschen auf dem Platz wurde nicht geringer. Sie scharten sich um die Spielleute, bewegten sich mit der Musik, einige begannen gar zu tanzen.

Drüben drängten sich Neugierige, meist Kinder, um das Zelt der Komödianten und versuchten, durch Spalten in den Zeltwänden etwas von den sich umkleidenden Schauspielern zu erspähen. Elisabeth sah George und Thomas

Bänke vom Wirtshaus auf den Platz tragen und vor einer notdürftig zusammengebauten Bühne aufstellen. Einmal schaute George zu ihr herüber und hob grüßend seine Hand.

Als sich die Aufmerksamkeit der Menschen mehr und mehr auf die Geschäftigkeit der Komödianten richtete, packten der Lautenspieler und die junge Sängerin ihre Instrumente ein.

»Sollten wir nicht versuchen, einen Platz auf einer der Bänke zu erlangen?«, fragte Elisabeth.

»Die paar Bänke sind nicht für welche wie uns«, sagte Jakob. »Wir werden uns mit einem Stehplatz begnügen müssen.«

Und obwohl sie dann lediglich an einem Baumstamm seitlich des Marktplatzes lehnten, obwohl es keine raffinierte Beleuchtung, keine gepolsterten Stühle, keinen roten Vorhang gab, keine Besucher in eleganter Garderobe zum gegenseitigen Bestaunen, verspürte Elisabeth eine ähnliche Erregung, wie sie sie im Theater in Paris verspürt hatte. Stärker gar, denn hier gab es keine gelangweilten Damen, die gähnten, noch ehe die Vorstellung begonnen hatte, hier lag eine fieberhafte Erregung über allen Zuschauern; laute Gespräche, Zurufe, Ungeduld. Ich werde kein Wort verstehen bei dem Lärm, fürchtete sie. Doch als der erste Schauspieler die Bühne betrat, sank der Lärm zu einem Gemurmel.

Und nun setzte eine Handlung ein, der Elisabeth kaum zu folgen vermochte. Es erschienen Soldaten, ein Prinz, ein schönes Fräulein, ein Geist, ein heuchlerischer König, ein weiser Berater, ein treuer Freund – was immer sich erdenken ließ. Tiefsinnige Gedanken wechselten sich ab mit Kämpfen und Giftmorden, Verrat und Wahnsinn, Freundschaft und rührenden Liebesbezeugungen. Das Publikum litt und bebte, störte durch Zwischenrufe und Pfiffe, grölte und lachte bei derben Anzüglichkeiten, tadelte und lobte an Ort und Stelle und blieb doch immer im Banne des Spiels.

Die Kulissen deuteten ein Königsschloss, einen Thronsaal an. Für den nächsten Akt wurden sie beiseite geräumt, Thomas und ein junger Mann zogen den Vorhang zu, verwandelten das Bild in Windeseile, verschwanden im Zelt und standen eine Weile später wieder als König und Bote auf der Bühne. Die blasse, junge Frau, die zur Mittagszeit im Zelt ihr Kind gefüttert hatte, wandelte sich zur leidenschaftlich Liebenden. Elisabeth überlegte, ob der Bote nicht eine Szene zuvor dem Geist seine Gestalt geliehen, ob Thomas nicht zuvor den Helm eines Soldaten getragen hatte.

Das weiche Licht der sinkenden Sonne diente der Aufführung weitaus besser als jede künstliche Beleuchtung am Hofe von Paris, die kräftigen Äste des Baumes wirkten wie ein Dach. Manche Zuschauer nutzten die Vorstellung zu ganz anderen Zwecken als zur bloßen Zerstreuung, denn während oben auf der Bühne die Schwerter klirrten, rief im Publikum ein Mann: »Haltet den Dieb!« Tumult entstand, Männer rannten und kamen unverrichteter Dinge zurück.

Jakob lachte leise. »Heute haben alle Glück, sogar die Diebe.«

Ein Mädchen schlüpfte, von ihrer älteren Begleiterin unbemerkt, aus der Bank, zwängte sich durch die Umstehenden und verschwand mit einem jungen Mann, der sie offensichtlich erwartet hatte, in einer Seitengasse. Auf der Bühne starb der Prinz in den Armen seines Freundes, so wie beinahe alle Beteiligten mittlerweile hatten ihr Leben lassen müssen. Den Zuschauern schien es so recht zu sein, leicht trennten sie sich von ihren Münzen; der Beutel des Kindes, welches die Reihen abging, wurde schwer.

»Jetzt ist es an der Zeit, meine Laute zurückzuholen«, befand Jakob. Elisabeth folgte ihm zum Zelt.

Aus der Nähe besehen waren die hohen Schlosstürme nur dürftig bemaltes Holz, der prunkvolle Thronsessel ein wackliger Stuhl, der grandiose Edelmann, der Elisabeths Herz die ganze Vorstellung über bewegt hatte, wurde zu Richard Wright. Er zwinkerte ihr im Vorübergehen zu. Flicken zierten das Samtgewand der Königin; das edle Fräulein sah müde aus, nahm den billigen Schmuck vom Hals und hob ihr schreiendes Kind auf den Arm. »Ich war so sicher, dass ich jedes Wort vergesse, wenn ich oben stehe«, redete der junge Darsteller des Geistes und des Boten mit strahlendem Gesicht auf Thomas ein, »aber ist es mir nicht gut gelungen? Ist es mir nicht gut gelungen?«

»Kommt nur herein.« Thomas zog Jakob und Elisabeth in das Zelt. »Du suchst dein Instrument, Bruder, nicht wahr?«

Die Wärme eines engen, mit Menschen gefüllten Raumes umgab Elisabeth. Sie fand sich in dem Zelt noch weniger zurecht als zur Mittagszeit, denn nun konnte man keinen Schritt tun, ohne auf ein achtlos fallen gelassenes Kleidungsstück, eine Perücke, ein Schwert zu treten oder mit einem der Komödianten zusammenzustoßen. Also hielt sie sich in der Nähe des Eingangs und beobachtete, wie Thomas trotz allen Wirrwarrs zielsicher die Laute ergriff und sie Jakob reichte.

An der Zeltstange hangelte sich der kleine Affe nach oben, in einem Korb hinter einer Kiste schlief von all dem Reden und Lachen völlig unberührt das Kind der jungen Schauspielerin. Ein Mann wischte sich Schminke vom Gesicht. Richard zog seinen Wams und sein Hemd aus. Dunkle Haare bedeckten dicht seinen gedrungenen, muskulösen Oberkörper. Um vieles dichter, als es bei Jakob der Fall war.

Was denke ich?, ertappte sich Elisabeth und wandte peinlich berührt den Kopf, doch nur, um in der anderen Ecke die rothaarige Frau zu erblicken, die dort, ohne darauf zu achten, dass Männer anwesend waren, ihr Hemd wechselte. Richard schien sich keineswegs zu beeilen, seine Blöße zu bedecken. Im Gegenteil, er half, so wie er war, einer hochgewachsenen, dunkelhaarigen Frau aus dem Gewand. Elisabeth schaute sprachlos auf die halb bekleideten Menschen, die sich so völlig ungeniert bewegten, einander berührten, miteinander lachten.

»Wie hat es dir gefallen, Miss Beth?« George trug noch die Kleidung des Prinzen.

»Ausnehmend gut. Hat Thomas das Stück selbst erdacht?«

»Aber nein. Es stammt von einem Schreiber aus unserer Heimat, und wir spielen es so, wie mein Vater es im Gedächtnis hat und wie es dem Publikum gefällt. Die Aufführung ist von einem zum anderen Mal ganz verschieden. – Doch nun entschuldigt mich, ich muss mich eilig umziehen und beim Abbau helfen. Morgen in der Frühe ziehen wir weiter.«

Worte in englischer und deutscher Sprache schwirrten um sie her, Kleidungsstücke wurden zusammengefaltet, eine Frau kämmte ihr Haar aus.

»Bleib hier, solang ich den Wein besorge«, sagte Jakob und schlug die Zeltplane zurück.

»Den Wein?«

»Wir bleiben zum Essen, Prinzessin«, erklärte er im Hinausgehen. »Wann hast du zum letzten Mal ein knusprig gebratenes Huhn gegessen?« Er war verschwunden, ehe sie etwas entgegnen konnte.

»Nun, Lady Elizabeth, so ganz allein?« Richard stützte seine Hand auf die Zeltstange. Sie fühlte sich eingeengt und wich zurück. Zumindest ist er wieder ordentlich bekleidet, bemerkte sie erleichtert.

»Was für eine Figur habe ich als Edelmann gemacht?«

»Eine prachtvolle, Mr Wright. Besser als ein wirklicher Edelmann.«

Er lächelte amüsiert und doch geschmeichelt. »Wie ist es nun mit der Flasche Wein, meine Schöne?« Er beugte sich so dicht zu ihr, dass sein Körper den ihren berührte.

»Ich glaube, ich höre Jakob spielen.« Sie tauchte unter seinem Arm hindurch und schlüpfte aus dem Zelt. Die Luft war lau, trotz der fortgeschrittenen Stunde. Fackeln wurden angezündet und über den Platz verteilt. Jakob saß vor dem wackligen Thronsessel und spielte, der junge Mann, der vorhin so eifrig auf Thomas eingeredet hatte, saß auf dem Thron und sang ein englisches Lied dazu.

Elisabeth reihte sich in den bunt gemischten Kreis aus Komödianten, Gauklern und anderem Volk ein, die Musik tändelte um sie her, sie nahm einen Schluck aus der Flasche, die rundum gereicht wurde, und gab sie an die rothaarige Schauspielerin weiter, die an ihrer Seite saß und sie neugierig beäugte. Elisabeth erkannte gegenüber im Kreis den Lautenspieler und die blonde Sängerin vom Nachmittag; im Schein der Fackel schlug der kleine Jongleur gierig seine Zähne in ein Stück Fleisch. Die Weinflasche erreichte sie ein zweites Mal. Sie trank. Der Wein stieg ihr bereits zu Kopfe. Die Luft duftete schwach nach Blüten.

Jakob glitt neben sie und reichte ihr den Schenkel eines gebratenen Huhnes. »Ich hoffe, es erniedrigt dich nicht allzu sehr, wenn du mit den Fingern essen musst, Prinzessin?«

»Ihr seid so unverschämt wie ungalant, Monsieur, aber ich sehe es Euch heute noch einmal nach.« Ah, das weiche, weiße Hühnerfleisch schmeckte köstlich. Das Fett heftete sich um ihren Mund und auf ihre Finger, aber es war ihr einerlei.

»Wie gefällt dir nun das Vagantenleben?«, fragte Jakob.

»Es ist formidable«, seufzte sie noch ganz im Überschwang der Geschehnisse auf der Bühne, die knusprige Haut des Huhnes auf der Zunge. »Ist es immer so?«

»Immer? Es gibt kein ›immer‹. Es gibt nur das, was du in diesem Augenblick mit deinen Sinnen erfassen kannst.« Ach, Jakob, dachte sie, wie konnte ich nur annehmen, dass du über alles lachst, genau das Gegenteil ist der Fall.

»Da, sieh dir die Sterne an.« Seine Hand fuhr über den ganzen Himmel. »Was für eine Nacht! Ehe man nicht unter dem Sternenhimmel geschlafen hat, hat man nichts begriffen.«

»Begriffen?« Sie lächelte. »Was?«

»Alles«, entgegnete er. »Die Ewigkeit. Das Leben. Den Augenblick.«

»Ihr seid betrunken«, stellte sie liebevoll fest.

»Gewiss«, lachte Jakob und zeigte seine ebenmäßigen Zähne. Wie kommt es, überlegte sie, dass er ein so schönes Gebiss hat, während den Herren bei Hofe die Zähne im Munde verfaulen?

Jakob erhob sich. »Ich will sehen, ob sich mit dem Manne zusammenspielen lässt. Er hat sehr geschickte Finger.«

Elisabeth blieb alleine zurück, schloss die Augen und horchte auf die Schritte, die über das Pflaster klangen, auf laute und leise Stimmen, auf das Flüstern und Kichern der jungen Pärchen, auf das schallende Gelächter aus dem Wirtshaus. Auf das Murmeln der alten Zigeunerin, die um den Platz schlich und nach den Händen der jungen Frauen fasste, denn diese schienen eher als die Männer geneigt, für einen Blick in die Zukunft zu zahlen.

Sie sah dorthin, wo Jakob und der Lautenspieler ihre Instrumente aufeinander abstimmten, sah, wie die junge Sängerin Jakobs Laute berührte und eine Bemerkung darüber machte. Unter all den Gauklern wirkte nichts an Jakobs Aufmachung ungewöhnlich, weder der schmale Zopf an seiner Schläfe noch der goldene Ring in seinem Ohr.

»My Lady Elizabeth.« Richard neigte sich vor ihr. »Hier finde ich Euch, in tiefer Melancholie.«

»Ihr irrt, Mr Wright, mir ist sehr wohl.«

»Nun, wenn Ihr meiner nicht bedürft, Eure Trauer zu vertreiben«, er ließ sich an ihrer Seite nieder, »gewährt mir zumindest, Euer Vergnügen zu teilen – oder«, raunte er in ihr Ohr, »diesem Vergnügen noch etwas hinzuzufügen.«

Sie spürte seinen Atem an ihrem Hals und suchte abzurücken. Er störte sich jedoch nicht an ihrem Wunsch nach Abstand, sondern fuhr fort, sie mit Worten zu umschmeicheln, und scheute sich am Ende nicht, seine Schmeicheleien mit den Händen zu unterstützen. Eigentlich gefiel es ihr, dem Klang seiner ausdrucksvollen englischen Stimme zu lauschen, seine Hand aber, die sich um ihre Taille schob, seine Lippen, die ihr Ohr streiften …

»Mr Wright«, sagte sie fest und versuchte dabei, seine Hand von sich zu schieben, »ich bin eine verheiratete Frau.« Wie lächerlich das aus ihrem Munde klang, befand sie, doch wenn diese unselige Ehe zumindest den Nutzen hatte, lästige Männer zu vertreiben …

Aber auch das störte Richard Wright nicht.

»Euren Mann, my Lady, habt Ihr in jeder Nacht, mich hingegen nur diese eine«, warf er sich in die Brust. »Und diese Nacht, Elizabeth, ist zu schön, um sie ungenutzt verstreichen zu lassen. Wisst Ihr nicht, dass jede Nacht, die man alleine in seinem Bett verbringt, eine verlorene ist?« Seine Hand tastete sich an ihre Brust heran. Nur der dünne Stoff des Hemdes lag zwischen seinen Fingern und ihrer Haut.

»Mr Wright«, begann sie verzweifelt, »ich möchte nicht unhöflich erscheinen …«

»Genug der Worte!« Er zog sie unvermittelt an sich, dass ihr der Atem stockte.

»Aber Dick«, unterbrach die rothaarige Frau die Szene mit einem Lächeln, »ist es mit dir so weit gekommen, dass dein Charme nicht mehr ausreicht, die Frauen zu betören? Musst du nun Gewalt anwenden?«

»Gewalt?«, fragte er erstaunt und lockerte seinen Griff. Elisabeth nutzte die Gelegenheit, ihm zu entweichen. »Verwechselst du Leidenschaft mit Gewalt, Nell?«

»Eine sehr einseitige Leidenschaft, wie ich sehe«, sagte die Frau sanft.

»Aber Nell.« Richard umschlang deren Hände. »Wie kannst du annehmen, dass es ein weibliches Wesen gibt auf dieser Erde, das meine Gefühle nicht erwidert?«

Erstaunt lauschte Elisabeth den Worten, die sich der Mann und die Frau zuwarfen wie Bälle in einem wohl eingeübten Spiel. Es geht nicht um mich, erkannte sie.

Jakobs Lied klang aus. Elisabeth wandte sich an Nell. »Ich danke Euch für die unerwartete Rettung.«

»Keine Ursache, Schwester.« Nell schob mit dem Fuß einige abgenagte Hühnerknochen beiseite und zog eine Flasche Wein heran. »Dick ist nicht gefährlich.« Sie sah ihm hinterher, als er aufstand und sich einen neuen Platz suchte an der Seite einer grell geschminkten Frau, die nicht zu der Komödiantengruppe gehörte. »Man muss ihm nur rechtzeitig auf die Pfoten schlagen. – Gehst du immer so zaghaft mit den Männern um?«

Verblüfft über die direkte Frage, öffnete Elisabeth den Mund, fand aber keine Antwort. »Pass bloß auf, Schwester, sonst geht's dir wie mir, und dann hast du auch so ein kleines Balg, das du durchfüttern musst.«

So rann der Abend leicht dahin, George gesellte sich zu ihnen, reichte Elisabeth ein Stück Brot, erklärte ihr, dass er, Nell und die dunkelhaarige Frau allesamt Thomas Kinder seien, zeigte ihr die anderen Mitglieder der Truppe, nannte ihre Namen und erzählte von den Schwierigkeiten des täglichen, engen Zusammenlebens und Arbeitens, aber auch von den schönen Seiten dieses Lebens. Elisabeth war erfreut darüber, wie leicht es ihr fiel, den englischen Worten zu folgen, und wie mühelos sie sich dann wieder umdrehen konnte, um einem jungen Mann auf Deutsch zu antworten, der sie um die Weinflasche bat. Er hielt sie für eine Komödiantin, was Elisabeth amüsierte, und er erklärte ihr lang und breit, dass er ein Geselle des hiesigen Schuhmachers sei und keinerlei Angst hätte, mit den unehrenhaften Gauklern in Berührung zu kommen, denn er liebte vor allem das Theater und würde eines Tages seine Schuhe Schuhe sein lassen und ebenfalls auf der Bühne stehen. Elisabeth gewahrte den starken Geruch nach Bier, der von ihm ausging, und nickte nachsichtig.

Jakob spielte eines seiner Frühlingslieder. Als Elisabeth den Kopf in seine Richtung wandte, bemerkte sie, dass er sie ansah.

»Wir brauchen neuen Wein!«, rief ein Mann. George erhob sich, ihn zu beschaffen. Nells Schwester trug ein schlafendes Kind in das Zelt. Richard umfing die Taille der geschminkten Frau. Drüben, an den Baumstamm gelehnt, standen einige junge Burschen, sprachen dem Bier zu und führten laute Reden, bei denen einer den anderen zu übertreffen suchte. Jakob legte die Laute beiseite und überließ einem alten Fiedler den Platz. Die Musikantin holte ihre Flöte hervor und spielte mit dem Alten zusammen ein Tanzlied.

Ehe Jakob Elisabeth erreicht hatte, stand George wieder vor ihr, reichte ihr die Hand und zog sie mit sich auf den erhellten Platz, auf dem sich die ersten Paare zu der Musik drehten. Sie legte zögernd ihre Hände auf seine Schultern, es war ihr fremd, sich dem Gegenüber beim Tanz so sehr zu nähern. Unsicher folgte sie seinen Schritten, denn die lebhafte Tanzweise war ihr nicht vertraut. Aber George bewegte sich behände und sicher und half ihr, sich hineinzufinden. Immer schneller berührten ihre Füße das feste Pflaster. Ihre Wangen röteten sich. Die Musikantin klatschte in die Hände, alle bildeten einen Kreis. Georges Hand in ihrer Linken, die feuchte Hand eines Fremden in ihrer Rechten. Sie wurde mitgezogen, schneller, schneller, bis ihr schwindelte. Der Kreis löste sich wieder, sie fand sich an der Hand eines Tänzers, der sich schwerfälliger bewegte als George. Ein Paar tanzte aus dem Licht heraus und verschwand im Dunkel. Wieder der Kreis, wieder die stampfenden Füße, wieder ein neuer Tänzer, bis der Fiedler sein Instrument absetzte.

Erhitzt ließ sie sich neben Jakob nieder. »Ihr tanzt nicht?«

»Selten«, antwortete er. »Dein Zopf ist aufgegangen.«

Sie fasste in ihr Haar. »Dann richtet ihn wieder!«, befahl sie.

Es musste der Mut des Weines sein, der sie solche Worte sagen ließ. Sein Mundwinkel zuckte leicht, als er ihr Haar berührte. Seine Finger flochten schnell und geschickt, und Elisabeth hatte das Gefühl, etwas Verbotenes zu tun, als sie sich dem Schauder hingab, der ihren Körper durchrieselte.

Neben ihr lehnte sich Nell an die Schulter des jungen

Schauspielers. Richard küsste ganz ungeniert vor aller Augen die geschminkte Frau.

Elisabeth schob den Zopf über die Schulter und rückte ein wenig von Jakob ab. Sie fröstelte und vermisste ihren Mantel. Sie nahm den Wein, den er ihr reichte, und trank hastig, denn sie fürchtete mit einem Mal um die Leichtigkeit, die sie umhüllte.

Die Flöte lockte zum nächsten Tanz. »Tanzt mit mir, Jakob.«

»Ich glaube eher, wir sollten jetzt gehen.«

»Zurück in den Wald?« Sie richtete sich auf. »Nie wieder gehe ich zurück in diese elende Hütte. Ich bleibe hier. Ich werde ... ich werde mit den Komödianten ziehen! Gebt mir noch einen Schluck Wein!«

»Keinen einzigen Schluck mehr«, sagte er belustigt. »Soll ich dich am Ende auf dem Rückweg tragen?«

»Das wird nicht vonnöten sein«, sagte sie hoheitsvoll und erhob sich. Sie schwankte ein wenig. Er hielt sie fest. Seine Hand umschloss ihren Oberarm. Er stand so nah, dass sein Arm sich an dem ihren rieb und allein in dieser Berührung die Ahnung seines ganzen Körpers lag.

»Es scheint, du hast an den Festgelagen bei Hofe nie teilgenommen.«

»Festgelage? Festgelage gab es bei uns ... Ihr dürft mich loslassen, ich bin in der Lage, alleine zu stehen ... die gab es bei uns selten. Mein Vater schätzte Derartiges nicht.«

»Ungewöhnlich.« Er zog seine Jacke aus und legte sie um ihre Schultern.

Elisabeth sah sich noch einmal um, ehe sie gingen. Thomas saß im Thronsessel und schlief. Richard war nirgendwo zu erblicken, auch George nicht. Nell lag in den Armen des jungen Mannes. Sollte sie sich nun verabschieden von den Menschen, die sie eben erst kennen gelernt hatte und nie wiedersehen würde? Wie konnte Jakob dieses Leben der flüchtigen Begegnungen ertragen? Sie selbst vermochte es nicht.

Aus dem Wirtshaus schwankten zwei betrunkene Männer. Der eine sank zu Boden, der andere richtete ihn mühsam wieder auf. Musik und Gejohle vermengten sich mit dem Aufkreischen einer Frauenstimme. Elisabeth schnupperte. »Was riecht hier so eigenartig?«

»Da rauchen welche Tabak in den finsteren Winkeln.« Jakob senkte düster seine Stimme.

Sie erschrak. »Ist es nicht bei Strafe verboten?«

Jakob lachte. »Deswegen tun sie's in dunklen Winkeln, Mädchen.«

Vor ihnen her taumelte ein einsamer Mann auf dem Nachhauseweg. Vor einer Tür tuschelten zwei Stimmen. »Die Schattenseiten des Jahrmarkts«, flüsterte Jakob. »Unzucht, Trunksucht, Bettler, fahrendes Volk.«

Elisabeth kicherte.

Vor den Toren der Stadt jedoch kühlte die Nacht ihre heißen Wangen, wehte der Wind den Wein aus ihrem Blut. Sie verfielen in Schweigen. Ein gespanntes Schweigen, so schien es Elisabeth, und sie überlegte, ob ihr Benehmen auf dem Marktplatz zu leichtfertig gewesen war, ob er es auf irgendeine Art und Weise missdeuten mochte. Allein mit ihm in der Hütte war die Situation eine gänzlich andere als umgeben von einer Unzahl Menschen auf dem Marktplatz der Stadt.

Als sie endlich an der Hütte anlangten, öffnete er die Tür, wünschte ihr eine gute Nacht und wandte sich zum Gehen.

»Jakob«, sagte sie betroffen und streckte ihre Hand aus. Einen winzigen Augenblick lag ihre Hand auf seinem Hemd.

Einerseits hatte sie gehofft, dass er eine Weile mit ihr plaudern würde, dass sie all die Bilder des Tages vorüberziehen lassen, alle Eindrücke noch einmal auskosten konnte. Andererseits hatte sie gefürchtet, er würde aus der Laune der Nacht heraus einen Annäherungsversuch wagen. Aber dass alles, all das Leben, alle Düfte, alle Stimmen so plötzlich auf einen Schlag verlöschen sollten in der Einsamkeit der dunklen Hütte, das hatte sie nicht erwartet.

»Ihr geht?«, fragte sie.

Sie spürte ein kurzes Zögern, ehe er antwortete. »Ja«, sagte er. Seine Stimme klang rau. Er beugte sich zu ihr und küsste sie auf die Stirn, dann verschwand er im Dunkel.

Eine Weile stand sie benommen in der Tür und starrte ins Nichts, schließlich hob sie den Kopf und sah auf zu den Sternen, die hier und da zwischen den Bäumen glänzten.

»Die Nacht ist zu schön, sie zu vergeuden«, murmelte sie und wünschte sich zurück in die Runde der Komödianten, um noch einmal Musik zu hören, noch einen Schluck Wein zu kosten, noch einmal in das Feuer der Fackeln zu blicken.

Sie tastete sich am Tisch vorbei und streckte sich auf dem Strohlager aus. Eine schmerzliche Leere trat an die Stelle des bunten Tands, der Vielfalt der Gesichter, des Gewirrs der Stimmen.

24.

»Es ist dermaßen unverschämt von Euch, dass ich es kaum zu beschreiben vermag!«, fuhr sie ihn am Morgen an, als er sich sichtlich erschöpft von der durchwachten Nacht auf das Stroh sinken ließ, während sie sich mit dem Feuer abmühte. »Wie konntet Ihr mich in dieser dunklen, kalten Hütte zurücklassen, nur um wieder zur Stadt zu gehen und dort mit den Gauklern weiterzutrinken, zu reden bis in den frühen Morgen hinein – und dann noch die Unverschämtheit besitzen, hierher zu kommen, um ... um Euren Rausch auszuschlafen!«

»Ich bin nicht betrunken«, murmelte er, ohne sich zu regen, ohne auch nur den Kopf zu heben.

»Warum brachtet Ihr mich zurück in den Wald?« Die Enttäuschung schnürte ihr beinahe die Kehle zu.

»Ich hab dich nicht gezwungen, oder?«

»Aber ich wusste nicht, dass Ihr mich lediglich zurückgeleitet, um daraufhin wieder zu gehen!«

»Ach.« Er drehte sich auf die Seite, stützte seinen Kopf

auf die Hand und musterte sie interessiert. »Bist du nur mit mir gegangen, weil du dachtest, ich verbringe die Nacht bei dir in der Hütte?« Röte stieg in ihr Gesicht. »Keineswegs!«

»Warum regst du dich dann auf?« Er ließ sich wieder zurücksinken.

Sie warf das Feuerzeug zu Boden. »Zünde das verfluchte Feuer selbst an, wenn du dazu überhaupt in der Lage bist, aber lass mich in Ruhe!« Wütend riss sie die Tür auf.

»Wart.« Er sprang auf, doch ehe er sie erreichte, blieb er stehen und presste seine Hand an den Kopf. »Zugegeben«, stöhnte er leise, »ein wenig zu viel hab ich schon getrunken.« Er sank auf den Schemel, legte seinen Kopf in den Nacken und bewegte ihn vorsichtig von einer Seite auf die andere. Sie blieb an der Tür stehen und weidete sich daran, dass er sich so offensichtlich unwohl fühlte.

»Hör mir erst mal zu, ehe du wegrennst«, bat er. Er sah müde aus. »Ich hab nicht gewusst, dass dir so viel dran lag, noch zu bleiben. Und ich bin nicht in die Stadt zurückgegangen, um mit den Gauklern weiterzufeiern. Ich hab nur ein Nachtlager gesucht, dort bei den alten Häusern, wo's dir so wenig gefallen hat. Dabei traf ich den einen Schauspieler, den dunkelhaarigen, Richard heißt er wohl, und so bin ich wieder zum Marktplatz geraten ...«

»Richard Wright?«, fragte Elisabeth interessiert. »Woher bloß mag er gekommen sein?«

Jakob grinste. »Willst du das wirklich wissen?« Sie dachte an die grell Geschminkte und schwieg.

Er schob ihr den Schemel zu. »Komm, setz dich zu mir. Gib mir einen Augenblick Zeit, dann helf ich dir mit dem Feuer und mach uns Tee.«

»Ihr müsst zugeben, dass es nicht ganz gerecht ist, von mir zu verlangen, dass ich beizeiten aufstehe, alle Arbeiten in der Hütte so zu verrichten, wie Ihr es mir vorschreibt, dabei auch noch zu spinnen oder Körbe zu flechten, während Ihr kommt und geht, wie es Euch beliebt, Euch in Schenken vergnügt, Euch mit anderen Menschen trefft ...«

»Das gehört zu meinem Handwerk.«

»Und aus welchem Grunde bleibt es mir verwehrt, eine Profession auszuüben, die es mir ermöglichte, ein wenig mehr von der Welt zu sehen als Tag für Tag diesen stummen, unbelebten Wald?«

»Der Wald ist doch nicht stumm, Lise«, entgegnete er erstaunt. »Mir ist der Wald oft um vieles lieber als jede Stadt, als jede menschliche Gesellschaft ...«

»Euch also ist es vergönnt zu wählen, je nachdem, wie es Euch beliebt«, wandte sie ein.

»Du könntest kein Leben führen, wie ich es führe. Du bist eine Frau!«

»Und deswegen wäre ich dazu nicht in der Lage?«

»Weißt du, wofür sie eine Frau ansehen, die alleine die Straße entlangzieht oder alleine in einer Schenke sitzt?«

Dann nimm mich mit, dachte sie. »Ich hätte mit den Komödianten gehen sollen«, trotzte sie.

»Du, Prinzessin?« Sein schallendes Lachen kränkte sie. »Vielleicht solltest du's doch mit der Schlossküche versuchen«, er sah sie prüfend an. »Es ist nicht weit von hier, und wenn ich ...«

»Ihr nehmt doch nicht ernsthaft an, dass ich mich im Schloss König Philipps als Dienstmagd verdinge!«, fuhr sie ihn an. »Dass ich am Ende noch seine Hand küssen müsste, stünde er zufällig vor mir! Lieber stelle ich mich auf den Markt und verkaufe Brezeln oder Käse oder was auch immer!«

»Oder was auch immer«, murmelte er und überlegte. Dann stand er plötzlich auf und machte sich an dem Feuer zu schaffen.

König Philipp, dachte Elisabeth. Sie hatte ihn gänzlich vergessen; gänzlich vergessen, dass sie sich in seinem Lande befand. Aber der Ball und die Freier schienen so unendlich weit in die Ferne gerückt.

Um die Mittagszeit sammelten sie Nesseln und Sauerampfer, und Jakob zeigte ihr, wie man Nesseln pflückt, ohne sich dabei die Hände gar so schrecklich zu verbrennen, wie sie es die Woche zuvor getan hatte. Nach dem Essen half sie ihm, die Strohsäcke zum Lüften auf die Wiese zu tragen. »Nichts hasse ich so sehr wie Wanzen im Bett«, sagte Jakob, als sie die letzte Matratze im Gras ablegten.

»Warum sollte Euch das stören?« Elisabeth richtete sich auf und strich sich eine Haarsträhne aus der Stirn. »Sogar das Bett des französischen Königs ist voller Wanzen.«

»Woher weißt du das?« Er ließ sich ins Gras fallen und zupfte einen Halm ab.

»Ich verbrachte den Herbst und den Winter des letzten Jahres in Paris.«

»Im Bett des Königs?«

»Diese Gunst wurde mir malheureusement nicht gewährt, Monsieur.« Sie setzte sich zu ihm in das weiche Gras. »Wie bedauerlich«, grinste Jakob. »Hast du ihn zumindest gesehen?«

»Zwei Blicke durfte ich auf Seine Majestät werfen.«

»Was hältst du von ihm?«

»Ah, denkt nicht, dass ich mich nun in einem Loblied über den König von Frankreich ergehe, nur um Euch Gelegenheit zu geben, über ihn zu spotten! Ich sehe, dass es Euch auf der Zunge liegt, über die prachtvollen Feste herzuziehen, über den Müßiggang des Adels bei Hofe ...«

»Hätte ich damit nicht Recht?«

Für die Dauer eines Herzschlages tauchten vor ihren Augen die angenehmen Abende in den von Hunderten von Kerzen erhellten Sälen auf, der prickelnde Champagner, die üppig gefüllte Tafel, die mit Gold überzogenen Verzierungen der Wände ... »Vielleicht«, gab sie zu. »Doch Ihr dürft dabei nicht übersehen, dass diese Prachtentfaltung notwendig ist. Der König muss Macht und Überlegenheit zeigen, um den Frieden im Lande zu wahren.«

»Welchen Frieden?« Jakob pflückte ein Blatt und zerkaute es zwischen den Zähnen.

»Ihr mögt nicht darüber unterrichtet sein, dass in Frankreich ein langer, zerstörerischer Bürgerkrieg herrschte, welcher unter der Regierung Seiner Majestät nicht wieder aufflackerte.«

»Weil das Land erschöpft ist.«

»Weil er die rivalisierenden Parteien der Krone unterstellte, sie an den Hof bindet …«

»Mit verschwenderischen Festen, unter denen das Volk ebenso sehr leiden muss wie unter den Kämpfen. Bedeutet Frieden für dich nur, dass die Waffen ruhen? Für mich ist ein Land, in dem Willkür herrscht und Armut, kein friedliches Land.«

»Vermögt Ihr mir dann ein Land zu nennen, das sich nach Eurer Meinung ein friedliches nennen darf?«

Er schwieg. Und solange er schwieg, sah sie auf und lauschte auf die Geräusche des Waldes, doch es war eigentümlich still. Dann erhob sich ein leichter Wind und bewegte die Blätter der Bäume. Riesige graue Wolken schoben sich über den blauen Himmel. Die Äste schwankten heftig. Für einen Moment schien die Natur gespalten, in Sonne, zarte Federwölkchen, blauen Himmel, zartes Maiengrün auf der einen Seite und in dunkle, bedrohliche Wolkenschichten, einen immer stärker werdenden Wind, Schatten, die die Erde bedeckten, auf der anderen. Jakob sprang auf. »Schnell, tragen wir die Strohsäcke zurück, ehe sie nass werden!« Ein leichter Regen setzte ein, als sie die erste Matratze glücklich in die Hütte geschafft hatten, und hörte wieder auf, als sie die zweite auf ihren Platz schoben.

»Und nun?«, fragte Elisabeth. »Müssen wir sie wieder zurück auf die Wiese schleppen?«

»Ein andermal. Da siehst du, dass ich das Wetter nicht vorhersagen kann.«

»Ist es nicht eigenartig, dass Ihr Wanzen verabscheut, wenn man bedenkt, dass Ihr in der Wahl Eures Nachtlagers nicht anspruchsvoll sein dürft?«

Er lachte leise. »Meist schlafe ich auf Wirtshausbänken. Ohne Ungeziefer, dafür hart und unbequem.«

Auf Wirtshausbänken also, dachte sie. Warum nicht mehr in der Hütte? Fürchtete er wirklich, im Schlaf Dinge preiszugeben, von denen sie nicht wissen sollte? »Aber als Ihr ein Kind wart – pflegtet Ihr damals nicht auf einem ebensolchen Strohsack zu schlafen?«

»Doch. Auf einem gut gelüfteten. Ich hatte es beinahe vornehm, ich hatte ein Lager ganz für mich allein. In der Küchenecke. Das Bett von meinen Großeltern stand in einer Nische in der Wand, mit einem Vorhang davor. Damit ging es mir weiß Gott besser als so manchen anderen Würmern, die nur einen Haufen aus Moos und Blättern in der Ecke hatten, in den sie sich zum Schlafen hineingewühlt haben. Schöne Nächte hatte ich.« Er lehnte sich zurück und stützte sich auf den Ellbogen. »Warm war's immer. Mein Großvater hatte eine halbe Wand zwischen den Viehstall und den Wohnraum gezogen, gerade so, dass die Tiere uns nicht störten, ihre Wärme aber in der ganzen Hütte war.«

Es muss furchtbar gestunken haben, Elisabeth zog die Nase kraus, und doch klang seine Stimme so, als erinnere er sich an das Paradies. »Ich begreife nicht, warum Ihr gegangen seid. Ich habe das Gefühl, als ...« Sie unterbrach sich.

»Als was?« Er blickte sie aufmerksam an.

»Als sehntet Ihr Euch zurück.«

»Klingt es so?« Er starrte gedankenverloren vor sich hin. »Es muss daran liegen, dass man sich meist an das Schöne erinnert. Glaub mir, es war nicht immer schön. Nicht nur, dass alle mich für einen kleinen Bastard ansahen, selbst wenn meine Großmutter wiederholt geschworen hat, dass meine Mutter mit meinem Vater rechtmäßig verheiratet war. Nicht nur das. Es war auch ... Es war manchmal alles so eng. Wenn ein Landstreicher oder ein wandernder Handwerksbursche kam und von der Welt erzählte, da sehnte ich mich danach zu wissen, was hinter dem Wald lag, da wollte ich ebenfalls durch die Welt ziehen und mehr davon sehen. Aber wahrscheinlich, ja, wahrscheinlich wäre ich dennoch immer dort geblieben, wenn mein Vater nicht seinen …«

»Euer Vater?«

Er presste die Lippen zusammen und sah ein wenig erschrocken aus.

»Ich dachte …«, stammelte Elisabeth, »nun, ich dachte, Ihr hättet keinen Vater …«

»Natürlich hatte ich einen Vater«, entgegnete er unwirsch. »Oder weißt du nicht, dass zur Zeugung eines Kindes eine Frau *und* ein Mann nötig sind?«

Sie errötete. »Ich wollte damit lediglich ausdrücken, dass ich glaubte, Ihr hättet Euren Vater nicht gekannt.«

»Ich sagte: Niemand kann mit Sicherheit sagen, wer sein Vater ist. Mehr hab ich nicht gesagt. Doch wer sich dessen bezichtigte, der meinige zu sein, das weiß ich schon.«

»Ihr wisst es?« Sie schluckte. »Ich dachte …«

»Ich hab's irgendwann erfahren. Zwar spät, aber ich hab's erfahren. Jetzt frag nicht danach, wenn du mir den Tag nicht verderben willst.«

»Aber wieso? War er …« Sie schluckte noch einmal. Sie dachte an die düstere Schenke in der Stadt. »War er ein Gauner?«

Jakob lachte laut auf. »Ein Gauner? Weiß Gott, das war er! Ein wohlhabender Gauner. Mit einem gewissen Charme, wie deinesgleichen sagen würde.«

»Ihr lerntet ihn kennen?«

»Ja.«

»Hat er … hat er gestohlen?«

»Gestohlen und gemordet hat er, bei Gott. Wenn auch nicht mit seinen eigenen Händen. Genug davon. Er ist tot und begraben, wenn dir das genügt.«

»Er wurde –«, sie wagte kaum, danach zu fragen. Er wurde doch nicht etwa … erhängt? – Warum lacht Ihr? Was gibt es da zu lachen?«

»Er wurde nicht aufgehängt, er starb an der Franzosenkrankheit. Die Weibergeschichten haben ihn ins Grab gebracht«, sagte er verächtlich. »Sieh mich nicht so entsetzt an, ich kann nicht für meine Eltern, ich hab sie mir nicht ausgesucht.«

»Wie war es nur möglich, dass Eure Mutter an einen solchen Menschen geriet, war sie doch nach allem, was Ihr erzähltet, die Tochter rechtschaffener Eltern, und ... Pardon, es lag nicht in meiner Absicht, Euch zu kränken ...«

»Sie war eben wie die meisten Weiber. Für Geld und gewisse Vorteile verkaufen sie sich mit Leib und Seele.«

Elisabeth hätte empört aufschreien mögen über seine Worte, aber die Bitterkeit, mit der er sie ausstieß, war so schmerzlich, dass sie betroffen schwieg.

»Wie könnt Ihr das behaupten«, fragte sie nach einer Weile leise, »wenn Ihr sie doch kaum kanntet, wenn Ihr doch bereits als kleines Kind von ihr, ich meine, nun, wenn sie ...« Er wird mir den Mund verbieten, fürchtete sie, aber er tat es nicht, er starrte auf seine Hände.

»Es war Krieg damals und eine der unzähligen Soldatenhorden ist über das Dorf hergefallen. Ob's die eigenen oder feindliche waren, das war zu der Zeit schon egal geworden. Sie war fünfzehn oder sechzehn. Der Kommandierende war ein älterer Edelmann. Sie ist mit ihm mitgezogen. Sie war eine freie Bauerntochter, begreifst du das? Und ist mit dem alten, gichtigen Kerl gegangen, der ihr eigenes Dorf verwüstet hat! Nur weil er reich war und von Adel! Meine Großmutter ist verrückt geworden vor Kummer, sie hatte doch sonst niemand mehr. Ihr Sohn ist in den Kriegswirren umgekommen, ein weiteres Kind war schon früh gestorben ...«

»Und jener Edelmann ...«

»Nein, der war nicht mein Vater. Der ganz sicher nicht, denn er starb lange vor meiner Geburt.«

»Aus welchem Grunde verurteilt Ihr sie? Wer sagt Euch, dass sie mit ihm ging seines Standes oder Vermögens wegen? Vielleicht war er ein liebenswerter Mensch trotz allem? Vielleicht hat sie ein wenig Glück gesucht in diesen schrecklichen Zeiten?«

»Hör auf damit!«, fuhr er sie an. »Was weißt du schon davon? Ich stelle auch keine Vermutungen über deine Mutter an, oder?«

»Das stünde Euch jederzeit frei. Da ist nichts, was es zu verbergen gäbe!«

»Ach ja?«, entgegnete er zynisch. »Bist du dir sicher? Wer sagt dir, nur als Beispiel, dass der Fürst wirklich dein Vater ist und nicht vielleicht sein Kammerdiener oder sein Pferdeknecht?«

Sie wurde blass und erhob sich.

»Mein Gott!« Er sah an ihr vorbei. »Was hab ich schon gesagt? Verlangst du jetzt eine Entschuldigung?«

»Eure Worte sind nicht zu entschuldigen, Monsieur«, erwiderte sie kühl. »Aber vielleicht ist es nicht Eure Schuld. Ihr versucht zwar fortwährend, mir deutlich zu machen, dass man die Menschen nicht nach ihrer Herkunft beurteilen soll, doch Ihr selbst gebt ein treffliches Beispiel dafür ab, dass der Sohn eines Ehrlosen seinem Vater in nichts nachsteht.«

Er lachte ein eigentümlich böses Lachen. Sie wandte sich zum Gehen, doch er umfasste ihr Handgelenk und hielt sie zurück. »Was macht dich denn so sicher, dass du wirklich die Tochter des Fürsten bist? War die Ehe deiner Eltern so überaus glücklich?«

»Das war sie keineswegs.«

»Aber?«

Sie sah auf ihn hinunter und schüttelte seine Hand ab. »Meine Mutter hätte sich niemals so sehr erniedrigt, einen Mann niederen Standes auch nur zu berühren.«

Hoch erhobenen Hauptes schritt sie zur Tür und zog sie ganz ruhig hinter sich zu. Doch dann rannte sie, hastete durch das Gesträuch zur Wiese und begann zu laufen. Sie rannte, um nicht zu denken, sie rannte schließlich um der Bewegung selbst willen, um die eigene Kraft zu spüren und die Erschöpfung. Wie lange war es her, dass sie das letzte Mal über eine Wiese gerannt war? Ein ganzes Jahrzehnt?

Sie lehnte sich an einen der Bäume am Rande der Wiese und presste den Kopf an den Stamm. Die Rinde drückte sich in ihre Stirn. Sie wartete, bis die Erregung nachließ. Warum mussten alle ihre Gespräche derart enden? Sie wollte niemals wieder ein Wort an ihn richten. Sie streckte sich bäuchlings auf dem feuchten Boden aus und barg ihr Gesicht in dem blühenden Waldmeister. Das Kraut roch stark und frisch. Natürlich werde ich zurück zur Hütte gehen, dachte sie bitter. Natürlich werde ich wieder mit diesem Menschen reden und mich von ihm beleidigen lassen. Was bleibt mir übrig? Ich brauche das Geld und die Nahrung, die er uns erspielt. Ist es das, was er meint, wenn er sagt, Frauen verkauften Leib und Seele für gewisse Vorteile?

Sie atmete tief durch und überlegte, warum er jedes Mal dermaßen heftig reagierte, wenn das Gespräch auf seine Herkunft kam. Und aus welchem Grunde er sich zwar auf die Seite der Gauner und Diebe in der Stadt stellte, seinen Vater jedoch dafür verachtete, weil er ein unehrenhaftes Leben geführt hatte. War da noch etwas anderes? Etwas, wonach sie ihn nie befragen durfte?

Sie gingen in den folgenden Tagen vorsichtig miteinander um. Er kam wie immer, aß mit ihr und trocknete seine Kräuter. Ihre kurzen Wortwechsel jedoch blieben unverfänglich, bis er sie dann eines Tages zurückhielt, als sie sich mit dem Spinnrad vor die Tür setzen wollte. Bei dem milden Wetter saß sie gerne mit dem Rad vor der Tür, genoss das helle Licht, den Gesang der Vögel und die gleichmäßige Bewegung ihrer eigenen Finger.

»Lise, wart einen Augenblick, ich muss mit dir reden.« Sie blickte auf seine Hand auf ihrem Arm. Was mag das nun bedeuten?, überlegte sie beunruhigt.

»Ihr könnt auch vor der Tür mit mir reden.« Sie trat an ihm vorbei und setzte das Spinnrad im Freien ab. Sie zog den Schemel heran und begann, den letzten Rest der rauen Wolle zu verarbeiten. Sie musste noch zu sehr auf ihre Hände achten dabei, doch erkannte sie bereits ihre Fortschritte und wusste, dass es ihr bald gelingen würde, den Faden mit Leichtigkeit zu drehen und dabei ihren Gedanken nachzuhängen. Jakob ließ sich vor ihr auf dem Boden nieder und sah ihr zu. Nach einer Weile begann er, in seiner Rocktasche zu kramen, bis er ihr endlich auf der offenen Hand einen dunklen Knopf entgegenstreckte. »Der ist abgerissen«, sagte er. »Du kannst vielleicht …«

»Das war alles?«, fragte sie erstaunt.

Er schüttelte den Kopf und suchte nach Worten. »Nun gut«, sagte er endlich. »Wir müssen das Rad zurückgeben.«

»Nein!«, entfuhr es ihr. Sie ließ die Finger sinken und nahm den Fuß vom Pedal.

»Die Frau, von der ich's geliehen hab, die braucht's wieder.«

»Und ich?«, fragte sie leise. »Was fange ich dann an?« Sollte sie ihm etwa erklären, dass das Spinnrad der einzige Gegenstand in der Hütte war, den sie ein wenig als ihr Eigen betrachtete?

Er kratzte mit einem dünnen Ast Kreise in die Erde. »Wenn ich nun eine andere Möglichkeit für dich wüsste, ein wenig zu verdienen? Mit dem Spinnen, das siehst du selbst, geht's sowieso nicht so schnell voran.«

»Eine andere Möglichkeit?«, forschte sie misstrauisch.

»Du könntest irdenes Geschirr auf dem Markt verkaufen.«

»Ich? Auf dem Markt?«

»Du hast doch selbst gesagt, lieber verkaufst du was auf dem Markt, als in die Schlossküche zu gehen.«

»Das … alors …« Sie wand sich. »Ich sagte es so daher …«

Es konnte ihm doch nicht ernst sein? Vor aller Welt auf einem Marktplatz zu sitzen war etwas anderes, als alleine in der Hütte zu spinnen.

»Nun?«, fragte er.

»Pardon?«

»Was sagst du dazu? Ich besorge das Geschirr und du gehst an jedem Markttag damit in die Stadt. Bis du alles verkauft hast. Von dem, was du verdienst, kauf ich wieder neues Geschirr.«

Es war ihm also ernst. Er hatte sich sicher längst alles überlegt und alles in die Wege geleitet. Er verlangte von ihr, sich wie ein gewöhnliches Marktweib auf das Pflaster zu setzen und Geschirr feilzubieten. Sie würde vor Scham im Boden versinken. Sie würde mit glühendem Kopf hinter den Waren sitzen. Niemals hätte sie den Mut, einen der vorbeihastenden Menschen anzusprechen. Sollte sie am Ende sagen: »Kauft schöne Kannen, schöne Schüsseln«?

»Wie um alles in der Welt sollte ich das bewerkstelligen? Soll ich alleine den Weg in die Stadt gehen am Morgen? Und wie die Ware tragen? An welcher Stelle sie ausbreiten? Was würde der Marktaufseher sagen ...«

»Ich würd mit dir gehn beim ersten Mal«, tat Jakob die Einwände ab. »Was zögerst du? Allzu viele Möglichkeiten gibt es für dich nicht. Außerdem warst du's, die den Wald leid war, Menschen sehen wollte ...«

Sie schwieg. Sie rief sich das Gewoge auf dem sonnenbeschienenen Marktplatz ins Gedächtnis. Die Gaukler, den Brunnen. Die Stadt, das Schloss, die Menschen. Und wenn sie nun einwilligte und ihren Platz auf dem Markte einnahm und sich so eine Möglichkeit bot, welcher Art auch immer, diesem einsamen Wald und diesem Manne zu entfliehen? Die einzige Möglichkeit am Ende?

In den folgenden Tagen stellte sich jedoch heraus, dass Jakob sich den Handel mit irdenem Geschirr zu einfach vorgestellt hatte. Er hatte von einem alten Töpfer gehört, der alleine in einer halb verfallenen Hütte eine Stunde Wegs vom Wald entfernt lebte. Dieser Mann mache ein sehr schönes, solides Geschirr, und Jakob hatte ihn aufgesucht, als er ohnehin unterwegs zu der Bäuerin gewesen war, das Spinnrad zurückzubringen. Der alte Mann jedoch schien an einem Handel nicht im Geringsten interessiert. »Er hat sein

Geschirr noch nie auf einem Markt verkauft, hin und wieder kommen die Bauern bei ihm vorbei und kaufen ihm was ab. Ansonsten meidet er die Menschen. Er ist überhaupt sehr wunderlich. Geredet hat er auch kaum ein Wort. Ich glaub, seine Töpfe waren ihm zu schade für einen wie mich. Und er will natürlich auch nicht darauf eingehen, mir das Geschirr auf Anzahlung zu überlassen.«

»Daran vermag ich nichts Eigentümliches zu finden«, erwiderte Elisabeth. »Das würde ich ebenso halten wie er. Auch wenn Ihr ihm hoch und heilig versprecht, den Rest des Geldes nach einem erfolgreichen Handel vorbeizubringen – woher weiß er, ob Ihr ehrlich seid und Euch daran haltet?«

»Mein Freund Baruch würd sich freuen, wenn er dich jetzt hören könnte«, spöttelte Jakob. »Aber ich musste es doch zumindest versuchen. Wovon soll ich denn einen ganzen Korb Geschirr kaufen? Ich hab die Wolle zurückgegeben und hab auch sonst noch ein paar Heller, aber willst du dich mit nur drei Krügen und vier Tellern auf den Marktplatz setzen?«

Sie zuckte mit den Schultern. »Warum nicht? Dann verkaufe ich eben drei Krüge und vier Teller. Von dem Erlös mögt Ihr vier Krüge und sechs Teller einhandeln und so fort.«

Er sah sie erstaunt an. »Das würdest du tun?«

Sie zuckte wieder mit den Schultern.

»Vielleicht kann ich Geld leihen ...«, überlegte er.

»Von einem Wucherer?«, fragte sie scharf.

»Die leihen einem Vaganten nichts.«

»Wann werdet Ihr den Mann ein zweites Mal aufsuchen?«

»Vielleicht morgen.«

»Nehmt mich mit.«

»Mit zu dem Alten?«

»Ja.«

»Was willst du da?«, fragte er unwillig.

»Sagen wir, Ihr habt mich neugierig gemacht. Und außerdem …«

»Ja?«

»Ich werde mich daran gewöhnen müssen, den Wald zu verlassen, n'est-ce pas? Also ist es besser, ich fange gleich morgen damit an.«

25.

Es herrschte keineswegs ein Wetter, das zum Wandern einlud, als Elisabeth der kleinen Straße, die von der Stadt her durch den Wald führte, zum ersten Mal in entgegengesetzter Richtung folgte. Trotz des wollenen Rocks und der Weste fröstelte sie. Der Himmel war verhangen und schon nach wenigen Schritten nieselte ein dünner Regen auf sie herab. Ich habe nicht einmal ein Tuch, dachte sie, als die Tropfen ihr Haar befeuchteten.

Sie hatte angenommen, die Straße führe von der Stadt her nur immer tiefer und tiefer in den Wald hinein, doch Jakob belehrte sie, dass der Wald sich bereits nach einer halben Stunde wieder lichte und einem kleinen Dorf Platz mache, ebenjenem Dorf, in welchem auch die Bäuerin mit dem Spinnrad lebte. Die Straße verliefe dann immer weiter, an der Hütte des Töpfers vorbei, durch einige Ansiedlungen hindurch, bis sie auf eine größere Handelsstraße stieß, die nach Osten zu aus Reupen hinausführte.

Zu ihrer Rechten trat nun der Bach aus dem Wald, plätscherte durch eine feuchte, tiefgrüne Wiese und begleitete sie den ganzen Weg. Unter dem grauen Himmel hielten die Blumen längs des Baches ihre Kelche geschlossen. Elisabeth erkannte sie dennoch, sie zogen sich zu dieser Zeit des Jahres wie ein blassvioletter Schleier über die Wiesen. »Schleier der Elfen« hatte Eleonore sie einst genannt, damals, als sie Kinder waren und heimlich die Wiesen durchstreiften …

»Wie ist der wirkliche Name jener Blume dort?«

»Elendsblume«, antwortete Jakob, »oder Wiesenschaumkraut oder Wasserblume. Essen kann man sie auch, sie reinigt das Blut. Warum?« Sie antwortete nicht. Von Poesie versteht er rein gar nichts, dachte sie.

Endlich traten auch zu ihrer Linken die Buchen zurück. Am Waldrand grunzte eine kleine Schweineherde, bewacht von einem barfüßigen Kind in einem kurzen, verwaschenen Kittel. Das Kind starrte die Fremden an.

Hinter der nächsten Biegung wurden die niedrigen Hütten sichtbar, geduckt, klein, von dem Grau des Himmels fest auf die Erde gedrückt. Die Hunde bellten wild, als Elisabeth und Jakob sich den ersten Behausungen näherten.

Nur wenige Menschen arbeiteten im Freien. Sie blickten entweder misstrauisch auf oder wandten von vornherein den Kopf zur Seite, als hätten sie Jakobs Gruß nicht gehört. Nur ein Mann nickte freundlich, als sie vorübergingen. Er stand auf einem dampfenden Misthaufen und belud eine Karre mit dem Dung. »Es ist Gretes Mann«, erklärte Jakob leise. »Grete, die uns das Rad geliehen hat.« Elisabeth blickte über die Schulter zurück. Es war eine Hütte wie alle anderen, ein schlanker, junger Eichbaum reckte sich in der Mitte des Hofes. »Und dort ist die Schenke, da hab ich schon gespielt.« Jakob zeigte auf eine etwas größere Hütte.

Die Hütten schienen ihr alle gleich, niedrig, mit kleinen, gedrungenen Nebengebäuden, Strohdächern, einem Abzug für den Rauch, einem Zaun aus dünnen, krummen Stöcken um die mageren Gemüsebeete. Davor tummelten sich Hühner, Schweine und hier und da ein krabbelndes Kind. Der Regen hatte aufgehört, die Luft blieb feucht. Das ganze Dorf roch nach Feuchtigkeit und Dung. Elisabeth hielt den Atem an, um dem Gestank zu entgehen.

Drei Kinder holten sie am Ausgang des Dorfes ein. Eines zupfte Jakob mutig am Rock. »Wo hast'n heut deine Musik, Herr Spielmann?« Jakob hob bedauernd die Schultern. »Ein andermal.«

Mit einem Mal umwehte sie sanfter Fliederduft. Elisabeth blickte sich suchend um und entdeckte einen prächtigen Strauch vor einer winzigen Hütte. Sie lag nicht so nahe an der Dorfstraße wie die anderen, fast so, als wolle sie sich verbergen hinter den Sträuchern, unter dem dichten Blattwerk des Baumes an ihrer Seite. Eleonore hätte diese kleine, verwilderte Behausung gewiss »très charmant« gefunden.

Eleonore, dachte Elisabeth schmerzlich. Ist nicht jetzt die Zeit, da wir unter meinem blühenden Kastanienbaum gesessen hätten?

»Ihr sagtet, Ihr kennt diese Bauern?«, fragte sie Jakob beim Weitergehen. »Und dennoch verhielten sie sich derart argwöhnisch?«

»Sie lieben Gesindel wie uns nicht«, sagte er leichthin. »Abends in der Schenke bei Branntwein und Bier, da mag's angehn ... Ich kann's ihnen ja nicht verdenken. Nicht jeder, der durchs Dorf zieht, ist ein harmloser Bettler. Wie sollen sie wissen, ob er ihnen nicht in einem unbeobachteten Moment das Wenige stiehlt, das sie haben. Oder ob's einer ist, der für eine Räuberbande auskundschaftet, ob sich's lohnt, das Dorf zu überfallen?«

»Euch aber müssten sie doch nun kennen, wenn Ihr schon des Öfteren hier wart?«

Er zuckte mit den Schultern. »Manche sind ja auch einigermaßen freundlich. Und trotzdem, alles an mir ist ihnen fremd. Fremd, wie's die schwedischen Soldaten waren und die kroatischen und alles, was ihnen Unheil gebracht hat. Sieh dir den Töpfer an, der lebt schon über zehn Jahre hier, den müssten sie doch jetzt auch kennen. Aber den mögen sie noch immer nicht.«

Das nun konnte Elisabeth den Dorfbewohnern nicht verdenken, als sie dem besagten Manne nach einem zügigen Fußmarsch selbst gegenüberstand. Er ließ sie grußlos, mit mürrischem Blick eintreten. Ein hagerer, hochgewachsener Mann, der sein sechzigstes Jahr sicherlich schon überschritten hatte.

Das Innere seiner Behausung überraschte sie. Im Gegensatz zu dem verwahrlosten Äußeren herrschte in der Hütte eine peinliche Ordnung. Es gab keine freie Wand, vor einer jeden stand ein hohes Regal, darauf reihten sich die Kannen, die Krüge, die Schüsseln. Der Boden war sauber gefegt, kein Messer, kein Becher, kein Kittel lag umher.

An einem schmalen Tisch stand ein Schemel, aber der Mann bot Elisabeth keinen Platz an. Er ließ sie in der Mitte der Hütte an Jakobs Seite stehen, während er sich wieder an die Töpferscheibe vor dem der Tür gegenüberliegenden Fenster setzte. »Wegen der Töpfe?«, fragte er, tief über die Scheibe gebeugt.

»Ich wollt noch mal mit dir darüber reden«, sagte Jakob und nahm den Tragekorb vom Rücken.

»Weiß nicht, was es da zu reden gibt«, brummte der Mann. »Kaufst sie halt wie jeder andere auch. Und bezahlst sie auch so.« Er hob für einen Moment den Kopf. »Auf dem Markt willst du sie verkaufen?«

»Nicht ich. Meine Frau.« Zum ersten Mal bedachte der Töpfer Elisabeth mit einem knappen Blick, um sich dann gleich wieder Jakob zuzuwenden.

Elisabeth fühlte sich überflüssig bei der Unterredung, also sah sie sich in der Hütte um. Sie war geräumiger als die Waldhütte, aber ebenso spärlich eingerichtet, von den gut gefüllten Regalen einmal abgesehen. Das Fenster, an dem der Mann jetzt saß, war außergewöhnlich groß. Er hatte es wohl eigenhändig vergrößert, weil er Licht benötigte für seine Arbeit.

Die Männer schienen handelseinig geworden zu sein, denn der Töpfer erhob sich und ging langsam zu einem der Regale hinüber. Dabei zog er sein linkes Bein ein wenig nach.

»Gibt bessere Körbe zum Töpfetragen«, befand er beim Anblick von Jakobs Korb.

»Ich hab nur den.«

»Pass auf, dass dir darin nichts zu Bruch geht.«

»Wenn ich das Geschirr bezahl«, entgegnete Jakob, »dann gehört's mir, dann lass es meine Sorge sein, ob was davon zu Bruch geht oder nicht.« Der Mann bedachte ihn mit einem finsteren Blick, der besagte, dass er es nicht duldete, dass eines seiner Werke zerbrach, gleichgültig wem es gehörte.

Jakob zog seinen Beutel hervor. Er zählte alles Geld auf den Tisch.

Der Töpfer schüttelte den Kopf. Er blickte auf Jakobs spärliche Münzen. »Aber für die Vase reicht das nicht. Die gebe ich nur für einen halben Taler.«

Eine Vase? Elisabeths Augen glitten über die irdenen Becher und fanden die Vase. Ein fein geschwungenes, zierlich bemaltes Stück. Keines der Stücke in den Regalen war plump, weder die Tiegel noch die Teller noch die kleinen Henkelgefäße. Alle waren von der gleichen, lehmbraunen Farbe, manche gar mit einem einfachen Blumenmuster versehen. Sie blickte auf die Hände des Mannes, die gerade zwei Becher aus dem Regal nahmen. Wie sahen Hände aus, die solch außergewöhnlich ansehnliche Stücke formten? Schlank waren sie. Sie wirkten auf Elisabeth weit angenehmer als sein sonstiges Wesen. Er drehte jeden Becher, jeden Krug noch einmal in den Händen, ehe er das Stück an Jakob weitergab. Jakob setzte alles vorsichtig in den Korb. Es war wenig genug.

»Dann bis bald, Meister Helferich.«

Der Mann murmelte etwas, das einem Abschiedsgruß ähnelte.

»Was hältst du von ihm?«, fragte Jakob auf dem Rückweg.

»Er hat kluge Augen und schätzt die Menschen nicht allzu sehr«, fasste sie ihre Eindrücke zusammen.

»Gut gesagt«, lächelte Jakob. »Er wird seine Gründe haben.«

Er zeigte auf den halb gefüllten Korb auf seinem Rücken. »Denkst du, du kannst's tragen, ohne dass was zerbricht?« Sie sah den Tragekorb unsicher an. »Du musst es können«, sagte er. »Wir haben nichts mehr außer dem Geschirr.«

Eine Bachstelze trippelte vor ihnen her ins Dorf hinein. Ein wackliger, von einer Kuh gezogener Karren scheuchte sie auf. Elisabeth schnupperte nach dem Fliederduft. Rauch stieg aus der Dachöffnung der winzigen Hütte. Es gab also jemanden, der darin wohnte. Jakob lenkte ihre Gedanken von der verwunschenen Hütte ab. »Lass uns Grete einen guten Tag wünschen. Das dort ist sie nämlich.« Eine kleine, kräftige Frau schloss gerade die Stalltüre hinter sich. »Ei, der Herr Meger!«, rief sie, als sie Jakob und Elisabeth gewahr wurde. »Halt's Maul, dummes Vieh!«, fuhr sie den großen, zottigen Hofhund an, der beim Auftauchen der Fremden wütend bellend an seinem Strick zerrte. Sie trocknete ihre Hände an der Schürze ab. »Ich hab grad noch mal nach der Kuh geguckt«, erklärte sie.

Elisabeth wünschte, Jakob wäre nicht einfach mitten in diesem Dorfe stehen geblieben. Ihr war unbehaglich zumute dabei. Auf der gegenüberliegenden Seite des Wegs machte sich eine gebückte Alte trotz des schlechten Wetters in ihrem Gärtchen zu schaffen. Sie äugte unablässig aus zusammengekniffenen Augen zu ihnen herüber. Elisabeth wandte ihr den Rücken zu, um dem Blick auszuweichen.

»Und das ist deine Frau?« Die Bäuerin drückte Elisabeths Hand. Ihre Hand war rau, das Gesicht zeigte Spuren von Müdigkeit und Anstrengung. »Ich bin die Grete, aber bestimmt weißt du das schon, gell?«

»Ich bin Elisabeth.«

Die Frau musterte sie ausgiebig aus hellen Augen, denen nichts zu entgehen schien. »Ja«, wandte sie sich unschlüssig an Jakob. »Willst du noch mal mit reinkommen?«

»Hast du Angst, mit uns so lang im Hof zu stehen, Frau Wagnerin?«, spottete Jakob. Er senkte die Stimme. »Deine Nachbarn sehn schon her.«

Grete blickte zu der argwöhnischen Alten hinüber. »Ach, lass sie gucken. Die wissen hier allemal mehr über mich, als ich selber weiß. Das is' halt so.«

»Wir wollen dich auch nicht von der Arbeit abhalten«, sagte Jakob. »Wir sind halt grad vom Helferich gekommen.«

»So, vom Nikolaus Helferich.« Grete musterte den Tragekorb. »Gestern hat er seine Töpf' aus dem Brennofen geholt. Ja, da sind bestimmt ein paar schöne dabei. Ich tät ja auch hingehn und tät mir'n Krug kaufen, die Kathrin hat unsern die letzt' Woch' runterfallen lassen. Ich hab aber nicht einen Kreuzer mehr im Haus, und der Helferich gibt seine Töpf' nur her, wenn man sie gleich bezahlt, als tät ich ihm fortlaufen mitsamt meinem Haus!«

Elisabeth mühte sich, ihren Worten zu folgen. Die Leute redeten hier ganz anders als zu Hause in Messelstein.

»Beim nächsten Mal bring ich dir den schönsten Krug mit, Grete«, versicherte Jakob. »Und du bezahlst ihn erst, wenn du's hast.« Wie kommt es nur, wunderte sich Elisabeth, dass er bei mir um jeden Heller rechnet und bei Fremden mit dem Geld umgeht, als hätten wir mehr als genug davon?

Die Bäuerin hob die Hände. »Wenn du noch mal kurz gucken tätst nach der Kuh ...«

»Hat's denn nicht geholfen?«

»Doch, doch«, versicherte die Frau. »Gut hast du ihr geholfen. Ohne dich hätten wir sie net mehr, da bin ich mir sicher. Aber guck doch noch mal«, drängte sie. »Auch wenn's schon besser geht. Wenn du noch mal guckst, dann bin ich beruhigt.« Sie sah Elisabeth an. »Deine Frau kann sich solang in die Küch' setzen.« Sie öffnete die niedrige Haustür. In die Küche? Elisabeth blickte zögernd auf die Tür. Noch nie in ihrem Leben hatte sie eine Bauernhütte betreten. »Ei komm.« Die Frau schubste Elisabeth in einen kleinen, dunklen Raum, in dem es nach Feuer und, mehr noch, nach Vieh roch. Eine schmale Fensteröffnung ließ etwas Licht auf einen steinernen Herd fallen, an welchem ein junges Mädchen stand und Küchenkräuter in einen Suppentopf schnitt. Das Mädchen nickte schüchtern, als die Fremden eintraten, beugte sich dann aber hastig wieder über den Topf.

»Das sind drei von meinen Töchtern«, erklärte Grete, »die andere ist grad bei die Nachbarin gegangen.« Ein zweites Mädchen mit einem weichen, kindlichen Gesicht, jünger als das Mädchen am Herd, saß auf der Bank am Tisch und wiegte einen Säugling in den Armen. »Sie schläft doch schon, Else.« Die Frau schüttelte den Kopf und nahm dem Mädchen den Säugling aus den Armen. »Merkst du das net?« Sie legte das Kind in einen großen Korb neben der Stalltüre.

»Setz dich einen Augenblick auf die Bank«, forderte sie Elisabeth auf. Jakob stellte den Tragekorb behutsam an die Wand und folgte Grete in den Stall. Er war von der Küche nur durch eine dünne Bretterwand getrennt, was den starken Geruch nach Vieh erklärte. Elisabeth ließ sich auf der Bank nieder. Sie fühlte sich so fremd in der kleinen Bauernküche wie noch an keinem Orte zuvor. Nicht einmal in der wüsten Schenke in der Stadt war ihr derart befangen zumute gewesen.

Das junge Mädchen drehte sich nicht um, rührte weiter in ihrer Suppe und schob nur einmal ein Stück Holz in das Feuer. Das jüngere Mädchen blieb eine Weile auf der Bank sitzen und starrte Elisabeth an. Dann erhob es sich und folgte der Mutter und Jakob in den Stall. Elisabeth hörte Jakobs Stimme durch die angelehnte Tür. Er schien sich hier beinahe heimisch zu fühlen. Kein Wunder, wenn er in einer solchen Hütte aufgewachsen war. Wie er sich wohl fühlen würde, führte sie ihn in den Speisesaal eines Schlosses? Sie erinnerte sich an seinen Auftritt im Frühstückszimmer des Fürsten. Nein, befangen hatte er sicherlich nicht gewirkt.

Sie besah sich den aus groben Steinen gemauerten Herd genauer. Ein richtiger Herd, dachte sie, ein Herd, über dem man sogar Fleisch braten könnte, hätte man welches.

Das Fell einer Katze kitzelte an Elisabeths Knöchel, eine weiche Pfote tappte auf ihren Fuß. Elisabeth beugte sich nach unten und kraulte das Tier im Nacken, worauf die Katze behaglich die Augen schloss.

Sie blickte sich um. So lebten diese Menschen Tag für Tag, ihr ganzes Leben lang? In dieser niedrigen, dunklen Küche? Sie dachte an die geräumige Schlossküche von Messelstein, die Unzahl von Tiegeln und Töpfen, die wohl gefüllte Speisekammer.

Außer der Tür zum Stall sah sie nur noch eine weitere Tür. Gab es nur zwei Räume in dieser Hütte? Schliefen sie da am Ende alle zusammen? Die Frau, der Mann, die Kinder? Und wie kam es, dass die Frau so alt und faltig aussah, wenn sie doch die Mutter des Säuglings war? Sie musste jünger sein, als Elisabeth es zuerst vermutet hatte. Alterte man so schnell, wenn man ein Kind nach dem anderen gebären und dabei schwer arbeiten musste? Sicherlich, wenn sie bedachte, wie sehr sich bereits ihre eigenen Hände in dieser kurzen Zeit verändert hatten. Sie lehnte ihren Rücken an die Wand. Trotz der Enge und Dunkelheit, trotz des Geruches nach Dung und Vieh hatte der Raum etwas Behagliches. Etwas, das in der Waldhütte fehlte. Es mochte der Strauß von Feldblumen sein, der in einer ungefügen Vase auf der Truhe stand, oder das mit Küchengeräten beladene Brett über der Tür. Vielleicht der Zwiebelzopf, der an der Seite eines schmalen Regales herunterbaumelte, oder die hölzernen Schuhe neben dem Herd. Vielleicht auch die achtlos auf dem Schemel liegen gelassene Lumpenpuppe.

Mit einem Satz sprang die Katze auf Elisabeths Schoß und rollte sich zusammen. Elisabeth erschrak, in der Stalltür stand Grete und lachte. »Bei jedem ist die net so zutraulich.« Sie drehte sich zu Jakob um. »Trinkst du noch'n Schluck? Vom Selbstgebrannten?« Jakob nickte. »Du auch?« Elisabeth schüttelte den Kopf.

»Ja«, die Frau führte ein offensichtlich bereits begonnenes Gespräch fort, »wenn der Mann von der Lisbeth sich net totgesoffen hätt, da hätt die's auch leichter. Das Haus fällt der bald überm Kopf zusammen und ihre Geiß sieht aus wie ein Knochengerüst …« Plötzlich blickte sie Jakob an, als wäre ihr erst jetzt etwas Wichtiges eingefallen.

»Könntst du der net helfen mit der Geiß? Meine Kuh ist ja auch gesund geworden. Geh doch mal hin und guck. Ich geh auch mit.«

Jakob schüttelte fest den Kopf. »So was mach ich nicht. Hätt's auch bei dir nicht machen sollen. Aber du bist halt vernünftig und hältst deinen Mund. Stell dir vor, ich fang an und kurier an den kranken Leut' und dem kranken Vieh herum. Was denkst du, wie lang das gut geht? Bis was stirbt, das vielleicht sowieso gestorben wär. Und dann heißt's gleich, ich hätt's verhext.«

»Da haste bestimmt Recht.« Die Frau senkte betroffen ihre Stimme. »Die täten ja schon von Hexerei reden, wenn's gelingt und wird gesund. Hast ja Recht. Und die Lisbeth hat so 'n loses Maul. Aber Leid tut sie mir halt schon manchmal ...«

»Und dein Mann, kann der ihr nicht ein bisschen zur Hand gehn mit dem Haus? Ihr werkelt jeder so für euch herum, ihr solltet euch eh mehr zusammentun ...«

»Ach.« Grete winkte ab. »Der Heinrich, der hat ihr doch schon beim Ackern geholfen. Der kann doch auch net immer alles machen. Der kommt ja hier daheim zu nichts. Weil die beim Schloss drüben wieder angefangen haben mit Weiterbauen. Die ganze Zeit müssen unsere Männer da hin.« Ihre Miene verfinsterte sich. »Sollen die sich doch ihre Handwerker dafür holen. Aber die müssen sie bezahlen für die Arbeit. Und fürs Grobe, da tut's denen ein Bauer allemal noch. Der kost' nichts. Meinste, da tät mal einer von den Herrschaften hierher kommen und gucken, ob's hier was zu richten gäb?« Beim Schimpfen sah die Frau lebendiger und jünger aus.

»Still«, warnte Jakob, »lass das keinen hören.«

»Sag ich auch nur bei dir«, murrte die Frau. Sie schien zu dem Gaukler ein sonderliches Vertrauen gefasst zu haben. Elisabeth musterte ihn. Er leerte den Becher und wischte sich mit dem Handrücken über Mund und Bart. Er war das einzig Vertraute in dieser fremden Hütte. Und gleichzeitig wurde er ihr ganz fremd, je mehr er mit der Bäuerin redete, je heimischer er sich in dieser Umgebung zu fühlen schien.

»Der Helferich wohnt schon lang da, oder?« Elisabeth horchte auf. »Der Helferich? Ja, der wohnt schon lang da«, antwortete Grete. »Irgendwann nach'm Krieg ist er in die Hütt' gezogen. Erst haben wir gedacht, 's wär'n übrig gebliebener Soldat. Das hat's ja oft gegeben. Da, wo meine Schwester im Dienst war, da haben sich Schwedische niedergelassen, wirklich. Aber dann hat er mit seine Töpf' angefangen. Es geht auch immer mal eins hin von hier und kauft was, aber der tut sein Maul net auf. Gar nichts weiß mer hier von dem. Weiber hat er net, trinken tut er net, wie er lebt von dem bisschen Verdienst, das weiß mer net. – Und du«, fragte sie Elisabeth, »willst das Geschirr auf'm Markt verkaufen?« Elisabeth nickte. »Und da gehste ganz allein?«

»Nun, ich ...« Elisabeth blickte fragend zu Jakob hinüber.

»Na, gut dass ihr bei der Stadt wohnt«, nickte Grete. »Da musst du wenigstens net im Dunkeln durch den Wald, so wie mir. Also, ich nehm mir da ja immer jemand mit, wenn ich denk, dass ich vor'm Dunkeln net heimkomm, weil ...«

»Ihr irrt Euch«, begann Elisabeth, »wir leben nicht ...« Da traf sie Jakobs warnender Blick und sie unterbrach ihren Satz. Was war das nun wieder? Hatte er der Frau verschwiegen, dass sie mitten in ebendiesem Wald lebten, den sie fürchtete? Hatte er selbst ihr erzählt, sie lebten in der Nähe der Stadt?

»Nun, Grete«, Jakob räusperte sich, seine Stimme klang nach Aufbruch. Ah nein, dachte Elisabeth, als sie seine Unruhe bemerkte, du verlässt diese Hütte nicht, ehe ich nicht Auskunft erhalten habe. »Warum fürchtet Ihr den Wald dermaßen?«, fragte sie die Frau. »Er scheint recht hübsch und freundlich. Ist es die Furcht vor Wegelagerern?«

Jakob erhob sich. »Wir müssen nun weiter, Grete.«

»Ei ja, ich auch.« Grete nahm den Becher vom Tisch. »Ja, der Wald ...«

Jakob winkte ab. »Lass die alten Spukgeschichten.«

»Ich möchte es gerne hören«, beharrte Elisabeth.

»Das sind keine Geschichten!«, empörte sich Grete. »Da sind welche niedergemetzelt worden, das war noch, als Krieg war. Leut' hier aus dem Dorf. Mein eigener Vater, der hat die noch gekannt, als er ein Kind gewesen ist. Das war'n aber keine Soldaten net, das war so ein Haufen von, man weiß net was für Kerlen. Und dann konnt' sie erst keiner ordentlich begraben, weil die Kerle sich noch lang da rumgetrieben hatten, und dann war'n sie auf einmal fort, die Toten. Und jetzt, jetzt gehn sie um. Sie finden keine Ruh net. Ei, so sagt mer halt. Auf alle Fälle würd ich da net durchgehn im Dunkeln. Und da hinein, da, wo das passiert is', da net mal am Tag.« Der Säugling quengelte in seinem Korb. »Jetzt gehört er ja zum Schloss, der Wald«, sagte Grete. »Da haben mir jetzt eh nichts mehr mit zu schaffen. Aber ganz früher, hat mein Vater immer gesagt, da hat er mal dem Dorf gehört.« Jakob setzte seinen Hut auf. »Wenn du jetzt in die Stadt gehst, da musst du auf der linken Seit' gucken«, riet die Frau Elisabeth. »Da war das passiert.«

Behutsam nahm Elisabeth die Katze vom Schoß und setzte sie auf den Boden. Nicht dass sie viel auf Geistergeschichten gab, aber dass die Menschen gerade dort gemeuchelt worden waren, wo jetzt ihre Hütte stand ...

Jakob hob den Korb auf den Tisch. »Versuch du es«, forderte er Elisabeth auf. »Du musst dich dran gewöhnen.« Zögernd schob sie die Arme unter die Lederriemen. Der Korb war nicht so schwer, wie sie befürchtet hatte, aber ihr war ein wenig angst beim Gedanken an das zerbrechliche Geschirr.

»Leb wohl, Frau Grete.«

Der Hofhund bellte hinter ihnen her, sie hörten ihn noch, als sie das Dorf verließen.

»Warum lasst Ihr die Frau in dem Glauben, wir wohnten nahe der Stadt?«

»Braucht ja niemand zu wissen, wo wir leben, oder?«

»Und warum habt Ihr mir niemals von dieser hässlichen Begebenheit erzählt?«

Er zuckte mit den Schultern. »Das ist doch ewig her.«

»Denkt Ihr, ich fürchtete mich vor dem dummen Aberglauben?«

Er lächelte. »Wer weiß? Würdest du des Nachts durch den Wald gehn? Allein?«

»Sicherlich nicht. Aber es sind weniger die Toten, die mich schrecken, die Lebenden schrecken mich mehr.«

»Vor den Lebenden brauchst du da auch keine Angst haben. Denn sie wagen sich nicht hinein bis zu unserer Hütte. Hast ja gehört. Die armen Erschlagenen von damals schützen uns vor den Lebenden von heute.« Er blieb abrupt stehen. »Erzähle niemals jemanden, wo du wohnst. Nie.« Ihm war es ernst, das spürte sie.

»Auch weil es des Königs Wald ist?«

»Es braucht niemand zu wissen«, schnitt er weitere Fragen unwirsch ab. Bedächtig ging er neben ihr her, wohl um mit ihr, die des gefüllten Korbes wegen langsam ging, Schritt zu halten. Aber er ähnelte einem jungen Bauern, wenn er so ging, sie mochte das nicht, sie sah ihn lieber als Spielmann. »Ihr redet nicht wie die Leute im Dorf«, stellte sie fest.

Er zuckte mit den Schultern. »Ich komme aus einer anderen Gegend.«

»Das meinte ich nicht. Ihr redet überhaupt nicht wie ein Bauer, aus welcher Gegend auch immer, obwohl Ihr doch in einem Dorfe aufgewachsen seid. Zu Anfang dachte ich schon, dass Ihr wie ein Bauer redet, im Gegensatz zu allen Redeweisen zumindest, die mir geläufig waren. Aber nun …«

»Wie red ich denn?«

Sie überlegte. »Wie niemand sonst.«

»Da hättest du mich vor zehn Jahren hören sollen, als ich vom Dorf an den Hof kam! Sie hörten überhaupt nicht auf, mich wegen meiner Bauernsprache zu verlachen.«

»Welcher Hof?«, fragte Elisabeth erstaunt.

»An einem Hof war ich halt eine Weile, aber nicht für lange«, sagte er widerstrebend.

Sie spürte, wie er sich wieder in sich zurückzog. Ein winziger Regentropfen traf ihre Wange. »Als Biensteter?«

»So ähnlich.« Er stieß mit dem Fuß einen Stein zur Seite.

»Hatte es mit Eurem Vater zu tun?«

»Dabei konnten sie selbst kein Deutsch, die Hofschranzen«, stieß er mit der Wut eines aufgebrachten Vierzehnjährigen hervor. »Grad so ein Gemisch aus Deutsch und welschen Brocken. Und ich hab mich auch noch bemüht, ich Idiot, so zu sprechen wie sie. Ich kann's bis heut noch nicht, aber ich will es auch nicht mehr. In Holland hab ich versucht zu reden wie die deutschen Studenten und wie die holländischen Wirte und die Marktfrauen und die Männer auf den Schiffen aus Übersee. Aber da hat's mir Spaß gemacht.«

Die Lederriemen der Kiepe scheuerten. Sie blieb stehen. Der Regen setzte ein, noch ehe sie den Wald erreichten. Er fiel in wenigen, aber großen, klatschenden Tropfen, die den hellgrauen Staub des Weges dunkel färbten. In der Ferne grollte leise der Donner.

Hinter ihnen lag die Ortschaft öde und traurig unter dem grauen Himmel. Elisabeth wollte schneller gehen, doch das Geschirr schlug im Korb aneinander. Ihre Haare wurden nass.

»Hier.« Jakob reichte ihr seinen dunklen Rock. »Häng ihn dir über den Kopf.«

26.

Obwohl Jakob sie tags zuvor das Geschirr hatte vorsichtig aus- und wieder einräumen lassen, einmal und noch einmal, bis er sicher war, sie stellte es so in den Korb, dass es auch bei einer heftigen Bewegung nicht zerbrach, obwohl sie nun den gefüllten Korb auch ohne seine Hilfe aufnehmen und wieder absetzen konnte, erwachte sie am Morgen ihres ersten Markttages in der sicheren Überzeugung, dass sie noch vor Erreichen des Stadttores stolpern und alles Geschirr zerbrechen würde. Oder was, wenn jemand einen Becher stahl und im Marktgetriebe damit verschwand? Was, wenn Menschen vor ihr stehen blieben, vor ihr, die sie auf dem Boden hockte hinter der spärlichen Anzahl von Bechern und Tellern, und am Ende nach den Preisen fragten? Sie würde kein Wort hervorbringen.

Ihr war elend, ihr Magen flatterte zu sehr, sie konnte nicht essen. Warum verkaufte nicht Jakob die Töpfe, während sie in der Hütte blieb, das Feuer schürte, Wasser holte, den Brei bereitete? Sie öffnete die zu hastig geflochtenen Zöpfe und versuchte mit zitternden Fingern, sich ein zweites Mal zu frisieren.

»Es gelingt nicht«, jammerte sie, und zu guter Letzt musste Jakob ihre Haare flechten und ihr den Korb auf den Rücken heben.

Ah, aber die Sonne schien warm von einem strahlend blauen Himmel an diesem Morgen. Elisabeth fühlte die Wärme der festgetretenen Erde unter den nackten Füßen. Jakob hatte ihr nahe gelegt, die Schuhe zu schonen. »Allein eine Reparatur könnten wir kaum zahlen, geschweige denn neue kaufen. Und im Winter brauchst du die Schuhe nötiger als jetzt.«

Sie war das Barfußlaufen nicht gewöhnt und setzte ihre Füße behutsam auf. Das Gras kitzelte unter ihren Fußsohlen, kleine Steinchen drückten sich in die zarte Haut. Jakob wurde ein wenig ungeduldig, weil sie so langsam vorwärts kamen. »Du gehörst nicht zu denen, die ein Anrecht auf einen festen Platz haben«, drängte er, »also müssen wir beizeiten dort sein, wenn du dir eine gute Stelle aussuchen willst.«

»Geht noch einmal die Preise mit mir durch«, bat sie.

»Ich kann dir doch nur sagen, was wir dem Töpfer gezahlt haben«, seufzte er. »Ich weiß, ich hätt fragen müssen nach den festgelegten Preisen für Geschirr in der Stadt. Ich bin halt kein Händler. Ich weiß nur, dass wir die Preise der ansässigen Töpfer nicht unterbieten dürfen. Wenn die Töpferzunft sieht, dass die Leute das Geschirr bei dir kaufen, weil's billiger ist, dann werden sie sich's nicht gefallen lassen. Aber mehr, als wir dem Helferich gezahlt haben, musst du schon nehmen, sonst bleibt uns ja nichts.«

»Ich bin nicht stupide, Monsieur.«

Sie würde die Stadt wieder betreten. Noch immer tanzten die Bilder des Jahrmarktes in ihrem Kopf, die sich drängenden Menschen, die Unzahl von Waren, von Lauten, von Gerüchen, die verschiedensten Gesichter, die fremdländische Frau hinter dem Gewürzstand, der kleine Gaukler mit den Schellen am Gewand. Vor allem der Abend mit den englischen Komödianten unter den ausladenden Ästen des großen Baumes.

Die Gasse, die zum Markt hinaufführte, war enttäuschend ruhig. Vereinzelt sah sie Frauen bei ihren morgendlichen Verrichtungen, wenige Schritte vor ihnen schleppten zwei Bäuerinnen sich mit schweren Körben ab. Kein Gedränge, keine Kaufmannswagen.

Finalement besser, dachte Elisabeth, so kann mich auch niemand anstoßen. Sie blickte fortwährend vor ihre bloßen Füße, um sicherzugehen, dass dort nichts lag, was sie hätte verletzen, worüber sie hätte stolpern können. Und schon breitete sich der Marktplatz vor ihr aus, zwischen dem Rathaus und der Apotheke, umsäumt von den schmalen, hübschen Fachwerkhäusern, mit seinen Ständen, mit dem Brunnen in der Mitte, mit den ersten Marktbesuchern. Alles war so gänzlich anders an diesem Morgen. Vor dem Brunnen spannte sich kein Seil. Dort räumten Handwerker ihre Stände ein und Bauersfrauen stellten ihre hoch gefüllten Handwagen ab. Keine Flötenmusik tändelte über den Platz, nur Gemurmel erklang hier und da, einzelne Worte und der laute Fluch eines Mannes, dem eine Kiste zu Boden gefallen war. Eine junge Frau reckte sich, die Müdigkeit aus ihren Gliedern vertreibend, und gähnte laut.

Mit wichtiger Miene schritt der Marktmeister von Stand zu Stand, sein Blick wanderte immer wieder prüfend von den ausgelegten Waren in das dicke Register, welches er bei sich trug. Jakob sah nach rechts, wo der große Baum seine dicht belaubten Zweige ausstreckte. »Dort ist's mit dem Geschirr zu gefährlich. Viel zu viele, die zu dicht vorbeilaufen. Und manchmal kürzt sogar einer mit dem Pferd den Weg zum Schloss ab.« Kein weißes Zelt unter den mächtigen Ästen. Keine Bühne. Keine Komödianten. Nur eine Frau, die vor dem Baum Taubenkörbe aufreihte. »Beim Rathaus ist's nicht schlecht.« Jakob schob sie weiter, an den wenigen Ständen vorbei. »Da rennt dir keiner das Geschirr über den Haufen.«

»Müssen wir uns nicht erkundigen, ob es erlaubt ist?«, fragte sie ihn, als er ihr ein letztes Mal half, den Korb vom Rücken zu nehmen.

»Erkundigen?«, wiederholte er und breitete ein grobes Tuch auf dem Backsteinpflaster aus. »Der kommt schon von selbst. Wart's nur ab.« Aber warten mussten sie nicht, der Marktmeister stand bereits vor ihnen, während Elisabeth noch auf dem Boden kniete und die Becher und Krüge auf dem Tuch ausbreitete. Zuerst schlug er sein Register auf und blätterte emsig darin herum, als könne er daraus ersehen, wie er mit ihnen zu verfahren habe, dann wandte er sich an Jakob. »Dich habe ich hier noch nie gesehen. Wie heißt du?«

»Meine Frau verkauft, nicht ich.«

»Dann sag du mir deinen Namen.«

Elisabeth blickte verwirrt auf. »Elisabeth«, antwortete Jakob an ihrer Stelle. »Elisabeth Megerin.«

Der Marktmeister blätterte umständlich. »Ist hier nicht aufgeführt.«

»Natürlich nicht.« Jakob wurde ungeduldig. »Du hast selbst gesagt, dass du uns hier noch nie gesehen hast.«

Der Mann kniff die Augen zusammen. »Werd nicht unverschämt, Kerl!« Er wandte sich an Elisabeth. »Irdenes Geschirr.« Er bückte sich nach einem Becher. »Das kannst du gleich wieder einpacken. Wir haben genug Töpfer in der Stadt. Wenn ich meine Runde gemacht hab, komm ich wieder vorbei, dann ist das Zeug hier verschwunden.«

»Mais pourquoi ...«

Er klappte sein Buch zu.

»Langsam.« Jakob vertrat ihm den Weg. »Mit welchem Recht?«

Der Mann maß Jakob mit einem abschätzigen Blick und wollte zuerst wortlos weitergehen, hielt dann jedoch inne und sagte herablassend: »Zunftrecht. Nur die Hiesigen dürfen ihr Geschirr in der Stadt verkaufen.«

»Es stammt von einem Meister aus dem Umland.«

Der Marktmeister blickte auf das Geschirr. »Wenn's einer vom Umland ist, dann soll er seine Sachen auf den Dörfern verkaufen. So war's schon immer. Hier haben unsere Meister das Vorrecht.«

»Das Vorrecht auf einen festen Stand vielleicht«, wandte Jakob ein, »das Vorrecht, die Preise festzulegen. Aber hier auf dem Markt, vom Frühjahr bis zum Herbst, darf ein jeder verkaufen. Es gibt einen Erlass vom König darüber. Wenn du ihn nicht kennst, geh ins Rathaus und sieh nach.«

Elisabeth blickte bang auf die beiden Männer. Die Röte im Gesicht des Marktmeisters ähnelte derjenigen im Gesicht ihres Vaters. Er würde nicht länger ruhig bleiben. Doch entgegen ihrer Befürchtungen räusperte er sich nur. »Mir fehlt bei Gott die Zeit, mich mit solchem Pack herumzustreiten. Gebt mir die zwei Kreuzer Standgeld und bleibt für heute da. Ein andermal geht's nicht so glimpflich ab.«

Die Art, in der Jakob die Brauen hob, hatte etwas hochmütig Herablassendes.

»Dieser Erlass, von dem Ihr spracht«, flüsterte Elisabeth, als der Mann außer Hörweite war, »er existiert wahrhaftig?«

»Was meinst du, warum der so schnell ruhig war?«

»Wie kommt es, dass Ihr Bescheid wisst über königliche Erlasse?« Jakob zuckte mit den Schultern. »Mais naturellement, Ihr wisst immer alles.«

»Ach Lise.« Er seufzte und strich mit dem Finger über ihren Zopf. »Ich wünschte, es wäre so.«

»Und Ihr werdet nun an meiner Seite bleiben?« Sie krauste die Stirn. »All die Zeit bis zur letzten Marktstunde?«

»Soll ich das?«

Sie konnte sich nichts Ärgeres denken, als dass er neben ihr saß und sie beobachtete, so, wie er es beim Feuermachen getan hatte. Sie würde erröten und stammeln in seiner Gegenwart. »Mir wäre es lieb, wenn Ihr mich allein ließet.«

»Gut.« Er erhob sich. »Beim Mittagsläuten dort am Brunnen.«

Sie nickte.

»Und, Lise …«

»Ja?«

»Versuch's halt. Es muss ja nicht gleich am ersten Tag gelingen.«

Ihr Blick folgte ihm über den Platz. Sie würde ihn an seinem geraden Gang, an seinen nachlässigen Bewegungen unter Hunderten von Menschen erkennen. Er bog in die Seitengasse ein, die zu den verkommenen Häusern führte.

Sie atmete tief durch, faltete ihren Mantel zusammen, legte ihn auf das kühle, blanke Pflaster und setzte sich darauf. Sie musste den Kopf in den Nacken legen, um die Menschen zu besehen, die dicht an ihr vorüberspazierten, so tief unten saß sie. Der massige Rücken einer Fleischersfrau, welche einen Schritt vor ihr schwere Würste und würzig duftenden Schinken verkaufte, verdeckte ihr die Sicht auf einen Großteil des Marktes. Elisabeth rückte die Becher noch einmal zurecht. Um sich die Zeit zu vertreiben, suchte sie zu erraten, welcher Beschäftigung ein jeder der Marktbesucher nachgehen mochte. Die miteinander tuschelnden Mädchen in den leichten, sauberen Leinenkleidern hielt sie für die Mägde einer wohlhabenden Bürgerfamilie, die dicke Frau mit dem riesigen Korb für eine der Bürgerinnen, die sich auch in der Stadt Vieh hielten und einen Acker vor den Toren bestellten. Und der Herr im dunklen Rock, der sich über das Fleisch der Frau mit dem massigen Rücken beugte, den hatte sie gar schon einmal gesehen. War es nicht der Küchenmeister vom Schloss?

»Es wiegt zwei ganze Pfund«, hörte sie die Fleischerin sagen. Ihre Stimme klang tief und voll, beinahe wie die eines Mannes. »Nimm die Finger vom Fleisch«, herrschte sie einen Jungen an, »sonst hol ich den Aufseher! – Also, zwei Pfund dieses Stück und ein Pfund jenes, der Herr. Soll ich es noch einmal wiegen, der Herr?« Die Redeweise der Frau glich derjenigen der Leute aus dem Dorf. Die Bewohner der Stadt, die Bewohner der Dörfer, sie schienen alle derart bäurisch zu reden. Der Küchenmeister hingegen wusste seine Worte vortrefflich zu setzen, besser vielleicht als manch einer seiner Herrschaft.

»Was für ein hübscher Krug, seht einmal her, Herr Anshelm.«

Sie erschrak, als sie so dicht neben sich Stimmen hörte, denn über ihren Betrachtungen hatte sie die beiden Männer nicht bemerkt. Der Angesprochene nickte ohne Interesse und wollte seinen Weg fortsetzen. Sie mochten Ratsherren sein, ihre Hüte waren hoch und schmalkrempig, die dunklen Röcke wurden von schlichten, weißen Kragen abgeschlossen, ihre weiten, dunklen Mäntel streiften den Boden. »Und auch die Becher.« Der Mann bückte sich und hob, ohne Elisabeth zu beachten, einen der Becher hoch. »Mir scheint, dies Geschirr ist ansehnlicher als mein eigenes im Schrank. Nun seht doch einmal her, Herr Anshelm.«

»Ach, wisst Ihr«, der andere winkte ab, »mir ist es gleich, wie die Töpfe aussehen, mir ist wichtiger, was darin ist!« Er ließ drei kurze, kehlige Lacher hören.

»Meine Frau ist ganz närrisch auf schönes Geschirr.« Der erste Herr richtete sich wieder auf. »Sie sollte nicht die Beschließerin schicken, sie sollte es sich selbst ansehen.«

Beschließerin, dachte Elisabeth, und der Preis scheint ihm einerlei zu sein. Er muss ein großes Haus führen.

Auf lange Zeit blieben es die einzigen Interessenten. Hie und da warf jemand einen Blick auf das Geschirr, doch nur einmal blieb eine junge Frau stehen und erkundigte sich nach den Preisen. Der Marktmeister schritt ein um das andere Mal über den Platz, seinen Bauch trug er wie eine runde Kugel vor sich her. Zu ihr herüber blickte er nie.

Elisabeth besah sich das Rathaus, ein schönes Gebäude mit einem ansehnlichen Fachwerkoberbau auf den rötlichen Sandsteinmauern des ersten Stockes. Kleine Erker saßen an jeder Seite des Oberbaus, ein winziger Glockenturm schmückte das Dach. Die Fenster waren mit zierlichen Butzenscheiben verglast, die schwere Eingangstür aus dunklem Eichenholz gefertigt. Ein schmucker Platz, dachte sie, als sie die stattlichen Häuser ringsum besah. Hergerichtet, damit die Herrschaften einen hübschen Anblick haben, hatte Jakob gesagt. Das Wasser plätscherte in den Brunnen. Ein Mann saß auf der Brunnenstufe und bat um eine Gabe. Elisabeth fiel es schwer, ihn anzublicken. Sein Gesicht war von Narben entstellt, seine Augenbrauen fehlten ganz. Brandnarben. Elisabeth schauderte. Seine linke Hand war verkrüppelt. Sie blickte auf ihre eigenen Hände. Der Marktmeister scheuchte den Mann von der Stufe.

Der Platz hier ist nicht so gut, wie Jakob behauptete, dachte sie bei sich. Er mag geschützt sein, doch sitze ich ein wenig abseits. Dort am Brunnen wäre ich nicht zu übersehen.

Es war unterhaltsam, der Fleischerin zuzuhören. Sie redete ununterbrochen. Mit ihrer Standnachbarin, mit den Frauen, die vor ihr stehen blieben, mit sich selbst. »Was soll das sein?«, herrschte sie einen jungen Burschen an, der eine Wurst bezahlen wollte. »Was ist das für eine Münze? Die gibt's bei uns net. Geh in die Wechselstub und tausch sie ein, dann geb ich dir auch die Wurst!« Der junge Mann versuchte vergeblich, ihr zu verdeutlichen, dass die Münze dem Wert derjenigen, die sie verlangte, entsprach, ihn sogar noch um ein Geringes überstieg. »Was ich net kenn«, erwiderte sie ungerührt, »nehm ich net!«

»Bei dir war vorhin meine Magd, stimmt's nicht?« Eine blässliche Frau mittleren Alters war vor Elisabeth stehen geblieben. Elisabeth sah zu ihr auf. Welche Magd meinte sie wohl? »Und sie hat mir gesagt, was dein Zeug kost'«, sprach sie weiter mit kindlich anmutender, klagender Stimme, bückte sich und nannte zu jedem Stück die Preise, die Elisabeth eine Stunde zuvor der jungen Frau genannt hatte. »Das ist doch richtig, was ich sag, oder?« Ihre kleinen Augen wurden noch schmaler, die Freundlichkeit in ihrer Stimme klang unaufrichtig, unruhig, abwartend. Hinterher konnte Elisabeth nicht genau sagen, wie es gekommen war, nur, dass alles irdene Geschirr, das sie je in ihrem Leben gesehen hatte, vor ihrem inneren Auge vorüberzog und sie es mit Meister Helferichs Bechern und Krügen verglich und plötzlich erkannte, dass die Preise, die Jakob angegeben hatte, nicht angemessen waren.

»Nein.« Sie richtete sich auf und hielt den Kopf sehr gerade. »Eure Magd muss sich geirrt haben.« Und schnell, ehe die Röte in ihr Gesicht steigen konnte, verdoppelte sie den Preis. Par Dieu, dachte sie, wie konnte mir etwas Derartiges entschlüpfen, weiß ich doch nicht einmal, was ein Tonbecher üblicherweise kostet. Sie musterte das Gesicht der Frau. Sie schien nicht entsetzt, sie nickte eher ergeben, als hätte sie von vornherein gewusst, dass die Becher so günstig nicht zu haben waren.

»Ein stattlicher Preis«, begann sie unschlüssig und nahm einen der Krüge in die Hand.

»Es ist gutes Geschirr«, sagte Elisabeth knapp. »Ihr seht ein, dass ich es nicht für weniger abgeben kann.«

»Was will ich mit so teurem Geschirr?«, seufzte die Frau und verlor scheinbar das Interesse. »Ich bin die Frau des Wirts«, erklärte sie stolz, »von dem Gasthaus da drüben.« Sie zeigte auf den behäbigen Bau gegenüber des Rathauses. »Was will ich mit so feinen Bechern, wenn die Gäste sie mir doch zerschlagen?« Elisabeth schwieg. Bin ich ein beliebiges Marktweib, dachte sie, das mit dieser scheinheiligen Frau handeln muss?

»Ach, red net, Kathrin.« Die Fleischerin drehte sich mit einem Male um. »Ich weiß doch, dass du Zeug für die vornehmeren Gäst' suchst, hast du mir doch selber erzählt! Wenn die was kaputtschmeißen, zahlen sie's alldieweil wieder!« Die Frau bedachte die Fleischerin mit einem feindseligen Blick. »Gib dem Mädchen bloß, was es verlangt«, redete die Fleischerin ungeachtet des Blickes weiter. »Ich würd's zahlen für so schöne Becher. Die kriegste so schnell net wieder. Die unseren machen so schöne nicht.«

»Ist das alles Geschirr, was du hast?« Die Wirtin äugte zu dem Korb hinüber. »Gibt's nicht auch Teller zu den Bechern?«

»Wenn Ihr die Becher kauft«, versicherte Elisabeth, »werde ich Euch am nächsten Markttage die Teller in Euer Haus bringen, ehe ein anderer Euch zuvorkommen kann.« Die Frau drehte unschlüssig einen Becher nach dem anderen in ihrer Hand. »Ich muss Euch ersuchen, das Geschirr vorsichtig zu behandeln«, warnte Elisabeth, »denn wenn es Euch nicht zusagt, wird es der Ratsherr erstehen, der vorhin ein großes Interesse daran bekundete.«

Die Frau stierte Elisabeth an. Ihre Redeweise irritierte sie, ebenso die vorausgegangenen Worte der Fleischerin. Am Ende war sich Elisabeth nicht ganz sicher, ob es an der Qualität der Ware gelegen oder sie von den Feindseligkeiten zwischen den beiden Frauen profitiert hatte, jedenfalls waren, als die Wirtin mit gefülltem Korb nach Hause schritt, sämtliche Becher und einer der Krüge verkauft.

»Schönes Zeug.« Die Frau drehte sich von ihrem Fleisch weg zu Elisabeth hin. »Wenn du ein paar Schüsseln hättst und net nur die paar Krüg', tät ich dir auch was abkaufen.«

»Ich könnte Euch Schüsseln besorgen.«

»Das soll mir recht sein.« Sie nickte, ihr Kinn verschwand dabei in den fleischigen Wülsten des Halses. Unter dem niederen Volk, überlegte Elisabeth, gibt es offensichtlich doch Menschen, die sich ausreichend nähren. »Du bist noch nie hier gewesen, gell?«, stellte die Frau fest. »Sonst tätst du doch wissen, dass der eine von unseren Töpfern säuft wie ein Loch und dass sein Geschirr so aussieht, als hätt er's im Suff gemacht. Das vom andern taugt ja was, aber es sieht halt eins wie's andere aus. Willst 'n Stück Wurst, Kindchen?« Elisabeth schüttelte zögernd den Kopf. »Ei, ich schenk's dir doch«, lachte die Frau. »Musst's doch net kaufen. So 'n Schnippel Wurst kann ich noch verschmerzen.« Ehe Elisabeth sich bedanken konnte, hatte die Fleischerin sich wieder umgedreht und redete wie ein Wasserfall auf einen Kunden ein.

Als die Glocken den Mittag einläuteten, stand Elisabeth am Brunnen, den leeren Korb an die niedrige Mauer gelehnt, und beobachtete den Gürtler beim Räumen seines Standes, ebenso den Kerzenzieher, den Schuhmacher und den Seiler. Die Fleischerin packte die nicht verkauften Würste auf einen Karren. Der Marktmeister klappte sein Buch zu und überwachte das Ende des Marktvormittages. Jakob war noch nicht zu sehen. Elisabeth hockte sich auf die Brunnenstufe neben ihren Korb und wartete.

»Muss die betteln?«, hörte sie die gezierte Stimme eines jungen Mannes sagen. »Die könnte sich ihr Geld doch auf eine ganz, ganz andere Art und Weise verdienen, so wie sie aussieht.« Er lachte meckernd und ein Geldstück rollte vor Elisabeths Füße. Sie sah wütend auf und erhaschte einen

Blick auf zwei aufgeputzte Herren, den glänzenden Stoff der kurzen Mäntel, unter denen die Degenspitzen hervorschauten. Zuerst wollte sie das Geldstück verächtlich mit dem Fuß von sich schieben, dann aber hob sie es auf. Ich werde mir Kerzen davon kaufen, dachte sie.

Ihr war sehr wohl in den folgenden Tagen. Allein der Gedanke an Jakobs verblüfftes Gesicht, als er sie mit völlig leerem Korb am Brunnen hatte sitzen sehen, bereitete ihr Vergnügen. Dabei war er offensichtlich entschlossen gewesen, über ihren voraussehbaren Misserfolg kein abfälliges Wort zu verlieren. Und nun klimperten die Münzen in ihrem Beutel und der Korb war leer. Schließlich hatte er sich geräuspert und etwas von Glück und Zufall gemurmelt und dass sie nicht denken solle, es würde ihr an jedem Markttage so ergehen.

Danach blieb er zwei ganze Tage aus, um auf einer Dorfhochzeit zu spielen. Gleich nach seiner Rückkehr wollte er neues Geschirr einhandeln. Als er am dritten Tag zur Mittagszeit die Hütte wieder betrat, war Elisabeth gerade dabei, leise vor sich hin summend sämtliche Spinnweben aus den Ecken zu fegen. Zuvor hatte sie den Tisch und den Kessel gescheuert.

»Was gibt's zu essen?«, fragte er. Laute und Beutel glitten zu Boden.

Sie hielt inne und drehte sich um. »Ich wünsche Euch einen guten Tag, Monsieur, wie es sich unter höflichen Menschen geziemt«, sagte sie spitz. »Und müsste ich nicht Euch fragen, ob Ihr etwas mitgebracht habt vom Hochzeitsschmaus?« Er zog die Brauen hoch, erwiderte aber nichts. Stattdessen hob er den sackleinenen, prall gefüllten Beutel auf den Tisch, öffnete ihn und holte einen halben Laib Brot heraus, ein Stück Käse, ein Stück kalten Braten.

Er könnte es für sich behalten, überlegte sie. Warum kommt er immer wieder hierher zurück? Fühlt er sich verpflichtet, für mich zu sorgen? Oder gefällt es ihm noch immer, zuzusehen, wie eine Prinzessin sich erniedrigt, so wie er möglicherweise schon erniedrigt wurde von Angehörigen meines Standes? Nun, zumindest werde ich ihm keinen weiteren Anlass geben, sich an meinem Jammern und meiner Hilflosigkeit zu ergötzen.

»Und ein wenig Wein hab ich beiseite geschafft.« Er zeigte auf den Lederbeutel, in dem er für gewöhnlich den Branntwein aufbewahrte. »Du magst doch kein Bier, oder?« Sie blickte auf seine Hände, die den Käse in Scheiben schnitten. Feste, wohlgeformte Hände, aber ach, wie ungepflegt sie waren. Der Schmutz unter den Fingernägeln war nicht zu übersehen. Noch vor wenigen Monaten hätte sie es nicht für möglich gehalten, dass solche Hände sie berühren durften. Sie kaute das Fleisch langsam. Warum war der Geschmack von kaltem Braten und Wein um so vieles köstlicher, wenn man sparsam damit umgehen musste?

»Welche Speisen pflegt man auf Bauernhochzeiten zu sich zu nehmen?«, fragte sie und erinnerte sich an die auf silbernen Platten angerichteten Gänse und Lämmer, an die verzierten Pasteten und die süßen Kuchen zu Thereses Hochzeit. »Bier«, erwiderte Jakob kauend. »Unmengen von Bier und Branntwein. Und Rüben mit Speck, Wurst, Brot, Suppe, Brei ...«

»Erzählt von dem Fest«, bat sie.

Er zuckte mit den Schultern. »Was gibt's da groß zu erzählen? Es war wie immer. Die Braut wurde abgeholt, sie gingen zur Kirche, danach wurde gefressen, gesoffen und getanzt. Und nachdem sie das junge Paar zu Bett gebracht hatten, waren immer noch welche da, die weitertranken, und am Tag danach gab's eine kleine Nachfeier. An deinen Höfen wird's letztendlich nicht anders zugehn, nur sind die Speisen üppiger, die Festtagsgewänder teurer, und länger feiern dürfen sie auch.«

»Dürfen?«

»Na, du wirst ja wissen, dass es gewisse Verordnungen gibt. Es ist genau festgelegt, welcher Stand wie lange feiern, wie viele Musikanten bestellen, wie viele Gäste laden darf und so fort. Stell dir vor, ein reicher Bürger würde eine Hochzeit ausrichten, so prachtvoll wie eine Fürstenhochzeit! Stell dir vor, ein wohlhabender Bauer – ja, die gibt es auch – würde seine Tochter schmücken wie eine Bürgerin – am Ende könnte man den Unterschied nicht mehr erkennen, wo kämen wir da hin?«

Sie ging auf seinen spöttischen Tonfall nicht ein. »Erzählt von dem Fest, von dem Ihr kommt«, forderte sie ihn erneut auf. »Bedenkt, dass ich wenig weiß von Festlichkeiten auf dem Land. Erzählt ... welche Lieder Ihr spieltet.«

Er musterte sie mit einem belustigten Zug um den Mund, als versuchte er, sie sich auf einem Dorffest vorzustellen. »Zum Tanz eignet sich die Laute nicht«, erklärte er. »Da sind Fiedeln besser. Deshalb hab ich erst später gesungen, als alle betrunken waren und die Wehmut sie gepackt hat. Und vorher war ich dabei, als sie die Braut in den Schlaf sangen ...«

»Die Braut in den Schlaf?«

Er grinste. »Das hätt dir nicht gefallen, Mädchen.« Er reichte ihr eine Scheibe Fleisch. »Es wär dir zu unzüchtig gewesen. Ein paar Lieder vor dem Fenster der Schlafkammer, um die Braut auf die Nacht einzustimmen.« Elisabeth wünschte sich, es möge ihr einmal gelingen, erfolgreich gegen die Röte anzukämpfen, die ihr immerzu ungewollt in die Wangen stieg. »Das ganze Fest wäre dir zu ... zu ›derb‹ gewesen«, befand er und lehnte sich zurück

»Da mögt Ihr nicht Unrecht haben.« Sie versuchte ein Lächeln. »Auch die wenigen höfischen Feste, welche mir zu besuchen gestattet waren, wurden mir zu derb, wenn sie zu einer gewissen Stunde in Gelage ausarteten.«

»Na«, meinte er zweifelnd, »mir kam's oft so vor, als wären die Damen bei Hofe in dieser Beziehung wenig zimperlich. Irre ich mich oder hab ich sie ebenso saufen und fressen sehen wie die Männer?«

»Die verheirateten Damen vielleicht. Ich muss gestehen,

dass sich das gute Benehmen in diesen wilden Landen noch nicht an allen Höfen durchgesetzt hat. Doch die jungen Damen ...« Sie neigte den Kopf. »Ihr wisst zu wenig vom Hofleben, Monsieur. Die jungen Damen werden beizeiten zu Bett geschickt, man fürchtet zu sehr um ihre Tugend. Ein Edelfräulein, das sich das Geringste zu Schulden kommen ließe, würde aufhören, eine gute Partie zu sein. Und zu keinem anderen Zweck erzieht man sie, n'est-ce pas?« Sie lachte leise. »Wenn ich nur daran denke, dass mein Vater uns am liebsten gefolgt wäre bei jedem Schritte ...«

Sie unterbrach sich. Die gespannte Aufmerksamkeit in seinem Blick irritierte sie. Was redete sie da? Was redete sie von derartigen Dingen mit einem Manne? »Wie ... wie alt war die Braut?«, lenkte sie hastig ab. »Wie sah sie aus?«

»Die Braut?« Noch immer sah er sie aufmerksam an, als versuche er, etwas zu ergründen. »Die Braut. Jünger als du war sie. Und hübsch sah sie aus. Aber wie lange noch? Die schwere Arbeit, all die Kinder, die sie noch austragen muss ... Obwohl Andreas immer sagt, es gäbe keine hässlichen Frauen. Eigentlich hat er Recht, wenn ich es genau bedenke ...«

»Andreas?«, fragte sie verwundert.

»Sagte ich ›Andreas‹?« Er schob die Hände in die Hosentaschen und sah angestrengt an ihr vorbei. »Ich hab dir schon von ihm erzählt«, sagte er dann schnell. »Mein Freund von früher, der mich verprügelt hatte.«

»Den alle Jungen fürchteten und liebten, weil er so stark war?«

»Ebender.« Sein Gesicht entspannte sich. »Welche Frau auch immer er gerade im Auge hatte, er hielt sie für die Schönste und ließ es sie spüren und sie flogen ihm alle zu. Während ich mich in meine Musik vertiefte, lag er mit den Weibern im Heu.« Ihr Magen spannte sich, wann immer er über solche Dinge sprach. »Zuerst hat er versucht, mich in seine Geheimniskrämereien hineinzuziehen, aber ich hab ihm gesagt, er soll selbst sehen, wie er mit seinen Weibern zu Rande kommt. Erst haben sie sich mit ihm eingelassen, dann sind sie gestorben vor Angst, es könne herauskommen …«

»Angst?«

»Die Tugend, wie du schon sagtest. Was hast du gedacht? Dass es die bei den Bauern nicht gibt? Sie sind wie die Tiere, also paaren sie sich auch wie die Tiere? Beim einfachen Volk, Prinzessin, ist es so, dass es nur einen Mann gibt, mit dem eine Frau schlafen darf, und das ist der, mit dem sie verheiratet ist. Strengere Regeln als an deinen Höfen, nicht wahr? Und heiraten konnte Andreas sie nicht.«

»Warum konnte er nicht?«

Jakob lachte. »Die meisten waren schon verheiratet. Und die andren … Einem Mann ohne Besitz ist es nicht erlaubt, die Ehe einzugehen. Weißt du das nicht?«

»Aber Ihr sagtet doch, sein Vater sei im Besitz einer Mühle gewesen?«

»Der Beruf des Müllers ist sowieso unehrenhaft, das ist alles nicht so einfach«, meinte er. »Davon abgesehen gibt es für den jüngsten von fünf Brüdern nicht viel zu hoffen. Der älteste Bruder hat jetzt die Mühle, soviel ich weiß. Dabei hat Andreas sich besser darauf verstanden als all die anderen. Mehl mahlen und hinter Frauen herjagen, darauf versteht er sich meisterlich.«

Sie hatte ihr Gesicht auf die Hand gestützt und hörte ihm zu. Es tat ihr wohl, ihm zuzuhören. »Warum ist er nicht mit Euch gezogen?«

»Andreas? Nein. Nein, das ist kein Leben für ihn.«

Sie überdachte seine Schilderungen und seufzte. »Und ich dachte, zumindest die Menschen in den Dörfern könnten sich verehelichen, wie es ihnen beliebte. Ohne Rücksicht auf Politik, auf einen fürstlichen Namen, auf große Besitztümer.«

»Wie kommst du darauf? Wie, glaubst du, kommt eine Verheiratung zustande? Glaubst du, das Mädchen und der Kerl verabreden sich beim Tanz? Obwohl auch das vorkommt.« Er lächelte. »Aber ohne Zustimmung der Eltern wird keine Ehe geschlossen. Weißt du nicht, dass eine Ehe, die von den Eltern nicht gebilligt wird«, er senkte seine Stimme zu einem düsteren Murmeln, »vom Satan geschlossen ist?«

Sie sah das Funkeln in seinen Augen. »Ihr macht Euch über mich lustig.«

»Du ahnst nicht, was die Leute alles glauben.«

»Aber Ihr glaubt es nicht, n'est-ce pas? Ihr glaubt am Ende nicht einmal, dass der ... der Leibhaftige existiert.«

»Warum sollte ich?«, fragte er verächtlich. »Gibt schon genug Menschen, die sich wie die Teufel aufführen. Gerade unter denen, die ihre Mitmenschen so eifrig bezichtigen, mit dem Bösen im Bunde zu stehen. – Und du glaubst dran?«

Mon Dieu, dachte sie, wohin wird dieser Disput wieder führen? »Wir sprachen von der Hochzeit, auf der Ihr spieltet«, erinnerte sie ihn. »Die Braut wurde also von ihrem Vater gezwungen.«

»Gezwungen?« Er runzelte die Stirn. »Ihr wird's schon recht gewesen sein. Zwei Äcker, die man nun zusammenlegen kann, ein Mann, der im Dorf Ansehen besitzt und einen vollen Stall hat – was sonst noch?«

»Mehr ist die Verbindung zweier Menschen nicht? Ein Geschäft?« Er zuckte mit den Schultern. Sein fortwährendes Schulterzucken machte sie wütend. »Und was geschähe, wenn ein Mädchen sich weigerte? Wenn sie nicht gewillt wäre, eine solche Ehe einzugehen?«

»Mein Gott, ›nicht gewillt‹! Sie wird froh gewesen sein, dass sie einen Mann abbekommen hat. Meinst du, die heiratsfähigen Männer wachsen auf den Bäumen? Es kann sich nicht jede Frau erlauben, die Männer wie Spielfiguren vor sich antreten zu lassen!«

Ihr Gesicht glühte, doch sie hielt seinem Blick stand. »Wenn Ihr damit mich meint, Monsieur«, sagte sie kühl, »dann sprecht es nur deutlich aus!«

»Gut.« Er lehnte sich nach vorne. »Warum also all die Spielchen? Warum das Getändel? Warum hast du einen nach dem anderen abgewiesen?«

»Weil mir keiner gut genug war, das sagtet Ihr doch selbst.«

»Unsinn. Auf wen hast du Rücksicht genommen? Auf wen hast du gewartet?«

»Ihr irrt Euch in allem, was Ihr denkt, Monsieur. Und davon abgesehen geht es Euch nichts an.«

»Es geht mich sehr wohl etwas an.« Seine Augen wurden schmal. »Ich bin dein Mann.«

Der Tisch stand zwischen ihnen wie ein Schild. »Ihr seid es nicht.« Sie verbarg ihre zitternden Hände unter dem Tisch. »Ich bin Euch keine Rechenschaft schuldig.«

»Der Münzfelder?«

Sie wurde bleich. »Was wisst Ihr von Ferdinand?«

»Ah, also doch!« Er schüttelte den Kopf. »Nichts weiß ich, Prinzessin, es war nur Küchengeschwätz. Aber ich sehe, es ist mehr als das.« Ferdinand, dachte sie und schloss die Augen. Wie anders hatte sie sich damals alles vorgestellt. Niemals wieder hatte sie eine solche Harmonie beim Tanz verspürt. Seine weiche Hand auf ihrem Arm, leise Worte, ein verstohlener Blick über die Tafel, eine Rose vor ihrer Tür …

»Hast du warten wollen, bis seine Frau stirbt in einem der vielen Kindbetten, in die er sie gebracht hat?«

»Jakob!«

Er war es, der ihrem Blick nicht standhielt. »Ach, verflucht«, sagte er und schlug die Tür hinter sich zu.

Am Abend kam er wieder. Er hatte seine Laute vergessen. Elisabeth saß am Tisch und folgte mit den Augen den Bewegungen der beiden Kerzenflammen, wie sie sich gleichmäßig neigten und aufrichteten, Tänzerinnen auf der Bühne gleich. Wind drang durch die geöffnete Tür, sie flackerten auf, die Flamme der einen teilte sich oben an der Spitze in drei Zünglein …

»Bist du verrückt, gleich zwei Kerzen anzuzünden?«

Sie sah auf. »Es sind meine Kerzen«, sagte sie. »Ich kann damit tun, was mir beliebt.«

»Dann kannst du sicher auch das Geschirr alleine vom Töpfer holen morgen früh.«

Sie richtete sich auf. »Naturellement. Warum sollte ich es nicht können?«

Am nächsten Morgen verbarg sie den Beutel mit den Münzen unter ihrem Rock und nahm den Korb auf den Rücken. Natürlich konnte sie es nicht alleine. Schon der Gedanke, ohne Jakob durch das Dorf gehen zu müssen, ohne ihn an die Tür des mürrischen, alten Handwerkers zu klopfen … Daran, wie sie mit dem hoch gefüllten Korb alleine umgehen sollte, wollte sie ohnehin erst später denken. Die Schwalben strichen flach über die Dorfstraße und die Blicke der Bewohner brannten auf ihrem Rücken. Der Pranger am Rathaus kam ihr in den Sinn. Wie musste es schrecklich sein, dort allen Blicken preisgegeben angekettet zu stehen. Ihr schauderte. Sie hatte keine Befugnis, hier zu gehen, sie war eine Fremde. Beim nächsten Mal würde sie einen weiten Bogen um das Dorf schlagen. Hätten die Hunde zumindest geschwiegen; der zottelige, schwarze vor Gretes Haus tat sich besonders hervor.

Sie war froh, als sie endlich den Ortsrand erreichte. Sie blickte zu der winzigen, verfallenen Hütte hinüber. Der Fliederstrauch war fast verblüht. Heute stieg kein Rauch durch das dürftig gedeckte Dach. Ein kleiner Stein stach in ihre Fußsohle. Sie wankte. Das darf mir mit dem Geschirr auf dem Rücken nicht passieren.

Vielleicht ist er nicht zu Hause, hoffte sie, je näher sie der Hütte des Töpfers kam. Doch aus seinem Dach quoll Rauch.

Sie klopfte zaghaft an die geschlossene Tür. Sie klopfte ein zweites Mal, ehe sie sie vorsichtig aufschob. Die Tür knarrte laut. Elisabeth schrak zusammen. Der Mann saß mit gebeugtem Rücken an der Töpferscheibe, hob beim Knarren der Tür kurz den Kopf, um ihn dann gleich wieder über seine Arbeit zu senken.

»Ich wünsche Euch einen guten Morgen, Herr Helferich«, brachte sie hervor und trat einen Schritt näher. Er antwortete nicht, seine Füße bewegten die Scheibe, seine Hände formten den Ton.

Sie stellte ihren Korb auf dem Boden aus festgetretener Erde ab. Irgendetwas muss er doch sagen, dachte sie verzweifelt. Sie zog den Beutel unter dem Rock hervor. Die Münzen klimperten. »Ich bin gekommen, neues Geschirr von Euch zu erstehen.«

»Ist dein Mann nicht dabei?«

Sie suchte zuerst nach einer Begründung für Jakobs Fernbleiben, doch dann holte sie tief Atem. »Ich bin es, die die Töpfe feilbietet, also handele ich sie auch bei Euch ein. Zum Ersten benötige ich Teller passend zu den Bechern, die wir beim letzten Mal kauften, zum Zweiten Schüsseln in verschiedenen Größen. Von dem übrigen Geld ... Nun, wir werden errechnen müssen, wie viel noch übrig bleibt.«

Er hielt die Scheibe an, wischte sich die Hände an der schmutzigen Hose ab und erhob sich. Leicht hinkend trat er zu einem Regal, zählte Teller ab und stellte sie auf den Tisch. Er bückte sich nach den Schüsseln. Zu jedem Stück nannte er den Geldbetrag, den er dafür verlangte. Elisabeth nickte. Mühelos rechnete der Mann die Beträge zusammen. Sie überprüfte in Gedanken seine Rechnung und musste feststellen, dass er sich nicht geirrt hatte. Sie hatte noch Münzen übrig und entschied sich für drei Krüge und weitere Becher.

Der Korb war schwer geworden. Sie konnte ihn nicht alleine vom Boden auf den Rücken heben. »Könntet Ihr mir ...« Wie schwer es fiel, diesen Menschen um etwas zu bitten. »Könntet Ihr mir mit dem Korb behilflich sein?« Er half ihr mit einem missbilligenden Brummeln und kehrte unverzüglich an seine Scheibe zurück. Elisabeth murmelte ein »Lebt wohl« und stieß die angelehnte Tür auf.

Sie hatte es gewagt! Wäre nicht die Last auf ihrem Rücken gewesen, sie hätte rennen mögen, springen, leichtfüßig, beschwingt. Sich hoch in den Himmel werfen wie die Lerche, die sich aus der Wiese neben dem Weg in die Luft hob. Sie hatte es gewagt, den Töpfer ganz alleine aufzusuchen, sie hatte gar einen Handel mit ihm abgeschlossen. Sie, Elisabeth, die sie nie einen Fuß auf das Pflaster vor den Mauern ihres Schlosses gesetzt hatte.

Sie ging an der Seite des Weges, um nicht über die tiefen Einschnitte der Wagenräder in seiner Mitte zu stolpern. Gräser kitzelten an ihren Füßen, ihr Rock streifte Margaritenknospen und zarte rosa Lichtnelken. Letzte Löwenzahnsamen tänzelten wie weiße Federn vor ihr her. Der warme Wind und der verlöschende Fliederduft streichelten ihr Gesicht. Was scherten sie nun die Blicke der Bauern? Trug sie nicht das Geschirr auf dem Rücken?

Die Häuser des Dorfes waren keineswegs alle gleich. Elisabeth musste ihren ersten Eindruck berichtigen. Sie unterschieden sich durch Größe und Zustand, durch viele kleine Dinge, die erst bei genauem Hinsehen ins Auge fielen. Gretes Hütte zeigte keine Spur von Vernachlässigung. Zwar wuchsen auf dem Dach, das Wohnbereich und Stall bedeckte, kurze Grashalme, aber das Stroh lag dicht an dicht und bot dem Regen kein Durchkommen. Die Fächer zwischen den Balken waren sorgfältig mit Lehm verschmiert, die zweigeteilte Haustür saß fest in ihren Angeln. Durch die weit geöffnete Stalltür glitt gerade eine Schwalbe. Unter dem schlanken Eichbaum, der Zier des Hofes, scharrten Hühner im Mist. Am Rande des hölzernen Troges neben der Tür saß ein kleines Mädchen und planschte mit seinen kurzen Beinen im Wasser. Das Wasser spritzte weit und verjagte eine rot gemusterte Katze von ihrem sonnigen Platz. Die Nachbarhütte jedoch sah elend aus. Elend und dem Zusammenbruch nahe, die Giebelwand von einem Balken notdürftig abgestützt.

»Frau Megerin?« Elisabeth begriff nicht gleich, dass sie

damit gemeint war. »Frau Megerin.« Grete trat aus der Haustür. »Halt's Maul!«, fuhr sie ihren Hund an. »Wart ein bisschen.« Sie winkte Elisabeth mit der einen Hand herbei, während sie mit der anderen das Kind aus dem Trog zog. »Es ist wegen dem Krug«, meinte die Frau. Sie wirkte zurückhaltender, ein wenig unsicherer jetzt, da sie mit Elisabeth allein sprach. »Dein Mann hat gesagt, er tät mir einen Krug mitbringen vom Helferich ...«

Elisabeth nickte. »Ich habe Krüge im Korb.«

Die alte Frau im Gärtchen über der Straße reckte ihren krummen, steifen Rücken, soweit es ihr möglich war, nur um sich nichts entgehen zu lassen. »Gehn wir besser ins Haus.« Grete ging voraus in die niedrige Küche. Der Säugling schrie schrill und ausdauernd. Grete störte sich nicht daran, half Elisabeth mit dem Korb und hob erst dann das Kind aus der holzwurmzerfressenen Wiege. Sie schob ihr Hemd hoch und legte das Kind an die Brust. »Ach Gott, ach Gott«, seufzte die Frau, während Elisabeth die Krüge auf dem Tisch aufreihte, »das ist bestimmt das Letzte, das ich an der Brust hab. Ich müsst' jetzt buttern und dabei macht mich das Säugen so müd, ich könnt' mich schlafen legen.« Sie schüttelte erschöpft den Kopf. »Wenn wieder eins kommen sollt, dann sterb ich bestimmt, ehe's drei Tag' alt ist.«

Sie ist doch recht kräftig und gesund, wunderte sich Elisabeth, doch dann gewahrte sie die Müdigkeit in den Augen der Frau, die scharfen Linien in ihrem Gesicht, die grauen Fäden in ihrem Haar. »Wie ... wie alt ist das Kleine?«, fragte sie, um irgendetwas zu sagen.

»Vier Monat'«, erwiderte die Frau stolz, »und sieht schon viel größer aus, gell? Es gedeiht gut, guck, wie schön rund die Ärmchen sind. Ja, ja, man sagt immer, ums Letzte wird sich am meisten gekümmert. Wird schon was dran sein.«

Elisabeth blickte auf den flaumbedeckten Hinterkopf des Kindes, das ungestört an der Brust seiner Mutter schmatzte.

»Es ... es ist ein Mädchen?«

»Fünfe hatt' ich. Fünf Mädchen. Eins war mir gestorben, da war's keine Woch' alt. Vier Mädchen noch, mehr nicht. Aber mein Mann ist ein guter Mann, der hat's mir nie vorgeworfen, wenn ich ja doch weiß, er hätt' gern zumindest einen oder zwei Söhne gehabt. Man darf sich net beklagen, sie sind alle gesund und anstellig. Vielleicht würd' ja das Nächste dann endlich ein Jung werden, aber bestimmt wär's mein Tod.« Sie seufzte tief. »Ach, wenn man die Männer nur aus dem Bett schicken könnt' manches Mal. – Ach Mädchen, was red ich da? Das wirst du noch nicht verstehn. In deinem Alter is' das noch ganz anders, stimmt's net?« Sie zwinkerte vertraulich. »Wenn ich so 'n schönen Kerl hätt' wie den deinen, den tät ich auch net aus'm Bett schicken.«

Elisabeth errötete. Die Frau lachte ein tiefes Lachen, löste den Säugling von der Brust und klopfte ihm den Rücken. »Lang bist du noch net verheirat', gell?«, deutete sie Elisabeths Erröten. Ihre Augen glitten über Elisabeths Leib. »Und unterwegs ist auch noch nichts?« Es dauerte eine Weile, bis Elisabeth begriff, was die Frau mit ihrer Frage meinte. Dann schüttelte sie verwirrt den Kopf. »Na ja«, tröstete Grete, »das kommt alles noch. Is' ja dann auch bestimmt net leicht mit so 'nem kleinen Ding in einer zugigen Hütte oder die Straße langziehn. Aber mach dir keine Sorgen, ihr kriegt schon noch 'n richtiges Dach über den Kopf. Da, wo mein Vetter wohnt, da hat sich ein Spielmann niedergelassen, der hat sich ein schönes Häuschen erspielt und dazu noch zwei Küh'. Der spielt auf den Festen in der Umgegend jetzt und seine Frau versorgt das Vieh und die Kinder.«

A Dieu me plaise, dachte Elisabeth. Ist es das, was ich zu erwarten habe im besten Falle? Eine Bauernhütte und Vieh versorgen, während Jakob in den umliegenden Dörfern spielt?

»Ach, was red ich als.« Die Frau schüttelte den Kopf und besah sich die Krüge. »Du willst ja weiter, gell? – Der da«, sie hob den kleinsten der Krüge hoch, »der würd's tun für uns. Nur –«, sie blickte Elisabeth zögernd an, »bezahlen kann ich den nicht gleich … Nach der Ernte, da wär wieder Geld im Haus, aber jetzt …« Elisabeth war unbehaglich zumute. Zwar wollte sie der Frau den versprochenen Krug nicht wieder aus den Händen nehmen, aber ohne Bezahlung … »Und wenn ich ihn dir in Milch zahlen würd'? Heut geb ich dir einen Krug voll mit – da, den großen da, ganz voll. Und immer wenn du kommst, wieder. Bis er abgezahlt ist.« Elisabeth nickte langsam. Richtige Milch jede Woche, das klang so verlockend, dass sie nicht lange überlegte, was Jakob dazu sagen würde. Aus einer Ecke holte Grete den Milcheimer, fischte zuvor eine zappelnde Fliege heraus und schüttete dann den größten Krug bis oben hin voll. »Denk also dran.« Grete trat mit ihr vor die Tür. »Wenn du wieder zum Helferich gehst, dann guckst du halt wegen der Milch.« Elisabeth hatte sich bereits verabschiedet und wollte sich zum Gehen wenden, da hielt sie erstaunt inne.

Die junge Frau, die mit leichtem, schwingendem Schritt die Straße entlangkam, hatte sie schon einmal gesehen. Ah, sie erinnerte sich gut. Der Tag des Jahrmarkts. Sie trug wie damals das Kind auf ihrer Hüfte. Es war bei weitem älter als Gretes Säugling, das erkannte Elisabeth nun. Es hielt sich sicher auf der Hüfte seiner Mutter und ließ die nackten Beine baumeln. »Einen Augenblick, Frau Grete. Die Frau dort, kennt Ihr sie?«

»Die Hur'?«, sagte Grete. »Wer kennt die net!« Elisabeth zuckte zusammen. Einen solch schneidenden, verächtlichen Tonfall hatte sie der Frau nicht zugetraut. »Musst dich net erschrecken, Mädchen, solche gibt's überall. Aber eine Schand ist's, dass sie grad hier bei uns wohnt.« Sie zeigte zum Dorfausgang. »Dahinten in der kleinen Hütt' lebt sie ganz allein mit ihrem Balg. Die weiß net mal, wer ihr das Balg angehängt hat!« Sie senkte ihre Stimme. »Vom Teufel wär's, hab ich schon flüstern hören. Aber was braucht's da den Leibhaftigen! Das reden doch nur die Weiber daher, die Angst haben, der eigne Mann könnt' der Vater sein. Net dass du denkst, der meinige wär schon dahinten gewesen. Der meinige net! Aber da ist so manch einer, für den tät ich die Hand net ins Feuer legen. Für so manchen net! In die Stadt gehn und waschen tut sie für die bessern Leut! Da lach ich! Waschen! Beim Waschen wird's net bleiben! Ich will ja nichts gesagt haben, aber so manches kriegt mer doch mit. Und wie die die Straße langläuft, den Kopf in die Höh, als wär sie grad besser als wir, wo die sich doch ducken müsst!«

Elisabeth ging sehr langsam zum Wald zurück, in die unterschiedlichsten Gedanken versunken, den Krug fest an die Brust gedrückt. Weder das Vogelgezwitscher in den Sträuchern noch die Stimmen der Bauern auf dem Feld nahm sie wahr.

Jakob war da. Er saß auf dem Holzklotz vor der Hütte und übte Tonfolgen. Er ließ die Hand von den Saiten sinken, als sie schwer beladen aus den Büschen trat, und starrte sie ungläubig an.

»Nimm die Milch!«, befahl sie, noch ehe er etwas sagen konnte.

Er legte hastig die Laute beiseite und nahm ihr den Krug aus den Händen. »Milch? Wo um alles in der Welt warst du noch gewesen?«

Sie ging langsam in die Knie, sodass der Korb auf dem Hackklotz zu stehen kam, und streifte vorsichtig die Riemen ab. Es ging auch ohne Jakobs Hilfe. »Bei Grete war ich. Und beim Töpfer, wie Ihr seht.«

»Du warst wahrhaftig alleine dort?«

»Naturellement.«

Er blickte in den Korb. »Hast du am Ende alles Geld mitgenommen? Ohne was beiseite zu legen? Und wie soll ich jetzt was zum Essen kaufen?«

»Lasst das meine Sorge sein.« Sie trat an ihm vorbei in die Hütte. Eigentlich hatte sie nicht vorgehabt, mehr als die allernotwendigsten Worte mit ihm zu wechseln. Er hatte sie am vergangenen Abend zu sehr beleidigt, als dass sie nun unbefangen mit ihm hätte plaudern können. Dabei drängte es sie, mit jemandem zu sprechen. Über die Geschehnisse des Morgens, über Meister Helferich, über Grete, über die schöne junge Frau mit dem Kind.

»Bist du noch bei Trost?«, fuhr er sie an. »Deine Sorge! Wie kannst du das ganze Geld nehmen, ohne mich zu fragen?«

»Ihr wart nicht da.« Sie sank müde auf das Strohlager. Der Korb war äußerst schwer gewesen, seine Tragriemen hatten die Haut auf ihren Schultern aufgescheuert. Sie lehnte sich gegen die dünne Hüttenwand und rieb die schmerzenden Stellen.

»Die Riemen?«, fragte er. Sie antwortete nicht. Er kniete sich neben sie. »Tut es sehr weh?« Er streckte seine Hand aus. »Lass mich danach sehen.«

Schlagartig richtete sie sich auf. »Untersteht Euch!« Er fuhr erstaunt zurück. »Ich meine ... Ich wollte sagen, es ist nicht so arg.«

Was erschreckte sie daran, dass er ihre Schultern sehen könnte? War sie nicht im Schloss, der Mode gemäß, oft mit entblößten Schultern umhergegangen? Und dennoch – sie lehnte sich an die Wand zurück –, er sollte sie nicht sehen.

»Leg ein Tuch unter die Riemen«, murmelte er. »Dann scheuert's nicht so, wenn du morgen zum Markt gehst. Du gehst doch morgen?« Sie nickte. »Allein?«

»Warum nicht allein?«

Er erhob sich schweigend, legte die Reste von Brot und Käse auf den Tisch und füllte die Trinkbecher mit der frischen Milch. Sie setzte sich nur zögernd zu ihm.

»Und er hat dir das Geschirr so einfach gegeben, der Helferich?«, fragte Jakob. Er teilte mit seinem Messer den Käse in zwei Hälften.

»Warum hätte er das nicht tun sollen?«

Sie hob den Becher an den Mund, trank ihn leer und füllte ihn sich wieder auf. »Was hat er denn gesagt?«

»Nicht viel.« Sie nahm eine Scheibe Brot und blickte durch die weit geöffnete Tür in den Wald hinein.

»Lise?« Sie wich dem weichen Braun seiner Augen aus. »Ist irgendwas geschehn?«

»Was sollte geschehen sein?«

»Du bist so still.«

Mit einer heftigen Kopfbewegung warf sie die Zöpfe auf den Rücken. »Nennt mir einen vernünftigen Grund, aus welchem ich ein Gespräch mit Euch beginnen sollte, wenn es ohnehin darin endet, dass Ihr mich auf das Gröblichste beleidigt!«

Seine Hände drehten den hölzernen Becher um und um. »Ach das.«

Mehr hatte er dazu nicht zu sagen? Sie bedachte ihn mit einem finsteren Blick. Er drehte nur weiter den Becher und starrte auf seine Hände. »Ich hab halt nicht überlegt, was ich sage.« Er schob die Hand in seinen Nacken und sah an ihr vorbei. »Aber wenn das Gespräch auf all die Hofschranzen kommt ... Ich hab mal in einem Winter vor – ach, ich weiß nicht mehr wann – in einem ziemlich schweren Winter, da hab ich eine erfrorene Frau am Straßenrand gefunden. Sie mochte so alt wie meine Großmutter gewesen sein. Eine Bettlerin, eine Hökerin, wer weiß. Niemand, um den sich irgendwer geschert hätte. Ich vergess das einfach nicht. Und es gibt so viele solcher Frauen. Und wenn ich dann an all die Weiber denk, die ihr Leben lang spielen, immer nur spielen, mit ihrem Tand, miteinander, sogar mit anderen Menschen, nur um die Zeit totzuschlagen ...«

»Es genügt«, unterbrach sie ihn schroff. »Ihr könnt Euer schlechtes Benehmen nicht fortwährend damit rechtfertigen, dass viele Menschen im Elend leben. Dass ich dieses Elend all die Jahre nicht habe erkennen wollen, das dürft Ihr mir vorwerfen. Mehr nicht.« Er starrte sie mit geöffnetem Mund an. »Was wisst Ihr schon über das Leben einer Frau bei Hofe? Nichts, sage ich Euch. Nichts. Ihr habt mich niemals danach gefragt, wie ich lebte, was ich dachte, womit ich mich beschäftigte. Vielleicht weil Ihr fürchten musstet, ich könne das Bild zerstören, welches Ihr Euch vom Hofleben gemacht hattet. Vielleicht auch, weil es Euch nicht interessierte. Es ist mir einerlei. Doch wenn Ihr nichts wisst, dann schweigt auch. Dann stellt keine Mutmaßungen an über die Beweggründe meiner Handlungen. Nie mehr wieder.«

Er senkte seinen Blick. »Es genügt nicht, wenn ich mich entschuldige, nicht wahr?« Sie gab keine Antwort. »Wahrscheinlich glaubst du mir nicht, aber ich hab's schon bereut in dem Augenblick, als ich's sagte, das mit der Frau vom Münzfelder.« Er erhob sich. »Du willst jetzt, dass ich gehe?«

»Eins noch, Monsieur, ehe Ihr geht.« Er unterbrach die Bewegung, mit der er seinen Hut hatte aufsetzen wollen. »Ihr werft mir vor, die Bewerber um meine Hand abgewiesen zu haben, während die meisten Mädchen froh sein sollten, dass jemand sie zur Frau nimmt, der sie nähren kann. Ich begreife, dass es Euch angesichts der Lage der Frauen des niederen Volkes lächerlich vorkommen mag, wenn ich glaube, dass es noch andere Dinge gibt, die zwei Menschen miteinander verbinden können, als wirtschaftliche Überlegungen. Aber die elende Lage all dieser Frauen ist für mich keineswegs ein Anlass, meine Anschauungen zu ändern. Es sollte für Euch ein Anlass sein, darüber nachzudenken, ob man nicht allen Frauen, gleich welchen Standes, die Möglichkeit gibt, ihren Lebensunterhalt selbst zu verdienen damit sie nicht wie ein Stück Vieh an den Meistbietenden verkauft werden müssen, sondern selbst über ihr Leben bestimmen dürfen.«

Er legte den Hut auf den Tisch und ließ seine Jacke sinken. »Wie meinst du das?«

»Wie soll ich es meinen!« Sie schlug mit der flachen Hand auf den Tisch. »Ich wollte eben nicht! Ich wollte eben nicht die Gemahlin eines dieser Laffen werden, so wie eine junge Bauerntochter vielleicht die Frau eines alten Witwers werden muss, nur weil es sich die Männer herausnehmen, über alle Frauen nach Belieben zu verfügen! Wo sind all die Standesunterschiede, all die Privilegien, wenn es darum geht, ein Mädchen zu verheiraten? Wenn mein Vater mir zugestand, dass ich mitreden durfte bei der Wahl meines Gemahls, war es kein Recht, sondern eine Gunst, und am Ende unterscheidet mich nichts von der Bauerntochter.«

Er setzte sich auf die Tischkante. »Du willst mir doch nicht erzählen, du hast dieses Spiel, von dem alle Welt redet, nur aufgeführt, weil du dir deinen Lebensunterhalt lieber selbst verdienen wolltest?«

»Ihr seid zynisch, Monsieur«, bemerkte sie spitz. »Aber ich werde Euch dennoch antworten.« Sie stützte ihre Stirn in die Hand. »Nein, ich wusste überhaupt nicht, was ich wollte. All das, was ich eben ausführte, war mir damals in dieser Deutlichkeit nicht bewusst. Ich wollte nur eine Entscheidung hinauszögern, die unaufrichtig und verkehrt gewesen wäre, gleich wie ich sie getroffen hätte. Ich ... ich glaube«, sagte sie leise, »ich hatte Angst. Angst vor all diesen Männern, die ich kaum kannte, und Angst vor dem Leben, in das sie mich gezwungen hätten.«

Er sah sie prüfend an. »Der Münzfelder war überhaupt nicht dein Geliebter«, stellte er fest.

Sie hob ruckartig den Kopf und blickte in sein Gesicht. »Sicherlich nicht, Monsieur«, erwiderte sie kühl. »Es gibt auch andere Dinge, die zwei Menschen verbinden können, als bloße körperliche Begierden.«

»Ach?« Jakob zog die Augenbrauen hoch. »Wirklich?«

Sie schob den Schemel nach hinten, wich seinem Knie aus und bückte sich nach dem hölzernen Eimer. »Ich habe noch kein Wasser geholt. Entschuldigt mich.« Er rief ihr hinterher, dass sie warten solle, aber sie störte sich nicht daran. Sie nahm sich erneut vor, nicht mehr mit ihm zu disputieren. Und doch konnte sie sich der Faszination dieser Dispute nicht entziehen und suchte in den folgenden Tagen wiederholt das Gespräch mit ihm, wie auch immer es enden mochte.

Mit Jakob zu reden war so gänzlich verschieden von den Tändeleien mit den Freundinnen über Stil und Rhetorik oder den italienischen Geist. Es gab dabei keine vorgefasste Form, kein Muster für Frage und Antwort. Ihre Gespräche waren nicht dazu da, die eigene Redeweise zu erproben oder ins rechte Licht zu rücken. Sie behandelten greifbare Dinge, brachten ihre Gefühle in Aufruhr und waren jedes Mal wieder ein Wagnis, der Ablauf kaum vorhersehbar.

Sie warf ihm vor, er, der so oft von Freiheit und Gerechtigkeit sprach, meine damit lediglich die Freiheit der Männer; wie sonst könne er es billigen, dass die Frauen in fast allen Dingen unter den Männern stünden. Er hielt ihr entgegen, er billige es ganz und gar nicht, dass irgendein Mensch über oder unter dem anderen stünde, dass es ihm gleich wäre, ob der Amtmann, der ihm das Geld aus der Tasche ziehe, ein Mann oder eine Frau sei, ob es sich um eine Gräfin oder um einen Grafen handle, der den Leuten den Boden unter den Füßen stehle. Davon abgesehen habe er die Weiber nie für niedere Wesen gehalten. Wie könnte er? Für anders vielleicht, aber nicht für niedriger. Und mit einem Mal tauchte er in die Erinnerung ein und ließ sie teilhaben an den Gängen seiner Großmutter zu Geburten und Kindbetten, zu sterbenden und genesenden Frauen.

Elisabeth versuchte, sich Jakobs Großmutter vorzustellen auf ihren Wegen zu den niedrigen, lehmverschmierten Hütten, eine Frau über vierzig damals, die ersten weißen Fäden im dunklen Haar, mit klugen Augen und von schöner Gestalt, wie Jakob sagte. Sie versuchte, sich auch den kleinen Jungen an ihrer Seite vorzustellen, der während der ersten Geburt, die er mit ansah, in einer Ecke kauerte und der später dann, als er älter war, mit zur Hand gehen musste. Die Frauen schienen sich an seiner Anwesenheit nicht zu stören, sie hatten sich an ihn gewöhnt. Und Elisabeth hörte von schmerzverzerrten Gesichtern, von Milch, die nicht fließen wollte, von kranken Kindern, von Frauen, die sich aus dem Kindbett auf den Acker schleppten, und auch von Frauen, die seine Großmutter flüsternd um ein Mittel baten, das noch nicht sichtbare Kind in ihrem Leib zu töten. »Sie hat immer gesagt, davon verstünde sie nichts. Aber so war's nicht. Sie hat Angst gehabt, jemand könnte sie verraten.«

27.

Die Tage zogen dahin, das Wetter launisch, erst kühl, verregnet, dann wieder warm, beinahe schwül, bis schwere Wolken die Sonne erneut verdeckten. Das Gras wuchs immer höher; kurze, grüne Getreidehälmchen sprießten auf den Äckern; zwischen den Kohlreihen hockten kleine Mädchen in langen Leinenhemden, harkten das Unkraut und lockerten den Boden.

Elisabeth sang vor sich hin auf den Wegen zum Markt. Zweimal hatte sie gehen müssen, bis alles Geschirr verkauft war. Die Wirtin hatte ihr bereitwillig die gewünschten Teller abgenommen, die Frau des Ratsherrn einen Krug und einige Becher, die Frau vom Wurststand eine kleine und eine große Schüssel. Die Gesichter wurden ihr vertrauter auf ihren Gängen zur Stadt. Sie erfuhr, dass die Fleischerin Hanne hieß und weder die Magd noch die Ehefrau des Fleischers war, dessen Waren sie verkaufte, sondern seine unverheiratete Schwester. Sie erfuhr ebenfalls, dass sie ihre Töpfe nicht wie geplant direkt am Brunnen aufstellen durfte, was jedoch die einzige Einschränkung war, die ihr der Marktmeister auferlegte. Von Verboten, Zünften und königlichen Erlassen wurde kein Wort mehr gesprochen. Sie fand einen beinahe ebenso günstigen Platz gegenüber Hannes Stand, in der Nähe des Seilers, eines lebhaften, geschwätzigen Mannes mit lauter Stimme.

Die Markttage ermüdeten sie. Der schwere Korb auf ihrem Rücken, die langen Vormittage in der Stadt, die Menschen, der Weg zurück. Jakob war meist schon da, wenn sie gegen Mittag zurückkam. Er zählte ihren Verdienst und teilte ihr zu, was er für den Erwerb von neuem Geschirr für angemessen hielt. Sie stritt sich mit ihm darüber. Sie hasste es, wenn sie ihre mühsam verdienten Münzen vor ihm ausbreiten sollte.

Zuweilen erzählte er ihr beim Essen von einem Abend in der Schenke, einem Ereignis auf der Straße, doch meist schwieg er über sein Woher und Wohin. Von ihr hingegen wollte er immer wissen, wo sie gewesen war, wenn er sie einmal nicht in der Hütte antraf oder wenn sie länger als erwartet in der Stadt blieb.

»Wo warst du so lange?«, fragte er, als sie vom Holzsammeln kam. Die Laute lehnte er an die Hüttenwand.

»Spielt nur weiter.« Sie nahm den Korb vom Rücken. »Es klang so schön.«

»Du hast Holz gesammelt?« Er warf einen Blick in den Korb, hob ihn auf und trug ihn in die Hütte. »Du warst lange unterwegs.«

Sie legte einen Bund Kräuter auf den Tisch.

»Ich musste weit gehen«, erklärte sie. »Mir scheint, alles Holz im nahen Umkreis der Hütte haben wir aufgebraucht. Wie gut nur, dass die Sonne so warm scheint. Aber schon zum Kochen heute Morgen hat es nicht gereicht.«

»Du hast noch nichts gegessen?« Er schichtete die Aststücke neben der Feuerstelle auf. Sie schüttelte den Kopf und breitete die frischen Kräuter auf dem Tisch aus.

»Seht sie Euch an und sagt mir, welche sich dazu eignen, eine Hafersuppe zu würzen.« Sie stand an seiner Seite, als er zu sortieren begann. »Nun?«

»Zumindest sind alle genießbar«, sagte er anerkennend. Sie hockte sich auf den Schemel, stützte ihr Kinn auf die Hand und hörte ihm zu. Sie hörte gerne zu, wenn er ihr das Aussehen, die Namen, die Verwendungsmöglichkeiten der Pflanzen erklärte.

»Ihr habt lange kein Gemüse mitgebracht«, stellte sie fest. »Und der Hafer wird bis morgen reichen, aber dann …« Sie hob den Sack auf den Tisch. »Reicht das zurückbehaltene Geld, um neuen zu erstehen?«

Er ließ die blassen, länglichen Körner durch seine Finger gleiten. »Wenn ich überhaupt noch was auftreiben kann.«

»Wie meint Ihr das?«, fragte sie beunruhigt.

»Der Frühling geht zu Ende, damit auch die Vorräte. Das Wenige, das sie noch haben, brauchen die Bauern für sich. Und bis zur Ernte ist's noch eine gute Weile hin.«

»Soll ich Brot und Käse kaufen in der Stadt?«

»Das wird teuer, wenn wir uns von Brot und Käse ernähren müssen«, gab er zu bedenken. Er kniete sich vor die Feuerstelle und schob Äste unter den Topf. Dann wandte er sich um. »Soll ich einen Hasen fangen? Aber ich würd's ungern tun.«

»Sie könnten Euch dabei ertappen, nicht wahr?«

Er schüttelte den Kopf. »Das allein ist's nicht. Ich hasse es, wenn sich die Tiere in den Schlingen quälen.«

Später, als die Suppe über dem kleinen Feuer köchelte und ihren Duft in der Hütte verströmte, saß Elisabeth müßig auf ihrem Schemel, lehnte den Rücken an die Wand und blickte durch die geöffnete Tür in das helle Grün.

Er schob den Topf vom Feuer weg und kostete, dann füllte er die Schüssel mit Suppe, stellte sie vor Elisabeth ab und reichte ihr den Löffel. »Fang du an.« Es war still vor der Hütte. Elisabeth folgte mit den Augen der Spinne, die sich langsam an ihrem Faden vom Türbalken herunterließ. »Wenn ich in den nächsten Tagen nicht kommen sollte, denk dir nichts dabei.«

Sie ließ den Löffel sinken. »Wie meint Ihr das?«

»Ich gehe außer Landes für eine Weile.«

Sie starrte ihn an. »Nicht für lange«, beeilte er sich zu sagen. »Ich will mich ein wenig umsehn. Ich kann hier nicht immer sitzen und warten, ob irgendwo ein Fest gefeiert wird. Es macht dir doch nichts aus, ein paar Tage allein zu bleiben?«

Sie straffte ihren Rücken. »Warum sollte es mir etwas

ausmachen? Ich bin hier immer alleine, n'est-ce pas?« Ihre Hand zitterte leicht, Suppe tropfte auf den Tisch.

»Was wirst du tun in der Zeit?« Sie zuckte leicht mit den Schultern und beobachtete einen großen, schwarzen Käfer, der bedächtig über den Hüttenboden krabbelte. Er sah sie nachdenklich an. »Hast du noch deine Kerzen?« Sie zeigte auf das Regal. Dort lagen sie noch alle vollzählig. »Ich dachte, du hättest sie schon abgebrannt.«

»Was gäbe es hier zu tun bei Kerzenlicht?« Der Gedanke an die Abende in der Hütte, an denen sie auf dem Strohlager saß und wartete, bis die Dunkelheit immer näher rückte, brachte einen bitteren Ton in ihre Stimme, den sie gerne vor ihm verborgen hätte.

»Was hast du auf Messelstein getan, abends, wenn alles hell erleuchtet war?«

»Pardon?«

»Ja, was hast du getan? Wie hast du deine Zeit verbracht?«

»Ich stand vor dem Spiegel und probierte ein Gewand nach dem anderen an. Und da es hier an Spiegeln und Gewändern fehlt, benötige ich die Kerzen keineswegs.« Er öffnete den Mund, schwieg dann aber doch. Sie schob ihm die Schüssel zu.

»Lise?«

»Ja?«

»Ich will es wirklich wissen.«

Sie sah ihn misstrauisch an.

»Ja, ich will es wissen. Was tut man so in einem Schloss? Warst du oft allein oder niemals? Gab es jeden Tag Gastlichkeiten und Konzerte oder ...«

»Ich habe gelesen.«

»Gelesen?« Er runzelte die Stirn.

»Ja, gelesen. Unentwegt.« Sie schloss die Augen und fuhr mit ihrem Finger über die Buchrücken auf ihrem Schreibschrank. Über »Clélie« und alle Bände der »Astrée«, die von der Liebe sprachen, einer entsagungsvollen, reinen Liebe; dann ein Werk über die Planetenbewegungen, dann die deutsche Übersetzung der »Antigone« und noch aufgeschlagen auf dem Tisch Descartes. »Wenn ich erst wieder ein Buch in Händen halte …«

»Was willst du damit?«, fragte er. »Trockene Worte auf leblosem Papier.«

»Leblos?«, fuhr sie auf. »Ihr wisst nicht, wovon Ihr redet! Auch ein Buch enthält Leben. Es enthält die Gedanken eines Menschen. Und es lohnt, sich damit auseinanderzusetzen.«

»Dann red mit den Menschen, statt dich mit einem Stück Papier in deiner Kammer zu verkriechen.«

»Ich werde eines haben«, sagte sie ungeachtet seiner Worte. »Und wenn ich an jedem Markttag ein paar Heller zurücklegen muss. Ich kann auf vieles verzichten, Monsieur, doch nicht auf Bücher.«

»Du wirst es müssen. Ein paar Heller! Ich glaub, du weißt nicht, was ein Buch kostet. Du weißt nicht, wie viele Monate du dafür Töpfe verkaufen müsstest, ohne dabei auch nur einen Bissen zu essen.« Sie versuchte, die Bedeutung seiner Worte zu erfassen. »Wir werden niemals ein Buch haben«, sagte er.

Sie starrte ihn an. »Und kein Papier, keine Feder«, murmelte sie.

Kein Papier, keine Feder, keine Bücher. Keine Feder, die leicht über das Papier glitt. Keine Erprobung eigener Gedanken. Kein Versenken in neue Ideen. Keine Gedanken, keine Erkenntnis, keine Wahrheit.

»Was hast du denn?« Sie verbarg ihr Gesicht in den Händen.

»Lise?« Sie schüttelte stumm den Kopf. »Was willst du auch mit einem Buch? Schau, niemand im ganzen Umkreis hat ein Buch …«

Sie holte tief Atem und nahm die Hände von ihrem Gesicht.

»Die langen Abende in dieser dunklen Hütte …« Ihre

Stimme schwankte. Sie brach ab. Sie hatte sich einmal vor ihm gehen lassen, es durfte nicht wieder geschehen. Obwohl sie den Kopf zur Seite wandte, wusste sie, dass er sie ansah, dass er sie lange ansah. Dann seufzte er leise und löffelte seine Suppe zu Ende.

»Du kommst, scheint's, zurecht mit dem Helferich«, stellte Grete fest. Ihre Arme steckten tief im Brotteig.

Elisabeth zuckte leicht mit den Schultern.

»Ja, schwätzt er denn net mit dir?«

»Er redet wenig.« Für seine Verhältnisse hat er viel geredet an diesem Morgen, dachte Elisabeth. Sie sah Grete zu, wie sie mit ihren kräftigen Armen den Teig drehte, um und um, bis alles Mehl vermengt war. Manchmal hielt sie inne und atmete heftig aus, dann knetete sie von neuem. Der säuerliche Geruch des Teiges hing in der Küche, zusammen mit dem Geruch nach Dung und Vieh.

Elisabeth hatte dem Töpfer angeboten, mehr für sein Geschirr zu zahlen, denn sie fühlte sich nicht wohl dabei, dass sie so viel dafür erhielt und ihm so wenig dafür gab. Er hatte sie überrascht angesehen, dann aber gemurmelt, er brauche nichts. Sie solle zahlen, was er verlange, nicht mehr und nicht weniger. Dann sagte er ein zweites Mal, er brauche nichts, er müsse für niemanden sorgen, nur für sich selbst. Und am Ende hatte er ihr sogar durch das Fenster seinen Garten gezeigt. Beet für Beet ordentlich angelegt, nicht ein einziges Unkraut zwischen den sprießenden Pflänzchen. Ob er keine Blumen habe, hatte sie ihn gefragt, Vasen habe er doch genug. Er hatte sie nur verständnislos angesehen.

»Mutter?« Gretes älteste Tochter unterbrach Elisabeths Gedanken. Sie war wohl gerannt, sie wirkte abgehetzt und redete hastig. »Der Peter hat gesagt, dass er der Kathrin den Wetzstein schon gestern gegeben hätt'.« Dann erst wurde sie Elisabeth gewahr. »Einen guten Tag wünsch ich.«

»Ich dir ebenfalls«, antwortete Elisabeth.

»Der Kathrin!« Grete richtete sich auf. »Da hätt' er 'n ja

gleich in den Brunnen schmeißen können! Frag die Kathrin gleich, wo sie 'n hingetan hat!«

Das Mädchen rannte durch die Tür und von draußen ertönten Stimmen. Laute Kinderstimmen, dazwischen die ruhige eines Mannes. Die Katze schmiegte sich sanft an Elisabeths Beine, Grete senkte die Arme wieder in den Teig. »Ich bin gleich so weit, dann geb ich dir die Milch.«

»Es hat keine Eile, Frau Grete.« Ein braunes Huhn schritt würdevoll durch die Vordertür.

»Darf ich Euch etwas fragen, Frau Grete?«

»Ei frag!«

»Besitzt Ihr ein Buch?«

»Ei was? Ein Buch? Die Heilige Schrift?« Sie richtete sich auf. »Wir haben eine. Das hättste nicht gedacht, gell? Und mein Vater, der hat lesen gekonnt. Ach ja, jetzt ist er auch schon über ein Jahr tot. Die Kleine«, sie blickte zu dem schlafenden Säugling hinüber, »die hat er gar net mehr gesehn. Der Herrgott gibt, der Herrgott nimmt. Ja, mein Vater, der konnt' lesen. Nicht so wie der Pfarrer, so nicht. Aber er hat's gekonnt. Und mir«, sagte sie stolz, »mir hat er gezeigt, wie ich meinen Namen schreiben muss. Ja, meinen Namen, den kann ich schreiben! Margarete Wagnerin. Und dabei gab's keine Schul' und nichts während dem Krieg.«

»Und nun gibt es eine Schule hier im Dorf?«

Grete schüttelte den Kopf. »Hier? Eine Schul'? Für die paar Leut?« Sie zeigte mit der teigverschmierten Hand in die Richtung von Meister Helferichs Hütte. »Dort, im Nachbardorf, da gibt's alles. Einen Lehrer, eine Kirch', einen Schmied und ganz andere Bauern. Gesinde haben die da. Hat bei uns einer Gesinde außer den Kindern und den Geschwistern? Ja, der Schankwirt, der hat eine Magd. Aber sonst? Im Winter, da schick ich die Mädchen hin, in die Schul'. Wenn's auch Mädchen sind. Die Nachbarin sagt, es wär ein Unsinn. In Dienst hätt' ich die Else längst geben sollen. Ach ja«, seufzte sie, »ich kann sie einfach net weggeben. Und wer sollt' mir denn hier helfen? Die Kathrin ist noch so ein Kindskopf für ihr Alter. Was aus der nur werden soll. – Du warst auch in Dienst, gell?«, fragte sie plötzlich. Elisabeth sah sie überrascht an. »Doch, doch, sag nichts. Ich seh das den Menschen an, was sie sind. Du siehst net aus wie eine Landfahrerin. Du bist net dein Lebtag auf den Straßen rumgezogen. Aber von Bauern, wie der Jakob, bist du auch net. Du hast in einem besseren Haus gedient, stimmt's net?«

»Ihr versteht Euch auf Menschen, Frau Grete«, wich Elisabeth aus.

Grete streifte sich den Teig von den Armen. »Gell, ich hab Recht. Dacht' ich mir's doch. So wie du redst und wie du aussiehst. Wie ein Fräulein, sag ich.« Sie senkte vertraulich ihre Stimme. »Aber wie bist denn du dann mit dem Jakob mit? Geht das denn? Und dein Dienstherr? Und deine Eltern?« Sie tauchte die Hände in den Wassereimer und rieb sie sich mit einem Tuch trocken.

»Gewiss hättet Ihr Eure Tochter einem solchen Manne nicht anvertraut«, vermutete Elisabeth.

Grete wurde ernst. »Ach, weißt du, dem Mann selbst schon. Daran liegt's net. Ich kann unterscheiden zwischen den Menschen und dem Stand. Aber die meisten tun's net. Die gucken nur außen drauf. Aber ich kann das doch net ändern. Und meinem Kind tät ich so ein Leben auf der Straße net wünschen. Haben sich deine Eltern net gesorgt?« Sie schüttete Elisabeths Krug bis oben hin voll mit Milch.

»Meine Mutter ist tot«, sagte Elisabeth.

»Ach so.« Grete nickte verstehend. »Und dein Vater, der hat wieder geheirat', gell?«

Elisabeth verabschiedete sich schnell, um Gretes geweckter Neugierde zu entgehen. Vor der Tür hielt Gretes zweite Tochter Kathrin ihre kleine Schwester auf dem Schoß und suchte in deren wuschligem Schopf nach Läusen. Sie war so in ihre Arbeit vertieft, dass sie Elisabeth überhaupt nicht bemerkte.

Die misstrauisch blickende Alte von gegenüber stand wie

immer in ihrem Garten. Ob sie die Gartenarbeit nur vorschützte, um sich von den Geschehnissen im Dorf nicht das Geringste entgehen zu lassen? Elisabeth nickte ihr zu. Schnell wandte die Alte sich ab.

Elisabeth lachte leise. Sie sah zum Himmel auf. Einem grau verhangenen Himmel, trotz der Wärme. Kein Lüftchen regte sich. Sie ging schneller aus Angst, ein Gewitter könne aufziehen. Doch das Gewitter kam erst am späten Abend und erreichte die Hütte im Wald nicht. Sie hörte das Donnergrollen nur in der Ferne.

28.

Jakob kam entgegen seiner Gewohnheit bereits früh am Morgen in die Hütte. »So früh?«, fragte Elisabeth erstaunt. Sie hatte sich gerade erst angezogen, notdürftig gekämmt und mit einem Gefühl von Abscheu überlegt, ob sie sich die wässrige Suppe ein drittes Mal aufwärmen sollte.

»Ich wollt' dir was zu essen bringen für die nächsten Tage.« Und als er dann die Köstlichkeiten – Getreide, Brot, sogar Butter und Radieschen – auf dem Tisch ausbreitete, begriff sie, dass er sich anschickte, Reupen zu verlassen. »Wann?«, fragte sie.

»Jetzt«, antwortete er. »Ich geh mit dir bis zur Stadt.«

Er trug ihr den Korb bis zum vorderen Tor, dort setzte er ihn im taufeuchten Gras vor der Mauer ab. »Es wird immer heller am Morgen«, stellte er fest und blickte auf die Sonne, die sich hinter den Dächern hervorschob. Eine laute, schnatternde Gänseschar drängte aus dem Tor, Elisabeth wich zur Seite. Der Gänsejunge rannte den Tieren hinterher, verlor seinen hölzernen Schuh, hob ihn wieder auf und beeilte sich, seine Gänse wieder einzuholen.

»Hättet Ihr Euch nicht hier nach einer Arbeit umsehen können?« Was rede ich, dachte sie. Es klingt, als wäre mir daran gelegen, dass er bleibt.

»Nach was für einer Arbeit?« Er runzelte die Stirn. »Es gibt im Augenblick nichts zu verdienen. Keine Hochzeit, kein Fest. Ich hab keinen Heller mehr. Vom letzten hab ich dein Essen für die nächsten Tage besorgt.«

»Vielleicht suchen sie im Schloss drüben nicht nur Frauen für die Küche, sondern auch Männer für den Stall?«

»Ich bin Spielmann und kein Herrenknecht.«

»Ich bin die Prinzessin von Messelstein und keine Marktfrau.« Sie standen einander gegenüber, ihre Blicke maßen sich, bis Elisabeth sich nach ihrem Korb umwandte. Jakob hob ihn auf und half ihr, ihn auf den Rücken zu heben.

»Lise ...« Er zögerte. »Wenn du vielleicht ... falls ...«

»Ja?«

»Ich bin bald wieder zurück.« Abrupt wandte er sich zum Gehen. Er ging den Weg, den sie damals gekommen waren; den Weg, der hinauf in die bewaldeten Hügel führte. Er drehte sich nicht mehr um. Die Gänse stoben vor ihm auf in die Wiese hinein. Er schritt zügig aus. Die ausgetretenen Stulpenstiefel, der schwarze, breitkrempige Hut, die Laute auf seinem Rücken. Ebenso war er vor Monaten in den Speisesaal getreten. Elisabeth schluckte und wandte sich zum Tor. Der Torsteher kannte sie, er nickte ihr zu.

Die Gasse stieg an zum Markt hinauf. Über ihr die Schilder des Barbiers, des Kammmachers, des Spezereikrämers. Die geschwungene Halterung, eiserne Schnörkel, stilisierte Blätter, sich rankende Trauben, aufrecht stehende Löwen, ein kunstvoll sich windender Drache.

Das Pflaster war kühl unter ihren nackten Füßen. Die Stimmen der Handwerker, Hannes massige Gestalt, die Apothekerswitwe, die wie jeden Morgen pünktlich die Tür ihrer Apotheke aufschloss. Ein Mann stritt drüben mit der Wirtin. Gewiss verlangte er Branntwein, doch dessen Ausschank war zu dieser Stunde noch verboten. Die Wirtsmagd öffnete die Fensterläden. »Eil dich, Lise«, rief Hanne, »dein Platz ist noch frei!«

Der Schuster, der Gürtler. Elisabeth ging die Reihe ab.

Der Seiler. Alle Stände in fester Ordnung, zuerst die Einheimischen, dann die Auswärtigen.

Und draußen vor den Toren ging Jakob mit leichtem Schritt in den anbrechenden Tag hinein. Bilder schoben sich vor ihre Augen. Der klare, blaue Frühlingshimmel zwischen den Zweigen eines Apfelbaums, der anzügliche Blick des jungen Zirkelschmiedes, Barbels rotes, kurz geschnittenes Haar, die zerlumpten Gestalten in den dunklen Winkeln der Stadt, das freundliche Gesicht des alten Juden.

Elisabeth packte vorsichtig die Teller aus. Sie erkannte eine Bäuerin, die sie schon einmal mit Grete am Gartenzaun hatte schwatzen sehen. Sie hörte, wie der Marktmeister drüben bei einem auswärtigen Tuchhändler seine rechthaberische Stimme erklingen ließ. Um Maße ging es, um Ellen, um Schuh. Der Tuchhändler antwortete ruhig, mit angenehmer, fester Stimme. Wo hatte sie diesen Mann schon einmal gesehen? Den scharfen Blick, die Nase, die einem Raubvogelschnabel glich? Ah, er hatte am Jahrmarktstag seine Stoffe zum Kauf angeboten, hatte sie beobachtet, als sie seine Tuche berührte, und dann weggesehen, als hätte er sie nicht bemerkt.

Ging Jakob nun querfeldein weiter bis zur alten Handelsstraße? Und dann immer weiter bis zur großen Stadt? Oder schlug er einen gänzlich neuen Weg ein? Beladene Handelswagen würden an ihm vorbeiziehen, leichte Equipagen, berittene Boten.

Sie schrak auf. Warum drängten sich die Menschen drüben beim Rathaus? Geschrei und Rufe wurden laut. Hatte der Marktmeister einen beim Stehlen erwischt? Die Ketten am Pranger rasselten. Elisabeth erhob sich, konnte aber nichts sehen. Eine Frau zerrte ihr Kind hinter sich her. Zwei Burschen suchten sich lachend einen günstigen Platz. Hanne kam hinter ihrem Stand hervor.

»Was geschieht dort?«, fragte Elisabeth.

»Guck doch hin. Kriegt einer seine Straf'! Da, hör zu, der Ausrufer liest's grad vor. Ist nichts weiter, nur 'n paar

Stockschläg'.« Elisabeth hielt sich dicht hinter Hannes breitem Rücken, als diese sich einen Weg durch die Menge bahnte, eine Stelle zu suchen, von welcher sie einen guten Blick auf den hohen, festen Pfahl mit den eisernen Ketten hatte. Der Mann war nicht mehr jung, er hatte ein verkrüppeltes Bein. Er war so festgebunden, dass jeder seinen blanken Rücken sehen konnte. Die Rippen traten deutlich unter der Haut hervor.

»... zu zwanzig Stockschlägen«, las der Ausrufer von seiner Papierrolle ab. »Auch als Warnung an all die Bettler und Heischer, die ohne gültigen Ausweis in unsere Stadt ...«

»Was bedeutet das?«, flüsterte Elisabeth.

»Was soll's schon bedeuten! Dass keiner hier ungestraft betteln darf ohne gültigen Schein.«

»Was für ein Schein?«

Hanne kniff verwundert die Augen zusammen. »Na, wirst doch wissen, dass ein jeder, der sich net nährn kann und auf den Bettel gehn muss, sich von seinem Amt einen Schein holen muss. Dass man halt weiß, ob's einer nötig hat oder net. Es treibt sich so viel Gesindel rum, wie soll man da noch unterscheiden.«

»Und dieser Mann hat keinen Nachweis? Aber ... aber sein Bein ... Und ganz abgezehrt sieht er aus«, sagte Elisabeth entsetzt. »Er wird nicht zum Vergnügen betteln.«

»Ach Gott«, erwiderte Hanne, »von all dem Gesindel haben wir doch selber genug in der Stadt, in all den Ecken sitzen die. Wenn der dort ein anständiger Mensch wär', der durch Unglück sein Hab und Gut verlorn hätt', da hätt' der auch einen Schein bei sich.«

Der Körper des Mannes zuckte beim ersten Schlag, aber er schrie nicht. Elisabeth zuckte ebenfalls zusammen.

»Ei Gott, Mädchen«, lachte Hanne, »jetzt sag nur, du hast so was noch nie gesehn!« Sie stieß die Frau, die neben ihr stand, in die Seite. »Gell, Anna, da haben wir schon ganz andere Sachen gesehn.«

»Ganz andere Sachen«, bestätigte die Frau. »Weißt du noch, bei der einen von den drei Hexen vor fünf Jahren …«

»Nein, nein, das war vor sieben Jahren, das weiß ich!«

»Vor sieben?« Die Frau dachte nach. »Dann ist das auch schon sieben Jahr' her, wo die Lisbeth … Ach Gott, wie doch die Zeit vergeht. Ja«, sie fand den Faden wieder, »ja, wo die den drei Hexen, der einen, der haben sie mit der glühenden Zang' an den Armen und an der Brust gerissen … Dann ist das schon sieben Jahr' her, wo die Lisbeth geheirat' hat. Das war grad kurz danach«, sinnierte die Frau.

Elisabeth starrte auf die Grasbüschel in den Ritzen zwischen den Pflastersteinen.

»Drei.« Der Mann schrie noch immer nicht. »Vier.«

»Ja, ja, sieben Jahr' ist das schon her«, Hanne nickte. »Das hat jetzt alles sein End' hier mit den Hexereien, mit den Unholden.«

»Ein End' sagst du?«, erwiderte die Nachbarin. »Ein End'? Und was ist mit der alten Auermännin? He?«

»Ach die«, winkte Hanne ab, »die ist net richtig im Kopf. Sonst ist die nichts.«

»Hat die net selber verzählt, dass der Teufel zu ihr gekommen wär? Das hat die doch! Einen Rock hat der angehabt aus schwarzer Seide, wie ein edler Herr. Französisch hätt' er geschwätzt und sein …« Die Frauen steckten ihre Köpfe zusammen und es war nur noch ein Tuscheln zu vernehmen.

»Das hätt' die wohl gern, die alte Vettel«, lachte Hanne, »dass es ein feiner Herr mit ihr treibt. Besoffen wird die gewesen sein wie immer.«

»Lach da net«, warnte die Frau. »Lach da net!« Sie blickte sich vorsichtig um. »Meine Nachbarin, die hat doch vor einem Monat die Totgeburt gehabt. Da ist den ganzen Tag eine schwarze Katz ums Haus rumgemacht. Meine Nachbarin, die würd dir schwörn, das war die Auermännin.«

»Net richtig im Kopf ist die«, sagte Hanne. »Mehr is' die

net!« Noch ehe sich die Frauen in weiteren Schilderungen ergingen, noch ehe der geschundene Mann vom Schandpfahl gelöst wurde, bahnte Elisabeth sich einen Weg zurück zu ihrem Geschirr.

»Gefällt's dir nicht, schönes Fräulein?« Der Tuchhändler stützte sich auf seinen Tisch.

Sie musterte ihn. In gutes Tuch war er gekleidet, wenn es auch verschlissen aussah. Über sein linkes Auge zog sich eine verblasste Narbe. »Nein«, antwortete sie.

»Warte«, rief der Mann, »schau dir meine Stoffe an! Ein schönrer Anblick als die Streifen auf dem Rücken eines alten Mannes.«

»Mir ist ganz sicherlich nicht danach, mein Herr.« Er mochte im gleichen Alter wie ihr Vater sein. Sein Blick jedoch war keineswegs väterlich.

Ein Schrei? Sie fuhr herum. Wen noch schlugen sie an diesem Morgen? Genügte es nicht, wenn sie *einen* Menschen straften?

»Eins ... zwei ...« Drei Jungen standen auf dem Brunnenrand, der besseren Sicht wegen, und zählten jeden Schlag mit. »Jetzt ist der Torwächter an der Reihe, der den Kerl ohne Überprüfung durchgelassen hat«, erklärte der Tuchhändler. »Er ist die Schläge wohl nicht so gewohnt, deshalb schreit er.«

»Warum geht Ihr nicht und seht zu?«, fragte sie, verärgert über seine Gelassenheit.

»Dass mir noch einer meine Tuche stiehlt?« Er lachte.

»Zwanzig!«, riefen die Jungen am Brunnen.

Die Menge löste sich auf.

Elisabeth ließ sich bei ihrem Geschirr nieder. Sie zitterte. Sie sah zu dem Tuchhändler hinüber. Er breitete vor einer Frau einen hellen Leinenstoff aus.

Hanne schnitt für ein junges Mädchen Wurst ab.

Vor dem Pranger drüben stand ein kleines Kind, das an einer Brotkruste nagte.

Die Menschen schlenderten über den Platz und der Seiler

erzählte dem Gürtler eine offensichtlich erheiternde Geschichte.

Noch als sie am Nachmittag auf der Waldwiese lag und in den Himmel blickte, zogen zwischen den leichten Federwölkchen die gaffenden Gesichter der Menschen auf dem Marktplatz vorüber, der magere Rücken des Bettlers, der Gedanke an das Brandzeichen auf Jakobs Rücken, der Gedanke an Folter und glühende Zangen. Es saß ihr wie ein Kloß im Hals, der kratzte und drückte. Sie hatte zwei Becher klares Wasser trinken müssen, bis der leichte Schmerz nachließ. Hier, verborgen in dem hochgewachsenen Gras, ausgestreckt auf der warmen Erde, nur noch Gräser und den Himmel über sich, schien es ihr unfassbar, dass derartige Grausamkeiten geschehen konnten.

Wurden lediglich auf solch unbedeutendes Gerede, auf die dummen Worte einiger Marktfrauen, auf die Wichtigtuereien einiger Männer in der Schenke hin Menschen gequält und getötet? Und Jakob würde an diesem Tage nicht kommen und ihr helfen, es zu begreifen, ihr berichten über derartige Geschehnisse, über die er sicherlich mehr erfahren hatte in seinem Leben als sie. Er würde nicht an diesem und nicht am nächsten und übernächsten Tage zurückkommen.

Konnte der Frieden des Marktmorgens an jedem Tage so drastisch zerbrechen? Konnte auch der Frieden dieser abgeschiedenen Waldwiese von einem Augenblick auf den anderen zerstört werden? Sie presste sich bäuchlings ins Gras und lauschte mit klopfendem Herzen auf Stimmen, auf Schritte, auf das Knacken von Zweigen, aber sie hörte nur von fern das Tirilieren einer aufsteigenden Lerche, das Gesumm von Fliegen und Bienen, atmete den würzigen Duft der Pflanzen und des Bodens ein, so tief, dass er ihr zu Kopf stieg. Und zwischen den Pflanzen entspann sich ein eigenes Leben, tanzte eine winzige Spinne an einem unsichtbaren Faden, breitete ein Käfer seine Flügel aus, hastete eine Ameise zu ihrem Loch.

Langsam wich die Anspannung. Langsam stieg die Kraft

aus dem Boden durch das dünne Leinen ihres Hemdes, durch ihre Haut bis in jede Faser. Die Erde unter ihr glich einem lebenden Wesen, glich dem Leib eines Menschen, der sie umfing.

Zwei Tage darauf auf dem Marktplatz versuchte sie mehr von dem zu erlauschen, was die Menschen miteinander sprachen. Flüsterten sie oft von Hexen und Zauberei, vom bösen Blick, von Hinrichtungen und Folter? Doch alles, was sie hörte, wenn zwei Frauen beieinander standen, war die Klage über die viele Arbeit, die Frage nach dem Mittagessen, das Gespräch über Krankheiten oder Kinder. Die Männer redeten von der bevorstehenden Heuernte, einem schweren Kopf nach dem Abend im Wirtshaus oder über das Vieh. Der Pranger drüben stand unbeachtet. Der Marktmeister schritt an Elisabeth vorüber, ohne sie anzusehen. Hanne saß auf ihrem Schemel und kaute ein Stück von der eigenen Wurst. Dort, wo der Tuchhändler gestanden hatte, verkaufte nun ein älterer Mann seine Schnitzereien. Ein kleiner Junge, gekleidet wie ein Kavalier, zog eine gutmütig aussehende, beleibte Frau zu dem Schnitzer und verlangte ein hölzernes Pferd.

Der Morgen blieb ruhig. Eine ältere Frau blieb vor Elisabeth stehen, hob einen Becher hoch, einen Teller, um dann doch weiterzugehen. Ihre Augen waren gerötet gewesen, und Elisabeth überlegte, ob sie wohl geweint hatte oder an einer Augenkrankheit litt. Sie überlegte außerdem, ob sie am Ende selbst an einer Krankheit litt, denn sie fühlte sich außergewöhnlich müde und ihr Hals schmerzte noch immer. Sie beschloss, an diesem Tage ein wenig eher zu gehen. Sie würde ohnehin nicht mehr viel verkaufen eine Stunde vor Marktende.

Kaum hatte sie das beschlossen, kam Leben in den ruhigen Marktvormittag. Die Damen und Herren vom Schloss hatten sich offensichtlich auf eine Morgenpromenade begeben. Sie kamen zu Fuß, ein ganzer Zug von Kavalieren, Damen, Hoffräulein, Pagen. Die Marktfrauen und Händler wurden aufmerksam, lebhaft, diensteifrig. Hanne straffte ihren schweren Körper, die Hutmacherin nestelte an ihrer Haube.

Elisabeth schrak zusammen. Röte stieg ihr ins Gesicht. Für einen Moment hatte sie geglaubt, eine der Frauen erkannt zu haben, doch sie hatte sich geirrt, die Herrschaften waren ihr fremd. Sie atmete tief durch. Wer würde sie schon als Prinzessin von Messelstein erkennen? Sie ähnelte bestenfalls einer Dienstmagd, wie Frau Grete schon bemerkt hatte. Dieser Umstand versetzte ihr einen leichten Stich ins Herz.

Gelächter, leichte Worte, zugeklappte Sonnenschirme, das Rascheln von Brokatstoffen. Sie breiteten sich auf dem ganzen Platz aus, ließen sich dies zeigen, nahmen jenes in die Hand, verdrängten die Mägde, berührten sogar Hannes Fleisch, obwohl das auf Strafe verboten war. Doch diesmal schritt der Marktmeister nicht ein. Eine der edlen Damen, eine junge Frau von kräftiger Gestalt mit breitem, rosigem Gesicht, blieb vor Elisabeths Geschirr stehen, winkte einen Pagen herbei, der ihr diesen Krug und jenen Becher reichen sollte, betastete und drehte das Geschirr zwischen den Fingern. Sie fragte nicht, ob es erlaubt sei, sie würdigte Elisabeth keines Blickes. Als Einzige der Damen trug sie eine Kopfbedeckung, einen Filzhut mit geschwungener Krempe, den eine lange, wehende Straußenfeder schmückte, darunter wurden kurze, rostbraune Locken sichtbar. Das moosgrüne Taftkleid verdeckte zwar die Schultern, dafür war der Ausschnitt umso offenherziger. Der Hut, das Kleid, ihr ganzes Gehabe hatte etwas Verwegenes; Elisabeth hätte sie sich gut zu Pferde auf einer Hetzjagd vorstellen können. Einer der Herren trat zu ihr. »Mais, ma chère, Ihr zeigt Interesse an Küchengegenständen?«

»Überrascht Euch das, Henri?« Sie warf ihm einen koketten, sehr selbstsicheren Blick zu, dann zeigte sie ihm den Becher, den sie gerade in der Hand hielt. »Ist es nicht remarkabel, ein so angenehmes Muster, eine so gefällige Form hier auf dem Pflaster vorzufinden? Man sollte es dem Küchenmeister rekommandieren.« Sie reichte dem Pagen den Becher, drehte sich dem Manne zu und streifte mit ihrem Unterkleid den schönsten der Krüge. Er schlug auf dem Pflaster auf und zerbrach.

Elisabeth stockte der Atem. Sie überschlug im Kopfe hastig die Bedeutung eines derartigen Verlustes. Das Geschirr war ihr ganzes Vermögen, ihre Nahrung, ihre Sicherheit. »Madame!«, rief sie. »Ihr habt meinen Krug zerbrochen!«

Die Frau wandte den Kopf. »Vraiment? Henri, gebt der Frau ein paar Münzen. Ihr wisst, ich habe derartige Dinge nicht bei mir.«

»Ich ebenfalls nicht.« Der Mann schickte sich an weiterzugehen.

Elisabeth erhob sich. »Monsieur, ich bestehe darauf, dass mir der Krug ersetzt wird. Andernfalls rufe ich den Marktmeister zur Klärung.« Der sich sicher nicht auf meine Seite stellen wird, dachte sie insgeheim.

»Oho.« Der Mann blieb stehen und musterte sie belustigt. »Welch reizende kleine Marktfrau. Und wie gut es ihr steht, wenn sie sich echauffiert! Sieh her.« Er machte eine elegante Bewegung mit seiner rechten Hand, die ausladenden weißen Spitzen an seinem Handgelenk fielen dabei zurück. »Ich habe nichts bei mir, womit ich zahlen könnte. Aber wenn du dich heute Abend im Schloss meldest, werde ich dafür Sorge tragen, dass dir dein Schaden ersetzt wird.«

»Ein Knopf von Eurer Jacke würde genügen, mein ganzes Geschirr zu zahlen«, erwiderte Elisabeth. Der Mann zog die Brauen hoch.

»Mais, Henri.« Die Dame mit dem Filzhut bedachte ihn mit einem vorwurfsvollen Blick. Sie winkte eine der Begleiterinnen heran. »Cannenfeld, zahlt der Person, was sie verlangt.« Sie schob ihren Arm unter den des Herrn und zog ihn mit sich. »Belasst es dabei, Henri. Ihr werdet Euch doch nicht dermaßen verirren …«

Als die Mittagsglocken das Ende des Marktes einläuteten, waren die Herrschaften längst weiterspaziert, nur der Geruch nach Parfum hing noch geraume Zeit schwer über dem Platz.

»Gott, ach Gott, Lise.« Hanne schüttelte den Kopf, während sie ihr Fleisch in Tücher einschlug und auf den Karren legte. »Wie kannst du dich nur so mit den Herrschaften anlegen?«

»Mein Geld habe ich«, betonte Elisabeth.

»Weil du dem Herrn gefallen hast. Weil du jung und hübsch bist. Wenn ich so gered' hätt', ach Gott, ach Gott.«

»Man darf doch nicht alles hinnehmen!« Elisabeth warf mit einer heftigen Kopfbewegung ihre Zöpfe zurück und begann, die Schüsseln ineinander zu stellen.

Hanne schüttelte nur den Kopf. »Sieh dich halt vor«, warnte sie. »Besonders vor den Herrn. Kann auch ein Fluch sein, wenn man jung und hübsch ist.«

Elisabeth lachte. »Mit dem Manne hatte ich sicherlich nichts im Sinne, Hanne!«

»Bist ein dummes Ding«, schimpfte Hanne. »Der aber doch mit dir! Das hab ich doch von weitem gesehn. Sieh dich nur vor! Das sind doch ganz andere Menschen. Ganz andere Menschen als unsereins.«

»Ich kann keinen Unterschied erkennen«, Elisabeth zuckte mit den Schultern, »außer dass sie besser gekleidet sind und ...«

Das »besser genährt« verkniff sie sich angesichts Hannes Fülle.

»Ganz andere Menschen«, beharrte Hanne. »Du bist ein dummes Ding, du kennst die net. Lass dir das von mir gesagt sein. Die machen sich kein Gewissen draus, wenn eine Frau ins Unglück kommt. Und wie schnell ist das passiert! Da gibt's doch keine Sitte net und keinen Anstand am Hof. Wenn der König doch selber net im Ehebett gezeugt ist, wie soll er da ein Auge drauf haben? Eine Sünd und eine Schand ist's!«

»Ihr kennt den König, Frau Hanne?«

Hanne drohte mit dem Finger. »Lach du net über mich. Du tust mir das vielleicht net glauben, aber«, sie trat näher an Elisabeth heran, »die Zigeunerin, die Mutter vom König, die hab ich wirklich gesehn.« Sie blickte Elisabeth triumphierend an.

»Die Königin von Reupen war eine Zigeunerin?«, fragte Elisabeth ungläubig.

»Ei, das wird gesagt, ja. Lange, dunkle Locken hat die gehabt. Und hier im Schloss hatte er die untergebracht, der alte König. Damals war Krieg, da ging doch alles drunter und drüber. Und als die dann schwanger war«, Hanne senkte vertraulich die Stimme, »man soll's ja net laut sagen, aber die hat den König behext, dass er sie rechtmäßig zur Frau nimmt. Eine Sünd und eine Schand ist's. Und eine anständige Königin kriegen wir sowieso net, weil der jetzige König, über den lachen die feinen Fräulein nur.«

»Sie lachen über ihn?«, fragte Elisabeth mit Unbehagen.

»Ei, weißt du das net? Da hat ihm doch eine ins Gesicht gesagt, dass er ein Bastard wär. Vor allen Leuten. Das darf sich ein Mann natürlich net gefallen lassen. Wie soll denn noch einer eine Achtung vor dem haben? Heiraten hätt' er die müssen, um sich Respekt zu verschaffen!«

Röte überzog Elisabeths Gesicht. »Und warum hat er es nicht getan?«

»Ach, was weiß ich.« Hanne hob ihren schweren Karren an. »Der Vater hätt' sie ins Kloster gesteckt oder sonst wohin, sagt man.«

In ein Kloster also. Sie blickte Hanne hinterher, wie sie mit ihren massigen Armen den Karren vom Platze schob. Sie packte die Becher als Letzte oben in den Korb. Sie hatte überhaupt nicht darüber nachgedacht, was man in Meselstein wohl über ihr Verschwinden sprechen mochte. Hatte ihr Vater am Ende wirklich verbreiten lassen, die Prinzessin sei auf unbestimmte Zeit vom Hofe verbannt worden? Hatte er den wenigen, die sie mit dem Spielmanne hatten fortgehen sehen, Stillschweigen auferlegt oder ihnen berichtet, er hätte die Prinzessin aufgegriffen und an einen nur ihm bekannten Ort bringen lassen, bis die Gerüchte verstummten?

Sie hob den Korb an, stellte ihn auf den Brunnenrand und schlüpfte mit den Armen in die Riemen. Und König Philipp. Sie hatte ganz vergessen, wie nahe er hier war. Der Sohn einer Mutter, von der man sagte, sie sei eine verwitwete Gräfin gewesen oder eine Bäuerin oder eine Zigeunerin. Sie sah ihn in ihrem Ballsaal stehen, abseits von den andren Herren an die Säule gelehnt, kühl und elegant. Ihr Gesicht glühte bei dem Gedanken. Oder glühte es, weil sie fieberte? Sie fasste sich an die Stirn. Ihr Hals kratzte, der Korb war ihr schwer. Sie schritt die mit Backsteinen gepflasterte Gasse zum Tor hinunter. Die Stadt lag ruhig, sicherlich saßen die meisten ihrer Bürger beim Mittagstisch. Nur zwei Männer wankten vor ihr her. Sie setzten immer wieder eine große Korbflasche an ihre Lippen. Der eine stieß mit Elisabeth zusammen, als sie an ihnen vorbeigehen wollte. »Blei… bleib doch stehn!«, rief er ihr mit verwaschener Stimme zu. »Bleib stehn, Weibsbild, und trink mit uns.« Sein Gefährte grölte zustimmend. Der Mann hielt ihr die Flasche direkt vor den Mund. Starker Branntweingeruch entströmte ihr. »Ni… nimm einen Schluck.«

Sie blickte in sein verschwollenes, gerötetes Gesicht und in die kleinen, roten Augen. Wie kann ich weglaufen, wie mich zur Wehr setzen, ohne dass mein Geschirr dabei zerbricht? »Ich muss Eure Gesellschaft ablehnen, meine Herren, ich bin in Eile.«

Der andere schob sich dicht an sie heran. »Wir gehn mit dir.«

»Es wird nicht nötig sein«, sagte sie schnell, »ich habe nicht mehr weit zu gehen.« Und ohne lange zu überlegen, betrat sie die nächste Hofeinfahrt und bog um das schmale, hohe Haus, bis sie außer Sichtweite war. Sie hielt inne. Sie stand im inneren Hof, dessen eine Seite vom Haus selbst, die andere von einem niedrigen Schober, die dritte von einem Gärtchen begrenzt wurde. In seiner Mitte stand ein großer Waschzuber, eine Leine spannte sich von einem Obstbäumchen zur Schoberwand.

Elisabeth erkannte die junge, dunkelhaarige Frau sofort, die dort ihre schlanken, kräftigen Arme tief in das Waschwasser tauchte. Das Kind saß in einer Ecke und spielte mit Steinchen. Hinter der Frau stand ein Mann, seiner Kleidung nach eher der Herr des Hauses als ein Bediensteter, und hielt sie auf geradezu unanständige Weise umfasst. Die Schnürung ihres Hemdes war geöffnet, die eine Hand des Mannes liebkoste die wohlgeformte Schulter. Als er Elisabeth gewahr wurde, trat er, offenbar peinlich berührt, einen Schritt zurück. Die Frau richtete sich gleichmütig auf und blickte Elisabeth fragend an.

»Verzeiht«, stammelte Elisabeth, »ich habe mich im Haus geirrt.« Hastig verließ sie den Hof, hielt am Tor inne und spähte lange auf die Straße. Die betrunkenen Männer waren nicht mehr zu sehen.

Die Hur', hatte Grete gesagt, beim Waschen wird es nicht bleiben.

Am Waldrand angekommen, hörte sie einen Wagen hinter sich heranrumpeln. Er wurde langsamer neben ihr. Beunruhigt sah sie auf. »Willst du aufsteigen?«, fragte der Mann auf dem Kutschbrett freundlich.

Sie schüttelte den Kopf. »Ich fürchte, mein Geschirr zerschlägt mir, wenn es zu sehr rüttelt.«

»Ei, das kann passieren.« Der Mann nickte verständnisvoll. »Aber eil dich, dass du bald unter ein Dach kommst, es sieht nach Regen aus.« Sie atmete auf. Es gab auch solche Männer. Ihr ekelte, wenn sie an den Branntweingeruch dicht vor ihrer Nase dachte, an den anzüglichen Ton in der Stimme des Kavaliers auf dem Markt und an die Hand des Dienstherrn auf der bloßen Schulter der Waschfrau. Erleichtert bahnte sie sich einen Weg durch das Gesträuch. Ihre Schritte federten auf dem weichen, nachgiebigen Waldboden. Licht fiel von oben durch die Buchenblätter. Wie hatte sie nur denken können, der Wald sei bedrohlich? Bedrohlich waren die Menschen.

Sie mühte sich erschöpft aus den Riemen des Tragekorbes. Er schwankte. Erschrocken hielt sie ihn fest. Einen Augenblick lang hatte sie gehofft, Jakob wäre da und hätte etwas Warmes zu essen zubereitet und einen Aufguss gegen die Schmerzen in ihrem Hals. Aber die Hütte war leer, kühl und öde. Sie stocherte in der Glut. Sie mochte keine Körner zerkleinern, die Arme waren ihr schwer. Sie kaute lustlos an einer Scheibe Brot und an dem hart gewordenen Käse und sehnte sich nach einer Mahlzeit, die sie nicht selbst zubereiten musste, einer Mahlzeit, die sie in dieser Hütte ohnehin nicht hätte zubereiten können. Sie dachte an zarte Kalbsbrust und an Forelle in Mandel-Meerrettich, an einen frischen Salat und süßes, getrocknetes Obst. Ach ja, und an Sauerkraut aus dem großen Fass in der Schlossküche.

Sie trank einen Becher Wasser, das linderte das Brennen in ihrem Hals. Matt streckte sie sich auf dem Strohsack aus. Ich bin krank, dachte sie und befühlte ihre übermäßig warme Stirn. Ihr graute vor der Länge des verbleibenden Tages, der einbrechenden Dämmerung, der Einsamkeit, der Nacht. Sie sehnte sich so heftig zurück nach Messelstein wie nie zuvor. In ihrem weichen Bett wollte sie liegen, zugedeckt mit einer warmen Decke. Ihr Vater hätte längst seinen Leibarzt gerufen, Marie hätte ihr eine heiße Hühnerbrühe gebracht. Ah, eine Hühnerbrühe anstelle der aufgewärmten Hafersuppe! Eleonore würde an ihrem Bett sitzen und ihr vorlesen. Lesen. Wir werden niemals ein Buch haben.

Ihr war kalt unter der groben Decke. Sie konnte dieses Leben nicht länger führen. Sie hatte nicht die Kraft dazu. Sie wollte nicht sterben an der Kälte, an einem zehrenden Fieber, an der Pest. Sie wollte nicht am Straßenrand hocken, entstellt von Narben, blind, verkrüppelt durch eine schwere Krankheit oder durch die Gewalt eines anderen Menschen. Sie wollte nicht die Beute der unzähligen Männer werden, die unbehaust, ohne Arbeit, ohne Brot, ohne Frau durch die Lande zogen. Sie sehnte sich danach, in ihrem eigenen Zimmer mit einem Buch am knisternden Feuer zu sitzen. Sie sehnte sich danach, mit einem Menschen zu sprechen, der redete wie sie, der dachte und empfand wie sie, dem sie nicht alles erklären musste, der ihre Worte nicht missverstand. Was war aus Eleonore geworden?

Sie dachte an die elegante Kleidung der Hofgesellschaft auf dem Marktplatz, an die federgeschmückten Hüte, die weit bauschenden Pluderhosen der Herren, die mehrreihigen Perlenketten der Damen, an die leicht dahingeworfenen Worte.

Das alles existierte noch. Existierte also auch das Schloss ihres Vaters noch? Es fiel ihr schwer, es sich vorzustellen ohne sich selbst darin. Die breite Treppe zu den oberen Gemächern, das große Bild des vorigen Fürsten an der Wand. Sie versuchte, sich den Vater vorzustellen in seinem Gemach, an seinem Tisch, versunken in unzählige Papiere, das geöffnete Tintengefäß.

Was hält mich hier?, überlegte sie. Warum gehe ich nicht jetzt, da Jakob weit ist? Sie richtete sich auf und sank sofort zurück. Sie fühlte sich so überaus müde. Wie sollte sie denn von hier nach Messelstein gelangen? Zu Fuß etwa, allein? Die wenigen Münzen, die sie an den letzten Tagen verdient hatte, reichten sicherlich nicht, eine Equipage zu mieten. Nein, an die Herrschaften im Schloss drüben mochte sie sich nicht wenden. Sie würden in schallendes Gelächter ausbrechen, wenn sie behauptete, sie sei die Prinzessin von Messelstein. Aber einen Boten könnte sie schicken, einen dieser berittenen Boten, die die Landstraße entlangflogen auf ihren kräftigen Pferden. Einen Boten an ihren Vater, damit er sie zurückholte. Wenn sie an jedem Markttag einige Münzen beiseite legte, so, dass Jakob es nicht bemerkte, würde das für einen Botendienst nicht ausreichen?

Sie schloss die Augen und Jakobs Gesicht schob sich zwischen ihre Gedanken. Würde er nach ihr suchen, wenn er sie nicht mehr vorfände in der Hütte? Oder würde er sie vergessen? Oder kam er ohnehin nie wieder?

Messelstein. Der Fürst. Die Baronin Kammerberg. Graf Eberhard. Anna. Großtante Henriette.

Eine plötzliche Angst krampfte sich um ihr Herz. Es würde überhaupt kein glücklicher Vater auf sie warten, der sie vergeblich in allen Landen hatte suchen lassen. Der Fürst stand vielleicht vor seiner Vermählung mit der Baronin und freute sich auf seinen zukünftigen Erben. Es gab für sie kein Zurück mehr in die Behaglichkeit ihrer Gemächer, denn sie galt als Frau eines Ehrlosen, niedriger noch als der allerniedrigste Bauer. Sie würde vor verschlossenen Türen stehen, von der Hofgesellschaft geächtet, bestenfalls auf einen einsamen Landsitz verbannt.

Nein. Sie presste ihr Gesicht auf den rauen Stoff, das Stroh stach sich in ihre Haut. Nein, was denke ich. Ich bin keineswegs dazu verdammt, das Leben einer Fahrenden weiterzuführen. Noch kann ich zurück. Nichts ist geschehen. Ich bin nicht die Frau des Spielmannes. Jede Instanz, die sich denken lässt, wird diese unglückselige Verbindung für nichtig erklären. Nichts verbindet mich mit diesem Mann.

Sie schlief für kurze Zeit ein, erwachte wieder, trank einen Schluck Wasser, schlief wieder ein. König Philipp stand vor ihr auf dem Marktplatz im Kreise seiner Damen und Herren, streckte mit überheblichem Lächeln den Finger nach ihr aus und sagte: »Das ist die Prinzessin von Messelstein.« Sie saß auf dem Pflaster inmitten ihrer Töpfe, barfuß, dürftig gekleidet, ihnen zu Füßen.

Als sie sich am Morgen erhob, überflutete eine Hitzewelle ihren ganzen Körper. Ihre Hand zitterte, als sie den Eimer aufnahm, und auf dem Weg zur Quelle kam sie des Öfteren ins Taumeln. Wieder in der Hütte, fror sie erbärmlich, zog den Rock aus und kroch unter die Decke. Trotz aller Müdigkeit konnte sie nicht einschlafen. So lag sie mit immer stärker schmerzendem Hals auf ihrem Lager und blickte nach oben auf das Stroh zwischen den dünnen Balken.

Am Nachmittag kroch sie über den trockenen Hüttenboden zum Eimer und versuchte, Wasser in ihren Becher zu schütten. Der Eimer fiel um, das Wasser ergoss sich über die Erde. Einen Augenblick blieb sie zitternd liegen, dann kämpfte sie sich vor Erschöpfung aufschluchzend zu ihrem Strohsack zurück. Ihre Kehle wurde eng vor Trockenheit, und sie erinnerte sich, dass ihre Mutter vor ihrem Tod über Halsschmerzen geklagt und tagelang fiebernd gelegen hatte. Sie hoffte nur, dass Jakob niemals im Leben wieder Ruhe finden würde, wenn sie bei seiner Rückkehr tot in der Hütte lag. Und sie hoffte weiterhin, dass ihr Vater davon erführe und vor Verzweiflung über sein Unrecht dem Wahnsinn verfiele.

Sie befühlte ihre heiße Stirn und Angst überkam sie. Sie versuchte, die Tage zu zählen, die Jakob fort war, begann mit dem Markttag, an dem er sich verabschiedet hatte, zählte bis zum nächsten Markttag, doch die Zahlen verschwammen in ihrem Kopfe, und Eleonores klare Stimme las ein italienisches Gedicht. Sie beugte sich über sie und fragte: »Ist dir besser, Elise?«

Als sie die Augen wieder öffnete, war es dunkel um sie her und sie wusste nicht, war das bereits der Tod oder nur die Nacht. Eine plötzliche Kälte schüttelte sie. Sie versuchte vergeblich, die zweite Decke über sich zu ziehen. Die Anstrengung brachte ihren Körper zum Glühen, sie vermochte an nichts anderes zu denken als an die Schmerzen in ihrem Hals und an Wasser, ihren ausgedörrten Mund zu befeuchten. Der Tod wurde ihr gleichgültig. Sie schob die Decke von sich, um nicht zu verbrennen. Flammen schlugen vor ihr hoch und die Menschen auf dem Marktplatz zeigten mit Fingern auf sie. »Da!«, kreischte Hanne. »Sie hat sich in eine schwarze Katze verwandelt!« Die Hand des Mannes vom Waschzuber zog sie aus dem Feuer, er liebkoste ihre bloße Schulter und flüsterte ihr wollüstige Worte ins Ohr.

Eine Hand legte sich auf ihre Stirn.

Sie schlug danach.

»Es ist gut, Mädchen, ich bin da.« Ein matter Lichtschein drang durch ihre Wimpern. »Ich will nicht sterben«, flüsterte sie. »Du stirbst nicht«, sagte Jakobs Stimme. Sie schlang die Arme um seinen Hals und schluchzte. Er presste ihren schweißnassen Körper fest an sich und wiegte sie leicht.

29.

Sie erwachte spät am nächsten Morgen. Sie fühlte sich erschöpft und zerschlagen. Es war sehr hell in der Hütte und es roch nach warmer, würziger Suppe. Sie versuchte, sich aufzurichten, doch ihr wurde heiß dabei.

»Bleib liegen«, sagte Jakob. Er stand an der Feuerstelle und zog den Topf an der Kette ein wenig höher. Er strich sich die dunklen Locken aus der Stirn und sah sie an.

»Mir ist heiß«, flüsterte sie. Er nickte, bückte sich nach dem Wassereimer und füllte ihren Becher. Der Strohsack neben dem ihren fehlte. Sie betastete ihr Hemd. Es war frisch und angenehm trocken. Auch ihr Körper war nicht mehr klebrig vor Schweiß.

»Was …« Dann begriff sie. Röte überflutete ihr Gesicht, diesmal war es nicht das Fieber. Er setzte sich neben ihrem Lager auf den Boden. Sie nahm den Becher, ohne Jakob dabei anzusehen. Wie hatte er es wagen können …

»Ich hab die Matratze in die Sonne gelegt«, erklärte Jakob. »Das Laken und dein Hemd habe ich ausgewaschen. Heute Abend ist alles wieder trocken.«

Er schien sich nichts dabei zu denken. Er sprach darüber, als hätte er lediglich ihre Zöpfe geflochten.

Sie trank langsam. Es war kein Traum gewesen. Jakob, der in der Nacht gekommen war und ihr Wasser gebracht hatte. Der ihr nasses Hemd ausgezogen und ihr den Schweiß vom Körper gewaschen hatte.

»Noch mal?«, fragte er, als sie ihm den Becher zurückgab.

»Ich habe Hunger«, sagte sie.

Er atmete erleichtert auf. »Gut«, sagte er.

Sie nahm die mit Suppe gefüllte Schüssel aus seinen Händen.

Sie war diesem Manne völlig ausgeliefert gewesen. Was mochte er nun denken, wann immer er sie ansah ...

»Ihr seid ... Ihr wart sehr lange unterwegs gewesen ...« Sie mühte sich, unbefangen zu sprechen.

»Zu lange.« Er senkte schuldbewusst den Kopf. »Aber wart'.« Er kramte in seinem Beutel. »Ich hab dir was mitgebracht.« Er warf es auf die Decke.

Ihre Augen weiteten sich. Ihre Finger befühlten den zerschlissenen Einband. »Aber ... aber Jakob ... wie um alles in der Welt ...«

Er beobachtete schweigend, wie sie eine Seite nach der anderen vorsichtig umblätterte, als fürchtete sie, es könne unter ihren Händen zu Staub zerfallen. »Es ist Amadis!« Sie lachte verwundert. »Es ist Amadis von Gaulla.« Sie saß unter einem Baum im Garten von Eleonores Eltern. Es war Sommer, die Sonne schien. Eleonore rief nach ihr. »Sie hört dich nicht«, sagte Eleonores ältester Bruder. »Sie hat wieder eins von diesen Ritterbüchern. Wie viele Bände gibt es denn noch davon? Schau, sie denkt, sie ist Oriana und ihr Ritter Amadis vollbringt Heldentaten ihr zu Ehren. Oriana!«, rief er. »Oriana!« Sie fühlte Tränen in ihre Augen steigen. Sie blinzelte.

»Jakob.«

Er kramte Brot aus seinem Beutel. Er drehte sich um. »Ja?«

»Ich danke dir.«

»Unsinn«, sagte er. »Leg dich wieder hin. Du hast noch Fieber.« Sie legte sich gehorsam zurück und presste das Buch an ihre Brust. »Jakob?«

»Ja?«

»Ihr habt es doch nicht gestohlen?«

Er lächelte. »Würdest du's dann nicht annehmen?«

Sie schwieg.

»Nein, sei unbesorgt, Baruch hat es mir gegeben. Es ist eins von denen, die auf seinen verstaubten Regalen umherliegen. Er sagt, du kannst es behalten.«

»Baruch?«, rief sie erstaunt. »Ihr wart in der Stadt? In der Judengasse? Auch in der Schenke? Bei Sibilla?«

»Auch dort.«

Auch im Hinterzimmer?, überlegte sie. »Erzählt«, forderte sie. »Wie geht es dem alten Manne? Wie geht es seiner Frau?«

Und während er erzählte, tauchte vor ihren Augen der dunkle Ladenraum auf, die schmale Stiege, die wachen Augen des alten Händlers, die dunklen Straßen der Stadt, das Gedränge auf dem Marktplatz, die schmutzige Schenke, die Schiffe am Fluss. Sie hatte damals so viel übersehen, so viel unbeachtet gelassen.

»Ich glaube, Rachel ist krank«, seufzte er. »Sie hat sich zwar nichts anmerken lassen, aber ... Vielleicht kommt es mir auch nur so vor. Es ist, als ließe ihre Kraft ganz langsam nach.«

»Es mag Euch so scheinen, weil Ihr sie lange nicht gesehen hattet. Vielleicht ist sie nur älter geworden.«

Er zuckte mit den Schultern. »Ich weiß nicht ...«

»Wie lange kennt Ihr Baruch und seine Frau schon?«

Er überlegte. »Vier Jahre, fünf Jahre ... Warum fragst du?«

»Eine eigenartige Freundschaft.«

»Ja?«

»Nun, wie konntet Ihr ihn kennen lernen, wenn Ihr die Straßen entlangzogt oder in Schenken spieltet? Das scheinen mir nicht die Art Aufenthaltsorte, die ihm zusagen.«

»Nein, wahrhaftig nicht. Aber mit den Schenken hatte es zu tun, das mit Baruch damals. Die Kerle, die dabei waren, das waren die, mit denen ich abends in der Färbergasse um den Tisch saß. Wir trieben uns in der Stadt herum. Mal kam einer dazu, mal verschwand einer wieder. Eher harmlose Burschen, bis auf Paul vielleicht. Sie zogen den Leuten die Börsen aus der Tasche, stiegen auch mal in ein Fenster, wenn es leicht zu öffnen war. Ein Apfel und eine Wurst auf dem Marktplatz im Gedränge ... Was starrst du mich so entsetzt an, Prinzessin? Ich bin auch dabei gewesen, ja! Ich dachte damals, wenn die ganze Welt stiehlt und dafür nicht zur Rechenschaft gezogen wird, dann will ich's wenigstens wie ein Gauner tun und meinen Hals dafür hinhalten.« Er lachte böse. »Dabei ist mir überhaupt nichts passiert. Aber den Ulrich, den haben sie später dann aufgehängt. Ausgerechnet den, dabei war er doch ...«

Sie richtete sich wieder auf. »Ich will davon nichts hören!«

»Doch!« Seine Augen wurden dunkel. »Du kannst nicht immer weghören. Hör es dir nur an, damit du weißt, was du von mir zu halten hast! Wir haben uns das Geld gemeinsam beschafft und dann haben wir's gemeinsam verspielt, versoffen und verhurt.« Sie zuckte zusammen, obwohl sie sich nichts hatte anmerken lassen wollen. Er wurde ihr so fremd, wenn sie sich ihn unter den betrunkenen Männern in der verkommenen Schenke vorstellte. Wenn sie sich das schäbige Hinterzimmer in Erinnerung rief, die elenden Frauengestalten, die johlenden Stimmen.

»Lise ...« Er legte seine Hand auf ihre Decke. »Es tut mir Leid.« Seine Stimme wurde sanft. »Du bist krank. Leg dich wieder hin und vergiss, was ich gesagt hab.«

Sie schüttelte den Kopf. Sie blickte auf seine Hand. Mit einem Mal hatte sie das Gefühl, dass er sie gerne berührt hätte. Sie rückte ein wenig ab. »Erzählt weiter, da ihr nun damit begonnen habt. Erzählt, wie Ihr überhaupt unter diese Menschen geraten seid.«

»Darunter geraten?« Er schaute geradeaus zur offenen Tür. »Ich bin damals in die Stadt gekommen und bin halt an den Ort gegangen, wo alle sich getroffen haben, die sonst nicht wussten wohin. Ich hab nur einen Platz gesucht, wo niemand mich …« Er räusperte sich. »Ich meine, einen Ort, wo niemand fragt, ob du ein Zigeuner bist oder ein Schwede, ein Calvinist, ein entlaufener Knecht, ein abgedankter Soldat, was auch immer. Pah«, er lachte zynisch auf, »Abenteuer hab ich gesucht, ein freies Leben ohne Gesetze, ohne Vorschriften.«

»Und Ihr habt es gefunden?«

»Ja und nein. Abenteuerlich war's schon. All die Menschen von überall her. Studenten, die ihr Studium abgebrochen hatten, Hausierer und Gaukler, Spielleute, Wahrsager und umherziehende Frauen. Der eine erzählte von Italien, der andere von einer Schlacht, der Nächste machte Kunststücke. Der Wein war berauschend, die Frauen auf den ersten Blick verlockend. Ich lebte von einem Tag auf den nächsten, denn die anderen hielten es ebenso. Dann erst bemerkte ich, warum sie so lebten. Es blieb ihnen keine Wahl. Sie wussten nie, ob es den nächsten Tag für sie noch geben würde. Es stirbt sich verdammt schnell an den vielen Krankheiten, die in den dreckigen Gassen umgehen, wenn der Körper vom Hunger und vom Branntwein geschwächt ist. Und der Kerker, das Rad, der Galgen, der Scheiterhaufen – das waren keine Dinge mehr, die man sich im Vorbeigehen mit einem leichten Gruseln beschaut. Sie waren eine stete Drohung. Und wenn sie sich schlugen, war das anders, als wenn bei einem Dorffest zu viel getrunken wird. Die hatten die Messer nicht nur zum Brotschneiden. Es gab da nicht nur die kleinen Betrüger, die harmlosen Fahrenden und Landstreicher; es gab auch die, die sich nicht darum scherten, ob sie einem die Kehle durchschnitten. Ohne Gesetze und Vorschriften – von wegen! Die Kunden, die Chessen, die hatten ihre eigene Sprache, ihre eigenen Zeichen, und auf Verrat stand ein grausamer Tod. Ich hatte mit ihnen nicht viel zu schaffen, aber gesehen und gehört habe ich schon das eine oder andere. Und je länger ich dort war, desto mehr hatte ich das Gefühl, ich käme nie wieder heraus aus der Stadt. Und dann die Frauen. Die

Frauen waren …« Er stockte. Er schüttelte den Kopf und schwieg.

»Und Baruch?«

»Baruch.« Er lehnte den Kopf zurück an die Wand und atmete tief durch. »Wir streiften umher und stießen auf ihn. Er war auf dem Nachhauseweg, die Straße war leer. Er hätte uns seine Börse aus lauter Angst sicherlich auch so gegeben.« Er brach ab. »Ich hatte das noch nie gemacht, einen Menschen so direkt angegangen. Ich wollte das auch nicht. Aber Paul gefiel das. Er schlug ihn. Er trat nach ihm. Es ging so schnell. Ich hab ihn am Arm gepackt und er hat nur gelacht und gesagt: ›Was hast du denn? Ist doch nur ein Jud.‹ Sie sind davon mit dem Geld, und ich hab Baruch aufgeholfen und hab ihn nach Hause begleitet. Ich war jeden Tag bei ihm von da an.«

»Und seid nicht mehr in die Färbergasse zurückgegangen?«

»Doch. Aber es war nicht mehr das Gleiche. Sehr lange bin ich dann auch nicht mehr in der Stadt geblieben. Ich bin dann durch die Lande gezogen.«

»Bis heute?« Er antwortete nicht. »Würdet Ihr gerne zurückgehen in die Stadt, in diese Gasse?«

Er schüttelte langsam den Kopf. »Nein«, sagte er. »Nein, das ist jetzt vorbei.«

»Was dann?«

Er zuckte mit den Schultern. »Ich weiß es nicht. Wenn ich jetzt seh, wie die Leute sich auf die Heuernte vorbereiten, wie sie die Sensen aus der Scheune holen, die Wagen … Am liebsten würd ich dann wieder nach Hause gehen. Nur mal eine Sense in die Hand nehmen und sehen, ob ich's noch kann …«

»Jakob?«

»Ja?«

»Spiel mir was vor.«

Er lächelte. »Schläfst du dann?« Er nahm die Laute vom Nagel. Die Fingerkuppen der linken Hand, die die Saiten nach unten pressten, die Finger der rechten, die sie mit leichten oder festen Berührungen in Schwingung brachten. Er neigte den Kopf und lauschte den Tönen hinterher. Sie brachten ihr den Abend am Fenster zurück. Den Geruch nach Erde, nach Feuchtigkeit, das Verlangen, auf und davon zu gehen. Die Sterne am Frühlingshimmel. Und dann war der Frühling verstrichen, ohne dass sie ihn recht angesehen hätte. Die Knospen, die damals vor dem Aufbruch standen, reiften nun bereits. Kleine, grüne Kirschen an den Bäumen, kleine, grüne Beeren an den Sträuchern. Der kühle Wind war warm geworden, die feuchte Erde staubig. »Ein Lied?«, fragte Jakob.

»Das, in welchem der Sommer dahinfährt«, bat sie. Sie schlief darüber ein. Als sie erwachte, war er noch immer da.

Er kochte ihr Tee aus getrockneten Salbeiblättern, er füllte ihr Essen in die Schüssel, er erzählte ihr am Abend Geschichten, die ihm seine Großmutter im Winter am Feuer erzählt hatte. Und von Holland erzählte er. Von den großen Häfen. Von Schiffen mit eingeholten Segeln. Von Waren aus Übersee. Von fremdländischen Menschen. Von Geschrei und Gestank. Und sie versuchte, sich ihn als schlanken, dunkelhaarigen Jungen an Bord eines Schiffes im Hafen vorzustellen. Ihr wurde wärmer gegen Abend, doch das glühende Fieber des Vortages blieb aus. Die Schmerzen im Hals schwanden zu einem Kratzen.

Sie fühlte sich gesund am nächsten Morgen und schlug die Decke zurück, um aufzustehen. Jakob lag neben ihr und schlief. Er lag auf der Seite, das Gesicht auf dem Arm. Sie hielt inne. Er bewegte sich leicht im Schlaf. Es war nicht einfach, behutsam aus dem Bett zu kriechen, ohne ihn zu berühren. Sie schwankte, als sie auf den Beinen stand. Sie musste sich an der Tischkante festhalten, ihre Beine schienen das Stehen verlernt zu haben.

»Was machst du da?« Er stützte sich auf. Seine Stimme klang verschlafen. Er fuhr sich mit den Fingern durch sein Haar und gähnte.

»Ich bin wieder gesund«, antwortete sie.

»Du legst dich wieder hin.«

»Der nächste Markttag ...« Sie sank auf ihren Schemel.

Er stand auf und zog sein Hemd über. »Das hat Zeit mit dem Markt. Bis wir aufgezehrt haben, was ich mitgebracht hab.«

Er setzte sich zu ihr, nahm sein Messer und schnitt eine Scheibe Brot ab. Sie blickte auf das Messer. »Und Ihr?«, fragte sie. »Habt Ihr Euer Messer nur zum Brotschneiden verwendet?«

»Was?« Dann begriff er. Er stützte sein Kinn auf die Hand und sah sie an. »Was glaubst du, wozu ich es benutzt hab?«

»Ich denke, Ihr habt noch niemandem die Kehle durchschnitten.«

»Wirklich?«

Sie sah das Funkeln in seinen Augen. Sie ließ sich nicht irritieren. »Ihr habt nur Brot damit geschnitten«, erwiderte sie gelassen.

»Aber Mädchen, weißt du nicht, dass den Bauern, und mehr noch dem Gesindel, die Messer zu locker sitzen?«

»Die Zunge sitzt Euch manches Mal zu locker, Monsieur.« Er lachte.

»Meint Ihr, es gibt nun wieder Gelegenheit für einen Musikanten ...«

»Ich werd' mir andre Arbeit suchen«, sagte er knapp.

»Andere Arbeit?«

»Nun ja.« Er schnitt mit dem Messer kleine Kerben in den Tisch. »Ich hab's mir überlegt. Du hast Recht gehabt damals. Wenn's nichts zu verdienen gibt mit der Musik, warum sollt' ich nicht was andres tun?«

»Ihr geht zum Schloss?«

»Doch nicht zum Schloss«, sagte er verächtlich. »Doch nicht wenn das Gras geschnitten werden muss. Wenn die Bauern jede Hand gebrauchen können.«

»Und sie werden Euch nehmen, die Bauern?«, neckte sie. »Mit jenem Zopf? Mit dem Ring im Ohr?«

Er packte ihre Hand, die auf seinen Zopf zeigte. »Sieh dich vor, Weibsbild, mit deinen respektlosen Reden.«

Ich habe die Stadt vermisst, dachte sie überrascht, als sie nach all den Tagen wieder durch das Tor trat. Sie hatte den Geruch nach Vieh und Menschen vermisst. Den Blick in die kleinen Höfe. Die Gräser zwischen den Pflastersteinen. Sogar die Frauen, die sich weit aus dem Fenster beugten, um mit schriller Stimme einen Schwatz mit der Nachbarin zu halten.

Auf dem Marktplatz herrschte ein Getümmel, das an den Jahrmarkt erinnerte. Das schöne Wetter mochte am Zustrom der Menschen schuld sein, vielleicht auch die Puppenspieler, die unter dem großen Baum eine kleine Bühne errichtet hatten.

Elisabeth schloss die Augen. Ja, so musste es klingen! Das Schnattern einer zum Kauf angebotenen Ente, die plärrende Stimme eines Hausierers, klingende Münzen, Kindergeschrei, das Greinen der Bettler. Hölzerne Räder holperten über die Steine. Über allem die laute Stimme des Puppenspielers, der sein Stück anpries.

Sie öffnete die Augen und sah den Tuchhändler. Er schnitt für einen Kunden ein Stück Stoff vom Ballen. Er richtete sich auf, erkannte sie und neigte grüßend den Kopf. »Warte einen Moment«, sagte er. Sie wartete, bis der Kunde den Stoff bezahlt hatte.

»Nun?«, fragte sie.

»Du sollst dir etwas anschauen.« Er zog eine flache Rolle Stoff hervor.

»Ihr wollt mir Stoffe zeigen?«

»Du magst nichts davon verstehen, aber du kannst es mir glauben, wenn ich dir sage, es ist ein guter Stoff. Und achte auf den Farbton.« Sie streckte ihre Hand aus und befühlte ihn mit ihren Fingern. Er war von einem wundervollen, tiefen Blau, ähnlich der Farbe des Kostüms, das sie zum Ball getragen hatte. »Er ist wunderschön«, flüsterte sie. »Er könnte aus Flandern stammen.«

Er sah sie verblüfft an. »Flandrisches Tuch.« Er nickte. »Du verstehst etwas von Stoffen?«

»Sie sind nicht ohne Wert, Eure Tuche«, meinte sie. »Habt Ihr keine Angst vor einem Überfall, wenn Ihr alleine reist?«

»Ein Begleiter ist teuer und würde mir bei einem Überfall auch nicht viel helfen.« Sie musterte ihn. Ein merkwürdiger Mann. Einen Kaufmann hatte sie sich immer anders vorgestellt, behäbiger, dicker. Sie blickte auf die Narbe über seinem Auge. Wahrscheinlich konnte er sich sehr gut selbst verteidigen. »Nun«, er breitete den Stoff aus, »ich habe sofort an die Farbe deiner Augen gedacht, als ich ihn sah ...«

Sie lachte auf. »Nun sagt noch, Ihr habt ihn für mich zurückgelegt!«

»Das habe ich.«

»Ihr wusstet nicht einmal, ob ich heute hierher komme.«

»Ich habe es gehofft.«

»Ich bin nicht auf den Markt gekommen, um zu kaufen, sondern um zu verkaufen.« Sie trat einen Schritt zurück. »Außerdem stehe ich hier im Gedränge, mein Korb wird mir schwer. Ihr nehmt es mir nicht übel, wenn ich weitergehe? Ihr habt doch nicht im Ernst geglaubt, dass ich in der Lage wäre, einen solch teuren Stoff zu erstehen?«

»Ich gebe ihn dir.« Elisabeth hielt den Atem an und starrte auf das blaue Tuch.

»Einen Augenblick.« Er ließ sie stehen und trat an das andere Ende des Tisches. Er wechselte ein paar Worte mit einer Frau, die seine Tuche eingehend befühlte, dann stand er wieder vor ihr.«

»Ihr scherzt, mein Herr.«

»Ich scherze nicht.« Sie blickte auf seine schmalen Lippen, auf die tiefen Linien in seinem Gesicht, in seine grauen, kühlen Augen. Er sah nicht aus wie ein Mann, der scherzte. »Ein Stück flandrisches Tuch für eine Nacht.«

Er sagte es so nüchtern, dass sie glaubte, sie habe ihn missverstanden. Vorsichtshalber antwortete sie nicht. »Überlege nicht zu lange«, sagte er. »Ich muss wissen, ob ich mich um ein Zimmer kümmern muss für die Nacht.« Sie hatte ihn also nicht missverstanden.

»Aber es gibt nichts zu überlegen«, fügte er hinzu. »Du kennst den Wert des Tuches, du weißt, dass es ein gutes Angebot ist.« Er wartete.

»Ihr ... Ihr kauft Frauen für ein Stück Tuch?«

»Wenn sie's wert sind, ja.«

Sie war zu verblüfft, um ihm eine passende Antwort zu geben.

»Gib mir nachher Bescheid. Ich muss mich um die Frau dort kümmern, dass sie mir am Ende nicht geht, ohne etwas zu kaufen.« Damit wandte er sich ab.

Einen Moment lang verharrte Elisabeth vor dem Tisch mit den Tuchen, dann gab sie sich einen Ruck und ging weiter zur Seilerbude. Ihr Platz war belegt. Sie suchte einen anderen. Sie nahm den Korb ab und sah zu dem Tuchhändler hinüber, während sie ihr Geschirr um sich her aufstellte.

Sollte sie nun lachen oder sich beschämt fühlen?

Neben ihr besahen sich zwei junge Mädchen kunstvolle Spitzen. Manierlich gekleidet, schlicht, aber wohlhabend. Das Haar unter dem Häubchen verborgen. Die Töchter eines wohlhabenden Handwerkers, vielleicht gar eines Ratsherrn. Ihnen hätte der Mann ein solches Angebot nicht unterbreitet. Ihnen hätte kein Betrunkener eine Branntweinflasche an die Lippen gesetzt.

Vier junge Burschen drängten die beiden Mädchen ungestüm zur Seite. Pagen vom Schloss drüben mussten es sein, denn sie trugen die geschlitzten Puffhosen der Pagen, lange Strümpfe und Kniebänder, ein kurzes Cape um die Schultern und auf dem Kopf ein flaches Barett. »Hoppla!« Der älteste der edlen Knaben rempelte eine alte Frau mit seinem Ellbogen an. Ihr Korb geriet ins Schwanken, die zarten Rübchen rollten auf den Boden. Sie bückte sich mühsam, las sie wieder in den Korb und hastete unter dem Gelächter der Jungen davon. Sechzehn Jahre mochte der älteste sein.

Er spielte sich als Anführer auf, wühlte mit beiden Händen in den Bändern, Litzen und Quasten eines Händlers, prahlte und protzte vor den jüngeren mit großen Gesten und dreisten Worten. »Christian, wie wär's mit ein paar Spitzen für Euer Hemd? Darauf fliegen die Weiber!«

Der Angesprochene errötete. Er hatte ein hübsches Gesicht, nur war es dermaßen von Pickeln bedeckt, hätte er sich die Mühe gemacht, sie unter Schönheitspflästerchen zu verbergen, wie es die Damen taten, sein Gesicht wäre schwarz gewesen.

»Erst zahlen, die jungen Herren!«, mahnte der Händler voll Sorge um seine Waren. Die jungen Herren antworteten mit einem Lachen und Johlen, wobei die Stimme des einen ins Wanken geriet.

Elisabeth beobachtete das Treiben und bemerkte, wie die Augen des Ältesten bei jedem Scherz, bei jeder seiner Zurschaustellungen zu den Umstehenden wanderten, um Beifall und Bestätigung heischend. Gerade fuchtelte er mit einem spitzen Gegenstand vor dem Gesicht seines Kameraden herum. Auf den ersten Blick hatte Elisabeth es für einen Degen gehalten, aber es war nur eine Art dünner Spazierstock. »Zieht!«, rief er und ging in Stellung. Der andere sprang einen Schritt zurück, gefährlich nahe an ihrem Geschirr vorbei.

»Seht Euch vor!«, rief sie verärgert. Aber das war ein Fehler gewesen, denn nun hatte sie die Aufmerksamkeit der vier auf sich gelenkt.

»Ei«, der Anführer ging in die Knie, um ihr direkt ins Gesicht zu sehen, »hast du Angst, mein Schätzchen, dass dir etwas zerbricht?« Er streckte seine behandschuhte Hand aus und tätschelte ihre Wange. Sie wandte ihr Gesicht von ihm ab. Er hob einen Teller auf und balancierte ihn auf seiner Hand. Die drei anderen applaudierten. Elisabeth hielt den Atem an.

»Hört auf damit!«

Er schnappte nach einem Krug und erhob sich damit.

»Lasst sehen, wie gut Ihr fangen könnt, Ludwig!« Er warf ihn seinem Nebenmann zu.

»Nein!« Elisabeth sprang auf, ihnen den Krug zu entreißen. Hilfe suchend blickte sie sich um. Aber wer half schon einer kleinen Hökerin? Im Gegenteil, die Menschen blieben stehen, um sich an dem Spiel zu erfreuen. Sie angelte nach ihrem Krug und taumelte dem Jungen mit den Pickeln in die Arme.

»Behaltet sie gleich, Christian!«, lachte der Anführer. »Mit Euch und den Weibern wird es ohnehin langsam Zeit! Komm, Mädchen«, er hob den Krug über seinen Kopf, »gib ihm einen Kuss oder ich lass ihn fallen!« Die Zuschauer lachten laut. Elisabeth ballte die Fäuste und hätte heulen mögen vor Wut.

Der Tuchhändler schob die Zuschauer beiseite. »Stell den Krug sofort wieder hin, aber vorsichtig, du kleiner Bastard!«

Der Pickelige wich einen Schritt zurück. Der Wortführer setzte den Krug auf die Erde und baute sich vor dem Manne auf. »Ihr wisst nicht, mit wem Ihr redet, Herr! Ich bin …«

»Ein kleiner Feigling, der seinen Mut an Frauen beweist.«

Der Page blickte sich nach seinen Mitstreitern um, doch die hatten sich bei dem plötzlichen Einschreiten des Mannes in die Menge verzogen. Er spuckte vor dem Tuchhändler aus und wandte sich verächtlich ab.

Elisabeth atmete tief durch. »Ich danke Euch.«

Er nahm seinen Hut vom Kopf. »Hast du dir's überlegt?«

»Ich fürchte, Ihr habt Euch umsonst bemüht. Ich muss Euer Angebot ablehnen.«

»Dann begleite mich zum Essen.«

»Und womit zahle ich für das Essen?«

Die Falten um seinen Mund vertieften sich, als er lächelte. »Wir werden sehen.« Sie setzte sich wieder zu ihrem Geschirr. »Ein andermal vielleicht?« Sie schüttelte den Kopf.

Sie ging ihm aus dem Wege, als die Glocken den Mittag einläuteten, und schlenderte an den Aufbauten der Gaukler vorüber. Der rote Vorhang der Puppenbühne war geschlossen.

Die Wut steckte noch in ihren Fäusten. Hätte Jakob nicht gesagt, er wäre zur Mittagszeit sicherlich noch nicht zurück, sie wäre zur Hütte gegangen, um ihm zuzusehen, wie er Kräuter für die Suppe schnitt. Seine Ruhe hätte die Wogen in ihr geglättet.

Ihr Korb war leer, die Sonne lud zum Verweilen ein. Sollte sie sich in der Stadt die Zeit vertreiben bis zur nächsten Vorstellung der Puppenspieler? Sie streifte durch die Gassen, dorthin, wo sie den kleinen Fluss vermutete, dorthin, wo sie die Frauen mit den Wäschekörben oft hatte gehen sehen. Der Geruch nach Wasser drang zu ihr. Sie hatte nicht übel Lust, davon zu trinken, ihre Füße hineinzutauchen, an seinem Ufer zu ruhen. Nach wenigen Schritten sah sie die niedrige Stadtmauer, das kleine Seitentor und die schmale, hölzerne Brücke. Mittagsruhe lag über der Stadt, aber dort vor dem prächtigen Eisentor der alten Mühle stand die Frau mit dem Kind. Ihre Haube hatte sich von dem dunklen, glänzenden Haar gelöst. Jakob steckte sie wieder fest.

Jakob. Sie erkannte ihn, auch wenn er ihr den Rücken zuwandte. Allein an der behutsamen Art, mit der er das Haar der Frau berührte, erkannte sie ihn.

Elisabeth verbarg sich hinter der Ecke des nächsten Hauses. Die Frau lachte. Ihr Lachen war weich, dunkel, angenehm. Die Worte der beiden konnte sie nicht verstehen, sie hörte nur den Klang der Stimmen. Das Kind hielt sich am Rock seiner Mutter fest, dann aber ließ es los und versuchte einen selbständigen Schritt. Es geriet ins Wanken. Jakob lachte ebenfalls. Dieses seltene, offene Lachen ohne jede Ironie, das sein dunkles Gesicht erhellte. Er drückte der Frau das Kind in die Arme und reichte ihr den Branntweinbeutel. Sie tat einen kräftigen Schluck und gab ihn zurück. Jakob trank ebenfalls.

Mücken tanzten in der hellen Sonne. Elisabeth lehnte die Stirn an den warmen Sandstein. Sie fühlte sich ein wenig erschöpft. Vielleicht steckte die Krankheit noch in ihr. Ihr war nicht mehr nach einem Puppenspiel. Sie drehte sich um und ging langsam Richtung Tor. Gewiss kannte Jakob die Frau vom Dorf her. Und hatte sie zufällig in der Stadt getroffen. Ob er wusste, was die Leute von ihr redeten? Sicherlich. Er schien sie schon länger zu kennen, so vertraut, wie sie miteinander umgingen. Gewiss lachte sie mit allen Männern so vertraulich. Gewiss berührte sie sie und sah ihnen lange in die Augen und trank mit ihnen Branntwein. Sie lebte schließlich davon, dass sie den Männern gefiel.

Wäre Jakob gegen Abend zurück in die Hütte gekommen, sie hätte ihn ganz nebenbei gefragt, ob er in der Stadt gewesen sei. Aber Jakob kam an diesem Abend nicht.

Sie ging über die Wiese hinter der Hütte bis zum Waldrand und weit über den Waldrand hinaus. Sie setzte sich unter einen Strauch wilder Rosen und schaute zu den Dächern eines kleinen Dorfes hinunter. Sie saß lange und wartete darauf, dass es dunkel würde, dass die Farben verlöschten, dass die Stimmen vom Dorf her schwanden.

Holunderduft hing schwer über der Wiese. Die Abendluft dehnte ihren Körper und nährte eigenartige Gedanken. Lag Jakob in der Hütte der Frau und atmete ebenfalls die Düfte ein, die des Nachts aufstiegen? Erzählte er ihr Geschichten, spielte er für sie auf der Laute, lachte er mit ihr, aß er mit ihr? Oder bezahlte er sie lediglich zur Befriedigung seiner fleischlichen Gelüste? Denn alle Männer hatten fleischliche Gelüste und Jakob war ein Mann.

Sollte er zu dieser Frau gehen, es war ihr nur recht. So blieb das Einvernehmen zwischen ihnen rein und ungetrübt von niederen Begierden. Er hatte gelernt, sie zu achten in diesen Monaten. So musste es bleiben.

Glühwürmchen leuchteten auf im Gras. Eines dicht neben ihr, eines bei den Rosenzweigen. Was tat er, wenn er die Hütte der Frau betrat? Näherte er sich ihr stumm? Benutzte er sie eilig, wie Gottfried das Mädchen in der Bibliothek? Oder wurden seine Augen dunkel wie damals im Schober des verlassenen Dorfes? Schlief er an ihrer Seite, und sie beruhigte ihn, wenn er schrie in der Nacht?

30.

Elisabeths Schlaf war unruhig in den wenigen dunklen Stunden. Eine Eule schrie, und noch immer lag der schwere Duft über ihr, selbst im Inneren der Hütte. Die Nacht war kurz und der Morgen kam schnell. Es hielt sie nicht in der Hütte. Im Dorf traten die Frauen mit vollen Milcheimern aus dem Stall, die Misthaufen vor den Hütten dampften noch, ein Mann wusch sich am Brunnen.

Ihr Korb war leer und leicht. Die dichte Vielfalt der Blumen am Rande des Weges lud dazu ein, sich danach zu bücken. Sie pflückte die hohen, weißen Margariten, sie pflückte den ersten roten Mohn, blaue Kornblumen und weißen Klee.

Als sie vor der Tür des Töpfers stand, zögerte sie. Vielleicht schlief er noch? Aber er saß dort am Fenster an seiner Scheibe, als hätte er sich nie davon erhoben seit ihrem letzten Besuch.

»Warst lang nicht da«, begrüßte er sie.

»Ich war krank.«

Er blickte auf den Blumenstrauß in ihrer Hand und schüttelte den Kopf. Sie nahm den Korb vom Rücken, trat an das Regal, wählte eine Vase, goss Wasser aus dem Eimer hinein und füllte die Vase mit den Blumen. Er hatte ihr schweigend zugesehen. Plötzlich veränderte sich sein Gesicht, seine Mundwinkel verschoben sich und er murmelte: »Das hat die Margret auch immer gemacht.« Sie musterte ihn. War selbst er einmal jung gewesen und hatte eine Frau gehabt?

Sie trat zu ihm. »Herr Helferich?«

Er blickte auf. »Ach so, ja, du willst das Geschirr.« Er hielt die Scheibe an und wischte seine Hände ab.

»Nein. Ich meine ... ja, das auch. Aber ... Dürfte ich den Ton einmal berühren?«

»Den Ton?«

»Ja. Ich habe noch niemals in meinem Leben Ton berührt.«

Er starrte sie an, als hätte sie behauptet, sie hätte noch niemals geatmet. »Nicht den auf der Scheibe«, sagte er streng. »Den Klumpen da.«

Sie hatte sich Ton gedacht wie die weiche, regenfeuchte Erde, mit der sie sich auf dem Schlosshof als Kind das Kleid verschandelt hatte, aber die Masse, die sie nun berührte, war fester. Sie drückte mit dem Finger eine Mulde hinein. »Es sieht so mühelos aus, wenn Ihr den Ton auf der Scheibe formt«, sagte sie. »Lasst Ihr es mich einmal versuchen?«

Sein Blick wies sie in ihre Schranken. Verlegen senkte sie den Kopf. Er zog seine Füße wieder aus den hölzernen Schuhen und begann, die Scheibe zu drehen. »Nur gut«, murmelte er dabei vor sich hin, »dass die Zeiten vorbei sind, in denen die Frauen einem Handwerk nachgingen. Nur gut.«

Elisabeth horchte auf. »Sagtet Ihr ›vorbei‹? Hat es derartige Zeiten schon einmal gegeben? Als Ihr jung wart?«

Er lachte sein ungeübtes, heiseres Lachen. »Als ich jung war.« Er schüttelte den Kopf. »Als mein Großvater jung war, da gab's hier und dort noch Meister, die Mädchen für leichte Arbeiten anlernten. Aber das mussten schon Töchter von Handwerkern sein, den andern war's längst nicht mehr erlaubt. Und Zünfte für Weiber, die gab's da auch schon lang nicht mehr.«

Frauenzünfte? Sie blickte ihn ungläubig an.

»Ihr wollt damit sagen, dass es Frauen einst erlaubt war, ein Handwerk zu erlernen und auszuüben?« Der Gedanke verschlug ihr den Atem. Aber was wusste sie auch schon über Zunftwesen und Bestimmungen? Wenn sie sich mit Eleonore über Sappho unterhalten hatte, über regierende

Fürstinnen und die italienische Malerin am spanischen Hof, dann waren sie der Meinung gewesen, sich Gedanken über die Möglichkeiten eines unabhängigen Lebens für Frauen gemacht zu haben.

»Nur gut«, wiederholte der Töpfer, »nur gut, dass das ein Ende hat.«

»Erzählt mir, was Ihr darüber wisst«, bat sie.

Helferich schüttelte missbilligend den Kopf. »Wo da wohl der Anstand geblieben ist, wenn die Burschen mit den Mädchen in einer Werkstatt saßen? Was aus so Mädchen wohl geworden ist, wenn sie gewandert sind wie die Gesellen? Nur gut, dass das vorbei ist.«

Sie nahm sich vor, ihn beim nächsten Mal erneut zu fragen. Welch ungeheuerliche Vorstellung. Frauen, die sich ihren Lebensunterhalt verdienten aus eigener Kraft, auf redliche Weise.

Sie saß im Hemd vor der Tür auf dem weichen Waldboden. Hier unter den Bäumen war die schwüle Mittagshitze zu ertragen. Sie schlug nach den kleinen Mücken. Sie hatte sich in das Buch vertieft, obwohl die schönen Worte eigenartig genug anmuteten, wenn sich vor ihrem inneren Auge zwischen die Abenteuer ihres Ritters die bloßen, schmutzigen Füße auf den abgetretenen Steinen des Marktplatzes drängten, die müden, verkniffenen Gesichter der Frauen, die stumpfen Blicke der Männer. Sie zog ihr Hemd bis zu den Knöcheln, als sie Jakobs Schritte hörte. Er verzog das Gesicht beim Anblick des Buches. »Da gibt's bestimmt nichts zu essen heut. Hätt' ich nur das verfluchte Buch nie mitgebracht.«

Sie blätterte die Seite um, dann sah sie ihn an. »Ihr wart gestern nicht hier, wie sollte ich wissen, ob Ihr heute kommt? Ich bin nicht hungrig.«

»Du bist nicht hungrig?« Er nahm ihr das Buch aus der Hand und langte in seinen Beutel. »Schließ die Augen und öffne den Mund.« Er verbarg etwas in seiner Hand.

»Warum sollte ich?«, fragte sie kühl.

»Hast du Angst?«

Sie schloss die Augen. Sonnenflecke drangen durch ihre Lider. Ihre Lippen zitterten.

Seine festen Fingerkuppen berührten ihre Lippen. Er schob etwas in ihren Mund.

Hastig öffnete sie die Augen.

Sein Gesicht war so dicht vor dem ihren, dass sie seinen Atem auf ihrer Haut spürte. Sie biss in das süße Fruchtfleisch einer Walderdbeere.

Verwirrt wandte sie den Kopf zur Seite. Ich unterstelle ihm Absichten, die er nicht hat, dachte sie.

Er lächelte und schüttete ihr zwei Hände voller Erdbeeren in den Schoß.

»Ich kann es noch«, sagte er zufrieden.

»Was?«

»Mit der Sense umgehen.«

»Aber ... wenn Ihr bei einem Bauern arbeitet, warum seid Ihr dann hier?«

»Um dir Erdbeeren zu bringen.«

Er streckte seine Hand aus und nahm sich Beeren aus ihrem Schoß. Warum tut er das?, überlegte sie. Was will er von mir? Worauf wartet er? Oder wartet er nicht? Warte ich?

»Ist es Euch erlaubt, so einfach zu gehen?«, fragte sie erstaunt.

Jakob lachte. »Der muss froh sein, wenn er Leute hat. Eins hat sich geändert nach den langen Jahren von Krieg und Verwüstungen. Es gibt nicht mehr so viele Menschen, und mit den wenigen müssen sie behutsamer umgehen, denn sie brauchen sie zur Arbeit. Ich wünscht', es würd' so bleiben. Aber sie setzen schon wieder viel zu viele Kinder in die Welt.«

Ehe sie sich versah, schob er ihr wieder eine Beere zwischen die Lippen. Sein Finger verweilte ein wenig länger als nötig. »Es wird nicht mehr lange dauern mit dem Heu«, sagte er und lehnte sich zurück. »Es geht gut voran.«

Und dann? Vielleicht war es nur die Schwüle des frühen Sommers, die ihr solche Gedanken eingab. Die Schwüle und der graublaue Himmel, der auf den Regen wartete.

Der starke Duft nach Heu überlagerte seit Tagen alle anderen Gerüche. Regen lag in der Luft und die Menschen blickten immer wieder ängstlich zu dem dunstigen Himmel auf. Sie eilten sich, ihr Heu einzufahren.

Elisabeth zuckte zusammen, als ein Mann mit groben Worten seinen Sohn, der träumend im Gras gelegen hatte, hochzerrte und ihm einen Schlag versetzte, um ihn wieder an die Arbeit zu treiben. Solches hatte sie früher von der Kutsche aus nie gesehen. Wie im Winter die Schlittenpartie, hatte im Sommer eine Fahrt in der offenen Equipage durch die Felder dazugehört. Ein breiter Hut zum Schutz gegen die Sonne, ein Fächer gegen die schwüle Luft. Ein Blick auf die Männer mit den Sensen, auf die leicht bekleideten Frauen mit den Rechen.

Nur die Kinder auf dem schwankenden, hoch beladenen Wagen, der Elisabeth auf dem Weg zum Dorf überholte, waren so fröhlich, wie sie sich die Menschen bei der Heuernte gedacht hatte. All die anderen schienen nur von dem Gedanken beherrscht, die mühselige Arbeit vor Niedergang des drohenden Regens zu beenden und endlich auszuruhen. Die Margariten am Wegrand senkten matt und welk ihre sonst so aufrechten Köpfe. Die bunten Frühsommerblumen auf den Wiesen waren längst vor der Sense gefallen und lagen nun vertrocknet auf dem kurz geschnittenen Gras.

Im Dorf standen alle Türen weit offen. Die Straße und die Höfe waren voller Leben. Laute Rufe, knappe Befehle und Geschimpfe vermengten sich mit Gelächter und Hundegebell. Elisabeth traf Grete auf ihrem Hof an, im Gespräch mit ihrer Nachbarin Lisbeth, jener Frau, welche in dem alten, von einem Balken abgestützten Haus lebte. Grete hieß Elisabeth mit einer Kopfbewegung einen Augenblick warten und hörte weiterhin geduldig der greinenden

Klage der dünnen Frau zu, jedoch nur mit einem Ohr, denn meist blickte sie Ausschau haltend zur Straße hin. Elisabeth ließ sich auf dem Hackklotz nieder, von den roten, verheulten Augen der Frau immer wieder neugierig betrachtet.

»... über eine Woch' liegt mir der Jung jetzt schon wieder krank im Bett«, jammerte sie weiter. »Und da kannste sagen, was du willst, aber die Hex, die ist net unschuldig dran. Die hat ihn angeguckt, ich sag dir's, mit ihren grünen Katzenaugen ...«

»Die hat doch braune Augen, die Johanna«, wandte Grete ein, aber die Nachbarin störte sich nicht daran.

Johanna also heißt sie, horchte Elisabeth auf.

»... weil die sich hat rächen wollen. Nur weil der ihrem Katzenviech ein paar Steine nachgeworfen hat. Das machen doch all die Jungen. Meinste, das geht mit rechten Dingen zu bei der? Ihr Bastard ist doch nie krank und blüht und gedeiht. Vom Herrgott der Segen kann's ja net sein, der auf so 'nem Kind liegt. Dem Herrgott sein Segen net ...« Und so klagte die Frau immerfort, während Gretes Blick über die Straße schweifte. Dort tapste auch ihre kleine Tochter eifrig hinter den größeren Kindern her.

»Du kommst wegen der Milch, Lise, gell?« Elisabeth nickte. »Die Kathrin hat mir gesagt, dass du letztens da warst. Aber da war ich auf dem Acker.«

»Und nun komme ich ebenfalls ungelegen, mitten in der Heuernte«, entschuldigte sich Elisabeth.

»Ach, das Heu.« Grete winkte müde ab. »Ob das noch was wird mit unserm Heu? Das Rad ist gebrochen. Ausgerechnet heut. Ich wart' als auf den Heinrich, der ist ins andere Dorf zum Stellmacher. Sonst kann er das ja selber richten, aber heut muss es schnell gehn.«

»Ei, da geh ich jetzt«, murmelte die Nachbarin mit einem schiefen Blick auf Elisabeth.

Plötzliches Pferdegetrappel lenkte die Aufmerksamkeit der Frauen auf den Dorfeingang. Ein Mann ritt in scharfem

Galopp vorbei. Hühner stoben gackernd zur Seite, die Kinder sprangen erschrocken auf.

Ein hoher Schrei durchschnitt die warme Luft. Elisabeth blieb das Herz stehen bei diesem dünnen, entsetzlichen Laut.

»Anna«, flüsterte Grete und presste die Hand an ihre Brust.

Mit einem Schlag war alles still. Alle Bewegungen erstarrten. Dann begannen die Mütter zu rennen. Auch Grete rannte. Nur Gretes Nachbarin blieb wie gelähmt auf dem Hof stehen, als wüsste sie längst, dass auch dieses neue Unglück nur wieder sie hatte treffen können. Ein Kind begann zu schluchzen. »Lisbeth!«, rief ein Mann. »Lisbeth, komm schnell!« Endlich rannte auch Lisbeth, schob die Menschen beiseite und stürzte sich mit einem Schrei auf das kleine Mädchen, das reglos im Straßenstaub lag.

Der Reiter hatte sein Pferd gewendet und kam langsam zurück.

»Tot!«, schrie Lisbeth. »Tot hat er sie mir geritten! Tot!«

Das knabenhafte Gesicht unter dem imposanten Federhut wurde bleich. »Mais, das ist impossible«, sagte der junge Reiter.

Ein Mann schob die Frau beiseite und befühlte das Kind. »Nein, gnädiger Herr.« Er schüttelte den Kopf. »Es lebt doch noch, das Mädchen.«

»Alors«, begann der junge Herr erleichtert, »ich regrettiere diesen Vorfall sehr, es lag nicht in meiner Intention, gute Frau ...« Er suchte nach Worten.

»Milchbart« hätte Papa so einen genannt, dachte Elisabeth. Er erinnerte sie ein wenig an Jung-Gottfried in seiner eleganten Reitkleidung und dem in Locken gelegten Haar. »Aber ich bin sehr in Eile ...« Er warf ein Geldstück auf die Straße und trieb sein Pferd an. Meinesgleichen, dachte Elisabeth, entsetzt über die gedankenlose Geste des Mannes.

Nur wenige blickten ihm nach, die meisten schauten auf das Kind, das mit geschlossenen Augen und erschreckend bleichem Gesicht vor ihnen lag. Blut verschmierte auf der einen Kopfseite das Haar.

»Das sieht bös aus«, murmelte ein Mann. Neben Elisabeth stand Grete, die kleine Anna auf dem Arm. In ihrem Gesicht mischten sich Entsetzen und Mitleid mit der Erleichterung darüber, dass es nicht ihre Tochter war, die die Pferdehufe getroffen hatten.

»Er kann doch nicht einfach davonreiten!«, empörte sich Elisabeth. »Einen Arzt sollte er rufen!« Die, die neben ihr standen, blickten sie erstaunt an. Was für einen Arzt denn?, fragten ihre Blicke. Elisabeth errötete. »Soll ich sehen, ob Jakob da ist?«, fragte sie Grete leise.

Lisbeth hatte es gehört, ihr Kopf ruckte hoch. Sie starrte Elisabeth ins Gesicht. »Der rührt mir mein Kind net an!« Ihre Stimme war schrill vor Angst. »Der net! Der Landstreicher, der bei der Hex aus und ein geht! Der net! Keiner!«

Elisabeth zitterte. Für einen Augenblick lösten sich alle Augen von dem Kind und richteten sich auf Elisabeth. Grete zog sie zur Seite. »Geh lieber weg«, sagte sie. »Und lass den Jakob, wo er ist.«

»Aber das Kind«, stammelte Elisabeth. »Es muss doch jemand dem Kind helfen ... Und das Vergehen des Reiters zur Anzeige bringen ...«

»Geh jetzt«, sagte Grete ruhig. »Die Lisbeth weiß nicht, was sie sagt. Die hat so viel Unglück gehabt in der letzten Zeit ...« Sie schloss sich den Frauen an, die Lisbeth halfen, das verletzte Mädchen in ihr Haus zu tragen. Elisabeth zögerte, doch dann drehte sie sich um und verließ das Dorf. Zuerst ging sie langsam, dann immer schneller. Zuletzt rannte sie, um die Beklemmung abzuschütteln. Erst unterwegs fiel ihr ein, dass sie den Krug auf Gretes Hackklotz hatte stehen lassen.

Sie hatte nicht erwartet, Jakob anzutreffen, doch er saß am Tisch, das Gesicht in den Händen vergraben. »Jakob ...« Sie musste Atem holen, ehe sie sprechen konnte, so schnell war sie gerannt. »Im Dorf ist ein Kind verunglückt.

Ein Pferd …« Sie holte wieder Atem. »Der Huf des Pferdes hat es am Kopf getroffen …« Sie erhielt keine Antwort. »Jakob, so hör doch!« Es machte sie zornig, dass er nicht reagierte. »Hast du nicht begriffen! Sie holen nicht einmal einen Arzt!«

Er nahm die Hände von seinem Gesicht. Er war blass, seine Augen sahen durch sie hindurch. »Sie werden keinen bezahlen können«, sagte er müde.

»Kannst du nicht gehen?« Sie hätte ihn am liebsten gerüttelt. Endlich schien er sie wahrzunehmen.

»Wovon redest du überhaupt?«

»Die Tochter von Gretes Nachbarin …« Sie atmete tief durch. Sie wurde ein wenig ruhiger, während sie erzählte.

»Hat Lisbeth gesagt, dass ich kommen soll?«, fragte er. Sie schüttelte den Kopf. Im Gegenteil, dachte sie. Und erst jetzt wurden ihr Lisbeths Worte in ihrer ganzen Bedeutung bewusst. Der Landstreicher, der bei der Hex aus und ein geht, hatte sie gesagt. Sie sah ihn an. Er erhob sich, ging neben dem Wassereimer in die Hocke und schüttete sich Wasser ins Gesicht.

»Eure Gleichgültigkeit angesichts dieses Unglücks ist empörend«, stieß sie hervor.

»Solche Dinge passieren eben.«

»Aber … wenn es eine schwere Verletzung ist …«

»Lass mich verdammt noch mal in Ruh damit.« Er nahm seine Laute und schlug die Tür hinter sich zu. Bestürzt starrte sie auf die geschlossene Tür. »Der Teufel soll ihn holen«, sagte sie. »Der Teufel soll ihn holen!«

Dann hörte sie, wie er draußen die tiefsten Töne seiner Laute anschlug. Und dann das leise Summen seiner Stimme. Sie nahm all ihren Mut zusammen und öffnete behutsam die Tür. Sie blieb reglos in der Öffnung stehen und hörte zu.

Er sang von dunklen Wolken und fallendem Regen. Auch über ihr verdichtete sich der Dunst des späten Nachmittags zu dunklen Wolken, aber der Regen fiel nicht. Nur ein kühler Wind bewegte die Blätter. »Und scheinst du, liebe Sonn', nicht bald, verweset all's im grünen Wald, und all die müden Blumen, die haben müden Tod ...«

Sie sank in einen tiefen, dunklen See, der tiefer und allumfassender war als Trauer oder gar Angst. Und sie wusste nun, der Sommer würde vorübergehen. Selbst ihr eigenes Leben. Und wenn er die Laute sinken ließ, war auch dieser Augenblick vorbei, und er würde aufstehen und gehen, und sie würde nie erfahren, was ihn so sehr bedrückte.

Nein, dachte sie, als er die Hand von den Saiten nahm. Nein, so will ich es nicht!

Er saß auf dem Holzklotz vor der lehmigen Hüttenwand und blickte ins Nichts. Sie legte die Hand auf seine Schulter.

Überrascht wandte er den Kopf.

»Jakob«, fragte sie, »wo warst du?«

»In einer Stadt«, sagte er tonlos. »Auf einem Richtplatz.«

Ihre Hand krampfte sich ahnungsvoll in seine Schulter. »Wie meinst du das?«

»Zwei Frauen haben sie bei lebendigem Leib verbrannt und dem Jungen haben sie erst den Kopf abgeschlagen und dann die Leiche ins Feuer geworfen.« Hinter der Leere in seiner Stimme erspürte sie das Grauen. In seinen Augen flackerten die Flammen.

»Wann?«, fragte sie leise.

»Heute Morgen.«

»Doch nicht hier in Reupen?«

»Doch«, sagte er heftig. »Doch. Warum nicht in Reupen? Es geschieht überall, immerzu. Die Leute wollen's doch so haben. Neben mir stand einer, der hat ganz laut gerufen: Nur immer ins Feuer mit dem Teufelsgeschmeiß!«

»Und du hast es mit angesehen?« Ihre Augen weiteten sich.

»Ja«, antwortete er grob. »Ja, ich hab dabeigestanden und gegafft wie alle anderen. Die ganze Stadt war auf den Beinen. Nach verbranntem Fleisch hat's gestunken und geschrien haben die Frauen. Und ich hab mich nicht gerührt. Nichts hab ich getan. Nichts.«

»Aber … aber was hättest du … was hättet Ihr auch …«

Er zog sie an sich, so heftig, so plötzlich, dass sie sich nicht wehren konnte. Er grub sein Gesicht in ihren Körper.

»Es ist alles meine Schuld«, stieß er verzweifelt hervor. »Alles. Hätt' ich nur nicht auf den Scheffelsberg gehört. Ich hab mich nicht genug darum bekümmert. Ich hab's der juristischen Fakultät überlassen, die Urteile zu überprüfen. Es ist, als hätt' ich selbst die Fackel an den Holzstoß gehalten …«

Sie blickte verwirrt auf sein dunkles Haar. »Jakob, was redest du?«

Sein Atem war warm. Seine Lippen berührten den Stoff ihres Hemdes. Ein beängstigendes Glühen breitete sich in ihrem Körper aus. »Komm«, murmelte er, »wir gehen in die Hütte. Jetzt gleich. Es gibt nur eins, das den Tod vertreibt …«

Ihr Körper straffte sich. Contenance, dachte sie. Tante Henriette, wie hättest du in einem solchen Augenblick Haltung bewahrt? »Ihr vergesst Euch, Jakob«, sagte sie.

Er ließ sie so abrupt los, dass sie taumelte. Er fuhr sich mit der Hand über sein Gesicht und schloss die Augen. Von einem Moment auf den anderen verschloss sich sein Gesicht. Er nahm die Laute auf und erhob sich.

»Jakob, ich …«

»Vergiss es einfach«, sagte er.

»Aber wohin geht Ihr?«

»Ins Dorf. Wenn Lisbeth mich nicht zu dem Kind lässt, kann ich zumindest Grete fragen, wie's ihm geht.«

Sie lehnte den Kopf an den Türrahmen und blickte ihm nach. Sie zitterte. Aber es war nicht der Gedanke an den Scheiterhaufen, der sie zittern ließ.

Ein Regentropfen traf ihren Arm. Ein zweiter ihr Gesicht.

Er berichtete ihr am folgenden Morgen, dass Lisbeths Tochter noch am Leben war. Sie hatte sich mehrmals übergeben und klagte über Schmerzen, aber ihr Zustand war nicht bedrohlich. Elisabeth nahm es als gutes Omen, obwohl sie wusste, dass sie sich dabei einer Täuschung hingab. Damit, dass der Unfall des Kindes glimpflich ausgegangen war, war nicht alles gut. Im selben Augenblick starb sicherlich in einem der umliegenden Dörfer ein anderes Kind am Fieber. Und vielleicht zerrten sic selbst in der Stadt auf dem Marktplatz die erste vermeintliche Hexe zum Verhör. Und die zeigte mit dem Finger auf Elisabeth und sagte, sie sei auch dabei gewesen.

Jakob schob ihr die Schüssel mit der Grütze über den Tisch. Es war alles ganz wie immer. Die Glut unter dem großen Topf, das Morgenlicht durch die halb geöffnete Tür, das Gezwitscher der Vögel, die graubraunen Balken der Hütte. Nun, da er ihr wie gewöhnlich gegenübersaß, konnte sie sich kaum denken, dass seine festen, geraden Lippen am Tag zuvor ihr Hemd berührt hatten. Sein Gesicht war schmal, ruhig, dunkel. Nur müde sah er aus.

Sein abgetragener Wams war vorne offen und ließ sein schmutzig weißes Hemd sehen. Sie wusste, dass seine Haut darunter glatt war, sein Körper schmal und muskulös. Es war lange her, seit er ihr das Brandmal auf seinem Rücken gezeigt hatte, aber sie hatte es nie vergessen. Wärme stieg in ihr Gesicht bei derartigen Gedanken.

»Du siehst müd aus, Mädchen«, stellte er fest. »Hast du schlecht geschlafen?« Sie nickte. »Ich überhaupt nicht«, sagte er.

Er soll mich nicht so ansehen, dachte sie und senkte den Blick auf ihren Löffel. Er unterscheidet sich weder von dem Tuchhändler noch von den derben Kerlen auf der Straße. Und die Freundschaft, die zwischen uns hätte entstehen können, zerstört er mit solch unbedachten Worten wie den gestrigen. Nun, vielleicht waren seine Worte wirklich nur unbedacht gewesen, hielt sie ihm zugute. Das Schreckliche, das er gesehen hatte, hatte ihn verwirrt.

»Ich wollt' dich nicht beunruhigen mit dem Scheiterhaufen«, entschuldigte er sich. »Ich hat's dir eigentlich gar nicht erzählen wollen.« Ihr fröstelte, wenn sie das Wort hörte. Sie dachte, jemand würde ihre schönen, langen Haare abschneiden, ihr den Kopf scheren, um nach einem Hexenmal zu suchen.

»Doch«, bat sie, »erzählt mir davon. Ich muss alles erfahren, was Ihr darüber wisst, damit ... damit ich ...«

»Hast du Angst?«

»Ja.«

»Brauchst keine Angst haben, Mädchen. In Reupen wird selten gebrannt. So selten, dass die Leut schon zum Gericht rennen und drängen, dass wieder nach Zauberern gesucht wird, wenn's ihnen mal die Ernte verhagelt.«

»Wie können Menschen sich derart verirren?«, fragte sie entsetzt.

»Sie glauben halt an gute und böse Mächte, die nichts Besseres zu tun haben, als sich in ihre Belange zu mischen. Das glaubst du doch letztendlich auch, oder?«

»Und der König?«, fragte sie ungeachtet seines Spottes. Sie war froh, dass er wieder spottete. »Schreitet er nicht ein? Oder ist er von der Rechtmäßigkeit solcher Prozesse überzeugt?«

»Der König«, wiederholte Jakob und blickte durch sie hindurch. Er barg für einen Moment sein Gesicht in den Händen, dann sah er sie wieder an. »Was denkst du?«, fragte er. »Ist ein Fürst für alles verantwortlich, was in seinem Land geschieht?« Er wartete gespannt auf ihre Antwort.

»Ja«, sagte sie. »Es ist an ihm, Ordnung zu schaffen und sein Volk zu schützen. Wofür sonst hätte er seine Mittel, seine Macht, seine Privilegien?«

»Brav«, erwiderte er. »Hat dir dein Vater das erzählt? Und du glaubst, es gibt solch unanfechtbare Menschen, die nichts anderes im Sinn haben als das Glück ihrer Untertanen? Nehmen wir an, es gäbe sie: Übersteigt eine solche Verantwortung nicht dennoch die Kraft und die Möglichkeiten eines einzelnen Mannes?«

»Nehmt ausgerechnet Ihr den König von Reupen in

Schutz?«, fragte sie verwundert. »Wäre ich an seiner Stelle, ich würde diese abergläubischen Machenschaften rundweg verbieten.«

»Denkst du, es ist so einfach? Wenn der Fürst befiehlt, gehorchen alle? Das setzt voraus, dass er genügend Macht hat.«

»Hat er sie nicht?« Sie blickte auf ihren Tragekorb. Es wurde Zeit, auf den Markt zu gehen.

Jakob seufzte. »Hat dein Vater sie? Was tut er? Hat er ›diese abscheulichen Machenschaften‹ verboten? Hat er zumindest verboten, dass das Gericht sich am Vermögen der Verurteilten bereichert, oder hat er das Verfahren geordnet und die Urteile überprüfen lassen, um sie den gierigen Richtern und Schergen aus den Händen zu nehmen? So, wie es in Reupen endlich geschehen ist?«

»Ich ... ich weiß nicht ...« Sie wusste erschreckend wenig darüber. Einmal hatte ihr Vater gesagt, das Land hätte durch den Krieg genug Menschen verloren, man müsse einschreiten gegen das unmäßige Brennen. Ah, das passte zu ihrem Vater. Mehr und mehr sah sie ihn in einem anderen Licht. Wenn er die Menschen brauchte, sorgte er dafür, dass sie nicht so »unmäßig« verbrannt wurden. Brauchte er sie nicht, überließ er die Urteile den Richtern. »Ich muss zum Markt«, sagte sie unvermittelt und erhob sich.

»Bleib noch.«

Sie schüttelte den Kopf und hob den Korb an. »Dann käme ich zu spät.«

»Dann geh heut überhaupt nicht.«

»Um mir den Kopf über die Probleme des Königs von Reupen zu zerbrechen?«, fragte sie spöttisch. »Ihr wisst ebenso gut wie ich, dass wir den Verdienst bitter nötig haben. Zumal Ihr selbst recht wenig beigetragen habt in der letzten Zeit.«

Wenn sie auf dem warmen Boden vor der Stadt saß und den Rücken an die sonnendurchtränkte Mauer lehnte, gab es keine Zeit. Dann schien ihr das Leben ein einziger Augenblick.

Ein feiner Spinnenfaden spannte sich von einem vorstehenden Stein zum nächsten. Tausend winzige Funken schimmerten in der roten Mauer.

Ihr Korb stand neben ihr im Gras. Wenn sie sich erhob und über die Mauer blickte, konnte sie in einen Garten schauen. Auf den Obstbaum und die Beete, auf das Ziegeldach und den Weidenkorb, in dem ein Säugling schlief. Auf der Wäscheleine hingen Hemden und weiße Laken. Weder die Wäsche noch die Blätter des Baumes regten sich. Sogar der Wind schien stillzustehen.

Um sie her stand selbst der Sommer still. So still, als atme er nicht einmal. Die Wege waren staubig. Außer einem leichten Schauer fiel kein Tropfen Regen. Kein Wind erfrischte die dichte Wärme.

Die Tage vergingen, und sie breitete ihr Geschirr auf dem unregelmäßigen Pflaster aus, als hätte sie nie in ihrem Leben etwas anderes getan.

Der Markt. Der Wald. Das Dorf. Jakob, dessen Blick ihr folgte, wann immer er dachte, sie bemerke es nicht. Und der Töpfer, der einen ganzen Monat gebraucht hatte, bis er sie endlich nach ihrem Namen fragte. Ihre Antwort löste eine unerwartete Anteilnahme bei ihm aus.

»Elisabeth«, murmelte er. Und noch einmal: »Elisabeth. Ja, ja. Lisbeth. Ja, so musst du wohl heißen.«

War er am Ende doch dem Wahnsinn verfallen? Sie musterte ihn besorgt. Der dürre Körper, die geflickte, grobstoffige Hose, die bis unter die Knie reichte. Die papierdünne weiße Haut, die sich über seine Gesichtsknochen spannte. Die trocknen Lippen, die wässrigen Augen. Sie räusperte sich und nahm ihren Mut zusammen. »Hat es eine besondere Bewandtnis mit meinem Namen, Herr Helferich?«

»Meine Tochter hieß so.« Er stieg auf einen Schemel und holte einige Teller vom Trockenbrett. Mühsam kletterte er wieder herunter und stellte die Teller neben den kleinen Topf, in dem er blaue Farbe angerührt hatte.

»Hieß«, hatte er gesagt. Sie zog ungefragt den Schemel heran und setzte sich zu ihm an den Tisch. »Ist sie nicht mehr am Leben?«

»Nein.« Ein Schatten senkte sich über sein Gesicht.

»Es war Euer einziges Kind?«

Er schüttelte den Kopf. »Zwei Töchter und ein Sohn.«

»Und da lebt Ihr hier ganz allein.«

»Sie sind alle tot.« Er zog eine sorgfältige Linie um den Tellerrand.

»Alle?« Sie starrte ihn an. »Eine ansteckende Krankheit?«

»Niedergemetzelt«, sagte er knapp. Er begann, kleine Blumen auf den Teller zu tupfen. »Als die Stadt eingenommen wurde, acht Jahre vor Friedensschluss war das gewesen, da war ich nicht zu Hause. Die Soldaten plünderten. Und brannten. Und mordeten. Als ich heimkam, lagen sie in der Stube. Die Margret und die Kinder. Übel zugerichtet. Helfen hätt' ich ihnen auch nicht können. Aber wär ich daheim gewesen, hätten sie mich wenigstens mit umgebracht. Und die Werkstatt und das Geschirr war alles zerschlagen.« Er setzte den Pinsel ab und sah sie an. »Und seitdem zieh ich davon vor dem Krieg. Aber schlafen kann ich immer noch nicht richtig. Wenn ich die Augen zumach, seh ich sie liegen. Der Junge war erst zwei Jahre alt. Der sollte die Werkstatt haben, wie ich sie von meinem Vater hatte.«

»Aber nun ist der Krieg schon lange zu Ende«, wandte sie ein. Für sie selbst hatte es ihn nie gegeben.

»Wird schon wieder kommen.« Der alte Mann nickte. »Wird wieder kommen. 's ist ja immer irgendwo Krieg. Der nimmt kein Ende. Am Rhein, da drohen die Franzosen, unten drohen die Türken …«

»Ihr müsst Euch irren. Der König von Frankreich ist ein gebildeter Mann. Er wird niemals …«

»Was weißt du schon?«, fuhr er sie an. »Ich hab den Krieg

im Auge. Immer behalt ich ihn im Auge. Der Franzose wird Unglück bringen. Verbrannte Häuser wird's geben und Pest und Tod. Geschändete Weiber und zerschossene Männer und Kinder ohne Eltern. Ich weiß das. Ich hab das alles gesehen. Aber ich seh's nie mehr wieder. Ich sterb vorher noch. Bis der Krieg hierher kommt, leb ich nicht mehr.«

Der Krieg. Ihr schauderte. Genügten nicht die Scheiterhaufen? Musste es noch Kriege geben? Niemals wäre ihr in den Sinn gekommen, es könnte wieder Kämpfe geben in den deutschen Landen.

»Ja, ja«, murmelte der Töpfer und zog den nächsten Teller an sich heran. »Die Pest wird wieder kommen und das Geschrei wird groß sein. Aufgeschlitztes Vieh und verbrannte Felder ...«

Sie atmete tief durch vor seiner Tür. Der Krieg war ihr unfassbar angesichts der leuchtenden Farben des Sommers. Ich will es niemals selbst mit ansehen müssen, dachte sie. Weder den Scheiterhaufen noch den Krieg. Lieber gehe ich zurück und werde die Frau des Grafen Eberhard. Noch ist es möglich.

Ich werde Jakob über den Krieg befragen, nahm sie sich vor.

Sie dachte jedoch erst Tage später wieder daran, als Jakob Schlag zwölf Uhr ganz unerwartet auf dem Marktplatz vor ihr stand. Er lehnte an der Seilerbude und fragte, ob er ihr beim Einräumen helfen solle. Sie gab ihm Meister Helferichs Befürchtungen wieder, während er ihr die kleinen Schüsseln und das irdene Tintengeschirr reichte.

»Unsinn«, Jakob schüttelte den Kopf. »Der Krieg ist doch kein Tier, das sich über uns stürzt. Der Krieg wird von den jeweiligen Fürsten geplant und vorbereitet. Es wird keinen mehr geben, wenn das Volk selbst über seine Geschicke bestimmen darf. Weit über die Hälfte der Menschen sind Bauern und die taugen nicht zum Krieg. Sie sind unwillige Soldaten. Sie denken nur an ihr Vieh und ihre Felder. Spätestens zur Erntezeit würden sie nach Hause gehn.«

»Und wann werden diese Zeiten kommen?«

»Vielleicht niemals«, sagte er. Er nahm den breitrandigen Hut vom Kopf und fächelte sich Luft zu.

Seine Worte beruhigten sie wenig. »Begleitet Ihr mich nach Hause?«, fragte sie.

»Nein, du gehst mit mir in die Schenke.«

»Schenke?«, fragte sie misstrauisch.

»Der Wirt schuldet mir noch ein Essen vom letzten Mal, als ich bei ihm aufgespielt hab. Er soll uns halt genug für zwei geben.«

Essen, das sie nicht selbst zubereiten musste. Der Gedanke war verlockend. »Doch nicht das finstere Loch, in welches Ihr mich am Jahrmarktstag geschleppt habt?«

»Nun ja«, gab er zu, »ist zwar nicht die gleiche Schenke, aber weit davon steht sie nicht. Aber sie ist besser, glaub's mir, wenn's auch nicht geradezu fein zugeht. Wirklich, Lise, komm doch mit.«

»Wenn sie mir dort das Geschirr zerschlagen?«

»Ich pass schon auf.«

Wieder schlugen sie den ihr nun bekannten Weg zu den finsteren Gassen, den verfallenen Häusern ein. Doch selbst jene waren an diesem Tage nicht wirklich finster, die helle Sommersonne drang in jeden Winkel. Ein Hund mit einem verkrüppelten Bein hinkte vor ihnen her. Ein trübes Rinnsal lief über die Straße. Kot lag vor ihren Füßen. Zum ersten Mal seit langem vermisste Elisabeth ihre Schuhe. Langsam und vorsichtig setzte sie ihre nackten Füße zwischen all dem Unrat auf.

Was brauchte es Scheiterhaufen und Kriege, wenn doch die Armut elend genug war?

Sie musste Jakob Recht geben, diese Schenke war nicht ganz so arg. Auch hier bestand der Fußboden nur aus festgetretener Erde, doch er war gefegt. Die Tische waren gescheuert und die Gestalten an den Tischen und in den Winkeln noch nicht gar so betrunken. Jakob führte sie zu einem Tisch in der hinteren Ecke. Sie setzte sich vorsichtig auf die aus zwei Klötzen und einem Brett zusammengefügte Bank.

»Ich dacht', du wärst schon weg aus der Gegend.« Der Wirt rieb sich die dicken Hände. Er war ein mittelgroßer, wendiger Mann mit einem kugelrunden Bauch.

»Und überlass dir die versprochene Suppe?« Jakob zog die Brauen hoch. »'s war nur eine Schüssel voll ausgemacht. Nur für dich.« Der Wirt blickte ungehalten auf Elisabeth.

»Gib halt einen Schöpflöffel mehr hinein«, sagte Jakob. »Dann reicht's uns schon.«

Der Wirt knurrte und zog sich hinter seinen Schanktisch zurück, Jakob folgte ihm. Elisabeth stützte die Ellbogen auf den groben Tisch und besah sich die Menschen in dem kleinen, mäßig erhellten Raum. Eine alte Frau hockte mit einem Krug Bier auf einem Schemel am erloschenen Kamin. An dem Tisch neben dem ihren hockten drei angetrunkene Männer. »Komm, machen wir noch ein Spiel«, schlug der eine vor und kippte Würfel aus einem ledernen Becher.

Elisabeth sah zu der merkwürdigen alten Frau hinüber. Zuerst hatte sie es nicht bemerkt, doch auf ihrer Schulter saß tatsächlich ein zahmes Käuzchen. Ihre Züge waren breit, grob, beinahe männlich. Sie hob ihren Krug und schüttete sich Bier in den großen Mund. Dann lachte sie vor sich hin. Ihr Lachen klang ein wenig irr.

»Wer ist die sonderbare Frau dort?«, fragte Elisabeth flüsternd.

»Die alte Auermännin«, antwortete Jakob. »Die ist harmlos. Nur ein bisschen verschroben.« Die Auermännin, die Hexe, erinnerte sich Elisabeth, die erzählt hatte, der Teufel habe sie heimgesucht; die sich in eine schwarze Katze verwandeln konnte. Sie hat so gar nichts Geheimnisvolles, dachte Elisabeth ein wenig enttäuscht. Wie eine Bäuerin sieht sie aus, die alt und verrückt geworden ist.

»Schmeckt die Suppe?«, fragte Jakob. Elisabeth nickte. Die Suppe war so angenehm warm. Und Gemüse war darin. Drüben rollten die Würfel.

Warum flößen mir manche Menschen ein Unbehagen ein und andere nicht? Das ungepflegte Aussehen allein kann es doch nicht sein, überlegte sie. Die fehlenden Knöpfe, die ungewaschene Kleidung. Die meisten Menschen waren doch ärmlich gekleidet, war sie es nicht selbst? Der Mann, der gerade zur Tür hereinschritt, hatte zottiges Haar, ein schmutziges Gesicht und einen zerschlissenen Rock, aber er machte ihr keine Angst. Sein Gesicht wirkte offen und großzügig, seine Bewegungen ruhig. Es mochte die verwaschene, unsichere Redeweise der Betrunkenen sein, die ihr missfiel, ein gewisser haltloser Gang, die Ausstrahlung von möglicher Gewalt, ein dumpfer Zug um die Augen. Und das waren die Menschen, zu denen Jakob gehörte? Unter denen er lebte? War es das, was aus den Fahrenden wurde, wenn sie alt waren und die Kraft sie verließ? Dann zog sie doch die Bauern vor, auch wenn sie abergläubisch und engstirnig waren. Aber sie glichen den Knechten auf dem Schlossplatz, schienen ihr berechenbarer, vertrauter. Sie seufzte. Sie sah Jakob von der Seite an.

»Was ist?«, fragte er.

»Werdet Ihr dann derart enden?«, fragte sie leise. »Wenn Ihr älter seid? In einer Schenke, dem Branntwein verfallen? Ohne Würde, ohne Verstand?«

»Nein.« Er schüttelte fest den Kopf. »Eher geh ich zurück ins Dorf und helf meinem Großvater, das bisschen Acker zu bestellen.«

»Eurem ... Eurem Großvater?« Sie starrte ihn an. »Er ist noch am Leben?«

»Ja«, sagte Jakob. »Warum sollte er es nicht sein?«

»Und ... und Eure Großmutter etwa auch?« Sie hielt den Atem an.

»Ja, natürlich. Sie ist jetzt in ihrem sechzigsten Jahr. Und dabei ist sie noch jung und kräftig.« Er lächelte. »Sie wird niemals alt werden.«

»Aber ...« Sie versuchte, sich zu erinnern. »Wenn Ihr erzähltet, klang es so ... so als existiere nichts mehr von alledem, wovon Ihr spracht. Ihr sagtet ›mein Großvater war‹, ›unser Haus hatte‹ …«

»Wirklich?«, sinnierte er. »Vielleicht … vielleicht weil's mir manchmal so vorkommt, als gäb's das alles nicht mehr. Vielleicht weil ich sie schon so lange nicht mehr gesehen hab.«

»Und sie leben dort allein?« Sie legte den Löffel in die leere Schüssel. Er nickte. »Dann …« Sie versuchte, die Lage zu begreifen. »Aber dann könnten wir ebenso gut in einem festen Haus leben, könnten Gemüse im Garten haben, Getreide auf dem Feld? Etwa auch eine Kuh?«

»Das würdest du?« Er blickte zweifelnd. »In einem Dorf leben, weitab von jeder Stadt? Und ein so schweres, eintöniges Leben führen? Tagein, tagaus? Beargwöhnt und beobachtet von den Leuten dort? Da ist der Jakob wiedergekommen, der Taugenichts, würden sie sagen. Hat wohl kein Glück gehabt in der Fremde, wir haben's gleich gewusst. Und was er sich da für eine aufgelesen hat? Am Ende, mein Mädchen«, seine Augen funkelten, »müssten wir noch einmal heiraten, damit sie glauben, dass alles seine Ordnung hat.«

Sie schluckte. Er machte sich wieder lustig über sie.

»Besser, als im Winter in der zugigen Hütte zu erfrieren«, erwiderte sie kühl.

Der Winter. An den Winter hatte sie zuvor nie gedacht. Sie schob ihn beiseite. Es war Sommer. Sogar in die dunkle Schenke fiel durch die Tür das helle Licht.

Es war sehr still und sehr warm. Insekten schwirrten suchend zwischen den reifenden, duftenden Gräsern und Blüten. Das Gras auf der Waldwiese war so hoch, dass es ihr Gesicht berührte, wenn sie saß. Ein Habicht schrie schrill hoch über den Bäumen.

»Schau«, sagte Jakob. Ihr Blick folgte seinem Finger. Die Halme bewegten sich, aber sie konnte lange nichts erkennen. Dann endlich sah sie den kleinen, braunen Frosch, der ganz ruhig unter den breiten Blättern eines Krautes saß. Jakob lehnte sich zurück, stützte sich auf den Ellbogen und kaute an einem Grashalm. »Es gibt wenig, das sich damit messen lässt«, seufzte er zufrieden.

»Womit?« Sie zog die Knie an und umschlang sie mit ihren Armen.

»Im Gras zu liegen«, sagte er. »Oder kennst du was, das du damit vergleichen kannst?«

»Die schwarzen Kirschen, die Ihr gestern gestohlen habt«, erwiderte sie belustigt.

»Damals«, sann sie und legte den Kopf auf die Knie, »als ich mit Euch hierher kam, dachte ich, Ihr wäret jeder Freude abgeneigt. Kühl, streng und asketisch.«

»Nur weil ich gesagt hab, man braucht nicht mehr als ein Dach über'm Kopf und eine Quelle in der Nähe?« Ein Lächeln spielte um seine Lippen. »Und weil ich mich aufgeregt hab über den Luxus und die Prasserei an den Höfen? Hab ich aber nicht Recht damit? Die, die dafür zahlen müssen, denen schadet's, und die, die alles übermäßig genießen, denen werden die Sinne schal. Merkst du nicht, dass du besser schmecken kannst, seit du hier bist?«

»Oh, es kann zuweilen sehr angenehm sein, sich etwas zu gönnen, ohne lange überlegen zu müssen, ob man die Mittel dazu hat. Gäbe es nichts, woran Ihr Gefallen finden könntet, hättet Ihr Vermögen?«

»Doch.« Sie sah seine schönen Zähne, als er lachte. »Ein gebratenes Huhn jede Woche und dazu ungarischen Wein. Und«, seine Augen leuchteten auf, »eine Geige von Amati.« Ihr wurde ganz warm, als sie ihn so sah, lächelnd und entspannt neben ihr im Gras. Eine gestreifte Fliege surrte an ihnen vorüber. »Aber du hast nicht ganz Unrecht mit der Askese«, gab er zu. »Früher, als ich noch nicht so lang von Holland weg war, noch voll gestopft von unzähligen lauteren Gedanken – denn Gedanken gibt's da viele, Mädchen, das ganze Land ist voll davon, es würde dir gefallen –, da also dachte ich, ich müsste arm sein mit den Armen. Ich dürfte nichts genießen und nichts besitzen, solange nicht jeder Mensch das kann. Und weil man natürlich frei ist, wenn man an nichts hängt. Aber wer kann das schon? Es liegt nicht in unserer Natur. Denk nur allein an das Essen und Trinken, das müssen wir doch ...«

»Es gibt Menschen, die dem Hunger widerstehen«, wandte sie ein.

»Und wie lang?« Er strich mit dem Grashalm über ihre Hand. »Weißt du, als ich gewandert bin und die Menschen gesehn hab, so, wie sie sind, nicht so, wie sie sein sollten, da ... Nun ja, da hab ich halt nicht mehr eingesehn, wem ich damit dienen würd, wenn ich mir alles versage. Und es gibt, weiß Gott, Genüsse, die ich nicht missen möcht.« Er richtete sich auf. »Ich mein damit nicht Saufgelage und irgendwelche Ausschreitungen und unmäßige Verschwendung. Vielleicht versteh ich unter Genuss etwas anderes ...«

Ein zartgrünes, zart geflügeltes Insekt kroch über ihren Fuß. Seine Bewegungen kitzelten auf ihrer Haut.

»Was?«, fragte sie interessiert und ließ doch die Augen nicht von dem Tier.

Er zog den Halm durch die Zähne. »Na ja, was ich schon gesagt hab. Auf der Erde liegen, wenn sie so warm ist wie der Leib einer Frau. Und die Musik natürlich. Und aus einer Nesselblüte Nektar saugen. Und ... und auch das ...« Er neigte sich zu ihr, und ehe sie überhaupt begriff, hatte er seinen Arm um ihre Schultern geschoben, sodass sie nicht mehr ausweichen konnte.

Sie wusste nicht, was sie erwartet hatte, so schnell rannen die Gedanken durch ihren Kopf in dem winzigen Augenblick, der zwischen seiner Bewegung und der Berührung lag. Dass er sie ungestüm packen würde vielleicht, dass er ihr seine Zunge in den Mund stieß, wie es Ferdinand damals getan und sie damit gänzlich schockiert hatte.

Aber es war ganz anders.

Er rieb seinen Mund ganz sacht an ihrem. Er nahm ihre

Oberlippe behutsam zwischen seine Lippen, befühlte und ertastete sie, streichelte und befeuchtete sie mit seiner Zungenspitze. Sie vergaß zu denken und gab sich, atemlos staunend über die grenzenlose Zärtlichkeit, deren er fähig war, dem Spiel seiner Zunge hin, der Gewissheit, dass es ihm gefiel, ihr nahe zu sein, und öffnete leicht ihren Mund und seufzte leise, und er beugte sie sanft zurück ins Gras, und die Erde unter ihr atmete, und sie wusste, die Erde würde sie verschlingen, sobald sie sie berührte. Und da erst kam sie zur Besinnung, und ihr wurde bewusst, dass sie hier nur mit einem Hemd bekleidet ganz alleine, weit von allen Menschen, mit diesem Manne im Gras saß.

Sie stieß ihn von sich und hetzte über die Wiese, ohne sich nach ihm umzusehen. Sie verfing sich im Gesträuch, erreichte die Hütte, stürzte durch die Tür und sank auf den Strohsack.

Ihr Herz klopfte zum Bersten. Es war, als berührten seine Lippen noch immer ihren Mund. Wieder und wieder und wieder.

Was geschieht mit mir?, dachte sie. Was geschieht mit mir? Ein Prickeln rann durch ihren Körper. Sie presste sich fest auf die Matratze, um es zu ersticken. Einen Moment lang fürchtete sie, er könne ihr gefolgt sein. Sie setzte sich auf und zog die Decke wie einen Schutzschild um sich herum. Sie lauschte nach seinen Schritten, doch es waren keine Schritte zu hören. Die Sonne tanzte durch die Ritze der geschlossenen Tür. Gut so, dachte sie, gut so. Wie auch hätte sie ihm in diesem Augenblick begegnen sollen? Sie hatte sich gänzlich vergessen. So etwas durfte nie, nie mehr wieder geschehen.

Er kam auch am Abend nicht. Sicherlich hatte er sein ungebührliches Benehmen eingesehen. Und nun ließ er eine gewisse Zeit verstreichen, bis sie wieder unbefangen miteinander umgehen konnten.

Sie zündete die verbliebenen Stummel ihrer Kerzen an und mühte sich, einen Riss in ihrem Hemd zu flicken. Sie aß ein wenig kalten Brei und blätterte geistesabwesend in ihrem einzigen Buch. Sicherlich war er zu dieser Frau gegangen. Sollte er doch dorthin gehen. Schließlich war diese Art Frau dazu da, die Gelüste der Männer zu stillen.

Es war so einsam in der Hütte. Was würde Eleonore ihr jetzt raten? Aber Eleonore würde nicht einmal begreifen, was sie bedrückte. Impossible, würde Eleonore sagen, wohin soll das führen? Sie blies die Kerzen aus. Sie fuhr mit dem Finger die Konturen ihrer Lippen nach. Was tat er mit der Frau? Berührte er sie mit der gleichen Behutsamkeit? Wenn er sie zurückbog auf ihr Lager, würde diese Frau ihn sicherlich nicht zurückstoßen. Was wäre geschehen, wenn sie ihn nicht zurückgestoßen hätte?

Er kam auch am nächsten Morgen nicht. Den ganzen Tag blieb sie unruhig. Sie streifte ziellos im Wald umher, pflückte da und dort ein Kraut, das ihr vertraut schien, und sann darüber nach, was nun wäre, wenn er nie wieder zurückkäme, nachdem sie ihn so heftig von sich gestoßen hatte. Vielleicht blieb er bei dieser Johanna oder wanderte am Ende mit ihr davon.

Aber er kam bereits am folgenden Tag gegen Mittag zur gewöhnlichen Zeit zurück. Er sagte nicht viel und sie hielt es ebenso. Er saß schweigend am Tisch, während sie aus ein wenig zerstampftem Hafer und frischen Kräutern eine Suppe bereitete. Als sie sich umdrehte, um nach dem Löffel zu fassen, fing sie seinen Blick auf, der fragend auf ihr ruhte. Sie wich ihm aus und rührte eifrig um. Sie füllte die Schüssel und setzte sie auf den Tisch. Er hatte gleichzeitig danach gefasst, seine Hand schob sich über die ihre. Sie zog sie so hastig zurück, dass die Schüssel bedenklich schwankte. Sein Gesicht blieb unbewegt, nur seine Augen verdunkelten sich und seine Wangen wurden schmaler.

Als er ging, nahm er den größten Teil des Geldes mit sich. Sie verübelte es ihm, auch wenn sie wusste, dass er davon Gemüse erstehen wollte. Hätte nicht sie mit Grete um die ersten zarten Rüben handeln können? Und selbst bestimmen, wie viel Geld sie für den nächsten Gang zu Meister Helferich übrig behalten wollte? Nur gut, dass er die Münzen, die sie heimlich in ihrem Beutel verborgen hielt, nicht gefunden hatte. Es waren ohnehin erbärmlich wenige.

Sie redeten nicht viel in diesen nächsten Tagen. Manches Mal musterte er sie, wenn er dachte, sie bemerke es nicht. Manches Mal schien es ihr gar, dass er auf ihre Brüste starrte, wie es die ungehobelten Männer in der Stadt hin und wieder taten.

Wenn sie die Straße entlangging und der weiche, graue Staub sich um ihre Zehen schmiegte, versuchte sie, nicht daran zu denken. Die Luft um sie her war so warm, dass sie ihren Körper in Wellen umflutete. Die Menschen stöhnten unter der drückenden Hitze und sehnten den Regen herbei, den sie während der Heuernte so sehr gefürchtet hatten. Der Himmel blieb undurchsichtig und dunstig. Das weißgelbe Wintergetreide rieb sich knisternd aneinander. Es roch trocken, nach Scheune und Winter. Manch ein Bauer, dessen Vorräte zu Ende gingen, schnitt mit der Sichel die ersten Halme.

Elisabeth besah sich die Frauen auf dem Marktplatz. Die spitzen Nasen, die verkniffenen Münder der dunkel gekleideten Bürgerinnen. So sieht man aus, wenn man sich mit einem Kaufmann einlässt oder einem Schuhmachermeister, dachte sie.

Sie besah sich die Bäuerinnen. Die scharfen Linien im müden Gesicht, die rauen Hände, den Leib schwer von vielen Geburten, ein Kind auf dem Arm, ein weiteres an der Hand, abgearbeitet und reizbar. So, dachte Elisabeth, wird man, wenn man sich mit einem Bauern einlässt.

Und dann blickte sie schaudernd zu der alten Bettlerin hinüber, die ein schlecht geflicktes Kleid aus hartem Leinen trug, die ihre dürre Hand ausstreckte und immer wieder einen eintönigen Singsang anstimmte. Und sie dachte an die jungen Frauen, die sich im dunklen Viertel der Stadt den

Männern anboten. Und daran, dass Jakob der Sohn einer Hure und eines Gauners war.

Es hatte sicherlich seinen Grund, dass Pallas Athene, die Göttin der Vernunft und der Weisheit, niemals einen Mann berührte; dass Artemis ohne männlichen Gefährten, nur von ihren Nymphen begleitet, leichtfüßig durch den Wald eilte.

Und hätte sie dem sanften Druck seiner Arme nachgegeben und wäre zurückgesunken auf den sonnenwarmen Boden, niemals wieder hätte sie Elisabeth Charlotte von Messelstein sein können, die bei solch schwülem Wetter mit einer leichten Lektüre unter die Äste des großen Kastanienbaumes geflüchtet wäre. Oder an ihren Schreibschrank zu einem Blatt weißem Papier, das Tintenfass offen, am hölzernen Stiel der Feder kauend.

31.

Der Regen kam nur wenige Tage später. Er setzte als leichter Schauer ein, während die Rathausuhr elfmal schlug und damit den Beginn der letzten Marktstunde anzeigte. Hanne stand ungerührt, denn über ihrem Tisch spannte sich ein Dach aus fester Leinwand. Die Tropfen mochten ihr mächtiges Hinterteil treffen – ihre Würste, ihr Fleisch waren geschützt. Auch der Seiler regte sich nicht unter seinem Holzdach. Ein auswärtiger Spezereihändler hingegen packte seine duftenden Gewürzsäckchen eilig zusammen beim ersten Tropfen, der sie berührte. Noch blieb es ruhig auf dem Markt, noch warteten die Menschen darauf, dass der Schauer vorüberging, doch sogleich wurden die Tropfen größer und schwerer. Am Ende rauschte ein heftiger, warmer Regen auf den Platz. Elisabeth hielt den weichen Tropfen ihr Gesicht und ihre bloßen Arme entgegen. Ein Hund suchte Schutz unter Hannes Tisch, von wo er mit einem festen Tritt verjagt wurde. Manch eine Frau schlug ihre

Schürze über den Kopf. Alles rannte und lief, und einige Marktweiber und Händler packten ihre Waren ein, denn es lohnte nicht, sie nass werden zu lassen für die eine Stunde, die noch blieb.

Elisabeth schüttete das Wasser aus den Schüsseln und aus dem zierlichen Henkelkrug. Auch für sie lohnte es nicht, länger auf Kunden zu warten, die der Regen längst vertrieben hatte.

Dabei hätte sie so viel einnehmen können an diesem Tag. Ausgerechnet heute, als sie mit halb leerem Korb gekommen war, hatte der Küchenmeister vom Schloss nach kleinen Tiegeln und mittelgroßen Vorratstöpfen gefragt. Am nächsten Markttag wollte er sie wieder aufsuchen. Ob Meister Helferich ihr die Töpfe gab, auch wenn sie sie nicht sofort bezahlen konnte?

Sie ging langsam die Straße hinunter, sie hatte keine Eile. Vor dem Regen konnte sie sich ohnehin nicht schützen. Es war, als schwemme er alle belastenden Gedanken hinweg. Er strömte von den roten Dachziegeln und floss in schnellen Rinnsalen die Straße entlang. Er spülte einen toten, jungen Vogel mit sich, braune Erde und Unrat.

Unten am Tor, wo der Pflastersteinbelag endete, weichte der Regen den Boden auf. Ihre Füße patschten über den weichen Schlamm. Sie musste lachen über den Torwächter, der sich ängstlich in seiner Nische verbarg, und empfand Mitleid mit den Fuhrleuten, die sich vor dem Tor mühten, ihr Fuhrwerk mit einer widerspenstigen Plane abzudecken.

Ein leichter Wind kam auf und ließ sie frösteln. Mittlerweile klebte ihr Hemd auf der Haut und das Haar hing ihr klatschnass ins Gesicht. Wie eine ersäufte Katze sehe ich sicher aus, dachte sie. Sie ging schneller. Als sie den Wald erreicht hatte, hörte der Regen schlagartig auf. Die dunklen Wolken über ihr zerrissen und zeigten ein Stück blauen Himmel. Zaghaft versuchte sich ein Vogel an ersten zwitschernden Tönen. Nur von den Buchenblättern tropfte noch Wasser auf ihr Haar. Ihr war ein wenig kalt, und sie wünschte, die Ereignisse der letzten Tage wären ungeschehen und Jakob erwarte sie in der Hütte mit einem heißen Kräuteraufguss und einem Streitgespräch über die Staatsgeschäfte des Königs von Reupen oder die Qualität des Haferbreis.

Sie stutzte, als sie die Hand auf die Hüttentür legte. Sie vermeinte, eine Stimme gehört zu haben. Mais non, dachte sie, wer sollte hier reden? Sie öffnete schnell die Tür und streifte im Hineingehen die Trageriemen ihres Korbes von den nassen Schultern.

Überrascht blieb sie stehen. In der Ecke auf den Strohsäcken saß Jakob mit der Frau. Jakob mit dem Rücken an die Wand gelehnt. Seine Finger spielten mit den Nackenlocken des schlafenden Kindes. Johanna hob bei Elisabeths plötzlichem Eintreten erstaunt das Gesicht und zog das offene Hemd über ihre volle, entblößte Brust.

Elisabeth stand stumm in ihrer feuchten Kleidung in der Mitte des kleinen Raumes. Soll ich nun »Pardon« sagen und mich zurückziehen?, dachte sie irritiert.

»Du kommst schon?«, fragte Jakob. Er legte den Kopf in den Nacken. Johanna schnürte ihr Hemd vorne zu und sah Elisabeth neugierig an. Dann lächelte sie. »Der Regen hat uns überrascht«, sagte sie. Ihre Stimme war kräftig und klar und hatte den gleichen Tonfall wie die Stimme Gretes und die der anderen Menschen im Dorf. »Und Jakob hat …«

»Mich hat der Regen ebenfalls überrascht«, unterbrach Elisabeth kühl. »Und es wäre mir lieb, wenn ich nun in Ruhe meine Kleidung wechseln dürfte.«

Sie las Verwunderung in den braunen Augen der Frau. Jakob erhob sich, schob vorsichtig seine Hand unter den kleinen Kopf des Kindes und nahm es auf, ohne dabei dessen Schlaf zu stören. »Komm.« Er machte eine Kopfbewegung in Richtung Tür.

Johanna blickte fragend von Jakob zu Elisabeth, dann folgte sie ihm. Einen Augenblick stand Elisabeth regungslos. Sie lauschte auf die gedämpften Stimmen vor der Hütte. Erst als sie verklangen, zog sie die durchnässten Sachen vom Leib, wrang sie aus und holte ein trockenes Tuch vom Regal. Sie drückte das Wasser aus den Zöpfen, rieb sich die Arme, die Brust, den Bauch trocken. Als sie sich zu ihren Beinen bückte, knarrte hinter ihr die Tür. Auch das noch, dachte sie ergeben und richtete sich langsam auf, ohne sich dabei umzudrehen. Sie hörte, wie er an der Tür innehielt, und wartete darauf, dass er gehen würde.

Sie drehte sich auch nicht um, als sie seine Hand auf ihrer Schulter spürte. Die leichte Bewegung, mit der seine Finger ihre Schulterlinie nachzogen, bannte sie. Sie schauderte und schloss die Augen, als er ihren bloßen Rücken streichelte und seine Lippen ihren Nacken berührten. Ihre Hände umkrampften das Leinentuch. Winzige Tropfen fielen aus ihrem Haar auf ihre Haut.

Er schob seine Hand langsam unter das Tuch, das sie fest an ihre Brust gepresst hielt, und löste damit den Bann.

Sie fuhr herum. »Was untersteht Ihr Euch?«, sagte sie scharf. »Ihr irrt Euch, wenn Ihr denkt, Ihr könnt Euch bei mir holen, was Ihr bei Eurer Hure versäumt habt, weil ich Euch zu früh störte.«

Er ließ seine Hand sofort sinken. Verblüfft starrte er in ihr glühendes Gesicht. »Lise«, sagte er, »ich glaube, du hast da eben …«

»Geht mir aus den Augen.«

Die Tür schlug hinter ihm zu. Sie lauschte ihren eigenen Worten nach. Warum habe ich das gesagt?, fragte sie sich ungläubig. Warum in aller Welt habe ich das gesagt? Sie stand eine ganze Weile, ohne sich zu rühren. Erst als sie fror, rieb sie sich die Haare trocken und zog sich das wollene Hemd über.

Am folgenden Tag gelang es ihr tatsächlich, Meister Helferich dazu zu bewegen, ihr den Korb bis oben hin zu füllen, ohne dass sie sogleich für jedes Stück bezahlte. »Ich werde

Euch morgen nach Marktende als Erstes aufsuchen«, beteuerte sie. »Vielleicht genügen meine Einnahmen, den größten Teil meiner Schuld sofort bei Euch zu begleichen.«

Ihm war nicht wohl dabei, das war ihm deutlich anzusehen, wobei er offenbar weniger um die Bezahlung fürchtete, als dass ihn die Verletzung seiner ureigensten Grundsätze störte.

Sie lachte, als er hinter ihr herrief: »Wenn mir auch nur ein Stück zerbricht, ehe es bezahlt ist …«

Zerbrechen! Verkaufen würde sie das Geschirr an einem einzigen Marktmorgen, denn sie brauchte das Geld. Sie brauchte es, um diesen Ort endgültig zu verlassen. Es war an der Zeit. Nichts wollte sie zu schaffen haben mit diesem fahrenden Volk und seinen niederen Affaires. Sollte sie sich am Ende einen Spielmann mit einer Dirne teilen?

Der Himmel wurde blau, der Regen hatte die Luft erfrischt, der Marktplatz würde vor kaufeslustiger Menschen überquellen am nächsten Tag. Mit dem verdienten Geld würde sie sich auf den Rückweg nach Messelstein machen und ihren Vater bitten, die nicht vollzogene Ehe für ungültig zu erklären. Es musste ihm doch ein Leichtes sein. Und Graf Eberhard konnte sich dann in der Hochzeitsnacht davon überzeugen, dass … Ihr wurde übel bei dem Gedanken.

Im Dorf trug eine Frau ein flatterndes, schreiendes Huhn zum Hackklotz. Sie hielt inne, ehe sie die Axt nahm, und beobachtete Elisabeth, wie sie die Dorfstraße entlangschritt. An der Seite des Grafen würde sie sich nie wieder mit diesen Menschen befassen müssen. Es konnte ihr dann einerlei sein, was sie von ihr dachten. Aber selbst wenn sie bliebe in der Hütte im Wald, den Erlös aus dem Verkauf des Geschirrs brauchte sie. Gerade wenn Jakob …

Jakob. Sogar im Schlaf sah sie ihn vor sich. Seine schlanken Finger, die mit den Locken des Kindes spielten. Und das offene Hemd der Frau. Ihre schwere, entblößte Brust. Schwerer als Elisabeths eigene Brüste. Die Brust einer Frau, die bereits ein Kind geboren hatte.

Sie fand keine Ruhe in der Hütte an diesem Tag. Sie wusch sich ausgiebig an der Quelle und kämmte die nassen Haare mit den Fingern. Sie wusch das leichte Leinenhemd und hing es vor der Tür zum Trocknen auf. Ruhe fand sie dabei noch immer nicht. Endlich beschloss sie, zur Stadt zu gehen. Sie kannte die Stadt nur von den Markttagen her. Wie sie sich wohl an einem gewöhnlichen Nachmittag ausnahm?

Die Nachmittagssonne hatte noch genug Kraft, auf Elisabeths braunes Haar zu brennen. Ein leichter Wind bewegte das Gras und machte die Wärme angenehm. Über ihr war der Himmel weiß vor zerfließender Wolken. Sie glichen einem Tropfen Milch, der im Wasser zerläuft. Darüber standen weiße Federwölkchen, die der Wind sanft schaukelte. Hinter ihr im Westen schoben sich riesige Wolkenberge von bedrohlichem Grau heran. Wie leicht und schnell es sich ging ohne Korb auf dem Rücken. Vor ihr tauchten bereits die roten Ziegel der Stadt auf. Nachmittagsstille lag über dem Land. Keinen Menschen sah sie auf den Feldern. Von dem unaufhörlichen Vogelgezwitscher hob sich nur der Gesang einer Lerche ab und das ewige »krah-krah« der Raben vom Wald her.

Über die hohen Nesseln hinweg berührte sie die verwitterten Steine der Stadtmauer. Der Rosenbusch unter dem hohen, dicht belaubten Baum am Tor verströmte einen süßen Duft.

Das Tor bewachte der junge Kerl, der sich am gestrigen Tag noch vor dem Regen gefürchtet hatte. Er bedachte sie mit einem freundlichen, aber verwunderten Blick. Sein Blick verunsicherte sie. Gewiss war sie die einzige Frau, die ohne Korb, ohne Last, mit unbedecktem Haar durch das Tor schritt. Aus einem Hof klangen Hammerschläge. Ein Bäckerjunge kam ihr entgegen, eine Stange mit frischen Brezeln über der Schulter. Der Duft erweckte ihren Hunger und machte ihr bewusst, dass sie nicht ein einziges Geldstück besaß, sich eine davon zu kaufen. Im nächsten Hof hörte sie einen Mann fröhlich vor sich hin pfeifen. Sie blieb stehen und beobachtete ihn, wie er eine Leiter an das niedrige Dach seines Schuppens lehnte, hinaufstieg und sich anschickte, undichte Stellen im Stroh auszubessern. Er wandte sich um und sah Elisabeth. Er grinste. Es war ein anzügliches Grinsen, befand sie. Konnten die Leute sie nicht für eine Magd halten, die nur auf einen kurzen Gang von einem Haus zum nächsten unterwegs war? Aber nein, hier kannten sie einander alle, und eine Fremde ohne Begleitung musste eine Bettlerin sein, eine Käufliche, eine Unbehauste.

Wie verlassen der Markt wirkte ohne die Stände und die vielen Menschen. Auch der Brunnen lud nicht zum Verweilen ein. Wie hätten die Vorbeigehenden sie angestarrt, hätte sie dort auf den Stufen gesessen, Wein trinkend, Brot essend, eine Frau ganz allein.

Auf der Wirtshausbank dösten zwei Mönche. Wandernde Mönche offenbar, die eine Rast eingelegt hatten. Der Kopf des älteren war auf die Brust gesunken, hin und wieder zuckte er hoch, um gleich wieder zurückzusinken.

Langsam wandte sie sich in die Richtung, in der sie das Schloss vermutete. Wie eigenartig, dass ich es mir nie wieder besehen habe seit damals, seit dem letzten Tag der langen Wanderung, wunderte sie sich. Sie hatte vergessen, dass der Weg zum Schloss so weit war. Sie musste durch die ganze Stadt gehen, vorbei an schmalen Häusern und kleinen Gärtchen.

Der Weg wurde breiter und führte durch die niedergerissene Stadtmauer zum Schloss. Sie folgte der von jungen Bäumen gesäumten Straße ein gutes Stück, hielt inne, als sie nahe genug war, lehnte sich gegen einen der Bäume und betrachtete die Schlossanlage aus der Entfernung.

Zwei Hellebardiere langweilten sich vor dem weit geöffneten Tor. Durch die Stäbe des eisernen Zaunes erspähte sie das geradlinige Gebäude mit seinen unzähligen Fenstern, erspähte Wagen mit Steinen beladen und Arbeiter, die mit dem Ausbau des Seitenflügels beschäftigt waren. Sie stand lang so. Eine der Damen, die hinter einem dieser vielen Fenster ihren Tee einnimmt, überlegte sie, kennt vielleicht Franziska oder Marie-Henriette und könnte mir berichten, ob sie sich wohl befinden. Einer der Herren, die im Augenblick auf dem Schloss zu Besuch weilen, hat vielleicht schon einmal bei meinem Vater vorgesprochen. Oder hält sich gar der König selbst in den oberen Gemächern auf? Und was tut er dort? Womit befasst sich ein Mann, der um Anerkennung zu kämpfen hat, der Bücher nicht schätzt und den Sternenhimmel der Beleuchtung im Ballsaal vorzieht?

Sie seufzte und löste sich von dem Baumstamm. Sie konnte nicht immer hier stehen. Sie schlug den Weg zum Fluss ein. Sie wollte dort sein, wo die Mägde ihre Wäsche wuschen, wo sie schwatzten und lachten, wo die Männer vor der Überzahl der Frauen zurückschreckten. Vor der Mühle hielt sie inne. Dort hatten vor Wochen Jakob und Johanna gestanden. An diesem Tag beluden an jener Stelle Männer einen Wagen mit Säcken.

Sie beugte sich über das hölzerne Geländer der Brücke und blickte auf das geschlossene Wehr und das ruhende Mühlrad. Unter ihr auf dem Wasser ließen sich die Enten treiben.

Nur noch zwei Mägde knieten am gegenüberliegenden Ufer und tauchten Wäschestücke in den Fluss. Der Tag war offensichtlich weiter fortgeschritten, als Elisabeth gedacht hatte. Die meisten Frauen waren längst nach Hause gegangen. Zwischen den beiden Frauen saß ein Kind und blies Seifenwasser durch einen Strohhalm. Schillernde Seifenblasen wehten über den Fluss. Elisabeths Blick folgte ihnen, bis sie in der Luft zersprangen. Sie suchte sich eine stille Stelle, verborgen unter den tief herunterhängenden Ästen eines Weidenbaumes, und sah von dort den Frauen zu, wie sie die Wäschestücke in ihre Körbe legten. Sie hörte, wie sie Scherzworte und Anzüglichkeiten mit zwei jungen Gerbergesellen austauschten, die weiter unten am Fluss an langen Stangen hängende Schaffelle aus dem Wasser zogen.

Elisabeth saß noch unter dem Baum, als die Mägde längst gegangen waren, die Männer ihre Häute ausgewrungen und zum Trocknen aufgehängt hatten und die Sonne schon weit im Westen stand. Sie versenkte sich in den Anblick des gemächlich vorüberströmenden Wassers und sog seinen frischen Geruch ein. Erst als die Rathausuhr mit lauten Schlägen das Ende der achten Stunde anzeigte, erhob sie sich und machte sich auf den Rückweg in den Wald.

Als sie den Weg endlich erreichte, war sie müde und hungrig und mit den Gedanken bereits beim nächsten Tag; den Mann, der vor ihr herwanderte, gewahrte sie erst, als er stehen blieb, um auf sie zu warten. Ihr war nicht wohl bei seinem Anblick. Am Ende musste sie noch bis zum Dorf mit ihm gehen, denn den Weg zur Hütte wollte sie ihm beileibe nicht zeigen. »Ein Weibsbild!«, rief er erfreut und zog seinen Filzhut. »Mit einem Weibsbild geht sich's noch mal so gut durch den Wald.« Er zwinkerte ihr mit seinen verschwollenen Augen vertraulich zu.

»Einen guten Abend wünsche ich Euch«, antwortete sie abweisend. Er gefiel ihr nicht. Er glich den Männern in der Schenke. Schmutzig, zerlumpt, von unangenehmem Geruch. Es hätte sie beruhigt, hätte er geredet, wie die Menschen in dieser Gegend redeten, aber das tat er nicht.

Bin ich schon wie die Bauern, schalt sie sich, dass ich jeden Fremden misstrauisch beäuge?

»Wie weit ist's bis zum nächsten Dorf, Täubchen?«, fragte der Mann.

»Eine halbe Stunde noch«, antwortete sie, biss sich aber sogleich auf die Lippen. Nun wusste er, dass keine Menschenseele weit und breit war.

»Dann gehn wir doch zusammen, na?« Er trat dichter an sie heran. »Wir werden uns die Zeit schon nicht lang werden lassen, was?« Er musterte sie ungeniert von Kopf bis Fuß. Sie antwortete nicht. Sie ging weiter, blickte vor ihre Füße auf den erdigen Weg, dann nach oben, wo sich die blasse Mondscheibe an dem noch hellen Himmel zeigte.

»Redst nicht mit jedem, Täubchen«, stellte er fest. Sie wich einen Schritt zur Seite, so nah kam er ihr. Sie streifte bereits die Äste des Buschwerks und geriet dabei ins Stolpern. Er fasste nach ihr, um sie zu halten, und ließ seine Hand nicht mehr von ihr. Sie versuchte, sich ihm zu entziehen, aber seine kurzen Finger legten sich fester um ihren Arm. »Na, na, Täubchen. Langsam. Jetzt machen wir eine kleine Rast. Wir trinken einen Schluck ...«

»Ich trinke nicht, danke.« Wie kann ich mich ihm entwinden, ohne ihn zu erzürnen?, überlegte sie krampfhaft. Sie blickte durch die Bäume. Es war so überaus nah zur Hütte, doch was nützte ihr das? Wenn sie jetzt losrannte, wer weiß, vielleicht gab sie ihm damit Gedanken ein, die er noch nicht hatte. Und in der Hütte war sie ebenso allein mit dem Kerl wie hier am Wegrand. Es sei denn, Jakob ... Nein, sie kannte Jakob. Nach ihren harten Worten am Tag zuvor war er sicherlich nicht da.

»Ein schönes Täubchen.« Seine freie Hand befühlte ihren Hals und ihre Wangen. »Hab lang so keins mehr gehabt.« Sein Gesicht war so nah, dass sie jede einzelne Falte seiner ledrigen, von Sonne und Luft gebräunten Haut erkennen konnte. Bierdunst schlug ihr ins Gesicht. Sie drehte den Kopf, soweit es ihr möglich war, von ihm weg. »Lasst ... lasst uns weitergehen.« Sie versuchte, ihrer Stimme einen festen Klang zu geben. »Ich will vor der Dunkelheit im Ort sein.«

»Wirst du schon«, murmelte er. »Wirst du schon. Wirst aber doch für mich noch ’n bisschen Zeit haben, mein Schätzchen. Ich geb dir auch was.« Er zog einige Münzen aus der Tasche. »Hier schau, dass du siehst, dass ich dich nicht belüg.«

Sie starrte ihn entsetzt an. Wofür hielt er sie?

Mit einem Ruck zog er sie von der Straße weg durch die niedrigen Büsche in den Wald hinein. Sie war darauf so wenig vorbereitet, dass sie hinter ihm hertaumelte. Als sie versuchte, sich loszureißen, musste sie erkennen, dass der

Mann über größere Kräfte verfügte, als sie vermutet hatte. »Hinterm Gesträuch«, sagte er mit seiner breiigen Stimme, »ist's doch besser als auf der Straße. Da stört uns keiner.«

»Nehmt doch Vernunft an«, flehte sie. »Lasst mich doch gehen.«

Aber er presste sie gegen den breiten Stamm einer Eiche, umschlang sie und versuchte unbeholfen, ihr Gesicht zu küssen. Sein Atem ging schwer und ihr wurde elend von seinem übel riechenden Mund und seinen faulen Zähnen. So doch nicht, dachte sie ungläubig, während seine freie Hand an ihrem Hemd zerrte, um sich Zugang zu ihren Brüsten zu verschaffen. Lieber der Graf in der Hochzeitsnacht, lieber Jakob damals im Schober des niedergebrannten Dorfes ...

»Jakob!« schrie sie laut. »Jakob! Jakob!« Seine nassen Lippen drückten sich auf ihren Mund, ihre Schreie zu ersticken. Sie fühlte ein Würgen in ihrem Hals aufsteigen, als sie seinen Speichel auf ihren Lippen spürte.

»Was schreist du denn?«, zischelte er. »Ich zahl's dir doch.«

Er machte sich ungeschickt an ihrem Rock zu schaffen. »Ich tu dir doch nichts«, keuchte er. »Es dauert doch nicht lang.«

Das Würgen in ihrem Hals wurde stärker und plötzlich bekam sie eine Hand frei und schlug nach ihm. »Lasst mich los!«, schrie sie wie von Sinnen. »Lasst mich los!«

Der Ärmel ihres Hemdes zeriss mit einem hässlichen Geräusch.

»Lass die Frau los!«, befahl eine scharfe Stimme hinter ihr.

Der Mann stutzte, dann ließ er sie so schnell los, dass sie beinahe gefallen wäre. Entsetzt starrte er an ihr vorbei. Sie wandte den Kopf und sah, was den Mann so erschreckt hatte.

Wie ein Geist war Jakob zwischen den Bäumen aufgetaucht. Dunkel sah er aus, den schwarzen Hut ins Gesicht gezogen. Das Messer in seiner Hand. Der Mann trat einen Schritt zurück, dann drehte er sich um und hetzte durch das Gesträuch auf die Straße. Jakob machte keine Anstalten, ihm zu folgen.

Die Knie gaben unter ihr nach. Elisabeth sank in sich zusammen und hockte für einen Augenblick reglos am Baumstamm, ihre Stirn auf die Knie gepresst.

»Steh auf und komm mit«, sagte Jakob knapp.

Sie konnte sich nicht bewegen. Die Angst war bis in ihre Knochen gedrungen und wollte nicht weichen. Erst jetzt spürte sie, dass sie am ganzen Leib zitterte.

»Jetzt komm«, sagte er noch einmal. Er steckte sein Messer in den Gürtel und zog sie hoch. »Es ist ja nichts passiert.«

Sie blickte ihn entgeistert an. »Nichts passiert«, echote sie tonlos.

»Der Kerl war harmlos. Und er war allein«, sagte er, ohne sie dabei anzusehen. »Du hast keine Ahnung, was anderen Frauen ...«

»Du Schwein!«, schrie sie ihm ins Gesicht. »Du verfluchtes Schwein!« Sie ließ ihn stehen, rannte zur Hütte und schlug die Tür hinter sich zu. Sie fühlte die Bartstoppeln des Fremden auf ihrem Gesicht und seinen feuchten Speichel. Immer wieder und immer wieder. Sie tauchte ihre Hände in den Wassereimer und wusch sich das Gesicht. Einmal und noch einmal. Sie spülte ihren Mund aus und spie das Wasser auf den trockenen Boden. Sie war nicht länger unantastbar. Falls sie es je gewesen war.

Die Tür knarrte. »Ich hab mein Instrument noch hier«, sagte Jakob. Er nahm die Laute vom Nagel und legte sich den Riemen langsam und umständlich über die Brust. An der Tür hielt er inne. Er räusperte sich. »Ich gehe nicht weit. Im Dorf hinterm Wald dort«, er zeigte in Richtung Wiese, »ist Tanz.«

Tanz.

Ihr war nicht nach Tanz. Ganz und gar nicht. Aber alleine in der Hütte mochte sie nicht bleiben. Selbst wenn sie die Hände auf die Ohren presste, konnte sie das Keuchen des Landstreichers noch hören. »Warte«, sagte sie, »ich komme mit.«

Er antwortete nicht, aber er blieb vor der Hütte stehen und wartete. Hastig nahm sie ihr leichtes Sommerhemd von dem zwischen zwei Bäumen gespannten Strick und verschwand damit in der Hütte. Sie zog ihre wollenen Sachen aus und tauschte sie gegen saubere, frisch gewaschene, die der Fremde niemals berührt hatte. Sie löste ihre zerzausten Zöpfe, glättete ihr Haar mit den Fingern und flocht es neu.

Schweigend gingen sie über die Wiese. Nebeneinander und doch jeder für sich. Das Gras reichte Elisabeth mittlerweile bis zu den Hüften. Sie bahnte sich mit den Händen einen Weg und hatte Mühe, mit Jakob Schritt zu halten.

Sie sah ihn von der Seite an. Vor Monaten noch hätte sie aus seiner Haltung geschlossen, er habe vergessen, dass sie neben ihm ging, oder kein Interesse daran, mit ihr zu reden. Aber jetzt erkannte sie, dass es anders war und er sich bewusst vorgenommen hatte, nicht mit ihr zu sprechen. Sie erkannte es an der Anspannung in seinem Gesicht.

Im Gesträuch flatterten Vögel auf. Sie zuckte zusammen. Jakob wandte seinen Kopf dorthin. Seine leichte Kopfbewegung fesselte Elisabeth, so, wie sie alle seine Bewegungen fesselten. Die Neigung seines Kopfes, die schlanke Hand auf dem Riemen seiner Laute, sein gerader Gang. Hitze stieg in ihr Gesicht, wenn sie daran dachte, dass er sie vorhin in dieser unwürdigen Lage gesehen hatte. Hilflos, bedrängt von einem schmutzigen Vagabunden. Hatte es ihm am Ende Genugtuung bereitet, sie so zu sehen? Die Prinzessin von Messelstein, die ihn tags zuvor abgewiesen hatte, in den Armen eines Bettlers? Die Wut tat ihr wohl, sie vertrieb das Zittern aus ihren Gliedern.

Als sie aus dem Schatten der Bäume am Waldrand traten, umschmeichelte sie die letzte Wärme des Tages. Elisabeth war, als ginge sie durch einen nachgiebigen Körper, der sie umfing und doch nicht hielt. Sie legte den Kopf in den Nacken und glitt in die dichte Wärme hinein. Und ohne den Kopf zu drehen, spürte sie, dass Jakob sie anschaute.

Am Fuße der sanft abfallenden Felder und Wiesen lag das Dorf. Elisabeth war froh, als sie es endlich erreichten. Lange hätte sie so nicht mehr neben ihm gehen können. Sie folgten einem schmalen, ausgetretenen Pfad. Er führte zwischen einer Bauernkate und einem dürftigen Gartenzaun auf die Straße. Sie blickte sich neugierig um. Bisher hatte sie nur die Strohdächer des Dorfes gekannt, seine Rauchfahnen, seine Stimmen in der Abenddämmerung aus der Entfernung, vom Waldrand her. Es war größer als jenes, in welchem Grete lebte. Die Häuser reihten sich nicht die Straße entlang wie in Gretes Dorf, sie lagen verstreut, die Wege verzweigten sich zwischen ihnen. Doch davon abgesehen ähnelte es allen anderen Dörfern. Die lehmigen Hütten, die verkrauteten Pfade, die abgeblühten Holundersträucher, die von Nesseln überwucherten Steinhaufen neben den Scheunen.

Vor den Türen hatten die Bauern ihre Gerätschaften eilig abgestellt, um ja keine Minute vom Geschehen auf dem Dorfplatz zu versäumen. »Der Musikant!«, rief ein Kind und rannte zu dem Platz unter der großen Esche hin, auf welchem sich die Bevölkerung des Ortes sammelte. Vor einem Haus drängten sich die Frauen und Mädchen auf Bänken. Es mochte die Schenke sein. Zwar war es klein und unbedeutend wie die anderen Hütten, doch der Hof war größer und davor stand ein Fass, aus dem ein kleiner, stämmiger Mann mit dem geschäftigen Gehabe eines Wirtes Bier in hohe Krüge zapfte.

Und da, vor dem hohen Baum, wo ein alter Mann auf seiner Flöte blies, ließ Jakob Elisabeth einfach stehen und trat zu dem Alten hin. Zwei kleine Mädchen drehten sich zu der Melodie im Kreis, sonst tanzte niemand. Noch saßen die Frauen, noch war ihr Lachen und ihr Geschwätz verhalten. Noch standen die Männer in kleinen Grüppchen, tranken Bier und unterhielten sich. Die Menschen waren ihr fremd. Sie fühlte die ersten neugierigen Blicke. Sollte sie nun Jakob folgen, der sie so offensichtlich alleine hatte stehen lassen? Auf einer der Bänke durfte sie sich gewiss nicht niederlassen, die waren besetzt von den ehrbaren Mädchen und Frauen.

Sie trat zurück auf der Suche nach einem unauffälligen Winkel, von welchem aus sie alles übersehen konnte. Zuletzt kauerte sie sich vor die Mauer des Brunnens, der an diesem Abend unbeachtet stand. So wie sie unbeachtet bleiben würde unter einer Unzahl von Menschen. Sicher. Geschützt.

Die jungen Burschen sprachen dem Bier eifriger zu als alle anderen. »Anfangen!«, rief einer von ihnen. Aber Jakob und der alte Mann saßen noch beieinander und besprachen sich. Der Mann reichte Jakob eine alte Fiedel, ein schlechtes Instrument, welchem Jakob kreischende Töne entlockte, an welchem er stimmte, drehte, probierte, bis es endlich annehmbar klang.

»Anfangen!«, rief der junge Mann erneut, und Jakob legte die Fiedel beiseite, nahm die Laute und gab ein heiteres, unverfängliches Lied zum Besten, das von den Freuden des Lebens nach getaner Arbeit handelte.

Ein Mann entzündete zwei Fackeln, obwohl der Himmel im Westen noch weiß war über dem verblassenden Rosa des Sonnenuntergangs. Doch in dem Weiß hingen bereits graue Wolkenstreifen und die Dämmerung senkte sich von Osten her.

Offensichtlich hatten sich alle Einwohner des Dorfes auf dem Platz eingefunden. Alle Wege, alle Höfe lagen still und leer. Nur ein Mann und eine Frau kamen mit geschulterter Harke und einem Ziehkarren vom Feld her, von Schmährufen und Gelächter begleitet. »Habt ihr's dann so nötig, dass ihr grad jetzt noch auf'm Feld rummacht?«, rief ein rundgesichtiger Mann. Der Mann nahm den Spott gleichmütig mit einer scherzhaften Erwiderung hin, seiner Frau aber schien die Aufmerksamkeit unangenehm. Hastig verschwand sie hinter ihrer Tür, sich zurechtzumachen zum Tanz.

Vor dem Nachbarhaus der Schenke hockte eine alte Frau auf einem Schemel und beobachtete von dort das Treiben. Sie nickte hin und wieder mit dem Kopf. Ein dunkles Tuch bedeckte ihr weißes Haar, unter dem dunklen Rock blickten dick geschwollene Füße hervor. Die Stalltür des Wirts war weit geöffnet, vielleicht der Wärme wegen. Eine Kuh brüllte im Schlaf. Im Taubenhaus gurrte eine Taube. Es roch nach gebratenem Fleisch und gebratenen Würsten. Elisabeth zog sich der Magen zusammen bei dem Geruch.

Die Musikanten stimmten das erste Tanzlied an. Welch simple Weise, dachte Elisabeth, aber gewiss hat auch eine solche Musik ihren Wert. Gewiss vertreibt sie diesen Menschen den Gedanken an die Mühsal des kommenden Tages. Die ersten Tänzer stellten sich zum Kreise auf, die Paare wandten sich einander zu, fassten sich, drehten sich, lösten sich wieder, fanden sich erneut zum großen Kreis. Der Tanz ähnelte einem der höfischen Tänze, nur war er lebhafter, weniger streng in seinem Ablauf. Elisabeth vermutete, dass es die verheirateten Paare waren, die da tanzten, denn die jungen Mädchen saßen noch immer auf ihren Bänken, wisperten miteinander und schielten zu den jungen Männern hinüber.

Zwischen all dem wimmelten die Kinder. Einige tanzten am Rande des Platzes, wagten sich hin und wieder zu weit vor und störten die Schritte und Drehungen der Erwachsenen, ernteten ein hartes Wort oder einen Schlag gegen den Kopf. Sie spielten Haschen im Dunkeln, lehnten müde an ihren Müttern oder staunten Jakob an, wie er aus der Geige des alten Mannes so ungewohnt heitere Töne hervorzauberte. Ein Junge bettelte den Männern einen Schluck Bier ab, die größeren Mädchen suchten die Nähe der jungen Frauen, kicherten ebenfalls wie diese und wussten nicht worüber.

Pöbel, hätten die Damen gesagt, wären sie in einer Kutsche am Dorfplatz vorübergefahren, einen kurzen Blick auf das Getümmel werfend. Wie sie stampfen beim Tanz, hätten sie gesagt, wie sie sich das elende Gebräu in den Hals schütten, wie einfältig ihre Gesichter sind, wie sie mit den Fingern das Fleisch in sich hineinschlingen. Und gewiss hatten sie Recht, aber schütteten die edlen Herren nicht auch das Bier und den Wein in sich hinein zu einer gewissen Stunde? Und warfen sie nicht ungeduldig die Gabel beiseite und nahmen die Finger zur Hilfe, selbst bei Festbanketten? Und die einfältigen Gesichter? Elisabeth musterte die Menschen. Je länger sie hinsah, desto mehr unterschieden sich die, die ihr beim Betreten des Platzes so ähnlich vorgekommen waren. Zwar sah sie keine junge Frau, die Eleonore geglichen hätte, zierlich und fein, keine mit einem so überheblichen Gesichtsausdruck wie Marie-Henriette, aber das Mädchen dort am Ende der Bank, das so hübsch war und so versonnen dreinblickte, wäre sie nicht die Zierde eines jeden Balles gewesen? Der Mann hingegen, der da seinem Nachbarn kräftig auf die Schulter schlug, hatte ein dermaßen kindliches Gesicht, einen dermaßen einfältigen Blick und Mühe, Worte zu formen, dass er all das bestätigte, was man bei Hofe über Bauern dachte. Sie ließ ihre Augen von Gesicht zu Gesicht wandern. Behäbige und lebhafte, stumpfe und aufgeweckte, alte und junge, ansehnliche und unauffällige Gesichter.

Und zu dem Unterschied nach Aussehen und Wesen gesellte sich ein weiterer, den Elisabeth in einem kleinen Bauerndorf nicht erwartet hätte. Der Unterschied nach Vermögen und Stellung. Die bloßen Füße derer, die nicht mehr besaßen als eine schäbige Hütte und ihre Arbeitskraft. Die abgewetzten Schuhe jener, die zumindest eine Kuh und einige Schweine ihr Eigen nannten. Das ausgebesserte Hemd einer jüngeren Tochter, die als Magd im Vaterhause arbeiten mochte. Die Unzahl von Röcken, die eine wohlgenährte Bauersfrau übereinander trug. Geringe Unterschiede freilich, wenn man den abgetragenen Rock eines dieser Männer mit dem goldbestickten eines Edelmannes verglich, aber wer in diesem Dorfe würde einen solchen Vergleich je anstellen?

Die Nacht wurde dunkler, die Fackeln brannten weiter, die Menschen wurden ausgelassener, sangen, lachten, brüllten einander an. Mehr und mehr Paare fanden sich zum Tanz, ungeachtet mittlerweile, ob sie zueinander gehörten oder nicht. Die Burschen drehten die Mädchen schnell, dabei nicht immer auf Takt und Melodie achtend; eine verlor ihre Haube und machte sich nicht die Mühe, sie wieder aufzuheben. Eine Branntweinflasche kreiste, die Frauen hoben die Bierkrüge nicht weniger oft an den Mund als die Männer.

Elisabeth lehnte an der Brunnenmauer und erinnerte sich an laue Abende wie diesen, an vertraute, höfische Melodien, an die Klänge von Cembalo, Spinett oder Geige. Es schmerzte sie, dass sie manche Weise nie wieder hören sollte, nie wieder tanzen im hellen Kerzenlicht. Nicht einmal tanzen zu dieser einfachen, lebhaften Dorfmusik, die ihr gegen ihren Willen in die Beine kroch. Sie wusste, auch wenn die Burschen dort des Öfteren zu ihr herübergafften, keiner würde sie, eine Fremde, eine Unehrenhafte, zum Tanz bitten. Sie hätte sich sagen können, der Platz sei lediglich eine Bühne und die Menschen die Schauspieler, die darauf agierten. Ein Stück führten sie auf von Eheweibern, die ihre betrunkenen Männer nach Hause zerrten, von heimlichen Liebespaaren, die außerhalb des Fackelscheins miteinander kosten, von dem alten Manne dort, der auf einem Holzklotz saß, in Erinnerungen versunken, die über ein halbes Jahrhundert zurücklagen. Aber da war die Musik. Und die Musik prickelte ihr ebenso in den Füßen wie all den anderen in diesem Kreise.

Und da war Jakob. Jakob, der nicht zu ihr herübersah. Die Geige unterm Kinn, den springenden Bogen in der Hand, die Ärmel des Hemdes bis über die Ellbogen seiner braunen, sehnigen Arme geschoben. Sie beobachtete ihn, wie er die Geige beiseite legte und sich an einen der Tische zum Essen setzte. Mit den Fingern aß er wie alle Bauern. Gewiss hatte er noch nie in seinem Leben eine Gabel zu Gesicht bekommen. Vorwerfen durfte sie es ihm wohl nicht, aber es befremdete sie nach all den Monaten noch immer.

»Vom Spielmann.« Eine junge Frau mit langem, knochigem Gesicht stellte eine kleine Schüssel gefüllt mit einer Bratwurst und Kraut neben Elisabeth auf den Brunnenrand. Überrascht schaute Elisabeth zu Jakob hinüber, aber auch jetzt hob er seinen Blick nicht zu ihr auf, sondern debattierte weiter mit einem Bauern, der ihm gegenübersaß.

Glaubt er, ich sei ein Hund, dachte sie empört, zufrieden, wenn man ihm den gefüllten Trog vor die Schnauze stellt? Wäre sie nicht so überaus hungrig gewesen, sie hätte das Essen kühl zurückgewiesen. Noch immer haftete der neugierige Blick der Frau auf ihr. »Bist seine Ische, was?«

»Pardon?«

»Ei ja«, begann die Frau, »wo der Spielmann dir doch …«

»Gertrud, wolltst du mir nicht ein Bier bringen?« rief ein Mann die Frau vom Brunnen fort. »Hol's dir doch selber«, murrte diese im Gehen.

Elisabeth hockte sich mit der Schüssel auf den Boden und aß. Im Gras, das um den Brunnen her wucherte, zirpte eine Grille.

Drüben nahm Jakob die Laute wieder auf, den Flötenspieler abzulösen, der sich nun seinerseits zu Wurst und Bier niedersetzte. Er schlug die Saiten an, ihr Klang vibrierte in ihrem Körper.

Niemand, erkannte sie erstaunt, niemand von all diesen Menschen auf dem Platz kennt meinen Namen. Nur er dort, der sich so benimmt, als hätte er mich nie zuvor gesehen.

Wie sie dicht beieinander saßen, die Männer und Frauen um sie her; wie sie vertraulich lachten und stritten und miteinander aßen und tranken. Sie spürte ihr eigenes Ausgeschlossensein stärker als je zuvor. Wozu sollte sie hören, sehen, erleben, wenn sie alles in sich verschließen musste, wenn niemand sich zu ihr setzte, mit ihr zu reden? Für einen Moment breitete sich die Welt wie eine offene, leere Fläche vor ihr aus, auf der sie winzig und unbedeutend verschwand wie ein Staubkorn. Und sie dachte an die festen Mauern von Messelstein, an ihren Vater oben an der Treppe, wie er sich gesorgt hatte, weil sie von einer Kutschfahrt an einem warmen Sommerabend zu spät zurückgekommen waren. Marie half ihr beim Umkleiden, dann saß sie bei einem leichten Abendessen, fröhlich plaudernd am weit geöffneten Fenster im kleinen Salon.

Jakob sang leise und verhalten. Lieder von verlorener Liebe und Dunkelheit, von Sicheln und Schnittern und fallendem Mohn. Die Klänge verwoben sich mit der lauen Nachtluft, deren würziger Geruch den Menschen zu Kopf stieg wie das Bier und die Musik. Die Gesichter und Gestalten wurden im Licht der Fackeln zu Silhouetten. Elisabeth schwamm in einem schwarzen See von Selbstmitleid und merkte, wie sie zu versinken drohte, wenn sie sich nicht daraus löste. Ferdinand, dachte sie. Es ist eigenartig, wie lange ich nicht mehr an Ferdinand gedacht habe. Aber sie vermochte sich ihn nicht vorzustellen in seinen eleganten Hosen an ihrer Seite auf der Erde vor der Brunnenmauer sitzend.

Erstaunt blickte sie auf. Ein junger Bursche stand vor ihr. Einer von denen, die bereits seit einer Weile zu ihr herüberblickten, dabei lachten und sich in die Rippen pufften. Zögernd stand er da und trat von einem Fuß auf den anderen. Das Zögern beruhigte sie. Dann plötzlich ließ er sich neben ihr auf dem trockenen Boden nieder. »Wie heißt du?«, fragte er. Er schaute auf seine Schuhe dabei. Er störte sie. Auf ihn hatte sie sicherlich nicht gewartet. Wenn er mich anrührt, dachte sie, werde ich schreien, auch wenn sie dann alle zu mir herübergaffen, auch wenn Jakob nur die Brauen hochziehen wird. Als sie nicht antwortete, fragte er beharrlich noch einmal nach ihrem Namen. Sie hörte seine Frage kaum. Sie hörte nur Jakobs eindringliche Stimme. Sie sah ihn inmitten der vielen Menschen stehen, und obwohl sie so dicht um ihn her standen und so andächtig auf seine Lieder lauschten, spürte sie mit einem Mal, dass die Einsamkeit ihn wie ein dichter Kreis umgab.

»Ich heiß' Konrad.« Sie wandte den Kopf. Er war annehmbar hübsch für einen Bauernburschen. Sein helles Haar fiel ihm in einer leichten Welle in die Stirn. Er strich es zur Seite. Auf dem Kinn wuchs ihm heller Flaum. Er war sicherlich ganze zwei Jahre jünger als Elisabeth selbst.

»Ich heiße Elisabeth«, sagte sie widerstrebend, damit er endlich Ruhe geben sollte.

»Gehörst du zu dem Musikanten?« fragte der Junge.

Sie sah zu Jakob hinüber. Sie schüttelte den Kopf.

»Aber gleichzeitig mit ihm gekommen bist du ...«

»Wir hatten zufällig den gleichen Weg.«

Er schien erfreut. »Wenn du nicht zu dem Musikanten gehörst«, er rückte näher an sie heran, »dann könnten wir doch ...«

Ihr Kopf flog zu ihm herum und ihre Augen funkelten. »Wenn du glaubst, dass jede Frau, die das Unglück auf die Straße verschlagen hat, für jeden von euch Männern käuflich ist, dann täuschst du dich!«

Er starrte sie mit halb offenem Mund an. »Ich wollt' dich doch nur fragen, ob du mit mir tanzen tätst.«

Nun war sie es, die ihn anstarrte.

»Tanzen?«, fragte sie verblüfft.

»Ja«, erwiderte er eifrig und zeigte zum Baum. »Sie spielen gleich wieder auf. Guck, da stellt sich der Caspar mit seiner Flöte wieder zu dem Musikanten hin.«

Sie zog die Beine an und presste ihr Kinn auf die Knie.

Wie gelang es ihm nur immer, dass die Menschen so still wurden, wenn er sang? Selbst diejenigen, die vorher so lärmten und brüllten? »Wenn's mir gelingt«, hatte er einmal gesagt, »dass zumindest sie selbst sich für Menschen halten, dann ist das wohl schon viel.«

»Du tätst nicht?«, fragte Konrad enttäuscht. Selbst für einen recht jungen Mann war seine Stimme eine Spur zu hell. Aber auch das beruhigte sie. Er hatte nichts gemein mit dem Landstreicher auf dem Waldweg.

»Wird man nicht über dich reden?«, wollte sie wissen. »Wenn du mit einer wie mir tanzt?«

»Das ist mir egal«, brüstete er sich mit dem Mut des Bieres, das er an diesem Abend schon getrunken hatte.

Noch einmal sah sie zu Jakob hinüber. Jakob, der sie gewiss am Ende des Festes alleine am Brunnen sitzen lassen oder, schlimmer noch, unwillig und stumm zur Hütte begleiten würde. Sie sah zu dem Jungen auf, wie er nun vor ihr stand und ihr seine Hand entgegenstreckte. Vielleicht, dachte sie, vielleicht habe ich doch auf ihn gewartet. Sie ergriff seine Hand. Sie war trocken, ihr Druck weder zu fest noch zu schwach. Im Gegensatz zu seinen feinen Gesichtszügen verriet die Hand wirklich den Bauern. Sie war hart und schwielig von der schweren Arbeit.

Er führte sie an den anderen Burschen vorüber, und Elisabeth erhaschte den triumphierenden Blick, den Konrad ihnen zuwarf. Ob er nun eine Wette gewonnen hatte? Ihr wurde ein wenig bang, als sie das Gedränge aus erhitzten Menschenleibern sah, in welches er sie führte. Zu Beginn des Abends hatten die Paare noch zurückhaltend getanzt. Anders vielleicht als bei Hofe, aber einige Aufstellungen, einige Schritte waren ihr vertraut. Nun jedoch, zur fortgeschrittenen Stunde, tanzten sie ungestüm, beinahe zügellos. Und sie drängten sich dabei sehr eng aneinander. Der Junge legte ganz selbstverständlich seine Hände auf ihre Hüften, und Elisabeth sah mit Unbehagen, dass alle Frauen ihre Hände auf die Schultern ihres Tänzers legten. Zögernd tat sie es ihnen nach. Und noch ehe sie sich über diese unschickliche Nähe zu dem jungen Mann Gedanken machen konnte, drehte er sie mit Schwung in die Tanzenden hinein. Ihre ganze Aufmerksamkeit richtete sich nur noch darauf, ihre nackten Füße vor den Stiefeln und Schuhen zu schützen und Konrads geübten Schritten so zu folgen, dass sie sich nicht als gar zu ungeschickte Tänzerin erwies.

Zuerst mühte sie sich noch, den anderen Körpern auszuweichen, die sich um sie her drängten, sie anstießen, sie aus dem Takt brachten. Aber nach einer Weile entspannte sie sich und nahm es hin, denn der Junge war ein überraschend guter Tänzer, der ihr über die erste Unsicherheit schnell hinweghalf. Schon vermochte sie, ihren Blick über die nun nicht mehr gar so dicht besetzten Bänke schweifen zu lassen, auf schläfrige Frauen, ein schlafendes Kind, einen Mann, der seinen Gegenüber am Rock packte. Sie setzte ihre Füße schnell auf der glatten, festgetretenen Erde auf. Die Blätter eines niedrig hängenden Astes streiften ihr Haar. Im Fackelschein sah sie Konrads aufmunterndes Lächeln. Das Paar, das sich dicht an ihnen vorbeidrehte, roch stark nach Bier.

Über Konrads Schulter sah sie in Jakobs dunkle Augen.

Die Geige verfehlte den nächsten Ton. Aber vielleicht lag das nur an dem schlechten Instrument, nicht an dem Spielmann.

Elisabeth strauchelte, Konrad hielt sie fester. Sie fand sich wieder in den Schritt hinein, aber ihr Herz klopfte heftig. Sie schob ihre Zöpfe auf den Rücken und flüchtete vor Jakobs Augen in die Hast des nächsten Tanzes. Zum Teufel mit dir, dachte sie, als sie wieder an Jakob vorübertanzten, und schenkte ihm ein aufreizendes Lächeln.

»Du tanzt gut.« Konrads ehrliche Anerkennung tat ihr wohl. Ihre Wangen glühten, ihr Rock schwang über die Waden. Sie näherte sich der hoch aufgeschossenen Gestalt des Jungen und wich von ihm, ganz wie die Musik es verlangte. Konrads leichtes Hemd unter ihren Händen und Jakobs Wangen über dem matten Holz der Geige. Der Ring im Ohr glänzte auf, wenn er den Kopf zum Licht wandte. Die Wangen schmal vor Konzentration. Oder war es mehr als das? Er fiedelte zu schnell, immer schneller, zu schnell für die Tanzenden, ihm zu folgen. Nach Atem ringend blieb ein Paar nach dem anderen stehen, blickte auf den Musikanten, wippte mit dem Fuß den Takt. Der Bursche dort ließ unauffällig seine Hand auf der Hüfte seiner Tänzerin liegen. Konrad führte Elisabeth zu einem Tisch, um auszuruhen. Er reichte ihr einen Becher mit Bier, sie nippte daran.

Jakob setzte die Geige ab, fasste nach seinem Becher und leerte ihn mit einem tiefen Zug. Er wischte sich den Mund und sah nicht zu ihr herüber.

»Woher kommst du?«, fragte Konrad und nahm ihr den Becher aus der Hand. Er setzte seine Lippen an die Stelle, die Elisabeth zuvor mit den ihren berührt hatte. »Ziehst du morgen weiter?« Sie nahm noch einen Schluck und lachte eine Spur zu laut.

Der alte Flötenspieler reichte Jakob eine kleine Branntweinflasche. Jakob tat auch daraus einen tiefen Zug.

Er trinkt zu viel dachte sie, aber was schert mich das.

Der Mann neben ihr auf der Bank zog eine Frau auf seinen Schoß. Jakob nahm die Geige wieder auf. Er zupfte ein wenig und wartete auf den alten Mann, aber der mochte noch nicht von seiner Flasche lassen. Über den niedrigen Schatten der Hütten stand der Mond. Er war beinahe voll und glich einem von Meister Helferichs Tellern, dem man den Rand ein wenig eingedrückt hatte, als er noch weich von der Scheibe kam. Ob er mich beim nächsten Mal an die Scheibe lässt?

»Komm, aufstellen.« Konrad streckte ihr die Hand entgegen. Er schob die blonde Haarsträhne aus seiner Stirn. Es hätte sie nicht gewundert, hätte er sich verbeugt wie ein »galant homme«. Gewiss gab es nur wenige Männer, die einer Landfahrerin gegenüber so viel Höflichkeit zeigten. Die Männer hatten sich im Kreis aufgestellt, vor ihnen die Frauen, die Hände der Männer leicht auf ihren Schultern liegend. Sie dürfe nicht seine Hand fassen, wenn die Musik einsetzte, flüsterte Konrad ihr ins Ohr, sondern die Hand des Mannes ihr schräg gegenüber. Konrads Atem war warm an ihrem Hals. Er roch nach Zwiebeln. Sie würden einander immer weiterreichen, erklärte er, rundum im Kreis, bis die Melodie wechselte.

Die Frauen traten einen Schritt vor und fassten sich an den Händen. Elisabeth spürte den festen Händedruck der Frau links und der Frau rechts von ihr und Kraft floss durch ihre Arme. Beim ersten Ton der Flöte lösten sich die Hände und in strenger Abfolge reichten die Frauen und Männer einander weiter, immer weiter, rund im Kreis, mit leichtem Schritt. Es war ein erheiterndes Unterfangen, denn die meisten Beteiligten waren längst zu betrunken, um bei jedem Mal die richtige Hand zu ergreifen. Die Leute an den Tischen klatschten sich im Takt auf ihre Beine. Elisabeth mühte sich, fühlte Hände feucht von Schweiß in den ihren, blickte in Gesichter, die sie zuvor kaum beachtet hatte, und fand sich beim Wechsel der Melodie in den Armen eines Mannes mit gestutztem Bart, der sie drehte, einmal und noch einmal, bis die alte Weise wieder aufklang und das Durchreichen erneut begann. Ihr wurde taumelig. Ein molliges Mädchen lachte laut, verfehlte die Hand ihres Tänzers gänzlich und brachte die Reihe endgültig in Unordnung. Gelächter brach aus. Die Musikanten spielten weiter.

Sie trat einen Schritt zurück, so nahe an Jakob heran, dass er sie bei bestem Willen nicht länger übersehen konnte. Sie wandte den Kopf und warf ihm einen Blick zu, der an Marie-Henriettes Koketterie heranreichte. Konrad fand sie, fasste sie und drehte sie so schnell um den Platz, dass ihr schwindlig wurde. Er zog sie näher zu sich heran und beugte sein Gesicht zu dem ihren. Sie erkannte seine Absicht, wich ihm aus und legte lachend den Kopf in den Nacken.

Die Geige verstummte mitten im Ton.

Noch ehe Elisabeth hinübersehen konnte, schloss sich Jakobs Hand um ihren Arm. »Es reicht jetzt«, sagte er.

Sie kam aus dem Schritt und blickte ihn wütend an.

Unter ihrer Hand spannte sich der Muskel von Konrads Oberarm. »Lass das Mädchen in Ruh!«, forderte Konrad grob.

»Meine Frau ist's«, erwiderte Jakob. »Und sie hat jetzt genug getanzt.« Konrad runzelte die Stirn. Um sie her hielten die Paare inne im Tanz. Die Augen der Burschen leuchteten auf in Erwartung einer Rauferei.

Elisabeths Augen wurden schmal. »Ich tanze, wann immer es mir beliebt.«

»Deine Frau?«, fragte Konrad. Jakob nickte. Konrads Hand glitt von ihrer Hüfte.

»Nein«, wandte sie hastig ein, »nein, so ist es nicht ...« Sie blickte in Konrads junges Gesicht und las darin den Unwillen, sich in die verworrenen Händel des fahrenden Volkes zu mengen.

»Du kommst jetzt mit.« Jakobs Finger drückten sich fest in ihren weichen Arm.

»Ich lasse mir von einem musizierenden Bauern keine Befehle erteilen«, sagte sie kalt.

»Oho!« Ein interessierter Zuschauer klatschte sich auf seine Schenkel.

Jakob wurde bleich. Elisabeth presste die Lippen zusammen und wünschte, sie hätte ihre Worte zurücknehmen können.

Jakob zerrte sie aus dem Kreis von Neugierigen ins Dunkel jenseits des Fackellichts. Sie stolperte benommen in die Wärme der Nacht und in den blassen Duft der Blumen in den Bauerngärten. Hinter ihnen spielte der alte Mann wieder auf seiner Flöte und die Schritte und Stimmen der Menschen wurden dumpf in ihren Ohren.

»Jakob.« Sie versuchte, den Arm frei zu bekommen. »Jakob, wie kannst du dich unterstehen, mich so ...«

Er presste sie gegen die harten Holzstäbe des nächsten Zaunes und küsste sie heftig mit einer verletzenden Gewalt. Sein Körper war schwer vom Alkohol und glühte bis auf ihre Haut. Sie krallte ihre Finger in seine Brust. Sein Mund war weich und schmeckte nach Bier und Branntwein. Seine Hand war ungewohnt unsicher, als er die Schnürung ihres Hemdes löste. Der Biergeruch vermengte sich mit dem

Atem des Mannes vom Waldweg, mit der Erinnerung an seine groben Hände und das Gefühl des Ausgeliefertseins.

Er schob das Hemd von ihrer linken Schulter. Sie stieß ihn von sich und holte aus zum Schlag.

»Du verfluchtes, höfisches Weibsbild!« Er fing ihre Hand vor seiner Wange ab. »Denk bloß nicht, dass du hier deine höfischen Spielchen aufführen kannst. Reizen und nicht einlösen. Wie lange, verdammt noch mal, denkst du, du kannst immer nur unangetastet zusehen und ...«

Sie wand ihr Handgelenk aus seinem schmerzhaften Griff. »Ihr seid betrunken«, sagte sie verächtlich.

»Betrunken genug.« Er legte seine Hand auf ihre bloße Schulter. Sie schob sie wieder herunter mit derselben Bewegung, mit der sie einen Schmutzfleck von ihrem Kleid gewischt hätte.

»Wagt es nicht noch einmal, mich anzurühren. Und kommt mir nie mehr wieder vor Augen.«

Ohne sich auch nur ein weiteres Mal nach ihm umzudrehen, schritt sie erhobenen Hauptes in die Richtung, in der sie den Pfad zum Wald vermutete, während in ihren Ohren das Blut rauschte und auf ihren Lippen der Geschmack von Branntwein hing. Er folgte ihr nicht, sie zurückzuholen ins Fackellicht zu den Menschen unter die breiten Äste des großen Baumes.

Wie dunkel es war trotz des Mondlichtes. Schon hinter der nächsten Hüttenwand mochte ein Mann lauern, sie zu greifen, um ihr zu zeigen, dass selbst eine hohe Geburt nichts galt, solange man eine Frau war. Sie ging immer weiter. Ihre bloßen Füße tasteten sich langsam voran. Sie konnte nicht sehen, wohin sie trat. Außerhalb der schützenden Häuser blies ein kühler Wind durch ihr dünnes Hemd und ließ sie frösteln.

Sie atmete mit leicht geöffnetem Mund. Die Flötenmusik erreichte sie nur noch wie ein Hauch. Immer weiter. Im Dunkeln. Allein im Dunkeln. Der Mann presste sie gegen den Baum. Jakob presste sie gegen den Zaun. Eine Wolke schob sich vor den Mond. Immer weiter. Das Blut pochte in ihren Adern. Der Atem des Mannes roch nach Branntwein. Jakobs Atem roch nach Branntwein. Sie stolperte die Wiese hinauf. Oben hob sich der Wald wie eine schwarze Mauer vor dem grauschwarzen Himmel ab. Ihr Hemd zerreißt unter der Hand des Mannes. Jakob löst vorsichtig die Schnürung. Das Gras raschelte. Ein Tier sprang vor ihr auf. Sie zuckte zusammen. Nur ein kleines Tier. Kein Fuchs, keine Kreuzotter. Jakob löst die Schnürung ihres Hemdes. Zweige streiften ihre Arme. Blätter. Jakob löst mit zitternden Fingern die Schnürung ihres Hemdes. Seine Finger berühren ihre Haut.

Unangetastet, dachte sie. Unbefleckt. Ungebraucht. Unberührt.

Sie taumelte gegen die Hüttentür und presste die Stirn an das raue Holz. Und hier, weitab von allen Menschen, als sie sicher sein konnte, niemand würde sie hören, schrie sie endlich laut auf.

32.

Sie hatte schlecht und wenig geschlafen in der Nacht. So schlecht, dass sich ihr Kopf leer und ihre Glieder taub anfühlten, so als fehle ihr jegliches Blut. Es stellte sich auch keine Erleichterung darüber ein, dass sie sich endlich entschieden, ihn endgültig von sich gewiesen hatte. Nur die Leere war da nach einer Nacht, in der sie immer wieder Jakobs Gesicht gesehen hatte, immer wieder, wie es bleich wurde, als sie ihn einen Bauern nannte. Und etwas war in seinen Augen gewesen, das mehr war als bloße Trunkenheit.

Sie lag still und wünschte, sie müsse sich nie mehr wieder bewegen, doch dann wandte sie den Kopf und sah den Tragekorb, bis oben hin gefüllt mit irdenem Geschirr. Der Markt!, durchfuhr es sie. Ruckartig setzte sie sich auf. Sonne fiel durch die Türritzen. Sie öffnete die obere Türhälfte. Trotz der dichten Buchenblätter erreichten sie die Sonne und dic Wärme. Der Markt, wurde ihr mit Schrecken bewusst, hatte längst begonnen. Sie tauchte ihre Hände in das abgestandene Wasser vom Vortag und benetzte ihr Gesicht. Hastig schlüpfte sie in ihren Rock, hastig in die Tragriemen ihres Korbes. Sein Gewicht ließ sie schwanken und doch beruhigte es sie.

Sie ging den Weg zur Stadt zügig. Es war nicht die Zeit, an umherstreifende Vagabunden zu denken oder an eine ungewisse Zukunft. Vor ihr in der Morgensonne lagen die roten Dächer der Stadt, als wäre seit dem gestrigen Nachmittag nichts geschehen. Sogar der gleiche Wächter stand am Tor. »Spät dran!«, rief er ihr zu, aber sie beachtete ihn nicht.

Sie stöhnte unter dem Gewicht des Korbes. Sie lehnte sich an das nächste Geländer und holte Atem. Der blaue Himmel versprach einen schönen Sommertag und einen guten Gewinn auf dem Markt. Es gab keinen Grund für den unruhigen Druck in ihrem Magen. Sie malte sich aus, dass sie so viel Geschirr verkaufen würde als irgend möglich und den Erlös dazu verwenden würde, nach Messelstein zurückzugehen. Meister Helferich könnte sie die geschuldete Summe dann durch einen Boten zukommen lassen. Aber auch diese Gedanken vertrieben den Druck in ihrem Magen nicht. Sie vertieften ihn vielmehr.

Sie richtete sich auf und setzte ihren Weg fort. Der Markt war, wie sie es vermutet hatte, gut besucht. Am Brunnen lockte das heisere Knurren eines mittelgroßen Braunbären die Menschen herbei, vor dem Pranger drängte sich eine johlende Schar halbwüchsiger Jungen. Die Frau, die dort angekettet war, starrte ins Nichts. Man hatte ihr das Haar geschoren. Elisabeth schluckte und ging weiter.

Vor dem Rathaus stand Hanne mächtig wie ein Fels und scheuchte die Fliegen vom Fleisch. Auf Elisabeths Platz neben dem Seilerstand verkaufte ein runzliger, kleiner Mann gebundene Besen. Sie seufzte und sah sich nach einem anderen Platz um.

»Aus dem Weg.« Eine Schiebekarre drängte sie zur Seite. Ihr Blick schweifte über die Stände und traf sich mit dem des Tuchhändlers. Sein schmaler Mund verzog sich leicht, als er sie erkannte. Es war so viel Zeit vergangen, seit er das letzte Mal seine Tuche hier verkauft hatte, aber nun, da sie sein scharf geschnittenes Gesicht unter dem schmalkrempigen Hut sah, schien es ihr, als wäre es gerade gestern gewesen und das Leben bestünde nur aus einer Aneinanderreihung von Markttagen mit ihren festen Abläufen und Regeln. Und dieser Gedanke gab ihr ein wenig Ruhe. Gewiss wäre es recht unschicklich gewesen, an seinem Stand vorbeizugehen und einige Worte mit ihm zu wechseln nach all dem, was er ihr vor Wochen angetragen hatte. Dabei waren ein paar belanglose Worte mit einem Menschen, den sie kannte und der mit Jakob nichts zu schaffen hatte, eben das, wonach es sie verlangte.

Sie ließ sich an der Ecke des Platzes nieder, dort, wo der Seitenweg zum Schloss einmündete und eine Bäuerin ihren Käse auf einem Tuch vor sich ausgebreitet hatte. Ihr Geschirr war gut zu sehen an dieser Stelle, sie musste lediglich darauf achten, dass ihr so nah am Weg niemand versehentlich einen Krug umstieß.

Als sie die Hälfte des Geschirrs vor sich auf dem Pflaster aufgestellt hatte, hielt sie inne. Müdigkeit und Hunger überkamen sie, und es kostete sie Mühe, den Menschen um sie her ins Gesicht zu blicken. Ein Mann blieb stehen, warf ihr eine Münze in den Teller, ohne etwas dafür zu erstehen. Vor dem Rathaus entrollte der Ausrufer ein Pergament, aber sie hörte nicht auf seine Worte. Die Frau am Pranger hielt die Augen geschlossen und lehnte den Kopf an das Holz. Elisabeth verkaufte eine kleine Schüssel und vermeinte in der Bäuerin, die mit einem Händler um Bänder feilschte, die dicke Frau zu erkennen, die gestern Abend im Dorf auf einer der Bänke über das Treiben gewacht hatte.

Der Tuchhändler hob die Hand und winkte sie zu sich herüber. Sie zögerte nur einen kleinen Augenblick, dann erhob sie sich. Als sie an seinen Tisch trat, war er wieder in ein Gespräch vertieft. Sie wartete und befühlte die ausgelegten Stoffe. Wenn sie sie zwischen den Fingern rieb, den feinen Batist, den wollenen Bei, die glatte, kühle Seide, dann war ihr, als stünde sie vor ihrem mächtigen Ankleideschrank oder als wäre der Schneider gekommen mit Stoffen zur Auswahl für ein neues Kleid. »Barchent«, sagte die angenehme Stimme des Tuchhändlers. Sie sah auf. »Ein Mischgewebe aus Leinen und Baumwolle«, erklärte er. »Die Araber nennen es Barrakan.«

»Habt Ihr das Tuch im Morgenlande eingekauft?«, fragte sie belustigt.

»In Augsburg«, erwiderte er. »Enttäuscht dich das? Aber es ist levantinische Baumwolle aus dem östlichen Mittelmeer.«

»Und dort wart Ihr noch nicht.«

Er schüttelte den Kopf. »Weiter als Venedig bin ich nicht gekommen.«

»Venedig?« Ihre Augen leuchteten auf.

»Gebt mir vier Ellen hiervon«, rief ihn ein Mann an die andere Seite des Tisches. Sie sah zu, wie der Tuchhändler unter den zusammengekniffenen Augen des Käufers den Stoff abmaß. »Hast du es dir überlegt?«, fragte er, als er wieder zu ihr trat.

»Überlegt?«

Er drehte sich um, öffnete eine seiner Kisten und zog zielsicher einen kleinen Packen heraus. »Ich habe den blauen Stoff noch.« Er hatte ihn in einfaches Leinen eingeschlagen.

»Hat ihn niemand haben wollen?«, fragte sie spöttisch.

Er antwortete mit der Andeutung eines Lächelns. »Noch immer für eine Nacht?«, wollte sie wissen. Er schüttelte den Kopf. »Nein?«

»Ich muss vor der Nacht weiter. Ich habe noch einen langen Weg.« Er beugte sich über den Tisch und musterte sie mit seinen grauen, kühlen Augen. »Wenn ich hier abgebaut habe, isst du mit mir. Und dann haben wir noch zwei Stunden.«

Vom Brunnen her erklang die Musik, zu der der Bär, aufgerichtet auf seine Hinterbeine, tanzte.

Sie schüttelte den Kopf.

»Warte, lass mich nur einmal sehen, wie er dir steht, ehe ich ihn an eine alte Meisterin verkaufe, die damit ebenso hässlich aussieht wie zuvor.« Er packte den Stoff mit äußerster Sorgfalt aus dem Leinentuch. Sie beobachtete seine knochigen Hände und überlegte, ob er seine Kühle und Geschäftsmäßigkeit ablegen würde, wenn sie ja sagte und mit ihm allein wäre im Hinterzimmer einer Schenke oder wo auch immer er sie hinführte. Er schwang das Tuch um ihre Schultern. »Warte«, sagte er, »ich habe einen Spiegel.«

Einen Spiegel!

Sie hielt das Tuch vor ihrer Brust zusammen. Der Bär am Brunnen stieß einen gequälten Laut aus und ließ sich auf seine vier Tatzen nieder. Marktstimmen rauschten um sie her. Hufgeklapper vom Schloss, scheppernde Räder unten auf der Straße.

Sie hörte das laute Wiehern, während sie erstaunt ihr eigenes Gesicht im Spiegel erkannte. Sie hörte den Aufschrei einer Frau und löste sich nur langsam von dem Anblick der jungen, hübschen Landfahrerin mit den dicken, braunen Zöpfen, dem sonnengebräunten Gesicht und den tiefblauen Augen, die der Farbe des Stoffes um ihre Schultern glichen. Dann sah sie das schwarze Pferd, wie es hoch aufstieg an der Ecke des Marktes, wo der Weg zum Schloss einbog. Sie ließ den Stoff auf die Erde gleiten und zwängte sich durch die Menschen. Sie hörte das Klirren und Bersten von irdenen Gefäßen, stieß und drängte zwei Frauen beiseite und sah von dem Reiter nur noch den wehenden, dunklen Mantel. Das Aufschlagen der Hufe verklang auf der Straße.

Ungläubig blickte sie auf die zerschlagenen Teller zu ihren Füßen. Auf einen Krug ohne Henkel, den umgestürzten

Korb, Scherben, zerbrochene Schüsseln. Langsam ließ sie sich auf den Boden nieder, rutschte auf den Knien über das Pflaster, sich mit den Händen durch die Scherben tastend. Sie fand einen Becher, der nirgendwo einen Sprung aufwies.

»... mit Absicht«, sagte die Bäuerin neben ihr. »Ich hab's doch genau gesehn. Wenn der nur zu schnell geritten wär, da wär'n grad die Teller und die Becher da kaputt. Aber der hat den Gaul hochsteigen lassen. Und noch mal. Ich hab doch noch Angst gehabt, das Teufelsbiest schlägt mir mit seinen Hufen den Kopf ein.«

Elisabeth hielt die beiden Hälften eines Tellers zusammen. Sie fuhr mit dem Finger über die kleinen Blümchen und sah Meister Helferich vor sich, wie er mit gebeugtem Rücken am Tisch saß und behutsam einen Farbtupfer neben den anderen setzte. Beine, Füße und Röcke umstanden sie wie eine Mauer.

»Mein Mann tät mich grün und blau schlagen«, sagte eine Frau aus der Menge.

Wer stellt schon sein Geschirr an die Ecke des Marktes, Prinzessin, hörte sie Jakob sagen, und lässt es für ein Stück blauen Tand im Stich? Für ihn war sie eine Hofdame, eine Modepuppe, die bei der geringsten Anstrengung zerbricht. Sie dachte an Johanna mit dem Kind auf der Hüfte und dem hoch aufgerichteten Gang und sah, wie sie ihr Hemd über die volle Brust schob.

»Es war der Schwarze Fürst«, sagte eine zittrige Stimme. Elisabeth blickte auf. Die alte Auermännin stand in der Reihe der Neugierigen und wackelte wissend mit dem Kopf. Auf ihrer Schulter saß das zahme Käuzchen. »Ich kenn ihn gut, den Schwarzen Fürsten. Er will dich haben. Ihn gelüstet nach jungem Blut. Er kommt auf schwarzem Rappen in schwarzem Mantel.«

Eine eisige Kälte stieg in ihr auf, als sie den Abgrund erkannte, vor dem sie stand. Eine unendliche Müdigkeit überkam sie. Sie barg ihr Gesicht in den Händen und versuchte zu begreifen, was es bedeutete, ganz alleine, nur auf sich selbst gestellt, ohne einen Heller vor einem Berg Scherben zu sitzen.

Eine Hand legte sich auf ihre Schulter. Sie nahm die Hände von ihrem Gesicht und blickte in die grauen Augen des Tuchhändlers. »Und nun«, fragte er, »wie wäre es jetzt mit einem Essen?«

Sie sah ihn an. Lange.

Sie nickte langsam.

Er fand sie erst nach Stunden. Sie saß im hintersten Winkel der niedrigen Schenke und beobachtete, wie er in der offenen Tür stehen blieb und seinen Blick von dem schlafenden Mann auf der Bank zu den alten Männern an der kalten Feuerstelle wandern ließ. Dann erst sah er sie.

Sie erkannte es an der Erleichterung, die auf sein Gesicht trat. Er kam langsam zu ihr herüber. Er trug weder seinen Hut noch den dunklen Rock noch hing die Laute über seiner Schulter.

Sie konnte sich nicht rühren. Es war, als hätte eine Lähmung sie befallen. Sie senkte ihren Blick auf den Becher in ihrer Hand, in dem sich ein letzter Schluck des herben, weißen Weines befand. Sie sah auch nicht auf, als er vor ihr stehen blieb.

»Großer Gott, Mädchen«, sagte er, »ich hab dich überall gesucht.«

Sie antwortete nicht. Sie starrte auf die verzogenen Bretter des Tisches, auf den fingerbreiten Spalt, der sich durch seine Mitte zog, und auf die Kratzer und Schnitte in seiner Oberfläche. Hinter dem Schanktisch wurde der Wirt aufmerksam. Er hatte zuvor in der stickigen, warmen Nachmittagsluft vor sich hin gedöst.

»Elisabeth?«, fragte Jakob leise. Es war sehr still in der Schenke, nur der Mann drüben auf der Bank murmelte unverständliche Worte im Schlaf. Sie hörte Jakobs Atem. Er musste sehr eilig gegangen sein, ehe er das niedrige Haus betreten hatte. Er zog sich einen Schemel heran. Sie hörte das scharrende Geräusch der Stuhlbeine auf dem Boden. Sie hob den Becher an die Lippen und trank den letzten Schluck aus.

»Soll ich dir …« Er räusperte sich. »Soll ich dir neuen Wein bringen lassen?« Sie schüttelte den Kopf.

Die alten Männer bei der Feuerstelle zogen Spielkarten hervor. Sie drehte den leeren Becher zwischen den Fingern.

»Bist du schon lange hier?« Sie hob die Schultern. Sie wusste es nicht. Eine Ewigkeit, so schien es ihr.

Sie hob den Kopf und blickte in sein Gesicht. Ein übernächtigtes, erschöpftes Gesicht. Was alles war geschehen, seit sie ihn dort am Zaun zurückgelassen hatte? Die Unsicherheit in seinen Augen verursachte ein Ziehen in ihrer Brust. Sie überlegte, wie es gewesen wäre, hätte die Prinzessin von Messelstein sich damals in der Nacht vor ihrem festgesetzten Hochzeitstag in die Stallungen geschlichen und sich zu dem fahrenden Spielmann ins Stroh gelegt. Dann wäre jetzt alles ausgestanden.

Sie seufzte. »Du hast deine Laute nicht dabei«, stellte sie fest.

Er atmete auf. »Ich hab sie in der Hütte gelassen.«

Sie nickte.

»Ich war auf dem Marktplatz«, sagte er.

»Ah, der Herr Musikant!« Der Wirt war hinter Jakob getreten. »Bier? Oder auch einen Wein?«

»Lass uns zufrieden«, sagte Jakob, ohne sich zu dem Mann umzudrehen.

Als der Wirt beharrlich stehen blieb, wandte Jakob den Kopf. »Ich will jetzt nichts«, sagte er unwirsch. »Ich geh gleich wieder. Oder hat sie ihren Wein nicht bezahlt? Schleichst du deshalb um uns herum?«

Der Wirt spuckte etwas auf den Boden, worauf er zuvor herumgekaut hatte. »Den hat der Kerl schon bezahlt, der sie hergebracht hat. Nur für das Zimmer«, er zeigte auf die Tür im Hintergrund, »hat er nicht anständig gezahlt. Hat aber an dem Weibsbild gelegen.« Er reckte sein Kinn vor in

Richtung auf Elisabeth. »Nicht an mir. Nimm sie nur gleich wieder mit, wenn der sie schon nicht hat mitnehmen wollen. Du weißt, dass das hier eine Schenke ist. Ein Hurenhaus ist das nicht.«

»Nicht?« Jakob lehnte sich zurück. Der Schemel schaukelte auf einem Bein. »Seit wann nicht mehr?« Der Wirt wandte sich knurrend ab und schlurfte zum Schanktisch zurück.

Sie spürte Jakobs Blick und schloss die Augen. Ihr wurde mit einem Mal übel. Der scharfe Geruch aus der Ecke, in der einer der alten Männer seine Notdurft verrichtet hatte, der Gedanke an die Annäherungsversuche des Betrunkenen, der nun auf der Bank schnarchte, die Bierlache auf dem Boden, das Hinterzimmer mit der muffigen Matratze ... Sie presste die Hände auf ihren Mund.

»Komm«, sagte Jakob leise, »lass uns hier rausgehen.« Sie antwortete nicht. »Lise«, wiederholte er eindringlich, »was auch immer passiert ist, komm erst mal weg von hier. Du kannst doch hier nicht bleiben.« Sie atmete tief durch, ohne ihn anzusehen.

»Zum Teufel«, sagte er heftig, »ich weiß, ich hab mich wie ein Idiot benommen letzte Nacht. Aber ich war, verdammt noch mal, betrunken und hab nicht mehr darauf geachtet, was ich sag und was ich tu. Jetzt bin ich's nicht mehr, du kannst also unbesorgt ... Lise?« Er blickte beunruhigt in ihr bleiches Gesicht. »Lise, Mädchen, was hat der alte Schocherfetzer gemeint mit dem Mann und dem Zimmer?«

»Nichts«, sagte sie und starrte auf die Tür zum Hinterzimmer. Der Tuchhändler, der den Hut vom Kopf nahm, seinen Rock auf den Schemel legte. Sein Hemd über den Kopf zog. Seine Brust war mager gewesen und sehr weiß im Gegensatz zu seinem gebräunten Gesicht. »Nichts von Bedeutung.«

Von draußen hörte man laute Stimmen, aber niemand trat ein. Sie verklangen und es wurde wieder still bis auf das Gemurmel der alten Kartenspieler. »Nichts?«, fragte Jakob.

Sie achtete nicht darauf. »Du warst auf dem Markt?«, fragte sie.

»Ja.«

Sie barg ihr Gesicht in den Händen.

»War's so arg?«

Sie nickte stumm.

»Ich hab das nicht gewollt«, murmelte er. »Ich war ... Lise, es war nicht deine Schuld.«

»Schuld!« Sie funkelte ihn an. »Wer schert sich darum? Werde ich satt davon, dass mich keine Schuld daran trifft? Wird irgendjemand satt davon, dass ihn keine Schuld an seinem Unglück trifft?« Er blickte sie erstaunt an.

Zwei Männer traten durch die Tür. Der eine klopfte seinen staubigen Hut am Bein ab, der zweite rief den Wirt zu sich. Der hatte Zahlen auf eine schmale Wandtafel geschrieben und wischte sich nun die kreidigen Finger an der Schürze ab.

»Du hast den Reiter nicht gesehen?«, fragte Jakob vorsichtig.

Sie zuckte mit den Schultern. »Was hätte es mir genützt? Ein Fremder vielleicht, der längst auf und davon ist. Oder einer der Herren vom Schloss, die ohnehin nicht zahlen, sondern einen auf die Nacht bestellen.« Plötzlich lachte sie leise auf. »Die alte Auermännin glaubte, in dem Reiter den Leibhaftigen erkannt zu haben.«

Sie neigte den Kopf. Sie hatte sich von ihm ein Lächeln erhofft, aber er lachte nicht.

Er wich ihrem Blick aus. »Denk nicht mehr dran. Es gibt Schlimmeres als die paar Scherben. Wir kommen auch ohne die Töpfe aus. Ich hab für die nächste Zeit noch ein bisschen Geld und ...«

»Das Geschirr war noch nicht bezahlt.«

Er starrte sie an.

»Ja«, sagte sie leichthin, »ich schulde Meister Helferich

eine beträchtliche Summe, die ich ihm sicherlich niemals werde zurückzahlen können.«

Die beiden Ankömmlinge setzten sich mit gefüllten Krügen an den Nebentisch. Ihre Stimmen füllten den Raum. Der Betrunkene richtete sich verschlafen auf.

»Du willst mir erzählen, der alte Kerl hat dir die Töpfe gegeben, ohne dass du sie bezahlt hast? Einfach so?«, fragte er ungläubig. »Was hast du gemacht? Hast du ihn verhext?«

Der ältere der beiden Männer wurde aufmerksam.

»Nicht«, murmelte Elisabeth. »Nicht so laut.«

Jakob wandte leicht den Kopf zum Nebentisch. Er nickte und schob den Schemel zurück. »Lass uns gehen«, sagte er.

Sie folgte ihm wortlos. In der Tür hielt sie inne und erkannte erstaunt, wie hell es noch war. Die Wärme des Nachmittags lag drückend über den Häusern. So drückend, dass die Menschen, denen sie begegneten, ihre Bewegungen und Schritte sehr bedächtig ausführten. Sie gingen, Elisabeths Korb bei der Fleischerin abzuholen. Die hatte ihn an sich genommen und für sie aufbewahrt, erklärte Jakob. Sie war es auch gewesen, die ihm die Vorkommnisse des Morgens ausführlich geschildert hatte; von ihr wusste er, dass Elisabeth den Marktplatz mit einem auswärtigen Händler verlassen hatte. Elisabeth überhörte absichtlich den fragenden Ton in seiner Stimme. Den Weg zum Wald gingen sie schweigend. Nur Jakob wechselte einige Worte mit einem Mann, der sie ein Stück Wegs begleitete, dann aber zu seinem Feld abbog. Kinder trieben eine kleine Herde Ziegen zur Stadt und um sie her glühten die kräftigen Farben des Sommers. Dichte Büsche rosafarbener Blumen säumten den Weg, der Geruch nach reifendem Getreide lag schwer über den Feldern, dann endlich erreichten sie den Schatten der Bäume.

Obwohl Elisabeth die Hütte am Morgen erst verlassen hatte, schien es ihr, als käme sie nach tagelangem Fernbleiben hierher zurück. Am Nagel des Regals hing seine Laute, sein schwarzer Rock lag auf dem Schemel. Er nahm ihn auf und warf ihn auf die Strohsäcke.

»Setz dich und ruh dich aus«, sagte Jakob. »Ich sorg schon für das Essen.« Er packte Brot und Wurst aus dem Beutel. »Willst du einen Schluck Wein?«

Sie schüttelte den Kopf. »Wasser.«

»Ich hole frisches.« Er verließ mit dem Eimer die Hütte.

Sie blieb nicht auf dem Schemel sitzen, sondern schichtete Holzstücke unter dem Kessel auf.

Als Jakob zurückkam, brannte das Feuer bereits. Sie fand junge Rüben und Zwiebeln auf dem Regal, schabte die Rüben und schnitt sie klein, während Jakob ein wenig Wasser in den großen Topf goss, Kräuter auswählte und die Zwiebeln säuberte. Er gab das Gemüse in das heiße Wasser und bestreute es mit Salz. Elisabeth holte die Löffel und die hölzerne Schüssel und füllte die Becher mit Wasser. Jakob schnitt Brot und dünne Wurstscheiben. Ein Insekt surrte durch die weit geöffnete Tür. Vor der Hütte spielte ein Schwarm kleiner Mücken.

Jakob zog den Topf von der Flamme. Es war still im Wald, das Licht senkte sich und nahm die gelbliche, gedämpfte Farbe des späten Nachmittags an. Elisabeth erinnerte sich plötzlich an das Ticken der Uhr auf dem Kaminsims des Salons, das an einem Nachmittag wie diesem so deutlich anzeigte, wie die Zeit verrann. Hier in der Hütte zeigte nur die Stärke und der Einfall des Lichts den Unterschied der Stunden; so, als wandle sich die Zeit lediglich und zerränne nicht mit jedem Augenblick.

Jakob blies den feinen Dampf von seinem Löffel. Elisabeth streckte den Arm aus, nahm sich Brot und tauchte es in das Gemüse. Er aß mit leicht gebeugtem Rücken, den Unterarm auf den Tisch gelegt. Er hob den Arm und wischte sich mit dem Handrücken über den Bart. Dann schob er die Schüssel zu ihr hinüber und für einen Moment tauchten seine Augen in die ihren. Elisabeth senkte unruhig die Lider und nahm ihren Löffel auf. Doch, sie wusste jetzt, es war alles geschehen. Die Glut des Tanzes, Jakobs Hand auf ihrer nackten Schulter, sein Mund auf ihren Lippen, der Geschmack nach Branntwein.

Jakob erhob sich und füllte den Rest des Gemüses aus dem Topf in die Schüssel. »Willst du noch?« Sie nickte. »Du bist recht hungrig«, stellte er fest. »Hat er dir nur Wein gekauft und nichts zu essen, dein Krämer?«

Sie zuckte leicht zusammen. Sie vermeinte, mehr als den üblichen Spott aus seiner Stimme gehört zu haben. »Er hat mir naturellement etwas zu essen bestellt«, erwiderte sie ruhig. »Ich ging vornehmlich mit ihm aus diesem Grunde.«

Dass sie keinen Bissen herunterbekommen hatte, als sie dem Manne in der Schenke gegenübersaß, erzählte sie nicht. Der Tuchhändler, dachte sie, der von Venedig erzählte, von Augsburg, von Gent, während ich überlegte, was wohl nach dem Essen geschähe.

Sie kratzte die Schüssel leer, Jakob nahm sie ihr schweigend aus der Hand und spülte sie mit klarem Wasser aus. Er spülte sie umständlich lange. Ihre Augen folgten ihm, als er das saubere Geschirr zurück in das Regal legte. Er berührte die Laute, sie pendelte leicht hin und her. Alle seine Bewegungen hatten etwas Unschlüssiges. Auch die Art und Weise, wie er die Asche über die Glut scharrte.

Er trat in die offene Tür. Er stützte seinen linken Unterarm gegen den Türbalken und lehnte die Stirn daran. »Du warst mit dem Krämer im Hinterzimmer?«, fragte er mit dem Rücken zu ihr stehend.

»Ja.«

Er schwieg.

Ein Gefühl von Angst dehnte sich in das Schweigen hinein. Eine erregende Angst von eigenartiger Süße, die sich in Elisabeths Schoß senkte und sich von dort in ihrem ganzen Körper ausbreitete.

»Und du hast ...« Er räusperte sich und suchte nach Worten.

»Mich von ihm beschlafen lassen?« Ihre Stimme klang spröde.

Sie sah, wie sich seine Hand an dem Balken festkrampfte.

»Das hast du nicht«, sagte er.

»Nein?«

Er drehte sich um und sah sie an. Ihr wurde so warm, dass sie fürchtete zu ersticken. Es war, als flüchte sich all die Wärme des Tages vor der herannahenden Nacht in die Hütte. Sie dachte an den Tuchhändler, der innehielt, ehe er die Knöpfe seiner Hose öffnete, um zu ihr hinüberzublicken, wie sie noch vollständig bekleidet auf der muffigen Matratze hockte. »Und du?«, hatte er gefragt.

»Weil Ihr es mir nicht zutraut?«, fragte sie bitter. »Weil ich eine verwöhnte Hofdame bin, die sich von dieser Art Leben nicht berühren lässt? Die es nicht zu schätzen weiß, dass es nur *ein* abstoßender Kerl ist, der ihr auf einem einsamen Waldweg Gewalt antun will, anstelle von mehreren? Die nichts zu verrichten imstande wäre, das sie am Leben erhalten könnte, außer den Dingen, die Ihr ihr gezeigt habt? Ihr habt Recht, nicht einmal dazu imstande, auf ihr Geschirr zu achten, nicht einmal dazu, ihr Mittagessen mit ihrem Körper zu bezahlen, wie es doch sonst die Frauen tun, denen keine andere Möglichkeit bleibt ...« Sie holte Atem. Sie erhob sich langsam. »Gut«, sagte sie und schob mit einer schnellen Handbewegung ihr zerzaustes Haar über die Schulter, »dann zeigt mir auch noch das.«

Er trat betroffen einen Schritt zurück.

»Ist es nicht besser«, sagte sie leise, »Ihr macht mich zur Frau, als wenn es ein betrunkener Vagabund mit Gewalt tut?«

Jakob wurde bleich.

Sie blieb dicht vor ihm stehen und blickte in seine verwirrten Augen.

»Also, was muss ich tun? Zeigt es mir, damit ich ein anderes Mal nicht wieder wie eine unreife Gans die Flucht ergreife. Behalte ich mein Hemd an oder«, sie löste die

Schnürung, so wie er es in der Nacht zuvor getan hatte, »entkleide ich mich ganz?«

Er schluckte. »Es ist besser«, sagte er und bückte sich nach seinem Rock, »wenn ich jetzt gehe.«

Sie schlug die Tür zu und versperrte ihm den Weg, ihren Rücken an die Tür gepresst.

»Lass mich vorbei.«

Sie schüttelte den Kopf. Ihre Wangen glühten, ihr Herz hämmerte bis in ihre Ohren. Das Hemd rutschte über ihre Schultern.

»Bitte, Lise ...« Er versuchte, ihr Hemd wieder nach oben zu ziehen, aber es glitt ihm aus den Fingern. Seine Hände waren warm auf ihrer Haut. Und ganz langsam, ohne seinen Blick von dem ihren zu lösen, zog er das Hemd von ihren Schultern über ihre Brüste bis zu ihrer Taille. Sie hielt den Atem an. Ihr Mund wurde trocken. Das Braun seiner Augen verschwamm. Alles verschwamm. Die Angst, die Erregung, die Lust. Das fiebrige Verlangen, mit dem er sie küsste. Das grobe Holz der Tür, das sich in ihren nackten Rücken schnitt. Die Hast, mit der er sein Hemd über den Kopf zerrte. Das Glühen seiner Haut auf der ihren. Ihr Rock, der über ihre Hüften glitt. Das Taumeln. Der blanke Hüttenboden, auf den er sie zog. Tief, immer tiefer, bis das Gewicht seines Körpers sie bedeckte.

Was geschieht nur, dachte sie, was um alles in der Welt geschieht? Du musst nur die Augen schließen, sagte Henries helle Stimme, und denken: Es ist bald vorüber.

Aber es geschah nichts. Jakob seufzte tief und löste sich von ihr. »Ich kann nicht«, sagte er.

Elisabeth öffnete die Augen. Es war dämmrig. Sie lag unbekleidet auf dem Boden einer winzigen Hütte an der Seite eines Mannes, den sie vor wenigen Monaten noch nicht einmal gekannt hatte. Röte überzog ihr Gesicht. Sie tastete nach ihrem Hemd und presste es vor ihre Brust. Jakob schlüpfte in seine Hose und erhob sich, ohne sie anzusehen.

Sie war gänzlich verwirrt. In ihren Romanen gab es gehauchte Küsse und Momente seliger Entrückung. Im wirklichen Leben hatte sie nur von Männern gehört, die sich auf ihre Frauen stürzten, Männer, die man ertragen oder derer man sich erwehren musste. Nicht einmal Marie-Henriette hatte von Männern erzählt, die sich abwandten und sagten: »Ich kann nicht.« Etwas Derartiges war überhaupt nicht vorgesehen. Sie streifte ihr Hemd über. Das Blut pochte heftig in ihren Adern und noch immer fühlte sie das Brennen seiner Haut auf der ihren.

Jakob saß auf der Kante des Strohsacks, die Arme auf den Knien verschränkt, das Gesicht in die Arme vergraben. Er regte sich auch dann nicht, als sie sich an seiner Seite niederließ.

»Jakob ...«

»Ach, zum Teufel«, murmelte er.

Das Abendlied einer Amsel klang von der Wiese herüber, klar, in kunstvoll aufsteigenden Tonfolgen. Sonst war es still.

Er hob sein Gesicht. »Es tut mir Leid«, sagte er. »Ich hab den Kopf verloren.«

»Es gibt nichts, was dir Leid tun müsste«, erwiderte sie leise.

Er lachte trocken auf. »Ich hab dein Geschirr zerschlagen.«

Sie starrte ihn an. »Du hast ...?«

»Ja«, sagte er nur.

Du scherzt, wollte sie sagen, aber im gleichen Moment wusste sie, dass er nicht scherzte. Natürlich. Das dunkle Pferd, der dunkle Reiter, den sie nur noch von hinten gesehen hatte. Die Leichtigkeit, mit der er fremde Pferde von der Weide holte. Sie hatte ihn in der Nacht wütend und verletzt in dem Dorf zurückgelassen ...

»Weißt du«, sagte er mit eigenartig ausdrucksloser Stimme. »Wenn es nur das wäre. Wenn es einfach nur das wäre ...« Angst kroch über ihren Rücken. Was konnte ärger sein als der Verlust ihres Geschirrs?

Er fuhr sich mit der Hand über das Gesicht. »Oh mein Gott, wenn nicht schon alles so verworren wäre, dass ich selbst nicht mehr weiß, wie ich da herausfinden soll.«

»Jakob, wovon redest du nur?«

Er starrte ins Nichts. »Es sollte genügen, nicht wahr? Ich hab dein Geschirr zerschlagen und ich hab dich in die Arme dieses alten Kerls getrieben ...« Er sah sie an. »Elisabeth«, fragte er beunruhigt, »was war mit dem Tuchhändler?«

»Der Tuchhändler.« Sie zog ihre Beine an und umschlang die Knie mit ihren Armen. »Es war so ... so beschämend. Ein erwachsener Mann, älter gar als mein Vater, der sich im Hinterzimmer einer schmutzigen Schenke entkleidet.«

Jakob schluckte. »Eine Schwäche der Männer, weiß Gott. Und dann?«

»Ich sagte ihm, es wäre mir lieb, wenn ich wieder gehen dürfe.«

»Und er hat dich einfach so gehen lassen?«

»Er war missgestimmt, aber höflich.« Äußerst missgestimmt, erinnerte sie sich. Er hatte ihr den Verlust an Einnahmen vorgerechnet, der ihm dadurch entstanden war, dass er seinen Platz zur besten Marktzeit ihretwegen verlassen hatte.

»Es ist nichts geschehen?«

»Nichts.«

»Nichts«, wiederholte er, und sie vermeinte, eine Spur von Erleichterung aus seiner Stimme zu hören. »Ich hätte es mir nie verziehen, niemals. Es wäre alles meine Schuld gewesen. Ich ... ich hab mich wie ein Ochse benommen. Weißt du«, sagte er leise, »als du mit diesem Jungen an mir vorbeigetanzt bist gestern Nacht und mit ihm gelacht und ihn angefasst hast und bei mir ... »Ich hab mich schrecklich betrunken, als du weg warst. Ich wollt' dein Gesicht nicht mehr vor mir sehen.« Seine Finger spielten mit der sich lösenden Flechte ihres Zopfes. »Aber es hat nicht geholfen. Nichts hilft. Ich kann ...« Er brach ab und zog seine Hand zurück. »Ich kann seit Tagen an nichts anderes denken als daran, dass ich dich anfassen möchte. Und nicht nur anfassen. Und nicht erst seit Tagen …« Ihre Knie pressten sich fest in ihre Stirn. »Und du«, sagte er weiter, »wirst zurückgehen in dein Schloss, und ich …«

Sie konnte den Schmerz in seiner Stimme nicht länger ertragen. »Nein«, begehrte sie auf, »nein …«

»Doch«, entgegnete er ruhig. »Das wirst du tun. Und ich sag das nicht, weil ich dir nichts zutraue oder weil ich dich für eine verwöhnte Hofdame halte. Aber du bist an dieses Leben nun einmal nicht gewöhnt. Und selbst für die, die daran gewöhnt sind, ist's schon schwer genug.« Sie hätte gerne die Ohren verschlossen vor seinen Worten und doch hatte sie selbst schon Ähnliches gedacht.

»Siehst du«, sagte Jakob traurig. Er schob das Haar aus ihrem Gesicht. Sie schloss die Augen und gab sich ganz der leichten Berührung seiner Finger hin, als sie die Haut ihrer Wange streiften. »Ich hätte dich niemals hierher bringen dürfen. Ich bring dich zurück.«

»Zurück?«, fragte sie verwundert. »Wie meinst du das?«

»Nun, zurück. Nach Hause. Nach Messelstein natürlich.«

»Zurück!«, rief sie. »Zurück? Wohin zurück? In das Bett des Grafen? Oder irgendeines dieser Laffen? Dann hätte ich ebenso gut mit dem Tuchhändler schlafen können …« Zurück, dachte sie. Sie sah das selbstsichere Lächeln des Grafen Eberhard und das verständnisvoll herablassende der Baronin Kammerberg vor sich. Ihr Vater würde sie stillschweigend waschen und ankleiden lassen, wenn sie so, wie sie jetzt war, vor seiner Tür stünde. Er würde offiziell verlautbaren lassen, sie sei von einem längeren Aufenthalt in der Abgeschiedenheit eines seiner Landgüter zurückgekehrt. Und mit dem Grafen Eberhard würde er einen Vertrag abschließen, gemäß dessen dem Grafen das Recht zustünde, die Ehe für nichtig zu erklären, falls seine Tochter sich nicht als Jungfrau erweisen sollte. Oder er würde dem

Grafen zu der im Wert geminderten Tochter ein Stück Grenzland dazugeben.

»Ich weiß es nicht«, sagte sie. »Ich weiß nicht, was ich tun würde, wenn du von einem deiner nächsten Gänge nicht mehr zurückkämest. Oder wenn es keinerlei Aussicht gäbe auf die nächste Mahlzeit. Oder wenn ich fürchtete, an einer Krankheit zugrunde zu gehen, die sie auf meines Vaters Schloss heilen könnten. Aber jetzt«, sie blickte in die braunen Augen des Spielmannes, der sie damals über die Frühstückstafel hinweg angesehen hatte, »aber jetzt, mein Jakob, jetzt bin ich noch hier.« Sie las in seinen Augen ein allmähliches, ungläubiges Begreifen, während sie nun selbst die Schnürung ihres Hemdes löste. Es war ohnehin beinahe dunkel, es war ganz einfach.

»Nein, bitte«, sagte er, als sie ihr Hemd mit einer leichten Bewegung über den Kopf zog und es fallen ließ. »Bitte, Elisabeth, tu das nicht. Du weißt doch nicht einmal ...«

Sie legte ihre Hand auf seinen Mund. Ein Zittern rann durch seinen Körper, als ihre Haut die seine berührte.

Und später dann, als es ganz dunkel war in der Hütte und sie erschöpft und heftig atmend nebeneinander lagen, fiel es ihr noch immer schwer zu begreifen, dass sie, die sie gelebt hatte wie hinter einer Wand aus Glas, die sie nur die auf ihres Vaters Stirn gehauchten Küsse kannte, den Druck einer Hand beim Tanz oder die leichten Umarmungen ihrer Freundinnen, nun hier lag, feucht und verschwitzt in einer Waldhütte in den Armen eines Mannes. Und ebenso schwer fiel es ihr zu begreifen, dass es Jakob war, den sie in den Armen gehalten hatte, während er sich Hilfe suchend in ihren Körper grub, dass ihre Lippen den Schweiß auf seiner Haut geschmeckt hatten und dass es ihr eigener Körper gewesen war, der sich an dem seinen gerieben hatte in einem eiligen, atemlosen Rhythmus, bis die Anspannung der letzten Tage sich auflöste.

Es war alles ganz anders. Es hatte nichts mit Gottfrieds Keuchen in der Bibliothek zu tun, nichts mit Henries spöttischen Ratschlägen oder mit Thereses Gatten, der sich lieblos auf sie stürzte.

Niemals zuvor in ihrem Leben hatte sie sich so gefühlt. Ihr Schoß war wund, ihre Lippen geschwollen, ihr ganzer Körper aufgewühlt und doch eigenartig satt und schwer.

»Elisabeth ...« Seine tastende Hand fand die Tränen auf ihrer Wange. Er zog sie an sich, seine Arme fest um ihren bloßen Rücken. Er schlief zuerst ein. Sie lag noch eine Weile wach, ihr Gesicht auf der warmen, glatten Haut seines Armes, auf seinen ruhigen, gleichmäßigen Atem lauschend.

Mitten in der Nacht schreckte der Todesschrei eines Tieres sie auf. Ein eigenartiger, gequälter Schrei, der ihr durch Mark und Bein ging. Vielleicht war es auch ein Liebesschrei gewesen, wie konnte sie das wissen? Sie schob die Decke von sich, die Wärme erdrückte sie. Neben ihr lag Jakob und schlief tief und fest. Vielleicht hatte sie den Schrei auch nur geträumt. Sie sank zurück und dachte an all die warmen, duftschweren Nächte, in denen sie allein gelegen hatte, in verwegene Träume verstrickt. Sie dachte an die Nacht im Frühling, in der sie sein Stöhnen geweckt hatte. Und sie dachte an all das, was vor wenigen Stunden erst geschehen war, und der Schlaf, den sie nun nur mühsam fand, blieb leicht und unruhig.

33.

Er war bereits wach, als sie am Morgen die Augen aufschlug. Er saß auf der Kante des Strohlagers und hatte ihr den Rücken zugewandt. Benommen richtete sie sich auf. Er drehte sich zu ihr um und sah sie an. Er lächelte. Hastig zog sie die Decke über ihre Blöße und blickte verlegen zur Seite, denn er war nackt.

Das Lächeln auf seinem Gesicht erlosch. »Du bereust es schon, nicht wahr?«

Sie öffnete betroffen den Mund. Seine Worte kränkten

sie, doch mehr noch als die Kränkung schmerzte sie die Angst, die sie hinter seinen Worten verspürte. Und sie begann zu ahnen, dass sich hinter all seinen Kränkungen und all seinem Spott die gleiche Angst verborgen hatte. Sie schob die schützende Decke beiseite und schlang die Arme um seinen Leib. »Nein«, sagte sie. Ihre Brüste pressten sich warm an seinen festen, geschmeidigen Rücken. »Nein, niemals.«

Sie rieb ihr Gesicht an seiner Schulter. An ihrer Wange fühlte sie die Narbe des Brandmals. Um die Narbe herum war seine Haut noch immer so weich wie damals, als sie sie zum ersten Mal berührt hatte.

»Elisabeth …«

»Ja?«

»Ich muss gehen«, sagte er.

Für einen winzigen Augenblick setzte ihr Herzschlag aus. Ihr wurde klamm.

»Gehen?«, wiederholte sie mühsam.

»Ich muss für eine Weile fort.«

Sie ließ ihre Arme sinken. »Für wie lange?«

»Ich hätte schon längst gehen müssen.« Er wand sich unter ihrem Blick. »Ich hatte es beinahe vergessen, ich …«

»Für wie lange?«

»Ein paar Tage nur …« Er sah sie nicht an dabei.

»Aber du … du meinst, du gehst jetzt gleich?«

»Ja.« Er stand so abrupt auf, dass sie das Gefühl hatte, er fliehe vor ihr.

Verwirrt sah sie zu, wie er in seine Hose schlüpfte und eilig sein Hemd überstreifte. Was um alles in der Welt war geschehen? Die Wärme und Nähe der Nacht wich so schnell von ihr, dass sie fröstelte. Sie zog die Decke fest um sich.

»Müsst Ihr aufspielen?« Ihre Stimme klang eigenartig spröde.

Er lachte. Ein beunruhigendes Lachen. »Ja, aufspielen, so kann man's nennen.« Er brach ab. Er sah sie an. »Du darfst hier solange nicht alleine bleiben. Ich bring dich zu Johanna.«

»Johanna …« Was redete er? Gerade eben war er ihr näher gewesen als je ein Mensch zuvor und nun stand er da und schlüpfte bereits in seinen Rock und war so weit entfernt, dass ihr jedes Wort im Halse stecken blieb.

Er hob ihr Hemd vom Boden auf und reichte es ihr. »Zieh dich an. Wir haben nicht viel Zeit. Ich bring dich zu ihr und erklär's ihr.« Und als sie nicht antwortete, fügte er hinzu: »Ich dachte, du kennst sie. Du hast sie doch schon gesehen …« Zwischen seinen Brauen bildete sich eine Falte. »Natürlich kennst du sie. Was haben sie dir denn erzählt im Dorf, dass du so hässliche Worte für sie hattest?«

Sie regte sich nicht.

»Was ist denn?«, fragte er ungeduldig.

»Ich werde nicht gehen.«

»Aber … Ich kann dich doch hier nicht alleine lassen …«

»Dann nimm mich mit.«

Er zuckte leicht zusammen bei ihren Worten. Oh mein Gott, dachte sie, was geschieht mit mir? »Ich würde Euch aufhalten, nicht wahr?« Ihre Stimme wurde brüchig.

Er war so plötzlich wieder bei ihr, er presste sie so fest an sich, dass sie kaum begriff, was ihr geschah. Ihre Haut rieb sich an dem festen Stoff seines Rockes. »Es tut mir Leid«, flüsterte seine Stimme in ihr Ohr. »Elisabeth, Liebste, es tut mir so Leid.« Er verbarg sein Gesicht in ihrem Haar. »Ich wünschte … Ich hab alles falsch gemacht von Anfang an. Und nun …« Er küsste sie zum Abschied auf den Mund. Dann seufzte er und küsste sie noch einmal. Und je länger er sie küsste, desto stärker spürte sie das wachsende Begehren in seinem Kuss. Er lehnte seine Stirn an die ihre. »Es hilft nichts«, sagte er bedauernd. »Ich muss fort.«

Er nahm sein Bündel und die Laute. »Komm mit zu Johanna«, bat er. »Mir wäre viel wohler, wenn ich wüsste, dass du hier nicht alleine bist.«

»Ich bin oft alleine hier.«

»Ich weiß.« Seine Stimme klang schuldbewusst. »Pass

auf, dann werd ich dir etwas sagen. Mein Gott«, er atmete tief durch, »ich hätte dir das schon längst sagen sollen.«

Was ist das nur immer?, fragte sie sich beunruhigt. Was bedrückt ihn so sehr?

»Wenn irgendetwas sein sollte«, begann er. »Nein, keine Sorge, es wird schon nichts geschehen, und länger als eine Woche bleib ich auch nicht fort, ganz sicher nicht. Aber wenn irgendetwas sein sollte, wobei du Hilfe brauchst, und ich bin noch nicht zurück ...« Wohin um alles in der Welt geht er?, überlegte sie, und die Gauner in dem dunklen Viertel der Stadt kamen ihr in den Sinn, der Büttel auf dem Marktplatz, die flackernden Scheiterhaufen. »Wie auch immer«, fuhr er fort. »Dann gehst du zum Schloss und fragst nach Herrn Ellbracht. Merk dir den Namen gut. Und lass dich nicht abweisen.«

»Zum Schloss?« Sie sah ihn verblüfft an. »Aber wie ... Aber woher kennt Ihr ...«

»Ich kenn ihn schon lang. Noch von früher, als er noch nicht am Tisch des Königs gesessen hat. Einerlei, auf den Ellbracht kannst du dich verlassen. Es wird schon nichts passieren, aber mir ist wohler, wenn du das weißt.« Er drehte sich zur Tür.

»Und das Geschirr? Meister Helferich? Was soll ich ...«

»Denk nicht mehr dran. Das regle ich, sobald ich wieder da bin. Du musst kein Geschirr mehr verkaufen. Nie mehr wieder.«

Sie blieb auf dem Strohlager zurück, noch immer umhüllt von dem festen Druck seiner Arme, während seine Schritte bereits auf dem Waldboden verklangen. Sie betastete ihre Lippen, ihre Wangen, ihre Stirn. Ihre Hände glitten den Hals entlang bis zu ihren Brüsten. Wie eigenartig, dachte sie, es ist alles ganz wie immer. Wie kann das nur sein? Sie dachte an die Runde ihrer Freundinnen am Tag des Balles, an Marie-Henriette, als sie forderte, sie sollten reihum von ihrer Hochzeitsnacht erzählen. Sie dachte daran, dass ihr Vater gesagt hatte, Graf Eberhard sei ein erfahrener Mann, längst nicht so ungestüm wie die jungen Männer. Sie lachte leise.

Sie schob die Decke zurück und sprang aus dem Bett. Sie zog ihr Hemd über, bückte sich nach dem Wassereimer und schüttete das abgestandene Wasser vom Vortag mit Schwung in das Gesträuch neben der Hütte. Ein Vogel flatterte auf. Sie konnte sich nicht erinnern, jemals in ihrem Leben so viel Kraft in sich gespürt zu haben. Sie schritt leicht und sicher zur Quelle hinüber. Es war warm. Noch immer war sie nur im Hemd. Sie setzte sich auf den flachen, großen Stein und steckte die Füße in das kühle Wasser. Sie legte sich zurück, streckte sich auf dem Stein aus und blickte in das satte Grün der Blätter über ihr.

Auf dem Rückweg summte sie vor sich hin. An der Außenwand lehnte der Korb. Sie suchte Geschirr heraus, das heil geblieben war, einen Teller, zwei kleine Töpfchen, einen Becher. Sie stellte alles in das Regal. Später wusch sie die Kleidungsstücke aus, die sie bei der hässlichen Begegnung mit dem Vagabunden getragen hatte, und pflückte einen Blumenstrauß auf der Waldwiese. Gegen Mittag kochte sie Hirsebrei. Das Feuer lohte unter ihrer Hand so leicht auf wie nie zuvor. Die Hirse schmeckte süß, und Elisabeth aß mehr davon, als sie je zuvor gegessen hatte. Der Gedanke an Johanna streifte sie, aber sie schob ihn beiseite. Er musste sich nicht sorgen. Ihr konnte an diesem Tag nichts geschehen. Ihr konnte überhaupt nie wieder etwas geschehen.

Das Geschirr zerschlug auf den Pflastersteinen. Sie fuhr hoch und öffnete die Augen. Muss ich auf den Markt?, überlegte sie verstört. Es war noch dämmrig in der Hütte. Sie war allein.

Die Scherben, dachte sie, das Pferd, der Tuchhändler, die Schenke, Jakob.

Jakob. Sie richtete sich auf. Sie lehnte ihren Rücken an die morgenkühle Bretterwand. Es würde keine Markttage mehr geben. Gestern war ihr sehr wohl gewesen, als Jakob gesagt hatte, sie müsse sich keine Gedanken darüber machen. Sie schob die Decke fort und fasste nach ihrem Hemd. Welcher Torsteher mochte an diesem Morgen vor der Stadtmauer wachen? Der ältere, einsilbige Mensch oder der junge, freundliche? Wie auch immer, sie würde es nicht erfahren. Sie spülte ihren Mund mit Wasser aus und spie es auf die Erde. Sie schöpfte Wasser in die Hände und ließ es über ihr Gesicht rinnen. Sollte sie einen Aufguss aus Jakobs Kräutern bereiten, weil er so wohl tat am frühen Morgen? Aber dafür lohnte es nicht, das Feuer zu entfachen, das kostbare Holz zu vergeuden. Sie machte sich auch nicht die Mühe, die Hirse vom Vortag zu erwärmen, sie aß sie kalt. Wenn ich sehr wenig esse, überlegte sie, dann brauche ich Jakobs Münzen nicht auszugeben, dann kann ich sie beiseite legen für Meister Helferich.

Meister Helferich. Sie seufzte. Jakob hatte gesagt, er würde das regeln. Und sie hatte den alten Mann dankbar aus ihren Gedanken geschoben. Und nun …

Sie sah ihn vor sich, die bleichen, schmalen Hände, die wasserblauen, scharfen Augen. Und plötzlich wusste sie, dass es Dinge gab, die einem kein Mensch auf Erden abnehmen konnte. Ihr wurde ganz schwer bei dieser Erkenntnis. Sie schlüpfte in ihren Rock und flocht sich notdürftig zwei Zöpfe. Und während sie die Zöpfe mit einer Kordel band, spürte sie Jakobs Hände in ihrem Haar, so, als würde er hinter ihr stehen, seine leichten, sicheren Finger beim Flechten, sein Atem in ihrem Nacken. Sie schloss die Augen.

Als sie dann auf dem Weg daherging, nur noch gehen musste, als die Entscheidung gefällt war, wurde ihr wieder wohler. Wie fest ihre Fußsohlen geworden waren; die Steinchen, die raue Erde machten ihr nur wenig aus. Tau befeuchtete ihre Füße und kühlte sie. Wie viele Wochen noch, sinnierte sie, und ich muss die Schuhe wieder tragen? Und wie lange werden sie halten?

Der Morgen war sehr still, niemand begegnete ihr, weder auf dem Weg noch auf dem Feld. Sie blickte zur Sonne, die klar und rund aus dem Morgendunst stieg. Unmerklich kam sie Tag für Tag ein wenig später zum Vorschein.

Aus der letzten Hütte des Dorfes klang das leise Weinen eines Kindes. Johannas Hütte, Johannas Kind. Die Tür öffnete sich spaltbreit, eine schwarze Katze schlüpfte mit hoch erhobenem Schwanz ins Freie.

Ausgerechnet eine schwarze, dachte Elisabeth.

Was soll ich Meister Helferich nur sagen? Soll ich ihm gestehen, dass ein Reiter mein Geschirr zerschlagen hat? Auch wenn er mir dann vorwirft, dass ich es an einer ungünstigen Stelle ausgebreitet habe? Und wie nur soll ich ihm glaubwürdig versichern, dass ich meine Schulden an ihn zurückzahle, wenn ich selbst noch nicht weiß, wie ich das bewerkstelligen werde?

An dem schmalen Pfad, der von der Straße zu Helferichs Hütte abzweigte, blieb sie stehen. Wenn kein Rauch aus dem Dach stieg, vielleicht war er überhaupt nicht zu Hause? Und wirklich, er saß nicht an seiner Scheibe, als sie die Tür aufschob. Auch nicht am Tisch beim Bemalen. Hätte er nicht trocken aufgehustet, sie hätte ihn vielleicht überhaupt nicht gesehen, denn seine Matratze lag in einem dunklen Winkel unter einem der unzähligen Wandbretter. Er lag zwischen all seinen Töpfen und Kannen wie ein achtlos weggeworfenes Lumpenbündel, und für einen Augenblick fürchtete sie, er sei nicht mehr am Leben, so bleich sah er aus, die Augen geschlossen, die Haut dünn über die scharfen Knochen des Gesichtes gespannt.

Ihre erste Regung war, sich an seine Seite zu knien, doch gleichzeitig packte sie die Angst vor Krankheit und Tod, und sie hatte nicht übel Lust, auf und davon zu rennen. Zögernd trat sie einen Schritt näher. Sein Atem ging gepresst. Er hatte ihr Kommen nicht bemerkt. Wenn er nun stirbt, während ich hier stehe, dachte sie, und ich weiß nicht, was zu tun ist. Wenn Jakob nur geblieben wäre ... Elisabeth Charlotte, rief sie sich zur Ordnung, warum sollte der Mann gleich sterben, nur weil ihn eine Krankheit befallen hat? Und ob ich weglaufe oder bleibe, wird daran ohnehin nichts ändern.

Sie schob zwei Schüsseln beiseite und kniete sich an das dürftige Lager. Stroh quoll aus der Matratze, die Decke war schmutzig. Sie legte ihre warme Hand auf die kühle, trockene des Mannes. Er fasste mit erstaunlicher Kraft danach.

»Margret?«, fragte er. Schmerzen zogen sein Gesicht zusammen und er krampfte seine Hand fester um die ihre.

»Ich bin es nur, Herr Helferich«, sagte Elisabeth leise, aber sie war sich nicht sicher, ob er sie gehört hatte. Langsam löste sich seine Hand von der ihren. Einen Moment lag er still, dann öffnete er die Augen. Sein Blick war scharf und klar wie immer.

»Du bist das«, knurrte er. Es mochte ein freundliches Knurren sein, doch er konnte nicht verbergen, wie wenig angenehm es ihm war, dass sie ihn so liegen sah. Er hustete wieder. »Dann gib mir einen Schluck Wasser, wenn du schon da bist.« Sie kam der Aufforderung eilig nach. Das Wasser war abgestanden, aber es mochte genügen. Sie half ihm, sich aufzurichten. Sein Husten beruhigte sich nach den ersten Schlucken, das Rasseln in seiner Brust schien zu verebben.

»Ich kann dir jetzt nichts geben«, sagte er, als er einen zweiten Becher Wasser geleert hatte. »Komm ein andermal wieder.«

»Ihr seid krank.« Elisabeth zog ihre Hand zurück und verbarg sie in ihrer Rockfalte.

Helferich überging ihre Feststellung und spähte in den Raum. »Du hast den Korb nicht dabei«, bemerkte er.

»Nein, ich …« Sie hatte über seinen Zustand beinahe vergessen, aus welchem Grunde sie gekommen war.

»Ach so, ja, wegen dem Geld bist du da.« Er legte sich wieder zurück. »Muss ja nicht gleich sein«, brummte er. »Siehst ja, dass ich jetzt nicht kann.«

»Das ist es nicht«, stammelte sie und unterbrach sich sofort. War es ratsam, ihm jetzt, da ihm nicht wohl war, die

Ereignisse zu schildern? Er hustete kurz und hässlich. »Habt Ihr Schmerzen?«, fragte sie besorgt.

»Es ist nichts«, antwortete er knapp. »Es ist schon vorbei. Es geht immer vorbei. Komm ein andermal wieder. Bezahl das Geschirr, wenn du neues holst. Brauchst ja jetzt noch kein neues, hm?«

»Nein. Nein, gewiss nicht, aber ...« Sie blickte auf die blauen Adern unter der weißen Haut seiner Hände. Ihr wurde mit einem Mal eng in der dumpfen Luft der Hütte, und sie kam seinem offensichtlichen Wunsch, dass sie gehen möge, nur allzu gerne nach. Sie erhob sich und strich den Rock gerade.

»Aber wenn Ihr dennoch Hilfe benötigt, Herr Helferich ...«

Er richtete sich wieder auf, diesmal leicht und ohne Anstrengung, und zog die dünnen, weißgrauen Brauen zusammen.

Sie senkte den Kopf vor seinem Blick. »Nun, ich dachte, wenn es Euch schwer fällt aufzustehen ...«

»Wer sagt, dass ich nicht aufstehen kann?«, fragte er mürrisch. »Steh schließlich jeden Morgen auf. Aber da hält mich ja auch niemand davon ab.« Die Aufforderung war mehr als deutlich.

»Einen guten Tag wünsche ich Euch noch, Herr Helferich.«

Sie schloss die Tür hinter sich, blieb aber einen Augenblick stehen, bis sie ein Scharren hörte und dann seine Schritte. Dass er wirklich aufgestanden war, beruhigte sie nur wenig. Er war dennoch krank und er war es sicherlich schon lange.

Vielleicht hat er an jedem Morgen solche Schmerzen, überlegte sie. Und vielleicht werden sie stärker mit den Jahren. Zumindest sind sie ihm nicht fremd. Aber was wusste sie von Krankheit? Man hatte sie immer davon fern gehalten, und sie hatte sich willig davon fern halten lassen.

Sie hob die Hände und berührte ihre eigenen, weichen

Wangen. Würden sie ebenfalls derart einsinken eines Tages? Würde ihre Haut dünn werden wie Papier? Jähe Sehnsucht packte sie nach Jakobs festem, glattem Körper, der sie bedeckte und einhüllte. Sie hätte sich an ihm festklammern mögen, so wie in der Nacht zuvor, und begann zu begreifen, warum den Menschen daran lag, einander auf diese Art und Weise zu begegnen.

Das Blau des Himmels über ihr verfestigte sich und um sie her war alles grün. Der Weg führte in einer leichten Biegung nach unten zum Dorf.

Wie um alles in der Welt, überlegte sie fieberhaft, soll ich nun zu Geld kommen? Ob sie dem Töpfer bei ihrem nächsten Besuch nun die Wahrheit sagte oder ihm den Vorfall mit dem Reiter verschwieg, das Geschirr musste sie bezahlen. Und es war ihr nicht möglich, das Geld, welches Jakob vielleicht von seiner Wanderung mitbrachte, dazu zu verwenden. Es würde sicher gerade ausreichen, sie beide zu nähren. Wie auch immer sie alles drehte und wendete, sie musste sich einen neuen Verdienst suchen. Und es half ihr dabei wenig, wenn Jakob sagte, sie müsse sich keine Gedanken machen, er würde sich um alles kümmern. Jakob dachte nur von einem Tag zum nächsten. Und über sie selbst brach mitten im hellen Sommerlicht, unter dem Gesang der hoch aufsteigenden Lerche, der Gedanke an den kommenden Winter herein.

Vor Johannas Hütte zögerte sie. Vielleicht hatte Jakob Recht, vielleicht hätte sie mit ihm zu dieser Frau gehen und die Zeit seiner Abwesenheit im Schutz des Dorfes verbringen sollen. Sie trat an den Zaun heran. Aus dem Abzug im Dach stieg dünner Rauch. Der grüne Fliederbusch lehnte an der Seite der winzigen Behausung, davor wuchsen Kraut und Erbsen in einem kleinen Beet, verschiedene Kräuter und das zartgrüne Gefieder junger Rüben. Ein uralter Obstbaum drückte seine dürren, schweren Äste auf das Dach aus Stroh. Oben im Wipfel hingen kleine, unreife Früchte. Die Katze räkelte sich in der Morgensonne.

Der Landstreicher, der bei der Hex aus und ein geht. Gretes Worte schlichen sich in ihr Herz und schmerzten. Elisabeth schritt eilig durch das Dorf. Sie sehnte sich nach dem Wald. Es gab so viel zu durchdenken. Helferichs spröde Stimme und seine blassen Augen gingen ihr nicht aus dem Sinn. Kurz hinter dem Dorf verließ sie die Straße, überquerte eine Wiese, sprang über den Bach und kämpfte sich durch das Gestrüpp am Waldrand in den schützenden Wald hinein. Kleine Äste kratzten an ihren Knöcheln, sie stieg über einen moosbedeckten, umgestürzten Baumstamm. Mochte dieser Weg auch unbequemer sein als die Straße, Elisabeth fühlte sich um einiges sicherer so. Die Hütte lag zwischen den Sträuchern wie ein vergessener Bretterhaufen; verborgen, nicht sofort als Behausung zu erkennen. Sosehr sie dieser Anblick vor Monaten noch erschreckt hatte, so wohl fühlte sie sich nun dabei. Niemand würde die Hütte finden, niemand würde hier eindringen. Niemand, niemand, niemand. Das faltige, wettergegerbte Gesicht des Landfahrers tauchte wieder vor ihr auf, sie fühlte seinen feuchten Speichel auf ihrer Haut. Am Ende war sich der Mann nicht einmal eines Unrechts bewusst gewesen, hatte er ihr doch nur ein Geschäft angetragen, wie es die Männer den Frauen fortwährend antrugen. Nur hatte er nicht die Höflichkeit des Tuchhändlers besessen, ihre Antwort abzuwarten.

Sie schloss die Augen und sah die Schweißperlen auf Jakobs Stirn und hörte sein leises Stöhnen. Was hatte das, was sie getan hatten, mit dem hechelnden Atem des Landfahrers zu tun? Oder mit den unangenehmen Pflichten, von denen die verheirateten Damen bei Hofe tuschelten? Oder mit der Sünde, von der der Hofprediger zuweilen sprach? Sie hatte Jakob lediglich in ihre Arme genommen und getröstet, ihm ihren Körper geöffnet für einen Augenblick der Zuflucht, als er verwirrt und erregt gewesen war. So, wie er sie, als sie fieberte, in seine Arme genommen und ihr den Schweiß vom Körper gewaschen hatte. Mehr war es nicht gewesen. Und wenn er wieder zurückkam, würde sich etwas Derartiges nicht wiederholen. Nie mehr wieder. Er würde zurückkommen, die Laute vom Rücken nehmen und den Beutel auf den Tisch legen, wortkarg, distanziert. So, wie er es oft zu tun pflegte, wenn er tags zuvor zu viel von sich selbst preisgegeben hatte. Oh, und er hatte außerordentlich viel von sich preisgegeben in jener Nacht. Wie sehr sein Gesicht sich geöffnet hatte, selbst seine Stimme … Nein, für eine derartige Nähe war kein Platz. Sie war versehentlich entstanden, als Folge der Ängste und Anspannungen der vorausgegangenen Tage. Sie würde versuchen, sich unbefangen zu geben, wenn er wiederkam, ganz so, als wäre nichts geschehen.

Würde er wiederkommen? Sie schob den Gedanken beiseite. Er war kaum zwei Tage fort. Vielleicht hatte er sein Ziel erst heute erreicht. Das Ziel, welches er ihr verschwiegen hatte. Wohin nur war er gegangen? Und wozu die übermäßige Eile? War sie wirklich nur aus der Sorge heraus entstanden, ein Fest zu versäumen? Und der Nachdruck, mit dem er ihr nahe gelegt hatte, Johanna aufzusuchen? Die Erwähnung des Herrn vom Schloss? Fürchtete er, nicht mehr zurückzukommen von dort, wohin er aufgebrochen war? War sein Vorhaben mit Gefahr verbunden? Wer sagte ihr, dass er, der unter Dieben und Gaunern gelebt hatte, sich gänzlich von diesen Menschen gelöst hatte? Was wusste sie schon von ihm, außer den Dingen, die er ihr aus freien Stücken erzählte? Kannte sie ihn doch erst seit wenigen Monaten.

Ihren täglichen Verrichtungen kam sie nur langsam nach. Sie erschienen ihr überflüssig und öde. Sie hing den verschiedensten Gedanken nach und ertappte sich dabei, dass sie auf seine Schritte lauschte, in der Hoffnung, er wäre umgekehrt auf seinem Weg und zu ihr zurückgeeilt. Was ist das nur?, wunderte sie sich. Ich war doch sonst so oft alleine hier und nie hat mir die Angst das Herz abgeschnürt.

Am Morgen des vierten Tages überfiel sie die Erkenntnis

kalt und unvorhergesehen. Wie hatte sie annehmen können, dass es lediglich ein Zufall war, dass er sie ausgerechnet an jenem Morgen so plötzlich verlassen hatte. Ausgerechnet an jenem ... Sie grub ihr Gesicht in die Matratze und stöhnte laut auf. Es war so offensichtlich. Er war gegangen, um nie mehr wiederzukommen. Während sie hier noch in der Hütte saß, Tag für Tag, und auf ihn wartete, wanderte er eine Straße entlang, schlief in einem alten Schober, sang zu seiner Laute und dachte nur noch hin und wieder daran, dass es ihm, einem einfachen Vaganten, gelungen war, sich mit der Prinzessin von Messelstein auf einem einfachen Sack aus Stroh zu vergnügen wie mit einer einfachen Bauernmagd. Sie zitterte. Sie konnte nicht einmal sagen, dass er sie dazu gezwungen hatte. Er hatte sie entehrt und heruntergezogen auf die niedrige Stufe, auf welcher er im Leben stand, und sie alleine zurückgelassen. Er hatte sich an ihr gerächt für alles das, was andere Menschen von Stande ihm je angetan haben mochten. Was hatte er damals auf dem Wagen der Hökerin gesagt? »Ich habe mich noch lange nicht genug an dir ergötzt.« Nun hatte er sein Ziel erreicht. Nun war er gegangen. Vom ersten Tage an hatte er nichts anderes im Sinn gehabt. Oh, mon Dieu, was habe ich getan?, dachte sie. Ich war leichtfertig. Ich habe mich vergessen.

Tränen liefen ihr über die Wangen. Er hatte seine Hand ausgestreckt und ihre Tränen berührt. Sie schloss die Augen. Sie erinnerte sich an die Erleichterung in seinem Gesicht, als er sie nach langer Suche in der Schenke gefunden hatte. Sie erinnerte sich an die Angst in seiner Stimme.

Es kann nicht sein. Ich täusche mich. Was auch immer ich denke, nichts passt zueinander. Und wie darf ich denken, er käme nicht zurück, obwohl er es mir versichert hat? Und dennoch. Etwas war eigenartig gewesen an seinem hastigen Aufbruch. Er war ihr ausgewichen. Es war so, als wäre er vor ihr davongerannt. Aber was wusste sie schon von Männern und deren Gefühlen und Beweggründen?

Sie erhob sich und nahm einen Schluck Wasser. Dann öffnete sie den oberen Teil der Tür und sog den Waldgeruch tief ein. Ich werde verrückt in der Einsamkeit. Sie blickte auf den Nagel, an dem sonst seine Laute hing. Sie blickte auf das Regal, in dem ganz unten ihre Schuhe standen. Daneben lag zusammengefaltet ihr dunkler Mantel. Sie brauchte ein warmes Tuch für den Winter, wie sollte sie das erstehen ohne Geld?

Der Winter. Er würde so oder so kommen, wie auch immer sie alles drehte und wendete. Und endlich begriff sie, dass sie nicht in der Hütte bleiben konnten. Dass sie einen Winter in der Kälte des Waldes kaum überstehen würde. Einen Winter ohne Vorräte und feste Mauern. Sie hatte nie zuvor überlegt, wohin sie gehen würden, wenn der Winter käme. Für eine Weile war es ihr erschienen, als seien die Sommertage endlos. Hatte Jakob je an den Winter gedacht?

Jakob. Ich werde verrückt so, dachte sie wieder. Fortwährend die Gedanken, die sich im Kreise drehen. Bei dieser Frau wäre ich zumindest nicht alleine gewesen ... Johanna. Gerade, aufrecht und schön. Der Tag, an dem sie im strömenden Regen von der Stadt zurückkam. Die entblößte Brust der Frau. Die lockigen Haare des Kindes. Ihre eigenen Kleider, die an ihrem Körper festklebten. Jakobs Hand auf ihrer nackten Schulter, in dieser leichten Berührung schon die Andeutung all dessen, was nachher geschehen sollte.

Wieder zählte sie ihre verborgenen Münzen, dazu die wenigen, die Jakob ihr für die nächsten Mahlzeiten auf den Tisch gelegt hatte. Es war bei weitem nicht genug, aber für einen ersten Gang zu Meister Helferich mochte es ausreichen. Der Hunger packte sie. Lange würde sie sich von dem Rest trockenen Brotes und dem Käsestück nicht mehr nähren können.

Einen Verdienst, dachte sie. Es hilft nichts, ich muss mir einen Verdienst suchen. Doch wo? Ihr blieb nur die Stadt. Und wenn sie trotz allem Johanna aufsuchte und befragte, ob in einem der Häuser, in welchen sie wusch, eine Hand für die Küche benötigt würde?

In der Küche aushelfen, wiederholte sie in ihren Gedanken. Wer hat davon schon einmal gesprochen?

Jakob hatte davon gesprochen. Wie lange war das her? Er hatte gesagt, er kenne jemanden im Schloss. Eine Dienstmagd, hatte sie damals gedacht. Nie wäre sie auf den Gedanken gekommen, es könne sich um einen Herrn handeln, der sogar mit dem König speiste. Warum hatte er diese ungewöhnliche Bekanntschaft nie zuvor erwähnt? Was hatte es damit auf sich? Wie auch immer, er hatte gesagt, im Schloss drüben suchten sie immer wieder einmal eine Hand für die Küche. Konnte das so einfach sein? Würden sie ausgerechnet der Frau eines Vaganten Einlass in die Schlossküche gewähren? Und wenn sie sich auf ebenjenen Herrn beriefe, den Jakob von früher kannte? Wie lautete sein Name? Ellbracht. Schaden konnte es nicht. Und kannte sie nicht gar den Küchenmeister? Hatte dieser steife, vornehme Mann nicht ihr Geschirr gelobt? Nun, sie hatte es ihm nicht liefern können, vielleicht war es besser, ihn nicht daran zu erinnern. Der Gedanke ließ sie nicht mehr los. Am liebsten wäre sie sogleich gegangen, nur um zu versuchen, ob es möglich war. Und wenn es nur wäre, um das Schloss von innen zu sehen.

Draußen begann es zu nieseln und ihr Mut sank in sich zusammen. Sie streckte sich auf dem Strohsack aus, und wenn sie so lag und nach oben starrte auf die bloßen, dürren Balken und das muffige Stroh des Daches, auf losgelöste Halme und auf die Spinnennetze im Winkel, auf die Feuchtigkeit, die durch die Ritze in der Wand drang, dann schien ihr alles unwirklich, wie ein Traum, selbst Jakobs Stimme verklang und selbst die Hütte um sie her, der Regen und die tropfenden Buchenblätter.

Ah, sie durfte so nicht bleiben, nicht in der Hütte sitzen Tag um Tag; es war Zeit, zur Stadt zu gehen. Der Regen versiegte, die Sonne wärmte und am folgenden Morgen war nur noch der Waldboden feucht und schwer. Sie ging zur Quelle und wusch ihren ganzen Körper, wusch ihr Haar, ließ es in der Sonne trocknen, kämmte es und flocht es in Zöpfe, dann machte sie sich auf den Weg zur Stadt.

Eigenartig war es, sich dem Marktplatz zu nähern ohne den Korb auf dem Rücken. Dabei war alles ganz wie immer. Das gleiche Geschrei, der gleiche Geruch, doch sie selbst gehörte nicht mehr dazu. Sie zwängte sich eilig durch die Menschen, vermied es, in ein bekanntes Gesicht zu schauen, vermied jede Frage, jeden Gruß. Sie musste schnell gehen, ohne zu denken, sonst konnte sie den Mut nicht aufbringen, das Schloss zu betreten. Sie bog in die schmale Gasse ein und sah endlich das Schloss am Ende der langen Allee.

Mit einem leichten Unbehagen dachte sie an den Rückweg. Noch mehr Unbehagen bereitete ihr jedoch der Anblick des Schlosses. Je näher sie kam, desto schwerer wurden ihre Beine, schwer wie Blei.

Ein Reiter preschte auf einem fuchsbraunen Pferd durch das weit geöffnete Tor. Sein Degen schlug gegen die hohen Lederstiefel. Keiner der beiden Wachsoldaten machte Miene, nach seinem Wohin zu fragen. Vielleicht standen sie nur zur Zier vor den hohen, steinernen Pfeilern. Vielleicht, hoffte Elisabeth, muss ich nur geradeaus gehen, immer weiter, nicht nach links und nicht nach rechts sehen.

Wie sehr sich dieser Eingang von dem dunklen, abweisenden Tor zu Messelstein unterschied, wo die schweren, alten Mauern hinter dem breiten Schlossgraben den Blick in das Innere verwehrten. Hier zog sich eine schmale, niedrige Mauer aus hellgrauem Sandstein um die ganze Anlage, die Gitter aus geschmiedetem Eisen verbargen nichts von dem anmutigen Gebäude, das hinter ihnen lag.

»Halt!« Sie zuckte zusammen, die Spitze der Hellebarde saß leicht an ihrer Hüfte. Nicht so, dass sie sie verletzen konnte, aber so, dass sie die Waffe spürte. Der Mann lachte schallend. »Wohin denn so schnell, mein Schatz?« Er schob die Stoßspitze an ihrer Taille vorbei, hakte vorsichtig den Reißhaken in den Bund ihres Rockes und zog sie zu sich heran. »Schau«, rief er dem zweiten Hellebardier zu, »was ich mir eingefangen hab!«

Sie funkelte den Mann wütend an. »Lasst mich weitergehen, ich werde erwartet.« Aber sie wagte nicht, sich zu heftig zu bewegen, aus Angst, der Rock könnte ihr zerreißen.

»Lass sie halt los«, sagte der andere. Er war noch sehr jung, doch hatte seine Stimme bereits den gelassenen Tonfall eines älteren Mannes. Der erste hakte die Hellebarde aus und musterte sie. »Willst wohl zum König, was?« Er baute sich vor ihr auf und stemmte die Arme in die Seite. »Wartst noch eine Stunde, dann werd ich abgelöst, wie wär's denn dann mit mir?« Er ließ noch einmal sein schallendes Lachen ertönen.

»Ich wäre Euch äußerst verbunden, meine Herren«, erwiderte sie kühl, »wenn Ihr Euch Eures Amtes besinnen würdet und mir den Weg zur Küche zeigtet, dort werde ich dringlichst erwartet.«

Für einen Moment starrte der Mann sie verblüfft an. »Was?«, rief er dann. »Küche? Hier durch? Das Gesindel wird auch immer dreister! Hast du das gehört, Hans?«

»Na, jetzt lass sie doch«, beschwichtigte der Jüngere gemächlich, »das Mädchen hat wahrscheinlich sein Lebtag noch kein Schloss betreten, mach ihr doch keine Angst.«

Sie blickte auf den jungen, hellhäutigen Mann, auf die hohen Eisenstäbe und die lang gestreckte Gebäudegruppe dahinter. Welch Hohn, dachte sie, der Mann hat Recht. Ich habe wirklich noch niemals ein Schloss betreten. Ich weiß nicht, durch welche Pforte man zu gehen hat. Ich bin immer, ohne darüber nachzudenken, mit der Kutsche direkt vor das Hauptportal gefahren worden.

»In die Küche?« Der Mann musterte sie misstrauisch. »Ich kenn dich aber nicht.«

Sie straffte sich, der Mann musste nicht merken, wie weich ihre Knie waren. »Ich verkaufe Geschirr auf dem

Markt«, sagte sie. »Der Küchenmeister selbst hat mich herbestellt, denn er möchte einige Stücke erstehen …«

»Hast aber nichts dabei.« Der Mann kniff die Augen zusammen.

Elisabeth presste die Lippen aufeinander. Sie hätte anders beginnen müssen. »Das ist schon so«, erinnerte sich der Jüngere, ich hab sie auf dem Markt schon gesehen. Die verkauft dort Töpfe und Kannen.« Der Hellebardier wollte etwas einwenden, da rollte von der Stadt herauf ein offener Wagen auf das Tor zu. »Dann zeig ihr halt den Weg in die Küch', deiner Freundin, sollen die dort sehen, was sie mit ihr machen.« Er trat zurück an seinen Platz, der Wagen rollte vorbei, die Räder knirschten auf dem Kiesweg.

Es nimmt seinen Gang, dachte Elisabeth mit klopfendem Herzen, als der junge Soldat sie aufforderte, ihm zu folgen. Sie gingen die Mauer entlang und entfernten sich dabei immer weiter vom Haupttor.

»Es ist weit«, bemerkte Elisabeth erstaunt.

Das Seitentor war schmaler als das vordere, obwohl die Anzahl an Menschen und Gefährten, die es nutzten, äußerst groß zu sein schien. Ein hoch beladener Wagen ächzte hindurch, ein zweiter folgte ihm. Der Wachsoldat trat vor ihr durch das Tor und blickte sich suchend um. Sie befanden sich in einer Art Hof, der mit groben Steinen gepflastert war. Die Front des Schlosses, den kiesbedeckten Weg zum Hauptportal, all das konnte man von dieser Stelle aus nicht sehen, ein lang gezogenes, halbhohes Gebäude verdeckte die Sicht. Im rechten Winkel dazu war ein weiteres errichtet. Die Stallungen, vermutete Elisabeth, denn der strenge Geruch nach Pferden stieg ihr in die Nase.

Eine Magd bediente die Pumpe des Brunnens vor dem Haus. Eine zweite stand ganz in ihrer Nähe im Gespräch mit einem Mann mit dem Aussehen und Gebaren eines Landsknechtes aus dem vergangenen Krieg. Der Mann schob seinen breitkrempigen Hut aus der Stirn, über seine Brust lief ein Bandelier, ein breiter Lederriemen, an dem

Pulverflasche, Lunte und Kugelbeutel befestigt waren. Er stützte sich auf seine Muskete und redete eifrig auf das Mädchen ein. Sie hörte jedoch nur scheinbar zu und löste sich nur allzu gerne von ihrem Gegenüber, als Elisabeths Begleiter sie zu sich herüberwinkte. »Du da!«, rief er.

»So heiß ich nicht«, erwiderte sie schnippisch, trat aber dennoch neugierig zu den beiden am Tor.

»Die will zum Küchenmeister, zeig ihr den Weg.«

»Da könnt' ja jede kommen.« Die junge Magd betrachtete Elisabeth von oben bis unten. »Hast du nicht zu entscheiden. Bring sie halt, ich muss wieder auf meinen Platz.« Das Mädchen zuckte mit den Schultern und drehte sich um. Wäre ihr Elisabeth nicht sogleich gefolgt, sie hätte sie am Ende am Tor stehen lassen. Doch als sie bemerkte, dass Elisabeth hinter ihr herging, blieb sie stehen. »Was willst du von dem?«

»Pardon«, hatte Elisabeth erstaunt sagen wollen, doch sie verschluckte es und sah die Magd fragend an. »Vom Küchenmeister«, fügte das Mädchen erklärend hinzu, so, wie man es zu einem unverständigen Kind gesagt hätte. Sicher ist sie ganze zwei Jahre jünger als ich, überlegte Elisabeth. Unter dem weißen Häubchen erkannte sie honigblondes Haar. Das Gesicht war rund und hübsch, die Haut hell, die Wangen rosig. Über dem weißen Hemd schloss sich ein weinrotes Mieder eng um den molligen Körper. Der dunkelblaue Rock reichte bis zu den Knöcheln.

Elisabeth schluckte. »Nach Arbeit wollte ich ihn fragen.«

»Arbeit? Du?« Das Mädchen musterte sie. »Ja, hat er dich denn selbst bestellt? Darfst du vorsprechen? Oder wer schickt dich?«

»Ich habe ... Herr Ellbracht«, antwortete sie der jungen Magd, »Herr Ellbracht wird sich für mich verwenden.«

»Herr Ellbracht?« Der neugierige, offene Blick des Mädchens wurde düster, beinahe hasserfüllt. »So.«

Was habe ich ihr getan, dass sie mich so ansieht, überlegte Elisabeth verwirrt. Oder ist es der Mann, den sie verabscheut?

»Ich … ich kenne ihn nicht persönlich«, beeilte Elisabeth sich zu sagen, dann hielt sie inne. Was musste sie sich rechtfertigen vor dem jungen Ding.

»So?«, erwiderte die nur kurz und ging weiter voran.

Erst jetzt bemerkte Elisabeth, dass das lange Gebäude und die Stallungen durch ein schmales Torhaus verbunden waren. Die Magd verschwand in der Toröffnung, Elisabeth folgte ihr. Vor ihr lag ein reizender Garten, ein Kräuter- und Gemüsegarten mit ordentlich abgegrenzten, wohl gepflegten Beeten. Obstbäume schlossen sich an. Zur rechten Hand zog sich die Stallung hin, Blumen wuchsen die Wand entlang, grüne Pflanzen rankten sich daran empor. Zur linken Hand begrenzte der rechte Seitenflügel des Schlosses den Garten.

Das Mädchen sprach kein Wort mehr. Stumm zeigte sie ihr die Tür, die in den Wirtschaftstrakt führte. Zögernd folgte Elisabeth ihr durch einen langen Gang. Ihr Herz schlug heftig. Sie befand sich nun wirklich und wahrhaftig im Schlösschen des Königs von Reupen. Irgendwo führte sicherlich eine Tür weiter in das Schloss hinein zu den Marmortreppen, Gemächern, Sälen. Sie hörte Stimmen hinter geschlossenen und halb geöffneten Türen, wich einem gut gekleideten Jungen aus, der eilig an ihnen vorbeirannte, und erkannte an den immer stärker werdenden Essensdüften, dass die Küche nah war. Vor ihnen stand eine Tür weit offen, laute Stimmen waren zu hören, alles atmete rege Geschäftigkeit, es roch nach gebratenem Fleisch, nach Gewürzen und frisch gehackten Zwiebeln. Die Wärme und das Gelächter erinnerten Elisabeth an ihre Kindheitstage in den Winkeln der Schlossküche zu Messelstein. »Da ist's«, sagte das Mädchen knapp und ließ Elisabeth alleine in der Tür stehen. Ihre hölzernen Pantoffeln klapperten durch den Gang zurück.

Ach, es war hier ganz, ganz anders als in der grau gemauerten Küche in ihres Vaters Residenz. Gleich an Größe schien sie wohl, wenngleich es sich nur um die Küche eines Vergnügungsschlösschens handelte, doch war sie bei weitem heller, Licht strömte durch die vielen viereckigen Fenster, die Wände waren weiß getüncht, der Fußboden gekachelt. Die Mitte des Raumes beherrschte der große Herd, die hintere Wand die offene Feuerstelle mit dem schweren Bratspieß. Bänke gab es hier, Schemel und einen gewaltigen Tisch. Auf dem Tisch lag rohes Fleisch, auf einem zweiten, kleineren Tisch frisches Gemüse.

Elisabeth hatte nur wenig gegessen an diesem Morgen, ihr wurde beinahe elend beim Anblick dieser Fülle. Ein Junge schleppte einen großen Wassereimer. Er torkelte leicht, so hoch gefüllt und schwer war der Eimer. Ich bin zur falschen Zeit gekommen, fiel es ihr siedend heiß ein, sie sind mitten in den Vorbereitungen für das Mittagsmahl. Sie stand eine ganze Weile in der Tür und besah sich alles, bis endlich die mächtige, dicke Frau, die das ganze Gefüge zu beherrschen schien, zu ihr herüberblickte. Sie wischte sich die Hände an der Schürze ab und trat stirnrunzelnd auf Elisabeth zu. »Was willst du?«, fragte sie misstrauisch und betrachtete prüfend Elisabeths dürftige Kleidung und ihre selbst geflochtenen, langen Zöpfe. »Wie bist du da hereingekommen?«

Elisabeth holte tief Atem. Vater im Himmel, betete sie, wenn mir jetzt die Stimme versagt, wird die Wächterin dieses Paradieses mich vor die Tür setzen mit ihren mächtigen Armen. »Ich bin hier, um beim Küchenmeister vorzusprechen.«

Die Frau starrte sie an. »Ist nicht da«, sagte sie dann knapp. Und es war nur zu offensichtlich, dass ein Herr wie der Vorsteher dieser Küche für solche wie Elisabeth niemals zu sprechen war.

Elisabeth nahm all ihren Mut zusammen. »Ich bin hier, um um Arbeit nachzufragen. Man sagte mir, hier würde über den Sommer immer wieder eine helfende Hand benötigt, deswegen …« Erstaunt lauschte die Frau Elisabeths wohlklingenden Worten hinterher, doch dann drehte sie sich so plötzlich um, als hätte sie ihr überhaupt nicht zugehört: »Ei, putz doch derweil endlich das Gemüs', Lotte! Muss ich's immer zweimal sagen!« Dann wandte sie sich wieder Elisabeth zu. »So, um Arbeit«, sagte sie und musterte Elisabeth ein zweites Mal vom unbedeckten Kopf bis zu den unbeschuhten Füßen.

Natürlich, dachte Elisabeth, und all ihr Mut verließ sie, wie hatte ich denken können, sie nähmen Leute, die für den König und seinen Hofstaat kochen, von der Straße. »Ich komme auf Empfehlung des Herrn Ellbracht«, sagte sie fest. Sollten sie den Herrn doch befragen. Wenn er Jakob wirklich kannte …

»Ach so.« Die Frau begriff und ein verstehendes Lächeln glitt um ihre Lippen. »Ach so, der Herr Ellbracht.« Und nun besah sie sich Elisabeth ein drittes Mal, diesmal mit einem anderen Blick, diesmal weniger die ärmliche Kleidung beachtend, sondern eher ihre Gesichtszüge und ihre Gestalt. Der Junge, der zuvor den Wassereimer gebracht hatte, lachte eigenartig und blickte Elisabeth interessiert an. Habe ich etwas Falsches gesagt?, überlegte sie fiebernd. Was für ein Mensch ist dieser Herr, dass sie alle so eigenartig reagieren?

»Ich kenne ihn nicht selbst«, sagte sie also wieder, »er kennt meinen Mann und deshalb …«

Die Frau, der die Dicke aufgetragen hatte, das Gemüse zu putzen, stieß eine weitere Magd in die Seite. »Deinen Mann, soso.« Die dicke Frau nickte. Sie erinnerte Elisabeth ein wenig an Hanne, die Fleischerin, nur war diese Frau um einige Jahre älter und nicht gar so gewichtig wie Hanne. »Ja, wenn das so ist«, sagte die Frau bedächtig, »dann wirst du ein andermal wiederkommen müssen. Ich kann da jetzt nichts sagen. Der Herr von Plattern, der Herr Küchenmeister, der will sich jedes Gesicht, das hier in die Küch' kommt, selber angucken. Und wenn's nur die Magd ist, die den Fußboden wischt. Und der ist heut nicht da. Und der Herr Ellbracht auch nicht. Komm halt in zwei Tagen noch mal.«

»Und wäre dann Aussicht auf Arbeit?«

Unvermittelt fasste die Frau nach Elisabeths Händen, hielt sie eine Weile in ihren eigenen großen, rauen Händen und betrachtete sie sich mit zusammengekniffenen Augen. Verwirrt ließ Elisabeth sie gewähren. »Feine Hände.« Die Frau nickte zufrieden. »Fein und kräftig. Da seh ich, dass du schon was schaffen kannst. Wenn's nach mir ging ...« Sie sah Elisabeth freundlicher an als zuvor. »Ja, wenn das seine Richtigkeit hat mit dem Herrn Ellbracht, dann kannst du wohl anfangen. Ist schon so, dass jetzt im Sommer, wo doch all die Herrschaften herkommen, mehr Arbeit anfällt als sonst, wo wir hier allein rumsitzen. Da brauch ich immer wieder mal Hilfe.«

»Und bei wem soll ich vorsprechen, wenn ich wiederkomme?« Ihr graute davor, sich erneut zur Küche durchfragen zu müssen.

»Sag, die Gertrud hat dich herbestellt, dann wird's schon richtig.«

»Ich danke Euch, Ma...« »Madame« hatte sie sagen wollen. »Ich danke Euch vielmals.«

Sie bog aus der Küche in den Gang, sah an dessen Ende eine weit geöffnete Tür und trat hastig hinaus. Es war nicht diejenige, durch welche die Magd sie hereingeführt hatte. Sie merkte es gleich, als sie um sich blickte. Diese Tür führte auf den Vorhof des Schlosses. Geradeaus erkannte sie die Außenmauer und das schmiedeeiserne Gitter, vor welchem die Wachsoldaten standen. Wie nah es doch war. Um wie vieles kürzer der Weg direkt vom Haupttor zur Küche gewesen wäre. Aber sie musste sich von hinten geradezu in das Schloss hineinstehlen, damit den Herrschaften ihr Anblick erspart blieb. Vor ihr verlief ein Mäuerchen aus weißem, von einem Muster durchbrochenem Stein um eine weite, kurz geschnittene Rasenfläche. Die Sonne tanzte in der Fontäne des kleinen Springbrunnens und verlieh der Anlage einen Hauch von Versailles. Auf dem Kiesweg spazierte eine Dame. Sie klappte einen hellen Sonnenschirm auf.

Elisabeth trat einen Schritt vor und sah das Baugerüst um den linken Seitenflügel. Männer luden Säcke von zwei großen Pferdewagen. Ob es Bauern waren aus dem Dorf? Ob Gretes Mann sich darunter befand? Sie trat zurück, suchte und fand den Weg, den sie gekommen war. Ebenso schnell und ohne sich lange umzusehen ging sie den Weg zur Stadt. Ihr war bang vor der Arbeit, die sie in wenigen Tagen erwarten mochte, bang vor den fremden Menschen, doch gleichzeitig hatte der kurze Aufenthalt im Lustschloss des Königs von Reupen ihre Neugierde geweckt. Überhaupt, der König von Reupen! Ob sie ihn dort am Ende zu Gesicht bekam? Wie eine verschwommene Gestalt aus einer alten Geschichte tauchte er vor ihren Augen auf. Er war jung gewesen, daran erinnerte sie sich. Unverschämt, aber nicht abstoßend. Er hatte seine Hände auf ihre bloßen Schultern gelegt.

Aber was interessierte sie die alte Geschichte? Vor ihr breitete sich der Marktplatz aus, die Kirchturmglocke läutete die Mittagsstunde ein, die Händler und Handwerker räumten ihre Tische ab. Der Duft nach frischen Brezeln stieg ihr in die Nase. Hunger packte sie und sie kaufte einer blassen jungen Frau mit Jakobs Münzen zwei Brezeln ab. Damit setzte sie sich auf die unterste Stufe des Brunnens, ein Stück entfernt von einem alten Bettler, der in der Mittagshitze eingenickt war und nun zusammengesunken auf der Stufe hockte. Sie lehnte sich zurück, kaute langsam und gemächlich und besah sich das Marktgeschehen. Der Seiler, dachte sie, und ihr wurde ganz eigenartig ums Herz. Dort hatte ich so oft mein Geschirr ausgebreitet. Aber nun sitze ich am Brunnen wie damals beim allerersten Mal, wie es sich für eine Vagantin geziemt. Sie liebte die Stunde, in der das Markttreiben zu Ende ging. Der Morgen lief langsam aus, wie der Sand in einer Uhr. Drüben bei einer alten Bäuerin stand noch eine letzte Käuferin und handelte um ein Bündel gelber Rüben. Die Apothekerin schloss gerade ihre Tür ab, auf der Wirtshausbank ruhte ein Gaukler in bunter, greller Kleidung. Welcher Art seine Vorstellung gewesen sein mochte, konnte Elisabeth aus seiner Aufmachung nicht ersehen. Unten von der Straße her klang Hufgeklapper. Und als die Menschen den Platz verlassen hatten, besah sie sich die Häuser, die Schnitzereien an Türen und Gebälk, die schmalen Fenster aus trübem Glas, die grün überzogenen Ziegel auf den Dächern. Mittagsstille lag über der Stadt und den umliegenden Feldern, als sie zurück zum Wald ging. Die Sonne brannte auf ihr unbedecktes Haar, und sie hatte kein Tuch, es zu schützen. Verzweiflung packte sie, während sie so ging und ihr Kopf unter der Sonnenglut zu schmerzen begann. Kein Geld, ein Tuch zu erstehen, dachte sie angstvoll, ist es also auch möglich, hungers zu sterben, weil mir das Geld fehlen wird, etwas zu essen zu kaufen?

Erschöpft ließ sie sich in der Hütte auf den Strohsack fallen. Gesichter drehten sich in ihrem Kopf. Die alte Auermännin lachte ihr irres Lachen und wackelte mit ihrem Hexenkopf, hinter ihr stieg das bleiche, abgezehrte Gesicht des Töpfers auf, und die blonde Magd vom Schloss maß Elisabeth mit einem abschätzigen Blick. Aber wo war Jakob bei all diesen Gesichtern? Sie versuchte verzweifelt, sich zu erinnern, an seine Augen, an sein Lächeln, an seine Stimme. Ihr Kopf schmerzte heftiger, aber Jakobs Gesicht wollte nicht auftauchen. Das bedeutet, dass er nie mehr wieder zurückkommt, fürchtete sie. Ihm ist etwas zugestoßen, er wird irgendwo festgehalten.

34.

Sie war unruhig am nächsten Tag. Sie ging Wasser holen, beschäftigte sich unnötig lange mit dem Feuer, bereitete eine kleine Mahlzeit, die sie nach wenigen Bissen lustlos von sich schob. Sie fegte umständlich die kleine Hütte, obwohl sie das tags zuvor erst getan hatte. Nicht länger als eine Woche, hatte er gesagt. Dennoch mochte es gut und gerne länger dauern. Es gab immer Verzögerungen auf derart langen Wegen. Sie würde sich am folgenden Tage zur Schlossküche aufmachen, wie die Frau es ihr aufgetragen hatte. Alles Weitere würde sich zeigen. Aber was, wenn Jakob zurückkam und sie war nicht da? Nicht einmal ein Blatt Papier mit einer kurzen Nachricht konnte sie ihm auf den Tisch legen, denn sie hatte keines. Und wenn, er hätte die Nachricht sicherlich nicht lesen können.

Gegen Mittag leerte sie den Wassereimer, trocknete ihn und machte sich zu der Stelle auf, an der sie unlängst Himbeersträucher entdeckt hatte. Sie streifte am Rande der Waldwiese entlang. Gras kitzelte an ihren Waden. Sie trug nur das leichte Leinenhemd auf ihrer Haut, nichts sonst. Plötzlich fiel die Unruhe von ihr ab, denn um sie her glühte der Sommer und niemand konnte ihr diese Stunde in der Stille des Waldes nehmen. Die vereinzelten Fichten, die sich an jener Stelle mit den Buchen mengten, dufteten herb und würzig. Ein umgefallener Baum verströmte dichten Holzgeruch. Kein Laut war zu hören, nur ein Eichelhäher schrie zweimal auf. Es waren die letzten Himbeeren des Sommers. Dort, wo die Sonne sie direkt beschien, waren die Beeren bereits grau und vertrocknet, doch im Schatten waren sie noch dunkelrot und von einer überreifen Süße. Elisabeth vergaß den Eimer, sie schob eine Beere nach der anderen in ihren Mund. Sie zergingen auf der Zunge.

Der Waldboden war weich, das Gras dicht. Sie legte sich zurück, der Eichelhäher schrie ein drittes Mal. Eine träge Sinnlichkeit überflutete sie. Ihr war, als fühle sie in ihrem Körper den Wandel der Jahreszeiten. So, wie der Frühling ihr Kraft gegeben hatte, machte der Sommer sie weich und warm. Schläfrig streckte sie sich aus und schloss die Augen. Sie versank in einen Dämmerzustand, das helle Licht tanzte in gelben Flecken durch ihre geschlossenen Lider.

Als das Knacken und Rascheln als Anzeichen einer menschlichen Bewegung endlich an ihr Bewusstsein drang, kniete er schon an ihrer Seite. Ihre Hand fuhr an den Saum ihres Hemdes, um es zurück über die Knie zu schieben, aber er hielt ihre Hand fest. Er lächelte. Er glich einem heidnischen Waldgott in diesem Augenblick mit seinen geraden, weißen Zähnen, mit dem gebräunten, nackten Oberkörper und dem wirren, dunklen Haar.

Ehe sie den Mund öffnen konnte, hatte er sie wortlos an sich gepresst. Er roch nach Schweiß und Staub und sie zerging auf seiner Haut wie zuvor die Beere auf ihrer Zunge.

Es war alles eins. Die Wärme, die Stille, das duftende Gras, die träge Müdigkeit und das Pochen des Blutes in ihren Adern. Ihr Körper dehnte sich ihm entgegen, und sie versanken ineinander, wie sie zuvor im Duft des Waldes versunken war.

Wärme wuchs in ihrem Bauch, sie legte den Kopf in den Nacken, sie hätte schreien mögen. Sie hielt ihn fest, ehe er sich von ihr lösen konnte, und grub ihr Gesicht in seine Brust. Er schob seine Hand in ihr braunes Haar. Zaghaft streckte sie ihre Hand aus und befühlte seine weichen Lippen, die festen Haare seines kurzen Bartes, seine Wange, bis er den Kopf wandte und die Innenfläche ihrer Hand küsste.

»Jakob?«

»Ja?«

Ihr Zeigefinger spielte mit dem goldenen Ring in seinem linken Ohrläppchen. »Hast du den Ring schon lange?«

»Ja.«

»Und woher hast du ihn? Von den Zigeunern?«

Er schüttelte den Kopf. »Schon länger. Von Schiffern. In Holland damals.« Ein Knacken im Gesträuch ließ sie auffahren.

»Nichts«, sagte er schließlich. »Ein Reh vielleicht.«

»Wenn uns jemand sieht«, sagte sie und zog ihr Hemd wieder über.

»Hier ist doch niemand«, lächelte er. Er pflückte eine

Beere und schob sie in ihren Mund. Er küsste sanft ihre Lippen.

»Du bist eher zurückgekommen, als ich dachte«, sagte sie.

»Oder fünf Tage zu spät«, erwiderte er.

Sie blickte ihn verwundert an. »Ach Mädchen«. Er zog sie an sich. »Ich hätte dir nie zu nahe kommen dürfen. Ich konnte an nichts anderes mehr denken. Mir war jeder einzelne Tag zu lang.« Sie lehnte ihre Stirn an seine Schulter. Das ist alles gänzlich impossibel, dachte sie, es geschieht mir nicht wirklich. Etwas Derartiges kann mir doch überhaupt nicht geschehen. So blieben sie, lange, ihren flatternden Atem beruhigend, bis Jakob aufsprang und ihr seine Hand reichte. »Komm«, sagte er.

»Die Beeren.« Sie fasste nach dem leeren Eimer. »Ich habe noch keine einzige gepflückt.«

»Später.«

Sie schritt vor ihm her, durch vertrocknete Blumen, durch das hohe, ungemähte Gras. Sein Beutel lag auf dem Tisch in der Hütte, gefüllt mit Essen, gefüllt mit Münzen. »Es hat sich also gelohnt«, stellte sie fest. Er nickte. »Wurde eine Hochzeit gefeiert?«, wollte sie wissen. »Oder welche Art Fest ...«

»Ist es dir auch wirklich gut gegangen?«, unterbrach er sie. »Ich hab mir Vorwürfe gemacht, dass ich dich nicht doch zu Johanna gebracht habe ...«

»Bin ich ein Kind, das man bringt?«, erwiderte sie patzig.

»Lise.« Er fasste nach ihrer Hand. »Was, verdammt noch mal, hast du gegen sie? Sie hat dir doch überhaupt nichts getan.«

Sie zuckte mit den Schultern.

»Elisabeth ...«

Sie hob den Kopf. Sie schluckte. »Sie ... sie ist nicht Eure Geliebte?«

Er öffnete erstaunt den Mund. »Die Johanna? Aber ... Das hast du gedacht? Ach herrje.«

Sie blickte zur Seite. Sie mochte ihn überhaupt nicht ansehen. »Wie kommst du denn darauf?« Sie antwortete nicht. Er schob seine Hand in ihren Nacken und drehte ihr Gesicht zu sich. »Lise?«

Sie schüttelte hilflos den Kopf. »Ich sah euch einmal in der Stadt beieinander stehen. Die Art und Weise, wie Ihr mit ihr spracht und lachtet und ... Sie ist sehr schön.«

»Ja«, bestätigte er, »das ist sie wirklich. Aber wenn jede Frau, die schön ist, meine Geliebte wär ...«

»Und das eine Mal, als es regnete«, sie errötete, »es war ein sehr vertrauliches Bild, welches sich mir bot ...«

Er runzelte die Stirn. »Auf dem Weg hab ich sie damals getroffen und das Kind war müd und hungrig. Und dann hat's angefangen zu regnen und ich hab sie mitgenommen. Da hat sie dem Kind die Brust gegeben und es ist dabei eingeschlafen.« Natürlich. Sie senkte den Kopf. Das Bild fügte sich vor ihren Augen neu und passender zusammen. Die Frau, die ihr Hemd schloss, an ihrer Seite das schlafende Kind. Jakob, der an der Wand saß, näher dem Kind als der Frau. Natürlich.

»Lise.« Er beugte sich zu ihr. »Deshalb? Deshalb hast du mich damals so angefahren? Weil du dachtest ...« Die Röte brannte auf ihren Wangen. Sie mochte ihn nicht ansehen.

Er hatte sie so schnell hochgehoben, dass sie aufschrie, als sie so plötzlich den Boden unter den Füßen verlor. »Du warst eifersüchtig.«

»Jakob, lass mich herunter.«

Er lachte. »Gib es zu.«

»Nein.«

Er senkte sie auf die Matratze. Er war stärker als sie, es war ihr nicht möglich, ihm zu entweichen. »Gib es zu.«

»Nein.« Ihre Augen trafen sich und es wurde ganz still. Sie hörte seinen Atem in kleinen, hastigen Zügen gehen. Sie schloss die Augen. Ein eigenartiger Schmerz zog sich von ihrem Herzen durch ihren ganzen Körper. Sie schlang die Arme fest um ihn, um den Schmerz zu betäuben. Er küsste sie lange und ausgiebig. Seine Hände berührten ihre Haut sanft und behutsam, so, wie sie die Saiten der Laute berührten. Und ebenso, wie sie die Saiten in Schwingungen versetzten, entlockten sie ihrem Körper ein sanftes Beben, eine leichte Erschütterung, einen leisen Ton. Es war ein Spiel, unter dem die Zeit unmerklich verstrich. Sie öffnete die Augen. Es war heller Tag. Seine Locken klebten feucht in seiner Stirn. Er lächelte. Ich würde es immer wieder tun, dachte sie, nur um ihn so lächeln zu sehen.

»Erzählt«, bat sie, als sie zusammen am Tisch saßen. »Ihr wart so lange unterwegs.«

Er neigte den Kopf. »Was soll ich schon … Ich bin durch die Residenz gekommen«, erinnerte er sich. Und er beschrieb, wie die Straßen in der größten Stadt Reupens aussahen, die großen, prächtigen und die engen, ärmlichen. Und wie überaus groß der königliche Palast war. Sie redeten und aßen, so wie an allen Tagen zuvor, und doch war es anders. Sie sah ihn an und versuchte zu begreifen, dass er all das, was ihr noch so neu war, das Sichentblößen, das Sich-einander-Nähern, die Liebkosungen, die Erschöpfung, dass er all das kannte, schon einmal erlebt hatte, mehrere Male, viele Male.

»Aber du hast dem Töpfer nichts gesagt von dem Geschirr?«, vergewisserte er sich, als sie ihm knapp von ihrem Besuch bei Meister Helferich berichtete.

Sie schüttelte den Kopf. »Es fiel mir derart schwer in diesem Augenblick …«

»Du musst es auch nicht sagen. Du musst überhaupt nicht mehr hingehn. Ich werd zu ihm gehen und …«

»Nein.« Er sah sie verblüfft an, so bestimmt hatte sie ihr »Nein« ausgesprochen. »Es ist meine Angelegenheit. Ich muss sie selbst regeln. Und ich werde auch weiterhin für mich selbst aufkommen. So wie Ihr es von Anfang an wünschtet.«

Er runzelte erstaunt die Stirn.

»Ich werde in der Schlossküche arbeiten.«

»Wo?«

»In der Schlossküche«, wiederholte sie stolz. »Ich war bereits dort. Ich muss morgen noch einmal vorsprechen, aber ich denke, sie werden mich nehmen.«

»Du willst mir doch nicht erzählen, du bist im Schloss gewesen?« Er wurde unruhig.

»Doch, natürlich«, erzählte sie lebhaft. »Und ich habe es ganz alleine getan. Es mag nicht einfach gewesen sein, bis zur Küche vorzudringen, jedoch ...«

»Warum hast du das gemacht?«, fuhr er sie an. »Warum hast du nicht gewartet, bis ich zurück war?«

»Sagtet Ihr nicht selbst wiederholt, es wäre Euch lieb, wenn ich mich in der Schlossküche um Arbeit bemühte?«

»Lieber Himmel«, wandte er heftig ein, »das war damals. Damals war alles anders, da ...« Er schwieg. Ihr wurde unbehaglich bei seinem Schweigen. »Du gehst nicht wieder hin«, sagte er endlich.

Sie richtete sich auf. »Mais certainement«, erwiderte sie kühl. »Ich gehe, wann immer es mir beliebt.«

»Ich will's nicht.«

»Es ist meine Entscheidung.« Ihre Augen funkelten.

»Du bist meine Frau und du rutschst nicht dort auf den Knien herum und scheuerst ihnen den Fußboden.«

»Einst, Monsieur, erklärte mir ein dahergelaufener Musikant, Stolz sei eine schöne Sache, aber er wärme nicht im kalten Wind«, erinnerte sie ihn.

Er lachte trocken auf. »Ein dahergelaufener Musikant. Es ist gut, das zu wissen.« Er beugte sich vor. »Was, verdammt noch mal, versprichst du dir davon, Prinzessin? Denkst du, du triffst dort jemanden, den du kennst? Der dich zurückbringt dorthin, wo ...«

Sie ließ resigniert den Blick sinken. Was um alles in der Welt war in ihn gefahren?

»Ich bin ein Narr.« Mit einer heftigen Bewegung schob er den Schemel zurück. Für einen Moment fürchtete sie, er würde auf und davon gehen, wie es bei solchen Gelegenheiten nicht zum ersten Mal geschehen wäre. Aber er ging nur unruhig in dem kleinen Raum hin und her.

»Jakob …« Er blieb in der offenen Tür stehen und lehnte sich an den seitlichen Balken. »Jakob«, sagte sie ruhig, »ich hatte nur an den Betrag gedacht, den ich dem Töpfer schulde. Wenn es mir möglich wäre, dort ein kleines Zubrot zu verdienen, wenn es mir erlaubt wäre, dort zu essen … Und an den Winter? Habt Ihr niemals an den Winter gedacht? Wir würden erfrieren hier in dieser Hütte.«

»Wir gehen weg«, sagte er, ihr noch immer den Rücken zugewandt. »Wir gehen weg aus diesem Wald und aus diesem verfluchten Land. Irgendwohin. Was hält uns denn hier? Nach Holland vielleicht. Ich wollte schon immer wieder einmal …«

»Und wenn ich nicht gehen will?«

Er drehte sich um. »Wenn du nicht gehen willst?«

»Ich kann es nicht, Jakob, das wisst Ihr. Ich kann nicht durch die Lande ziehen wie Ihr. Im Wald übernachten, in einer schäbigen Schenke, in einem Schober. Und das im Winter, wenn ein bitterkalter Wind weht, wenn ich fürchten muss, die Schuhe zerreißen mir, und der Schnee …«

»Lise, ich muss …« Er hielt inne. Ihr wurde angst bei dem ernsten Ton, den seine Stimme plötzlich angenommen hatte. »Ich habe nachgedacht, als ich unterwegs war. Und es gibt einiges, das ich dir längst hätte sagen müssen …«

Wieder kroch diese eigentümliche Furcht ihren Rücken hinauf. Es gibt etwas, dachte sie beklommen, das er mir verschweigt.

Der Habicht, der über den Wipfeln kreiste, stieß einen heiseren Schrei aus. Jakob blickte nach oben. Mit einem Mal war er bei ihr, kniete vor ihr, schlang die Arme um ihren Leib. »Nur noch diesen Sommer«, bat er, »nur noch diesen einen Sommer, danach …« Er presste sein Gesicht an ihre Brust, sie fühlte seine Verzweiflung bis in ihr Herz.

»Jakob!« Sie versuchte ihn anzusehen. »Jakob, was redest du?«

»Lise, Mädchen, wenn du wüsstest, wohin du da gehen willst. Wenn du wüsstest, wie erbärmlich das Leben dort ist an diesen Höfen, wie verlogen, wie überflüssig, wie …«

»Aber Jakob«, verwirrt strich sie mit der Hand über sein Haar, »wie kannst du das wissen? Schau, nur weil du einst, als Junge, einmal eine kurze Zeit an einem Hofe verbracht hast …« Sie schwieg. Es war mehr als das. Mehr als eine kleine Zurücksetzung vor zehn Jahren, mehr als sein allgemeiner Zorn über all die Ungerechtigkeit. Sie forschte in seinen Augen, doch er hielt ihrem Blick nicht stand.

»Dann mach's halt«, sagte er unvermittelt und erhob sich. »Geh halt in die Küche. Sieh dir's an, wie's ist.«

Am Abend, als er sich längst auf dem Lager ausgestreckt hatte und sein Gesicht unscharf wurde in dem schwindenden Tageslicht, saß sie auf der Kante des Strohsackes und regte sich nicht, unschlüssig, ob sie sich nun an seine Seite legen sollte, wie er es sicherlich erwartete, oder … Oder was? Sie konnte doch so nicht sitzen bleiben die ganze Nacht?

»Bist du nicht müde?« Sie schüttelte den Kopf. »Lise?« Sie hörte, wie er sich aufrichtete, sie fühlte seine Hand an ihrer Seite und zuckte leicht zusammen. »Was hast du?«

Sie schüttelte wieder den Kopf. Er rieb seine Stirn an ihrer Schulter. »Jakob?«

»Ja?«

»Ist es wirklich so, dass es bei Hofe Damen gibt, die selbst einen Musikanten in ihre Kammer einließen für die Nacht?« Sie drehte sich zu ihm um.

Er lächelte. »Das weißt du doch selbst.«

»Es mag der Wahrheit entsprechen«, sagte sie fest, »jedoch an meines Vaters Hofe kamen derartige Dinge nicht vor.«

Er lachte auf. »Vor deiner Nase wird's nicht passiert sein.«

Sie schwieg, sie dachte an Marie-Henriette, die längst

vor ihrer Eheschließung einen heimlichen Liebsten zu sich eingelassen hatte.

»Jakob, ist es ... ist es dir schon geschehen ... ist ...« Verlegen senkte sie den Kopf. »Bist du jemals ... hattest du jemals ein ... eine ... Liaison mit einer Dame von Stand?« Gut nur, dass er in der Dämmerung nicht sehen konnte, wie tief sie errötet war.

»Ach, verdammt«, sagte er und ließ sich zurück auf die Matratze fallen. »Eine was? Eine Liä ... was?«

»Du weißt sehr genau, was ich meine.«

»Ja.«

»Du hattest einmal angedeutet ...«

»Lass gut sein.« Er hatte die Arme unter dem Kopf verschränkt und starrte an ihr vorbei ins Dunkel.

»Es hat dich verletzt«, stellte sie fest.

»Ich will nicht davon reden«, sagte er.

»Aber du begreifst, dass ich damit nichts zu schaffen habe«, begann sie vorsichtig. »Es ist nicht meine Schuld, dass ich als Tochter des Fürsten von Messelstein geboren wurde und manche Dinge anders sehen lernte als du. Und es ist auch ... es ist auch ...« Sie holte tief Atem. »Es ist auch nicht mein Verdienst. Aber in derartige Angelegenheiten, wie sie dir zugestoßen sein mögen, war ich niemals verstrickt. Ich habe vor dir kaum einen Mann auch nur berührt, außer ...«

»Außer?« Er wurde hellhörig. »Außer wem?«

Sie errötete wieder. »Nun ... Ferdinand ...«

Jakob stöhnte auf. »Der Münzfelder!«

»Er war nicht mein Geliebter«, sagte sie heftig.

»Das weiß ich«, grinste er zufrieden. »Niemand war's. Die Männer an deinem Hof müssen blind gewesen sein. Oder hat dein Vater doppelte Wache vor deiner Tür aufstellen lassen?«

»Ihr vergesst meine außerordentliche Tugend, Monsieur!« Ihre Augen funkelten.

»Tugend oder Angst?«

»Vielleicht irrt ihr Männer euch, wenn ihr meint, die Intensität der Beziehung zwischen einem Mann und einer Frau ließe sich daran messen, ob sie … ich meine …« Sie räusperte sich.

»Nein?« fragte er interessiert. »Wie ist es dann?« Sie presste die Lippen aufeinander. Er machte sich über sie lustig. »Sag doch«, forderte er, »wie war's mit dir und dem Münzfelder?«

»Er hat mich geküsst.«

»Geküsst«, lachte Jakob.

»Es mag dir nichts bedeuten«, sagte sie leise, »ich aber vergebe meine Küsse nicht leichtfertig wie ein fahrender Musikant.« Mein Gott, sie biss sich auf die Zunge, was habe ich da schon wieder gesagt?

»Denkst du das?«, fragte er, und seine Stimme klang ernst. Er schob seine Hand in ihren Nacken und zog sie zu sich herunter. »Denkst du das von mir?«

Nichts kann ich denken, dachte sie, wenn dein Gesicht so nahe ist. »Was weiß ich denn«, sagte sie verzweifelt, »was weiß ich denn von dir? Ob es viele Frauen waren oder nur …« Sie schluckte.

»Bin ich hier im Beichtstuhl?«, fragte er mit verhaltenem Spott.

»Es wundert mich, dass Euch das Wort geläufig ist, Monsieur«, erwiderte sie spitz und rückte wieder ab.

Er ließ seine Finger durch ihr Haar gleiten, ohne auf ihre Worte einzugehen.

»Viele?«, fragte sie.

»Ist das so wichtig?«, fragte er zurück.

»Dir schien es immer sehr wichtig zu erfahren, ob Ferdinand von Münzfeld mein Liebhaber war.«

»Ausgerechnet dieser Stutzer«, knurrte er, »dieser Nichtstuer.«

»Ganz so ist er nicht«, widersprach sie.

»Du denkst also noch an ihn.«

»Ich verachte ihn.« Sie hatte es so sicher gesagt, so gelassen, dass er sie verblüfft ansah.

»Das sagst du jetzt nur«, begann Jakob, »aber eigentlich …«

»Ich meine es auch so.«

»Du lieber Himmel, das klingt hart. Was hat er dir denn getan?«

»Er hat mich belogen.«

»Belogen«, wiederholte Jakob gedehnt. »So sehr, dass du ihn noch jetzt dafür verachtest?«

»Er verschwieg gewisse Gegebenheiten, die von äußerster Wichtigkeit waren.«

»Vielleicht waren sie ihm nicht so wichtig«, wandte Jakob ein.

»Nicht wichtig!«, rief sie empört. »Er gab mir das Gefühl, dass ich ihm mehr bedeute als jede andere, und erwähnte mit keinem Wort, dass er sich gerade verlobt hatte und der Tag seiner Vermählung längst feststand.«

»Du bist streng mit den Menschen, Mädchen«, seufzte Jakob. »Du weißt, was von einer Verlobung zu halten ist in deinen Kreisen. Deshalb kannst du ihm doch wirklich mehr bedeutet haben als jede andere.«

»Aber wäre es ihm nicht ein Leichtes gewesen, mir die Lage auseinander zu setzen? Ich hätte ihm meine Zuneigung sicherlich nicht entzogen.«

»Aber hättest du ihn dann geküsst?«

»Natürlich nicht.«

Jakob lächelte schwach. »Siehst du.« Sie blickte ihn beunruhigt an. »Mais, Jakob, wie kannst du nur so reden …«

»Er war bestimmt zu feig, mit dir zu sprechen. Vielleicht wollt' er die Zeit noch ein wenig dehnen, die er sich mit dir gestohlen hatte, wer könnt's ihm verdenken?«

»Nichts rechtfertigt Unaufrichtigkeit«, sagte sie fest.

»Unaufrichtigkeit!« Jakob zuckte mit den Schultern. »Er hat dich doch nicht belogen. Er hat dir … nun, er hat dir gewisse Dinge verschwiegen, die mit dem, was er für dich fühlte, nichts zu schaffen hatten.«

Ihre Augen funkelten. »Jetzt redest du wie die Höflinge,

die du ihrer Heuchelei wegen so sehr verachtest. Und gerade von dir dachte ich, dass dir die Wahrheit wichtig wäre.«

Er seufzte wieder. »Welche Wahrheit?«

»Es gibt nur eine Wahrheit.«

»Wirklich?«

»Mais, Jakob.« Sie beugte sich verwirrt zu ihm. »Du verteidigst Ferdinand von Münzfeld?«

Er wich ihrem Blick aus. »Nein«, sagte er kurz und drehte sich auf die Seite. »Lass uns schlafen.«

Sie saß im Dunkel der warmen Sommernacht an seiner Seite und konnte alles, doch gewiss nicht schlafen. Ihr Herz schlug so heftig, dass ihr elend wurde. Was um alles in der Welt quält ihn so sehr? Gibt es also doch eine andere Frau?

Er regte sich neben ihr.

»Schlaf doch«, sagte er leise.

»Jakob ...« Sie streckte ihre Hand aus, sie konnte ihn kaum noch sehen, so dunkel war es geworden. Ihre Hand berührte seine Schulter.

»Fass mich besser nicht an«, warnte er.

Eis umklammerte ihr Herz. »Warum?«, brachte sie mühsam hervor.

»Deswegen«, sagte er und zog sie heftig an sich heran, suchte ihr Gesicht und küsste sie. Und sie fühlte, dass in seinem Kuss keine Lüge war, weder in seinem Kuss noch in seinen Händen noch in seinem ganzen Körper. Und sie fühlte ebenso, wie verletzlich er war in einem Augenblick wie diesem, in dem er sich so gänzlich öffnete, so sehr öffnete, wie er sich sonst verschloss. Und sie dachte: »Einmal noch, ein einziges Mal«, und ließ es zu, dass er die Schnürung ihres Hemdes löste.

Sie machte sich am nächsten Morgen früh auf den Weg ins Schloss, viel früher als bei ihrem ersten Gang, und ihr war, auch wenn sie den Weg nun kannte, auch wenn sie die Küche und die Menschen dort nun schon einmal gesehen hatte, noch immer beklommen zumute. Als sie aus dem Schatten des Waldes trat, ging sie nicht geradeaus weiter auf die Stadt zu, sondern bog nach rechts, wanderte querfeldein über eine gemähte Wiese, hielt direkt auf das seitliche Tor des Schlösschens zu und kürzte so ihren Weg um ein Beträchtliches ab. Auf die Frage des Wachhabenden nach ihrem Wohin antwortete sie, sie müsse sich bei Frau Gertrud in der Küche melden, der Weg sei ihr vertraut. Er nickte und sah ihr nach, wie sie zielsicher über den Gesindehof schritt und durch das kleine Tor in den Küchengarten schlüpfte.

Sie hatte erwartet, dass es so viele Stunden vor dem Mittagsmahl in dem Wirtschaftsgebäude um einiges weniger geschäftig zuginge als bei ihrem ersten Besuch, doch an diesem Morgen rannten noch mehr Menschen auf dem Gang hin und her, schienen ihr die Stimmen und das Geklapper noch lauter. Ein Knabe, es mochte derjenige sein, der vor drei Tagen den Wassereimer geschleppt hatte, stieß sie an der Tür zur Küche beinahe um. Die dicke Frau stand am Herd und teilte Befehle aus. War sie am Ende selbst Frau Gertrud? Ein sehr junges Mädchen wischte schluchzend eine Flüssigkeit vom Boden auf und die blonde, schnippische Magd hackte am Tisch Kräuter klein.

Elisabeth trat einen Schritt vor, wollte sich bemerkbar machen, wurde jedoch von einer hageren Frau beiseite gedrängt. Die Frau trug einen gefüllten Korb in die Küche und stellte ihn auf dem großen Tisch ab. »Da doch nicht hin!«, fuhr die dicke, ältere Frau die hagere, junge an. »Doch da herüber.«

»Mistfliegen!«, rief der Junge und scheuchte die Fliegen von dem rohen Fleisch.

Als die dicke Frau sich dem Tisch neben der Tür näherte, trat Elisabeth endlich einen weiteren Schritt vor und sprach sie an. »Frau ... Frau Gertrud?«

Die Frau runzelte die Stirn. »Ach so, ach ja, du bist das«, erinnerte sie sich. »Aber ...« Sie drehte sich um und drohte dem Jungen mit dem Löffel. »Nimm sofort die Pfoten von dem Fleisch! Ja«, sagte sie im gleichen Atemzug, »da musst du doch noch ein andermal kommen, ich hab jetzt aber auch gar keine Zeit.« Sie blickte auf das Mädchen, das noch immer den Boden wischte, drehte sich plötzlich wieder zu Elisabeth um und sah sie prüfend an. »Ei was«, sagte sie, »wenn du schon da stehst, da kannst du auch die Milch da fertig aufwischen, weil ich die Marthe sowieso dringend brauch für den Fisch.« Sie gab Elisabeth einen sanften Schubs, und ehe Elisabeth sich versah, kniete sie neben dem Mädchen auf dem Boden und ließ sich von ihr den feuchten Lappen in die Hand drücken.

Einen Moment lang blickte sie angewidert auf das schmutzige Stück Tuch. Ihr ekelte davor, es roch säuerlich nach Milch. Was mochte noch alles daran haften? Doch dann blickte sie auf den Wassereimer, den die junge Magd neben ihr hatte stehen lassen, sah, wie die hölzernen Schuhe des Mädchens sich entfernten, erkannte, dass von ihr keine Hilfe mehr zu erwarten war, und tauchte endlich den Lappen in den Eimer, wusch ihn aus, wrang ihn aus und wischte weiter, unter dem Tisch, um seine festen, eichenen Beine herum, wrang den Lappen ein zweites Mal aus, wischte den Rest der Milch von den schwarz und weiß gemusterten Fliesen und richtete sich endlich auf, als die Arbeit getan war.

Ein Mann, ähnlich gekleidet wie der persönliche Diener ihres Vaters, trat in die Küche und klatschte gebieterisch in die Hände. »Wo bleibt nun die Suppe?« Elisabeth spähte unter dem Tisch hervor, um jede Bewegung verfolgen zu können, doch es ging alles sehr schnell vonstatten. Zwei weitere Männer fassten nach dem großen Topf und trugen ihn hinaus. Sie schienen die Suppe im Gang umzufüllen, denn dort klirrten Löffel und Geschirr. Aber ehe sie das Geschehen weiter verfolgen konnte, stand die dicke Köchin neben ihr. »Nun auf, weiter«, drängte sie, »wir kommen hier heut kaum zurand, da werden keine Maulaffen feilgehalten! Trag den Eimer zurück und lass dir sagen, was du dann zu machen hast.«

»Aber wohin …«

»Ei ja«, besann sie sich, »du weißt ja nichts! Marthe, mach, zeig der … Wie heißt du noch?«

»Lise«, antwortete Elisabeth. »Elisabeth Megerin.«

»Zeig der Lise, wo der Eimer hinkommt, und dann soll sie gleich den großen Topf auswaschen, weil für dich, da hab ich noch was anderes.«

Elisabeth folgte dem Mädchen hinaus in den Küchengarten. Sie gingen ein Stück an der Rückwand der Stallungen entlang. Endlich blieb das Mädchen stehen und wies Elisabeth an, das Wasser aus dem Eimer ins Gras zu schütten. »Und jetzt«, sagte sie schüchtern, »jetzt musst du da aus dem Trog Wasser in den Eimer geben und den Wischlappen darin sauber machen.« Sie ist ja noch ein Kind, staunte Elisabeth, als sie dem Mädchen in das schmale Gesicht sah. Am Ende ist sie nur um weniges älter als der Knabe, der mich vorhin beinahe über den Haufen rannte.

»Der Lumpen muss jedes Mal ausgewaschen werden, wenn du ihn genommen hast«, erklärte das Mädchen.

Elisabeth wunderte sich. »Jedes Mal?« Sie wrang den Lappen aus und legte ihn in den Eimer zurück.

»Der Herr von Plattern guckt ganz genau da drauf«, sagte das Mädchen, Marthe hieß sie wohl.

»Der Herr von Plattern?«

»Der Herr Küchenmeister.« Elisabeth folgte dem Mädchen zurück zur Küche. Marthe mochte ungefähr ihre Größe haben, war aber um einiges schmaler, obwohl doch Elisabeth schon gedacht hatte, in der Hütte schrecklich dünn geworden zu sein. Sie bewegte sich zaghaft und ungelenk und erinnerte Elisabeth an die jungen Pferde auf den Weiden von Eleonores Eltern.

»Ist heute ein besonderer Tag?«, fragte sie das Mädchen. »Ist immer so viel Aufregung und so viel zu tun?«

»Es sind neue Gäste gekommen, ganz plötzlich. Und die ganze Woche war's doch so ruhig und so leer. Und sie wollten französische Suppe am Morgen und ein Essen mit sechs

Gängen zum Mittag. Eine Magd ist heute krank und der Pastetenkoch ist nicht da.« Sobald sie in die Sichtweite der Köchin gelangten, verstummte das Mädchen. Frau Gertrud schob sie gleich weiter zu der hageren Magd und drückte Elisabeth den großen Topf in die Hand. »Aber stell erst den Eimer zurück.«

»Wohin?« Sie hob hilflos die Hand, in der sie den Eimer trug. Die Köchin seufzte, zeigte mit dem Finger zu einer abgeteilten Nische und eilte gleich weiter zu ihrer nächsten Aufgabe.

Elisabeth spähte in die Nische und erblickte dort ineinander gestellte Eimer, Lappen, Besen und Kehrschaufeln, einen Zuber, ein Butterfass, einen Feuerhaken, ein schmales Regal, in dem Tücher aufgestapelt lagen, und eine Unzahl weiterer Gerätschaften, welche sie sich gern genauer besehen hätte, doch sie wagte es nicht und machte sich daran, den schwarzen, großen Topf zu säubern. Es war eine mühsame Arbeit, sie kratzte und rieb, und es wurde ihr erst leichter, als die blonde Magd sie mit herablassendem Blick belehrte, dass sie dazu von dem warmen Wasser vom Herd nehmen durfte. Elisabeth lächelte dankbar. Die junge Frau musterte sie neugierig und trat zu ihr. »Hör mal, kennst du ihn wirklich nicht selbst?«

»Wen?«

»Den Ellbracht.« Elisabeth schüttelte den Kopf. Die Blonde bedachte sie mit einem zweifelnden Blick.

Elisabeth hielt in ihrer Arbeit inne. »Mein Mann kennt ihn von früher her, als Herr Ellbracht noch nicht an diesem Hofe weilte. Und er war sich sicher, dass dieser Herr ein Wort für mich einlegen würde …«

»So«, sagte die Blonde wieder knapp und spöttisch.

»Ist es«, Elisabeth blickte die Frau verwirrt an und suchte nach Worten, »ist es ein derart unangenehmer Mensch …«

Die Blonde lachte auf. »Ich glaub, du kennst ihn wirklich nicht. Dann sieh dich mal vor«, warnte sie und wandte sich zum Gehen.

»Warte.« Elisabeth stellte den Topf auf den Boden. »Was meinst du damit?«

»Weil du die Nächste bist.«

»Ich … ich begreife nicht …«

Die neugierigen blauen Augen der jungen Magd wurden eine Spur wärmer. Sie schüttelte den Kopf. »Du kennst ihn wirklich nicht«, stellte sie endgültig fest. »Jeder in der Küche denkt doch, der hat dich hergeholt und hier untergebracht, weil du seine Bettgefährtin bist oder weil du das noch werden sollst.« Elisabeth starrte ihr Gegenüber verblüfft an und begriff mit einem Mal all die Blicke, all das Geraune vom ersten Tag. »Hör zu, der hat es doch mit jeder hier in der Küche getrieben, mit wirklich jeder. Und da weiß man doch, dass du jetzt an der Reihe bist. Da kannst du gar nichts machen.«

Elisabeth ließ ihren Blick durch die Küche schweifen. Zu der hageren, jungen Frau, die das Feuer schürte, zu Marthe, die drüben bei der Köchin stand, zu der Köchin selbst, zu einer weiteren Frau, die ein Bund Kräuter von der Decke nahm.

»Mit jeder?«, fragte sie und räusperte sich. »Auch mit Frau Gertrud?«

Ihr Blick drückte so viel Ungläubigkeit und Erstaunen aus, dass die blonde Frau ganz unvermittelt losprustete, sie lachte offen und sprudelnd und das Rosa ihrer Wangen wurde rot. Elisabeth konnte nicht umhin, sie stimmte in ihr Lachen ein, hielt sich die Hand vor den Mund und erntete einen strafenden Blick der gewichtigen Köchin.

Die Magd erhob sich, noch immer kichernd, und streckte Elisabeth ihre Hand hin. »Ich bin die Barbara«, sagte sie. »Und du?«

»Ich bin Lise.«

Mit einem Mal war ihr ganz wohl. Sie war froh, in dieser Umgebung jemanden zu haben, mit dem sie lachen konnte.

»So«, sagte Frau Gertrud und drückte Elisabeth eine

Schüssel in die Hand, »einfach rühren, immer feste rühren, bis ich dir sag, dass du aufhörn sollst. Das kannst du doch wohl, was?«

Elisabeth verkniff sich eine Erwiderung. Nun hatte sie gelernt, ein Feuer zu entfachen, die verschiedensten Breie zu bereiten, sie zu würzen, die Namen der Kräuter zu benennen, überhaupt alleine zu wirtschaften, und hier hatten sie keine bessere Verwendung für sie, als ihr einen Putzlumpen in die Hand zu drücken, einen schmutzigen Topf, eine Rührschüssel. Der Teig war zäh und ließ sich nur unter Anstrengung rühren.

Vielleicht hätte sie nicht hierher kommen dürfen. Herr Ellbracht. Was für ein entsetzlicher Mensch mochte das sein? Und sie sollte ihm am Ende auch noch dankbar sein? Wie musste sie ihm seine Hilfe vergelten? Und wie konnte Jakob einen solchen Menschen kennen, einen feisten, alternden Emporkömmling, der seine Stellung ausnutzte, um die jungen Frauen in der Küche in sein Bett zu holen? Hatte Jakob sich aus diesem Grunde so sehr gegen ihre Anstellung in der Schlossküche ausgesprochen?

Mitten in ihre Überlegungen trat die würdige Gestalt des Küchenmeisters, die sie vom Markt her so gut kannte. Herr von Plattern also, dachte sie und sah ihm zu, wie er den Jungen in seiner Begleitung hieß, den Korb mit den Besorgungen auf den Tisch zu stellen. Dann ging er gemäßigten Schrittes zu einem kleinen, pultartigen Tisch an der übersichtlichsten Stelle der großen Küche, zog seinen guten Rock aus, wechselte ihn gegen einen einfachen, braunen und setzte sich an den Tisch. Er zog sich das Tintenfass heran, öffnete ein Buch und tauchte die Feder in die Tinte.

Elisabeth fasste den Löffel fester, um gegen das Zittern in ihren Fingern anzugehen. Er war da. Jetzt würde er sich mit ihr befassen. Jetzt würde sich herausstellen, ob sie bleiben konnte. Und nun musste sie auch gewiss diesem zweifelhaften Herrn Ellbracht gegenübertreten.

Sie sah, wie Frau Gertrud ehrerbietig am Tisch des Küchenmeisters wartete, bis er zu Ende geschrieben hatte und sich Zeit für sie nahm. Sie konnte nicht hören, was die beiden beredeten, aber sehen, wie sie immer wieder die Köpfe zu ihr wandten, bis die Köchin sie schließlich an den schmalen Tisch winkte. »Das ist sie«, sagte die Köchin. »Aber der Herr Ellbracht ist doch wieder nicht da heut ...«

Der Küchenmeister schnitt ihr mit einer herrischen Geste das Wort ab. »Der Herr Ellbracht, der Herr Ellbracht! Stellt der Herr Ellbracht die Leute für die Küche ein?« Seine Augen hefteten sich fest in Elisabeths Augen. Sein Blick war scharf, sicherlich entging ihm nicht der kleinste Fehler in der Küche. Das wäre ein Küchenvorstand nach ihres Vaters Herzen gewesen, einer, bei dem er hätte sicher sein können, dass er sich nicht hier und da etwas in die eigene Tasche steckte.

»Du willst hier arbeiten?« Elisabeth nickte. »Ja oder nein?«

»Ja«, brachte sie hervor. Es ist verrückt, dachte sie, ich hätte die Frau des Königs werden können und mir ein Menü mit zwölf Gängen bestellen und diesen Mann vor mich beordern, um ihm eine Rüge zu erteilen, wenn etwas nicht zu meinem Geschmack ausgefallen wäre. Aber was nützten ihr solche Überlegungen, wenn er im Augenblick darüber zu entscheiden hatte, wie sich ihr weiteres Leben gestaltete?

Er kniff die Augen zusammen. »Ich kenne dich«, stellte er fest. »Du hast auf dem Markt des Öfteren Geschirr verkauft. Gedenkst du das weiterhin zu tun?«

»Ich habe damit aufgehört.«

»Aus welchem Grunde? Hast du dir etwas zu Schulden kommen lassen?«

Ihre Knie zitterten. »Der Töpfer, dessen Geschirr ich verkaufte, ist krank«, erklärte sie. Außerdem wird der Marktbetrieb im Herbst eingeschränkt, und ich dachte ...«

»Dies ist kein Unterschlupf für den Winter«, sagte er streng. »Es gibt Tage, an denen wir gut und gerne eine zusätzliche Küchenmagd benötigen. Versprich dir jedoch nicht zu viel davon, das gilt für eine gewisse Zeit im Sommer und nur bedingt für den Herbst.«

»Ich beabsichtigte ohnehin nicht, ein festes Dienstverhältnis einzugehen«, wandte Elisabeth ein.

Frau Gertrud zuckte zusammen, der Küchenmeister bedachte sie mit einem konsternierten Blick. »Nun.« Er überlegte. »Jetzt im Sommer natürlich könntest du in der Kammer dort auf einer Bank schlafen und jeden Morgen bei den nötigen Handgriffen zur Stelle sein. Die Gesindestuben sind nur für das Gesinde gedacht und dazu darfst du dich nicht zählen.«

»Ich hatte keine Absicht, hier zu übernachten. Mein Mann erwartet mich an jedem Abend zurück.« Sein Blick maßregelte sie. Sie hatte wieder gesprochen, ohne von ihm dazu aufgefordert worden zu sein.

Er räusperte sich und sah Frau Gertrud an. »Ihr habt mir nicht gesagt, dass es sich um eine verheiratete Frau handelt.«

»Ei was, Herr von Plattern, ich dacht', es ist wie bei der Frau aus der Stadt, die einmal ausgeholfen hat. Die hat ja auch Mann und Kind gehabt.«

»Hast du Kinder?«

»Nein.«

»Nun gut, sei's drum. Wie ich sehe, bist du Frau Gertrud bereits zu ihrer Zufriedenheit zur Hand gegangen. Du unterstehst ihr in allen Dingen. Natürlich hast du auch von allen anderen in der Küche Anweisungen zu empfangen, die dem Rang nach über dir stehen. Frau Gertrud wird dir Bescheid geben, an welchen Tagen du hier gebraucht wirst. Es geht natürlich nicht an, dass du dich wieder auf den Marktplatz stellst. Außerdem …« Er musterte sie von Kopf bis Fuß. »Außerdem kannst du in diesem Aufzug nicht hier arbeiten. Frau Gertrud wird dir ein sauberes Gewand und ein Paar Schuhe geben. Da du hier nur tagsüber bleibst, musst du die Sachen an jedem Abend wieder zurückgeben. Hast du das begriffen?«

Sie schwieg. Wut stieg in ihr auf. Wie konnte er so mit ihr reden? Nur weil sie dürftig gekleidet war und den Verdienst dringend benötigte?

»Hast du das begriffen?«

»Ja.«

»Du kannst an die Arbeit gehen.« Damit beugte er sich wieder über sein Buch.

»Herr ... Herr von Plattern, auf ein Wort noch ...« Er sah erstaunt auf. »Der Verdienst«, sagte sie, »wir haben nicht über den Verdienst gesprochen.«

Er runzelte die Stirn, schüttelte den Kopf und tauchte die Feder in die Tinte. Gertrud zog sie hastig beiseite. »Ei was, du dummes Ding«, flüsterte sie. »Wie kannst du denn nach so was fragen? Du kriegst genug zu essen und kannst hier schlafen, wenn's nötig ist. Und den ganzen Tag über kannst du saubere Sachen anziehn. Und er hat dich nicht nach Papieren gefragt ... Ei ja, gewiss weil du dich auf den Herrn Ellbracht berufen hast. Gnade dir Gott, wenn da was nicht stimmt.«

Barbara nahm sie mit in die Nebenkammer, wo sie ihre Kleidung ablegte und dafür ein weißes Hemd erhielt, einen festen, sauberen Leinenrock, ein weinrotes Mieder, ein weißes Häubchen und hölzerne Schuhe.

Sie befühlte die Sachen oft an diesem Tag, denn es war das erste Mal, dass sie etwas anderes am Leibe trug als die Kleidungsstücke, die sie vor Monaten bei dem alten Trödler erstanden hatten.

Sie hielt sich in Frau Gertruds Nähe, folgte ihren Anweisungen, sog den Duft nach gebratenem Fisch ein, aß zu Mittag mit den anderen zusammen eine kräftige Suppe, trug die Küchenabfälle auf den Misthaufen hinten bei den Ställen, säuberte die Bratpfanne, schwere Töpfe, verklebte Löffel, wischte die Tische ab und legte Holz nach.

Frau Gertrud beobachtete sie aufmerksam, und im Verlauf des Tages, als sie sah, dass Elisabeth willig alles ausführte, was ihr aufgetragen wurde, gab sie ihre Befehle zwar noch immer sehr bestimmt, doch zunehmend wohlgesinnter.

Am frühen Abend schmerzten Elisabeth der Rücken und die Arme, und sie war mehr als froh zu hören, dass Frau Gertrud befand, sie könne nun für das Erste nach Hause gehen, die Herrschaften hätten nur nach einem leichten Nachtmahl verlangt, da brauche man nicht so viele Hände. Sie solle sich aber am nächsten Morgen beizeiten wieder einfinden, denn sie wisse nicht, wie lange die Gäste blieben und ob die kranke Magd wieder in der Lage sei, mit anzupacken.

Sie war ganz zerschlagen, als sie über die Wiese zum Wald ging. Musste sie sich nun verdingen für ihr ganzes Leben? Musste sie ihre Zeit und ihre Kraft an diese Menschen geben, konnten sie ihr befehlen, Gemüse zu putzen, wenn draußen die Sonne lockte? Konnten sie ihr am Ende befehlen, in der Nebenkammer zu nächtigen, wenn doch Jakob auf sie wartete?

Sie war derart erschöpft, dass sie nicht die Kraft hatte zu erschrecken, als sie die Gestalt eines Mannes unten am Weg wahrnahm. »Jakob!«, rief sie erstaunt.

»Es gefällt mir nicht, dass du im Dunkeln ganz allein zurückgehst«, erklärte er. »Sag ihnen, sie sollen dich früher gehen lassen.«

»So einfach ist das nicht«, erwiderte sie. »Das solltet Ihr doch wissen. Ich glaube, sie denken, es sei eine Gnade, dass ich für sie arbeiten darf.«

Er blickte sie nachdenklich von der Seite an. »Ich weiß«, sagte er und legte seinen Arm um ihre Schulter.

Sie war an diesem Abend zu müde, ihm ausführlich zu berichten, und blieb auf die meisten seiner Fragen stumm.

Kein Verdienst, rechnete sie vor dem Einschlafen, kein Geld für Meister Helferich, aber dafür ausreichend zu essen.

35.

Schon früh am nächsten Morgen schrubbte sie die schwarzweißen Fliesen des Küchenbodens von König Philipps Schloss, während draußen vor den Türen der Sommer seinen Höhepunkt überschritt. Glücklicherweise hatten sich die Gäste nur auf der Durchreise befunden und reisten nach dem Frühstück ab, die kranke Magd war wieder genesen und Frau Gertrud schickte Elisabeth nach ihrer Arbeit wieder nach Hause. Doch zurück in den Wald mochte sie in dieser Stunde vor dem Mittag nicht gehen. Kaum lag das Schloss in ihrem Rücken, fiel alle Müdigkeit von ihr ab.

Hinter ihr verklang das Hämmern der Arbeiter auf dem großen Gerüst am Seitenflügel. Der Weg führte schnurgerade zur Stadt. Ihre Füße waren den schweren, hölzernen Schuhen entschlüpft. In ihrer Hand trug sie ein kleines Bündel mit Resten der gestrigen Abendmahlzeit.

Hoch über ihr stand die Sonne, um sie her wuchs auf den geschnittenen Wiesen das Gras in neuem, kräftigem Grün, Spatzen zeterten vor der Stadtmauer in einem lauten Haufen, von weiter her roch es nach Heu. Einige Bauern waren wohl dabei, die Wiesen ein zweites Mal zu mähen. In den schmalen Gassen der Stadt schluckten die Häuser ein wenig von dem hellen Sommerlicht, die Männer trugen trotz der Wärme ihre dunklen, hochgeschlossenen Röcke, die Frauen ihre dunklen Gewänder, nur die Kinder rannten barfuß. Aber vielleicht waren das nicht die Kinder der angesehenen Bürger, die saßen gewiss brav in ihrer Stube und mühten sich mit Stickarbeiten oder dem Erlernen von Buchstaben oder sie halfen der Mutter beim Zubereiten des Mittagessens, dem Vater in der Werkstatt.

Beim Stand des Seilers fluchte ein Betrunkener und pöbelte die Vorübergehenden an. Der Marktmeister bahnte sich einen Weg dorthin. Der Pranger stand leer, die Ketten hingen unbenutzt herunter. Gut so, dachte Elisabeth; sie hätte sonst den Tag nicht so sehr genießen können. Sie blieb stehen und lauschte zwei jungen Männern, die sich miteinander in einer fremden Sprache unterhielten, konnte ihre Herkunft aber nicht ergründen. Flämisch mochte es sein oder am Ende ein Deutsch, welches sie nicht verstand. In der weit geöffneten Tür des Gasthauses stand die Wirtin mit dem verkniffenen Mund und verscheuchte eine Hökerin, die ihren Tragekorb auf der Bank hatte abstellen wollen. Drei Ratsherren in weiten Mänteln betraten die Sandsteinstufen des Rathauses, ein fahrender Bader breitete Salben, Tiegel und Döschen vor sich aus. Von dem Platz unter dem großen Baum wehten Lautenklänge herüber. Elisabeth schloss die Augen und sog sie in sich auf. Sie schob sich durch die Menschen, um zu sehen, wer da spielte.

Er saß auf der kleinen Mauer, die das Gärtchen hinter dem Baum umsäumte, Hut und Rock lagen neben ihm, die Ärmel seines Hemdes waren aufgekrempelt. Er hielt die Laute in seinen Händen, doch nicht er spielte, sondern der Mann, der an seiner Seite saß. Der Mann berührte die Saiten behutsam, leicht, sang aber nicht dazu. Die Melodie schien zu warten, tändelte weiter, immer noch wartend, so als fehle ihr etwas.

Die Marktbesucher blieben gebannt stehen, konnten ihre Geschäfte nicht fortsetzen, ohne die Ergänzung dieses fragenden Spiels vernommen zu haben. Dann endlich kam die Antwort. Jakobs Laute fiel ein, begleitete, hob, füllte, belebte.

Elisabeth mengte sich unter die kleine Gruppe, welche die Männer umstand. Sie musizierten, als hätten sie das ein ganzes Leben zusammen getan und sich nicht erst hier auf dem Platz getroffen. Eigenartig war es ihr, Jakob hier so unverhofft zu sehen, außerhalb der Hütte, außerhalb des Kreises, den sie umeinander gezogen hatten. Sie hatte ihn lange nicht mehr spielen hören. In diesem Moment wurde er wieder zum Musikanten, der in seiner Musik versank, der ein ihr fremdes Leben führte, unerreichbar, seine Züge konzentriert und doch entspannt. Doch noch während sie so dachte, hob er sein Gesicht. Es leuchtete auf, als er sie in der Menge stehen sah.

Das Stück klang aus, Elisabeth drängte sich zur Mauer, legte ihr Bündel auf Jakobs Rock, nahm seinen Hut in beide Hände, schritt leichtfüßig die Reihen der Zuhörer ab und bat sie um einen Heller für die Musikanten. Manche traten daraufhin einen Schritt zurück, andere gaben willig, wieder andere zögernd. Sie lächelte und reichte Jakob den Hut. Jakob glitt von der Mauer, schob seinen Arm um ihre Taille und küsste sie vor aller Augen auf den Mund.

»Jakob!« Sie wand sich entrüstet.

Er lachte nur. »Vom umherziehenden Volk erwartet man Leichtlebigkeit und Sittenlosigkeit, uns sieht man das nach.«

»Oder man verteufelt uns dafür, nicht wahr?«, erwiderte sie leise.

Er zuckte nur mit den Schultern. »Nicht an einem Tag wie heut.«

Der andere Spielmann hatte sich währenddessen erhoben, stand nun hoch auf der Mauer, schmeichelte seinen Zuhörern, machte sich im gleichen Atemzug über sie lustig, plauderte mit ihnen, sang, erzählte, bered, mitreißend, und zog sie so ganz in seinen Bann. Unter anderen Umständen hätten sie sich vielleicht vor ihm gefürchtet, so ungepflegt und zerzaust war sein braunes Haar, so wild sein rötlicher Bart. Doch sein Spiel war meisterhaft, seine Stimme von einer anziehenden Sprödigkeit. Er untermalte seine Geschichten und Lieder mit den Bewegungen seines lebhaften Gesichtes und seiner Hände.

»Und?«, fragte Jakob. »Wie ist's dir ergangen? Was hast du machen müssen?«

»Den Boden habe ich gewischt«, sagte sie leise. »Und die großen Töpfe habe ich gesäubert, den Abfall beiseite geräumt und hinausgetragen. Und mein Rücken schmerzt.«

»Sehr?«, fragte Jakob und rieb mit seiner Hand ihre überanstrengten Schultern.

»Ich werde mich daran gewöhnen.«

»Erzähl weiter«, forderte er sie auf, gespannte Neugier in seiner Stimme. »Wie sind sie so, dort im Schloss?« Und sie erzählte, dass die Herrschaften für gewöhnlich das Frühstück zwischen der achten und der neunten Stunde einnahmen, das Mittagsmahl immer pünktlich um eins, das Souper je nach Anlass. Meist um die neunte Abendstunde. Sie erzählte, dass die Köchin Gertrud hieß und ihr offensichtlich gewogen sei, sonst hätte sie ihr nicht ein so großes Bündel an Resten mitgegeben, dass eine der Küchenmägde Lotte hieß und sie ebenso offensichtlich nicht leiden konnte. Sie beschrieb die rundliche, hübsche Barbara und die junge Marthe, die beiden Küchenjungen und den eingebildeten Pastetenkoch, den sie erst an diesem Morgen kennen gelernt hatte. »Scheint dir ja beinah zu gefallen«, stellte Jakob fest.

»Nicht alles«, gab sie zu. »Der Pastetenkoch versetzte dem Mädchen eine solche Maulschelle, dass ihre Wange feuerrot wurde. Und es sind so viele kleine Dinge ... Wie ertragen es Menschen, so behandelt zu werden? Immerzu? Ihr Leben lang? Und es gibt gewiss sehr viel hässlichere Dinge als eine Maulschelle. Es fällt mir schwer, es zu erklären ... Es ist dieses Gefühl, so gar wenig wert zu sein ...«

Jakob seufzte.

»Jakob!«, rief der Sänger. »Jetzt lass mich doch nicht ganz alleine spielen! Jetzt, wo ich dich wiedergefunden hab!«

Jakob schwang sich zurück auf die Mauer, hörte dem Spiel einen Moment lang zu und fiel dann mit seiner Laute ein, unterstützte, begleitete, sang die zweite Stimme. Elisabeth stützte ihre Hände auf das Mäuerchen, zog sich hoch und saß nun ein Stück von den Männern entfernt, ließ die Beine baumeln und berührte mit ihren nackten Zehen das Unkraut, das zwischen den Mauerritzen wuchs. Unter den Umstehenden erkannte sie Johanna, das Kind auf der Hüfte. Sie tauschten ein zaghaftes Lächeln.

Die Blätter des mächtigen Baumes regten sich nicht in

der stillen Mittagsluft, sein Schatten war winzig geworden. Elisabeth rutschte von der Mauer. Sie hielt den Hut vor dem älteren Ratsherren auf und vor der jungen Bürgerin, vor der Bauersfrau, die so kurz vor der Erntezeit nur den Kopf schütteln konnte, da hatte sie doch keinen Heller übrig, oder doch, zumindest ein Stückchen Käse. Der Schneidergeselle zwinkerte Elisabeth zu, als er sein Geldstück zu den anderen warf.

»Ich hab saumäßigen Hunger«, sagte der fremde Spielmann und schob die Laute über den Rücken. »Reicht's für eine Mahlzeit?« Er spähte in den Hut.

Elisabeth hob das Bündel mit den Essensresten. »Was ich dabeihabe, reicht sicherlich für uns alle.«

»Was ist das?« Jakob zog die Stirn kraus. »Reste vom gestrigen Souper«, antwortete Elisabeth.

»Hast dir eine Küchenmagd angelacht!« Der Spielmann schlug Jakob anerkennend auf die Schulter. »Das ist gescheit. »Wie heißt sie denn?«, fragte er dann Jakob.

»Mein Name ist Elisabeth«, antwortete sie, »und Ihr dürft mich gerne selbst befragen, ich bin in der Lage, alleine für mich zu sprechen.«

»Ach herrje«, lachte der Musikant, »da hast du dir was eingefangen, Jakob! Das hast du auch verdient!« Dann wandte er sich Elisabeth zu. Im Gegensatz zu seinen Gesten und Worten war sein Blick ernst. »Ich bin der Jost.«

Sie musterte die beiden Männer. »Ihr kennt einander schon länger?«

»Wir sind einmal einen ganzen Monat zusammen gewandert.« Jakob lächelte. »Und wenn du nicht unbedingt dieses Weibsbild hättst umgarnen müssen, wären wir noch länger zusammengeblieben. Aber ich wollt' so lang nicht warten. Wie ist's übrigens ausgegangen?«

»Gar nicht«, knurrte Jost. »Sie wollt' partout nicht. Ich hab mich dann geärgert, dass ich dich dafür hab weiterziehn lassen.«

Die Zuhörer verstreuten sich, nur Johanna blieb stehen,

zögernd, bis Jakob sie zu sich winkte. »Iss mit uns«, forderte er sie auf. Sie überlegte einen Moment, dann nickte sie. Sie hielten ihr Mittagsmahl unten am Fluss, im Gras vor der Stadtmauer, unbehelligt von neugierigen Blicken. Jost hatte noch einen Rest Wein übrig, Jakob hatte ein wenig Brot gekauft. Das Mühlrad drehte sich knarrend, sonst war es still. Der Fluss führte nur wenig Wasser mit sich und zog langsam und träge an ihnen vorüber. Auf der gegenüberliegenden Seite sahen sie die Straße hinauf zu den Hügeln laufen, da entlang wollte Jost am nächsten Morgen weiterziehen. »Nach Westen hin«, sagte Jakob. »Die Strecke kenn ich gut, da kann ich dir einiges sagen. Wohin willst du da?«

»Mal hierhin, mal dahin«, antwortete der Spielmann kauend. »Wie's so kommt. Vielleicht bis zum Rhein.«

»Bleib noch ein paar Tage«, bat Jakob. »Jetzt hatten wir uns so lang aus den Augen verloren ...«

»Komm du doch mit.« Der Mann machte eine weit ausholende Geste mit dem Arm, als gehöre ihm die ganze Welt. »Was hält dich hier?«

Elisabeths Blick folgte der Straße, wie sie sich durch die grünen Wiesen und kornbewachsenen Äcker schlängelte, sie sah hinauf zu den baumbewachsenen Hügeln. Irgendwann, wenn man der Straße lange genug folgte, erreichte man die Grenze. Dann kam der Fluss, die große Handelsstadt. Nach Westen zum Rhein, nach Norden zur See, nach Süden über die Berge nach Piemont oder Venedig. Jeden Tag auf einem Marktplatz singen, jeden Tag an einer Stadtmauer rasten. Was hält uns hier? Was schert mich die Schlossküche, das Geschrei, der dreckige Fußboden? Was schert mich der Winter?

Johanna saß während der Unterhaltung schweigend an der Mauer, löste kleine Bröckchen von der Pastete und schob sie ihrer Tochter in den winzigen Mund. Sie schüttelte dankend den Kopf, als Jost ihr von dem Wein anbot. »Die Tugend selbst, was?« Jost lachte gutmütig. Johanna antwortete nicht, sie nahm das Stück Brot, das Jakob ihr reichte. Er hielt dem Kind eine Hand voll Rosinen vor den Mund. Es fasste unbeholfen danach, so dass ein Teil der Rosinen in das Gras rollte.

»Hier.« Jost öffnete seinen Beutel und schüttete kleine, grüngelbe Frühbirnen ins Gras. »Die hab ich … gefunden. Aber sie sind noch nicht ganz reif.«

»Gefunden?« spottete Jakob. »Etwa auf einem Birnbaum?«

Elisabeth nahm eine und biss hinein. Sie war hart und säuerlich. Jakob räkelte sich, streckte sich aus und legte seinen Kopf in Elisabeths Schoß. Sie errötete. Er fasste nach ihrem Zopf und versuchte, ihr Gesicht zu seinem herunterzuziehen, doch sie schüttelte befangen den Kopf. »Mädchen«, flüsterte er ihr ins Ohr, »heute schämst du dich, wenn ich meinen Kopf in deinen Schoß lege, und gestern Nacht noch …« Sie wurde feuerrot. Jost zwinkerte ihm zu. »Erzähl dem Mädchen kein unkeusches Zeug.«

In diesem Augenblick schien alles richtig, schien alles einfach. Niemand fragte nach Schicklichkeit, nach Stand, nach Ansehen, nach dem, was vorher war und was morgen kommen würde. Sie senkte ihre Hand in Jakobs Haar und strich behutsam eine Locke aus seiner Stirn.

Johanna summte ihr Kind in den Schlaf, während Jost von einem Brand zu erzählen begann, der in einer Stadt, drei Tagesreisen nördlich gelegen, die Hälfte aller Häuser verschlungen hatte, dazu das Vieh und die Menschen, die sich nicht rechtzeitig hatten retten können.

Elisabeth hörte es und hörte es doch nicht. Müdigkeit überkam sie, sie starrte auf das unaufhaltsam fließende Wasser, spürte Jakobs warmen Körper, hörte das Summen Johannas, die Stimmen der Männer und hatte das Gefühl zu schweben.

Jost erzählte viel, Jakob erwiderte wenig. Er hörte einfach zu. Den Erlebnissen einer langen Wanderschaft, den Geschehnissen aus den Ländern ringsum. Unterhaltsame Begebenheiten wechselten mit Berichten über Sorgen und

Ängste. Angst vor Seuchen, Angst vor einer Missernte, Angst vor bösen Mächten. Johannas Tochter wimmerte leise im Schlaf, reckte sich, die Augen bewegten sich unruhig unter den Lidern.

Jost hatte seine Stimme gesenkt. »Eine Bittschrift nach der anderen haben sie eingereicht und die Abgaben sind ihnen trotzdem erhöht worden. Und weißt du, was sie dann gemacht haben? Keiner hat mehr Spanndienste geleistet im Dorf. Und kein Einziger hat auch nur ein Ei abgegeben. Nichts. Als die Eintreiber kamen, haben sie die mit Mistgabeln verjagt. Ich hab so was noch nie erlebt.« Jakob richtete sich auf. Elisabeth fühlte, wie sein Körper sich spannte. »Und ich«, fuhr Jost fort, »ich bin von Dorf zu Dorf und hab's weitererzählt. Und drei Gemeinden haben sich angeschlossen. Drei, sag ich dir! Und du? Du sitzt hier und lässt dir Küchenabfälle bringen! Zieh mit mir, sag ich dir! Du hast doch noch ganz anders geredet vor Jahren!«

Vater im Himmel, dachte Elisabeth erschrocken, wovon sprechen sie?

»Und wie ist's weitergegangen? Haben sie keine Bewaffneten geschickt?«, wollte Jakob wissen.

»Doch, ein paar«, seufzte Jost. »Das Vieh haben sie ihnen abgestochen und mitgenommen.« Jost schlug mit der Faust auf das Gras und wirkte noch wüster, als er es ohnehin schon tat. »Aber sie haben's wenigstens versucht! Da kannst du nicht sagen, dass das nichts ist!«

»Das sag ich doch nicht«, wehrte sich Jakob. »Aber denk doch, dass es jahrzehntelang nichts gegeben hat als Mord und Hunger und Pest! Das Land ist ausgelaugt und die Menschen sind's auch. Es muss doch eine Aussicht sein, dass es ihnen was hilft, wenn sie sich wehren!«

»Ja, aber versteh doch! Jetzt ist's günstig, jetzt können die Leute was rausschlagen, wenn sie zusammenhalten! Die meisten Herren haben doch auch nichts mehr, keine Reiterei, kaum Bewaffnete. Denen ist die Luft eng nach dem Krieg.«

Die Falte zwischen Jakobs Brauen vertiefte sich. »In ein paar Jahren haben die wieder Geld«, fuhr Jost fort. »Dann ist's aus, dann ist's zu spät, dann drücken sie uns die Gurgel zu, dann ... Ach, was red ich mit dir. Singst jetzt nur noch Liebeslieder, oder was singst du, wenn du aufspielst?«

Jakob seufzte. »Die haben schon wieder genug Berittene und Reiterei, glaub's mir. Gegen Mistgabeln reichen die aus. Sollen die Menschen sich erschlagen lassen für nichts?«

»Für nichts?« Jost warf Jakob einen funkelnden Blick zu. Dann blickte er um sich. In Elisabeths bleiches Gesicht, zu Johanna hinüber, die den Rücken an die sonnenwarme Mauer lehnte und mit ernstem Gesicht zuhörte. »Das ist auch nichts für Weiberohren«, gab er zu. »Lassen wir's genug sein fürs Erste.«

»Mein Herr«, empörte sich Elisabeth. »Ihr irrt Euch sicherlich, wenn Ihr denkt, ich würde von derartigen Angelegenheiten nichts verstehen oder mich davor erschrecken ...«

»Wie ist's jetzt, Jakob?« Jost achtete nicht auf Elisabeths Worte. »Kommst du mit in die Schenke oder bleibst du hier?«

Jakob sah Elisabeth fragend an.

»Elisabeth und ich können zusammen zurückgehen«, sagte Johanna ruhig. »Gut.« Jakob wandte sich an Jost. »Ich komm mit dir.« Johannas Tochter wachte auf und wurde ärgerlich, doch sie beruhigte sich, sobald sie auf Johannas Hüfte saß und deren wiegender Gang sie schaukelte.

Wie stark die Farben des Sommers leuchten, dachte Elisabeth, als sie an Johannas Seite die Stadt verließ. Sie leuchten stärker als zu jeder anderen Jahreszeit.

Wiesen von einem kräftigen Grün dehnten sich vom Weg bis zum nächsten Feld. Am Rande des Weges wucherten Kräuter, hohe Blumenbüsche und niedrige Hecken. Der Wegrand lockte, lud ein, sich daran niederzulassen, sich in das dichte Gras fallen zu lassen oder auch zurückzurennen in die Stadt, Jakob und den fremden Spielmann zu suchen und sie zu bitten, sie möchten doch weiterziehen und sie, Elisabeth, mit sich nehmen. Irgendwohin. Immer die Straßen entlang unter der hellen Sonne, dorthin, wo es noch weitere Wegränder gab, verheißungsvoll, zum Umherstreifen einladend.

Johanna schien solche Gedanken nicht zu hegen. Sie war so ernst bei allem, was sie tat. Mit ihr ließ es sich nicht so leichthin scherzen wie mit Barbara in der Schlossküche. Wie redete man mit einer solchen Frau? Elisabeth kannte nur die Hofdamen, die Freundinnen, mit denen sie geplaudert, gescherzt und geweint hatte, oder die geschwätzigen Mägde und Köchinnen und Zofen und Kammerfräulein.

»Soll ich das Kind ein Stück tragen, wenn es dir schwer wird?«, bot sie zögernd an.

Johanna lächelte. Selbst ihr Lächeln war von einer ruhigen Ernsthaftigkeit. »Dann tät mir was fehlen«, sagte sie und schmiegte ihr Gesicht in die Kräusellocken des kleinen Mädchens. »Wirst sehen, wie das ist, wenn ihr selbst eins habt.«

»Du hast sie immerzu bei dir«, bemerkte Elisabeth mit Verwunderung. »Immerzu, Tag und Nacht.«

Und all ihre Hofdamen kamen ihr in den Sinn, die unter der Obhut einer Kinderfrau oder sogar fern von zu Hause aufgewachsen waren, die sie, Elisabeth, um ihre Mutter beneidet hatten. Um eine Mutter, die es nie versäumt hatte, am Abend an ihrem Bett zu sitzen, die sie jederzeit hatte in ihren Gemächern aufsuchen dürfen, wenn sie ihrer bedurfte. Der Gedanke jedoch an eine Mutter, die des Nachts in derselben Kammer schlief, die ihr das Essen bereitete, die sie wusch … Ein eigenartiger Gedanke.

»Ja, wohin sollt' ich sie sonst tun?«, entgegnete Johanna erstaunt.

»Es ist sicherlich schwer … so ganz allein mit dem Kind, die Arbeit in der Stadt …«

»Ja.«

»Und ihr könnt davon leben? Du und deine Tochter?«, fragte Elisabeth interessiert. »Vom Wäschewaschen?«

»Nein.«

»Nein? Aber …« Verblüfft blickte Elisabeth auf die junge Frau, musterte ihren wohl gerundeten Körper, die Kleidung aus einfachem, aber festem Stoff, ordentlich, sauber gewaschen, die steife, weiße Haube, das Haar ordentlich aufgesteckt, blickte auf das wohl genährte Kind. »Nein.« Johanna wiederholte es so fest, ihr schönes Gesicht wurde so reglos, statuengleich, unberührbar, dass Elisabeth keine weitere Frage wagte.

Sie musste wieder an den Mann denken, der Johanna damals auf dem fremden Hof von hinten umfasst hatte. »Beim Waschen wird es nicht bleiben.« Dabei ging Johanna so gerade, so sicher, man mochte sie für die einzige Tochter eines Bauern halten, die es nicht einmal nötig hatte, sich als Magd zu verdingen. Nicht einmal das. »Es gibt nicht viele Möglichkeiten für eine Frau, sich selbst zu nähren, nicht wahr?«, seufzte Elisabeth. »Zumal mit einem Kind.«

»Wenn ich sie weggeben tät, die Sophie«, sagte Johanna, »dann wär's freilich leichter. Aber ich würd sie nie weggeben.« Es hilft nicht, Frau Gertrud um Arbeit für Johanna zu bitten, überlegte Elisabeth, es ist nicht erlaubt, in die Schlossküche Kinder mitzubringen. Sie erreichten die Stelle im Wald, wo Elisabeth für gewöhnlich den Weg zur Hütte einschlug. Johanna blieb stehen. »Leb wohl«, sagte sie.

Als Elisabeth zwischen den schlanken, hohen Baumstämmen zur Hütte schritt, tat es ihr Leid, dass sie Johanna nicht noch ein Stück begleitet hatte. Der Gedanke an die Stille in der einsamen Behausung nach all dem Trubel in der Schlossküche, nach all der Geselligkeit in der Stadt bedrückte sie. Der Druck lag schwer auf ihrem Magen, so, als stünde ihr etwas Unangenehmes bevor. Ihr war ganz eigenartig zumute. Es war mehr als die plötzliche Stille. Da war etwas, das Johanna gesagt hatte …

Sie ließ die Tür weit offen stehen, damit das helle Licht

jeden Winkel der Hütte erreichte. Sie war durstig. Sie nahm ihren Becher aus dem Regal und tauchte ihn in den Wassereimer. Und da fiel es ihr wieder ein. »Wirst sehen, wie das ist«, hatte Johanna gesagt, »wenn ihr selbst eins habt.« Und hatte damit ein Kind gemeint.

Ein Kind.

Wie um alles in der Welt hatte sie nicht daran denken können? Sie lehnte sich an die Wand und presste die Hand auf ihren Bauch. Der Gedanke war ärger als das zerbrochene Geschirr auf dem Marktplatz, er entzog ihr den Boden unter den Füßen. Die Wärme der eigenen Hand drang durch den Stoff und mit der Wärme kam die Erinnerung an die vergangene Nacht.

Was habe ich nur getan?, dachte sie. Sie ließ sich am Tisch nieder und stützte den Kopf in ihre Hände. Aber nein, der Gedanke an einen anschwellenden Leib, an Geburt und Schmerzen hatte so wenig mit ihr selbst zu schaffen, dass sie ihn sogleich verwarf.

Sie schloss die Augen und fühlte die geschickten, geduldigen Hände ihrer Zofe, die das Mieder um ihre ohnehin schlanke Taille legten und die Schnüre fest anzogen. Das safrangelbe Kleid passte nur, wenn man die Schnüre äußerst festzog. Und dann stand Eleonore bereits in der Tür und Elisabeth rief Marie zu: »Aber lass alles so liegen, wie es liegt. Nur das Tintenfass magst du schließen.« Und dann stob sie in den Gang. Einen Blick durch das erste Fenster, einen Blick durch das zweite …

Die wenigen Minuten vor dem Einschlafen schoben sich vor das Bild, Jakobs Finger, die sanft über ihren Körper strichen, der Augenblick der Nachgiebigkeit, Jakobs weiche Haut. So einfach konnte doch sicherlich kein wirklicher Mensch entstehen? Oh doch, sie stöhnte auf, eben so und nicht anders. Sie presste ihre Hände auf die Stirn. Was um alles in der Welt habe ich getan?

Sie dachte an Johannas kleine Tochter, die der Mutter so sehr ähnelte. Wie mochte dieses Kind entstanden sein? Dass der Teufel dabei mitgewirkt hatte, konnte sie nun wirklich nicht glauben. Eine unglückliche Liebesgeschichte mit einem Mann aus dem Dorf, der Frau und Kinder besaß? Ein Fahrender, der nach einer Nacht mit Johanna weitergezogen war? Oder am Ende der Übergriff eines der Herren, für die sie die Wäsche wusch? Sie dachte an Grete, den Säugling an der Brust. Ihr müdes Gesicht, als sie gesagt hatte, ein weiteres Kind wäre ihr Tod. Niemals, dachte sie, niemals, niemals, niemals. Sie mühte sich, die furchtbaren Gedanken beiseite zu schieben.

So tief die Angst war, die sie gepackt hatte, so schnell wurde sie ihrer wieder ledig, denn bereits zwei Tage später setzte ihre monatliche Blutung ein. Zum ersten Mal in ihrem Leben war ihr dieser Umstand nicht lästig, sondern höchst willkommen. Sie verspürte eine unendliche Erleichterung und schwor, sich nie mehr wieder einer derartigen Gefahr auszusetzen. Sie durfte es nicht zulassen, dass er sich ihr jemals wieder auf diese Art und Weise näherte. Nie, nie mehr wieder.

Sie schlang sich ein Laken um ihren Unterleib und machte sich auf den Weg zur Schlossküche, sie musste Frau Gertrud zumindest Bescheid geben. Frau Gertrud schickte sie nach Hause. »Dass mir am End die Speis verdirbt, wenn du sie anfasst«, sagte sie und stemmte dabei die Hände in die Hüften. Elisabeth verbrachte die Zeit gedankenverloren in der Hütte. Was taten die Frauen im Dorf an Tagen wie diesen, wenn ihnen das Blut aus dem Körper rann und die Kinder nach Essen riefen und das Vieh im Stall brüllte? Legten sie sich nieder und ruhten oder verrichteten sie ihre Arbeit trotz aller Behinderung? Zu Hause, damals, früher, vor ewigen Zeiten, vor kaum einem halben Jahr, war sie an solchen Tagen in ihren Gemächern geblieben, hatte sich von Marie das Essen an ihr Bett bringen lassen, hatte gelesen und nur Eleonore empfangen.

Ihr Gewissen plagte sie, wenn sie an den Töpfer dachte. Längst hätte sie ihn aufsuchen müssen, um sich zu vergewissern, dass er wieder wohlauf war. Sie musste ihn ohnehin aufsuchen, denn er würde mittlerweile darauf warten, dass sie um neues Geschirr zu ihm kam. Und doch zögerte sie den Gang um einen Tag und noch einen hinaus. Sie hortete die Münzen, welche Jakob ihr nach seiner Rückkehr gegeben hatte, kaufte davon nichts, nährte sich von Küchenresten und trug in den beiden bei dem Unglück auf dem Marktplatz heil gebliebenen irdenen Töpfchen Suppenreste aus der Schlossküche in die Hütte. Endlich legte sie zu Jakobs Geld den geheimen Geldvorrat aus ihrem Beutel, nahm alles an sich und machte sich auf zur Töpferhütte.

Die Augustsonne quälte sie, es regnete nicht, die Erde stöhnte unter der Trockenheit, das Gras am Wegrand war hart und gelb, der Hafer raschelte im Wind. Im Dorf stand Frau Grete vor ihrer Tür, klein und wendig, und schimpfte eine ihrer Töchter aus. Sie winkte Elisabeth auf einen Schwatz zu sich herüber, befand, sie hätte sie ja lange nicht mehr gesehen, und fragte sie nach ihrem Wohin.

»Zum Helferich?«, fragte sie gedehnt und musterte sie erstaunt. »Ich dacht', du verkaufst kein Geschirr mehr. Auf dem Markt hat dich keins mehr gesehn.«

Sicherlich hatte ihr jemand die Geschichte mit den zerschlagenen Töpfen zugetragen, es hatten sich schließlich genug Zuschauer um sie geschart an jenem schwarzen Tag.

Elisabeth wich Gretes neugierigem Blick aus, beschloss das Gespräch mit wenigen Sätzen und verließ die Frau, ohne deren Fragen nach ihrem jetzigen Verdienst beantwortet zu haben.

Als sie vor Nikolaus Helferichs Tür stand, vernahm sie keinen Laut. Ihr wurde klamm. Einen Moment lang fürchtete sie, er wäre nicht mehr am Leben, läge auf dem Boden, reglos, seit Tagen schon. Doch dann hob sie die Hand und klopfte, fest und laut, und hörte als Antwort eine mürrische Stimme.

Er saß vor dem großen Fenster an der Scheibe, Ton zwischen den Händen. Er blickte auf und nickte. »Dacht', du kommst nicht mehr«, sagte er kurz.

Sie zog ihren Beutel unter dem Rock hervor und schüttete die Münzen auf den Tisch. Er stand umständlich auf, wusch sich die Hände in einem Eimer und rieb sie an seiner Schürze trocken. Schweigend setzte er sich an den Tisch und schichtete die Münzen zu kleinen Türmen. Er zählte und rechnete langsam und sorgfältig, dann hob er den Kopf und nannte ihr den fehlenden Betrag. Nervös drehten ihre Hände einen ihrer Zöpfe um und um. »Ich werde demnächst wiederkommen und einen weiteren Teil zahlen. Seid versichert, ich werde alles zurückzahlen, aber es wird eine Weile dauern.«

Er sagte nichts, sondern schob nur die Münzen zu einem Haufen zusammen. Plötzlich sah er ihr direkt in die Augen, sein Blick war klar, scharf und forschend. »Was ist passiert?« Elisabeth schluckte. »Du warst nicht mehr auf dem Markt, oder?« Sie schüttelte den Kopf. »Setz dich her.« Er erhob sich und holte den zweiten Schemel, der für gewöhnlich bei der Scheibe stand, für sie herbei. Sie nahm Platz und stützte die Arme auf den Tisch. Sie erzählte, zögernd zuerst, dann immer flüssiger, von dem überfüllten Marktplatz, von der schmalen Straße und dem wilden Reiter.

Er hatte ihr schweigend zugehört. Sie schwieg nun ebenfalls und blickte besorgt und unsicher in sein abgezehrtes Gesicht. Er sah noch immer krank aus, sie konnte seinen Schädelknochen unter der dünnen Haut seiner Stirn erahnen.

Er räusperte sich. »Du erwartest ja wohl nicht, dass ich dir noch mal Geschirr ohne Bezahlung mitgeb, was?«

»Nein.« Sie schüttelte heftig den Kopf. »Niemals hätte ich das erwartet. Ich werde Euch Stück für Stück ersetzen.«

»Nun ja, wenn du dann alles gezahlt hast ...« Er schien zu überlegen. »Könnt ihr euch denn nähren von dem, was dein Mann sich erspielt?«

»Ich arbeite seit einigen Tagen in der Küche des Schlosses. Ich habe dort freie Kost. Über den Verdienst wurde noch nicht gesprochen bisher.«

»Hm, soso.« Er blickte auf seine Hände, die ruhig auf dem Tisch lagen. »So, auf dem Schloss.« Sollte ich Jakob bitten, nach ihm zu sehen?, überlegte sie. Auch wenn er sagt, er verstehe von Krankheiten viel zu wenig, so versteht er doch noch immer mehr davon als ich selbst.

»Ja, so«, sagte der Töpfer unschlüssig, schob den Schemel zurück und stand auf. »Du musst dich, hm, nicht beeilen mit dem Geld.« Elisabeth atmete auf.

Helferich blieb zögernd stehen, ehe er zurück zur Scheibe ging. »Ich hab da noch Gemüse im Garten und schon Kraut …« Er räusperte sich noch einmal. »Es ist ein bisschen zu viel für mich. Wär ja schad, wenn's zukommt. Da, nimm den Korb da. Schneid dir was ab davon und nimm es mit.« Er wandte ihr den Rücken zu und hinkte zu seiner Scheibe.

36.

Bereits über den ganzen Mittag hin, jedes Mal wenn Elisabeth durch die weit geöffneten Fenster der Schlossküche zum Himmel aufgesehen hatte, war ihr seine Farbe eigentümlich erschienen, geradezu unwirklich, so, als sähe sie ihn durch ein gefärbtes Glas. Der Tag war hell gewesen, die Sonne lastend heiß. Es war keine Wolke zu sehen, alles blieb still. Und doch schien das Gemisch aus Blau, Grau und Tiefviolett über dem Wald drüben Gefahr verheißend, so als könne sich der Ton jederzeit verdunkeln.

Und nun, auf dem Nachhauseweg, noch ehe sie die ersten Buchen erreicht hatte, nun drängten sich die Wolken über ihr, türmten sich, dunkelgrau, unheimlich, beängstigend. Über dem Horizont riss der Himmel auf, schwefelgelb, höllenfarben. Vielleicht hatte Frau Gertrud doch Recht mit ihren Geschichten, mit ihrem Gerede von Zeichen am Himmel, vom nahen Ende der Welt. Sollte wirklich der Jüngste Tag anbrechen, dann musste es ein Tag wie der heutige sein. Elisabeth ging hastig, immer schneller. Sie fühlte sich kleiner werden unter dem drohenden, tiefdunklen Himmel, klein wie ein Käfer, der durch Unachtsamkeit zertreten wurde. Leise grollte es in der Ferne, auf ihren Armen stellten sich die Härchen auf. Nie, niemals zuvor war sie bei einem Unwetter ohne Dach gewesen.

Atemlos erreichte sie die ersten Bäume. Da zuckte ein trockner, greller Blitz über den Himmel. Sie schrie leise auf. Und schon folgte der Donner. Er fuhr ihr wie ein Schlag in den Magen, sie spürte ihn in allen Gliedern. Sie rannte.

Plötzlich kam das Krachen von überall her, es überspannte den Himmel wie eine Glocke, es gab kein Entrinnen. Der Donner war ein lebendes Wesen, ein Untier, das seine Klauen ausstreckte. Der Himmel barst über ihr. Sie zitterte vor Angst. Angst vor umstürzenden Bäumen, vor Feuer, vor Unheil, vor dem Tod.

Sie erreichte die Hütte mit dem nächsten Blitzschlag, zerrte an der Tür, öffnete sie, stand da, zitternd, bleich, mit fliegendem Atem. »Um Himmels willen, was hast du denn?« Jakob sprang auf.

Sie antwortete nicht. Sie zuckte zusammen unter dem paukenschlagartigen Krachen.

»Was ist denn passiert?« Seine Stimme drängte, aber seine Hand streichelte beruhigend.

»Ich fürchte mich so sehr«, murmelte sie, ihr Gesicht an seiner Schulter verbergend.

»Doch nicht wegen dem Gewitter?«

»Doch.« Sie konnte ihr Zittern nicht unterdrücken. »Doch, doch, doch.«

»Nur vor dem Gewitter?« Sie hörte sein ungläubiges Stirnrunzeln, ohne es zu sehen. Die Blitze schlugen in ihren Körper ein, die Hütte war ein Spielball in dem Unwetter, ein zerberstendes Nichts unter den umstürzenden Bäumen.

»Hast du das bei jedem Gewitter?« Sie nickte. Er hob ihr

Gesicht. »Es entfernt sich doch. Hörst du das nicht?« Sie schüttelte den Kopf. »Wirklich. Du brauchst keine Angst zu haben.« Sie presste die Hände auf die Ohren.

»Komm mit vor die Tür«, schlug er vor, »und sieh es dir an. Es ist wunderschön. Es ist, als würde um dich her die Welt untergehen und du stehst mittendrin und nichts kann dir passieren.«

Sie hob den Kopf und blickte in seine Augen. »Das meinst du doch nicht im Ernst.«

»Doch.« Er fasste nach ihrer Hand.

»Nein!« Sie schrie auf. »Nein, Jakob, lass mich! Ich habe es doch nicht selbst ersonnen, dass Menschen vom Blitz erschlagen wurden. Es ist oft genug geschehen, und oft ...«

»Es ist schon zu weit weg, um uns etwas anzuhaben.« Er stieß die Tür auf. »Komm! Man muss dem entgegenlaufen, wovor man Angst hat!«

Sie taumelte hinter ihm her, an seiner Hand, durch das Gesträuch hinter der Hütte, zwischen den schlanken Bäumen hindurch auf die Waldwiese. Sie folgte ihm mit einem Gefühl von Todesfurcht und neugieriger Erregung. Die Buchenblätter wehten in einem unheilvollen Wind. Das Gras bog sich leicht. Am Himmel teilte sich das Licht in tausend und abertausend kleine Zweige, gefolgt von einem rollenden Beben. Sie musste ihm Recht geben, das Schauspiel war von einer grauenhaften Schönheit, ihr Herz schlug heftig bis in den Hals hinauf. Sie hätte sich verkriechen mögen und doch konnte sie die Augen nicht von den sich teilenden, zuckenden Blitzen wenden. Sie malten erschreckende Muster in das gleichmäßig tiefe Grau, immer wieder neue, immer wieder gefolgt von Bersten und Krachen. Jakobs Arm lag fest um ihre Schulter. Und da trafen sie die ersten Tropfen. Sie fielen auf ihre bloßen Arme, auf ihr Haar, auf ihre Wangen. Der Regen rauschte auf die grünen Blätter und auf die Wiese herunter. Die Spannung löste sich. Es war, als wäre der Untergang allen Lebens noch einmal abgewendet.

Sie hob die Arme. Ihr Haar wurde nass, ihr Hemd klebte an ihrem Körper. Jakob zog sie herunter in das hohe, feuchte Gras, zwischen die glatten, nassen Halme, auf die stöhnende Erde, die nach Regen schrie und ihn willig aufsaugte. Er legte seine Hand dorthin, wo sich ihre Brüste unter dem nassen Stoff abzeichneten, und trank ihren Kuss von den feuchten Lippen. Sie klammerte sich an ihm fest bei dem nächsten Donner und ihre Angst vermengte sich mit einer unbändigen Lust zu leben. Seine Haut war feucht und sein Haar tropfte auf ihr Gesicht, der Regen rauschte dicht und unaufhörlich, hell und warm. Zum ersten Mal fühlte sie ein kaum zu bezwingendes Verlangen, ihn in sich hineinzuziehen, ihn zu umfangen, zu umschlingen, sich in ihm aufzulösen. Seine Zunge spielte mit ihrem Ohrläppchen, seine Hand löste den nassen Rock von ihrem Bein.

»Nein.« Ihr Körper spannte sich.

»Lise …« Sein Mund liebkoste ihre Schulter.

»Nein, nein.« Sie barg ihr Gesicht schluchzend in seiner Nackenbeuge.

»Aber … aber gerade eben noch …«

Sie vermochte nicht zu antworten, ihre Kehle war zugeschnürt. Hilfe suchend presste sie ihr Gesicht an seinen Hals. »Warum?« Seine Stimme warb, seine Hand streichelte. Sie schüttelte nur heftig den Kopf. »Lise, Mädchen, was hast du nur immer? Was haben sie dir nur erzählt? Dass die Fleischeslust niedrig ist und verwerflich? Abstoßend? Hässlich? Schämst du dich auch, wenn du Hunger hast?« Sie versuchte, sich aus seinen Armen zu lösen.

»Bleib da.« Er hielt sie fest. »Verdammt noch mal, bleib da, ich tu dir doch nichts.« Er atmete tief durch. Seine Finger verfingen sich in ihren feuchten Haarsträhnen.

»Ich will nicht … kein …« Ihre Stimme versank auf seiner Haut, sie konnte solche Worte nicht aussprechen.

Er wartete. Der Regen ließ nach, wandelte sich zu leichten Tropfen. Der Donner zog zum fernen Horizont, brummelte nur noch, rollte leise über die Hügel davon.

»Es ist möglich, auf diese Weise ein Kind zu empfangen, nicht wahr?«

»Ach, verflucht.« Er ließ sich zurück ins Gras fallen.

Ihr wurde kühl in dem nassen Hemd, sie zitterte leicht. Sie schämte sich ihrer Worte. Wortlos setzte sie sich auf und zog den Rock über ihre Knie.

Eine Weile saß sie stumm. Regentropfen rollten von den spitzen Halmen.

»Hast du niemals daran gedacht?«, fragte sie leise.

»Nein.«

Sie legte die Stirn auf ihre angezogenen Knie. Die ersten Vögel wagten sich wieder aus den Büschen und jubilierten, als wäre ein neuer Schöpfungstag angebrochen.

»Ein Kind.« Jakob legte seine Hand auf ihren nassen Bauch. »Ein Kind«, sann er. »Es würde im Frühjahr zur Welt kommen, gerade recht, um aufzubrechen. Wir müssten nicht mal eine von den alten Vetteln, den Hebammen, holen. Ich könnte das selbst. Vielleicht ...« Er hob den Kopf. »Vielleicht bist du längst schwanger und ...«

»Nein!« Sie fuhr auf. »Nein, niemals! Nie!«

Ihre Reaktion war so heftig gewesen, dass er von ihr abrückte. Sein Gesicht nahm den kühlen Ausdruck an, den sie von früher her so gut an ihm kannte.

»Nicht von einem wie mir, oder?«

Sie schloss die Augen. Die Kluft war mit einem Mal so tief, sie vermochte sie mit keinem Wort zu überbrücken. Warum quälte er sich und auch sie mit derartigen Gedanken?

Sie rannte nicht auf und davon, sie blieb sitzen, fröstelnd im feuchten Gras. Und auch er blieb, mit abgewandtem Gesicht. »Du wirst krank so«, sagte er plötzlich und erhob sich. »Komm mit zurück, zieh was Trocknes an. Kannst mein anderes Hemd haben.«

Das ist es nicht, dachte sie, während sie ihm schweigend folgte. Jakob, beschwor sie ihn in Gedanken, die sie nicht in Worte fassen konnte. Jakob, so hör doch, es ist nicht so, wie du denkst. Ein Kind. Ihre Angst saß tief, tiefer als der nahe liegende Gedanke, dass sie mit einem Kind ihre Stellung in der Schlossküche verlieren würde und damit die Hoffnung auf einen warmen Platz für den Winter. Sie saß selbst tiefer als der Gedanke an Johanna und die Befürchtung, es möchte ihr ebenso ergehen, falls sie schwanger würde, und Jakob stieße etwas zu.

Sie grübelte darüber nach, noch am nächsten Tag und am übernächsten, selbst in der Schlossküche, obwohl ihr doch dort all die neuen Eindrücke und die schwere Arbeit jede Möglichkeit zum Denken nahmen.

Schwer, bei Gott, die Eimer waren schwer. Sie setzte sie für einen Moment hinter der Türe ab. In Messelstein hatten sie die Abfälle aus dem Fenster der Küche geworfen, sie erinnerte sich dunkel daran. Aber hier war die Küche zu nahe an den Gemächern der Herrschaften. Hier hätte der Geruch sie am Ende gestört, wenn sie oben ein Fenster öffneten. Hier wurde ohnehin alles fortwährend gesäubert, hier waren der Hof und sogar einige Pfade mit Steinen belegt, damit ein jeder selbst bei Regen sauberen Fußes von da nach dort gehen konnte. Sie seufzte und nahm beide Eimer wieder auf. Fischköpfe und Gräten starrten sie daraus an, Zwiebelschalen übergossen von Soßenresten. Ah, wie leicht und angenehm erschien es ihr dagegen, auf dem blumengesäumten Weg zu Meister Helferich zu spazieren und sich den Korb füllen zu lassen mit irdenem Geschirr. Kleine Meisterwerke aus Ton auf dem Marktplatz aufzubauen. Der Tragekorb schien ihr in der Erinnerung leicht, denn sie wusste, wozu sie ihn trug. Aber wozu trug sie die stinkenden Abfälle von Menschen, die sie nicht kannte? Für das Töpfchen Suppe am Mittag?

Damals, als Jakob sie gezwungen hatte, das Feuer unter dem Kessel in der Waldhütte zu entfachen, Hirsebrei zu kochen, sein Hemd zu flicken, damals hatte sie gedacht, die Ausführung solcher Arbeiten sei erniedrigend. Aber was war daran erniedrigend, sich ein Feuer zu machen, wenn man fror? Sich Nahrung zu bereiten, wenn man Hunger hatte? Wozu aber schrubbte sie diese fremden, schwarzweißen Fliesen? Der Pastetenkoch hatte ihr an diesem Morgen bereits mit seinem rosettenbesetzten Schuh den Wassereimer umgetreten, weil sie ihn seiner Meinung nach an der falschen Stelle abgestellt hatte. Ihr Rock war triefend nass geworden und sie hatte hastig das verschüttete Wasser aufwischen müssen.

Sie leerte die Abfälle wie immer hinter den Stallungen aus, blieb einen Moment stehen und lauschte auf das Schnauben der Pferde und die durch die Wand gedämpften Stimmen der Knechte. Neugierde packte sie. Einmal nur wollte sie sich den Stall von vorne besehen. Am Tor zum Gesindehof ließ sie die beiden Eimer stehen und schlüpfte hindurch.

Auf dem Hof ging es wie immer lebhaft zu. Der kleine Küchenjunge pumpte Wasser in seinen Eimer, zwei Frauen traten schwatzend aus dem lang gezogenen Gebäude, welches die Gesindeküche und die Schlafkammern barg. Elisabeths Blick glitt über die einfachen, festen Türen und über die Reihen der winzigen Fenster. Dort teilte sich Marthe mit der hageren Lotte eine Kammer. Manchmal auch mit Barbara, wenn die nicht in der Küche schlief.

Ein Mann führte ein hochbeiniges, kastanienbraunes Pferd um die Ecke zu den Ställen. Elisabeth folgte ihm mit etwas Abstand. Ihre hölzernen Schuhe klapperten auf den Steinen. Sie blieb hinter einer der weit geöffneten Stalltüren stehen, aus Angst, jemand könnte sie sehen und vielleicht davonschicken. Ein helles Wiehern erklang von innen. Der starke, durchdringende Pferdegeruch stieg in ihre Nase. Tauben trippelten zwischen den Menschen bis in die Ställe hinein. Ein Pferdeknecht schob eine Karre Mist aus der Tür, ein weiterer kam mit zwei hübschen, lebhaften Schimmeln am Halfter auf den Hof. Sie schnaubten und schüttelten die Mähnen.

Von hinten, wo Elisabeth den weitläufigen Park vermutete, näherte sich ein einzelner Reiter. Als er den Hof erreichte, erkannte Elisabeth, dass es sich lediglich um einen Knaben handelte, noch recht klein, sehr dünn, jedoch gekleidet wie ein Kavalier. Eine rosa gefärbte Feder wehte auf seinem breitkrempigen Hut, eine Schärpe schmückte seine Brust, aus den gespornten Lederstiefeln quollen weiße Spitzen. Er zog die Zügel ein wenig ungeschickt an, das Pferd tänzelte, der Knabe verlor seinen Hut. Es war ein blondes Kind mit breitem Mund und blasser Haut. Ein großer, kräftiger Mann, ein Pferdeknecht allem Anschein nach, hob den Hut vom Boden und reichte ihn dem Knaben. Der setzte ihn auf mit hochmütigem Blick, ohne ein Wort des Dankes zu verlieren. Er stützte sich auf die Steigbügel, um elegant von seinem Reittier abzusteigen, doch er war wirklich noch recht klein, es gelang ihm nur mit Mühe. Der große Mann reichte ihm die Hand, aber der Knabe schlug mit der Gerte danach. Er bestand darauf, ohne Hilfe abzusteigen, es gelang ihm mit einem unbeholfenen Sprung. Elisabeth beobachtete eine Weile die Selbstverständlichkeit, mit welcher das Kind Befehle erteilte, das Gehabe, mit dem es einer wartenden Dame, es mochte die Kinderfrau sein, von seinem Ausritt berichtete. Dann wieder blickte sie zu dem Knecht hin, der nun den Sattel von dem schwitzenden Tier löste und es beim Zügel in den Stall führte. Es schien ein ruhiger, besonnener Mann zu sein, erfahren und geschickt. Und doch ließ er sich Befehle erteilen von diesem vorlauten Kind. Wie mochte ihm dabei zumute sein?

Elisabeth zog sich unauffällig zurück. Am Tor zwischen Gesindehof und Küchengarten nahm sie die beiden Eimer wieder auf.

»Wo bleibst du denn?«, fuhr Lottes scharfe Stimme sie an, kaum hatte Elisabeth die Küche betreten. »Da, du sollst das Huhn rupfen. Ich komm nicht dazu, ich muss die Zitronen schneiden.« Sie drückte Elisabeth das halb gerupfte Huhn in die Hände. Elisabeth wurde elend. Sie fühlte Federn und nackte Haut, am durchtrennten Hals des Tieres klebte noch Blut.

»Aber …« Sie blickte unschlüssig auf das tote Tier. Sie wusste nicht einmal, wie sie diese unangenehme Arbeit zu verrichten hatte. »Gib's mir her.« Barbara stieß sie in die Seite. »Na, auf, gib schon«, flüsterte sie. »Ich mach's für dich und du streichst meine Erbsen durch. Die Frau Gertrud merkt's doch nicht. Die ist ganz durcheinander, weil sie eine Sauce béchamel machen muss, und nie ist der Plattern damit zufrieden. Dabei geht's ganz leicht. Aber mich lassen die ja nicht.« Elisabeth ließ sich das Huhn nur allzu gern aus der Hand nehmen. Sie tauschte es gegen das Sieb und den hölzernen Stampfer und strich die weich gekochten Erbsen durch.

Elisabeth stand gerne so, wenn es ruhig war, mit einer einfachen, angenehmen Arbeit beschäftigt, Muße genug, sich die Küche zu besehen, die Vielfalt an Gerätschaften, die Vielfalt an Nahrungsmitteln, so ganz im Gegensatz zu der kargen Einrichtung der Waldhütte. Auf dem Herd köchelte bereits die Suppe, der Duft nach geschnittenen Zitronen mengte sich mit dem Duft des Ragouts.

Gerade erhob sich der Küchenmeister, um die Gewürze für die Suppe und das Ragout auszuwählen. Diese Aufgabe ließ er sich von niemandem nehmen, und es gefiel Elisabeth, ihm dabei zuzusehen. Er öffnete Döschen und Säckchen mit Muskat und Zimt, Safran und Pfeffer, Ingwer und Nelken. Er holte ein Bund Petersilie oder Kerbel herbei, ließ sich Kümmel reichen, Fenchel, Koriander, Majoran und Thymian. Er wählte mit Bedacht aus, schnupperte, spreizte die Finger, ließ sich von dem Jungen einen Löffel reichen, rührte, schmeckte ab.

In diesem heiligsten Moment des ganzen Küchentages flog die Tür weit und heftig auf.

»Einen wunderschönen guten Morgen wünsch ich! Ich bin wieder zurück!« Der Küchenmeister blickte verärgert zur Tür und zog die Brauen zusammen, sagte jedoch nichts.

Es war ein junger Mann, der die Tür so schwungvoll aufgestoßen hatte, ein Kavalier mit federgeschmücktem Hut und Degengehänge, in einem einfach geschnittenen Hemd aus edelster Seide. Eine Jacke trug er nicht. Seine Hosen waren eng; sie endeten an den Knien und fielen dort in Fransen über die Stulpenstiefel aus weichem Leder.

Er hob das Mädchen, welches ihm am nächsten stand, hoch und ließ es zappeln. Es war Sanne, die zuweilen oben die Gemächer säuberte, aber auch hin und wieder dem Pastetenkoch zur Hand ging. Sie quietschte auf und protestierte auf eine höchst kokette Weise, sichtlich erfreut, dass die Aufmerksamkeit des Mannes ihr galt. Er hielt sie noch immer ein gutes Stück über dem Boden. Bei Gott, er hatte wirklich kräftige, muskulöse Arme, das sah man selbst durch das Hemd hindurch. Er senkte Sanne ein wenig zu sich herunter und drückte seine Lippen auf die ihren. Sie wehrte sich nicht, woraufhin er begann, ihre Lippen mit seinem Mund geradezu zu verschlingen.

Elisabeth hatte noch niemals aus einer derartigen Nähe gesehen, wie ein Mann eine Frau so offen und begehrlich küsste. Peinlich berührt heftete sie ihren Blick auf die zerquetschten Erbsen in ihrem Sieb. Sosehr der plötzliche, forsche Auftritt des Mannes Elisabeth überrascht hatte, so sehr waren die anderen solches offensichtlich gewöhnt. Der Küchenmeister hatte sich an seinen Tisch zurückgezogen, Frau Gertrud schüttelte nur den Kopf, nicht verärgert, eher nachsichtig. Alle Frauen zupften an ihrem Haar, nestelten an ihren Hauben, an ihren Hemden, strichen über ihre Schürzen. Alle, selbst die verkniffene Lotte, blühten sichtlich auf, nur Barbara bedachte die Szene mit einem finsteren Blick und verließ die Küche, lediglich von Elisabeth bemerkt, durch die Nebentür.

Was für eine Geschichte ist das?, überlegte Elisabeth. Was hat ein Kavalier in der Küche zu suchen? Und warum verlässt eine junge Magd daraufhin den Raum? Gewiss eine unglückliche Liebesgeschichte, denn der Mann, der das

Mädchen inzwischen wieder auf seine Füße gestellt hatte, sah allzu prächtig aus. Er war hochgewachsen, breitschultrig und hatte große, kräftige Hände. Blondes Haar fiel ihm auf die Schultern, seine Augen blitzten blau aus einem offenen, fröhlichen Gesicht. Das Gesicht war leicht gebräunt vom Aufenthalt im Freien, sicherlich zu Pferde. Er löste sein Degengehänge und reichte es nach hinten an einen schlaksigen Jungen weiter.

»Frau Gertrud.« Er kniff die Köchin in die Wange. »Ich wollt' nur mal sehn, was es zu essen gibt. Aber wart', ich schau selbst.« Er zwinkerte Frau Gertrud zu und sie zeigte ein seltenes Lächeln. Lotte verfolgte seine Bewegungen mit einem gierigen Blick, Frau Gertruds Gehilfin mit einem versonnenen. Er tauchte einen Löffel in die Suppe und schlürfte genüsslich. Der Küchenmeister zuckte zusammen, tat aber weiter so, als bemerke er den Gast überhaupt nicht.

Mit einem Mal gewahrte der seltsame Ankömmling Elisabeth. »Ein neues Gesicht?« Er trat zu ihr herüber, sie legte den Stampfer aus der Hand und wich einen Schritt zurück. Seinen Blick erwiderte sie kühl und gelassen. »Ich helfe nur aus, hin und wieder.«

»Ich bin der Andreas.« Er reichte ihr die Hand. Sie nahm die Hand, ehe sie recht überlegt hatte, was sie tat. Es war ein fester, beruhigender Händedruck, und obwohl er sie ungeniert von oben bis unten musterte, war nichts Anzügliches in seinem Blick. Elisabeth spürte, wie alle zu ihnen herüberstarrten, teils neiderfüllt, teils belustigt.

»Wir werden uns ja wohl noch öfter sehn«, sagte der Mann. Trotz seiner erlesenen Kleidung redete er keineswegs wie ein edler Herr. »Bist du schon lang da?« Er überlegte. »Ich glaub, ich hab dich schon mal gesehen. Wie heißt du?«

»Ich bin …« Sie räusperte sich. »Ich bin Lise.«

»Es wird Zeit, Monsieur!«, rief sein junger Begleiter von der Tür her. »Sie rufen schon nach Euch.«

»Schade.« Der Mann lächelte. »Lise also ...« Er nickte ihr zu und ging zurück zur Tür.

Frau Gertrud drängte sich hinter ihm her. »Hat es denn nun seine Richtigkeit mit ihr? Sie hat gesagt, sie käme auf Empfehlung des gnädigen Herrn. Und nun muss ich doch wissen ...«

»Das hat sie gesagt?« Der Kavalier runzelte die sonst glatte Stirn und drehte sich noch einmal nach Elisabeth um. »So kommt doch endlich, Monsieur«, drängte der Junge und hielt ihm sein Degengehänge vor die Nase. »Was soll ich denn nun davon halten?«, jammerte Frau Gertrud.

Der Mann zwinkerte Elisabeth zu. »Wenn sie das gesagt hat, dann hat das auch seine Richtigkeit. Lass sie nur da.«

»Ja, so«, Frau Gertrud nickte mit ihrem angegrauten Kopf, »wenn das seine Richtigkeit hat ...«

Was hat dieser Abenteurer damit zu schaffen, wunderte sich Elisabeth, während der Mann im Hinausgehen »Ich freu mich schon aufs Essen!« rief und Sanne mit der flachen Hand auf den Hintern schlug.

»Da siehst du«, sagte Barbara, die plötzlich wieder an Elisabeths Seite stand, »ich hab's dir doch gesagt, du bist die Nächste. Na, vielleicht noch mal die Sanne, aber dann bist du's. Wie er dich schon angeschaut hat.«

»Angeschaut? Warum? Wie ... wie meinst du das?«

»Na ja.« Barbara musterte sie. »Du wirst ihm vielleicht zu mager sein, dem gefällt's eher, wenn ein bisschen Fleisch dran ist an einer Frau, aber gar so genau nimmt er's nicht.«

»Ich begreife nicht ...«

»Aber das war er doch.«

»Wer?«

»Der Ellbracht. Auf den du dich berufen hast am Anfang.«

»Nein.« Elisabeth starrte in Barbaras düsteres Gesicht. »Niemals.« Sie schüttelte den Kopf.

»Warum sollte er es nicht sein?« Barbara zuckte mit den Schultern.

»Ich stellte ihn mir so gänzlich anders vor …« Elisabeth senkte die Stimme. »Aber Barbara, dieser Mann machte auf mich keineswegs den Eindruck, als zwinge er Frauen in sein Bett …«

»Von zwingen«, erwiderte Barbara langsam, »hab ich nie was gesagt. Die kommen ganz von selber. Wirst schon sehen.«

Elisabeth lachte. »Ich doch nicht.«

»Du auch. Warum du nicht?« Der scharfe Ton passte schlecht zu Barbaras weichem, rundem Gesicht.

»Nun, ich … Ich habe doch einen Ehemann. Und wenn das wahrhaftig Herr Ellbracht war, dann kennt mein Mann ihn von früher her und …«

»Was meinst du«, sagte Barbara knapp, »wie das egal ist.«

Barbaras Worte von ihrem ersten Tag gingen Elisabeth durch den Sinn. »Der hat es doch schon mit jeder in der Küche getrieben.«

»Barbara?« Elisabeth berührte Barbaras Ärmel zaghaft mit ihren Fingerspitzen. »Hast du einen Kummer dieses Mannes wegen?« Barbara senkte den Kopf, ihre Unterlippe zitterte ein wenig.

»Jetzt schwätzt net!«, scholl die Stimme Frau Gertruds barsch herüber. »Ich brauch jetzt den Erbsenbrei. Was denkt ihr, wozu ihr hier seid? Zum Schwätzen vielleicht, was?«

»Heb das Sieb an!«, befahl Barbara, offensichtlich bemüht, das Thema Ellbracht wieder fallen zu lassen.

Elisabeth jedoch ließ es noch keine Ruhe. »Welche Stellung bekleidet er an diesem Hofe?«

Barbara zuckte wieder mit den Schultern. »Er steckt immer mit dem König zusammen. Sonst tut er nichts.«

»Aber von Adel scheint er nicht zu sein«, überlegte Elisabeth.

»Bewahre!«, zischelte Lotte hinter ihnen. »Ein Bauer ist der. Ein Bauer wie der König.«

»Lotte!«, rief Frau Gertrud. »Bring die Würste rüber.« Sie stand vor dem mächtigen, steinernen Herd, die Hände in ihre fülligen Hüften gestemmt. »Und du den Brei! Ei Lise, worauf wartst du denn? Feg endlich die Federn zusammen!«

»Wie hast du das gemeint?«, fragte Elisabeth später, als die Hausdiener längst alle Gänge im Speisesaal aufgetragen hatten und die Küchenmägde in der Gesindeküche ihre Suppe löffelten. Sie war neben Lotte zu sitzen gekommen, und obwohl sie fühlte, dass Lotte sie nicht sonderlich mochte, überwog ihre Neugierde.

»Was? Was hab ich gemeint?« Lotte rann Suppe über das Kinn. Sie wischte sie mit dem Handrücken fort.

»Dass der König ein Bauer ist und der Herr Ellbracht ebenfalls?«

»Der König«, kicherte Lotte, »der isst sogar Hafergrütze und Hafersuppe, weil seine Mutter ein Bauernweib war. So was kann man nicht mehr ablegen. Und ...«

»Schweigst du still!« Sie hatten nicht bemerkt, wie Frau Gertrud sich vor ihnen aufgebaut hatte. »Esst ein bisschen schneller, es geht gleich weiter mit der Arbeit. Und unser Herr König«, sagte sie mit strengem Blick auf Lotte, »der isst, wenn er für sich ist, einfache Speisen, weil er ein bescheidener Mensch ist.«

»König Phillip kommt nicht sehr oft hierher?«, fragte Elisabeth, als sie an Frau Gertruds Seite zurück in die Küche ging.

»Dies' Jahr nicht, nein«, antwortete Frau Gertrud. »Früher, da war er oft da. Er ist ja auch hier auf die Welt gekommen. Ei ja, sie sagen, er wär grad im Ausland. Was weiß ich.«

»Kommt er zuweilen zur Jagd?«

»Er jagt nicht«, mengte sich Lotte wieder ein, »sonst müsst' er sich blamieren. Weil er mit Waffen doch nicht umgehn kann. Weil er doch ein Bauer ...«

»Und was bist denn du?«, fuhr Frau Gertrud sie an.

»Noch so ein Wort und du setzt keinen Fuß mehr in die Küch'!«

»Hab's doch gehört«, maulte Lotte, »wie's das Fräulein Elsa gesagt hat und die …«

»Zofengeschwätz«, sagte Frau Gertrud verächtlich. »Ich bin länger hier als ihr dummen Dinger. Ich hab's noch erlebt, als er fast noch ein Junge war und konnt' mit der Armbrust umgehn wie kein Zweiter. Aber heut mag er's nicht mehr mit der Jagd, weil da ein Haufen dummer Menschen hinter einem einzigen Tier herrennen. Und weil er sich nicht vergreift an Gottes Kreatur.«

Ein merkwürdiger Mann, dachte Elisabeth. Und mit ihm stand ich einst im Innenhof unseres Schlosses. Ich wünschte beinahe, die Gelegenheit böte sich ein zweites Mal. Wie mag er sich fühlen, wenn in seiner eigenen Küche derart über ihn geklatscht wird? Weiß er darum? Aber, überlegte sie, wie kann ich wissen, was man in der Küche von Messelstein über mich oder meinen Vater geredet hat? All die Mädchen, die die Gemächer säuberten und so viele Gespräche mit anhörten, all die Wachposten, die im Gang standen und über jeden meiner Schritte unterrichtet waren – niemals habe ich einen Gedanken daran verschwendet, was diese Menschen über mich denken mochten, wie viel sie von mir wussten.

Frau Gertrud blieb in der Küchentür stehen. »Und du«, sie zeigte auf Elisabeth, »du bleibst heut über Nacht in der Küche. Kannst auf der Bank beim Ofen schlafen, da liegt sich's nicht schlecht. Da hab ich als junge Frau auch gelegen.«

Elisabeth wurde bleich. »Ich muss doch …«

»Nichts da! Heut gibt's ein großes Essen am Abend, da musst du schon mit anpacken. Hast doch geschickte Händ'.« Ihr wurde ganz klamm. Sie hatte den Töpfer aufsuchen wollen an diesem Nachmittag. Und Jakob erwartete sie sicherlich vor der Nacht, auch wenn er sich eigenartig benahm seit dem Vorfall auf der Wiese. Gerade *weil* er sich eigenartig benahm. Sie ertrug keinen weiteren Tag ohne ein erlösendes Wort. Und nun ... Wie konnten diese Menschen derart über ihre Zeit verfügen?

»Und heimgehn kannst du ja net, wenn du so weit fertig bist, weil dann ist's ja zu dunkel.«

»Das schreckt mich nicht, Frau Gertrud. Ich werde, sobald die Arbeit getan ist, nach Hause gehen.«

»Durch den Wald!«, rief Gertrud erschrocken. »Das ist doch nicht geheuer!«

»Die Nacht schützt mich besser vor den Menschen als der Tag.«

»Aber grad da in dem Stück Wald, das in dein Dorf führt«, fiel Sanne ein und machte große Augen dabei, »gerade da soll schon ein Mann von einem Aufhocker angefallen worden sein!«

Elisabeth lachte. »Wovon?«

»Ei, von einem Aufhocker. Lach nicht. Da haben schon ganz andere gelacht. Geister sind's, die springen dich von hinten an und würgen dich und erdrücken dich. Und am nächsten Morgen wirst du tot auf dem Weg gefunden.«

Und obwohl Elisabeth keineswegs an die Existenz solch dämonischer Wesen glaubte, fielen ihr am späten Abend, als sie quer über die Wiese eilte, Sannes Worte wieder ein.

Wenn nun doch ...? Ein Knacken vom Wald her ließ sie zusammenfahren. Und wie dunkel es zu dieser Tageszeit bereits war. Immer eher setzte die Nacht ein und verschlang Weg und Steg. Sie tastete sich zur Hütte.

Und Jakob war nicht einmal da. Er kam auch nicht am frühen Morgen, ehe sie sich erneut zum Schloss aufmachte. Dabei hätte sie ihn gerne nach diesem Manne gefragt, nach Herrn Ellbracht. Wie lange und woher mochte er ihn kennen? Einen Vertrauten des Königs von Reupen? Was wusste er über ihn? Noch immer war sie ganz verblüfft über dessen plötzlichen Auftritt in der Küche, über seine ganze Erscheinung, die sich so außerordentlich von dem Bild unterschied, welches sie sich von ihm gemacht hatte.

Aber mit Jakob ließ sich ohnehin schlecht reden in diesen Tagen. Er blieb wortkarg, beinahe wie ganz zu Anfang, als er gekommen und gegangen, ihr ausgewichen war und nur das Nötigste mit ihr besprochen hatte. Lag es wirklich daran, dass sie ihn abgewiesen hatte aus Angst vor den Folgen? Es schmerzte sie, wenn sie daran dachte.

Doch das alleine war es nicht. Er dachte noch immer an den Sänger mit dem wilden, roten Bart, das spürte sie. Sie mussten Stunde um Stunde erbittert debattiert haben in der Schenke. Jakob war spät zurückgekommen in jener Nacht. Erst bei Morgengrauen. Sie war wach geworden, als er seine Stiefel auszog und die Jacke über den Schemel warf. »Ich sitz hier und rede daher und tu nichts«, hatte er gesagt. »Jost tut wenigstens was, auch wenn's falsch ist. Aber wer sagt denn, dass es falsch ist! Vielleicht würd's ja doch was helfen, sich zu wehren.« Er war aufgewühlt gewesen. Er hatte mehr mit sich selbst gesprochen als mit ihr. »Wie aber soll's denn gehen? Wieder Blutvergießen und Mord und Folter? So wie Jost sich das denkt, so kann es nicht gelingen. Es wird sich doch kaum jemand anschließen. Ganze Städte sind abgebrannt in den letzten Kriegsjahren, die Pest hat gewütet, die Felder liegen brach. Und jetzt hoffen die Menschen, dass alles ein wenig erträglicher wird.« Er hatte tief aufgeseufzt. »Vielleicht wäre im Augenblick ein Fürst, der anständige Gesetze erlässt, für die Menschen besser als jeder Aufstand, so gerecht er auch sein mag. Aber selbst wenn unter all den Fürsten hin und wieder einer vernünftig ist, wer garantiert, dass sein Nachfolger nicht wieder rafft und mordet ... Ein Aufstand. Sich wehren. Blut. Tod. Und dann? Wenn's nicht gelingt? Und selbst wenn's gelingen würd' ... Wie geht's dann weiter?«

Ihr wurde angst, wenn er so sprach. Sie sah ihn im Kerker, am Galgen, am Rad. Aber er sprach danach nicht mehr darüber. Er nahm auch die Laute nicht mehr in die Hände. Er schwieg, er schien in Gedanken versunken, grübelte. Tat es ihm Leid, dass er nicht mit Jost gezogen war?

Sein Verstummen beunruhigte sie, doch die Arbeit in der Küche nahm sie zu sehr gefangen, um ausführlich darüber nachzudenken. Gäste flanierten durch das Schloss, durch den Park, scherzten auf den Treppen. Wie mochten die oberen Gemächer ausgestattet sein? Nach allem, was sie bisher gesehen hatte, sicherlich um einiges kostbarer als zu Hause auf Messelstein. Zuweilen sinnierte sie darüber. Zuweilen, wenn sie eine der Damen erspähte, verglich sie deren Robe mit den eigenen Kleidungsstücken, die in Messelstein in dem großen Schrank auf sie warteten. Und wie wäre es, wenn aus einer der vorfahrenden Kutschen Marie-Henriette ausstiege oder Friedrich von Bartin oder irgendein bekanntes Gesicht aus ihrem früheren Leben? So gänzlich unsinnig war der Gedanke nicht. Würde sie sich dann die Hände an der Schürze trocknen und aus der Küche rennen in ihren hölzernen Schuhen?

»Das Reibeisen!«

»Pardon?« Elisabeth blickte auf.

»Ei, das Reibeisen, so gib's mir doch!«, beharrte Barbara. »Liegt doch grad neben dir!« Barbara rückte näher an sie heran. »Was hast du denn? Ist was mit deinem Mann? Hat er dich geschlagen?«

»Geschlagen?« Elisabeth blickte verblüfft in Barbaras helles Gesicht. Sie musste an Jakobs schmale Hände denken, an die Fingerkuppen, die die Saiten der Laute nach unten drückten oder sanft ihre Lippen berührten.

»Warum guckst du mich so an?« Barbara schüttelte den Kopf. »Das machen sie doch alle.«

Elisabeth versuchte, das Gespräch ins Scherzhafte zu ziehen. »Und darum bist du froh, dass du keinen Ehemann hast!«

»Nein.« Barbara wurde ungewohnt ernst. »Und wie ich gern einen hätt. Denkst du denn, das wär schön, jede Nacht mit der Lotte in einer Kammer zu liegen? Und wo ich doch so gern Kinder hätt. Ganz viele. Aber ... Wie sollt' das auch gehn?« Sie presste einen Moment die Lippen aufeinander, dann lächelte sie wieder. »Und, Lise«, sie neigte sich wieder zu ihr, »was hast du denn nun?«

Elisabeth schüttelte den Kopf. Sie wrang den Lappen aus und wischte ein zweites Mal über die Tischplatte. »Ich war nur in Gedanken, es ist nichts.«

»Was du nur immer so denkst«, sagte Barbara fröhlich. »Ich denke nie an was.«

Elisabeth lachte. »Das glaube ich nicht.«

Sie waren, bis auf Sanne, ganz alleine in der Küche. Der Küchenmeister besprach sich seit Stunden mit dem Kämmerer, Frau Gertrud zankte auf dem Hof wegen der angelieferten jungen Hühner, die ihr längst nicht so jung wie zugesagt erschienen. Goldgelbes, spätes Mittagslicht fiel durch die Fenster.

»Schau, die da!« Barbara stieß Elisabeth in die Seite. In der Tür stand eine junge Dame in langem, glattem Kleid, das mittelblonde Haar am Hinterkopf zu einem Chinon aufgesteckt. Für einen Augenblick erschien sie unsicher, doch dann winkte sie Sanne zu sich herüber. »Mädchen!«

»Ja, Mademoiselle?« Sanne knickste leicht.

»Madame benötigt frisches Wasser. Ihr ist nicht wohl. Fülle mir diesen Krug, ich warte solange in der Halle. Aber es muss ganz frisch aus dem Brunnen sein.«

»Ja, Mademoiselle.« Sanne nahm den Krug entgegen und verließ die Küche.

»Die Zofe der Gräfin, die grad zu Gast ist«, erklärte Barbara, als sie allein waren. »Eine eingebildete Ziege.« Sie klopfte den Käse vom Reibeisen. Plötzlich packte sie Elisabeth heftig am Arm. »Komm, jetzt geht's.« Elisabeth ließ erschrocken den Lappen fallen. »Komm, komm!« Barbara zerrte sie zur Vorratskammer, Elisabeth taumelte verwirrt hinter ihr drein. Barbara blickte sich hastig nach allen Seiten um, dann schob sie Elisabeth in das Dunkel der Kammer und schloss behutsam die Tür. Es war gänzlich finster, Elisabeth spürte nur Barbaras Atem und das Klopfen ihres eigenen Herzens. Sie streckte die Hand aus und stieß zuerst gegen das Regal, dann an Barbaras weichen Arm. »Ich weiß, wo sie's hingetan hat«, flüsterte Barbaras Stimme.

»Wovon sprichst du nur?«

»Vom Konfekt.« Elisabeth stand reglos an der Tür, um sie her war alles schwarz. Sie fühlte sich verloren und hilflos so, während sie lauschte, wie Barbara Töpfe und Tiegel betastete. »Hier«, jubelte Barbara. Und ehe Elisabeth es sich versah, schob sie ihr etwas zwischen die Lippen. Eine längst vergessene Süße füllte ihren Mund, selbst ihr Denken. Eine Mandel mit Zucker überzogen. »Und da«, sagte Barbara, und dann schmeckte Elisabeth köstlichstes Marzipan. »Komm. Schnell wieder raus.«

Die Küche war leer und hell, aber in Elisabeths Mund klebte noch ein wenig Süße und die Erinnerung an das Dunkel. Sanne trat ein, dicht gefolgt von Frau Gertrud. »So was«, flüsterte Barbara Elisabeth mit Verschwörermiene ins Ohr, »hast du bestimmt noch nie gegessen.«

»Du?«

Barbara nickte verstohlen. »Ich muss nur höllisch aufpassen, dass die Frau Gertrud 's nicht merkt. Oder der Plattern. Nicht mal die Sanne, der trau ich nicht. Und du, halt bloß dein Maul. Wenn ich aus Versehen den ganzen Suppentopf vom Herd stoßen würd, das wär nicht so schlimm. Da gäb's 'ne Maulschelle, da würden sie toben, aber wenn der Plattern sieht, dass jemand auch nur das winzigste Stück von denen ihrem Fraß nimmt, dann ist's Diebstahl. Dann fliegst du aus der Küche raus. Dann würd dich der Plattern am liebsten unten am Marktplatz anketten.«

»Lise!« Frau Gertrud klatschte in die Hände. »Du kannst dann nach Haus gehen, heut Abend gibt's nicht mehr viel. Und du, Sanne, gehst rauf zum blauen Zimmer, weil das doch für die neuen Gäste hergerichtet werden muss. Morgen kommen die an. Und du, Barbara, du sorgst mir für ... Ei, wo ist denn der andere Bengel wieder?« Sie stemmte die Hände in die Hüften und blickte sich ergebnislos nach dem jüngsten Küchenjungen um. Elisabeth schlüpfte aus den Schuhen und nahm vorsichtig, ehe sie die Schürze losband, ihre irdenen, mit Speiseresten gefüllten Töpfchen aus den Taschen.

»Frau Gertrud!« Eine Page rief von der Tür her. »Schicke eine deiner Mägde zur Gräfin hinauf, Scherben auflesen und Wasser aufwischen. Fräulein Elsa ist der Krug aus der Hand geglitten.«

Frau Gertrud seufzte. »Dann bleib halt noch einen Augenblick, Lise.«

»Ich?« Elisabeth starrte sie an. »Ich soll nach oben …« Sie wandte sich um. Sanne war nicht mehr da. Barbara lachte.

»Ei ja, du. Du siehst manierlich aus und du redst manierlich. Dich kann man schon hochschicken.«

Elisabeth verließ die Küche mit Eimer und Wischlappen. An der Tür zum eigentlichen Inneren des Schlösschens zögerte sie. Sie holte tief Atem, öffnete und blieb erstaunt stehen. Dafür, dass dies nur der seitliche Aufgang zu den Gemächern war, war die Halle größer und prächtiger, als sie es erwartet hatte. Ein schmales, hohes Fenster reihte sich an das nächste und warf das Licht vom Hof auf die polierten Marmorfliesen. Hoch über ihr spannte sich eine weiße, mit Gold verzierte Stuckdecke. Die Treppe schwang sich breit und imposant zu den oberen Gemächern. Elisabeth legte die Hand auf das glatte Geländer und wollte unwillkürlich nach ihrem Kleid fassen, um es zum Treppensteigen zusammenzuraffen. Aber in ihrer rechten Hand hielt sie den Eimer, und da war auch keine weite, schleppende Robe, die sie hätte anheben müssen. Nur ein graublauer Rock aus grobem Leinen, der ihr kaum bis an die Knöchel reichte. Und anstelle von schmalen, perlenbesetzten Schuhen klapperten hölzerne Pantoffel auf den kalten Marmor der Stufen. Elisabeth sah an sich herunter. Mein Gott, dachte sie, wie lange ist es her, seit ich zum letzten Mal eine Treppe betreten habe?

Zwei Edelknaben kamen von oben, eilten an ihr vorbei,

so wie Kinder eine Treppe hinunterrennen, hüpfend, leicht. Sie trugen jeder ein samtenes Barett auf den langen Locken und kurze, geschlitzte Puffhosen an den Beinen. In dem einen erkannte Elisabeth den schüchternen Jungen wieder, welchen seine Begleiter auf dem Marktplatz fortwährend gehänselt hatten. Sie blickte ihnen nach, bis sie das Gebäude durch das vordere Portal verließen. Am oberen Ende der Treppe lehnte ein Wachsoldat an der Wand und gähnte. Als er Elisabeth kommen sah, lächelte er leicht. Sie nickte ihm zu, sie kannte ihn vom Sehen, konnte sich jedoch auf seinen Namen nicht entsinnen.

Zur linken Hand, hatte Frau Gertrud gesagt, die vierte Tür. Und wenn sie nun die falsche Tür öffnete? Musste sie zuvor klopfen? Wie benahm sich eine Dienstmagd in den oberen Gemächern? Wie eigenartig wirkten die groben Holzschuhe auf dem dichten, grünen Teppich des Ganges. Eine Tür neben der anderen. Türen aus glattem, poliertem Holz mit goldenen Verzierungen versehen. Mehrarmige Leuchter an den Wänden, Teppich, der die Schritte schluckte, Orangenbäume in silbernen Töpfen. Wie erst mochte die Residenz aussehen, wenn ein Jagdschlösschen bereits derart funkelte? Angesichts dieser Pracht schrumpfte die Residenz ihres Vaters in ihrer Erinnerung zu einem stattlichen Bürgerhaus.

Eine Tür öffnete sich. Die Zofe winkte. »Nun komm, komm. Wo bleibst du denn?« Sie schob Elisabeth in das Gemach. »Dort.« Sie zeigte in die Ecke des großen Zimmers, doch Elisabeth rührte sich nicht sofort. Zarte Vorhänge vor den Fenstern dämpften das Tageslicht. Im Halbdunkel, auf dem Prunkstück des Gemachs, dem niedrigen Paradebett, lag ausgestreckt die Gräfin auf weichen Kissen, gehüllt in ein leichtes, seidenes Hauskleid, das von dünnen Silberfäden durchzogen war. Über ihr hob sich der hohe, purpurne Himmel des Bettes, gestützt von vergoldeten Amoretten. Der schwere Purpurstoff fiel auf der linken Seite als Vorhang bis zum Boden, auf der rechten war er mit

Schleifen zurückgebunden. Eine zweite Dame saß am Frisiertisch und ordnete vor dem zierlichen, von goldenen Schnörkeln umrahmten Spiegel ihr Haar.

»Nun geh schon«, raunte die Zofe und schubste Elisabeth in die hintere Ecke. Dort lag unter einem Tischchen mit gedrehten Beinen die zerbrochene, gläserne Karaffe. Wasser bedeckte das Parkett.

»Das Heilbad? Mais non«, erwiderte die Gräfin gerade auf eine Bemerkung ihrer Freundin hin, »ich werde das Heilbad erst nach dem großen Ball visitieren. Ihr habt doch nicht im Ernst angenommen, chère amie, ich würde diese Occasion verschenken?« Ihre schlanke Hand ließ eine zweireihige Perlenkette in eine geöffnete Schmuckschatulle fallen.

»Elsa«, rief die Dame am Frisiertisch, »stecke mir diese Strähne hinten fest!« Sie hatte ihr dreißigstes Jahr sicherlich noch nicht erreicht, eine sehr schmale Frau mit einem blassen Gesicht, schmal gezupften Augenbrauen, einer hohen Stirn und einem flachen Kinn. Das Haar war straff nach hinten gekämmt, zwei gedrehte Locken umrahmten das Gesicht und berührten die bloßen Schultern. Sie trug ein goldfarbenes, schlichtes Kleid. Von einer äußerst kostbaren Schlichtheit, erkannte Elisabeth, während sie vorsichtig eine Scherbe nach der anderen in den Eimer sammelte. Die Gräfin hingegen war weder schmal noch blass. Sie war eine blühende, mollige Frau mit üppigem, dunklem Haar und geröteten Wangen. Sie war um einige Jahre älter als ihre Freundin und verbreitete die Sicherheit einer Frau, die um ihre Schönheit wusste.

»Werdet Ihr die Tetnitz im Bade treffen oder seht Ihr sie bereits beim Ball?«

Elisabeth erstarrte mitten in der Bewegung. Die Tetnitz? Sprachen sie von Henrie? Marie-Henriette, verehelichte Gräfin Tetnitz? »Que pensez-vous?« Die Gräfin winkte ab. »Die Tetnitz auf dem Ball! Der Herzog ist zum Ball geladen, und er ist angehalten, sich öfter mit seiner Gemahlin zu zeigen. Das wäre bei weitem zu auffällig, die Tetnitz auf einem Balle mit dem Herzog! Man munkelt, dass er sie fallen lassen wird ...« Vor Elisabeths Hand schob der lederbeschuhte Fuß der Zofe eine Scherbe beiseite. »Schhh«, mahnte sie leise, »kannst du die Scherben nicht etwas behutsamer in den Eimer räumen?«

Sie merken doch ohnehin nicht, dass ich da bin, dachte Elisabeth. Sie haben nicht einmal aufgesehen, als ich das Gemach betrat. Sie lauschte begierig auf den Fortgang des Berichtes über Marie-Henriette und den Herzog, aber die Damen hatten das Thema bereits gewechselt.

»Ihr werdet also erst nach dem Balle fahren?«, wiederholte die blasse Dame. »Des Königs wegen? Es semblierte mir bei Eurem letzten Zusammentreffen jedoch keineswegs, dass er Euch noch eine große Affektion entgegenbrächte.«

»C'est pourquoi«, lächelte die Gräfin, »ich werde ihn zu erinnern wissen. Und welcher Ort eignete sich besser als dieser, an welchem seine Passion für mich zum ersten Mal entflammte?«

»Passion?« Der Tonfall der Freundin verriet Zweifel. Sie wandte leicht ihren Kopf vor dem Spiegel, um zu überprüfen, ob ihr Haar ohne Tadel war.

»Ah, Eure ewigen Unkenrufe, ma chère Sophie!« Die Gräfin richtete sich unwillig aus ihren Kissen auf. »Reich mir die Schale mit dem Obst, Elsa! – Alors, Sophie, seid Ihr am Ende selbst interessiert?«

»Bewahre!« Die Angesprochene fuhr herum. »Allein wie der Mensch riecht! Sicherlich hat noch niemals auch nur ein Tropfen Parfum seine Haut touchiert! Und als er unlängst von einer Reise zurückkehrte – war es aus Prag? –, trug er doch vraiement einen Bart! Wenn er sich mir mit seinem haarigen Gesicht nähern würde und seinem Bauerngeruch ...«

»Die Avantage, die sich aus einer derartigen Liaison ziehen ließe, chère Sophie, lässt über einiges hinwegsehen, n'est-ce pas?«

»Aber die Manieren …«

Die Gräfin zuckte mit den Schultern. »In Gesellschaft, ich bin gezwungen, Euch zuzustimmen, mag man sich an seiner Seite gewissen Peinlichkeiten aussetzen, aber in Gesellschaft zeige ich mich an der Seite meines Gatten und nicht an der Seite des Königs. Und alleine mit ihm …« Sie winkte die Freundin näher zu sich heran. »Justement dieses naive Unvermögen, sich zu benehmen, ma chère, birgt einen extraordinären Reiz.«

»Alors.« Die Freundin ließ sich auf einem gepolsterten Schemel an der Seite des Bettes nieder. »Ich weiß, Ihr sprecht aus einer gewissen Experienz, aber …«

»Männer seiner Herkunft, das lasst Euch einen wohlmeinenden Rat einer guten Freundin sein, besitzen eine wundervoll primitive Ausstrahlung. Philipp ist wie ein ungezähmtes Pferd. Man weiß vorher nie, was geschieht, was er sagen, was er tun wird. Und so ernsthaft bei der Sache ist er, dass er mich beinahe rührte …«

Die Freundin hob spöttisch die Hand. »Cela suffit! Finalement ratet Ihr mir noch, ich solle mir des Nachts einen Stallburschen in mein Gemach holen.«

Elisabeth wischte das Wasser beinahe lautlos vom Parkett, damit ihr kein Wort der Unterhaltung entginge.

»Man munkelt«, lachte die Gräfin, »die kleine von Amstetten täte das gelegentlich wirklich! Wie wäre es mit dem Ellbracht, chère Sophie? Er ist extremêment muskulös und kräftig und peut-être …« Der Rest des Satzes verlor sich in Tuscheln und Kichern.

»Das genügt doch schon.« Die Zofe stand vor Elisabeth und lenkte sie von dem Gespräch der Damen ab. »Scher dich wieder in die Küche, vergiss den Lappen nicht.«

»Elsa!«, rief die Gräfin. »Ziehe die Vorhänge zurück! Mir ist wieder ganz wohl. Ich denke, du kannst die Reitkleidung herauslegen.«

Elisabeth erhob sich. Für einen Wimpernschlag heftete sich der Blick der schmalen Dame auf sie. Was mag sie gesehen haben?, überlegte Elisabeth. Eine grau gekleidete Magd, ein niederes Wesen, an das man keinen Gedanken verschwendet? Ein Wesen, das auf der Erde kriecht und den Schmutz vom Boden wischt. Wenn sie mich dafür halten, bin ich es dann auch?

»Madame …« Elsas Worte verloren sich hinter der Tür, die Elisabeth leise ins Schloss zog.

Für einen Moment ließ sie den Eimer sinken und lehnte ihre Stirn an die mit tiefrotem Stoff bezogene Wand.

Oh, mon Dieu, ihr war ganz wirr im Kopf von allem, was sie gesehen und gehört hatte. Das üppig ausgestattete Gemach hatte sie erdrückt, die Worte der Damen ihr Gesicht zum Glühen gebracht. Deinesgleichen, hätte Jakob gesagt. Sie schämte sich für diese unangenehme Frau. Sie schämte sich für sich selbst, die sie am Tag ihres Balles im Beisein aller Anwesenden solch unbedachte Worte über König Philipp nachgeplappert hatte, ohne den Mann überhaupt zu kennen. Einen Mann, der so unbedarft war, mit einer Frau zu schlafen, welche sich später damit brüstete und von ihm sprach wie von einem Spielzeug. Eine Frau, die ihre liebe Henrie kannte, die sie vielleicht bald sehen und mit ihr plaudern würde …

Sie richtete sich auf. Frau Gertrud wird warten. Sie eilte zur Treppe zurück, um dort geradezu in Herrn Ellbracht hineinzulaufen, der von der entgegengesetzten Seite des Ganges kam. »Hoppla!« Sein helles Gesicht leuchtete auf. »Das schöne Mädchen aus der Küche. Lise? Stimmt's?« Sie nickte. »Warte.« Er legte seine Hand auf ihren Arm, ehe sie die Treppe betreten konnte. »Renn nicht gleich weg.«

Wieder trug er keinen Rock über dem Hemd, wieder die engen, dunklen Hosen und die Stulpenstiefel, obwohl er doch diesmal nicht von einem Ritt kam. Muskulös und kräftig, hatte die Gräfin gesagt. Zumindest darin hatte sie Recht.

»Ich muss zurück in die Küche.« Sie entzog ihm ihren Arm.

»Was treibst du hier oben?«

»Ich wurde zum Gemach der Gräfin befohlen. Ihrer Zofe entglitt eine mit Wasser gefüllte Karaffe, und ich …«

»Hast's auflesen müssen.« Er lachte. »Die Gräfin, die alte Schlange! Bist du zum ersten Mal hier oben?« Wieder nickte sie. »Und? Hat dir ihre Stube gefallen?«

Stube sagt er, dachte Elisabeth und musste unwillkürlich lächeln. Der Mann lächelte ebenfalls. »Ich weiß nicht …« Sie zuckte mit den Schultern.

»Willst du meine sehn?«, fragte er, und schon wieder lag seine Hand auf ihrem Arm. Eigenartigerweise schien ihr weder seine Berührung noch seine Frage anzüglich. »Es ist nicht weit.« Er machte eine einladende Bewegung mit dem Kopf, seine Augen blitzten auf.

»Ihr scherzt«, sie runzelte die Stirn.

»Ja«, er nickte. »Ist das schlimm?«

Sie konnte nicht umhin zu lachen. »Nein.«

Der Wachsoldat an der Treppe grinste.

»Du kannst trotzdem mitkommen. Ich zeig's dir. So was kennst du ja doch noch nicht, na? Nur ansehn.«

»Frau Gertrud wartet.« Elisabeth entzog ihm ihren Arm ein zweites Mal.

»Ach, Frau Gertrud hin, Frau Gertrud her. Bist du überhaupt nicht neugierig?«

»Auf das Zimmer des Königs vielleicht«, entgegnete sie, auf seinen neckenden Tonfall eingehend.

»Das ist grad neben meinem.«

Plötzlich änderte sich sein Gesichtsausdruck. Er sah sie nachdenklich an. »Wirklich?«

»Pardon?«, fragte sie verwirrt.

Er schob sie ein Stück den Gang hinunter, außer Hörweite des Soldaten. »Willst du's wirklich sehn? Das Zimmer vom König?«

»Ja.« Er scherzt, dachte sie, und doch klopfte ihr Herz heftiger.

Seine graublauen Augen musterten sie. »Gut«, sagte er,

als habe er gerade einen Beschluss gefasst. Er nahm ihre Hand und zog sie mit sich. »Ich zeig's dir.«

»Aber ... aber der Eimer ...«

»Stell den verdammten Eimer neben den Topf da.« Er zeigte auf das silberne Gefäß, in welchem ein Orangenbäumchen wuchs. »Herr Ellbracht, ich ... Ist Euch das erlaubt?« Er drehte sich zu ihr um, die blonden Locken schwangen mit der Bewegung mit. »Ich darf das«, sagte er.

Er führte sie am Zimmer der Gräfin vorbei, immer den Gang entlang, bis zu einem kleinen Treppenabsatz. Dort bog er nach rechts in den mittleren Teil des Schlosses hinein. »Da ist es!« Herr Ellbracht öffnete eine der glatten, verzierten Türen. »Hier vorn schläft der Leibdiener, wenn der König da ist.« Er schob sie in einen kleinen Vorraum.

Worauf habe ich mich nur eingelassen? Sie blickte den Mann irritiert an, aber aus seinem offenen Lachen ließ sich nichts anderes schließen, als dass er ihr wirklich nur die königlichen Gemächer zeigen wollte, ohne jeglichen Hintergedanken. Oder täuschte sie sich?

Er öffnete die schmale Tür an der Wand gegenüber. »Und das«, er machte eine weit ausholende Geste, »sind König Philipps Gemächer!«

Sie trat einen Schritt hinein. Der Raum war von der gleichen Größe wie derjenige, in welchem die Gräfin derzeit weilte, hatte den gleichen Parkettfußboden, die gleiche weiße Gipsdecke mit Stuckornamenten. Ein ähnliches Prunkbett mit hohem Himmel und tiefroten Vorhängen beherrschte den Raum. Und doch wirkte er anders. Heller, klarer. Heller wohl, weil an den Fenstern die Vorhänge gänzlich fehlten. Das Licht drang ungehindert durch die hohen Sprossenfenster in jeden Winkel. Und klarer, da in diesem Raum keinerlei Zierrat zu finden war. Kein großer Planspiegel über dem Kamin, keine Vasen, keine schnörkelbeinigen Tischchen. Nur ein schlichter Tisch an der Seite des Bettes. Ein Leuchter mit drei heruntergebrannten Kerzen stand darauf.

Herr Ellbracht war in der Tür stehen geblieben, abwartend, mit verschränkten Armen. »Sieh dich nur um«, sagte er.

Sie blickte zögernd auf den Mann, dann wieder in das Zimmer. Sie wusste nicht, worauf sie gehofft hatte. Auf ein persönliches Besitzstück vielleicht, welches der König bei seinem letzten Besuch hatte liegen lassen. Aber da war nichts, nicht einmal ein vergessenes Hemd.

»Und?«, fragte er. »Gefällt's dir?« Sie zuckte mit den Schultern.

»Du tust, als wärst du schon in tausend solcher Stuben gewesen«, lachte er.

Sie lächelte. »Vielleicht.«

»Und das Bett ...« Er trat hinter sie. »Wie gefällt dir das Bett?«

»Herr Ellbracht ...« Sie wandte den Kopf und stieß dabei an seine Schulter. Die glatte Seide seines Hemdes berührte ihre Wange. Er roch nach einem sanften Parfum.

»Sag Andreas.«

»Das steht mir nicht zu.« Sie straffte sich und wich einen Schritt zurück, aus dem Dunstkreis dieses sanften Duftes heraus.

»Da muss noch irgendwo eine Flasche Wein sein.« Er trat in eine Türöffnung am anderen Ende des Raumes. »Magst du Wein?«

Neugierde packte sie. »Das Ankleidezimmer?« Sie trat näher heran, doch dann hielt sie inne. Es war nicht recht, so lange im Zimmer eines anderen Menschen zu verweilen, ohne dessen ausdrückliche Erlaubnis zu besitzen.

»Nein.« Er schüttelte den Kopf. »Da steht nur ein Tisch und ein paar Bücher liegen rum.«

»Bücher?« Sie schob sich an ihm vorbei, ohne weiter zu fragen. Auf dem Tisch am Fenster des kleinen Nebenzimmers lag alles so, wie der Bewohner dieser Gemächer es hatte stehen und liegen lassen. Zwei Bücher, eines davon noch geöffnet, in dem zweiten Papierstreifen zur Markierung. Beschriebene Blätter. Weiße, leere Blätter. Ein Tintenfass. Eine Feder. Eine getrocknete Pflanze. Eine Blume, wunderte sie sich und berührte sie sacht. Ein Gänseblümchen, wie eigenartig. Auch auf dem schmalen Regal an der Wand standen Bücher. Sie trat darauf zu und streichelte ihre Rücken mit der Hand. Sie hielt inne und zog eines heraus. Sie schrie auf. »Kopernikus!«

Dort stand auch die Flasche Wein, nach der Herr Ellbracht gesucht hatte, und ... »Ein Himmelsglobus!« Vorsichtig berührte sie die Kugel aus Pappmaschee, auf der fein säuberlich die Sternbilder eingezeichnet waren. Sie vergaß den Mann, der in der Tür lehnte. Langsam drehte sie die Kugel. Noch einmal berührte sie die Buchrücken. Es war zwar nur ein Bruchteil der Bücher, die in ihrer Schreibstube standen, aber dennoch ...

Sie trat wieder an den Tisch, zog den Stuhl zurück. Sie berührte das Tintenfass.

»Darf ich ...«

Herr Ellbracht nahm den Hut vom Kopf und ließ sich an der Tischkante nieder. »Mach nur.«

Sie schraubte es vorsichtig auf. Sie streichelte die Feder, sie tauchte sie behutsam ein. Sie suchte ein leeres Blatt.

Ihre Hand zitterte. »Darf ich wirklich?« Ihr Herz klopfte bis zum Halse.

Er zuckte verwundert mit den Schultern. »Ich weiß zwar nicht, was du daran findest, aber mach nur.«

Sie zog ein Blatt hervor, doch es war bereits beschrieben. Mit einer ungelenken, ungeübten Handschrift. Sie hob es hoch. »Der König?«, fragte sie.

»Sonst schreibt in dieser Stube niemand«, meinte er. »Aber ich kann dir nicht sagen, was er da geschrieben hat. Ich kann nicht lesen. Und schreiben auch nicht.«

»Wie groß ist doch die Zahl aller Edelleute«, stand auf dem Blatt, »die selber müßig wie die Drohnen von anderer Leute Arbeit leben, nämlich von den Pächtern auf ihren Gütern, die sie bis aufs Blut schinden um höherer Renten willen, obendrein scharen sie einen ungeheuerlichen

Schwarm tagediebender Trabanten um sich, die niemals ein nützliches Handwerk gelernt haben, das seinen Mann nährt.« Es handelte sich wohl um ein Zitat aus einem der Bücher. Nur merkwürdig, dass ein Mann seiner Stellung einen solchen Satz notierte.

»Erzählt man sich nicht, der König könne weder lesen noch schreiben?«, fragte sie.

»Die erzählen viel«, meinte Ellbracht gleichmütig. »Willst du nicht einen Schluck Wein? So einen kriegst du unten in der Küche nicht.« Sie schüttelte den Kopf, aber er öffnete die Flasche trotzdem und nahm selbst einen Schluck.

Sie blickte auf das Buch, das vor ihr lag. »Hugo Grotius«, las sie. »De iure belli ac pacis.« Vom Recht des Krieges und des Friedens. Mit dichten, feinen Schriftzügen überzogene Bögen lagen in dem Buch. Offensichtlich hatte der König von Reupen sich Passagen des Buches aus dem Lateinischen ins Deutsche übertragen lassen, weil er die lateinische Sprache nicht beherrschte. »Johannes Althusius«, las sie auf der Innenseite des zweiten Buches. Der Name war ihr nicht geläufig. Herr Ellbracht saß noch immer da, auf der Kante des Tisches, die Arme über der Brust verschränkt, und beobachtete sie mit interessiertem Blick.

»Was für ein eigenartiger Mensch ist das?«, wunderte sie sich.

»König Philipp?«, fragte er. Sie nickte. »Eigenartig«, stimmte er zu. »Da.« Er hielt ihr die Flasche hin. »Trink was. Das hab ich auch noch nicht gesehn, dass sich ein Weibsbild so auf ein Stück Papier stürzt. Du kannst das doch nicht lesen, oder?«

Sie nahm die Flasche aus seiner Hand und tat einen Schluck. Der Wein war herb und gut. Sie sah den Ellbracht an. Bin ich verrückt?, dachte sie. Sitze ich wirklich hier? Die Prinzessin von Messelstein als Küchenmagd im Gemach des Königs von Reupen, an seinem Schreibtisch, mit seinem Vertrauten, und trinke mit ihm des Königs Wein?

»Ist der König wie Ihr?« Ihr wurde ganz leicht von dem Wein.

»Nein. Überhaupt nicht. Würd ihm gut tun, wenn er so wär.«

Sie schloss das Buch und das Tintenfass. »Wie … wie sieht er aus? Ist sein Haar hell wie das Eure oder eher dunkel oder …«

Er schüttelte seufzend den Kopf. »Eigentlich unterhalt' ich mich mit Weibern nicht über andere Männer.« Sie lachte auf. Es ließ sich leicht mit ihm lachen.

»Du hast schönes Haar«, sagte er und zog eine Strähne durch seine Finger. Sie schob sie wieder zurück. »Wir sprachen von des Königs Haar«, maßregelte sie ihn.

»Schade.«

»Pardon?«

»Ich dacht', du wärst vielleicht wegen mir mitgekommen.«

Sie musterte seine breite, kräftige Gestalt. Er gleicht einem jungen Helden aus einer alten Sage, dachte sie, die Neigung der Küchenmägde ist nur allzu verständlich. »Dann erzählt von Euch«, forderte sie ihn auf. »Ihr wart nicht zeit Eures Lebens an einem Hofe, nicht wahr?«

»So viel wie mit dir«, er ließ ihre Frage unbeantwortet und reichte ihr die Flasche, »hab ich noch nie an einem Stück mit einem Weib geredet.«

»Ihr redet nicht mit Frauen?« Sie setzte die Flasche an den Mund.

»Vergeudung«, sagte er und nahm die Flasche wieder zurück.

»Ihr irrt Euch«, lächelte sie.

Er ist ein Abenteurer, dachte sie, einer, der durch das Leben wandert. Es wunderte sie nun nicht mehr, dass Jakob einen solchen Mann kannte. Er mochte ihn in Leyden getroffen haben oder in der großen Handelsstadt oder auf der Straße. Wie aber kam es, dass ein Mann wie dieser Herr Ellbracht, nicht von Stand, am Ende selbst ohne Besitz, den

Herrscher eines reichen und großen Landes wie Reupen kannte, diesen eleganten, merkwürdigen Menschen, dessen Gesicht für sie nur eine Maske war?

»Wie lange kennt Ihr den König schon?«

»Lange.«

»Länger als Jakob?«

Die Flasche glitt aus seiner Hand und schlug auf dem Parkett auf. Er bückte sich hastig und hob sie auf. Sie war nicht zerbrochen. »Was hast du da eben gesagt?«

»Ob Ihr den König länger kennt als Jakob. Jakob«, wiederholte sie, »meinen Mann. Er sagte, er kenne Euch von früher her. Das ist auch der Grund, weswegen ich Euren Namen benutzte ...« Ihr wurde unbehaglich unter seinem Blick. »Bitte, Herr Ellbracht, es tut mir außerordentlich Leid. Ich hätte mich nicht ohne Euer Wissen auf Euch berufen dürfen, aber was blieb mir übrig ...«

»Langsam«, unterbrach er ihren hastigen Redefluss. Die Farbe war aus seinen Wangen gewichen und er starrte sie so eigenartig an. »Du sagst, du hast einen Mann. Und der heißt ausgerechnet Jakob. Jakob und wie noch?« Er wartete gespannt auf die Antwort.

»Meger«, sagte sie. »Jakob Meger und ... Monsieur?« Sie sah sie ihn verwirrt an. »Ist etwas nicht in Ordnung, Monsieur? Was habt Ihr? Ihr kennt ihn nicht?«

»Du bist das? Du bist ... Ich meine, du bist Jakobs Frau?« Er erhob sich. Er schüttelte den Kopf. »Ich bin ein Dummkopf. Ich hätt's merken müssen ... Das ist doch einfach nicht möglich ...«

Ihre Finger spielten nervös mit der Feder. »Herr Ellbracht ...«

Er nahm einen tiefen Zug aus der Weinflasche, setzte sie ab, wischte sich über den Mund und fing schallend an zu lachen. »Stell dir das vor! Ich mit dir, ausgerechnet in dem Bett da drüben ... Er hätte mir den Hals umgedreht. Gut, dass du's rechtzeitig gesagt hast.«

»Keine Sorge, Monsieur«, erwiderte sie kühl. »Das wäre

ohnehin nicht geschehen. Ich hätte zuvor Euch den Hals umgedreht. Das heißt, vorausgesetzt es stünde in meinen Kräften.«

Er musste lachen und reichte ihr die Flasche. »Da, nimm noch einen Schluck.«

»Frau Gertrud«!, rief sie erschrocken und erhob sich hastig. »Was wird Frau Gertrud denken, wenn ich nicht zurückkomme?«

»Dass du bei mir im Bett liegst.« Er setzte seinen Hut wieder auf. »Das macht aber nichts. Das ist sie gewohnt.«

»Ihr seid überaus offen, Monsieur.«

Er lächelte. »Komm einmal wieder, wenn du magst.«

Sie konnte nicht umhin, ebenfalls zu lächeln. »Vielleicht verratet Ihr mir dann, welche Farbe das Haar des Königs hat. Ist es am Ende rot?«

Er grinste. »Soll ich was ausmachen für dich?«

»Wie ... wie meint Ihr das?«

»Wenn du ein solches Interesse am König hast, dann könnt' ich ihn doch mal fragen, sobald er wieder hierher kommt«, er zeigte auf das Bett mit den tiefroten Vorhängen, »ob ich dich hochbringen darf in der Nacht.«

»Gebt Ihr die Frauen, die Euch abweisen, immer an den König weiter?«, fragte sie spitz. Sie musste an die Gräfin denken, an ihre unschicklichen Bemerkungen über König Philipps Benehmen, und spürte ein Kribbeln in der Magengegend.

Ellbracht überging ihre Frage. »Er ist ein wenig seltsam, was Weiber angeht, aber du würdst ihm bestimmt gefallen. Ihr könntet ja«, er lachte auf, »dort in der Stube sitzen und zusammen die Papierfetzen lesen.«

Sie warf ihm einen grimmigen Blick zu. Sie hörte sein schallendes Lachen noch, als sie den Gang entlang zur Treppe eilte.

»Wo bist du denn so lange geblieben?«, empfing sie Frau Gertrud.

»Ich ...« Elisabeth errötete. »Es hat etwas länger gedauert.« Wenn sie nur den Wein nicht riecht, hoffte sie. Aber Frau Gertrud ging nicht länger auf ihr Ausbleiben ein. Sie war sichtlich froh, dass Elisabeth noch anwesend war. Sie hieß sie bleiben, denn es hatte sich mittlerweile noch einiges an Arbeit für sie gefunden. Im Laufe des Nachmittages gab sie ihr diesen und jenen Auftrag. Elisabeth führte die aufgetragenen Arbeiten flüchtig aus, mit fahrigen Bewegungen, ein hölzener Löffel fiel ihr scheppernd auf die Fliesen. Mit den Gedanken war sie in den oberen Gemächern. Mehr bei dem eigenwilligen Mann als bei der Gräfin, mehr noch bei den Büchern als bei den erlesen ausgestatteten Gemächern. Ihre Hände fühlten noch immer den Verschluss des Tintenfasses. War sie nun wirklich zeit ihres Lebens gezwungen, diese schwarzen Töpfe zu scheuern? Die Erde von den gelben Rüben zu kratzen? Würde sie niemals wieder an einem solchen Tisch sitzen, den Federkiel in der Hand? Sie wäre ebenfalls dazu in der Lage, jene Bücher für den König in die deutsche Sprache zu übertragen, dafür müsste er seine gelehrten Herren nicht bemühen. Stattdessen rührte sie die Suppe für seine Gäste.

37.

Sie fand Jakob schlafend auf dem Strohlager. Sie ahnte ihn im Dunkel mehr, als dass sie ihn sah. Die letzten Nächte hatte er nicht in der Hütte verbracht, meist hatte sie ihn nur kurz gesehen, wenn sie gerade im Gehen begriffen war. Sie stellte leise, um ihn nicht zu wecken, die Töpfe mit der Suppe ab, löste ihr Haar, öffnete ihren Rock und glitt vorsichtig unter die raue Decke. Stroh stach in ihren Rücken. In der Ecke unter dem Regal raschelte eine Maus. Neben ihr atmete Jakob, regte sich im Schlaf. Branntweingeruch streifte sie. Wo war er gewesen? Gab es trotz der glatten Marmortreppen, trotz des jungen Abenteurers mit den blonden Locken, trotz Pasteten und Wild mit Preiselbeeren noch die schäbige Schenke in der Stadt? Die grölenden, zerlumpten Männer? Das Dorf und Johanna und den Marktplatz? Holprige Straßen und fahrende Sänger?

Sie konnte nicht sofort einschlafen, obwohl sie sich müde gearbeitet hatte und ihre Glieder schwer waren. Durch ihren Kopf zogen unruhige Gedanken, mengten sich die Bücher in des Königs Gemach mit der tiefen, sicheren Stimme der Gräfin, mit dem Ruf eines Käuzchens und einem Scharren vor der Hütte, mit dem Gedanken an ein weiches Bett mit tiefrotem Vorhang, mit dem festen Stroh der Matratze, auf der sie lag, mit dem Grinsen des Herrn Ellbracht und dem überheblichen Gehabe der Zofe Elsa. Ihr Kopf begann zu schwimmen, über die Traumgrenze hinweg. Sie saß am Schreibtisch des Königs und tauchte die Feder in die Tinte. Ihr Haar war hinten zu einem Chinon aufgesteckt und mit kleinen Perlen verziert. Sie trug das Atlaskleid, das sie vor Unzeiten dem jüdischen Trödler verkauft hatten, da trat der König ein, an seiner Seite die Gräfin. »Madame«, sagte er mit Herrn Ellbrachts Stimme. Sie hob den Kopf, aber er blieb eine dunkle, unkenntliche Gestalt.

Neben ihr gab Jakob ein leises Stöhnen von sich.

»Nein!«, sagte er.

Sie richtete sich verschlafen auf. »Jakob?«, flüsterte sie.

»Nein«, rief er, aber es war kein angstvoller Schrei wie damals, als sie ihn zum ersten Mal im Schlaf hatte reden hören. Es war ein erschöpftes, gequältes Nein. Er drehte seinen Kopf unruhig von einer Seite auf die andere. Sie streckte ihre Hand aus und berührte seine Schulter. Seit Tagen hatte sie ihn nicht mehr berührt. Er seufzte tief und fasste nach ihrem Arm. »Elisabeth?«, murmelte er.

Sie schob ihren Arm um seine Schulter. »Ich bin doch da«, sagte sie. Er presste sein Gesicht an ihren Hals. Sein Gesicht war warm, sein Atem auf ihrer Haut war warm.

Seine Hand tastete nach ihr. Sie verharrte reglos, ihr Herz flatterte. »Hab keine Angst«, sagte er leise. »Ich tu dir doch nichts. Ich will dich nur anfassen.«

Sie schloss ihre Arme fest um ihn und tauchte ein in das Gefühl von Wärme und Sicherheit, das sie so sehr vermisst hatte. Sie hielten einander nur fest und ihr wurde ganz ruhig so. Die Wärme wuchs wortlos und seine Lippen spielten mit den Poren ihrer Haut. Sie schüttelte heftig den Kopf und vermochte es dennoch nicht, von ihm abzurücken. »Schhh«, flüsterte er. »Nichts wird passieren, ich schwöre es dir …« Und seine Lippen tasteten sich weiter über ihre Haut, und sie schauderte, als sie erkannte, wie unendlich weit sich das Gebiet des Nur-Anfassens erstreckte.

Und viel später, ehe sie zurück in den Schlaf glitt, fragte sie: »Was ist es nur, das dich so sehr quält in deinen Träumen?«

Er schrak auf. »Was hab ich gesagt?«

»Nichts, nur geschrien. Warum nur?«

»Ich weiß nicht, ich … Ich weiß nicht, wohin ich gehen soll. Lise, ich … ich weiß es einfach nicht.«

»Es ist gut.« Sie wiegte ihn leicht. »Es ist alles gut.« Sie fuhr mit den Fingern durch sein wirres Haar.

Jakob kniete vor der Feuerstelle und pustete sanft. Er erhob sich und klopfte die Asche von den Knien.

Er bereitete einen Aufguss von Brombeerblättern, ehe sie die Suppe aus der königlichen Gesindeküche über dem kleinen Feuer wärmten. »Pass auf«, sagte er, als er ihr den Trinkbecher reichte, »trink noch nicht, sonst verbrennst du dir den Mund.«

Der zärtliche Ton der Nacht schwang noch in seiner Stimme mit. Der Tee schmeckte ihr besser als der königliche Wein vom Vortag, aber das mochte daran liegen, dass sie all ihre Sinne auf den sanften Geschmack der Brombeerblätter richtete.

»Sie sparen am Gemüse.« Jakob runzelte die Stirn, während er kostete. »Warum geben sie dir nicht die Reste vom Mittagessen der Herrschaften mit?«

»Das geschieht selten genug«, erklärte Elisabeth, »und

auch nur, weil es Frau Gertrud manchmal nicht über ihr Herz bringt, alles wegzuwerfen. Aber der Plattern darf es nicht wissen, denn das sind Speisen, von denen es uns nicht bestimmt ist zu kosten.«

»Bestimmt?« Jakob runzelte erneut die Stirn.

»Es ist das Vorrecht der Geburt. Wir dürfen nicht einmal ahnen, wie derartige Genüsse munden mögen.« Sie kicherte. »Barbara nascht jedes Mal. Sie sagt, die wollen nur nicht, dass wir merken, dass ihr feiner Fraß auch nicht so viel anders schmeckt.«

»Barbara.« Jakob lachte. »Du kennst sie?«

»Hab ich das gesagt?«

Sie nippte am Tee. Die Tür stand weit offen. Noch einen Monat weiter, und es mochte am Morgen zu kühl sein, die Tür so weit zu öffnen. »Woher kennst du den Ellbracht?«

»Von früher«, antwortete er vage.

Sie runzelte die Stirn. Verschwieg er etwas? »Du sagtest, du hättest ihn kennen gelernt, ehe er diese hohe Stellung bei Hofe bekleidete?« Er nickte. »Wie lange ist das her?«

»Lange.«

Sie seufzte. »Das sagte der Ellbracht auch. Er meinte jedoch ...«

»Der Ellbracht?« Jakob zog die Brauen hoch. »Du hast ihn gesehen?« Seine Stimme war scharf, angespannt. »Du hast nichts davon erzählt.«

»Wie konnte ich, wenn Ihr mir fortwährend aus dem Wege ginget?«

»Jetzt sag, was war.« Sie blickte ihn erstaunt an. Seine Reaktion war eigenartig. Sie hätte erwartet, dass er sich nach dem Befinden des Herrn erkundigte oder sie fragte, was sie von ihm hielte. Als er ihn das erste Mal erwähnte, hatte sie den Eindruck gewonnen, seine Beziehung zu diesem Manne sei eine freundschaftliche gewesen. Hatte dieser Eindruck getrogen?

»Was sollte gewesen sein ...« Dann meinte sie zu begreifen. Sie lachte. »Du hast von seinem Ruf gehört? Aber sei versichert, er hat sich mir in keinster Weise unschicklich genähert.« In keinster Weise ist nicht ganz richtig, überlegte sie, und eine zarte Röte zog sich über ihr Gesicht.

»Du warst mit ihm allein?«

Sie legte ihre Hand auf seine. »Würdest du mir glauben, wenn ich dir sage, ich war mit Herrn Ellbracht im Gemach des Königs und wir besahen uns lediglich seine Bücher und tranken aus des Königs Weinflasche?«

»Ihr wart wo?« Er starrte sie an.

Sie erzählte lebhaft von dem zerbrochenen Wasserkrug der Gräfin, von dem überheblichen Getue der Zofe, deutete das Gespräch der Damen an, beschrieb deren Gehabe und ihre Gewänder, die Ausstattung des Gemachs, die Farben. Sie erzählte von ihrer Begegnung mit Herrn Ellbracht, von den Räumen des Königs, von den Büchern und den beschriebenen Seiten. Sie zitierte den Satz, den sie gelesen hatte, bis ihr Jakobs ungewöhnliches Schweigen und seine wachsende Unruhe auffiel. Sie hielt inne.

»Jakob?« Er lehnte seinen Rücken an die Wand und blickte an ihr vorbei, geradeaus zur Feuerstelle. »Jakob, was ist dir?«

»Nichts.«

»Jakob«, begann sie vorsichtig, »es muss dich nicht irritieren, dass ich die oberen Gemächer gesehen habe. Ich möchte mit dieser grässlichen Gräfin sicherlich nicht tauschen, auch wenn sie ein silberdurchwirktes Gewand trägt.«

»Aber gefallen hat dir alles, was du gesehen hast.«

»Ja. Ja, natürlich. Es war amüsant …«

»Dacht' ich mir doch, dass du's vermisst hast.«

»Vermisst?«

»Jetzt, wo du's Tag für Tag siehst, hättest du das andere gerne wieder, oder? Die weichen Betten, das Geschwätz am Frisiertisch, das gute Essen und die Zeit, in der du müßig am Tisch sitzen und in Büchern blättern kannst und nie Angst haben musst vorm nächsten Tag. Ich kann's ja auch verstehen …«

»Jakob«, seufzte sie. Es schmerzte sie, dass er sie derart missverstand. »Was denkst du nur? Ich bin nicht mehr die Prinzessin von Messelstein und ich werde es nie mehr werden. Aber ich bin trotz allem noch immer Elisabeth, ich bin kein völlig anderer Mensch geworden in den Tagen, die ich hier mit dir gelebt habe. Ich habe viel gesehen und viel gelernt. Ich möchte keinen Tag davon missen, selbst die schweren nicht. Und dennoch liebe ich das Papier und die Bücher; dennoch habe ich die Menschen nicht vergessen, denen ich zugetan war und die ich vielleicht nicht mehr wiedersehen werde. Und sicherlich wären mir gewisse Annehmlichkeiten lieb, die auch die Menschen in deinen Dörfern und deinen Schenken niemals ausschlagen würden, böte man sie ihnen nur. Und gerne würde ich das Buch lesen, in dem jener Satz stand, von dem ich dir eben erzählte, aber nicht einmal weiß, von wem …«

»Thomas Morus«, murmelte Jakob.

»Pardon?«

»Nichts weiter.«

»Aber …«

»Wenn er dich jetzt fragen würde, dann würdest du ja sagen, nicht wahr?«

»Wovon sprichst du nur?«

»König Philipp. Nimm an, er würde dich noch nehmen. Jetzt, heute. Alles wäre dann deins.«

»Aber Jakob!« Sie lächelte. »Was will ich mit einem Manne, der sich im Bett benimmt wie ein ungezähmtes Pferd?«

»Was?« Er starrte sie an. »Sag das noch mal.«

Hitze stieg in ihr Gesicht. Was redete sie da? Hatte sie zu lange mit dem Ellbracht gesprochen, dass sie bereits seine allzu offene Ausdrucksweise annahm? »Die Gräfin …«, stammelte sie. »Es ist sicherlich ungehörig, solch vertraulichen Dinge über einen Menschen zu erzählen, der … Wie auch immer.« Sie hob den Kopf und blickte in Jakobs Augen. »Was will ich mit einem Manne, der so dumm ist, sich mit einer Frau wie der Gräfin einzulassen?« Sie hatte alles erwartet, aber sein plötzliches Lachen verblüffte sie außerordentlich. Er hatte den Kopf in den Nacken gelegt und lachte laut und schallend und schien überhaupt nicht mehr aufhören zu wollen.

»Jakob?«

Schließlich atmete er tief durch. »Es geschieht mir recht«, sagte er und blickte sie an. Er löste sich von der Wand. »Komm mit mir«, forderte er sie auf.

»Mit dir?« Der plötzliche Wandel verwirrte sie noch mehr.

»Ja, mit mir. Raus. Raus auf die Straße. Du musst doch erst morgen wieder in deine Küche, komm heute halt mit mir. Keine Angst, es ist nicht weit, nur ein Dorf hinter deinem Töpfer. Da ist ein Fest in ein paar Tagen. Ich wollt' fragen, wegen der Musik ...«

Sie war lange nicht mehr mit ihm gegangen. Jakob, der Spielmann, dachte sie. Seine schwarzen Locken reichten mittlerweile bis zur Schulter, sie hatten den dünnen Zopf an der Seite eingeholt. Sie hatte sich nicht wirklich vor ihm gefürchtet damals, er hatte sie nur unsäglich verwirrt. Er nahm die Laute vom Nagel und schob sie über den Rücken, das Lederband lief über seine Brust. Er fasste nach dem Hut.

»Warte.« Sie rückte die Schüssel und den Becher zur Seite. »Ich komme mit dir.« Sie bückte sich nach ihrem Rock. Er umfasste sie von hinten, als sie die Arme reckte, ihr Haar zu kämmen. »Du bist sehr schön«, murmelte er ihr ins Ohr. »Hab ich dir das schon gesagt?« Sie lachte leise. »Ja«, überlegte sie, »ja, ich denke, das hast du bereits getan.«

Dunst lag zwischen den Bäumen, doch es war kein Morgennebel, nur schwere, undurchsichtige Luft. Männer, Frauen und Kinder strebten auf die Felder, Bündel in den Händen, Sicheln. Dort schnitt ein Mann bereits den goldgelben Weizen, da band eine Frau ihn in Garben, ihr Säugling lag am Wegrand, bewacht von der großen Schwester.

Disteln wuchsen zwischen den Halmen, roter Klatschmohn, zartrosa Winden. »Sie schneiden früh dieses Jahr«, bemerkte Jakob. »Bis September sind die Felder leer.«

Die Äste der Apfelbäume vor dem Dorf hingen tiefbeladen bis zum Boden herab. Schwere, grüne Äpfel. Längst noch nicht reif. Aber die kleinen, gelben Augustbirnen an dem Bäumchen in Gretes Garten waren reif. Gretes Tochter hockte zwischen den Beeten und las Raupen von den Blättern des roten Kohls.

»Else!«, rief Jakob und beugte sich über den Zaun. Das Mädchen blickte schüchtern auf.

Die alte neugierige Nachbarin hob den Kopf. Sie arbeitete an diesem Morgen nicht im Garten, sondern saß auf dem Holzklotz vor ihrem Haus und flocht Zwiebeln in dicke Zöpfe.

»Ist die Mutter daheim?«

Das Mädchen schüttelte langsam den Kopf. »Auf'm Acker.«

»Gibst du uns zwei von den Birnen?« Er neigte bittend den Kopf. Elisabeth sah die Unsicherheit im Gesicht des Kindes, die sich in ein Nachdenken wandelte. Dann erhob sie sich, lief zum Baum und pflückte zwei kleine Birnen von einem niedrig hängenden Ast. Sie reichte sie Jakob über den Zaun und lächelte zaghaft. Blumen von strahlendem Gelb und brennendem Orange quollen durch die dünnen Stöcke des Zauns und die Sonne schien immer wärmer. Die Birnen schmeckten überaus süß, der Saft tropfte Elisabeth vom Mund. Eine Wespe surrte um ihre Lippen.

»Sehen wir kurz nach, ob Johanna zu Hause ist?« Elisabeth nickte. Die hohen Sonnenblumen vor Johannas Hüttenwand waren prächtig gediehen. In ihrem Garten reihten sich Rüben und Zwiebeln neben Rosenkohl, Grünkohl und den Würzkräutern. Im Gegensatz zu den anderen Gärten in dem Dorf fand sich hier kaum ein Unkraut, saßen auf den Blättern keine Raupen und fand sich auch keine Pflanze, die nicht gesund und blühend ausgesehen hätte. Vielleicht, überlegte Elisabeth, während Jakob an die schmale Tür klopfte, ist sie ihnen unter anderem deshalb nicht geheuer, weil sie eine so gute Hand mit Pflanzen hat?

»Sie wird schon in die Stadt gegangen sein«, meinte Elisabeth, als auf das Klopfen keine Antwort kam. Jakob öffnete dennoch die Tür. »Sie ist wirklich nicht ...« Er brach ab. Er legte einen Finger auf die Lippen. Auf dem Bettgestell, die Decke halb von sich geschoben, lag Johannas Tochter in festem Schlaf, die Wangen gerötet, die zarten Wimpern darüber gesenkt, die winzige Hand zu einer festen Faust geballt. »Sie würde das Kind niemals alleine lassen«, flüsterte Elisabeth beunruhigt. »Oder aber sie ist ganz in der Nähe.« Sie trat zur Tür. Jakob blieb einen Moment stehen, den Blick auf dem schlafenden Kind, dann nickte er.

Sie fanden Johanna hinter der Hütte, einen Spaten in der Hand. Sie zuckte zusammen, als sie Schritte hörte, und riss drohend den Spaten hoch. Sie hielt ihn wie ein Schwert, bereit zuzuschlagen.

Elisabeth erschrak. Johannas Hände und Arme waren voller Erde. Ihr Haar war nur flüchtig aufgesteckt und hing zerzaust um ihr ebenmäßiges Gesicht. Ihre Augen waren gerötet und verquollen. Neben ihren erdigen Füßen öffnete sich ein kleines, viereckiges Loch. »Ihr seid das«, sagte sie und ließ die Waffe wieder sinken.

»Was tust du da?«, fragte Jakob. Johanna trat einen Schritt zur Seite und jetzt erst sahen sie die Katze. Sie lag merkwürdig steif, die Beine von sich gestreckt, das sonst so schwarz glänzende Fell stumpf, beinahe grau. Ihr Kopf hing ganz eigenartig zur Seite.

»Sie lag so vor der Tür heut Morgen.« Johannas Stimme klang ruhig und fest wie immer, noch eine Spur ruhiger sogar. »Sie haben ihr den Hals umgedreht und sie mir so vor die Tür geworfen.« Elisabeth schluckte. Jakobs Wangen wurden schmal und seine Augen dunkel. Johannas Hände fassten den Spaten fester, sie schwankte leicht. Neben dem Loch sank sie in die Knie. Jakob hielt sie, ehe sie fallen konnte. Er zog ihren Kopf an seine Schulter, streichelte ihr dunkles Haar und ließ sie schluchzen. Elisabeth rührte sich nicht. Sie starrte wortlos auf das tote Tier. Vor kurzer Zeit erst hatte es sich vor der Hütte in der Sonne geräkelt.

»Geh fort von hier«, sagte Jakob. »Nimm die Sophie und geh gleich.«

»Sie sind nicht alle so.« Johanna hatte sich wieder gefasst. Sie saß zwischen dem Loch und der getöteten Katze und zog ihren Rock über die Füße. »Die meisten sind nicht so.«

»Für eine Anzeige genügt einer.« Elisabeth hätte nicht zu sagen vermocht, was sie mehr entsetzte, der merkwürdig harte Klang von Jakobs Stimme oder der furchtbare Anblick des Tieres.

»Irgendeiner hat's schon mal versucht.« Johanna steckte ihre Haarsträhnen fest. »Der Herr Lebhardt, dem ich ...« Sie räusperte sich. »Für dem sein Haus ich wasche ... Er ist am Gericht und hat mir gesagt, dass irgendeiner, ohne einen Namen zu nennen ... Er hat's verschwinden lassen.«

»Das gelingt auch nicht immer«, wandte Jakob ein. »Geh hier weg.«

»Nein.« Sie erhob sich und nahm den Spaten.

»Lass mich das machen.« Jakob fasste nach dem Spaten, aber Johanna schüttelte den Kopf. »Ich hab sie selber aufgezogen, da begrab ich sie auch selber.«

Sie wandte ihnen den Rücken zu und stieß den Spaten in die Erde.

Erst als sie wieder auf der Straße standen, merkte Elisabeth, dass sie zitterte. Über ihnen schien noch immer die helle Augustsonne, um sie her tönten noch immer die Stimmen der Menschen, die sich in die Felder aufmachten, neben ihnen scharrte ein braunes Huhn in der trocknen Erde. »Würdest du es mir übel nehmen, wenn ich nicht mit dir komme?«, fragte sie leise.

»Ich bring dich zurück.«

»Nein«, sie schüttelte den Kopf. »Nein, geh nur. Ich ... Lass dich von mir nicht aufhalten. Ich bin den Weg schon oft alleine gegangen.«

Er legte seinen Arm um ihre Schulter und schob sie in die Richtung, aus der sie gekommen waren. Schweigend gingen sie zurück in den Wald. Die Sonne brannte stärker. Die Frauen auf den Feldern hatten sich zum Schutz vor der Sonne helle Tücher um den Kopf gebunden. Sie trugen ihre Röcke hochgeschürzt, damit sie bei der Arbeit nicht im Wege waren.

Elisabeth wusste, sie hätte es nicht ertragen, unter der beinahe griffig-dichten Schwüle so schwer zu arbeiten. Eine junge Frau richtete sich auf, blickte zu dem vorbeiwandernden Gauklerpaar hinüber, beschattete die Augen mit der freien Hand und stemmte die Hand mit der Sichel in die Seite. Sie wischte sich den Schweiß von der Stirn und bückte sich wieder. Der Mohn fiel mit den Getreidehalmen. Zwei kleine Kinder, zu klein noch, um helfen zu können, bückten sich nach den roten Blättern.

Das stumpfe Fell der Katze legte sich über die Sonne und über die staubigen Getreidefelder. Ihr gebrochenes Genick überdeckte die Rufe und das Lachen und das Stöhnen der Menschen bei der Arbeit. Wieder in der Hütte, vergrub Elisabeth den Kopf in der zerschlissenen Decke des Strohlagers, schloss die Augen vor den Löchern in der Lehmwand, vergrub sich ganz tief, so tief, dass sie nichts mehr sehen und denken musste.

Mochte ihr an diesem Morgen die Schlossküche noch wie ein Gefängnis erschienen sein, ein Ort der Befehle, der beschwerlichen, unsinnigen Arbeit, der Beschränkung ihrer Zeit, so war sie ihr jetzt ein Hort der Sicherheit, des geregelten Lebens. Ein Schutz vor den Grausamkeiten der Menschen, den Scheiterhaufen, dem Hunger.

»Lise, Mädchen.« Jakobs Hand umschloss ihren Hinterkopf. »Es war doch nur eine Katze.«

Sie wandte den Kopf und sah ihn an. »Es war eine lebende Kreatur. Wer einem Tier etwas Derartiges antut, der tut es auch einem Menschen an.«

»Das denkst du. Das denk vielleicht ich. Aber den Leuten ist ein Tier oft nichts. Nur der Nutzen, den sie davon haben. Vielleicht hat sie nur jemand gestört, ist irgendwo in die falsche Kammer geschlüpft ...«

Sie fing seinen Blick auf und hielt ihn fest. »Du weißt, dass es nicht so war.«

Er senkte den Kopf. »Ich weiß.«

»Jakob!« Sie krampfte ihre Finger in seinen Arm. »Es ging um Hexerei, nicht wahr? Die Anzeige, von der ihr spracht ... Jemand hat versucht, Johanna als Hexe anzuzeigen.« Er nickte stumm. »Aber wieso ... Wie kommen sie nur darauf? Was hat sie denn getan?«

»Sie ist schön. Sie lebt als Frau alleine. Sie hat ein Kind vom Teufel empfangen. Und sie hat den Blitz in das Haus ihres Onkels fahren lassen und er ist mit seiner ganzen Familie, Haus und Hof und Vieh darin verbrannt.«

»Sie hat ...« Elisabeth sah ihn bestürzt an. »Warum hätte sie das tun sollen?«

»Ihre Eltern sind früh gestorben, sie war das einzige Kind. Der Hof war ansehnlich, er hätte eigentlich ihr gehört. Der Bruder ihres Vaters hat alles an sich gerissen und sie nicht allzu gut behandelt.«

»Und die Menschen im Dorf glaubten tatsächlich, Johanna sei in der Lage, Blitze zu lenken?«

Jakob zuckte mit den Schultern. »Manche glauben's heut noch.«

»Aber das ist völlig unvernünftig. Wäre sie im Besitz derartiger Fähigkeiten, hätte sie nur den Onkel getötet, ihr Eigentum hingegen geschützt, um es wieder in Besitz zu nehmen.«

»Wären die Menschen vernünftig, würden sie nicht einem harmlosen Tier den Hals umdrehen, nur weil es schwarz ist.«

»Jakob, sagtest du nicht einmal ... Sagtest du nicht, in

Reupen wird selten gebrannt? Sagtest du nicht, die Verfahren werden genauer überprüft, sagtest du nicht ...«

»Schon.« Er seufzte. »Aber wenn sie sie einmal in ihren Klauen haben ... Stell dir vor, sie geriete in den Turm. Wie lange? Monate? Jahre? Und das Kind? Lise, du hast keine Vorstellung ...«

»Ich will davon keine Vorstellung haben!« Ihr wurde kalt inmitten der Schwüle dieses Tages. »Ich habe Angst«, sagte sie leise. Er zog sie an sich. »Lass uns hier weggehn«, sagte er. »Ganz weg.«

»Wohin?«, murmelte sie in den Stoff seines Hemdes.

»In Holland«, seine Stimme war warm an ihrem Ohr und schlug kleine Wellen in ihrem Körper, »brennen sie seit Jahrzehnten nicht mehr.«

»Holland?« Ihre Worte zerrannen in seinem Kuss, so wie der Gedanke an Gefahren und Gewalt darin zerrann. Die Nähe zu ihm jedoch barg andere Gefahren, und dennoch ließ sie es zu, dass er sie an sich presste, so fest, dass die Angst wich und die bedrückende Erinnerung an die schwarze Katze sich verlor.

Nur mit Mühe konnte sie sich aus seiner Nähe lösen. Er seufzte und ließ seinen Kopf auf ihrer Schulter ruhen.

»Jakob?«

»Ja?«

»Hattest du das eben ernst gemeint mit Holland?«

»Ich weiß es nicht.«

Sie schwiegen.

»Aber jetzt sind die Straßen noch weich«, begann er wieder. »Und es ist noch warm ...«

Sie hemmte den Flug seiner Gedanken. »Es wird kälter werden. Der Schnee wird kommen.«

»Bis dahin sind wir dort. Dann frieren in Holland die Flüsse zu und wir können mit Schlittschuhen aufs Eis. Es ist ganz einfach, ich könnt's dir zeigen.« Und er senkte sie in eine Erinnerung an schwereloses Gleiten, selbstvergessene Bewegung bei frostiger Kälte. Das Klirren der Kufen, das

Sichlösen von dem mit unzähligen Menschen bedeckten Fluss, von den lärmenden Halbwüchsigen, von den bepackten Schlitten, das Abschwenken in einen stillen Seitenarm, der Einklang von Fühlen und Denken, der Schrei der Krähe, das vorüberziehende Ufer.

»Du träumst«, flüsterte sie und küsste seine Lider.

»Ja, es lässt sich leicht träumen, wenn man neben dir liegt. Wovon träumst du, wenn du träumst?«

Sie schüttelte heftig den Kopf. »Du würdest lachen.«

»Doch, sag. Ich höre zu. Ich lach nicht.« Er drehte eine Strähne ihres braunen Haares auf seinen Finger.

»Du meinst, wenn ich wählen könnte zu leben, wie auch immer ich es wünschte? Und hätte das Vermögen dazu?« Es war schön, so zu reden, ohne Ziel, ohne Sinn. »Ein kleines Anwesen wäre mir dann lieb. Ob ein Schloss oder ein einfaches, festes Haus, einerlei. Nur ohne Ritze und Spalten, mit einem Kamin, mit einem abgedichteten Dach, mit einem warmen Bett, einer Wand voller Bücher, einer gut gefüllten Küche. Es wäre ruhig gelegen, irgendwo, wo mich niemand bedrängte. Gelegentliche Besuche von nahen Freunden wären mir lieb. Ich würde mich mit Blumen umgeben und Musik, würde nur leichte Gewänder tragen, niemals wieder eine Korsage, würde im Sommer im Wald umherstreifen und …«

»Und eine alte Jungfer drüber werden.«

»Das, Monsieur«, lächelte sie, »habt Ihr wohl ein für alle Mal verhindert, n'est-ce pas?« Er musste lachen, doch dann ging er wieder auf das ein, was sie zuvor gesagt hatte. »Und wovon würdst du leben? Wer würd dir das Essen machen, wer würd waschen …« Sie zuckte mit den Schultern. »Du würdest eine Frau dafür bezahlen, dass sie dir kocht, eine andere, dass sie dir das Haus sauber hält. Und die könnten dann bei keinen Büchern sitzen, die müssten arbeiten, weil sie den Verdienst nötig brauchen. Und woher hättest du überhaupt dieses Vermögen, von dem du lebst, ohne zu arbeiten?«

»Ach Jakob«, seufzte sie, »du machst einem selbst das Träumen schwer. Dann dürfte ich wohl nicht alleine dort leben. Dann würde ich vielleicht mit ... mit Eleonore dort leben. Und das Kochen könnte ich gut und gerne übernehmen, nur fällt es mir schwer, mir Eleonore beim Schrubben der Böden vorzustellen.« Sie lachte auf.

»Und ich?« fragte er. »Für mich bleibt dabei wenig Platz.«

»Du?« Sie lachte leise und fuhr ihm mit der Hand durch sein Haar. »Du würdest vor meinem Fenster spielen und in der Nacht würde ich dir die Hintertüre öffnen. Sagtest du nicht, dass die Damen von Stand es derart handhaben?«

»Ich würd vor deinem Fenster nicht spielen«, sagte er. »Ich würd dich mitnehmen. Wenn ich könnt', dann hätte ich sicher kein Schloss oder irgendwas, das dem gleicht. Dann hätte ich einen Hof und genug Vieh und Äcker, um davon leben zu können. Aber es dürft' nicht nur für dich und mich reichen, sondern für all die anderen, die da ebenso leben wie wir auch, denn Knechte und Mägde gäbe es keine. Jeder müsst' gleich viel arbeiten und alle hätten gleich viel Zeit zu ruhen. Da würd schon Zeit für dich abfallen, in der du nicht nur in der Küche oder im Garten stehst. Vielleicht könnten wir deinem Töpfer einen Teil der Scheune als Werkstatt geben, dann gehst du halt wieder mit Geschirr auf den Markt. Und Johanna könnt' auch mit uns kommen, dann hätte sie nichts mehr zu fürchten ...«

»Und Barbara«, fügte Elisabeth hinzu. »Sie kann vorzüglich kochen. Sie nähme dann den Ellbracht zum Manne, denn sie hätte ihn sehr gerne, auch wenn sie es nicht offen zugibt ...«

»Und ich würde manchmal losziehen und spielen. Das müsst' ich schon. Und du wärst in der Zeit ja nicht allein. Einen ganzen Monat könnt' ich gehn, oder übers Frühjahr, und du kommst mit. Baruch und seine Frau, die achten solange auf die Kinder ...«

»Kinder?« Elisabeth zuckte zusammen.

Er schob seine Hand um ihre Wange und hielt ihr Gesicht fest. Er suchte in ihren Augen. »Was ist das nur?« Er musterte sie nachdenklich. »Ich dacht' erst, es wär wegen mir. Aber das allein ist es nicht.«

»Es war niemals deinetwegen.«

»Nein?« Seine Stimme wurde weich und seine Lippen liebkosten ihre Schläfe. Elisabeth entwand sich ihm. »Lise ...« Er schloss seine Arme um ihre Taille. »Mädchen, wie soll das denn weitergehen? Du kannst doch nicht immer abrücken.« Sie verharrte reglos. »Lise«, flehte er, »denk einfach nicht dran.«

Wütend fuhr sie herum. »Nicht daran denken? Und ich sitze dann hier in der Hütte mit einem Balg? Und wenn dir am Ende etwas zustieße, erginge es mir dann wie Johanna? Allein, jedem zu Gefallen, nur um mich und das Kind zu nähren? Aber auch wenn du bei mir bist ... Wo sollten wir leben? Sollte ich Schlittschuh laufen in Holland mit schwerem Leib? Oder hier in der Hütte über Winter erfrieren? Denn wir besitzen weder ein Schloss noch einen Hof, nicht einmal eine Bauernhütte. Ich werde sehen, dass sie mich über Winter in der Schlossküche behalten, da ist es zumindest warm. Aber das ist nur möglich, wenn ich kein Kind ...« Sie schluckte.

Jakob blickte sie betroffen an. »Ich hab ... ich ...« Er senkte den Kopf. »Ich wusst' nicht, dass du dir solche Gedanken machst. Es tut mir Leid ...«

»Solche Gedanken«, wiederholte sie bitter. »Natürlich mache ich mir solche Gedanken, da du es offenbar versäumst.« Er schwieg und atmete tief durch. »Jakob ...«

»Lass.« Er wandte das Gesicht zur Tür. »Ich kann nicht mehr zurück. Und nicht mehr nach vorne. Ich hab so viel ...« Er lachte trocken auf. »Ich hab manchmal gedacht, ich könnt' dich einfach an der Hand nehmen und irgendwohin gehn. Und alles andere vergessen. Aber das ist nicht möglich, oder?«

Er wandte ihr sein Gesicht wieder zu. Es sah müde aus

und schmal. Er schloss die Augen. »Gib mir noch ein wenig Zeit. Nur ein wenig. Ich weiß jetzt nicht, wie ich dir …« Er seufzte tief.

»Jakob.« Sie zog ihn an sich. »Wovon redest du nur? Sorgst du dich meinetwegen?«

»Es ist nichts«, murmelte er und küsste ihren Nacken. »Nichts. Ich verspreche dir, dass wir im Winter ein Dach über dem Kopf haben werden. Nur so viel. Ich schwöre es dir. Du musst dir darum keine Gedanken mehr machen.«

»Ach Jakob.« Sie rieb ihre Stirn an der seinen. »Das allein ist es doch nicht. Nicht nur der Winter …« Sie holte Atem. Es fiel ihr unendlich schwer, über derartige Dinge zu sprechen. Aber wenn sie ihm so nahe war, so nahe, dass sie kaum noch zu sagen vermochte, wo sein Körper begann und der ihre endete, fiel es ihr leichter. »Selbst wenn ich wüsste, ich muss nicht hungern und frieren, auch dann bliebe noch die Angst vor einem Kind. Wie kann ich verantwortlich sein für das Leben eines anderen Menschen, wenn ich mein eigenes nur mit Mühe zu bewältigen vermag?«

»Du hast zu sehr Angst vor dem Leben, Mädchen.« Er schob ihren Zopf über die Schulter.

»Vielleicht.« Sie ließ sich zurückfallen, lag mit dem Rücken auf dem Strohsack und blickte auf die dünnen Balken des Daches. »Aber dieses Leben ist derart schwer, derart fremd, noch immer.« Ihre Augen suchten nach den Ritzen, durch die die Mittagssonne fiel. »Und warum auch verknüpfst du immerfort Kinder mit Leben? Bringen sie nicht eher den Tod? Meine Mutter …« Sie bedeckte ihr Gesicht mit der Hand. »Meine Mutter ist daran zugrunde gegangen.«

»Sie ist im Kindbett gestorben?«

»Nein.« Er saß nur eine Handbreit von ihr entfernt, aber sie mochte ihn nicht ansehen. »Nein«, wiederholte sie langsam, »es hat für sie nur *ein* Kindbett gegeben. Nach mir hat sie kein Kind mehr lebend zur Welt gebracht. Sie war immer wieder … immer wieder …« Befangen senkte sie die

Stimme. »Sie war wiederholt guter Hoffnung, aber … aber sie war es nie für lange.« Elisabeth hielt inne. »Ich war nur ein Kind damals, aber ich habe gesehen, dass sie fortwährend blass war und erschöpft. Ich dachte damals, sie litte an einer schrecklichen Krankheit, dabei waren es diese ewigen Versuche, dem Fürsten einen Erben zu gebären, und mein Vater wurde immer unzufriedener mit ihr, obwohl sie doch so schön war und so klug.« Für einen Moment versuchte sie, das Bild der Fürstin zurückzuholen, aber das wirkliche Bild der Erinnerung vermengte sich mit dem Porträt in ihres Vaters Gemach. »Nun«, fasste sie hastig zusammen, »sie war dermaßen angegriffen und geschwächt, dass eine schwere Halsentzündung … Sie hat es nicht überlebt.« Jakob hörte schweigend zu. »Die zweite Frau meines Vaters aber ist im Kindbett gestorben«, erzählte sie weiter. »Ihr Kind folgte ihr einen Tag darauf. Sie war sehr jung. Sie schien mir wie eine ältere Schwester, die mir zeigte, wie man sich in Gesellschaft bewegt, sich kleidet. Die mir … Einerlei.« Sie schloss die Augen. »Doch auch die Frauen, die du mir nun entgegenhalten wirst, die Frauen in deinen Dörfern, die ein gesundes Kind nach dem anderen zur Welt bringen mögen … Ist das nicht auch …« Sie schluckte. »Ist das nicht auch eine Art Tod? Jahr um Jahr. Wie lange erträgt ihr Körper das? Und nicht nur der Körper …«

Er beugte sich über sie. »Elisabeth …« Die Angst in ihren Augen traf auf das weiche Braun unter seinen dunklen, langen Wimpern. Sie umschlang ihn fest und zog ihn ganz zu sich herunter, küsste seine Lippen, seine Wangen, sein Haar, um ihn dann ebenso plötzlich wieder loszulassen und ihr Gesicht mit einem tiefen Seufzer an seinen Oberarm zu pressen. Er streichelte vorsichtig ihr Haar, zog die Schnur von ihrem Zopfende, fuhr mit dem Finger durch die Flechte und löste sie nach und nach ganz. »Ich könnt' sterben vor Sehnsucht nach dir.« Seine Lippen befühlten ihre Stirn, ihren Haaransatz. »Aber eher würde ich dich nie wieder anrühren, als dass ich dich von einem Kindbett ins nächste bringe. Ich schwöre es dir. Aber ein Kind vielleicht, irgendwann ... Eines und später noch eines ...« Er lachte verlegen. »Vielleicht hätt ich doch zuhören sollen damals, als meine Großmutter mit mir darüber reden wollt'.«

»Worüber?«

»Darüber, wie man vermeidet, dass eine Frau ein Kind empfängt, oder ... oder zumindest, wie man die Möglichkeit verringert ...«

Sie hob ihr Gesicht nicht, sonst hätte er gesehen, dass es von Röte überzogen war. Von Derartigem hatte sie niemals auch nur das Geringste sagen hören, und obwohl seine Worte von einer erregenden Ungeheuerlichkeit waren, wäre es ihr kaum möglich gewesen, mit einem Manne über Dinge zu sprechen, die ihr selbst im Gespräch mit einer Frau nicht leicht über die Lippen gegangen wären.

»Vielleicht sollten wir uns einfach aufmachen und zu ihr hingehen und sie fragen und ...« Er sah sie an. Er sah sie ganz merkwürdig an, so als sähe er sie zum ersten Mal, so als versuche er, sich die beiden Frauen zusammen vorzustellen, an einem schmalen Küchentisch in einer winzigen Bauernhütte. »Mein Gott.« Er atmete langsam aus und lehnte den Kopf zurück an die Wand. »Vielleicht sollten wir das wirklich tun.« Sie hob ihren Kopf, sie stützte die Hände auf die Matratze und richtete sich gänzlich auf. »Ich war damals gerade aus Holland zurückgekommen«, erinnerte er sich, »und sie dachte wohl, es wär an der Zeit, dass ich Bescheid wissen müsst' über gewisse Sachen. Und sie hat ja nicht ganz Unrecht gehabt, aber ...« Er lachte leise. »Das war alles Weiberkram für mich und mit den Weibern hat' ich damals endgültig abgeschlossen, also wollt' ich nichts hören.«

»Aber ...« Neugierde und Erstaunen verdrängten Elisabeths Befangenheit. »Aber du musst doch noch äußerst jung gewesen sein. Wie konntest du ...« Sie schluckte. »Wie konnte es bereits Frauen ... ich meine ...«

Er räusperte sich. »War ja auch die erste.«

Sie schwiegen. Durch die offene Tür beobachtete Elisabeth, wie sich die Schatten der Blätter leicht auf dem Waldboden bewegten. Es war längst nicht so still draußen wie sonst um die Mittagszeit. Aus der Ferne hörte sie die Stimmen der Menschen auf den Feldern und vom Waldweg her das Knarren von Wagenrädern. Sie blickte auf den leeren, schwarzen Topf über dem Aschenhaufen, auf das leere Regal und verspürte Hunger. Sie schob das Gefühl beiseite. »War sie schön?«, fragte sie.

»Ja.« Seine Augen leuchteten auf und sie fühlte einen eigenartigen Schmerz in ihrer Brust dieses Aufleuchtens wegen.

»Musstest du sie in Holland zurücklassen?«

Er schüttelte den Kopf. »Es war ein Mädchen aus meinem Dorf.«

»Aber dann ... warum ...«

»Lass gut sein«, erwiderte er knapp. »Es ist schon so lange her, dass ich's fast vergessen hab.«

»Vergessen?«, fragte sie, und das Wort schwang in dem kleinen Raum, hallte nach, dehnte sich.

»Natürlich nicht«, sagte er nach einer Weile, »natürlich hab ich's nicht vergessen. Wie könnte ich ...«

So wie ich dich nun nicht mehr vergessen werde, dachte sie und erschrak im gleichen Moment vor dem Gedanken. Konnte es sein, dass sie eines Tages neben einem anderen Manne liegen würde und ihm erzählen, der erste Mann in ihrem Leben sei ein junger Spielmann gewesen?

»Lise ...«

Sie streckte ihre Hand nach ihm aus. Noch war er da. Noch war er keine Erinnerung. Der Arm, der sie an seine Seite zog, war kräftig und lebendig. »Es ist jetzt eigentlich nicht mehr so wichtig«, sagte er.

»Aber es war dir lange Zeit wichtig?«

»Ja.«

»Aber warum wolltest du nichts mehr wissen von den Frauen? Was war geschehen? Hat sie einen anderen zum Manne genommen?«

»Geht's in deinen Romanen so, Prinzessin?«

Warum nun wieder der Spott? »Du magst nicht darüber reden«, stellte sie fest.

»Nein.«

Sie dachte an sich selbst. Wenn ihr etwas nahe ging und sie belastete, musste sie es immer erzählen, sie fühlte sich meist leichter danach. Wie viele Dinge trug er mit sich herum, die an ihm nagten und seine Träume so sehr verdunkelten?

Sie versuchte, ihrer Stimme einen leichten Ton zu verleihen: »Und nach dieser Zeit hast du abgeschlossen mit den Frauen?«

»Ja.«

»Aber du hast dich nicht daran gehalten?«

Er schüttelte düster den Kopf. »Hätt' ich machen sollen.«

Sie musste so plötzlich auflachen über die Art, wie er den Kopf schüttelte, dass er erstaunt die Stirn runzelte.

»Jakob?«

»Ja?«

»Sagtest du heute Morgen nicht … Sagtest du nicht, es fände sich etwas zum Mittagsmahl? Mir ist ein wenig hungrig«, gab sie beinahe zaghaft zu.

Da lachte er auf. »Das ist's, was mir am besten an dir gefällt, Mädchen.«

Sie blickte ihn fragend an.

»Dass du immer hungrig bist.«

38.

Am nächsten Morgen begleitete er sie ein Stück aus dem Wald hinaus. Es war noch früh, die Grashalme waren feucht vom Tau. »Sieh nach Johanna«, bat er.

»Du sorgst dich um sie?«

Er zuckte mit den Schultern. »Mir wär's lieber, du siehst noch mal nach ihr. Sag ihr, wenn ich ein schwarzes Kätzchen finde unterwegs, bring ich's ihr.«

Elisabeth seufzte. »Das ändert nichts.«

»Nein. Aber vielleicht macht's das ein bisschen leichter.« Er nahm ihre Hände und drückte sie fest.

»Wie lange?«, fragte sie.

»Nicht länger als zwei Tage.«

Sie nickte.

»Komm mit«, sagte er plötzlich.

»Aber ... aber das geht doch nicht.« Ihr Blick wanderte zu den Dächern der Stadt, über die Wiese, zu der baumbestandenen Allee und dem Schlösschen an deren Ende.

»Vergiss die verfluchte Küche einfach«, sagte er. »Du bist keine Küchenmagd, du bist die Frau eines fahrenden Musikanten.«

»Jakob ...« Sie löste ihre Hand aus seiner und strich die Locken aus seiner Stirn. »Sie erwarten mich heute Morgen. Denkst du, sie behalten mich dort, wenn ich komme, wie es mir beliebt?«

»Lise, Elisabeth, nur einmal noch.« Ein Flehen lag in seiner Stimme, als wäre es das letzte Mal, dass sie einander so gegenüberstanden. Ihr wurde ein wenig bang dabei. »Lass uns noch einmal zusammen übers Land ziehn. Eine ganze Woche lang. Damals, das war noch nicht richtig, das war anders. Jetzt ...«

Sie schüttelte den Kopf. »Schau, wenn der Winter vorüber ist, Jakob, dann ist es mir gleich. Dann wird es warm, dann gehen wir weg von hier, dann brauche ich das Feuer in der Schlossküche nicht mehr. Sie lächelte. »Dann gehen wir überallhin.« Jakob seufzte und ließ ihre Hand los. »Vielleicht bin ich schon morgen wieder da«, sagte er.

Sie schritt über die Wiese, ohne sich umzudrehen. Ihre Füße wurden feucht und kalt. Ein Schwarm Raben hob sich zeternd aus dem Gras und rauschte über sie hinweg dem Walde zu.

Das Flehen seiner Stimme legte sich um ihr Herz. Unruhe befiel sie. Wenn ich nun einen Fehler begangen habe ... Sie blieb stehen und drehte sich um. Aber der Weg war leer, Jakob war nicht mehr da.

Mit einem energischen Kopfschütteln schob sie die Unruhe beiseite. Vom Schloss her hörte sie das mittlerweile vertraute Hämmern der Handwerker. Sie ging zum vorderen Tor, so wie sie es zuweilen tat, um sich das Schlösschen in seiner ganzen Pracht zu besehen, um zu schauen, wie weit die Arbeiten am linken Flügel gediehen waren. Auf dem Gerüst riefen sich die Männer Aufträge und Befehle zu, zum Bau verpflichtete Bauern luden Säcke von einer Karre und trugen sie zu dem Mann hinüber, der die Seilwinde betätigte. Sie werden im Dorf bei der Ernte fehlen, dachte Elisabeth und wunderte sich über ihre eigenen Gedanken. Am Brunnen des Gesindehofes ließ die hagere Lotte einen Eimer am Seil hinab. Sie blickte mürrisch auf, als sie Elisabeth gewahr wurde.

Die Tür zur Küche war weit offen. Elisabeth hörte sofort die gezierte Stimme des Pastetenkochs, der sich, wie meist, über irgendetwas ärgerte. Er stand am Tisch und zerrte die kleine Marthe an den Haaren. »Alles sollte fertig verpackt sein, wenn ich nun fahre«, zeterte er, selbst in der Wut machte er noch den Versuch, seiner Stimme einen Hauch von französischer Aussprache zu geben. Man erzählte, er habe zwei Jahre in Frankreich gearbeitet. »Und nun steht die Kutsche bereit und du Balg hast noch nicht alles verschnürt.« Sein Griff musste sehr fest sein, Marthes Augen standen voller Tränen. Er schüttelte sie erneut. Elisabeth schluckte und biss sich auf die Lippen. Frau Gertrud wandte der Szene ihren breiten Rücken zu, sicherlich dachte sie sich ihr Teil. Nur gut, dachte Elisabeth, dass er wieder in die Residenz fährt, hoffentlich bleibt er eine ganze Woche fort. Der Pastetenkoch stieß das Mädchen an den Tisch, nahm den gefüllten Korb auf, murmelte etwas von »selber machen« und stürmte an Elisabeth vorbei nach draußen.

Beinahe hätte er Lotte mit den gefüllten Wassereimern umgerannt, doch die war ohnehin in heller Aufregung, stellte die Eimer so heftig auf den blanken Boden, dass das

Wasser überschwappte, und rief: »Da ist einer vom Gerüst gefallen! Alles rennt und schreit dort drüben!«

»Welcher?«, fragte Barbara und kippte augenblicklich den Kohl aus ihrer Schürze. »Ei, ich konnt's doch nicht sehn! Ist doch grad eben erst passiert!«, kreischte Lottes schrille Stimme, und mit einem Mal, ehe Elisabeth recht begreifen konnte, was geschah, fand sie sich in einer leeren Küche wieder. Selbst Frau Gertrud hatte sich in Bewegung gesetzt, um das Ereignis nicht zu versäumen.

Elisabeth schlüpfte in die Holzschuhe. Wie konnten sie nur alle laufen und sich den unglücklichen Menschen ansehen, wie er mit Schmerzen auf dem Boden lag? Sie unterschieden sich nicht im Geringsten von denen, die am Pranger vorbeistolzierten, um sich am Unglück anderer zu ergötzen.

Es war angenehm ruhig so früh am Morgen in der leeren Küche. Elisabeth schnupperte an den Gewürzen, berührte die festen Blätter des Kohls, das helle Kraut der jungen Rüben. Auch die Zwiebeln waren frisch und zart ... Da kam ihr plötzlich der Schinken in den Sinn. Ihr wurde flau im Magen bei dem Gedanken, der sie streifte. Frau Gertrud hatte doch am vorgestrigen Abend ein schönes Stück feinsten Schinkens in die Vorratskammer gehängt. Elisabeth hatte schon so lange keinen Schinken mehr gegessen, dass ihr bei der bloßen Erinnerung an den scharfen, würzigen Geruch ganz lüstern danach wurde.

Ein solch großes Stück war doch nach nur einem Tag noch nicht aufgebraucht? Als sie und Barbara sich in die Kammer gestohlen hatten, um ein Stückchen des süßen Konfekts zu naschen ...

Sie spähte zur weit geöffneten Küchentür, durch die sie alle verschwunden waren, dann wieder zur Tür der Vorratskammer. Sie brauchte nur zwei Schritte. Sie nahm das scharfe Messer vom Haken und ließ die Tür einen Spaltbreit offen, gerade so, dass genug Licht in die enge Kammer fiel. Sie hob das Messer und löste eine Scheibe. Ah, hauchdünn musste man den Schinken schneiden, dann zerging er auf der Zunge. Sie wagte kaum, ihn zu zerkauen, lange ertastete sie sich die lebendige, kräftige Zartheit. Hatte Jakob am Ende Recht? Hatte sie erst jetzt gelernt zu schmecken? Hastig schnitt sie eine zweite Scheibe ab und wandte sich zur Tür. Schnell, dachte sie, schnell, ehe sie zurückkommen. Sie war im Begriff, die Tür aufzustoßen, als sie mit heißem Schrecken gewahr wurde, dass jemand sie von außen öffnete.

Der Herr von Plattern, dachte sie und hätte um ein Haar das Messer fallen lassen.

»Genascht?«, fragte der Ellbracht, während er vor ihr stand, das helle Morgenlicht im Rücken, und ihr den Weg aus der Kammer versperrte.

»Ich ... ich habe nur ...«, stammelte sie ertappt und versuchte, an ihm vorbeizuschlüpfen. Er hingegen tat einen Schritt auf sie zu und drängte sie in die Vorratskammer zurück. »Nur was?«, fragte er streng. War seine Strenge gespielt oder war er wie alle Herrschaften sehr eigen, wenn es um den Verlust ihrer Delikatessen ging? Selbst er, der sich sonst so leutselig gab.

»Nur ein Stückchen Schinken.« Sie wich weiter zurück und stieß an das Regal.

»Nur? Der Plattern sieht das aber anders. Dem ist's gleich, ob's ein Stückchen ist oder der ganze Schinken.«

»Ja, gewiss, aber ...«

»Weißt du«, führte er genüsslich aus, »was sie mit Dieben machen? Ich bin mir ja nicht sicher, ob sie's in deinem Fall bei Stockschlägen bewenden lassen, aber ...« Er drehte sich um und zog die Tür fest zu. Es war ganz dunkel und sie war mit ihm allein und Barbara hatte gesagt: »Du bist die Nächste.«

Sie roch den Schinken, die Süße des getrockneten Obstes, einen Hauch Gewürz und Herrn Ellbrachts Parfum.

»Außer mir hat's ja keiner gesehn«, sagte er. Seine Stimme war ganz wie immer, fest, selbstsicher, so als käme sie niemals ins Wanken. Würde sie nicht einmal wanken, wenn er versuchte, sie zu küssen? Blieb er so fröhlich und unbekümmert, selbst wenn er eine Frau in sein Bett hob? Lachte er dabei?

»Was krieg ich«, fragte er, »wenn ich's nicht verrat?«

Sie schluckte. Für einen winzigen Moment stellte sie sich vor, wie es wäre, wenn er sie nun küsste. Und mit Erstaunen stellte sie fest, dass ihr dieser Gedanke keine Angst einjagte, so wenig, wie es sie ängstigte, hier alleine mit ihm im Dunkeln zu stehen.

Ist es möglich, dachte sie, dass Jakob mir mit all seinen Bemühungen die Scheu vor den Männern genommen hat? Ist es nicht ein Widerspruch, ein sündiger Gedanke? Dass ich mir dadurch, dass ich Jakobs Frau geworden bin, auch andere Männer vorstellen kann? Sollte es nicht umgekehrt sein? Sollte ich mir nicht dadurch, dass ich Jakobs Frau geworden bin, keinen anderen Mann mehr vorstellen können?

Es war nur ein winziger Moment. In dem ihr sein Parfum in die Nase stieg, in dem sie das Rascheln der Spitzen seines seidenen Hemdes hörte und seinen ruhigen Atem.

»Was krieg ich, wenn ich's nicht verrat?«

»Macht Ihr Euch die Mägde auf diese Art gefügig?«, fragte sie kühl.

»Gefügig?« Sie konnte sein Gesicht nicht sehen, aber sie spürte an seiner Bewegung, dass er stutzte. »Gefügig?« Er lachte schallend auf. »Ich hab doch nur gefragt, was ich krieg! Vielleicht wollt' ich ja auch nur so ein Stück Schinken. Was wolltst du mir denn geben?« Nun war sie dankbar für die Dunkelheit, so heftig schoss die Röte in ihr Gesicht.

»Zum Teufel auch«, fluchte er und stieß die Tür auf, »da hör ich die Bagage wiederkommen.« Es gelang ihnen gerade noch, die Tür hinter sich zu schließen, ehe Frau Gertrud angeschnauft kam.

»Ich hab Euch gesucht, Frau Gertrud!«, rief er heiter. »Es war ja kein Mensch in der Küche. Um ein Haar hätte ich Euch alles leer gegessen, wenn die Lise nicht gekommen wär!«

Er brach ab, als er Frau Gertruds ernstes Gesicht sah.

»Was war denn?«, fragte er. »Wo kommt ihr denn alle her?«

Hinter Frau Gertrud drängten sich die Mägde und die Küchenjungen, eifrig redend, mit den Händen gestikulierend.

»Da«, der jüngere Küchenjunge fuhr mit dem Finger über die Lippen, »da ist das Blut rausgelaufen.«

»Frau Gertrud«, fragte Elisabeth erschreckt, »was war mit dem Manne?«

»Ganz oben runtergefallen ist er«, antwortete die Köchin unwillig.

»Und?«

»Was und?« Sie nahm einen Topf vom Tisch, um ihn mit einer fahrigen Bewegung wieder zurückzustellen. »Sie schaffen ihn grad weg. Tot ist er.«

Das Blut wich aus Elisabeths Gesicht. Sie fasste nach der Tischkante, während neben ihr Marthe und Lotte das Bild, das sich ihnen vor dem Gerüst am Seitenflügel geboten hatte, noch einmal ganz deutlich ausmalten. Die Stimmen rauschten über ihr zusammen, sie bekam weiche Knie. Der Ellbracht packte sie am Arm und führte sie hinaus in den langen Gang.

»Was tut Ihr da?« Er schob sie durch die Tür nach draußen in den Küchengarten.

»Noch ein Stück weiter«, gebot er und blieb erst dort stehen, wo die Beete endeten und Obstbäume den Garten begrenzten. »Hol ein bisschen Luft!«, befahl er. »Ich dacht' schon, du brichst mir in der Küche zusammen, Lischen, so blass wie du geworden bist.« Sie ließ sich unter einem der jungen Apfelbäume nieder und lehnte ihren Rücken gegen den festen, rauen Stamm. Der Ellbracht pflückte einen Apfel vom Baum, einen kleinen, gelben Apfel. »Hier, nimm. Das sind frühe, die schmecken schon.«

»Mais non!« Sie wies die Frucht empört zurück. »Wie kann ich jetzt, da nur wenige Schritte von hier ein Mensch um sein Leben gekommen ist …«

»Warum nicht?« Er biss hinein. »Du hast den Kerl doch nicht gekannt, oder? Und du hast ihn, Gott sei Dank, nicht liegen sehn.«

»Vielleicht war er einer von jenen, zu denen ich vorhin, als ich den Hof betrat, hinüberblickte«, sagte sie mehr zu sich selbst. »Einer von jenen, die vor sich hin pfiffen, nichts ahnend …« Sie schloss die Augen.

»Du bist genau wie er«, stellte der Ellbracht fest, der Apfel krachte zwischen seinen Zähnen. »Er denkt auch immer so was.«

»Wer?«, fragte sie irritiert.

»Jakob.« Er spuckte Teile vom Kerngehäuse auf den Boden.

Langsam wich die Lähmung von ihr, ihr Herzschlag wurde ruhiger.

»Jakob«, wiederholte sie langsam. Sie sah auf in Herrn Ellbrachts helles Gesicht. »Würdet Ihr mir erzählen, wie es war, als Ihr ihm zum ersten Mal begegnet seid?«

Er zuckte mit den Schultern. »Das weiß ich gar nicht mehr, wie ich ihn zum ersten Mal gesehn hab.«

Jakob. Herr Ellbracht. Die Katze vor Johannas Tür. Der Mann auf dem Gerüst. Ihr war elend. Sie musste nur immer daran denken, dass sie ganz ruhig zur Küche gegangen war, alle hatten bei ihrer Arbeit gestanden, niemand hatte an etwas Arges gedacht, und so gänzlich von einem Augenblick zum nächsten, ohne jegliche Vorwarnung, konnte ein solches Unglück geschehen. Sie schob die Hände vor das Gesicht. »Wie ist es nur möglich? Und ich bin den anderen nicht auf den Hof gefolgt, ich hatte nichts Besseres zu tun, als heimlich zu essen. Und dann scherzte ich auch noch mit Euch und …«

»Was hat das eine mit dem anderen zu schaffen?«

»Nun …« Sie schluckte.

Er schüttelte seine blonden Locken. »Wenn ich mir Gedanken machen wollt' um jeden Menschen, der irgendwo umkommt, während ich gerade esse oder lache.«

»Es war nicht ›irgendwo‹«, widersprach sie leise.

»Nun gut, es schreckt einen schon, wenn's vor der Tür passiert.«

»Was geschieht nun?«

»Was soll geschehen?«

»Ruht nun die Arbeit für diesen Tag?«

»Die Arbeit?« Er runzelte die sonst so glatte Stirn.

»Die Arbeit am Seitenflügel. Und jedwede Arbeit! Wie könnte ich nun in der Küche stehen und Rebhühner zubereiten!«

»So«, sagte er, warf den abgenagten Apfelrest in hohem Bogen über das Gewürzbeet und setzte sich zu ihr ins Gras, ungeachtet der glänzenden Seide seiner purpurroten Hosen, »jetzt sag ich dir was. Der Mann ist tot. Und nicht, weil du eine Scheibe Schinken gegessen hast, sondern weil sie nicht drauf achten, ob das Gerüst sicher genug ist. Weil sie überhaupt nur darauf achten, ob ihr verfluchtes Schlösschen schnell fertig wird. Begreifst du das? Und kein Schwein schert sich darum, ob der Mann tot ist. Sie arbeiten gleich weiter. Es ist nicht mehr, als wär eine Fliege von der Fensterscheibe gefallen. Der König von den Welschen drüben, der lässt sich ein Lustschloss bauen, da sagt man, sie hätten ganze Karren voll Toten rausgefahren am Abend.« Er musterte ihr bleiches Gesicht. »Es ist schlecht, dass es so ist. Und wenn man's wo ändern kann, dann sollte man's tun. Aber wenn nicht, dann geht's halt nicht. Aber dann nützt's auch keinem was, dass du dich drüber aufregst. Da kannst du auch einen Apfel essen.«

»Wie könnt Ihr so reden und gehört doch zu jenen, die davon profitieren, dass das Gebäude so schnell wie möglich fertig gestellt wird?«, warf sie ihm vor. Sie blickte auf die rote Seide seiner Hosen und auf die Rüschen seines blütenweißen Hemdes.

»Ich werd hier nicht immer bleiben.« Er zuckte mit den Schultern. »Spätestens im nächsten Jahr bin ich hier weg.«

»Und wohin geht Ihr?«

»Der König war so großzügig, mir eine Mühle zu schenken«, grinste er.

»Eine Mühle?«, erwiderte sie erstaunt. Und sie musterte ihn ein weiteres Mal von seinen sorgfältig gedrehten Locken bis zu den mit Schleifen verzierten Schuhen. Mochte er auch sprechen wie, ja, beinahe wie ein Bauer, gekleidet war er wie ein Kavalier. Er wirkte wie ein Edelmann vom Lande, der in den Umgangsformen der Residenz eben noch nicht vollständig bewandert war.

»Ja, eine Mühle.« Sein Gesicht leuchtete auf. »Mit Viehzeug dabei und einem guten Stück Land. So, dass es sich gut leben lässt, bis ich alt und wacklig werd.«

»Ein eigenartiger Ort, sich zurückzuziehen vom Hofleben«, wunderte sie sich. »Werdet Ihr einen Müller anstellen und Knechte und ...«

»Einen Müller?« Er spuckte verächtlich auf den Boden. »Das Zeug da«, er zeigte auf seine Kleidung, »werd ich in den Schrank hängen. Und dann mach ich's selbst.«

»Versteht Ihr Euch denn auf dieses Handwerk?«

»Verstehn?« Seine blauen Augen blitzten und seine Leichtigkeit wich mit einem Mal einem ungewohnten Eifer. »Zur Hölle will ich fahrn, wenn's einer besser kann als ich!«

»Mehl mahlen«, hatte Jakob einmal sinngemäß erzählt, »und hinter den Weibern herjagen, darauf versteht er sich.« Sie lächelte, doch dann fiel ihr ein, dass er damals nicht von dem Herrn Ellbracht erzählt hatte. Von wem nur ...

»Andreas«, sagte sie langsam und starrte den Mann vor sich an. Er stutzte, als sie ihn so unvermutet beim Vornamen nannte.

Eine eisige Kälte kroch ihren Rücken hinauf. Sie blickte auf seine Hände. Die breiten, kräftigen Hände eines Müllerburschen, die in ihrem Leben sicherlich schon viele Säcke angepackt hatten.

»Ist dir immer noch elend?«, fragte er.

Sie schüttelte stumm den Kopf. Ich muss mich täuschen, dachte sie, es kann ja nicht sein.

Er räusperte sich. »Ich muss weiter«, sagte er, erhob sich, pflückte einen zweiten Apfel von dem niedrig hängenden Ast und warf ihn ihr in den Schoß.

»Herr Ellbracht …«

»Du findest ja zurück, oder?« Verwirrt sah sie ihm hinterher. Ein Zufall, versuchte sie sich selbst zu überzeugen. Mehr als ein Zufall konnte es nicht sein, dass Herr Ellbracht den gleichen Namen besaß wie Jakobs Freund, mit dem er bereits als Kind gerauft hatte. Viele Männer hießen Andreas.

Hatte Jakob damals überhaupt den Namen »Andreas« genannt? War es nicht ein anderer Name gewesen, Anton oder Albrecht? Sie versuchte, sich an seine Schilderungen zu erinnern. Der beste Freund, den er je gehabt hatte, hatte er erzählt. Der jüngste einer Unzahl von Müllerssöhnen, ohne jegliche Möglichkeit, die väterliche Mühle zu erben. Andreas, dem alle Frauen und Mädchen des Dorfes zugelaufen waren.

Und Herr Ellbracht, dem der König eine Mühle schenkte …

Ihr war nicht wohl bei dem Gedanken. Dennoch … Ein Müllerbursche, der zum Vertrauten des Königs avancierte … Impossibel, so eigenartig der König von Reupen auch zu sein schien.

Frau Gertrud wird sich wundern, wo ich bleibe. Sie stand hastig auf, klopfte ihren Rock und ihr Hemd sauber und eilte zurück in die Küche. Frau Gertrud hingegen blickte nur kurz auf, rührte weiter in ihrem Topf und tat so, als hätte sie Elisabeths Verschwinden nicht bemerkt. »Lise«, befahl sie ein wenig später, »hol den Besen! Der dumme Kerl«, ein Blick auf den Jungen, »hat Mehl verschüttet.«

Sie wird denken, ich sei die neue Liebste des Herrn Ellbracht, überlegte Elisabeth seufzend, während sie Besen und Schaufel holte. Deswegen rügt sie mich nicht.

Sie sah Lottes dümmliches Grinsen und Barbaras abwägenden Blick. Der Herr von Plattern war von seinen auswärtigen Geschäften zurückgekehrt und saß wieder an seinem Tisch.

Wenn es Zufall ist mit dem Ellbracht, überlegte sie und zeichnete mit dem Besen Muster in das zerstäubte Mehl, dann muss ich nicht weiter darüber nachdenken. Das weiße Mehl wurde zu einem schmutzig grauen Häufchen auf einer schwarzen Fliese. Wenn der Herr Ellbracht Jakobs Müllerbursche wäre, dann hätte Jakob das doch erwähnt. Oder, das eisige Gefühl kroch wieder ihren Rücken hinauf, hatte er es nicht erwähnen wollen?

»Frau Gertrud!« Die Stimme des Herrn von Plattern.

Frau Gertrud trocknete ihre Hände an der Schürze ab und setzte sich in Bewegung. »Wen hattet Ihr auf den Markt geschickt«, fragte der Küchenmeister streng, »während meiner einwöchigen Abwesenheit im Juli? Oder seid Ihr selbst gegangen?«

Lotte hielt beim Raspeln der Mohrrübe inne und spitzte die Ohren. »Lasst mich überlegen.« Frau Gertrud verschränkte die Hände über ihrem Bauch. »Lasst mich überlegen.«

»Seht Euch das an«, der Küchenmeister schob ein Gewürztöpfchen vor sie hin, »und sagt mir, wofür Ihr es haltet.« Elisabeth kehrte den kleinen Mehlhaufen auf eine Schaufel.

Der Herr von Plattern schüttelte grimmig den Kopf. »Nein, es ist kein Safran. Es ist eine Fälschung!«

Alle sahen auf und verfolgten gespannt die Szene.

Die Finger des Küchenmeisters schlugen kleine Trommelwirbel auf den Tisch. »Wie oft habe ich, einerlei, ob Ihr dem Betrüger selbst aufgesessen seid oder ob es einem anderen geschehen ist, wie oft habe ich gesagt, die Gewürze besorge nur ich selbst? Ist es Euch bewusst, dass dieses Gewürz ein kleines Vermögen gekostet hat …«

Elisabeth richtete sich auf. Sie umfing die ganze Küche

mit einem Blick. Die geöffneten Fenster, den gekachelten Boden, die hell gestrichenen Wände, den großen Herd, die neugierig lauschenden Mägde, den steifen Küchenmeister, die runde Frau Gertrud – Andreas Ellbracht hatte Recht gehabt. Niemand verschwendete auch nur einen Gedanken an den Mann, der sich bei dem Sturz vom Gerüst das Genick gebrochen hatte. Die Frage, durch wessen Schuld der falsche Safran in die tadellose Schlossküche geraten war, schien überaus wichtiger.

Längs des Weges wurde Korn geschnitten, Garben standen auf den Äckern, Elisabeth trat auf Halme und Strohbüschel, die von den Wagen gefallen waren. Es regnete nicht mehr. Die Blumen am Wegrand verdorrten, die Wiesen verkrauteten, das Gras wurde strohig und stach sie in die Fußsohlen, wenn sie des Morgens über die Wiese zum Schloss ging.

Sie nährten sich in diesen letzten Augusttagen von frischem Gemüse aus den Bauerngärten, das Jakob zuweilen von seinen Gängen mitbrachte, von den königlichen Küchenresten, von den letzten dunklen Brombeeren und den herben Beeren der Holundersträucher.

Jakob schwieg die meiste Zeit. So nah er ihr vor seinem zweitägigen Verschwinden gewesen war, so fern war er ihr nun. Sie wusste nicht, wo er sich aufgehalten hatte, ob er zum Tanz in einem Dorf gespielt oder sich in einer schmutzigen Schenke betrunken hatte. Sie wusste nicht, ob sein Schweigen und seine Geistesabwesenheit von Erlebnissen auf seinen Streifzügen herrührten oder ob er einen Groll gegen sie, Elisabeth, hegte, weil sie auf sein Bitten hin nicht mit ihm mitgekommen war.

Wenn er so in sich gekehrt war, fiel es ihr schwer, ihn anzusprechen, noch schwerer fiel es ihr, ihn nach Andreas Ellbracht zu befragen. Doch je länger sie die Frage aufschob, um so mehr bedrängten sie Verdächtigungen und Unsicherheiten. Sollte es sich bei Andreas Ellbracht wirklich um Jakobs Freund aus frühester Kindheit handeln, sollte ebenjener Ellbracht aufgestiegen sein zum Vertrauten des Königs von Reupen, war es dann zu weit hergeholt, eine Verbindung zwischen den drei Männern zu vermuten? Ihr wurde jedes Mal klamm, wenn diese Gedanken sie streiften. Der beleidigte König und sein Vertrauter, welcher sagte: »Ich kenne da einen Gaukler, noch von früher her, dem wir ganz und gar vertrauen können. Er ist der Richtige, um die Prinzessin von Messelstein aus ihrem Schloss zu holen.« Aus ihrem Schloss in eine unwürdige Umgebung, an die Seite eines unwürdigen Mannes, um einer kleinlichen Rache zu frönen, um zu gegebener Zeit über sie zu lachen.

Doch wenn sie Jakob gegenübersaß, wurden alle ihre Überlegungen nichtig. Jakob passte nicht in dieses Spiel. Mochte es Dinge geben, die ihn bedrückten, Dinge, die er ihr verschwieg, trotz allem war Jakob nicht der Mann, der sich zu einem derart unredlichen Spiel herabließe im Auftrage eines Herrn von Adel. Es war etwas gänzlich anderes, aus Abenteuerlust eine Frau aus dichten, festen Mauern herauszuholen, nur um zu sehen, ob es ihm wirklich gelänge, so, wie es ihm Freude bereitete, Pferde von bewachten Weiden zu stehlen. Aber ein höfisches Ränkespiel ... Nein, niemals.

»Jakob?«, fragte sie leise, als er in der Nacht neben ihr lag, stumm zwar, aber nicht verschlossen, sondern warm, vertraut und weich. »Jakob, du hast mir nie gesagt, dass der Ellbracht dein Andreas ist.«

»Mein Andreas?« Sie konnte im Dunkel sein Gesicht nicht sehen, aber sie hörte Unsicherheit aus seinen Worten.

»Dein Müllersohn. Der beste Freund, den du je hattest.«

Er schwieg. Ich habe mich getäuscht, dachte sie erleichtert. Es ist nicht sein Freund von früher. Er wird über mich und meine Vermutung lachen.

»Nicht?«, erwiderte er zögernd. »Ich hab dir doch gesagt, dass ich ihn von früher her kenn.«

»Er ist es also?« Ihr Herz schlug heftig.

»Ja, warum sollte er es nicht sein?«, entgegnete er unwirsch. »Was hast du nur immer mit ihm?«

»Nichts, ich wunderte mich nur.«

»Ich wünschte, du wärst niemals in die Küche gegangen«, stieß er hervor. »Ich wünschte, ich hätte das Geschirr nie zerschlagen. Seit du dort bist ...«

Er schwieg. Die Dunkelheit schob sich zwischen sie.

Sie verdrängte die Gedanken an den König von Reupen. Es schien ihr eher, als gäbe es etwas zwischen Jakob und dem Ellbracht, wovon er nicht erzählen wollte. Die Freundschaft zwischen den beiden Männern mochte zerbrochen sein. Vielleicht hatte es mit einer Frau zu tun. Vielleicht auch nahm Jakob es dem Ellbracht übel, dass er als Nichtstuer an einem glanzvollen Hofe lebte. Am Ende war Jakob ihretwegen gar eifersüchtig auf den Ellbracht und mit ihm auf das gesamte Hofleben, dem sie nun so scheinbar nahe war, das ihr ihr eigenes, vergangenes Leben so deutlich vor Augen stellte. Vielleicht hatte er sogar Recht. Es war alles anders geworden, seit sie im Schloss arbeitete. Sie gingen selten gemeinsam die Straße entlang, es gab für sie keinen Marktplatz mehr, nicht einmal die langen Streitgespräche am wackligen Hüttentisch. Sie verließ den Wald früh am Morgen und kehrte spätabends zurück. Jakob bereitete ihr mittags kein Essen, sie hatte Meister Helferich lange nicht mehr aufgesucht. Es war etwas Eigenartiges um ihre Beschäftigung in der Küche des Schlösschens. Es war eine fremde und doch vertraute Welt. Es gab Tage, an denen sie der Küche am liebsten den Rücken gekehrt hätte, doch an anderen Tagen zog sie sie geradezu an. Es erinnerte sie an ein Spiel, das sie früher immer gespielt hatte. Sie hatte den tragbaren Spiegel mit an ihr Fenster genommen und sich die Umgebung des Schlosses in dem Spiegel besehen. Der Faszination dieses Anblicks vermochte sie sich selten zu entziehen. Sie kannte jede Mauer, jeden Strauch, und doch sah das Vertraute so fremd und abenteuerlich aus, nur weil es sich ihr mit einem Mal seitenverkehrt zeigte. Sie sah den

Garten, die Bäume, die Hügel mit ganz anderen Augen, sie nahm das, was ihr sonst selbstverständlich schien, nicht länger als gegeben hin.

39.

Gänzlich ließ sie der Gedanke an Philipp von Reupen nicht los. Und auch nicht an die eigenartige Beziehung zwischen Jakob und Andreas Ellbracht. Mit dem Ellbracht hätte sie gerne noch einmal gesprochen, er war sehr offen und geradeheraus, vielleicht hätte er nicht so mürrisch geschwiegen, wie Jakob es oft tat. Aber dem Ellbracht begegnete sie nicht mehr. Ging er ihr am Ende aus dem Wege?

Ihr Misstrauen schwand jedoch mit jedem Tag, der sich gleichförmig dahinzog. Nichts geschah, das auf irgendeine Weise absonderlich gewesen wäre. In der Küche hatten sich alle längst an sie gewöhnt. Daran, dass sie in der frühen Morgenstunde kam, fegte, Unrat nach draußen trug, die Fliesen und die Tische scheuerte, zuweilen den Teig schlug. Sie nahm die Befehle eines jeden ohne Murren entgegen, selbst die der Küchenjungen, grollte insgeheim, war aber auch froh, dass sie nicht weiter belästigt wurde, im Gegensatz zu Sanne, die sich bei ihrer Arbeit in den oberen Gemächern die Zudringlichkeiten mancher Gäste gefallen lassen musste. In der Küche herrschte der Herr von Plattern und der duldete keine Zudringlichkeiten, zumal sie von der Arbeit abhielten.

»Da bin ich froh drüber«, sagte Barbara, »dass die Kerle wenigstens aus der Küche rausbleiben.«

»Und der Ellbracht?«

Barbara seufzte. »Das ist was andres. Da ist man halt selber schuld, wenn man auf den reinfällt.«

»Ist der König ebenso?«

»Wie?«

»Nun, wie der Ellbracht. Mit den Frauen.«

»König Philipp?«, fragte Barbara entgeistert.

»Ich dachte ... weil der Ellbracht gesagt hat ...« Sie biss sich auf die Lippen.

»Was hat er gesagt?« Barbaras Stimme wurde scharf wie immer, wenn es um den Ellbracht ging.

»Er hat gefragt, ob er was arrangieren sollte für mich mit dem König.«

»Mit dem König?« Barbara lachte laut auf. »Das hast du ihm doch nicht geglaubt?« Barbara zog die kurze Nase kraus. »Der König hat in seinem Leben noch keine Dienstmagd angerührt. Auch die Kammermädchen nicht, das weiß ich. Da wird er die feinen Damen für haben. Gräfinnen und Freiherrinnen und was nicht alles. Der war noch nie hier in der Küche.«

Gräfinnen und Freiherrinnen. Elisabeth musste an die recht offenen Andeutungen der Gräfin denken. Vielleicht, überlegte sie, wäre es dem König von Reupen zuträglicher, wenn er seinen Geschmack in Bezug auf Frauen änderte. Was für ein Gedanke. Andreas Ellbracht, der sie des Nachts in das Gemach des Königs schleuste. Philipp würde vielleicht an seinem Tisch in der kleinen Kammer sitzen und erstaunt von seinem Buch aufsehen. Er würde sie nicht erkennen, sie ähnelte der Frau, die er vor Monaten gesehen hatte, in keinster Weise. Sie könnte ihm sein Buch aus der Hand nehmen und einige Sätze daraus vorlesen und sie ihm mit weniger Mühe, als es ihm bereitete, in seine Sprache übertragen. Der Gedanke war nicht ohne Reiz ...

»Gibt es ein Bild des Königs hier im Schloss?«, fragte sie einige Tage darauf Frau Gertrud. Sie waren bis auf die kleine Marthe und den kleineren der Küchenjungen alleine in dem großen, hohen Raum. Frau Gertrud schnitt mit dem langen, scharfen Messer dünne Speckscheiben zum Bardieren der beiden Hasen, die abgezogen und ausgenommen auf dem großen Tisch lagen. »Ein Bild?« Frau Gertrud hielt inne, die Schneide des Messers ragte aus ihrer kräftigen Faust. »Ein Bild?«

»Ein Gemälde eben«, erklärte Elisabeth ungeduldig.

»Ein Bild.« Frau Gertrud nickte. »In der Bibliothek hängt eins.«

»Und wo befindet sich die Bibliothek?« Ganz konnte Elisabeth es sich nicht erklären, warum sie dieser Umstand in derartige Aufregung versetzte.

Frau Gertrud schüttelte den Kopf. »Da kommst du doch nicht hin. Das ist drüben, wo der große Saal ist. Auf dem Bild ist der König drauf, wie er noch ein ganz kleines Kind war.«

»Ein Kind?«, wiederholte Elisabeth enttäuscht. »Und es gibt kein Gemälde, das ihn als Mann zeigt?«

»Hier nicht. In der Residenz vielleicht.«

»Ist er ein ansehnlicher Mann?«

»Seine Majestät? Ansehnlich?« Frau Gertrud überlegte. »Ei ja, doch. Wenn auch ganz, ganz anders als unser Herr Ellbracht. Ganz anders. Ich glaub, er neigt zur Schwermut, unser König. Er ist ganz wie seine Mutter. So dunkel. Und so schöne Haare. Und auch so schwermütig, ja. Nun, wenn er erst seine Frau hat, dann ändert sich das. Und einen Erben, dann wird's recht.«

Elisabeth streifte die gehackten Kräuter vom Messer und sah Gertrud erstaunt an. »König Philipp wird sich vermählen?«

»Ei, du weißt doch, dass jetzt der große Ball abgehalten wird. Die machen doch oben schon die ganze Zeit alles zurecht deswegen.«

»Jetzt?« Elisabeth wunderte sich. »Ich hörte, es solle ein Maskenfest ausgerichtet werden, daraus schloss ich, dass die Zeit im späten Herbst ...«

»Ah«, schnaubte Frau Gertrud, »später Herbst! Denkst du, von den Herrschaften schert sich einer um die rechte Zeit? Vor nichts machen die Halt. Die feiern sogar ein Maskenfest im Sommer. Die täten selbst das heilige Osterfest auf die Pfingsttage legen, wenn's ihnen so in den Sinn kommt.«

»Ihr spracht von einer Vermählung«, erinnerte Elisabeth die Frau. Ihr Herz klopfte heftiger. Im Innenhof des Schlosses zu Messelstein war sie es gewesen, die er hatte zur Frau nehmen wollen. Sie versuchte, sich an seine Stimme zu erinnern, aber es gelang ihr nicht.

»Ei, ja nun.« Frau Gertrud tat einen Schritt zum Herd hinüber und gab Fett in den tiefen Bratentopf. »Gemunkelt haben sie halt, es wäre die Verlobungsfeier vom König. Er hätt's so festgelegt.«

»Und wer ist die Braut?« Gespannt hielt sie den Atem an. So schnell hat er sich getröstet und eine andere gefunden. Vielleicht wollte er von dem Eklat im Frühjahr ablenken und zeigen, dass es ihn nicht berührte.

Frau Gertrud zuckte mit den Schultern. »Ich hab schon lang nichts mehr davon gehört. Lang nicht mehr. Mag sein, dass es nur Gerede war.«

Und wenn nicht? Ob es eine Dame ist, die ich kenne? Was für ein Fräulein kann das sein, die ihr Leben teilen soll mit einem derartig merkwürdigen Mann? Einem Mann, der einen Müllersohn zu seinem Vertrauten erkoren hat, einem Mann, der eine unbeholfene Handschrift hat, aber ein überhebliches Benehmen, der sich im Bett der Gräfin ungestüm benimmt und der einen wundervollen Himmelsglobus besitzt?

Frau Gertrud umwickelte das Wild sorgfältig mit den dünnen Speckstreifen, damit es während des Bratens saftig blieb.

»Ruf die Lotte«, befahl sie dem Küchenjungen, »ich brauch noch eine Hand für die Suppe! Und du, Marthe, mach zu mit dem Gemüse!« Sie wischte sich an der Schürze notdürftig das Fett von den Fingern. »Gott, ach Gott, das Fest! Wie soll das werden? So viel Hände hat man nicht, so viel Beine hat man nicht! Und wenn sie auch welche aus der Residenz mit rüberbringen ... All die Menschen in meiner Küche! Und die ganze Festgesellschaft, die hier untergebracht werden soll! In so einem kleinen Schlösschen! Und wie eng's in unseren Kammern erst wird, wenn die aus der Residenz hier so lange bleiben! Da werd ich auf der Küchenbank schlafen müssen. Vielleicht wird's am Ende ja doch eine Verlobung. Was weiß ich. Das ist ja auch nicht gut, dass man von unserem König redet, er kriegt keine Frau, weil sie über ihn lachen täten, die jungen Damen.« Elisabeth schluckte.

»Guck dir einer die Biester an!« Frau Gertrud schlug mit einem Lappen nach drei Wespen, die um den Honigtopf kreisten. Der Schlag vertrieb die Tiere jedoch nicht. Angriffslustig streiften sie Frau Gertruds Gesicht.

»Die sind wie verrückt in den letzten Tagen.« Sie schüttelte den Kopf. »Als täten die merken, dass es bald aus ist mit ihnen.«

Elisabeth versuchte vorsichtig, die redselige Stimmung der Frau zu nutzen. »Ihr sagtet, die Königin war eine schöne Frau? Ihr habt sie gesehen? War sie hier, in diesem Schloss?«

»Ei freilich hier. Wo sonst? Der hat das Schlösschen doch herrichten lassen für seine Weibergeschichten, der alte König, Gott hab ihn selig. Doch zum Jagen nicht! Vor dem war doch keine sicher. Erst als er älter geworden ist und krank. Da ist er in sich gegangen. Aber früher ... Nur diese, mit der ging's länger als mit den andern. Das wär ja nicht mit rechten Dingen zugegangen, hat da manch einer gesagt. Hier hat er sie immer getroffen, ja, ja. Da war ich noch recht jung, damals.«

Elisabeth überlegte, ob der alte König der Küche ebenso ferngeblieben war wie der junge. Eher nein, schloss sie aus allem, was sie bisher gehört hatte. Sie forschte in dem Gesicht der Frau Gertrud nach Spuren der jungen Frau von damals. »Und warum machte sie auf Euch den Eindruck, sie sei schwermütig?«

»Erst noch nicht. Als er sie hierher gebracht hat, da war sie ein recht vergnügtes Ding. Von Trauer um den alten Grafen hat man da nichts gemerkt.«

»Ihr Vater?«

»Bewahre! Ihr Mann! Die Witwe vom alten Grafen Weißenburg war sie.«

»Und warum wird dann so oft behauptet, sie sei eine Bäuerin gewesen?«

»Weil halt keiner so genau weiß, was sie vorher gewesen ist. Der alte Weißenburg, der hat sie irgendwo aufgelesen. Im Krieg. Ein verarmtes Edelfräulein vielleicht, vielleicht auch weniger als das. Na ja, damals hat's keiner mehr so genau genommen, da dachten wir doch alle, das Ende der Welt steht bevor. Unser König mag das auch gedacht haben und hat sie zur Frau genommen, der alte Tor, genauso wie der andere vor ihm! Das musste doch auch nicht sein.« Sie schüttelte noch im Nachhinein den Kopf. »Das Kind soll gar nicht rechtmäßig im Ehebett gezeugt worden sein, hat man gemunkelt. Das wär schon vorher unterwegs gewesen, deshalb die eilige Heirat. Mag sein, mag nicht sein. Ein bisschen früh kam's schon ...«

Elisabeth unterbrach sie nicht, sondern ließ sie reden. Und hinten in der Ecke saß Marthe und vergaß, die welken, äußeren Blätter vom Kohl zu lösen vor lauter Angst, sie könne ein Wort der Geschichte überhören. »Nein, da hat er keine gute Hand gehabt, der alte König. Wie ein Bauernweib hat sie sich benommen. Die Amme hat sie zum Teufel gejagt und das Kind selbst an die Brust genommen. Die Königin von Reupen! Denk nur mal an! Und rumgeschleppt hat sie das Wurm wie ein Zigeunerweib! Das hab ich nicht selbst gesehn, weil sie da nicht mehr hier war. Da waren sie längst in der Residenz drüben. Aber jeder hat das erzählt. Und der König hat ein Machtwort gesprochen und das Kind mit der Kindsmagd hierher bringen lassen, damit sie sich wieder schicklich benimmt. Ei ja«, meinte sie, »leicht wird die's auch nicht gehabt haben. Der war schon ein schwieriger Mensch, unser König. Und wenn sie am Ende wirklich nicht von Adel war, dann wird's schon schwer gewesen sein an so einem großen Hof. Denk dir mal, ich müsst' mich in solche Gewänder zwängen und da oben auf und ab stolzieren!«

Marthe prustete los in ihrer Ecke, und Elisabeth presste mühsam die Lippen aufeinander, um nicht laut aufzulachen bei dem Gedanken an eine Frau Gertrud, die in den oberen Gemächern auf und ab stolzierte, ihre füllige Figur in eine Korsage gezwängt. Frau Gertrud bemerkte es nicht und erzählte kopfschüttelnd weiter: »Und dann ist sie irgendwann auf und davon. Mit dem Oberstallmeister.«

»Ohne das Kind?«

»Das wird er ihr nicht mitgegeben haben. Vielleicht hat's auch gestört bei dem jungen Glück. Was weiß ich denn? Aber der König wollt' den Jungen dann auch nicht mehr um sich haben. Der sah der Frau von Tag zu Tag ähnlicher. Außer Landes hat man ihn großgezogen. Der ist erst wieder hergekommen, als der Thronfolger gestorben ist. Vielleicht hat der Herr König vorher ganz vergessen, dass er noch einen Sohn hat.« Sie schüttelte missbilligend den Kopf. »Als hätt das Kind was dazugekonnt.«

Elisabeth reichte ihr das Brett mit den Kräutern herüber und wollte gerade nach dem Ellbracht fragen, wann der denn nun an den Hof gekommen sei, da stürmte Lotte durch die Tür, hastig wie immer, angefüllt, ebenfalls wie immer, von einer wichtigen Begebenheit, die sie zum Besten geben musste.

»Denkt mal«, begann sie und hielt die Hand vor den Mund, um ein Prusten zu ersticken. »Gar nichts wird gedacht!«, herrschte Frau Gertrud sie an. »Hättest längst schon da sein sollen. Die Suppe!« Lotte stellte sich schmollend an den Herd. Elisabeth eilte zu Marthe hinüber und las die abgeschnittenen Kohlblätter in ihre Schürze, ehe Marthe sie zum Abfall in den Eimer werfen konnte. Sie würde sich in der Hütte eine köstliche Brühe daraus kochen.

»… der Herr Ulrich, der Große, wisst Ihr«, raunte Lotte Frau Gertrud zu, »der, wo der längste von den Pagen ist. Und dabei weiß er doch, dass der Herr von Drexel es nicht leiden mag, wenn oben auf den Flur gepinkelt wird. Da hat der Herr von Drexel ihm eins übergezogen. Jetzt droht der Herr Ulrich dem Drexel, dass das noch Folgen hat für ihn. Weil der Herr von Drexel halt nur ein einfacher Edelmann ist und der Vater vom Herrn Ulrich ein Freiherr von … Ach, jetzt hab ich vergessen von was!« Frau Gertrud schüttelte wie immer nur den Kopf. »Lise«, sie drehte sich um, »halt nicht Maulaffen feil. Geh und hol noch einen Eimer Wasser!«

40.

Das Wetter wandelte sich. Die trockene Schwüle wich regnerischen Tagen. Zuweilen regnete es vom Morgen bis zum Abend, dann wieder teilten sich die Wolken und zeigten ein Stückchen blauen Himmel. Jakob hatte bereits einen Sack neu geerntetes Getreide aufgetan, gelbbraune Dinkelkörner, aus denen sie sogleich eine wohlschmeckende, sättigende Grütze kochte. Ohnedies verhießen die früchtebeladenen Obstbäume um sie her, die Gärten und Felder voller Gemüse, die im Wald verborgenen Früchte Nahrung, Sättigung, Wohlgeschmack.

Früher war ihr der Herbst ein bunt gefärbter Wald gewesen, Spinnweben im Garten, ein melancholischer Nachmittag, ein nebliger Morgen, ein Asternstrauß, erste Kaminstunden. Doch nun, da der Sommer langsam seinem Ende zulief, blickte sie begehrlich auf alles, was um sie her reifte, nun war der Herbst ihr die Aussicht auf Nahrung in Hülle und Fülle.

Sicherlich, sie würden Nahrung in Hülle und Fülle finden, wenn sie mit Jakob weiterzog. Sie würden im späten Herbst Nüsse von den Sträuchern pflücken, Eicheln, Schlehen, hier und da einen Kohlkopf vom Acker, Pilze in den Wiesen suchen. Aber nichts von alledem würden sie aufbewahren für die langen Wintertage. Sie müssten die Pilze immer an Ort und Stelle verzehren, sie könnten sie nicht zum Trocknen auffädeln, wie die Bauersfrauen es taten.

Elisabeth kostete ein Stück von den weißen Wiesenchampignons, die Jakob vor einer guten Stunde in seinem Hut auf den Tisch gestellt hatte. »In Butter schmecken sie exzellent. Mit einem Hauch …« Er hörte nicht zu. Er hörte oft nicht zu. Er aß auch zu hastig. Sie zweifelte, ob er ihr hinterher hätte sagen können, was er gegessen hatte. Er tauchte die Finger in die Schüssel, holte ein Stück gedünsteten Pilz heraus und schob ihn in den Mund.

»Es ist, als würden Kaufleute um einen Ballen Stoff handeln. Kannst du das fassen?«, sagte er.

»Wovon redest du?«

»Sie sitzen am Tisch, die Geheimen Räte, die Minister, die Gesandten, und handeln und schachern um Landstriche und Menschen wie … Ja, wie Kaufleute um Wagenladungen, wie Geldwechsler um Münzen. Mehr ist's nicht.« Er stützte seinen Kopf in die Hände. »Aber die, die da oben leben, in dem Zipfel Land, der in Herzog Albrechts Gebiet hineinreicht, die werden überhaupt nicht gefragt. Vielleicht ist's für sie letztendlich auch egal, wo sie dazugehören. Besser verschachert als mit Gewalt beim Land gehalten. Denn mit Gewalt bedeutet Soldaten, Feuer, Plünderung, abgebrannte Äcker …«

Elisabeths Augen weiteten sich. »Was hast du sagen hören?« Sie musste an Meister Helferich denken und seine Prophezeiungen vom wiederkehrenden Krieg. »Du denkst doch nicht, es könne zu einem Krieg kommen zwischen dem König von Reupen und Herzog Albrecht?«

»Die?« Jakob lachte bitter. »Die werden beim großen Ball drüben am Tisch beieinander sitzen und der eine wird dem anderen ein Stück Fasan reichen. Vielleicht kann der König dem Herzog dabei sein Stückchen Land verhökern mit allem, was darin ist. Aber nur, wenn der Herzog gut bietet und ein wenig nachgibt. Sonst heißt's, der König von Reupen verschenkt sein Land. Und dann kommen andere und wollen auch ein Stück.«

Mit wem, überlegte sie besorgt, hat er nur wieder in der Schenke gesessen und getrunken und sich den Kopf über derartige Dinge heiß geredet? »Und wenn der Herzog nicht nachgibt?«

Jakob seufzte. »Er muss.«

Sie lenkte das Gespräch fort von diesen Schrecken. »Werden also sowohl der König als auch Herzog Albrecht anwesend sein während des Balles? Hörtest du davon?« Der Ball. Ein Prickeln rann über ihren Rücken, wenn sie daran dachte. Sie begann, die Tage zu zählen. König Philipp einmal von Angesicht sehen. Das musste doch möglich sein. Vielleicht kam er einige Tage früher an und spazierte mit dem Ellbracht zu den Ställen. Und auch den Herzog hatte sie nie zuvor gesehen. Marie-Henriettes Geliebten. Und wenn Henrie nun doch an der Seite des Herzogs zum Ball erschiene?

»Der Ball?« Jakob blickte auf, als sähe er erst jetzt, dass sie ihm gegenübersaß. »Da gehst du sowieso nicht hin.«

»Aber warum nicht? Jede Hand wird da gebraucht! Und sie sagten, es würden selbst ein paar Münzen abfallen für uns und ...«

»Ich werde für ein paar Tage unterwegs sein um die Zeit. Und ich will nicht, dass du wieder so lange hier allein bleibst. Ich will auch nicht, dass du dann zum Schloss rüberrennst. Du gehst zu Johanna.«

»Es ist meine Sache zu entscheiden, wohin ich gehe und wohin ich nicht gehe«, entgegnete sie scharf.

»Ich hab nein gesagt. Du rennst nicht jede Nacht durchs Dunkel hierher zurück. Und bis in die Nacht wird's dauern, wenn du bei so einem Fest helfen musst.«

»Dann schlafe ich eben auf der Küchenbank.«

»Wenn das Haus voll ist mit betrunkenen Kerlen?«

Sie wusste, er hatte nicht ganz Unrecht, und dennoch ... »Ich könnte in der Mägdekammer ...«

»Es genügt.« Er erhob sich abrupt. »Ich hab gesagt, du gehst nicht.«

Sie blieb allein zurück mit ihrem Ärger. Mochten seine Gründe nicht gänzlich von der Hand zu weisen sein, niemals würde sie sich lediglich seiner Sorgen wegen den Ball entgehen lassen. Was hatte er nur? Zog es ihn längst weiter, die Straßen entlang, in die großen Städte, in die kleinen Dörfer, in die Gesellschaft von Zigeunern, Vagabunden, fahrenden Sängern? Vielleicht rührte daher die Unruhe, die ihn in letzter Zeit so oft befiel. Vielleicht hatte er sie deswegen so eigenartig angesehen, als sie ihn erneut gebeten hatte, das Loch im Dach zu reparieren, möglichst vor Eintritt des Winters, am besten vor dem nächsten Regen.

Kein Tag verging, an dem man im Schloss das bevorstehende Fest nicht zu spüren bekam. Elisabeth lief Tag für Tag hinüber, um beim Scheuern, Putzen und Ordnen zu helfen. Sie bekam ihre Suppe und füllte oft noch ihre irdenen Töpfchen mit Käseresten oder nahm ein großes Stück Brot mit nach Hause.

Am linken Seitenflügel bauten die Männer das Gerüst ab, damit das Schlösschen für die Dauer des Balles einen hübschen Anblick bot. Nach dem Ball sollte es wieder errichtet und die Arbeit fortgesetzt werden. Welche Vergeudung an Mühe und Kraft, dachte Elisabeth, den Kopf schüttelnd.

Von der Residenz trafen Wagen ein, bepackt mit allerlei Utensilien für die Wasserspiele, das Feuerwerk und andere Belustigungen an den Abenden im Park. Leider traf auch der Pastetenkoch ein. Jedoch, er störte wenig, denn er saß meist lange mit dem Küchenmeister beisammen. Sie erörterten die Menüfolge, ergänzten, verwarfen wieder und erstellten lange Einkaufslisten. Aus ihr noch unbekannten Kammern wurden Stühle und Tische getragen, dunkelrote Tücher, kristallene Gläser. Sanne und Barbara saßen stundenlang und putzten silberne Becher, Schalen und Löffel. Und Jakob und ich, dachte Elisabeth, während sie den großen Topf scheuerte, haben nicht einmal einfache Teller, davon zu essen.

Sie sah den Ellbracht endlich wieder. Er kam in die Küche, besprach sich mit dem Herrn von Plattern und zwinkerte ihr zu dabei. Er erbettelte sich von Frau Gertrud eine Hand voll Rosinen, entlockte Lotte ein leichtes Lächeln und blieb einen Augenblick bei Elisabeth stehen. Sie wechselten belanglose Worte, ein Geplänkel nur im Vorübergehen, das Gespräch im Küchengarten schien nie stattgefunden zu haben. »Wie steht's jetzt mit dir und dem König?« Er lachte im Hinausgehen. »Ich bin nicht abgeneigt«, sie deutete einen Hofknicks an, »nennt mir den Tag und die Stunde.« Er lachte wieder, diesmal jedoch klang sein Lachen unsicher. Hatte er Angst, sie könne ihn beim Wort nehmen?

Sie ertappte sich dabei, dass die angeregte, erwartungsfrohe Stimmung auf sie übergriff. Sie genoss das Geschwätz der Mägde, die Vorfreude auf etwas Neues, auf Abwechslung, auf andere Menschen, auf Musik, auf gutes Essen. Es schien ihr in dieser Laune alles möglich, eine Nacht mit dem König von Reupen, ein Wiedersehen mit Marie-Henriette, ein Tanz mit einem Kavalier. Die Gräfin war abgereist, würde jedoch zum Ball wieder erscheinen. Eine neue Dame war in ihre Gemächer gezogen, eine entfernte Verwandte des Königs, eine äußerst junge Frau, die sich erst in diesem Jahr vermählt hatte. »Ihr Nachtgewand ist aus so einem ganz dünnen Stoff«, erzählte Sanne. »Ganz durchsichtig. Es ist, als würd sie nackt im Zimmer herumlaufen. Und sie hat Hemden, die sind nur dafür da, dass man sie unter der Kleidung trägt. Man sieht sie nur, wenn sie sich auszieht. Sie sind aus blutroter Seide. Ganz und gar blutrot.« Lotte lauschte mit weit geöffnetem Mund, Barbara zuckte die Schultern. »Der Herr Ellbracht hat gesagt«, fuhr Sanne kichernd fort, »er kann ihr ja so ein Hemd abschwatzen, wenn ich die so schön finde.« Barbaras Augen wurden schmal, ihre Wangen rot.

Je beschwingter sich Elisabeth in diesen Tagen fühlte, desto mehr schien Jakob sich zu verschließen und ihr insgeheim zu grollen, als erriete er all ihre Gedanken über schöne Gewänder, Tanz und Kavaliere. Aber vielleicht schien ihr das auch nur so, sie begegnete ihm äußerst selten.

Dabei arbeitete sie schwer, die tägliche Mühe unterschied sich beträchtlich von den Gedankenspielen in ihrem Kopf. Von Tag zu Tag stand sie länger in der Küche und es blieb nicht bei der Küchenarbeit. Es gab nicht nur unzählige Töpfe zu scheuern, sondern auch unzählige Räume und Treppen zu schrubben. Zuweilen verfluchte sie das Fest.

Der Ballsaal war um so vieles größer, als sie es in einem derart kleinen Schlösschen erwartet hatte, um so vieles heller und prächtiger als der graue Saal auf Messelstein. Geschickt eingepasste, wandhohe Spiegel täuschten eine zusätzliche Weitläufigkeit vor, eine lange Reihe von Fenstern sorgte für Licht, die Wände waren mit hellem Tuch bezogen, unzählige Leuchter verhießen verschwenderisches Kerzenlicht. Auf dem blanken Parkett ließ es sich sicher ausgezeichnet tanzen. Wäre sie als Prinzessin von Messelstein zu diesem Ball geladen, sie hätte den Saal entzückend gefunden. Aber nun, da sie auf ihren Knien über den Boden rutschte, den Lappen auswrang, ihn wieder in den Eimer tauchte, nur sie und Marthe und niemand sonst, um diese endlose Fläche zu säubern, da wünschte sie, der Raum wäre um vieles kleiner. Sanne und ein Kammerfräulein hatten sämtliche Leuchter blank geputzt und verteilten nun neue Kerzen. Sie eilten sich, um Marthe und Elisabeth nicht in die Quere zu kommen, und verließen lachend und tuschelnd den Saal.

Elisabeth richtete sich stöhnend auf, als sie endlich bei den weit geöffneten Türflügeln angekommen war. Ihr Rücken schmerzte. »Stell doch den Eimer nicht auf den Teppich«, mahnte die kleine Marthe erschrocken. Elisabeth achtete nicht darauf. Sie blickte den Gang entlang. Dort um die Ecke, suchte sie sich zu erinnern, musste das Gemach des Königs liegen und daneben das Schlafzimmer des Herrn Ellbracht. »Marthe, ich bitte dich, nimm du beide Eimer mit, ich komme gleich nach.« Sie wartete nicht auf Marthes unwillige Antwort, sie ließ sie einfach stehen.

Niemand begegnete ihr, es war ruhig in den oberen Gemächern in der Stunde nach dem üppigen Mittagsmahl. Nur ein Wachsoldat stand nahe der königlichen Tür. Er schäkerte eifrig mit dem Kammerfräulein und beachtete Elisabeth nicht. Eine bessere Gelegenheit würde sie nie mehr finden. Sie öffnete die Tür, ohne lange nachzudenken.

»Halt!« Sie zuckte zusammen. Die Wache packte sie am Arm und zog sie zurück. »Bist du verrückt? Das sind die Räume Seiner Majestät.«

»Pardon«, stammelte sie. »Ich ... ich habe mich geirrt. Ich bin so selten hier oben. Der Herr Ellbracht ...«

»Ach so.« Der Soldat ließ sie los und setzte ein wissendes Grinsen auf.

»Zum Ellbracht. Das da ist seine Tür.« Er schlug mit seiner behandschuhten Faust gegen das blank polierte Holz, ehe sie ihn davon abhalten konnte.

»Nein.« Sie trat auf den Mann zu. »Bitte, haltet ein ...«

Aber die Tür wurde bereits von innen geöffnet. Es war Andreas Ellbracht selbst, der vor ihnen stand; er musste gerade im Begriff gewesen sein, das Zimmer zu verlassen. Er war zum Ausritt gekleidet, in eine elegante, eng anliegende dunkle Jacke über ebenso engen Kniehosen aus weichem Leder. Den flachen, mit Straußenfedern geschmückten Hut und die Reitgerte hielt er in der Hand. »Elisabeth?«, fragte er erstaunt.

»Fast wär sie beim König drin gewesen«, erklärte der Soldat. »Sie hat sich vertan.«

»Geh mal ein Stück den Gang runter. Ich hab was zu bereden mit dem Mädchen.« Der Mann grinste wieder. Solche Situationen schienen ihm vertraut.

»Ich wollte es nur noch einmal sehen«, sagte Elisabeth leise. Der Ellbracht schüttelte den Kopf. »Bitte«, flehte Elisabeth. »Ein Mal noch. Ein kurzer Blick.«

Er seufzte und öffnete die Tür zu König Philipps Gemach. Sie schlüpfte eilig hinein, ehe er es sich anders überlegen konnte.

Es war alles noch da. Ganz unverändert. Noch hatte sich niemand die Mühe gemacht, die Räume für die Ankunft des Königs herzurichten. Es roch auch so wie beim letzten Mal. Nicht nach von Parfum überdecktem Schweiß wie in den anderen oberen Gemächern. Es roch frischer.

»Was versprichst du dir davon?« Sie drehte sich um. Der Ellbracht stand hinter ihr. Seine Stimme und sein Blick waren so ungewohnt ernst.

Sie hob die Hände. Was verspreche ich mir eigentlich davon?, fragte sie sich. Sie zuckte hilflos mit den Schultern.

Geräusche vom Hof drangen herauf, Räder auf dem Kies, Stimmen. Gedämpfte Geräusche wie von weit her.

Sie trat an das große Prunkbett und berührte den samtenen Stoff des dunkelroten Vorhanges. Hätte ich ihn genommen, wäre es nun auch mein Bett, dachte sie, vielleicht würde ich gerade heute Nacht an seiner Seite darin schlafen. Ihr war eigenartig zumute, ein Gefühl von Unwirklichkeit umfing sie.

Eine Hand legte sich auf ihre Schulter. Sie schrak aus ihren Gedanken und wandte den Kopf.

»Geh jetzt«, sagte Andreas. Er roch nach Pferden, Parfum und Wein. Sie las Besorgnis in seinen Augen.

»Herr Ellbracht ...«

»Bitte«, sagte er. »Geh wieder nach unten. Es ist genug.«
Er schob sie sanft zur Tür.

»Darf ich Euch nur eine einzige Frage stellen?« Hunderte hätte sie ihm stellen mögen, sie sah ihn flehend an.

»Nein.« Er schien nervös, in Eile. Sie war nur die Küchenmagd für grobe Arbeiten, er trotz allem ein Herr, dessen Pferd bereits gesattelt vor dem Stall auf ihn warten mochte.

Sie straffte sich. »Ihr seid mit dem König sehr vertraut, hört man sagen.« Sie gab ihrer Stimme einen kühlen Ton. »Hat er mit Euch je über die Prinzessin von Messelstein gesprochen?«

Etwas in seinem Gesicht veränderte sich, einen winzigen Moment nur, dann seufzte er. »Warum willst du das wissen?«

»Nun, ich ...«

Er schloss die Tür des königlichen Gemaches hinter sich. Er blickte den Gang hinunter, lange, bis er endlich den Kopf schüttelte. »Weißt du«, sagte er, »ich habe mich immer bemüht, mich aus den Weibergeschichten anderer Männer rauszuhalten. Und ich bin gut damit gefahren.« Er setzte den federgeschmückten Hut auf seine blonden Locken, rückte ihn gerade und wandte sich zur Treppe.

»Andreas?«, rief sie sanft. Überrascht drehte er sich um. »Habt Ihr Jakob je dem König vorgestellt?«

Er starrte sie an. »Was?«

»Habt Ihr Jakob jemals dem König von Reupen vorgestellt?«

»Verflucht und verdammt!«, stieß er hervor und schlug heftig mit der Reitgerte gegen die marmorne Balustrade. »Manchmal könnt' ich ihn ...« Er fasste sich wieder. »Nein.« Er schüttelte den Kopf und sah sie an. »Nein, das habe ich nicht getan.«

Sie trat einen Schritt auf ihn zu. »Es gibt noch sehr viel mehr, worüber ich Euch befragen möchte.«

»Über den König?«

»Über Jakob.«

»Über Jakob ...« Er ließ seine Hand vom Geländer sinken. Eine Weile standen sie so, er schweigend an der Treppe, sie abwartend einen Schritt entfernt. Für einen Moment hatte sie das Gefühl, er wollte auf sie zugehen, aber er rührte sich nicht.

»Frag ihn selbst«, sagte er endlich. »Es steht mir nicht zu, hinter seinem Rücken über ihn zu reden. Geh hin und frag ihn.«

»Er antwortet nicht immer.«

»Nein«, sagte Andreas, »das tut er nicht. Er ist ein verfluchter Narr.« Damit drehte er sich um und eilte leichtfüßig die Treppe hinunter.

Sie verharrte reglos an der obersten Stufe, bis seine Schritte in der Halle verklangen. Erschöpfung packte sie. Sie musste sich am Geländer festhalten.

»Zur Küche geht's hier nicht!«, fuhr der Wachsoldat sie an, der die Szene von seinem Posten her mit Interesse verfolgt und sicherlich die falschen Schlüsse daraus gezogen hatte.

Er begleitete sie ein Stück, um sicherzugehen, dass sie die oberen Gemächer wirklich verließ. Sie war ihm dafür sogar dankbar, denn sie verfehlte den Weg so leicht in diesen unbekannten Gängen.

Sie arbeitete fahrig, die Gedanken noch bei dem hellen, ruhigen Gemach und bei dem Ellbracht, der nicht über Jakob sprechen mochte. Bei dem Ellbracht ... Sie ließ das Messer sinken und stützte sich auf den Tisch. Wusste Andreas Ellbracht am Ende, wer sie wirklich war? Die Verbindung zwischen den beiden Männern war um vieles enger, als sie vermutet hatte. Frau Gertruds knappe Befehle trieben die Gedanken aus ihrem Kopf. Barbara plauderte an diesem Tage unentwegt, die Wassereimer waren schwer, die Pumpe am Brunnen ließ sich nur mit Mühe bedienen. Es dämmerte bereits und sie stand noch immer in der Küche. Es war ein Büffet zu richten für neu eingetroffene Gäste, die die Absicht hatten, sich am Abend zum Kartenspiel im vorderen Salon zu treffen. »Brauchst nicht auf der Bank schlafen, Lise«, sagte Frau Gertrud in einem Anflug von Wärme. »Wir müssen doch in der Kammer sowieso Strohsäcke dazulegen für die Mädchen aus der Residenz, die übers Fest hier mithelfen. Da können wir ja wohl einen Strohsack ein bisschen eher dazulegen.«

Elisabeth hatte die Tiegel und Messer gewaschen, die Hackbretter und die Pfannen. Sie stellte das letzte nasse Stück auf den großen Küchentisch und rieb ihre Hände an der Schürze trocken. Sie wollte nicht in der muffigen Mägdekammer schlafen, auf einer Matratze neben Lottes Bett und deren Geschnarche anhören. Auch nicht in der leeren

Küche, schon aus Angst vor den neuen Gästen, von denen sich der eine oder andere am Ende doch in die Küche verirren mochte. Ihr war ohnehin danach, dem Schlösschen für einige Stunden zu entfliehen, den Menschen, der Betriebsamkeit. Sie sehnte sich nach der Dunkelheit und der Ruhe des Waldes, und nicht nur danach. Lass ihn da sein, bat sie. Lass ihn nicht am frühen Morgen betrunken aus irgendeiner Schenke kommen. »Geh und frag ihn selbst«, hatte der Ellbracht gesagt. Und er hatte Recht damit, das musste sie tun. Etwas war nicht länger richtig, Jakob und sie rannten aneinander vorbei, jeder in seine eigenen Gedanken vergraben …

Frau Gertruds Stimme schreckte sie auf. »Also, ich sag jetzt dem Stoffel, er soll den Strohsack holen.«

»Nein.« Elisabeth wehrte ab. »Nein, macht Euch meinetwegen keine Mühe, Frau Gertrud. Es ist doch noch nicht gänzlich dunkel. Solange ich noch Weg und Steg erkennen kann, gehe ich nach Hause.«

Warum auch, sagte sie sich, sollte ich Angst haben vor dem Weg über die Wiese zum Wald? Zwar hatte sie das Erlebnis mit dem abstoßenden Vagabunden nicht vergessen, doch rührte das Knacken und Rascheln im Gehölz zumeist von einem Reh her, einem flüchtenden Hasen, einem aufgescheuchten Vogel. Viel gefährlicher war es, bei anbrechender Dunkelheit an den Stallungen vorbei über den Gesindehof zu gehen, vorbei an den herumlungernden Bediensteten der neu angekommenen Gäste, vorbei an den trinkenden Stallburschen oder den gelangweilten Soldaten.

Am Waldrand hielt sie inne. Etwas war anders als sonst. Es war, als trüge der Wind Stimmen von weit her und dazu einen merkwürdigen Geruch. Neugierde trieb sie ein gutes Stück die Straße entlang. Rauch, überlegte sie. Ein Zigeunerfeuer? Der Himmel war so eigenartig hell über den Baumwipfeln. Sie schritt aus bis zum Ende des Waldes und blieb erschrocken stehen.

Der Feuerschein am Horizont wurde durch das Dunkel

des Himmels noch verstärkt. Seit sie auf diese Weise lebte, hatte sie mehr als einmal das Gefühl von tiefem Schrecken verspürt, der sie bis in die Knochen traf, aber gewöhnen würde sie sich daran niemals.

Feuer im Dorf! Sie rannte, bis das heftige Stechen in ihrer Seite unerträglich wurde. Sie rannte, bis sie die geduckten Hütten vor sich sah, die aufgeregten Stimmen deutlich vernahm, die kläffenden Hunde, das Blöken des Viehs in den Ställen.

Johanna, dachte sie, Frau Grete. Aber einerlei was da brannte, jeder Funke barg Gefahr für jede einzelne der Hütten aus Stroh und Lehm. Rauch trieb über sie dahin, als sie die ersten Häuser erreichte. Wärme ergriff sie, je näher sie dem Ende des Dorfes kam. Am Ende des Dorfes? Elisabeth holte Atem, presste ihre Hand auf die schmerzende Seite und hastete weiter. Warum rannte niemand mit Eimern zum Brunnen? Warum bildeten sie keine Kette? Warum drängten sich alle Menschen vor Johannas Haus und schauten nur zu?

Elisabeth schob sich nach vorne und sah, wie die Flammen aus der kleinen Hütte züngelten und den Baum erfassten, der seine kräftigen Äste sonst so schützend über das Dach gebreitet hielt. Was um alles in der Welt … Elisabeths Augen irrten über die fremden Gesichter, auf denen sich der Feuerschein spiegelte. War Johanna überhaupt zugegen? Wusste sie davon?

Sie erkannte Gretes hagere Nachbarin unter den Umstehenden, ebenso die alte Frau, die immer in ihrem Gärtchen beschäftigt war, auch Gretes Mann, aber nirgendwo sah sie Johanna.

»Wo ist sie?«, fragte sie die Frau, die vor ihr stand. »Wo ist Johanna?«

An Johannas Gartenzaun hatten sich zwei Kinder an den Händen gefasst und tanzten und sangen: »Die Hex, die brennt! Die Hex, die brennt!« Für einen Moment stand Elisabeth reglos, starrte auf die gaffenden Menschen und das zuckende Feuer, gefangen in Grauen und Hilflosigkeit. Dann war ihr, als wache sie plötzlich auf. Und sie fand sich noch immer unter diesen Menschen, aus deren Gesichtern sie neben der Angst eine sonderbare Freude an dem schaurigen Schauspiel las, die mit Fingern auf die brennende Hütte zeigten, tuschelten, mit den Füßen auf dem Boden scharrten, sich aber nicht von der Stelle regten.

»Sie ist doch nicht da drin geblieben?«

Neben ihr stand ein ganz junges Mädchen, alle Finger der linken Hand in den Mund geschoben, zitternd, trotz der Hitze. »Längst ist das Zeit gewesen«, hörte sie hinter sich einen alten Mann sagen, »die hätt uns sonst noch all verdorben, noch all verdorben.«

Elisabeth stieß das Mädchen an. »Sie ist doch nicht da drin geblieben!« Das Mädchen starrte nur.

»Dann holt sie doch heraus!«, schrie Elisabeth und hörte verwundert ihre eigene, schrille Stimme, sah, wie die Gesichter sich mit einem Mal von den Flammen zu ihr wandten.

Sie drängte sich nach vorne und wäre durch die offene Stelle am Zaun gerannt, hätte eine Hand sie nicht von hinten festgehalten.

»Wart hier.« Die Hand löste sich von Elisabeths Schulter.

»Jakob«, flüsterte sie und sah ihn auf die brennende Hütte zugehen. In diesem Moment sank das Dach in sich zusammen, die Balken barsten und Funken sprühten wie tanzende Glühwürmchen in den grauen Himmel. Jakob wich zurück vor der Welle von Hitze und den züngelnden Flammen.

»Zum Teufel mit euch!«, rief er, ohne daran zu denken, dass die Zuschauer ihn eben für jenen halten mochten, wie er dastand, voller Zorn, das bleich gewordene Gesicht umrahmt von dem dunklen Haar und dem dunklen Bart, den roten Feuerschein in seinem Rücken. »Was steht ihr hier und glotzt, ihr Bagage! Denkt ihr, weil die Hütte ein paar Schritt von den euren weg steht, da fliegen die Funken nicht in euer Heu? Holt, verdammt noch mal, endlich Wasser!«

Für einen Augenblick fürchtete Elisabeth, sie würden ihn packen und in die Flammen werfen und sie selbst hinterdrein. Eine mutlose Sekunde lang wünschte sie, sie hätte niemals einen Laut von sich gegeben und damit die Aufmerksamkeit der Menge auf sich gezogen. Aber niemand machte Anstalten, Jakob ins Feuer zu werfen. Im Gegenteil, eine besonnene Stimme rief: »Recht hat er, holt Eimer bei! Schnell, rennt! Was meint ihr, wenn der Wind dreht ...« Elisabeth erkannte in dem, der da gerufen hatte, Gretes Mann. Plötzlich löste sich die Erstarrung, alle rannten, nur die alten Frauen blieben stehen und gafften weiter. Die Männer und die jüngeren Frauen bildeten eine Kette zum Brunnen. Rufe erklangen von einem zum anderen, Eimer wurden weitergereicht.

»Wo ist die Frau?« Jakob packte einen hoch gewachsenen Jungen am Arm. Der schüttelte Jakobs Arm verächtlich ab. »Da, wo sie hingehört, die Hex«, sagte er. »Im Feuer.«

»Das lügst du«, sagte Jakob, aber der Junge war weitergerannt. »Hat jemand sie reingehen sehen?« Er hielt einen nach dem anderen fest.

»Ei freilich«, bestätigte eine kräftige Frau mit tiefer Stimme und musterte Jakob und Elisabeth mit einem feindseligen Blick. »Reingehn, freilich.«

»Und keiner hat nachgesehn, ob sie noch drin war?«

»Das soll uns nur recht sein«, erwiderte die Frau kalt, »wenn sie noch drin war. Wenn das Gericht in der Stadt sich nicht kümmert um solche ...« Jakob ballte die Fäuste und presste die Lippen zusammen.

Die meisten Menschen arbeiteten stumm und verbissen, so als wären sie froh, endlich das zu tun, was in einem solchen Falle zu tun war. Grete stand am Brunnen und ließ einen Eimer nach unten. Es dauerte Ewigkeiten, bis er nach oben kam. »Frau Grete ...«, begann Jakob.

»Ich war noch auf'm Feld.« Sie wandte ihm den Rücken zu und nahm den nächsten Eimer entgegen. »Ich kann dir nichts sagen. Als ich kam, sind schon überall die Flammen rausgeschlagen.« Tropfen fielen vom Himmel. Die Menschen hielten inne und blickten nach oben. Ein leichter Schauer setzte ein.

»Hör zu«, Jakob hielt das Seil fest. »Wenn die Johanna da drin war …«

»Geht jetzt fort«, seufzte Grete. »Geht fort. Da macht jetzt keiner mehr was, egal wie's gewesen ist.« Der Regen wurde heftiger. Jakob legte seine Jacke um Elisabeths Schultern. Sie folgte ihm stumm. Ihre Hände fühlten sich kalt und taub an. Sie wollte nicht denken.

Am Rande des Waldes ging sie neben dem ersten Baum in die Knie und erbrach die Mittagssuppe. Jakob stand und wartete, bis sie sich wieder erhob. Er nahm sie in den Arm und hielt sie fest, bis sie aufhörte zu zittern. Plötzlich hob sie den Kopf. »Sie kann nicht in der Hütte gewesen sein«, stellte sie fest. »Die Tür ist zu ebener Erde. Es war ihr jederzeit möglich hinauszulaufen. Sie kann doch nicht derart fest geschlafen und nichts gemerkt haben, oder?« Er schüttelte langsam den Kopf. »Oder stand …« Ihr wurde wieder elend bei dem Gedanken. »Oder stand die Tür bereits in Flammen und sie … Dann hätte sie geschrien. Ich war doch noch vor dir dort, noch ehe das Dach zusammenbrach. Ich hätte sie schreien hören müssen. Auch das Kind. Sie kann nicht in der Hütte gewesen sein, oder aber …« Die plötzliche Hoffnung verflog und machte einem so grausigen Verdacht Platz, dass ihr das Sprechen schwer fiel. »Jakob …«

»Ich geh wieder hin«, sagte er. »Erst bring ich dich in die Hütte und dann geh ich zurück. Ich muss wissen, was passiert ist. Ich werd's nicht auf sich beruhen lassen.«

Ich werde es nicht auf sich beruhen lassen! In Elisabeth klang es wider, einem Echo gleich.

»Komm.« Er fasste sie bei der Hand. »Meinst du, du kannst solang allein bleiben?« Sie nickte, obwohl sie wusste, dass sie es nicht konnte.

Ich will hier fort, dachte sie, als sie hinter ihm her über die Steine und Wurzeln stolperte. Ich will hier fort, ich will hier fort. Ich will nach Hause.

»Still.« Mit einem Mal blieb sie stehen. »Still, da war etwas.« Er blieb ebenfalls stehen und lauschte. Es war nicht das Wimmern eines verletzten Tieres. Es klang wie das Wimmern eines Menschen. »In der Hütte?« Ihre Lippen bewegten sich lautlos, ihre Hand krampfte sich um seine. Durch das Rauschen des Regens auf den dichten Buchenblättern hörte sie das schriller werdende Weinen eines Kindes.

»Sophie?«, sagte Jakob, dann ließ er ihre Hand los und stürzte nach vorne.

»Sieh dich vor«, warnte Elisabeth, aber er stieß bereits die Tür auf.

Sie trat hinter ihm ein und konnte im grauschwarzen Dunkel zuerst nichts erkennen. Im äußersten Winkel, auf dem Strohsack, regte sich etwas, kauerte der Schatten eines Menschen. Hätte das Kind nicht geschrien, sie hätte die Frau nicht bemerkt. »Johanna?«, fragte Jakob leise und tastete sich zu ihr hin.

»Sie hat sich den Arm verbrannt.« Klar und ruhig wie immer klang Johannas Stimme aus dem Winkel.

»Lise, zünd einen Kienspan an!«, befahl Jakob. Elisabeth tastete im Dunkel nach dem Feuerzeug. Warum fand sie es nicht? Ihre Hände zitterten. Da war es doch! Als es ihr nicht gelang, Funken zu schlagen, nahm er ihr das Feuerzeug aus den bebenden Fingern.

In dem schwachen Licht konnte Elisabeth Johanna endlich sehen. Sie saß im Hemd, barfuß, das dunkle Haar wie einen langen, dichten Vorhang vor ihrem Gesicht, das Kind auf dem Schoß. Jakob drehte vorsichtig den Arm des Kindes. Den ganzen Oberarm bedeckte eine hässliche, rote Wunde. Eine kleine Stelle an der Wange war ebenfalls versengt.

»Ich hol Wasser.« Jakob nahm den Eimer auf.

Elisabeth setzte sich auf die Kante des Strohsackes. Sie hätte die Frau und das Kind vor Erleichterung in die Arme schließen mögen, doch Johanna saß so erschreckend stumm und reglos, dass sie es nicht wagte. Der Anblick des Kindes, das vor Schmerz den Mund verzog und weiterhin leise wimmerte, und sein so ungewohnt bleiches Gesicht zogen ihr das Herz zusammen, aber sie wusste nicht, wie sie ihm hätte helfen können. Sie war froh, als Jakob endlich mit dem Wasser kam.

»Rück ein bisschen näher«, forderte er Johanna auf, »sonst wird das Bett nass.« Er goss kühles Quellwasser auf den verletzten Arm. »Hol den Branntwein!«, befahl er dann, ohne dabei den Kopf zu heben. »Gib der Johanna einen Schluck.« Elisabeth kramte den Lederbeutel hervor, rückte näher an Johanna heran und drückte ihr den Beutel in die freie Hand. Es schien, als merke Johanna nicht einmal, wie sie ihn an die Lippen hob.

Jakob nahm behutsam das Kind aus ihren Armen. Zuerst schwoll sein Wimmern an, da es sich den Armen der Mutter entrissen glaubte, doch dann blickte es in Jakobs Gesicht und vergaß darüber beinahe den Schmerz. Es ist wie bei den Pferden, dachte Elisabeth. Was tut er nur, dass jede Kreatur ruhig wird, wenn er sie nur berührt?

»Nimm selbst einen Schluck.« Jakob reichte Elisabeth den Beutel und für einen Moment fanden sich ihre Augen. Es ist alles gut, sagte sein Blick, und nun wurde auch Elisabeth endlich ruhiger. Der Alkohol brannte in ihrer Kehle, sie schüttelte sich. »Leg der Johanna die Decke um.« Er zerriss eines der Leinentücher und verband dem Kind notdürftig den Arm. »Es ist nicht so arg, Sophiechen, nicht wahr.« Er rieb seine Stirn an den dichten Locken des Mädchens. »Hätt viel schlimmer kommen können.« Er sollte selbst ein Kind haben, schoss es Elisabeth einen winzigen Moment lang durch den Kopf. Er legte das Kind zurück in Johannas Arme und erhob sich.

»Jakob!« Johanna warf die Decke ab und krallte ihre Hände in den derben Stoff seiner Hose. »Mach, dass keine Narbe zurückbleibt!«

Er ging in die Knie und schüttelte den Kopf. »Das kann

ich nicht versprechen, das mit den Narben. Aber in ihrem Alter heilt alles noch schnell.«

»Mach.« Sie packte seine Hand mit ungewohnter Heftigkeit. »Mach, dass es keine Narben gibt. Mach eine Salbe drauf.« Wie schön sie ist, dachte Elisabeth und starrte hingerissen auf die Frau, die flehend das ebenmäßige Gesicht zu Jakob gehoben hatte. Die langen Haare fielen ihr über den Rücken, das Hemd gab ihre rechte Schulter frei.

»Versprechen kann ich's nicht«, seufzte Jakob. »Ich kann's nur versuchen.«

»Sie werden sagen, es sind Teufelsmale.« Johannas Augen flackerten vor Angst. »Und wenn sie eine junge Frau wird und hat sogar im Gesicht eine Brandwunde ...« Und endlich schüttelte sie ein starkes Schluchzen, sie senkte das Gesicht über das Kind, ihr dichtes Haar verbarg es ganz, und erst als das Kind erschrocken ebenfalls wieder zu weinen begann, beruhigte sie sich, löste die Schnürung ihres Hemdes und legte das Kind an die Brust. Jakob reichte ihr den Branntweinbeutel ein zweites Mal. Johanna tat einen kräftigen Schluck und atmete tief durch.

»Wir kommen grad vom Dorf«, begann Jakob langsam. »Wir haben's brennen sehn. Jeder hat gedacht, du wärst drin geblieben.«

Johanna nickte. Das Kind drückte seine Finger in ihre weiche Brust und saugte ganz ruhig und ohne Gier. Die Augen fielen ihm zu, zuckten kurz wieder auf, fielen wieder zu. »Sollen sie's denken«, sagte sie.

»Was ist passiert?«, fragte er leise.

»Sie haben mir die Hütte über dem Kopf angesteckt«, erklärte sie so ruhig, als spräche sie von einer belanglosen Begebenheit. Elisabeth hielt den Atem an. Sie sah, wie sich Jakobs Gesicht spannte.

»Angesteckt«, wiederholte er langsam. »Bist du sicher?«

Sie löste vorsichtig das schlafende Kind von der Brust und legte es neben sich. »Als ich zur Tür rauswollt', ging sie nicht auf. Jemand hat sie von außen verkeilt.«

Elisabeth fröstelte. »Und wie«, sie räusperte sich, »und wie ist es dir gelungen, die Hütte zu verlassen?«

»Durchs hintere Fenster. Dabei hat sich die Sophie auch den Arm verbrannt.« Sie zog die Decke über das schlafende Kind. »Ich hab dann hinten gestanden und gehört, wie alle gerannt kamen. Da hab ich auf einmal Angst gekriegt, ich weiß auch nicht warum. Und die Sophie hat geschrien und ich hab ihr den Mund zugehalten und bin hintenrum weggerannt. Bis ich hier war.« Sie streckte die Hand nach Jakobs Branntweinbeutel aus. »Gib mir noch einen Schluck.«

Jakob versuchte ein Lächeln. »Du wirst betrunken.«

»So betrunken kann ich gar nicht werden, dass ich das vergess«, erwiderte Johanna ernst. Sie schüttelte den Kopf. »Ich hätt ja doch bestimmt nach vorn laufen können, zu den Leut', weil ... es hätt mir doch keiner was getan, wenn sie all dabeigestanden haben ...« Sie blickte fragend von Jakob zu Elisabeth, und Elisabeth bemerkte wieder ein leichtes Flackern in Johannas sonst so ruhigen Augen. »Ein Einziger war das bestimmt nur. Oder ein paar, die sich Mut angetrunken haben. Aber ...« Und mit einem Mal wurde ihre Stimme hart. »Aber sie haben's alle gutgeheißen. Alle. Die war'n doch froh, dass endlich einer das gemacht hat, was sie schon lange untereinander reden.«

»Komm«, sagte Jakob und zog die zweite Decke über ihre Beine, »leg dich erst mal hin und schlaf.«

Sie streckte sich erschöpft auf dem Strohsack aus. »Und ihr?« murmelte sie.

»Das geht schon.« Jakob löschte den Kienspan. Er reichte Elisabeth die Hand. Sie begriff nicht sofort, doch dann fasste sie danach und folgte ihm vor die Tür.

Es war gänzlich finster, der Regen nur noch ein Nieseln. Das leise Tropfen vermischte sich mit dem Rauschen der Blätter. Ihre Hand lag noch immer in der seinen. Er drückte sie fest. Der Jagdschrei einer Eule erklang von der Wiese hinter den Haselnusssträuchern.

»Leg dich dazu und schlaf auch«, sagte er.

»Und du?«

»Ich kann nicht schlafen.« Es klang, als könne er niemals mehr schlafen, sein ganzes Leben lang nicht.

41.

Jakob brachte Johanna und das Kind noch vor Morgengrauen fort. Sie hatten schnell und wenig gegessen und ebenso wenig gesprochen. Johanna hatte dankbar Elisabeths warmen Rock angenommen und ihn über ihr dünnes Hemd gezogen. Sie hatte ihr Haar gekämmt und in feste Zöpfe geflochten. Die Nadeln fehlten ihr, um die Zöpfe fein säuberlich aufzustecken. Jakobs letzte Münzen wollte sie nicht annehmen, nur die Kante Brot für unterwegs.

»Ich kenn jemand, dem können wir trauen«, hatte Jakob gesagt. »Der bringt dich dahin, wo du erst mal bleiben kannst. Ich erklär dir alles unterwegs.«

Elisabeth hielt ihn an der Tür zurück. »Wohin bringst du sie?«

»Wart' hier«, sagte er. »Gegen Mittag bin ich wieder da. Dir passiert hier nichts, das schwör ich dir.«

»Du hast nicht geantwortet«, erwiderte sie beharrlich. »Wer ist es, dem du Johanna anvertraust?«

Er zögerte. »Andreas«, sagte er endlich. »Ich bin bald zurück.« Und hastig schritt er zu Johanna hinüber, die unter den Bäumen wartete.

Elisabeth blieb lange in der Tür stehen. Andreas also. Ihr fröstelte. Es mochte die Kühle des Morgens sein. Wie hatte sie denken können, die Verbindung der beiden Männer wäre jemals abgebrochen? Vielmehr sah es so aus, als wäre es Jakob ein Leichtes, Andreas Ellbracht jederzeit zu treffen. Wie gelang es einem fahrenden Spielmann so mir nichts, dir nichts, im Morgengrauen den Herrn Ellbracht zu erreichen?

»Geh und frag ihn selbst«, hatte Andreas gesagt.

Jakob fragen. Ihr wurde klamm, wenn sie daran dachte. Sie hatte Angst, mit einer direkten Frage etwas zu zerstören. Dabei hätte sie nicht einmal sagen können, was. Ihr war, als balancierte sie venezianisches Glas auf der offenen Hand.

Die Morgensonne schien auf ihr gelöstes Haar und verlieh ihm einen rötlichen Schimmer. Rot! Elisabeth schauderte. Hexenfarbe. Frauen mit roten Haaren werden verbrannt.

Die Angst holte sie im Inneren der Hütte wieder ein. Bei jedem Knacken fürchtete sie, obwohl sie sich dieser Gedanken schalt, die Frauen und Männer aus dem Dorf kämen, die Hütte über ihr zu entzünden. Sie fühlte noch einmal die sengende Hitze der nächtlichen Flammen, atmete den Rauch, sah die gaffenden Augen. Das schmale Fenster über dem Tisch war zu klein, um auf die gleiche Weise wie Johanna zu entfliehen. Und sie versuchte sich vorzustellen, wie es war, wenn der Qualm einem den Atem nahm und die Flammen die Haut berührten, ohne dass man zurückweichen konnte. Sie stieß die Tür wieder auf und sog die frische Morgenluft in sich hinein. Der Boden war feucht vom Regen der letzten Nacht. Dunst hob sich zwischen den Bäumen. Über den Wipfeln ließ sich ein blauer Himmel ahnen. Es war ihr unmöglich zu glauben, an einem solchen neuen, unberührten Tag könne etwas Arges geschehen, könnten Menschen andere Menschen zu Tode quälen, könnten feindliche Landsknechte ein Dorf überfallen, die frisch gemolkene Milch aus den Eimern schütten, das Vieh noch vor seinem Gang auf die Weide niederstechen, die Frauen von ihren Kindern weg aus den Häusern zerren. Und doch geschah es irgendwo, Tag für Tag, auch an einem hellen Morgen wie diesem.

Müdigkeit überkam sie. Kaum hatte sie sich auf dem Lager ausgestreckt, schlief sie ein. Sie schlief lange und erstaunlich fest und ruhig. Gegen Mittag erwachte sie und verzehrte den letzten Käserest. In der Gesindeküche, dachte sie, essen sie jetzt eine warme, dampfende Gemüsesuppe. Aber die Gesindeküche schien ihr unendlich weit.

Jakob kam am späten Nachmittag. Unzählige Fragen drehten sich in ihrem Kopf, aber etwas in seinem Benehmen hielt sie davon ab, sie zu stellen. Er trat nicht sofort ein, blieb in der Tür stehen, lehnte mit der Schulter am Türbalken und sah sie nur an. Er stand lange so, sein Blick machte sie unruhig.

Schließlich löste er sich aus der Tür, nahm den Hut ab, fuhr sich mit der Hand durch die wirren, dunklen Haare, setzte sich an den Tisch und goss sich Wasser in den Becher.

Sie räusperte sich. »Du ... du hast den Ellbracht angetroffen?« Er nickte nur. »Es ist doch sicherlich nicht einfach, bei ihm vorzusprechen?« Sie dachte an die Wache am hinteren Tor, an den Gesindehof, an die Treppen aus mattem Marmor. Es gab keinen Weg für einen Mann wie Jakob in das Gemach des Herrn Ellbracht.

»Ja«, sagte er nur.

»Jakob ...« Sie atmete tief durch.

»Lass.« Er erhob sich, nahm die Laute vom Nagel und verließ die Hütte, ohne ein weiteres Wort zu verlieren.

Oh mon Dieu, dachte sie. Was soll ich nur tun? Er rennt auf und davon und wird die ganze Nacht nicht wiederkommen. Vor der Tür schlug Jakob die Laute an. Erleichtert atmete Elisabeth auf. Er war noch da. Die Töne klangen verzerrt. Verzerrte Töne von verstimmten Saiten, die lange nicht berührt worden waren. Sie stellte sich vor, wie er vor der Tür auf dem Holzklotz saß, das Instrument auf den Knien, den Kopf darüber gebeugt, die schlanken Hände auf den Saiten.

Da, die Töne wurden klar, sie sprangen, sie tanzten wieder. Doch sie tanzten nicht lange. Sie fügten sich zu einer Melodie, einer leisen, traurigen Melodie. Er hatte sie schon einmal gespielt, sie erinnerte sich. Ein Lied von dunklen Wolken und fallendem Regen. Der Augenblick, in dem sie so saß und ihn vor der Tür wusste und die schwermütige

Weise hörte, schien ihr ohnehin wie die Wiederholung eines Augenblickes, den sie schon einmal erlebt hatte und noch einmal, viele Male.

Sie trat in die Tür und sah zu ihm hin. Nichts währt ewig, sagte das Lied, alles zieht vorüber, auch dieser Augenblick ist bereits nach einem Wimpernschlag Vergangenheit. Wie anders der Wald ihr heute schien, wie anders als damals in der Dunkelheit, als sie hinter Jakob hergestolpert war und zum ersten Mal voller Entsetzen die Hütte erblickte. Damals waren die Bäume noch kahl gewesen, jetzt belebte das kräftige Grün der Blätter den Wald. Ihr Blick streifte über die niedrigen Pflanzen, die den weichen Boden bedeckten. Dornen rankten sich über die großen Steinbrocken. Auf den Stämmen der älteren Bäume wuchs Moos. Ein angebrochener Ast baumelte an einem Stamm. Er hängt sehr hoch, dachte sie. Jakob muss versuchen, ihn herunterzuziehen, wir werden ihn für das Feuer brauchen.

Das Feuer, erinnerte sie sich. Wie schwer es ihr damals gefallen war, ein einfaches Feuer auch nur zu schüren. Die Weidenruten, widerspenstig unter ihren Händen, und nun war auch das längst vorüber, kein Spinnrad mehr, kein irdenes Geschirr. Neue Gesichter und neue Stimmen hatten sich in ihren Kopf gegraben, um nun wieder zu verblassen. Und Jakob …

Sie hob die Hand, um den schmalen Zopf an seiner Schläfe zu berühren, doch Jakob war so versunken in sein Spiel, so weit von ihr entfernt, sie wagte es nicht. Er beugte sich tiefer über die Laute, der Zopf glitt auf seine Wange. Elisabeth streckte ihre Hand aus und schob ihn vorsichtig zurück.

»Den Frühling«, sagte sie leise, »habe ich damals nicht richtig genossen. Ich habe ihn versäumt. Ich habe ihn sicherlich auch nicht richtig begriffen. Aber wenn dieser Winter vorüber ist, Jakob, dann …«

Die Melodie klang aus. Er drehte sich zu ihr um. »Willst du das wirklich?« Seine Augen leuchteten auf, einen winzigen Moment nur. Er lehnte die Laute an die Hüttenwand, sie pendelte leicht, dann stand sie fest.

»Wir gehen«, sagte er unvermittelt und umfasste Elisabeths Taille. »Wir gehen schon jetzt. Ich will nur noch einmal von einem Ort zum nächsten ziehen. Mit dir. Und im frühen Herbst, glaub mir, da ist's sogar leichter als im Frühjahr. Da haben die Leute zu beißen, da geben sie auch lieber was ab.« Er träumt wieder, dachte sie und legte ihre Hand auf seine Schulter. Aber warum hat er »noch einmal« gesagt? Hat er damit »ein zweites Mal« gemeint oder am Ende »nur ein Mal noch«?

»Und der Winter?«, fragte sie.

»Der Winter!« Er schob ihn mit einer Handbewegung beiseite. »Mach dir keine Gedanken um den Winter. Ehe wir überhaupt kein Dach finden, können wir immer noch in mein Dorf zurück.«

Sie schluckte. »Du meinst … du meinst, das würdest du tun? Du würdest zurückkehren und mich mitnehmen zu deinen Großeltern?«

Er blickte zu ihr auf, seine Augen hefteten sich nachdenklich auf ihr Gesicht. Er antwortete nicht sofort.

»Ja«, sagte er dann langsam. »Wir hätten's längst machen sollen. Es gibt so viel, das ich dir erklären muss, und hier … Hier geht's einfach nicht. Aber dort …« Er fasste sie fester. »Wir gehen«, sagte er und lächelte. »Schau, ich muss bald fort. Aber nur für ein paar Tage. Danach brechen wir auf und …« Er brach ab. Die Falte zwischen seinen Brauen vertiefte sich. »Aber wo bleibst du solang? Ich hatt' gedacht bei Johanna … und nun …« Er nahm die Hände von ihrer Taille und lehnte sich zurück. »Ich werd was finden.«

»Wozu?« Sie neigte den Kopf. »Warum sollte ich nicht drei oder vier Tage alleine hier verbringen? Ich habe es so oft getan. Davon abgesehen wäre es mir möglich, und mir wäre dabei wohler, über die Zeit des Balles im Schloss zu bleiben. Frau Gertrud bot es mir unlängst an, und wenn ich …«

»Nein.«

Sein Nein war so laut und bestimmt, dass sie zusammenzuckte. Er senkte den Kopf. »Ich meine ... was willst du da noch, wenn wir sowieso fortgehen? Du brauchst die Sippschaft nicht.« Er hob den Kopf wieder und suchte ihren Blick. »Oder was erhoffst du dir von dem Fest?«

»Was sollte ich mir davon erhoffen?«

»Vielleicht sind welche geladen, die du kennst, Prinzessin. Vielleicht zieht dich das dorthin? Oder der König, der schon mal um deine Hand angehalten hat?«

Der Spott misslang. Sie vermeinte eine Spur Angst aus seiner Stimme zu hören.

Der Ellbracht, überlegte sie. Hat der Ellbrach ihm etwas erzählt? Von meinem außerordentlichen Interesse an König Philipp? Oder sind am Ende Gäste geladen, die mich erkennen würden?

Sie seufzte auf. »Ich muss nicht gehen, Jakob. Ich kann ebenso gut hier warten, wenn es dich beruhigt.«

Sie blieb der Schlossküche tatsächlich fern. Was ging sie der König von Reupen an? Was scherte sie der Tand des Balles, das Geschwätz der Mägde, die Zutaten für die französischen Saucen? Was sollte sie mit Menschen zusammensitzen, die dachten, ein Feuer werde lediglich dazu verwendet, Ochsenzungen zu dünsten oder zartes Lammfleisch darüber zu braten? Und nicht dazu, eine Frau zu verbrennen, die vor aller Augen ihr eigenes Leben lebte, ohne sich an den Stimmen der Menschen um sie her zu stören?

Immer wieder drängte es sie, zum Dorf hinüberzulaufen, sich die Überreste der Hütte anzusehen, nur um zu begreifen, dass sie dort wirklich nicht mehr stand. Aber die Furcht, am Tage an den Hütten entlangzugehen, die Blicke der Menschen auf sich zu ziehen, alleine als Fremde, als Frau, zumal als Frau, deren Haar zuweilen rötlich schimmerte, wenn die Morgensonne darauf fiel, hielt sie davon ab. Der Weg ins Dorf stand ihr nicht mehr offen. Kein Plausch mehr mit Grete nach jener Nacht. Bei ihrem nächsten Gang zu Meister Helferich würde sie einen weiten Bogen um die Behausungen schlagen.

In diesen Tagen fror sie zum ersten Mal in der Nacht. Die Kälte kroch ihr unter die Haut. Sie hüllte die grobe, wollene Decke fester um sich. Noch wärmte sie, doch für wie lange? Wenn erst der Wind kräftiger durch die Ritzen pfiff und der Boden immer mehr erkaltete, was dann? Die Erinnerung an die ersten Wochen im Frühjahr überfiel sie, und sie zitterte, wenn sie daran dachte. An die Kälte in der Nacht, an die klammen Finger, an den peitschenden Regen. Und doch hatte sie damals Hoffnung auf den Sommer gehabt, auf warme Tage. Und nun?

Wo war Jakob in dieser Nacht? Warum lag er nicht an ihrer Seite, sie zu wärmen, ihr Mut zuzusprechen? Sie streckte ihre Hand aus, rieb sie am Leinen des Strohsackes und verwandelte es in die weiche, zartbraune Haut seiner Schultern.

»Jakob!« Wer bin ich, fragte sie in das Dunkel und die Kälte, dass ich nach einem Gaukler schreie? Er hat mir die Wärme meiner Gemächer genommen, und wenn ich es zulasse, nimmt er mir selbst den brüchigen Schutz dieses hölzernen Daches. Beabsichtigt er wahrhaftig, diese Gegend zu verlassen? Wofür? Es mag hier nicht zum Besten sein, aber ist es anderswo besser? Sie hatte begonnen, sich ein wenig heimisch zu fühlen in diesem Wald, auf diesen Wegen, in den Straßen der Stadt. Sie spürte es nun, da er daran dachte, von hier fortzugehen, deutlicher denn je. Der Gedanke, die Hütte verlassen zu müssen, machte die Zukunft wieder zu einem Gang auf dünnem Eis. Aber war es Jakob wirklich ernst? Oder war es nur wieder eine seiner Träumereien? So wie sie in letzter Zeit öfters aus ihm herausbrachen? Sie hatte ihre Stellung in der Küche durch ihr Fernbleiben aufs Spiel gesetzt. Wofür? Für seine unausgegorenen Wünsche? Oder für die Hoffnung, die Zeit der Wanderung zurückzuholen, all das, was damals an ihr vorübergezogen war, nun mit neuem Blick genau zu besehen? Auch für die Hoffnung, die langen Stunden mit ihm alleine zurückzuholen, in denen sie einander in die Augen sehen konnten, in denen er sich öffnete und nicht länger auswich, wenn sie miteinander sprachen?

»Ist es weit, wohin du gehst?«, fragte sie, als er wenige Tage nach dem Brand im Morgengrauen seinen Beutel packte, um sich zu dem Fest aufzumachen, von welchem er gesprochen hatte. Er hielt inne, richtete sich auf und sah sie an.

»Ist es weit?«, wiederholte sie.

Er umschloss ihre Oberarme so fest mit seinen Händen, dass sie den Druck jedes einzelnen Fingers spürte. »Weiter, als du denkst, Mädchen«, sagte er.

»Es ist ein Fest mit Tanz?«

»Ja.« Er drückte ihre Arme noch fester, dann ließ er sie wieder los. »Ich werd mich beeilen«, sagte er, über seinen Beutel gebeugt. »Du packst jetzt alles, was du hast, zusammen. Das andere Hemd, den Mantel, die Schuhe. Ich bring dich in das Dorf hinter der Waldwiese, zu einer Frau, der hab ich für die paar Tage eine feste Summe versprochen, da kannst du solang bleiben, bis ich wiederkomm' und dich hol. Und dann brechen wir sofort auf.« Sie starrte ihn entgeistert an. »Es ist ja nur für die paar Tage«, entgegnete er ein wenig gereizt unter ihrem vorwurfsvollen Blick.

Sie hielt sich an der Tischkante fest. »Du meinst, ich soll all meine Habe zusammenpacken und von einem Augenblick auf den nächsten diese Hütte hier für immer verlassen?«, sagte sie langsam und gab dabei jedem Wort Gewicht.

Er richtete sich wieder auf. »Das hast du doch gewusst«, erwiderte er nach einem Räuspern.

»Was habe ich gewusst?« Sie mühte sich, die aufsteigende Empörung zu verbergen.

»Dass ich heut für vier, fünf Tage weggeh, dass wir danach aus der Gegend hier verschwinden, dass ich dich für die Zeit wo unterbringen wollt'.«

»Derart deutlich sagtet Ihr es nicht.« Sie zitterte leicht.

Sie starrte ihn an, wie er da vor ihr stand, dunkel, fremd, die Jacke des jüdischen Trödlers über dem geflickten Hemd, die abgeschabte Hose, darüber die schäbigen Stulpenstiefel, den Hut ins Gesicht gezogen. »So überstürzt kann man doch einen Ort nicht verlassen!«

»Wir sind Fahrende.«

»Ihr vielleicht.« Ihre Hand krampfte sich fester an den Tisch, die andere Hand ballte sich zur Faust. »Ihr vielleicht, ich nicht.«

»Nein? Was dann?«

»Ich werde es herausfinden.«

»Wo? Im Schloss drüben?« Seine Stimme wurde schärfer.

»Das habe ich nicht gesagt. Aber Ihr könnt mich nicht, ohne mich zuvor zu fragen, einfach bei unbekannten Menschen abstellen, bis Ihr wiederkommt! Ihr habt es schon einmal versucht und ich habe es nicht getan!«

»Dann renn doch rüber«, sagte er kühl. »Du wirst sehen, was du davon hast.«

»Ich sagte nicht, dass ich hinübergehe. Ich will es nur selbst entscheiden«, versuchte sie erschöpft ihren Standpunkt zu erklären.

Er schwang wortlos die Laute über seinen Rücken, nahm den Beutel auf und wandte sich zur Tür. In der Tür blieb er stehen und sah sie an. »Lise?« Sie antwortete nicht. Sie konnte, wenn nötig, ebenfalls schweigen. »Bist du da, wenn ich wiederkomm?« Sie nickte. Er seufzte und trat zum Tisch. Dort öffnete er den Beutel und ließ ihr Brot und Käse da und kleine, gelbe Birnen. Dann legte er noch ein paar Münzen dazu. »Geh zu Grete und nicht in die Stadt, wenn irgendwas fehlt.«

»Ins Dorf?«, fragte sie entsetzt.

»Warum nicht ins Dorf? Du musst nicht alle dafür hassen, was geschehen ist. Bleib von der Stadt weg. Es wird dort wimmeln von fremdem Volk, wenn sie auf dem Schloss feiern. Es ist zu gefährlich.« Sie zuckte mit den Schultern.

Plötzlich trat er einen Schritt vor und zog sie in die Arme. Ihr Gesicht fand sich zwischen dem festen Leinenstoff seines Hemdes und der weichen Haut seines Halses. »Geh nicht wieder in die Küche. Betrete das verdammte Schloss nie mehr wieder. Schwöre es mir.« Seine Stimme klang eindringlich.

»Aber Jakob …«

»Schwöre es mir«, flehte er.

Sie schüttelte verwundert den Kopf. »Sie nehmen mich doch ohnehin nicht mehr. Ich bin einige Tage ohne ein Wort ferngeblieben. Was denkst du, wie streng der Herr von Plattern in derartigen Dingen ist.«

Er nickte. Dann nahm er den Beutel wieder auf, ging zur Tür und zog sie fest hinter sich zu.

Sie trat einen Schritt nach vorne und presste die offenen Handflächen an die geschlossene Tür. »Jakob«, sagte sie leise. »Dreh dich um und komm noch einmal zurück.« Er kam nicht und sie öffnete nicht die Tür, ihn zurückzurufen.

Sie rieb ihre Stirn an dem spröden Holz, bis über ihr der Regen heftig auf das Dach niederprasselte und durch die undichte Stelle Tropfen auf ihr Haar fielen.

Es wird ihn bis auf die Haut durchnässen, fürchtete sie und stellte sich Jakob vor, wie er bereits auf der Straße zur Stadt wanderte, den Hut tiefer in das Gesicht zog, die Laute unter seinem Rock barg, und wie die Locken in seiner Stirn sich durch die Nässe dichter ringelten.

Sie setzte sich an den Tisch und stützte ihr Kinn auf die Hände. Sollte sie so verharren die ganzen fünf Tage bis zu Jakobs Rückkehr? Sollte sie hier auf und ab gehen, von der Feuerstelle zur Tür, von der Tür zum Strohlager? Sie seufzte tief. Der Regen ließ nach. Sie war den Regen leid. Seit Tagen blieb es grau in der Hütte, nicht einmal die Tür konnte sie öffnen, um das spärliche Licht hineinzulassen.

Schwere legte sich auf ihre Glieder. Ihr war danach, sich auf dem Strohsack auszustrecken und sich nicht mehr zu rühren, bis Jakob zurückkam.

Und dann? Mit einem Mal sah sie sich einen endlosen Winter lang in einer engen Hütte in einem Bauerndorf weitab von jeglicher Stadt sitzen. Einem Ort, an dem alle Menschen anders redeten, sich anders benahmen; einem Ort, an dem sie sie noch argwöhnischer betrachten mochten, als sie Johanna in deren Dorf betrachtet hatten. Und was sollte sie dort tun? Kochen, spinnen? Das Vieh versorgen? All ihr Latein und all ihr Französisch verlernen? Selbst die Fähigkeit, Sätze zu Papier zu bringen? Und danach wieder die Straße? Bewaffnete Wegelagerer, hungrige Männer, die Büttel in der Stadt, die eine Fahrende schnell eines Diebstahls bezichtigten, kein Arzt bei Krankheit, kein Schutz vor einem Hagelschauer. Oder würde Jakob, wieder in sein Dorf zurückgekehrt, auch dort bleiben? Würden ihre eigenen Arme im Brotteig versinken wie Frau Gretes Arme? Ein Kind in der Wiege, eines auf dem Arm, ein weiteres bereits im Leib?

Wofür das alles, während sich dort im Schloss am folgenden Tag alle Pracht entfaltete? Ein Leben voller Leichtigkeit und Galanterie. Zierliche Tanzschritte, zierliche Worte, vertraute Stimmen, Hoffnung auf vertraute Gesichter. Und selbst wenn ihr Vater sie verstoßen hatte, wartete nicht in Messelstein noch das Erbteil ihrer Mutter auf sie?

»Nein!« Sie schlug mit der Faust auf den Tisch. »Nein, verflucht! Ich werde mich nicht hier in der Ecke verkriechen eine halbe Woche lang!«

Es war noch immer früh am Tag. Wurde heute nicht der Markt abgehalten? Sie wollte über den Markt gehen und Menschen sehen, bis ihre Gedanken wieder klar wurden und nicht so übermäßig schwankten. Sie öffnete die Tür. Noch immer bedeckten graue Wolken den Himmel, aber es regnete nicht länger. Sie nahm die verbliebenen Münzen auf. Ob sie für ein Tuch reichen?, überlegte sie. Ich benötige ein Tuch, wenn es kälter wird.

Die Straße war aufgeweicht vom dauernden Regen. In den Fahrrinnen stand Wasser. Hinter ihr quälte sich ein

Bauernwagen gezogen von einer dürren Kuh durch den Schlamm.

»Willste aufsteigen?«, rief der Mann ihr zu. Sie sah zu ihm hoch. Sicherlich war er einer von jenen, die mit offenem Mund vor Johannas brennender Hütte gestanden hatten. Ihm fehlte der obere Schneidezahn, seine Wangen waren eingefallen. Auf dem Wagen saßen zwei Kinder. Er lächelte aufmunternd. »Na auf, steig dazu. Ist doch trockener auf dem Wagen.« Sie kletterte über das wacklige Brett zu leeren Säcken und Körben an die Seite der beiden Kinder. Das kleine Mädchen kaute an einer Brotkante. Der Junge war ein wenig älter. Er musterte sie mit ernstem Blick, dann nickte er, fasste in seinen Beutel und reichte auch ihr ein Stückchen Brot.

Heute, überlegte Elisabeth, bittet dieser Mann mich auf seinen Wagen, um mir zu helfen, morgen würde er zusehen, wie sie Reisig zu einem Scheiterhaufen vor mir aufschichten.

Aber heute, sie biss in ihr Stück trockenes Brot, ist heute und nicht morgen.

Ihr wurde ganz eigen zumute, als sie die Stadt endlich wieder von dieser Seite vor sich sah. Der Sandstein der niedrigen Mauer war feucht und dunkelrot vom Regen. Nässe glänzte auf den Ziegeln der Dächer. Vor dem Tor tropfte Wasser von den hohen Bäumen. Fuhrwerke standen in langer Reihe, es roch nach Pferden und Kühen, die Hühner in den Körben der Bäuerinnen gackerten ebenso aufgeregt wie ihre Besitzerinnen. Es gab kein Vorwärtskommen für den Karren, auf dem Elisabeth saß. Sie bedankte sich bei dem Mann und sprang ab. Der Junge nickte wieder mit ernster Miene, der Vater hob die Hand und das kleine Mädchen winkte ihr.

Elisabeth zwängte sich durch die Menschen, weiche Erde zog sich über ihre Füße bis zu den Knöcheln. Würmer und anderes Ungetier krochen durch den Schlamm. Ihr ekelte davor. Sie versuchte, ihre bloßen Füße so zu setzen, dass kein Ungeziefer sie berührte. Aber was war am Ende die Berührung eines glatten Regenwurmes gegen die stinkende Hinterlassenschaft eines Hundes am Straßenrand, an den sie ein voll beladener Kaufmannswagen drängte? Sie presste sich an die Hauswand, während der Wagen vorüberrollte, und rieb ihre Fußsohle notdürftig an einem Büschel Gras sauber. Übelkeit kroch bis in ihre Kehle.

»Eine Brezel, schönes Kind?« Der Duft von frischem Gebäck stieg ihr in die Nase. Sie blickte in das Gesicht des Bäckerjungen, der so oft zur gleichen Zeit den gleichen Weg wie sie zum Markt hinaufgegangen war.

Sie musste lächeln. »Schönes Kind« hatte er sie genannt, obwohl er doch um einiges jünger war als sie selbst und mit seinen runden Wangen beinahe noch ein Knabe. »Auf, nimm doch«, drängte er. »Du bist die Töpferin, gell? Wo hast du dein Geschirr? Hab dich lang nicht gesehn.«

»Es gibt kein Geschirr mehr.« Sie nahm die Brezel entgegen. »Darfst du das abgeben?«

»Ich sag, ein Hund hat eine weggeschnappt«, meinte er leichthin.

Dass er sie kannte! Und hatte nie ein Wort mit ihr gewechselt. Wie viele Menschen mag es geben, die mich Tag für Tag auf dem Markt gesehen haben und für die ich ebenso ein Bestandteil ihres Tages war wie für mich die Apothekerin, die Wirtsmagd, der Seiler, der Torsteher?

»Habt Mitleid mit meinem armen Kind«, jammerte eine hagere, große Frau und streckte ihre freie Hand aus. Mit der anderen Hand hielt sie ein Bündel aus schmutzigem Leinen, in welchem das Kind sich regte. Elisabeth nahm eine ihrer Münzen und reichte sie der Frau. »Gott segne dich«, sagte die Frau, so wie sie es bei jeder Gabe dahinsagen mochte, und doch wurde Elisabeth ganz wohl dabei.

»Hast doch selbst nichts«, rügte sie der Bäckerjunge verwundert.

Aber ich kann wählen, dachte sie, und die Frau kann es nicht. Ich kann wählen, wurde ihr mit einem Mal bewusst.

Sie blieb am Eingang des Marktplatzes stehen und blickte auf die vielen Menschen vor und hinter den Tischen. Ich kann wählen, dachte sie noch einmal, und sie alle können es nicht.

»Die Zukunft«, bot ein schönes, junges Zigeunermädchen. Die glänzenden Bänder um ihren schlanken Arm rasselten.

»Wenn ich dir was mehr geb«, ein junger Bursche trat sehr nahe an das Mädchen heran, »gibste mir auch was für die Gegenwart?«

Der Markt. Elisabeth atmete auf. Die Gaukler drüben, die ihre biegsamen Körper zeigten. Die Bürger der Stadt bei ihren Einkäufen, die Bäuerinnen beim Tausch, die Fremden, die das bevorstehende Fest auf dem Schloss hierher geführt hatte.

Drüben am Pranger war eine Frau angekettet worden. Sie hielt den Kopf tief gesenkt und regte sich nicht. Besäße ich genügend Mut, dachte Elisabeth, ich würde mich in der Nacht auf den Platz schleichen und diese verfluchten Ketten ein für alle Mal aus der Wand schlagen. »Eine untreue Ehefrau«, sagte eine Männerstimme hinter ihr. Elisabeth zuckte zusammen und drehte sich um. Sie blickte in das hagere Gesicht des Tuchhändlers. Sie errötete zutiefst, denn der kühle Blick aus seinen blauen Augen erinnerte sie sofort an die unwürdige Situation in dem schäbigen Nebenzimmer der Schenke. Und seitdem hatte sie ihn nicht mehr gesehen. »Der Kerl, der dazugehört«, sagte der Mann verächtlich, »hat Reißaus genommen und sie damit allein gelassen.« Ein leichtes Lächeln spielte um seine schmalen Lippen. »Guck nicht so erschreckt, meine Schöne, das passiert alle Tage.«

Er trat hinter seinen Stand zurück und missachtete das Winken eines Mannes. Er beugte sich wieder vor zu Elisabeth. »Ich hab das Tuch verkauft.«

Sie schluckte. Wieder zog sich Röte über ihr Gesicht. »An ... an wen?«

»An eine, die Geld genug hatte für so einen schönen Stoff, aber nicht die Augen dafür.«

Elisabeth fasste sich ein Herz. »Ich habe mich Euch gegenüber nicht recht verhalten, mein Herr«, sagte sie.

»Und ich mich dir gegenüber schon gar nicht.« Er streckte ihr seine Hand entgegen, sie fasste danach und erwiderte den festen Druck. »Bist du zurechtgekommen ohne das Geschirr?«, erkundigte er sich. Sie nickte. Sie musste sich nicht umdrehen, um zu wissen, dass sein Blick ihr folgte, wie sie weiterschweifte von einem Tisch zum nächsten, in den mit Gemüse gefüllten Korb eines jungen Mädchens blickte, auf den hübschen Schmuck eines fremden Goldschmiedes und auch auf das irdene Geschirr des hiesigen Töpfers. Einfach, gediegen, aber ohne den Schwung und die Farben des Geschirrs von Meister Helferich.

Erschrocken hielt sie in ihrem Schritt inne, der Küchenmeister!

Sie hätte wissen müssen, dass sie ihm hier begegnen würde, war es doch die Zeit, zu der er gewöhnlich seine Einkäufe auf dem Markt tätigte. Der kleine Ludwig keuchte mit dem schweren Korb hinter ihm her. Aber warum sollte mich das bekümmern? Leichten Schrittes schlenderte sie weiter. Fürchte ich etwa, dass er mich meines Fernbleibens wegen rügt? Er wird mich sicher nicht einmal erkennen, wird mich übersehen, so wie er mich in der Küche übersieht.

»Lise.« Die Stimme des Herrn von Plattern klang gebieterisch wie immer. Elisabeth blieb stehen und drehte sich langsam zu ihm um. Mit einer kurzen Handbewegung winkte er sie zu sich heran. Zögernd trat sie näher. Ludwig stellte den Korb ab.

»Wie kommt es, dass ich dich hier antreffe?« Er legte die ohnehin faltige Stirn in noch stärkere Falten.

»Nun, Herr von Plattern ...«

»Frau Gertrud sorgte sich bereits um dich«, unterbrach er ihren Erklärungsversuch. »Sie fürchtete, du seist erkrankt. Aber dennoch«, fügte er streng hinzu, und der gerade geschnittene, dunkle Rock unterstrich diese Strenge noch, »ist eine Krankheit keine Entschuldigung für ein Ausbleiben ohne ein Wort an Frau Gertrud.« Er nickte wohlwollend. »Nun ja, dir sind derartige Gepflogenheiten noch fremd. Aber du hast fleißig gearbeitet und wir benötigen derzeit jede Hand. Zumal geschickte Hände wie die deinen, die in der Küche bereits Bescheid wissen. Und da du nun wohlauf bist, darfst du uns sogleich folgen.«

»Herr von Plattern«, erwiderte sie fest, »ich war nicht krank. Mein Mann und ich beabsichtigten weiterzuziehen, aus diesem Grunde kam ich nicht wie gewohnt zur Küche, und davon abgesehen ...«

»Nun bist du aber noch hier.« Sein Gesicht zeigte noch immer Wohlwollen. »Sag deinem Mann Bescheid und finde dich morgen in aller Frühe in der Küche ein. Es soll nicht zu deinem Schaden sein.«

Die Gedanken rannen durch ihren Kopf, schneller als ein Lidschlag. Sie hätte niemals gedacht, dass sie dazu fähig war, in so kurzer Zeit so viele Überlegungen anzustellen und so viele Möglichkeiten zu überdenken. Jakob wollte nicht, dass sie die Küche wieder betrat. Sie jedoch war ihm diesbezüglich ausgewichen, so wie er ihr fortwährend auswich. Sie hatte ihm nichts versprochen. Er würde erst zurückkommen, wenn der Ball längst vorüber war. Und im Gegensatz zu ihm, der ihr selten erzählte, wo er sich aufgehalten und was er getan hatte, würde sie ihn offen darüber unterrichten, wo sie die Zeit seiner Abwesenheit verbracht hatte. Warum also sollte sie nicht in der Mägdekammer schlafen, genügend essen und sich am Ende ein paar Münzen verdienen? Und hatte er sie nicht im Unklaren über seine Beziehung zu Andreas Ellbracht gelassen? Wenn es etwas gab, das sie vor ihr verbargen, musste sie es bald herausfinden, solange sie Reupen noch nicht verlassen hatten. Es lag ihr ohnehin daran, den Ellbracht wiederzutreffen, nicht nur, weil sie begierig war, ihn nach Johanna und

Sophie zu befragen. Und da gab es auch noch Philipp von Reupen …

Sie atmete tief durch. Ja, sie wollte der Mühsal für einige Tage entfliehen. Jakobs ernstem Gesicht, wenn er von Krieg und Unrecht und Not sprach, ihren eigenen Gedanken über den bevorstehenden Winter und allem, was sonst noch vor ihr liegen mochte. Sie wollte ein letztes Mal die Kavaliere sehen, die ein heiteres Gesicht machten, wenn sie mit einer Dame plauderten und der Dame eine Rose überreichten anstelle eines Säckchen Hirse. Einmal noch die Illusion eines Lebens, in dem nichts wichtiger schien als die Farbe des Gewandes und die Auswahl des richtigen Weines zum dritten Gang des Menüs. »Ich werde da sein«, sagte sie.

Und als er ein gutes Stück weitergegangen war und mit prüfendem Blick über den Tisch des Fischhändlers gebeugt stand, brach ein heftiges, ungebärdiges Kichern aus ihr heraus. Sie musste das Barbara erzählen, dass der Herr von Plattern so freundlich gewesen war, so bei guter Laune und sie am Ende sogar auf seine Art und Weise gelobt hatte. Was würde Barbara dazu sagen? »Die Weiber aus der Residenz haben zwei linke Hände, da ist er froh, wenn er jemanden dahat, der seine gute Küche nicht ganz durcheinander bringt.« Etwas in dieser Art.

Ah, nun war ihr besser. Sie würde genug zu essen haben für die folgenden Tage. Sie konnte nun getrost ein wollenes Tuch kaufen für die Münzen, die Jakob ihr zurückgelassen hatte.

Mit dem neu erstandenen Tuch um die Schultern ließ sie sich auf der kleinen Mauer nieder, nahe des großen Baumes, dort, wo Jakob einst gestanden und seine Lieder zur Laute zum Besten gegeben hatte.

Sie sog den Jahrmarktsgeruch ein, den Geruch nach herben, fremdländischen Gewürzen, nach frischem Gebäck, nach menschlichen und tierischen Ausdünstungen. Sie sah den Gauklern zu und schlug einem Mann auf die Finger, der im Vorbeigehen seine Hand nach ihrem Haar ausgestreckt hatte. Sie beobachtete die stämmige Hanne beim Fleischverkauf und lächelte, als sie den Marktaufseher wie so oft in ein Streitgespräch verwickelt sah. Offensichtlich erklärte er dem jungen Mann, der von seinem Planwagen abgestiegen war und sein Pferd nun am Halfter führte, dass es für einen Wagen mit Pferd keinen Platz mehr auf dem überfüllten Markt gäbe. Der junge Mann stand ruhig, ließ sich von dem Aufseher nur schwerlich beeindrucken, zeigte mit ausgestrecktem Arm auf den freien Raum unter den Ästen des großen Baumes und auf eine weitere freie Stelle an der Einmündung einer kleinen Seitengasse. Er nahm den federgeschmückten Hut mit der breiten Krempe vom Kopf und stemmte seinen Arm in die Seite. Er war für einen Mann äußerst zierlich und trug sein rötliches Haar ungewöhnlich kurz geschnitten.

Elisabeth presste die Hand auf den Mund, um einen überraschten Aufschrei zu unterdrücken. Sie kannte ja den mit der Plane überspannten Wagen und das falbfarbene Pferd. Sie rutschte von der Mauer. »Barbel.«

Aber nein, sie hielt inne, irrte sie sich am Ende? Monate waren vergangen seit ihrer Fahrt auf Barbels Wagen. Täuschte sie sich nicht?

Der vermeintliche junge Mann musste sie gehört haben, denn er wandte den Kopf und blickte sich fragend um. Nein, sie irrte sich nicht. Es mochten Monate vergangen sein, sie mochte mit dieser Frau nur wenige Stunden ihres Lebens verbracht haben, aber Barbel, die Hökerin, hatte kein Gesicht, das man wieder vergaß. Ihre Haut war noch immer so hell, bedeckt von rostbraunen Sommersprossen, ihr Schritt, mit dem sie nun an dem Aufseher vorbei zur Seitengasse strebte, noch immer so sicher wie damals im Frühjahr.

Der Aufseher stand einen Augenblick ratlos, doch da rief ihn der Fischhändler zu sich, während Barbel Pferd und Wagen an der Einmündung des schmalen Gässchens anhielt und das Pferd abschirrte. Sie klopfte dabei den Hals des

Tieres und flüsterte in sein Ohr, führte es an die Seite des kleinen Wagens und band es dort fest.

Elisabeth stand in geringer Entfernung und beobachtete, wie die Hökerin die Plane an der Seite öffnete, sodass die Unzahl von Tiegeln und Töpfchen, Fläschchen und Kästchen sichtbar wurden.

»Nadel und Faden, gute Frau«, rief Barbel eine Frau an, die ihren Schritt verlangsamte und neugierig in das Innere des Gefährtes blickte, »eine scharfe Schere, ein neues Band? – Ei, holla, junger Herr! Brauchst kein Rasiermesser? Ich seh doch, du brauchst eins, dein altes muss recht stumpf sein!«

Und wenn ich sie einfach anspreche?, überlegte Elisabeth. Ihr Herz schlug heftig. Und wenn sie mich nicht mehr erkennt?

Barbel löste geschickt zwei hölzerne Löffel von der Wagendecke, zählte schnell und sicher die dargebotenen Münzen und schob sie unter ihren Wams. Als sie den Kopf hob, blieben ihre Augen an Elisabeth haften. Sie neigte den Kopf und kniff die Augen zusammen. Elisabeth erwiderte Barbels fragenden Blick mit einem Lächeln.

»Du!«, rief Barbel, doch sie wurde von einem Schwanken des Wagens unterbrochen. Zwei schmutzige, barfüßige Jungen waren dabei, das Gefährt über das seitliche Brett zu erklimmen.

Die Hökerin fasste einen jeden mit festem Griff im Nacken, zog sie herunter und warf sie auf die Straße zurück.

»Verdammte Hex!«, rief der eine. Elisabeth zuckte bei dem Wort zusammen. Barbel lachte laut.

»Komm rüber«, forderte sie Elisabeth auf.

»Es mag eine gute Weile vergangen sein«, Elisabeth suchte nach Worten, »seit wir …«

»Ich weiß schon«, unterbrach Barbel. »Du bist mal ein Stück mitgefahren. Gesichter vergess ich nicht. Aber verdammt will ich sein, wenn ich mir nur einen einzigen Namen merken kann!«

»Elisabeth.«

»Ah.« Barbel schlug sich mit der flachen Hand auf den Oberschenkel. »Du bist die Krönerin von dem Musikanten mit den schönen Händen, der sich auf Gäule so gut verstanden hat.« Sie musterte Elisabeth. »Du hast dich verändert.«

»Ja.« Elisabeth nickte. »Ja, das habe ich.«

»Das war doch im März noch«, erinnerte sich Barbel, »als ich die alte Handelsstraße hoch bin. Noch vor Schweden und vor dem Überfall. Bist du mit dem Kerl noch zusammen?«

»Ja.«

»Und ihr vertragt euch jetzt?«

Elisabeth wurde rot. »Ja.«

»Sah mir damals nicht danach aus.« Barbel grinste und knuffte sie in die Seite.

»Und du?«, fragte Elisabeth. »Wie ist es dir ergangen? Du erwähntest einen Überfall. Hat man am Ende dich überfallen?«

»Muss eine Woche danach gewesen sein, nachdem ihr auf meinem Wagen wart. In einer gottverlassenen Gegend. Aber's ist glimpflich abgegangen. Zwei verlotterte Kerle, die selbst als Räuber nichts taugten. Haben nur das Geld genommen. Zum Glück haben sie nicht gemerkt, dass ich eine Frau bin.« Gütiger Himmel, Elisabeth blickte die Hökerin bewundernd an, wie kann sie so ruhig davon reden?

»Ein Feuerzeug?«, beantwortete Barbel im gleichen Atemzug die Frage eines Mannes. »Natürlich habe ich ein Feuerzeug. Und nicht nur eins.« Sie kramte im Wagen, zwei Frauen traten herbei und besahen sich die Knöpfe. »Kannst mit Münzen umgehn?«, flüsterte Barbel Elisabeth zu, als noch ein zweiter Mann dazutrat. Elisabeth nickte. »Dann nimm dem derweil die Kreuzer ab, damit ich ein Aug' drauf haben kann, dass die beiden keine Knöpfe einstecken.«

Und so ging Elisabeth der Hökerin zur Hand, holte Löffel und Messer von der Wagendecke, achtete darauf, dass keiner ein Stück nahm, ohne zu bezahlen, wechselte Münzen und rannte hinüber zum Wirt, um Barbel einen großen Krug Bier zu holen.

Und zwischendurch berichtete Barbel von ihren erfolgreichen Geschäften, während Elisabeth von ihrem Handel mit Meister Helferichs Geschirr erzählte und von dem Leben in der Küche des Schlosses. Sie beobachteten das Marktgeschehen, stießen einander an und zeigten sich Absonderlichkeiten, lachten über diesen oder jenen, bewunderten den Akrobaten, der auf Händen ging, und zählten weiterhin Münzen und verkauften Feuerzeuge, hölzerne Tiere, Knöpfe, Kerzen und Balsambüchschen. »Und alles in diesem Kasten kostet zwei Kreuzer«, belehrte Barbel sie.

Elisabeth nickte. »Und dies hier, was ist das?« Sie hob eine Messinghülse in die Höhe.

»Kennst das nicht?«, fragte Barbel erstaunt und zog aus der Hülse einen schmalen Pergamentstreifen hervor. »Ein Itinerar. Das braucht jeder, der von Land zu Land fährt. Guck, da vorn stehn die Wegstrecken drauf, die Entfernung von ... da, guck, das ist jetzt von der Residenz von Reupen hier bis, sagen wir, bis Nürnberg.« Und von Reupen bis Messelstein? Elisabeth beugte sich interessiert über den schmalen Streifen, der sich endlos aus der Hülse ziehen ließ. »Auf der Rückseite sind Ellen- und Tuchmaße drauf. Ich hab auch welche mit Neumond- und Vollmondzeiten und das hat noch einen Kalender dazu.«

»Und jenes dort ...«

»Wart'«, unterbrach Barbel, »da ist wieder wer.« Und so kam es, dass Elisabeth noch immer auf dem Wagen hockte, als die Marktzeit zu Ende ging und Frau Hanne ihre Wurst auf den kleinen Handwagen lud, der Tuchhändler seinen Tisch räumte und der Aufseher mit auf dem Rücken verschränkten Händen von Stand zu Stand marschierte.

»Packen wir ein, ehe der Kerl herkommt«, befand Barbel und spannte das Pferd vor den Wagen.

»Kennst 'ne Penne, wo ich jetzt was zu essen auftun kann? Ich hab einen ganz saumäßigen Hunger.«

»Eine was?«

»Eine Schenke. Und einen Platz für den Gaul.« Jakob hätte das sicher gewusst. Aber Jakob war nicht da. Ob die Schenken in dem hässlichen Teil der Stadt das Richtige waren? Sie versuchte, Barbel den Weg dorthin zu beschreiben.

»Zeig's mir halt.« Barbel nahm das Pferd am Halfter. »Oder musst du weiter?«

»Nein.« Der Weg zur Schenke war vom Regen aufgeweicht und mit Unrat bedeckt. Barbel blickte auf Elisabeths bloße Füße. »Setz dich auf den Wagen«, sagte sie und stapfte, das Pferd behutsam am Halfter führend, in ihren hohen Stulpenstiefeln unbeeindruckt von dem Schlamm durch die schmalen Gassen.

»Bleib noch auf ein Bier«, forderte Barbel Elisabeth auf, nachdem sie gegen ein geringes Entgelt wirklich einen Platz für Pferd und Wagen gefunden hatte.

Es war ganz anders, mit Barbel in diesem niedrigen, halbdunklen Schankraum zu sitzen. Anders als damals mit Jakob, anders als mit dem Tuchhändler. Sie teilten sich die Wurst in der dicken Gerstensuppe und Elisabeth nippte an dem herben, säuerlichen Bier. Sie blickte auf die verrußten Wände, hörte auf die Wortfetzen des Gesprächs, das ein einzelner Mann am Schanktisch drüben mit dem Wirt führte, und auf das Gemurmel der alten Auermännin, die zusammengekauert vor der erloschenen Feuerstelle hockte. Ebenso zusammengekauert wie die Eule auf ihrer Schulter. »Und du warst auf dem Weg nach Schweden?«, fragte Elisabeth.

»Nur auf dem Weg.« Barbel wischte sich das Bier vom Mund. »Ich bin vorher umgekehrt. Dabei war ich da noch nie gewesen. Wollt's mir mal ansehn, wo ich doch ein paar Worte Schwedisch kann. Und bis zum Frühjahr bleiben.«

»Und was hielt dich davon ab?«

»Ich hab Zigeuner getroffen, die kamen von da.« Sie schob die leere Suppenschüssel zur Seite. »Von denen ihrer Sippe sind drei Leut hingerichtet worden. Die wussten ja, dass die Zigeuner von dort verbannt sind. Königlicher Erlass. Aber die dachten, so streng wird's nicht genommen. Und schlimmer, haben sie erzählt, schlimmer noch treiben sie's dort mit den Hexen. So wie's hier in den meisten Gegenden abnimmt mit dem Brennen, so nimmt's dort zu. Und ich mit meinem roten Haar …« Sie fuhr sich mit den Fingern durch die dichte Haarpracht. »Na, ich bin ja nicht so ängstlich, aber mir ist ganz mulmig geworden. Hatte so ein seltsames Gefühl.«

»Das kann ich außerordentlich gut verstehen.« Elisabeth nickte. Mit wenigen Worten schilderte sie die Geschehnisse um den Brand von Johannas Hütte.

Barbel seufzte und leerte ihren Becher. »Noch ein Bier!«, rief sie zum Wirt hinüber. »Du auch noch?«

Elisabeth schüttelte den Kopf. »Sicherlich hält er dich für einen Mann«, lächelte sie.

»Soll er auch.«

»Wie lange wirst du bleiben?«

»Schon mal übers Fest. Wenn die Herrschaften feiern, gibt's immer viel Volk in der Stadt, immer was zu verdienen. Und wer weiß«, Barbel überlegte, »vielleicht bleib ich noch bis zum nächsten Markttag.«

»Der findet erst in einer Woche statt.«

»Mir soll's recht sein. Ich war fast nur auf der Straße den ganzen Sommer, ich muss mal Rast machen.« Der Wirt machte einen Kreidestrich auf seine Tafel, schlurfte hinter seinem Tisch hervor, nahm Barbels Becher und füllte ihn wieder auf.

»Ist was verkehrt?«, fragte Barbel, als Elisabeth in nachdenkliches Schweigen versank.

»Mir fiel nur ein …« Sie stützte ihr Kinn auf die Hand und blickte Barbel an. »In der nächsten Woche gedenken auch wir, dieses Land zu verlassen. Wenn Jakob nun die gleiche Richtung einschlüge wie du … nun, ich dachte, wenn …«

Barbels schräg geschnittene graugrüne Augen blitzten

auf. »Du meinst, ich hab euch damals auf den Weg hierher gebracht, da kann ich euch auch wieder mitnehmen, was?«

Elisabeth lächelte. »Es würde mir den Abschied erleichtern.«

»Gut«, sagte Barbel »Ich würd mich freun. Nur ganz sicher weiß ich's nicht, ob ich dann noch da bin. Musst halt vorher hierher kommen und mir Bescheid sagen. Wann kommt dein Kerl wieder?«

»In vier oder fünf Tagen.«

»Da bin ich noch da. Und wenn dein Kerl nicht will?«

Elisabeth zuckte bedauernd mit den Schultern.

»Zum Donner auch, Elisabeth.« Barbel stellte den Krug heftig auf den schmalen Tisch. »Wenn er nicht will, dann komm doch du mit! In einem Tag hättst gelernt, was jedes Stück in meinem Wagen kostet. Wir könnten's sicher gut aushalten zu zweit für eine Weile.«

Elisabeth zog mit dem Finger eine Scharte im Tisch nach. Sie zögerte mit der Antwort.

»So arg?«, fragte Barbel mit ungewohnt sanfter Stimme.

Elisabeth presste die Lippen aufeinander und nickte. Barbel drehte ihren Becher in den Händen. »Das hatt' ich lang nicht mehr«, sagte sie, »dass es mir so arg war mit einem Kerl.« Sie entdeckte die zarte Röte auf Elisabeths Wangen. »Das ist ja fast zum Neidischwerden.« Sie lachte laut auf. »Oder auch nicht.« Und dann nahm sie noch einen gewaltigen Schluck Bier.

42.

Das Bier war Elisabeth ein wenig zu Kopf gestiegen, aber dennoch bereitete es ihr keinerlei Mühe, die Hütte am folgenden Tag im frühen Morgengrauen zu verlassen.

Sie nahm nur einen Bissen Brot und einen Bissen Käse zu sich, im Schloss würde es reichlich zu essen geben.

Sie stocherte in der Asche unter dem Kessel, damit ja

kein übersehener Funke die Hütte niederbrannte in den drei Tagen, die sie auf dem Schloss bliebe.

Sie öffnete den oberen Teil der Tür und ließ das vom Nebel gedämpfte Licht in das Innere fallen. Sie fröstelte in der Kühle des Morgens und zog zum ersten Mal die Schuhe an. Der dunkle Mantel lag zusammengefaltet auf dem untersten Brett des Regals. Sie zögerte, doch dann zog sie ihn heraus.

Sie schloss die Türe fest hinter sich. Das Moos war feucht, Tautropfen glänzten in den Spinnenfäden im Gesträuch. Sie drehte sich noch einmal zur Hütte um, ehe der Dunst sie hinter ihr schluckte. Wollte Jakob wirklich für immer von hier fortgehen? In den beiden Jahrzehnten ihres Lebens hatte sie niemals einen Ort für immer verlassen. Und nun sollte sie es in einem einzigen Jahr zweimal tun? War es nicht möglich, eine Bleibe im Schloss zu finden für den Winter und im Frühjahr hierher zurückzukommen? Und die ersten Kräuter zu sammeln, im warmen Gras der Waldwiese zu liegen? Im Sommer die süßen Himbeeren zu pflücken?

»Guten Morgen, Lise!«, rief der Wachsoldat am seitlichen Schlosstor.

»Guten Morgen, Heinrich!«, grüßte Elisabeth zurück.

Aus dem Pferdestall schob ein Knecht eine dampfende Fuhre Mist. Spatzen flatterten um die Pferdeäpfel auf dem zertretenen Boden vor den Ställen. Stroh raschelte unter Elisabeths Schuhen. Die Tiere wieherten laut, sicherlich waren die Stallungen überfüllt mit den Pferden der Festbesucher. Ein zweiter Knecht reckte sich verschlafen, fuhr sich mit den Fingern durch das Haar und öffnete seine Hose, um vor der Tür seine Notdurft zu verrichten. Er machte sich nicht einmal die Mühe, Elisabeth den Rücken zuzuwenden. Sie blickte zu Boden und hastete weiter.

Durch das offene Fenster der Gesindeküche hörte sie das Geklapper von Geschirr und Lottes schrille Stimme.

Ob Barbel noch schläft?, überlegte Elisabeth. Ob Jakob für die Nacht einen Heuschober gefunden hat?

»Ei, die Lise!« Der kleine Küchenjunge rempelte sie an. »Die Frau Gertrud wartet schon!«

Frau Gertrud stand an dem großen Tisch, die Arme in die Seiten gestemmt, inmitten von unzähligen Händen und Gesichtern. Es häuften sich gerupftes Geflügel, Kohlköpfe, gefüllte Töpfe, Körbe und Fässer, von den Menschen nicht zu reden.

»Nein, nein!«, herrschte Frau Gertrud einen jungen Diener an, der dabei war, ein Arm voll Weinflaschen auf dem Tisch abzustellen. »Wo soll das da noch Platz haben! Wie sollen wir da noch arbeiten, wenn ihr alles vollstellt!« Sie drehte sich um und entdeckte Elisabeth an der Tür. »Ei, hurtig, hurtig, Lise! Was hältst du Maulaffen feil? Zieh deine Sachen an!« Sie scheuchte sie, ohne Begrüßung, ganz so, als wäre sie keinen Tag fort gewesen. Elisabeth hastete in die Gesindeküche, um dort Mantel, Rock und Schuhe abzulegen. Es war ganz sicherlich nicht der Augenblick, Frau Gertrud wegen des Nachtlagers zu fragen.

Sie schlüpfte aus ihren Kleidern, zog das frische Hemd über, den festen, blauen Rock und band die Schürze mit den großen Taschen um. Sie zog die Holzpantoffeln an und rannte zurück in die Küche.

»Da«, der große Küchenjunge reichte ihr den Eimer, ehe sie die Küche recht betreten hatte, »hol wieder Wasser!«

»Aber ... ich habe die Morgensuppe noch nicht eingenommen ...«

»Sitzt du auf deinen Ohren?«, fuhr der Junge sie an. Er überragte sie um eine Spanne, obgleich er jünger war. »Lauf zu!«, befahl er und schubste sie aus der Tür.

Als Elisabeth das Wasser vor dem Herd absetzte, hörte sie den Küchenmeister eine Anzahl Namen vorlesen. Er stand mit Frau Gertrud und deren Gehilfin an seinem Tisch.

»Das wären all die Herrschaften, welche ihre Morgenmahlzeit im kleinen Saal einnehmen. Und Ihr«, er blickte auf Frau Gertrud, »seid mir verantwortlich dafür, dass die Suppe die rechte Wärme hat! Nur Seine Majestät nimmt das Morgenmahl auf dem Gemach ein, ebenso Graf Ludwig. Nein, wartet, auch die Baronin Mantiers …«

Seine Majestät? Elisabeth horchte auf. Sprach der Küchenmeister von König Philipp? Schlief in diesem Augenblick, in dem sie die schweren Wassereimer in seine Küche schleppte, der junge König oben in dem ihr beinahe schon vertrauten Gemach in dem Prunkbett mit dem dunkelroten Vorhang? Ihr Herz klopfte heftiger bei dem Gedanken. Sie rieb die feuchten Hände an der Schürze trocken. Sie sah sich mit einem Mal im Kreise ihrer Damen stehen, das Puder auf dem Gesicht wohl verteilt, kein Härchen, das sich aus der Frisur gelöst hätte, das Knistern des edlen Stoffes ihres Gewandes, die leicht geschwungene Maske vor den Augen, die Wärme des Ballsaals von Messelstein, die Champagnergläser, die leise Musik. »Welcher ist der Bauer?«, hatte sie gefragt, und Marie-Henriette hatte mahnend den Finger an die Lippen gelegt. Und wenn sie sie nun schickten, das Feuer in seinem Gemach zu schüren, dann würde sie den Vorhang beiseite schieben und ihn dort liegen sehen, schlafend auf den seidenen Kissen. Sie schluckte. Er konnte doch nur um wenige Jahre älter sein als sie selbst, nach allem, was sie gehört hatte.

»Lise.« Barbara stieß sie sanft in die Seite. »Hier.« Sie schob ihr ein Stück Käse unter die Schürze. »Wir haben unsere Suppe heute eine ganze Stunde eher gegessen.«

»Barbara, du allerbeste …«

»Wo warst du denn gewesen? Ich hatte schon …«

»Die Lise wird gehn«, gebot Frau Gertrud. »Pardon?« Elisabeth blickte verwirrt zu ihr hinüber. »Mach dich die Treppe rauf.« Frau Gertruds feste, gerötete Hand packte Elisabeth am Arm und schob sie unsanft in Richtung Tür. »Die Zofe von der Frau Gräfin war vorhin schon da, weil jemand oben das Feuer schüren sollt'. Sie hat sich schon beschwert. Mach zu!«

Erleichtert atmete Elisabeth auf, hatte sie für einen Moment doch wahrhaftig gefürchtet, ihr Gedankenspiel sollte

Wirklichkeit werden und Frau Gertrud schickte sie in das königliche Gemach. »Ich?« Sie sträubte sich, denn sie hatte mit Barbara noch einiges zu bereden. »Aber warum ich?«

»Mach und renn!«, fuhr Frau Gertrud sie ärgerlich an.

»Sonst schürt doch Sanne oben das Feuer«, murrte Elisabeth vor sich hin. Aber Sanne hatte an einem solchen Tag sicherlich alle Hände voll zu tun. Elisabeth tastete nach dem Stück Käse. Sie verschlang es hastig, während sie langsam die große Treppe hinaufstieg.

In den oberen Gemächern war es noch außerordentlich still. Hinter der ersten Tür hörte sie jemanden kichern und weiter vorne im Gang waren leise Schritte zu hören. Eine Tür klappte auf und zu, dann war es wieder still wie zuvor.

»Endlich kommst du!«, empfing die Zofe der Gräfin sie vorwurfsvoll. »Wie soll die Herrin sich ankleiden bei der Kälte?« Soll sie halt im Bett bleiben, dachte Elisabeth und kaute unauffällig an ihrem Stück Käse weiter. Die Gräfin saß auch wirklich noch in ihrem Bett, einen leichten Morgenmantel über das spitzenbesetzte Nachthemd geworfen. Die Zofe Elsa setzte sich zu ihr und fuhr fort, die langen, dichten Haare der Gräfin zu bürsten, während die Gräfin angeregt mit einer äußerst jungen Dame plauderte, welche ihrerseits auf einem gepolsterten Schemel an der Seite des mächtigen Himmelbettes Platz genommen hatte.

Elisabeth kniete sich vor den Kamin und stocherte mit dem Schürhaken in der feinen Asche. Holz war bereits neben dem Kamin aufgeschichtet, auch Späne, aber, oh Himmel, Elisabeth fand keinen Funken Glut.

»Wenn Ihr mir schwört, ma chère«, die Gräfin neigte sich zu ihrer jungen Freundin, »mich mit keinem Sterbenswörtchen zu verraten, dann zeige ich Euch mein Gewand für den heutigen Abend.«

»Ich schwöre«, flüsterte die Junge.

»Elsa, hole das Kostüm und die Maske!«

Elsa legte die Bürste beiseite. »Wird das heute noch mit dem Feuer?«, zischte sie Elisabeth im Vorübergehen zu.

»Es ist gänzlich erloschen.« Elisabeth richtete sich auf und strich sich eine Haarsträhne aus der Stirn. »Ich muss in die Küche zurück und Glut heraufholen, oder aber …«

»Mon Dieu!«, klagte die Zofe und wandte sich dem Schrank zu. »Da sitzt das Trampel schon ewig vor dem Kamin und nicht die geringste Flamme erscheint! Und meine Dame friert.«

Sicherlich hat die »Dame« noch niemals in ihrem Leben wirklich gefroren. Elisabeth starrte durch den weitläufigen Raum zum Paradebett hinüber. Und sicherlich hat das dumme Weibsstück von Zofe noch niemals in ihrem Leben ein Feuer geschürt. Ihr Blick blieb an der pausbäckigen, hölzernen Amorette hängen, die den Himmel über dem Bett trug. Sie zog ihr eine Grimasse und erhob sich.

In der Küche fand sie das Gefäß für die Glut nicht. Sie suchte beim Herd, zwängte sich zur Nebenkammer und wagte es nicht, Frau Gertrud darum zu fragen, denn die stand am Tisch und jammerte: »Ach Gott, ach Gott, wie sollen wir heut nur mit allem fertig werden?« Der große Küchenjunge zuckte nur mit den Schultern, Marthe ließ einen irdenen Topf fallen und erhielt von Frau Gertrud einen kräftigen Schlag ins Gesicht. Elisabeth schaute noch einmal in die Nebenkammer und fand dort doch noch ein geeignetes Gefäß. Sie kroch zwischen den Röcken zweier Mägde zur Feuerstelle und nahm behutsam die glühenden Holzstücke heraus. Dabei trat Lotte ihr versehentlich auf die Hand. Sie verbiss sich den Schmerz und eilte zurück zur Treppe.

»Hurtig, hurtig!«, rief ihr der Wachsoldat oben an der Treppe zu und lachte.

Elsa öffnete ihr wortlos. Elisabeth ging ganz langsam zum Kamin hinüber, um noch einen Blick auf das Kleid zu werfen, das ausgebreitet auf dem Bett der Gräfin lag. Sie erhaschte nur einen Schimmer von senfgelber Seide, dann kniete sie wieder auf dem Parkettboden und gab vorsichtig die Glut in den Kamin. Sie strich über das feste Leinen ihres Rockes. Wie mochte es sein, einmal noch, ein einziges Mal nur, in ein solches Gewand zu schlüpfen? Wüsste sie es überhaupt noch zu tragen? Könnte sie noch tanzen in hochhackigen, perlenbesetzten Schuhen?

»Non, non, non!« Die Gräfin hob ihre Stimme an. »Ihr trompiert Euch, meine Liebe! Es war im Frühjahr, als Seine Majestät behauptete, er gäbe seine Verlobung mit der Prinzessin von Messelstein zum Sommermaskenball bekannt!«

Das Holzscheit in Elisabeths Hand polterte auf den Parkettboden. Sie hob es hastig auf und wagte nicht, den Kopf zu heben. Was redeten sie da?

»Aber seither«, wandte die Junge ein, »hörte ich nichts mehr verlauten bezüglich dieser Affäre.«

»Der liebe Philippe weiß mit derartigen Dingen nicht umzugehen«, meinte die Gräfin mit einem Achselzucken. »Das Gänschen hat ihn zum Gespött gemacht, folglich ist er gezwungen, sie zu seiner Gemahlin zu nehmen, um sein Gesicht zu wahren, n'est-ce pas? Den jungen Damen des alten Adels jedoch – alors, denen scheint ihr Stolz wichtiger als die Aussicht auf ein glänzendes Leben an der Seite eines Bauernsprosses.«

Elisabeth schichtete behutsam die Späne über die Glut. Sie pustete, die Asche stob auf. Hastig fegte sie sie mit der bloßen Hand vom Boden. Was für ein Fräulein kann das sein?, hatte sie gedacht, die ihr Leben teilen soll mit einem derartig merkwürdigen Mann. Nun wusste sie es. Die Braut ist verhindert, dachte sie und starrte in die aufzüngelnden Flämmchen, sie muss im Schloss des Bräutigams die Kamine schüren. Wieder umhüllte sie das Gefühl von Unwirklichkeit, so wie sie es bereits am Bette des Königs verspürt hatte. Es löste selbst den festen Boden unter ihren Knien auf.

»Entspricht es nun den Tatsachen«, fragte die Jüngere, »dass der Fürst von Messelstein seine Tochter hinter Klostermauern verbirgt?« Das unwirkliche Gefühl hielt an. Elisabeth sah sich alles stehen und liegen lassen, den langen Gang entlanggehen bis zur Tür des jungen Königs und sein Gemach betreten. Sie würde den Vorhang beiseite schieben und auf ihn hinunterblicken. Seine Mutter, sagte man, sei eine schöne Frau gewesen. Vielleicht war er ebenfalls ansehnlich. Ein ansehnlicher junger Mann auf seidenen Kissen …

»Das ist mir nicht bekannt«, antwortete die Gräfin. »Jedoch die kleine Schwarzenburg, hörte ich unlängst sagen, sei aus freien Stücken in ein Kloster eingetreten. Sie soll gesagt haben, das Leben um sie her sei eitel und ohne Sinn.« Die Gräfin lachte auf. »Es hätte sie ohnehin keiner genommen, das schmächtige und bleiche Ding!«

Elisabeth fröstelte trotz der Glut unter ihren Händen. Sie befand sich unter einem Dach mit einem Manne, der vor Monaten davon gesprochen hatte, sich an diesem heutigen Tage mit ihr zu verloben. Was, wenn am Ende doch eine Teufelei im Gange war? Was, wenn Jakob mehr wusste, als er zugab, wenn er selbst in diese Angelegenheit verstrickt war und nun nicht mehr herausfand? Wie eindringlich er sie gebeten hatte, das Schloss nie mehr wieder zu betreten. Hätte sie auf ihn hören sollen? Sie schluckte. Es war Unsinn, was sie da dachte. Niemand, aber auch niemand wusste, dass sie nun hier war. Weder Jakob noch der Ellbracht noch der König. Wäre sie nicht in die Stadt gegangen, hätte sie den Plattern nicht getroffen und würde noch immer in der Hütte sitzen. Und was scherte sie das Geschwätz über des Königs Pläne? Vielleicht hatte er im Frühling wahrhaftig die Absicht besessen, sich mit ihr zu verloben, und ein diesbezügliches Angebot an ihren Vater gesandt, nur war sie längst nicht mehr da gewesen. Sie lauschte aufmerksam auf weitere Vermutungen und Gerüchte über den Verbleib der Prinzessin von Messelstein und die Heiratsaussichten des Königs von Reupen, aber die Damen wechselten ihre Themen sprunghaft, die Prinzessin von Messelstein fesselte sie nicht länger. Als Elisabeth die Holzscheite über die Späne legte, erörterten sie bereits die Lebensweise einer weiteren Dame, die mit Leidenschaft Proben von Dichtkunst und die Unterschriften namhafter

Persönlichkeiten in einem Album sammelte. »Aber die neuen Verse, die sie mir zeigte«, berichtete die Junge, »fand ich très charmant. Las man nur die ersten Buchstaben jeder Zeile, ergab sich daraus«, sie senkte die Stimme, »der Name ihres heimlichen Liebsten. Ein Akrosion nennt man diese Form.«

»Akrostichon«, dachte Elisabeth verächtlich und pustete noch einmal behutsam, aber die Flämmchen nährten sich bereits an den Spänen, flackerten auf und gediehen. Es fiel ihr zunehmend schwerer, dem Geplauder der Damen stillschweigend zu folgen. Sie begaben sich bei ihrem Gerede über das Hofleben von Paris von einem Irrtum zum nächsten, da sie über Gegebenheiten mutmaßten, die sie selbst niemals vor Augen gehabt hatten. Nun endlich, die Flammen züngelten hoch, während die Damen darüber disputierten, ob man nach der Wäsche am Abend Eselsmilch oder Limonensaft auf die Haut streichen sollte.

Eselsmilch, dachte Elisabeth, Eselsmilch würde euch nicht übel anstehen.

Die Freundin der Gräfin kicherte unvermittelt. »Da fällt mir ein, was unsere reizende Charlotte mir am gestrigen Abend rakontierte. Sie sagte, der König habe wahrhaftig nach einem Zuber verlangt, als er hier eintraf! Und er habe …« Sie räusperte sich und senkte wieder ihre Stimme. »Er habe darin … gebadet.«

»Gebadet!« Die Gräfin dehnte das Wort laut und genüsslich aus, was ihrem Gegenüber sichtlich peinlich war. »Mais, Dorothée! Vraiment einen Zuber?! Wie im Hinterzimmer eines gewöhnlichen Baders? Wie in der Scheune eines Bauern? Gebadet? Ihr meint, den ganzen Körper …«

»Mein Gott!« Elisabeth erhob sich gereizt und klopfte die Asche von ihrer Schürze. »Auch der König von Frankreich nimmt zuweilen ein Bad. Was ist dabei? Er hat sich eigens eine Wanne dafür anfertigen lassen.«

Die Bewegungen der beiden Damen erstarrten, die Worte gefroren in ihrem Mund. Die Zofe Elsa gaffte. Elisabeths

Wangen glühten und ihre Hände zitterten. Sie erwartete eine Rüge, ein scharfes Wort, einen Tadel. Aber nichts Dergleichen geschah. Die eisige Stille hatte kaum länger als einen Herzschlag gedauert, schon rückte Elsa weiter die Gegenstände auf dem Frisiertisch zurecht, schon neigte die Gräfin sich zu ihrer Freundin hin und fragte sie nach der Polsterung ihrer neuen Karosse.

Wann, überlegte Elisabeth und nahm das Gefäß für die Glut vom Boden auf, wann würden sie sich regen und damit zugeben, dass ich existiere? Wenn ich begänne, mit dem Fuß aufzustampfen und zu schreien? Oder erst, wenn ich mit einer Meute Aufständischer mit Sensen und Dreschflegeln bewaffnet durch ihre Tür bräche und sie mit Gewalt aus dem Paradebett zerrte?

»Elsa«, rief die Gräfin, »hole nun das warme Wasser!«

Doch, sie mussten sie gehört haben, bemerkte Elisabeth plötzlich. Die Damen waren, ohne ihr Gespräch zu unterbrechen, kaum merklich von der deutschen Sprache in die französische gewechselt. Eine Sprache, der ein Küchentrampel sicherlich nicht zu folgen vermochte, oder? Ein hundsmiserables Französisch, urteilte Elisabeth mit spöttischem Lächeln, während sie zur Tür ging. Elsa passte sie in dem kleinen Vorraum ab. »Ich werde mich bei dem Herrn von Plattern über dich beschweren«, zischte sie.

Soll sie doch! Elisabeth schritt hoch erhobenen Hauptes zur Treppe zurück. Wir sind Fahrende und können von einer Minute auf die nächste verschwinden. Wir brauchen weder eure Gewänder aus Seide noch eure dünne Gemüsesuppe aus der Gesindeküche. Es war alles so einfach. Sie würde über das Fest bleiben und dann mit Jakob auf und davon ziehen. Auf Barbels Wagen vielleicht, vielleicht auch zu Fuß. Sie würden ein Dach für den Winter finden, einen Bissen zu essen am Tag und sich in der Nacht aneinander wärmen.

Zurück in der Küche, blieb keine Zeit mehr für spielerische Gedanken, weder an die Nächte mit Jakob noch an den König, der nun umgeben von Dienern und Hofschranzen seinen Tag begann. Die Arbeiten mussten schnell und genau ausgeführt werden. Das fortwährende Geschwirr von lauten und leisen, keifenden und befehlenden Stimmen, untermalt von dem Klappern der Töpfe, Pfannen, Tiegel, Löffel und Becher, riss nie ab. Es roch nach Zimt und Anis, nach Thymian und Meerrettich, nach Kräutersuppe und gebratenem Fleisch. Frau Gertruds Gesicht war rot und ihre Stimme eine Spur lauter als sonst. Lotte schnitt Zitronen in schmale Scheiben, der Pastetenkoch legte letzte Hand an die Auerhahnpastete für den Hauptgang. Als Elisabeth sich bückte, um einen Topf aufzunehmen, tätschelte er ihren Hintern. Von nun an würde sie alles tun, um ihm aus dem Wege zu gehen. Die Mägde aus der Residenz plauderten immerfort und versuchten, sich durch gezierte Reden und ausgewählte Gesprächsthemen vor den Mägden des Schlösschens hervorzutun. Die Mägde aus dem Schloss hingegen arbeiteten verbissen, Frau Gertruds scharfen Blick im Nacken, nur Barbara bewegte sich sehr leicht an diesem Tag und ihre Augen glänzten.

Elisabeth leerte die Küchenabfälle auf den großen, stinkenden Haufen hinter den Stallungen. Zwei Hunde schnupperten und wühlten darin. Über ihr schien eine milde Spätsommersonne von einem sanftblauen Himmel. Die Äpfel röteten sich, die Pflaumen auf dem Baum neben dem Abfallhaufen färbten sich blau.

Ein Tag zum Auf-und-davon-Wandern. Elisabeth seufzte. Und sie musste bis zum Abend Töpfe scheuern und Wasser tragen. Sie streckte die Hand aus und pflückte einen Apfel. Andreas, dachte sie. Es wäre trotz allem gut zu wissen, ob er mittlerweile zurückgekommen war.

Auf dem Weg zum Brunnen wich sie den fremden Kutschern, den Pferdeknechten und Hellebardieren aus. Das Wasser schwappte über den Eimerrand, ihr Rock wurde nass. Der Schwengel der Pumpe drückte sich in ihre Hände, die Pumpe quietschte, der Eimer füllte sich, immer wieder.

Wenn sie ein Stück über den Küchengarten hinausginge, bis in den Park hinein, wäre es ihr möglich, die langen Fensterreihen des Hauptgebäudes zu sehen, hinter denen die Damen saßen bei Gebäck oder Konfekt, hinter denen sie ruhen mochten nach dem ausgiebigen Mittagsmahl. Dieser und jener Herr kleidete sich um für einen Ausritt oder er ließ sich das Haupthaar mit Hilfe eines Brenneisens in üppige Locken legen.

Im Gang zur Küche drängte sich Barbara an sie heran. »Hier«, flüsterte sie und blickte sich vorsichtig um, »nimm das. Ich war schneller als Lotte.«

»In die rechte Tasche«, flüsterte Elisabeth zurück, »der linke Topf ist bereits gefüllt.« Flink schob Barbara Fleisch- und Pilzstücke in Elisabeths rechte Schürzentasche. »Zeig!« Sie lugte in den zweiten irdenen Topf und erblickte Rosinen, Mandeln und kandierten Zucker. »Ah.« Sie nickte anerkennend. »Da kannst du auch feiern heute Abend.«

»Ich?«, fragte Elisabeth. »Aber werden wir das nicht gemeinsam essen? Werden wir nicht den Herrschaften beim Tanze zusehen für eine Weile und uns anschließend einen ungestörten Ort suchen?«

Barbara errötete. »Ich ... nun ja, ich ... eine Weile mit dir oben zusehn kann ich schon, aber später ...« Elisabeth musterte sie fragend. »Ich muss weiter«, sagte Barbara hastig und wandte sich ab.

»Warte.« Elisabeth erwischte sie am Ärmel. »Weißt du, ob der Ellbracht bereits zurück ist?«

»Der Ellbracht?« Barbara sah sie misstrauisch an. »Was willst du von ihm?« Die Röte auf ihren Wangen vertiefte sich.

»Ach herrje.« Elisabeth begriff endlich. »Er ist die ganze Nacht schon da gewesen!«

»Und?«, erwiderte Barbara patzig. »Warum auch nicht?«

»Nichts will ich von ihm«, lachte Elisabeth. »Etwas fragen muss ich ihn, nichts sonst. Sag mir, wo ich ihn finden kann.«

»Du kannst ihn heute nicht finden.« Barbaras glänzende Augen trübten sich für einen Moment. »Heute gehört er zu den Herrschaften. Heute ist der König da und so viele andere. Und dann muss er die halbe Nacht auf dem Ball zubringen und dann …«

»Nur die halbe Nacht?« Elisabeth lächelte. Es schien, Andreas Ellbracht hatte sein Interesse an Sanne verloren. »Barbara, wenn du ihn siehst heute Nacht, bitte sage ihm, dass ich ihn dringend sprechen muss. Gleich morgen früh. Wirst du das tun?« Als sie den Ernst in Elisabeths Stimme erkannte, nickte Barbara.

Elisabeth wurde ein wenig leichter bei dem Gedanken, am folgenden Tag mit Andreas Ellbracht zu sprechen. Es war ihr wichtig, sich einiger Dinge zu vergewissern, auch wenn es ihr letztendlich einerlei sein konnte, was an Reupens Hof geschah, da sie das Land ohnehin bald verließ. In den Wirtschaftsgebäuden verspürte sie nicht die geringsten Anzeichen eines Ränkespieles. Hier schien es ihr, als gäbe es überhaupt keinen Ball, keine vermeintlichen Verlobungen, keine Prinzessinnen, keinen König. Es ist nur ein Tag mit noch mehr Plackerei als sonst, dachte sie müde und niedergeschlagen. Dabei hätte sie gern ein wenig von all dem Prunk eines Sommerballes gesehen. Nicht nur die Arbeit, das Gerenne, die fremden Pferdeknechte. Ah, nun war sie sich dessen sicher, der Ball würde weit entfernt im Ballsaal vonstatten gehen, der König würde tanzen, mit dem Herzog reden, einen Ausritt mit dem Ellbracht machen und wieder in der Residenz verschwinden. Die Musikanten würden ihre Instrumente auspacken, aufspielen, sie wieder einpacken und abreisen. Ebenso wie die Damen ihre Kleider wieder in großen Reisekoffern verstauten und ihre Kutschen anschirren ließen. Und alles, was sie selbst davon zu Gesicht bekam, war das Gewand der Gräfin auf dem Paradebett und eine Unmenge von schmutzigem Geschirr.

Am frühen Abend endlich wurde ihnen reichlich Wurst und Grütze aufgetischt. Die Gesindeküche fasste die vielen

Menschen kaum. Es war heiß und stickig und roch nach Schweiß, ein Mann öffnete die kleinen Fenster. Frau Gertrud schenkte einen guten, einfachen Wein aus. Danach saß Elisabeth mit Marthe und dem kleinen Ludwig am Herd und scheuerte die Pfannen und den großen Suppentopf, während dic Mägde aus der Residenz hinüberhuschten, einen Blick in den Saal zu werfen. »Da.« Sanne, die gerade vom Hauptgebäude kam, fuhr mit dem Finger über ihre Brust. »Bis da ist der Ausschnitt gegangen. Bei drei Damen hab ich das gesehn. Und kein Tuch hatten sie drüber! Man konnt' grad alles sehn!«

Elisabeths Wasser war nicht heiß genug, das Fett löste sich nur schwer von dem schwarzen Gusseisen. Es roch unangenehm. Sie kniete neben dem Herd, der Ruß schwärzte ihren Rock, der Boden war schmierig und feucht. »Darf ich nun ...«, begann sie, als Frau Gertrud neben ihr zu stehen kam, doch diese schnitt ihr die Frage mit einer knappen Handbewegung ab. »Du gehst auf der Stelle rüber und machst den großen Tisch sauber, da kommt gleich das dreckige Geschirr von oben drauf und das muss sofort wieder sauber bereitstehn!«

Elisabeth verzog enttäuscht das Gesicht. Und sicherlich muss ich mit Marthe das schmutzige Geschirr waschen. Dabei hörte sie doch durch die offenen Fenster über den Hof, von ganz fern, die Klänge der Lauten, der Cembali und der Flöten. Und jeder Klang berührte eine dünne Saite in ihrem Herzen und vibrierte und erinnerte sie an Getuschel und Gerenne und Vorfreude auf einen Ball. Sie tauchte den Lumpen in den Wassereimer, wrang ihn aus und wischte Zwiebelreste und gehackte Nüsse beiseite. Auf dem Tische lagen noch die Innereien der jungen Hühnchen. Kein König, dachte sie, kein Herzog, nichts. Kein Blick auf prachtvolle Gewänder und den Glanz unzähliger Kerzen.

»Ah!«, schrie Lotte auf. Sie hob die Hand, Blut lief darüber. »Bind's zu!«, schrie sie. »Bind's zu!« Sie hatte sich an dem großen Messer geschnitten.

»Ludwig, hol ein Tuch!«, befahl Frau Gertrud.

Zum Teufel auch, dachte Elisabeth, als alle auf Lottes Finger starrten. Zum Teufel mit Frau Gertrud. Sie ließ den Putzlumpen fallen und glitt unbemerkt aus der Tür.

Im spärlichen Kerzenlicht der oberen Leuchter lag die Halle leer vor ihr, ganz eigentümlich leer und dunkel. Ich hätte zuvor Barbara suchen sollen, dachte sie. Das Klappern ihrer hölzernen Pantoffeln klang hohl auf dem steinernen Boden und der Weg von der Tür bis zu der ersten Stufe der breiten Treppe war ihr nie zuvor so weit und fremd erschienen. Ob Barbara oben auf mich wartet?

Sie legte die Hand auf das geschwungene Geländer, raffte den Leinenrock wie ein Brokatkleid und neigte leicht den Kopf nach links. »Enchantée, Monsieur«, sagte sie leise. Sie neigte den Kopf nach rechts. »Enchantée, Madame.« Ihre Stimme hallte seltsam in der Leere.

Wo war der Hellebardier, der sonst auf dem Gang Wache hielt? Wohin sollte sie sich nun wenden? Zuerst zur Linken, dessen war sie sich noch sicher. Und dann? Der Gang lag im Halbdunkel, hier und dort von dem flackernden Licht einer einsamen Kerze erhellt. Sanfte, venezianische Musik klang von irgendwo her, leises Stimmengewirr, mehr nicht. Ob sich die Hofgesellschaft im ganzen Schlösschen verteilt hatte? Ob der Großteil der Gäste längst im Park flanierte und die Illumination bewunderte?

Elisabeth tauchte in das Dämmerlicht des abzweigenden Ganges auf der Suche nach einem Fenster, das ihr einen Blick in den Park bot. Von rechts wurden Schritte laut, schnelle Schritte von vielen Stiefeln. Sie presste sich an das Holz einer Tür und hoffte, übersehen zu werden. Hinter der Tür hörte sie das helle Lachen einer Frau. Eine Horde Pagen trampelte mit viel Geschrei vorüber. Zu dem Lachen der Frau hinter der Tür gesellte sich das Lachen eines Mannes. Wäre Barbara hier, dachte Elisabeth, könnten wir gemeinsam bis zur Saaltüre gehen. Ob sie sich draußen mit dem Ellbracht trifft?

Sie irrte den fremden Gang entlang. Ein Schatten tauchte neben ihr auf, sie erschrak heftig und blieb stehen.

Ein Spiegel, sie atmete erleichtert auf, mein eigenes Spiegelbild hat mich genarrt. Sie trat näher heran.

Wie jung sie ist, die kleine Magd im Spiegel, dachte Elisabeth. Wie verwirrt sie schaut. Schämt sie sich ihrer schmutzigen Schürze? Sind ihr die Gänge eines Schlosses fremd? Sie schob die losen braunen Haarsträhnen unter die weiße Haube. Leichte Schritte hinter ihr, ein Rascheln. Zwei Damen tauchten im Spiegel auf. Sie schwebten vorüber wie zwei helle Falter, tuschelnd, in weiten, glänzenden Kleidern, die Gesichter von zierlichen Larven bedeckt. Sie verloren sich in der Weite des Ganges, nur der süßliche Duft ihres Parfums blieb Elisabeth in der Nase.

Und nun? Ihr war beklommen zumute. Hinauf zum großen Saal oder zurück in die warme, schmutzige Küche? Ihr Fuß stieß an einen Gegenstand. Sie bückte sich und hob ihn auf. Eine weiße Maske mit Goldstickerei verziert. Sie hielt sie vor die Augen. Durch die schmalen Schlitze erkannte sie im matten Kerzenlicht eine dunkle Gestalt. Ein Mann mit weitem Hut und Mantel. Er kam näher. In der Hand hielt er eine langstielige Rose. Elisabeth ließ die Maske sinken und wich zurück in den Schutz einer Fensternische. Der schöne Unbekannte? Ihr Herz hämmerte gegen die Rippen.

»Versteck dich nicht, mein Vögelchen.« Der Mann fasste plump nach ihrem Arm. Unbekannt mochte er sein, ob er schön war, vermochte sie der dicken, weißen Paste auf seinem Gesicht wegen nicht zu beurteilen, aber ganz sicher war er betrunken. »Versteck dich nicht, mein Vögelchen.« Er zog sie aus der Nische heraus. Seine Stimme klang belegt, sein Atem roch nach Wein. Er schob sie näher ans Licht.

»Très gentille.« Er nickte und ließ die Rose fallen.

»Lasst auf der Stelle meinen Arm los«, entgegnete sie schroff.

»Komm, komm, komm«, flüsterte er in ihr Ohr, »ich

kann dir viel Schöneres zeigen, als es deine Pferdelümmel unten im Stroh je vermögen.« Der Druck seiner Hand schmerzte. Er drängte sie in die Nische zurück und nestelte mit der freien Hand an den Knöpfen seiner Hose. Ekel würgte in Elisabeths Kehle. Sie hob den Fuß, ihr Holzpantoffel traf sein seidenbestrumpftes Schienbein. Er schrie auf und taumelte.

Sie rannte den Gang entlang, dorthin, wo die Stimmen lauter wurden und das Licht ein wenig heller schimmerte, wo die Musikanten eine heitere Weise anstimmten. An der kleinen Treppe zum Saal holte sie Atem. Wie setzte Sanne sich zur Wehr, wenn die Herren ihr zu nahe traten in den oberen Gemächern? Oder wagte sie es nicht, sich zu wehren? Zwei Kavaliere kamen ihr von oben entgegen. Sie kannte sie nicht. Aber wer konnte das sagen, vielleicht hatte sie sie früher gekannt? Die langen, dichten Perücken machten sie unkenntlich, ebenso die schwarzen Larven über Augen und Nase.

An der Seite der weit geöffneten Saaltür stand einer der jungen Diener, zwei Mägde aus der Residenz und Frau Gertruds stämmige Gehilfin. Sie wichen zurück, wenn die Herrschaften den Saal verließen oder betraten, um dann gleich wieder näher zu rücken und zuzusehen. »Komm bei, Lise.« Frau Gertruds Gehilfin machte ihr Platz. Elisabeth rückte an die Tür und der warme, dichte Geruch eines von tanzenden, trinkenden, plaudernden Menschen überfüllten Saales schwappte ihr entgegen. Stimmengewirr, lautes Lachen, klirrende Gläser, untermalt von tändelnder Musik. Vor ihr wogten glänzende Roben, wippten hohe Pfauenfedern im aufgesteckten Haar, Puder klebte auf verschwitzten Gesichtern. Perlen schimmerten im gedämpften Licht. Ja, auch hier hatten sie nur jeden zweiten Leuchter entzündet, was der Atmosphäre des Balles zuträglich war. Die Flammen der Kerzen ließen die gläsernen Verzierungen der Leuchter aufblitzen, vertieften das weinfarbene Rot der langen Brokatvorhänge und funkelten in den unzähligen, mit Gold umfassten Spiegeln, die das Treiben im Saal auffingen und um ein Vielfaches zurückwarfen. Die Musikanten stimmten eine Gigue an, lebhaft, ausgelassen. Die Damen flatterten wie bunte Schmetterlinge an den Händen der herausgeputzten Herren. Sie neigten und drehten sich und hoben ihre Füße im Takt. Auf den Tischen an der Seite häuften sich Köstlichkeiten, eine unbekannte Schöne hob ein Glas mit perlendem Wein und ließ es mit dem ihres Kavaliers zusammenklingen.

Der junge Diener stieß Elisabeth an. »Hast du so was überhaupt schon mal gesehn?« Elisabeth lächelte nur, sie mochte nicht reden. Stattdessen spähte sie neugierig von Gast zu Gast. Verbarg sich hinter einer der Masken ein bekanntes Gesicht? Die Dame dort ähnelte der Baronin von Werst-Wabenstein, die sie bei jedem ihrer Besuche in die Wange zu zwicken pflegte. Eine dunkelhaarige Frau ganz in ihrer Nähe klappte ihren Fächer auf und atmete tief die gewonnene Luft ein. Ihr Haar war zu einer mit Perlen verzierten Phantasiefrisur hochgesteckt. Das senfgelbe Gewand zeigte die bloßen Schultern, geschmückt von einem Schönheitspflästerchen in Form einer Mondsichel. Es musste die Gräfin sein.

Elisabeth musterte die Herren. Keiner sah so aus, als könnte sich unter seiner Maske König Philipp verbergen, aber vielleicht täuschte sie sich. Sie hatte ihn schließlich nur einmal gesehen. Vielleicht war es jener dort, der die übliche, weite Rockhose trug. Das Hemd bauschte unter dem kurzen Jäckchen, das dunkelblonde Haar war in Locken gelegt. Oder dieser ...

»Aus dem Weg!«, herrschte ein Diener sie an und schob sie beiseite, um mit seinem schwer beladenen Tablett sicher durch die Tür zu gelangen.

»Da stehst du rum.« Lotte trat hinter sie. »Die Frau Gertrud sucht dich schon! Na, das wird was setzen!«

»Sollst du mich holen?«

»Ich will ein wenig zusehn«, sagte Lotte. »Ich hab meine

Arbeit getan.« Sie rümpfte die spitze Nase. Elisabeth rührte sich nicht. Nur noch einen kleinen Augenblick, dachte sie, nur bis ich den König gesehen habe. Oder befindet er sich am Ende überhaupt nicht in diesem Saal?

Aber dort, sie zuckte zusammen, dort stand Andreas Ellbracht. Zwar bedeckte eine schlichte, schwarze Maske seine Augen, aber ihn konnte sie nicht verwechseln, er war so sehr er selbst, er vermochte es nicht, sein herzliches Lachen, seine kraftvollen Bewegungen hinter einer Maske zu verbergen. Eine junge Dame suchte ihn in ein Gespräch zu ziehen, er schüttelte jedoch den Kopf, drehte sich um und rief einem Manne etwas zu, der ganz in seiner Nähe stand. Elisabeth sah nur dessen Rücken. Er war schlank und trug die elegante, eng anliegende Jacke, die auch der französische König zu tragen pflegte, ebenso die eng anliegende Hose, die Culotte. Nur die blonde Perücke bedeckte sein Haar diesmal nicht, seine dunklen, langen Locken bedurften keiner Perücke.

Ihr Herz schlug ihr bis zum Halse. »Welcher der Herren ist der König?«, fragte sie Lotte flüsternd, aber sie wusste es längst, ehe Lotte den Finger hob.

»Der dort«, sagte Lotte, »da steht er doch.«

König Philipp von Reupen stand dort, nur wenige Schritte von ihr entfernt, inmitten seiner schwatzenden Gäste, trat auf Andreas Ellbracht zu und legte die Hand auf seine Schulter.

Mit einem Schlag war der dunkle Schlosshof von Messelstein wieder da, Philipp, wie er neben ihr stand und sagte, er ziehe den Sternenhimmel jedem Ballsaale vor. »Seht nur«, hatte er gesagt und mit einer weit ausholenden Armbewegung alle Sterne des Himmels vor ihr ausgebreitet. Philipp, der ihr mit unerwarteter Behutsamkeit den Mantel um die Schultern legte und ging.

Natürlich hatte sie ihn erkannt, dieselbe Kleidung, dieselbe schwarze Halbmaske, das glatt rasierte Kinn, den spöttischen Zug um seinen wohl geformten Mund, dieselbe lässige, geringschätzige Art, sich zu bewegen wie damals, dieselbe Art, den Kopf zu neigen, die Hand zu heben, dieselbe …

Oh mein Gott, Elisabeth presste die Hand vor den Mund, oh mein Gott, das ist doch nicht möglich. Sie trat einen Schritt nach vorne in die Tür hinein. »Was machst du denn da?«, hörte sie Lotte zischeln. »Bleib doch stehn.«

Was narrt mich da?, dachte sie verzweifelt. Und doch hätte sie diese leichte Bewegung des Kopfes aus Tausenden herausgekannt, ebenso wie den Schritt, mit dem der Mann sich nun auf den Tisch zubewegte. Und wenn er tausend Masken trüge, ob im Hemd aus matter Seide oder aus schmutzigem Leinen, ob Rüschen um sein Handgelenk oder hochgekrempelte Ärmel, ob Schuhe aus dem allerbesten Leder oder ausgetretene Stulpenstiefel …

Sie fuhr sich mit der Hand über die Augen. Philipp II. von Reupen, Andreas Ellbracht, Jakob Meger.

Ich täusche mich, dachte sie, aber sie ging immer weiter, drängte sich vorbei an den weit ausladenden Gewändern der Damen, streifte sie mit dem dunklen, rußbedeckten Rock, beachtete nicht die erstaunten Blicke der Menschen um sie her. »Aber …« Ein Bediensteter wollte sie am Arm fassen, doch sie schob sich zwischen zwei Damen hindurch, ohne die Berührung auch nur gespürt zu haben.

Sie blieb stehen.

Der König drehte sich um, und die Bewegung seiner Hand, mit welcher er Andreas ein Glas Champagner reichen wollte, erstarrte.

Ein wisperndes Raunen hob sich bei den Umstehenden und es bildete sich ein Ring von neugierigen Gesichtern.

Ich kann deine Augen nicht sehen, dachte Elisabeth, den Blick auf den Mann geheftet, der noch immer reglos stand.

Eine Dame ließ entsetzt den Fächer sinken beim Anblick der Küchenmagd auf dem Parkett des Ballsaales.

»Sire.« Elisabeths Stimme war laut und deutlich. Sie fasste ihren Rock an beiden Seiten und deutete einen leichten Hofknicks an. »Ihr beabsichtigtet einst – Ihr erinnert Euch? –, mich um eine Courante zu bitten. Ihr versäumtet, meine Antwort abzuwarten.«

Sein Mund öffnete sich leicht.

»Die Antwort lautet: Nein!«

Sie löste ihre Schürze und warf sie ihm mit einer heftigen Bewegung vor die Füße. Die irdenen Töpfe zersprangen auf dem blanken Parkett, die Rosinen, Mandeln und Fleischbrocken sprangen auf die schleifenbesetzten Schuhe der nächststehenden Herren. »A Dieu me plaise«, entfuhr es einer dicklichen Dame.

Elisabeth wartete nicht darauf, dass die Starre des Mannes sich löste. Sie drehte sich um und ging. Sie ging durch die kleine Gasse, die die verblüfften Festgäste gebildet hatten. Sie ging durch die weit geöffnete Saaltür, ohne sich umzudrehen, ohne irgendwen, ohne irgendetwas zu sehen.

Als sie zur Treppe kam, rannte sie. Ihre hölzernen Pantoffeln klapperten laut auf dem Marmor.

»Elisabeth!« Das war Andreas' Stimme. Sie schlüpfte aus den hinderlichen Holzschuhen und rannte weiter. »Elisabeth, so wart' doch!«

Sie hörte seine Schritte auf der Treppe, aber sie hatte das Portal schon erreicht. Der Hellebardier schwenkte seine Waffe. »Heinrich«, rief sie ihm zu, »lass mich vorbei! Halt ihn auf!«

Sie schlüpfte durch das große Portal, bog in den schützenden Schatten der Mauer, rannte immer weiter, immer weiter zu den Wirtschaftsgebäuden, an ihnen vorbei zum seitlichen Tor.

43.

»Du verdammter Idiot!«, fuhr Andreas ihn an. »Ich hab dir von Anfang an gesagt, dass das nicht gut geht.«

Philipp regte sich nicht.

Andreas packte ihn an den Schultern und schüttelte ihn. »So renn ihr doch nach, verdammt noch mal!«

44.

Auf und davon, dachte sie. Auf und davon. Auf und davon.

Sie stolperte im Dunkel und fing sich mit den Händen auf. Erde und Grashalme blieben daran hängen, ihre Handflächen brannten.

Das Schlösschen lag längst hinter ihr, der Lärm der trunkenen Bediensteten auf dem Schlosshof drang nur noch von weit her an ihr Ohr. Vor ihr lag die Nacht und der Schatten des Waldes. Sie hastete weiter, trat in eine Kuhle, ihr Fuß knickte um, sie fiel zu Boden. Sie blieb liegen, das Gesicht im feuchten Gras.

»Jakob!«, schrie sie. »Jakob, Jakob!«

Ihre Schreie gingen in ein Schluchzen über. »Jakob«, flüsterte sie und krallte ihre Finger in die Erde.

Welcher Jakob?, fragte sie und rappelte sich auf. Es gibt keinen Jakob. Er existiert nicht. Er war das Lügengespinst eines beleidigten Mannes. Alles war ein Lügengespinst. Die Großmutter, die Kräuter sammelte und Kinder auf die Welt holte, der Großvater, der Körbe flocht, der Fischmarkt in Leyden ... Sie tastete sich weiter in Richtung Wald, quer über die Wiese, möglichst weit von der Straße entfernt. Langsam gewöhnten sich ihre Augen an die Dunkelheit.

Mein Mantel! Sie erschrak. Meine Schuhe, mein Rock. Es liegt noch alles in der Gesindeküche, ich trage die Kleidung einer königlichen Küchenmagd. Der Hufschlag eines Pferdes klang von der Straße her.

Suchen sie mich? Sie tauchte in das Gesträuch, zerkratzte sich die Wange. Der Hufschlag entfernte sich in Richtung Stadt. Wer sollte sie auch suchen? Warum war sie überhaupt fortgerannt? Was hatte sie vermeint zu sehen dort im Ballsaal? Jakob im Gewand des Königs von Reupen? Oder den König von Reupen mit Jakobs Gestalt? Es musste die Ausgeburt ihres verwirrten Geistes gewesen sein. Es musste an den Masken gelegen haben, an den flackernden Kerzen, an der schwülen Luft. Das Kinn des Königs war glatt rasiert gewesen, sicherlich trug er auch keinen Ring im linken Ohr und ganz gewiss hatte niemand ein Zeichen in seinen Rücken gebrannt. Und weder Johanna noch Meister Helferich noch der alte Jude noch ihr eigener Vater waren Komödianten in einem Possenspiel. Und dennoch ...

Ganz deutlich sah sie Andreas Ellbracht im Ballsaal zwischen den Schleifen und Spitzen der vornehmen Gäste, die blonden Locken über seinem weißen Kragen, wie er neben dem König stand, und der König drehte sich zu ihr um, so wie nur Jakob sich bewegte, und er starrte sie an, als wäre er zutiefst erschrocken. Warum sollte der König von Reupen zutiefst erschrecken, wenn eine Küchenmagd sich ungebührlich benahm? Warum hatte Jakob der Spielmann sie gerade an jenem Tage aus ihres Vaters Schloss geholt, den ihr Vater als ihren Hochzeitstag festgelegt hatte? Und sie ausgerechnet nach Reupen geführt? Warum war Jakob so unruhig geworden, als sie ihm sagte, sie wolle für die Zeit des Balles in der Küche arbeiten?

Andreas und Philipp – standen sie nun beieinander und lachten, weil es ihnen gelungen war, die Prinzessin von Messelstein zu narren?

Sie presste ihre Stirn gegen die schartige Rinde des nächsten Baumes. »Jakob!«

Er hatte sie doch nicht derart belügen können. Jakob war kein Mann, der Spiele spielte. Er war kein Mann, der sich im Auftrag eines anderen an die Seite einer Frau legte.

Und König Philipp war kein Mann, der die Frau, an welcher er seine kleinmütige, lächerliche Rache auszuüben gedachte, einem fremden Spielmann überließ. Wie nahe war sie zuweilen der Lösung dieses Rätsels gewesen, aber die wirkliche Lösung schien so ungeheuerlich …

Endlich tauchte zwischen Ranken und Büschen der Schatten der Hütte vor ihr auf. Aber Elisabeth durfte nicht lange darin ruhen. Sie musste eilig alles zusammensuchen, was ihr auf einer Wanderung von Nutzen sein konnte, und dann auf und davon gehen. Noch vor Morgengrauen.

Sie öffnete die Tür. Sie knarrte wie immer. Es war alles wie sonst. Die lehmverschmierten Wände, das Strohlager, das Regal an der hinteren Wand, die Feuerstelle, der Tisch …

Am Tisch saß Jakob.

»Jakob«, stieß sie erleichtert hervor und presste die Hand auf ihre Brust. Sie hatte sich in allem geirrt. »Jakob, ich …« Doch dann erstarrte sie.

Vor ihm brannte eine der Kerzen, die sie von ihrem ersten Geld erstanden hatte. Im Schein der Kerze sah sie sein Gesicht. Seine Locken waren schwarz wie eh und je, aber sie waren mit einem Brenneisen fein säuberlich in Fasson gelegt. Und sein Kinn …

Sie schloss die Augen.

Da war kein Bart. Sein Kinn war glatt rasiert. Und unter der dunklen Jacke erkannte sie ein blütenweißes, rüschenbesetztes Hemd. Sie blieb an der Tür stehen. Sie atmete kaum. Er rührte sich nicht.

Sie trat sehr langsam an den Tisch, legte ihre Hand auf die Tischplatte. »Nur eine Frage noch, Sire, ehe ich gehe«, sagte sie kühl. »Hat es Euch sehr amüsiert, in eine andere Haut zu schlüpfen? Euch in dem Gewand und den Redensarten eines gewöhnlichen Vaganten zu üben?«

Seine Wimpern senkten sich über die Augen.

»Und war es sehr unterhaltend, mich zu beobachten in all den Monaten?«

Sein Mund öffnete sich leicht, aber er wehrte sich weder gegen ihre Anrede noch gegen ihre Fragen.

Sie trat näher an ihn heran. »Was werden Eure Gäste denken, Sire? Solltet Ihr Euch nicht dorthin zurückbegeben, wo Ihr erwartet werdet?«

Er verbarg sein Gesicht in den Händen. In seinen schlanken, schönen Händen.

Sie stand so nahe, dass ihr Rock sein Bein berührte. »Warum habt Ihr Euch hierher begeben?« Sie blickte herunter auf seinen gesenkten Kopf. »Gelüstet es Euch nach einer kleinen Affäre mit einer Küchenmagd?«

Er hob sein Gesicht zu ihr auf. Seine Augen waren dunkel vor Schmerz. »Nicht«, bat er.

Sie wandte sich ab vor seinem Blick und drehte ihm den Rücken zu. Noch niemals im Leben war ihr etwas so schwer gefallen wie diese Bewegung. Sie trat zum Regal und bückte sich nach den Leinentüchern. Sie legte eines auf den Boden, packte ein zweites darauf, dazu ihr Messer, einen Löffel, einen Becher, zwei der Kerzen und das Feuerzeug. Sie schnürte das Tuch und hob es auf.

»Elisabeth ...«

Auch wenn sie sich bemüht hätte, es wäre ihr nicht gelungen, ein weiteres Wort hervorzubringen, so zugeschnürt war ihre Kehle. Contenance, dachte sie. Einmal noch. Sie ging stumm an ihm vorüber, ohne ihn auch nur anzusehen.

Er bekam ihr Handgelenk zu fassen.

Eine ganze Ewigkeit spürte sie nichts als den Druck seiner Finger um ihr Handgelenk. Noch nie war seine Hand so kalt gewesen. Langsam drehte sie sich zu ihm um. Sie blickte in seine verunsicherten Augen, auf sein nacktes Kinn, zuletzt auf die seidenen Rüschen um seinen Hals.

»Zieh das Hemd aus«, sagte sie.

Er starrte sie an.

»Zieh es aus.«

Zögernd hob er die Hand und fasste nach dem ersten Knopf.

Sie stützte ihr Knie auf sein Bein und zog mit einem Ruck die Jacke von seinen Schultern. Sie tastete nach seinen Knöpfen, aber er umschloss mit beiden Händen ihr Gesicht und zog es zu sich herunter. Sie grub ihre Zähne in seine Lippen.

»Au«, fluchte er. »Verdammt, das tut ...« Er brach ab und presste einen Finger gegen die verletzte Lippe. Er sah sie an. Es war sehr still. »Warte«, sagte er. Sie sah zu, wie er einen Knopf nach dem anderen öffnete, wie er das Seidenhemd abstreifte und achtlos auf den Boden fallen ließ. Sie folgte jeder seiner Bewegungen. Der Bewegung seiner Schultern, dem Heben und Senken seines Schlüsselbeins, der Art, wie er den Arm hob, den Muskeln seiner Brust. Es waren Jakobs Bewegungen, es war Jakobs Haut unter ihrer Hand. Er berührte sacht ihren Arm. »Du zitterst«, sagte er.

Sie schloss die Augen. »Du verfluchtes Schwein«, sagte sie, schob seine Hand von ihrer Brust und setzte sich rittlings auf seinen Schoß.

Sonst hatte er nach Schweiß gerochen, nach Wald, nach Sonne. Nun roch er nach Schloss, nach Champagner, nach Parfum.

»Du verfluchtes Schwein«, stieß sie heftiger hervor. Sie packte die Locken an seinem Hinterkopf, bog seinen Kopf zurück und küsste ihn. Sie schlug nach seiner Hand, die noch einmal versuchte, sie zu liebkosen. Sie taumelten auf dem wackligen Schemel. Sie spürte eine unbändige Kraft in sich, genährt von Wut und Enttäuschung. Sie glitt von seinem Schoß, nahm seine Hand, zog ihn zum Strohlager, zog ihn zu sich herunter.

»Nein«, sagte er. »Nein, Lise, so ...« Sie verschloss die Augen vor seinem verwirrten Blick.

Sie bohrte ihre Finger in seinen Rücken. Anstelle zorniger Worte schleuderte sie ihm ihren Körper entgegen, rieb ihn an seinem, bis die Wärme von ihrem Schoß in alle ihre Glieder stieg. Sie schlang ihre Arme um seinen Hals, zog ihn näher an sich heran, in sich hinein.

»Jakob.« Der vertraute Rhythmus seines Atems bedeckte ihr Gesicht.

Sie presste ihr Gesicht an seine Schläfe. »Jakob.«

Als er sich von ihr löste, war seine Stirn feucht von Schweiß und ihr Gesicht nass von Tränen.

Er wischte mit seinem Handrücken die Tränen von ihrer Wange.

»Lise, Mädchen ...«

»Du hast mich belogen«, sagte sie.

Er schüttelte stumm den Kopf.

Sie strich die feuchten Locken aus seiner Stirn, sie befühlte den schmalen Ring in seinem Ohr, sie berührte sacht das Brandmal auf seinem Rücken, so als wunderte sie sich darüber, dass es nicht ebenso verschwunden war wie sein Bart.

Stumm gab er sich den sanften Berührungen ihrer Finger hin.

Sie zog vorsichtig die Linie seines Mundes nach. »Jakob, ich ...« Sie hielt inne. »Du heißt nicht einmal Jakob«, erkannte sie verzweifelt.

»Doch.« Er drehte den Kopf zur Seite, um sie nicht ansehen zu müssen. »Philipp II. Jakob, König von Reupen, Herzog von Erlenberg und Erlenfeld.«

Die Kühle der Nacht berührte sie. Elisabeth fröstelte und zog die grobe Decke über sich. »Philipp«, sagte er und verschränkte die Arme unter seinem Kopf, »nach meinem Vater und Jakob nach dem Bruder meiner Mutter.« Sie zog die Decke noch fester um sich, ihr war ganz klamm zumute, sie vermochte sich nicht zu regen.

»Lise?« Sie konnte ihn nicht einmal ansehen. »Elisabeth!« Er drehte sich zu ihr. »So sag doch was.« Er rieb seine Stirn an ihrem Haar. »Ich hab das doch so nicht gewollt. Nicht so.«

»Wie sonst?«, fragte sie scharf.

Er lehnte sich zurück und seufzte.

»Du hast mich getäuscht«, sagte sie. »Du hast mir Hirse

gebracht und trockenes Brot, und ich gab mir Mühe, damit auszukommen. Du hingegen hast dich im Schloss an die gedeckte Tafel gesetzt.«

»Nein.«

»Ich mühte mich, ein paar Heller zu verdienen, und du hast nur in eine deiner Truhen gelangt, um die Münzen hervorzuholen, von denen du behauptetest, du hättest sie durch Musizieren verdient.«

»Nein!«

»Nein?«

Er richtete sich auf. Er schüttelte den Kopf. »Nein«, wiederholte er, »so war's nicht. Nichts hab ich aus dem Schloss geholt. Ich hab mir alles selbst verdient. Seit ich damals im Pferdestall deines Vaters geschlafen hab, bin ich nicht mehr zurückgegangen. Doch, ein Mal«, fiel es ihm ein, »als ich in die Residenz musste, König spielen, weil meine Anwesenheit ›unerlässlich‹ war … Und vor dem Ball noch ein zweites Mal. Aber sonst … Sie haben gedacht, ich sei auf Reisen … Niemals sonst, ich schwör's dir. Nur mit Andreas hab ich mich mal getroffen.« Er blickte in ihre zweifelnden Augen. »So glaub mir doch, verdammt noch mal, ich hab nicht gespielt. Ich kann das überhaupt nicht. Ich hab dich nie belogen, ich hab nur …« Er senkte den Kopf. »Nur hier und dort etwas verschwiegen.«

»Nur?« Sie konnte nicht umhin zu lachen, obwohl ihr keineswegs danach zumute war. »Nur ein wenig verschwiegen, dass du regierst über dieses Land? Nur, dass du dieser König bist, über welchen du dich als Spielmann so ›ehrlich‹ ereifertest? Und du«, sie presste ihre Hand auf die Stirn, »du hast den Befehl erteilt, das Gerüst am Seitenflügel abzubauen, nur des Festes wegen, und zuvor ist bereits ein Mann zu Tode gekommen …«

»Den Befehl habe ich nicht gegeben«, widersprach er mit einer Härte, die sie erschreckte. »Und auch nicht, dass die Bauern während der Ernte beim Bauen helfen sollen. Das hat der …« Er seufzte. »Ist ja gleich, wer's befohlen hat. Es ist in meinem Namen geschehen, so wie sie alles in meinem Namen befehlen, und alles kann ich nicht überprüfen. Das kann ein einziger Mensch nicht.« Er sah sie an. »Oder ist es mein Unvermögen, dass es mir nicht gelingt?« Sie sah, wie die Falte zwischen seinen Brauen sich vertiefte. Sie legte ihren Finger darauf, doch die Falte glättete sich davon nicht. »Und alles, was sie verfügt haben in der Zeit, in der ich hier bei dir war und versucht hab, wie ein fahrender Musikant zu leben, all das, was davon Unrecht war, all das ist letztendlich meine Schuld.« Die Qual in seiner Stimme erinnerte sie an seine Schreie in den Nächten, in denen er unruhig schlief. Alle Vorwürfe erstarben auf ihren Lippen.

»Du hast bei Hofe gelebt Tag für Tag und zur gleichen Zeit an all das geglaubt, wovon du mir erzähltest?«, fragte sie leise. »Du hast Verfügungen unterzeichnet und warst doch überzeugt, dass kein Fürst das Recht hat, über die Menschen zu bestimmen? Du hast ein Diner mit fünf Gängen eingenommen und gewusst, du lebst von der Arbeit derer, die nichts besitzen?«

Wie groß ist doch die Zahl aller Edelleute – mit einem Mal kam ihr der Satz in den Sinn, den sie im Gemach des Königs gelesen hatte –, die selber müßig wie die Drohnen von anderer Leute Arbeit leben.

»Es sind deine Bücher«, erkannte sie verwundert. »Es sind alles deine Bücher gewesen, die ich mit Andreas besah.«

»Ja.«

»Wovon handeln sie?«

»Von dem Recht des Volkes, über sich selbst zu bestimmen.«

»Du kannst lesen und schreiben«, stellte sie fest.

Er lachte auf. »Ja«, sagte er. »Ja, wahrhaftig, wenn auch nicht sonderlich gut.« So viele Fragen schwirrten in ihrem Kopf, so viele Dinge, die der Klärung bedurften. »Und der Ring?«, fragte sie. »Hast du nur dieser unwürdigen Komödie wegen dein Ohr durchstechen lassen?«

Sein Daumen und sein Zeigefinger spielten mit dem goldenen Schmuck. »Der Ring«, sinnierte er. »Den hab ich schon lang. Von einem Schiffer damals in Holland.«

»Du warst wirklich in Holland?«

»Ja.«

»Aber ... aber in Holland ... Was hast du dort getan als Prinz von Reupen?«

»Studiert.« Er zeichnete mit dem Finger Kreise auf die graue Decke. Sie starrte ihn an. »Du?«

Er lächelte kläglich. »Nun ja ...«

»Du?«, wiederholte sie entgeistert. »Du meinst ... an der Universität von Leyden? Der meistgerühmten in ganz Europa?« Sie warf den Kopf in den Nacken. »Aber Jakob, du? Der du sagst, Bücher und Gelehrsamkeit taugen nichts?«

»Ebendas habe ich dort vornehmlich gelernt. Kein Jahr hab ich's ausgehalten in den luftleeren Sälen. Mit diesen alten Männern, die in ihrem Leben vielleicht noch nie in einer Schenke gesessen haben und nie über den Fischmarkt gegangen sind, immer nur die Nase in ihren Büchern. Ich für meinen Teil war oft in den Schenken und auf dem Fischmarkt. Und dann bin ich übers Land gegangen und dorthin, wo die Schiffe aus Übersee lagen ... Und meine Herren Mitstudenten aus den besten Häusern des Abendlandes, reich, verwöhnt, die haben noch weniger zugehört, als ich es tat. Die haben sich meistens im Fechten geübt und im Tanzen. Nun ja, da gab es auch andere, die haben mir aus verbotenen Schriften vorgelesen. Vom Recht, vom Gewissen, von der Wahrheit, all so was ...«

»Aber Jakob, welches Studium hattest du dort begonnen?«

»Einerlei.«

»Doch, bitte, so sag es mir doch.«

»Philosophie«, murmelte er. Sie presste die Hand auf ihren Mund. Ausgerechnet! Er zuckte mit den Schultern.

»Du weißt sehr wohl, wer Monsieur Descartes ist, nicht wahr?«

»Ja.«

Sie blickte auf die Kerze. Sie war ein gutes Stück heruntergebrannt, das Wachs rann an ihrer Seite entlang und wurde fest.

»Der Alte«, sagte Jakob, »wollt', dass ich mich mit Mathematik befasse und noch ein wenig mit Geographie, damit ich mal in seiner Armee eine führende Position einnehmen könnte. Aber was scherte mich seine Armee?«

»Der Alte?«

»Der alte Philipp. Der Erste. Der König, der alte Schurke.«

Sie erinnerte sich. Mein Vater, hatte er einmal gesagt, ist ein wohlhabender Gauner gewesen. »Ich wollt' das doch gar nicht mit der Universität. Ich wollt' nur vom Hof weg. Nur weg da. Und Holland schien dem Alten eine gute Lösung für einen unerwünschten Prinzen.«

»Warum wolltest du fort?«, fragte sie verwundert. Niemals in ihrem Leben hatte sie die Regung verspürt, den Hof ihres eigenen Vaters für längere Zeit zu verlassen.

»Ich war der Bastard, Mädchen, begreifst du das nicht? Was meinst du, wie sie mich angesehen haben, einen vierzehnjährigen Bauernsohn, der plötzlich aus dem abgelegensten Dorf eines noch weiter abgelegenen Landes mitten in der Residenz des großartigen Reupen stand? Sie haben gelacht darüber, wie ich red, wie ich mich beweg, wie ich ess. Über alles. Und insgeheim tun sie's heut' noch. Nur öffentlich wagen sie's nicht mehr.«

Elisabeth wurde rot und biss sich auf den kleinen Finger. »Aber während meines Balles haben sie es wieder getan, n'est-ce pas?«

Sie sahen einander an. Und Elisabeth sah plötzlich wieder den jungen König, der ein wenig abseits von den anderen Herren gestanden hatte, an die Säule gelehnt. Und sie hatte ihn mit ihren Pferdeknechten verglichen. »Hätte ich von alledem gewusst …« Sie senkte den Kopf. »Du hättest mich dafür nicht hassen müssen. Ich war nur töricht damals und unglücklich.«

»Ich weiß es jetzt.« Er schob seine Hand um ihre Wange

und küsste sie auf die Stirn. »Ich war es, der unentwegt Fehler gemacht hat, nicht du. Aber gehasst, nein, Mädchen, gehasst hab ich dich doch nicht. Mag sein, ich wollt' an dir auch andere strafen. Ich wollt' in dir die Hofdame sehen, die ich aus ihrer Kutsche in den Schlamm zerre. Aber dann ... Du warst nicht so, wie ich mir gedacht hab, dass du bist. Vielleicht hab ich's gleich gemerkt und wollt's nur nicht wahrhaben.« Er schloss seine Arme um sie und drückte sie fest an sich. Sie grub ihr Gesicht in seine Brust, so wie sie es immer getan hatte. »Und es ist nichts erfunden? Die Großeltern nicht, das Dorf?«

»Nichts.« Er schüttelte den Kopf. »Ich bin in dem Dorf groß geworden. Ich hab überhaupt nicht gewusst, wer mein Vater war, bis er mich dann hat holen lassen. Und das war erst, als ihm sein Thronfolger, mein ältester Bruder, gestorben ist. Da hat er sich auf mich besonnen, vorher hat er sich nicht darum geschert, ob ich lebe oder sterbe. Er hatte mich wegschaffen lassen, weil ich ihn an meine treulose Mutter erinnert hab, und keiner, aber auch keiner wusste, wo der kleine Prinz geblieben ist. Nur der Mann, der mich weggebracht und später wiedergeholt hat.«

»Bist du je wieder in dein Dorf zurückgekehrt?«

»Ja, natürlich. Gleich nach Holland. Nach Reupen wollt' ich nicht mehr. Ich wollt' halt heim. Auch wegen dem Mädchen, von dem ich dir erzählt hab. Aber das mit dem Mädchen ...« Er zuckte mit den Schultern. »Danach bin ich wieder nach Reupen zurück. Aber da hatte sich nichts geändert. Mein zweiter Bruder, der neue Thronfolger, der war ein verfluchter Heimlichtuer und Intrigant. Und dass der Alte anfing, mich zu mögen, das konnte er nicht mit ansehen. Und so war'n sie alle. Verlogen, hinterhältig, eingebildet. Der Alte noch am wenigsten. Einerlei, es hielt mich dort nichts. Irgendwann bin ich dann auf und davon und wollte nie mehr wieder zurückkommen.«

»Wie deine Mutter?« Er zuckte zusammen. Ich hätte das

nicht sagen dürfen, dachte sie sofort, sicher wird er nun schweigen. Aber dennoch ... Hätte ich nicht von Anfang an hartnäckiger fragen sollen?

»Ist sie noch am Leben?«, fragte sie vorsichtig.

»Was schert mich das?«

»Was um alles in der Welt wirfst du ihr vor? Du musst sie doch am besten verstehen. Sie muss sich ebenso deplatziert gefühlt haben wie du.«

»Und darum ist sie mit dem Oberstallmeister auf und davon?«

»Nun ... Nun, vielleicht ...«

»Ohne mich.«

Sie sah ihn an. Das war es also. Mehr als alles andere. Sie dachte an Frau Gertruds Worte. Die junge Königin hatte das Kind selbst an die Brust genommen, es ungern aus den Händen gegeben. Das alles klang nicht nach einer Frau, die ihres Kindes überdrüssig geworden wäre. »Vielleicht war es ihr nicht möglich, dich mitzunehmen? Vielleicht auch dachte sie, du hast es besser am Hofe von Reupen?«

Er schnaubte verächtlich.

»Weißt du, wohin sie gegangen ist?«

Er schüttelte den Kopf.

»Du solltest es herausfinden.«

»Hör auf damit«, erwiderte er schroff.

»Du wirst mir also nicht von ihr erzählen?«

»Was gibt's schon zu erzählen? Sie hieß Adelheid wie meine Großmutter. Adelheid Megerin. Und schön war sie. Und sie hat sich die Männer immer zu ihrem Vorteil ausgesucht.« Elisabeth fragte nicht weiter. Die Bruchstücke seiner eigenen Andeutungen über das Leben seiner Mutter fügten sich ohnehin sehr passend zu dem Küchenklatsch Frau Gertruds über die unglückliche Königin. Warum nur war sie nicht schon längst darauf gekommen?

Ein Wind hob an. Sie lauschte auf das Rauschen der Blätter. Die Kerze auf dem Tisch flackerte leicht. »Bist du müde?«, fragte Jakob.

Sie hatte sich aufgesetzt. Eingehüllt in die Decke, lehnte sie mit dem Rücken an die kühle Wand. »Ich weiß nicht.« Sie zog die Knie an und umfasste sie mit ihren Armen. »Ich ... ich begreife einfach nicht, was heute Abend geschehen ist. Mir ist, als wäre nichts von alledem wirklich.«

»Du bist müde«, sagte er sanft. »Wir reden morgen weiter. Schlaf zuerst.«

Sie schüttelte heftig den Kopf. »Es gibt noch so viel, das ich fragen muss. Noch viel zu viel ...« Sie sah ihn an. »Mein Vater ... Jakob, was weiß mein Vater von alledem?«

»Nichts«, versicherte er. »Überhaupt nichts.«

»Das bedeutet, er hat mich wirklich dem erstbesten Bettler mitgegeben«, sagte sie langsam. »Es war ihm einerlei, was mit mir geschieht, solange nur sein Gesicht gewahrt bliebe.«

Jakob schüttelte den Kopf. »So nun auch nicht. Ich hab in Erfahrung gebracht, dass er dich hat suchen lassen. Es war wohl so, wie ich mir's gedacht hab, dass er dich vor der Nacht noch hat zurückbringen wollen. Aber wir hatten Glück, Mädchen«, grinste er, »wir sind ihm entwischt.« Er neigte den Kopf. »Natürlich, teils hab ich damit gerechnet, dass wir nicht weit kommen. Aber wir sind sehr weit gekommen, nicht wahr?«

»Und er weiß bis heute nicht, was aus mir geworden ist?«

Er muss sich unsägliche Sorgen machen, dachte sie. Aber er hat es sich andererseits auch selbst zuzuschreiben. »Ließest du ihm zumindest eine Nachricht zukommen?«

Er zuckte mit den Schultern. »Ich hab dran gedacht, aber wenn's in die falschen Hände geraten wär? Ich wollt', dass niemand davon weiß. Absolut niemand.«

»Das heißt ... du hast das alles ganz alleine ...«

»Andreas noch. Andreas hat's gewusst. Es war letztendlich auch seine Idee. So ein Gedanke in einer betrunkenen Nacht. Als ich dann Ernst gemacht hab, wollt' er mir abraten. Und als er dich kennen gelernt hat, da hat er mir bös zugesetzt, dass ich aufhören soll damit.« Er lächelte. »Du liegst ihm sehr am Herzen ...«

»Aber Jakob«, sie legte ihre Hand auf seinen Arm, »warum in aller Welt hast du das nur getan? Was hattest du mit mir vor?«

Er antwortete nicht.

»Jakob«, sagte sie leise, »ich weiß, es ging dir darum, dich zu rächen. Und mich zu erniedrigen und zu beschämen, aber ... All das nur meiner törichten Worte wegen? Ich weiß, ich hatte dich gekränkt, aber so viel Mühe, so viel Wut?« Sie dachte an die Nacht im Schober, Röte überzog ihr Gesicht.

»Nein.« Er senkte seinen Blick. »Das war's doch gar nicht. Zumindest nicht nur das. Es war ...« Er hob seinen Kopf und sah sie an. »Dich wollt' ich. Dich wollt' ich von dem Moment an, als ich mit dir draußen in eurem Hof gestanden hab. Es war ein merkwürdiges Gefühl, es hat mir keine Ruhe gelassen. Und was hätt' ich denn tun sollen? Dich deinem Vater abkaufen? Und du hättest in deinen Gemächern neben mir hergelebt und mich verachtet? Und hättest mich ein oder zwei Mal in dein Bett lassen müssen und mich für eine halbe Stunde ertragen?«

Sie schluckte.

»Aber es war nicht mal nur deinetwegen. Es war ...« Seine Augen blitzten auf. »Allein der Gedanke! Sehen, ob es mir wirklich gelingt, dich ganz alleine auf mich gestellt aus deinem Schloss herauszuholen. Und überhaupt, sehen, ob ich's noch kann. Ob ich noch rauskann aus diesen Rüschengewändern, raus aus den Mauern. Mit der Kutsche aus dem Schloss, vermeintlich auf Reisen. In den Süden, haben wir gesagt. Und dann haben wir die Kutsche zurückgeschickt und Andreas und ich sind zu Pferd weiter. Und ich hab die Kleider getauscht. Ich wollt' nur einmal noch fühlen, wie es ist. Aber dann, als ich mit dir unterwegs war und wieder in der Stadt nach all der Zeit und als ich hier in der Hütte Feuer gemacht hab ... Es war auf einmal mehr als nur ein Spiel, ein Ausflug, ein Versuch. Es ist mir verdammt ernst geworden. Ich hatte doch gar nicht vorgehabt, so lange mit dir in der Hütte zu bleiben. Aber dann ... Ich bin nicht zurück ins Schloss, ich habe wieder auf Wirtshausbänken geschlafen und aufgespielt, so wie früher. Und je länger es ging, desto wirklicher wurde es. Und desto schwerer ist's mir gefallen, dir die Wahrheit zu sagen. Ich hatte solche Angst, dass dann alles vorbei sein würde. Und einmal, als ich dachte, ich muss es dir einfach sagen, da hast du mir zu verstehen gegeben, dass du Menschen verabscheust, die lügen. Da wusst' ich gar nicht mehr weiter. Und ich wollt' doch, dass es noch ein wenig länger geht. Wenigstens den Sommer wollt' ich noch haben. Diesen einen, letzten Sommer. Und am Ende hab ich geglaubt, wir müssten nie mehr an den Hof zurück, wir könnten einfach fortgehn.«

»Wohin?«

Er zuckte mit den Schultern. »Das wusst' ich doch auch nicht. Manchmal dacht' ich, nach Holland vielleicht. Aber dann hab ich gemerkt, das geht mit dir nicht. Dir könnte was zustoßen, du könntest krank werden, du müsstest schwer arbeiten.« Er schluckte. »Schon als dieser Kerl dich überfallen hat, da dacht' ich, jetzt ist's vorbei. Ich hab Andreas beauftragt, den Waldweg besser kontrollieren zu lassen, ich hab versucht, so oft wie möglich in deiner Nähe zu sein ... Und doch war es leichtsinnig ...« Er wandte schuldbewusst den Kopf ab. »Aber dann wusste ich, was ich tun musste. Ich musste nur noch den Ball hinter mich bringen und dann mit dir losziehen in mein Dorf. Und dort hätte ich dir alles in Ruhe erklären können. Aber es ist anders gekommen.«

Ihr Herz klopfte heftig. Nach und nach wurde ihr die Tragweite der Situation bewusst. Nichts war verloren. Sie konnte ihren Vater wiedersehen, Eleonore, Anna, ihre Bücher ...

Da kam ihr etwas Wichtigeres in den Sinn. »Johanna!«,

rief sie. Sie packte Jakob am Arm. »Was ist aus Johanna und Sophie geworden? Wohin hat Andreas sie gebracht?«

»Sie sind sicher aufgehoben. Andreas hat sie zu einem seiner Brüder gebracht und der bringt sie weiter zu … nun ja, erst mal zu meinen Großeltern. Ich kenn sonst keinen sicheren Ort.« Er lächelte ein wenig. »Jetzt denken sie im Dorf bestimmt, da muss die arme Frau auch noch die sitzen gelassenen Weiber und die Bankerte von ihrem Tagedieb von Enkel aufnehmen.«

Sie schwiegen. Für eine Weile hing ein jeder seinen Gedanken nach. Johanna ist in Sicherheit, dachte Elisabeth. Und Eleonore wartet irgendwo auf mich. Mein Vater ist ein Schuft und Jakob …

Ich könnte zurückgehen zum Ball an der Seite des Königs von Reupen und mir den Bauch voll schlagen mit den köstlichen Speisen. Aber nie mehr hierher in die Hütte zurückkehren.

Im Buschwerk draußen raschelte ein Tier. Elisabeth fasste nach Jakobs Hand. »Jakob?«

»Ja?«

»Ich denke, ich kann nicht schlafen.«

Er nickte.

»Mach uns ein wenig Feuer«, bat sie. »Mach einen Aufguss aus deinen Kräutern. Lass uns sehen, ob noch etwas zu essen da ist.« Er fasste nach seinem Hemd und seiner Hose. Er schlüpfte in die Hose, doch ehe er das Hemd über den Rücken ziehen konnte, legte Elisabeth ihre Hand auf seine Schulter.

»Das Brandmal?«, fragte sie. »Wie kommt ein Prinz zu einem Brandmal?«

»Ich hab dir ja gesagt, dass ich nach Holland an den Hof zurückgegangen bin für eine Weile. Aber dann bin ich auf und davon. Ich hatte wirklich gedacht, ich hätte den Hof von Reupen für immer verlassen. Ich hab mich jahrelang herumgetrieben, Mädchen. Überall und nirgends. Und dabei haben sie mich aufgegriffen wie jeden anderen Herumtreiber auch. Und mir das glühende Eisen in die Haut gepresst. Da hab ich's mit der Angst gekriegt, das kannst du glauben. Vielleicht war ich gar nicht der mutige Musikant, für den ich mich gehalten hab. Ich war nur ein Prinz, der vor sich selbst geflohen ist, der nicht wusste, wo er eigentlich hingehört. Der ein wenig von dem, ein wenig von jenem getrieben hat, aber immer mit dem Wissen, es steht am Hof seines Vaters ein weiches Bett für ihn bereit.«

Er knöpfte das Hemd zu. Elisabeth suchte ihre Sachen zusammen, das Hemd, den Rock. »Es ist alles noch dort«, murmelte sie verärgert, während sie sich anzog. »Mein Mantel, meine Schuhe.«

Jakob öffnete ihr Bündel und holte das Feuerzeug wieder heraus. »Dann hab ich gehört«, erzählte er weiter, »dass mein Bruder einen Reitunfall hatte und kurz darauf gestorben ist und dass mein Vater mich hat suchen lassen, weil ich zum Thronfolger aufgerückt war. Und krank war er auch noch, der alte Philipp. Also bin ich zurück nach Reupen gegangen. Vielleicht hatte ich auch die Nase voll vom freien Leben.«

Elisabeth entzündete an der verlöschenden Kerze eine neue. Jakob nahm die Axt und schlug dünne Späne von einem klobigen Stück Holz. Elisabeth kniete sich an seine Seite vor die Feuerstelle und schichtete die Späne mit flinken Fingern unter dem Topf auf. Stumm beschäftigten sie sich eine gute Weile mit dem Feuer, bis endlich der Funke übersprang und eine kleine Flamme aufzüngelte.

»Es ist nicht mehr viel Holz da«, sagte sie. Er schwieg. Sie blickte auf die Locken in seiner Stirn, die sich durch den Schweiß wieder kräuselten, als hätten sie nie ein Brenneisen gekannt. Sie blickte auf seine gesenkten Wimpern. Sie musste ihn nicht fragen; sie wusste, dass er gerade dachte: Für die eine Nacht wird das Holz noch reichen.

Eine Nacht noch. Und dann? Ihr wurde kalt. Sie streckte die Hände über den jungen Flammen aus.

Jakob goss das wenige Wasser aus dem Eimer in den

Topf. Elisabeth nahm das eingewickelte Brot und den Käse aus dem Regal. Mit Bedauern dachte sie an die köstlichen Pilzstücke und an die Mandeln und Rosinen, die sie den Festgästen vor die Füße geworfen hatte. »Es wird noch dauern mit dem Wasser«, sagte er. »Hätt' ich jetzt meinen Beutel, könnt' ich dir einen Schluck Branntwein anbieten.« Sie lächelte. Sie setzte sich an den Tisch und beobachtete seine Hände, wie sie geschickt die Schnur des Kräutersäckchens öffneten und getrocknete Kräuter in die hölzernen Becher gaben. Vielleicht liebte sie am allermeisten seine Hände. Mehr noch als seine schwermütigen Augen. Und mit einem Mal wünschte sie glühend, noch ein letztes Mal an seiner Seite sitzen und zusehen zu dürfen, wie er einen Korb flocht oder wie er die Saiten der ... »Jakob«, fragte sie erschrocken, »deine Laute?«

Sein Mundwinkel zuckte leicht. »In des Königs Gemach.« Er zog den Schemel unter dem Tisch hervor und setzte sich zu ihr. Das Feuer flackerte, es wurde spürbar warm in der Hütte.

»Erzähle weiter«, forderte sie ihn auf. »Wie ist es dir ergangen als König an deinem eigenen Hofe?«

»Ganz am Anfang? Blendend.« Er grinste. »Wahrhaftig blendend. Als Erstes habe ich mir Andreas an den Hof geholt, zu zweit ist's leichter. Andreas ist morgens in die Küche gegangen und hat gesagt: Heut gibt's keine französische Suppe, heut gibt's Gerstengrütze. Und da mussten sie dann alle sitzen, die Schranzen, und Grütze löffeln. Wir haben gesoffen, gefressen und das angenehme Leben genossen. Wir sind ausgeritten, baden gegangen oder zwei Tage einfach verschwunden. Wir haben gespottet und die ganze Bande vor den Kopf gestoßen. Und die Weiber, die mich früher wie Dreck behandelt hatten, die standen jeden Abend vor meinem Schlafzimmer und ich hab sie reingelassen.«

Elisabeth schluckte. »Auch die Gräfin?«

»Nun ja ...« Er erhob sich. »Ich glaub, das Wasser ist

heiß genug.« Er goss das kochende Wasser in die Becher. Sie konnte ihren Blick nicht von ihm wenden. Der König von Reupen mit glatt rasiertem Kinn, mit schulterlangem Haar, in seidenem Hemd, mit dem leichten Geruch nach Parfum, hier in der morschen Waldhütte, und niemand hatte es bemerkt.

»Wie ist es dir gelungen, vor mir in der Hütte zu sein?«, fiel ihm plötzlich ein.

»Mit dem Pferd. Ich hab ihm einen Klaps gegeben und es wieder zurückgejagt. Es findet von überall her in den Stall.«

»War es dasselbe, mit dem du die Töpfe ...« Er nickte. »Wie kommst du nun zurück? Zu Fuß doch nicht?«

»Zurück?«

»Nun, zu deinen Gästen. Sie werden sich wundern ...«

»Zum Teufel mit ihnen! Sollen sie denken, der König hat sich amüsiert mit der reizenden Küchenmagd!«

»Du ...« Ihre Stimme wurde so leise, dass er sie kaum verstand. »Du bleibst also noch? Du gehst erst morgen in der Frühe?«

»Ich?«

»Ja, natürlich, du wirst doch sicherlich ...«

»Wir«, sagte er. »Wir gehen.«

»Wir?«

»Mädchen«, sagte er, »du bist die Königin von Reupen.«

Sie saß stumm. Sie legte ihre Hände auf den Tisch und starrte lange auf die raue Haut und die eingerissenen Fingernägel. Langsam wanderten ihre Gedanken zurück zu der kurzen Hochzeitszeremonie in der Hofkapelle ihres Vaters. »Begehrst du den Jakob Meger ...« Ja, dachte sie, das tue ich. Über alle Maßen. »Du meinst, die Vermählung war gültig? Obwohl du doch nicht mit deinem rechtmäßigen Namen ...«

»Ich bin Jakob Meger.«

»Du warst es«, erinnerte sie ihn leise.

»Du hast Recht«, seufzte er, »ich war es.« Jakob reichte

ihr den Becher. Sie wärmte ihre kühlen Hände daran, atmete tief den Geruch der Kräuter ein und versank in ein halbdunkles Nichts. Halbdunkel wie die Winkel der Hütte. Ein Nichts, so wie der folgende Morgen ein Nichts war in ihrer Vorstellungskraft. Sie nippte an dem heißen Aufguss. Er rann angenehm durch ihre Kehle und wärmte ihren Körper von innen.

»Oder auch«, überlegte Jakob, »vielleicht bin ich es in den letzten Monaten wieder geworden. Ich bin mit dir die Straße entlanggezogen, hab mit den Zigeunern gegessen, hab die Stadt wiedergesehen, die Schenke, die Judengasse. Es war, als hätte ich diese letzten beiden Jahre bei Hofe einfach abgelegt und die Jahre davor endlich begriffen. Ich hab wieder Feuer gemacht, gekocht, Körbe geflochten und …« Er lächelte und fasste nach ihrem Haar. »… und Zöpfe. Das ist das richtige Leben. Begreifst du das? Es ist das Leben, das jeder führen würde, wenn's richtig zuging auf der Welt. Gerecht. Ohne dass der eine dem anderen schadet. Ohne falsche Zugeständnisse, ohne fade Entscheidungen. Manchmal hab ich wirklich gedacht, wir könnten's jetzt gleich haben. Wir könnten einfach hier weggehn, die Straße entlangziehn und alles hinter uns lassen.«

»Für wie lange?«, fragte sie leise.

Er seufzte noch einmal und schob den Becher beiseite. Dann sah er nach dem glimmenden Feuer. »Lass uns schlafen.« Sie nickte. Er blies die Kerze aus.

Trotz des Feuers war ihr kalt. Sie rückte dicht an Jakob heran. »Jakob?«

»Ja?«

»Wirst du mich sogleich in die Residenz bringen oder zuerst hinüber in das Schloss?«

»Schhh.« Er zog sie mitsamt der Decke fester an sich. »Wir werden morgen in der Frühe aufstehen und davongehen, und ich bringe dich ganz aus Reupen heraus. Der König kommt nicht wieder zurück, sie werden ihn vergessen. In der Nacht mag es kühl sein, aber bei Tag scheint noch die Sonne, und es lässt sich gut wandern jetzt, wenn die Äpfel reif werden und die Scheunen sich füllen.« Es war Jakobs Stimme, die Stimme eines Gauklers. Sie musste nur die Augen schließen und sich seiner ruhigen, weichen Stimme hingeben. »Wir werden bei mir zu Hause sein, ehe es kalt wird, wir werden ein Dach über dem Kopf haben und ein warmes Lager. Die Leut im Dorf werden glotzen, aber sie werden sich an dich gewöhnen. Wir haben eine Kuh und ein Schwein und Hühner. Wir werden arbeiten müssen, aber nicht hungern. Ich kann noch eine Kammer anbauen an die Hütte ...«

»Und ich? Was werde ich tun?«

»Spinnen. Das konntest du doch ganz ordentlich für den Anfang. Und im Frühjahr die Körbe von meinem Großvater auf dem Markt verkaufen. Und im Winter, da könntest du den Kindern im Dorf das Schreiben beibringen, und vielleicht ... vielleicht könnten auch wir, ich meine ... zumindest ein Kind ...«

Sie schmiegte sich in seinen Arm. »Würden wir Bienen haben?«, murmelte sie. »Und einen Kastanienbaum?«

»Aber dort steht schon einer«, sagte er.

Sie richtete sich überrascht auf. »Wo?«

»Na, vor dem Haus meiner Großeltern, grad am Weg. Ist das so wichtig?«

Sie legte sich zurück. »Ja.« Plötzlich funkelten ihre Augen. »Könnten wir nicht zurückgehen ins Schloss und König und Königin sein über den Winter? Genug zu essen, ein warmes Plätzchen am Kamin? Und dann«, flüsterte sie in sein Ohr, »dann kommt der Frühling. Dann ziehen alle Vaganten hinaus. Dann verlassen wir dieses Land. Dann holen wir den Frühling nach, den wir in diesem Jahr versäumten. Wir nehmen uns ein Säckchen Münzen mit aus dem Schloss und füllen uns zuvor unseren Beutel mit Wurst und ...« Jakob lachte. »Du lachst?« Sie schob ihren Arm um seine Schultern und ließ seinen Kopf an ihrem Halse ruhen. »Ich weiß doch, dass es dich bedrückt, zurückgehen zu müssen und die Verantwortung zu tragen für Entscheidungen, die du nicht für richtig hältst. Menschen zu töten mit deiner Unterschrift. Steuern zu nehmen von denen, die ohnehin zu wenig haben. Mit Heuchelei und Intrigen und dem strengen Zeremoniell zu leben. Hast du niemals überlegt, dass es dir möglich ist, all das abzulegen und dennoch kein schweres Leben führen zu müssen?«

»Wie meinst du das?«

»Du gehst morgen früh zurück und führst die Verhandlungen mit dem Herzog zu Ende. Damit er seine Soldaten abzieht von den Grenzen dieses Landes. Nach dem Fest rufst du deinen Rat zusammen und gibst bekannt, dass du von deinem Amte zurücktrittst.«

»Mädchen«, er schüttelte den Kopf. »Ich bin nicht der Erste Minister. Ich bin König Philipp. Ich kann nicht so mir nichts ...«

»Nein«, sagte sie fest, »lass mich reden. Erzähle mir jetzt nichts von Erbe und Würde und Pflicht. Das Gerede kenne ich zur Genüge. Es mag selten vorkommen, dennoch wärst du nicht der erste Herrscher, der seinen Thron verlässt.«

»Und dann?«

Sie fühlte, wie die Müdigkeit sie endlich ergriff. Es fiel ihr zunehmend schwerer, ihm ihre Gedanken mitzuteilen. »Dann steht dir eine Apanage zu. Ein Anteil am Erbe deines Vaters. Ein Stück Land. Einen kleinen Besitz könntest du haben.« Sie lächelte. »Einen großen würdest du sicher ablehnen. Einerlei, es soll uns genügen. Du hättest deine Musik, ich meine Bücher. Wir müssen nicht in Pracht und Überfluss leben, aber wir würden angenehm leben können, frei von Angst. Wir müssten nicht im Alter als kranke Bettler von Ort zu Ort kriechen. Wir könnten ...«

»Dir ist es ernst«, erkannte er erstaunt.

Sie gähnte tief. »Verzeih«, entschuldigte sie ihr Gähnen. »Jakob ...«

»Du bist müde, Mädchen«, sagte er sanft.

»Überlege es dir gut«, murmelte sie. Sie war erschöpft,

aber ihr war auch wohl. Ihr war, als hätte sie endlich die Lösung gefunden aus all den Wirrungen. Ihr war ohnehin wohler, nun, da sie alles wusste. Wohler als in all den Stunden, in denen sie sich den Kopf zermartert hatte, weil es so vieles gab, was sie an Jakob nicht begriffen hatte. Sie streckte sich ein letztes Mal auf dem festen Stroh aus. Es knisterte unter ihr, wenn sie sich zur Seite rollte. »Jakob?«

»Ja?«

»Spiel mir etwas vor«, sagte sie schläfrig. »Spiel ...«

»Ich hab doch die Laute überhaupt nicht ...« Er brach ab. Er schwieg. Er umfasste sie und presste sein Gesicht in ihr Haar.

Als sie erwachte, stand er bereits fertig angekleidet an der Tür. Er trug die abgewetzten Stulpenstiefel über der eng anliegenden Culotte aus glänzendem blauen Stoff, das Seidenhemd unter dem zerschlissenen dunklen Rock. Er hatte die obere Hälfte der Tür entriegelt und weit geöffnet und blickte hinaus.

Elisabeth grub sich tiefer in das warme Strohlager und genoss es, einen Moment nur zu liegen und zu wissen, dass sie heute die schwarzweißen Küchenfliesen nicht schrubben und den fettigen Topf nicht auswaschen musste. Dann streckte sie sich, rieb sich Augen und Gesicht und richtete sich auf. »Jakob?« Er drehte sich zu ihr um. »Bist du schon lange wach?« – »Ja.« Er ließ sich auf der Kante des Strohsackes nieder. »Ich konnt' einfach nicht mehr schlafen.«

Der Morgen war kühl und hell. Herbst, dachte sie fröstelnd, rückte nahe an ihn heran und schmiegte sich fest an seinen Rücken. Ihr Blick fiel auf die Kräuterbüschel, die zum Trocknen vom Balken herunterhingen. Werden sie nun zerfallen?, überlegte sie. Das Feuer hatte Jakob bereits gelöscht. Der schwarze Topf hing kalt und leer an der Eisenkette vor der rußgeschwärzten Wand. Neben der Tür stand der Eimer. »Ich werde heute kein Wasser holen«, bemerkte sie leise. »Nein«, sagte er. »Elisabeth?«

»Ja?«

»Ich hab drüber nachgedacht. Über das, was du gestern gesagt hast.«

Sie horchte auf.

»Ich ...« Er schüttelte den Kopf. »Es geht nicht. Ich kann nicht als Müßiggänger in einem Schlösschen leben abseits von der Welt.«

Sie schwieg.

Sie hätte es wissen müssen.

»Eine Apanage«, sagte er verächtlich. »Mein Leben lang von deren Geld leben, von deren Gnade. Und es ist nicht mal ihr Geld.«

Sie hob die Hände. »Keiner der Menschen, die auf der Straße leben, keiner von denen in deinen Dörfern, keiner würde es zurückweisen. Niemand. Wem dienst du, wenn du nichts nehmen willst?«

Er zuckte mit den Schultern. »Ich weiß nicht. Ich weiß nur, dass ich's nicht kann.«

Sie atmete tief durch. »Auch ich habe über das nachgedacht, was du gestern sagtest. Und ich, ich kann es ebenfalls nicht.« Er sah sie fragend an. »Ich kann nicht mit dir in dein Dorf gehen und dort als die Frau eines Bauern leben. Und alles vergessen, was ich jemals erlernt habe, was ich gesehen und erfahren habe«, erklärte sie. »Mir würden die Menschen fehlen, die Gedanken, das Neue, das ein jeder Tag bringt. Gespräche, Briefe, Worte. Ich hätte dort nur dich ...« Sie suchte nach Worten. »Ich meine das nun nicht so, wie du es auffassen magst. Ich will damit sagen ...«

»Ich weiß schon.« Er nickte. »Ich dacht's mir.«

Sie senkte den Kopf. Sie bohrte ihren Finger in ein Loch in der Matratze. Stroh quoll heraus.

»Ich könnt' eh nicht gehn«, sagte er. »Es ist ... Wäre ich nicht mehr da, dann würden sie die Salzsteuer sofort erhöhen. So kann ich's noch ein bisschen rauszögern. Und außerdem ist die juristische Fakultät jetzt endlich mit der Verfügung so weit, die diese verfluchten Scheiterhaufen hoffentlich verringern wird. Das Papier würd in der Ecke verrotten, wenn …« Er verbarg das Gesicht in den Händen.

Endlich hob er das Gesicht wieder und sah sie an. »Entweder«, sagte er, »ich werde König sein mit all meiner Kraft oder ich gehe ganz. Und verzichte auf alles. Dazwischen gibt es nichts.« Sie zitterte leicht.

»Und nun?«, fragte sie.

»Andreas wird kommen und uns abholen«, sagte er.

»Andreas? So sicher warst du dir, dass wir heute Morgen zusammen zurückgehen?«

Er schüttelte den Kopf. »Andreas hat gesagt, er wird am Morgen nach uns schauen, wenn ich nicht wiederkomm.« Er schob eine Haarsträhne aus ihrer Stirn. »Wie ich ihn kenne, gibt er uns ein wenig Zeit.« Seine Finger spielten mit ihrem zerzausten Haar. Plötzlich lächelte er, sein dunkles Gesicht wurde hell. Er fasste in seine Rocktasche und holte den grobzinkigen Kamm hervor. »Ich hatt' vergessen, dass ich den noch hab«, sagte er.

Behutsam begann er mit den Spitzen ihrer Haare. Er zog den Kamm vorsichtig durch das dichte Braun, ohne zu zerren, ohne Hast. Ihre Kopfhaut prickelte. Das Gefühl dehnte sich aus. Diesmal wehrte sie sich nicht dagegen. Sie gab sich ganz seinen Händen hin, die ihr Haar am Hinterkopf scheitelten. Sie wagte kaum, sich zu regen. Sie sprachen nicht. Er teilte die eine Hälfte des Haares in drei Strähnen und begann, sie zu einem festen Zopf zu flechten.

45.

»Es war gut gewesen, dich so zu sehen, mein Freund«, stellte Andreas fest. Philipp zog fragend die Brauen hoch. Er saß auf dem Bett, den Rücken an das glatte Kopfende gelehnt, die Beine auf der fein gewebten, wollenen Überdecke ausgestreckt. »Mit der Frau auf dem Strohsack heut Morgen«, lachte Andreas. Doch dann wurde er ernst. »Aber jetzt, jetzt siehst du wieder ganz anders aus.«

Philipp schwieg. Die Kerzen des kleinen Leuchters flackerten im Luftzug. Andreas ging zum Fenster und schloss es, dann setzte er sich zurück auf die Bettkante. »Du hättest jetzt lieber sie hier als mich, was?« Philipp lächelte verzweifelt. »Mach doch«, forderte Andreas ihn auf. »Hol sie. Geh rauf.«

»Es geht doch nicht.« Philipp seufzte. »Hast doch gehört, der Scheffelsberg hat gesagt, wir müssen die ganze Eheschließung noch mal machen. Vor aller Augen sozusagen. Und vorher muss die Schicklichkeit gewahrt bleiben.«

»Pah!« Andreas' Hand klatschte auf Philipps Bein. »Der Scheffelsberg! Der hat in seinem Leben noch bei keiner Frau gelegen, da wett ich!« Philipp seufzte wieder. »Ich versteh's doch«, sagte Andreas. Er langte zur Obstschale hinüber und nahm sich eine kleine, gelbe Birne heraus. »Das ist die Erste von deinen Weibern, die auch mir gefällt.«

»Hör zu ...« Philipp richtete sich auf.

»Keine Angst, ich tu ihr schon nichts. Wie lang willst du das Mädchen überhaupt noch da oben versteckt halten?«

»Der Herzog fährt morgen oder übermorgen ab«, überlegte Philipp. »Also bringen wir sie danach in die Residenz. Und da müssen wir sie dann bis zur Hochzeit bei einer Anstandsdame unterbringen.«

»Die unbescholtene Jungfrau«, grinste Andreas und ließ den Birnenstiel auf den Boden fallen.

Ein Lächeln huschte über Philipps Gesicht. »Und? Munkeln sie schon? In der Küche? Auf dem Hof? In den Gemächern der Gäste?«

»Natürlich, was denkst du?« Andreas nahm sich eine zweite Birne. »Was denkst du, wie getuschelt wird, wenn eine Frauensperson mit Schleier überm Gesicht hurtig, hurtig ins obere Gemach gebracht wird? Und keiner hat sie bisher gesehn außer der Zofe aus der Stadt? Ist's vielleicht eine heimliche Geliebte vom jungen Philipp? Hm?« Philipp lehnte sich wieder zurück. Sein Finger fuhr über die schweren Falten des roten Vorhanges.

Andreas runzelte die Stirn. »Ich glaub, die Elisabeth ist nicht ganz glücklich dabei.«

Philipp starrte in die Flamme der Kerze. »Wer fragt schon danach?«, murmelte er. »Denkst du, ich bin's?«

46.

Elisabeth saß am Fenster und blickte hinaus. Die Sonne zerfloss auf den Hügeln über der Stadt und hob die Linie der Baumwipfel schärfer hervor. Elisabeth stützte den Ellbogen auf das marmorne Fensterbrett, der weite Spitzenbesatz am Ärmel rutschte zurück.

»Mademoiselle.« Elisabeth zuckte zusammen. Sie war so versunken gewesen in den Anblick der Hügel und der fließenden Farben, dass sie das Eintreten des Mädchens überhört hatte. »Das Souper, Mademoiselle.« Das Mädchen stellte ein üppig gefülltes Tablett auf dem Tisch an der Seite des Bettes ab.

»Merci.«

Das Mädchen rückte den mit purpurnem Samt überzogenen Schemel näher an den kleinen Tisch und füllte den Pokal mit hellem Wein. Elisabeth beobachtete die noch etwas ungelenken Bewegungen des Mädchens. Es war schmal, hellhäutig und sehr jung, es erinnerte sie an die kleine Marthe aus der Küche. Es schien aufgeweckt und sehr anstellig. Sie nahm sich vor, das Mädchen zu behalten.

»Hat Mademoiselle noch Wünsche?«

»In einer guten Stunde wirst du mir beim Auskleiden behilflich sein«, wies Elisabeth sie an. »Derweil magst du gehen.« Das Mädchen neigte den Kopf und huschte zur Tür. »Halt, warte!« Elisabeth hielt sie zurück. »Bring mir zuvor eine weitere Schale Konfekt.«

»Ich werde mich eilen, Mademoiselle.«

Auf dem zweiten Brett des Regals, hätte Elisabeth ihr gerne erklärt, gleich hinter der Tür der Speisekammer. Sie seufzte und blickte müßig in den golden umrahmten Spiegel auf dem Frisiertisch. Das Gesicht der jungen Frau in dem verschnörkelten Rahmen war ihr nicht gänzlich unvertraut. Sie erkannte das ovale, klare Gesicht, die Stirn frei gekämmt, umrahmt von den beiden langen, ordentlich gedrehten Locken, das restliche Haar am Hinterkopf zu einem Chinon aufgesteckt. Die kleine Zofe hatte geschickte Hände, aber die neuesten Frisuren waren ihr noch nicht geläufig. Sie würde sich in der Residenz nach jemandem umsehen müssen, der ihr die Haare in der neuen Fasson schnitt und frisierte. Sie würde dann die kinnlangen, an beiden Seiten des Gesichtes weit ausladenden Locken tragen. Ob es ihr stand? Das Mädchen hatte ihr die Brauen dünn gezupft und versucht, die unschickliche Bräune der Haut mit Puder zu überdecken. Ganz war es ihr jedoch nicht gelungen.

Ah, wie angenehm war es gewesen, ausgiebig in dem großen Zuber in wundervoll gewärmtem Wasser zu baden und anschließend in das saubere, kühle Seidenhemd zu schlüpfen! Sich auf dem weichen Bett auszustrecken und genüsslich ein Stück Konfekt nach dem anderen in den Mund zu schieben. Sich Bücher aus der Bibliothek bringen zu lassen, darin zu blättern, an nichts denken, nichts tun zu müssen.

Sie schnupperte an den wohlriechenden Speisen auf dem Tablett. Eine leichte Kräutersuppe, très bien! Außerdem zartes Hühnerfleisch, frischer Salat und gelbe, süße Mirabellen!

Sie ließ sich auf dem Schemel nieder und nahm den Löffel auf. Um ein Haar wäre der Spitzenbesatz der weiten Ärmel in die Suppe gerutscht. Dieses Gewand störte beim Essen. Es war ein einfach geschnittenes Kleid aus einem glatten, ungemusterten Atlasstoff. Nicht schilfgrün, sondern karmesinrot, eine Farbe, die ihr nicht allzu gut zu Gesicht stand, aber sie war froh gewesen, dass sich überhaupt ein Gewand gefunden hatte, das ihr leidlich passte. Auch darum musste sie sich unverzüglich kümmern, sobald sie in der Residenz eintraf. Sie musste einen vorzüglichen Schneider ausfindig machen, der ihr eine komplette Garderobe anfertigte. Sie würde einen Stoff nach dem anderen befühlen, schweren Brokat, leichten Batist, glänzenden Atlas, schimmernde Seide. Für einen Moment schob sich das scharf geschnittene Gesicht des Tuchhändlers in ihre Gedanken und der tiefblaue flandrische Stoff. Sie verscheuchte den Gedanken wieder.

In wenigen Tagen würde sie in die Residenz aufbrechen. Vielleicht schon übermorgen. Der König hatte sich am Nachmittag in ihrem Gemach eingefunden und sie darüber unterrichtet. Er hatte ihre Hand in seine genommen und ihre Fingerspitzen geküsst. Seine Hand war kalt gewesen.

Es klopfte. »Entrez!« Das Mädchen brachte das Konfekt. Für einen Moment hatte Elisabeth gehofft … »Stell die Schale auf dem Frisiertisch ab … Sophie …«

Es fiel ihr schwer, den Namen auszusprechen. Sophie, dachte Elisabeth und sah die kurzen, dunklen Locken des Kindes vor sich, die runden Ärmchen, die wachen, braunen Augen. Sie werden das Haus von Jakobs Großeltern längst erreicht haben.

Jakobs Großeltern. Sie durfte an derartige Dinge nicht mehr denken. Eines Tages würden ihr diese Erlebnisse nicht mehr sein als eine Geschichte, die ihr einst ein Gaukler zur Unterhaltung erzählt hatte.

Ein Gaukler.

Um ein Haar hätte sie das Mädchen gebeten, mit ihr zu essen. Aber das war nicht gut möglich. »Du darfst gehen.« Barbara saß um diese Zeit sicherlich unten in der Gesindeküche und aß die dünne Gemüsesuppe mit Wurst. Sie schubsten und drängten sich und die dürre Lotte lamentierte. Sie könnte Barbara eine Stellung in der Residenz verschaffen. In den oberen Gemächern vielleicht, und dann … Mais non. Sie verwarf den Gedanken. Wozu? Barbara würde so tun, als hätten sie sich nie zuvor gesehen, sie würde knicksen und sie mit »Mademoiselle« anreden und niemals wieder heimlich mit ihr in die Vorratskammer schleichen.

Sie probierte von dem Hühnerfleisch. Es war äußerst zart.

Sie hatte gehofft, Jakob …

Jakob? Oder musste sie ihn am Ende mit »Philipp« anreden von nun an?

Keineswegs. Weder das eine noch das andere. »Monsieur«, würde sie sagen, wenn sie ihm im großen Speisesaal gegenübersaß. »Monsieur, würdet Ihr die Güte haben, mir den Becher zu reichen?« Nein, auch das nicht. Den Becher reicht ihr ein Diener.

Was also würde sie überhaupt zu ihm sagen, wenn sie ihm im Speisesaal gegenübersaß?

In nur einem Monat würde sie sich in die Gepflogenheiten der Residenz hineingefunden haben. Länger durfte sie einfach nicht benötigen, auch wenn sich der glanzvolle Hof zu Reupen beträchtlich von dem schlichten Leben in Meselstein unterschied.

Nur meine Hände, sie strich sich über die Handfläche der linken Hand, die werden länger brauchen, bis sie wieder weiß und zart sind wie zuvor. Ich werde Handschuhe tragen müssen.

Sie blickte wieder in den Spiegel. Sie fischte eine »Mouche« aus einer kleinen Dose, ein Schönheitspflästerchen in Form eines winzigen Sterns, klebte es auf die Wange und löste es wieder ab. Sie hielt sich eine in Gold gefasste Perle an das rechte Ohr. Sie war die ewigen Perlen leid, sie würde sich ein Ohrgehänge aus Smaragden wünschen.

Es dämmerte. Sie sah sich nach einem Feuerzeug um. Doch wo sollte in dem Gemach einer Dame wohl ein Feuerzeug liegen?

Erneut wandte sie sich dem Fenster zu und blickte auf die roten Dächer der Stadt. Dunkelrot jetzt im abnehmenden Licht. Dort zog sich die Stadtmauer um die Häuser. Sie wusste nun, dass sie warm war im Sommer, wenn die Sonne sie den ganzen Morgen beschienen hatte. Sie wusste nun, dass der Sandstein grau war an manchen Stellen, moosbesetzt, Spinnweben in den Ritzen. Sie wusste es nun und konnte es nicht mehr vergessen.

War heute nicht Markttag gewesen auf dem Marktplatz mit dem Brunnen in der Mitte? Sie hatten auf dem Rand des Brunnens gesessen und Brot und Käse gegessen. Die Sonne hatte sich im Wasser gespiegelt.

Mein Gott, sie presste die Hand an die Stirn, ich darf nicht daran denken. Man erinnert sich später meist nur an das Schöne, ich sollte an die Kälte im Frühjahr denken, wie klamm mir meine Hände wurden, wenn ich Wasser aus der Quelle holte. An den teilnahmslosen Blick der Frau, die sie am Pranger angekettet hatten. An die betrunkenen Kerle. Sie schauderte.

Ich werde Eleonore wieder in die Arme schließen. Par Dieu, was habe ich ihr alles zu erzählen! Und Henrie. Ach, Henrie ... Und nächtelang lesen werde ich. Und meinem Herrn Vater ganz anders gegenübertreten als je zuvor in meinem Leben.

Ob der Bote bereits nach Messelstein unterwegs ist, um meinem Vater zu berichten, dass ich wohlauf bin? Sie würde Eleonore unverzüglich einladen, um sich mit ihr die Wartezeit bis zu ihrer offiziellen Vermählung zu verkürzen. Sie würden das gesellige Leben in der Residenz genießen. Das Theater dort, erzählte man sich, war ein Schmuckstück. Sie würde ihre Reise nach Paris wiederholen und weitere Reisen planen. Und sie musste sich zusammenschließen mit Frauen, die ähnlich dachten wie sie. Sie würde korrespondieren ...

Sie würde für den Rest ihres Lebens so am Fenster stehen und nach draußen starren. Sie lehnte die Stirn an die kühle Glasscheibe. Hinter ihr öffnete sich die Tür.

»Aber Mademoiselle ...« Das Mädchen war erstaunt darüber, die fremde Dame so gänzlich im Dunkel vorzufinden. »Mademoiselle hätte mich doch nur rufen müssen. Ich hätte die Kerzen jederzeit angezündet ...«

Elisabeth winkte ab. »Es ist gut. Entzünde sie jetzt.«

Sie atmete tief auf, als das Mädchen die enge Schnürung der Korsage öffnete. Das Mädchen löste den Chinon und fasste nach der Bürste, aber Elisabeth nahm sie ihr hastig aus der Hand.

»Nein, ich ... Lass es mich selbst tun.«

Das Mädchen blickte sie verwundert an, doch dann zuckte es mit den Schultern und ordnete die Utensilien auf dem Frisiertisch.

»Begib dich zur Ruhe.«

»Ich wünsche Mademoiselle eine gute Nacht.« Das Mädchen schlief in dem Kämmerchen vor ihrem Gemach.

»Die wünsche ich dir ebenfalls.«

Langsam begann Elisabeth, ihr Haar zu bürsten. Tränen stiegen ihr in die Augen. Jakob, dachte sie. Jakob, Jakob, Jakob. Sie hob die Arme, teilte ihr Haar am Hinterkopf und begann, es in zwei dicke Zöpfe zu flechten. Sie blies die Kerzen aus und kroch unter die dicke Federdecke.

Sie lag auf dem Rücken und starrte in die Dunkelheit. Sie konnte die Eule nicht hören, nicht den Wind in den Buchen, nicht Jakobs ruhigen Atem an ihrer Seite. Sie versuchte sich ihn vorzustellen, Jakob, den Vaganten, wie seine dunklen Locken auf dem seidenen Kissen des Königs lagen, wie er sich in dem Gemach nur eine Treppe unter dem ihren unruhig zur Seite wälzte ... Das Bild war so unwirklich, so weit. Und doch hätte sie nur aufstehen müssen, die Treppe hinunterschleichen, um sich zu vergewissern, dass er dort lag.

Sie wusste, sie würde es nicht tun. Was hielt sie davon ab? Hielt sie sich bereits in diesen ersten Tagen an die vorgezeichneten Linien, Grenzen und Gepflogenheiten? Sollte alles, all die langen Monate, umsonst gewesen sein? Wenn sie nun schon keine Kraft hatte, von den lächerlichen höfischen Pfaden abzuweichen, wie erst würde sie sich im nächsten Jahr verhalten, im übernächsten? Für den Rest ihres Lebens?

Das Fenster zeichnete sich als graues Viereck von der Wand ab. Sie tastete nach einem der Bücher. Ein galanter Roman. Sie ließ ihn fallen. Was sollte sie von Damen lesen, deren größtes Glück darin bestand, dass ein Herr von Stande ihre Fingerspitzen küsste? Sie schlang ihre Arme um ihren Körper und rief sich den süßen Geschmack von Jakobs weicher Haut in Erinnerung. Sie drehte sich zur Seite und rieb ihre Wange an dem glatten Kissenbezug. Was blieb ihr auch zu tun? Sie konnte sich nicht in sein Bett schleichen. Die kleine Zofe schlief in der Kammer vor der ihren. Und bald wurde sie in die Residenz gebracht, in die Obhut einer Dame von tadellosem Ruf. Vielleicht war es ihr erlaubt, den König für eine Stunde am Tage zu empfangen. Im kleinen Salon zu einer Tasse Tee.

Sie würde nie mehr gänzlich ohne Aufsicht sein. Nie mehr wieder, dachte sie. Sie würde nie mehr wieder barfuß auf staubigen Wegen gehen, nie mehr am Brunnenrand sitzen und Wein trinken, nie mehr im Zelt der englischen Komödianten plaudern. Nie mehr Jakobs warmen Körper genießen in der Hitze des Sommers unter Himbeersträuchern.

Sie schlief ausnehmend schlecht. Gesichter, die sie nicht zu erkennen vermochte, schoben sich in ihre Träume, bis sich Ferdinand aus dem Reigen der Gesichter löste, an ihre Türe trat, sich über ihre Hand beugte und sie küsste. »Madame«, nannte er sie. Sie öffnete die Türe weit und ließ ihn ein.

Sie setzte sich im Bett auf. »Jakob?« Sie tastete nach ihm. Aber sie war allein. War es bereits Morgen?

Eine gute Weile saß sie so, zaudernd, verwirrt, gefangen in der Wärme und Behaglichkeit des Bettes. Dann schlug sie die Decke zurück und sprang mit bloßen Füßen auf das glatte Parkett. Vorsichtig tastete sie sich zu dem Fenster hinüber. Sie hatte doch weder Schuhe noch einen Mantel noch ein Tuch. Sie streckte sich, das Fenster zu öffnen. Kühle Nachtluft schlug ihr entgegen. Unter dem Fenster stand kein Musikant, um sie vor der anstehenden Hochzeit aus dem Schloss zu holen.

»Es gibt immer eine Wahl«, hatte Jakob einmal gesagt.

Aber nein, dachte sie erleichtert, ich habe keine Wahl. Ich brauche mich nicht zu entscheiden.

Wie auch? Selbst wenn sie sich nun aus dem Schlösschen schliche, barfuß und im Hemd, wohin könnte sie gehen? Sie würde in der Morgenkälte stehen und sich nach wenigen Minuten wieder umdrehen, so ganz ohne Ziel und einen für sie gangbaren Weg. Denn sie wusste, ein Vagantenleben vermochte sie nicht zu führen. Und wen kannte sie schon? Wer hätte sie aufgenommen? Johannas Haus war niedergebrannt. Es war nur gut so, wie es …

Von irgendwo draußen, vom Tor her, erklang ein schepperndes Geräusch. Vielleicht hatte einer der Hellebardiere vor Müdigkeit seine Hellebarde fallen lassen?

Eleonore. Natürlich, sie kannte Eleonore. »Ihr wisst«, hatte sie damals gesagt, »ich werde immer für Euch da sein, wenn Ihr mich braucht! Vergesst es nicht!«

Aber wie sollte sie zu Eleonore gelangen? Ohne Pferd, ohne Kutsche? Der Weg war weit und beschwerlich und nicht ungefährlich für eine Frau allein. Es wurde Zeit, sich wieder zu Bett zu begeben, sie benötigte den Schlaf dieser Nacht.

Noch einen Moment am Fenster bleiben, noch einen Moment die kühle Luft in die Lungen ziehen. Unten in der Stadt heizten nun die Bäcker die Öfen ein. Die Mägde würden bald die Hintertüren öffnen, die Kinder die Schweine und Gänse vor das Tor treiben. In einer Stunde oder in zweien. Sie wusste nicht, wie spät es war. Die ersten Händler lenkten ihre Wagen durch das Tor … Nein, nicht die Händler, der Markttag war vorüber. Aber vielleicht eine alte Hökerin, den schweren Bauchladen vor …

Eine Hökerin.

Elisabeth schlug das Fenster zu. Ihr Herz klopfte heftig und ein leichter Schmerz dehnte sich in ihrem Magen aus.

Barbel. Wie viele Tage waren seither vergangen? Endlos viele, so schien es ihr, jedoch … Es waren doch nur vier gewesen. Sie fühlte sich fiebrig. Benommen blieb sie in der Mitte des Raumes stehen. Wartet sie noch immer dort in der Schenke auf mich? Darauf, dass ich ihr mitteile, ob ich mit ihr fahre oder nicht?

Und Jakob?

Sie hatte keine Schuhe, keinen Mantel, kein Tuch.

Leise öffnete sie die Tür zur Kammer des Mädchens. Das Mädchen drehte sich im Schlaf auf die Seite. Elisabeth hielt den Atem an und tastete vorsichtig über deren Kleidungsstücke. Doch, da war ein Mantel, leicht, aus dünnem Stoff. Zu dünn für den beginnenden Tag, doch gut genug, um ihr Hemd zu bedecken, wenn sie durch die Gänge des Schlösschens eilte. Das Mädchen hustete. Hastig schlüpfte Elisabeth zur Tür hinaus und zog die Kapuze des Mantels über ihr Haar.

Ein Diener döste auf einem Stuhl vor der Tür. Er blickte kurz auf, sprach sie aber nicht an. »Wohin?«, fragte hingegen die Wache an der Treppe. »Ich … zu …« Sie holte tief Atem. »In die Küche. Meiner Herrin dürstet.« Er nickte.

Über der Treppe flackerte eine einzelne Kerze im Leuchter. Auch der Gang, der zu den Gemächern des Königs führte, war spärlich beleuchtet. Ein weiterer Wachsoldat stand davor.

»Halt!«, rief er und streckte den Arm aus. Sie kannte ihn. Er hatte ihr oft zugezwinkert, wenn sie über den Hof ging, Wasser zu holen.

Sie schob die Kapuze vom Kopf. »Ich bin es doch. Die Lise.« Der Mann entspannte sich und lächelte. »Ach du.« Dann runzelte er die Stirn. »Wohin jetzt in der Nacht? Doch nicht …« Er musterte sie. »Doch nicht zum Ellbracht?« Es schien die Regel zu sein, dass Frauen in der Nacht diesen Weg gingen.

Sie nickte schnell. »Ebendorthin. Zum Ellbracht.«

»Na«, meinte er enttäuscht, »du auch? Hätt' ich nicht gedacht. Tätst du lieber warten bis in zwei Stunden, dann muss ich hier nicht mehr stehn …«

»Red nicht«, erwiderte sie ungeduldig. »Lass mich vorbei. Es ist eilig.«

Der Mann kratzte sich im Nacken. »Ich weiß nicht ...« Er zögerte. »Grad heut, wo der König noch da ist und wo auch noch andere Herrschaften dort hinten schlafen ...«

»Dann begleite mich bis vor seine Tür, damit du siehst, ich gehe nirgendwo sonst hin.«

Er überlegte. »Ach was«, winkte er schließlich ab. »Wenn ich da mit jeder mitgehn tät, da hätt' ich ja was zu tun.«

Elisabeths Herz flatterte, als sie den halbdunklen Gang entlanghuschte. Worauf, um alles in der Welt, habe ich mich da eingelassen? Er hatte sehen wollen, ob er es kann, hatte Jakob über sein Eindringen in ihres Vaters Schloss gesagt, »teils hab ich auch damit gerechnet, dass wir nicht weit kommen«.

Vor der Tür des Königs zögerte sie. Sie blickte auf das polierte Holz und legte die Hand auf die Tür. Elisabeth Charlotte, Königin von Reupen, Herzogin von Erlenburg und Erlenfeld. Ihre Hand spielte mit dem vergoldeten Griff. Oder, sie trat zurück, Elisabeth Megerin. Nur ein Schritt und sie stand vor Andreas' Tür. Sie pochte vorsichtig dagegen. Nichts rührte sich. Bitte, lass ihn nicht mit einer Frau draußen im Stall im Stroh liegen. Sie pochte etwas fester. Dann erst öffnete sie. Sie stieß mit einem Pagen zusammen. Sein Haarschopf war zerzaust, er hielt eine Kerze in der Hand. Sie waren beide ein wenig erschrocken. »Nichts da«, flüsterte der Junge und drängte sie zurück. »Da darfst du nicht hinein.«

»Ich muss ihn sprechen«, bat sie. »Es ist von äußerster Dringlichkeit.«

»Verstehst du's nicht?« herrschte er sie an. »Er hat schon eine drin.«

Sie schloss die Tür hinter sich. »Auf mich wartet er schon sehr lange«, behauptete sie kühl.

»Nein, wart' doch.« Der Junge stellte sich ihr verzweifelt in den Weg. »Das gibt ein Unglück.«

»Für dich wird es ein Unglück geben, wenn er erfährt, dass ich zu ihm wollte, aber du hast mich abgehalten. Geh hinein und richte ihm aus, Elisabeth sei da.«

Er stellte sich vor die Tür zum Hauptgemach und breitete die Arme weit aus. Als sie versuchte, ihn gewaltsam beiseite zu schieben, fiel ihm um ein Haar die Kerze aus der Hand. Sie schlug gegen die Tür. »Andreas!«

»Bist du wohl still.« Der Junge packte sie fest am Arm.

»Was gibt's denn hier?« Andreas stand in der Tür. Seine sonst so leichte Stimme war noch schwer vom Schlaf. Er gähnte.

»Andreas, ich …«

»Elisabeth?« Er sah sie erschrocken an. »Elisabeth, was zum Teufel …«

»Nichts«, beschwichtigte sie. »Sorge dich nicht.«

Er blickte den Jungen an. »Warum hast du mich nicht sofort gerufen?«

»Weiß ich's?«, maulte der Junge. »Ihr habt doch selbst befohlen, ich soll niemanden hereinlassen.« Andreas nahm ihm die Kerze aus der Hand und schob Elisabeth hastig in sein Schlafgemach. »Dass du mir keinen reinlässt!«, schärfte er dem Jungen ein.

»Ja!«, empörte sich der. »So habt Ihr's vorher auch gesagt, und nun …«

Ohne ihn weiter zu beachten, schlug Andreas die Tür zu.

»Leis.« Er blickte zum Bett hinüber. »Sie schläft.« Elisabeth lugte neugierig in die gleiche Richtung, konnte in dem spärlichen Licht jedoch nur einen Schwall blonder Haare auf dem Kissen erkennen.

Andreas legte ihr den Arm um die Schulter. Sein Arm war kräftig und sehr beruhigend. Endlich ließ auch das Flattern in ihrem Magen ein wenig nach. »Jetzt sag, was passiert ist.« Sie blickte zu ihm auf. Sein helles Gesicht zeigte Beunruhigung. Sie suchte nach Worten. Er stellte die Kerze auf dem Tisch vor dem Fenster ab. Sie standen einander gegenüber, beide im Hemd.

Warum eigentlich, fuhr es ihr durch den Kopf, warum bin ich hier? Sie fasste sich. Es war nicht der Augenblick, lange zu sinnen. »Ich benötige unverzüglich meine Sachen«, sagte sie fest. »Ich habe sie in der Küche liegen lassen. Meinen Mantel, meinen Rock, meine Schuhe. Kannst du sie mir holen?«

Er starrte sie an. »*Was* brauchst du?«

»Und genug zu essen für unterwegs«, beeilte sie sich zu sagen. »Und ausreichend Münzen. Kleine Münzen. Keine Goldstücke. Oder doch, zwei Goldstücke sollten dabei sein.«

Er fuhr sich mit der Hand durch die blonden Locken. »Verdammt noch mal, Elisabeth, was hast du denn vor?«

Hinter ihm raschelte die Decke. Die Frau im Bett richtete sich benommen auf. »Andreas?«, fragte sie verschlafen.

»Gleich«, erwiderte er, ohne sich umzudrehen.

»Aber Andreas, was ...« Die Frau brach plötzlich ab. Sie hatte Elisabeth am Fenster stehen sehen.

»Barbara!«, rief Elisabeth erstaunt aus.

Die Frauen starrten einander an. Barbara sah äußerst hübsch aus, befand Elisabeth, wie sie dort zwischen Andreas' unzähligen Kissen saß, im Schimmer des matten Lichtes, die Decke vor die Brust gepresst, die Haare lang und gelöst über den bloßen Schultern, die Wangen rosig vom Schlaf.

»Du?« Barbaras Stimme wurde scharf.

»Halt jetzt dein Maul«, sagte Andreas. »Es geht um Wichtigeres.«

»Um Wichtigeres?« Das Rot auf Barbaras Wangen vertiefte sich gefährlich.

»Barbara, Liebste, Beste.« Elisabeth eilte zu ihr und fasste nach ihren Händen. Sie fühlten sich rau an und waren sicherlich gelb vom Rübenschaben. »Ich bin doch nur hier, weil ich seine Hilfe benötige. All meine Habseligkeiten habe ich in der Küche zurückgelassen und ich muss eilig fort aus Reupen ...«

Neugierde verdrängte das Misstrauen aus Barbaras Gesicht. »Auf einmal warst du verschwunden. Und die Frau Gertrud, die hat vielleicht …«

»Ein andermal«, unterbrach Andreas. »Weißt du, wo ihre Sachen liegen?« Barbara nickte. »Dann zieh dir was an und geh und hol sie. Und pack der Elisabeth was zu essen ein.«

Andreas lehnte sich an den Eckpfosten des Bettes und begutachtete interessiert Barbaras Hinterteil, das unter der verrutschten Bettdecke sichtbar wurde, während Barbara hastig unter seiner Decke nach ihrem Hemd wühlte. »Und eil dich«, mahnte er. »Sag keinem Menschen ein Wort.«

»Ja, ja«, erwiderte sie patzig. Andreas schickte sie mit einem leichten Klaps zur Tür.

Er zog Elisabeth auf die Kante des zerwühlten Bettes und ließ sich selbst an ihrer Seite nieder. Die Matratze senkte sich unter seinem Gewicht. Er musterte sie. »Er hat mir nichts davon gesagt.«

Elisabeth blickte auf ihre Hände. »Er weiß nichts davon«, erwiderte sie leise.

»Du rennst ihm weg?«

Sie hob den Kopf. »Nein«, erwiderte sie bestimmt und heftete ihre Augen auf das Fenster gegenüber, wo das schwere Grau der Nacht sich lichtete. »Nein.« Sie schüttelte den Kopf. »Ich gehe ihm entgegen.«

Andreas runzelte die Stirn. »Was?«

Sie lächelte. »Nichts.«

»Eigentlich«, seufzte er, »müsste ich rübergehn und ihn wecken.«

»Sag ihm nichts.« Sie legte ihre Hand auf seinen Arm. »Noch nicht. Gib mir ein wenig Zeit. Sprich mit der kleinen Zofe, damit sie mein Verschwinden nicht sofort meldet. Erzähle ihr irgendwas.« Sie lächelte. »Das wird dir nicht schwer fallen.«

»Er wird mir den Hals umdrehn«, sagte er.

Tränen stiegen ihr in die Augen.

»Was ist mit der Hochzeit?«, fragte Andreas.

»Ich habe Jakob Meger zum Manne genommen«, gab sie zur Antwort. »Sag ihm das, er wird es verstehen. Ich werde ihn nicht verlassen. Sag ihm … Schau, er selbst hat einmal gesagt, jeder hat eine Wahl. Und ich, ich kann hier nicht bleiben. Wenn ich hier bleibe, dann … Sag ihm …«

»Warum sagst du's ihm nicht selbst?«

»Ich kann es nicht«, erklärte sie. »Wenn ich ihm nun gegenüberstünde, würde ich nicht gehen. Oder aber er würde mit mir gehen, um mich zu schützen. Aber es ist nötig, dass ich es alleine versuche, so wie er alleine entscheiden muss, was er tun wird. Er darf nicht hier im Schloss bleiben, weil er denkt, ich sei zu einer anderen Art Leben nicht fähig. Aber er darf es auch nicht meinetwegen verlassen. Begreifst du das? Er darf dabei nicht an mich denken …«

»Meinst du, das kann er?«

»Was?«

»Nicht an dich denken?«

Sie schluckte. Sie senkte den Kopf. Jakob, dachte sie. Jakob, wenn ich jetzt bei dir bleibe, werde ich dich dann nicht gänzlich verlieren?

Das Geräusch an der Tür ließ sie aufblicken. »Das ist alles.« Barbara breitete Elisabeths Kleidungsstücke auf dem Bett aus. Elisabeth sah Andreas an. Sie ließ den Mantel der kleinen Zofe fallen und schlüpfte in den Leinenrock. »Du hast keine Strümpfe«, bemerkte Barbara. »Nimm halt meine.« Elisabeth nickte dankbar. Sie zog die Schuhe darüber, die sie bei dem alten Trödler gegen ihr schilffarbenes Kleid getauscht hatten. Dann zog sie den Mantel an, den ihr die Köchin am Tor von Messelstein um die Schultern gelegt hatte.

»Du bringst sie aus dem hinteren Tor auf den Weg in die Stadt!«, befahl Andreas Barbara. Sein Blick umfing Elisabeth und wanderte dann wieder zu Barbara. »Geh noch mal vor die Tür.«

»Aber …«

»Geh und sieh nach, ob alles noch ruhig ist!«

Er wartete einen Moment, bis Barbara den Raum verlassen hatte. »Und nun …« Er räusperte sich. Er schob seine breiten Hände unter den dunklen Mantel und umfasste Elisabeths Taille. Seine Augen blitzten leicht. »Was krieg ich jetzt dafür? Dass ich's Maul halt?« Sie legte ihren Kopf in den Nacken und er küsste sie mitten auf den Mund. Seine Lippen waren fest und warm, sie tändelten nicht, sie liebkosten nicht, sie verabschiedeten sich mit einem spürbaren Bedauern. Er zog Elisabeth fester an sich. Seine Hände maßen mit sicherem Griff ihre Schultern, ihre Taille, ihre Hüften. Schließlich löste er seine Lippen von den ihren. Der Duft seines Parfums streifte sie. Er schüttelte den Kopf, dann beugte er sich noch einmal über ihren Mund.

»Es wird gleich hell«, drängte Barbara, die ungehalten in der Tür stand.

Andreas grinste. »Wirklich?«

»Komm.« Barbara öffnete die Tür weit.

»Halt, wart'.« Andreas ließ Elisabeth nicht los. »Weißt du überhaupt, wohin du gehst?« Sie sah ihn nur schweigend an. »Du bist doch verrückt.« Er schüttelte den Kopf. »Wenn dir was passiert … Wart' einen Augenblick und ich zieh mich an und bring dich, wohin du auch nur willst.«

»Sagte ich dir nicht, dass ich alleine gehen muss?« Sie entzog sich seinen Händen.

»Nun komm.« Barbara wurde ungeduldig. Elisabeth warf einen letzten Blick auf Andreas' schlichtes Bett mit den warmen, weichen Kissen, auf die Unzahl von Kleidungsstücken, die verstreut über Schemeln und selbst auf dem Boden lagen.

»Wart'.« Andreas fasste Elisabeth am Arm. »Ich hab dir mal erzählt, wo die Mühle steht, die er mir geschenkt hat. Erinnerst du dich?« Sie nickte. »Würdest du sie finden?« Sie zuckte vage mit den Schultern. »Schreib's dir auf!« Auf seinem Tisch häuften sich die verschiedensten Gegenstände, Obstschalen, Reithandschuhe, Trinkbecher. Er wühlte vergebens nach einem Blatt Papier.

»Dann beschreib mir den Weg.«

»Nur für den Fall ...«, sagte er und nannte ihr Wege und Straßen und den Namen des nächstgelegenen Ortes.

Energisch zog Barbara sie aus dem Zimmer. »Auf jetzt, ehe alles wach wird.«

Und wirklich, in der Küche hockte bereits die geschwätzige Lotte vor dem Herd und schürte das Feuer. Eine zweite Magd erhob sich schlaftrunken von ihrer Bank. »Ei was«, kreischte Lotte, »das ist doch die Lise! Da wart' erst, bis ich's der Frau Gertrud gesagt hab ...«

»Halt dein Maul«, sagte Barbara knapp. Sie führte Elisabeth durch den längst vertrauten Weg von der Küche zum hinteren Tor, den Weg zur Stadt hinunter.

»Hast du etwas?«, fragte Elisabeth.

»Hättst mir wenigstens was sagen können«, murrte Barbara. »Du bist auf einmal verschwunden und dann kommst du wieder und munkelst mit dem Ellbracht und ich weiß überhaupt nichts.«

»Das hatte ich doch alles selbst nicht gewusst«, erklärte Elisabeth. »Dass ich so schnell auf und davon musste. Ich hätte es dir sonst ...« Auf dem Baum rechts vom Weg hob sich eine Vogelstimme, kurze, abgehackte Triller, brach ab und klang auf einem entfernten Baum wieder auf. »Ich hätte es dir sonst ganz sicher gesagt, aber ...«

»Hast du was ausgefressen?«

Elisabeth schüttelte den Kopf. »Es hat mit meinem Mann zu tun und ... Barbara, sag dem Ellbracht, er soll meine Schulden bei Meister Helferich begleichen. Er soll ihm die doppelte Summe geben. Vergiss es nicht. Sag ihm, er soll Jakob danach fragen.« Der Gedanke an den Töpfer bedrückte sie. Er hatte niemanden außer ihr.

»Jakob? Meister Helferich?«

»Ach, Barbara, Liebste, frag nicht. Frag den Andreas nach allem, er soll es dir erklären. Ich kann jetzt nicht.«

Barbara blieb stehen. »Ich muss wieder zurück.« Sie bohrte die Spitze ihres Pantoffels in das feuchte Gras. Elisabeth nickte. »Ich find's schad, dass du fortgehst«, sagte Barbara, drehte sich hastig um und verschwand im morgendlichen Dunst.

Vor Elisabeth hoben sich die Häuser der Stadt aus dem Grau ab. Sie ging geradewegs darauf zu. Als sie die Stadtmauer erreicht hatte, legte sie ihre Hand darauf. Es war nur kalter Stein, nichts sonst. Sie lehnte den Kopf an die Mauer. Sie fror und die Müdigkeit holte sie ein. Sie stand im Morgengrauen allein vor dem östlichen Tor der erwachenden Stadt.

Ihre Sehnsucht nach Eleonore wuchs. Es war mehr als die Sehnsucht danach, endlich ruhen zu dürfen an einem warmen, sicheren Ort. Sie blickte auf den rosaüberhauchten Himmel. »Aurora musis amica«, hätte Eleonore gesagt und ihren Federkiel hervorgeholt. Es gab so viel, allzu viel, das es sie zu erzählen verlangte. Erzählen, damit sie das Erlebte teilen konnte, damit es nicht verloren ging. Und wem sonst durfte sie all das, was für die Welt geheim bleiben musste, so offen vortragen wie Eleonore?

Eine Weile folgte Elisabeth der gepflasterten Straße, dann bog sie in eine enge Seitengasse ein. Die Steine wichen der festgetretenen Erde. Eine Tür polterte, ein Hund jaulte. Noch vorhin am Fenster hatte sie an plaudernde Mägde gedacht und an den Geruch von Backwaren, doch hier roch es nach Schweinemist. Und je näher sie der Schenke kam, desto stärker drang der Gestank der modernden Abfälle und der Ausscheidungen vom Rande der Gasse in ihre Nase. Ein Hund schnüffelte an ihrem Mantel. Sie ließ ihn gewähren, bis er sich von selbst abwandte und in einem Häuflein Küchenabfall weiterschnüffelte. Die gedrungene Gestalt eines Mannes wankte aus dem schmalen Gang zwischen zwei Häusern. Elisabeth blieb stehen. Sie wich an die nächste Hauswand zurück. Doch der Mann nahm sie nicht wahr. Offensichtlich war er nicht mehr in der Lage, überhaupt noch etwas wahrzunehmen.

Was eigentlich wusste sie von jener Welt, in der Gewalt

und Trunkenheit herrschten, Krankheit und schwere Arbeit? In der die Menschen eine andere Sprache sprachen als sie selbst, in der sie an Feuerzeichen am Himmel glaubten, an Fabelwesen und böse Mächte? Jakob hatte sie ihr geschildert, aber es waren eben nur Schilderungen gewesen, die sie betroffen aufgenommen hatte an einem mehr oder weniger geschützten Ort.

Da endlich stand sie vor der schäbigen Schenke. Zum vierten Mal stand sie hier. Die Tür war geschlossen, die Gasse menschenleer. Eine schwarzweiße Katze rieb ihren Kopf an der Tür. Vielleicht wartete sie auf die Magd, die ihr um diese Stunde ein Schälchen Milch herausstellte. Elisabeth rüttelte an der schweren Klinke. Der Riegel war innen vorgeschoben. Sie rüttelte noch einmal. Schliefen sie alle, weil die Nächte so lang wurden bei Bier und Branntwein? Sie klopfte. Als immer noch niemand öffnete, ließ sie mutlos die Arme sinken.

Sie blickte auf das baufällige Dach, auf die mit ölgetränktem Papier bespannten Fensterlöcher. Stand sie wirklich wieder hier, in der dunklen, stinkenden Gasse? Hatte sie nicht eben noch vor dem verzierten Spiegel gesessen, ihren Körper in schimmernden Atlas gehüllt?

Da endlich hörte sie innen ein schwerfälliges Schlurfen. Sie klopfte wieder. Das Schlurfen kam näher. Der Riegel wurde zurückgeschoben. Das Gesicht einer grauhaarigen Frau mit hängenden Wangen tauchte im Türspalt auf. »Gibt's?«, fragte sie mit heiserer Stimme. Sie hatte kaum Zähne im Mund. Die Katze schlüpfte zwischen den Beinen der Frau in den Schankraum.

»Ich suche den jungen Mann, der vor einigen Tagen Pferd und Wagen hier unterstellte. Ein falbfarbenes Pferd. Das Haar des Mannes ist rot und …«

»Das war aber kein Kerl!«, lachte die Grauhaarige. »Das war doch ein Weibsbild! Erst hab ich's auch net gemerkt.« Sie kniff misstrauisch die Augen zusammen. »Was willst du denn von der so früh?«

Elisabeth zog den Mantel fest um sich. »Sie soll ... sie hat ...« Die Frau verkleinerte den Spalt, durch den sie spähte. »Sie hat mir was verkauft, das ist schon entzwei«, schimpfte Elisabeth auf eine plötzliche Eingebung hin. »Und es hat mich ein gutes Stück gekostet und viel habe ich nicht.«

Das Gesicht der Alten leuchtete auf, der Türspalt vergrößerte sich. »Recht so!«, sagte sie und nickte. »Man soll sich von dem Gesindel nichts bieten lassen. Geh nur da rüber, da im Stall, da ist die noch. Eil dich aber, die fährt weg heut in der Früh.«

Ohne sich für die Auskunft zu bedanken, rannte Elisabeth eilig über die Straße und stieß die Tür des Schuppens auf. Sie hörte das Pferd, ehe sie es im Dunkeln erkennen konnte. Gleich bei der Tür stolperte sie über einen schlafenden Menschen. Eine Hand umfasste ihren Knöchel und ließ sie straucheln.

»Ein Weibchen, guck an«, flüsterte eine Männerstimme. »Willst du zu mir?«

»Zu der Hökerin«, erwiderte sie und befreite ihren Fuß mit einem Ruck.

»Zu der Hex?«, fragte der Mann leise. Seine Stimme klang jung. »Die hat mir gestern Nacht die Pistole auf die Brust gesetzt.«

»Haltet's Maul«, knurrte eine weitere männliche Stimme. »Wie soll ich da schlafen?«

Elisabeth trat vorsichtig über den zweiten Mann hinweg zu Barbels Planwagen. »Barbel?«, rief sie leise. »Barbel?«

Im Wagen regte sich wer. Die hölzernen Löffel an der Decke schepperten aneinander. »Wer ist da?«

»Elisabeth.« Sie nahm Barbels Kopf nur wie einen Schatten vor der hellen Plane wahr.

»Komm rauf.« Barbel streckte ihr die Hand entgegen. »Oder nein, wart', ich komm raus. Ich wollt' eh bald anschirren. Hilfst mir dabei?« Sie schwang sich von ihrem Gefährt, doch dann taumelte sie und hielt sich fest.

»Ist dir etwas?«, fragte Elisabeth.

»Geht schon.« Ihre sonst so feste, dunkle Stimme schwankte leicht. »Muss gehn.«

Elisabeth blieb am Wagen stehen und hörte, wie Barbel leise mit dem Pferd sprach, ehe sie es herüberführte. »Na«, stellte Barbel fest, »bist also doch noch gekommen. Mach gleich die Tür weit auf, sonst seh ich nichts.«

»Aber da schlafen noch Leute ...«

»Pah, die Bärenhäuter!« Barbel winkte verächtlich ab. »Mach die Tür auf, ich brauch das Licht.« Elisabeth stieg über die Männer und öffnete die Brettertür.

»Verfluchte Weiber!«, rief der eine, »Tür zu!«, der andere.

Sehr viel heller wurde es nicht. Aber Barbel hätte ihr Pferd sicherlich auch in der Dunkelheit an den Wagen schirren können, so sicher saß jeder Griff.

»Und dein Kerl, kommt der nicht mit?«, fragte sie, während sie das Pferd am Halfter zur Tür führte.

»Nein.«

»Mach das große Tor auf«, sagte Barbel.

»Soll ich helfen?«, bot sich der junge Mann an, der Elisabeth zuvor am Knöchel gepackt hatte.

»Wir brauchen keine Kerle.« Barbel entriegelte den Flügel der Schuppentür selbst.

Der Mann stieß Elisabeth an, ehe sie Barbel folgen konnte. »Wenigstens einen Abschiedsschluck«, sagte er und reichte ihr seinen Beutel. Branntwein. Elisabeth schauderte. Doch sie nickte und nahm einen Schluck. »Wasser?«, staunte sie. Der Mann lachte. Als sie ihm die Flasche zurückgab, blickte sie auf die dunklen Haare auf seinem Handrücken, dann in sein Gesicht.

Es war nicht sonderlich schön, aber sein Lachen war einnehmend.

Sie dachte an die Haare auf Jakobs Handrücken. Sie dachte an die Haare, die auf seiner Brust wuchsen, zum Bauch hin spärlicher wurden, seinen Nabel umkreisten. Sie war mit dem Finger darüber gefahren und hatte die flache Hand auf seinem warmen Bauch liegen lassen.

Sie dachte an Eleonore und die Damen, die sie zu sich zu nehmen beabsichtigte in ihr kleines Palais am Rande der ausgedehnten Parkanlage ihres Bruders. An die Damen, »die so denken wie du und ich, ma chère«. Die um diese frühe Morgenstunde gewiss noch ruhten. Alleine. Ohne einen Mann. Für den Rest ihres Lebens.

»Kommst endlich!«, rief Barbel von draußen.

Der Mann hob seine Hand. »Gute Fahrt!« Elisabeth lächelte.

»Steig auf«, forderte Barbel. Sie saß bereits vorne auf dem Kutschbrett. »Und glotz die Kerle nicht so an. Da«, sie wandte ihr Gesicht und zeigte auf ihre Wange, »da siehst du, wie sie sind.«

»Was um alles in der Welt ...« Elisabeth schlug bei Barbels Anblick die Hand vor den Mund. Im Dämmerlicht hatte sie es nicht erkennen können, doch Barbels Gesicht war auf der linken Seite geschwollen, ihre Unterlippe war aufgeplatzt und Blut krustete daran.

»Komm hoch.« Barbel streckte Elisabeth die Hand entgegen und half ihr an ihre Seite.

»Aber doch nicht dieser Mann, der mir eben ... Das vermag ich mir nicht vorzustellen.«

»Der war's auch nicht. Und sein Kumpan auch nicht. Ein anderer halt, gestern Nacht auf dem Heimweg, einer aus der Schenke, der nachsehn wollt', ob ich denn nun ein Weib oder ein Kerl bin.« Und obwohl Barbel sich gelassen gab, schien Elisabeth deren helle, sommersprossige Haut eine Spur bleicher als sonst auszusehen. Elisabeth schluckte. »Gibt Ärgeres.« Barbel hob die Zügel. »Ich hab doch Glück gehabt. Mehr als das ist nicht passiert ...«

Das Pferd zog an. Der Wagen ruckte. Glück, dachte Elisabeth. Das ist also das Glück, das ich zu erwarten habe. Dies ist keine Kutsche, die mich spazieren fährt. Aber trotz der Angst, die sich bei Barbels Anblick in ihre Glieder schlich, spürte sie beim Schwanken des Wagens ein erwartungsvolles Prickeln im Bauch.

Das Pferd wich einem Fass am Straßenrand aus. »Wie weit willst du mit?«, fragte Barbel.

»Wohin fährst du?«, fragte Elisabeth zurück.

»Nach Norden. Ein gutes Stück die alte Handelsstraße rauf und dann ...«

»Nach Norden?«

»Wolltst woandershin?« Das rechte Wagenrad rollte über eine Unebenheit, hinten schlugen Barbels Kisten aneinander. Woandershin? Elisabeth blickte auf den geschwungenen Rücken des stämmigen Pferdes. Nach Westen, hätte sie sagen sollen. Zu Eleonores kleinem Palais.

»Nach Norden ist schon recht«, erwiderte sie.

Sie näherten sich dem Marktplatz, die eisenbeschlagenen Räder schepperten auf den abgefahrenen Steinen. »Kennst da wen?«, fragte Barbel. Sie schob ihren Hut aus der Stirn und strich die roten Haare zur Seite.

»Ich hoffe, die Frau wiederzusehen, von der ich dir erzählte. Die Frau, der sie die Hütte über dem Kopf angezündet hatten. Sie ist mit ihrem Kind bei Jakobs Großeltern untergeschlüpft. Wenn es dir keine Umstände bereitet, könntest du mich so nahe als irgend möglich bei diesem Dorfe absetzen.« Naturellement, dachte Elisabeth. Adelheid Megerin, Johanna, Sophie. Nach Norden und nicht nach Westen. Zu den edlen Jungfern konnte sie immer noch gehen, später, viel später, wenn sie sich schwach fühlen würde, wenn es ihr leichter fiele, ohne Körper zu leben, nur mit Gedanken und klugen Gesprächen, eingeschnürt in Korsagen und schweren Brokat.

Jetzt vermochte sie es nicht. Die Erinnerung an die Nacht in der Hütte in Jakobs Armen begann bereits sehnsüchtig zu schmerzen. Und nicht nur das war es. Auch der Gedanke an Jakobs Großmutter, die Frau, die nach seinen Worten nicht nur um unzählige Dinge wusste, sondern auch ...

»Jakobs Großeltern?« Barbel grinste. »Und ich dacht' schon, du hättst gemerkt, dass es nichts taugt mit den Kerlen. Dabei wartst du jetzt schon auf ihn.«

»Überwintern will ich dort nur«, verteidigte sich Elisabeth schwach.

Sie hat Recht, gestand sie sich ein. Ich warte schon jetzt. Ich wünschte, er würde am Tor stehen, die Laute auf dem Rücken, und auf den Wagen aufspringen. Sie überquerten den leeren Marktplatz. Die Fensterläden des Rathauses waren noch geschlossen, die Apotheke stand verlassen. In dem Brunnen plätscherte das Wasser. Die Hufe des Pferdes hallten über den Platz. Vor wenigen Stunden noch, erinnerte sich Elisabeth, habe ich mir mit aller Kraft diesen Platz, diesen Brunnen herbeigewünscht, und nun bin ich hier und alles ist, wie es immer war, und mein Herz schlägt nicht schneller dabei.

Vom hohen Turm der Kirche blies der Türmer den Beginn des Tages ein, während Barbel den Wagen auf die Straße zum Tor lenkte.

Und wenn Jakob nicht kommt?, überlegte Elisabeth. Wenn er es als seine Pflicht ansieht, in den Mauern der Residenz zu leben für immer? Musste sie dann zu ihm kommen, wenn das Frühjahr begann, und unter seinem Fenster stehen? Ihn auf die Straße holen? Oder zumindest in das königliche Bett kriechen für eine Nacht und eine zweite? Denn länger als einen langen Winter konnte sie seine Nähe nicht entbehren.

Barbel stöhnte neben ihr. Elisabeth beugte sich besorgt zu ihr. »Ist dir nicht wohl? Bist du sehr verletzt worden?«

Barbel grinste wieder. »Gesoffen hab ich wie ein Stier, weil mir die Visage so wehgetan hat. Jetzt brummt mir der Schädel.«

»Dann lass mich kutschieren und ruh dich hinten aus.«

»Dich? Kutschieren?« Barbel lachte schallend, verzog aber gleich das Gesicht. »Teufel auch, nicht mal lachen kann ich. Da tut mir das Maul weh.«

Elisabeth fasste nach dem Zügel. »Dann zeige mir wenigstens, wie das geht.« Das Leder war abgeschabt. Sie presste ihre Hand fest darum.

»Langsam, langsam«, Barbel umfasste Elisabeths Hand. »So leicht geht's auch wieder nicht.«

Der Torsteher schrak aus einem kurzen Schlummer im Stehen auf, blickte auf den Wagen mit den beiden Frauen und winkte sie gähnend vorbei. Das Pferd schüttelte seine dichte Mähne. Ein Regentropfen traf Elisabeths Finger. »Teufel auch.« Barbel blickte nach oben. Elisabeth wandte für einen kurzen Augenblick ihren Kopf und sah zum Wald hinüber.

»Na, der Gaul geht jetzt sowieso immer geradeaus«, überlegte Barbel, »da kann ich dir die Zügel ruhig überlassen und mich schon ein bisschen hinlegen.« Sie kletterte nach hinten, zwischen ihre Körbe und Kisten.

Elisabeth zog die Kapuze über ihr Haar, um es vor dem nieselnden Regen zu schützen.

Zuerst der Winter, überlegte sie, danach Jakob. Und Eleonore werde ich trotz allem aufsuchen für eine kleine Weile, denn ohne Eleonore wird es schwer werden, ein Treffen mit meinem Vater zu arrangieren. Treffen aber muss ich ihn, denn wenn auch Jakob auf alles, was ihm zusteht, verzichten würde, ich werde auf den Anteil am Erbe meiner Mutter nicht verzichten. Nur dieser Teil, den sie mir fürsorglich zugedacht hat. Es ist bei weitem genug, um einen Hof zu erstehen, wie Jakob ihn sich erträumt hat. Einen Hof, so groß, dass er viele Menschen nähren kann.

Die Straße zog sich hinauf zu den bewaldeten Hügeln. Elisabeth hob ihr Gesicht in die Feuchtigkeit hinein und fasste den Lederriemen fester. Wie ging noch das Lied, das Jakob so oft gesungen hat?

»Trag ich nicht lange, krause Haar und Pulver drein, das Geld ich spar«, summte sie leise. »Den Staub vom Lande weht der Wind des Sommers in meine Haar geschwind, traltiralla! Drum geh ich gestutzet, obschon mein Haar ist vorn geputzet.«

Ein Reiter kam ihnen entgegen. Die Hufe seines Pferdes schlugen in einem schnellen Rhythmus auf den Boden.

Zu schnell, Elisabeth wurde unruhig. Wenn er uns zu spät sieht? Wenn die beiden Tiere aufeinander prallen? Wenn er den kleinen Wagen streift? »Geh zur Seite!«, rief sie Barbels Pferd zu, aber das Pferd störte sich daran wenig. »Barbel!«, rief Elisabeth nach hinten. »Was tu ich, wenn ich will, dass das Pferd ausweicht?« Sie hörte, wie die Hökerin sich aufrichtete. »So eil dich doch!«, rief Elisabeth. »Sonst stoß ich am Ende mit dem Kerl da vorn zusammen!«

47.

»Mach nichts Unüberlegtes, Jakob«, mahnte Andreas. Er lehnte an dem erkalteten Kamin und folgte Philipp, der in seinem Gemach auf und ab ging, mit seinen Augen.

Philipp blieb stehen. »Es ist doch noch überhaupt nichts getan«, sagte er.

»Aber du hast's im Kopf.«

»Wenn ich gehen sollte, mein Andreas, dann in aller Form und offen und nicht mehr durch die hintere Tür. Dann bring ich die Sache mit dem Herzog zu Ende und besprech mich danach mit dem Scheffelsberg und mit dem Finkelsteiner. Ich unterschreib ihnen, dass ich auf alles verzichte, und sag, ich geh ins Italienische oder nach Holland oder sonst wohin.« Die Nachmittagssonne schien flach durch das mittlere Fenster und wandelte das Braun des Fußbodens in ein warmes Gelb. »Ich kann nicht wegrennen und verschwunden bleiben und hoffen, sie denken, ich sei tot. Sie würden keine Ruh geben, mich suchen, was weiß ich, nur um sicherzugehn. Wenn sie ihr Papier haben, dann ist ihnen egal, was aus mir wird.«

Andreas drehte unruhig den zinnernen Weinbecher in seinen Händen. »Du hast das aber schon sehr genau im Kopf«, stellte er fest. »Wie lang denkst du schon daran?«

»Lang genug.«

Andreas trat zum Tisch vor dem Fenster und goss sich

klaren Rheinwein nach. »Du auch?« Philipp schüttelte den Kopf. »Jakob? Dir ist's doch nicht ernst damit? Du überlegst das nur.«

Philipp schwieg.

»Jakob.« Andreas' Besorgnis wuchs. »Wohin auch immer du gehen würdest, wann immer du davon hörst, dass sie in Reupen, na, sagen wir, dass sie einen aufgeknüpft haben, du würdst doch denken, du hättst es verhindern können, wärst du geblieben.« Philipp schwieg weiterhin. »Ich kenn dich, mein Freund, es wär so. Du würdst unglücklich werden dabei.«

Philipp blieb am Kamin stehen, nahm den Schürhaken und stocherte in der Asche. Andreas blickte auf den blau glänzenden Stoff von Philipps eng anliegender Jacke.

»Und wenn ich bleibe«, entgegnete Philipp, »und es wird einer aufgehängt und es geschieht in meinem Namen?« Er stellte den Schürhaken zur Seite. Er lehnte sich mit dem Rücken an den hellen Stein. »Sei nicht so erschrocken, mein Andreas, es ist doch nur ein Gedankenspiel. Ich werd nichts Dergleichen tun. Ich werd noch heute in die Residenz rüberfahren und mich an den Tisch setzen und jede einzelne Verfügung, die sie mir vorlegen, genau durchlesen. Und auch die, die sie mir nicht vorlegen. Ich werde den Ministern auf die Finger sehen und den Räten. Ich werde in die Städte fahren und in die Dörfer und ich werde mich wohl oder übel mit dem Landesheer befassen müssen. Ich werd Dinge tun, die Jakob Meger nie getan hätte, nur um mir Macht und Einfluss zu erhalten, denn wenn ich an Einfluss verlier, dann nehm ich mir jede Möglichkeit, Dinge zu ändern, die dringend geändert werden müssten.« Er sah Andreas an. »Nun, beruhigt dich das, mein Andreas?«

Andreas schüttelte mürrisch den Kopf. »Nichts an dir beruhigt mich und nichts von dem, was du sagst. Das eine nicht und das andere auch nicht. Du bist doch verrückt, wie willst du denn alle Verordnungen lesen? Du tust dich eh schwer genug mit dem Lesen.«

»Ich werde es üben. Tag und Nacht.« Philipps Mundwinkel zuckte. »Was sollte ich auch sonst tun in den Nächten.«

Andreas blickte in seinen Becher, dann hob er den Kopf. »Nimm doch einen Schluck.« Er hielt Philipp die Flasche hin.

Philipp lehnte ein zweites Mal ab. Seine glatt rasierten Wangen wirkten schmaler als sonst. »Ich brauch heut einen klaren Kopf. Klarer denn je in meinem Leben.« Er stützte die Hände auf den kleinen Tisch und sah Andreas an. »Wo, verdammt noch mal, ist sie hingegangen? Kannst du mir das sagen? Wenn ich nach Norden geh, verlier ich dann jede Spur, weil sie nach Süden gegangen ist? Wohin und mit welchem Ziel? Und wenn sie dort nicht ankommt?«

Andreas packte ihn am Arm. »Mach das nicht.« Er schüttelte ihn. »Du willst alles stehen und liegen lassen nur wegen der Frau, nicht wahr? Und deshalb darfst du's nicht machen. Nicht wegen einer Frau. Und außerdem will sie nicht, dass du ihr blind hinterherrennst. Sie will, dass du das tust, was du selbst für richtig hältst, und dass sie das tut, was sie für richtig hält.«

»Ich weiß schon, was sie meint, mein Andreas.« Philipp zog spöttisch die Brauen hoch. »Aber hast nicht du mir immer in den Ohren gelegen, dass ich eine Frau brauche? Und dass das hier kein Leben wär für mich? Was redst du also?«

»Aber so doch nicht. So hab ich das nicht gemeint. Weggehn, ohne was mitzunehmen. Da draußen verreckst du allein.«

»Du bleibst doch auch nicht hier.«

»Bei mir ist's was andres.«

»Ja?«

»Ich werd die Mühle haben, ein Dach überm Kopf. Jetzt begreif's doch. Du hast dann nichts mehr. Da kannst du auch keiner Sau mehr helfen. Nicht mal dir selbst. Und dem Mädchen auch nicht.«

»Und niemandem schaden.«

»Und wo willst du dann hin?«

»Ich geh nach Hause.«

Andreas starrte ihn an. »Nach Hause?« Er runzelte die Stirn. »Doch nicht ins Dorf zurück? *Mich* bringen da keine zehn Pferde mehr hin. Da wird's dir eng nach allem, was du gesehn hast von der Welt.«

»Mein Gott, Andreas, nur übern Winter erst mal. Ich hätt' längst wieder nach ihnen sehen müssen. Und ich muss mir einfach über vieles klar werden. Das kann ich hier nicht.«

»Dann geh für einen Monat und komm dann wieder. Was schadet das?«

»Über den Winter«, wiederholte Philipp und richtete sich auf, so als hätte er Andreas' Worte überhaupt nicht gehört. »Und im Frühjahr zieh ich los und musizier. Das ist eh das, was ich am besten kann. Und ich such Elisabeth.« Er wandte sich zum Fenster.

»Es ist dir ernst«, erkannte Andreas und stellte den Becher mit einer heftigen Bewegung zurück auf den Tisch. »Jakob? So sag doch was zum Donner!«

»Wie ich schon sagte, mein Andreas, es sind doch nur Überlegungen. Sonst nichts. Mach dir keine Gedanken.«

»Sonst nichts?« Philipp schwieg. »Unten wartet der Graf und der Geheime Rat des Herzogs. Und morgen triffst du seinen Abgesandten in der Residenz. Und am Tag drauf ist die Sitzung mit den Juristen.«

»Dass du so was im Kopf hast«, spottete Philipp.

»Hör auf damit«, knurrte Andreas verärgert. »Was wirst du nun tun? So gib doch Antwort, Jakob. Was tust du jetzt wirklich?«

Philipp stützte die Hände auf den Fenstersims und starrte nach draußen.

1699, Bayerischer Wald. »Teufelsbuhlinnen« treffen sich nachts bei einem Monolithen aus grauer Vorzeit und feiern Orgien über verschollenen Gräbern. Die heißblütige Afra ahnt nichts von der großen Gefahr, in der sie schwebt: Corbinian Wenkh, ein besessener Mönch, dessen Herkunft von einem furchtbaren Geheimnis überschattet wird, hat sich auf die Spur der vermeintlichen Hexe geheftet. Aber erst, als nach Hetzjagd und Folter die Hexenfeuer brennen, zeigt Satan sein wahres Gesicht.

Erfolgsautor Manfred Böckl zeichnet ein mitreißendes Szenario des barocken Lebens vor 300 Jahren. Farbig, derb und schillernd beschreibt er jene Zeit der schärfsten Konfrontation zwischen Inquisition und geknechteten Hörigen, die sich auf ihre Weise gegen die Unterdrückung zu wehren versuchen.

Manfred Böckl

Der Hexenstein

Roman

Econ | Ullstein | List